Karl Otto Conrady

GOETHE

LEBEN UND WERK

Karl Otto Conrady

GOETHE

LEBEN UND WERK

Zweiter Band

Summe des Lebens

Athenäum

Lektorat: Annalisa Viviani

CIP-Kurztitelaufnahme der Deutschen Bibliothek

Conrady, Karl Otto:
Goethe : Leben u. Werk / Karl Otto Conrady. –
Königstein/Ts. : Athenäum
Bd. 2. Summe des Lebens. – 1985.
ISBN 3-7610-8259-2

Umschlaggestaltung: Gerhard Keim, Frankfurt
Satz: Computersatz Bonn GmbH, Bonn
Druck und Bindung: Franz Spiegel Buch GmbH, Ulm-Jungingen
Printed in Germany
ISBN 3-7610-8199-5

Inhalt

Im Schatten der großen Revolution

Französische Zustände

Was die Zeitgenossen seit dem Herbst 1789 die „Revolution in Frankreich" nannten und die Geschichtsschreiber als Französische Revolution bezeichnen, war kein welthistorisches Ereignis, das sich auf ein bestimmtes Datum festlegen ließe. Vielmehr zog sich die revolutionäre Umwälzung der alten politisch-gesellschaftlichen Verhältnisse Frankreichs über Jahre hin. Der 14. Juli 1789, der Tag der Erstürmung der Bastille, hat sich nur als ein besonders markanter Termin der Erinnerung eingeprägt. Schon zuvor erschütterten spektakuläre Vorgänge den morschen Bau des *Ancien régime,* und nach 1789 setzte sich das revolutionäre Geschehen in zahlreichen Schüben fort, vorangetrieben von den Interessen und Machtansprüchen unterschiedlicher Gruppen, die sich verbündeten und bekämpften.

Bereits die aristokratische Revolte der Jahre 1787–1788 dokumentierte die Krise der absolutistischen Monarchie in Frankreich. Riesengroß war die Verschuldung des Landes geworden, woran die Verschwendung des Hofes, der Minister und des Hochadels ein gerüttelt Maß Schuld trug. Auch die Teilnahme am amerikanischen Unabhängigkeitskrieg hatte hohe Summen verschlungen. 1788 machte allein die Zinslast mehr als 50 % des gesamten Staatshaushalts aus. Da an eine weitere Erhöhung der Steuern nicht zu denken war, bot sich als eine Lösungsmöglichkeit an, die Steuerbefreiungen für Klerus und Adel, die beiden höchsten Stände, zu beseitigen und damit die Steuergleichheit einzuführen. Doch scheiterten verschiedene Versuche des Königs und seiner Finanzminister, eine Reform durchzusetzen; die Privilegierten wollten auf ihre Vorrechte nicht verzichten. Schließlich erklärten sich ihre Institutionen als gar nicht zuständig, sondern forderten die Einberufung der Generalstände, die allein über Steuern beschließen könnten. Seit 1614 war diese beratende Versammlung nicht mehr eingeladen worden. Unverändert sollte sie jetzt am 1. Mai 1789 zusammentreten: getrennt nach den drei Ständen, dem Klerus, dem Adel und dem *Tiers état,* wie seit Ende des 15. Jahrhunderts der dritte Stand bezeichnet wurde. Wieder sollte jeder Stand nur über *eine* Stimme verfügen, so daß die Privilegierten jederzeit den *Tiers* hätten überstimmen können. Diese Regelung war für den wirtschaftlich mehr und mehr erstarkten und längst zur geistigen Führung gelangten dritten Stand nicht mehr akzeptabel. Bereits im Dezember 1788 konnte er sich mit seiner Forderung durchsetzen, so viele Abgeordnete stellen zu dürfen wie Klerus und Adel zusammen.

Während der Wahlkampf lief, publizierte im Januar 1789 Emmanuel Joseph Sieyès seine Flugschrift *Qu'est-ce que le tiers état?* „Was ist der dritte Stand? Alles. Was ist er bis jetzt gewesen? Nichts. Was verlangt er? Etwas zu werden." Wenn man seine besondere Funktion berücksichtige, müsse man zu dem Ergebnis kommen, der *Tiers* sei die ganze Nation. Der Adel verschlinge „den besten Teil der Produktion, ohne auch nur das geringste zu ihrer Entstehung beigesteuert zu haben. [...] Mit Sicherheit ist eine solche Klasse des Müßiggangs der Nation fremd."

Die ‚patriotische Partei' propagierte den Kampf gegen die Privilegien. Gleichheit der Bürger vor Gericht und Fiskus wurde gefordert, Grundfreiheitsrechte sollten verbürgt sein und eine Repräsentativregierung amtieren. Diese Gedanken fanden Anhänger auch in den oberen Ständen, so daß als Ergebnis der komplizierten Wahlen eine Versammlung der Generalstände zustande kam, in der die Reformwilligen stattlich vertreten waren. Als am 5. Mai 1789 die Eröffnungssitzung begann, war jedoch noch nicht entschieden, ob nach Köpfen abgestimmt werden sollte, was dem dritten Stand Vorteile bringen würde. Aber König und Hof weigerten sich, über die Verdopplung der Abgeordnetenzahl des *Tiers état* hinaus weitere Zugeständnisse zu machen.

Einen Monat lang debattierte man über dieses zentrale Problem, bis sich am 17. Juni der *Tiers* allein als Nationalversammlung konstituierte und sich das Recht zusprach, Steuern zu genehmigen. Denn sie, die Abgeordneten dieses Standes, verträten unzweifelhaft mehr als neunzig Prozent der Nation. Der Widerstand des Königs bewirkte nichts mehr; er konnte schließlich nur noch sanktionieren, was geschehen war, und auch Delegierte der beiden anderen Stände schlossen sich der *Assemblée nationale* an. Am 9. Juli ernannte sie sich zur Verfassunggebenden Nationalversammlung *(Assemblée constituante)*.

Die Entwicklung blieb nicht in den relativ friedlichen Bahnen verfassungsrechtlicher Auseinandersetzungen und Änderungen. Auf der einen Seite suchten Ludwig XVI. und seine Anhänger die nur widerstrebend gebilligten Entscheidungen zu revidieren, was nur durch einen militärischen Gewaltstreich hätte geschehen können; Truppen um Paris und Versailles standen bereit. Auf der andern Seite hatten die niederen Volksklassen direkt noch nicht in die Vorgänge eingegriffen, verfolgten aber aufmerksam die Geschehnisse und hielten zu denen, die das Privilegienunwesen beseitigen und Grundrechte für alle erkämpfen wollten. Allerdings saßen in der gewählten Vertretung des *Tiers* nur Angehörige der Bourgeoisie, kein einziger Bauer und kein Mitglied jener sozialen Schichten, die sich erst während des 19. Jahrhunderts als vierter Stand konsolidieren sollten.

Die Lage spitzte sich zu. Es gab Zusammenstöße; das Volk versuchte sich zu bewaffnen. Am 12./13. Juli beschlossen die Wahlmänner der Hauptstadt Paris, angesichts der wehr- und waffenlosen Nationalversammlung, eine Bürgergarde aufzustellen, die freilich nicht nur vor königlichen Truppen schützen, sondern auch mögliche Unruhen der Unterschichten eindämmen sollte. Längst hatte sich der Argwohn vor einem Komplott der Aristokratie ausgebreitet; Mangel an Lebensmitteln und Teuerung schürten den Verdruß in der Bevölkerung; Aufruhr griff um sich, die Menge wollte Waffen, die Revolte nahm ihren Lauf. Am 14. Juli 1789 erbeutete man zunächst 32 000 Gewehre, stürmte dann die Bastille, das alte Staatsgefängnis. Einen Tag später gab der König nach. Er erschien in der Nationalversammlung und versprach, seine Truppen zurückzuziehen. Nicht nur das, er kam am 17. Juli nach Paris und begab sich ins Rathaus, wo aus dem „Ständigen Ausschuß" die „Kommune" von Paris mit gewähltem Bürgermeister geworden war, der ihm die Kokarde mit den blauen und roten Farben der Stadt Paris und dem Weiß des Königsbanners zum Zeichen der unauflöslichen Allianz zwischen Monarchen und Volk überreichte. Die Aristokraten waren über die Kapitulation ihres Königs verwirrt und bestürzt. Träger bekannter adliger Namen wählten schon jetzt den Weg ins Ausland, und ihnen folgten im Lauf der Jahre zahlreiche Emigranten, die um ihre Vorrechte und Güter, dann auch um Leib und Leben fürchten mußten.

Was in Paris geschah, griff auf das ganze Land über. In vielen Städten der Provinz bildeten sich neue Magistrate; auf dem Land rebellierten die Bauern und wollten die Abschaffung quälender feudaler Rechte. Unter dem Eindruck des Aufruhrs faßte die Nationalversammlung im August 1789 weitreichende Beschlüsse: Die Leibeigenschaft wurde aufgehoben, auf dem Boden ruhende Herrenrechte konnten durch Geldentschädigung abgelöst werden, die grundherrschaftliche Gerichtsbarkeit und Frondienste wurden beseitigt, Steuerprivilegien und Vorrechte der Stände, Provinzen und Städte annulliert. Theoretisch besaßen nun alle Franzosen gleiche Rechte und gleiche Pflichten. Am 26. August 1789 folgte die Erklärung der Menschen- und Bürgerrechte. Das *Ancien régime* war, dem Wortlaut der Beschlüsse und Erklärungen nach, ausgelöscht. Doch immer noch war der König als Mitagierender vorgesehen. Zwar sträubte er sich, stimmte den August-Beschlüssen nicht zu, sammelte Truppen, schien Gegenmaßnahmen vorzubereiten. Aber als sich wieder einmal, nach einem peinlichen Zwischenfall (beim Bankett der Offiziere der Leibwache war ein provozierendes Lied erklungen und die dreifarbige Kokarde zertreten worden), Volksmassen mobilisierten und zu vielen Tausenden mit der Nationalgarde am 5. Oktober aufbegehrend nach Versailles zogen, lenkte Ludwig XVI. erneut ein und akzeptierte die Erlasse des August. Mehr noch: er beugte sich dem Druck und zog nach Paris, um dort, in der revolutionären Hauptstadt, zu residieren. Die Nationalversammlung folgte nach.

Radikale Änderungen beschränkten auch die traditionelle Macht der Kirche. Ihre Güter wurden eingezogen und dienten als Nationalgüter zum Pfand für eine höchst fragwürdige Papierwährung (die „Assignaten"), die Pfarrer sollten von den Bürgern der Gemeinde gewählt und vom Staat besoldet werden, sie hatten einen Eid auf die Verfassung abzulegen (was mehr als die Hälfte der Priester verweigerte).
Das alles weckte auch Widerstand und gegenrevolutionäre Aktivitäten. Doch machtvoll konnten die „Föderierten", wie sich die überall im Land nach dem Muster von Paris gebildeten Nationalgarden nannten, am 14. Juli 1790 die revolutionäre Einheit Frankeichs demonstrieren: Talleyrand feierte auf dem Pariser Marsfeld vor 300 000 Teilnehmern die heilige Messe am Altar des Vaterlandes. Und wie die Abgesandten aus den Departements den Eid auf den König und die Verfassung leisteten, so schwor der König seinerseits der Nation und dem Gesetz die Treue. Noch war die Revolution nichts anderes, aber auch nicht weniger als die Umwandlung des Staats in eine konstitutionelle Monarchie, mit einem König freilich, der nicht einmal halbherzig bei der Sache war.
Auch das Volk war als ganzes, in allen seinen Schichten bis hinab zu den Ärmsten, keineswegs der Inhaber der neuen Rechte. In der Erklärung der Menschenrechte wurden Gleichheit und Freiheit als unveräußerliche Rechte sofort im ersten Artikel genannt: „Die Menschen werden frei und gleich an Rechten geboren und bleiben es." Ein Satz von ungeheurer Sprengkraft für die überkommenen absolutistischen Ordnungen des 18. Jahrhunderts, wenn wirklich alle in ihm angelegten Konsequenzen auch gezogen wurden. Aber nur die Gleichheit vor dem Gesetz und der Steuer war gemeint und zugesichert. Die Ungleichheit, die aus Besitz und Reichtum herrührt, wurde nicht angetastet. Wenn das Eigentum in Artikel 2 zum natürlichen und unverjährbaren Menschenrecht erklärt wurde, blieb die Frage, wie es der riesigen Masse der Besitzlosen gelingen sollte, die verbrieften Rechte auch für sich zu verwirklichen. Was die Konstituante beschloß, entsprach den Interessen der Besitzenden des dritten Standes, und es war nur konsequent, daß im Gesetz vom 22. Dezember 1789 strikt zwischen Aktivbürgern und Passivbürgern unterschieden wurde. Passivbürger hatten kein Eigentum und waren deshalb vom Wahlrecht ausgeschlossen, und auch die Aktivbürger wurden nochmals nach der Höhe der geleisteten Steuern differenziert.
Freiheit, die gewonnen war, bedeutete vor allem Freiheit zu wirtschaftlichem Handeln ohne Zwang und zu öffentlicher und politischer Tätigkeit, die allerdings durch die Einteilung der Bürger nach ihren Besitzverhältnissen erheblich eingeschränkt war. Die Widersprüche, die in

den Menschenrechtsartikeln und in der Gesetzgebung der Nationalversammlung enthalten waren und daraus resultierten, daß – wie stets – eine aufsteigende, zur Macht drängende und gelangende Klasse ihre partikularen Interessen und Ansichten für die allgemeinen der Menschheit insgesamt hielt, mußten fortwährende Spannungen erzeugen. Die Entwürfe der aufgeklärten Geister des Jahrhunderts, die der Revolution in vielfältiger Weise vorgearbeitet hatten, waren leichter zu formulieren, als im Kampf der Interessen in adäquaten Gesetzesvorschriften zu konkretisieren.

So kodifizierte die Verfassung vom September 1791 nach den jahrelangen Debatten eine parlamentarische Monarchie mit strikt begrenzten Einspruchsrechten des Königs, Teilung der Gewalten, ein geordnetes Rechtsverfahren für jeden Bürger, aber auch ein nach dem Vermögen abgestuftes Wahlrecht. Streikrecht und Koalitionsfreiheit der Arbeitenden waren nicht vorgesehen. Es war abzusehen, daß der Versuch des Besitzbürgertums, die Privilegien der oberen Stände zu beseitigen und sich zugleich nach unten abzusichern, ständig neue Komplikationen hervorrufen mußte, zumal der König mit seinen Gefolgsleuten nicht untätig blieb und sich das Volk der Besitzlosen bereits in entscheidenden Phasen in die Entwicklung eingeschaltet hatte. Wiederholt griffen im Verlauf der Revolution hauptstädtische Volksmassen mit Direktaktionen in das Geschehen ein, doch erst ab 1793 mit ausgeprägtem Bewußtsein ihrer sozialen Klasse. Die Sansculotten, die Ohnehosen, die statt der *culotte,* der vornehmen Kniehose, lange und meist blau-weißrot gestreifte Hosen trugen, gehörten zum Kleinbürgertum, waren Händler und Handwerker, Manufakturarbeiter und Handwerksgesellen, insgesamt Angehörige ärmlicher Bevölkerungsschichten, die zu ihren Aktionen aus wirtschaftlicher Not getrieben oder durch zündende Argumente radikaler Jakobiner dazu hingerissen wurden. Ihre *Journées*, ihre Kampftage, setzten unübersehbare Akzente in der Revolutionszeit.

In der Nationalversammlung hatten sich Gruppierungen gebildet, die der Interessenlage ihrer Mitglieder entsprachen. Monarchistisch gesinnte Abgeordnete waren ebenso vertreten wie Befürworter einer konstitutionellen Verfassung, die die Wünsche des Groß- und Besitzbürgertums befriedigte, und Anhänger republikanisch-demokratischer Prinzipien, die der Masse des Volks zu ihrem Recht verhelfen wollten und das allgemeine Wahlrecht forderten. Es waren lockere Zusammenschlüsse, keine Parteien im heutigen Sinn, und in den verschiedenen Nationalversammlungen, die in rascher Folge seit 1789 gewählt wurden, formierten sich politische Gruppierungen in wechselnder Stärke. Bezeichnend war jedoch, daß stets eine Mehrheit des Parlaments den von den jeweils füh-

renden Gruppen gesteuerten Kurs billigte und damit eine Kontinuität der Revolution gewährleistete, in der die 1789 erreichten grundsätzlichen Änderungen unangestastet blieben.
Parallel zu den ‚Fraktionen' in der Nationalversammlung, aber auch unabhängig von ihnen entstanden nicht nur in Paris zahlreiche Klubs, die der politischen Meinungs- und Willensbildung dienten, etwa der Klub der „Freunde der monarchistischen Verfassung", die „Gesellschaft der Verfassungsfreunde", nach ihrem Versammlungsort, dem Dominikanerkloster St. Jakob in Paris, Jakobiner genannt, und die „Gesellschaft der Freunde der Menschenrechte", die Cordeliers, ebenfalls nach einem Kloster tituliert und sich entschieden für die Belange des Volkes einsetzend.
Im Juni 1791 hatte der König incognito einen dilettantischen Fluchtversuch gewagt, war in Varennes in den Argonnen erkannt und nach Paris zurückgebracht worden. Von nun an stand die Frage Monarchie oder Republik auf der Tagesordnung. Noch gelang es der Konstituante, die laut werdenden Forderungen nach Bestrafung Ludwigs XVI. abzuwehren, und die Nationalgarde scheute sich nicht, am 17. Juli auf dem Marsfeld in die Menge protestierender Demonstranten zu schießen. Im September 1791 schwor der König ein weiteres Mal der Nation und der Verfassung die Treue. Die ‚patriotische Partei' jedoch zerbarst unter diesen politischen Spannungen: Die konservative Gruppe fand sich im Feuillantinerkloster zu einem neuen Klub zusammen, den Feuillants, während Robespierre, der auch einmal Monarchist war, mit den Demokraten in der Vereinigung des Jakobsklosters blieb und die jakobinischen Klubs im Lande zusammenzuhalten suchte.
Daß das Königshaus mit den Monarchen der anderen europäischen Mächte konspirierte, war offenes Geheimnis. Die Gefangennahme des flüchtenden Ludwig ließ die Herrscher aktiv werden, wenn auch die Verfahrensweise der Feuillants sie einigermaßen beruhigte. Am 27. August 1791 unterzeichnete Kaiser Leopold mit dem preußischen König die Erklärung von Pillnitz, in der den Revolutionären mit einer Intervention unter der einschränkenden Voraussetzung gedroht wurde, daß sich die übrigen Mächte zum Eingreifen entschlössen. Kein Wunder, daß solche Drohung in Frankreich als unerträgliche Einmischung aufgefaßt wurde und das Nationalbewußtsein nur zu kräftigen vermochte.
Am 1. Oktober traten die 745 Abgeordneten der (unter geringer Wahlbeteiligung und nach dem Zensuswahlrecht) neu gewählten Gesetzgebenden Versammlung *(Assemblée legislative)* zusammen, alles neue Abgeordnete, da kein Mitglied der Konstituante hatte wiedergewählt werden dürfen. 246 Abgeordnete zählten zur Rechten des Hauses, waren weder für das *Ancien régime* noch für die Demokratie und favorisierten

als Feuillants eine beschränkte Monarchie. Zur Linken waren 136 Abgeordnete zu rechnen, zumeist Mitglieder des Jakobinerklubs. Delegierte aus dem Departement Gironde, die Girondisten, führten brillant das Wort; es waren Rechtsanwälte, Schriftsteller, Professoren, die dem mittleren Bürgertum nahestanden. Auf der äußersten Linken plädierten einige entschiedene Demokraten aber auch für das allgemeine Wahlrecht, während in Paris und der Provinz in den Klubs der Jakobiner das niedere Bürgertum und bei den Cordeliers auch Angehörige plebejischer Schichten ihre politischen Meinungen und Wünsche diskutierten. 345 Delegierte machten die unentschiedene ‚Mitte' des Parlaments aus. Leicht setzten die Girondisten Verordnungen gegen die eidverweigernden Priester und die Emigranten durch, deren Güter eingezogen werden sollten, falls sie nicht zurückkehrten. Ferner wurde Ludwig XVI. aufgefordert, er möge die Kurfürsten von Trier und Mainz und andere deutsche Reichsfürsten ersuchen, den Truppenansammlungen und Anwerbungen, die sie an den Grenzen duldeten, Einhalt zu gebieten. Dem Hof kam solches Ansinnen durchaus gelegen; denn nur in einer Zuspitzung der Lage zwischen dem revolutionären Frankreich und den monarchischen europäischen Nachbarn lag für ihn noch eine Chance: Allenfalls eine Niederlage Frankreichs im Krieg versprach die Wiederherstellung der absoluten Monarchie.

Auch den Girondisten paßte ein Krieg ins Konzept. Er konnte zur Festigung der bürgerlichen Nation im Sinne der Verfassung von 1791 dienen, sollte im Innern die Reste der Vergangenheit beseitigen helfen, außenpolitisch der Agitation der Emigranten ein Ende bereiten und unter dem Zeichen eines „Kreuzzugs für die allgemeine Freiheit" (Brissot am 31. 12. 1791) geführt werden. Diese Aggressivität nach außen stand wie eh und je im Dienst einer innenpolitischen Stabilisierung. Nachdem Kaiser Franz II. – Leopold war am 1. März plötzlich gestorben – auf ein Ultimatum, alle gegen Frankreich gerichteten Abkommen zu annullieren (also auch die Pillnitzer Erklärung zurückzunehmen) nicht reagiert hatte, erklärte die Nationalversammlung auf Vorschlag Ludwigs XVI. am 20. April 1792 Österreich den Krieg, was den Konflikt mit Preußen nach sich zog.

Die anfänglichen militärischen Mißerfolge führten in Frankreich krisenhafte Zustände herbei. Argwohn gegen Machenschaften des Königs und seiner Umgebung breitete sich aus; auf Demütigungen seiner Person antworteten royalistische Demonstrationen im Land; am 11. Juli erklärte die Nationalversammlung „das Vaterland in Gefahr"; ein rachelüsternes Manifest des Oberbefehlshabers der Verbündeten, das die Wiedereinführung des Königtums als Ziel des österreichisch-preußischen Feldzuges proklamierte, schürte seit dem 25. Juli die brodelnde Stimmung;

mehr und mehr schaltete sich das Volk, in den Sektionen von Paris organisiert, in das Geschehen ein und trieb es mit seinen Aktivitäten voran; am 10. August wurden die Tuilerien gestürmt; danach wurde der König interniert, das Königtum suspendiert. Die aufständische Kommune von Paris ließ nicht locker, sie sah Gefahr von innen und außen drohen, witterte Verbrechen von Konterrevolutionären, der Ruf nach Abrechnung wurde immer lauter, es kam zu Massenverhaftungen unter Justizminister Danton.

Ende August war Longwy gefallen; am 2. September hörte man in Paris, Verdun werde belagert; die Unruhe stieg zum Siedepunkt, überall vermutete man Verrat. In dieser Atmosphäre richteten Trupps von Kommunesoldaten, Handwerkern, kleinen Händlern und Nationalgardisten zwischen dem 2. und 5. September in Gefängnissen der Hauptstadt ein schreckliches Blutbad an: Weit über 1 000 Gefangene wurden niedergemacht, darunter viele eidverweigernde Priester. Und doch gab es Stimmen aus dem Volk, die trotz hellen Entsetzens die Morde als eine „gerechte Tat“ ansahen. Vor allem diese Septembermorde, der wenig später beginnende Prozeß gegen Ludwig XVI. und dessen Hinrichtung am 21. Januar 1793 haben im Ausland den Abscheu gegen die revolutionären Vorgänge begründet oder erheblich verstärkt.

Nachdem zuvor das Zensuswahlrecht abgeschafft worden war, wurde zum September 1792 ein neues Parlament gewählt, der Nationalkonvent *(Convention nationale).* Wieder war die Wahlbeteiligung gering; nur etwa 10 Prozent der 5 Millionen Wahlbürger gaben ihre Stimme ab. Diese Tatsache zeigt deutlich, daß die Sansculotten ihre Interessen im Parlament und bei seinen Abgeordneten nicht zum besten aufgehoben wußten. Am 20. September trat der Konvent zum ersten Mal zusammen, beschloß am Tag darauf die Abschaffung des Königtums und führte am 22. September einen neuen Kalender ein. Gerade in diesen Tagen wendete sich das Kriegsgeschehen. Am 20. September brachte die Kanonade bei Valmy zwar keine Entscheidung, aber die Alliierten wurden nicht nur aufgehalten, sondern sogar zum Rückzug gezwungen. Was Österreicher und Preußen nicht erwartet hatten, geschah: Die Armeen des revolutionären Frankreich hielten stand und gingen zur Offensive über. Im September/Oktober 1792 besetzten französische Truppen Speyer, Worms, Mainz und Frankfurt.

Derweil regierte der Konvent mit unnachsichtiger Härte. Die Gironde und die radikalen Jakobiner der Bergpartei, der Montagnards, bestimmten im sich zuspitzenden Gegeneinander den Ablauf des Geschehens mit Höhepunkten des Schreckens und der Grausamkeit, die zum immer wieder beschworenen Wohl der Allgemeinheit und zur Sicherung der revolutionären Errungenschaften inszeniert wurden. Ein Revolutionstribunal sprach seine Urteile, gegen die eine Berufung nicht möglich war; ein neunköpfiger Wohlfahrtsausschuß *(Comité du salut public)* handelte seit April 1793 als ein entscheidendes Exekutivorgan des Konvents; wirtschaftliche Nöte bedrängten besonders die unteren Schichten, und in der Vendée regte sich ein royalistischer Aufstand. Heftig attackierte Robespierre die Girondisten, die er der geheimen Komplizenschaft mit Königstreuen und der Konterrevolution beschuldigte; er appellierte ans Volk und rief es zur Rebellion auf. Die Sansculotten der Pariser Volksviertel wurden in dieser Phase zur ausschlaggebenden Macht. Am 2. Juni ließ der Konvent, umzingelt von bewaffneter Menge, überwunden durch eine sansculottische *journée,* die Führer der Gironde verhaften. Jetzt begann die Jakobinerherrschaft, in der die *terreur,* der Schrecken, als Mittel der Machtausübung bewußt eingesetzt wurde. Im Wohlfahrtsausschuß übernahm Robespierre den Vorsitz und amtierte ein Jahr lang mit diktatorischer Rücksichtslosigkeit. Angesichts der Gefahr von außen und der konterrevolutionären Aktionen im Innern beschloß der Konvent im August die *Levée en masse,* die allgemeine Dienstpflicht, und unter dem Druck der Volksbewegung wurde bisher Unantastbares in Frage gestellt: das bürgerliche Eigentum. Jetzt begann man es unter dem Aspekt seiner gesellschaftlichen Nützlichkeit zu betrachten. Für die Jakobiner im Konvent war die Lage kompliziert. Denn von der Sansculotterie getragen und getrieben, nahmen sie deren Forderungen ernst und konnten doch im Gesamtkonzept der Revolution auch die Position und Funktion der bürgerlichen Eigentümer nicht aus den Augen verlieren.

Viel Aufsehen verursachte das Regiment des Schreckens, zu dem sich Konvent und Wohlfahrtsausschuß am 5. September 1793 ausdrücklich bekannten. Wer unter die „Verdächtigen" fiel, konnte rasch auf der Guillotine hingerichtet werden. Unter den Jakobinern selbst forderten die Machtkämpfe ihren Tribut an Menschenleben; die Revolution verschlang ihre Kinder. Im März wurden die zur unumschränkten Volksherrschaft strebenden *Enragés* und *Hébertisten* ausgeschaltet und hingerichtet, am 16. Germinal (5. April) 1794 Danton und Desmoulins mit anderen Deputierten, die der Veruntreuung angeklagt waren, aufs Schafott gekarrt.

Im Sommer 1794 hatte aber auch Robespierre seinen Rückhalt in der Volksbewegung und im Parlament verloren, das im fortdauernden Terror keinen Sinn mehr erkannte. Der 9. Thermidor (27. Juli) 1794 brachte seinen Sturz und das Ende der Schreckensherrschaft. Mit Robespierre starben viele seiner Anhänger, und von den 141 Mitgliedern des Generalrats der Kommune von Paris wurden nicht weniger als 88 guillotiniert. Der Jakobinerklub wurde geschlossen, die überlebenden Girondi-

sten kamen zurück, das Großbürgertum konnte sich erneut als herrschende Klasse absichern, und das Zensuswahlrecht wurde wieder eingeführt. Die „Thermidorianer" schufen 1795 eine neue Verfassung, die eine Legislative mit zwei Kammern und die Regierung eines Direktoriums vorsah, für das sogleich fünf Konventsmitglieder bestimmt wurden, die seinerzeit der Hinrichtung des Königs zugestimmt hatten. Am 18. Brumaire (9. November) 1799 war es dann Napoléon Bonaparte, der das Direktorium stürzte und den von der Revolution bestimmten Jahren eine Militärdiktatur folgen ließ.
Diese Skizze soll nur an einige der Vorgänge erinnern, die damals Europa und die Welt in Atem hielten. Sie wirkten auf alle Beteiligten und Beobachter auch deshalb so außerordentlich, weil Revolution als Aktion einer unteren Schicht, die notfalls vor entschlossener Gewaltanwendung nicht zurückschreckt und auf eine völlige Umänderung der bisherigen Verfassung von Staat und Gesellschaft zielt, auf eine „Totalrevolution" (nach einem Wort Friedrich von Gentz'), nicht einmal bei den gesellschaftskritischen Aufklärern vorgesehen war, die das *Ancien régime* scharf verurteilten. Auf revolutionären Umsturz ist in jener Zeit nicht systematisch hingearbeitet worden, wohl auf Veränderungen des schlechten Bestehenden. Gewaltsame Umwälzungen samt Tyrannenmord wurden allenfalls mit dem Hinweis auf das Recht zum Widerstand gegen unrechtmäßig erlangte und unmenschlich ausgeübte Macht gerechtfertigt, wie der Artikel *Politische Autorität* zeigt, den Diderot für die von ihm und D'Alembert herausgegebene *Encyclopédie* verfaßte. Verständlich, daß Argumentationen dieser Art, die eine lange Tradition haben, in den Jahren der Revolution aufgegriffen und zur Legitimierung des Handelns vorgetragen wurden. Was die kritischen Aufklärer anstrebten, war die oft beschworene Revolution der Geister. Sie würde, so hoffte man, mit der immer weiteren Ausbreitung der Vernunft auch eine gerechte, menschenwürdige Verfassung des gesamten gesellschaftlichen Systems herbeiführen.
Was wir mit dem Begriff Revolution in politischem Sinn verbinden: radikale, gegebenenfalls gewaltsame Umwandlung bestehender gesellschaftlich-politischer Ordnungen, ist erst durch die historische Erfahrung der Vorgänge in Frankreich zu einer vorauszudenkenden und zu entwerfenden geschichtlichen Möglichkeit geworden.

Deutsche Reflexe

Die Reaktion auf das ebenso aufsehenerregende wie verwirrende Geschehen war bei den Deutschen, die nur Beobachter waren, sehr unterschiedlich. Sie reichte von enthusiastischer Zustimmung bis zu prinzipieller Ablehnung. Dazwischen gab es das Für und Wider abwägende Meinungen, Versuche zu differenzierten Beurteilungen, Nachdenken über mögliche Konsequenzen für die bunte Vielfalt der deutschen Territorien, wo weder von gemeinsamer politischer Willensbildung eines kräftigen Bürgertums noch von der Fähigkeit zu geschlossenem Handeln die Rede sein konnte. Zudem ließ der Ablauf der Revolution mit den Septembermorden von 1792 und der Hinrichtung des Königs im Januar 1793 viele, die anfangs gejubelt hatten, zurückschrecken. So schrieb beispielsweise Klopstock 1789 das Gedicht *Kennet euch selbst:*

Frankreich schuf sich frei. Des Jahrhunderts edelste Tat hub
  Da sich zu dem Olympus empor!
Bist du so eng begrenzt, daß du sie verkennest, umschwebet
  Diese Dämmerung dir noch den Blick,
Diese Nacht: so durchwandre die Weltannalen und finde
  Etwas darin, das dir ferne nur gleicht,
Wenn du kannst. O Schicksal! das sind sie also, das sind sie,
  Unsere Brüder, die Franken; und wir?
Ach ich frag' umsonst; ihr verstummet, Deutsche! Was zeiget
  Euer Schweigen? bejahrter Geduld
Müden Kummer? Oder verkündet es nahe Verwandlung
  Wie die schwüle Stille den Sturm,
Der vor sich her sie wirbelt, die Donnerwolken, bis Glut sie
  Werden, und werden zerschmetterndes Eis?
Nach dem Wetter atmen sie kaum, die Lüfte, die Bäche
  Rieseln, vom Laube träufelt es sanft,
Frische labet, Gerüch' umduften, die bläuliche Heitre
  Lächelt, das Himmelsgemälde mit ihr;
Alles ist reg' und ist Leben und freut sich! Die Nachtigall flötet
  Hochzeit! Liebender singet die Braut!
Knaben umtanzen den Mann, den kein Despot mehr verachtet,
  Mädchen das ruhige, säugende Weib!

Aber 1793 widerrief der vormals Begeisterte. Im Gedicht *Mein Irrtum* klagte er: „Ach, des goldenen Traums Wonn' ist dahin, / Mich umschwebet nicht mehr sein Morgenglanz, / Und ein Kummer wie verschmähter / Liebe kümmert mein Herz."

An Informationen aus dem revolutionären westlichen Nachbarland mangelte es in den deutschen Gebieten nicht. Zeitungen und Zeitschriften druckten Artikel über die Ereignisse bei den „Franken", den „Neu-Franken", wie sie bald hießen, und was in der Nationalversammlung verhandelt wurde, war nachzulesen, wenn auch verkürzt oder wegen der Zensur gefiltert. Paris war immer beliebtes Ziel mancher Reisender gewesen; jetzt waren die mündlichen und schriftlichen Berichte derer, die sich in diesen bedeutungsschweren Monaten und Jahren dort aufhielten oder aus der Hauptstadt zurückkamen, begehrt, wurden aber auch beargwöhnt von denen, die fürchteten, daß die Landsleute von revolutionären Gedanken angesteckt werden könnten. Tatsächlich flakkerten ein paar Unruhen auf, in Sachsen, in Bayern, in Mecklenburg und Schlesien, aber sie blieben bedeutungslos; die Feudalherrschaft mit ihren Privilegien behielt die Oberhand. Erst als die Franzosen linksrheinische deutsche Gebiete eroberten, kam es dort zu ernsthaften Versuchen, ein demokratisch-republikanisches Gemeinwesen zu etablieren. Doch was unter dem Schutz und Druck einer fremden Besatzungsmacht errichtet wurde, war nicht von Wunsch und Willen der Mehrheit der Bevölkerung getragen.

Auch diesseits des Rheins bildeten sich Jakobinerzirkel. Erst neuere Forschungen haben das Wirken deutscher Jakobiner, das zur Vorgeschichte der Demokratie gehört, der Vergessenheit entrissen, mit der eine nationalkonservative und nationalistische Geschichtsschreibung seit dem 19. Jahrhundert bestrafte, was nicht in ihr Konzept paßte. Allerdings bieten, was hier wenigstens beiläufig erwähnt sei, die Begriffe ‚Jakobinismus' und ‚Jakobiner' in Deutschland einige Schwierigkeiten. Manche Zeitgenossen stempelten in polemisch-diffamierender Absicht jeden zum Jakobiner, der Sympathien für gesellschaftliche Veränderungen bekundete und deshalb der Umwälzung in Frankreich nicht prinzipiell ablehnend gegenüberstand. Dabei gab man, wie das in solchen Fällen immer zu geschehen pflegt, auf Differenzierungen wenig acht. Gleichgültig, ob jemand auf durchgreifende *Reformen* hoffte oder die vollständige *Revolution* herbeiwünschte, das Schimpfwort ‚Jakobiner' wurde jedem nachgerufen. Doch sind, will man der damaligen Wirklichkeit gerecht werden, Unterscheidungen angebracht. Reformistische Liberale fühlten sich anderen Verfahren der Veränderung verpflichtet als radikaldemokratische Theoretiker und Praktiker, die die volle, alle Bevölkerungsschichten beteiligende Volkssouveränität durchsetzen und das Bestehende gänzlich, auch unter Anwendung von Gewalt, beseitigen wollten. Zudem haben fast alle, die man den Jakobinern zuzählen kann, Entwicklungen durchlaufen, die einen Wandel der politischen Positionen bedeuteten. Darum erscheint es angebracht, von jakobinischen Lebensphasen und jakobinischen Schriften zu sprechen, die dadurch gekennzeichnet sind, daß in ihnen ein radikaler Demokratismus vertreten und die Revolution mit all ihren Konsequenzen als Mittel zur Veränderung nicht grundsätzlich ausgeschlossen, sondern im Blick auf die französischen Ereignisse bewußt mit einkalkuliert wird. Was die Jakobiner publizierten, folgte deshalb einem anderen Prinzip, als es jener Satz aus den italienischen Kunsterfahrungen eines Karl Philipp Moritz und Goethe formulierte: „Es ist nämlich ein Vorrecht des Schönen, daß es nicht nützlich zu sein braucht“ (vgl. Bd. I 502). Ganz im Gegenteil bildeten jakobinische Autoren eine politisch-operative Literatur für die aktuelle Verwendung in der prosaischen Wirklichkeit aus, und zwar in vielfältigen Formen, vom Flugblatt bis zur Rede, vom Gedicht bis zum dramatischen Dialog, um nur dies zu nennen und die Zeitschriften ganz zu übergehen. Es war didaktische Literatur, die dem Volk klarmachen wollte, warum es arm war und wie dieser Zustand geändert werden könnte.

Allerdings bleibt zu bedenken, daß die Zahl aktiver Jakobiner in Deutschland klein war und fundierte Diskussionen über das epochemachende Geschehen in Frankreich nur in den Zirkeln derer stattfinden konnten, die über die strittigen politischen Probleme Bescheid wußten und ausgebildet genug waren, um lesend und womöglich schreibend an den geistigen und politischen Auseinandersetzungen der Zeit teilzunehmen. Das waren, verglichen mit der Gesamtzahl der Bevölkerung, nicht eben viele. Wieland etwa, der schon 1772 in seinem Roman *Der Goldne Spiegel, oder die Könige von Scheschian* das Thema der Erziehung zum guten Fürsten aufgegriffen, Fragen einer vernunftgerechten Staatsverfassung behandelt hatte (vgl. Bd. I 305) und weiterhin ‚politisch‘ zu nennende Dichtung schrieb, versorgte seine Leser und damit auch die Weimarer Kreise fortlaufend, besonders in seiner Zeitschrift *Teutscher Merkur,* mit Betrachtungen zur Französischen Revolution. Es waren skeptische Überlegungen, die er anstellte, und je weiter die Revolution fortschritt, desto größer wurden seine Zweifel, ob die revolutionären Änderungen und die dabei eingesetzten Mittel zum proklamierten Ziel einer besseren und wirklich menschenwürdigen Gesellschaft führen könnten. Unerschütterlich baute der Dichter des *Goldnen Spiegel* auf seine Hoffnungen, Reformen innerhalb des Bestehenden würden möglich sein und ausreichen. Den Schritt darüber hinaus mochte er nicht mitvollziehen. Zudem pochte er wie viele andere auf die Besonderheit der deutschen Verhältnisse, in denen ein revolutionärer Umsturz weder möglich noch sinnvoll sei.

Aber auch dort, wo die verfügbaren Informationen über Frankreich aufgenommen und das Nachdenken über die erwünschte oder abgelehnte Staats- und Gesellschaftsform intensiviert wurden, blieb vieles, was sich bei den Neu-Franken ereignete, unklar. Das lag nicht an einem Mangel an Nachrichten, sondern daran, daß so schwer zu durchschauen war, was wirklich vor sich ging. Die Schübe der Revolution mit ihren offenkundigen und verborgenen Antriebskräften, sozialen Spannungen und Widersprüchen, mit ihren wechselnden Führungsgruppen und teilweise schonungslosen Richtungskämpfen waren für die beobachtenden Zeitgenossen so schwierig zu erfassen und zu bewerten wie für die spätere Forschung. Aufs Grundsätzliche zielende theoretische Abhandlungen und Kampfschriften für und wider die Revolution begleiteten auch in Deutschland von früh an die aufsehenerregenden Vorgänge seit 1789. Schon 1790, also noch bevor die weitere Entwicklung zu erkennen war, legte der Engländer Edmund Burke seine *Reflections on the Revolution in France* vor, jene wirkungsvolle Grundschrift gegen eine revolutionäre Veränderung des Hergebrachten und Bestehenden, die Friedrich Gentz alsbald ins Deutsche übertrug *(Betrachtungen über die französische Revolution).* Aber im gleichen Jahr feierte Joachim Heinrich Campe in seinen *Briefen aus Paris zur Zeit der Revolution geschrieben* den Beginn einer neuen Zeit und drückte die Hoffnungen der Begeisterten aus:

> Wir werden zum ersten Mal ein großes Reich sehen, worin das Eigentum eines jeden heilig, die Person eines jeden unverletztlich, die Gedanken zollfrei, das Glauben ungestempelt, die Äußerung desselben durch Worte, Schriften und Handlungen völlig frei und keinem menschlichen Richterspruch mehr unterworfen sein wird; ein Reich, worin keine privilegierten, keine gebornen Volksbedrücker, keine Aristokratie als die der Talente und der Tugenden, keine Hierarchie und kein Despotismus mehr stattfinden, wo vielmehr alle gleich, alle zu allen Ämtern, wozu ihre Verdienste sie fähig machen, fähig sein und nur Kenntnisse, Geschicklichkeiten und Tugenden einen Vorzug geben werden; ein Reich, wo Recht und Gerechtigkeit für alle auf gleiche Weise und *ohne alles Ansehn der Person* werden verwaltet, und zwar *unentgeltlich* verwaltet werden, und wo jeder, auch der armseligste Landmann nicht etwa nur dem Scheine nach wie in andern Ländern, sondern *wirklich* in der gesetzgebenden Versammlung repräsentiert wird, also jeder, auch der armseligste Landmann, Mitregent und Mitgesetzgeber seines Vaterlandes sein wird.

In den zahlreichen gesellschaftstheoretischen Schriften jener Jahre, die – wie die hier nur beispielsweise erwähnten – streng gegensätzliche Positionen bezogen oder auch einzelne Probleme differenziert und abwägend zu erfassen suchten, kehrten verständlicherweise zentrale Fragen immer wieder: Was war unter Freiheit, unter Gleichheit zu verstehen? Wie ließen sich die als leitende Forderung proklamierten Menschenrechte unwiderleglich begründen und inhaltlich konkretisieren? Wie weit konnte und durfte die Volkssouveränität reichen? Mußten vor ihrem Anspruch alle durch Herkommen und überliefertes Recht gefestigten Privilegien abdanken? Wie war es um die Legitimität der Anwendung von Gewalt im revolutionären Prozeß bestellt, und wie war der Einsatz von Gewalt mit dem verkündeten neuen „Reich, wo Recht und

Gerechtigkeit für alle auf gleiche Weise und ohne alles Ansehn der Person" verwaltet werden (Campe), zu vereinbaren? Nach den Septembermorden von 1792, nach der Hinrichtung des Königs 1793, nach dem Tod von Tausenden unter dem Fallbeil der Guillotine mußten diese blutigen Konsequenzen der Revolution verstören und Dispute herausfordern. Wie immer bei geschichtlichen Ereignissen, wenn sie unweigerlich mit dem Töten und dem Opfer von Menschen verbunden sind, steht nicht weniger zur Debatte als die historische Notwendigkeit bestimmter Vorgänge, die das Schreckliche und Grausame vielleicht rechtfertigen könnte. Georg Forster, der in der politischen Situation seiner Zeit vom Liberalen zum handelnden Jakobiner wurde und nie von Skrupeln frei war, beharrte auf der Erkenntnis, daß es der Despotismus des absolutistischen Regimes sei, der für die Rücksichtslosigkeit der revolutionären Gegenkräfte verantwortlich zeichne. In den *Parisischen Umrissen* schrieb er 1793:

> Die Erscheinungen unter dem Joche des Despotismus können denen, die sich während einer republikanischen Revolution ereignen, sehr ähnlich sehen und die letzteren sogar einen Anstrich von Fühllosigkeit und Grausamkeit haben, den man dort wohl hinter einer sanfteren Larve zu verbergen weiß; doch sind sie schon um deswillen himmelweit verschieden, weil sie durch ganz verschiedenartige Kräfte bewirkt werden und von der öffentlichen Meinung selbst einen ganz verschiedenen Stempel erhalten. Eine Ungerechtigkeit verliert ihr Empörendes, ihr Gewalttätiges, ihr Willkürliches, wenn die öffentliche Volksmeinung, die als Schiedsrichterin unumschränkt in letzter Instanz entscheidet, dem Gesetze der Notwendigkeit huldigt, das jene Handlung oder Verordnung oder Maßregel hervorrief.

So problematisch die Aufrechnung von Gefallenen und Gemordeten unter dem Hinweis auf „ganz verschiedenartige Kräfte" ist, so bleibt allerdings wahr, daß es die Redlichkeit forderte und fordert, nicht nur anklagend auf die Opfer der Revolution zu verweisen, sondern zugleich auch auf die des Feudalismus. Ein auf kritische Unterscheidung dringender Kopf wie Johann Gottfried Seume notierte 1806/07 in seinen *Apokryphen* lakonisch: „Man lärmt so viel über die französische Revolution und ihre Greuel. Sulla hat bei seinem Einzug in Rom in einem Tage mehr gewütet, als in der ganzen Revolution geschehen ist." Und daß er bei Sulla nicht an die Antike dachte, ist offenkundig.

Bemerkenswerterweise warfen sich Gegner und Fürsprecher der Revolution in ihren staatstheoretischen und gesellschaftspolitischen Abhandlungen schon damals gegenseitig vor, sich bei ihrer Argumentation zu Unrecht auf das Naturrecht zu berufen. Wer für die Beibehaltung gewachsener Ordnungen mit ihren Bindungen und Abstufungen plädierte, glaubte dem Naturrecht ebenso zu gehorchen wie diejenigen, die für die neuen Prinzipien von Freiheit und Gleichheit samt ihren Konsequenzen eintraten. Wir wissen inzwischen, daß naturrechtliche Begründungen für sehr verschiedene Ansprüche und Konzepte bemüht werden können und immer wieder angeführt worden sind. Was die Natur des Menschen sei, der gemäß Staat und Gesellschaft eingerichtet werden müßten, ist das Thema fortwährenden Nachdenkens und prinzipieller Auseinandersetzungen. Oft unterlaufen bei den Begründungsversuchen Zirkelschlüsse: Was sein soll, wird als Natur des Menschen und der Welt entsprechend deklariert, und aus der als so und nicht anders behaupteten natürlichen Ordnung werden Gebote abgeleitet. Diese Problematik naturrechtlicher Beweisführungen zu erkennen nimmt den Menschenrechten, wie sie im 18. Jahrhundert in Nordamerika und Frankreich verkündet worden sind, nichts von ihrer Würde, nichts von ihrer fortwirkenden Bedeutung. Es bewahrt nur vor dem Irrtum, diese Ideen, die verbindliche Wegweiser zum Besseren sein sollten, mit Letztbegründungen absichern zu können.

Der Geheime Rat, kein Freund der Revolution

Mancher Leser mag die vorangehenden Kapitel für eine überflüssige Abschweifung gehalten haben, die mit Goethes Leben und Werk wenig zu tun hat. Doch muß man so weit ausgreifen und sich wenigstens an einige wichtige Einzelheiten aus den unruhigen Jahren erinnern, wenn man dessen Äußerungen über die Französische Revolution und die nach seinen eigenen Worten „grenzenlose Bemühung dieses schrecklichste aller Ereignisse in seinen Ursachen und Folgen dichterisch zu gewältigen" richtig einordnen und einschätzen will *(Bedeutende Fördernis durch ein geistreiches Wort;* 13,39).

Sicherlich hat Goethe, nach wie vor Minister eines absolutistischen Staats, die Vorgänge in Frankreich aufmerksam verfolgt. Erstaunlicherweise aber waren sie in seinen zeitgenössischen Briefen – wenigstens in den erhaltenen – kein Thema, auf das er sich näher einließ. Ein einziger Satz in einem Brief vom 3. März 1790 an Fritz Jacobi: „Daß die Französische Revolution auch für mich eine Revolution war kannst du denken." Das heißt: Bisher Erkanntes und Gedachtes war über den Haufen geworfen. Was geschehen war, hatte er so nicht einkalkulieren können. Jetzt war er herausgefordert, das Unerhörte in seine Überlegungen einzubeziehen und in seinen Erklärungsversuchen von Mensch und Natur unterzubringen. Das war ein langer und schwieriger Prozeß.

In den Briefen an Carl August ist in den Jahren 1789 und 1790 nichts über die Revolution zu lesen, obwohl beide in ihrer Korrespondenz stets auch politische Fragen behandelten. Von vielerlei ist dort die Rede, vom *Tasso* und *Faust*-Fragment, vom Schloßbau und Weimarer Theater, von „Bergwercks Besorgnissen" in Ilmenau und Wasserbauarbeiten bei Jena, von den eigenen naturwissenschaftlichen Studien und von dem drohenden Konflikt zwischen Preußen und Österreich. „So viel von *privatis* und *privatissimis* indessen Sie in *publicis* versiren", schrieb Goethe am 6. Februar 1790 nach Berlin, wo sich Carl August zu Gesprächen wegen der heraufziehenden Kriegsgefahr aufhielt, und wünschte: „Vollenden Sie Ihre Geschäfte glücklich und bringen uns die Bestätigung des lieben Friedens mit. Denn da eigentlich der Zweck des Kriegs nur der Friede seyn kann; so geziemt es einem Krieger gar wohl wenn er ohne Krieg Friede machen und erhalten kann." Eine Bemerkung aus Venedig in einem Schreiben an Frau v. Kalb (30. 4. 1790) berührte nur leichthin, zudem mit ironischem Unterton, eine politische Grundsatzfrage der Zeit. Ihm sei der Aufenthalt in der Lagunenrepublik auch deshalb aufschlußreich, weil er, „da man jetzt immer von Konstitution" spreche, die wunderlichste und komplizierteste Konstitution in der Nähe mit lebendigerem Interesse sehe.

Die Briefe, die Goethe zwischen Frühjahr 1792 und Anfang März 1797 an seinen Fürsten adressierte, sind mit Ausnahme ganz weniger rein amtlicher Schriften verloren. Viele Wochen in den Jahren 1792 und 1793 war ein brieflicher Gedankenaustausch ohnehin unnötig, da Goethe als Begleiter des Herzogs am Koalitionsfeldzug gegen das revolutionäre Frankreich und an der Belagerung von Mainz teilnahm. Man darf annehmen, daß er in den verlorenen Briefen etwas ausführlicher auf das aktuelle Zeitgeschehen eingegangen ist, trotz seiner Schreibfaulheit, über die Carl August manchmal zu klagen hatte und die Goethe selbst eingestand (18. 4. 1792), gelegentlich auch anderen gegenüber: er sei „ein höchstfauler Schreiber" (13. 1. 1791), seine „Schreibescheue" (17. 11. 1791) sei bekannt. (Wir heute dagegen staunen über die Fülle seiner Briefe, die in der „Weimarer Ausgabe" allein 50 Bände beanspruchen.) Der Herzog jedenfalls erörterte immer wieder politische und militärische Fragen und nahm kein Blatt vor den Mund, wenn er auf Prinzipielles zu sprechen kam; schließlich war er ein absoluter Monarch und nicht gewillt, an dieser Herrschaftsordnung rütteln zu lassen. Und er war augenscheinlich überzeugt, daß sein Briefpartner seine Ansichten teilte. Wortwörtlich setzte er auf die „Bindekraft" Goethes im Weimarer Kreis, wo „unser Häuflein sehr zwiespältig ist", nämlich in den Meinungen über die Revolution (27. 12. 1792). Carl August wußte nur zu gut, daß Persönlichkeiten wie Herder und Knebel nicht verachtet hatten, was 1789 und in den folgenden Jahren geschehen war. Goethes Ankunft, so hoffte er, „wirckt auf unsere *république*, wie der Krieg auf die Fränckische. Siehe zu, was du bewircken kannst, und gieb mir zuweilen Nachricht davon." Seitenlang breitete Carl August, im Vorfeld der Belagerung von Mainz, am 24. März 1793 „ein weitläufiges Glaubensbekenntniß" aus. In bekannter Manier der Herrschenden prangerte er die „Herrn Scribenten" an, die als Unruhestifter viel Unverdautes und Unverdauliches in die Welt setzten. Dabei verstünden sie gar nichts von dem, was den Menschen nutze und fromme; denn sie hätten nicht die mindeste Kenntnis dessen, „was pracktisch außführbar gut ist". Die Absichten der „Freyfrancken" brachte er auf eine schlichte Formel: „Besitzern die Hosen außzuziehen, um die Unbehoßten damit zu bekleiden." Daß es um nichts anderes gehe, hätten jetzt auch frühere Sympathisanten eingesehen. Es sei wirklich so gewesen, „daß es in unsern Vaterlande weit hinein böse war, daß ein Feuer unter der Asche glimmte, daß am Ende Ausbrüche zu befürchten waren, welche schreckliche Mittel und viel entsetzlichere, als der jetzige Krieg ist, erfordert hätten". Namentlich attackierte er Georg Forster, der, wie wir wissen, unter unglücklichen Bedingungen und ohne ausreichenden Rückhalt in der Bevölkerung im besetzten Mainz jene kurzlebige erste Republik auf deutschem Boden miterrichtet hatte, deren Abgeordnete am 17. März 1793 erstmals zusammentraten und schon vier Tage später den Anschluß an die französische Republik beschlossen (was noch heute gewisse Historiker dazu bringt, der „Mainzer Republik" das deklassierende Etikett ‚separatistisch' anzuheften). „*Forster* und *Consorten* zu Mayntz beweisen", so Carl August, „wie heftig jene *Sympathie* auf Leute ihres Gelichters wirckten, da diese anziehende Kraft sie zu denen Handlungen der schwärzesten Undanckbarkeit und der sinnlosesten Unternehmungen verleitete." Untertanen haben eben dankbar zu sein und nicht das Angemaßte und Drückende monarchischer Herrschaft zu entlarven. (Der Herausgeber des Carl August/Goethe-Briefwechsels warf 1915 dem um republikanische Freiheit kämpfenden Forster noch den diffamierenden Kommentar nach: „Übte [...] im Rheinland einen großen verderblichen Einfluß aus".) Der Weimarer Herzog, der die Expansionslust des revolutionären Frankreich für erwiesen ansah, hielt es nach allen früheren Bedenken nun für ein Glück, daß es zum Krieg gekommen war, und für ratsam, alle Mittel anzuwenden, um die Ausbreitung der Revolution beizeiten zu vereiteln. Aus dem Lager bei Marienborn vor Mainz bedankte er sich bei Herder für die zweite Sammlung der *Briefe zur Beförderung der Humanität* mit einer anzüglichen Bemerkung, ganz im sicheren Bewußtsein, für eine gerechte Sache zu kämpfen. Die *Briefe* hätten ihn nicht „in der humansten Beschäftigung gefunden; indessen zweckt unser Bestreben ab, die fränkischen Unmenschlichkeiten vom deutschen Boden zu kehren. Und das ist ja auch wohl ein Beitrag zu Ihrem humanen Vorhaben, lieber Herder?"

Spärlich also und wenig aufschlußreich Goethes Äußerungen über die Revolution in seinen überlieferten Briefen. Auch auf den Blättern, die er vom Feldzug 1792 und von der Mainzer Belagerung in die Heimat schickte, steht darüber kaum etwas Nennenswertes. Er brauchte seinen Adressaten nichts zu erklären; sie wußten, daß er kein Freund der Revolution war. Auch für ihn waren es die „Toll-Francken", die gezähmt werden müßten (an F. Jacobi, 17. 4. 1793), und vor Mainz freute er sich, „daß man die leidigen Franzen [...] wills Gott bald aus dem lieben Deutschen Vaterlande gänzlich ausschließt, wo sie doch ein vor alle mal nichts taugen weder ihr Wesen, noch ihre Waffen, noch ihre Gesinnungen" (an Anna Amalia, 22. 6. 1793). Das alles besagt nicht, daß Goethe rundweg gutgeheißen hätte, was die monarchischen Mächte unternahmen und wie sie agierten. (Schade freilich, daß wir nicht wissen, wie er reagiert hat, als ihm der Herzog die Ungeheuerlichkeit mitteilte, die Verluste der Franzosen im Gefecht bei Mons/Belgien müßten schon deshalb größer gewesen sein als die der Verbündeten, „da ein Hauptgrundsatz bey den Kayserlichen obwaltet, keinen Frantzosen *pardon* zu geben", 23. 3. 1793.) Offensichtlich schwieg sich der Beobachter Goethe über vieles aus. „Es ließ sich noch vieles sagen das nicht gut zu schreiben ist" (an F. Jacobi, 5. 6. 1793): So oder ähnlich schirmte er sich mehrfach ab und behielt für sich, was ihn beschäftigte, vielleicht beunruhigte, vielleicht bedrängte und bedrückte.

Obwohl er ein Jahrzehnt lang in verantwortlicher Position wichtige Staatsgeschäfte besorgt hatte, verfaßte er keine theoretische Abhandlung und keinen gesellschaftspolitischen Essay über die Revolution, wie sie damals zahlreich erschienen. Auch wenn er, wie schon erwähnt, 1823 seine „grenzenlose Bemühung" betonte, „dieses schrecklichste aller Ereignisse in seinen Ursachen und Folgen dichterisch zu gewältigen" (13,39), so ist schon hier zu bezweifeln, ob er sich auf eine eingehende Analyse der geschichtlich-gesellschaftlichen Tatbestände wirklich eingelassen hat. Er gab sich mit der Annahme einiger Grundkonstellationen zufrieden, auf die er das Geschehene bezog und von denen er gewisse Ratschläge für eine wünschenswerte gesellschaftliche Ordnung ableitete. Fürsten und Untertanen, Adel und Bürger müßten zusammenfinden, gemeinsam das Gute wollen und in behutsamer Entwicklung, evolutionär, zeitgerechte Reformen innerhalb des Bestehenden verwirklichen.

Dies Konzept galt auf der realpolitischen Ebene. Damit hatte er die Revolution in den übergreifenden Zusammenhängen seiner Deutung von Welt und Geschichte noch nicht untergebracht. Dort setzte er sie, um es knapp vorwegzunehmen, Naturkatastrophen gleich, dem Chaos, dem Ausbruch der Elemente, wie er sie spät im *Versuch einer Witterungslehre* (1825) im Abschnitt „Bändigen und Entlassen der Elemente" beschrieb: „Es ist offenbar, daß das, was wir Elemente nennen, seinen eigenen wilden wüsten Gang zu nehmen immerhin den Trieb hat. Insofern sich nun der Mensch den Besitz der Erde ergriffen und ihn zu erhalten Pflicht hat, muß er sich zum Widerstand bereiten und wachsam erhalten" (13, 309). Zur Natur gehören die Elemente und das Chaotische, das sie bewirken, wenn sie entlassen sind. So auch Kriege und Revolutionen in der menschlichen Geschichte. Doch kann solche chaotische Phase immer auch zu neuer Gestaltung überleiten, die sich später vielleicht als fruchtbar erweist. Sogar für die Französische Revolution deuteten das Verse in *Hermann und Dorothea* an (IX 264 ff.):

> Grundgesetze lösen sich auf der festesten Staaten,
> Und es löst der Besitz sich los vom alten Besitzer,
> Freund sich los von Freund: so löst sich Liebe von Liebe.
> [...]
> Gold und Silber schmilzt aus den alten heiligen Formen;
> Alles regt sich, als wollte die Welt, die gestaltete, rückwärts
> Lösen in Chaos und Nacht sich auf und neu sich gestalten.

Häufig benutzte Goethe nach 1789 sprachliche Bilder, die die geschichtlichen Konvulsionen der Zeit gleichnishaft als Naturvorgänge umschrieben. Erdbeben, Brand und Überschwemmung schien der Krieg in Italien zu sein (an Schiller, 14. 10. 1797), und in der *Natürlichen Tochter* (1803) erscheinen Naturmetaphern gehäuft, wenn die Schrecken der Revolution veranschaulicht werden sollen: Blitz, Feuer, Meeresflut, Wüten der Elemente. So eindrucksvoll solche Metaphorik ist, so bleibt doch zu bedenken, daß sie zwar in einer umfassenden Weltdeutung ihren wohlbegründeten Ort beanspruchen mag, aber zu einer Erkenntnis realpolitischer Zusammenhänge und Vorgänge in einem bestimmten historischen Zeitabschnitt wenig beiträgt.

Es war in Goethes Leben nicht vorgezeichnet, ein Gegner der Revolution zu sein, im Gegenteil. Von der Verherrlichung der regelfreien Schöpferkraft, vom Aufbegehren in den *Frankfurter Gelehrten Anzeigen,* vom kräftigen, wenn auch vergeblichen Selbsthelfertum eines Götz, vom „Hier sitz ich, forme Menschen / Nach meinem Bilde", von der Adelsschelte im *Werther:* von dort wies der Weg nicht zwingend an die Seite der Bewahrer des Bestehenden und der allenfalls zu vorsichtigen Reformen Bereiten. Aber 1789 war Goethe nicht mehr der junge Mann des „Dreingreifen, packen ist das Wesen jeder Meisterschaft". Krisen lagen hinter ihm, die ihn tief verunsichert hatten. Äußerlich war immer alles im Lot, nie hatte er Not leiden müssen, aber innerlich war ihm Lebensnot wohlvertraut. Mehr als einmal hatte ihn Verzweiflung heimgesucht, jahrelang war er schwankend, unsicher, auch ratlos gewesen, was denn aus ihm werden sollte. Fürs bloße Leben war gesorgt, die Lebensverwirklichung eine beständige Frage geblieben. Fluchten: aus der Frankfurter Krise in der Verwirrung um Lili Schönemann nach Weimar; nach dem Jahrzehnt des Ausprobierens politischer und administrativer Tätigkeit mit Auf- und Abschwüngen, Erfolgen und Enttäuschungen, Selbstdisziplinierung und Zweifeln, Geselligkeit und Einsamkeit, mit Nebenstunden für die Kunst und mit einer merkwürdigen Liebe, in der die Frau die Schwester blieb und der Sinnlichkeit ausgewichen wurde, – nach solchem Jahrzehnt Ausbruch nach Italien, Versuch der Selbstbesinnung, der Selbstfindung, verstärkte Suche nach Beständigem, Dauerndem, nach Grundgesetzlichkeiten, die er in zwei Bereichen zu finden glaubte: in Natur und Kunst. Ein Jahr war er wieder zurück in Thüringen, mit der Vollendung seiner Werkausgabe und mit den Naturstudien beschäftigt und endlich sicher und glücklich auch in sinnlicher Liebe geworden, als 1789 die aufregenden Nachrichten aus Paris eintrafen. Er hatte endgültig für Weimar votiert und es als seine Heimat angenommen.

Jetzt konnte er nicht preisgeben, was er sich als Antworten auf sein Fragen und Suchen angeeignet, die Arbeit nicht desavouieren, die er im ersten Weimarer Jahrzehnt als herzoglicher Minister auf sich genommen hatte, konnte nicht für die Revolution sein, die ihm den Boden entzogen hätte, auf dem sich einzurichten so mühsam gewesen war. Aber er konnte auch die reformerischen Hoffnungen nicht verraten, die er investiert hatte, in den ihm gezogenen und von ihm respektierten Grenzen. Zwischen Revolution und Reaktion, zwischen totalem Umsturz und borniertem Festhalten am Bestehenden war sein Platz. Er wollte, wie andere, den ‚dritten Weg' einschlagen, richtiger (da er im politischen Tagesgeschäft nicht engagiert, sondern Beobachter, höchstens Ratgeber war): er befürwortete ihn.

Schließlich und nicht zuletzt hielt er an Überzeugungen fest, die ihm Justus Möser vermittelt hatte. Was dieser unermüdlich gegen die Tendenzen des aufgeklärten Absolutismus vortrug, war auch auf Theorie und Praxis der Revolution zu beziehen: daß ein zentralistischer Rationalismus, der alles einem bestimmten theoretischen Prinzip unterwirft, die lebendige Vielfalt und Unterschiedlichkeit des in langer Zeit Gewordenen nivelliert, ja abtötet. Schon 1772 war in den *Patriotischen Phantasien* im Aufsatz *Der jetzige Hang zu allgemeinen Gesetzen und Verordnungen ist der gemeinen Freiheit gefährlich* zu lesen, der Wunsch nach „allgemeinen Gesetzbüchern" entspreche nicht „dem wahren Plan der

Natur, die ihren Reichtum in der Mannigfaltigkeit" zeige, sondern bahne „den Weg zum Despotismus, der alles nach wenigen Regeln zwingen will und darüber den Reichtum der Mannigfaltigkeit verliert".

> Die philosophischen Theorien untergraben alle ursprünglichen Kontrakte, alle Privilegien und Freiheiten, alle Bedingungen und Verjährungen, indem sie die Pflichten der Regenten und Untertanen und überhaupt alle gesellschaftlichen Rechte aus einem einzigen Grundsatze ableiten, und um sich Bahn zu machen, jede hergebrachte, verglichene und verjährte Einschränkung als so viel Hinderungen betrachten, die sie mit dem Fuße oder mit einem systematischen Schlusse aus ihrem Wege stoßen können.

Im gleichen Sinn hielt Möser, mit Burkes Kritik übereinstimmend, dann den Revolutionären vor, es sei zu einfach, alles nach einer einzigen Idee, und sei es die der Menschenrechte, auszurichten; Montesquieu behaupte „mit Recht, daß diese idées simples et uniques der helle Weg zum monarchischen (und so wohl auch zum demokratischen) Despotismus wären" *(Wann und wie mag eine Nation ihre Konstitution verändern?)*.

Dichterische Antworten. Epigramme und Revolutionsdramen

Goethe hat manches einseitige Urteil über die Französische Revolution gefällt. Seine fast penetrante Ehrerbietung, die er in Wort und Verhalten gegenüber Feudalherren und Leuten von Stand unbekümmert an den Tag legte, mußte kritischen Zeitgenossen auf die Nerven gehen und Spätere irritieren. Doch erweist sich andererseits das böse Wort vom „Fürstenknecht" recht bald als leichtfertige Beschimpfung, über die sich zu erregen der alte Herr Grund hatte.

Er habe versucht, die Französische Revolution „dichterisch zu gewältigen", schrieb er im Rückblick von 1823 und benutzte, um die Schwere der Aufgabe zu markieren, ein Verbum aus der Bergbausprache. („Dann ritt ich nach Ilmenau wo sie ernstlich beschäftigt sind die Wasser zu gewältigen", an Carl August, 1. 10. 1788.) „*Dichterisch* zu gewältigen": also nicht in theoretischer Abhandlung, sondern in einer Gestaltungsweise, die produktiv aufgreift, was (nach Meinung des Autors) „Ursachen und Folgen" der Revolution ausmacht, um es in Bildern, Gestalten, dramatischen Handlungen sinnlich zu verkörpern. Aber der Versuch, im revolutionären Geschehen Grundmuster der geschichtlichen Bewegung und des Verhaltens der Menschen in ihr freizulegen und dichterisch anschaulich werden zu lassen, konnte der spannungsreichen, auch widersprüchlichen Vielschichtigkeit der historischen Situation(en) ebensowenig gerecht werden wie dem komplizierten Ablauf in der Zeit, zumal nicht aus solcher Nähe der Betrachtung und Beurteilung. Dort, wo Goethe von seinem Bemühen sprach, die Revolution „dichterisch zu gewältigen", hatte er zuvor der Charakterisierung zugestimmt, daß sein Anschauen selbst ein Denken, sein Denken ein Anschauen sei (13, 37). Bei der Französischen Revolution wirkte sich das jedoch nicht günstig aus. Was er schaute und verallgemeinerte, war nicht scharf genug gesehen. Allerdings machte es die vordem so nicht gekannte durchgängige Politisierung der französischen Gesellschaft, also die Einbeziehung fast aller Lebensbereiche und Schichten der Bevölkerung mit ihren sich oft durchkreuzenden Interessen und Aversionen in den politischen Prozeß, auch außerordentlich schwer zu durchschauen, was vor sich ging.

Goethes grundsätzliches Urteil über die Französische Revolution ist unverändert geblieben, er hat sie nie befürwortet. Aber seine Äußerungen über sie stammen aus verschiedenen, weit auseinanderliegenden Zeiten seines Lebens. Wenn er nach Jahrzehnten niederschrieb oder diskutierte, was er 1789, beim Feldzug 1792 oder bei der Belagerung von Mainz 1793 erlebt, gedacht und erkannte habe, ist kaum nachzuprüfen, ob die Behauptungen stimmen oder sich Deutungen aus späterer Zeit eingemischt haben. Die *Campagne in Frankreich* entstand erst Anfang der zwanziger Jahre des 19. Jahrhunderts, ebenso die *Belagerung von Mainz*. Auch die *Annalen*, die erstmals 1830 als *Tag- und Jahreshefte als Ergänzung meiner sonstigen Bekenntnisse* in der „Ausgabe letzter Hand" gedruckt wurden, bilanzierten aus der Überschau des Alters.

Eine Woche nach jenem Brief vom 3. März 1790 mit der knappen Bemerkung über die Bedeutung der Revolution auch für ihn brach Goethe erneut nach dem Süden auf. Er hatte sich angeboten, Herzoginmutter Anna Amalia von ihrer Italienreise abzuholen. Fast zwei Monate, vom 31. März bis zum 22. Mai, mußte er, auf die Fürstin wartend, in Venedig zubringen, in schwankender Stimmung, anders als früher in seiner italienischen Zeit. *Venetianische Epigramme* entstanden, beobachtende, reflektierende, auch lebhaft kritisierende Gedichte, wiederum in Distichen wie die *Erotica Romana*. Einige dieser oft zu spruchhafter Prägnanz geformten Verse zielten auf die französischen Ereignisse. Kräftig akzentuierte der Epigrammatiker seine Abneigung gegen die Revolution und ihre Sympathisanten. „Freiheitsaposteln" sei zu mißtrauen, weil doch nur der Eigennutz sie triebe; „Schwärmer" verdrehten den Leuten die Köpfe, sie „prägen den Stempel des Geistes auf Unsinn und Lügen, / Wer den Probierstein nicht hat, hält sie für redliches

Gold". So und ähnlich verhöhnte man auch im Lager bedingungsloser Konterrevolutionäre diejenigen, die der alten Ordnung den Kampf angesagt hatten und deren Legitimität bestritten. Bemerkenswert, wie Goethe ein Epigramm erweiterte, nachdem „die Menge" in Frankreich sich in einzelnen Aktionen als handelndes Subjekt eingeschaltet hatte. In der Fassung des Jahres 1790, wie sie in Schillers *Musenalmanach für das Jahr 1796* erschien, lautete ein Zweizeiler:

> Frankreich hat uns ein Beispiel gegeben, nicht daß wir es wünschten
> Nachzuahmen, allein merkt und beherzigt es wohl.

Im Druck der *Neuen Schriften* 1800 (Bd. 7) wurde daraus:

> Frankreichs traurig Geschick, die Großen mögen's bedenken!
> Aber bedenken fürwahr sollen es Kleine noch mehr.
> Große gingen zu Grunde: doch wer beschützte die Menge
> Gegen die Menge? Da war Menge der Menge Tyrann.

Diese Kritik an der Menge war nicht nur ein Reflex auf aktuelles Geschehen. Prinzipiell bestritt Goethe, daß „die Menge", jedenfalls in ihrem bisher erreichten Stand an Kenntnis, Bildung und Erfahrung, urteilsfähig genug sei, um Entscheidungen zu fällen, die das Wohl und Wehe eines Gemeinwesens betreffen. In seinen Augen waren ‚Herrschaftswissen' und die Ausübung der Regierung nur wenigen vorbehalten. Für die Forderung nach Volkssouveränität, wie sie die Demokraten erhoben, brachte er kein Verständnis auf, was zugleich bedeutete, daß er beim Fürsten und der herrschenden Schicht den Willen und die Fähigkeit zu kompetenter Führung einklagte. So verteilte er denn auch in den *Epigrammen* Kritik und Mahnung nach allen Seiten. Den Zeilen über die Schwärmer und ihre Lügen setzte er die Verse voran: „Fürsten prägen so oft auf kaum versilbertes Kupfer / Ihr bedeutendes Bild, lange betrügt sich das Volk." Goethe maß die Schuld am „schrecklichsten aller Ereignisse" keineswegs nur den Revolutionären, geschweige der „Menge" zu. „Die Großen" sollten „Frankreichs traurig Geschick" bedenken, weil ihr eigenes falsches Verhalten den Umsturz provozieren könne. Und wer „den Pöbel" verachtete, weil er durch sein Verhalten nur beweise, daß er hoffnungslos manipulierbar sei, den ließ der Weimarer Minister nachdenken:

> „Sage, tun wir nicht recht? Wir müssen den Pöbel betrügen,
> Sieh, wie ungeschickt wild, sieh nur, wie dumm er sich zeigt!"
> Ungeschickt scheint er und dumm, weil ihr ihn eben betrüget,
> Seid nur redlich, und er – glaubt mir – ist menschlich und klug.

In den *Venetianischen Epigrammen* bot Goethe nicht mehr als spitz formulierte Bonmots. In einigen Schauspielen behandelte er in den nächsten Jahren das Thema Revolution aus seiner Sicht, was bedeutete: weiterhin Kritik an vermeintlichen Eiferern und Schwärmern und Appell an die Herrschenden, unablässig für die Untertanen zu sorgen. So könnten, war er überzeugt, auch in der hierarchischen Ordnung der Ständegesellschaft Revolutionen vermieden werden. Denn daß es die Korruptheit des *Ancien régime* war, die den eigenen Untergang heraufbeschworen hatte, stand für ihn fest. Jedenfalls betonte er später mehrfach, daß ihn schon 1785 die Halsbandaffäre schockiert und er sie als böses Vorzeichen angesehen habe. Unter der Jahreszahl 1789 trug er in seine *Annalen* ein:

> Kaum war ich in das weimarische Leben und die dortigen Verhältnisse, bezüglich auf Geschäfte, Studien und literarische Arbeiten, wieder eingerichtet, als sich die Französische Revolution entwickelte und die Aufmerksamkeit in aller Welt auf sich zog. Schon im Jahr 1785 hatte die Halsbandgeschichte einen unaussprechlichen Eindruck auf mich gemacht. In dem unsittlichen Stadt-, Hof- und Staatsabgrunde, der sich hier eröffnete, erschienen mir die greulichsten Folgen gespensterhaft, deren Erscheinung ich geraume Zeit nicht los werden konnte; wobei ich mich so seltsam benahm, daß Freunde, unter denen ich mich eben auf dem Lande aufhielt, als die erste Nachricht hievon zu uns gelangte, mir nur spät, als die Revolution längst ausgebrochen war, gestanden, daß ich ihnen damals wie wahnsinnig vorgekommen sei (10, 433).

Ohne Frage ist das eine späte Deutung. Unter den Dokumenten des Jahres 1785 findet sich nichts, was sie bestätigen könnte. Erst nachdem die Revolution ausgebrochen war, bot sich eine so weitreichende Interpretation der Halsbandaffäre an. Allerdings hatte der Skandal seinerzeit großes Aufsehen erregt und die Spalten der Journale gefüllt: Ein Halsschmuck, von Pariser Juwelieren angefertigt, besaß den unerhörten Wert von 1 600 000 Livres. Wer konnte an einem solchen Geschmeide interessiert sein, wer es erwerben? Weder die Königin noch sonst ein Kunde kam in Frage. Doch unter dem Namen Marquise de la Motte schaltete sich eine Betrügerin ein und gaukelte dem Kardinal Rohan vor, er könne die verlorene Gunst der Königin Marie Antoinette wiedergewinnen, wenn er als Mittelsmann das Halsband für sie erwerbe. Eine nächtliche Zusammenkunft des Kardinals mit der Königin zerstreute dessen letzte Bedenken. Aber: das Rendezvous hatte die Marquise zur Täuschung inszeniert; ein junges Mädchen ahmte die Königin nach, und ein Brief Marie Antoinettes war gefälscht. So hinters Licht geführt, auf die Verbesserung seines Ansehens bei Hof erpicht, kaufte der Kardinal den Schmuck im Vertrauen auf die zugesagten Ratenzahlungen der Königin und händigte ihn der Betrügerin aus. Als Rohan vergeblich auf die nächste Rate wartete und Teile des zerbrochenen Geschmeides in England auftauchten, flog alles auf. 1786 enthüllte ein Prozeß, wie raffiniert die Sache eingefädelt war, und kritische Beobachter hatten es leicht, die Vorgänge als symptomatisch für den fragwürdigen Zustand des *Ancien régime* zu deklarieren. Eigentlich waren sie gar nichts Besonderes; ähnliche Korruption kam auch an anderen Höfen vor und hatte es immer gegeben. Für die hellsichtige Prophezeiung eines revolutionären Umsturzes taugten die Verwicklungen und Machenschaften wenig.

Mit den Nachrichten von der Halsbandaffäre scheint Goethe auch Neues über Cagliostro erfahren zu haben, den gewiß bekanntesten, bewundertsten, berüchtigtsten Abenteurer, Betrüger, Hochstapler und Zauberer des 18. Jahrhunderts (um den auch Schillers Romanfragment *Der Geisterseher* von 1787 spielt). Schriftliche und mündliche Berichte machten ihn schon zu seinen Lebzeiten zu einer legendären europäischen Figur, und was der eine nur andeutete, schmückte der andere aus und erfand noch etwas hinzu. An der Halsbandgeschichte war Cagliostro allerdings kaum beteiligt. Wenn Goethe 1785 unter den Berichten aus Paris, die an den Höfen von Gotha und Weimar umliefen – Baron Melchior Grimm lieferte seine *Correspondance littéraire* –, wieder etwas von dem Wundermann hörte, waren es für ihn Variationen über ein bekanntes Thema. Bereits 1781 hatte er in Briefen mit Lavater seine Gedanken über die bestaunte und beargwöhnte Person ausgetauscht. Der Zürcher Theologe hielt verblüffend viel von Cagliostro, rühmte ihn gar als „parazelsischen Sternnarr", „personifizierte Kraft" (SGS 16, 125, 147). Goethe dagegen war skeptisch. Schon am 22. Juni 1781 verband er unvermittelt die „Künste des Calliostro" mit der Unterminierung der moralischen und politischen Welt, die er meinte erkannt zu haben. (Das war ein Jahr, bevor Kammerpräsident v. Kalb wegen unklarer Geschäftsführung seinen Posten als höchster Finanzberater räumen mußte.)

> Was die geheimen Künste des Calliostro betrift bin ich sehr mistrauisch gegen alle Geschichten [...]. Ich habe Spuren, um nicht zu sagen Nachrichten, von einer großen Masse Lügen, die im Finstern schleicht, von der du noch keine Ahndung zu haben scheinst. Glaube mir, unsere moralische und politische Welt ist mit unterirdischen Gängen, Kellern und Cloaken miniret, wie eine große Stadt zu seyn pflegt, an deren Zusammenhang, und ihrer Bewohnenden Verhältniße wohl niemand denkt und sinnt; nur wird es dem, der davon einige Kundschaft hat, viel begreiflicher, wenn da einmal der Erdboden einstürzt, dort einmal ein Rauch aus

> einer Schlucht aufsteigt, und hier wunderbare Stimmen gehört werden. Glaube mir, das Unterirdische geht so natürlich zu als das Überirdische, und wer bei Tage und unter freyem Himmel nicht Geister bannt, ruft sie um Mitternacht in keinem Gewölbe (an Lavater, 22. 6. 1781).

Als Goethe in Palermo war und hörte, Cagliostro stamme aus dieser Stadt und heiße in Wirklichkeit Giuseppe Balsamo, verfolgte er seine Spuren und versuchte die Familienverhältnisse zu klären, die Cagliostro selbst verschleierte. Einen ausführlichen Bericht darüber lieferte er nicht erst in der späten *Italienischen Reise* (11, 253–264), sondern ließ ihn schon 1792 im ersten Band seiner neuen Gesamtausgabe, der *Neuen Schriften* bei Unger, drucken: *Des Joseph Balsamo, genannt Cagliostro, Stammbaum.* Dieser ‚Magier' war für Goethe ein Beispiel verderblicher Geheimnistuerei und skrupelloser Verdummung, die zu Aberglauben verführen und schlimme Verwirrungen in den Köpfen der Faszinierten anrichten kann. Zudem schien der angeblich zauberfähige Mann mit Geheimorden in Verbindung zu stehen, die auf undurchsichtige Weise agierten und für Unruhe sorgten. Das ‚Jahrhundert der Aufklärung' war nicht so aufgeklärt, wie manche wünschten; es hatte seine Nischen, in denen Wunderliches und Abstruses kultiviert wurde, und verborgene Gänge, in denen man abenteuerlich Geheimnisvolles entdeckte, das die Vernunft betörend verwirren konnte.
Während seiner italienischen Reise begann Goethe eine Opera buffa um den Betrüger und die Betrogenen, seine Helfershelfer und Genasführten zu dichten. *Die Mystificirten* sollte sie heißen, aber sie kam – ein gemeinsames Projekt mit dem Komponisten Christoph Kayser – nicht zum Abschluß. In Weimar wurde dann ein „Lustspiel" daraus: *Der Groß-Cophta,* das im September 1791 fertig war. Am 1. Juni hatte Goethe im Brief an Fritz Jacobi seiner Ankündigung der Publikation von Cagliostros Stammbaum hinzugefügt: „Es ist erbärmlich anzusehen, wie die Menschen nach Wundern schnappen um nur in ihrem Unsinn und Albernheit beharren zu dürfen, und um sich gegen die Obermacht des Menschenverstandes und der Vernunft wehren zu können."
In *einem* Spiel ist im *Groß-Cophta* die Halsbandaffäre zusammen mit den Machenschaften eines „Grafen" (= Cagliostro) auf die Bühne gebracht, der sich anheischig macht, Damen und Herren der Gesellschaft nach phantastischen Riten in die Loge des Groß-Cophta einzuführen. Wie der Domherr, der bei Hof sein Ansehen aufpolieren will, betrogen wird und wie die Gaunereien um den Schmuck inszeniert werden, das wird im Stück vorgeführt und entspricht weitgehend der tatsächlichen Halsbandaffäre. Anders als dort jedoch werden die Pläne der Betrüger zeitig verraten. Die Schweizergarde braucht am Ende nur abzuwarten,

um alle, auch den Grafen (der selbst sich als der Groß-Cophta entpuppte), einzukassieren.
Weder ist die Cophta-Cagliostro-Handlung mit der Halsbandgeschichte dicht und zwingend verknüpft, noch vermögen die Sprache des Stücks und die Gestaltung der Figuren den Zuschauer oder Leser wirklich zu fesseln, und ein „Lustspiel" ist das auch nicht, was da vorgeführt und zu einem guten, kläglichen Ende gebracht wird. Leicht also, dieses Drama als mißlungen abzustempeln. Dennoch bleibt einiges bemerkenswert, was eine angemessene Einschätzung der merkwürdigen Dichtung ermöglichen könnte. Immerhin hat Goethe mit diesem Werk 1792 den ersten Band seiner neuen Gesamtausgabe, der *Neuen Schriften*, eröffnet. Er hielt es also für angebracht, drei Jahre nach Ausbruch der Revolution ein Quasi-Dokumentarstück, dessen historische ‚Vorbilder' jedermann erkennen konnte, an markanter Stelle zu publizieren. Dem Publikum in Territorien, in denen es (noch) nicht zu einer Revolution gekommen war, wurde im Bühnenspiel präsentiert, was sich in einer Gesellschaft zusammenbrauen kann, wenn für sie gilt, was die Marquise des Stücks ausspricht: „Die Menschen lieben die Dämmerung mehr als den hellen Tag, und eben in der Dämmerung erscheinen die Gespenster" (II 4). Um eben dies zu verdeutlichen, hat Goethe die Gestalt des Grafen (Cagliostro) in das Drama einbezogen und den Titel *Der Groß-Cophta* gewählt. Er ist eine solche Gestalt der Dämmerung, ein Gespenst, das sein Unwesen in Zeiten treiben kann, da die Menschen sich der „Obermacht des Menschenverstandes und der Vernunft" (an Jacobi, 1. 6. 1791) entziehen wollen. Ein Betrugsspiel um das kostbare Halsband allein hätte diese wichtigen Aspekte nicht berührt; es wäre ein Gaunerstück gewesen, nichts sonst.
Die Bezeichnung „Lustspiel" ist nicht so verwunderlich, wie es zunächst scheinen mag. Zwar können die Betrügereien als komödiantisch qualifiziert, auch die einzelnen Gestalten in manchen Zügen der Typenkomödie zugeordnet werden; zwar war es nach Goethes eigenem (späten) Kommentar seine Absicht, dem „Ungeheuern eine heitere Seite abzugewinnen" (10, 357), aber lustig ist das keineswegs, was sich abspielt. Allenfalls das sprichwörtliche Lachen, das im Halse stecken bleibt, kann sich einstellen. Man muß nicht spätere Theorien Schillers und Goethes über die Komödie bemühen, um die spezifische Bedeutung des ‚Lustspielhaften' im *Groß-Cophta* von 1791 zu erfassen. Allein die Tatsache, daß das ganze Stück hindurch Personen von Stand in fragwürdigen Konstellationen förmlich zur Schau gestellt werden, rückt die Darstellung ins Lustspielhafte. Es war noch nicht lange her, daß den Personen von Stand das hohe Drama, die Tragödie, als ihnen gemäße Gattung vorbehalten war und Gaunereien und Betrügereien, wo es um nichts als

Geld ging, beim niederen Personal der Komödie untergebracht wurden. In der anderen Zuordnung, die Goethe hier praktizierte, und in der Demaskierung der Vertreter der Aristokratie steckte erhebliche kritische Aggressivität. Noch der Bericht der *Campagne in Frankreich* erinnerte daran, wie bei der Aufführung in Weimar der furchtbare und zugleich abgeschmackte Stoff des Schauspiels jedermann geschreckt habe; „und weil geheime Verbindungen sich ungünstig behandelt glaubten, so fühlte sich ein großer respektabler Teil des Publikums entfremdet" (10, 357). Wieder zog, wie in den *Annalen*, der Autor dieses Berichts die Verbindung von der Halsbandaffäre zur Französischen Revolution und maß damit auch seinem Stück die Bedeutung einer Diagnose fragwürdiger Handlungen bei, die geschichtliche Konsequenzen haben könnten. Mit Verdruß, so merkte er aus der Erinnerung an, habe er viele Jahre „die Betrügereien kühner Phantasten und absichtlicher Schwärmer zu verwünschen Gelegenheit gehabt" und sich „über die unbegreifliche Verblendung vorzüglicher Menschen bei solchen frechen Zudringlichkeiten mit Widerwillen verwundert". Jetzt, mit der Revolution seit 1789, „lagen die direkten und indirekten Folgen solcher Narrheiten als Verbrechen und Halbverbrechen gegen die Majestät vor mir, alle zusammen wirksam genug, um den schönsten Thron der Welt zu erschüttern" (10, 356 f.). Indem im *Groß-Cophta* besagtes fragwürdiges Verhalten vorgeführt und dem Gespött preisgegeben wird, das (selbstkritische) Einsicht fördern soll, ist das „Lustspiel" ein Warnstück zur Sicherung der bedrohten alten Ordnung.

Allerdings verfuhr Goethe glimpflich. Denn er beließ die demaskierte Korruption in Randzonen der höfischen Gesellschaft. Der engste Bezirk des Herrschers blieb gegen alle kritischen Nachfragen, die sich hätten ergeben können, wie abgeschirmt. Damit erschien radikaler Umsturz als etwas relativ leicht zu Vermeidendes. Die wirklichen Triebkräfte der Revolution konnten in solcher Darstellung nicht kenntlich werden. Gerechterweise muß aber gegen alle so oder ähnlich argumentierende Kritik am *Groß-Cophta* daran erinnert werden, daß man von einem Schauspiel, das im Herbst 1791, gerade zwei Jahre nach jenem Sommer des Jahres 1789, beendet wurde, nicht erwarten darf, es hätte schon die historischen Dimensionen jener Vorgänge ausmessen können.

Gehört das Geschehen des *Groß-Cophta* allenfalls in das Vorfeld der Französischen Revolution, so beziehen sich andere dramatische Versuche Goethes direkt auf sie. Es sind jene Stücke und Fragmente, die mit einigem Recht ‚Revolutionsdramen' genannt werden: *Der Bürgergeneral, Die Aufgeregten, Das Mädchen von Oberkirch.* Sie alle dokumentieren Goethes scheiterndes Bemühen, revolutionäres Geschehen angemessen in ein Bühnenspiel umzusetzen. Dichterische Unfähigkeit? Wohl kaum, so ‚schwach' uns die Stücke auch unter künstlerischen Gesichtspunkten vorkommen. Das Scheitern lag darin begründet, daß der Stückeschreiber offensichtlich nicht ganz die Vielschichtigkeit der geschichtlichen Vorgänge erfaßte. Ihm, dem an der Sicherung (und nötigenfalls Verbesserung) des bewahrenswerten Alten und an der Abwehr alles Umstürzlerischen lag, war nur eine beschränkte Wahrnehmung dessen möglich, was sich in Frankreich ereignete. Welche Bedeutung die Losungen Freiheit, Gleichheit, Brüderlichkeit wirklich beanspruchen konnten, welcher Not und Bedrückung sie ihre Faszination verdankten, vermochte er nicht auszuloten, weil er in anderen Kategorien dachte und persönlich nicht oder nur in zeremoniellen Dingen benachteiligt war. Es wäre absurd anzunehmen, er hätte Freiheit, Gleichheit, Brüderlichkeit prinzipiell verschmäht und etwa das Gegenteil gewünscht. Jedoch sah er die Verwirklichung von Freiheit, was immer ihre Wortführer im einzelnen darunter verstehen mochten, nicht an bestimmte Staats- und Gesellschaftsformen gebunden und dadurch garantiert, sofern nur tyrannischer Despotismus ausgeschlossen war. Nicht politisch-gesellschaftliche Strukturen waren ihm die erste Ursache von Unzulänglichkeiten, sondern die Menschen. Und gerade wegen der Unberechenbarkeit, Unvernünftigkeit, Inkonsequenz der „Menge" hielt er die Sicherung herkömmlicher, gewachsener und vertrauter Ordnungen für nötig. Ihnen entsprachen unterschiedliche Möglichkeiten von Freiheit, die dem einzelnen zustanden, und erst in der Annahme der jeweiligen Freiheitsräume mit ihren Begrenzungen wurde der einzelne frei. Solche Ordnung war überschaubar, während ihre Auflösung, so Goethes Befürchtung, zu hemmungslosen Interessenkämpfen aller gegen alle führen müsse. Nur wenigen wurde zugetraut zu erkennen, was das Wohl der Menschen ausmache und wie es zu fördern sei. Der Fürst war selbstverständlich dazu verpflichtet (und durch unerforschlichen Ratschluß scheinbar dazu prädestiniert), und wer in eine bevorrechtigte Position hineingeboren war oder sie erlangt hatte, stand unter demselben Gebot.

Bei diesen Voraussetzungen sollten Regierungen nicht starr am Bestehenden hängen, sondern das Erforderliche selbst einleiten, wenn Verbesserungen nötig würden. Gleichheit herrschte in so gestufter Ordnung (nur) insofern, als jeder an seinem Ort ‚das Rechte' ausführen und bewirken sollte, gerade auch der Fürst und die Privilegierten. Nur weil Carl Augusts Herrschaft ein „beständiges Dienen" gewesen sei, habe es ihn nicht verdrossen, einem Fürsten zu dienen, betonte Goethe 1825 im Gespräch mit Eckermann (27. 4. 1825). Vom früheren Bewußtsein, das einmal die Sätze an Kestner diktiert hatte, war nichts mehr geblieben:

„Ich binn von ieher gewohnt nur nach meinem Instinckt zu handeln, und damit könnte keinem Fürsten gedient seyn. Und dann biss ich politische Subordination lernte –" (25. 12. 1773).

So nahm er in den ‚Revolutionsdramen' einzelne Vorgänge aufs Korn, die sich als Auswirkungen der Revolution auch diesseits des Rheins zutrugen oder zutragen konnten. Als Abirrungen von der zu wahrenden Norm richtigen Verhaltens gab er sie dem Spott und Gelächter preis. Ende April 1793 schrieb er in wenigen Tagen den Einakter *Der Bürgergeneral.* Es war nicht viel mehr als die aktualisierende Bearbeitung der in Weimar mit Erfolg gespielten französischen Komödie *Die beiden Billetts.* Ihre komische Figur Schnaps war wie geschaffen dafür, um zu einem lächerlichen Revoluzzer umfunktioniert zu werden. Dieser Goethesche Schnaps will Märten, einem braven, durch die Zeitläufe irritierten Bauern, weismachen, er sei von den französischen Jakobinern zum Revolutionsgeneral ernannt worden. Was bei dem Versuch dieses ‚Generals' herauskommt, Märten für die revolutionäre Sache zu gewinnen, entlarvt den vermeintlichen Freiheitshelden als eine jener fragwürdigen Gestalten, die nur auf den eigenen Vorteil bedacht sind: Als er die revolutionäre Aktion vorspielen will, bedient er sich flugs der Vorräte aus Märtens Schränken, um sein Frühstück zu arrangieren. Aber dann fährt zeitig genug Görge, Märtens Schwiegersohn, dazwischen. Der Lärm lockt den Richter ins Haus, der – wie könnte es anders sein – bei allen Anwesenden konspirative Umtriebe wittert und gehörig strafen möchte. Doch der hinzukommende Edelmann bleibt gelassen und verhält sich so weise, wie es der Autor dieser Posse allen Regierenden ans Herz legen möchte: auf Ausgleich bedacht zu sein (bei Wahrung der bestehenden Herrschaftsverhältnisse), politische Gedanken vom Volk fernzuhalten (Deutschland ist schließlich nicht Frankreich) und nicht durch unverhältnismäßige Strafen Unruhe anzufachen. Den letzten Auftritt des Stücks füllen Spruchweisheiten aus dem Munde des Edelmanns, bei denen wir Heutigen nur staunen können, daß ihr Autor sie nicht ironisch meinte, sondern tatsächlich als zureichende Antwort im Jahre 1793 betrachtete:

> *Edelmann:*
> Wir haben nichts zu befürchten. Kinder, liebt euch, bestellt euren Acker und haltet gut Haus. [...]
> Und euch, Alter, soll es zum Lobe gereichen, wenn Ihr Euch auf die hiesige Landsart und auf die Witterung versteht und Euer Säen und Ernten darnach einrichtet. Fremde laßt für sich sorgen und den politischen Himmel betrachtet allenfalls einmal Sonn- und Festtags.
> *Märten:*
> Es wird wohl das Beste sein.

> *Edelmann:*
> Bei *sich* fange jeder an, und er wird viel zu tun finden. Er benutze die friedliche Zeit, die uns gegönnt ist; er schaffe sich und den Seinigen einen rechtmäßigen Vorteil – so wird er dem Ganzen Vorteil bringen. [...] Unzeitige Gebote, unzeitige Strafen bringen erst das Übel hervor. In einem Lande, wo der Fürst sich vor niemand verschließt; wo alle Stände billig gegen einander denken; wo niemand gehindert ist, in seiner Art tätig zu sein; wo nützliche Einsichten und Kenntnisse allgemein verbreitet sind – da werden keine Parteien entstehen. Was in der Welt geschieht, wird Aufmerksamkeit erregen; aber aufrührerische Gesinnungen ganzer Nationen werden keinen Einfluß haben. Wir werden in der Stille dankbar sein, daß wir einen heitern Himmel über uns sehen, indes unglückliche Gewitter unermeßliche Fluren verhageln (JA 9, 143 f.).

Schnaps steht am Ende als jemand da, der sich in Staatshändel einlassen wollte, die ihn nichts angehen, und lächerlich gemacht hat. Zudem scheint ihn nur die primitive Gier nach dem Besitz der anderen zu treiben. Solchen Egoismus, der nicht an das Wohl des Ganzen denkt, verurteilte Goethe allerdings ebenso bei den Privilegierten. In einem Notizbuch aus der Mitte der neunziger Jahre hielt er in Stichworten folgende Ansichten fest:

> Hauptfehler Wenn ein privilegirtes StaatsGlied, als ein solches, zum eignen Vortheil oder zum Vortheil eines andern privilegirten oder unprivilegirten Staatsgliedes etwas thut oder unterläßt was nicht zugleich zum Vortheile des Staats gereicht.
> Dieser Fehler kann überall begangen werden.
> Wo wird er am wenigsten begangen.
> Consequenz das höchste Gesetz des Staates.
> Der Staat ist nicht sehr gebessert wenn alle zu den Staatsämtern gelangen können denn alle und besonders die unteren begehen gern den höchsten Staatsfehler (WA I 53, 437).

Wenn Goethe im *Bürgergeneral* den Edelmann sich gegen „Parteien" aussprechen ließ, so war das eine Äußerung innerhalb einer Diskussion, die damals vehement geführt wurde. Staatsrechtler, Philosophen, Ökonomen, Regierende und Revoltierende, kurzum alle, die über die Frage nachdachten, wie man und in welcher Staatsform samt ihren Einrichtungen den allgemeinen Willen des Volkes erkennen und zur Geltung bringen könne, waren an der Diskussion um Wert und Unwert von Parteibildungen beteiligt. Hier nur ein kurzer Hinweis. Als sich 1789 der dritte Stand in Frankreich als Nationalversammlung konstituierte, verstand er sich als einheitliche Repräsentanz des Gemeinwohls und allgemeingültiger Ideen. Daß sich bald Gruppierungen mit unterschiedli-

chen Ansichten und Forderungen bildeten, wurde von den Revolutionären und ihren Sympathisanten selbst beklagt. Der Ausdruck „Fakzion", der später aufkam, war durchaus negativ gemeint. Eindeutig formulierte die Zeitschrift *Der Genius der Zeit:* „Alle Clubs und Verbrüderungen, welche auf politische Zwecke abzielen, sind schädlich" (Februar 1795). Den konservativen Kritikern der Revolution waren solche Ansichten ebenfalls plausibel. Für sie war der Zerfall in Parteien und ihr beständiger Streit negatives Wesensmerkmal der Demokratie.
Kern der Dispute über den Sinn von Parteibildungen war die Frage, wie es möglich sei, das allgemeine Interesse des Staates und der Bürger zu erfassen und ihm gerecht zu werden. Es war (und ist) immer leicht, sich auf den allgemeinen Willen (Rousseaus „volonté générale") zu berufen, seine Kenntnis zu behaupten und ihm zur Durchsetzung verhelfen zu wollen. Aber wie wird er erkannt? Kann er erkannt werden? Die Summierung der Einzelwillen aller Personen (der „volonté des tous") führt offensichtlich nicht zum Ziel, weil sich dabei nur die Vielfalt widerstreitender Meinungen und Interessen zeigt. Und daß sich die Richtigkeit einer Entscheidung im Namen des Gemeinwohls aus rein zahlenmäßiger Mehrheit ergebe, war den meisten damals ein befremdlicher Gedanke. Aus Besorgnis über die Zersplitterung in Parteien und die damit verbundenen Interessenkämpfe war man deshalb bereit, den Monarchen als Garanten des auf jeden Fall zu wahrenden und zu sichernden einheitlichen Staatsinteresses anzuerkennen.
Im Weimarer *Journal des Luxus und der Moden* erschien im Februar 1792 ein Artikel unter dem ironischen Titel *Neuestes Revolutions-Mode-Wörterbuch.* Dort wurde im Abschnitt „Staat" erläutert:

> Ich verstehe unter *Staat* die öffentliche Sache, seitdem *Republik* in einem andern Wortsinne angenommen worden ist. Der Staat ist der allgemeine Gegenstand einer ganzen Nation. Das Interesse des Staats ist das allgemeine Interesse. [...] Eine Regierungsform, wo der Souverän aus Gliedern besteht, die, als solche, ein vorübergehendes Ansehn zu ihrem Privat-Interesse nutzen wollen, ist fehlerhaft: denn es ist kein Zweifel, daß, im Ganzen genommen, die Menschen nicht sehr geneigt sein sollten, *zu wollen was sie können,* und folglich ihr Ansehn mißbrauchen. Die Nation ist dieser Gefahr bei Monarchien von seiten der Minister des Souveräns ausgesetzt, und in Republiken droht diese Gefahr der Nation von seiten der Glieder des Souveräns selbst. Allein es ist leichter, ihr in einer Monarchie als in einer Republik vorzubauen und zu steuern. [...] Weil der Souverän in einer Monarchie ungeteilt, in einer Republik hingegen komponiert ist, so wird im letzten Falle das Interesse des Souveräns beständig durch den Kampf der Privatinteressen seiner Glieder geschwächt, die als Individuen oft viele dem Interesse des Staats ganz ent-

> gegengesetzte Interessen haben, was in einer Monarchie nicht stattfindet.

Goethe wird der hier publizierten Anschauung zugestimmt haben. Die Wendung des Edelmanns gegen die „Parteien" und die Stichworte im Notizheft fügen sich ihr bruchlos ein.

Ein weiteres ‚Revolutionsdrama' aus dem Jahre 1793 blieb zwar Fragment, ist aber in einer Reihe von Szenen ausgeführt. Als Goethe *Die Aufgeregten* später in seine Gesamtausgabe aufnahm, ergänzte er das einstige Lustspiel durch Inhaltsangaben der fehlenden Szenen und gab dem Stück sogar die – bei ihm einmalige – Bezeichnung „Ein politisches Drama". Wieder tritt ein Freiheitsschwärmer auf, großspurig, geschwätzig, ein Nachfolger der bramarbasierenden Gestalten der Barockkomödie: der Chirurgus Breme von Bremenfeld („Ich will nicht Breme heißen, nicht den Namen Bremenfeld verdienen, wenn in kurzem nicht alles anders werden soll", I 4); wieder sind gefährliche Gedanken von Frankreich nach Deutschland übergesprungen; wieder trifft der Spott die Menschen, die hier meinen nachahmen zu müssen, was jenseits des Rheins geschah („Denn wenn's gut aderlassen ist, gut purgieren, gut schröpfen, das steht im Kalender, und darnach weiß ich mich zu richten; aber wenn's just gut rebellern sei? das, glaub' ich, ist viel schwerer zu sagen", I 7); wieder kann jemand die Ansicht kolportieren, die mit der Rebellion Liebäugelnden pflegten nur ihre egoistischen Wünsche („So viele nehmen sich der Sache der Freiheit, der allgemeinen Gleichheit an, nur um für sich eine Ausnahme zu machen, nur um zu wirken es sei auf welche Art es wolle", II 4). Aber in den *Aufgeregten* wird die Gegenseite doch nicht nur im Zerrspiegel sichtbar. Da darf der Magister zur Gräfin sagen, die aus Paris zurückgekehrt ist:

> Wie oftmals hab' ich Sie um das Glück beneidet gegenwärtig zu sein, als die größten Handlungen geschehen, die je die Welt gesehen hat, Zeuge zu sein des seligen Taumels der eine große Nation in dem Augenblick ergriff, als sie sich zum erstenmal frei und von den Ketten entbunden fühlte, die sie so lange getragen hatte, daß diese schwere fremde Last gleichsam ein Glied ihres elenden, kranken Körpers geworden (II 3).

Die dürftige Handlung dreht sich um Übernahme oder Ablehnung von Frondiensten und anderen Leistungen, die die feudale Herrschaft fordert, die Bauern aber verweigern. Um sie wird schon lange und vergeblich prozessiert, weil es einen Vergleich von früher gibt, auf den sich die Untertanen berufen. Jetzt reizt Breme, auf das französische Vorbild verweisend, zum offenen Aufruhr. Aber alles regelt sich gütlich; das

Stück „schließt zu allgemeiner Zufriedenheit" (5, 214). Die Leute sind umsonst aufgeregt worden. Denn – wie es nach Goethes Meinung sein sollte – die Herrschaft beweist sich liberal und übt ihre Macht menschlich aus (ohne daß sie grundsätzlich in Frage gestellt würde), und die Untertanen sind loyal und tun ihre Pflicht (ohne daß sie an Rechten etwas dazugewonnen hätten). Der Schweizer Schriftsteller und Literaturwissenschaftler Adolf Muschg hat in seiner Bearbeitung und Komplettierung der *Aufgeregten von Goethe* (1970) Revision eingelegt und das Fadenscheinige solcher politischen Versöhnung scharf glossiert. In Goethes Stück hat die Gräfin dazugelernt, als sie in Frankreich war:

> Ich habe es sonst leichter genommen, wenn man Unrecht hatte und im Besitz war: je nun, dacht' ich, es geht ja wohl so hin, und wer hat ist am besten dran. Seitdem ich aber bemerkt habe, wie sich Unbilligkeit von Geschlecht zu Geschlecht so leicht aufhäuft, wie großmütige Handlungen meistenteils nur persönlich sind und der Eigennutz allein gleichsam erblich wird; seitdem ich mit Augen gesehen habe, daß die menschliche Natur auf einen unglaublichen Grad gedrückt und erniedrigt, aber nicht unterdrückt und vernichtet werden kann: so habe ich mir fest vorgenommen jede einzelne Handlung, die mir unbillig scheint, selbst streng zu vermeiden, und unter den Meinigen, in Gesellschaft, bei Hofe, in der Stadt, über solche Handlungen meine Meinung laut zu sagen. Zu keiner Ungerechtigkeit will ich mehr schweigen, keine Kleinheit unter einem großen Scheine ertragen und wenn ich auch unter dem verhaßten Namen einer Demokratin verschrieen werden sollte (III 1).

Wie Goethe die „Freiheitsapostel" der Kritik und dem Spott ausliefert, so appellieren diese Sätze der Gräfin an die Regierenden, sich so zu verhalten, daß die Untertanen zur Revolution keinen Grund haben. Der Gesinnung der Gräfin mag der bürgerliche Hofrat nicht nachstehen. Wie *sie* Verständnis für die Menschen unter ihr praktizieren will, so liegt *ihm* die Anerkennung des „höheren Standes im Staate" am Herzen:

> Ein jeder kann nur seinen eignen Stand beurteilen und tadeln. Aller Tadel heraufwärts oder hinabwärts ist mit Nebenbegriffen und Kleinheiten vermischt, man kann nur durch seinesgleichen gerichtet werden. Aber eben deswegen weil ich ein Bürger bin der es zu bleiben denkt, der das große Gewicht des höheren Standes im Staate anerkennt und zu schätzen Ursache hat, bin ich auch unversöhnlich gegen die kleinlichen neidischen Neckereien, gegen den blinden Haß, der nur aus eigner Selbstigkeit erzeugt wird, prätentiös Prätentionen bekämpft, sich über Formalitäten formalisiert, und ohne selbst Realität zu haben, da nur Schein sieht, wo er Glück und Folge sehen könnte. Wahrlich! Wenn alle Vorzüge gelten

> sollen, Gesundheit, Schönheit, Jugend, Reichtum, Verstand, Talente, Klima, warum soll der Vorzug nicht auch irgendeine Art von Gültigkeit haben, daß ich von einer Reihe tapferer, bekannter, ehrenvoller Väter entsprungen bin! Das will ich sagen da wo ich eine Stimme habe, und wenn man mir auch den verhaßten Namen eines Aristokraten zueignete.

Die Parallelität der Bekenntnisse der Gräfin und des Hofrats, insbesondere des Schlusses, macht deutlich, daß Goethe ein Drittes sucht: nicht die Herrschaft von Adligen oder Bürgern, sondern die Zusammenarbeit zwischen ihnen. Solche Kooperation im Zeichen einer Reform von oben schwebte Goethe als politisch-gesellschaftliches Ideal vor. Gegenseitiger Respekt der Angehörigen verschiedener Stände war dabei vorausgesetzt.

Von dem „Trauerspiel in fünf Aufzügen" *Das Mädchen von Oberkirch* brachte Goethe 1795/1796 nur zwei Szenen zustande, und dabei ist es geblieben. Dieses Drama sollte im Gebiet der Revolution selbst spielen, in Straßburg, wo ein Baron seiner gräflichen Tante eröffnet, er wolle aus Liebe, aber auch aus politischer Klugheit ein Mädchen niederen Standes heiraten. Ob das sinnvoll sei und wie sich Adlige in diesen Zeiten zu betragen hätten, ist das Thema der Diskussion, die mitten im zweiten Auftritt abbricht. Ein kleines Schema der geplanten fünf Akte läßt ahnen, daß ein Trauerspiel konzipiert war, in dem Marie, das Mädchen von Oberkirch, in das Revolutionsgeschehen hineingezogen wird, den Zumutungen der Machthaber nicht entspricht und zugrundegeht. Doch ist über Vermutungen, wie das Drama gestaltet werden sollte, nicht hinauszukommen, trotz allen Scharfsinns der Philologen (JA 15, 362). Kein Zweifel aber, daß auch in diesem Stück über die „Massen" und über „die fürchterlichen Jacobiner", die „nach dem Blute eines jeden" dürsten (JA 15, 128), Gericht gehalten werden sollte.

Der Glaube an den dritten Weg

Mit den ‚Revolutionsdramen' war Goethes Auseinandersetzung mit der Französischen Revolution selbstverständlich nicht beendet. Sie beschäftigte ihn lebenslang. Seine Novellensammlung *Unterhaltungen deutscher Ausgewanderten* (1795) und sein Versepos *Hermann und Dorothea* (1797) gingen noch einmal direkt auf die Zeitereignisse ein. Auch dem Drama *Die natürliche Tochter* (1803) bleibt, wie immer man es interpretieren mag, der Hintergrund der Revolution eingezeichnet. Insgesamt sind die Spuren fast unübersehbar, die das welthistorische Geschehen in Goethes Dichten und Denken seit den neunziger Jahren hinterlassen hat; denn das „schrecklichste aller Ereignisse in seinen Ursachen und Folgen dichterisch zu gewältigen" mußte bedeuten, produktiv, mit eigenen Konzeptionen, poetischen Vorausnahmen und Deutungen von Individuum und Gesellschaft, auf die Herausforderung zu antworten.

Im Alter, aus dem Abstand von Jahrzehnten, äußerte sich Goethe wiederholt zur Französischen Revolution und zur Revolution überhaupt und wurde dabei grundsätzlich. In der *Campagne in Frankreich* (1822 erschienen) erinnerte er sich, daß in den ersten Jahren nach 1789 zu seiner Überraschung „ein gewisser Freiheitssinn, ein Streben nach Demokratie sich in die hohen Stände verbreitet hatte; man schien nicht zu fühlen, was alles erst zu verlieren sei, um zu irgend einer Art zweideutigen Gewinns zu gelangen. [...] So seltsam schwankte schon die Gesinnung der Deutschen" (10, 317). Wenn auch dieser autobiographische Bericht über die Teilnahme am gescheiterten Frankreichfeldzug von 1792 „das Unheil der französischen Staatsumwälzung" (10, 309) wie gehabt verdammte, so sparte er doch nicht mit kritischen Bemerkungen über die Emigranten, die Frankreich verließen und in deutsches Gebiet drängten. Bei ihnen, so wurde ihm berichtet, würden „noch immer dieselbe Rangsucht und Unbescheidenheit gefunden" (10, 320).

Eckermann überliefert in seinen *Gesprächen* einige prinzipielle Stellungnahmen, zu denen sich der Greis, von manchen als Fürstendiener verachtet, herausgefordert fühlte. Im Gespräch vom 4. Januar 1824 bezog er sich ausdrücklich auf *Die Aufgeregten* und meinte, man könne dieses Stück gewissermaßen als sein „politisches Glaubensbekenntnis jener Zeit ansehen". Die Gräfin habe sich in Frankreich überzeugt, daß das Volk wohl zu drücken, aber nicht zu unterdrücken sei und „daß die revolutionären Aufstände der unteren Klassen eine Folge der Ungerechtigkeiten der Großen sind". Dann zitierte er jene schon bekannten Sätze der Gräfin.

> „Ich dächte", fuhr Goethe fort, „diese Gesinnung wäre durchaus respektabel. Sie war damals die meinige und ist es noch jetzt. [...]
> Es ist wahr, ich konnte kein Freund der Französischen Revolution sein, denn ihre Greuel standen mir zu nahe und empörten mich täglich und stündlich, während ihre wohltätigen Folgen damals noch nicht zu ersehen waren. Auch konnte ich nicht gleichgültig dabei sein, daß man in Deutschland *künstlicherweise* ähnliche Szenen herbeizuführen trachtete, die in Frankreich Folge einer großen Notwendigkeit waren.
> Ebensowenig aber war ich ein Freund herrischer Willkür. Auch war ich vollkommen überzeugt, daß irgendeine große Revolution nie Schuld des

> Volkes ist, sondern der Regierung. Revolutionen sind ganz unmöglich, sobald die Regierungen fortwährend gerecht und fortwährend wach sind, so daß sie ihnen durch zeitgemäße Verbesserungen entgegenkommen und sich nicht so lange sträuben, bis das Notwendige von unten her erzwungen wird."

Es ist schwer abzuschätzen, worin für Goethe die „wohltätigen Folgen" der Revolution lagen. Vielleicht sah er sie in der Beseitigung korrupter, willkürlicher Herrschaft; vielleicht im Inkrafttreten des neuen Gesetzbuchs, des „Code Civil" (Code Napoléon), das die persönliche Freiheit und die Gleichheit vor dem Gesetz garantierte; vielleicht auch in der Erstarkung der wirtschaftlichen Macht des besitzenden Bürgertums und in der Vergrößerung seiner Entfaltungsmöglichkeiten? Als historisches Faktum hatte Goethe die Französische Revolution jedenfalls längst anerkannt. Wer die Schuld an ihrem Ausbruch trug, war für ihn ebenfalls eindeutig: Die Regierung war nicht gerecht verfahren und hatte die „zeitgemäßen Verbesserungen" versäumt. Wer so klar den Regierenden die Schuld zumaß, antwortete freilich noch nicht auf die entscheidende Frage, ob Regierungsform und Gesellschaftsordnung selbst denn „gerecht" und annehmbar gewesen seien. Im gleichen Gespräch mit Eckermann scheint sich anzudeuten, daß für Goethe sogar die grundsätzliche Änderung eines politisch-gesellschaftlichen Systems denkmöglich und akzeptabel war, wenn sie nur nicht auf gewaltsam-revolutionäre Weise erfolgte. (Wer sie durchführen könnte, blieb allerdings ungesagt.) Er verwahrte sich ausdrücklich dagegen, „Freund des Bestehenden" tituliert zu werden. Wenn alles Bestehende vortrefflich, gut und gerecht wäre, hätte er gar nichts dagegen. „Da aber neben vielem Guten zugleich viel Schlechtes, Ungerechtes und Unvollkommenes besteht, so heißt ein Freund des Bestehenden oft nicht viel weniger als ein Freund des Veralteten und Schlechten." Die Zeit aber sei in ewigem Fortschritt begriffen, „und die menschlichen Dinge haben alle funfzig Jahre eine andere Gestalt, so daß eine Einrichtung, die im Jahre 1800 eine Vollkommenheit war, schon im Jahre 1850 vielleicht ein Gebrechen ist".
Daß Goethe die Revolution stets ablehnte, beruhte auf seinem Abscheu vor revolutionärer Gewalt und ihren unkalkulierbaren Auswirkungen. Wiederum Eckermann zufolge hat er geäußert:

> Freilich bin ich kein Freund des revolutionären Pöbels, der auf Raub, Mord und Brand ausgeht und hinter dem falschen Schilde des öffentlichen Wohles nur die gemeinsten egoistischen Zwecke im Auge hat. Ich bin kein Freund solcher Leute, ebensowenig als ich ein Freund eines Ludwigs des Funfzehnten bin. Ich hasse jeden gewaltsamen Umsturz, weil dabei ebensoviel Gutes vernichtet als gewonnen wird. Ich hasse die,

> welche ihn ausführen, wie die, welche dazu Ursache geben. Aber bin ich darum kein Freund des Volkes? Denkt denn jeder rechtlich gesinnte Mann etwa anders? (E 27. 4. 1825)

Erneut verurteilte Goethe nicht nur die gewaltsam Revoltierenden, sondern ebensosehr diejenigen, die selbst durch ihr unkluges, ungerechtes Verhalten die Revolution heraufbeschwören. Immer wieder zeichnet sich bei Goethe das Modell einer gesellschaftlichen Harmonie ab, in der ruhige Entwicklung, „zeitgemäße Verbesserungen" möglich bleiben. Allerdings ist wiederum die fundamentale Überlegung ausgespart, ob denn die, die zum gewaltsamen Umsturz „Ursache geben", ihre Herrschafts- und Regierungsbefugnis legitimerweise beanspruchen dürfen. Mögen Regierende, was Goethe so nachdrücklich forderte, streng *legal* und aufs Wohl des Ganzen bedacht handeln und damit dem (wie auch immer zustandegekommenen) jeweils geltenden Recht entsprechen, so ist damit nicht entschieden, ob das geschriebene Recht und die gültige Machtstruktur *legitim* sind, sich also rechtfertigen können gegenüber Ansprüchen, die sich aus inzwischen bewußt gewordenen Menschenrechten herleiten (über deren Reichweite wiederum ständig diskutiert wird, da sie durch Letztbegründungen nicht abzusichern sind). Goethe scheint dieses Problem, das nur bedingungslose Befürworter des positiven Rechts als verwirrende Spitzfindigkeit abtun können, kaum belastet zu haben. Ihm genügte es, daß sein Herzog kein Tyrann und zum Dienen für das Herzogtum bereit war. Ob es (noch) legitim sein könne, daß ein einzelner, zufällig als Fürst geborener Mensch das letzte Wort habe und niemandem Rechenschaft schuldig sei, diese Frage stürzte den einstigen Dichter der *Prometheus*-Hymne offensichtlich nicht (mehr) in Zweifel und Verzweiflung. Möglicherweise hat ihn gerade die Französische Revolution mit ihren Phasen von Gewalt- und Schreckensherrschaft in seinem Festhalten an überkommenen Ordnungen bestärkt. So verteidigte er sich in jenem Gespräch mit Eckermann am 27. April 1825 gegen den Vorwurf, ein Füstenknecht zu sein, mit Argumenten, die die Frage nach der Legitimität des Fürstentums an sich ausklammerten:

> Diene ich denn etwa einem Tyrannen? einem Despoten? Diene ich denn etwa einem solchen, der auf Kosten des Volkes nur seinen eigenen Lüsten lebt? Solche Fürsten und solche Zeiten liegen gottlob längst hinter uns. [. . .] Für sich persönlich, was hatte er [der Großherzog] denn von seinem Fürstenstande als Last und Mühe! Ist seine Wohnung, seine Kleidung und seine Tafel etwa besser bestellt als die eines wohlhabenden Privatmannes? [. . .] Dieses sein Herrschen, was war es weiter als ein beständiges Dienen? Was war es als ein Dienen in Erreichung großer Zwecke, ein Dienen zum Wohl seines Volkes! Soll ich denn also mit Gewalt ein Für-

stenknecht sein, so ist es wenigstens mein Trost, daß ich doch nur der Knecht eines solchen bin, der selber ein Knecht des allgemeinen Besten ist.

Künstler, Forscher, Kriegsbeobachter. Frühe neunziger Jahre

Zum zweiten Mal in Italien

Goethe war noch keine zwei Jahre wieder in Weimar, als er erneut nach Italien aufbrach. Er hatte sich bereit erklärt, Herzoginmutter Anna Amalia im Süden abzuholen und sie auf der Rückfahrt durch Oberitalien zu begleiten. So machte er sich mit seinem Diener Paul Götze am 13. März 1790 auf den Weg und kam am letzten Märztag in Venedig an. Dort wartete er auf die Fürstin, und daraus wurden Wochen. Erst am 6. Mai traf sie ein, zusammen mit Kunstkenner Heinrich Meyer und Maler Fritz Bury. Für Goethe italienische Wochen der Zufriedenheit, sollte man meinen, Zeit für die erneute Besichtigung der Stadt, die Beobachtung des alltäglichen Lebens ihrer Bewohner, die Nachprüfung der Eindrücke, die er im Herbst 1786 hier gewonnen hatte. Aber merkwürdig: es wurden keine Ferienwochen des Glücks unter südlichem Himmel. Zwar passierte nichts, was ihn verdrießen mußte, und es hatte sich in den verflossenen drei Jahren in der Stadt am Lido auch nichts verändert. Aber jetzt, beim zweiten Mal, sah er vieles mit anderen Augen. ‚Italienische Stimmung‘, von der er seinerzeit in den Briefen geschwärmt hatte, wollte nicht aufkommen. Vielleicht war es voreilig gewesen, sich als Reisebegleiter zu empfehlen, wo er Christiane und den im Dezember letzten Jahres geborenen August zurücklassen mußte. „Ich gehe diesmal ungern von Hause“, schrieb er schon am Tag vor der Abreise (an Herder, 12. 3. 1790). Und hätte er die unvorhergesehen lange Wartezeit nicht besser für seine naturwissenschaftlichen Studien gebrauchen können, die er in Weimar intensiv getrieben hatte?

> Übrigens muß ich im Vertrauen gestehen, daß meiner Liebe für Italien durch diese Reise ein tödlicher Stoß versetzt wird. Nicht daß mirs in irgend einem Sinne übel gegangen wäre, wie sollt es auch? aber die erste Blüte der Neigung und Neugierde ist abgefallen und ich bin doch auf und ab ein wenig Schmelfungischer geworden. [Smelfungus: ständig kritisierender Reisender in Sternes *Sentimental journey.*] Dazu kommt meine Neigung zu dem zurückgelassenen Erotico und zu dem kleinen Geschöpf in den Windeln, die ich Ihnen beide, wie alles das Meinige, bestens empfehle (an Carl August, 3. 4. 1790).

Diese Meinung änderte sich bis zur Rückkehr nicht. „Ich bin ganz aus dem Kreise des italienischen Lebens gerückt“, hieß es noch am 28. Mai aus Mantua (an Herders). Deutlicher als früher fiel dem Beobachtenden die miserable Lage des Volkes auf. „Not lehrt beten, man sagts; will einer es lernen, er gehe / Nach Italien! Not findet der Fremde gewiß.“

> Das ist Italien, das ich verließ. Noch stäuben die Wege,
> Noch ist der Fremde geprellt, stell er sich, wie er auch will.

Deutsche Redlichkeit suchst du in allen Winkeln vergebens:
Leben und Weben ist hier, aber nicht Ordnung und Zucht;
Jeder sorgt nur für sich, mißtrauet dem andern, ist eitel,
Und die Meister des Staats sorgen nur wieder für sich.
Schön ist das Land; doch ach! Faustinen find ich nicht wieder.
Das ist Italien nicht mehr, das ich mit Schmerzen verließ
(GM I 307).

„Leben und Weben", vor wenigen Jahren genossen und gelobt, verfielen jetzt, im Jahr nach dem Sturm auf die Bastille in Paris, der Kritik. Ihre Leitworte behagen *uns* nicht mehr: Auf „deutsche Redlichkeit", auf „Ordnung und Zucht" können wir uns nach allem, wofür auch solche Begriffe herhalten mußten, so einfach keinen Vers mehr machen, schon gar nicht zur Disqualifizierung anderer Völker und Lebensweisen.

Das eben zitierte Gedicht ist eines jener *Epigramme*, die Goethe in den italienischen Wochen von 1790 in beachtlicher Zahl schrieb. Am 9. Juli bereits meldete er Knebel: „Mein Libellus Epigrammatum [Büchlein der Epigramme] ist zusammengeschrieben, du sollst ihn dereinst sehen, aus der Hand kann ich ihn noch nicht geben." Zu Hause kamen weitere Gedichte dieser Art hinzu. Nachdem 1791 eine Auswahl in der *Deutschen Monatsschrift* publiziert worden war, erschienen 104 Epigramme in Schillers *Musenalmanach für das Jahr 1796*, von denen etliche später für den Druck in der Werkausgabe der *Neuen Schriften* (7. Band, 1800) überarbeitet wurden. Wieder, wie bei den *Erotica Romana*, konnte nicht alles, was zu Papier gebracht war, der Öffentlichkeit zugemutet werden. Zu anzüglich, zu dreist, zu freimütig waren manche Verse geraten. Im antiken Maß der Distichen (wie die *Römischen Elegien*) boten die Epigramme, mal spruchhaft kurz, mal zum betrachtenden Gedicht aufgeweitet, pointierte Beobachtungen, aggressive Kritik, delikate erotische Anspielungen und Direktheiten, aber auch liebevolle Nachzeichnungen der faszinierenden kleinen Welt einer venezianischen Gauklerin.

Frech wohl bin ich geworden; es ist kein Wunder. Ihr Götter
Wißt, und wißt nicht allein, daß ich auch fromm bin und treu.

Beim römischen Dichter Martial, dem Vorbild europäischer Epigrammdichtung, war ähnliches zu finden: eine bunte Mischung von Themen und die geschliffene Schärfe der Aussagen. Der Autor der *Venetianischen Epigramme* erlaubte sich, ohne Scheu und sehr prägnant über das zu sprechen, was er sah, was ihn beschäftigte und was ihn betroffen machte, seine Kritik hervorrief oder seine Zuneigung weckte. Blickte er auf seine eigene Existenz, äußerten sich Zurückhaltung und Selbstsicherheit zugleich. Dem Epigramm, das ein frühes Zeugnis der Sprachskepsis eines Dichters ist (wie auch jenes „Vieles hab' ich versucht"), ließ er ein anderes folgen, in dem er seine Neigung zur Naturforschung energisch verteidigte, – und einen polemischen Spruch gegen Newton schloß er direkt an.

Was mit mir das Schicksal gewollt? Es wäre verwegen,
Das zu fragen; denn meist will es mit vielen nicht viel.
Einen Dichter zu bilden, die Absicht wär ihm gelungen,
Hätte die Sprache sich nicht unüberwindlich gezeigt.

Mit Botanik gibst du dich ab? mit Optik? Was tust du?
Ist es nicht schönrer Gewinn, rühren ein zärtliches Herz?
Ach, die zärtlichen Herzen! ein Pfuscher vermag sie zu rühren;
Sei es mein einziges Glück, dich zu berühren, Natur!

1790: da hatte Goethe seine künftige amtliche Stellung im Einvernehmen mit seinem Herzog geklärt, von hochgesteckten Zielen politisch-administrativen Wirkens freilich, nach den zwiespältigen Erfahrungen des ersten Weimarer Jahrzehnts, Abschied genommen. Was blieb, war die ungehinderte Tätigkeit in Kunst und Wissenschaft, verbunden mit der Übernahme öffentlicher Aufgaben in diesen besonderen Bereichen. Und als Mitglied des Conseils verfügte er weiterhin über eine sichere, repräsentative Stellung. Er konnte Einfluß nehmen, wenn er wollte, und wurde nach wie vor um Rat gefragt, wenn der Herzog und seine Räte ihn nicht missen mochten. Nach der Krise von 1786, aus der er nach Italien geflüchtet war, hatte er seinen Aufgabenkreis gefunden und als geeigneten akzeptiert, sich dorthin aus Enttäuschungen und Resignation gerettet, da ein Leben als freier Schriftsteller keine Alternative für ihn war. Auf solche Weise abgesichert, nahm er sich, als wolle er sein Selbstbewußtsein demonstrieren, in den *Epigrammen* die Freiheit, über manches, was ihm zuwider war, sein bissiges Urteil zu fällen. In der Vielfalt ihrer Themen fehlten aber auch nicht Äußerungen des Danks für das, was er in seinem Leben bisher erreicht, die „Götter" ihm „gegönnt" hatten (Nr. 34). Obwohl stets Vorsicht geboten ist, poetische Aussagen direkt auf die Vita des Dichters zu beziehen, ist in den venetianischen Distichen der Zusammenhang mit Goethes Leben, Tun und Denken so deutlich und so leicht nachzuprüfen, daß Bedenken unangebracht sind.

Die Attacken auf Schwärmer und Freiheitsapostel sind schon erwähnt worden. Auch die Kirche und ihre Glaubenssymbole verfielen dem Spott.

Vieles kann ich ertragen. Die meisten beschwerlichen Dinge
Duld ich mit ruhigem Mut, wie es ein Gott mir gebeut.
Wenige sind mir jedoch wie Gift und Schlange zuwider,
Viere: Rauch des Tabaks, Wanzen und Knoblauch und †.

Unter den nicht veröffentlichten Versen blieb:

Offen steht das Grab! Welch herrlich Wunder! Der Herr ist
Auferstanden! – Wers glaubt! Schelmen, ihr trugt ihn ja weg.

Aber nicht nur Kritik, Spott und Hohn teilte der Epigrammatiker aus. Momentaufnahmen des Gesehenen, Reflexionen über Kunst und Dichtung, Gedanken an die ferne Geliebte fügte er in das vorgegebene Maß der Verse, und die zwölf Epigramme Nr. 37–48 (GM I) bildeten eine eigene kleine Gedichtsammlung, die der zierlichen, kindlichen Gauklerin Bettine, einer zweiten Mignon, gewidmet war (von den delikaten unterdrückten Versen zu schweigen). Sie gehörte zu einer jener Artistengruppen, die auf Straßen und Plätzen Venedigs ihre Kunststücke feilboten, und faszinierte den die Stadt durchstreifenden müßigen Beobachter mit ihrer Behendigkeit, schuldlosen Raffinesse und versteckten Erotik. Dem fingierten Einwand, er solle gewichtigere Themen behandeln, hielt er am Schluß dieser Gedichtfolge entgegen: „Doch Bettinen sing ich indes; denn Gaukler und Dichter / Sind gar nahe verwandt, suchen und finden sich gern."
Zwei bemerkenswerte längere Gedichte rückte Goethe seit 1800 in den *Venetianischen Epigrammen* zusammen: ein Wunsch- und Dankgedicht und eine Huldigung seines Herzogs. Unzählige Male haben die Dichter den „Göttern" in Versen ihre Wünsche und Hoffnungen vorgetragen. So auch hier; aber was der Bittende begehrt, ist zunächst nichts als elementare Lebensausstattung, „fünf natürliche Dinge": eine „freundliche Wohnung, dann leidlich zu essen und zu trinken", ordentliche Kleidung, Freunde, „ein Liebchen des Nachts, das ihn von Herzen begehrt". Dann reiht sich an, was dieser Dichter für seine spezielle Lebensverwirklichung erbittet: Kenntnis alter und neuer Sprachen, „reines Gefühl" für die Kunst, Ansehen im Volk und Einfluß bei den Mächtigen. Goethe konnte mit dem Dank schließen: „Ihr gönntet das meiste mir schon."
Wem er vor allem zu danken hatte, bekannte er im folgenden Epigramm, das den Herzog von Weimar rühmte, seinen Gönner und Freund. Er hatte es schon 1789 geschrieben, als „Lobgedicht" ausdrücklich annonciert (an Carl August, 10. 5. 1789). Huldigungspoeme auf Herrscher gibt es in der Literatur seit alten Zeiten zuhauf, und nicht wenige verherrlichen in rhetorisch ausgeklügeltem Wortgepränge, was

der Verherrlichung gewiß nicht wert war. Schönredende Lobdichtung wurde von denen, die die Macht besaßen und ihre Dichter unterhielten, als pflichtgemäße Dienstleistung erwartet. Goethe war sich dessen bewußt; eigens ging er im Gedicht auf den möglichen Einwand ein, auch die Äußerungen seiner Verehrung könnten durch Bestechung erkauft sein und den tatsächlichen Verhältnissen widersprechen. Um so eindringlicher versicherte er damit seine Ehrlichkeit von Lob und Dank. So berühmt der Dichter des *Werther* auch sei (immerhin lagen inzwischen viele Übersetzungen des berühmten Buchs vor), es habe ihm nichts eingebracht. Der Herzog von Weimar aber, kein Kaiser und kein König, sei ihm „August und Mäcen" gewesen, also das, was der römische Kaiser Augustus und Maecenas, der Förderer der Dichtung, einst für Vergil und Horaz gewesen waren. Martial hatte gehofft (VIII 55,5): „Gebt uns Maecenaten, dann wird es auch Vergile geben."

Klein ist unter den Fürsten Germaniens freilich der meine;
Kurz und schmal ist sein Land, mäßig nur, was er vermag.
Aber so wende nach innen, so wende nach außen die Kräfte
Jeder, da wärs ein Fest, Deutscher mit Deutschen zu sein.
Doch was priesest du Ihn, den Taten und Werke verkünden?
Und bestochen erschien' deine Verehrung vielleicht;
Denn mir hat er gegeben, was Große selten gewähren,
Neigung, Muße, Vertraun, Felder und Garten und Haus.
Niemand braucht ich zu danken als Ihm, und manches bedurft ich,
Der mich auf den Erwerb schlecht, als ein Dichter, verstand.
Hat mich Europa gelobt, was hat mir Europa gegeben?
Nichts! Ich habe, wie schwer! meine Gedichte bezahlt.
Deutschland ahmte mich nach, und Frankreich mochte mich lesen.
England! freundlich empfingst du den zerrütteten Gast.
Doch was fördert es mich, daß auch sogar der Chinese
Malet, mit ängstlicher Hand, Werthern und Lotten auf Glas?
Niemals frug ein Kaiser nach mir, es hat sich kein König
Um mich bekümmert, und Er war mir August und Mäcen.

Dezent in den Anfangsversen das Lob der politischen Aktivitäten, die Carl August in jenen Jahren bis 1790 für das Zustandekommen des Fürstenbundes entwickelte; ebenso unaufdringlich aber in der Würdigung noch die Erinnerung an die Pflichten, die im eigenen Land auf ihn warteten, wobei außerdem die mehrdeutigen Ausdrücke „nach innen" und „nach außen" auch die ganz persönliche Lebensführung des Fürsten und jedes einzelnen lobten und anmahnten zugleich; Ein- und Ausatmen, Systole und Diastole als Lebensprinzip. Respektvoll, aber nicht unterwürfig; dankbar, aber des eigenen Wertes voll bewußt: so bekräftigte Goethe in diesem Gedicht erneut seine Entscheidung für Weimar, das für ihn nun die „geliebte Heimat" war (an F. Jacobi, 10. 12. 1792). Die Frühjahrswochen in dem „Wassernest" Venedig (eine „wunderbare Wasserstadt" wurde später in den *Annalen* zu 1790 daraus), in denen er „die venezianische Malerschule von vorne herein fleißig" durchstudierte (an Herder, 3. u. 15. 4. 1790), blieben für den diesmal von Land und Leuten Enttäuschten ein so belangloses Zwischenspiel, daß er es später nicht einmal als eine italienische Reise registrierte. Für 1797 plante er einen neuerlichen Aufenthalt im Süden und bereitete sich intensiv darauf vor. Die Reise kam dann doch nicht zustande. Aber als er die dafür gesammelten umfangreichen Materialien 1822 zusammenfaßte, versah er sie mit dem (falschen) Titel: „Vorbereitung zur zweiten Reise nach Italien", – so als habe die des Jahres 1790 gar nicht sttattgefunden. Goethe ist nie mehr nach Italien gekommen.

Im schlesischen Feldlager

Schon einen Monat nach der Rückkehr von der zweiten italienischen Reise hatte er wieder die Koffer zu packen. Der Herzog war als preußischer Kommandeur bereits Ende Mai nach Schlesien aufgebrochen, wo Preußen Truppen zusammengezogen hatte, um Österreich seine Stärke zu demonstrieren. Doch die Gefahr eines kriegerischen Konflikts konnte abgewendet werden; am 27. Juli 1790 verständigten sich die beiden großen Mächte in der Konvention von Reichenbach über ihre Herrschaftsbereiche. Damit verlor nun freilich der Fürstenbund, für den sich Carl August, wie wir wissen, intensiv eingesetzt hatte, seine Bedeutung.

Goethe sträubte sich nicht gegen die Reise, von der er sich „außer mancherlei Beschwerden viel Vergnügen und Nutzen" versprach. „Der Herzog hat mich nach Schlesien berufen, wo ich einmal statt der Steine und Pflanzen die Felder mit Kriegern besät finden werde" (an Knebel, 9. 7. 1790). So war er von Ende Juli bis Anfang Oktober 1790 wieder unterwegs. Zum ersten Mal kampierte er in einem Feldlager, ziemlich bequem, denn er lebte im Zelt des Herzogs und beim Regimentsstab. Epigrammatisch fing er die Stimmung ein und schliff die alte Pointe, in der mit Kriegs- und Liebesgott, Mars (Mavors) und Cupido, geistreich-harmlos gespielt wurde:

> Grün ist der Boden der Wohnung, die Sonne scheint durch die Wände,
> Und das Vögelchen singt über dem leinenen Dach;
> Kriegerisch reiten wir aus, besteigen Schlesiens Höhen,
> Schauen mit gierigem Blick vorwärts nach Böhmen hinein.

Aber es zeigt sich kein Feind – und keine Feindin; o bringe
Wenn uns Mavors betrügt, bring uns, Cupido, den Krieg
(im Brief an Herder, 21. 8. 1790).

Vielleicht hat ihn Cupido wirklich gebracht. Denn eine bestimmte Überlieferung will wissen, Goethe habe sich dort in Schlesien, obwohl seit zwei Jahren mit Christiane zusammenlebend, ernsthaft um die damals einundzwanzigjährige Henriette Freiin v. Lüttwitz beworben, um mit ihr eine standesgemäße Ehe einzugehen. Doch ihr Vater, der Generallandschaftsrepräsentant Hans Wolf Freiherr v. Lüttwitz, dem außer dem Schloßgut Hartlieb bei Breslau noch vier andere Güter gehörten, sei nicht einverstanden gewesen, weil er bei dem Frankfurter Bürgerssohn den Geburtsadel vermißte. Goethe selbst hat über die ‚Affäre' kein Wort verloren. Sollte die Nachricht von seinem Heiratsantrag, die zuerst Henriettes Bruder Ernst 1835 in einer Biographie des Freiherrn v. Schuckmann verbreitete, den Tatsachen entsprechen, erschiene seine Lebensgemeinschaft mit Christiane Vulpius allerdings in einem diffusen Licht (JbG 1965, 175 ff.).
Seine privaten wissenschaftlichen und künstlerischen Arbeiten konnte Goethe in den schlesischen Wochen, so gut es ging, fortführen. „In allem dem Gewühle hab' ich angefangen, meine Abhandlung über die Bildung der Tiere zu schreiben, und damit ich nicht gar zu abstrakt werde, eine komische Oper zu dichten" (an F. v. Stein, 31. 8. 1790). Zwar war für ihn Schlesien „ein sehr interessantes Land", und der Augenblick schien ihm „interessant genug" zu sein, aber er wünschte sich bald zurück: „Ich sehne mich nach Hause; ich habe in der Welt nichts mehr zu suchen" (an Herder, 21. 8. 1790). In den *Annalen* zu 1790 faßte er später zusammen:

> Kaum [von Venedig] nach Hause gelangt, ward ich nach Schlesien gefordert, wo eine bewaffnete Stellung zweier großen Mächte den Kongreß von Reichenbach begünstigte. Erst gaben Kantonierungsquartiere Gelegenheit zu einigen Epigrammen, die hie und da eingeschaltet sind. In Breslau hingegen, wo ein soldatischer Hof und zugleich der Adel einer der ersten Provinzen des Königreichs glänzte, wo man die schönsten Regimenter ununterbrochen marschieren und manövrieren sah, beschäftigte mich unaufhörlich, so wunderlich es auch klingen mag, die vergleichende Anatomie [...] .

In Venedig hatte sich ihm bei der Betrachtung eines Tierschädels die Auffassung bestätigt, „die sämtlichen Schädelknochen seien aus verwandelten Wirbelknochen entstanden". Worauf seine anatomischen Studien seit der ‚Entdeckung' des Zwischenkieferknochens beim Menschen vornehmlich gerichtet waren, unterstrich er an dieser Stelle: „Ich war völlig überzeugt, ein allgemeiner, durch Metamorphose sich erhebender Typus gehe durch die sämtlichen organischen Geschöpfe durch [...] " (10, 435 f.). Grundgesetzlichkeiten wollte er erkennen.

Neue Eindrücke in Breslau, einer mit 55 000 Einwohnern damals nicht nur für Goethe imponierend großen Stadt. Sie war in jenen Tagen mit Truppen, Diplomaten, Beobachtern und ihrem Anhang überfüllt. Empfänge, Begegnungen, Zerstreuung gab es genug, – aber immer wieder zog sich Goethe zur eigenen Arbeit zurück, auch hier. Am 11. August bei der Ankunft des Preußenkönigs Friedrich Wilhelm II. war „große Cour" im Schloß mit viel Aufwand und höfischem Zeremoniell. Goethe nahm teil, und nicht nur der Freiherr v. Schuckmann wird den herzoglichen Begleiter aus Weimar zunächst nicht erkannt haben. „Ich sah einen farbigen Rock – gegen das Kostüm – und aus diesem supplikantenähnlichen gemeinen Rocke ein ungemeines Gesicht hervorblicken. Fragte lange vergebens nach dem Namen des Eigentümers und höre endlich: *Goethe!*" (Bo I 419) So Schuckmann, der Oberbergrichter in Breslau und spätere preußische Innenminister. Zwischen ihm und Goethe, der bald darauf den tüchtigen Beamten vergeblich für Weimar zu gewinnen suchte, entwickelte sich eine gute Beziehung; Briefe wechselten sie gelegentlich, bis 1826.

Von Breslau aus machten Carl August und Goethe Ausflüge in die nähere und weitere Umgebung, die sie auch zur Besichtigung von Bergwerken nutzten. Denn immer noch hoffte man, das heimische Unternehmen in Ilmenau in Schwung zu bringen. In Tarnowitz konnte Goethe unter Tage fahren, die abgebauten Erzfelder besichtigen und sehen, wie man zu Werke gegangen war. Und er hatte auf dem Gelände der Grube die erste Dampfmaschine zu bestaunen, die es auf dem Kontinent gab. Noch aus Breslau schrieb er dem Kollegen Voigt nach Weimar: „In Tarnowitz habe ich mich über Ilmenau getröstet; sie haben, zwar nicht aus so großer Tiefe, eine weit größere Wassermasse zu heben und hoffen doch. Zwei Feuermaschinen arbeiten, und es wird noch eine angelegt, dabei noch ein Pferdegöpel, der aus vier Schächten Wasser hebt. [...] Interessant genug ist der schlesische Bergbau" (12. 9. 1790). Das Epigramm, das der aufmerksame Besucher der Knappschaft der Friedrichsgrube bei Tarnowitz widmete, hat die dortigen Bewohner wegen seines Anfangs allerdings lange geärgert:

Fern von gebildeten Menschen, am Ende des Reiches, wer hilft euch
　Schätze finden und sie glücklich zu bringen ans Licht?
Nur Verstand und Redlichkeit helfen, es führen die beiden
　Schlüssel zu jeglichem Schatz, welchen die Erde verwahrt.

Bis Krakau, Tschenstochau und Wieliczka kamen die Reisenden; es waren die östlichsten Punkte, die Goethe je erreicht hat.
Auf der Rückfahrt von Breslau, die am 19. September begann, gönnte er sich noch einen Abstecher ins Riesengebirge, bestieg am 22. in aller Frühe die Schneekoppe, und auch für Dresden blieb noch eine Woche Zeit. Als er am 6. Oktober wieder in Weimar war, im Jägerhaus an der Marienstraße bei seiner kleinen Familie („welches nicht eben eine heilige Familie ist", an Carl August, 18. 4. 1792), hatte er auf seiner schlesischen Reise, wie man nachgerechnet hat, 1 140 Kilometer im Wagen und zu Pferde bewältigt. Was er Anfang des Jahres gewünscht, war eingetroffen: „Ich möchte das 90er Jahr gern unter freyem Himmel, soviel möglich zubringen" (an Carl August, 28. 2. 1790). Aber jetzt war es gut, wieder zu Hause zu sein; denn schon aus dem Trubel in Breslau hatte er Herders gestanden:

> Es ist all und überall Lumperei und Lauserei, und ich habe gewiß keine eigentlich vergnügte Stunde, bis ich mit euch zu Nacht gegessen und bei meinem Mädchen geschlafen habe. Wenn ihr mich lieb behaltet, wenige Gute mir geneigt bleiben, mein Mädchen treu ist, mein Kind lebt, mein großer Ofen gut heizt, so hab' ich vorerst nichts weiter zu wünschen (11. 9. 1790).

Ernst und Spiel. Intendant des Hoftheaters

Intensiv setzte Goethe in Weimar seine naturwissenschaftlichen Studien fort, die ihn so sehr fesselten, daß er die Dichtung nicht mehr ganz ernst zu nehmen schien. Schon im Juli 1790 hatte er Knebel gestanden: „Mein Gemüt treibt mich mehr als jemals zur Naturwissenschaft, und mich wundert nur daß in dem prosaischen Deutschland noch ein Wölkchen Poesie über meinem Scheitel schweben bleibt" (9. 7. 1790). 1791 war in der Erinnerung der *Annalen* „ein ruhiges, innerhalb des Hauses und der Stadt zugebrachtes Jahr" (10, 436). Das erste Stück der *Beiträge zur Optik* konnte erscheinen, die erste Veröffentlichung aus dem Gebiet der „Farbenlehre", auf dem er sich noch jahrzehntelang abmühen sollte. Die *Annalen* zu 1791 notieren indessen auch: „Damit ich aber doch von dichterischer und ästhetischer Seite nicht allzu kurz käme, übernahm ich mit Vergnügen die Leitung des Hoftheaters." Damit begann Goethes Generalintendanz des Weimarer Theaters, die er über ein Vierteljahrhundert, bis 1817, wahrnahm, eine unbesoldete Tätigkeit im Rahmen seiner Dienstgeschäfte, der er mit bewundernswerter Umsicht und Energie nachging. Er und mit ihm dann Schiller verschafften der Weimarer Bühne einen Spitzenplatz unter den deutschsprachigen Theatern der Zeit, mit Inszenierungen, deren stilbildende Merkmale noch zu beschreiben sein werden.

1756 hatte das junge Herzogpaar Anna Amalia und Ernst August Constantin ein Hoftheater eingerichtet, auf dem die Döbbelinsche Truppe spielte. Aber schon 1758 war nach dem frühen Tod des Herzogs und finanziellen Schwierigkeiten die kurze erste Hoftheaterzeit vorbei. Von 1767 an traten abermals Schauspielertruppen auf, und seit 1771 bestritt die Seylersche Kompanie mit Konrad Ekhof als herausragender Persönlichkeit das Programm. Der Hof steuerte einen Zuschuß von jährlich 10 000 Talern bei. Ekhof war ein bedeutender Schauspieler, hatte bei verschiedenen Gruppen gearbeitet, sich um eine bis dahin kaum bekannte systematische Ausbildung der Schauspieler gekümmert und deshalb in Schwerin eine Akademie ins Leben gerufen, die eine förmliche „Grammatik der Schauspielkunst" vermitteln sollte. Er hielt nichts von theatralischen Posen und pompöser Rhetorik, sondern forderte und verwirklichte Natürlichkeit in Auftreten, Gebärde und Sprache; die Darstellung hatte stets in den Grenzen des Wahrscheinlichen zu bleiben. Sein Gegenpart in der Auffassung der Schauspielkunst wurde damals Friedrich Ludwig Schröder, der 1774 die Leitung des Hamburger Nationaltheaters übernahm und dort dem ‚Sturm und Drang' zum Durchbruch verhalf: Genialisches, Einzigartiges, ausdrucksvoll Charakteristisches sollten die Darsteller vorführen und eindrucksstark ausprägen.

Der Weimarer Schloßbrand am 6. Mai 1774 beendete unversehens das Engagement der Ekhof-Seylerschen Truppe und eine Theaterzeit, über die Wieland im *Teutschen Merkur* Erfreuliches zu berichten wußte. Die Künstler ohne Bühne fanden bald darauf am nahen Hof zu Gotha eine neue Spielstätte, wo 1775 ein Hoftheater gegründet wurde, das erste in Deutschland, an dem die Mitwirkenden fest besoldete Angestellte des Hofes waren. Friedrich Wilhelm Gotter, Goethes Bekannter aus der Wetzlarer Zeit, Kanzleisekretär und Bühnenautor, der 1773 mit einem Liebhabertheater begonnen hatte, fungierte dort als Chefdramaturg.

In Weimar konnte die höfische Laienbühne ab 1775, die Goethe so viel verdankte, nur als ein – wenn auch beachtlicher – Behelf gelten. Zuschauer waren obendrein auf eine Einladung angewiesen. 1784 endlich wurden wieder Berufsschauspieler verpflichtet, und bis 1791 trat die Gesellschaft des Josef Bellomo im Redouten- und Komödienhaus auf, das 1779 der auch als Bauunternehmer tätige Hofjäger Anton Georg Hauptmann erbaut hatte. Hier war eine feste Bühne installiert, während vorher im Redoutenhaus an der Esplanade, wo die Liebhaber nach dem Schloßbrand von 1774 spielten, die Bühne stets auf- und wieder abgebaut werden mußte. Bis es in der Nacht vom 21. auf den 22. März 1825 völlig abbrannte, hat das neue Komödienhaus das Weimarer Theater beherbergt.

Mehrere Gründe werden Carl August bewogen haben, ein Hoftheater einzurichten. Die „Teutsche Schauspieler-Gesellschaft" unter Bellomos Direktion, mit einem monatlichen Zuschuß von 320 Talern unterstützt, war gewiß bemüht, einen ansprechenden Spielplan und gute Aufführungen zu bieten; sie wagte sich sogar an Opern von Gluck und Mozart. Aber auf Dauer konnte sie den Ansprüchen nicht genügen. Dem Herzog schien es auch günstiger zu sein, selbst die Schauspieler zu engagieren. Und bestimmt hat der Wunsch mitgesprochen, ein eigenes Hoftheater zu besitzen. Nicht nur Gotha beeindruckte; an mehreren Orten hatten sich in der zweiten Hälfte des 18. Jahrhunderts beachtliche deutschsprachige Bühnen etablieren können, in Hamburg, Mannheim, Dresden, Berlin, Königsberg, Wien. Mit ihnen konkurrierten nach wie vor fremsprachige Ensembles, die an den Höfen besonders die Oper pflegten. Carl August löste also den Vertrag mit Bellomo und kaufte ihm zudem das Aufführungsprivileg für das Sommertheater im damals beliebten Kurort Lauchstädt ab, wo außerhalb der Wintersaison gespielt wurde. Diese geschäftlichen Dinge ließ er durch Assessor Franz Kirms erledigen, erkannte aber bald, daß er selbst mit den Angelegenheiten eines Theaters überfordert sein würde und sich eine Persönlichkeit mit Rang und Namen um das entstehende Hoftheater kümmern müßte. Niemand sonst als Goethe kam dafür in Frage. Schrieb dieser später in den *Annalen*, er habe „mit Vergnügen" die neue Aufgabe übernommen, so klang es in zeitgenössischen Äußerungen verhaltener. „Ich gehe sehr piano zu Werke, vielleicht kommt doch fürs Publikum und für mich etwas heraus. Wenigstens wird mirs Pflicht diesen Teil näher zu studieren, alle Jahre ein paar spielbare Stücke zu schreiben. Das übrige mag sich finden" (an F. Jacobi, 20. 3. 1791).

Aus den Stücken, die er schreiben wollte, wurde jedoch nichts. Erstaunlicherweise hat Goethe nach dem *Bürgergeneral* kein einziges Schauspiel mehr vollendet, das theatergerecht für die Bühne zugeschnitten war. *Die natürliche Tochter* blieb Fragment, und der vollständige *Faust* sprengte den Rahmen des herkömmlichen Bühnenspiels; zumindest dachte sein Dichter bei diesem Welttheater-Drama, dessen zweiten Teil er eingesiegelt der Nachwelt hinterließ, an die Erfordernisse der Bühne und die Gewohnheiten ihres Publikums am allerwenigsten. Auch Festspiele wie *Paläophron und Neoterpe*, *Pandora* oder *Des Epimenides Erwachen* sind mit ihrem Reichtum sinnschwerer Bilder und ihrer hochstilisierten Sprache alles andere als „spielbare Stücke", von denen er 1791 träumte. Ob er, gerade bei der fortdauernden Beschäftigung mit der alltäglichen Praxis des Theaters, spürte, daß die Enge einer Bühne und die kurze Spanne eines Theaterabends nicht ausreichten, um dichterisch den ihn bewegenden Fragen gerecht zu werden: wie es um Wesen und Bildung des Menschen, Gestaltung und Umgestaltung alles Lebendigen und um die Formen gesellschaftlichen Zusammenlebens und -wirkens bestellt sei? So ist Goethe nach der Übernahme der Theaterleitung kein Mann des Theaters im Sinn eines produktiven Bühnenautors geworden, sondern ein Intendant, der sich um alles kümmern mußte, was mit dem laufenden Betrieb einer Bühne zusammenhing. Die Einrichtung seiner eigenen Stücke für eine Aufführung ließ er übrigens gern andere besorgen, auch wenn er über das Resultat nicht immer glücklich sein konnte. Im Aufsatz *Über das deutsche Theater* (1815) ist nachzulesen, wie es einigen seiner Dramen erging und daß Schiller bei seiner Redaktion des *Egmont* geradezu „grausam verfahren" sei.

Von Jugend an hatte sich Goethe für das Theater interessiert und in Frankfurt und Leipzig zahlreiche Vorstellungen besucht. Als Dramatiker und selbst schauspielernder spiritus rector des Weimarer Liebhabertheaters brachte er mannigfache Erfahrung für das neue Amt mit, das ihm zugefallen war. Welchen Umfang er dem Aufgabenbereich beimaß, für den er sich verantwortlich fühlte, geht noch aus einer „Punktation" hervor, die er 1808, als es in Theaterfragen zu schweren Spannungen mit dem Herzog gekommen war, aufsetzte und zur „baldigen Genehmigung" vorlegte: Unter den Punkten, die „die neue Einrichtung des Theaters" betrafen und großenteils nur das bisher Übliche kodifizierten, lautete einer: „Der Geheimerat von Goethe besorgt das Kunstfach beim Schauspiel allein und unbeschränkt." Goethe erläuterte in besonderer Beilage:

> Unter dem Kunstfach wird verstanden:
> Das Lesen und Beurteilen der Stücke. Die Bestimmung derselben zur Aufführung. Die Redaktion, Verkürzung, Umänderung derselben in einzelnen Stellen. Die Austeilung der Rollen. Die Haltung der Leseproben. Die Repetition der Rollen mit einzelnen Schauspielern, wo es nötig. Die Besuchung der Theaterproben, besonders der Hauptproben. Die Angabe des Kostüms, sowohl in Kleidern als Requisiten. Ingleichen neuer Dekorationen zum Schauspiel. Und was sonst noch irgend nötig sein möchte, die Aufführung eines Stückes zu beleben und zu erhöhen (Beilagen zum Brief an C. G. Voigt, 11. 12. 1808).

Lassen wir beiseite, daß es 1808 auch um den Plan ging, Oper und Schauspiel zu trennen, – es fiel wirklich alles, was das Theater betraf, in Goethes Ressort: die Konzeption des Spielplans, die Einrichtung der Stücke für die Bühne, die Inszenierungen, die Proben, die Bühnendeko-

ration, auch die Verpflichtung der Schauspieler. Er kümmerte sich um ihre Aus- und Fortbildung, achtete auf ihr Verhalten und Auftreten innerhalb und außerhalb des Theaters und erwartete eine engagierte, pflichtbewußte Ausübung ihres Berufes. Damit hob er zugleich das Ansehen der Schauspieler in der Gesellschaft, das zu wünschen übrig ließ, waren sie für viele doch nur fahrendes Volk, über dessen ungebundene Lebensführung man sich Wahres und Unwahres zusammendichtete.
Die rein geschäftlichen Verwaltungsarbeiten besorgte nach wie vor Franz Kirms, und wie die Weimarer Akten zeigen, war viel zu erledigen bei einem Theater, das mit den verfügbaren finanziellen Mitteln äußerst sparsam zu wirtschaften hatte und auch auswärts gastierte, um mit dem dort erzielten Überschuß die heimische Wintersaison zu sichern. Die Gagen der Schauspieler waren dürftig. Der wöchentliche Höchstsatz betrug in den ersten Jahren der Goetheschen Leitung acht bis neun Taler. Den Erinnerungen Eduard Genasts (1797–1866) verdanken wir ebenfalls die Bemerkung, ein sparsamer Mann hätte von solcher Gage in Weimar anständig leben können. Genast, der später lange am Hoftheater tätig war, stützte sich auf Mitteilungen seines Vaters Anton Genast (1765–1831), der während der ganzen Direktionszeit Goethes dem Ensemble angehörte, auch Regie führte und den der Intendant so schätzte, daß er ihm während seiner Abwesenheit gern die künstlerische Leitung anvertraute. Heinrich Becker allerdings, genauso seit 1791 unter Vertrag und damals mit 5 Talern und 6 Groschen wöchentlich honoriert, klagte 1804 in einem Brief an Kirms:

> Ja, wenn nicht Goethe und Schiller, und Sie lieber Herr Hofkammerrath am Ruder ständen, so wäre ich auch der erste, der sich mit fort machte, denn was soll einen halten in Weimar, keine großen Gagen giebt es nicht, gesellschaftlich sind die Menschen auch nicht, Armuth auf allen Ecken, wo man hinkuckt, ein Enthusiasmus ist auch nicht da, wie selten wird man trotz aller Anstrengung nur im geringsten dafür gedankt, und was hat der Schauspieler sonst, das bischen Gage geht an Kleider und nothdürftiges Essen und Trinken drauf, ach Gott es ist ein erbärmliches Leben.

Angaben über Geldbeträge aus früheren Zeiten sagen uns freilich wenig, weil die bloßen Zahlen den Wert des Geldes nicht mitteilen. Doch ist es außerordentlich schwierig, zu einigermaßen zutreffenden Umrechnungen auf heutige Kaufkraft zu gelangen. Geldwerte im Preisgefüge einer noch vorwiegend von agrarischen und handwerklichen Produkten bestimmten Wirtschaft lassen nur einen vagen generalisierenden Vergleich mit gegenwärtiger Währung zu, die einer modernen Industriegesellschaft mit ihren ganz anderen Produktions- und Verbrauchsformen zugeordnet ist. Überdies kursierten damals nebeneinander Währungen mit unterschiedlicher Valuta; es gab beispielsweise sächsische und preußische Taler, die etwas schwächer waren als Reichstaler, und während ein Reichsgulden 0,52 oder 0,59 Taler entsprach, zählte ein sächsischer Gulden als ⅔ Taler. So sind pauschale Umrechnungen nur unter Vorbehalt zu übernehmen. Der Wirtschafts- und Sozialhistoriker Rolf Engelsing schlug vor einigen Jahren vor: „Man rechne einen Taler gleich zwei Gulden gleich 30 DM von 1975“ (*Neue Rundschau* 87, 1976, S. 126). Demgegenüber betont jetzt (1983) Dorothea Kuhn, Herausgeberin des Briefwechsels zwischen Goethe und Cotta, die in der Buchhandelsgeschichte übliche Annahme, ein Taler entspreche heutigen 40 DM, sei nur von begrenztem Wert (GCB 3/2, S. 346). Gleichviel, die Annäherungswerte können wenigstens eine ungefähre Vorstellung von der Höhe damaliger Einkünfte und Honorare vermitteln. Besonders aufschlußreich sind Gegenüberstellungen damals erreichter Einnahmen: „Um 1820 erhielten Goethe als Minister ein jährliches Gehalt von 3 100 Talern, der Leibarzt Huschke 2 900 Taler, Goethes Sohn August als Kammerrat 800 Taler, der Schreiber John 78 Taler, der Diener Stadelmann 65 Taler jährlich (wozu jeweils Sachleistungen in verschiedenem Umfang kamen)“ (D. Kuhn). Was mit dem Geld tatsächlich zu erwerben war, könnte nur eine lange Liste mit Preisen für einzelne Waren und Güter dokumentieren, wobei zu bedenken bliebe, daß auch früher der Wert der Währung erheblichen Schwankungen unterlag und Inflationen und Teuerungen, besonders nach Mißernten, das Preisgefüge durcheinanderbrachten.

Als Goethe sein neues Amt antrat, lag manches im argen. Zum Ensemble zählten 16 Personen, von denen etliche ehemals Bellomos Truppe angehörten. Daß die Schauspieler auch Gesangspartien übernehmen mußten, war selbstverständlich, und auf bestimmte Rollen hatte niemand Anspruch. Die Akteure stammten aus verschiedenen Gegenden, sprachen oft ein unsauberes, zu stark dialektgefärbtes Deutsch und hatten keine strenge Schule der Sprecherziehung hinter sich. So ist es nicht verwunderlich, daß die beiden ersten Kapitel der späteren *Regeln für Schauspieler*, die Goethe in Zusammenarbeit mit einigen von ihnen formulierte (*Annalen* zu 1803), „Dialekt“ und „Aussprache“ überschrieben waren.

> § 1. Wenn mitten in einer tragischen Rede sich ein Provinzialismus eindrängt, so wird die schönste Dichtung verunstaltet und das Gehör des Zuschauers beleidigt. Daher ist das Erste und Notwendigste für den sich bildenden Schauspieler, daß er sich von allen Fehlern des Dialekts befreie und eine vollständige reine Aussprache zu erlangen suche. Kein Provinzialismus taugt auf die Bühne! [...]

§ 3. So wie in der Musik das richtige, genaue und reine Treffen jedes einzelnen Tones der Grund alles weiteren künstlerischen Vortrages ist, so ist auch in der Schauspielkunst der Grund aller höheren Rezitation und Deklamation die reine und vollständige Aussprache jedes einzelnen Wortes (JA 36, 197).

Schon im *Prolog* für den 7. Mai 1791, an dem das Hoftheater mit Ifflands „ländlichem Sittengemälde" *Die Jäger* eröffnet wurde, hatte Goethe beim Publikum um Verständnis geworben:

Von allen Enden Deutschlands kommen wir
Erst jetzt zusammen, sind einander fremd
Und fangen erst nach jenem schönen Ziel
Vereint zu wandeln an, und jeder wünscht,
Mit seinem Nebenmann, es zu erreichen [...] (JA 9, 271).

Bei der Einstudierung eines Stückes verfuhr Goethe ebenso sorgfältig wie systematisch. Die Arbeit begann mit einer Leseprobe, bei der der Text ‚erarbeitet' und Aussprache, Ausdruck und Tonfall geübt und bestimmt wurden. Auch passenden Gesten galt bereits die Aufmerksamkeit. Bis zur Hauptprobe hatten die Schauspieler ihre Rollen sicher zu beherrschen, so daß dann den Darstellern auf der Bühne ihre Stellungen und Gänge genau zugewiesen werden konnten. Goethe ging behutsam auf die individuellen Fähigkeiten des einzelnen ein, beharrte aber unerbittlich auf seinen Ansprüchen. Bisweilen machte er den Akteuren vor, wie er eine Rolle gestaltet sehen wollte. Berühmt ist jener Vorfall bei einer Probe von Shakespeares *König Johann* (Premiere am 29. November 1791), als er in der ersten Szene des vierten Akts dem Kämmerer Hubert, der den Prinzen Arthur blenden soll, das Eisen aus der Hand nahm und so heftig auf die den Arthur spielende junge Christiane Neumann eindrang, daß sie vor Schreck ohnmächtig wurde.
Es mußten viele Stücke inszeniert werden, weil rascher Wechsel nötig war. Denn bei etwa 500 Zuschauern pro Abend, von denen mehr als die Hälfte Abonnenten waren, hatten in kurzer Zeit alle Theaterfreunde in Weimar und Umgebung die Aufführungen gesehen. Natürlich dauerte es Jahre, bis sich der ‚Weimarer Stil' ausgebildet hatte, der auch nur im Zusammenhang mit den theoretischen Überlegungen der eigentlich ‚klassischen Zeit' erfaßt werden kann.
Bei aller Fürsorge für die Schauspieler führte der Intendant v. Goethe ein strenges Regiment, und gelegentlich trumpfte er autoritär selbstherrlich auf, auch gegenüber dem Publikum und kritisierenden Rezensenten. Eine junge Schauspielerin, die ohne Erlaubnis auswärts gastiert hatte, stellte er unter Hausarrest und wollte die Wache vor ihrem Haus

noch von ihr selbst bezahlt haben. Gegen Heiraten von Ensemblemitgliedern erhob er prinzipiell Einwände; denn er befürchtete neue finanzielle Forderungen an die Direktion, hinderliche Schwangerschaften. Außerdem war er überzeugt, beim Publikum seien unverheiratete Schauspieler attraktiver: „Der Zuschauer will nicht nur ästhetisch und sittlich, sondern auch sinnlich gerührt seyn. Ein unberührtes Mädchen, ein unbescholtener Jüngling bringen in passenden Rollen ganz andere Empfindungen hervor, ihr Spiel schließt Herz und Gemüth auf eine ganz andre Weise auf, als Personen von denen das Gegentheil bekannt ist." Tatsächlich erlangte 1809 der Hofschauspieler Deny nur durch Eingaben beim Herzog gegen den hinhaltenden Widerstand von Goethe und Kirms die Genehmigung zur Heirat (die seit einem herzoglichen Erlaß von 1800 Landesbedienstete einholen mußten). Das ist widersprüchlich genug, wo doch die gefeierte Christiane Neumann, der die Elegie *Euphrosyne* ein Denkmal setzte, 1793 mit fünfzehn Jahren den Schauspieler Heinrich Becker geheiratet hatte.

Keineswegs wartete der Theaterleiter Goethe nach seiner Amtsübernahme mit einem Programm auf, das sich grundlegend von dem zur Zeit Bellomos unterschied. Er konnte das auch aus finanziellen Gründen nicht wagen. Zwei Drittel der laufenden Ausgaben waren aus den Einnahmen zu bestreiten, also mußten zwei Drittel der Stücke (trotz der bei den Gastspielen in Lauchstädt und anderswo erwirtschafteten Überschüsse) für ein möglichst gut gefülltes Haus bürgen. Ein Drittel der Aufführungen konnte er schwierigen Werken vorbehalten, ohne Rücksicht auf das Echo beim Publikum. So wurden unterhaltsame Stücke, die Sitten- und Familiengemälde der Zeit und Singspiele ebenso gegeben wie Dramen Shakespeares und Opern Mozarts. Goethe wählte eine Mischung, die Zerstreuung und anspruchsvolle Kunst bot. Allerdings sollten die Stücke, jedes für sich, in den Grenzen ihres Genres ‚gut' sein. Wie sehr Goethe auch an einer Bildung des Publikums gelegen war: er setzte sich nicht hochmütig über den Geschmack der Zuschauer hinweg, um aus dem Theater ein intellektuelles oder gesellschaftspolitisches Erziehungsinstitut zu machen. In der Zeit seiner Intendanz von 1791 bis 1817 kamen immerhin 118 Stücke von Iffland und Kotzebue auf die Bühne, während nur 37 seinen und Schillers Namen trugen. Er wußte: Nichts treibt das Publikum sicherer aus dem Theater als unablässig zur Schau gestellte Bildungs- und Belehrungsabsicht – und, selbstverständlich, schlechte Darbietungen. „Beim Theater", meinte er 1811 nach einer erfolgreichen Aufführung des *Standhaften Prinzen* von Calderon,

> kommt freilich alles auf eine frische unmittelbare Wirkung an. Man will nicht gern reflektieren, denken, zugeben; sondern man will empfangen

> und genießen; daher ja auch oft geringere Stücke eine günstigere Aufnahme erleben als die besseren; und zwar mit Recht. Diesmal aber haben wir ein Stück, das vor nahezu zweihundert Jahren, unter ganz anderm Himmelsstriche für ein ganz anders gebildetes Volk geschrieben ward, so frisch wiedergegeben, als wenn es eben aus der Pfanne käme. Die Teilnahme aller Klassen war dieselbe, und ich freue mich darüber gar höchlich (an Sartorius, 4. 2. 1811).

Indem Goethe dem Publikum zugestand, was es an Unterhaltung und Vergnügen wünschte, gewann er die Möglichkeit, auch den gewichtigen Schauspielen seiner Zeit und der Dramatik der Weltliteratur Hausrecht zu verschaffen. Die große Zeit der Weimarer Bühne kam, als er sich mit Schiller gemeinsam dem Theater widmen konnte und die Uraufführungen der *Wallenstein*-Trilogie 1798/99 Aufsehen erregten. Daß es auch Mißerfolge gab, war in Weimar so wenig zu vermeiden wie an allen anderen Theatern der Welt; daß Goethe nicht immer einen glücklichen Griff bei der Wahl der Stücke hatte, bewiesen die Aufführungen des *Ion* von August Wilhelm Schlegel und des *Alarcos* von Friedrich Schlegel 1802, und daß er nicht zu jedem Werk den richtigen Zugang fand, zeigte die Fehlinszenierung von Kleists *Zerbrochnem Krug* 1808, als er das Lustspiel in drei Akte aufteilte und damit seine Struktur zerstörte, von Fehlbesetzungen der Rollen zu schweigen.

In jenem Brief vom 20. März 1791, in dem Goethe Fritz Jacobi informierte, er habe die „Oberdirektion des Theaters" übernommen, erwähnte er auch seine anderen Arbeitsgebiete. Er setze seine „Betrachtungen über alle Reiche der Natur fort und wende alle Kunstgriffe an", die seinem Geist verliehen seien, „um die allgemeinen Gesetze wornach die lebendigen Wesen sich organisieren näher zu erforschen". Damit hatte er das leitende Erkenntnisinteresse all seiner Naturforschung auf einen Nenner gebracht. Den „Versuch über die Gestalt der Tiere", den er Ostern herausbringen wollte, werde er aber wohl noch ein Jahr reifen lassen müssen. Nicht genug mit dieser Tätigkeit. Die Schloßbaukommission forderte Zeit und ebenso die Wasserbaukommission, die auch nach der italienischen Zeit als ein Teil der Wegebaudirektion in Goethes Verantwortung geblieben war. Im Sommer griff er außerdem eine „alte Idee" wieder auf: „hier eine gelehrte Gesellschaft zu errichten [...]. Wir können wircklich mit unsern eignen Kräften, verbunden mit Jena viel thun wenn nur manchmal ein Reunionspunckt wäre" (an Carl August, 1. 7. 1791). Wenige Tage später war bereits ein Statut der Gesellschaft ausgearbeitet, in dem Art und Ablauf der einmal monatlich vorgesehenen Sitzungen geregelt waren (AS II 193 ff.). Jedes Mitglied sollte etwas beitragen, „es mögen Aufsätze seyn aus dem Feld der Wissenschaften, Künste, Geschichte, oder Auszüge aus literarischen Privat-Correspondenzen und interessanten neuen Schriften, oder kleinere Gedichte und Erzählungen, oder Demonstrationen physikalischer und chemischer Experimente, u.s.w.“ (§ 2). Schon am 5. Juli unterzeichneten Goethe, Voigt, Wieland, Bertuch, Herder, Knebel, Buchhändler Bode und Hofapotheker Buchholz die Satzung. Die „Freitagsgesellschaft“ war geboren, so späterhin nach dem Sitzungstag benannt. Goethe war dieser Kreis, der sich noch erweiterte, sehr willkommen; denn dort konnte er über seine naturwissenschaftlichen Forschungen berichten und ein kollegiales Gespräch erwarten. Zur ersten Sitzung am 9. September 1791 hielt er einen einleitenden Vortrag über den Sinn der Gesellschaft, in dem er bemerkenswerte Ansichten äußerte (JA 25, 233–236). Es habe den Anschein, als brächten Dichter und Künstler ihre Werke am besten in der Einsamkeit hervor. Aber das sei ein Selbstbetrug. Denn was wären sie, wenn sie nicht die Werke aller Jahrhunderte und aller Nationen vor sich hätten und nicht an das Publikum als ihren Adressaten dächten? Im Felde der Wissenschaft sei es ähnlich. Dabei sei wissenschaftlicher Streit zwar unvermeidlich, aber „auch der Streit ist Gemeinschaft, nicht Einsamkeit, und so werden wir selbst durch den Gegensatz hier auf den rechten Weg geführt“. Dem Buchdruck und der durch ihn ermöglichten Verbreitung der Gedanken hätten wir viel zu verdanken; „aber noch einen schönen Nutzen, der zugleich mit der größten Zufriedenheit verknüpft ist, danken wir dem lebendigen Umgang mit unterrichteten Menschen und der Freimütigkeit dieses Umgangs“. Schon in dieser ersten Sitzung berichtete Goethe von seinen optischen Versuchen. So vielfältig, wie die Satzung es anbot, waren die Beiträge zu den Zusammenkünften, die jedoch nur bis 1797 stattfanden. Gymnasialdirektor Böttiger, der im November 1791 erstmals teilnahm, schrieb auf, was er gehört und erlebt hatte, und wurde so zum Chronisten der „Freitagsgesellschaft“. Mit Recht hob er hervor, wie zwanglos es in der Gesellschaft zuging, auch wenn der Herzog und andere Mitglieder des Hofes anwesend waren. Hier wenigstens herrschte Gleichberechtigung, und jeder konnte zum Präsidenten gewählt werden. 1795 bot Goethe in seinem Vortrag *Über die verschiedenen Zweige der hiesigen Tätigkeit* (JA 25, 236–252) eine souveräne Zusammenschau der kulturellen und wissenschaftlichen Institutionen und Aktivitäten im Herzogtum: Weimar stellte sich selbst vor.

Im Feldzug 1792

In den Jahren 1792 und 1793 mußte Goethe Weimar erneut für längere Zeit verlassen. Der Herzog wünschte ihn als Begleiter beim österreichisch-preußischen Feldzug gegen das revolutionäre Frankreich und bei der Belagerung von Mainz. Der Termin der Abwesenheit von Anfang August bis Ende Oktober 1792 war nicht gerade günstig. Denn Umbau und Einrichtung des Hauses am Frauenplan, in das Goethe im Juni aus dem „Jägerhaus" wieder umgezogen war und in dem er bis zum Lebensende wohnen blieb, waren noch in vollem Gange. Aber seit November letzten Jahres lebte der Schweizer Kunstkenner und Maler Heinrich Meyer mit in Goethes Haushalt, und er übernahm die Ausgestaltung des neuen Domizils, so daß der Abwesende beruhigt sein konnte. In Rom hatte Goethe den Schweizer Kunstfreund zufällig kennengelernt, als er am Allerseelentag 1786 im Quirinalspalast ein Bild des heiligen Georg, des Drachentöters, bewunderte und niemand ihm den Künstler nennen konnte. „Da trat ein bescheidener, bisher lautloser Mann hervor und belehrte mich, es sei von Pordenone, dem Venezianer, eines seiner besten Bilder" (*Italienische Reise*, 3. 11.1786, – was sich inzwischen als Irrtum erwiesen hat; es wird für ein Werk des Tizianschülers Paris Bordone gehalten). Mit dieser zufälligen Begegnung begann eine lebenslange Freundschaft.

Johann Heinrich Meyer, 1760 in Stäfa am Zürichsee geboren, hatte schon früh in seinem Heimatort als offensichtlich künstlerisch veranlagter Junge Zeichenunterricht erhalten und war 1778–1781 in Zürich bei Johann Kaspar Füßli weiter ausgebildet worden. Wahrscheinlich hörte er dort auch von Winckelmann, dessen kunstgeschichtlichen und -theoretischen Arbeiten und geriet in den Sog jener antikisierenden Bestrebungen, für die es nichts Vollendeteres gab als die Kunstwerke der Alten, wie sie jener Prophet eines neuen Klassizismus idealisierend beschrieben und gedeutet hatte. In Rom studierte Meyer hingebungsvoll die Werke, die für ihn die bedeutenden, gültigen waren, die der Antike und Raffaels, bildete sich autodidaktisch weiter und verdiente sich mühsam mit dem Verkauf von Zeichnungen und als Fremdenführer seinen Unterhalt. Mit der deutschen Künstlerkolonie, zu der Goethes Verbindung auch nach dem Abschied von Italien weiter bestand, hatte er engen Kontakt. Vom 22. Juli 1788 datiert Meyers erster Brief an Goethe, eine seitenlange Epistel aus Neapel, in der er über Kunsterlebnisse berichtete, Eindrücke von der Reise nach Neapel aufzeichnete, Kunstwerke beschrieb und ein Bild Tischbeins kritisch analysierte. „Lassen Sie mich ja der Ausrichter aller kleinen Aufträge sein, die Sie an dem Ort meines Aufenthalts in Italien zu bestellen haben. Meiner Liebe für

Sie wird nie eine Mühe zu groß sein", bat und versicherte er am Schluß.

Man kann diesen Brief als eine Ouvertüre dessen lesen, was sich dann in Gespräch und Korrespondenz bis in den März 1832 anschloß: Heinrich Meyer, der Autodidakt und scharfsichtige Beobachter, wurde der Berichterstatter, Begutachter und Berater in Sachen bildender Kunst, auf den Goethe nicht mehr verzichten wollte, und sie blieben treue Freunde. Allerdings beharrte der Schweizer ebenso streng wie uneinsichtig auf den einmal für zeitlos-gültig anerkannten Normen; nur in der Antike und der ihr verpflichteten Renaissance war für ihn wahre Kunst verwirklicht, allein sie sollte Maßstab und Vorbild sein. Aber innerhalb dieser Grenzen war er zu Einsichten und kritischen Beurteilungen fähig, die ihm in Weimar den anerkennenden, obschon milde spöttischen Titel „Kunstmeyer" sicherten. Am 21. August 1789 schrieb Goethe ihm den Brief, der die Zukunft bestimmte: Er könne noch zwei Jahre mit seiner Unterstützung in Italien bleiben, danach „kommen Sie zu uns. Für das Reisegeld sorge ich, und sorge daß Sie eine Situation hier finden, die Ihrer Gemütsart angemessen ist. Wenn ich Ihnen keine große Pension versprechen kann, so sollen Sie doch haben was Sie brauchen. [...] Da wir nun zusammengehören, so müssen wir auch unseren Lebensgang zusammen leiten, auf jede Weise." Im Mai 1790 sahen sie sich in Venedig wieder; doch Meyer zog es ins heimatliche Stäfa, wo er sich von längerer Krankheit erholen mußte. Im November 1791 schließlich traf er in Weimar ein und erhielt im Dachgeschoß des Goethehauses sein Quartier, wo er wohnen blieb, bis er 1802 seinen eigenen Hausstand gründete. Er verstand sich gut mit Christiane Vulpius, was dem als Kriegsbeobachter reisenden Hausherrn die Sorge um seine kleine Familie minderte. Im April 1792 malte der Gast jenes von Goethe verständlicherweise geliebte Bild mit Christiane und dem kleinen August im Arm, das ganz Raffaels *Madonna della Sedia* nachempfunden ist.

Heinrich Meyer also, der 1795 auch Professor am Zeicheninstitut wurde, übernahm, natürlich in Absprache mit Goethe, Einrichtung und Ausstattung des Hauses am Frauenplan. Es konnte nicht ausbleiben, daß römisch-klassizistischer Stil dominierte. Jean Paul, distanzierter Beobachter der Weimarer Szene, berichtete, als er „mit Scheu" seinen ersten Besuch gemacht hatte: „Sein Haus frappiert, es ist das einzige in Weimar in italienischem Geschmack, mit solchen Treppen, ein Pantheon voll Bilder und Statuen. Eine Kühle der Angst presset die Brust" (an G. C. Otto, 18. 6.1796; Bo II 66). Und in den langen Jahren sammelten sich noch immer mehr Kunstgegenstände und Nachbildungen bekannter Werke an, die Goethe um sich haben wollte. Einiges stammte auch von Meyers Hand: das Deckengemälde im Treppenhaus mit den fünf

Regenbogenfarben der Farbenlehre, Sopraporten im Juno- und Urbinozimmer, die Aquarellkopie der *Aldobrandinischen Hochzeit*. Die geräumige Dienstwohnung des Geheimen Rats bot nun Platz für das Leben der Familie, für private und dienstliche Arbeit und Repräsentation, die Unterbringung der Bücher, der wissenschaftlichen Geräte und der ständig wachsenden Sammlung an Mineralien, Münzen, Kunstblättern, Gemmen, Skulpturen. Nach der gemeinsamen Teilnahme an Feldzug und Belagerung im Westen schenkte der Herzog das Anwesen seinem Freund und ließ es 1807, nach den schlimmen Kriegsereignissen des Jahres 1806, auch förmlich auf ihn überschreiben (Goethe an Carl August, 25. 12.1806; Carl August an Goethe, 12. 1.1807).

Der Krieg der europäischen Mächte gegen die Franzosen, in den Carl August als preußischer „General Herzog von Weimar" zog, war nichts anderes als ein Kampf um die Aufrechterhaltung des monarchischen Regierungsprinzips. Nach der mißlungenen Flucht Ludwigs XVI. hatten Österreich und Preußen im August 1791 in der schon erwähnten Pillnitzer Deklaration provokativ erklärt, sie würden, falls andere eingeladene Mächte sich anschlössen, eingreifen, und zwar zugunsten einer „den Rechten des Souveräns und den Interessen der Nation gleichmäßig angemessenen monarchischen Regierung". Franz II. erhob zudem konkrete Forderungen: Frankreich solle die im Elsaß konfiszierten Güter deutscher Fürsten und des Papstes zurückerstatten und mit Rücksicht auf die europäische Staatenordnung Reformen in seinem Land durchführen. Im April 1792 erklärten die Franzosen den Krieg, den die Girondisten auch deshalb begrüßten, weil der Kampf gegen den äußeren Feind von Schwierigkeiten im Innern ablenken und die revolutionäre Solidarität stärken konnte.
Der Aufmarsch der Verbündeten ging schleppend vonstatten. Carl August brach Anfang Juni mit seinem Regiment auf, umsorgt von einer stattlichen Anzahl Bedienter vom Geheimsekretär bis zum Küchenpersonal. Ein fürstlicher Herr zog in alter Manier ins Feld. Doch war er offenbar besorgter als andere, die von einem raschen Erfolg gegen das in einem schwierigen Umwälzungsprozeß begriffene Nachbarland überzeugt waren. Noch aus Aschersleben hatte er seiner Mutter am 29. April 1792 geschrieben, der Himmel möge den Frieden erhalten. Als dann jedoch die Truppen jenseits der Grenzen zunächst gut vorwärtskamen, riß ihn seine Lust am Soldatischen mit. Und daß es richtig und wichtig sei, die französischen Revolutionäre zu bändigen, daran zweifelte der Monarch eines kleinen Landes, das selbst am Krieg noch unbeteiligt war, nicht im geringsten.
Goethe reiste seinem Herzog einige Monate später nach. In Frankfurt

sah er im August die Mutter wieder und sorgte mit ihrer Hilfe für das „Krämchen", das er Christiane schickte. In Mainz traf er mit Bekannten zusammen, von denen manche andere politische Grundsätze vertraten als der adlige Geheime Rat aus Weimar. Später hieß es in der *Campagne in Frankreich*:

> Sodann verbracht' ich mit Sömmerrings, Huber, Forsters und andern Freunden zwei muntere Abende [...]. Die Freiheit eines wohlwollenden Scherzes auf dem Boden der Wissenschaft und Einsicht verlieh die heiterste Stimmung. Von politischen Dingen war die Rede nicht, man fühlte, daß man sich wechselseitig zu schonen habe: denn wenn sie republikanische Gesinnungen nicht ganz verleugneten, so eilte ich offenbar, mit einer Armee zu ziehen, die eben diesen Gesinnungen und ihrer Wirkung ein entschiedenes Ende machen sollte (10, 189).

Solche Sätze verdecken viel. Immerhin hatte Georg Forster wenige Monate später den entscheidenden Schritt vom Denken zur politischen Tat vollzogen, war einer der führenden Köpfe der Mainzer ‚Jakobiner' geworden, als Abgesandter nach Paris gereist, um den Antrag auf Anschluß an die französische Republik zu überbringen, und dort schon 1794 gestorben, tief unglücklich über die Grausamkeiten der Revolution. Er, Bibliothekar und Wissenschaftler in kurfürstlichen Diensten in Mainz, versuchte zu verwirklichen, was er in langen Jahren kritischen Beobachtens und Nachdenkens für unumgänglich erkannt hatte: eine Republik auf demokratischer Grundlage. Daß solche Umwälzung für Deutschland zu früh kam, daß man in Mainz manches kurzsichtig und ungeschickt begann, wußte er wohl, und er verschloß auch in Paris nicht die Augen vor den Widersprüchen zwischen der hochgemuten Theorie und der ernüchternden Wirklichkeit. Aber: „Ich hange noch fest an meinen Grundsätzen", schrieb er seiner Frau am 8. April 1793, „allein ich finde die wenigsten Menschen ihnen getreu", und drei Tage vorher hatte er bekannt: „Man hat einmal Partei ergriffen, man hat alles, Gut und Blut, aufs Spiel gesetzt; nun spielt man das Spiel, gewinnt oder verliert! Soll man denn nur mit dem *Munde* für Grundsätze sterben und nicht auch mit der *Tat*?" In seiner Fragment gebliebenen *Darstellung der Revolution in Mainz* zeichneten sich diese „Grundsätze" ab, etwa in der Fragenreihe und Antwort:

> Also gibt es zweierlei Menschen? Freche Gebieter und unglückliche Knechte? Jene sehen und empfinden, leiden und genießen anders als diese? Diese haben Pflichten zu erfüllen, jene folgen ihrer regellosen Willkür? Tugend und Gerechtigkeit, Vernunft und Wahrheit gelten nur für die Tyrannen und niemals wider sie? Die Natur mißt ihre Kinder mit

> doppeltem Maß und euch, ihr Schlachtopfer der stiefmütterlichen Grausamkeit, euch mit dem falschen? – Nein! So widerspricht sich die Gottheit nicht in ihren Werken [...].

Forster (1754 – 94) war durch seine *Reise um die Welt*, die Beschreibung der zweiten Weltreise James Cooks, an der er als Begleiter seines Vaters teilgenommen hatte, früh in Europa berühmt geworden. Seit 1788 war er nach naturwissenschaftlichen Professuren in Kassel und Wilna Bibliothekar in Mainz. Sein umfangreicher Reisebericht *Ansichten vom Niederrhein, von Brabant, Flandern, Holland, England und Frankreich, im April, Mai und Junius 1790* (1791 – 94), ein Meisterwerk deutscher Essayistik, ließ bei aller scharfsichtigen Beobachtung der politischen, kulturellen und wirtschaftlichen Verhältnisse der bereisten Länder den späteren entschiedenen ‚Jakobiner' noch nicht ahnen. Goethe kannte den renommierten Weltreisenden und Naturforscher seit längerem, hatte ihn 1779 und 1783 (als er mit der Arbeit über den Zwischenkieferknochen beschäftigt war) in Kassel besucht, Forster war 1785 in Weimar und Gast in Goethes Haus gewesen, aber erst 1791 gab es wieder Kontakt, als Goethe Forsters Übersetzung des indischen Dramas *Sakontala* erhielt und ihm über den gemeinsamen Freund Fritz Jacobi ein enthusiastisches Epigramm zukommen ließ (an. F. Jacobi, 1. 6.1791). Forster seinerseits war dann im Jahr darauf, wie Äußerungen zu Bekannten zeigen, geradezu entgeistert über den *Groß-Cophta*, in dem keine Zeile sei, „die man behalten oder wiederholen möchte" (Bo I 436). Kurz bevor der zur Armee Reisende jetzt im August 1792 „zwei muntere Abende" in Mainz verbrachte, hatte er noch von Weimar aus mit einem langen Brief für den zweiten Teil der *Ansichten vom Niederrhein* gedankt und als Gegengabe das zweite Stück der *Beiträge zur Optik* geschickt.

In der nach Jahrzehnten geschriebenen *Campagne* reichte es nur zu freundlich-belanglosen Floskeln, die nicht verletzten, ohne die Differenzen ganz zu verschweigen, die aber auch nichts von Forsters Weg und Wandlung erkennbar werden ließen. Zu fremd war Goethe die Konsequenz des zum Revolutionär gewordenen Intellektuellen, als daß er ihn hätte begreifen, geschweige denn ihm gerecht werden können. Höfliches Aufsichberuhenlassen war alles.

In der eigenen kleinen Kutsche, dem „Chaischen", das ihm der Herzog geschenkt und das ihn schon, von Diener Paul Götze sicher gelenkt, nach Venedig und Schlesien gefahren hatte, reiste Goethe in dauerndem Regen und auf schlechten Wegen weiter und erreichte seinen Herrn im preußischen Lager bei Longwy. Beschießung und Fall Verduns am 2. September erlebte er aus nächster Nähe mit. Dann verzögerte sich der

Vormarsch der Alliierten. Goethe verstand sich als Beobachter des Geschehens, in das er nicht direkt verwickelt war, weder als Planender noch als Handelnder, und ihm sagte diese Rolle zu. Dem Kollegen Voigt in Weimar schrieb er am 10. September „vor den Toren von Verdun":

> Es ist höchst interessant gegenwärtig zu sein da wo nichts Gleichgültiges geschehen darf. Den Kriegsgang unter einem so großen Feldherrn und die französische Nation zu gleicher Zeit näher kennen zu lernen gibt auch einem müßigen Zuschauer Unterhaltung genug. Aus dem was geschieht zu schließen was geschehen wird und manchmal einen Seitenblick in die Karte zu tun gibt dem Geiste viel Beschäftigung. So viel ist zu sehen, daß sich die Unternehmung in die Länge zieht.

Noch glaubte auch dieser Briefschreiber an „die Epoche unsres Einzugs in Paris"; für Christiane werde es dort „allerlei geben" (an Christiane, 10. 9.1792). Aber solche Erwartungen verloren sich bald. Am 20. September kam es zur berühmten und berüchtigten Kanonade von Valmy, wo sich die Franzosen unter Dumouriez und Kellermann und die Verbündeten unter dem Oberbefehl des Herzogs v. Braunschweig mit verkehrten Fronten gegenüberstanden. Ein mehrstündiges Artillerieduell wurde, trotz nur geringfügiger Verluste (im Verhältnis zur Gesamtzahl der Armee), vom Braunschweiger abgebrochen. Angegriffen wurde nicht. Ratlosigkeit machte sich danach breit. Der Feind war stärker und entschlossener, als es die Heerführer der Alliierten erwartet und eingeplant hatten. Jenes überhebliche Manifest, vom Braunschweiger Herzog am 25. Juli aus Koblenz an die Franzosen gerichtet, war Makulatur geworden. Da hatte er gedroht, er werde, wenn Widerstand geleistet würde, „eine exemplarische, in ewigem Andenken bleibende Rache nehmen, die Stadt Paris einer militärischen Exekution und gänzlichen Zerstörung preisgeben" und die französischen Truppen würden „als Rebellen gegen ihren König und Störer der öffentlichen Ruhe" bestraft werden. Als die Versorgung der Truppen in den Tagen nach Valmy immer schwieriger wurde, Preußen und Österreicher in Regen und Morast durch Krankheit und Hunger geschwächt waren, begann der Rückzug. Knebel erfuhr von Goethe aus dem Lager bei Hans am 27. September:

> Wir sind in einer sonderbaren Lage. [...] Als man den Feind zu Gesicht bekam ging eine gewaltige Kanonade los, es war am 20ten, und da man endlich genug hatte war alles still und ist nun schon sieben Tage still. Sogar die Vorposten schießen nicht mehr. Die Franzosen stehen ohngefähr wie vorher und von uns kann man nur über Grandpré nach Verdun gelangen. Entsetzliches Wetter, Mangel an Brot das langsam nachkommt

> machen diesen Stillstand noch verdrießlicher. Man fängt an den Feind für etwas zu halten den man bis hierher verachtete und (wie es zu gehen pflegt bei solchen Übergängen) für mehr zu halten als recht ist.
> In kurzem wird sich zeigen was man beschließt. Es sind nur wenige Wege aus dieser Lage zu kommen.
> [...]
> Ich lese französische Schriftsteller die ich sonst nie würde gesehen haben und so nütze ich die Zeit so gut ich kann. Wäre es gut Wetter so wäre alles anders und man könnte manches versuchen und mehr Menschen sehen. So aber mag man Tage lang nicht aus dem Zelte.

In Verdun klagte Goethe am 10. Oktober: „Wir haben in diesen sechs Wochen mehr Mühseligkeit, Not, Sorge, Elend, Gefahr ausgestanden und gesehen als in unserm ganzen Leben" (an C. G. Voigt). Diesem Brief an das Mitglied des heimischen Consiliums fügte er eine kurze, von völliger Ernüchterung diktierte Nachschrift an. Mit Betrübnis habe er gesehen, „daß das Geheime Conseil unbewunden diesen Krieg für einen Reichskrieg erklärt hat. Wir [d. h. Weimar als dann ebenfalls kriegführendes Herzogtum] werden also auch mit der Herde ins Verderben rennen." (Carl August stimmte diesem Vorschlag seines Conseils übrigens nicht zu und wünschte weiteres „Ventilieren" beim Reichstag.) Dann Goethes fast zynischer Satz: „Europa braucht einen dreißigjährigen Krieg um einzusehen was 1792 vernünftig gewesen wäre." Was er für vernünftig ansah, können wir nur vermuten. Lehnte er (nun) die Intervention der europäischen Monarchen ab? Erachtete er es für richtiger, man hätte sich darauf beschränkt, die Revolution auf Frankreich begrenzt zu halten und dafür zu sorgen, daß ihre Funken nicht in andere Länder übersprängen? Jedenfalls schloß der Satz ein vernichtendes Urteil über die Politik der im Jahre 1792 Regierenden ein.
Die Kanonade von Valmy ist unter Goethekennern und auch unter Historikern vor allem deshalb bekannt geblieben, weil sich Goethe an jenem Abend des 20. September 1792 in einer Runde von verstörten Offizieren, um seine Meinung gefragt, als prophetischer Zeitendeuter betätigt haben will: „Von hier und heute geht eine neue Epoche der Weltgeschichte aus, und ihr könnt sagen, ihr seid dabei gewesen" (10,235). Niemand außer Goethe hat diesen Ausspruch überliefert. Fast dreißig Jahre nach dem denkwürdigen Abend zitierte er sich selbst in seiner *Campagne in Frankreich*. Diese Erinnerungen erschienen 1822 mit den Aufzeichnungen über *Die Belagerung von Mainz* als *ein* Band der autobiographischen Schriften, im bewußten Zusammenhang mit *Dichtung und Wahrheit* (*Aus meinem Leben. Zweiter Abteilung Fünfter Teil*). Keineswegs hat das Artillerieduell bei Valmy die in Goethes Ausspruch behauptete Bedeutung für den Fortgang des Feldzugs oder gar

für die „Weltgeschichte“ gehabt. Es bleibt ungewiß, wie der Autobiograph zu seiner immer wieder zitierten Formulierung gekommen ist. Als er seit 1820 an der *Campagne* arbeitete, griff er zur Auffrischung seiner Erinnerungen auf Dokumente und Darstellungen anderer zurück, etwa auf das handschriftliche Tagebuch, das seinerzeit der Kämmerer des Herzogs von Weimar geführt hatte, und auch auf die 1809 veröffentlichten Erinnerungen des Freiherrn v. Massenbach, der als Major an der Kampagne von 1792 teilgenommen hatte. Gegen ihn als Oberquartiermeister des Fürsten Hohenlohe waren Vorwürfe wegen der Niederlage der Preußen bei Jena und Auerstedt 1806 erhoben worden. Wahrscheinlich, um nicht diesen verheerenden 14. Oktober 1806 als entscheidendes Datum für den preußischen Niedergang erscheinen zu lassen, erklärte er den 20. September 1792 bei Valmy zum „wichtigsten Tag des Jahrhunderts“. Möglich, daß Goethe von Massenbachs Memoiren zu seinem Ausspruch angeregt wurde, der sinnvoll aber nur auf das *ganze* unglückliche Kriegsunternehmen bezogen werden konnte und kann.

Novellistisches Erzählen, das in der *Campagne* öfter zur Gestaltung kleiner dramatischer Szenen drängt, hat möglicherweise den späten Autobiographen verführt, ein einzelnes Vorkommnis („eine sich ereignete unerhörte Begebenheit“, wie er gegenüber Eckermann am 29. 1.1827 die Novelle definierte) mit einer (zu) weitreichenden Sinndeutung zu befrachten. Er hielt sie für so wichtig, daß er sie in der *Belagerung von Mainz* nochmals Offizieren in den Mund legte, die sich seiner „Prophezeiung“ erinnert hätten, „indem die Franzosen ihren Kalender von diesen Tagen an datieren“ (10, 365). Das ist dichterische Deutung, historisch jedoch unzutreffend. Denn die Einführung einer neuen Zeitrechnung in Frankreich am 22. September 1792, also zwei Tage nach dem Geschehen bei Valmy, stand in keinem ernstlichen Zusammenhang mit der merkwürdigen Kanonade, ebensowenig wie die am 21. September beschlossene Abschaffung des Königtums.

Erstaunlicherweise verweist man bis heute wiederholt auf eine Stelle aus einem Brief an Knebel vom 27. September 1792 als Beleg dafür, daß Goethe schon kurz nach Valmy die Bedeutung jenes Tages erkannt habe:

> In diesen vier Wochen habe ich manches erfahren und dieses Musterstück von Feldzug gibt mir auf viele Zeit zu denken. Es ist mir sehr lieb daß ich das alles mit Augen gesehen habe und daß ich, wenn von dieser wichtigen Epoche die Rede ist sagen kann: et quorum pars minima fui [deren ganz kleiner Teil ich gewesen bin].

Aber diese Passage sagt etwas wesentlich anderes als jene Sentenz. Sie bezieht sich auf „dieses Musterstück von Feldzug“ insgesamt und be-

tont, ein literarisches Zitat variierend (Vergil, *Aeneis* II 6), die ‚verantwortungslose' Position des nur Betrachtenden. (In der *Aeneis* berichtet Aeneas von den Leiden Trojas und beteuert, wie sehr er daran teilgehabt: „et quorum pars magna fui".) Ferner sprach hier Goethe nur von sich selbst; in der Prophezeiung meinte er alle Beteiligten.
Als Goethe seit 1820 die autobiographische Darstellung seiner Teilnahme an Feldzug und Belagerung verfaßte, behielt er die Perspektive des Beobachters bei. Angriffslust hatte ihn nicht beeindruckt oder gar mitgerissen. Schon in den ersten Abschnitt, unter dem Datum des 23. August 1792, flocht er die Bemerkung ein, daß er sich „nicht so wütend erwies wie andre, die nach Frankreich hineinstürmten" (10, 194). Er beschrieb Zustände, wie er sie gesehen, und erzählte Vorgänge, an denen er teilgenommen hatte. Höchst kunstvoll komponierte er aus später Rück- und Überschau den Bericht über einst Beobachtetes und Erfahrenes zum literarischen Werk. Gegensätzliches rückte er zusammen und brachte es in eine bisweilen irritierende Schwebe; merkwürdige Kontraste schien er aus der fernen Distanz geradezu auszukosten; manche Einzelheiten erzählte er so, daß ihre zeichenhafte Bedeutung hervortrat, etwa jene Szene, an die er sich als eine „höchst tragische" erinnerte, wo vor den Füßen der hilflos zusehenden Schäfer die Herden umgebracht wurden (10, 200 f.), oder den „französisch-ländlichen, idyllisch-homerischen Zustand" im Quartier zu Sivry, immerhin in Feindesland (10, 256 ff). Auch Ironie des Erzählers war am Werk, der Gegensätzliches zusammenstellte und es sich unausgesprochen relativieren ließ: Mochte der Leser sehen, wie er dazu stehe. Da hatte er gerade den Krieg als „Vortod" charakterisiert, der „alle Menschen gleich mache", hatte gemeint, nun auch auf seine „leichte und doch mit vier requirierten Pferden bespannte Chaise" verzichten zu sollen, um sich zu Pferde Wetter und Wind auszusetzen, und berichtete sogleich danach (nicht ohne die passende oder unpassende launige Überleitung „Glückselig aber der, dem eine höhere Leidenschaft den Busen füllte"), wie ihn fortwährend die „Farberscheinung" in einer Quelle beschäftigte und er noch an Ort und Stelle „Vogel, der sich auch hier als treuen Kanzleigefährten erwies, ins gebrochene Konzept" diktiert habe; noch jetzt seien die Regenspuren im Manuskript zu sehen (10, 218 f.).
Bewußt setzte er seine privaten naturkundlichen Interessen, denen er auch während der Kriegstage weiter nachging, gegen das militärische Geschehen und äußerte Betroffenheit und Verstörung über das, was er an Sinnlosem und Furchtbarem gesehen hatte. Gelegentlich würzte er die Darstellung mit anekdotenhaften und novellistisch zugespitzten Erzähleinlagen, wie etwa über die Marketenderin, die der Sippe der Brechtschen Mutter Courage angehören könnte (10, 248). Nie wieder

hat sich Goethe so der Gefahr ausgesetzt, und zwar absichtlich, wie während dieses Feldzugs. Er wollte am eigenen Leibe erfahren, was der rauschhafte Zustand des „Kanonenfiebers" sei, ließ die Kugeln um sich einschlagen und spielte mit seinem Leben – wenn es denn tatsächlich so gewesen ist (kein Brief berichtet davon). Wirkungsvoll schließt sich die Szene mit der berühmten ‚Prophezeiung' unmittelbar an (10, 233 ff). Den Bericht über Vormarsch und Rückzug rahmte er bedeutungsvoll ein mit der Würdigung des Monuments von Igel, eines alten römischen Bauwerks (10, 191 f.; 283 ff). Die „Dauer dieses Monuments", einer Schöpfung der Alten, verbürgte ihm Beständigkeit im Gegensatz zu den Wirren und Widrigkeiten dieser Wochen, im „vorübergegangenen flüchtigen Dasein", und es zeugte in seiner Reliefkunst vom „wirklichen Leben", wie es die Antike darzustellen wußte.

Gewiß suchte der autobiographische Berichterstatter, der nur locker die Form des Tagebuchs wahrte, dem Prinzip zu folgen, das er am Schluß der *Campagne* formulierte: daß der Dichter seiner Natur nach unparteiisch sein und bleiben müsse und sich von den Zuständen beider kämpfenden Teile zu durchdringen suche (10, 361); gewiß vermerkte er kritisch das Verhalten mancher Emigranten aus Frankreich, freute sich am Lebensstil französischer Einwohner und bedauerte ihr Los. Aber auf welcher Seite er das Recht der Geschichte sah, ließ er nirgends im Zweifel. Das „Unheil der französischen Staatsumwälzung" (10, 309) blieb ihm das grundsätzliche Übel, und die eventuell auch in deutschen Gebieten „von revolutionären Gesinnungen ergriffene Masse" (10, 289) hätte von verderblicher Ansteckung geheilt zu werden, und zwar durch entsprechendes Handeln der Regierenden (an deren Legitimität er nicht zweifelte), das stets auf das Wohl des Ganzen, auf Ordnung und ruhige Entwicklung gerichtet sein müßte. Goethe hat für die Niederschrift seiner Kriegserinnerungen viel dokumentarisches Material studiert, aber er hat es sich versagt, die seiner eigenen Ansicht konträren politischen Auffassungen radikaler Demokraten der damaligen Zeit auch nur zu skizzieren, was der beschworenen Unparteilichkeit des Dichters hätte zugute kommen können.

Der Rückzug der verbündeten Truppen ließ die Franzosen weit nach Osten vordringen. Jetzt beanspruchten die Revolutionsheere, „natürliche Grenzen" zu schaffen. Speyer, Worms, Mainz fielen, auch Frankfurt wurde im Oktober 1792 besetzt. Goethe nahm von Luxemburg aus den Weg nach Trier, wo er einige Tage der „Ruh und Bequemlichkeit nutze", um „manches zu ordnen und aufzubewahren", was er „in den wildesten Zeiten bearbeitet hatte". Er rekapitulierte und redigierte seine „chromatischen Akten, zeichnete mehrere Figuren zu den Farbentafeln" und befaßte sich wieder mit seinen Aufzeichnungen über jenes

Monument von Igel, das ihn schon auf der Hinreise zur Armee beeindruckt hatte. Im Alter hat er es nochmals beschrieben (*Das Igeler Monument*, WA 49.2, 35–45).

Über Pempelfort und Münster zurück nach Weimar

Goethes Plan, über Frankfurt nach Thüringen zurückzukehren, hatten die vordringenden Franzosen vereitelt. Statt dessen brachte ihn eine von den Eindrücken der Landschaft verschönte, aber auch mit abenteuerlichen Hindernissen angereicherte „Wasserfahrt" auf Mosel und Rhein nach Düsseldorf, wo sich ein mehrwöchiger Aufenthalt (vom 6. November bis 4. Dezember) bei Jacobis in Pempelfort anschloß. Im Auf und Ab der Beziehungen zwischen Goethe und Friedrich Heinrich Jacobi waren diese Wochen ein von freundschaftlicher Verbundenheit und gegenseitigem Gewährenlassen durchstimmtes Intermezzo. Nach Kriegswochen Ruhe zum ungestörten Gespräch, zum Austausch über Fragen der Literatur, Kunst und Philosophie, aber auch zur Wahrnehmung der persönlichen Besonderheiten der Gesprächspartner. Vergessen war die bitterböse Verspottung von Jacobis Roman *Woldemar*, die sich Goethe im Juli 1779 im Park von Ettersburg geleistet hatte, als er, der penetranten Gefühlsschwärmerei und des eitlen Seelenkultes überdrüssig, das Buch mit den Einbanddecken an eine Eiche nagelte. Auf Jacobis Empörung reagierte Goethe erst 1782 und bat um Verzeihung. 1784 war Jacobi in Weimar zu Besuch gewesen; 1785 hatten sie anläßlich Spinozas ihre unterschiedlichen Meinungen ausgetauscht. Das war noch vor der Italienreise gewesen. Jetzt, 1792, lagen bedeutsame Jahre hinter dem, der vom Kriegsschauplatz in Jacobis Haus der Musen und Philosophie in Pempelfort einkehrte.

> Ich war mit jenen Freunden seit vielen Jahren nicht zusammengekommen, sie hatten sich getreu an ihrem Lebensgange gehalten, dagegen mir das wunderbare Los beschieden war, durch manche Stufen der Prüfung, des Tuns und Duldens durchzugehen, so daß ich, in eben der Person beharrend, ein ganz anderer Mensch geworden, meinen alten Freunden fast unkenntlich auftrat (10, 307).

So charakterisierte Goethe in der überleitenden „Zwischenrede" der *Campagne in Frankreich* die besondere Situation. Ein Bericht über die Düsseldorfer Woche schloß sich an, der eine bleibende Erinnerung an das „gastfreiste aller Häuser" (10, 316) zeichnete, in dem aber auch durchschimmerte, daß zu der Zeit, als der alte Goethe diese Blätter diktierte, längst das gegenseitige Verstehen unmöglich geworden war. Nach Jacobis Schrift von 1811, *Von den göttlichen Dingen und ihrer Offenbarung*, in der zwischen der Natur und Gott als dem Wesen, das sich nur in der übernatürlichen Offenbarung zu erkennen gebe, streng getrennt wurde, waren die unterschiedlichen Auffassungen nicht mehr zu versöhnen. Allenfalls Respekt und gegenseitige Schonung konnten bleiben. In einem Brief unmittelbar nach dem Abschied von Düsseldorf 1792 klang es immerhin noch so: „Das Bild was ich von dir und dem deinigen mitnehme ist unauslöschlich und die Reife unserer Freundschaft hat für mich die höchste Süßigkeit" (10. 12.1792). Die späteren Erinnerungen Goethes betonten dagegen, daß bei ihm in der Pempelforter Zeit von 1792, trotz der freundschaftlichen Gesinnung auf allen Seiten, das Gefühl der Isoliertheit vorgeherrscht habe: „Man kann sich keinen isoliertern Menschen denken, als ich damals war und lange Zeit blieb" (10, 313). Dem Autobiographen, der die Entwicklungsstufen seines Lebens verdeutlichen wollte, lag daran, den Leser zu überzeugen, daß ihm seelenvoller Gefühlsausdruck und empfindsame Erbaulichkeit, wie sie noch die Atmosphäre bei Jacobis bestimmten, fremd geworden waren. Er hatte Jahre praktischer Tätigkeit hinter sich, das Grauen des Krieges noch vor Augen, war Naturforscher, wollte in Kunst und Literatur jenen „Stil", der auf den „tiefsten Grundfesten der Erkenntnis ruht", und war an subjektivem Gefühlsausdruck, den man in Pempelfort wünschte, nur noch mäßig interessiert, falls überhaupt. Nach Auskunft der *Campagne* fand er mit Partien aus einem geplanten Roman *Reise der Söhne Megaprazons* keinen Anklang, einem weiteren Versuch, die Revolution „dichterisch zu gewältigen". Er hat ihn nie zu Ende geführt. Anknüpfend an die beliebte alte literarische Mode, abenteuerliche Fahrten in Fabelländer, zu fernen Trauminseln zu erzählen, wollte er Probleme der Gegenwart in ein phantasievolles Romangeschehen umsetzen. Einige Anspielungen sind aus den spärlichen Fragmenten auch herauszulesen; vom „Zeitfieber" ist die Rede, „das einige auch das Fieber der Zeit" und andere das „Zeitungsfieber" nennen und die Menschen dazu bringt, einer einzigen Meinung anzuhängen, die im Kopf „gleichsam die Achse" wird, „um die sich der blinde Wahnsinn herumdreht" (JA, 16, 372 f.); auch die Inseln, die auftauchen, und deren unterschiedliche Lebensverhältnisse konnte der Leser Gegenden seiner Zeit zuordnen. Aber viel gab das alles nicht her, und Goethe merkte bald, daß er in diesem Genre satirisch-lehrhafter Unterhaltungsliteratur nicht reüssieren konnte.

Goethe reiste noch weiter nördlich nach Münster in Westfalen und schaute unterwegs bei jenem Friedrich Victor Leberecht Plessing herein, den er als seinerzeit tief unglücklichen Menschen auf der Harzreise des

Jahres 1777 in Wernigerode besucht hatte und der nun als Professor der Philosophie in Duisburg lehrte; Anlaß genug, in die *Campagne* Erläuterungen jener schwierigen Verse „Aber abseits wer ist's? / Ins Gebüsch verliert sich sein Pfad [...]" (*Harzreise im Winter*) einzuschalten.

In Münster galt der Besuch einigen Menschen, mit deren katholischem Glauben Goethe keineswegs übereinstimmte, die ihn aber in ihrer besonderen Art der Frömmigkeit und Lebensbewältigung beeindruckten. Dort hatte sich Franz von Fürstenberg, eine Zeitlang Minister des Kölner Erzbischofs und Kurfürsten für den Münsterschen Gebietsteil und als aufgeklärter Kirchenmann seiner Zeit bekannt, intensiv um eine Reform des Bildungswesens gekümmert, um damit auch eine Verbesserung der wirtschaftlichen und politischen Lage des Landes zu erreichen. Seine Bemühungen, die zu neuen Schulordnungen und auch zur Gründung der Universität Münster im Jahre 1773 führten, wurden weithin beachtet. Durch den niederländischen Philosophen Frans Hemsterhuis erfuhr auch die Fürstin Amalia v. Gallitzin davon, deren Mann der diplomatische Vertreter Rußlands in den Niederlanden war. Nach enttäuschender Ehe zog sie 1780 wegen der Ausbildung ihrer beiden Kinder nach Westfalen. Bewußt katholisch, wünschte der ‚Kreis von Münster' doch Kontakt auch zu Persönlichkeiten anderer Anschauungen. Toleranz war ein Element dieses katholischen Humanismus, die freilich nicht so weit ging, daß jedermann Zugang zu allen Büchern haben sollte. Generalvikar v. Fürstenberg verbot noch 1802 Schriften, die er unter katholischen Gesichtspunkten für schädlich hielt, darunter die *Römischen Elegien* und *Reineke Fuchs* (während eine Szene aus *Iphigenie* in ein Gymnasiallesebuch aufgenommen wurde). Zensur wie damals anderswo auch.

Gute Beziehungen der Münsteraner hatten sich zu Friedrich Jacobi in Düsseldorf entwickelt, der wiederum Kontakte mit Weimar, mit Hamann, Matthias Claudius und dem Emkendorfer Kreis in Holstein vermittelte. Der Freundschaftskult des 18. Jahrhunderts spielte dabei seine Rolle, der es auch erlaubte, Briefe an befreundete Dritte weiterzugeben und so neue Verbindungen zu knüpfen. Im September 1785 besuchten Fürstin Gallitzin, Franz v. Fürstenberg und Frans Hemsterhuis Weimar. Aber die persönliche Bekanntschaft gedieh erst nach anfänglichen Schwierigkeiten. „Mit der Gallizin und uns will es noch nicht fort. Ich weis nicht sie ist unter uns nicht am Platze. Mit den Männern geht es schon besser. [...] Wir wollen es ruhen lassen und nicht hetzen. Am Ende wird's sich zeigen" (an Ch. v. Stein, 21. u. 22. 9.1785). Dann aber konnte Goethe Jacobi am 26. September schreiben: „Zuletzt hat es sich recht schön gegeben, und ich wünschte es ginge nun noch vierzehn Tage fort."

Eindrucksvoll hat Goethe in der *Campagne in Frankreich* die wenigen Tage seines Aufenthalts in Münster (vom 7. bis 10. Dezember 1792) beschrieben (10, 335–366).

> Den Zustand der Fürstin, nahe gesehen, konnte man nicht anders als liebevoll betrachten; sie kam früh zum Gefühl, daß die Welt uns nichts gebe, daß man sich in sich selbst zurückziehen, daß man in einem innern, beschränkten Kreise um Zeit und Ewigkeit besorgt sein müsse. Beides hatte sie erfaßt; das höchste Zeitliche fand sie im Natürlichen, und hier erinnere man sich Rousseauischer Maximen über bürgerliches Leben und Kinderzucht. [...] So war es mit dem zeitlich Gegenwärtigen; das ewige Künftige hatten sie in einer Religion gefunden, die das, was andere lehrend hoffen lassen, heilig beteuernd zusagt und verspricht.
> Aber als die schönste Vermittelung zwischen beiden Welten entsproßte Wohltätigkeit, die mildeste Wirkung einer ernsten Asketik; das Leben füllte sich aus mit Religionsübung und Wohltun (10, 336 f.).

Auch an Frans Hemsterhuis, den Freund der Fürstin Gallitzin, der 1790 gestorben war, erinnerte er an dieser Stelle mit Sätzen, die die ähnliche und doch unterschiedliche Auffassung vom Schönen zusammenfaßten; kontemplatives Schauen beim holländischen Philosophen und zum eigenen tätigen Schaffen drängende Wahrnehmung des Schönen bei Goethe:

> Das Schöne und das an demselben Erfreuliche sei, so sprach er sich aus, wenn wir die größte Menge von Vorstellungen in *einem* Moment bequem erblicken und fassen; ich aber mußte sagen: das Schöne sei, wenn wir das gesetzmäßig Lebendige in seiner größten Tätigkeit und Vollkommenheit schauen, wodurch wir, zur Reproduktion gereizt, uns gleichfalls lebendig und in höchste Tätigkeit versetzt fühlen. Genau betrachtet, ist eins und ebendasselbe gesagt, nur von verschiedenen Menschen ausgesprochen (10, 338 f.).

Daß bei den Unterhaltungen ausgiebig über Hamann, den „Magus aus Norden“ gesprochen wurde, war selbstverständlich, befand sich doch das Grab des 1788 hier Gestorbenen „in der Ecke des entlaubten Gartens“ (10, 336). Auf einem kirchlichen Friedhof konnte in Münster der Protestant nicht beigesetzt werden; um Komplikationen zu vermeiden, sorgte die katholische Amalia v. Gallitzin auf ihrem Grundstück für seine letzte Ruhestätte.
Die Gesprächspartner vermieden es, sich wegen ihrer divergierenden Glaubenspositionen zu zerstreiten. Vielmehr beeindruckte es sie, die Versuche unterschiedlicher Lebensverwirklichung wahrzunehmen, die darin doch übereinstimmten, daß sie darauf ausgerichtet waren, auszu-

bilden und zu fördern, was man als hilfreich und gut für den Menschen erkannte. Auf der Basis eines solchen Humanismus konnte man sich treffen, vielleicht auch einander verstehen, ohne mit Glauben und Ansichten des anderen einverstanden zu sein. Nach den Tagen im ‚Kreis von Münster' soll Goethe geäußert haben, er finde sich „immer von neuem hingezogen zu jenen ächt katholischen Naturen, die, befriedigt im festen treuen Glauben und Hoffen, mit sich und anderen in Frieden leben, und Gutes thun aus keinen anderen Rücksichten, als weil es sich von selbst versteht und Gott es so will". Vor solchen Naturen habe er dauernde Ehrfurcht und sie fast zum ersten Mal in seinem Leben vor der Fürstin Gallitzin und ihrem Freundeskreis empfunden (JbG 1981, 79).

Doch ist es nicht angebracht, die Gegensätze einzuebnen. Goethe hat sich in den Münsterschen Tagen 1792 wohl auch perfekt anzupassen verstanden. So hingerissen schilderte er das Fronleichnamsfest in Rom, „daß einige der Zuhörer leise fragten: ob dann Goethe katholisch sei" (F. Jacobi an Goethe, 7. 4. 1793). Das Wort vom Heucheln ging um, das Frau v. Gallitzin vornehm abschwächte, da sie im Betragen des Gastes „nur zarte Schonung" sah, die sie „nicht Heuchelei nennen" mochte (an Goethe, 24. 1. 1795). Fast spöttisch antwortete Goethe auf Äußerungen über seine „Aufführung in Münster", und dem Bild, das sich die Fürstin von ihm machte, widersprach er: „Ich wünschte ich käme mir selbst so harmonisch vor wie dieser schönen Seele" (an F. Jacobi, 17. 4. und 1. 2. 1793). Nach den persönlichen Krisen des letzten Jahrzehnts, nach den Eindrücken des Kriegs und menschlichen Elends, am Beginn einer Lebensphase, die aufgrund der in Italien und den wenigen Jahren danach gewonnenen Einsichten erst noch aufzubauen war, und im beständigen Gefühl, im Grunde isoliert zu sein, da mußten ihm Vorstellungen eigener Harmonie ganz fremd sein.

In der späten *Campagne in Frankreich* schilderte er den Abschied in Münster: „Die bedeutenden Punkte des Lebens und der Lehre kamen abermals zur Sprache, ich wiederholte mild und ruhig mein gewöhnliches Credo, auch sie verharrte bei dem ihrigen" (10, 345). Das ist sehr sanft formuliert. In zeitgenössischen Äußerungen jener Jahre ließ er es an Deutlichkeit nicht fehlen. Das Glaubensgeschehen um Jesus war für ihn „das Märchen von Christus" (an Herder, 4. 9. 1788), und dem Wunderglauben eines Lavater setzte er „unser entschiedenes Heidentum" entgegen (an F. Jacobi, 7. 7. 1793). Niemand weiß, was er Frau v. Gallitzin als sein „Credo" bekannt und wie er es ausgedrückt hat. Aber vermuten kann man es. Ein höchstes Wesen anzunehmen, vom Göttlichen, auch von Gott zu sprechen und auf eine sinnvolle Ordnung des Ganzen, des Sichtbaren und Unsichtbaren, zu vertrauen, war ihm lieb und geläufig. Dazu bedurfte er nicht des christlichen Auferstehungsglaubens und der kirchlichen Riten, die ihn zeitweilig faszinierten und dann wieder abstießen. Für ihn blieb entscheidend, was aus der Kraft eines Glaubens, die er respektieren, ja bewundern konnte, an Lebensförderlichem resultierte.

Vor Mainz 1793

Als Goethe im Dezember wieder in Weimar angekommen war, mußte er seiner Mutter in Frankfurt eine wichtige persönliche Entscheidung mitteilen. Nach dem Tod seines Onkels, des Schöffen Textor, wollte man ihm dort die Stelle eines Ratsherrn anbieten. Frau Rat hatte ihn in einem Brief informiert, der ihn „mitten im Getümmel des Krieges" erreichte. Am 24. Dezember 1792 formulierte er seine Absage. Seit vielen Jahren habe ihn der Herzog in Weimar so gut behandelt, „daß es der größte Undank sein würde meinen Posten in einem Augenblicke zu verlassen da der Staat treuer Diener am meisten bedarf". Noch einmal besiegelte er seine Entscheidung für Weimar.
1817 verzichtete er dann auch auf das Frankfurter Bürgerrecht, aus ökonomischen Erwägungen. Denn seit dem Wiener Kongreß durfte man das Vermögen bei Aufgabe des Bürgerrechts ausführen, ohne den ‚Zehnten Pfennig' zahlen zu müssen, und Goethe entging zudem der gerade damals beschlossenen Einkommenssteuer. Die Abgaben, die er seit 1806 zu leisten gehabt hatte, waren erheblich gewesen. Formal korrekt, behandelte die Stadt den Antrag ihres in Thüringen lebenden berühmten Bürgers juristisch kühl und distanziert, und etwas später schikanierte der Rat ihn in einer Hypothekenangelegenheit (JbG 1892). Die Frankfurter haben ihrem ‚größten Sohn' seinen Austritt aus der Bürgerschaft lange verübelt. Mit der Ehrenbürgerwürde zeichneten sie ihn nicht aus, und 1829 mochte er sie, nach dem langen Säumen und den ärgerlichen Vorgängen, nicht mehr annehmen. Dem Gestalter der städtischen Anlagen, Guiolett, setzte man früher ein Denkmal als ihm, der sich zu Lebzeiten freilich auch so nicht verewigt sehen wollte. 1844 wurde dann, nach einem Entwurf Ludwig v. Schwanthalers, mit Hilfe von Spenden Frankfurter Bürger ein Goethe-Denkmal auf einem Platz errichtet, der auch den Namen dessen erhielt, der nur rund 20 Jahre seines Lebens in der Vaterstadt verbracht und sie nicht oft mehr besucht hat. Auf breitem, kubischem Sockel, der mit Reliefs allegorischer und anderer Szenen aus den Dichtungen umsäumt ist, die massige Gestalt

des ‚Olympiers‘, in wallendem Gewand, ehrfurchtgebietend, pompös, eine Pergamentrolle in der Rechten, in der Linken einen Lorbeerkranz. Heute steht das Denkmal an der Gallusanlage, ein Relikt.
Ein Vierteljahr war Goethe im Sommer 1793 wieder unterwegs (vom 12. Mai bis zum 22. August), um auf Wunsch des Herzogs die Belagerung von Mainz mitzuerleben. Der gleichnamige Bericht wahrt streckenweise viel strenger als die *Campagne in Frankreich* die Form des Tagebuchs, das sich auf Stichworte und knappe Erklärungen beschränkt. Aber auch einzelne Situationen aus der Zeit der Blockade und danach rief der alte Memoirenschreiber in Erinnerung. Besonders eindrucksvoll geriet die Schilderung des Ein- und Auszugs der Zurückkehrenden und Abziehenden nach der Kapitulation und Übergabe der Stadt (10, 385 ff). Goethe erzählt dabei auch, wie er verhindert habe, daß Gegner der republikanisch gesinnten Mainzer nun, nach der Wendung der Dinge, Selbstjustiz an vermeintlichen oder wirklichen „Klubisten", Mitgliedern und Anhängern des Jakobinerklubs, übten. Auf eine erstaunte Frage nach den Gründen seiner Handlungsweise habe er geantwortet: „Es liegt nun einmal in meiner Natur, ich will lieber eine Ungerechtigkeit begehen, als Unordnung ertragen" (10, 391). So ehrenhaft Goethes Verhalten als privat praktizierte Humanität erscheint, so ist sein gern zitierter Ausspruch vertrackter, als er beim ersten Lesen zu erkennen gibt. Denn wie hier Gerechtigkeit und Ungerechtigkeit verteilt werden, kann uns nachdenklich machen. Goethes Satz bezieht sich nämlich auf eine Stelle wenige Seiten vorher, als er einen ausgewanderten, jetzt heimkehrenden Mainzer, der „den zurückgelassenen Klubisten Tod und Verderben zu bringen schwor", energisch zurechtwies: „Die Bestrafung solcher schuldigen Menschen müsse man den hohen Alliierten und dem wahren Landesherrn nach seiner Rückkunft überlassen" (10, 386). Daß das Recht auf seiten der Mainzer Jakobiner liegen könne und dem „wahren Landesherrn", dem absolutistischen Herrscher, im Namen der Gerechtigkeit ein Anspruch auf Bestrafung ganz und gar nicht zustehe, kam Goethe nicht in den Sinn. Für Georg Forster jedenfalls gehörte der geflüchtete Kurfürst von Mainz, der feudal zu leben wußte, zu der Sorte der „frechen Gebieter", deren Herrschaft *ihn* zu der prinzipiellen Frage veranlaßte: „Tugend und Gerechtigkeit, Vernunft und Wahrheit gelten nur für die Tyrannen und niemals wider sie?" (*Darstellung der Revolution in Mainz*, Werke III, 1970, 692). Übrigens widerspricht ein Brief, den Goethe am 27. Juli 1793 aus Mainz an Jacobi schrieb, wortwörtlich der später in den Memoiren behaupteten Version, er habe sich den Übergriffen widersetzt und sie verabscheut. Am ersten Tag des Auszugs, so Goethe 1793, seien viele „Clubbisten" noch durchgekommen.

> Schon am Abend aber schickte die Bürgerschaft eine Liste derer die sich vorbereiteten morgens mit den Franzosen der zweyten Abtheilung auszuziehen und verlangte ihre Arrettierung. Das geschah auch durch ein Commando, sie wurden aus der Colonne herausgenommen ohne daß die Franzosen sich widersetzten. Das Volck fing an durch die Straßen zu laufen und sich derer zu bemächtigen die noch zurück geblieben waren. Es ward geplündert und man legte sich auch darein und nahm diese auch noch in Empfang. Der *Modus* daß man die Sache gleichsam dem Zufall überließ und die Gefangennehmung von unten herauf bewirckte, deucht mich gut. Das Unheil das diese Menschen angestiftet haben ist groß. Daß sie nun von den Franzosen verlassen worden, ist recht der Welt Lauf und mag unruhigem Volck zur Lehre dienen.

Freilich: Die Zuweisung des Unrechts an Franzosen und Mainzer Jakobiner verbindet Brief und spätere Darstellung.

Wir Heutigen haben Grund, uns an jene kurze Phase der Mainzer Republik im Jahr 1793 zu erinnern, an den gescheiterten Versuch, zum ersten Mal auf deutschem Gebiet Volkssouveränität zu verwirklichen und ein demokratisches Gemeinwesen zu begründen. Er ist nicht nur gescheitert, weil Mainz zurückerobert wurde, sondern auch, weil die Mehrheit der Bevölkerung, in einer besetzten Stadt lebend und ungewiß über den Ausgang des militärischen Konflikts, noch nicht für eine neue Ordnung gewonnen werden konnte. Zwar wurde am 23. Oktober 1792 die „Gesellschaft der Freunde der Freiheit und Gleichheit" gegründet, aber ihre Aufklärungsarbeit brachte nur geringe Erfolge. Bei der Wahl für die verfassunggebende Versammlung am 26. Februar 1793 – der ersten Wahl auf deutschem Boden, die nach bürgerlich-demokratischen Grundsätzen stattfand – beteiligten sich nur etwa 13 Prozent. Dennoch trat am 17. März der „Nationalkonvent der freien Deutschen diesseits des Rheins" zusammen und proklamierte das Gebiet zwischen Landau, Bingen und Mainz als „freien, unabhängigen, unzertrennlichen Staat". Kurz darauf beschloß man den Anschluß der Republik an Frankreich. Als ‚separatistisch' kann dieses Votum nur ansehen, wer die Idee der Freiheit dem Nationalgedanken unterordnet. Die unabhängige Mainzer Republik hat nur knapp zwei Wochen existiert. Am 30. März bestätigte Frankreich die Angliederung, und mit der Rückeroberung der Stadt durch die monarchischen Truppen am 23. Juli 1793 war das ganze spannungs- und widerspruchsvolle republikanische Zwischenspiel in Mainz zu Ende. Als 1797 wiederum die Franzosen einrückten, konnten die geflohenen Jakobiner zwar zurückkehren, aber unter dem Direktorium in Paris und der sich ausbildenden Herrschaft Napoleons waren neue Bedingungen gegeben, die die kurze Zeit des Mainzer Demokratieversuchs Episode bleiben ließen. Und sie wurde vergessen. Es bedurfte in unseren Tagen eines Theaterstücks von Rolf Schneider (während sich die ‚Jakobinerforschung' in der Wissenschaft schon etabliert hat), um die Bewohner der jetzigen rheinland-pfälzischen Landeshauptstadt und nicht nur sie an frühe demokratische Bestrebungen in ihren Mauern zu erinnern, die aus dem deutschen Geschichtsbewußtsein verdrängt worden sind. Schneiders *Die Mainzer Republik* (1980) ist freilich auch ein Lehrstück darüber, daß Demokratie nicht aufgezwungen werden kann und die eigenen Spielregeln nicht verletzten darf, wenn sie überzeugen will.

Auch vor Mainz konnte Goethe seine privaten Arbeiten fortsetzen. Aus dem „Lager Marienborn" schickte er Jacobi am 24. Juli „die Lehre der farbigen Schatten", und das Epos *Reineke Fuchs* hatte er bei sich, um weiter an ihm zu bessern. „Ich komme nun fast nicht mehr vom Zelte weg, korrigiere am ‚Reineke' und schreibe optische Sätze" (an Herder, 15. 6.1793). Schon im Frühjahr 1793 hatte er in Weimar aus seiner Bearbeitung der alten Tierdichtung vom listenreichen Fuchs vorgelesen. Es war eine „zwischen Übersetzung und Umarbeitung schwebende Behandlung" (*Annalen* zu 1793), die er an der Vorlage vornahm. Von Jugend an kannte er den Stoff, der seit dem Mittelalter vielfach gestaltet worden war. Gottsched hatte 1752 den niederdeutschen *Reinke de vos*, eine Dichtung in kurzen Reimpaaren, die 1498 in Lübeck erschienen war, herausgegeben und mit einer Prosaübersetzung versehen. Nicht nur diese Ausgabe lag Goethe vor, sondern auch wohl eine 1485 in Delft publizierte Fassung in Prosa, die 1783 wiedergedruckt worden war (die *Historie van reynaert de vos*). Erstaunlicherweise wählte er nun für seine Nachdichtung der volkstümlichen, schwankhaften Geschichte das Versmaß des Hexameters, das große Epen der Weltliteratur auszeichnete, Homers *Ilias* und *Odyssee*, Vergils *Aeneis*, auch Klopstocks *Messias*. Johann Heinrich Voß, Übersetzer antiker Epen, hatte jedoch auch für längere erzählende Dichtungen, die Situationen aus dem Leben des Bürgers und des einfachen Volkes gestalteten, den antiken Hexametervers benutzt (*Luise*, *Die Leibeigenen*, *Die Freigelassenen*, *Die Bleicherin*). Goethe kam der geräumige, bewegliche Vers, den er sich schon für die *Römischen Elegien*, die *Venetianischen Epigramme* und einige andere Gedichte angeeignet hatte, gut zustatten, weil er einem behäbig-unterhaltsamen, auf Einzelheiten sich einlassenden Erzählen Platz gab und zugleich eine Kunstform mit der Würde der Antike war.

Diesen sechshebigen Vers, der zwischen den betonten Silben variierende Füllungen zuließ, behandelte Goethe nun mit einer Lockerheit, an der Verstheoretiker, die auch im deutschen Hexameter die (auf ganz ande-

ren Prinzipien beruhenden) Regeln der alten Sprachen streng beachtet sehen wollten, Anstoß nahmen. Voß hatte 1781 seine Übersetzung der *Odyssee* vorgelegt und präzisierte in der Vorrede zur 1789 erschienenen Hexameter-Übertragung von Vergils *Georgica* die Grundsätze, die zu befolgen seien. Goethe quälte sich zwar mit diesen theoretischen Anweisungen herum, konnte aber nicht viel damit anfangen und ließ sich zum Glück bei der eigenen Formung des *Reineke Fuchs* nicht davon beeinflussen. Was Voß, „dessen Ernst man nicht verkennen konnte", vorgetragen habe, seien für ihn „sibyllinische Blätter" geblieben, notiert er noch in der *Campagne in Frankreich* (10, 360).
Aus den vier Büchern der Vorlage mit ihren fast 7 000 paarweise reimenden Knittelversen wurden in Goethes Neufassung zwölf „Gesänge" mit 4 312 Hexametern. Wilhelm v. Humboldts Urteil traf und trifft zu:

> Im einzelnen hat er fast nichts abgeändert, oft dieselben Worte gelassen, aber dennoch ist das Ganze durch ihn schlechterdings etwas anderes geworden. Dasjenige nämlich, was eigentliche poetische Form daran ist, dasjenige, wodurch es zu der Phantasie des Lesers spricht und seinen ästhetischen Sinn rührt, gehört ihm ganz und ganz allein. [. . .] Wodurch Goethe dies bewirkt hat, ist schwer zu bestimmen, und ich habe an einzelnen Stellen vergeblich darüber gegrübelt. Das Silbenmaß, das es dem Griechischen näherbringt, tut viel, aber da es so äußerst lose und leicht behandelt ist, auch wieder nicht viel. Die Hauptsache liegt wohl in der Sprache, in dem Periodenbau, endlich und vorzüglich in der Behandlungsart des Genies, die sich nicht einzeln und mit Worten bestimmen läßt (an Schiller, 27. 2. 1796).

Schon eine bloße Gegenüberstellung weniger Anfangsverse des niederdeutschen *Reinke de vos*, der Gottschedschen Prosafassung und der Goetheschen Nachdichtung läßt die Gestaltungskraft, die die neuen Verse füllte und formte, erkennen:

Reinke de vos:

Id gheschach up einen pynkste dach,
Das men de wolde un velde sach
Grone staen mit loff un graß,
Un mannich vogel vrolig was
Myt sange, in haghen un op bomen;
De krude sproten un de blomen,
De wol röken hier un dar:
De dach was schone, dat weder klar.
Nobel, de Konnynck van allen deeren,
Held hoff, un leet den uthkreyeren

Syn lant dorch over al.
Dar quemen vele heren mit grotem schal;
Ok quemen to hove vele stolter ghesellen,
De men nich alle konde tellen:
Lütke de kron, un Marquart de hegger,
Ja, desse werden dar alle degger.

Gottsched:

Es war eben an einem Pfingsttage, als man Wälder und Felder, mit Laub und Gras gezieret sah; und mancher Vogel sich in Gebüschen und auf Bäumen, mit seinem Gesange fröhlich bezeugete. Die Kräuter und Blumen sprosseten überall hervor, und gaben den lieblichsten Duft von sich. Der Tag war heiter, und das Wetter schön: als Herr Nobel, der König aller Thiere, seinen Hof hielt, und durch sein ganzes Land überall ausrufen ließ, daß man sich daselbst versammeln sollte. Darauf erschienen nun viele große Herren mit starkem Gefolge, und eine unzählbare Menge stolzer Junker; Lütke, der Kranich, Marquart, der Heher, und viele andre mehr.

Goethe:

Pfingsten, das liebliche Fest, war gekommen; es grünten und blühten
Feld und Wald; auf Hügeln und Höhn, in Büschen und Hecken
Übten ein fröhliches Lied die neuermunterten Vögel;
Jede Wiese sproßte von Blumen in duftenden Gründen,
Festlich heiter glänzte der Himmel und farbig die Erde.
Nobel, der König, versammelt den Hof; und seine Vasallen
Eilen gerufen herbei mit großem Gepränge; da kommen
Viele stolze Gesellen von allen Seiten und Enden,
Lütke, der Kranich, und Markart, der Häher, und alle die Besten.

Listig und verschlagen, frech und dreist entgeht Reineke Fuchs allen Anklagen, Verfolgungen und Verurteilungen und verficht rücksichtslos, mit Witz und Heimtücke seine Interessen. Am Ende wird er gar beim König der Tiere zum „Kanzler des Reichs“ ernannt. Aber auch die anderen sind keine Unschuldslämmer. Eine „unheilige Weltbibel“ (*Annalen* zu 1793) ist es, die hier aufgeschlagen wird. Jahrhunderte hindurch bediente man sich der Geschichten mit Reineke Fuchs, um in allegorischer Form Kritik zu üben und moralische Lehren zu vermitteln. Was sich unter den Tieren abspielte, ließ sich auf mannigfache Gesellschaftsverhältnisse und menschliche Verhaltensweisen beziehen. Was am Hofe des Löwen Nobel, des Königs der Tiere, vorging, taugte dazu, als Hof- und Regentenspiegel gestaltet und gelesen zu werden. In Goethes Nachdichtung fehlen die direkten Anspielungen und lehrhaften moralischen Nutzanwendungen. Ihm war die alte Dichtung in den Jahren nach der Revolution ein Lesebuch menschlicher Unzulänglichkeiten, in dem zu blättern und es neu zu schreiben vergnüglich war. „Denn wenn auch hier das Menschengeschlecht sich in seiner ungeheuchelten Tierheit ganz natürlich vorträgt, so geht doch alles, wo nicht musterhaft, doch heiter zu, und nirgends fühlt sich der gute Humor gestört" (*Campagne in Frankreich*; 10, 359 f.). Das Epos *Reineke Fuchs*, erstmals erschienen im zweiten Band der *Neuen Schriften* 1794, paßte durchaus zu den anderen ‚Revolutionsdichtungen' Goethes. Aus ihm ließ sich sowohl Kritik an fragwürdiger Staatsführung und Hofhaltung als auch an den die Köpfe verwirrenden Revolutionsideen herauslesen. Auf diese jedenfalls zielten einige Verse, die auch die Lesart einer Kritik an denen gestatteten, die auf verblendete Weise ihre Herrschaft ausübten:

> Doch das Schlimmste find' ich den Dünkel des irrigen Wahnes,
> Der die Menschen ergreift: es könne jeder im Taumel
> Seines heftigen Wollens die Welt beherrschen und richten.
> Hielte doch jeder sein Weib und seine Kinder in Ordnung,
> Wüßte sein trotzig Gesinde zu bändigen, könnte sich stille,
> Wenn die Toren verschwenden, in mäßigem Leben erfreuen.
> Aber wie sollte die Welt sich verbessern? Es läßt sich ein jeder
> Alles zu und will mit Gewalt die andern bezwingen.
> Und so sinken wir tiefer und immer tiefer ins Arge.
> Afterreden, Lug und Verrat und Diebstahl, und falscher
> Eidschwur, Rauben und Morden, man hört nichts anders erzählen.
> Falsche Propheten und Heuchler betriegen schändlich die Menschen
> (VIII 152 ff).

Die Schlußzeilen der Gesänge verkündeten, altertümlichen Tonfall imitierend und parodierend, eine hausbackene Lehre, die allzeit preiswert ist und die der Nachdichter den Lesern augenzwinkernd mit auf den Weg gab, sicherlich doch wissend, daß es so einfach nicht ist, die richtige „Weisheit" zu finden und jeweils zu erkennen, was das „Böse" ist und welche „Tugend" zu wünschen sei:

> Hochgeehrt ist Reineke nun! Zur Weisheit bekehre
> Bald sich jeder und meide das Böse, verehre die Tugend!
> Dieses ist der Sinn des Gesangs, in welchem der Dichter
> Fabel und Wahrheit gemischt, damit ihr das Böse vom Guten
> Sondern möget und schätzen die Weisheit, damit auch die Käufer
> Dieses Buchs vom Laufe der Welt sich täglich belehren.
> Denn so ist es beschaffen, so wird es bleiben, und also
> Endigt sich unser Gedicht von Reinekens Wesen und Taten.
> Uns verhelfe der Herr zur ewigen Herrlichkeit! Amen.

Wie auf der Hinreise zur Belagerung von Mainz blieb Goethe auch auf dem Rückweg einige Tage bei der Mutter in Frankfurt, das die Franzosen Ende 1792 wieder geräumt hatten. In den Augusttagen besprachen beide den Verkauf des Hauses im Großen Hirschgraben, zu dem er ihr riet; „aber übereilen wollen wir solche Hauptstücke nicht", ließ sie ihn wissen (6. 9. 1793). In der Folgezeit wurde das Verzeichnis der väterlichen Bibliothek angefertigt, und um den günstigsten Verkauf der großen Weinvorräte kümmerte sich die lebenstüchtige Frau geschickt und umsichtig. „Wenn ich 10 000 f vor den gantzen Keller kriege, so hätte groß Lust sie weg zu geben – wollen sehn – aber fort müßen sie" (7. 1. 1794). Mitte 1795 war alles abgewickelt. Sohn und Schwiegersohn Schlosser hatten sich die Bücher auswählen können, die sie haben wollten; Haus und Weine waren verkauft; der Auszug aus dem Hirschgraben und der Einzug in die Wohnung mit der schönen Aussicht im „Goldenen Brunnen" am Roßmarkt waren so glücklich abgelaufen, schrieb Frau Aja, „daß ich wenig oder gar keine Ungemächlichkeit davon empfunden habe – zwey Preußische Soldaten haben mir alles hin getragen – weder Schreiner noch Fuhrwerck habe ich nöthig gehabt und nicht das mindeste ist beschädigt worden" (24. 8. 1795). Wolfgang erhielt von den alten Weinbeständen noch eine spezielle Sendung als Geschenk sowie 1 000 Gulden vom Erlös der Weine. Insgesamt konnte die Mutter ihren Erben nur noch die Hälfte des einstigen väterlichen Vermögens hinterlassen; das andere war verbraucht worden. 22 252 Gulden gingen als Erbe an den Sohn.

Die Allianz mit Schiller

Das glückliche Ereignis

1794 war das Jahr, in dem der intensive Gedankenaustausch und die literarische Zusammenarbeit Goethes und Schillers begannen. Seit dem ersten flüchtigen Zusammentreffen im Haus der Lengefelds in Rudolstadt am 7. September 1788 waren beinahe sechs Jahre vergangen. Der ‚Stürmer und Dränger', als der sich der um zehn Jahre jüngere Dichter der *Räuber* anfangs präsentierte, war dem Weimarer Goethe suspekt gewesen. Auch die folgenden Dramen bis zum *Don Carlos* konnten ihn nicht geneigter stimmen. So hielt er jahrelang bewußt Distanz zu jenem Autor, dessen „wunderliche Ausgeburten" (10, 538) ihn zu sehr an die unruhige Phase der eigenen Jugend erinnerten, die er hinter sich gelassen hatte. Als er aus Italien zurückkehrte, wohnte Schiller seit Juli 1787 in Weimar; doch zu näherem Kontakt kam es nicht. Zwar förderte Goethe die Ernennung Schillers zum Professor der Geschichte in Jena, wohin dieser im Mai 1789 umzog, aber das änderte nichts an der Fremdheit der beiden Männer. Man begegnete sich gelegentlich, und dabei blieb es.

Schiller hatte den berühmten Dichter des *Götz* und des *Werther* zum ersten Mal gesehen, als der Weimarer Herzog mit seiner Begleitung im Dezember 1779 auf der Rückreise aus der Schweiz die „Hohe Karlsschule" in Stuttgart besuchte. Eine merkwürdige Konstellation: der zwanzigjährige Eleve, der die Flucht aus den Zwängen des Württemberger Herrschers und ruhelose Jahre noch vor sich hatte, und der (äußerlich) etablierte Geheime Rat. Wenn Schiller dann in der Weimarer und Jenaer Zeit seit 1787 auf Goethe zu sprechen kam, mischten sich Töne der Bewunderung und des Neides, der schroffen Ablehnung und der geheimen Werbung. Er mokierte sich darüber, wie Goethes Geist alle Menschen, die sich zu seinem Zirkel zählten, gemodelt habe. Eine „stolze philosophische Verachtung aller Spekulation" und Beschränktheit auf die fünf Sinne sei ihnen eigen. „Da sucht man lieber Kräuter oder treibt Mineralogie, als daß man sich in leeren Demonstrationen verfinge." Das schrieb er nach einem Besuch in Goethes Garten, dessen Haus Knebel bewohnte, als der Eigentümer in Italien war (an Körner, 12. 8.1787). Gleichwohl feierte er den Geburtstag des Abwesenden im Garten am Stern fleißig mit. „Wir fraßen herzhaft, und Goethes Gesundheit wurde von mir in Rheinwein getrunken. Schwerlich vermutete er in Italien, daß er mich unter seinen Hausgästen habe, aber das Schicksal fügt die Dinge gar wunderbar" (an Körner, 29. 8. 1787).

Schiller fühlte sich angezogen und abgestoßen; nur gleichgültig konnte er dem so oder so imponierenden Älteren gegenüber nicht sein.

Goethe ist jetzt bei Ihnen. Ich bin ungeduldig, ihn zu sehen (an Ridel, 7. 7. 1788).

Öfters um Goethe zu sein würde mich unglücklich machen. [...] Ich glaube in der Tat, er ist ein Egoist in ungewöhnlichem Grade. [...] Ein solches Wesen sollten die Menschen nicht um sich herum aufkommen lassen. Mir ist er dadurch verhaßt, ob ich gleich seinen Geist von ganzem Herzen liebe und groß von ihm denke (an Körner, 2. 2. 1789).

Dieser Mensch, dieser Goethe, ist mir einmal im Wege, und er erinnert mich so oft, daß das Schicksal mich hart behandelt hat. Wie leicht ward *sein* Genie von seinem Schicksal getragen, und wie muß *ich* bis auf diese Minute noch kämpfen! (an Körner, 9. 3. 1789)

Es gab genug Zeitgenossen, denen Goethe befremdlich erschien, kalt, steif, stolz, selbstbezogen, sich verschließend, sein wahres Innere verbergend, insgesamt rätselhaft. Er selbst fühlte sich gerade in der nachitalienischen Zeit unverstanden, litt unter der Isolierung und verstärkte sie selbst im Gefühl des Unverstandenseins um so mehr. Zuweilen flüchtete er in die maskenhaften Rollen, die ihm seine Stellung als bekannter, respektheischender Autor und geadelter Geheimrat anbot. Wahrscheinlich war die Vermutung Friedrich Münters, des Bruders der Friederike Brun, nicht so falsch, die er nach einem Besuch in sein Tagebuch eintrug (5. 7. 1791): Er habe Goethe zwar viel freundschaftlicher als sonst gefunden, aber immer noch kalt, wie er es gegen jeden ist. „Er ist ein sehr unglücklicher Mensch. Muß beständig mit sich selbst in Unfrieden leben" (Bo I 429).
Schiller war der Unterschied, der ihn in Denk- und Auffassungsweise von dem in Haßliebe Umworbenen trennte, sehr bewußt. Von „zwei Geistesantipoden" sprach ebenfalls Goethe im späten Rückblick (10, 540). „Seine Philosophie", erläuterte Schiller seinem Freund Körner am 1. November 1790 „mag ich auch nicht ganz: sie holt zuviel aus der Sinnenwelt, wo ich aus der Seele hole. Überhaupt ist seine Vorstellungsart zu sinnlich und *betastet* mir zuviel. Aber sein Geist wirkt und forscht nach allen Direktionen und strebt, sich ein Ganzes zu erbauen – und das macht mir ihn zum großen Mann." Mit einem „übrigens" schloß er hier spöttische Bemerkungen über Goethes Verhältnis zu Christiane Vulpius an. „Sein Mädchen ist eine Mamsell Vulpius, die ein Kind von ihm hat und sich nun in seinem Hause fast so gut als etabliert hat." Eine mögliche Heirat zog er ins Lächerliche. „Es könnte mich doch verdrießen, wenn er mit einem solchen *Geniestreich* aufhörte, denn man würde nicht ermangeln, es dafür anzusehen." Im späteren Briefwechsel mit Goethe existierte Christiane befremdlicherweise so gut

wie nicht. Einmal wagte er es, sie „jemand aus Ihrem Hause" zu nennen, ein andermal die „Kleine" (9. 5. 1800; 16. 12. 1802). Der Adressat hat es schweigend hingenommen.

Der Bann wurde gebrochen, als Schiller am 13. Juni 1794 mit der förmlichen Anrede „Hochwohlgeborener Herr, Hochzuverehrender Herr Geheimrat" Goethe schriftlich einlud, an der neu gegründeten Zeitschrift *Die Horen* als Autor und Gutachter mitzuarbeiten. Die Zusage ließ nicht auf sich warten: „Ich werde mit Freuden und von ganzem Herzen von der Gesellschaft sein" (24. 6. 1794). Nur ein gutes Jahrzehnt blieb beiden für Gedankenaustausch und gemeinsames Wirken, für gegenseitige Anregung und fördernde Kritik.

Im hohen Alter, viele Jahre nach dem Tod des Weggenossen der Jahre 1794 bis 1805, hat Goethe verschiedentlich vor aller Öffentlichkeit die Bedeutung der freundschaftlichen Zeit mit Schiller gewürdigt. In seiner Zeitschrift *Zur Naturwissenschaft überhaupt, besonders zur Morphologie* schloß er 1817 die Abhandlung *Die Metamorphose der Pflanzen* mit einigen Seiten, auf denen er über die Schwierigkeiten des Zueinanderfindens und über ein Gespräch mit Schiller nach einer Sitzung der „Naturforschenden Gesellschaft" in Jena 1794 berichtete, das die nähere Bekanntschaft eröffnet habe. Unter der Überschrift *Glückliches Ereignis* wurden diese Erinnerungen zugleich im *Morgenblatt für gebildete Stände* (9. 9. 1817) gedruckt. – Der Briefwechsel zwischen beiden, den Goethe selbst herausgab und der 1829 vorlag, sollte ein autobiographisches Dokument (anschließend an die Zeit der Kampagne und Belagerung) und ein Denkmal des Bundes mit Schiller sein. – In den *Tag- und Jahresheften als Ergänzung meiner sonstigen Bekenntnisse* (den *Annalen*), die als Band 31 und 32 der „Ausgabe letzter Hand" 1830 erschienen, hob er gleichfalls das besondere Ereignis des Jahres 1794 hervor. Seit der ersten Annäherung sei es „ein unaufhaltsames Fortschreiten philosophischer Ausbildung und ästhetischer Tätigkeit" gewesen. „Für mich war es ein neuer Frühling, in welchem alles froh nebeneinander keimte und aus aufgeschlossenen Samen und Zweigen hervorging" (10, 444).

Besonders der Gedenkaufsatz *Glückliches Ereignis* ist gern als wahrheitsgetreue Darstellung der entscheidenden persönlichen Begegnung Goethes und Schillers im Sommer 1794 angesehen worden. Sie seien, so erinnerte sich Goethe, nach einer Sitzung der „Naturforschenden Gesellschaft" ins Gespräch gekommen. Auf Schillers Bemerkung, „eine so zerstückelte Art die Natur zu behandeln" könne den Laien nicht erfreuen, habe er erwidert, es gebe auch die Möglichkeit, „die Natur nicht gesondert und vereinzelt vorzunehmen, sondern sie wirkend und lebendig, aus dem Ganzen in die Teile strebend darzustellen". Schiller habe Näheres zu hören gewünscht. Was Goethe dann berichtete, ist viele Male zitiert worden:

> Wir gelangten zu seinem Haus, das Gespräch lockte mich hinein; da trug ich die Metamorphose der Pflanzen lebhaft vor, und ließ, mit manchen charakteristischen Federstrichen, eine symbolische Pflanze vor seinen Augen entstehen. Er vernahm und schaute das alles mit großer Teilnahme, mit entschiedener Fassungskraft; als ich aber geendet, schüttelte er den Kopf und sagte: „Das ist keine Erfahrung, das ist eine Idee." Ich stutzte, verdrießlich einigermaßen: denn der Punkt, der uns trennte, war dadurch aufs strengste bezeichnet (10, 540 f).

Obwohl sie weiter gestritten hätten und sich keiner für den Sieger hätte halten können, sei mit diesem Disput doch der erste Schritt aufeinander zu getan gewesen. Wenn Schiller für eine Idee hielt, was er als Erfahrung aussprach, so folgerte Goethe, dann „müßte doch zwischen beiden irgend etwas Vermittelndes, Bezügliches obwalten!"
Mit Fug und Recht darf man bezweifeln, ob Goethes später Bericht von 1817 den Tatsachen von einst entsprach. Zwar erfaßte er genau und auf zitierwürdige Weise die Unterschiede ihrer Anschauungsart, aber erläuterte eher die Gründe der jahrelangen Distanz zwischen ihnen beiden, als daß er ihr Zueinanderfinden erklärte. Zudem gehörten die Erinnerungsblätter *Glückliches Ereignis* in den Umkreis naturwissenschaftlicher Überlegungen und dienten der Verdeutlichung der Goetheschen Position. Dokumente aus dem Jahre 1794 selbst geben andere Auskunft. Am 24. Juni sagte Goethe seine Mitarbeit an den *Horen* zu. Am 25. Juli, in seinem nächsten Brief, versicherte er, daß er sich „auf eine öftere Auswechslung der Ideen" lebhaft freue. Also hat zwischen jenen beiden Terminen ein Gespräch stattgefunden, das zur Fortsetzung des Gedankenaustauschs ermunterte. Auf diese Unterhaltung bezog sich die Partie in Schillers Brief vom 1. September 1794 an Christian Gottfried Körner:

> Bei meiner Zurückkunft fand ich einen sehr herzlichen Brief von Goethe, der mir nun endlich mit Vertrauen entgegenkommt. Wir hatten vor sechs Wochen über Kunst und Kunsttheorie ein langes und breites gesprochen und uns die Hauptideen mitgeteilt, zu denen wir auf ganz verschiedenen Wegen gekommen waren. Zwischen diesen Ideen fand sich eine unerwartete Übereinstimmung, die um so interessanter war, weil sie wirklich aus der größten Verschiedenheit der Gesichtspunkte hervorging. Ein jeder konnte dem andern etwas geben, was ihm fehlte, und was dafür empfangen.

Das ist plausibel. Gewiß war es die Übereinstimmung der Ideen über „Kunst und Kunsttheorie", die beide offenbar während eines Zusammenseins bei Wilhelm v. Humboldt erkannten (Humboldts Tagebuch zum 22. 7. 1794: „Abends assen Schillers und Göthe bei uns"), die zur endlichen Annäherung führte. Da mochte dann auch unter den Stichworten „Erfahrung“ und „Idee“ der grundsätzliche Unterschied in Denk- und Auffassungsweise zur Sprache kommen und weitere Überlegungen veranlassen. In den Briefen an andere bekräftigte Schiller damals die Harmonie in Fragen der Kunst und erwähnte zugleich, aber weniger nachdrücklich, das Interesse an der Naturforschung des neuen Partners.

> Überhaupt bin ich in diesem Sommer endlich mit Goethen genau zusammengekommen, und es vergeht keine Woche, daß wir nicht einander sehen oder schreiben. [...] In naturhistorischen Dingen ist er trefflich bewandert und voll großer Blicke, die auf die Ökonomie des organischen Körpers ein herrliches Licht werfen. [...] Über die Theorie der Kunst hat er viel gedacht und ist auf einem ganz andern Wege als ich zu den nämlichen Resultaten mit mir gekommen (an F. W. D. Hoven, 22. 11. 1794).

Die verschiedenen Wege, die sie gegangen, sind deutlich: Hatte Goethe seine Auffassung von „Stil“ und „Schönheit“, innerer Gesetzlichkeit und Eigenwert der Kunst in der Anschauung klassischer Werke der Antike und ihrer Nachfolge gewonnen, so war Schiller weit mehr durch die Anstrengung theoretischen Nachdenkens zu ähnlichen Ergebnissen gelangt. Dabei wurde auch er von der idealisiert gesehenen Kunst der Alten inspiriert und wähnte in der verklärten Antike den harmonischen Menschen anwesend, wenigstens in Entwurf, Ahnung, plastischer Gestaltung. In seinem fiktiven *Brief eines reisenden Dänen*, der 1785 in der *Rheinischen Thalia* erschien, standen enthusiastische Äußerungen über den Besuch des Antikensaals zu Mannheim.

> Der Mensch brachte hier [im schönen lachenden Griechenland] etwas zu stande, das mehr ist, als er selbst war, das an etwas Größeres erinnert als seine Gattung – beweist das vielleicht, daß er weniger ist, als er sein wird? [...] Die Griechen malten ihre Götter nur als edlere Menschen und näherten ihre Menschen den Göttern. Es waren Kinder *einer* Familie (SA 11, 106).

Auf die gegenwärtige Wirklichkeit blickend und stets auf Korrektur des schlechten Bestehenden bedacht, neigte Schiller mehr und mehr zu der Ansicht, daß der Mensch in der Kunst und eigentlich nur durch sie das Bessere erfahren könne und also Vollkommenheit (zunächst) im Ästhetischen und nur dort zu finden sei. Sein eigenes Schaffen verpflichtete er auf „Simplizität“ und „Klassizität“. Körner schrieb er am 6. März 1788: „Simplizität ist das Resultat der Reife, und ich fühle, daß ich ihr schon sehr viel nähergerückt bin als in vorigen Jahren“. Und am 20. August

1788 hoffte er, daß ihm „ein vertrauter Umgang mit den Alten äußerst wohltun – vielleicht Klassizität geben“ würde. Zu den anderen Kennmarken Schillerscher Überlegungen, die in diesen Zusammenhang gehörten, zählten „Idealisierung“, „Veredlung“. Ende 1790 forderte er in der Kritik *Über Bürgers Gedichte:* „Eine der ersten Erfordernisse des Dichters ist Idealisierung, Veredlung, ohne welche er aufhört, seinen Namen zu verdienen“ (SA 16, 236). Später revidierte er den Begriff „Veredlung“: „Etwas idealisieren heißt mir nur, es aller seiner zufälligen Bestimmungen entkleiden und ihm den Charakter innerer Notwendigkeit beilegen. Das Wort veredeln erinnert immer an verbessern, an eine moralische Erhebung“ (NA 22, 293). Wie eng sich solche Überzeugungen mit Goethes Lob des „Stils“ berührten, der „auf dem Wesen der Dinge“ beruht, und mit seinem Bestreben, Grundgesetzlichkeiten in Natur und Kunst zu erkennen, ist offenkundig. Wieder darf hier (wie bei ähnlichen Formulierungen Goethes) auf die Schwierigkeiten aufmerksam gemacht werden, die Begriffe wie „Simplizität“, „Klassizität“, „Idealisierung“ und ihre Erläuterungen bieten. Denn sie bedürfen ihrerseits wieder der Interpretation und sind ebenfalls an künstlerischen Werken selbst zu verifizieren, was jedoch nur die Schwierigkeit verschiebt; denn darüber, was den „Charakter innerer Notwendigkeit“ ausmache, und über seine künstlerische Verwirklichung läßt sich (fast) immer streiten. So unrecht hatte der von Schillers Tadel arg gezauste Gottfried August Bürger nicht, als er in seiner *Antikritik* von 1791 stichelte: „Besonders wünschte ich dem Begriffe einer idealisierten Empfindung, diesem mirabili dictu [wundersamen Ausspruch], nur eine einzige interessante Anschauung aus irgendeinem alten oder neuen, einheimischen oder fremden Dichter, der das mirabile so recht getroffen hätte, untergelegt zu sehen“ (NA 22, 420).

Jedenfalls hieß Idealisierung immer, über die vorhandene Realität hinauszugehen. Der schmerzlich erfahrene Zwiespalt zwischen Ideal und Wirklichkeit blieb für Schiller bestimmend: Allein in der Schönheit der Kunst kann Vollkommenes noch erscheinen, und der Künstler ist es, der in der Welt des ästhetischen Scheins Versöhnung zu stiften vermag. Diese Überzeugung haben die Ereignisse im Fortgang der Französischen Revolution nur verstärkt, nicht aber begründet. Schon früher hatte er geglaubt, „daß jede einzelne ihre Kraft entwickelnde Menschenseele mehr ist als die größte Menschengesellschaft, wenn ich diese als ein Ganzes betrachte. [...] Der *Staat* ist nur eine *Wirkung* der Menschenkraft, nur ein *Gedankenwerk*, aber der Mensch ist die Quelle der Kraft selbst und der Schöpfer des Gedankens“ (an Caroline v. Beulwitz, 27. 11. 1788). Und dem Künstler wies Schiller die Sphäre des Idealischen zu: „Der Künstler und dann vorzüglich der Dichter behandelt niemals das *Wirkliche*, sondern immer nur das *Idealische* oder das kunstmäßig Ausgewählte aus einem wirklichen Gegenstand" (an Körner, 25. 12. 1788). Hier schon verwies er auf die sich selbst genügende Eigenwirklichkeit des Kunstwerks („daß jedes Kunstwerk nur sich selbst, d. h. seiner eigenen Schönheitsregel Rechenschaft geben darf und keiner andern Forderung unterworfen ist") und sprach die hochgemute Zuversicht aus, daß das Kunstwerk gerade so auch alle übrigen Forderungen „*mittelbar* befriedigen" müsse, „weil sich jede Schönheit doch endlich in allgemeine Wahrheit auflösen läßt". Das konnte Nachklang der bereits besprochenen Überlegungen sein, die Karl Philipp Moritz in der Abhandlung *Über die bildende Nachahmung des Schönen* niedergeschrieben und Schiller im Dezember 1788 gelesen hatte. Nach den Enttäuschungen über den Verlauf der Französischen Revolution radikalisierte sich Schillers Theorie insofern, als die Hoffnung ganz verschwand, die Veränderung der äußeren Verhältnisse könne zu Besserem führen, wenn auch das Ziel nicht preisgegeben und die Misere nicht beschönigt wurde. Scharf umriß Schiller im Brief vom 13. Juli 1793 an den Herzog von Augustenburg seinen Standpunkt.

> Politische und bürgerliche Freiheit bleibt immer und ewig das heiligste aller Güter, das würdigste Ziel aller Anstrengungen und das große Zentrum aller Kultur – aber man wird diesen herrlichen Bau nur auf dem festen Grund eines veredelten Charakters aufführen, man wird damit anfangen müssen, für die Verfassung Bürger zu schaffen, ehe man den Bürgern eine Verfassung geben kann.

Auf der Basis dieser Auffassung von Kunst und Einschätzung der Revolution konnten sich Goethe und Schiller treffen.

In der Ankündigung der *Horen* (*Allgemeine Literatur-Zeitung* vom 10. Dezember 1794) verbot Schiller seiner Zeitschrift dezidiert „alle Beziehungen auf den *jetzigen* Weltlauf und auf die *nächsten* Erwartungen der Menschheit". Sie sollte sich absetzen von dem „allverfolgenden Dämon der Staatskritik" und die durch „das beschränkte Interesse der Gegenwart" unterjochten Gemüter „durch ein allgemeines und höheres Interesse an dem was *rein menschlich* und über allen Einfluß der Zeiten erhaben ist, wieder in Freiheit [...] setzen und die politisch geteilte Welt unter der Fahne der Wahrheit und Schönheit wieder [...] vereinigen". Alles sollte verbannt sein, „was mit einem unreinen Parteigeist gestempelt ist" (SA 16,151 f.). Schiller wollte aus der Not eine Tugend machen, und er war sich dessen bewußt. Er sah keine andere Möglichkeit, als die erwünschte Erfüllung menschliches Daseins in seiner Ganzheit zunächst der Kunst und dem Reich des Ideals anzuvertrauen. Seine große Abhandlung *Über die ästhetische Erziehung des Menschen in ei-*

ner Reihe von Briefen, 1795 im ersten Jahrgang der neuen Zeitschrift erschienen, las sich wie eine programmatische Antwort auf die Herausforderung durch die Französische Revolution. Eine ungemein eindringliche Analyse der modernen Gesellschaft verdeutlichte zunächst, vor dem Hintergrund der geglaubten Harmonie der antiken Griechen, die Zerrissenheit des neuzeitlichen Menschen.

> Der Genuß wurde von der Arbeit, das Mittel vom Zweck, die Anstrengung von der Belohnung geschieden. Ewig nur an ein einzelnes kleines Bruchstück des Ganzen gefesselt, bildet sich der Mensch selbst nur als Bruchstück aus; ewig nur das eintönige Geräusch des Rades, das er umtreibt, im Ohre, entwickelt er nie die Harmonie seines Wesens, und anstatt die Menschheit in seiner Natur auszuprägen, wird er bloß zu einem Abdruck seines Geschäfts, seiner Wissenschaft (6. Brief; SA 12,19).

Doch der scharfsichtige Kritiker verwarf die Hoffnung, durch eine Änderung der gesellschaftlichen Verhältnisse die Leiden zu heilen oder zu mindern. Erst müsse der Mensch selbst in einen Zustand versetzt werden, in dem er wahrhaft Mensch ist. Die Kunst und das Schöne erhielten die Aufgabe, das Sinnliche und das Geistige im Menschen ausgleichend zum ästhetischen Zustand zu vermitteln. Dann baue „mitten in dem fruchtbaren Reich der Kräfte und mitten in dem heiligen Reich der Gesetze [...] der ästhetische Bildungstrieb unvermerkt an einem dritten, fröhlichen Reiche des Spiels und des Scheins, worin er dem Menschen die Fesseln aller Verhältnisse abnimmt und ihn von allem, was Zwang heißt, sowohl im Physischen als im Moralischen entbindet" (27. Brief; SA 12,117). Skeptisch einschränkend mußte Schiller am Schluß eingestehen, daß „ein solcher Staat des schönen Scheins", der „ästhetische Staat", wohl nur „in einigen wenigen auserlesenen Zirkeln" zu finden sei.

Hier kann weder der verwickelte Gedankengang im einzelnen noch die Frage erörtert werden, wieweit die Ideen der ästhetischen Erziehung sich konsequent aus der kritischen Gegenwartsanalyse der ersten Briefe ergeben und bündig darauf replizieren. Jedenfalls antwortete Schiller auf die geschichtliche Herausforderung mit einer Utopie, bei der offen bleibt, wie denn von dem – so beeindruckenden wie komplizierten, so wortgewaltigen wie philosophieschweren – Entwurf der *Ästhetischen Erziehung* tatsächliche Wirkungen auf die Menschen ausgehen könnten, die in den realen Verhältnissen zu leben und unter ihnen zu leiden haben. Die Geschichte der Völker und Staaten, wie sie seit jenem Entwurf weitergegangen ist, hat ihn beständig desavouiert. Das ist freilich kein Argument gegen, sondern weit eher für seine Substanz.

Was die *Horen* betraf, die sich nur von 1795 bis 1797 halten konnten, so stimmten dann manche Beiträge nicht mit dem in der Ankündigung erlassenen Gebot überein, politische Probleme der Gegenwart nicht zu behandeln. Goethes *Unterhaltungen deutscher Ausgewanderten* bezogen sich direkt auf sie, und Jacobis *Zufällige Ergießungen eines einsamen Denkers* verurteilten die Hinrichtung Ludwigs XVI. So ist nicht zu bestreiten, daß das „rein Menschliche" in der bewußten Absetzung gegen andere historische Ereignisse ausgeprägt wurde und sich damit selbst als ein historisch bestimmtes Politikum zu erkennen gibt. Im Brief an Herder wußte Schiller am 4. November 1795 „für den poetischen Genius kein Heil, als daß er sich aus dem Gebiet der wirklichen Welt zurückzieht und anstatt jener Koalition, die ihm gefährlich sein würde, auf die strengste Separation sein Bestreben richtet". „Unser bürgerliches, politisches, religiöses, wissenschaftliches Leben und Wirken" sei wie die Prosa der Poesie entgegengesetzt. Der Philosoph und Pädagoge Theodor Litt hat wiederholt darauf aufmerksam gemacht, welche schlimmen Folgen sich daraus ergeben haben, daß nicht wenige Angehörige der deutschen Intelligenz diesen Dualismus für grundsätzlich gehalten und dementsprechend das „Gebiet der wirklichen Welt" sich selbst überlassen haben, um sich der ‚eigentlichen' Sphäre des Geistes, des Schönen, der Poesie zuzuwenden, wo bei Schiller doch die Beziehung zwischen beiden zumindest mitgedacht war.
Übrigens ist dem Programm der *Horen* und seiner Verwirklichung schon damals widersprochen worden. Johann Friedrich Reichardt wies 1796 in der Zeitschrift *Deutschland* darauf hin, daß unter der Flagge des Unpolitischen massiv politische Ansichten verbreitet würden und wie sehr man in Goethes *Unterhaltungen* „dem alten System zugetan" sei. 1799 schrieb Friedrich Christian Laukhard, in Kenntnis der *Ästhetischen Erziehung:*

> Ich hoffe, alle einsichtigen Ärzte, Gesetzeskundige, Erzieher, Philosophen, Prediger und Fürsten werden mir hier beistimmen und dann einsehen, daß Burke, Pitt, Rehberg, Schirach, Gentz, und wie die politischen Altflicker weiter heißen, sehr irrig behaupten: keine Regierung könne die Völker *bürgerlich* frei machen, bevor diese sich nicht selbst *moralisch* frei gemacht hätten. Dies ist wahrlich ebensoviel, als wenn man behaupten wolle, man müsse keinem erlauben, eher gehen zu lernen, bis er tanzen gelernt hätte, oder sich nicht eher ins Wasser zu wagen, bis er schwimmen könnte, oder einen Fieberkranken kurieren zu wollen, ohne für die Wegschaffung der pestilenzialischen Luft und erhitzender Nahrungsmittel gesorgt zu haben. [...] Auf eben diesem verkehrten und der Natur widersprechenden Wege finden wir auch den Herausgeber und die Verfasser der *Horen* (*Zuchtspiegel für Adlige,* Vorerinnerung).

An diese Schwierigkeiten und Widersprüche zu erinnern heißt nicht, leichtfertig zu mäkeln, sondern die Folgen der historischen Situation zu bedenken, von denen manche Überlegungen der ‚Klassiker' in jenen Jahren gezeichnet wurden: weit ausgreifende Konstruktion im Geistigen, humanistischer Entwurf, Antizipation des Besseren, in der Realität (bis heute) Unabgegoltenes, aber auch: Entfernung vom Konkreten und Geringschätzung der gesellschaftlichen Bedingungen für die wahre Verwirklichung des Menschen, die dem Reich des Ideals, der Kunst und dem Schönen überantwortet wurde. Doch zurück zum Beginn der Freundschaft zwischen Goethe und Schiller!

Briefe aus der literarischen Werkstatt

Es ist erstaunlich, wie schnell beide, als sie sich erst einmal nähergekommen waren, zu einem intensiven Arbeitsbündnis zusammenfanden, in dem jeder gab und nahm und das nur Schillers Tod am 9. Mai 1805 aufkündigen konnte. Die endlich geschehene Begegnung durfte ein „glückliches Ereignis" genannt werden, weil sie in eine Zeit fiel, als beide neuer Anregungen und eines verständnisvollen Partners bedurften. Auch Zweckmäßigkeitserwägungen spielten zu Anfang eine Rolle. Schiller wünschte Goethes Mitarbeit bei den *Horen,* um der neuen Zeitschrift mit diesem Namen Ansehen zu verschaffen. Goethe kam die Einladung gelegen, weil er seit längerem am literarischen Leben wenig beteiligt war und nach eigenem Eingeständnis hoffte, daß die neue Verbindung nun manches, was bei ihm ins Stocken geraten war, wieder voranbringen würde (24. 6. 1794). Mehr noch förderte die lebensgeschichtliche Situation beider den freundschaftlichen Zusammenschluß. Goethe hat rückschauend immer wieder betont, es sei der Bund mit Schiller gewesen, der ihn aus der Isolierung befreit habe, in der er sich seit der Rückkehr aus Italien fühlte. Schillers dichterische Produktivität stockte seit dem *Don Carlos;* er hatte sich in Philosophie und Ästhetik vergraben und blickte doch immer hinüber zu jenem Großen, der ihn faszinierte und über dessen andere Schaffens- und Anschauungsweise er nachsann. Das bewies jener große Brief, den er ihm wenige Tage vor dessen 45. Geburtstag schrieb. Alles, was späterhin an Vergleichen zwischen Goethe und Schiller versucht worden ist, konnte nur noch ausführlichere Interpretation dessen sein, was hier bereits auf den Begriff gebracht war. Schiller charakterisierte sich selbst und sein Gegenüber und warb zugleich um gegenseitiges Verstehen, als er die Eigenart des „spekulativen" und des „intuitiven Geistes" umriß, nachdem er zuvor eine Deutung gewagt hatte, die das organisierende Zentrum des Goetheschen Denkens und Dichtens in seiner Besonderheit zu erfassen suchte.

> Ihr beobachtender Blick, der so still und rein auf den Dingen ruht, setzt Sie nie in Gefahr, auf den Abweg zu geraten, in den sowohl die Spekulation als die willkürliche und bloß sich selbst gehorchende Einbildungskraft sich so leicht verirrt. In Ihrer richtigen Intuition liegt alles und weit vollständiger, was die Analysis mühsam sucht, und nur weil es als ein Ganzes in Ihnen liegt, ist Ihnen Ihr eigener Reichtum verborgen; denn leider wissen wir nur das, was wir scheiden (23. 8. 1794).

Schiller zögerte nicht, den solchermaßen Erkannten in geschichtsphilosophische Perspektive zu rücken. Wäre jener als ein Grieche, ja nur als ein Italiener geboren worden und hätte ihn „schon von der Wiege an eine auserlesene Natur und idealisierende Kunst" umgeben, dann wäre ihm manche Mühe erspart geblieben.

> Nun, da Sie ein Deutscher geboren sind, da Ihr griechischer Geist in diese nordische Schöpfung geworfen wurde, so blieb Ihnen keine andere Wahl, als entweder selbst zum nordischen Künstler zu werden, oder Ihrer Imagination das, was ihr die Wirklichkeit vorenthielt, durch Nachhülfe der Denkkraft zu ersetzen und so gleichsam von innen heraus und auf einem rationalen Wege ein Griechenland zu gebären.

Hier klang bereits an, was der Aufsatz *Über naive und sentimentalische Dichtung* breit entfaltete: wie sich der Dichter der Moderne dem wieder zu nähern vermöchte, was die Griechen einst, wie man glaubte, besaßen, selbstverständliche Einheit mit der Natur, und ob es denn jemand gäbe, der in der Gegenwart an die einstige naive Dichtung heranreichen könnte. Goethe erschien als möglicher Künstler solcher Art. Der große Deutungsbrief vom 23. August 1794 enthüllte auch, daß in dem geschichtsphilosophischen Entwurf einer naiven und sentimentalischen Dichtung das ganz persönliche Problem verborgen war: wie es um das Verhältnis des „spekulativen Geistes" Schiller zum „intuitiven Geist" Goethe bestellt sei.

Der Dankbrief kam umgehend. „Zu meinem Geburtstage, der mir diese Woche erscheint, hätte mir kein angenehmer Geschenk werden können als Ihr Brief, in welchem Sie, mit freundschaftlicher Hand, die Summe meiner Existenz ziehen und mich, durch Ihre Teilnahme, zu einem emsigern und lebhafteren Gebrauch meiner Kräfte aufmuntern" (27. 8. 1794). War er schon jemals so erkannt und verstanden worden? Nun bat er seinerseits, Schiller möge noch mehr über sich selbst schreiben, und deutete an, was ihm zu schaffen machte: von einer „Art Dunkelheit und Zaudern" belastet zu sein, der er nicht Herr werde. Vielleicht könne die freundliche „Teilnehmung" des andern helfen. Umgehend lieferte Schiller am 31. August die erwünschte Skizze analysierender Selbstbeobachtung und markierte wiederum den Unterschied: „großer materialer Reichtum von Ideen" bei Goethe, dagegen seine eigene „Armut an allem, was man erworbene Erkenntnis nennt".

> Sie bestreben sich, Ihre große Ideenwelt zu simplifizieren, ich suche Varietät für meine kleinen Besitzungen. Sie haben ein Königreich zu regieren, ich nur eine etwas zahlreiche Familie von Begriffen, die ich herzlich gern zu einer kleinen Welt erweitern möchte.
> Ihr Geist wirkt in einem außerordentlichen Grade intuitiv, und alle Ihre denkenden Kräfte scheinen auf die Imagination, als ihre gemeinschaftlichen Repräsentantin, gleichsam kompromittiert zu haben. [...] *Mein* Verstand wirkt eigentlich mehr symbolisierend, und so schwebe ich als eine Zwitter-Art zwischen dem Begriff und der Anschauung, zwischen der Regel und der Empfindung, zwischen dem technischen Kopf und dem Genie.

So begann jener einzigartige Briefwechsel, der ein fortlaufender Werkstattbericht zweier schöpferischer Menschen ist, die sich zu ergänzen und voneinander zu lernen suchten. Über tausend Seiten umfaßt die Korrespondenz, wo doch aus der Zeit, da sie am gleichen Ort wohnten, „wenig Schriftliches übrig geblieben" ist (an L. F. Schultz, 3. 7. 1824), und ihre Gespräche hat niemand gezählt. Zum vertraulichen Du kam es freilich nie, und immer verhielt der Gedankenaustausch innerhalb unverrückbarer Grenzen gegenseitigen Respekts und behutsamer Schonung (vom befremdlichen Totschweigen Christianes abgesehen). Vergeblich sucht man in diesen Briefen nach ganz Privatem oder unkontrolliert spontanen Ausbrüchen. Sachbezogenheit bestimmte Gedankenführung und Ausdrucksweise der Briefe. Nicht daß Nüchternheit und Kühle herrschten, aber stets standen Probleme zur Diskussion, die es nicht erlaubten, daß emotionale Subjektivität sich hätte vordrängen oder gar durchsetzen können.
Das Nachdenken der Briefschreiber richtete sich auf grundsätzliche und spezielle Fragen der Kunst, vornehmlich der Dichtung. Wie sollte ein Werk beschaffen sein, das, wenn auch in dieser Zeit entstanden, nicht hinter den Ansprüchen zurückblieb, die die Kunst der Alten vermeintlich für alle Zeiten erhob? Was machte Kunst zur Kunst, und was war zu beachten, wenn Kunstwirklichkeit zwar der Gesetzlichkeit der Natur verwandt, aber der Naturwirklichkeit nicht einfach gleichzusetzen war und in ihrer Nachahmung nicht aufging? Kunstwahrheit ging über Naturwirklichkeit hinaus. Es kam für den Künstler darauf an, wie es

Goethe in der *Einleitung in die Propyläen* (1798) formulierte, „wetteifernd mit der Natur, etwas Geistig-Organisches hervorzubringen und seinem Kunstwerk einen solchen Gehalt, eine solche Form zu geben, wodurch es natürlich zugleich und übernatürlich erscheint" (12,42). Gemeinsam suchten Goethe und Schiller Grundgesetze der Dichtung und ihrer Genres aufzudecken und damit auch die eigene Praxis poetologisch zu fundieren. Folglich sannen sie darüber nach, welcher Stoff, welcher Gegenstand für welche Gestaltungsprinzipien und literarischen Gattungen geeignet sei und umgekehrt. So bemühte sich Goethe, als er nach *Hermann und Dorothea* ein weiteres episches Gedicht *Die Jagd* schreiben wollte (aus dem später die *Novelle* in Prosa wurde), Klarheit über das „Erfordernis des Retardierens" (19. 4. 1797) zu gewinnen, ehe er an die Ausführung des Plans ging. Wenn sich nämlich ergäbe, daß für ein Epos „retardierende Motive" unerläßlich seien, damit „eine Haupteigenschaft des epischen Gedichts" erfüllt werde: „daß es immer vor und zurück geht", dann wären alle Konzeptionen, „die gerade hin nach dem Ende zu schreiten" (also dem Drama, auch der Novelle entsprechen), zu verwerfen. „Der Plan meines zweiten Gedichts hat diesen Fehler, wenn es einer ist, und ich werde mich hüten, bis wir hierüber ganz im klaren sind, auch nur einen Vers davon nieder zu schreiben." Wenige Tage später betonte er:

> Ich habe jetzt keine interessantere Betrachtung als über die Eigenschaften der Stoffe, in wie fern sie diese oder jene Behandlung fordern. Ich habe mich darinnen so oft in meinem Leben vergriffen, daß ich endlich einmal ins klare kommen möge, um wenigstens künftig von diesem Irrtum nicht mehr zu leiden (22. 4. 1797).

Ende des Jahres konnte Goethe die Resultate des gemeinsamen Nachdenkens über Grundprinzipien des Epischen und Dramatischen in einem kleinen Aufsatz zusammenfassen (*Über epische und dramatische Dichtung;* 12,249–251). Manches, was im Briefwechsel und Gespräch erörtert wurde, ist in theoretische Aufsätze eingegangen, die Goethe um die Jahrhundertwende verfaßte und die, wie sich zeigen wird, Dokumente der ‚klassischen' Kunstauffassung dieser Lebensphase sind.
Sicherlich ist es Schillers Einfluß zuzuschreiben, daß sich Goethe auf die Strenge der Theorie einließ, wie sich andererseits Schiller in der Nähe des Partners Macht und Bedeutung des Gegenständlichen, Empirischen, „Betastlichen" neu erschlossen. „Es ist hohe Zeit, daß ich für eine Weile die philosophische Bude schließe. Das Herz schmachtet nach einem betastlichen Objekt", gestand er am 17. Dezember 1795. Das schrieb jemand, der vor wenigen Jahren gemeint hatte, Goethes Vorstel-

lungsart sei „zu sinnlich“ und „betaste“ zu viel (an Körner, 1. 11. 1790). Doch hatte Goethe ja schon in Italien und danach mit Hingabe versucht, theoretische Klarheit über eine wünschenswerte Kunst zu gewinnen, die der Natur nicht entfremdet, ihr aber auch nicht verfallen war, die in die Misere der Wirklichkeit nicht verstrickt war und ihr Eigenrecht des Schönen, ihre besondere Kunstwahrheit behauptete. Was Schiller am 14. September 1797 darlegte, führte aus, was Goethe seit fast einem Jahrzehnt vorschwebte. Es enthielt in wenigen Sätzen die Bestimmung dessen, was das ‚klassische‘ Kunstwollen jener Jahre im Kern ausmachte, freilich in allgemeiner Formel. Von der Formel zum entsprechend verwirklichten Werk: dieser schwierige Weg war immer erneut zurückzulegen und zu bewältigen.

> Zweierlei gehört zum Poeten und Künstler: daß er sich über das Wirkliche erhebt und daß er innerhalb des Sinnlichen stehen bleibt. Wo beides verbunden ist, da ist ästhetische Kunst. Aber in einer ungünstigen, formlosen Natur verläßt er mit dem Wirklichen nur zu leicht auch das Sinnliche und wird idealistisch und, wenn sein Verstand schwach ist, gar phantastisch: oder will er und muß er, durch seine Natur genötigt, in der Sinnlichkeit bleiben, so bleibt er gern auch bei dem Wirklichen stehen und wird, in beschränkter Bedeutung des Worts, realistisch und, wenn es ihm ganz an Phantasie fehlt, knechtisch und gemein. In beiden Fällen also ist er nicht ästhetisch. Die Reduktion empirischer Formen auf ästhetische ist die schwierige Operation, und hier wird gewöhnlich entweder der Körper oder der Geist, die Wahrheit oder die Freiheit fehlen.

So sehr auch theoretische Erwägungen den Briefwechsel durchzogen, wurde doch die dichterische Individualität der beiden dadurch nicht eingeengt oder nach einheitlichen Prinzipien ausgerichtet. Es waren regulative Ideen, die zwar bedacht wurden, da in ihnen das Ziel der Kunst erschien, aber den schöpferischen Vorgang des Dichtens kontrollierten sie nicht von Phase zu Phase. Ohnehin machten offene oder versteckte Bemerkungen Goethes deutlich, daß er sich hütete, allzusehr in den Sog des Theoretisierens gezogen zu werden. Ganz gab er das, was in ihm beim schöpferischen Vorgang wirkte, nie dem beobachtenden, analysierenden Blick preis, konnte oder wollte es nicht der Helle des begreifenden Verstandes aussetzen. Der Mensch sei, hieß es bei Goethe einmal in einer komplizierten, hintergründigen Antwort, „konkret im konkreten Zustande“ und es gehe „in ewigem Selbstbetrügen fort, um dem Konkreten die Ehre der Idee zu verschaffen“ (10. 2. 1798). Es ist bezeichnend, wie unterschiedlich sich Schiller und Goethe ausdrückten, wenn sie über ihr Verhältnis zu einem Werk sprachen. Bei Schiller war es das Subjekt, das sich des Gegenstandes zu „bemächtigen“ suchte: „Ich bemächtige mich meines Stoffes immer mehr", schrieb er über seinen *Wallenstein* (27. 2. 1795), ein andermal, der Stoff wolle „noch nicht ganz parieren" (28. 11. 1796). Bei Goethe dagegen schien das Werk ein eigenes Leben zu führen, dem das schaffende Subjekt nicht einfach befehlen konnte. „Mein Roman ruht nun nicht, bis er sich fertig macht", berichtete er vom *Wilhelm Meister* am 23. Dezember 1795; am 30. Juli 1796: der Roman halte „einen Mittagsschlaf"; er hoffe, „er soll gegen Abend desto frischer wieder aufstehn".

Sich gegenseitig zu verstehen bedeutete nicht, mit allem einverstanden zu sein, was der andere vortrug. Aber die Bereitschaft, sich auf einen Diskurs einzulassen, der zudem kongenial war, führte zu klarerer Kenntnis der eigenen Möglichkeiten und der daraus entspringenden Aufgaben, erbrachte die fortlaufende kritische Begleitung des künstlerischen Schaffens. Goethe schien dessen gelegentlich auch überdrüssig zu werden. Als er, die Arbeit am *Wilhelm Meister* fortsetzend, meinte: „Ich habe zu Ihren Ideen Körper nach meiner Art gefunden", war er nicht sicher, ob Schiller „jene geistigen Wesen in ihrer irdischen Gestalt wieder kennen" werde. Und eingedenk der seitenlangen Anmerkungen und Ratschläge, die der Freund schon zu Papier gebracht hatte, fügte er an: „Fast möchte ich das Werk zum Drucke schicken, ohne es Ihnen weiter zu zeigen" (10. 8. 1796). Im gleichen Monat bedauerte er in einem Brief an Sömmerring die Verquickung von physiologischen und philosophischen Gesichtspunkten, die jener in einer naturwissenschaftlichen Schrift riskiert hatte, und die Abgrenzung gegen „die Philosophen" klang wie energischer Selbstzuspruch:

> Warum sollten wir Empiriker und Realisten nicht auch unsern Kreis kennen und unsern Vorteil verstehn? für uns bleiben und wirken, höchstens jenen Herrn manchmal in die Schule horchen, wenn sie die Gemütskräfte kritisieren, mit denen wir die Gegenstände zu ergreifen genötigt sind? (28. 8. 1796)

Nicht zu unterschätzen ist auch die Irritation, die Kants kritische Philosophie verursacht hatte. Es mußte Goethe bestürzen, wie hier der Anschauung, den vertrauensvoll der Natur geöffneten Sinnen, dem liebevollen Sicheinlassen aufs Gegenständliche der Prozeß gemacht wurde. Bereits 1781 war die *Kritik der reinen Vernunft* erschienen, studiert hatte er sie gewiß nicht. Aber sie war Gesprächsthema aller Intellektuellen, und so erfuhr auch Goethe von ihren Bestimmungen der Möglichkeit menschlicher Erkenntnis. Rückschauend berichtete er 1820 im Aufsatz *Einwirkung der neueren Philosophie* davon, wie er „mit einiger Aufmerksamkeit" bemerkt habe, „daß die alte Hauptfrage sich erneuere, wieviel unser Selbst und wieviel die Außenwelt zu unserm geistigen Dasein beitrage" (13,26). Kant kam es, in der Auseinandersetzung mit Positionen der Erkenntnislehre seiner Zeit, darauf an, die Grundbedingungen zu klären, unter denen der Mensch zu Erkenntnissen gelangt. Zwar beginne alle unsere Erkenntnis mit der Erfahrung, aber sie gehe darin nicht auf; denn wir rezipieren in Formen des Erkennens, die aller Erfahrung vorausliegen und also „apriorischen" Charakter haben. Wir fassen immer in den apriorischen Formen unserer Erkenntnisweise auf. Das Ding, wie es uns erscheint, und das „Ding an sich" sind unterschieden. Erfahrung wird geformt durch die apriorischen Anschauungsformen des Raumes und der Zeit, und synthetische Urteile (solche also, deren Aussage über das im Begriff bereits Enthaltene hinausgeht) folgen den apriorischen Kategorien der Quantität, Qualität, Relation und Modalität. Goethe drang in die schwierigen und differenzierten Beweisgänge Kants nicht weiter ein, sondern nahm in vager allgemeiner Zustimmung und bezeichnender Anwendung auf sein eigenes Verfahren die Ergebnisse der *Kritik* hin, wohl spürend, daß ihn von dem „Alten vom Königsberge" (13,31) mehr trennte als mit ihm verband:

> Die Erkenntnisse apriori ließ ich mir auch gefallen, so wie die synthetischen Urteile a priori: denn hatte ich doch in meinem ganzen Leben, dichtend und beobachtend, synthetisch, und dann wieder analytisch verfahren, die Systole und Diastole des menschlichen Geistes war mir, wie ein zweites Atemholen, niemals getrennt, immer pulsierend (13,27).

Diese ‚Interpretation' hatte mit Kant allenfalls die Begriffe gemein. Auch der Artikel *Anschauende Urteilskraft* (13,30 f.) zeigte eher Goethes Fähigkeit zu verwandelnder Aneignung als eine subtile philosophische Rezeption. Als 1788 die *Kritik der praktischen Vernunft* vorlag, in der die Ideen Gott, Freiheit und Unsterblichkeit als die „praktischen Postulate" samt ihren ethischen Folgerungen dem Menschen als intelligibler Persönlichkeit zuerkannt wurden, jenseits aller Erfahrung und ihrer Gesetzmäßigkeiten, aber für das Leben des Menschen als eines sittlichen Wesens unentbehrlich, da bedurfte es keiner Überwindung, die Resultate des kritischen Philosophierens zu respektieren. Und mit der *Kritik der Urteilskraft* (1790), in der die Zweckfreiheit der Kunst wie der Natur erklärt und das interesselose Wohlgefallen am Schönen begründet wurden, konnte leicht übereinstimmen, wer schon in Italien mit Karl Philipp Moritz ebensolche Gedankengänge entwickelt hatte. Freilich, daß Kant dem Menschen ein radikal Böses zudiktierte, das provozierte denn doch energischen Widerspruch und polemische Unterstellung: Freventlich habe jener „seinen philosophischen Mantel [...]

mit dem Schandfleck des radikalen Bösen beschlabbert, damit doch auch Christen herbeigelockt werden, den Saum zu küssen" (an Herders, 7. 6. 1793).

Befreiung aus der Isolation

Der Umgang mit Schiller half Goethe, sowohl die Befremdlichkeiten der „neueren Philosophie" gelassen zu ertragen als auch auf gefällige Weise mit ihr vertrauter zu werden. Schiller hatte sich jahrelang mit Kantischer Philosophie abgemüht und suchte ihre an manchen Stellen, besonders in der Ethik, rigorosen Dualismen zu lindern; Pflicht und Neigung sollten keine unaufhebbaren Gegensätze bleiben, sondern bei der Erfüllung des kategorischen Imperativs auch zusammenfinden dürfen.

Ende August 1794 waren die großen deutenden Briefe geschrieben worden; für September schon lud Goethe den neuen Partner in sein Haus nach Weimar ein. Schiller sagte „mit Freuden" zu, verbarg aber nicht, daß er wegen seiner Krankheit mit den störenden nächtlichen Krämpfen nie genau wisse, wann er sich wohlfühle, wünschte, daß sich niemand durch ihn gestört fühle, und schloß den ergreifenden Satz an: „Ich bitte bloß um die leidige Freiheit, bei Ihnen krank sein zu dürfen" (7. 9. 1794). Vierzehn Tage waren beide in Weimar zu ausgiebigem Gedankenaustausch zusammen, und wie es diesmal war, so war es in den folgenden Jahren mehrfach. Oft hielt sich Goethe in Jena auf; für kürzere oder auch längere Zeit setzte er sich von Weimar ab, um sich in der nahen Universitätsstadt in seine wissenschaftlichen und künstlerischen Arbeiten versenken und mit Gelehrten und Freunden unterhalten zu können. „Goethe ist seit dem 5. hier und bleibt diese Tage noch hier, um meinen Geburtstag mit zu begehen. Wir sitzen von abend 5 Uhr bis nachts 12, auch 1 Uhr zusammen und schwatzen" (Schiller an W. v. Humboldt, 9. 11. 1795). Es steht der Spekulation frei zu vermuten, daß Goethe die häufigen und langen Abwesenheiten von Weimar auch deshalb arrangierte, um zeitweise aus dem Dunstkreis der Familie zu entfliehen, Distanz zwischen sich und Christianes Lebenswelt zu legen und das Zusammenleben mit ihr nicht zur abstumpfenden Gewohnheit werden zu lassen. Mehr als einmal schob er die Rückkehr auf und vertröstete die Wartende. Brieflich hielten sie ständig Kontakt und versicherten sich ihrer Zuneigung.

Daß sich der Bund mit Schiller so schnell festigte, beweist, wie sehr Goethe gerade damals eine Verbindung wünschte, in der er sich verstanden wußte und produktive Anregungen erhielt. Darum der wiederholte lebhafte Dank, „um den einzigen Fall auszudrucken, in dem ich mich nur mit Ihnen befinde" (7. 7. 1796), die emphatische Versicherung: „Sie haben mir eine zweite Jugend verschafft und mich wieder zum Dichter gemacht" (6. 1. 1798). Das Gefühl der Isoliertheit, seitdem er aus Italien zurückgekehrt war, muß stark und quälend gewesen sein. Ausführliche Berichte über diesen Zustand fehlen, nur einige allgemein gehaltene Bemerkungen in den späten autobiographischen Schriften beleuchten scharf die unerquickliche Zeit, und auf seinen zeitgenössischen Briefen lagern manchmal Schatten von Unlust. Deutschland hätte nichts mehr von ihm gewußt noch wissen wollen (13,103), der Kreis der Freunde ihn 1792 „nicht recht wiedererkennen" können (10,438). Er war für sie rätselhaft; sie wußten sein Auftreten und seine Ansichten dem Bild nicht zuzuordnen, das sie sich von ihm gemacht hatten, und er selbst trug dazu bei, indem er zu manchem, was die Welt bewegte, schwieg, sich mit Andeutungen begnügte und sich oft auch in der Rolle verbarg, die er aus Selbstschutz annahm. Wenige Tage nach jenem geselligen Beisammensein in Mainz, an dem er im August 1792 auf dem Weg zur Armee teilgenommen hatte, zeichnete einer der Anwesenden, Ludwig Ferdinand Huber, diffuse Eindrücke auf. Der Gast treibe „das Vermeiden aller Individualität im Umgang bis zum Lächerlichen"; frühere Bekannte fänden, seine Physiognomie habe „etwas ausgezeichnet Sinnliches und Erschlafftes bekommen"; zugleich scheine er „Politica im Kopf zu haben, wozu ich ihm denn von Herzen gratuliere".

> Indessen freute mich, nachdem der erste Anfall von zurückstoßender Steifigkeit vorbei war, die milde Leichtigkeit und der Schein von Anspruchslosigkeit in seinem gesellschaftlichen Ton. [...] An Begeisterung für ein höheres Ziel glaube ich in Goethe nicht mehr, sondern an das Studium einer gewissen weisen Sinnlichkeit, deren Ideal er vorzüglich in Italien zusammengebaut haben mag und in welche denn mannigfaltige und, gegen seinen ehemaligen Geist, oberflächliche Beschäftigungen mit wissenschaftlichen und andern *vorhandnen* Gegenständen mit einschlagen (an C. G. Körner, 24. 8. 1792; Bo I 440 f.).

Die erste Italienreise war ein überwältigendes Erlebnis gewesen; geradezu schwärmerisch hatte Goethe davon berichtet. Aber das Lob fiel auch deshalb so enthusiastisch aus, weil das im Süden Gesehene und Erfahrene mächtig abstach gegen die Verzweiflung, aus der er keinen anderen Ausweg als die Flucht gefunden hatte. 1790 schon, in Venedig, kam die Begeisterung nicht wieder. Die in der italienischen Zeit gewonnenen Einsichten behielten jedoch ihre Gültigkeit; Heinrich Meyer, der Hausgenosse, war stets präsenter Bürge dafür, daß sie weiterwirkten. Allerdings waren damit allein die Sicherheit eines neuen Lebens noch nicht gewährleistet und gewünschte Lebensverwirklichung nicht garantiert. Fürs äußere Dasein war alles – von der gesellschaftlich heiklen Verbindung mit Christiane Vulpius abgesehen – aufs beste geordnet; Anlaß genug, dem Herzog zu danken: „und Er war mir August und Mäcen". Ruhe indes, Behaglichkeit, Zufriedenheit mit dem Erreichten kehrten nicht ein. Gewiß, wir können nur bewundernd staunen, auf wieviel Gebieten der Weimarer Geheime Rat, Forscher und Dichter tätig war: beim Schloßbau, bei Wasserregulierungen, als Theaterintendant, Naturwissenschaftler, Schriftsteller, Reisebegleiter des Herzogs, als eifriger Sammler, Vortragender im privaten Zirkel, unablässig Lernender in den ihn interessierenden Disziplinen der Jenaer Universität. Allein einem außergewöhnlichen Menschen sind solche Aktivität und Produktivität vergönnt. Und doch: es waren auch Unrast und Unruhe, die zur Vielgeschäftigkeit drängten. Widersprüche zogen ihre Spuren durch die Briefe, Unsicherheit ließ zu vielem greifen, das eine als das Wichtige betonen und kurz darauf etwas anderes ins Zentrum der Aufmerksamkeit rücken. Da kündigte er im Juli 1790 seine „neue Laufbahn" in der Naturwissenschaft an, zu der es ihn mehr als jemals treibe (an Knebel, 9. 7. 1790), und dankte später Schiller, daß er ihn „wieder zum Dichter gemacht" habe, „welches zu sein ich so gut als aufgehört hatte" (6. 1. 1798). Da traf er umfangreiche Vorbereitungen für eine Erkundungsreise nach Italien 1797, wußte aber schon auf der Hinfahrt in Frankfurt: „Nach Italien habe ich keine Lust" (an Knebel, 10. 8. 1797), und die politische Lage war wohl nur ein Vorwand, daß er sich dann tatsächlich mit der Schweiz begnügte. Ein Jahr später wunderte er sich, wie sehr ihn diese Reise „ganz aus dem Geschicke gebracht" habe und er erst jetzt wieder anfange, sich zu finden (an Christiane, 25. 5. 1798). Von der Erforschung der „Bildung und Umbildung organischer Körper" versprach er sich „eine sehr schöne Beschäftigung auch für die späteren Jahre, wo man immer Ursache hat mehr von den Gegenständen zu nehmen, da man nicht mehr, wie in früher Zeit, ihnen so vieles geben kann" (an A. v. Gallitzin, 6. 2. 1797), und ließ im Bund mit Schiller seiner poetischen und poetologischen Neigung und Schaffenskraft freien Lauf, was ihn wiederum nicht davon abhielt, sich zwei Jahrzehnte der Farbenlehre und ihrer Geschichte zu widmen. Und waren die Worte an die kleine Familie zu Hause nur wohlgemeinte Floskeln: „Ihr allein bedürft meiner, die übrige Welt kann mich entbehren" (Tübingen, 30. 10. 1797)?

Aus unserer Sicht der späten Nachgeborenen fügen sich Goethes Betrachtungen von Gott, Natur und Mensch zu einer ziemlich kohärenten ‚Weltanschauung'; jedenfalls läßt sie sich zusammenhängend beschreiben und erläutern, wenn man durchgängige Konstanten beachtet, die spätestens seit der Rückkehr aus Italien gültig geblieben sind. Aus seiner eigenen Perspektive nahm sich das anders aus. Er hatte die ihn überzeugenden Antworten erst zu suchen und zu finden. Er war in keinem tradierten Glauben mehr geborgen, und die Erschütterungen der Revolution hatten die gesellschaftlichen Ordnungen aufgebrochen, zumindest deren Geltung und zukünftige Ausgestaltung zum dauernden Problem gemacht, dem sich stellen mußte, wer Auskunft über tragfähige Konzepte für sinnvolles Handeln erhalten und selbst geben wollte. Insofern verkörperte Goethe exemplarisch die Existenz des neuzeitlichen Menschen, der allgemeingültige Sicherungen verloren hat. Damit war, gerade bei ihm, „das alte Wahre" nicht abgetan, aber es war nur prüfend anzueignen und immer neu zu erwerben. „Wir alle leben vom Vergangnen und gehen am Vergangenen zugrunde" (M; 12,377). In dieser Situation war er darauf angewiesen, auf Suche, auf Entdeckungen auszugehen. Was er dichtend und schriftstellerisch unternahm, waren Versuche, Grund zu legen. Daraus erklärt sich manches. Vieles in seinen Dichtungen ist zu verstehen als experimentelle Anordnung, in der er durchspielte, was erwünscht oder möglich sein könnte, und in der er auf die Probe stellte, was einen Entwurf verdiente. Für solche Versuchskonstellationen konnte eine einzelne Gattung nicht ausreichen, und das Beharren auf einer bestimmten Gestaltungsweise hätte Stillstand des Erkundens bedeutet. Auf dem Experimentierfeld Dichtung wurden menschliche Verhaltens- und Verwirklichungsmöglichkeiten gemustert; dabei konnte es an sich widersprechenden Konzepten nicht fehlen. Und ausgiebig wirkte sich die Ironie des Autors aus, die Erzähltes und sentenzenhaft Formuliertes in die Beleuchtung aus unterschiedlichen Perspektiven rückte, so daß sich der Leser bei vermeintlich eindeutigen Sinnangeboten nicht beruhigen kann und darf. Die kleinbürgerliche Idylle in *Hermann und Dorothea,* selbst schon ins Licht humorvoller Darbietung getaucht, könnte für den Weg eines Wilhelm Meister kein Ziel bedeuten, und die Bildungsofferten, die diesem suchenden Lebensschüler und nicht nur ihm in den *Lehrjahren* angetragen werden, oszillieren vielfarbig und sind nicht auf handliche Formeln zu bringen. Die *Wanderjahre* vollends weiten das Spielfeld möglichen Lebens und Tätigseins, Denkens und Ahnens so sehr, daß verbreitete Vorstellungen von der künstlerischen Einheit eines Romans gänzlich belanglos werden. Verständlich, daß fast jeder, der seine Ansichten mit einem Goethewort bekräftigen oder absegnen will, passende Zitate findet; nur übersieht er, daß die dichterischen und denkerischen Versuchsanordnungen und Probekonstellationen nicht dazu geeignet sind, aus ihnen allzeit gültige Maximen herauszupräparieren, und daß es kurzschlüssig ist, alles in solchen Zusammenhängen Geäußerte als höchstpersönlich eigene Meinung und Wahrsage des Dichters und Denkers auszugeben. Schon Goethe hatte Grund, sich über Auslegungslust und Auslegungssucht seiner Leser zu amüsieren, die nach Einsinnigem oder gar direkt Anwendbarem fahndeten.

Unterhaltungen deutscher Ausgewanderten

Gern hätte Schiller in den *Horen,* für die er Manuskripte suchte, den *Wilhelm Meister*-Roman nach und nach erscheinen lassen, aber der war bereits dem Verleger Unger in Berlin versprochen. So steuerte Goethe für das neue Unternehmen Prosa ganz anderer Art bei, die *Unterhaltungen deutscher Ausgewanderten,* eine Folge von kleinen Geschichten, die durch eine Art Rahmenerzählung eingeleitet und zusammengehalten wurden. Aktueller konnte das Geschehen kaum sein, von dem Goethe berichtete und das er nach der Tradition alter Novellistik modellierte: Eine Gesellschaft unterhält sich mit Geschichtenerzählen. Raum und Zeit der Rahmenhandlung waren genau bestimmt. Ihr Geschehen spielte sich in jenen Monaten ab, als die Revolutionstruppen Frankreichs nach Deutschland vordrangen, dann zurückgeworfen wurden und schließlich „die Blockade von Mainz in eine Belagerung übergehen sollte" (6,131), also in der Zeit von Oktober 1792 bis Juni 1793. Deutsche Adlige waren aus dem Linksrheinischen, wo ihre Besitzungen lagen, über den Strom nach Osten geflüchtet, und als „das Glück sich wieder zu den deutschen Waffen gesellt" hatte, als die Franzosen sich zurückziehen mußten, eilte die flüchtende Familie, „begierig, wieder einen Teil ihres Eigentums zu ergreifen, [...] auf ein Gut, das an dem rechten Ufer des Rheins in der schönsten Lage ihr zugehörte" (6,129). Zu der adligen Familie zählten die Baronesse, eine Witwe mittleren Alters und respektiertes Familienoberhaupt, mit ihren zwei Söhnen und der Tochter Luise, deren Bräutigam bei den Alliierten im Feld stand, ferner Vetter Karl, ein Hofmeister und ein alter Geistlicher, der als langjähriger Freund dem Hause verbunden war. Auf dem Gut, wo man den Kanonendonner hören konnte, fanden sich nun Freunde und Bekannte ein, erörterten die Zeitereignisse und warteten ab, wie sich die Lage entwickeln würde. Die Temperamente in der Diskussionsrunde waren sehr verschieden, die Gespräche wurden lebhaft, und in der Bewertung der politischen Vorgänge, die alle Welt bewegten, herrschte keine Einmütigkeit. Schon in den Wochen auf der Flucht war es zu Unstimmigkeiten gekommen, man hatte über Wichtiges und Belangloses gestritten, war anfällig für Aufregungen, die sich aus der ungewissen Situation ergaben, versteifte sich auf Standpunkte, wo das Streben nach Ausgleich für das Zusammenleben in schwieriger Zeit wünschenswert gewesen wäre. Die Baronesse indes behielt bei allem den ruhigen Überblick und suchte zu lenken und zu vermitteln.

Als Gast auf dem Gut der Flüchtlinge erschien auch ein in der Nähe wohnender Geheimrat mit seiner Frau, einer Jugendfreundin der Baronesse. Als man nun auf das Schicksal zu sprechen kam, das die Mainzer Republikaner nach dem Fall der Stadt erwartete, prallten die Meinungen hart aufeinander, und die Gesellschaft entzweite sich im politischen Disput. Der Geheimrat, dem Leser bereits als erbitterter Gegner der Französischen Revolution vorgestellt, agierte als Sprecher derjenigen, die „dem alten System zugetan“ waren (6,131), und verlangte die Bestrafung, die „Züchtigung“ der Klubisten. Vetter Karl jedoch, „von der blendenden Schönheit“ verführt, „die unter dem Namen Freiheit sich erst heimlich, dann öffentlich so viele Anbeter zu verschaffen wußte“ (6,127), ergriff Partei für die Anhänger der Revolution, steigerte sich in lebhafte Erregung, wünschte den französischen Waffen alles Glück, gestand, „daß er jeden Deutschen auffordere, der alten Sklaverei ein Ende zu machen“, und hoffte letztlich, „daß die Guillotine auch in Deutschland eine gesegnete Ernte finden und kein schuldiges Haupt verfehlen werde“ (6,133). Sogar auf persönliche Beleidigungen des Geheimrats verzichtete der heftige Fürsprecher des Neuen nicht. Zutiefst betroffen und verärgert, mochte jener nicht länger mehr bleiben, ließ packen und reiste kurzerhand ab.

Wurde auch in den ersten Sätzen der *Unterhaltungen deutscher Ausgewanderten* deutlich genug, daß der Erzähler, aus dem Goethe herauszuhören war, mit Umsturz und Revolutionären nicht sympathisierte, so kamen doch in der Eröffnungspartie Gegner und Befürworter gleichermaßen und in erstaunlicher Offenheit zu Wort. Dem bekannten Prinzip der *Horen,* die Welthändel aus der Zeitschrift zu verbannen, entsprach die Thematik durchaus nicht. So gab Schiller denn auch am 29. November 1794 zu bedenken, daß wenigstens der Schein der Einseitigkeit (und zwar zugunsten des Geheimrats) vermieden werden müsse, worauf Goethe sogleich zusagte, das Manuskript noch einmal durchzugehen, damit der Disput „ins gleiche“ komme (2. 12. 1794). Mündlich und schriftlich haben beide das Konzept der *Unterhaltungen* besprochen, und schon am 28. Oktober erinnerte Schiller den Partner an dessen „Idee, die Geschichte des ehrlichen Prokurators aus dem Boccaz zu bearbeiten“ (die allerdings nicht von Boccaccio stammt, sondern zu den anonymen *Cent Nouvelles nouvelles,* den Hundert neuen Neuigkeiten, von 1486 gehört). Zeitig also hatte Goethe die Absicht geäußert, sich an Novellistischem zu versuchen. Und wie Boccaccio im *Decamerone* eine Gesellschaft, die sich vor der Pest in Florenz 1348 auf ein Landgut außerhalb der Stadt zurückgezogen hat, zehn Tage lang untereinander hundert Geschichten zu bestimmten Themen erzählen ließ, wie auch in den *Cent Nouvelles nouvelles* Persönlichkeiten des burgundischen Hofs hundert, zumeist heitere Erzählungen vortrugen, so inszenierte er seine *Unterhaltungen* in ähnlicher Weise.

Nach dem erbitterten Streit der politischen Anschauungen und der Abreise des zornigen Geheimrats entfaltete sich eine ausgiebige Diskussion, wie man wieder zu verträglichem Umgang miteinander finden und vermeiden könne, etwas vorzubringen, „das den andern verdrießt und ihn aus seiner Fassung bringt" (6,138). Karl hat sofort die Unmäßigkeit seines Verhaltens eingesehen und sich bei der bekümmerten Baronesse entschuldigt. Sie ist es, die das Nachdenken über angemessenes geselliges Betragen anregt und für „gesellige Schonung" plädiert. Sie schlägt vor, einige Stunden des Tags der Zerstreuung zu widmen, und regt andere Unterhaltung an, „belehrende und aufmunternde Gespräche", Rezitation von Gedichten, philosophische und naturkundliche Betrachtungen, alles, was dazu dient, „lehrreich, nützlich und besonders gesellig zu sein" (6,139). Als der Geistliche, der von den ärgerlichen Vorfällen nichts weiß, wenig später hinzukommt, entspinnt sich ein längeres Gespräch über Möglichkeiten geselligen Erzählens, habe er doch eine Sammlung von Geschichten anzubieten, die sich nicht mit dem „Reiz der Neuheit" begnügten, sondern „uns die unendliche Natur und ihre inneren Verborgenheiten auf einen Augenblick eröffnen" oder auch durch „sonderbare Albernheiten uns ergetzen" (6,143). Der recht weltliche „Geistliche" weiß noch mancherlei über Schickliches und Unschickliches von Geschichten vorzubringen, bis er dann abends nach Tisch selbst mit dem Erzählen beginnt, nicht ohne sich früher schon ausbedungen zu haben: „Man soll keine meiner Geschichten deuten!" (6,145)

So ausgiebig und differenziert ließ Goethe in der Rahmenhandlung seiner *Unterhaltungen* über das Genre kleiner Erzählprosa nachdenken, daß Literaturwissenschaftler gemeint haben, hier und in den weiteren Passagen zwischen den vorgetragenen Geschichten sei eine Theorie novellistischen Erzählens skizziert und die Erzählungen dienten als Exempel. Doch liefern weder die in Gesprächsform gefaßten Überlegungen eine bündige Theorie der Novellistik, noch stimmen die in der Runde der Fluchtgesellschaft erzählten Geschichten stets mit den ebendort angestellten Erwägungen überein, die ja selbst mit zur geselligen Unterhaltung gehören. Der Alte der *Unterhaltungen,* der Geistliche, hat die erklärte Absicht, kleine, das Nachdenken reizende und die Geselligkeit anregende Geschichten darzubieten; er rühmt die Mannigfaltigkeit seines Erzählschatzes, und schon deshalb ist es verfehlt, ein einheitliches

Formschema oder eine Revue möglicher Grundformen novellistischen Erzählens in den *Unterhaltungen* zu erwarten. Es gibt mehr Arten novellistischer Prosa, als die Kostproben in dieser kleinen Sammlung erkennen lassen.

Am Abend erzählt der Alte die Geschichte von der Sängerin Antonelli, die sich weigerte, ihren Freund und Geliebten ein letztes Mal zu besuchen, und daraufhin für lange Zeit von unerklärlichen Geräuschen heimgesucht wird. Friedrich schließt, um auch ein Beispiel für Unbegreifliches zu bieten, seinen Bericht über den Klopfgeist an, der sein mysteriöses Unwesen trieb. Zwei Erzählungen also, die sich verstandesmäßiger Einsicht widersetzen. Nicht genug damit, auch in der verbindenden ‚Rahmenhandlung' ereignet sich Wunderbares: Knallend reißt die gewölbte Schreibtischdecke, und wenig später stellt sich heraus, daß zur gleichen Zeit auf dem Gut der Tante jener Schreibtisch verbrannt ist, der einst aus demselben Holz, vom selben Meister und zur nämlichen Zeit verfertigt worden ist. Tief in der Nacht noch erzählt anschließend Karl die amouröse Geschichte vom Marschall von Bassompierre, und ihm fällt dann weiter eine Geschichte von einem Vorfahren des Marschalls ein.

Man sieht: ein fülliges Vortragsprogramm, das sich am Abend ergeben hat. Am nächsten Tag trägt schon vormittags der Alte zwei längere Erzählungen vor, die eine vom Prokurator, einem jungen Rechtsgelehrten, der auf merkwürdige Weise einer einsamen Ehefrau, der ihr abwesender Ehemann ausdrücklich das Recht auf Liebe zugestanden hat, die Erfahrung vermittelt, „daß außer der Neigung noch etwas in uns ist, das ihr das Gleichgewicht halten kann, daß wir fähig sind, jedem gewohnten Gut zu entsagen und selbst unsere heißesten Wünsche von uns zu entfernen" (6,185), und die andere von Ferdinand, von seinem Diebstahl und seiner tätigen Reue. Abends dann, eigens im Text mit einer Überschrift versehen, *Das Märchen*.

Gewiß, die am ersten Abend erzählten Geschichten haben nicht das ‚Gewicht' der Erzählungen des folgenden Tages, und doch sollte man zögern, das ‚eigentliche Erzählen' den letzten drei Prosastücken zuzuerkennen und das vorangehende nur als Unterhaltung eines ‚Vorabends' einzustufen. Denn die narrative Kunst der kleinen Form mit ihrer kalkulierten Prägnanz und straffen Zielstrebigkeit kommt auch dort voll zur Geltung, und die (schon zu den *Cent Nouvelles nouvelles* zählende) Geschichte vom Prokurator, der die nach körperlicher Liebe verlangende Ehefrau ‚heilt', steht an Frivolem und Pikantem den Memoiren Bassompierres nicht nach, gipfelt allerdings in reflektierter Entsagung, worin man schon den Goethe des Spätwerks meint ahnen zu können. Mögen es immerhin sittliche Probleme sein, die die Geschichten des Er-

zähltags bestimmen – den „Ehrentitel einer moralischen Erzählung" verleiht die Baronesse der Prokurator-Novelle –, so kann Zuhörern und Lesern unmöglich die unterschwellige Ironie entgehen, mit der der Erzähler das seltsame Geschehen und die Lebensweisheiten darbietet, die den agierenden Personen in den Mund gelegt sind.
Die Gespenstergeschichten des ersten Abends sind auch nicht als Belanglosigkeiten abzutun, die nur dem Vergnügen der Zuhörer an Spuk und Wunderbarem Tribut zollen. In der historischen und persönlichen Lage, in der sich die Erzählgesellschaft der Flüchtenden und der Autor ihrer Unterhaltungen befanden, konnten Geschichten, in denen Unbegreifliches, der rationalen Erklärung sich Widersetzendes geschah, wie Reflexe jener geschichtlichen Vorgänge aufgefaßt werden, die Europa erschütterten, sich bislang gewohntem Verstehen entzogen und in denen ebenfalls mysteriöse Mächte am Werk zu sein schienen. Vom *Groß-Cophta* zu den Spukgeschichten der *Unterhaltungen* ist es nicht weit.
Goethe versuchte sich mit seiner Arbeit für die *Horen* in epischer Kleinkunst, die ihm zustatten kam, weil er auf schmalem Raum Charaktere und Verhaltensweisen, Alltägliches und Sonderbares, gelingende und mißglückende Lebensphasen gestalten und erzählerisch testen konnte. Er schulte sich an der Erzählkunst, wie sie schon früh die bekannten Sammlungen der romanischen Literaturen repräsentierten; fünf der (mit dem *Märchen)* insgesamt sieben Erzählungen gingen auf französische Vorlagen zurück. Wenn man die vielfältige ‚kleine Erzählprosa' überblickt, die es auch vor und neben ihm in der deutschen Literatur gab, dann zeichnen sich seine Stücke in den *Unterhaltungen* aus durch die Dichte der Darstellung, das artistische Arrangement des Erzählten, die Profilierung von Höhepunkten und den bei aller Spannung des einsträngigen Handlungsablaufs mitgebotenen Anspielungs- und Deutungsreichtum. Aber weder verbindet eine zentrale Thematik, die auf ein einheitliches Bild vom Menschen verweist, die Erzählpartien, noch prägt sich eine bestimmte Form des Erzählens aus, die begrifflich auf einen Nenner gebracht und als Muster der ‚Novelle' gelten könnte. Ohnehin kam damals die Bezeichnung ‚Novelle' selten vor. Goethe hat seit den *Unterhaltungen deutscher Ausgewanderten* die kleine Erzählprosa gepflegt; die Romane, besonders die *Wanderjahre,* sind angereichert mit Novellen, und ein spät vollendetes Stück Prosa trägt den bloßen Titel *Novelle.* Im Gespräch mit Eckermann formulierte er am 25. Januar 1827: „Was ist eine Novelle anders als eine sich ereignete, unerhörte Begebenheit." Aber diese ‚Definition' läßt sich sinnvoll allenfalls auf das Ganze einer straff organisierten Geschichte von bemessenem Umfang beziehen, die mehr als nur *eine* „unerhörte Begebenheit", *einen* ‚Wendepunkt' und ähnliche Erzählgipfel enthalten kann. Immer

wieder haben sich Dichter und Literaturhistoriker bemüht, die Novelle bündig zu definieren; doch spottet ihre Vielfalt einer Fixierung allgemeingültiger formaler und inhaltlicher Kennzeichen. Goethes Novellen demonstrieren es anschaulich. Und die Geschichte der Novellentheorie ist eine Abfolge scheiternder generalisierender Definitionsversuche.

Vielleicht beabsichtigte Goethe, die *Unterhaltungen* fortzusetzen. Aber nachdem er *Das Märchen* an den Schluß gesetzt hatte, wäre eine Rückkehr zu und Weiterführung mit Geschichten anderer, nicht-märchenhafter Art nur um den Preis eines bedenklichen Stilwechsels zu haben gewesen, den nicht zahlen konnte, wer die *Unterhaltungen* mit dem *Märchen* als einem „Produkt der Einbildungskraft gleichsam ins Unendliche" auslaufen ließ (an Schiller, 17. 8. 1795). *Das Märchen* ist eine Phantasieschöpfung reinster Art, und der Alte, der es vorträgt, kündigt es seinen Zuhörern als ein Werk an, „durch das Sie an nichts und an alles erinnert werden sollen" (6,209). So frei die Phantasie Goethes spielt, so genau ist das Märchen komponiert; so wenig hier die Naturgesetze der realen Welt gelten, so streng herrschen Gesetzmäßigkeiten, deren eigentümliche Ansprüche erst das Märchen selbst beteuert und die das phantastische Geschehen mit zwingender interner Logik ausstatten; so verschwenderisch sich die Erfindungsfreude verströmt, so nüchtern-sachlich und gegenstandsnah verfährt das Erzählen. Der kundige Leser erkennt, wie etwa die Anlage von Roms Pantheon und Petersdom im Bau des Märchentempels wiederkehrt. Gestalten, Dinge und Gebilde, die in der natürlichen Welt zu Hause sein könnten, sind transponiert in ein anderes Reich, dessen eigene Gesetzlichkeit, merkwürdige Zusammenhänge und wundersamen Vorgänge Bedeutungen zu besitzen scheinen, die im Ausgesprochenen verborgen liegen und erst aufzudekken sind. Leser und Zuhörer können sich der Verführung kaum entziehen, Deutungen beizubringen, die Märchenwelt auf die Menschenwelt zu beziehen und das ‚eigentlich Gemeinte' beim eindeutigen Namen zu nennen, obwohl der Erzähler gewarnt hatte, die Einbildungskraft folge keinem Plan und nehme sich keinen Weg vor, sondern werde „von ihren eigenen Flügeln getragen und geführt".
Erkennbar sind die märchenhaften Konstellationen und Vorgänge auf das Grundthema von Entzweiung und Zusammenfinden bezogen. Was getrennt ist, wartet auf Verbindung; was im Unglück ist, hofft auf Erlösung. Der Fluß scheidet streng die beiden Ufer. Nur unter bestimmten Voraussetzungen können Reisende hinübergelangen. Die unglückliche schöne Lilie lebt auf der einen Seite; was sie anblickt, wird gelähmt, und was sie berührt, stirbt. Auf dem andern Ufer ruht ein Tempel tief unter der Erde. So klagt die Lilie:

Entfernt vom süßen menschlichen Genusse,
Bin ich doch mit dem Jammer nur vertraut.
Ach! warum steht der Tempel nicht am Flusse!
Ach! warum ist die Brücke nicht gebaut! (6,225)

Rätselhafte, wunderbare Vorgänge spielen sich ab, und orakelhafte, bedeutungsschwere Sätze sprechen die Gestalten des Märchens. Dreimal die Verheißung: „Es ist an der Zeit." Der Alte mit der Lampe tröstet: „Ob ich helfen kann, weiß ich nicht; ein einzelner hilft nicht, sondern wer sich mit vielen zur rechten Stunde vereinigt. [...] Jeder verrichte sein Amt, jeder tue seine Pflicht, und ein allgemeines Glück wird die einzelnen Schmerzen in sich auflösen, wie ein allgemeines Unglück einzelne Freuden verzehrt" (6,230 f.). Und die Erlösung wird möglich. Auf dem Rücken der Schlange können alle über den Fluß ziehen; dann opfert sie sich auf, aus ihren Überresten von Edelstein entsteht ein dauerhafter Übergang, „und bis auf den heutigen Tag wimmelt die Brücke von Wanderern" (6,241). Endlich bewegt sich der Tempel unter dem Fluß her ans andere Ufer und rückt ans Tageslicht; drei Königsstatuen werden lebendig, und damit „herrschen auf Erden: die Weisheit, der Schein und die Gewalt" (6,236); hinzu kommt „die Kraft der Liebe", die nicht herrscht, sondern bildet: In den Armen der schönen Lilie erwacht der junge Königssohn zum vollen neuen Leben. Der Riese aber hat seine Macht verloren und erstarrt zur mächtigen Bildsäule wie der Obelisk in Rom.

Immer scheint das Erzählte über sich hinauszuweisen und sperrt sich doch der Entschlüsselung aller Einzelheiten. Die Auslegungen, die scharfsinnige und interpretationsfreudige Betrachter seit Erscheinen des *Märchens* angeboten haben, sind so vielfältig und unterschiedlich, daß hier nicht einmal ein Überblick gewagt werden kann. Wenn es „an nichts und an alles" erinnern sollte, wie der Erzähler verhieß, so verbietet diese Formel die Fixierung einer bestimmten Anschauung und erlaubt die Beziehung auf alles, was im Leben der Menschen und ihrer Geschichte an Sinnträchtigem geschehen mag. Leicht konnte Schiller den „Schatten des Riesen" zitieren, als er die kriegerische Bedrohung durch die Franzosen meinte, und Goethe ließ es gewähren (an Goethe, 16. 10. 1795). Dem Dichter selbst waren hilfreiche Hinweise nie zu entlocken; Hauptabsicht sei, „die Neugierde zu erregen", und die Figuren „dieses Dramatis" sollten, „als soviel Rätsel, dem Rätselliebenden willkommen sein" (an Schiller, 3. u. 26. 9. 1795). Nur einmal hat er, wie Schiller sich erinnerte (an Goethe, 29. 8. 1795), als „Idee" des Ganzen erwähnt: „das gegenseitige Hülfeleisten der Kräfte und das Zurückweisen auf einander", womit auf eine allgemeine, wiederum der Ausdeutung ausgelieferte Formel gebracht ist, was das Märchengeschehen veranschaulicht. Sicherlich antwortete auch das *Märchen* auf die Herausforderung durch die revolutionäre Zeit. Wie es Eugenie in der *Natürlichen Tochter* beklagte, so empfand es Goethe:

> Die, zum großen Leben,
> Gefugten Elemente wollen sich
> Nicht wechselseitig mehr, mit Liebeskraft,
> Zu stets erneuter Einigkeit, umfangen.
> Sie fliehen sich und, einzeln, tritt nun jedes,
> Kalt, in sich selbst zurück (V.2826 ff.).

Im glücklichen Ausgang des *Märchens* und in der Art, wie er zustandekam, drückte sich utopisch aus, was zu hoffen Goethe nicht müde wurde: daß Unglück und Trennung, Zersplitterung und Antagonismus gesellschaftlicher Kräfte überwunden werden könnten und müßten durch Zueinanderfinden, das Opfer beansprucht, durch Verwandlung, die Altes in befriedetes Neues hinübergeleitet und Glück ermöglicht. Unverkennbar benutzte er seine Kenntnis der Geheimsprache aus freimaurerischen und hermetischen Traditionen, um das von ihm Gemeinte zu versinnbildlichen und in den geheimnisvollen Vorgängen zu verbergen und zu offenbaren. Wie alchimistische Prozesse, in denen Hermetiker (die Goethe bekanntlich nicht nur im ‚Frankfurter Intermezzo' der Jugend faszinierten) das Ganze der Welt bewegende Kräfte erkannten, vollziehen sich im *Märchen* Abläufe des Suchens und Findens, der Anziehung und Abstoßung. Vielleicht schwieg Goethe auch deshalb so beharrlich über Deutungsmöglichkeiten dieser Dichtung, um seinen neuerlichen Rückgriff auf die esoterischen Spekulationen zu verhüllen.

Wie entsteht ein klassischer Nationalautor?

Die freundschaftliche Kollegialität mit Schiller hatte Goethe aus der ihn bedrückenden Isolation befreit, ermunterte zu neuer poetischer Produktivität, förderte die Vollendung von *Wilhelm Meisters Lehrjahren* und machte die Reflexion über Situation und Aufgaben von Kunst und Literatur zum festen Bestandteil gemeinsamer Überlegungen. Auf Publikum und Kritik waren beide recht schlecht zu sprechen. Die *Horen* fanden nicht die erhoffte Resonanz, der Verkauf der ersten Gesamtausgabe von Goethes Werken bei Göschen (1787–90) blieb weit hinter den Erwartungen zurück, und mit gereiztem Befremden erlebte er, wie man von seinen naturwissenschaftlichen Publikationen, die ihm so wichtig waren, kaum Notiz nahm. Als im März 1795 ein gewisser Daniel Jenisch, der sich auch mit seiner *Borussias* (1794) nicht in die Literaturgeschichte eingeschrieben hat, im *Berlinischen Archiv der Zeit und ihres Geschmacks* ziemlich überheblich „die Armseligkeit der Deutschen an vortrefflich klassisch prosaischen Werken" (12,240) beklagte, replizierte Goethe umgehend im 5. Stück der *Horen* (1795). *Literarischer Sansculottismus* überschrieb er den knappen Essay, um, den Begriff aus der politischen Gegenwartsszene als gängiges Schimpfwort gebrauchend, „die ungebildete Anmaßung" zu attackieren, womit Unbefugte „Bessere zu verdrängen und sich an ihre Stelle zu setzen" beabsichtigten. Er stieß rasch zu der prinzipiellen Frage vor: „Wann und wo entsteht ein klassischer Nationalautor?" und zählte präzise einige Voraussetzungen auf, die vorhanden sein müßten, wenn ein klassischer, also ein für den literarischen Geschmack eines ganzen Volkes mustergültiger und stilbildender Schriftsteller erwachsen könne: Er muß hineingeboren sein in eine bedeutende nationale Geschichte, unter Landsleuten von Tatkraft und Empfindungsstärke leben, selbst „vom Nationalgeiste durchdrungen" sein, seine Nation schon „auf einem hohen Grade der Kultur" vorfinden und an Vorgänger anknüpfen können, damit er nicht alles sich selbst erarbeiten muß. Wenn man dies bedenke und demgegenüber die heimische Situation betrachte, sei es unbillig, „die besten Deutschen dieses Jahrhunderts" leichtfertig zu tadeln; ihre Leistungen seien beachtlich genug. Hier und später, als er Wieland rühmend nannte, sprach er, versteht sich, immer auch pro domo; schließlich hatte der arrogante Kritiker sein bisheriges Werk behandelt, als zähle es nicht recht. Einen vortrefflichen Nationalschriftsteller könne man ebenfalls nur fordern, wenn es wirklich eine Nation gebe. Deutschland indes sei politisch zerstückelt, und ebenso fehle „ein Mittelpunkt gesellschaftlicher Lebensbildung, wo sich Schriftsteller zusammenfänden und nach *einer* Art, in *einem* Sinne, jeder in seinem Fache sich ausbilden könnten". Dennoch: „Wir wollen die Umwälzungen nicht wünschen, die in Deutschland klassische Werke vorbereiten könnten" (12,241). Ein gern zitierter, aber nichtsdestoweniger interpretationsbedürftiger Satz. Auch wenn er so klang: auf Vorgänge nach Art der Französischen Revolution konnte er schwerlich gemünzt sein. Wer in Deutschland mit revolutionären Gedanken spielte, hatte nicht schon den Nationalstaat im Sinn, wie die Mainzer Ereignisse bewiesen. Und die Revolution in Frankreich hatte die Nation nicht begründet, freilich regionale Besonderheiten mit ihren eigenen Rechten einer zentralistisch ausgerichteten Ordnung unterworfen. Kaiser Joseph II. hatte gleichfalls expansive und zentralistische Tendenzen verfolgt, die Goethe, dem ‚Schüler' Justus Mösers, nicht sympathisch waren. Sein Egmont stritt neben anderem auch für die angestammten, von der Vergangenheit sanktionierten Rechte der Region, des Partikularen, Individuellen. Was Goethe also nicht wünschte, waren Veränderungen der politischen Landkarte, die eine Uniformierung der Vielfalt, die für ihn produktives Leben bedeutete, gebracht hätten. Dann schon lieber etwas weniger ‚Klassisches'. Oder wollte der wie eingeschoben wirkende Satz nichts anderes vor dem Publikum der *Horen* bekräftigen als Furcht und Abscheu vor irgendwelchen gewaltsamen Änderungen des Bestehenden, ohne die eine Beseitigung der politischen Zersplitterung nicht denkbar war? Vielleicht auch dachte Goethe weit mehr noch als an die staatliche Einheit an die geistig-politische Uniformität, an ideologische Totalität, wie sie sich im großen westlichen Nachbarland breitmachte. Wenig später wählten die *Xenien*, Goethes und Schillers Gemeinschaftswerk, wieder eine etwas andere Perspektive: „Zur Nation euch zu bilden, ihr hoffet es, Deutsche, vergebens; / Bildet, ihr könnt es, dafür freier zu Menschen euch aus" (1,212). Damit wurde der Wunsch nach einem Nationalautor sekundär. Aus der Not der politischen Lage entwickelte sich die Tugend weltbürgerlicher Menschenbildung, die das Unzulängliche der realgeschichtlichen Gegebenheiten überstieg und sie ertragen helfen sollte. Bleibt nebenbei ferner zu fragen, wieso eigentlich die alten Griechen, politisch ebenso zerstückelt wie die Deutschen, „klassische" Kunst und Literatur haben schaffen können, wovon Goethe und Schiller doch überzeugt waren.

Kein Tag ohne Epigramm. Der Xenien-Kampf

Es muß sich in Goethe viel Ärger angesammelt haben, daß er am 23. Dezember 1795 Schiller vorschlug, auf alle Zeitschriften Epigramme zu machen, „wie die Xenia des Martials sind", und er schickte gleich ein Paar Proben mit. Gepfefferte ‚Gastgeschenke' hatte einst der römische Dichter Martialis Valerius (ca. 40–102) ausgeteilt, Epigramme voller Spott und blitzender Pointen. In solcher Manier wollte nun auch Goethe gegen Mißliebiges zu Felde ziehen. Dem deutschen Publikum, das seine Werkausgabe kaum beeindruckt hatte, grollte er schon seit längerem. Weit lag die Zeit zurück, da er als Autor des *Götz* und des *Werther* gefeiert wurde, als Repräsentant einer ganzen jungen Generation, die zu ihm aufblickte, begeistert oder zumindest irritiert. 1791 dagegen bekam er vom Verleger seiner achtbändigen Edition zu hören, daß seine „Sachen nicht so kurrent" seien „als andere an denen ein größer Publikum Geschmack findet" (an G. J. Göschen, 4. 7. 1791). Nur 626 Exemplare waren, bei einer Auflage von immerhin 4 000, subskribiert worden, und der Absatz war schleppend, – wobei freilich zu berücksichtigen ist, daß die Ankündigung einer Ausgabe mit unvollendeten Werken und das langsame Erscheinen der Bände die Kauflust dämpften und die unruhigen Jahre das Interesse an Dichtung nicht gerade förderten. Es war, Ironie der Literaturgeschichte, just Kapellmeister Reichardt (der dann in den *Xenien* wegen seiner Kritik an den *Horen* schonungslos angegriffen wurde), dem Goethe am 28. Februar 1790 ein vernichtendes Urteil über das deutsche Publikum schrieb: „Von Kunst hat unser Publikum keinen Begriff [...]. Die Deutschen sind im Durchschnitt rechtliche, biedere Menschen aber von Originalität, Erfindung, Charakter, Einheit, und Ausführung eines Kunstwerks haben sie nicht den mindesten Begriff. Das heißt mit Einem Worte sie haben keinen Geschmack. Versteht sich auch im Durchschnitt." Dem hätten sich im letzten Jahrzehnt Romane und Schauspiele in peinlicher Weise angepaßt. Was sollten *Iphigenie, Egmont, Tasso* dagegen ausrichten können?

Und jetzt mußte er erleben, wie auch die *Horen,* die erzieherisch wirken wollten, nicht das erwünschte Echo fanden. Da lockte es, die anderen Zeitschriften aufs Korn zu nehmen und ihnen geschärfte Epigramme zu dedizieren. „Der Gedanke mit den Xenien ist prächtig und muß ausgeführt werden", antwortete Schiller auf den Vorschlag, meinte aber, wenn das Hundert voll werden solle, müßten sie „auch über einzelne Werke herfallen" (29. 12. 1795). Er freute sich auf Goethes Besuch in Jena und gab schon als Losung aus: „Und dann soll es heißen: *nulla dies sine Epigrammate*", kein Tag ohne Epigramm. In den nächsten Monaten entstand tatsächlich Spruch um Spruch in Distichen; „die Sammlung wächst uns unter den Händen, daß es eine Lust ist" (Schiller, 5. 2. 1796). So ging es weiter. In den Nebenstunden am Rande der größeren Vorhaben kamen die Epigramme zu Papier, bitterböse und friedfertige, in gemeinsamer Werkstattproduktion und in Einzelarbeit, auf jeden Fall in beständigem Austausch der Gedanken, Spöttereien und Frechheiten, so daß bei vielen Versen nicht mehr zu entscheiden ist, wer sie endgültig formuliert hat. So groß war die Ausbeute der Formulierungslust, die beide gepackt hatte, daß überlegt werden mußte, wie eine Auswahlpublikation aussehen könnte, die ein einigermaßen geschlossenes Ganzes bildete. Denn nicht nur attackierende, sondern auch „unschuldige Xenien" hatten sie geschrieben, philosophische und „rein poetische" (Schiller, 1. 8. 1796), in denen sie ihre Ansichten zu allgemeinen Fragen von Leben, Kunst und Wissenschaft komprimierten. Folglich richtete Schiller zwei Sammlungen ein, die *Tabulae votivae* mit 103 und die *Xenien* mit 414 Distichen, die nebst anderen Epigrammen (darunter Goethes Gruppen *Vielen, Einer* und *Die Eisbahn)* in seinem *Musenalmanach für das Jahr 1797* erschienen, der im Oktober ausgeliefert wurde (NA 1,273–360). Damit waren längst nicht alle Distichen veröffentlicht. Erst 1893 haben Erich Schmidt und Bernhard Suphan, denen auch der Nachlaß zur Verfügung stand, sämtliche Xenien gedruckt, insgesamt immerhin 926 (SGS 8). In ihre eigenen Gesamtausgaben nahmen die beiden Epigrammatiker nur eine kleine Anzahl auf; Goethe bildete zudem aus einer Reihe der früheren Zweizeiler den Zyklus *Vier Jahreszeiten* (JA 1,235–247). Allzu zeitgebunden kamen ihnen die Verse vor, deren versteckte Anspielungen späteren Lesern besondere Mühe machen mußten.

Es war wirklich ein „tolles Wagstück" (Goethe, 15. 11. 1796), das sich die Xeniendichter leisteten. Sie eröffneten eine literarische Fehde, die mit der Vielzahl der Angegriffenen, der Schärfe der Kritik und der mit Häme durchsäuerten Anzüglichkeit ihresgleichen sucht. Sie trumpften auf und wußten genau, was sie taten. Beide, nun endlich verbunden, hatten das Selbstbewußtsein gewonnen, eine geistige Institution zu sein, die ihr Urteil über Journale und Autoren abzugeben befugt war. Ihre Hoffnung, daß *Die Horen*, gerade wegen ihres hohen und nachdrücklich proklamierten Anspruchs, mit Zustimmung, zumindest freundlich aufgenommen würden, war enttäuscht worden; es meldeten sich mehr kritische als lobende Stimmen. Wilhelm v. Humboldt berichtete Goethe aus Tegel: „Den Horen ist man nicht sonderlich hold. Vorzüglich kann man es ihnen nicht verzeihen, daß sie sich, laut der Ankündigung, vorgenommen haben, besser als die übrigen Journale zu sein" (22. 8. 1795). In den Rezensionsorganen der Zeit wurden schon die ersten Hefte der neuen Zeitschrift besprochen, und zwar mit einer aufs einzelne eingehenden seitenlangen Ausführlichkeit, der gegenüber sich heute übliche Rezensionen wie Schwundstufen ernsthafter Kritik ausnehmen. So eingehend die Besprechungen gerieten, so dezidiert wurde auch die Kritik vorgetragen (SK S. 104 ff.). Gleichartige Vorwürfe kehrten wieder. Der Anspruch der *Horen*, Besseres zu bieten als andere Blätter, wurde als Anmaßung empfunden. Viele Beiträge galten als zu schwierig und esoterisch; da treibe sich ein Häufchen Schriftsteller „in seinem engen Kreise herum, in welchen kein anderer, als ein Eingeweihter treten, und mit dem das Volk so wenig gemein haben kann, daß es vielmehr davor, als vor einem Zauberkreise zurückbeben wird" *(Annalen der Philosophie und des philosophischen Geistes,* Oktober 1795; SK S. 152). An den *Ästhetischen Briefen* bemängelte man Kompliziertheit und Abstraktion. Der Breslauer Gymnasialdirektor Manso verstieg sich zu der Klage, Schillers Stil sei nichts anderes „als eine ununterbrochene widerliche Mischung von gelehrt aussehenden abstrakten und schöngeisterischen Phrasen" *(Neue Bibliothek der schönen Wissenschaften und der Freien Künste,* September 1795; SK S. 140). Die Idealisierung der griechischen Antike stieß auf Skepsis, weil deren Realität in Wahrheit trostlos gewe-

sen sei. „Von lauter trivialen und eselhaften Gegnern" fand sich Schiller angegriffen (an Körner, 2. 11. 1795), wogegen Christian Gottfried Körner, der Freund, auch zu bedenken gab, in manchem Tadel könne „etwas enthalten sein, das Aufmerksamkeit verdient" (an Schiller, 6. 11. 1795). Und nachdrücklich machte Johann Friedrich Reichardt in seiner ebenfalls neuen Zeitschrift *Deutschland* auf die Diskrepanz aufmerksam, die zwischen der Ankündigung, über die politischen Ereignisse der Zeit „strenges Stillschweigen" zu wahren, und der Ausführung bestand, da doch „ein bestimmtes verdammendes Urteil" über jenes Lieblingsthema des Tages gefällt werde (Januar 1796; SK S. 225 ff.).
Für Goethe und Schiller war das alles ein Aufstand der Mittelmäßigkeit, und auf manche Zeitschriften und Autoren, aber nicht auf alle, mochte diese Einschätzung auch zutreffen. Sie sahen sich nicht angemessen anerkannt und nicht zureichend begriffen. Deshalb bereiteten sie Gegnern und sogar einstigen Freunden ihre stachligen ‚Gastgeschenke'. Aus der Abwehr der Kritik wurde ein Angriff auf die Niveaulosigkeit des Literaturbetriebs, eine Abrechnung mit Zeitströmungen und Kontrahenten. Die *Deutsche Monatsschrift* erhielt den Denkzettel

Deutsch in Künsten gewöhnlich heißt mittelmäßig! und bist du
Deutscher Monat, vielleicht auch so ein deutsches Produkt? (Nr. 256)

Wenig später ironisierte ein Epigramm die Leser, denen der Gang der *Horen* fremd blieb:

Horen. Erster Jahrgang
Einige wandeln zu ernst, die andern schreiten verwegen,
Wenige gehen den Schritt, wie ihn das Publicum hält (Nr. 260).

Auf die *Bibliothek der schönen Wissenschaften*, in der ein Manso schrieb, zielte mehr als ein Spruch:

Bibliothek schöner Wissenschaften
Jahre lang schöpfen wir schon in das Sieb und brüten den Stein aus,
Aber der Stein wird nicht warm, aber das Sieb wird nicht voll.

Dieselbe
Invaliden Poeten ist dieser Spittel gestiftet,
Gicht und Wassersucht wird hier von der Schwindsucht gepflegt
(Nr. 45, 46).

Gegen einzelne Personen als exemplarische Gestalten für die geistige Dürftigkeit der Zeit richtete sich beißender Spott. Gewiß, ein „Feuerwerk" sollten die *Xenien* sein (Nr. 29), und dem Leser wurde gutmütig empfohlen: „Lies uns nach Laune und Lust, in trüben, in fröhlichen Stunden, / Wie uns der gute Geist, wie uns der böse gezeugt" (Nr. 114). Aber den Verspotteten mußte (und sollte) das Vergnügen an der Lektüre des Almanachs vergehen. Auf einige konzentrierte sich die Angriffslust, auf den Kritiker und Poeten Johann Caspar Friedrich Manso, auf Nicolai, Reichardt und auf Widersacher im naturwissenschaftlichen Feld. Friedrich Nicolai, repräsentativer Vertreter der Berliner Aufklärung, der einst den *Werther* gehässig parodiert hatte und seit 1783 eine vielbändige *Beschreibung einer Reise durch Deutschland und die Schweiz* publizierte, wurde nicht nur mit den folgenden Zeilen verhöhnt; eine ganze Salve von Sprüchen sollte ihn erledigen:

Nicolai
Nicolai reiset noch immer, noch lang wird er reisen,
Aber ins Land der Vernunft findet er nimmer den Weg (Nr. 184).

Empirischer Querkopf
Armer empirischer Teufel! du kennst nicht einmal das Dumme
In dir selber, es ist ach! *a priori* so dumm (Nr. 190).

Mehr als 70 Epigramme waren auf Johann Friedrich Reichardt gemünzt. Dabei war er Goethe seit Jahren freundschaftlich verbunden gewesen, hatte Musik zu einigen seiner Singspiele und Dramen geschrieben und ebenfalls, Kunst- und Volksliedhaftes reizvoll verbindend, Gedichte (nicht nur) Goethes vertont, wodurch er zum bedeutenden Liedkomponisten der frühen deutschen Klassik geworden ist. 1752 in Königsberg als Sohn eines Stadtmusikus in ärmlichen Verhältnissen geboren, war Reichardt, vom Potsdamer Komponisten Franz Benda gefördert, 1776 zum Königlich Preußischen Hofkapellmeister bei Friedrich dem Großen avanciert, hatte sich darüber hinaus um öffentliche Musikpflege gekümmert und die Berliner mit Oratorien Händels und Sinfonien Haydns bekannt gemacht. Von 1781/82 bis 1791 gab er ein *Musikalisches Kunstmagazin* heraus, mit eigenen Kompositionen und Aufsätzen zur Musikästhetik. Auch dichterische Versuche beschäftigten ihn (*Leben des berühmten Tonkünstlers Hermann Wilhelm Gulden*, 1799). 1785 brachte eine Reise nach London und Paris beachtlichen künstlerischen Erfolg. Nach dem Tode Friedrichs II. 1786 erhielt er unter dessen Nachfolger mehr Freiheiten für eigene musikalische Initiativen, durfte seine Opern inszenieren, war bestens besoldet und führte ein großes Haus. Seit 1781 korrespondierte er mit Goethe, besuchte ihn 1789 zweimal in Weimar und wollte ihn zur Mitarbeit an Opernprojekten gewinnen. Aber ein Libretto Goethes kam nicht zustande. Unbestritten war

Reichardt damals ein wichtiger Ratgeber in musikalischen Dingen; Goethe erörterte mit ihm gern Fragen der Theaterpraxis und schrieb gerade ihm unverhohlen seinen Unmut über das Publikum und den schlechten Geschmack der Deutschen. Reichardts Situation in Berlin wurde seit 1790 schwierig, als sich Anhänger der italienischen Musik durchsetzten. 1791 erhielt er einen dreijährigen Urlaub mit vollem Gehalt und konnte sich auf sein Gut in Giebichenstein bei Halle zurückziehen. Antifeudale Tendenzen waren schon in seinen frühen schriftstellerischen Proben zu erkennen, so daß es nur konsequent war, wenn er mit der Französischen Revolution sympathisierte, ohne sie freilich auch in Deutschland für möglich oder gar erstrebenswert zu halten. 1792 reiste er nach Frankreich, durchaus als Befürworter einer konstitutionellen Monarchie, wurde irritiert wie fast alle Besucher des in Gärung befindlichen Landes, blieb aber von der Notwendigkeit des Umsturzes überzeugt. Seine *Vertrauten Briefe über Frankreich. Auf einer Reise im Jahr 1792 geschrieben* erschienen anonym schon 1792/93 in zwei Teilen. Nicht sie waren es, die ihn seine Stelle als Berliner Hofkapellmeister kosteten, sondern sein Verkehr mit Republikanern, den er 1793 in Norddeutschland unterhielt, und antimonarchische Äußerungen, die ihm vorgeworfen wurden: Beim Kartenspiel habe er gesagt, alle Könige hätten das Schicksal des hingerichteten Ludwig XIV. verdient. Im Oktober 1794 verlor er seine Stelle und Pension, ohne von Friedrich Wilhelm II. überhaupt angehört worden zu sein und ohne ein geregeltes Untersuchungsverfahren. Jetzt versuchte er, als Publizist zu reüssieren, gab die Zeitschrift *Frankreich* heraus und zeigte sich in seinen Beiträgen als entschiedener Republikaner, der allerdings den Terror der Jakobiner nicht guthieß. Ende 1795 gründete er die Zeitschrift *Deutschland*, die aber nur zwei Jahrgänge erlebte und in der er sich gleichermaßen gegen despotische Monarchen wie tyrannische Jakobiner wandte. Hier veröffentlichte er seine umfangreiche, harte Kritik der *Horen*, die das Konzept einer ästhetischen Erziehung als Lösungsangebot für die gesellschaftliche Misere verwarf und sich am Widerspruch zwischen der behaupteten politischen Abstinenz der Zeitschrift und dem in ihren Beiträgen vermittelten politischen Konservativismus rieb.
Die Weimarer schlugen in den *Xenien* unerbittlich zurück und suchten den vordem wohlgelittenen Hofkapellmeister und Fachmann in Musik- und Theaterfragen als einen im Trüben fischenden Revoluzzer vom Schlage eines Schnaps aus dem *Bürgergeneral* bloßzustellen.

An mehr als Einen

Erst habt ihr die Großen beschmaust, nun wollt ihr sie stürzen;
Hat man Schmarotzer noch nie dankbar dem Wirte gesehn (Nr. 216).

Verschiedene Dressuren
Aristokratische Hunde, sie knurren auf Bettler, ein echter
Demokratischer Spitz klafft nach dem seidenen Strumpf (Nr. 211).

Spät erst kam es nach diesem Konflikt wieder zu einer Annäherung. Als Goethe im Winter 1800/01 schwer erkrankt gewesen war und Reichardt ihm nach den Jahren des Schweigens schrieb: „Ich fühle nur das Glück, Sie wieder außer Gefahr zu wissen“ (21. 1. 1801), beschwor jener in seiner Antwort vom 5. Februar das „alte gegründete Verhältnis“ zu seinem einstigen Bekannten und meinte, es könne nur, „wie Blutsfreundschaften, durch unnatürliche Ereignisse gestört werden“. Der Xenienkampf war den ehemaligen Epigrammatikern längst unheimlich geworden. Aber eine neuerliche enge Beziehung konnte nicht mehr gedeihen, auch wenn Goethe 1802 und 1803 Giebichenstein besuchte. Carl Friedrich Zelter hatte inzwischen die Stelle des musikalisch versierten und produktiven Freundes eingenommen.
Reichardt war 1796 wieder in preußischen Diensten akzeptiert worden, freilich nicht als Kapellmeister, sondern als Salinendirektor in Halle. Das Amt, bis 1806 ausgeübt, ließ ihm Zeit, im Winter in Berlin, was ihm gestattet wurde, gelegentlich mit dem königlichen Orchester zu musizieren und Königin Luise Musikunterricht zu geben. Sein Haus und Park in Giebichenstein wurden als gastfreundlicher Sammelpunkt, besonders der Frühromantiker, berühmt. Später verwüsteten Truppen Napoleons, als dessen Gegner er sich profiliert hatte, seinen Besitz. Aus dem Freund der Franzosen war, unter dem Eindruck der napoleonischen Machtansprüche, der Advokat eines deutschen Fürstenbündnisses gegen den Aggressor im Westen geworden.

Auch Friedrich Stolberg, den jugendlichen Begleiter auf der ersten Schweizer Reise von 1775, nahmen sich die Xeniendichter vor. Schon 1788 hatte der Graf Schillers Gedicht *Die Götter Griechenlandes* wegen seiner heidnischen Züge angegriffen. Als er jetzt in einer Vorrede zu den von ihm übersetzten *Auserlesenen Gesprächen des Platon* behauptete, die sokratischen Lehren müßten wegen ihrer „Übereinstimmung mit großen Lehren unserer Religion [. . .] göttliches Ansehen für uns erlangen“, fand Goethe diese Interpretation der griechischen Antike „abscheulich“ und qualifizierte sie als „Sudelei des gräflichen Salbaders“ (an Schiller, 25. 11. 1795). Die *Xenien* quittierten:

Dialogen aus dem Griechischen
Zur Erbauung andächtiger Seelen hat F*** S***
Graf und Poet und Christ diese Gespräche verdeutscht (Nr. 116).

Der Ersatz

Als du die griechischen Götter geschmäht, da warf dich Apollo
Von dem Parnasse; dafür gehst du ins Himmelreich ein (Nr. 117).

Die *Xenien* boten auch andere Kost. Zielten die auf bestimmte Personen gerichteten Verse zumeist auch auf Zeittypisches, so konzentrierten sich einige Epigramme auf die spruchhafte Aussage allgemeiner Erkenntnisse. Distichen dieser Art konnten leicht in die Sammlung eingestreut werden, für die Schiller noch eine lockere Handlung erfunden hatte: Die Xenien reisen zur Leipziger Buchmesse, treffen Zeitschriften und Autoren und bringen ihre bissigen Bemerkungen an. Später werden deutsche Flüsse erreicht, und am Ende steigen die Xenien gar zur Unterwelt hinab, teilen dort ihre Meinungen aus, bis zuletzt Zwiegespräche mit Philosophen und Herkules-Shakespeare über die beklagenswerte Lage der Gegenwartsdramatik noch einen beachtlichen Schlußakzent setzen. (Später wurden daraus Schillers Gedichte *Die Philosophen* und *Shakespeares Schatten*.) Ein skeptischer Realismus, gleich weit von blauäugiger Utopie und finsterem Pessimismus, drückte sich in den ‚allgemeinen' Epigrammen aus, der durch die Ereignisse im Gefolge der Revolution, die so hohe Ziele verkündet hatte, nur bekräftigt wurde.

Goldnes Zeitalter

Ob die Menschen im ganzen sich bessern? ich glaub es, denn einzeln
Suche man, wie man auch will, sieht man doch gar nichts davon
(Nr. 32).

Natürlich umspielten gerade die außerhalb der *Xenien*-Sammlung, vor allem in den *Tabulae votivae*, veröffentlichten distichischen Sprüche ähnliche Gedanken und formulierten Prinzipien, die Goethe und Schiller damals besonders wichtig waren. Enthielten die *Tabulae votivae* bei den Römern Inschriften, die den Göttern aus Dank geweiht waren, so machte sich auf den ‚Votivtafeln' der Freunde Bekenntnishaftes geltend: zu politischen Grundfragen, zu Kunst und Philosophie, zur Lebensführung. Wirklich ein Fürst sei nur der, „der es vermochte zu sein". „Einsicht oben" und „der gute Wille von unten" müßten sich finden, wenn gewaltsame Auseinandersetzungen vermieden werden sollen (1, 227). Der einzelne Mensch könne sich – wie es auch die *Meister*-Romane gestalten – ganz nur verwirklichen im Bunde mit andern: „Immer strebe zum Ganzen, und kannst du selber kein Ganzes / Werden, als dienendes Glied schließ an ein Ganzes dich an" (1, 226). Vernunft und Schönheit vermöchten vom Unendlichen, Absoluten Zeugnis zu geben und damit religiöse Erfahrung zu vermitteln:

[...]
Ein Unendliches ahndet, ein Höchstes erschafft die Vernunft sich;
In der schönen Gestalt lebt es im Herzen, dem Blick.

Auch ganz Privates nahmen die Epigramme auf, und dem noch frischen Erlebnis partnerschaftlichen Austauschs galten die Zeilen

Wechselwirkung
Kinder werfen den Ball an die Wand und fangen ihn wieder;
Aber ich lobe das Spiel, wirft mir der Freund ihn zurück.

Als im Herbst 1796 der Musenalmanach mit der *Xenien*-Abteilung erschien, war die Aufregung groß, wenigstens bei den literarisch Interessierten, und das waren damals wie heute nicht allzu viele. Manche amüsierten sich über die Sottisen und witzigen Pointen, andere waren tief verstimmt; manche ließen die forschen Attacken als intellektuellen Spaß hingehen, andere sahen in ihnen kalkulierte Beleidigungen. „Alles ist in Aufruhr über diese Unverschämtheit", meldete Böttiger am 30. Oktober aus Weimar (Bo II 81); der alte Gleim meinte, „solche Katzbalgereien sollten der Goethe und der Schiller [...] verabscheuen" (27. 11. 1796; Bo II 86). Wieland fürchtete, beide Epigrammatiker hätten sich „einen unendlichemal größern Schaden getan, als alle ihre literarischen Widersacher und Diaboli ihnen zusammengenommen in ihrem ganzen Leben tun können" (Bo II 87). Anti-Xenien machten die Runde; Manso wartete, wer kann es ihm verdenken, 1797 mit *Gegengeschenken an die Sudelköche in Jena und Weimar* auf.

Am Anfang des Friedensjahrzehnts

Der Xenienkampf blieb Episode. Aber er dokumentierte das Selbstbewußtsein der beiden, die ihn begonnen hatten, war selbst ein Mittel, es zu bekräftigen und zu erproben. Wer so auftrumpfte, verpflichtete sich, weiterhin mit eigenen Leistungen den hohen Anspruch zu rechtfertigen. Die *Horen* jedoch waren, trotz der bedeutenden dichterischen und theoretischen Beiträge besonders in den ersten Stücken, nicht am Leben zu erhalten, wofür man das Publikum schelten mochte, das ihnen nicht gewachsen war. Doch auch die Energie Schillers und seiner Mitarbeiter erlahmte. Mit dem 12. Stück des Jahrgangs 1797 ließ der Herausgeber das Journal „selig einschlafen" (an Goethe, 26. 1. 1798). Aber es folgten die eigenen Werke und ihre gerühmten Aufführungen: die *Wallenstein*-Trilogie, *Maria Stuart*, *Die Jungfrau von Orleans*, *Wilhelm Tell*, *Die Braut von Messina*, *Demetrius*, Übersetzungen, Bearbeitungen, Gedichte. Und Goethes *Hermann und Dorothea* betrachtete Lavater schon am 29. November 1797 als „ein Versöhnopfer für die *Xenien*" (Bo II 120).

Die Jahre mit Schiller waren für den nun in Weimar und Jena zur äußeren Ruhe Gekommenen eine produktive Zeit, deren Ertrag man allerdings nicht nach der Zahl abgeschlossener großer Dichtungen berechnen darf. Auch jetzt zeigte sich, daß Goethe den Versuch seiner Lebensverwirklichung, den er immer neu unter Selbstzweifeln und im Auskundschaften mehrerer Möglichkeiten unternahm, der dichterischen Produktivität allein nicht anvertraute. Sie ruhte nie, aber sie beherrschte ihn auch nicht, allenfalls zuzeiten, wenn etwas ausgeführt, zum Abschluß gebracht werden sollte. Gewiß, in den Jahren zwischen 1794 und 1805 vollendete er *Wilhelm Meisters Lehrjahre*, komponierte weitgeschwungene Elegien ‚klassischer' Stilgebung, dichtete die Balladen des berühmten ‚Balladenjahres', wagte sich wieder an den *Faust*, suchte im Trauerspiel *Die natürliche Tochter* (1803) seine Einsichten in Zeit, Geschichte, politisches Handeln in sinnbildhafter dichterischer Konstellation zu verarbeiten, übersetzte die Lebensgeschichte Benvenuto Cellinis, schulte sich in Übertragungen der Voltaireschen Dramen *Mahomet* und *Tancred*, und immer stellten sich Gedichte ein. Insgesamt keine geringe Ernte. Aber wenn man berücksichtigt, daß das fünfaktige Drama um die natürliche Tochter Eugenie ein Fragment ist und die Arbeit am *Faust* viele Jahre zurückreicht, hat Goethe zwischen *Hermann und Dorothea* (als *Taschenbuch für 1798* erschienen) und den *Wahlverwandtschaften* (gedruckt 1809) keine neue große Dichtung geschaffen. Viel geistige Produktivität nahm der Gedankenaustausch mit Schiller auf, wie ihr Briefwechsel dokumentiert, viel Energie verzehrten kunst- und kulturpolitische Aktivitäten, mit denen Goethe dem beklagten Geschmack der Deutschen aufhelfen wollte und denen die kurzlebige Zeitschrift *Propyläen* (1798–1800) dienen sollte; unermüdlich widmete er sich seinen naturwissenschaftlichen Untersuchungen, führte Experimente durch, vertiefte sich in die Geschichte der Farbenlehre, amtierte seit 1804 als Präsident der Jenaer „Mineralogischen Societät". Immerfort auch die ‚öffentliche' Wirksamkeit: Intendanz des Theaters, Aufsicht über wissenschaftliche Einrichtungen in Jena und Weimar, Betreuung der Universität Jena, Mitwirkung beim Schloßbau, bei der Neugestaltung der Theatergebäude in Weimar und Lauchstädt.

Als Goethe endlich im August 1796 *Wilhelm Meisters Lehrjahre* abschließen konnte, war auch vom Herzogtum Weimar die Bedrohung durch den Krieg genommen. Im April 1795 hatte Preußen mit Frankreich den Sonderfrieden von Basel ausgehandelt, dem andere deutsche Staaten beitreten konnten. Carl August entfaltete daraufhin eine intensive diplomatische Aktivität, um auch für sein Territorium den Frieden zu sichern. Das war zunächst deshalb kompliziert, weil Weimar zum oberdeutschen Reichskreis gehörte, dessen Hauptmann, der sächsische Kurfürst, noch nicht bereit war, sich dem von Preußen erwirkten Sonderfrieden anzuschließen. Auch er, Kurfürst Friedrich August III., wollte zwar ein Ende des Krieges, fühlte sich aber dem Reich verpflichtet und wünschte daher die Besiegelung eines allgemeinen Friedens durch den Reichstag. Es war eine politisch aufgeregte Zeit, die sich bis in den Sommer des Jahres 1796 hinzog. Fast schien es, als werde sich der Krieg auch nach Thüringen und Mitteldeutschland ausdehnen; Frankfurt fiel am 15. Juli, und über Würzburg drang General Jourdan nach Franken vor. Carl August richtete sich in Eisenach ein, der westlichen Stadt seines Landes, um von hier aus alles Nötige und Mögliche für die Sicherheit und den Frieden in Gang zu setzen. „Alles glaubt, daß die Franzosen uns schon bei dem Leibe hätten", meldete Geheimrat Voigt seinem befreundeten Kollegen nach Weimar (21. 7. 1796). Laufend informierte er Goethe aus seinem „Büro halb kriegerischer, halb diplomatischer Art in Eisenach" (Goethe an Voigt, ca. 24. 7. 1796) über den Stand der Dinge, bis er am 3. August erleichtert schreiben konnte: „Diese Nacht habe ich gern unruhig zugebracht und sofort 10 Stunden en suite gearbeitet. Denn der Kurfürst erklärte sich endlich, die preußische Vermittlung zur Neutralitätserlangung anzunehmen. Und nun schließen wir uns Kursachsen an, und dieses vertritt uns." Am 13. August wurde Waffenstillstand zwischen Frankreich und dem obersächsischen Reichskreis geschlossen, am 29. Dezember 1796 war offiziell der Beitritt Kursachsens und seiner Verbündeten zum preußisch-französischen Vertrag vollzogen. Zehn Friedensjahre zogen ins Land, die erst der Eroberer Napoleon beendete, als er im Oktober 1806 die Preußen bei Jena schlug und den Krieg auch in die ruhige Residenzstadt Weimar trug.

Goethe und Schiller haben die politischen Kalamitäten der Jahre 1795/96 besorgt verfolgt. Immer wieder mischten sich in ihre Korrespondenz, die besonders die *Xenien* betraf, Bemerkungen über die bedrohliche Situation. Fast wörtlich gab Goethe dem Freund weiter, was er unter dem 21. Juli von Voigt über die Kriegslage und das Schicksal Frankfurts erfahren hatte (23. 7. 1796), und wünschte, der Thüringer Wald möge die „Eigenschaften einer Wetterscheidung" haben, die das „französische Ungewitter" fernhält (30. 7. 1796). Dann am 10. August, als der Friede garantiert war: „Der Roman gibt auch wieder Lebenszeichen von sich." Vier Tage danach aber diktierte Goethe, ganz in seiner Eigenschaft als Mitglied des Conseils, ein Votum, das die Aufmerksamkeit auf gewisse Finanzfragen lenkte, die er nun zugunsten Weimars entschieden sehen wollte (AS II 508 ff.). Am 26. August konnte er schließlich in sein Tagebuch eintragen: „Absendung des 8ten Buchs Wilh. Mstrs." Im Oktober erschien der vierte Band des Romans mit den beiden letzten Büchern, zugleich als sechster Band der Werkausgabe bei Unger.

Ein Schüler, der kein Meister wurde. Wilhelm Meisters Lehrjahre

Von Editionen und Verlegern

Als im Januar 1795 der erste Band von *Wilhelm Meisters Lehrjahren* herauskam, hatte Goethe den Roman noch gar nicht abgeschlossen. Er setzte sich selbst unter Druck, um das vor vielen Jahren begonnene Werk endlich zu Ende zu bringen. „Im Garten dicktirt an W. Meister", hatte er am 16. Februar 1777 ins Tagebuch eingetragen; das erste uns bekannte Lebenszeichen der neuen Dichtung. Jahr für Jahr brachte er, mühevoll genug neben den administrativen Pflichten, den Roman voran, las daraus vor, reichte das Manuskript oder eine Abschrift herum und konnte Knebel am 21. November 1782 schreiben: „Du sollst bald die drey ersten Bücher der Theatralischen Sendung haben. Sie werden abgeschrieben." Das sechste Buch war im November 1785 beendet, aber im siebten blieb er stecken. Den geplanten Lebensweg eines jungen Schriftstellers, der Bühnenautor und Regisseur wird, in der Kunstwelt des Theaters seine Erfüllung sucht und seinen Lebensauftrag sieht: *Wilhelm Meisters theatralische Sendung* vermochte Goethe, auch wenn ihm in Italien noch „neue Gedanken genug zum Wilhelm" einfielen (an Ch. v. Stein, 20. 1. 1787), nicht weiterzuerzählen. Als er nach langer Pause die Arbeit am Roman wieder aufnahm und dann von 1794 bis 1796 aus der *Theatralischen Sendung* die *Lehrjahre* geworden waren, vernichtete er das alte Manuskript. Aber er hatte ein Exemplar der *Sendung* seiner Züricher Bekannten Barbara Schultheß zur Lektüre geschickt, die sich mit ihrer Tochter die Mühe machte, es abzuschreiben. Erst 1910 wurde diese Abschrift wiederentdeckt, und so liegt seit 1911 auch die lange verschollen geglaubte *Theatralische Sendung* vor. Niemand kann nachprüfen, wieviel Fehler den fleißigen Kopistinnen unterlaufen sind; den originalen Goethe-Text der *Sendung* besitzen wir nicht. Doch auch ein zweifelsfrei authentischer, Wort für Wort und Zeichen für Zeichen originärer Text der *Lehrjahre* steht uns nicht zur Verfügung. Nur für das 7. Buch gibt es eine Handschrift. Das Manuskript, nach dem die Drukker des Unger-Verlags 1794–1796 die Bücher gesetzt haben, ist nicht mehr vorhanden; denn Druckereien schickten damals die Druckvorlagen nicht zurück, sondern vernichteten sie zumeist. Wer wann und wo Korrektur gelesen, Verbesserungen vorgenommen oder Fehler hineingebracht hat, ist nicht auszumachen. Goethe selbst war bei der Vorbereitung der späterhin folgenden Veröffentlichungen seines Romans immer auf den jeweils letzten Druck angewiesen. Zugegeben, bei den erwähnten Problemen handelt es sich um philologische Spezialissima. Doch kann der Hinweis auf die unsichere Textlage beim *Wilhelm Meister* willkommener Anlaß sein, einen kurzen Überblick über die zu Goethes Zeit edierten Ausgaben seiner Werke einzuschalten. Auch wenn man nicht auf Details eingeht, in denen hier freilich die Würze der Komplikationen steckt, ist es ein spannendes Kapitel, das nicht weniger dokumentiert als die Tatsache, daß wir niemals einen kompletten Goethe-Text besitzen werden, der allen philologischen Wünschen nach unbezweifelbarer Authentizität entspricht.

Nicht der Dichter selbst ist es gewesen, der als erster eine Gesamtausgabe seiner Werke veranstaltete. Über ein Jahrzehnt vorher brachten geschäftstüchtige Verleger Raubdrucke auf den Markt. Es existierten noch keine Rechtsvorschriften, die es hätten verhindern können. In Biel in der Schweiz erschienen zum ersten Mal *Des Herrn Göthe sämtliche Wercke*, und zwar 1775/76 in drei Bänden, in denen man Gedichte vergeblich sucht. Berühmt und berüchtigt als Nachdrucker war damals der Berliner Buchhändler Christian Friedrich Himburg, der erheblichen Erfolg mit seinem Gewerbe hatte. Drei Auflagen vermochte er von seinen dreibändigen *Goethens Schriften* in den Jahren 1775–1779 zu produzieren, und 1779 erschien noch ein zusätzlicher vierter Band, in dem sich auch „Vermischte Gedichte“ befanden.

Goethe war empört über diese und andere Nachdrucke, aber er konnte den schlechten Brauch nicht ändern. Himburg war so dreist, dem Autor von der 3. Auflage seiner *Schriften* sogar einige Freiexemplare zu schikken, und bot statt eines Honorars Berliner Porzellan an, das als wenig wertvoll galt. Der verärgerte Beschenkte machte sich in zornigen Versen Luft (an Frau v. Stein, 14. 5. 1779):

Langverdorrte, halbverweste Blätter vorger Jahre,
Ausgekämmte, auch geweiht' und abgeschnittne Haare,
Alte Wämser, ausgetretne Schuh und schwarzes Linnen,
Was sie nicht ums leidge Geld beginnen!
Haben sie für bar und gut
Neuerdings dem Publikum gegeben.
Was man andern nach dem Tode tut,
Tat man mir bei meinem Leben.
Doch ich schreibe nicht um Porzellan noch Brot,
Für die Himburgs bin ich tot.

Der Zorn über die „große Frechheit“ Himburgs hinderte Goethe indes nicht, dessen Ausgabe zu Hilfe zu nehmen, als er dann selbst eine Gesamtausgabe bei Göschen besorgte. So wurden Fehler, die sich in Himburgs Bände eingeschlichen hatten, noch in manche spätere Ausgabe transportiert.

Die ohne Wissen und Willen des Verfassers publizierten Gesamtausgaben, die ihrerseits Nachdrucker fanden, hatten damals auch ihr Gutes. In ihnen war zum ersten Mal das verstreut gedruckte Werk des durch

Götz und *Werther* berühmt gewordenen jungen Dichters zusammengefaßt. Zudem hatte Himburg seine Ausgabe besonders hübsch gestaltet, mit Kupfern und Vignetten von der Hand bekannter Künstler, auch eines Daniel Chodowiecki. Der junge Leipziger Verleger Georg Joachim Göschen war es dann, mit dem Goethe 1786, auf die Vierzig zugehend, die Edition einer achtbändigen Ausgabe vereinbarte. Sie stand, wie schon berichtet, unter keinem günstigen Stern. *Egmont* und *Tasso* hatte – entgegen der Ankündigung – der Heimkehrer aus Italien glücklich vollenden können, den *Faust* bot er, „aus mehr als einer Ursache" (an Carl August, 5. 7. 1789), als Fragment im 7. Band. Was unter dem Titel *Goethe's Schriften* von 1787 bis 1790 erschien, war zwar die erste Gesamtausgabe, für die Goethe verantwortlich zeichnete, aber weder konnten die Bände entsprechend ihrer Zählung herauskommen, noch hatte Goethe selbst Korrektur gelesen. Während er unterwegs war, kümmerte sich Philipp Seidel um den Fortgang des Drucks und sollte in Zweifelsfällen Herders Entscheidung einholen. Die mühselige Korrekturarbeit, die über alle Einzelheiten des schließlich gedruckten Textes entscheidet, überließ Goethe auch später gern anderen, seinen Sekretären oder den Korrektoren in den Verlagen und Druckereien. Für Orthographie und Interpunktion gab es damals keine verbindlichen Richtlinien. Wenn auch Goethe die Absicht äußerte, „der adelungischen Rechtschreibung vollkommen zu folgen" (an Göschen, 2. 9. 1786), so blieb es doch dem Korrektor vorbehalten, sie zu verwirklichen. Adelung hatte gerade 1782 *Grundsätze der deutschen Orthographie* aufgestellt; seine *Vollständige Anweisung zur deutschen Orthographie, Biegung und Ableitung* (1788) erging, als die Ausgabe bereits zu erscheinen begonnen hatte. Von gesicherten und allseits anerkannten Regeln konnte jedenfalls noch keine Rede sein, auch später nicht. Erst 1880 kodifizierte Konrad Duden die allgemein respektierten Vorschriften. Jeder auf Genauigkeit bedachte Leser aber weiß, daß eine vermeintliche Belanglosigkeit wie die Zeichensetzung in einem dichten, komplizierten, womöglich mehrdeutigen Text den Sinnzusammenhang zu beeinflussen vermag.

Goethe gefiel weder Papier noch Druck der Göschen-Ausgabe; er beschwerte sich, „daß diese Bände eher einer ephemeren Zeitschrift als einem Buche ähnlich sehen, das doch einige Zeit dauern sollte" (an Göschen, 27. 10. 1787). Für eine zweite Edition, die die neueren Arbeiten aufnehmen sollte, verband er sich wenige Jahre später mit dem Berliner Drucker und Verleger Johann Friedrich Unger. Acht Jahre dauerte es, bis *Goethe's neue Schriften* in sieben Bänden vorlagen, von denen allein vier (3.–6. Band) *Wilhelm Meisters Lehrjahre* beanspruchten. Band 1 (1792) enthielt zeitgeschichtlich Aktuelles: den *Groß-Cophta*;

Des Joseph Balsamo, genannt Cagliostro, Stammbaum; *Römisches Carneval*, Band 2 den *Reineke Fuchs*. Zum Sorgenkind wurde der 7. Band, der erst 1800 ausgegeben werden konnte. Goethe zauderte, weil er nichts Geeignetes für den Band sah, bis dann Schiller empfahl, die verstreut publizierten neueren Gedichte in ihm zu vereinigen, also auch die Balladen und Romanzen, die Elegien und Venetianischen Epigramme.

Schon vor Ungers Tod 1804 kam Goethe über Schiller in Verbindung mit Johann Friedrich Cotta, der seit 1794 die Werke Schillers verlegte. Goethe konnte bei ihm von 1798 bis 1800 die *Propyläen*-Zeitschrift herausbringen, und 1805 schloß er einen Vertrag über eine neue zwölfbändige Werkausgabe. Dabei erwies er sich als ebenso sachkundiger wie hartnäckiger Verhandlungspartner (1. 5., 14. 6., 12. 8. 1805). Von 1806 bis 1808 erschienen *Goethe's Werke* bei Cotta, denen 1810 noch als 13. Band *Die Wahlverwandtschaften* angefügt wurden.

Editorisch zuverlässig konnten diese Ausgaben nach Lage der Dinge kaum sein. Manche Verwicklungen, die sich bei der Textherstellung und Drucklegung ergaben, haben Philologen erst viel später aufgedeckt. Beispielsweise waren von einigen Partien der Editionen ohne Wissen des Autors Nach- oder Doppeldrucke gemacht worden, und Goethe erkannte nicht immer, ob er bei der Vorbereitung der Vorlagen für eine Ausgabe Original- oder Nachdrucke benutzte, in denen sich Änderungen eingenistet hatten. Herausgeber von Goethes Schriften stehen hier vor schwierigen Problemen. Auch wo Originalhandschriften des Dichters oder Manuskripte autorisierter Mitarbeiter erhalten sind, vermögen sie strittige Fragen keineswegs immer in wünschenswerter Eindeutigkeit zu klären. Denn es können verschiedene Fassungen vorliegen, Korrekturen von eigener oder fremder Hand angebracht sein, und die letzten Korrekturen überließ der Meister, wie gesagt, gern seinen Helfern.

Auf die äußere Gestaltung, auf ansprechendes Papier und gute Drucktypen, legte er großen Wert, hatte allerdings oft genug Anlaß zu Klagen. Und ums Finanzielle kümmerte er sich genau und hartnäckig. Schiller, der sich als Mittelsmann betätigte, erklärte Cotta einmal unumwunden:

> Es ist, um es gerade heraus zu sagen, kein guter Handel mit G. zu treffen, weil er seinen Wert ganz kennt und sich selbst hoch taxiert, und auf das Glück des Buchhandels, davon er überhaupt nur eine vage Idee hat, keine Rücksicht nimmt. Es ist noch kein Buchhändler in Verbindung mit ihm geblieben. Er war noch mit keinem zufrieden und mancher mochte auch mit ihm nicht zufrieden sein. Liberalität gegen seine Verleger ist seine Sache nicht (an Cotta, 18. 5. 1802).

Über das komplizierte, von freundschaftlichem Respekt und einem mitunter anstrengenden Interessenausgleich gekennzeichnete Verhältnis zwischen dem Autor und seinem wichtigsten Verleger informiert in allen Einzelheiten die umfangreiche Korrespondenz zwischen Goethe und Cotta, die jetzt vollständig samt Honorartabellen gedruckt vorliegt, von Dorothea Kuhn aufs sorgfältigste kommentiert (GCB 1979–83). Die zwölfbändige Ausgabe von 1806–08 brachte ihrem Verfasser 10 000 Taler, der zugehörige 13. Band mit den *Wahlverwandtschaften* zusätzlich 2 000 Taler. Die 40 Bände der „Ausgabe letzter Hand“, um die sich auch zahlreiche andere Verlage mit lukrativen Angeboten bewarben, bezahlte Cotta in acht Raten von 1826 bis 1830 mit insgesamt 60 000 Talern. Die Gesamthonorare, die er seinem repräsentativen Autor seit 1795 zu dessen Lebzeiten überwies, beliefen sich auf immerhin 130 839 Taler. Wenn man sich an die – zugegebenermaßen ungenauen – Umrechnungen auf heutigen Wert erinnert (S. 58), kann man ermessen, welche Summen Goethe allein aus dem Verlagshaus Cotta zugeflossen sind. Davon bestritt er allerdings auch die Kosten für seine private Kanzlei.

Es hat geraume Zeit gedauert, bis Goethe solche Vergütungen erzielen konnte. *Werther* und *Götz* hatten finanziell nichts erbracht. Für die Göschen-Ausgabe erhielt er 1786 200, für die bei Unger 1792 schon 5 400 Taler, und allein für *Hermann und Dorothea* erreichte er 1797 beim Berliner Verlagsbuchhändler Vieweg die ungewöhnliche Höhe von 1 000 Talern. Engelsings Auskünfte, wieviel die Klassiker verdienten (*Neue Rundschau* 1976), Dorothea Kuhns Erläuterungen damaliger Honorierungsweisen zeigen, wie unterschiedlich die Einkommen der Schriftsteller aussahen, wieviel günstiger Autoren mit fester Amtsbesoldung abschnitten und welche Not freie Schriftsteller heimsuchen konnte. Goethe, von Haus aus materiell gesichert, seit dem Dienstantritt in Weimar mit dem Gehalt eines hohen politischen Beamten (von zunächst 1 200, dann 1 800, zuletzt 3 100 Talern), gehörte seit den neunziger Jahren zu den Spitzenverdienern auf dem literarischen Markt. Aber da er nicht gerade sparsam lebte, gelegentlich freigebig war und für seine Sammlungen, seinen Wissensdrang, seine Forschungen viel Geld aufwandte, hat er es zu wirklichem Reichtum nie gebracht. Daran lag ihm auch nicht, wohl aber an der Unabhängigkeit und Freizügigkeit, die ihm die materiellen Mittel ermöglichten. Man müsse Geld genug haben, „seine Erfahrungen bezahlen zu können“, gestand er Eckermann am 13. Februar 1829. „Jedes Bonmot, das ich sage, kostet mir eine Börse voller Gold; eine halbe Million meines Privatvermögens ist durch meine Hände gegangen, um das zu lernen, was ich jetzt weiß, nicht allein das ganze Vermögen meines Vaters, sondern auch mein Gehalt und mein bedeutendes literarisches Einkommen seit mehr als fünfzig Jahren.“ Mit der bescheidenen Einrichtung seiner Arbeitsräume und der Anspruchslosigkeit seines täglichen Daseins kokettierte er gern ein bißchen. „Sehen Sie dieses Zimmer und diese angrenzende Kammer, in der Sie durch die offene Tür mein Bette sehen, beide sind nicht groß, sie sind ohnehin durch vielerlei Bedarf, Bücher, Manuskripte und Kunstsachen eingeengt, aber sie sind mir genug, ich habe den ganzen Winter darin gewohnt und meine vorderen Zimmer fast nicht betreten" (E 18. 1. 1827). In einer prächtigen Wohnung werde er „sogleich faul und untätig" (E 23. 3. 1829; 25. 3. 1831).

Einige Jahre nach der Edition von 1806–1810 dachte man wieder an eine Sammelausgabe. Erneut bei Cotta erschienen *Goethe's Werke* in zwanzig Bänden von 1815 bis 1819 und enthielten jetzt auch den Lebensbericht *Dichtung und Wahrheit* mit den Teilen 1–3, während der 4. Teil (die Bücher 16–20) erst posthum gedruckt wurde. Im Publikum war inzwischen der Wunsch laut geworden, die neue Ausgabe solle die Schriften in chronologischer Reihenfolge bieten. Goethe lehnte den verständlichen Wunsch mit bezeichnender Begründung im *Morgenblatt* 1816 ab. Seine Arbeiten seien

> Erzeugnisse eines Talents, das sich nicht stufenweis entwickelt und auch nicht umherschwärmt, sondern gleichzeitig aus einem gewissen Mittelpuncte sich nach allen Seiten hin versucht und in der Nähe sowohl als in der Ferne zu wirken strebt, manchen eingeschlagenen Weg für immer verläßt, auf andern lange beharrt. Wer sieht nicht, daß hier das wunderlichste Gemisch erscheinen müßte, wenn man das, was den Verfasser gleichzeitig beschäftigte, in Einen Band zusammenbringen wollte [...] (*Summarische Jahresfolge Goethe'scher Schriften*; WA I 42, 1, 78).

So setzte er zwar an das Ende des 20. Bandes eine tabellarische Übersicht seiner Werke von 1769–1818, fügte aber hinzu, seine gedruckten Werke seien nur Einzelheiten, „die auf einem Lebensboden wurzelten und wuchsen, wo Thun und Lernen, Reden und Schreiben unablässig wirkend einen schwer zu entwirrenden Knaul bildeten" (WA I 42, 1, 81). Beim Druck dieser Ausgabe hat sich Goethe übrigens prinzipiell zur Zeichensetzung geäußert. Weil man mehr lese als höre, würden vielzuviel Kommata gesetzt. Nur wenn eine Pause beim Sprechen sich aus dem Sinn des Textes ergebe, sei ein Komma angebracht. „Doch bin ich hier nicht pedantisch und lasse dem Herrn Corrector die völlige Freyheit in gewissen Fällen nach eignem Urtheil ein Comma herzustellen" (an Cotta, 3. 6. 1816). Späteren Herausgebern ist damit ihr Geschäft nicht erleichtert worden. Man darf sich dennoch wundern, wie reichlich manche Editoren die Satzzeichen in den Text gestreut haben.

In seinem Tagebuch vermerkte Goethe unter dem 1. Mai 1822: „Gedanken an eine neue Ausgabe meiner Werke." Als er dies notierte, war er zweiundsiebzig, das Ende konnte nah sein; Überlegungen, was mit dem riesigen Werk seines langen Lebens geschehen solle und was er selbst noch dafür tun könne, nahmen ihn mehr und mehr gefangen. Der Plan einer „Ausgabe letzter Hand" drängte sich auf. Zunächst aber mußte Ordnung in die Fülle des gedruckten und ungedruckten Materials gebracht werden. Friedrich Theodor Käuter (1790–1856), Bibliothekar in Weimar und seit 1818 zugleich Privatsekretär Goethes, übernahm im Sommer 1822 die Sichtung der gesamten Bestände, legte ein Verzeichnis an, vervollständigte das Archiv immer weiter und blieb auch nach Goethes Tod der testamentarisch eingesetzte Sachwalter für diese Aufgabe. Goethe war froh, die mühselige Arbeit getan zu sehen. Alles drucken zu lassen, was er je geschrieben und diktiert hatte, war nicht seine Absicht. Also mußte geprüft und ausgewählt werden, und die Texte waren für den Druck vorzubereiten. Er sehe sich nach jungen Männern um, schrieb er Cotta am 11. Juni 1823, „denen man Redaktion von Papieren übertragen könnte, welche selbst zu leisten man wohl die Hoffnung aufgeben muß. [...] Nun beobachte ich längst einen jungen Eckermann von Hannover, der mir viel Zutrauen einflößt. [...] Er ist gegenwärtig hier, und ich denke ihn mit gewissen Vorarbeiten zu beschäftigen." Johann Peter Eckermann (1792–1854) wurde der vertraute jugendliche Mitarbeiter des letzten Lebensjahrzehnts, und nur deshalb hat sein Name überlebt. Was ihm, der auch den Nachlaß Goethes mitherausgab, von eigenen Plänen und Hoffnungen blieb (und immer mehr verkümmerte), ging auf (oder unter) in der Hilfsarbeit für den großen alten Mann.

Goethe suchte noch weiter nach Kräften, die fähig wären, auch die bereits gedruckten Werke erneut zu überprüfen, sie „mit grammatischem Aug durchzugehen, mit kritischem Scharfsinn zu prüfen, ob vielleicht irgendein Druckfehler verborgen liege" (an Cotta, 3. 7. 1824). Carl Wilhelm Göttling, Bibliothekar und Professor für Klassische Philologie in Jena, war es schließlich, der die Revision übernahm. Ausführlich besprach Goethe mit ihm die Grundsätze für erforderlich scheinende Korrekturen; aber er hatte großes Zutrauen zu dem ausgebildeten Philologen und beschränkte sich auf gelegentliche Überprüfungen. So ist es gekommen, daß der Einfluß Göttlings auf die Gestaltung des Textes beachtlich war und heutige Herausgeber mit komplizierten editorischen Einzelproblemen zu schaffen haben, von deren Ausmaß und Folgen sich ein Laie nur schwer eine zureichende Vorstellung machen kann. Goethe hielt in den letzten Jahren seines Lebens anderes denn doch für wichtiger, als sich um philologische Kleinarbeit zu kümmern: die Vollendung des *Faust* und auch den Abschluß des 4. Teils von *Dich-*

tung und Wahrheit. Vor der staunenswerten schöpferischen Produktivität, die ihm noch im höchsten Alter geschenkt war, mußte die ermüdende Kontrolle gedruckter und ungedruckter, jedenfalls schon zu Papier gebrachter Texte belanglos werden. So erschienen von 1827 bis 1831 als Taschen- und als Oktavausgabe *Goethe's Werke. Vollständige Ausgabe letzter Hand* in vierzig Bänden, wobei „vollständig" besagen sollte, „daß theils in der Auswahl der noch unbekannten Arbeiten, theils in Stellung und Anordnung überhaupt vorzüglich darauf gesehen worden, des Verfassers Naturell, Bildung, Fortschreiten und vielfaches Versuchen nach allen Seiten hin klar vor's Auge zu bringen" (Ankündigung im *Morgenblatt für gebildete Stände*, 19. 7. 1826).
Über die Raubdrucker vom Schlage eines Himburg hatte sich Goethe sattsam geärgert. Auch die späteren Ausgaben waren von Nachdrucken nicht verschont geblieben. Einem Wiener Nachdruck von 1816–1822, den Cotta selbst beeinflußte, um Raubdrucken zuvorzukommen, mochte er sogar sein Einverständnis nicht versagen (an Cotta, 25. 3. 1816). Jetzt aber, angesichts der Ausgabe letzter Hand, suchte er Sicherungen gegen den willkürlichen Umgang mit seinem geistigen Eigentum zu erwirken, und tatsächlich hatte er einen für damalige Verhältnisse ungewöhnlichen Erfolg. Er verschaffte sich bei jedem Mitgliedsstaat des Deutschen Bundes ein Sonderprivileg, wodurch die Edition gegen illegalen Nachdruck geschützt sein sollte. Bei den schwierigen Verhandlungen verfolgte er durchaus und mit Recht seine persönlichen Interessen; gleichwohl markiert sein energisches Vorgehen einen wichtigen Schritt auf dem langen Weg zu einem gültigen Urheberrecht.
Erst neuere textkritische Untersuchungen haben bewiesen, daß wegen der von fremder Seite stammenden Eingriffe die „Ausgabe letzter Hand" nicht als der fraglos gültige Text Goethes gelten kann. Der Hinweis muß hier genügen, und nur an wenige weitere Daten kann noch erinnert werden. Eckermann war neben Riemer und Kanzler v. Müller testamentarisch zum Verwalter des Nachlasses eingesetzt worden; ihn hatte Goethe ausdrücklich zum Herausgeber der noch zu edierenden Werke bestimmt. Zwanzig Nachlaßbände brachte Cotta bis 1842 heraus; ohne Komplikationen unter den Nachlaßverwaltern ging es dabei natürlich nicht ab. Als am 15. April 1885 Walther v. Goethe, Enkel und Letzter des Geschlechts, gestorben, als gemäß testamentarischer Verfügung das Haus am Frauenplan mit den Sammlungen dem Großherzogtum Sachsen-Weimar und das Goethe-Archiv der Großherzogin Sophie persönlich zugefallen waren, wurde endlich die gesamte Hinterlassenschaft Goethes zugänglich. Die Großherzogin übertrug daraufhin namhaften Literaturwissenschaftlern die Aufgabe, die Bestände des Archivs zu ordnen, aufzuarbeiten und der Öffentlichkeit zu erschließen (freilich

nicht die vermeintlich anstößigen Erotica und Priapeia). Eine neue, kritische Ausgabe sollte entstehen. Es war die Geburtsstunde der berühmten Sophien-Ausgabe, der „Weimarer Ausgabe", die unter Mitarbeit vieler Gelehrter von 1887 bis 1919 in 143 Bänden vorgelegt werden konnte. Seitdem ist weiteres Material erschlossen, sind Texte revidiert worden, ist eine Reihe von umfassenden und auswählenden Ausgaben erschienen und unentwegt über Prinzipien der Edition Goethescher Schriften nachgedacht worden, denen neuere kritische Ausgaben gerecht zu werden suchen, die „Akademie-Ausgabe" der Werke (Berlin-Ost), die „Leopoldina-Ausgabe" der naturwissenschaftlichen Schriften (Weimar), die „Amtlichen Schriften" des Staatsarchivs Weimar.

Ein gescheiterter Theaterroman. Der Urmeister

Spätestens seit 1777 also hatte Goethe an *Wilhelm Meisters theatralischer Sendung* geschrieben oder diktiert. Während er die Last der Dienstgeschäfte trug, sich um die Finanzen des Landes kümmerte, Diplomatisches zu erledigen hatte, tätig war, um für sich Erfahrungen zu sammeln und anderen zu helfen, immer von Selbstzweifeln geplagt, und, „da die Hälfte nun des Lebens vorüber", sich vorkam wie jemand, der keinen Weg zurückgelegt hat und dasteht wie einer, „der sich aus dem Wasser rettet und den die Sonne anfängt wohlthätig abzutrocknen" (Tagebuch, 7. 8. 1779), dichtete er ein anderes Leben, eine andere Welt. War es eine Gegenwelt, ein Wunschtraum, ein fiktives Probespiel um einen Menschen, der er *auch* hätte sein und werden können oder gar mögen? Wilhelm Meister litt an der Enge der Verhältnisse, in denen er lebte, empfand die Beschränkung des väterlichen kaufmännischen Gewerbes; denn „er hielt es für eine drückende Seelenlast, für Pech, das die Flügel seines Geistes verleimte, für Stricke, die den hohen Schwung der Seele fesselten, zu dem er sich von Natur das Wachstum fühlte" (A 8, 549). Vom Wirken für das Theater und auf den Brettern versprach er sich dagegen Erfüllung seines Daseins. Schon das Puppenspiel, das Geschenk der Großmutter, hatte ihn fasziniert und in einen Zustand „voller Hoffnungen, Drang und Ahndung" (A 8, 530) versetzt. Seine dichterischen und schauspielerischen Versuche, seine Zukunftspläne, die er im Brief an Mariane entwarf, sein Anschluß an die Theatertruppe, seine hochfliegende Hoffnung, zum Gründer eines deutschen Nationaltheaters berufen zu sein – alles war Ausdruck einer Sehnsucht, bürgerlichen Zwängen zu entkommen und den Ansprüchen des Herzens Raum

zu schaffen. Unverkennbar ist viel Autobiographisches des jungen Goethe in die *Theatralische Sendung* eingegangen, von den frühen Erlebnissen mit dem Puppenspiel im Haus am Großen Hirschgraben bis zur aufwühlenden Begegnung mit dem Werk Shakespeares. Es ist, als zeichnete der Dichter, der die Dreißig überschritten hatte, im Roman einen Weg, den er auch hätte zurücklegen können, der ihm die Fron kleinlicher Verwaltungsarbeit erspart und nicht ein erstes Weimarer Jahrzehnt ohne größere dichterische Werke beschert hätte. Doch wie er damals in manchem Brief über Mühe und Nutzlosigkeit der täglichen Anstrengungen für Herzog, Land und Leute klagte, so durchsetzte er die Erzählung vom suchenden, hoffenden Wilhelm Meister mit ironisch-kritischen Äußerungen, die dessen Hingabe an die geglaubte „Sendung" auch nicht in hellem positiven Licht erscheinen ließen. Der Erzähler legt dem Leser nahe, in der enthusiastischen Begeisterung des jungen Poeten und Schauspieladepten zugleich auch seine Weltfremdheit zu bemerken und seine Hinwendung zur eigenen Innerlichkeit, seinen Mangel an Menschenkenntnis als erhebliches Defizit einzuschätzen.
Zum erstenmal seit dem *Werther* versuchte sich Goethe wieder an einem Roman. In jenem früheren Buch, das Furore gemacht und etliche zu fragwürdiger Identifikation mit dem scheiternden ‚Helden' verleitet hatte, erschien Welt (mit Ausnahme des abschließenden Herausgeberberichts) allein in der Sicht des briefeschreibenden himmelhochjauchzenden und zu Tode verzweifelten Werther. Aber schon dort war der Text so arrangiert, daß er für dessen Tun und Empfinden nicht nur Zustimmung einwarb, sondern auch ironische Lichter aufsteckte. Wilhelm Meisters Stimmung und Verhalten sind denen Werthers oftmals ähnlich. Jetzt aber spricht nicht mehr nur ein einzelnes Ich, sondern der Erzähler berichtet aus beobachtender Distanz und schaltet sich, den Leser gleichsam als Gesprächspartner einbeziehend, mit Bemerkungen und Überlegungen ein, die an nicht wenigen Stellen einen kritischen Kommentar des Erzählten bieten. Was Wilhelm denkt, empfindet, tut und was der Erzähler erläuternd und betrachtend dazu äußert, gehört im Roman auf wechselseitig spiegelnde Weise zusammen. Das trifft auch auf andere Personen des Geschehens zu. Damit entsteht eine eigentümliche Ungewißheit der Bewertung des Erzählten und der Reflexionen des Erzählers, der der Leser ausgesetzt wird und die er nur um den Preis vereinfachender Entscheidung zur Eindeutigkeit zwingen könnte. Jene schwebende Mehrdeutigkeit entspricht der Verfassung, in der sich der Autor Goethe selbst befand, als er in den poetischen Nebenstunden der Weimarer Dienstjahre den fiktiven Lebensweg Wilhelm Meisters entwarf und aufzeichnete: den Pflichten und Forderungen öffentlich-verantwortlichen Wirkens sich aussetzend und sich ihnen

doch nicht ganz unterwerfend, der ästhetischen Existenz zuneigend und sie doch nicht verabsolutierend.
Man kann, das sei hier wenigstens erwähnt, die *Theatralische Sendung* (und auch die *Lehrjahre*) als einen eminent autobiographischen Text lesen, in dem sein Autor frühkindliche Erfahrungen, Konflikte und Ängste verarbeitet und in Dichtung transformiert hat. Ein Psychoanalytiker vermag manche der in der Dichtung erscheinenden Konstellationen, Bilder, Vorkommnisse, Auseinandersetzungen auf sein Theoriemodell zu beziehen und von dorther zu dechiffrieren. Die psychoanalytische Sonde erschließt dann Dimensionen des Textes, die dem ‚normalen' Leser verborgen bleiben. Hier wie sonst legt es die Mehrdeutigkeit eines literarischen Texts nahe, im Gedichteten auch Gestaltungen des Unbewußten zu erkennen. Der Amerikaner Kurt Rudolf Eissler hat schon vor zwei Jahrzehnten eine Studie von über 1 400 Seiten vorgelegt, in der er Goethes Weimarer Jahre bis zur italienischen Reise tiefenpsychologisch analysiert und die *Theatralische Sendung* als einen Roman von außerordentlicher psychologischer Tiefe interpretiert *(Goethe. A Psychoanalytic Study. 1775–1786*, Detroit 1963). Die ungewöhnliche Kindheitsgeschichte Wilhelm Meisters enthüllt sich als subtile dichterische Verarbeitung frühkindlicher, ins Unterbewußtsein abgesunkener Erfahrungen und Konflikte ihres Autors, ohne daß Goethe etwa als willentlicher Psychologe des Unbewußten schriebe. Die Schilderung des unglücklichen Verhältnisses zwischen Wilhelms Vater und Mutter im 3. Kapitel des 1. Buches läßt sich so beispielsweise verstehen als höchst intime Beschreibung dessen, wie ein Kind den Ödipuskomplex erfahre und sich gegen ihn wehre. Und wenn im anschließenden kurzen 4. Kapitel Wilhelm nach der zweiten Aufführung des Puppenspiels entdeckt, was es mit den Marionetten auf sich hat, und der Erzähler sich sogleich mit der Bemerkung einschaltet: „So wie in gewissen Zeiten die Kinder auf den Unterschied der Geschlechter aufmerksam werden und ihre Blicke durch die Hüllen, die diese Geheimnisse verbergen, gar wunderbare Bewegungen in ihrer Natur hervorbringen, so war's Wilhelmen mit dieser Entdeckung" (A 8, 532), dann kann ein Psychoanalytiker aus der engen Nachbarschaft, in der die Phänomene ödipale Situation und sexuelle Neugier auftauchen, schließen, daß der Autor ein ungefähres Bewußtsein von der Verwandtschaft beider gehabt haben müsse. Es versteht sich bei solcher Analyse, daß Motive für Wilhelms Theaterleidenschaft in jenen Seelenprovinzen aufgedeckt werden, die Sigmund Freud erschlossen hat, und die Bündigkeit mancher Beweisführung ist eindrucksvoll, sofern man die Grundannahmen akzeptiert. Gleichwohl ist ein behutsamer Biograph gut beraten, wenn er die Ergebnisse psychoanalytischer Erkundung, die die Anerkennung des zugrundeliegenden

Theoriemodells samt seinen Annahmen von Ödipuskomplex und Kastrationsangst, Inzestmotiv und nachwirkenden frühkindlichen Eindrücken zur Voraussetzung haben, als Spezialforschungen ansieht, die Interpretationen aus einer bestimmten Perspektive liefern.

Suche nach Lebensverwirklichung

Das Fragment der *Theatralischen Sendung* schließt mit Wilhelms Entscheidung fürs Theater. Ob es weiterhin ein Theaterroman bleiben sollte, darf schon nach den erhaltenen sechs Büchern bezweifelt werden. Zu nachdrücklich hat bereits der Erzähler des *Urmeister* die Ansprüche der ‚wirklichen' Welt gegenüber dem ‚Schein' des Lebens auf der Bühne angemeldet. Als Goethe seit 1791, dann nach erneuter Pause seit 1794 energisch und fortdauernd die Arbeit am Roman wieder aufnahm und zu Ende brachte, war jedenfalls entschieden, daß „Wilhelm Schüler, der, ich weiß nicht wie, den Namen Meister erwischt hat" (an Schiller, 6. 12. 1794), den schwierigen Weg in Welt und Wirklichkeit finden sollte. Die Zeit bei den Schauspielern blieb jetzt nur eine Lebensphase neben anderen. Der Roman wurde zu einem vielgestaltigen Panorama menschlicher Existenzweisen, die Wilhelm kennenlernt und die ihm Erfahrungen vermitteln, ohne die er vollends ‚Schüler' geblieben wäre. Er entwickelt sich mit ihrer Hilfe; teils fallen sie ihm zu, teils läßt er sich willentlich auf sie ein. Und die *Lehrjahre* schilderten nicht nur die Lehrzeit Wilhelm Meisters und die Lebensschicksale vieler anderer, sondern nahmen auch Probleme auf, die die Gesellschaftsverfassung insgesamt betrafen und spätestens seit der Französischen Revolution konstruktives Durchdenken und entwerfendes Gestalten herausforderten. Was die Lehrjahre des Titelhelden ausmacht, ist Wegsuche nach und geheimnisvolles Geleitetwerden zu einer sinnerfüllten Lebensverwirklichung, genauer: ist die von ihrem Autor im dichterischen Spiel erprobte Möglichkeit der Identitätssuche und -findung eines Menschen in der Begegnung und Auseinandersetzung mit gesellschaftlichen und individuellen Lebensformen, die in der damaligen Zeit anzutreffen waren oder sich ausbilden konnten.

In der bürgerlichen Kaufmannswelt, wie sie sein Vater und besonders sein Freund und Schwager Werner repräsentieren, findet Wilhelm nicht zu sich selbst, sieht in ihr kein erstrebenswertes Ziel. Deutlich werden gleich im 2. Kapitel die Kontraste gefärbt. Mit dem Besuch des Schauspiels, das Wilhelm fasziniert, verderbe man nur seine Zeit, meinen die Eltern, wogegen der Sohn mit der rhetorischen Frage argumentiert: „Ist denn alles unnütz, was uns nicht unmittelbar Geld in den Beutel bringt, was uns nicht den allernächsten Besitz verschafft?" (7, 11) Schwärmerisch überläßt er sich seiner Liebe zu Mariane, der Schauspielerin und Angehörigen jener verklärten Welt des Theaters, und merkt nicht einmal, daß sie bei seinem langen Vortrag über die Entwicklung seiner jugendlichen Begeisterung für die Bühne einschläft. Doch endet der erste Versuch, seiner „Bestimmung zum Theater" zu folgen und „sich aus dem stockenden, schleppenden bürgerlichen Leben herauszureißen" (7, 35), mit einem Fiasko: Vermeintliche Untreue Marianens, mit der zusammen er das neue Leben beginnen wollte, zerstört seine Pläne und Hoffnungen. Jahre vergehen, ehe erneut Wilhelms Wunsch geweckt wird, aus dem kaufmännischen Leben, in dem er sich, vergessen wollend, eingerichtet hat, auszubrechen und wiederum fürs Theater zu leben. Zwar verwirft er all seine bisherigen poetischen Versuche, verbrennt seine Manuskripte und hält sich für unfähig, den Aufgaben des Dichters entsprechen zu können, die er in einer hochgreifenden Rede beschwört. Aber als er dann auf Reisen geht, gerät er abermals in den Bann der Theaterwelt. Er trifft Schauspieler, nimmt Mignon zu sich, das rätselhafte Mädchen in Knabenkleidung, stiftet Melina das Geld für die Gründung eines Theaterunternehmens, lebt bei den Schauspielern, gastiert mit ihnen auf einem Schloß, ohne zu erkennen, wie gering die Achtung der Adligen für die Kunst in Wahrheit ist, präsentiert sich als Theaterdichter für nichts als höfische Unterhaltung, wird von Jarno, einem Mitglied der Turmgesellschaft, die Wilhelms Weg auf unerklärliche Weise beobachtet und sich mehrfach unerkannt einschaltet, auf die Werke Shakespeares hingewiesen, die ihn überwältigend beeindrucken, und fühlt sich dadurch mehr als durch irgendetwas anderes angespornt, „in der wirklichen Welt schnellere Fortschritte vorwärts zu tun, mich in die Flut der Schicksale zu mischen, die über sie verhängt sind, und dereinst, wenn es mir glücken sollte, aus dem großen Meere der wahren Natur wenige Becher zu schöpfen und sie von der Schaubühne dem lechzenden Publikum meines Vaterlandes auszuspenden". Jarno hingegen mahnt dringlich: „Lassen Sie den Vorsatz nicht fahren, in ein tätiges Leben überzugehen", betont sein Befremden, daß sich Wilhelm „mit solchem Volke habe gemein machen können", und verweist ausdrücklich auf den Harfner und Mignon, „einen herumziehenden Bänkelsänger" und „ein albernes zwitterhaftes Geschöpf" (7, 192 f.). Noch bleibt Meister bei den Schauspielern, erlebt mit ihnen nach der Abreise vom Schloß einen folgenschweren Überfall auf der von ihm vorgeschlagenen Route, versöhnt die geschädigten Schauspieler, indem er sie bei der Truppe Serlos unterbringt, und entscheidet sich selbst, nach dem Tod seines Vaters nun ganz frei in seinen Entschlüssen, für die Bühne. Er inszeniert *Hamlet* in einer beachtlichen Aufführung und muß auf dem

Schleier, den der unbekannte Geist auf der Bühne hinterlassen hat, die warnenden Worte lesen „Flieh, Jüngling, flieh!" Noch führt das romanhafte Geschehen, in dem Verwicklungen und Andeutungen auf Lösung und Entschlüsselung warten, den in die Theaterwelt entlaufenen Kaufmannssohn nicht in den Kreis der praktisch tätigen Türmer. Wilhelm erlebt die Wahnsinnshandlung des von einem unbekannten Schicksal geschlagenen Harfners, dessen Brandstiftung und Mordversuch an Felix, seinem noch nicht identifizierten Sohn, dem Kind Marianens, und erfährt von bemerkenswerten Lebensweisen anderer: von der weltabgewandten religiösen Innerlichkeit der „schönen Seele" und von der verzehrenden Liebesbindung Aureliens, der Schwester Serlos, an der sie schließlich zugrundegeht. Sie ist es, die im Handlungsgefüge der Dichtung Wilhelm auf den Weg zur Turmgesellschaft bringt; denn sie veranlaßt ihn, Lothario – er war der Geliebte, an dem sie hing und verzweifelte – zur Rechenschaft zu ziehen.

Jetzt lernt er Menschen kennen, die ihr Leben nach anderen Prinzipien führen. Nüchterner Blick auf Mögliches und Nötiges lenkt ihr Tun; zweckmäßiges Wirkenwollen bestimmt Planen und Handeln; nicht narzißtische Ichbezogenheit, sondern Hinwendung zu gemeinsamen Aufgaben in der Realität der menschlichen Gesellschaft motiviert ihr Vorhaben, und die Begrenzung des einzelnen wird akzeptiert in dem Bewußtsein, daß nur alle Menschen zusammen erreichen können, was dem Menschen an Möglichkeiten gegeben ist. Aber nicht der äußere Erfolg, das geleistete Werk gelten (wenigstens ihren Leitsätzen nach) als verbindlicher Maßstab, sondern „der Geist, aus dem wir handeln, ist das Höchste" (7, 496). Mehr und mehr wird Wilhelm in dieser Gesellschaft heimisch, bis er am Ende des 7. Buches den „Lehrbrief" erhalten und losgesprochen werden kann. Für Mignon und den Harfner freilich bleibt hier kein Raum mehr. Erstaunlich, wie rasch und entschieden Meister die Abkehr von der Theaterwelt vollzieht und bekräftigt:

> Man spricht viel vom Theater, aber wer nicht selbst darauf war, kann sich keine Vorstellung davon machen. Wie völlig diese Menschen mit sich selbst unbekannt sind, wie sie ihr Geschäft ohne Nachdenken treiben, wie ihre Anforderungen ohne Grenzen sind, davon hat man keinen Begriff. [...] Immer bedürftig und immer ohne Zutrauen, scheint es, als wenn sie sich vor nichts so sehr fürchteten als vor Vernunft und gutem Geschmack, und nichts so sehr zu erhalten suchten als das Majestätsrecht ihrer persönlichen Willkür (7, 433 f.).

Zu guter Letzt entwirren sich die rätselhaften Zusammenhänge des Romangeschehens, und in Natalie, jener unbekannten Amazone, die ihm nach dem Überfall auf die Schauspielertruppe wie eine „Heilige" vorgekommen war, findet Wilhelm die lebenstüchtige Partnerin und fühlt sich nach den vielfachen Irrungen und Wirrungen an ein gutes Ziel gebracht: „Ich weiß, daß ich ein Glück erlangt habe, das ich nicht verdiene, und das ich mit nichts in der Welt vertauschen möchte“ (7, 610).

Das ist der letzte Satz der *Lehrjahre*. Ihm geht eine Bemerkung Friedrichs, des lustigen „tollen Bruders“ Lotharios, voraus, die Wilhelms bisherigen Lebensweg in einem Gleichnis faßt, das Folgerichtigkeit, bewußte Lebensformung und Zielstrebigkeit durchaus leugnet: „Du kommst mir vor wie Saul, der Sohn Kis, der ausging, seines Vaters Eselinnen zu suchen, und ein Königreich fand.“ Ist das der Schluß eines ‚Bildungsromans‘? Ist Wilhelm Schüler Meister geworden und endlich dort angekommen, wohin ein Bildungsroman, wenn der (um 1810 aufgekommene) Begriff einen Sinn haben soll, einen Menschen führen müßte, dessen Lebensphasen erzählt werden: zur Erkenntnis der Möglichkeiten und Aufgaben seiner Existenz und entsprechenden Verhaltensweise? Gewiß, Wilhelm ist am Ende der *Lehrjahre* nicht mehr der unzufriedene Kaufmannssohn, der mit sich selbst uneins war und seine Hoffnungen auf ein Dasein als Künstler setzte, sondern hat Erkenntnisse gewonnen, Erfahrungen gesammelt und ist, ernüchtert und belehrt zugleich, in eine Gesellschaft der praktisch Tätigen aufgenommen. Auch in ihr gelten Nützlichkeit und Zweckmäßigkeitserwägungen viel, wie ehedem im elterlichen Handelshaus, aber in anderer Qualität. Der platte Utilitarismus eines Werner ist suspekt; denn der Geist, aus dem gehandelt wird, soll das Höchste sein. Nicht zu bestreiten ebenfalls, daß der Roman durchzogen ist von Aussprüchen über Bildung und von Maximen der Lebensführung. Jede Losung hat an der Stelle, wo sie formuliert wird, ihre eigentümliche, dort plausible Bedeutung, aber zusammengenommen ergeben sie alles andere als ein einheitliches, einstimmiges Bildungskonzept, an dem abzulesen wäre, wie sich eine dem Menschen angemessene Bildung und identitätssichernde Entwicklung in der Auseinandersetzung mit der Welt vollziehen könnte und sollte. Im Gegenteil, Widersprüche sind leicht aufzudecken; manche kommentierenden Äußerungen des Erzählers rücken formelsicher Gesagtes in eine verunsichernde Perspektive, und wie die Gestalten der Dichtung ihr unterschiedliches Leben führen, scheiternd oder gelingend, alle doch mit eigenem Recht und ohne vom Erzähler zurechtgewiesen zu werden: Wilhelm und Lothario, Serlo und Friedrich, Mariane und Philine, Aurelie und die schöne Seele, Mignon und der Harfner – das alles ergibt kein Muster für eine Bildung, in dem mit deutlicher und übertragbarer Bestimmtheit vorgezeichnet ist, wie sie zu geschehen habe und sich glücklich vollenden könne.

Kein Zweifel allerdings auch, daß Wilhelm Meister, die Hauptgestalt des Romans, sich in besonderer Weise als bildsam erweist; er stelle die „Bildsamkeit“ dar, meinte Schiller, während „die Dinge um ihn her die Energien“ ausdrückten (an Goethe, 28. 11. 1796). Er läßt sich auf sie ein, ohne freilich stets bewußt, nach überprüftem Plan zu agieren, zu reagieren und Irrwege vermeiden zu können. Er kann sich das leisten, weil das väterliche Vermögen es ihm möglich macht; er ist auf eigene Arbeit nicht oder kaum angewiesen, und insofern kann der *Wilhelm Meister* unmöglich der Beispielroman einer bürgerlichen Entwicklung und Ausbildung sein. Im gleichen Brief hob Schiller auch hervor, Wilhelm sei „zwar die notwendigste, aber nicht die wichtigste Person“. Eben das gehöre zu den Eigentümlichkeiten dieses Romans, „daß er keine solche wichtigste Person hat und braucht“. Erst wenn dies hinreichend beachtet wird und der Blick nicht durch das alleinige Interesse an der Entwicklung Wilhelms eingeengt wird, werden Fülle und Vielfalt des Werkes sichtbar – und auch die erstaunliche fabulierende Freizügigkeit, die sich der Autor gestattet. Mit leichter Hand knüpft er Verbindungen unter den Gestalten, mal sorgfältig, mal lässig motivierend. Da reimt sich nicht alles zusammen, auch wenn wir Interpreten gern überall tiefere Bedeutung aufdecken möchten. Es war ein Fortsetzungsroman, dessen erste Teile schon im Druck waren, als sein Verfasser noch nicht wußte, wie er das Unternehmen, das er sich aufgehalst hatte, zu Ende bringen sollte. Von einem genauen Plan, der Handlungsketten und Motivierungen absicherte, ist nichts zu erkennen. Amüsant zu sehen, wie er Schiller gelegentlich um Hinweis und Hilfe bat, wie es weitergehen sollte, und sich dann doch nur teilweise um dessen Ratschläge kümmerte. Am 7. Juli 1796 klang es in Briefpassagen (die im abgeschickten Schreiben fortfielen) fast nach Kapitulation:

> Bei einem, obgleich nur im allgemeinen angelegten Plan, bei einer ersten Halbarbeit und der zweiten Umarbeitung, bei einer tausendfältigen Abwechslung der Zustände war es vielleicht das Gemüt allein, das diese Masse bis auf den Grund organisieren konnte. Helfen Sie mir nun, da wir so weit sind, durch Ihre liebevolle Teilnahme bis ans Ende und durch Ihre Betrachtungen über das Ganze auch für die Zukunft. Ich werde, insofern man in solchen Dingen Herr über sich selbst ist, mich künftig nur an kleinere Arbeiten halten, nur den reinsten Stoff wählen, um in der Form wenigstens alles tun zu können, was meine Kräfte vermögen.

Wie im letzten Buch Personen zusammengeführt, das Happy End vorbereitet und Unklarheiten gelichtet werden: erzählerisch willkürlicher und brüchiger motiviert kann es schwerlich geschehen.

Der Roman entfaltet ein Panorama menschlicher Schicksale sehr unterschiedlichen Zuschnitts. Wilhelm lernt sie durch Dokumente, Berichte, Erzählungen der Betroffenen oder in persönlichen Begegnungen kennen. Und dem Leser wird *alles* gegenwärtig. Er bemerkt, wie groß die Variationsbreite der hier geschilderten Lebensversuche ist, und wird sich hüten, sie an der Elle einer bestimmten ethischen Norm zu messen. Das versagt sich ja auch der Erzähler, der allenfalls Zu- und Abneigungen durchschimmern läßt. Seine Sympathie gehört sicherlich nicht der engstirnigen merkantilen Betriebsamkeit Werners, auch nicht dem höfischen Repräsentationsgetue des Rokokoadels auf dem Schloß, dessen Zeit vorüber ist. Aber ansonsten bleibt ein spannungsvolles Beieinander verschiedener Lebensweisen gewahrt, in dem keiner ihr Recht abgesprochen wird und höchstens im wechselseitigen Vergleich sich die jeweilige Relativität zu erkennen gibt. Wo die vernunftstrengen Lehren der Turmgesellschaft dominieren, bleibt für Wesen wie Mignon und den Harfner, die von allen in dieser Dichtung der Poesie am nächsten sind, kein Raum mehr. Gewiß lesen sich Sätze des Oheims wie ein Bekenntnis, zudem Goethes selbst, an dessen Geltung zu zweifeln kaum erlaubt sein dürfte:

> Des Menschen größtes Verdienst bleibt wohl, wenn er die Umstände soviel als möglich bestimmt und sich so wenig als möglich von ihnen bestimmen läßt. Das ganze Weltwesen liegt vor uns wie ein großer Steinbruch vor dem Baumeister, der nur dann den Namen verdient, wenn er aus diesen zufälligen Naturmassen ein in seinem Geiste entsprungenes Urbild mit der größten Ökonomie, Zweckmäßigkeit und Festigkeit zusammenstellt. Alles außer uns ist nur Element, ja, ich darf wohl sagen, auch alles an uns; aber tief in uns liegt diese schöpferische Kraft, die das zu erschaffen vermag, was sein soll, und uns nicht ruhen und rasten läßt, bis wir es außer uns oder an uns auf eine oder die andere Weise dargestellt haben (7, 405).

Viele solcher Weisheits-Aphorismen lassen sich aus dem Roman sammeln, ergeben aber kein stringentes Ganzes und sind von geringer Bedeutung für die Entwicklung Wilhelms, den alle Maximen und Begegnungen nicht zum Meister werden lassen. Beschenkt worden ist er; anderes zu behaupten ist gutgemeinte Übertreibung. Was die „schöne Seele" an verinnerlichter Religiosität in dem ihr eigens zuerkannten 6. Buch ausdrückt, kann den Wert der Lebenslust und Lebenskunst einer Philine nicht annullieren, und Natalie, am Schluß immerhin als die passende Ehefrau für Wilhelm in jener Welt der tätig Tüchtigen vorgestellt, ist der Philine ebenso fern wie dem dichtenden Zwitterwesen Mignon, was als Mangel anzusehen dem Leser unbenommen ist, der den ganzen Roman unvoreingenommen, wie er es soll, überblickt.

Die Konfiguration dieser und anderer Gestalten und ihrer Schicksale gibt allererst die Frage nach möglicher ‚Bildung' als einem gelungenen Ausgleich von Ich und Welt auf, beantwortet sie indes nicht. Und Wilhelm Meisters eigene Entwicklung zu einem guten, geschenkten Finale, bei der das irrende Suchen und geheimnisvolle Geleitetwerden durch die Türmer keineswegs bündig ineinanderpassen, ist von Verlusten begleitet, die nachdenklich machen. Da helfen die sicheren Sprüche über richtiges Tun und Handeln nicht recht („Um Gottes willen! keine Sentenzen weiter", ruft Wilhelm noch im letzten Buch aus; 7, 553), auch nicht die Sätze des „Lehrbriefs", der ihm ausgehändigt wird, als er nur erst eingesehen hat, „daß ich da Bildung suchte, wo keine zu finden war, daß ich mir einbildete, ein Talent erwerben zu können, zu dem ich nicht die geringste Anlage hatte", und als er zugleich erfährt, er sei der Vater des kleinen Felix: „Heil dir, junger Mann! deine Lehrjahre sind vorüber; die Natur hat dich losgesprochen" (7, 495 ff.). Was sich als zuverlässige Eindeutigkeit präsentiert, ist es so nicht; was wie unverbrüchliche Wahrheit erscheint, wird in der Konstellation des Gesamtzusammenhangs ironisch gebrochen und behält günstigenfalls, aber immerhin seinen Anspruch als Teilwahrheit.

Wohin man blickt im Roman, die Ironie des fabulierenden, mit offenen und verdeckten Anspielungen und Verweisungen arbeitenden Dichters ist am Werk. Seitenweise müßten Beispiele angeführt werden. Von Tätigkeit als verbindlichem ehtischen Prinzip ist viel die Rede, aber Wilhelm, der Schüler, der die Lehrjahre beendet hat, ist in der Gesellschaft um Lothario, wo ihn die Dichtung ans gute Ziel führt, kaum tätig; wirklich tätig ist er hingegen in seiner Zeit beim Theater, jener Lebensphase, zu deren Verurteilung er sich überraschend schnell bereitfindet. – Wortgewandt, ja redselig breitet im 6. Buch die „schöne Seele" die „Bekenntnisse" ihrer besonderen Innerlichkeit aus, nachdem das unmittelbar vorangehende Buch mit einem Gedicht Mignons geschlossen hatte, das beginnt: „Heiß mich nicht reden, heiß mich schweigen, / Denn mein Geheimnis ist mir Pflicht." Mit den „Bekenntnissen" öffnet der Roman eine besondere Dimension des Religiösen. Die Stiftsdame schildert den ihr möglichen Weg zur Selbstverwirklichung, wenn sie sich nicht den Konventionen der Ehe unterwerfen wollte: den Rückzug auf sich selbst und die Vereinigung ihrer Seele mit Gott im pietistischen Glauben. Bei Susanna v. Klettenberg war der junge Goethe mit dieser Religiosität vertraut geworden. Sie behält ihre eigene Würde und ist doch sehr anders als jene „Weltfrömmigkeit" der Türmer, die einen „praktischen Bezug ins Weite" (8, 243) als Gestaltungswillen einschließt, wie es auch die Sätze des Oheims einschärfen. – Als Mignon auftauchte, „das wunderbare Kind", „das Rätsel", da beeindruckte sie

Wilhelm außerordentlich: „Diese Gestalt prägte sich Wilhelmen sehr tief ein; er sah sie noch immer an, schwieg und vergaß der Gegenwärtigen [Philine] über seinen Betrachtungen." Aber dann weiß wenige Zeilen später der Erzähler: „Wilhelm sprach diesen Abend noch manches zu Philinens Lobe" (7, 99). – Begeistert, wenn auch im Bewußtsein eigener Unzulänglichkeit, zeichnet Wilhelm sein Idealbild des Dichters, der „ganz *sich*, ganz in seinen geliebten Gegenständen leben" muß, der „das Traurige und das Freudige jedes Menschenschicksals" mitfühlt, und er versteigt sich zum schwärmerischen Ausruf: „Und so ist der Dichter zugleich Lehrer, Wahrsager, Freund der Götter und der Menschen" (7, 82 f.). Alles Ansichten, die nicht einfach zu negieren sind. Doch im Kreise Lotharios, dem positiven Zielbezirk der *Lehrjahre*, hat solches Dichtertum schwerlich eine Heimstatt, und wiederum ist es andererseits eine Dichtung, die Dramen Shakespeares, in der Wilhelm bedeutende Erkenntnisse über Welt und Menschen gewinnt.

Metamorphosen des Lebens

Wilhelm Meisters Lehrjahre sind ein Roman der ironischen Vorbehalte. Erst jenseits dieser Dichtung, in einem noch aufzubauenden, zu vervollständigenden, die ironischen Vorbehalte gleichsam auflösenden ‚Dritten' scheint vollkommene Bildung (als Resultat eines Entwicklungsprozesses) wirklich werden zu können. In ihr müßte aufgehoben, versöhnt sein, was in der Dichtung gestaltenreich und handlungsbunt an sich ergänzenden und ausschließenden, gelingenden und scheiternden Lebensweisen vorgeführt ist. Der Roman regt beim Leser das produktive Nachsinnen darüber an.

Wilhelm bekennt seinem Freund Werner programmatisch: „Daß ich Dir's mit *einem* Worte sage: mich selbst, ganz wie ich da bin, auszubilden, das war dunkel von Jugend auf mein Wunsch und meine Absicht" (7, 290). Zur „harmonischen Ausbildung" seiner Natur habe er eine unwiderstehliche Neigung. Das liest sich wie ein unverächtliches, ideales Bildungskonzept, an dem man nur ungern Abstriche vornehmen möchte. Aber es wäre verfehlt, dieses Bekenntnis als leitende Aussage des Romans zu nehmen und zur Grundlage einer Interpretation zu machen. Als Wilhelm es schreibt, ist er noch in der Illusion befangen, auf dem Theater die Erfüllung seiner Wünsche zu finden; seine Fehleinschätzung der gegebenen Möglichkeiten macht der Kontext seines Daseins deutlich genug. Und Jarno als Sprecher der Turmgesellschaft verkündet im 8. Buch den Widerruf der begehrten allseitig harmonischen Ausbildung: „Nur alle Menschen machen die Menschheit aus, nur alle

Kräfte zusammengenommen die Welt" (7, 552). In beiden Aussprüchen, dem weitgreifenden und dem begrenzenden, steckt Ernstzunehmendes, und daß Jarnos Überzeugung, die durch den Ablauf des Romans bekräftigt wird, ebenso von Realitätssinn wie aber auch von Entsagung gezeichnet ist, kann schwerlich bestritten werden. So gewiß Wilhelm in den *Lehrjahren* an ein Ziel gelangt, das ihn und die nüchtern-praktischen Turmgesellschafter befriedigt, so deutlich werden Defizite erkennbar. Mignon und der Harfner bleiben auf der Strecke. Erst wo auch ihnen anderes als Wahnsinn, Untergang, Tod bereitet wäre, wo die Poesie und Abgründigkeit ihres Lebens nicht dem Optimismus einer allzu selbstsicheren Tätigkeit aufgeopfert würden, wo der Tod nicht so geschäftsmäßig behandelt oder hinter Bestattungszeremonien versteckt würde, wäre ein gesellschaftlicher Zustand erreicht, in dem die Diskrepanzen einen Ausgleich gefunden hätten. Wenn man nach utopischen Qualitäten dieses Romans ausblickt, dann wäre dieses noch offene ‚Dritte' in einer erst zu gewinnenden Zukunft ihnen zuzuordnen; lautet doch auch der letzte Satz des „Lehrbriefs": „Der echte Schüler lernt aus dem Bekannten das Unbekannte entwickeln und nähert sich dem Meister" (7, 496 f.).

Goethe schildert in den *Lehrjahren* vielfältige menschliche Schicksale, findet sein erzählerisch-erfinderisches Vergnügen darin, mannigfachen Lebensweisen nachzuspüren und erprobt dichterisch Lebensverwirklichungen mit unterschiedlichen Voraussetzungen und in divergierenden Konstellationen, ohne sie einem wertenden Erzählerkommentar zu unterwerfen. Dabei reichert er Figuren und Geschehnisse mit bedeutungsvollen Anspielungen an, deren Sinngehalt aus mythologischen und poetischen Traditionen gespeist ist. Nur philologische Feinarbeit des Kenners vermag umständlich solche verschlüsselten Beziehungen zu entziffern und die ganze Vielschichtigkeit des Textes zu sondieren.

Das poetische Durchspielen und Ausschöpfen menschlicher Daseinsweisen, wie sie Goethe übt, ordnet sich seiner eigenen Situation, in der er die *Lehrjahre* schrieb, auf einsichtige Weise zu. Die *Theatralische Sendung* war nicht mehr zu einem Abschluß zu bringen, bei dem Wilhelm Meister in der Welt des Theaters seine Erfüllung gefunden hätte. Willentlich, wenn auch von Ernüchterung und Enttäuschungen nicht verschont, führte der Dichter die Amtsgeschäfte des Weimarer Geheimen Rats, hatte Verantwortung für öffentliches Wirken übernommen und konnte nicht mehr, nicht einmal dichterisch-fiktiv, Lebenserfüllung ganz dem Bereich des schönen Spiels zuweisen; zu heftig wäre der Widerspruch zur eigenen Existenz gewesen, aus der freilich Wunschblicke in die faszinierende Scheinwirklichkeit des Theaters hinübergehen mochten. Aber schon in der *Sendung* waren, wie erwähnt, genug desillusionierende, distanzierende Erzählerbemerkungen verstreut. Der Vielgestaltigkeit menschlicher Lebensversuche, die nicht (mehr) an einer allgemein verbindlichen Weltanschauung ausgerichtet werden konnten, forschte er im Erprobungsraum der Dichtung nach, selbst beständig auf der Suche nach sinnerfüllter Existenz. Noch 1811 lautete eine lakonisch-selbstironische Feststellung: „Denn gewöhnlich, was ich ausspreche das tue ich nicht, und was ich verspreche das halte ich nicht" (an Reinhard, 8. 5. 1811). So entstand ein Roman, der nicht die Metamorphose, die Gestaltung-Umgestaltung des einen Wilhelm Meister vorführt, sondern Metamorphosen des Lebens insgesamt, und man könnte geneigt sein, die späte Formulierung von der „am Wechsel der Gestalten sich erfreuenden Gottheit" (an Nees v. Esenbeck, 6. 1. 1822) auf den fabulierend probenden Dichter der *Lehrjahre* wie auch der *Wanderjahre* zu beziehen.

Deutlich prägen sich allerdings Leitgedanken aus, die indes wiederum nur dann – angesichts der ironischen Schwebe, die die *Lehrjahre* kennzeichnet – angemessen verstanden werden, wenn sie nicht als bündige Normen, sondern als Angebote aufgenommen werden, die stets neu in jeweiligen Zusammenhängen auf ihre Tragfähigkeit, Fruchtbarkeit und Konsequenzen zu überprüfen sind. Denn es ist ja leicht einzusehen, daß beispielsweise die Befolgung der Maximen der Turmgesellschaft keineswegs in jedem Fall die versprochenen Folgen verbürgt oder daß das wiederholt gerechtfertigte Irren nicht für jeden Bildungsprozeß unerläßlich sein muß. Gerade beim letzten Punkt wahrt der Roman eine kalkulierte Unentschiedenheit, die auf das im Einzelfall nötige Nachdenken über Zulässigkeit und Sinn des Irrens verweist. Heißt es einmal: „Nicht vor Irrtum zu bewahren, ist die Pflicht des Menschenerziehers, sondern den Irrenden zu leiten, ja ihn seinen Irrtum aus vollen Bechern ausschlürfen zu lassen, das ist Weisheit der Lehrer" (7, 494 f.), so spricht sich Natalie wenig später entschieden gegen dieses Prinzip aus (7, 527). Es ist übrigens kaum zu bestreiten, daß die perspektivenreiche Erörterung des Irrtums und seiner Ergebnisse für den Lebensgang (nicht nur hier) auch die persönlichen Schwierigkeiten Goethes, sein Suchen und Schwanken im beruflichen und künstlerischen Feld, reflektiert und daß er mit der gelegentlich formulierten einhelligen Absolution des Irrtums die eigenen Probleme zu rationalisieren sucht, bis hin zur brieflich ausgesprochenen Lebensregel, „daß das, was man mit Recht ein falsches Streben nennen kann, für das Individuum ein ganz unentbehrlicher Umweg zum Ziele sei" (an Eichstädt, 15. 9. 1804).

Leitgedanken, die die *Lehrjahre* variantenreich ausformen und dem Nachdenken offerieren, sind: Bildsamkeit, Aufnehmen und Verarbeitung von Erfahrungen, bewußt gesuchten und zufällig geschehenden,

Bereitschaft zu Wandlungen, Hinnahme und produktives Umsetzen von Irrtümern – all das ermöglicht menschliche Entwicklung. Aber Menschen sind auch auf je persönliche Eigenheiten festgelegt und durch Bedingungen ihres Daseins geprägt; sie daraus zu lösen würde sie um ihre Identität bringen, mag diese auch ihre Mängel haben, die – wie Philine und Aurelie beweisen – lust- oder leidbringend sein können. In ein Notizbuch des Jahres 1793 hat Goethe Stichworte eingetragen, die die Personen charakterisieren:

> Wilhelm: ästhetisch-sittlicher Traum – Lothario: heroisch-aktiver Traum – Laertes: Unbedingter Wille – Abbé: Pädagogischer praktischer Traum – Philine: Gegenwärtige Sinnlichkeit, Leichtsinn – Aurelie: Hartnäckiges selbstquälendes Festhalten [...] Mignon: Wahnsinn des Mißverhältnisses (7, 616).

Gerade das einzelnen Gestalten zugeordnete Wort „Traum" betont den Entwurfcharakter, der ihrem Denken und Tun zugesprochen ist. Daß Wirken in die Welt hinein, Tätigkeit, die von Entschiedenheit und besonnener Folgerichtigkeit bestimmt ist, als zu erreichendes Lebensprinzip gelten, macht die Dichtung ebenso deutlich wie die Unausweichlichkeit der Selbstbeschränkung, die hinzunehmen ist. Dabei bleiben offene Fragen, die der Roman nicht ausdrücklich formuliert, sondern die sich aus Personenkonstellation und Geschehensablauf ergeben: welche konkrete Tätigkeit sich in Folge und Entschiedenheit als fruchtbar für die menschliche Gemeinschaft erweist; welchen Platz Poesie und Kunst dort einnehmen können und müssen; wie es geschehen kann, daß Gestalten wie der Harfner und Mignon nicht nur als Irregularitäten von der Nachtseite des Lebens für kurze Phasen faszinieren und dann dem Untergang überantwortet bleiben, sondern auch ihr Ausnahmeschicksal, über dessen gesellschaftliche Zusammenhänge detailliert berichtet wird, humane und wirklich eingreifende Hilfe findet.

Ein Roman der Zeit

Goethe hat die *Lehrjahre* in seiner Gegenwart angesiedelt, in der Zeit zwischen der amerikanischen Unabhängigkeitserklärung und der Französischen Revolution, also zwischen 1776 und 1789, und hat im Roman zeitgeschichtliche Probleme aufgegriffen, wie sie sich ihm nach den französischen Ereignissen aufdrängten. Wieder einmal, wie im *Werther* und *Clavigo*, *Groß-Cophta* und *Bürgergeneral*, in den *Römischen Elegien*, *Venetianischen Epigrammen* und *Unterhaltungen deutscher Ausgewanderten* nächste Nähe zum aktuellen Zeitgeschehen, was sich der heutige Leser des ‚Klassikers' Goethe erst in Erinnerung rufen muß. Auch der *Wilhelm Meister* ist der Versuch einer Bewältigung der von den revolutionären Vorgängen auf die geschichtliche Tagesordnung gesetzten Fragen. Die Personen gehören verschiedenen sozialen Schichten an und lassen, wenigstens teilweise, deren Schwierigkeiten im gesamtgesellschaftlichen Entwicklungsprozeß sichtbar werden; sie sind aber im Kreis um Lothario auch Repräsentanten von Tendenzen, die Goethe für willkommen hielt, herbeiwünschte und als mögliche Lösung des Grundkonflikts zwischen Adel und Bürgertum betrachtete, der sich in der Revolution entladen hatte. Daß der Roman vor der Revolution spielte, konnte andeuten, daß die in ihm anvisierten Reformen vielleicht einen Umsturz überflüssig machten.

Wenn man durchaus vorhandene Nuancen in den einzelnen Gruppen einmal übergeht, zeichnen sich vier soziale Bereiche ab: der Feudaladel alten Zuschnitts mit seinem überholten, weil funktionslos gewordenen Repräsentationsbedürfnis, für das das Vermögen benutzt wird; dann das Bürgertum mit seinen Interessen an erfolgreichem Wirtschaften und seinem Suchen nach Selbstbestimmung und Selbstverwirklichung, wofür der Roman gleich mehrere Varianten bietet, in Wilhelms Großeltern und Eltern, in Wilhelm selbst und Werner, der letztlich nichts anderes mehr als Vermehrung und Anhäufung des Kapitals im Sinn hat; ferner die Welt des Theaters mit fahrendem Volk, schillernden und ernsthaften Gestalten; und schließlich Adlige, die sich von jenem Rokokoadel abheben und sich Gedanken über sinnvolle Nutzung ihres Vermögens machen, zu ihren eigenen Gunsten, aber auch im Blick auf das Funktionieren der Gesellschaft insgesamt. Lothario kennt Amerika aus eigener Anschauung und ist dort zu Agrarreformen inspiriert worden. Mag man diese Adligen als Reformadel bezeichnen, so entstammen doch ihre Überlegungen nicht etwa einem ‚sozialen Gewissen', sondern versuchen eine Anpassung des eigenen Standes an die historische Situation zu ermöglichen. Lothario möchte die Steuerfreiheit des Adels aufgehoben haben; denn ihm „kommt kein Besitz ganz rechtmäßig, ganz rein vor, als der dem Staate seinen schuldigen Teil abträgt"; er spricht sich dafür aus, den „Lehns-Hokuspokus" (7, 507) abzuschaffen, so daß die Güter wie anderer Besitz behandelt werden können, teilbar und verkäuflich sind, „lebhafte freie Tätigkeit" befördert wird, und er befürwortet eine Erleichterung der Lasten, die die Bauern drücken (ohne sie freilich aufheben zu wollen). Nur solche Anpassung, so demonstriert es der Roman, sichert dem Adel das Überleben. Es sind bürgerliche Ansichten und Forderungen, die der Adlige Lothario vorträgt, und es ist der Bourgeois Werner, der borniert an seine Geschäfte denkt und gesteht, daß er in seinem Leben „nie an den Staat gedacht habe; meine Abgaben, Zölle und Geleite habe ich nur so bezahlt, weil es einmal hergebracht ist“ (7, 508). Daß Goethe den Bürger Wilhelm in den Kreis der Anpassungsreformer mit ‚bürgerlichen‘ Ansichten finden läßt, signalisiert seine Hoffnung, Adel und Bürgertum könnten sich zu gemeinsamem Wirken zusammenschließen. In diesem Ausgleich der Klassengegensätze bliebe der Bürger freilich weiterhin auf niedrigerer Rangstufe.

Noch aus einer umfassenderen, geschichtsphilosophischen Perspektive könnte der *Meister*-Roman gelesen werden. Wenn man an Äußerungen des Winckelmann-Essays von 1805 denkt, erscheinen die Gestalten der Dichtung als Repräsentanten typisch ‚modernen‘ Menschentums und seiner Begrenzungen, denen „das glückliche Los der Alten“ versagt ist, jene geglaubte Harmonie, die doch nur ein schöner Traum der Späteren war:

> Der Mensch vermag gar manches durch zweckmäßigen Gebrauch einzelner Kräfte, er vermag das Außerordentliche durch Verbindung mehrerer Fähigkeiten; aber das Einzige, ganz Unerwartete leistet er nur, wenn sich die sämtlichen Eigenschaften gleichmäßig in ihm vereinigen. Das letzte war das glückliche Los der Alten, besonders der Griechen in ihrer besten Zeit; auf die beiden ersten sind wir Neuern vom Schicksal angewiesen (12, 98).

Die Fülle der Aspekte, die der *Wilhelm Meister* bietet, hat seit seinem Erscheinen Scharen von Interpreten angezogen, und die Erkundung seiner künstlerischen und thematischen Vielschichtigkeit geht in der Fachwissenschaft noch unentwegt weiter. Auf einen gemeinsamen Nenner ist indes die Deutung nicht zu bringen, weil das Werk mannigfaltige Lesarten erlaubt. Damit wird nur bestätigt, wie sehr Goethe den Roman zum dichterischen Auskundschaften der Metamorphosen des Lebens und möglicher Tendenzen seiner Zeit nutzte. Er hat sich selbst einer einsinnigen Auslegung immer wieder entzogen. Er wußte zu schätzen, was Freunde und Kritiker an klugen Bemerkungen über den Roman beitrugen, lobte deren Scharfsinn und Einfühlsamkeit, dankte verbindlich konventionell für anerkennende Würdigungen, beklagte auch, das „wieder des zerbröckelten Urteils nach der Vollendung meines Romans kein Maß noch Ziel“ sei (an H. Meyer, 5. 12. 1796), und ließ Leser und Interpreten im übrigen gewähren, ohne hilfreiche Auskünfte zu geben. Das hat er immer so gehalten. Ironie klang durch, wenn er sich zu Versuchen äußerte, den Gehalt des Werks auf allzu griffige Formeln zu bringen. Gottfried Körner hatte seinem Freund Schiller am 5. November 1796 einen „weitläufigen Brief“ über den Meister geschrieben, den dieser Goethe am 18. November weiterreichte und im Dezember in den

Horen publizierte. Wilhelm Meisters Zwecke seien „unendlich", meinte Körner, und das Ziel seiner Ausbildung sei „ein vollendetes Gleichgewicht – Harmonie mit Freiheit". Freilich dankte Goethe für den Brief Körners (auch dem Schreiber selbst), rühmte die „Klarheit und Freiheit, womit er seinen Gegenstand übersieht", und sparte dann nicht mit feinem Spott, der Schiller offenbar nicht irritierte: Körner schwebe über dem Ganzen, übersehe die Teile mit Eigenheit und Freiheit, nehme bald da, bald dort einen Beleg zu seinem Urteil heraus und dekomponiere [!] das Werk, um es nach seiner Art wieder zusammenzustellen (an Schiller, 19. 11. 1796). Schiller seinerseits hatte, in jenem bedeutenden langen Briefwechsel über den wieder aufgenommenen Roman, ebenfalls eine einprägsame (und die spätere Rezeption nachhaltig und nicht zum besten beeinflussende) Formel beigesteuert, die Körners Auffassung präludierte: Wilhelm trete nach einer langen Reihe von Verwirrungen „von einem leeren und unbestimmten Ideal in ein bestimmtes tätiges Leben, aber ohne die idealisierende Kraft dabei einzubüßen" (an Goethe, 8. 7. 1796). Schiller empfahl dem Romancier im gleichen Brief, das Eigentümliche der Lehrjahre und erlangten Meisterschaft bedenkend, er möge das Verhältnis von Handlungsgang und Idee noch deutlicher herausarbeiten. „Ich möchte sagen, die Fabel ist vollkommen wahr; auch die Moral der Fabel ist vollkommen wahr, aber das Verhältnis der einen zu der andern springt nicht deutlich genug in die Augen." Doch Goethe blieb (nicht nur diesmal) zurückhaltend gegenüber den Vorschlägen des kritisch mitlesenden Freundes und berief sich auf einen „gewissen realistischen Tic, durch den ich meine Existenz, meine Handlungen, meine Schriften den Menschen aus den Augen zu rücken behaglich finde" (9. 7. 1796), während Schiller nach der Lektüre des 8. Buchs nochmals seine „Grille mit etwas deutlicherer Pronunziation der Haupt-Idee" meinte zitieren zu müssen (19. 10. 1796).

Im Alter gestand Goethe gern seine eigene Ratlosigkeit angesichts der Buntheit und Fülle des *Wilhelm Meister* ein. Dies Werk bleibe „eine der inkalkulabelsten Produktionen, man mag sie im ganzen oder in ihren Teilen betrachten"; um sie zu beurteilen, fehle ihm beinahe selbst der Maßstab (*Annalen* zu 1796). Eckermann berichtet unter dem 18. Januar 1825 ähnliches, teilweise wortgleich. Man suche, habe Goethe geäußert, im *Meister* einen Mittelpunkt, „und das ist schwer und nicht einmal gut. Ich sollte meinen, ein reiches, mannigfaltiges Leben, das unsern Augen vorübergeht, wäre auch an sich etwas ohne ausgesprochene Tendenz, die doch bloß für den Begriff ist." Er hob freilich immer hervor, daß das Ganze auch zeigen solle, wie falsche Schritte dennoch zu einem glücklichen Ziel führen könnten. (Wieweit Eckermann einen originären Ausspruch Goethes wiedergab oder nicht vielmehr ein eigenes Argument, da er nachdrücklich des Meisters „große Mannigfaltigkeit" – so in einem autobiographischen Fragment von 1821 – gegen die längst laut gewordene Kritik an der proteischen Wandelbarkeit zu verteidigen suchte, bleibe auf sich beruhen.)

Für die Schriftsteller der jungen Generation waren *Wilhelm Meisters Lehrjahre* ein Grundbuch, zu dem man immer wieder griff, wenn man über die Erfordernisse des modernen Romans nachdachte. Man bewunderte seine künstlerischen Qualitäten, den Erfindungsreichtum und die Komposition und sah in ihm manches vorgebildet, was den eigenen theoretischen Ansprüchen an die heraufzuführende „romantische Poesie" entsprach. Friedrich Schlegel veröffentlichte 1798 im *Athenäum* eine umfangreiche, die Struktur des Werkes erschließende Rezension voller Lob, in der schon der erste Abschnitt schließt:

> Die Art der Darstellung ist es, wodurch auch das Beschränkteste zugleich ein ganz eignes selbständiges Wesen für sich, und dennoch nur eine andre Seite, eine neue Veränderung der allgemeinen und unter allen Verwandlungen einigen menschlichen Natur, ein kleiner Teil der unendlichen Welt zu sein scheint. Das ist eben das Große, worin jeder Gebildete nur sich selbst wiederzufinden glaubt, während er weit über sich selbst erhoben wird; was nur so ist, als müßte es so sein, und doch weit mehr als man fordern darf (KA 2, 127).

Im berühmten *Athenäums-Fragment 116*, in dem Schlegel ein Kurzprogramm der romantischen Poesie formulierte, proklamierte er, deren Bestimmung sei „nicht bloß, alle getrennten Gattungen der Poesie wieder zu vereinigen, und die Poesie mit der Philosophie und Rhetorik in Berührung zu setzen. Sie will, und soll auch Poesie und Prosa, Genialität und Kritik, Kunstpoesie und Naturpoesie bald mischen, bald verschmelzen [...]." Und sie erkenne als ihr erstes Gesetz an, „daß die Willkür des Dichters kein Gesetz über sich leide". Solches konnte er im *Meister* finden: Erzählerisches und Lyrisches, Dramatisches und Essayistisches, ein offenkundiges und verborgenes Verweisungsgeflecht, das die „gebildete Willkür des Dichters" geschaffen hat, in dessen Roman ein Leser, der „echten systematischen Instinkt, Sinn für das Universum, jene Vorempfindung der ganzen Welt" hat, „je tiefer er forscht, je mehr innere Beziehungen und Verwandtschaften, je mehr geistigen Zusammenhang entdeckt" (KA 2, 134). Aber Bedenken meldeten sich auch genug. Der *Meister* konnte allenfalls ein Anfang der gewünschten romantischen Poesie sein. „Von der romantischen Ganzheit hatte Goethe keine Idee", lautet nur einer der kritischen Aphorismen, die Friedrich Schlegel in sein Notizheft eintrug („Literary Notebooks", Nr. 341). Das

216. *Athenäums-Fragment* konstatierte: „Die französische Revolution, Fichtes Wissenschaftslehre, und Goethes Meister sind die größten Tendenzen des Zeitalters", wobei Schlegel in der Urfassung dieser Sentenz allerdings hinzufügte: „Aber alle drei sind doch nur Tendenzen ohne gründliche Ausführung" (KA 18, 85). Auch Novalis hat sich viel zu Goethe notiert, schwankend zwischen Rühmendem und kategorischer Ablehnung. Als Künstler könne er eigentlich nicht übertroffen werden – „oder doch nur um sehr wenig, denn seine Richtigkeit und Strenge ist vielleicht schon musterhafter, als es scheint" (NS 2, 642). Aber „das Romantische" gehe im *Wilhelm Meister* zugrunde, auch das Wunderbare. „Es ist eine Satyre auf die Poësie, Religion etc. [. . .] Hinten wird alles Farçe. Die Oeconomische Natur ist die Wahre – Übrig bleibende." Und Novalis schmähte: „Wilhelm Meisters Lehrjahre, oder die Wallfahrt nach dem Adelsdiplom. W M ist eigentlich ein Candide, gegen die Poësie gerichtet" (NS 3, 638, 646). Sein eigener, Fragment gebliebener Roman *Heinrich von Ofterdingen* war das Gegenstück: Hinführung des ‚Helden' nicht ins Ökonomische, zur praktischen Tätigkeit, sondern Entwicklung zum Dichter, Einweihung in Poesie, damit die Welt in sie verwandelt werde.

Epos, Balladen, erotische Lyrik

Hermann und Dorothea. Eine deutsche Idylle?

„Roman fertig“, hatte Goethe unter dem 26. Juni 1796 in seinem Tagebuch vermerkt. Im Monat Juli mußte er wiederholt auch noch das Stichwort „Cellini“ eintragen, um an die fortlaufende Arbeit an der Übersetzung der Selbstbiographie des italienischen Bildhauers und Goldschmieds aus dem 16. Jahrhundert zu erinnern, die in den *Horen*-Jahrgängen 1796 und 1797 erschien. Aber am 17. August meldete er Schiller: „Da ich den Roman los bin, so habe ich schon wieder zu tausend andern Dingen Lust.“ Und bereits im September hielten die Aufzeichnungen fest, wie zügig sich ein ganz anderes Werk entwickelte: „9. Neuer Antrieb zur großen Idylle. 11. [...] Anfang die Idylle zu versifizieren. 12. Früh Idylle. Mittag Schiller. [...] 13. Früh Idylle. Ward fertig der zweite Gesang. [...] 16. Früh Idylle. Ward fertig der vierte Gesang.“ *Hermann und Dorothea*, das Epos in neun Gesängen mit etwas mehr als 2 000 Hexameterversen, entstand. Schiller staunte:

> Die Idee dazu hat er zwar mehrere Jahre schon mit sich herumgetragen, aber die Ausführung, die gleichsam unter meinen Augen geschah, ist mit einer mir unbegreiflichen Leichtigkeit und Schnelligkeit vor sich gegangen, so daß er neun Tage hintereinander jeden Tag anderhalb hundert Hexameter niederschrieb (an Körner, 28. 10. 1796).

Im April 1797 war die Dichtung vollendet, aber schon im Januar hatte er beim Verleger Vieweg in Berlin ein Honorar von erstaunlicher Höhe erzielt. Oberkonsistorialrat Böttiger betätigte sich als Vermittler. Er bekam ein versiegeltes Billett, in dem Goethes Mindestforderung verzeichnet war. Bot Vieweg diese Summe oder mehr, war der Vertrag perfekt. „Ist sein Anerbieten geringer als meine Forderung, so nehme ich meinen versiegelten Zettel uneröffnet zurück“ (an Vieweg, 16. 1. 1797). Und der Verleger, der das Epos als Taschenbuchkalender für 1798 auf den Markt bringen wollte, offerierte (von Böttiger animiert?) tatsächlich 1 000 Taler, just den Betrag, den Goethe als Untergrenze fixiert hatte. Es war eine ungewöhnlich hohe Summe, und die Branchenkundigen wunderten sich, welcher Coup dem Dichter gelungen war. Zudem hatte er, wie er es auch sonst zu tun pflegte, beim Angebot an Vieweg kein Manuskript vorgelegt, sondern nur von einem epischen Gedicht mit etwa 2 000 Hexametern gesprochen.

Wieder war es eine Dichtung, die in der unmittelbaren Gegenwart lokalisiert, aber vom ehrwürdigen Versmaß der Homerischen Epen geschmückt war. Die Zeit der Handlung spiele „ohngefähr im vergangenen August", erläuterte er Heinrich Meyer am 5. Dezember 1796. In jenen Monaten herrschte in Norddeutschland, gemäß der Basler Vereinbarung von 1795, Frieden, aber in Süddeutschland wurde weiterhin gekämpft. Die Franzosen, deren Kriegsführung längst auf Eroberung, nicht mehr nur auf Sicherung der ‚natürlichen Grenzen' ausgerichtet war, hatten wieder nach Osten vordringen können, auch Frankfurt war besetzt worden. Goethes Mutter berichtete dem Sohn im Juli und August davon. „Unsere jetzige Lage ist in allem Betracht fatal und bedencklich – doch vor der Zeit sich grämen oder gar verzagen war nie meine Sache [...]. Da die meisten meiner Freunde emigrirt sind – kein Comedienspiel ist – kein Mensch in den Gärten wohnt; so bin ich meist zu Hauße" (1. 8. 1796). Endlich konnte er am 11. September ins Tagebuch eintragen: „Nachricht daß Frankf. am 8. von den Franzosen verlassen sei." Flüchtlingselend war keine Sage aus fernen Ländern und Zeiten. Was Goethe in einem Bericht über die Vertreibung Salzburger Protestanten im Jahre 1731 gelesen hatte, war seit Ausbruch der Revolutionskriege von Fall zu Fall wieder aktuell, und die Anekdote, die Gerhard Gottlieb Günther Göcking in jener *Vollkommenen Emigrationsgeschichte von denen aus dem Erzbistum Salzburg vertriebenen [...] Lutheranern* (Frankfurt u. Leipzig 1734) überlieferte, konnte unschwer im Geschehen der Gegenwart angesiedelt werden. An jene kurze Erzählung wird Goethe gedacht haben, als er am 7. Juli 1796, noch in der Arbeit am *Meister*, Schiller (in einem dann unterdrückten Briefabschnitt) unterrichten wollte, er habe „eine bürgerliche Idylle im Sinn", weil er „doch so etwas auch" müsse gemacht haben.

Goethe hielt sich, was die Haupthandlung seines Epos betrifft, ganz an die Vorlage (2, 693 ff.), die berichtete, wie Salzburger Flüchtlinge seinerzeit an Erfurt vorbeizogen, die Städter neugierig waren und hinauseilten, um die Vertriebenen zu sehen, von denen man so viel gehört hatte, und wie sie tatkräftig zu helfen suchten. Auch die Geschichte von der jungen Salzburgerin war an anderer Stelle der Quelle vorerzählt: wie „eines reichen Bürgers Sohn aus Altmühl" sie im Öttingischen Gebiet traf, sich auf der Stelle in sie verliebte, den widerstrebenden Vater dazu bringen konnte, sie zu akzeptieren, und wie sie selbst erst nur meinte, als Dienstmagd angeworben zu sein, bis sich dann schnell alles klärte und die Verlobung besiegelt werden konnte. Eine rührende Geschichte eigentlich trivialen Zuschnitts, in der eine heimatlose Fremde einen begüterten Bräutigam findet, oder umgekehrt ein reicher junger Mann es durchsetzt, ohne Rücksicht auf Besitz und Boden eine Vertriebene zur Braut zu nehmen. Der Chronist versäumte denn auch nicht, die Anekdote mit einer erbaulichen Wendung zu beschließen: „Hat man wohl nicht Ursache, bei solchen Umständen voller Verwunderung auszurufen: Herr, wie gar unbegreiflich sind Deine Gerichte und wie unerforschlich Deine Wege?"

Goethe hat sich der Ergriffenheit mitunter gern überlassen, wie manche Zeugnisse beweisen. *Hermann und Dorothea* habe er „niemals ohne große Rührung vorlesen" können, merkte er selbst in den späten *Annalen* zu 1796 an. Er wußte, wie leicht er im Innersten zu bewegen war, und darum bemühte er sich im alltäglichen Leben, große Erschütterungen von sich fernzuhalten. Den Tod in nächster Nähe beschwieg er beharrlich oder umschrieb ihn mit lindernden Ausdrücken, und man wußte, daß ihm Sterbenachrichten behutsam beizubringen waren. An Beerdigungen nahm er nicht teil, weder an der seiner Mutter noch an der Schillers oder seiner Frau Christiane. Was manchem Besucher in Weimar wie befremdliche kühle Distanziertheit und hochmütige Selbstsicherheit vorkommen mochte, war nichts als mühsam gewahrter Schutz, damit er sich vor seelischen Verletzungen und aufwühlender Betroffenheit bewahrte. Im Nachempfinden von Kunst und Dichtung freilich gab er sich ihr preis. Dabei Rührung auch zu *zeigen* war damals nicht ungewöhnlich. „Wieland hat geweint, als es *[Hermann und Dorothea]* ihm Goethe vorlas" (Böttiger an Göschen, 28. 12. 1796; Bo II 95).

Aus den Salzburger Emigranten von einst wurden im neuen Epos Flüchtlinge aus französisch besetztem Gebiet. Und die knappe Anekdote von Begegnung und Verlobung der Emigrantin mit dem Einheimischen wurde angereichert mit einer Folge breit und behäbig erzählter Szenen. In ihnen sind die agierenden und reagierenden Gestalten in ihrem Mit- und Gegeneinander genau plaziert: der Wirt als herrischer, dann sich fügender Vater, die Mutter als verständnisvolle, dem Sohn helfende Mutter, der Apotheker und der Pfarrer des Orts, kommentierend und ratend, mit ihren Ansichten über Welt und Menschen Diskussionsstoff liefernd, der Richter unter den Flüchtlingen, der aus dem Gewohnten hinausgetrieben ist und an Erfahrung zugenommen hat, schließlich das schüchtern liebende Paar, das der Zufall, vielmehr eine ganze Reihe von Zufällen, zusammenführt. Nicht wenige Szenen und auch Berichte der Personen der Dichtung sind auf sinnbildhafte Bedeutung hin angelegt. In ihnen soll erscheinen, was immerdar so oder ähnlich sein und geschehen könnte: Wiederaufbau nach dem Brand des Städtchens; das Los der Flüchtlinge und die Hilfe der Verschonten; die Vertraulichkeit zwischen der lebenserfahrenen Mutter und dem verzweifelten Sohn; das zögernde Zueinanderfinden sehr junger Menschen; die Szene am Brunnen, wo beide gemeinsam Wasser schöpfen, „und sie sahen gespiegelt ihr Bild in der Bläue des Himmels / Schwanken und nickten sich zu und grüßten sich freundlich im Spiegel" (VII

41 f.); Zwist und endlicher Ausgleich zwischen den Generationen.
Was Goethe und Schiller beim gemeinsamen Nachdenken über das Wesen des Epischen und Dramatischen theoretisch erkundeten (und Goethe im kurzen Aufsatz *Über epische und dramatische Dichtung* Ende 1797 zusammenfaßte), wurde hier in eigener dichterischer Praxis angewandt. „In ruhiger Besonnenheit“ (12, 251) verweilt der Epiker und breitet, „als ein weiser Mann“, das Erzählte aus, mit viel sprachlichem Schmuck, damit die Einbildungskraft des Hörers oder Lesers, auf die der epische Dichter im Unterschied zum dramatischen allein angewiesen ist, angeregt und ausgefüllt werde. Er hat Zeit, das einzelne auszugestalten und mit rhetorischen Ornamenten zu verzieren.
Mit erstaunlicher Virtuosität handhabte der neuzeitliche „Homeride“ jene Mittel, die für die antiken Epen typisch waren, und genoß es offenbar, die seit alters geläufige Kunst, Epitheta ornantia, schmückende Beiwörter, zu finden und reichlich einzustreuen. Kaum ein Redender, der nicht gattungsgerecht eingeführt wird: „Und es versetzte darauf die kluge, verständige Hausfrau“ (I 22). „Aber es lächelte drauf der treffliche Hauswirt“ (I 32). „Und es sagte darauf der edle, verständige Pfarrherr“ (I 78). Das eben läßt die Weite des Hexameterverses zu, ja fordert es heraus: das jeweils Erwähnte nicht bei einfacher Benennung zu belassen, sondern es füllig zu präsentieren, mit Hilfe beschreibender Ausdrücke ausgeziert und eindrucksstark vorzuzeigen.

> Da entstand ein Geschrei der gequetschten Weiber und Kinder
> Und ein Blöken des Viehes, dazwischen der Hunde Gebelfer
> Und ein Wehlaut der Alten und Kranken, die hoch auf dem schweren
> Übergepackten Wagen auf Betten saßen und schwankten.
> Aber, aus dem Gleise gedrängt, nach dem Rande des Hochwegs
> Irrte das knarrende Rad; es stürzt' in den Graben das Fuhrwerk,
> Umgeschlagen, und weithin entstürzten im Schwunge die Menschen
> Mit entsetzlichem Schrein in das Feld hin, aber doch glücklich
> (I 133 ff.).

Ohne die Anregungen, die die deutschen Hexameter des Johann Heinrich Voß boten, wären damals wohl weder *Reineke Fuchs* noch *Hermann und Dorothea* mit solcher Selbstverständlichkeit geschaffen worden. 1781 war Vossens Übersetzung der *Odyssee* erschienen, 1793 *Ilias* und *Odyssee* zusammen. Unter den Verskundigen strenger Observanz galt er als Autorität in der kniffligen Frage, wie der antike Vers des Hexameters im Deutschen gebaut, also sprachlich gefüllt werden müsse. Voß versuchte sich auch in eigenen Dichtungen in jenem alten Metrum, aber er blieb in bescheidenem Rahmen. Klopstocks *Messias*, der den jungen Goethe beeindruckt hatte, und dessen strapaziöser Ausdehnung von zwanzig Gesängen eiferte er nicht nach. Er blieb bei ländlichen Themen des heimischen Holstein und in den Grenzen der Idyllendichtung, die er aber sehr wohl durch Töne und Gebärden des Protests gegen Anmaßungen feudaler Herrschaft aufzurauhen wußte. Drei Idyllen, die seit 1783 erschienen und 1795 gemeinsam als ein Buch veröffentlicht wurden, waren besonders bekannt und beliebt: *Luise. Ein ländliches Gedicht.* Ganz auf die dörfliche Welt bezogen und ihre Eigentümlichkeit liebevoll wortreich vorführend, erzählt es die Geschichte vom 18. Geburtstag, der Verlobung und Hochzeit der Pfarrerstochter im erdichteten holsteinischen Grünau, „dessen Lage, Anbau und Lebensart nur im Gebiete der veredelten Möglichkeiten zu suchen sind", wie Voß anmerkte. In seiner Dichtung ist manches deftiger, bäuerlicher, dem Arbeitsalltag einfachen Bürgertums näher als in *Hermann und Dorothea*, wenngleich republikanischer Geist aus der weiten Welt, insbesondere aus Amerika, herüberweht und Hoffnung auf manches Gute anfacht, ohne doch zum Aufruhr zu verführen. Für uns heute ist es nichts als komisch, wie sich der Wortschatz dörflich-bürgerlichen Lebens im antiken Versmaß breitmacht und von ihm anscheinend Würde borgen möchte. Doch Literaturfreunde der Voßschen Generation lasen das Werk anders und freuten sich, daß ganz Gegenwärtiges und Normales vom Metrum der Alten umschlossen wurde. „Ich bin mir noch recht gut des reinen Enthusiasmus bewußt, mit dem ich den Pfarrer von Grünau aufnahm, [...] wie oft ich ihn vorlas, so daß ich einen großen Teil davon noch auswendig wußte, und ich habe mich sehr gut dabei befunden"; dadurch sei er „in diese Gattung gelockt" worden, schrieb Goethe am 28. Februar 1798 an Schiller, als Voß *Hermann und Dorothea* reservierter begegnete. In der *Luise* lauten die Anweisungen fürs Festmahl so:

> Lange den Tiegel vom Bord und, Hedewig, reiche die Butter,
> Daß zum Senf sie schmelze; der Sandart könnte wohl gar sein.
> Flink mir die festlichen Gläser gespült und das große des Vaters,
> Das ins helle Gekling einbummt wie die Glocke vom Kirchturm.
> Fülle die Schal in der Kammer mit Sülzmilch, welche die Gräfin
> Gerne mag, und den gläsernen Korb mit gestoßenem Zucker.
> Hast du zum Apfelmus auch Kaneel gestoßen im Mörser?
> Gut, daß der Has im Keller noch hing! Es wäre ja schimpflich,
> Wenn wir mit Fischen allein und Vögelchen diesen Abend
> Feierten und, ich schäme mich fast, mit gebrühten Kartoffeln!
> Hans, nur tüchtig den Braten gedreht, heut abend ist Hochzeit!
> (3. Idylle)

Vossens Hexameter sind nach genaueren Regeln gefaßt als die Goethes, scheinen uns dagegen weniger geschmeidig zu sein; doch bleibe hier der

Leser von einem Bericht über die Finessen verschont, die einige Korrektheitsapostel im deutsch-antiken Vers beachtet sehen wollten. Auch Goethe hat sich in Versfragen beraten lassen und Korrekturen an seinen Hexametern, den sechshebigen Versen, zugestimmt. Aber beim Vers 186 des 2. Gesangs ließ er sich nicht umstimmen und meinte trotzig, wie Riemer überliefert, „die siebenfüßige Bestie möge als Wahrzeichen stehenbleiben", so als wolle er an einer Stelle auch äußerlich markiert sehen, daß es ein Gegenwartsautor sei, der sich des alten Maßes bediene, sich aber der Differenz zum fernen Fremden und der Problematik seiner Aneignung sehr wohl bewußt sei. Ohnehin bleibt es eine offene Frage, ob der munter die Verse formulierende Homeride jener Jahre denn alles, womit er so staunenswert wortgewandt und wortschöpferisch die bekannten Charakteristika des Epos nachahmte, tiefernst meinte oder nicht auch ironischem Spiel erhebliche Freiheit ließ. Der alte Gleim, eingefleischter Goethegegner, argwöhnte jedenfalls: „Meines Voß' *Luise* will der Bube lächerlich machen!" (an Voß, 4. 11. 1797; Bo II 120) Der Autor von *Hermann und Dorothea* wird sein Vergnügen gehabt haben, wenn er gelegentlich einen Sondertribut an die epische Gattung entrichtete. Da werden die Pferde, die Hermanns Wagen ziehen, zu „eilenden", ja zu „schäumenden Rossen" (II 62, VI 296) und „mutigen Hengsten" (V 132), obgleich ihnen doch nicht bevorsteht, zum Kampf antiker Helden getrieben zu werden, sondern nur, „die Kutsche" zu bewegen. Und als der Apotheker kein Geld bei sich hatte, sondern den Flüchtlingen bloß etwas von seinem Tabak schenken konnte (den Goethe, wie die *Venetianischen Epigramme* bewiesen, verabscheute), war es auch gut. Er

> zog den gestickten ledernen Beutel
> An den Riemen hervor, worin der Tobak ihm verwahrt war,
> Öffnete zierlich und teilte; da fanden sich einige Pfeifen.
> „Klein ist die Gabe", setzt' er dazu. Da sagte der Schultheiß:
> „Guter Tobak ist doch dem Reisenden immer willkommen."
> Und es lobte darauf der Apotheker den Knaster (VI 211 ff.).

An Stellen dieser Art treibt vielleicht epische Fabulier- und Nachahmungsfreude ihren gekonnten Scherz. Aber aufs Ganze des Epos gesehen, ist es eine schwer auszulotende bedeutungsvolle Ironie, die hier das Verhältnis von antikem Vers und modernem Stoff, von alter Dichtungsweise und neuzeitlichem Umgang mit ihr bestimmt.

Wer dieses Versmaß aufnahm, konnte es nicht unreflektiert tun. Er wußte, daß es einst zu einer Dichtung gehörte, in der alles (wie sie selbst) seinen sicheren Ort im anerkannten Gefüge einer gültigen Weltordnung hatte, – zumindest nach Meinung der Interpreten, die bewundernd auf die antike Poesie blickten, in der es an Mord und Totschlag, List und Rache, göttlicher Willkür und menschlicher Heimtücke nicht mangelte. Der Vers verlieh Ausgewogenheit, Ruhe, Sicherheit und war äußerer Garant jener verbürgten oder geglaubten Weltordnung, in der noch das Wirken der Götter und das Handeln der Menschen aufgehoben waren. Schiller bekräftigte, es sei „die griechische Welt, an die der Hexameter unausbleiblich erinnert" (26. 6. 1797). Aber spätestens seit Friedrich v. Blanckenburgs *Versuch über den Roman* von 1774, der dieser wenig geachteten, aber gern gelesenen und geschriebenen Textsorte historische Gerechtigkeit verschaffen wollte, war kaum zu widerlegen, daß die Zeit des Epos und seines Verses abgelaufen war und der Prosa des Romans Gegenwart und Zukunft gehörten, wenn gesellschaftliche Zustände der bürgerlichen Welt in der Dichtung erörtert und gestaltet werden sollten. Der Prosa der Wirklichkeit, die nicht mehr in einer anerkannten Ordnung des Ganzen gesichert war, entsprach die Prosa des Romans. Hegel brachte dann in seinen *Vorlesungen über die Ästhetik* den Sachverhalt auf den Begriff. Der Roman, die *„bürgerliche* Epopöe", biete zwar auch mit der Vielseitigkeit der Interessen, Zustände, Lebensverhältnisse den „breiten Hintergrund einer totalen Welt", ihm fehle aber „der *ursprünglich* poetische Weltzustand, aus welchem das eigentliche Epos hervorgeht". Im Weltzustand des Epos, so sah es Hegel, lebte der heroische Mensch noch in selbstverständlicher Verbundenheit mit dem sittlichen Ganzen, dem er angehörte, im Zusammenhang mit der Natur und der Gesellschaft.

Was der Vers des antiken Epos mit sich trug und in seiner sprachlichen Füllung bewahren konnte, war etwas von jenem „ursprünglich poetischen Weltzustand", von insgeheim anwesender Ordnung, von Aufgehobensein in einer alles umfassenden Sinnhaftigkeit. Sie aber war nicht mehr vorgegeben, sondern erst zu finden, wenn überhaupt. Über „eine bereits zur *Prosa* geordnete Wirklichkeit" (Hegel) im epischen Vers zu sprechen war wie ein Versprechen, jene alte Ordnung sei wiederzufinden, ja schon heimgeholt. So war es jedoch in Wahrheit nicht und konnte es nicht sein. Die Verbindung der Attitüden des Epos mit der Geschichte der Flüchtlinge von 1796 gibt notwendigerweise ironische Brechungen zu erkennen (besonders natürlich dem heutigen Leser), auch wenn Goethe gewiß daran gelegen war, mit der Kunst des epischen Verses und der ihm zugehörigen Sprachmittel in der Einbildungskraft sinnenfällig zu machen, daß geglückte Ordnung unter den erzählten Bedingungen zu erstreben und zu erreichen sei. Insofern schloß das Sprechen im antiken Stil ein Versprechen möglicher Harmonie auch für Gegenwärtige ein, freilich mit dem nicht aufzuhebenden Bewußtsein der Distanz zum poetischen Einst. Als Goethe Eckermann erzählte, *Hermann und Dorothea* mache ihm immer noch Freude, er lese das Gedicht „nie ohne innigen Anteil", fügte er bezeichnenderweise hinzu, es sei ihm besonders lieb in der lateinischen Übersetzung; „es kommt mir da vornehmer vor, als wäre es, der Form nach, zu seinem Ursprunge zurückgekehrt" (18. 1. 1825).

Bei dieser – wenn man will: geschichtsphilosophischen – Lage kann es eigentlich nicht verwundern, daß ein weiteres Epos in alter Form Fragment blieb: die *Achilleis*. Nur ein erster Gesang von 651 Versen wurde im Frühjahr 1799 ausgeführt, für andere sieben hat es nur zu Stichworten und Skizzen gereicht. Goethe griff hoch, als er den Stoff wählte: Er schloß an Homers *Ilias* an, die mit Hektors Tod endet, und wollte das Schicksal Achills weitererzählen. Wieder beeindruckt die souveräne Beherrschung der epischen Kunstmittel, die Modellierung einzelner Szenen, die Weite und sprachmächtige Eindringlichkeit erzählerischer Passagen und thematisch gewichtiger Reden und Gespräche, etwa zwischen Athene und Achill über Heldentum und Ruhm, Lebensentwurf und Untergang. Dennoch stockte dieses Dichten in der Manier des griechischen Epos. Zu fremd waren die sprachliche Nachahmung der Alten und das ferne mythische Geschehen für die Gegenwart. Und dann der bemerkenswerte Eintrag im Tagebuch vom 10. August 1807: „Verwandlung der Achilleis in einen Roman", wozu es nicht gekommen ist. Nach Riemers *Mitteilungen* nannte Goethe als „Idee des Ganzen": „Achill weiß, daß er sterben muß, verliebt sich aber in die Polyxena und vergißt sein Schicksal rein darüber nach der Tollheit seiner Natur" (II 523). Damit war deutlich genug bezeichnet, was den Roman als „bürgerliche Epopöe" beschäftigte: die Privatheit und Subjektivität des ‚Helden' und nicht das Agieren des heroischen Individuums im Licht oder unter den Schatten großer gültiger Ordnungen.

Es dürfte wesentlich am Einklang der erwähnten epischen Kunst mit dem glücklichen Ablauf der Anekdote gelegen haben, daß die Leser von *Hermann und Dorothea* verführt wurden, diese Dichtung als eine Idylle aufzufassen, in der alles harmonisch zusammenstimmte und Probleme so selbstverständlich gelöst wurden, daß ihre eigentliche Schärfe ganz verblaßte. Da schien man sich bürgerlicher Gesinnung und bürgerlichen Besitzes herzlich freuen zu können, die in den Wirren der Zeit sich bewährten; da war Ordnung gefestigt und jedem sein ihm zukommender Platz zugewiesen; da war Solidität verbürgt, und an vielen schön formulierten Sentenzen konnte man sich trefflich erbauen. In solcher Lesart wurden und werden Spannungen nicht mehr sichtbar, die sehr wohl im Werk wirksam sind, und die Kompliziertheit des Bundes zwischen homerischem Vers und Gegenwartsgeschehen angesichts der Problematik einer neuzeitlichen Epik-Renaissance gerät völlig aus dem Blick. In Wahrheit herrscht in *Hermann und Dorothea* keine selbstsichere Beschaulichkeit, sondern eine spannungsvolle Konfiguration, und konfliktträchtige Situationen, die von den Agierenden erst zu bewältigen sind, bestimmen das Grundmuster der Dichtung. Das gilt sowohl für die ‚große' Konstellation (das Bürgerstädtchen und die vorbeiziehenden Flüchtlinge) als auch für die ‚private' zwischen Hermann und Dorothea, und noch in der Stadt und unter den Emigranten zeichnen sich schwierige Entwicklungen ab. Immer ist zudem im Hintergrund die Französische Revolution gegenwärtig, der Kontrast zwischen dem weltgeschichtlichen Geschehen samt seinen Folgen und der kleinen Welt der Bürgergemeinde.

Goethe hat die anekdotische Vorlage gerade um Elemente der Spannung und des Konflikts erweitert. Weit schwingen die Reden und Gegenreden aus, in denen die Personen erörtern, wie die Lage ist und was tunlich erscheint. Früh schon (I 121, 176) wird daran erinnert, daß vor zwanzig Jahren in der kleinen Landstadt ein Brand gewütet hat. Was sicher und gegründet dazustehen scheint, ist aus Trümmern aufgebaut worden. Jetzt führt das breit und bewegend geschilderte Elend der Flüchtlinge vor Augen, daß Glück und Zufriedenheit nie auf Dauer gesichert sind. In der Konfrontation der Landstädter mit den Emigranten und der dabei sich ereignenden Liebesbegegnung Hermanns kommt wortwörtlich mehr zur Sprache als nur der Unterschied zwischen dem Unglück der Vorbeiziehenden und dem Glück der Verschonten: Die als Gesprächspartner auftretenden Bürger der Stadt – das Wirtspaar, der Pfarrer, der Apotheker – bereden die eigene Lage, und indem Hermann, der nicht heiraten wollte, wie der Vater es wünschte, sich nun von der Wahl des fremden Mädchens nicht abbringen läßt, muß darüber diskutiert werden, wie denn in dieser allgemeinen und privaten Situation bürgerlich richtig zu leben sei. Es zeigt sich, daß die Einwohner des Landstädtchens (deren bäuerliche Mitglieder allerdings gar nicht zu Wort kommen) unterschiedliche Interessen und Ansichten verfolgen und vertreten. Nicht nur in der ausgleichend-resümierenden Rede des Pfarrers (V 6 ff.) zeichnet sich etwas von den Spannungen ab, die, der geschichtlichen Entwicklung entsprechend, vorhanden sind. Gibt sich der Apotheker mit seinem Status in den kleinstädtischen Verhältnissen, wie er nun einmal ist, resignierend zufrieden, so drängt der Wirt, Hermanns Vater, auf Sicherung und Mehrung des Besitzes, orientiert sich am expandierenden Wirtschaften jenes Bürgers, den sein Handel und seine Fabriken täglich reicher machen (II 190 f.), und ist verärgert über seinen Sohn, der dafür wenig Sinn hat und einfache bäuerliche Tätigkeiten gern verrichtet. Die Tendenzen des Wirts können die Harmonie der Landstadt gefährden, in der Bäuerliches und Bürgerliches eine Symbiose bilden; der Pfarrer spricht es aus (V 31 ff.):

> Heil dem Bürger des kleinen
> Städtchens, der ländlich Gewerb' mit Bürgergewerbe gepaaret!
> Auf ihm liegt nicht der Druck, der ängstlich den Landmann beschränket;
> Ihn verwirrt nicht die Sorge der vielbegehrenden Städter,
> Die dem Reicheren stets und dem Höheren, wenig vermögend,
> Nachzustreben gewohnt sind, besonders die Weiber und Mädchen.

Daß sich Hermann dazu bekennt, zum Eigenen, Überkommenen und Altvertrauten, und zugleich bereit ist, Fremdes anzunehmen, sofern es mit dem Eigenen harmonieren kann, das führt diese Dichtung als richtige Lebensverwirklichung vor.

Ohne Komplikationen kommt die Verbindung Hermanns mit der Fremden nicht zustande. Vom heftigen Widerspruch des Vaters getroffen und verwirrt, der die Vergrößerung des Familienbesitzes will und eine reiche Schwiegertocher wünscht, muß der Sohn im Gespräch mit der Mutter unter dem Birnbaum an der „Grenze der Felder, die ihrem Hause gehörten" (IV 54), durch Verstellung hindurch, zum Geständnis und Bekenntnis seiner Liebe finden. Aber auch das allein reicht nicht aus. Pfarrer und Apotheker werden ausgeschickt, um das fremde Mädchen zu begutachten. Und Dorothea, vermeintlich als Magd ins Haus geholt, wird ebenfalls nicht sogleich, was leicht möglich wäre, von ihrem Irrtum befreit; der spannungschaffende Epiker läßt den Pfarrer auf den Gedanken kommen, „nicht gleich die Verwirrung zu lösen, / Sondern vielmehr das bewegte Gemüt zu prüfen des Mädchens" (IX 110 f.).

Was in *Hermann und Dorothea* wie saturierte, konfliktarme, einfach nachzulebende Bürgerlichkeit erscheint, ist in Wahrheit erst aufgegeben, dichterisch zeichenhaft als Auftrag vorgestellt, dessen Erfüllung Auseinandersetzungen und Selbstvergewisserung erfordert: sich über das Eigene und Gemäße klarzuwerden und für Fremdes aufgeschlossen zu bleiben, um es sich, soweit möglich, anzuverwandeln. Eben das macht auch den Sinn der konkurrierenden Überschriften zweier Gesänge aus: „Die Bürger" (III), „Der Weltbürger" (V). Damit ist nicht eine Unterscheidung zwischen den Städtern und Emigranten gemeint, sondern zwischen denen, die sich engsinnig aufs Seßhafte beschränken, und denen, die für Neues offen bleiben. Pfarrer und Richter sind die Hauptfiguren des „Weltbürger"-Gesangs. Der Pfarrer ist einer jener Goetheschen Geistlichen, dessen Konfession unbestimmt, weil nebensächlich ist und der sich in weltlichen Dingen und Schriften aufs beste auskennt. Er vermag über den Bereich der Bürger des Städtchens hinauszusehen, hat die ganze Menschheit im Blick und findet unschwer den Kontakt zu den Flüchtlingen. Der Richter hingegen, Autorität unter den heimatlos Gewordenen, sucht in der Unsicherheit und Unordnung, in die ihn und die Fortziehenden die Geschichte warf, nach Sicherem und bemüht sich, in der Flucht Bindungen und Ordnungen zu schaffen oder wiederherzustellen. So zeichnet sich in beiden Gestalten Weltbürgerliches ab: Aufgeschlossenheit für anderes, auch Fremdes und Besinnung auf das, was Sicherheit verspricht und Ordnung befestigen könnte. Wenn man will, mag man auch hier das Prinzip von Diastole und Systole, Ausdehnung und Zusammenziehung, erkennen.

Die arme Fremde ist, wie der sprechende Name sagt, ein göttliches Geschenk: Dorothea. Spät erst wird sie im Ablauf des Geschehens beim Namen genannt, als deutlich wird, daß hier ein Bund zustandekommt, der nicht nach den Regeln des Erwerbs- und Besitzstandsdenkens geschlossen wird, die der Vater gern beachtet gesehen hätte. Eine zunächst namenlose Fremde sticht die reichen Kaufmannstöchter aus, in deren Gesellschaft sich der junge Hermann nicht wohlfühlte, da sie wegen seiner Unbeholfenheit und Bildungslücken schamlos über ihn spotteten (II 198 ff.). (Welche Ironie des Intendanten des Weimarer Theaters, wo Mozarts Opern gern gespielt wurden, seinen Hermann als tumben Tor zu präsentieren, der von Pamina und Tamino aus der *Zauberflöte* nichts weiß! Ist das wieder einer der Goetheschen Winke, nicht arglos den Angeboten der Dichtung und dem Charme ihrer ‚Helden' zu vertrauen und zu erliegen?)

Auch *Hermann und Dorothea* gehört zu den Versuchen Goethes, die Französische Revolution dichterisch zu „gewältigen". Der Gedanke an sie und ihre Auswirkungen ist im Epos beständig gegenwärtig. Was in der Gärung der Zeit aus dem Zusammenprall vom fremden Neuen mit herkömmlich Altem werden könne (eine der allgemeinen Fragen der Epoche), darauf antwortete gleichnishaft diese Dichtung: Aufgeschlossenheit für das Fremde, aber bei sorgfältiger Prüfung von dessen Angemessenheit, und Einfügung des anderen in das bewährte Eigene, dessen man sich gleichfalls in Selbstkontrolle genau vergewissert hat. Und natürlich: Abwehr des Revolutionären, das zu fremd und störend ist und nur ins Chaos führt. Dann behält die Ordnung im großen und kleinen ihr Recht, wie sie die Idylle in vielfacher einprägsamer Bildlichkeit vorstellt.

Wenn auch die Flüchtlinge Opfer der Folgen des Umsturzes sind, so werden seine frühen Befürworter doch nicht einfach geschmäht, im Gegenteil. Als der Richter zu Anfang des sechsten Gesangs die Zeit seit

1789 überblickt, erzählt er, welche Hoffnungen die Menschen zunächst beflügelten:

> Denn wer leugnet es wohl, daß hoch sich das Herz ihm erhoben,
> Ihm die freiere Brust mit reineren Pulsen geschlagen,
> Als sich der erste Glanz der neuen Sonne heranhob,
> Als man hörte vom Recht der Menschen, das allen gemein sei,
> Von der begeisternden Freiheit und von der löblichen Gleichheit
> (VI 6 ff.).

Nur an wenigen Stellen bei Goethe fällt auf Anhänger der Revolution ein so verständnisvoller Lichtstreif: in den *Unterhaltungen deutscher Ausgewanderten,* in einigen Sätzen in den *Aufgeregten.* Aber die Hoffnungen, so der Richter, wurden enttäuscht, die großen Ziele unkenntlich in den Kämpfen und Kriegen, die folgten und alle Menschlichkeit zerstörten. So bleibt als Resultat die Maxime, die auch Goethes eigene ist:

> Möcht' ich den Menschen doch nie in dieser schnöden Verirrung
> Wiedersehn! Das wütende Tier ist ein besserer Anblick.
> Sprech' er doch nie von Freiheit, als könn' er sich selber regieren!
> Losgebunden erscheint, sobald die Schranken hinweg sind,
> Alles Böse, das tief das Gesetz in die Winkel zurücktrieb (VI 76 ff.).

Als der Pfarrer am Schluß die Aufklärung von Dorotheas Irrtum hinauszögert und sie so zur rückhaltlosen Selbstprüfung zwingt, entwirft sie liebevoll ein Porträt ihres ersten Verlobten, der sein Unglück voraussah, „als rasch die Liebe der Freiheit, / Als ihn die Lust, im neuen, veränderten Wesen zu wirken, / Trieb nach Paris zu gehn, dahin, wo er Kerker und Tod fand“ (IX 259 ff.). Ihr ist aus seinen letzten Worten das Wissen geblieben, daß alle Güter „trüglich“ sind und noch der scheinbar sicherste Boden schwanken kann. Auch Goethe hat, seit den elementaren Erfahrungen, die ihm die Nachrichten vom Erdbeben in Lissabon 1755 und das Nachdenken darüber vermittelten, die Befürchtung begleitet, daß ins Wanken gerät, was fest gegründet scheint. Sie ist mitverantwortlich für seine bisweilen überhandnehmende Neigung, Ordnungen zu stabilisieren, auch bei der eigenen Existenzsicherung.
Was Hermann dann in seinem Schlußwort geradezu programmatisch verkündet, nachdem die Fremde aufgenommen und jeder sich der Basis seines künftigen Lebens versichert hat, gerät allerdings zu Weisheiten, die nicht mehr zu erkennen geben, welcher Anstrengungen es bedurfte, bis der Bund geschlossen werden konnte, und welche Perspektiven des Weltbürgerlichen die „bürgerliche Idylle“ auch eröffnete:

Wir wollen halten und dauern,
Fest uns halten und fest der schönen Güter Besitztum.
Denn der Mensch, der zur schwankenden Zeit auch schwankend gesinnt ist,
Der vermehret das Übel und breitet es weiter und weiter;
Aber wer fest auf dem Sinne beharrt, der bildet die Welt sich.
Nicht dem Deutschen geziemt es, die fürchterliche Bewegung
Fortzuleiten und auch zu wanken hierhin und dorthin.
„Dies ist unser!" so laß uns sagen und so es behaupten!
Denn es werden noch stets die entschlossenen Völker gepriesen,
Die für Gott und Gesetz, für Eltern, Weiber und Kinder
Stritten und gegen den Feind zusammenstehend erlagen (IX 300 ff.).

An solchen Versen konnte sich später ein saturiertes, selbstzufriedenes Bürgertum laben, wenn es seinem eigenen Tun applaudieren wollte und darauf bedacht war, „der schönen Güter Besitztum" festzuhalten und Ansprüche der Besitzlosen abzuwehren. Die Verse mußten dazu nicht einmal entstellt werden.

In der Anekdote der Dichtung findet die arme Fremde durch die Gunst der Zufälle ein glückliches Zuhause. Damit ist kein Beispiel für irgendeine Lösung der Frage gegeben, was den Armen ihre Armut nehmen und den zahllosen Deklassierten damals aufhelfen könnte. Und Sprüche wie diese verdecken die tatsächlichen Probleme: „Armut selbst macht stolz, die unverdiente. Genügsam / Scheint das Mädchen und tätig; und so gehört ihr die Welt an" (VI 241 f.). Gewiß, *Hermann und Dorothea* handelt nicht von armen Unterschichten, sondern von der Welt der Bürger, auch wenn der Gegensatz zwischen reich und arm oft genug berührt wird. Die wirklich Armen und Besitzlosen kommen nicht in den Blick, hier nicht und sonst nicht in Goethes Werken, allenfalls als Randfiguren oder in einigen Briefpassagen.

„Ich habe das reine Menschliche der Existenz einer kleinen deutschen Stadt in dem epischen Tiegel von seinen Schlacken abzuscheiden gesucht, und zugleich die großen Bewegungen und Veränderungen des Welttheaters aus einem kleinen Spiegel zurück zu werfen getrachtet", heißt es in Goethes Brief vom 5. Dezember 1796 an Heinrich Meyer. Ein problematischer Satz, aus doppeltem Grund. Zum einen kaschiert er, daß das in *Hermann und Dorothea* Gedichtete und Gesagte an seine geschichtlichen Voraussetzungen gebunden ist und bleibt. „Das reine Menschliche" kann den Anspruch zeitlos gültiger Manifestation (falls dies gemeint war) hier so wenig behaupten wie in anderen Werken, in die die Zeichen der Zeit eingekerbt sind. Dichtung und Kunst vermögen ihre Geschichtlichkeit nicht einfach abzustreifen. Zwar gibt es Szenen, in denen Verhaltensweisen und Empfindungen gestaltet und ausgedrückt sind, die sich immerdar in der menschlichen Geschichte einstellen mögen: Liebe und Mütterliches, Flucht und Verwirrung, Not und Hilfe, Streit und Versöhnung. Aber wie sich das vollzieht und welche Konstellationen sich bilden, ist vom historischen Kontext zumindest mitbestimmt. In manchen Sentenzen sammelt sich geradezu, was nur dem Geist der Zeit zuzuschreiben ist, etwa in jenem (für uns unsäglichen) Selbstzuspruch der Dorothea: „Dienen lerne beizeiten das Weib nach ihrer Bestimmung; / Denn durch Dienen allein gelangt sie endlich zum Herrschen, / Zu der verdienten Gewalt, die doch ihr im Hause gehöret" (VI 114 ff.). – Zum andern kann der zitierte Satz Goethes dazu verführen, die Spannungen und ironischen Brechungen nicht mehr wahrzunehmen, die in der Dichtung wirksam sind. Daß sie übersehen werden (vielleicht sogar im soeben erwähnten Spruch Dorotheas?), ist *Hermann und Dorothea* schon früh zugestoßen. Als Schiller sich über eine Rezension des Epos beklagte, die die „poetische Ökonomie des Ganzen" nicht beachte (2. 1. 1798), meinte Goethe, er habe hier, „was das Material betrifft, den Deutschen einmal ihren Willen getan", und nun seien sie äußerst zufrieden (3. 1. 1798).

Balladen. Experimente mit dem erzählenden Gedicht

Das Tagebuch, das Goethe vom 1. Januar 1796 an wieder kontinuierlich führte, und die Korrespondenz, besonders mit Schiller, geben Auskunft, welch unterschiedlichen Gebieten seine Aufmerksamkeit und Tätigkeit zur gleichen Zeit galten. Mochte zuweilen die Arbeit an einem bestimmten Projekt dominieren, sie ließ immer noch den Blick für anderes frei. Galt auch alle Kunst der Antike und der ihr nachfolgenden als stets anzuerkennendes Vorbild, so erschöpfte sich die eigene Produktion nicht im Versuch aneignender Nachahmung, in klassizistischem Stil. „Beobachtung des Wachstum der Schmetterlingsflügel", verzeichnet das Tagebuch am 30. Juli 1796. „Botanik" ist öfter erwähnt. „Chemische Versuche über die Insekten" wurden am 1. März 1797 angestellt. Am 9. März folgte auf Korrekturen an *Hermann und Dorothea* „Anatomie der Frösche". Im Mai die Notizen: „Maikäfer-Anatomie", „Schnecken-Anatomie", „Regenwürmer anatomiert" (9.–12. 5.). Und selbstverständlich gingen die Studien zur Farbenlehre weiter, forderte die Intendanz des Theaters Zeit und Aufmerksamkeit, auch der Schloßbau, auch gesellschaftliche Verpflichtungen: „Abends großer Tee bei mir". „Mittags bei Hofe mit Humboldt. Abends Ball" (20./21. 4. 1797).

Im Gedankenaustausch mit Schiller entwickelte sich in dieser Zeit ebenfalls, was Goethe „unser Balladenstudium" (22. 6. 1797) nannte. Das Studium bestand indes vornehmlich in eigener dichterischer Praxis: Beide legten in rascher Folge eigene Balladen vor. Zwischen Ende Mai und Anfang Juli 1797 entstanden Goethes *Der Schatzgräber, Legende, Die Braut von Korinth, Der Gott und die Bajadere* und *Der Zauberlehrling.* Zusammen mit Schillers Gedichten *Der Ring des Polykrates, Der Handschuh, Ritter Toggenburg, Der Taucher, Die Kraniche des Ibykus* und *Der Gang nach dem Eisenhammer* erschienen sie im *Musenalmanach für 1798.* Ist der *Almanach für 1797* durch die *Xenien* berühmt geworden, so der des folgenden Jahrs durch die Balladen. Dies sei nun einmal „das Balladenjahr", meinte Schiller am 2. September 1797. Wie und warum es zu dem intensiven „Balladenstudium" kam, ist aus den Briefen direkt nicht zu entnehmen, auf die beide ohnehin nur angewiesen waren, wenn sie sich nicht in Jena oder Weimar mündlich beraten konnten oder wenn sie etwas besonders Wichtiges schriftlich festhalten wollten. Auch das Tagebuch und die späten *Annalen* schweigen darüber, was damals das Interesse an Balladen geweckt hat. Doch ergeben sich einsichtige Zusammenhänge, wenn man sich an Themen ihrer kunst- und dichtungstheoretischen Diskussionen erinnert.

Ausgiebig beschäftigten sie sich mit den Charakteristika des Epischen und Dramatischen, um die dabei gewonnenen Einsichten auch für das eigene Schaffen fruchtbar zu machen. Wieder und wieder kreisten die Gedanken ferner um die Frage, welche Gegenstände eigentlich für die künstlerische Behandlung geeignet seien. Das war ein kardinales Problem; denn wenn Kunst ihren Sinn in sich tragen sollte (Goethe hatte Karl Philipp Moritz beigepflichtet, es sei ein Vorrecht des Schönen, „daß es nicht nützlich zu sein braucht", und Kant hatte vom „interesselosen Wohlgefallen" gesprochen), wenn Kunst zwar ebenso wie die Natur großen Gesetzen unterworfen war, aber in ihr eine besondere Kunstwahrheit erschien und wenn der in der Kunst gewünschte „Stil" auf dem „Wesen der Dinge" ruhen sollte, „insofern uns erlaubt ist, es in sichtbaren und greiflichen Gestalten zu erkennen" (vgl. Bd. I 500 ff.), dann wurde es unumgänglich, darüber nachzudenken, welche Gegenstände für solche Gestaltung tauglich sein mochten. Als Goethe Heinrich Meyer nach Italien den Abschluß von *Hermann und Dorothea* meldete, fügte er hinzu: „Der Gegenstand selbst ist äußerst glücklich, ein Sujet wie man es in seinem Leben vielleicht nicht zweimal findet. Wie denn überhaupt die Gegenstände zu wahren Kunstwerken seltner gefunden werden als man denkt, deswegen auch die Alten beständig sich nur in einem gewissen Kreis bewegen" (28. 4. 1797). Etwas später dasselbe Thema: „Alles Glück eines Kunstwerks beruht auf dem prägnanten Stoffe den es darzustellen unternimmt" (an H. Meyer,

6. 6. 1797). Wie kompliziert die Überlegungen waren und in welche Sackgassen sie führen konnten, wenn aus ihnen einseitige Vorschriften für praktizierende Künstler resultierten, wird sich noch zeigen, wenn über die strenge Kunstauffassung der *Propyläen*-Zeitschrift 1798–1800 und die Preisaufgaben zu berichten ist, die die Weimarer Kunstfreunde 1799 bis 1805 den bildenden Künstlern stellten.
Balladen waren aufs beste geeignet, auf relativ kleinem Raum, in den überschaubaren Grenzen eines Gedichts, Episches und Dramatisches zu erproben und ebenfalls „prägnante Stoffe" prüfend auszugestalten. Schiller und er wollten, so Goethe, „Ton und Stimmung" der „Dichtart" Ballade beibehalten, aber „die Stoffe würdiger und mannigfaltiger" wählen (an H. Meyer, 21. 7. 1797). Weiter traf auch hier zu, worauf Goethe aufmerksam machte, als er die Funktion von Schillers Vorspiel *Wallensteins Lager* erläuterte: Während die alten Dichter auf die Kenntnis „ganz bekannter Mythen" vertrauen konnten, muß „ein neurer Dichter" immer auch die Exposition des Geschehens vortragen (an H. Meyer, 6. 6. 1797). Der Dichter einer Ballade, in der eine Geschichte in dramatisch gestraffter Weise erzählt wird, hatte dieselbe Schwierigkeit zu bewältigen. Balladen also als Versuchsfeld für den Test künstlerischer Aufgaben und Möglichkeiten. Deshalb konzentrierten sich die einschlägigen Anmerkungen im Briefwechsel so sehr auf technische Probleme balladesken Gestaltens. Genau wurde geprüft, ob die Dichtung jeweils „mit ganzer Besonnenheit gedacht und organisiert" war (Schiller an Körner, 29. 10. 1798). Allerdings beabsichtigten weder Goethe noch Schiller, eine bestimmte Definition der Ballade zu liefern oder ein spezielles Balladengenre auszubilden. Goethe sprach schlicht von den „erzählenden Gedichten" (an Schiller, 22. 8. 1797).
Wie lässig Goethe mit der Gattungsbestimmung „Ballade" umging, zeigt die Tatsache, daß er Gedichte, die zweifellos Balladen sind, der so überschriebenen Rubrik seiner Lyrik gar nicht zuordnete. *Ballade* und *Paria*, Dichtungen aus später Zeit, wies er der Gruppe „Lyrisches" zu (JA 2,196 ff.). Als er jedoch das nur mit der Bezeichnung *Ballade* versehene Gedicht 1820 in seiner Zeitschrift *Über Kunst und Altertum* (II 3) veröffentlicht hatte, sah er sich veranlaßt, „den Lesern und Sängern" das Gedicht durch eine Erklärung „genießbarer" zu machen. Diese *Betrachtung und Auslegung* erschien im nächsten Heft der Zeitschrift (III 1, 1821) und enthielt grundsätzliche Bemerkungen, die seitdem immer wieder zitiert worden sind. „Die Ballade hat etwas Mysterioses, ohne mystisch zu sein; diese letzte Eigenschaft eines Gedichts liegt im Stoff, jene in der Behandlung. Das Geheimnisvolle der Ballade entspringt aus der Vortragsweise". So beginnt die *Betrachtung* und will den Leser sogleich über das freizügige Gestaltungsverfahren, die Vermischung der

Zeitebenen, das Zusammenspiel verschiedener Ausdrucksweisen, die Funktion der in leichter Variation wiederkehrenden Schlußzeile der *Ballade* („Die Kinder sie hören es gerne") aufklären. Die Ballade läßt Raum für solche Vielfalt, ja ist durch sie charakterisiert. Der Balladendichter kann

> lyrisch, episch, dramatisch beginnen und, nach Belieben die Formen wechselnd, fortfahren, zum Ende hineilen oder es weit hinausschieben. Der Refrain, das Wiederkehren eben desselben Schlußklanges, gibt dieser Dichtart den entschiedenen lyrischen Charakter.
> Hat man sich mit ihr vollkommen befreundet, wie es bei uns Deutschen wohl der Fall ist, so sind die Balladen aller Völker verständlich, weil die Geister in gewissen Zeitaltern, entweder kontemporan oder successiv, bei gleichem Geschäft immer gleichartig verfahren. Übrigens ließe sich an einer Auswahl solcher Gedichte die ganze Poetik gar wohl vortragen, weil hier die Elemente noch nicht getrennt, sondern, wie in einem lebendigen Ur-Ei, zusammen sind, das nur bebrütet werden darf, um als herrlichstes Phänomen auf Goldflügeln in die Lüfte zu steigen (JA 2,336).

Mit dem Ausdruck „Ur-Ei" kann natürlich nicht der historische Anfang der Dichtung bezeichnet sein, sondern in diesem Bild sammelt sich (wie bei der „Urpflanze") die Vorstellung, daß sich aus der Ballade alle Dichtarten entwickeln könnten, weil deren Elemente sämtlich in ihr beschlossen sind. Dies auf sich beruhend lassend, kann man in Goethes *Betrachtung* von 1821 in der Tat eine zureichende Beschreibung der Charakteristika der Ballade erblicken. Sie ist ein „erzählendes *Gedicht*" und rechnet daher zur Lyrik; denn die Gliederung in Verse und Strophen, die freilich ganz unterschiedlich ausfallen kann, gehört zu ihren Merkmalen. Sie ist ein *„erzählendes* Gedicht", weil der Erzählgestus stets präsent bleibt und epische Passagen mitbestimmend sind. Ein Geschehen wird so vorgetragen, daß dramatische Spannung entsteht. Partienweise dürfen mal epische, mal dramatische, auch lyrische Züge vorherrschen. So eignen sich als Balladenstoff besonders gut ungewöhnliche, überraschende, fesselnde Ereignisse aus Sage und Geschichte oder auch aus dem Reservoir freier, phantasievoller Erfindung. Doch ist, wie gerade neuere ‚Erzählgedichte' zeigen, Dramatisches nicht auf die äußere Spannung eines Handlungsablaufs angewiesen, sondern kann sich auch viel verborgener auswirken. Die Ballade hat, wie alle Kunst und Dichtung, ihre Geschichte und ist, in den weiten Grenzen ihrer Grundbestimmung, zu mannigfachen Wandlungen fähig. Es versteht sich, daß philologische Feindiagnose Arten und Unterarten dieser Lyrikgattung herauspräpariert und etikettiert hat, von der Unterscheidung in „nordische" und „legendenhafte" Balladen bis hin zur Auffächerung in „naturmagische" und „historische", in „Geister"- und „Schauerballaden", „Schicksals"-, „Ritter"- und „Heldenballaden" und ähnliche mehr. Wieweit diese Klassifizierungen, die das Ordnungs- und Orientierungsbedürfnis der Wissenschaftler befriedigen, dem Leser beim Verständnis des einzelnen Gedichts helfen, mag dahingestellt sein.

Erstaunlich ist es schon, daß Goethe und Schiller im Jahr 1797 so vehement ins „Balladenstudium" gerieten. Wie der Briefwechsel und die Tagebücher beweisen, war es keineswegs das beherrschende Thema, auch wenn Schiller dann die Formel „Balladenjahr" einfiel. In dem erwähnten Rahmen poetologischer Überlegungen waren es dichterische Lockerungsübungen, frei von Last und Anspruch antiker Vorbilder. Vom „Balladenwesen und Unwesen", in dem sie sich herumtrieben, sprach Goethe selbstironisch (an C. G. Körner, 20. 7. 1797) und schickte, bereits im Aufbruch zur geplanten neuen Italienreise, dem aus dem Süden in die Schweiz zurückgekehrten Heinrich Meyer ein paar Stücke, damit er „doch ja auch recht nordisch empfangen" werde (21. 7. 1797). Vielleicht spielte auch der Wunsch mit, dem Publikum, dem verachteten und dennoch umworbenen, nach mancher philosophischen Fracht der *Horen* und den verschlüsselten Attacken der *Xenien* eingängigere Lektüre zu bieten, freilich auf dem von Schiller in der Auseinandersetzung mit Gottfried August Bürger geforderten Niveau: daß gerade auch „bei Gedichten, welche für das Volk bestimmt sind, von den höchsten Forderungen der Kunst" nichts nachgelassen werden dürfe (*Über Bürgers Gedichte,* 1791; SA 16, 232).

Weitläufig könnten Unterschiede zwischen den Gedichten Schillers und Goethes beschrieben werden, die insgesamt nur deshalb ‚klassische Balladen' heißen dürfen, weil sie in jenen Jahren entstanden sind, die als Zeit der ‚Klassik' tituliert werden. Schillers erzählende Gedichte sind in ihrer Grundthematik wesentlich einheitlicher als die Goethes. Sie berichten von Menschen, deren Handeln in extremen Konfliktsituationen auf die Probe gestellt wird oder die sich selbst solcher Prüfung aussetzen, wobei sie angemessenes Verhalten beweisen oder verfehlen. Daß es Schiller darum ging, ‚Ideales' in dramatisch gerafften Beispielerzählungen anschaulich zu machen, steht außer Frage. Doch in der Allgemeinheit dieser Feststellung wäre unterschlagen, daß die einzelnen Balladen sehr wohl die divergierenden historischen Bedingungen der Anschauungen und Wertvorstellungen, die sich in ihnen auswirken, zu erkennen geben, Antikes etwa in den *Kranichen des Ibykus,* Mittelalterliches im *Gang nach dem Eisenhammer.* Der ethischen Qualifikation des vorgeführten Handelns darf und muß von Fall zu Fall durchaus nachgefragt werden; die Gedichte selbst fordern mit ihren unterschiedlichen ‚Helden' und Geschehnisabläufen den Leser dazu heraus. Mit dem Lob der

„ganz *reinen Tat*", das Goethe nach der Lektüre des *Handschuh* anstimmte (an Schiller, 21. 6. 1797), kann sich kaum zufriedengeben, wer weiß, daß man bei der Einschätzung menschlicher Taten nicht davon absehen kann, wofür sie getan oder gar gefordert werden.
Bei Goethe ist eine einheitliche Grundthematik dieser Dichtart nicht auszumachen. Schon in zwei früheren Phasen hatte er bekanntlich Balladen gedichtet: einmal unter dem Eindruck von altem Volksliedgut kleine schlichte Gedichte, in denen in kunstvoll-kunstloser Art im Volksliedton von Liebe und Leid, von abgründigem Geschehen in sagenhafter Einkleidung erzählt wurde (*Heidenröslein*, 1771; „Ein Veilchen auf der Wiese stand", 1773/74; *Der König in Thule*, 1774; „Hoch auf dem alten Turne", 1774; „Es war ein Buhle frech genung", 1774); dann wieder im ersten Weimarer Jahrzehnt, als im *Fischer* und *Erlkönig* die unheimlich gespenstischen Seiten der Natur in ihrer Faszination und beängstigenden Macht erschienen, denen Menschen ausgeliefert sein können. Aber *Der Sänger* (1783) sang auch die heitere Melodie von der Genügsamkeit und Selbstzufriedenheit der Kunst: „Ich singe, wie der Vogel singt, / Der in den Zweigen wohnet; / Das Lied, das aus der Kehle dringt, / Ist Lohn, der reichlich lohnet." Die Gedichte des „Balladenjahrs" waren in Form und Thematik kunstvoller und ausgreifender. Ihnen schlossen sich bis ins Alter weitere Stücke der Gattung an, darunter auch ganz spielerische, besonders auf den geselligen Kreis mit Kindern berechnet (*Der Rattenfänger, Hochzeitslied, Die wandelnde Glocke*).
Manches Thema seiner Balladendichtung hat er, wie es auch sonst geschah, lange mit sich herumgetragen, ehe es gestaltet wurde. „Mir drückten sich gewisse große Motive, Legenden, uraltgeschichtlich Überliefertes so tief in den Sinn, daß ich sie vierzig bis fünfzig Jahre lebendig und wirksam im Innern erhielt" (13,38). Im späten Rückblick erwähnte er dafür auch *Die Braut von Korinth* und *Der Gott und die Bajadere* als Beispiel (*Bedeutende Fördernis durch ein geistreiches Wort*). Doch ebenso konnte der Zufall einer Gelegenheit, wie oftmals in Goethes Lyrik, ein Gedicht dieser Art hervorlocken. Er selbst machte darauf aufmerksam, daß die meisten seiner Sachen „beinah nur aus dem Stegreife" seien (an C. G. Körner, 20. 7. 1797). Das eine muß das andere nicht ausschließen. Amüsant ist aufzudecken, was bei der Ballade *Der Schatzgräber* zusammenspielte. Am 21. Mai 1797 notierte er im Tagebuch: „Artige Idee, daß ein Kind einem Schatzgräber eine leuchtende Schale bringt". Er hatte sie wohl einem Kupferstich entnommen, der sich als Illustration im Kapitel „Vom Schatzgraben und Finden" der deutschen Übersetzung einer Schrift Petrarcas befand (*De remediis utriusque fortunae, Trost Spiegel in Glück und Unglück*). So erschien denn

auch dem nächtlich grabenden Schatzsucher in Goethes Gedicht „ein schöner Knabe“ mit „dem Glanz der vollen Schale“ und brachte ihn mit eingängiger Lehre vom törichten Vorhaben ab: „Trinke Mut des reinen Lebens! / [. . .] Grabe hier nicht mehr vergebens! / Tages Arbeit, abends Gäste! / Saure Wochen, frohe Feste! / Sei dein künftig Zauberwort.“ Goethe selbst war damals törichter „Schatzgräber“, und der Zuspruch im Vers ging auch an die eigene Adresse. Am Tag vor der Tagesbuchnotiz, am 20. Mai, hatte er über Justizrat Hufeland bei der Hamburger Stadtlotterie ein Los für die 116. Ausspielung bestellt, verlockt durch die – freilich falsch verstandene – Ankündigung, als Hauptgewinn seien 60 000 Mark *und* der Erwerb des schlesischen Gutes Schockwitz ausgesetzt (JbG 1951, 230 ff.). Bereits am 23. Mai schickte er Schiller, mit dem er in diesen Tagen öfter zusammensaß, den *Schatzgräber.* Da durchschaute er also schon, was die Hoffnung aufs Große Los war: eine Illusion, die mit nüchternen, gleichwohl poetisch ausgezierten Maximen zu parieren war. Und Schiller, der wahrscheinlich informiert war, „belustigte es“, der Ballade „die Geistesatmosphäre anzumerken, in der Sie gerade leben mochten“ (23. 5. 1797). Natürlich wurde es nichts mit dem erhofften Gewinn. Um sich den Wunsch nach Gutsbesitz zu erfüllen, mußte er weiterhin um das Anwesen in Oberroßla bieten, das er endlich im März 1798 erwerben konnte. Das Lotteriespiel in Frankfurt, um das sich die Mutter kümmerte, hat übrigens, soviel wir wissen, auch nie viel eingebracht.

Die *Legende,* im Tonfall des Hans Sachs erzählt, steckt voll hintergründiger Ironie. „Unser Herr“ bückt sich nach dem scheinbar wertlosen zerbrochenen Hufeisen, das Petrus mißachtete, und bezahlt von seinem Erlös die Kirschen, die dann den Durst in der Hitze etwas stillen können. In alter Manier die Moral am Schluß: „Tätst du zur rechten Zeit dich regen, / Hättst du's bequemer haben mögen. / Wer geringe Ding' wenig acht't, / Sich um geringere Mühe macht“. Das ist den Trägen ins Stammbuch geschrieben; Sparsamkeit, die bürgerliche Tugend, läßt der *Legenden*-Dichter (der Ausgaben für seine Interessen nicht scheute) vom Herrn Jesus beglaubigen und den Verschwendern aller Sparten als Spiegel vorhalten.

Von ganz anderem Gewicht das „Vampyrische Gedicht“ *Die Braut von Korinth,* dessen Anfang das Tagebuch auf den 4. Juni 1797 datiert. Das Motiv des Wiedergängers nahm Goethe hier auf, verband es mit dem des blutsaugenden Gespensts und gab der Ballade, der eine antike Gespenstergeschichte zugrundeliegt, einen Gehalt von erheblicher geschichtsphilosophischer Brisanz: Die mit dem Christentum aufgekommene Diffamierung der Sinnlichkeit wurde angeprangert, so deutlich, daß einige Zeitgenossen Anstoß nahmen. Manche nennten die Ballade, so der immer auskunftsfreudige Böttiger, „die ekelhafteste aller Bordellszenen“ und wären erbost über die „Entweihung des Christentums“, andere hielten sie für das „vollendetste aller kleineren Kunstwerke Goethes“ (an F. v. Matthisson, 18. 10. 1797; Bo II 116). – Aus dem noch heidnischen Athen kommt spätabends der „Jüngling“ nach Korinth zur christlich gewordenen Familie, deren Tochter seine Braut hatte werden sollen. Freundlich wird er aufgenommen, das „Prunkgemach“ ihm zur Nacht überlassen. Doch die Braut war vor Verzweiflung längst gestorben; denn die Mutter, zum Christentum bekehrt, hatte, von Krankheit genesen, gelobt und über sie verfügt: „Jugend und Natur / Sei dem Himmel künftig untertan“. In der Nacht nun, in der Geisterstunde, kehrt sie wieder, und das Paar durchlebt eine wollüstig schaudervolle Liebesnacht. Aber das Mädchen, das einst, noch als Heidin („als noch Venus' heitrer Tempel stand“), zur Braut bestimmt war, ist jetzt, Rache der Göttin, verdammt, nicht nur zu lieben, sondern auch „zu saugen seines Herzens Blut“. Und „ist's um den geschehn, / Muß nach andern gehn, / und das junge Volk erliegt der Wut“. War ihr der Wunsch nach Liebe unterdrückt worden, ist er nun in schreckliche Pervertierung umgeschlagen. Nur noch eine Bitte hat sie an die Mutter, aus dem Grab genommen und heidnisch verbrannt zu werden: „Wenn der Funke sprüht, / Wenn die Asche glüht, / Eilen wir den alten Göttern zu“. In der dichten Folge von Erzählpartien, die zu dramatischen Höhepunkten treiben, und Dialogstrophen, die vom Einst berichten, das Jetzt beklagen und so das Geschehene und Geschehende ‚aufarbeiten', ist Grausiges mit einer sprachlichen Unerbittlichkeit beschworen, die die zeitliche Nähe zur „bürgerlichen Idylle“ mit Hermann und Dorothea nicht ahnen läßt. Gewiß hatte Goethe schon früher Unheimliches auf berückende Weise gedichtet, im *Erlkönig*, im *Fischer*, aber dort war es immer noch magisch Faszinierendes, und die Schlußstrophe der frühen Ballade vom „frechen Buhlen“, der seine Braut verlassen hatte (später *Der untreue Knabe* betitelt), sparte das greuliche Finale aus. In der *Braut von Korinth*, die nach Ausweis der Tagebücher in zwei Tagen vollendet wurde, brach etwas auf, nach dessen biographischem Zusammenhang nachher noch zu fragen ist. Das unverhüllt Grausige war indes eine andere Art der Klage über Verlorenes; im „vampyrischen Gedicht“ weht der Geist von Schillers *Göttern Griechenlandes* („Da ihr noch die schöne Welt regiertet, / an der Freude leichtem Gängelband / glücklichere Menschenalter führtet [...]“). Die fundamentale Religionskritik ist ihm nicht auszutreiben. Die Strophe der um ihr sinnliches Dasein betrogenen Tochter der bekehrten Korinther ist eine schonungslose Anklage, gesprochen freilich von einer erdichteten Gestalt, aber nicht im Widerspruch zu anderen Äußerungen Goethes selbst. Wo aus der Verheißung aufs Jenseits die Unterdrückung der Triebe gefolgert wird, ist die Natur des Menschen verhöhnt, einem ideologischen Zwang aufgeopfert, der dann, wie es im dichterischen Vorgang bedeutet wird, Widernatürliches hervortreibt.

Und der alten Götter bunt Gewimmel
Hat sogleich das stille Haus geleert.
Unsichtbar wird Einer nur im Himmel,
Und ein Heiland wird am Kreuz verehrt;
Opfer fallen hier,
Weder Lamm noch Stier,
Aber Menschenopfer unerhört.

Diese Dichtung hat ihr Humanes darin, daß sie das Inhumane christlich-erzwungener Askese grell zum Vorschein bringt.
Wenige Tage nach der *Braut von Korinth* beendete Goethe bereits eine weitere große Ballade: „Indische Romanze Schluß" (Tagebuch, 9. 6. 1797). Auch hier erfand er nicht neu, sondern schöpfte aus einer literarischen Quelle und reicherte die „Indische Legende", wie *Der Gott und die Bajadere* dann untertitelt wurde, mit vielschichtiger Bedeutung an. „Mahadöh, der Herr der Erde", der die Menschen kennenlernen will, kehrt bei der Bajadere, der Dirne, ein, von ihr in „der Liebe Haus" gelockt. Als sie zusammen sind, sie seine „geheuchelten Leiden" lindert und ihm immer williger zu Diensten ist, erkennt er in ihr „durch tiefes Verderben ein menschliches Herz", und sie empfindet zum erstenmal wirkliche Liebe. So stark, so bedingungslos ist das Gefühl ihrer Verbundenheit mit ihm, daß sie mit dem „vielgeliebten Gast", der am Morgen tot neben ihr lag (so prüfte sie – fragwürdig – der Gott), verbrannt werden will, der Sitte gemäß als Frau mit ihrem Mann. Das müssen die Priester verweigern: „Dieser war dein Gatte nicht. / Lebst du doch als Bajadere, / Und so hast du keine Pflicht". Sie aber springt in die Flammen, und der Gott nimmt sie zu sich:

Doch der Götterjüngling hebet
Aus der Flamme sich empor,
Und in seinen Armen schwebet
Die Geliebte mit hervor.

In dieser Ballade ist vielerlei miteinander verflochten: daß die scheinbar Verlorene zur Liebe bis zur Selbstaufgabe fähig ist; daß gerade sie mit dem „Herrn der Erde" zusammen sein darf; daß die priesterlichen Wächter der Sitte das Außergewöhnliche nicht sanktionieren können; daß es eine höhere Instanz als die gesellschaftlich verfestigten Normen gibt und wahre Liebe bei ihr Gehör findet. In diesem Gedicht wird nicht polemisiert und keine Anklage erhoben, sondern von Liebe erzählt, die sich jenseits der Kategorien von Schuld und Sünde, Gewohntem und Geduldetem vollzieht. Wenn die Schlußzeilen eine Interpretation aus christlichem Geist nachzuliefern scheinen: „Es freut sich die Gottheit der reuigen Sünder; / Unsterbliche heben verlorene Kinder / Mit feurigen Armen zum Himmel empor“, so bietet die „indische Legende“ in Wahrheit kein Beispielgeschehen für den christlichen Erlösungsgedanken, sondern eine Erzählung mit irritierenden anderen Elementen. Von Reue des „schönen Kindes“ ist kein Anzeichen zu finden, und vom christlichen Heiland zu erwarten, daß er, bevor er Erlösung vermittelt, mit einer ‚Sünderin‘ „des Lagers vergnügliche Feier“ genießt, wäre Blasphemie. Goethe leistet sich, ans Dogma nicht gebunden, den christlich intonierten Schlußakkord, weil dadurch noch die Macht der Liebe, wie sie sich in der Ballade verwirklichte, und ihre Legitimierung durch Gott betont werden. Auch Mahadöh läßt er seine Leiden und seinen Tod simulieren (wie anders der christliche Erlöser!), damit die Hingabe der zur Liebe erwachten Bajadere um so klarer hervortritt. So hat Bertolt Brecht, bei allen Vorbehalten gegenüber der Konstellation in diesem Gedicht, wohl zutreffend gedeutet: „Es bezeichnet die freie Vereinigung von Liebenden als etwas Göttliches, das heißt Schönes und Natürliches, und wendet sich gegen die formelle, von Standes- und Besitzinteressen bestimmte Vereinigung der Ehe“ (in der Erläuterung seines eigenen Sonetts *Über Goethes Gedicht „Der Gott und die Bajadere“).* Aber Brechts Verse melden auch Einspruch gegen das Opfer an, „das hier verlangt wird, bevor der Preis zuerteilt werden soll“. Wir können nicht stillschweigend darüber hinweggehen, wie dubios in Goethes Ballade Mann und Frau einander zugeordnet sind, vielmehr: wie sie ihm untergeordnet ist, wie der Mann als der noch in der intimen Begegnung Herrschende erscheint, „Sklavendienste“ fordert, wie sich Liebe des Mädchens als Unterwerfung vollzieht und der Erzähler die skandalösen Worte spricht: „Ist Gehorsam im Gemüte, / Wird nicht fern die Liebe sein“. (Dorothea meinte: „Dienen lerne beizeiten das Weib nach ihrer Bestimmung“ ...)

Jeder seiner Balladen hat Goethe eine eigene Vers- und Strophenform angemessen. „Es ist wirklich beinahe magisch daß etwas, was in dem einen Silbenmaße noch ganz gut und charakteristisch ist, in einem andern leer und unerträglich scheint“ (an H. Meyer, 6. 6. 1797). Ruhig schreitend und erzählend die achtzeilige Strophe in trochäischen Vierhebern (mit ausgesuchter Reimordnung abbcaddc) im *Schatzgräber;* die *Legende* locker vorgetragen in paarweis gereimten vierhebigen Versen mit freier Taktfüllung; siebenzeilig die eigentümlichen Strophen der

Braut von Korinth, in denen die verkürzten, zudem gereimten fünften und sechsten Verse jeweils den Erzählfluß stauen; *Der Gott und die Bajadere* in nur hier so geformten elfzeiligen Strophen, in denen an einen vierhebigen trochäischen Achtzeiler, den Goethe von den frühen bis zu den späten Gedichten gern benutzte („Dämmrung senkte sich von oben"), noch drei anders strukturierte Zeilen angeschlossen werden, daktylisch-tänzerische Verse, so als sollte auch im Rhythmus der Strophe die Verbindung des ganz Verschiedenen ausgedrückt werden:

Als er nun hinausgegangen,
Wo die letzten Häuser sind,
Sieht er mit gemalten Wangen
Ein verlornes schönes Kind.
„Grüß' dich, Jungfrau!" – „Dank der Ehre!
Wart', ich komme gleich hinaus." –
„Und wer bist du?" – „Bajadere,
Und dies ist der Liebe Haus".
Sie rührt sich, die Cymbeln zum Tanze zu schlagen;
Sie weiß sich so lieblich im Kreise zu tragen,
Sie neigt sich und biegt sich und reicht ihm den Strauß.

Und was im *Zauberlehrling* passierte, erzählte Goethe so, daß sich das spannende Geschehen der Geisterbeschwörung und ihres Fiaskos in Vers und Strophe niederschlug. Eine achtzeilige Strophe, die es mit der Verknappung ihrer zweiten Hälfte zu nur dreihebigen Zeilen zudem nur hier gibt, wechselt mit einer Strophe in anderem Maß, die der Formelsprache des Zauberns angepaßt ist: „Walle! walle / Manche Strecke, / Daß zum Zwecke / Wasser fließe, / Und mit reichem, vollem Schwalle / Zu dem Bade sich ergieße!"

Diese bekannte Ballade vom Zauberlehrling, der die Geister rief, ihrer nicht Herr wurde und den „alten Meister" alarmieren mußte, ist für mancherlei Deutungen frei. Knebel las sie als Goethes „Abfertigung der Anti-Xenisten" (an Böttiger, 1. 11. 1797; Bo II 119). Die biedere Lehre, nicht vorwitzig und voreilig zu sein, kann an alle adressiert sein, die Ordnungen vorschnell aufheben oder verändern möchten, Philosophieadepten und junge Schriftsteller, politische Unruhestifter und allzu neuerungssüchtige Künstler. Doch sind das alles nur Spekulationen über eine meisterhaft vorgetragene dramatische Geschichte im erzählenden Gedicht. Die Brisanz der vampirischen Ballade und der indischen Legende ist jedenfalls fern. Da deuten sich, genau besehen, Widersprüche an. Aber in Goethes eigenem Dasein und Denken sind sie aufgehoben: Grundordnungen zu erkennen und an ihnen festzuhalten, innerhalb ihres Bereichs jedoch die Chancen des Lebens auszukundschaften und auszuschöpfen.

Am 22. Juni 1797 teilte Goethe Schiller mit, er habe die Arbeit am *Faust* wieder aufgenommen. „Unser Balladenstudium hat mich wieder auf diesen Dunst- und Nebelweg gebracht". Der Brief ist aufschlußreich; denn er bringt uns auf eine Fährte, die in Lebenszusammenhänge führt, denen manche Dichtungen dieser Jahre ihre besondere Thematik zu verdanken scheinen. Die Worte vom „Dunst- und Nebelweg" betonen nur das Nicht-Antikische der Balladen und des *Faust*, ihre Zugehörigkeit zur „nordischen" Lebenswelt im Unterschied zur südlich-italienischen, die gerade in diesen Monaten eigentlich alle Aufmerksamkeit auf sich ziehen mußte. Denn Goethe bereitete seit längerem eine neue Italienreise vor, für die er Vorarbeiten großen Stils traf, sollte doch nicht weniger als ein umfangreiches, geradezu enzyklopädisches Werk über Land und Leute, Geschichte, Kunst und Kultur entstehen. Auf 262 Folioseiten trug und ließ er handschriftlich zusammentragen, was zu behandeln, was an wichtigen Informationen bereits vorhanden und welche Literatur zu beachten war (WA I 34.2, 149–251). So war der „Entschluß, an den Faust zu gehen", für Schiller „in der Tat überraschend, besonders jetzt, da Sie sich zu einer Reise nach Italien gürten" (23. 6. 1797). Wichtiger als Goethes Hinweis auf das Nicht-Antikische, das Nördliche, auf das er sich eingelassen habe, sind in unserer Perspektive andere Bemerkungen. „Da es höchst nötig ist, daß ich mir, in meinem jetzigen unruhigen Zustande, etwas zu tun gebe, so habe ich mich entschlossen, an meinen Faust zu gehen", so beginnt der Brief vom 22. Juni 1797 und erwähnt später, es seien die „Umstände", die ihm „in mehr als Einem Sinne" rieten, eine Zeitlang auf dem „Dunst- und Nebelweg" herumzuirren. Vordergründig war es die Verzögerung der Abreise in den Süden, die ihn unruhig machte; der Herzog war auf Reisen und ließ auf sich warten, wünschte aber, Goethe vor dem Aufbruch noch zu sprechen. Nach wie vor war auch ungewiß, ob man überhaupt wagen könne, nach Italien zu reisen; die politische Lage war undurchsichtig, Bonaparte in Oberitalien eingerückt. Lange Zeit hatte es im Frühjahr ohnehin so ausgesehen, als sei an eine Reise nicht zu denken; denn noch herrschte Krieg im Süden. Erst als am 18. April 1797 der Präliminarfrieden von Leoben geschlossen war, den Goethe in seinem Tagebuch am 24. April eigens heraushob, stand es für ihn fest, „daß ich anfangs Juli hier weggehe, nach Frankfurt, mit meiner Mutter noch mancherlei zu arrangieren, und daß ich alsdann, von da aus, nach Italien gehen will" (an H. Meyer, 8. 5. 1797). Doch erst am 30. Juli kam er von Weimar los. Verständlich die Unruhe in dem schwankenden Hin und Her dieser Wochen und Monate. Der Ausflug ins „Balladenwesen und

Unwesen" und der Rückgriff auf den *Faust* waren auch Ablenkung von den Zweifeln, ob die Italienreise denn stattfinden könne.
Aber die Unruhe steckte tiefer. Schwer auszumachen, was ihn umtrieb, unstet, unausgeglichen machte. Nur Andeutungen in den Briefen, ein paar bezeichnende Vorgänge. Noch niemals hätten seine Pläne und Entschließungen so von Woche zu Woche variiert, schrieb er Heinrich Meyer, den er kränkelnd in Italien wußte, und verwob die Mitteilung in Ausdrücke der Besorgnis um dessen Befinden (6. 6. 1797). Eine Nachricht am 7. Juli: „Indessen habe ich alles geordnet und bin so los und ledig als ich jemals war". Alles geordnet und los und ledig. Bezog sich das auch auf jene Aktionen, die er im Tagebuch unter dem 2. und 9. Juli verzeichnete? „Briefe verbrannt. Schöne grüne Farbe der Flamme wenn das Papier nahe am Drahtgitter brennt". In den *Annalen* erläuterte er später: „Vor meiner Abreise verbrenn' ich alle an mich gesendeten Briefe seit 1772, aus entschiedener Abneigung gegen Publikation des stillen Gangs freundschaftlicher Mitteilung" (JA 30, 56). Reicht die Begründung aus? Verdeckt sie nicht, daß sich da jemand von Zeugnissen der Vergangenheit befreien wollte, die als lastende Erinnerung oder Mahnung unter seinen Papieren herumlagen? Im November 1782 hatte er jene Briefe noch heften lassen; freilich: „Welch ein Anblick! mir wirds doch manchmal heis dabey" (an Knebel, 21. 11. 1782). Der Greis wußte und zitierte, als er wieder einmal Korrespondenz verbrannte: „‚Frühere Fehler hindern spätere nicht'" (Tagebuch, 1. 10. 1831). Als er an die autobiographischen Arbeiten ging, bedauerte er die frühere Vernichtungsaktion und wünschte die Briefe „sehnlichst" zurück (an Rochlitz, 4. 4. 1819). Jetzt, im Sommer 1797, wollte er Ballast abwerfen; vielleicht half auch das gegen die Unruhe. Kein Brief der Braut Lili v. Schönemann blieb erhalten, kein Blatt Charlotte v. Steins aus den frühen Weimarer Jahren. Dann aus Frankfurt schon am 10. August Sätze, die im Grunde die ganze Reiseunternehmung widerrufen, von einem Skeptiker an den andern, an Knebel: „Ein paar Verse, die ich zu machen habe, interessieren mich mehr als viel wichtigere Dinge auf die mir kein Einfluß gestattet ist [...]. Nach Italien habe ich keine Lust". Die Begründung liest sich wie ein Vorwand: „Ich mag die Raupen und Chrysaliden [Puppen von Schmetterlingen] der Freiheit nicht beobachten, weit lieber möchte ich die ausgekrochnen französischen Schmetterlinge sehen". Ein paar Verse interessierten ihn mehr als anderes. Und das dominierende Thema, das die Verse jener Zeit breit und variationsreich durchspielten, war die Liebe, vom behutsamen Geständnis der Zuneigung und erotischen Geplänkel bis zur ausgelebten Sexualität.

Erotische Phantasien

Über der gepflegten Bravheit des Paares Hermann und Dorothea gerät leicht aus dem Blick, welchen poetischen Spielereien und Phantasien sich ihr Dichter zugleich überließ. Wie intensiv ihn der erotische Aspekt in seiner komplexen Tragweite beschäftigte, verrät schon eine rasche Durchsicht des Gedichtbestands. 1795 die meisterlich ausgewogene Neufassung jenes gefühligen und bildlich überlasteten Gedichts der Friedrike Brun („Ich denke dein, wenn sich im Blütenregen / Der Frühling malt [. . .]"): *Nähe des Geliebten* („Ich denke dein, wenn mir der Sonne Schimmer / Vom Meere strahlt; / Ich denke dein, wenn sich des Mondes Flimmer / In Quellen malt [. . .]"). 1796 im Stil der Schäferdichtung des frühen 18. Jahrhunderts (vielleicht als Einlagen für eine Oper Cimarosas), mit Thyrsis und Damon, Lämmern, „Herz und Bändern": *Die Spröde* und *Die Bekehrte.* Im gleichen Jahr entstand mit *Alexis und Dora* eine der großen Elegien im antiken Distichenmaß, die mit anderen in späteren Ausgaben das zweite Buch der Elegien bildete, nach den *Römischen Elegien* des ersten. Auch hier leitendes Thema die Liebe: in *Der neue Pausias und das Blumenmädchen* (1796), *Amyntas* (September 1797), *Euphrosyne* (Herbst 1797/1798). So auch bei den beiden kleinen Gedichten vom 24. Mai 1797: *Nachgefühl* und *Abschied.* Aus Stuttgart, auf der endlich begonnenen Reise gen Süden, warb Goethe bei Schiller für „ein poetisches Genre", „in welchem wir künftig mehr machen müssen [. . .]. Es sind *Gespräche in Liedern*" (an Schiller, 31. 8. 1797). Die drei schmalen Stücke, die unterwegs entstanden, sind Dialog-Balladen (folglich auch in die Gruppe der „Balladen" aufgenommen) und sprechen über nichts anderes als Liebe *(Der Edelknabe und die Müllerin; Der Junggesell und der Mühlbach; Der Müllerin Reue).* Das Nachzüglergedicht der Müllerin-Verse, *Der Müllerin Verrat* von 1798, ist durchsetzt mit eindeutigen Anspielungen einschlägiger Art, mit denen auch andere Gedichte dieses Umkreises ausstaffiert sind.

Mit der vampirischen Ballade von Korinth und der indischen Legende vom Gott und der Bajadere in der Tat ein stattlicher Bestand an ‚Liebesgedichten' jener Jahre! Erfahrungen, Erinnerungen, Phantasien des fast fünfzigjährigen Mannes? Riefen sie die innere Unrast hervor? Trieben auch sie ihn für viele Wochen aus Weimar nach Jena, ließen ihn erneut auf Italien hoffen, um Abstand zu gewinnen und sich in der Konzentration auf die Objektivationen von Geschichte, Kunst und Kultur wieder zu sammeln, zu sich zu finden, – nachdem die Briefe verbrannt und Vergangenheit verabschiedet waren? Und zerrten sie ihn dennoch schon in Frankfurt wieder nach Thüringen zurück, weil – wenigstens von Zeit zu Zeit – außer den „paar Versen" alles andere doch nur Illusion war?

„Wachsende Krisenstimmung“ erkannte Heinrich Meyer in seinem *Goethe. Das Leben im Werk* (1951/1967). Seit Sommer 1788 lebte Goethe nun schon mit Christiane zusammen. Wie man darüber dachte und sprach, wußte er wohl, und Schiller, der Geistesfreund, schwieg, zumindest auf dem Papier, die „kleine Freundin“ tot. Keine Frage: was die indische Legendenballade feierte, „die freie Vereinigung von Liebenden als etwas Göttliches“ (Brecht), hatte auch damit zu tun. Das Gedicht schloß Selbstzuspruch ein und wies alle bornierten Verleumder zurück, und sei es nur, daß es ein verborgen bewegendes Grundgefühl war, das den in freier Ehe Lebenden die Legende so und nicht anders aufgipfeln und beenden ließ. Aber welche Abgründe, die ebenfalls durchschienen! War es nur Phantasie, die ihn dazu brachte, daß der Mahadöh „Sklavendienste“ der Liebe forderte und sich als „Kenner der Höhen und Tiefen“ aufspielte, der „Lust und Entsetzen und grimmige Pein“ wählte? Und die vampirisch blutsaugende Braut in Korinth: Perversion der einst unterdrückten Lust, gewiß, aber nicht auch ein verzerrtes Gleichnis verzehrender Liebe? Das ist nicht weit entfernt von der *Amyntas*-Elegie, wo im Sinnbild des den Baum umschlingenden Efeus Vergnügen und Qual der Liebe illustriert sind:

> Soll ich nicht lieben die Pflanze, die, meiner einzig bedürftig,
> Still, mit begieriger Kraft, mir um die Seite sich schlingt?
> Tausend Ranken wurzelten an, mit tausend und tausend
> Fasern senket sie fest mir in das Leben sich ein.
> Nahrung nimmt sie von mir; was ich bedürfte, genießt sie,
> Und so saugt sie das Mark, sauget die Seele mir aus. [...]
> Sie nur fühl' ich, nur sie, die umschlingende, freue der Fesseln,
> Freue des tötenden Schmucks fremder Umlaubung mich nur.

Das schrieb er während der Reise in der Schweiz. Nur schöne Dichtung, nachdem er das Phänomen in der Natur gesehen hatte? (Tagebuch, 19. 9. 1797: „Der Baum und der Efeu Anlaß zur Elegie.“) Huldigung an die ferne Frau daheim, der er am 15. August geklagt hatte, sie glaube nicht, wie er sie vermisse, und er wünsche reicher zu sein, um sie und den Kleinen auf der Reise immer bei sich haben zu können? Oder Preis und Verwünschung der Liebe überhaupt, die ihn so ruhelos machte? War ihm Christiane denn wirklich ein und alles? War es nur Floskel in den nicht abreißenden Beteuerungen seiner und ihrer Briefe? Was drängte in der Erinnerung heran, als er *Nachgefühl* schrieb? Oder war dies nur betörende Verskunst, die noch jetzt, im Mai 1797, ein Gedicht mit einer galant-harmlosen Rokokowendung zu beschließen wagte?

Wenn die Reben wieder blühen,
Rühret sich der Wein im Fasse;
Wenn die Rosen wieder glühen,
Weiß ich nicht, wie mir geschieht.

Tränen rinnen von den Wangen,
Was ich tue, was ich lasse;
Nur ein unbestimmt Verlangen
Fühl ich, das die Brust durchglüht.

Und zuletzt muß ich mir sagen,
Wenn ich mich bedenk und fasse,
Daß in solchen schönen Tagen
Doris einst für mich geglüht.

Eines der vielen bedenkenden Gedichte Goethes, in denen im Arrangement der „wenn“-Bedingungen oder -Zeitbestimmungen erscheint, was zeichenhaft auf menschliches Fühlen und Denken verweisen kann. Noch ein spätes Dornburger Gedicht von 1828 ist so strukturiert: „Früh, wenn Tal, Gebirg und Garten / Nebelschleiern sich enthüllen [...].“

Hatte ihn vielleicht die junge Schauspielerin Christiane Neumann tief verstört, viel tiefer und länger nachwirkend, als es Beobachter vermuten können, für die der Goethe dieser Jahre der ‚klassische‘ Dichter von *Hermann und Dorothea* und der über Kunst, Literatur und Publikum theoretisierende Partner im Gespräch und Briefwechsel mit Schiller ist? Wer Christiane auf der Bühne sah, war beeindruckt; sie galt als die kommende große Schauspielerin. Corona Schröter unterrichtete sie, und Goethe, der Theaterdirektor, nahm sich ihrer besonders an; sie war ihm „das liebenswürdigste, natürlichste Talent, das mich um Ausbildung anflehte“ (*Annalen* zu 1791; JA 30, 13). Als Dreizehnjährige übernahm sie 1791 in Shakespeares *König Johann* eine winzige Rolle, aber von der Probe blieb ihm für immer in Erinnerung: Als sie, den Prinzen Arthur spielend, geblendet werden sollte und nicht genug Entsetzen mimte, stürzte er selbst, den Kämmerer Hubert darstellend, so stürmisch mit dem Blendeisen auf sie ein, daß sie heftig erschrak und zusammenbrach, und als sie dann vom Felsen in den Tod gesprungen war,

Freundlich faßtest du mich, den Zerschmetterten, trugst mich von dannen,
Und ich heuchelte lang’, dir an dem Busen, den Tod.
Endlich schlug die Augen ich auf, und sah dich, in ernste,

Stille Betrachtung versenkt, über den Liebling geneigt.
Kindlich strebt' ich empor und küßte die Hände dir dankbar,
Reichte zum reinen Kuß dir den gefälligen Mund [...].

So die Reminiszenz in der Totenelegie *Euphrosyne*. Mit fünfzehn heiratete Christiane den Schauspieler Heinrich Becker, wurde zweimal Mutter, kränkelte aber seit der Geburt der zweiten Tochter im Juni 1796 und wurde durch die Verpflichtungen am Theater belastet. Im Mai 1797, schon schwer an Tuberkulose leidend, spielte sie im Märchen mit Gesang *Das Petermännchen* von Joseph Weigl die Euphrosyne. In dieser Rolle sah Goethe zum Christiane letztenmal, die im Juni dann noch als Ophelia im *Hamlet* auftreten konnte. In der Schweiz erreichte ihn die Nachricht von ihrem Tod. Aus Zürich schrieb er Böttiger am 25. Oktober 1797: „Die Nachricht von ihrem Tode hatte ich lange erwartet, sie überraschte mich in den formlosen Gebirgen." Da setzte bereits dichterische Verarbeitung dessen ein, was ihn verwirrt hatte; in die „formlosen Gebirge" war ihm Post gewiß nicht nachgetragen worden. „Sie war mir mehr als in einem Sinne lieb", bekannte er. „Liebende haben Tränen und Dichter Rhythmen zur Ehre der Toten, ich wünschte, daß mir etwas zu ihrem Andenken gelänge." Er hatte, wohl nicht nur in der Dichtung, beides: Die große Elegie *Euphrosyne* entstand in den nächsten Monaten, und sie schloß:

Wehmut reißt durch die Saiten der Brust; die nächtlichen Tränen
Fließen, und über dem Wald kündet der Morgen sich an.

In der Elegie ließ Goethe die Verstorbene zu ihm sprechen und seine Erinnerung an sie auch für die Zukunft fordern:

Andere kommen und gehn; es werden dir andre gefallen,
Selbst dem großen Talent drängt sich ein größeres nach.
Aber du, vergesse mich nicht! [...]

Noch die späten *Annalen* zum Jahr 1797 hielten fest: „Auf dem Theater fand ich die große Lücke: Christiane Neumann fehlte, und doch war's der Platz noch, wo sie mir so viel Interesse eingeflößt hatte" (JA 30, 58). Christiane Becker-Neumann: eine der sehr jungen Frauen, die Goethe noch öfter verwirren sollten, Silvie v. Ziegesar, Minchen Herzlieb, Ulrike v. Levetzow. Verborgene Wünsche, die aus der frühen Zeit der Verbundenheit mit der Schwester Cornelia herrühren, nun transponiert in andere Konstellationen, die frei waren für erotische Phantasien? Freiräume neben der ehelichen Dauerverbindung, auf deren Zwänge *Amyntas* ebenfalls anspielen konnte? In solchen Begegnungen auch das Erwachen der Erinnerung an verlorene Möglichkeiten, während das Lebensalter ständig vorrückte? Am 13. Mai sah er Euphrosyne zuletzt auf der Bühne, auf den 24. Mai datiert man *Nachgefühl* und *Abschied,* dessen zweite Strophe lautet:

Du übst die alten Zauberlieder,
Du lockst ihn, der kaum ruhig war,
Zum Schaukelkahn der süßen Torheit wieder,
Erneust, verdoppelst die Gefahr.

Auch *Alexis und Dora* vom Mai 1796 dichtete eine Situation des Rückblicks. Während das Schiff ihn unaufhaltsam davonträgt, denkt Alexis zurück an die Zeit, als er Dora kaum beachtete, und erinnert sich an den „*einen* Augenblick" unmittelbar vor der Abreise, als sie dann doch ein Paar waren. Jetzt freut er sich über das Glück, aber er trauert auch über Versäumtes, und es plagt ihn der Zweifel, ob sie nicht einen andern ebenso lieben könnte:

[...] Die Türe steht wirklich des Gartens noch auf!
Und ein anderer kommt! Für ihn auch fallen die Früchte!
Und die Feige gewährt stärkenden Honig auch ihm!
Lockt sie auch ihn nach der Laube? und folgt er? O macht mich, ihr Götter,
Blind, verwischet das Bild jeder Erinnrung in mir! (V. 142 ff.).

Es muß hier auf sich beruhen bleiben, ob diese Elegie, die Schiller immerhin an den Anfang seines *Musenalmanachs für das Jahr 1797* setzte und Goethe schon zuvor unter Bekannten kursieren ließ, wirklich ein Rätsel enthält, das der Dichter den Lesern mit einem eingeschobenen Prolog der Verse 25–30 zur Lösung aufgegeben hat, und ob diese tatsächlich in der Entschlüsselung der Sexualsymbolik besteht, mit der das Gedicht angereichert ist.

Dritte Schweizer Reise 1797

Endlich konnte Goethe am 30. Juli 1797 aufbrechen. In langen Etappen zog sich die Fahrt Richtung Italien hin. Am 3. August „morgens 8 Uhr in Frankfurt. Abends um 8 Uhr kamen die Meinigen nach" (Tagebuch). Die Mutter sollte endlich Christiane Vulpius und Enkelkind August persönlich kennenlernen. Sie blieben nicht lange. Das Tagebuch vermerkt spröde unter dem 7. August: „Fuhren die Meinigen um 3 Uhr fort." Goethe selbst dagegen hielt sich noch bis zum 25. August in seiner Geburtsstadt auf, frischte alte Eindrücke auf, besichtigte Neubauten, besuchte Theateraufführungen, traf sich mit Bekannten. Warum Christiane und August so bald wieder nach Weimar zurückkehrten, ist unklar. „Vor die schöne Reise und vor die viele Mühe und Beschwerlichkeit, die Du mit uns gehabt hast, sage ich Dir noch vielen Dank. Ich werde noch sehr lang davon zu erzählen haben“, schrieb sie am 13. August aus Weimar. Vielleicht war es für den Geheimrat, der in ‚wilder Ehe‘ lebte, doch schwierig, seine Frau in Gesellschaften einzuführen, wo man die Etikette beachtet wissen wollte. Immerhin hatte er vor Antritt dieser Reise seine Familie abgesichert, indem er testamentarisch den mit seiner „Freundin und vieljährigen Hausgenossin, Christianen Vulpius, erzeugten Sohn August“ zum Universalerben einsetzte und dessen Mutter „den Nießbrauch alles dessen, was ich in hiesigen Landen zur Zeit meines Todes besitze“, vermachte (Weimar, 24. 7. 1797; A 12,767). Es war das erste Testament, das Goethe abschloß; ihm fügte er 1800 eine weitere Verfügung wegen des Guts Oberroßla an. 1831, als der Sohn schon gestorben und drei Enkel noch seinen Namen trugen, setzte er dann umfangreiche testamentarische Anordnungen auf, in denen er, „geleitet von dem Wunsche, für meinen Nachlaß – bei der Minderjährigkeit meiner Enkel – die möglichste Fürsorge zu treffen“ (A 12, 769), genau festlegte, was mit seinen Werken, Sammlungen, Büchern und Papieren nach seinem Tod zu geschehen habe.

Auf der Reise begleitete ihn jetzt der Schreiber Ludwig Geist, dreiundzwanzigjährig und seit 1795 für ihn tätig, ein nicht ungebildeter Mann mit Lateinkenntnissen und botanischen Interessen, der auch Orgel spielen konnte. „Spiritus“ nannten ihn Goethe und Schiller in ihrem Briefwechsel. Er bekam viel zu tun; denn sein Herr reiste als aufmerksamer Beobachter, der möglichst alles fixieren wollte, was ihm bemerkenswert schien. Stichworte und ausformulierte Passagen diktierte er ins Tagebuch, manches wohl spontan, manches aus Rückschau auf Erlebtes und Gesehenes, und einige Berichte füllten die Briefe an Christiane, Schiller und den Herzog. Den dienstbaren Geist erwähnte er hier mit keinem Wort, und der überging in seinem eigenen Tagebuch, das er auch noch führte, seinerseits den Chef mit Schweigen. Die Unterlagen dieser Reise, die entgegen dem ursprünglichen Plan dann nur bis in die Schweiz führte, hat Goethe zwar geschlossen als „Akten einer Reise in die Schweiz“ verwahrt, aber nicht mehr bearbeitet. *Aus einer Reise in die Schweiz über Frankfurt, Heidelberg, Stuttgart und Tübingen im Jahre 1797* hieß dann der Band, den Eckermann herausgab, und spätere Editoren haben die Papiere nochmals kritisch gesichtet.

Bereits in Frankfurt begann der Reisende, den ein „skeptischer Realism“ (19. 8.) leiten sollte, mit geradezu systematischer Beobachtungsarbeit. Deshalb legte er sich, wie er unter dem 15. August diktierte, Akten an, „worin ich alle Arten von öffentlichen Papieren, die mir jetzt begegnen: Zeitungen, Wochenblätter, Predigtanzeigen, Verordnungen, Komödienzettel, Preiskurrente einheften lasse und sodann sowohl das, was ich sehe und bemerke, als auch mein augenblickliches Urteil einschalte" (A 12, 92), alles Vorarbeiten für spätere große Darstellungen im Zusammenhang. In umfangreichen Aufzeichnungen hielt er fest, was ihm in Frankfurt auffiel, schilderte die Personen, die im Theater ihre Rollen spielten, beschrieb die Dekorationen einer Aufführung, wagte eine summarische Charakteristik der Franzosen, die nicht einen Augenblick still sein könnten, berichtete über italienische Zeitungen, die ihm vorlagen, und ihre politischen Ansichten. Er spürte auch, wie sich das Leben in der Heimatstadt verändert hatte und sich neue Entwicklungen abzeichneten. Das „Publikum einer großen Stadt" lebe „in einem beständigen Taumel von Erwerben und Verzehren", und alle Vergnügungen dienten nur der Zerstreuung (A 12, 80): Atmosphäre einer Großstadt, in der Kommerz und Geld zu dominieren begannen. Als er über die Bauweise im alten und neuen Frankfurt und deren Zweckmäßigkeit nachdachte, gab er sogar den Rat, neue Wohnhäuser so zu bauen, daß sie leicht den Besitzer wechseln und mehrere Familien zur Miete aufnehmen könnten. „Der Frankfurter, bei dem alles Ware ist, sollte sein Haus niemals anders als Ware betrachten" (A 12, 99). Es waren nicht mehr als beiläufige Bemerkungen, die die neuen Tendenzen in der alten Patrizierstadt streiften, und er leugnete angesichts des Treibens nicht, daß er sich schon mehrmals „nach dem Saalgrunde" gesehnt habe. Es war, als orientiere er sich in einer ihm fremden Stadt. Das Elternhaus im Großen Hirschgraben war verkauft; er wohnte nun in der Wohnung mit der schönen Aussicht am Roßmarkt, die die Frau Rat vor zwei Jahren bezogen hatte. Am 25. August reiste er weiter. Als er sich von der Mutter verabschiedete, war es ein Abschied für immer; er hat sie, die 1808 starb, nicht wiedergesehen.

Am 22. August besuchte ihn noch ein „etwas gedrückt und kränklich" aussehender junger Mann, der aber „wirklich liebenswürdig und mit Bescheidenheit, ja mit Ängstlichkeit offen" gewesen sei. Schiller erfuhr: „Gestern ist auch Hölterlein bei mir gewesen" (23. 8. 1797). Es war die letzte Begegnung Hölderlins, des damaligen Hauslehrers bei Gontards, mit Goethe, von dem er sich Rat, Zuspruch und Förderung erhoffte. Sie kannten sich seit längerem. Seinem Freund Neuffer hatte Hölderlin, dessen *Hyperion*-Fragment und Gedicht *Das Schicksal* in der *Thalia* erschienen waren, im November 1794 bekümmert berichtet, wie er in Schillers Wohnung in Jena den Fremden „im Hintergrunde", „bei dem keine Miene, auch nachher lange kein Laut etwas Besonders ahnden ließ", nicht als Goethe erkannte. Dann hatte er ihn in Weimar besucht, war begeistert, „so viel Menschlichkeit zu finden bei so viel Größe" (an Hegel, 26. 1. 1795), und bei Schiller in Jena traf er ihn noch mehrmals. Dem schickte er am 20. Juni 1797 den ersten Band des ausgearbeiteten *Hyperion*-Romans und legte die Gedichte *Der Wanderer* und *An den Äther* bei. Sich seiner Dichterkraft bewußt, wagte er jetzt dem Großen gegenüber mit Selbstvertrauen aufzutreten: „Ich habe Mut und eignes Urteil genug, um mich von andern Kunstrichtern und Meistern unabhängig zu machen [...]." Schiller reichte die Gedichte Goethe zur Prüfung weiter, ohne ihren Verfasser zu nennen. Das Urteil, von dem Hölderlin nichts erfuhr, war zwiespältig. Goethe sprach sich zwar nicht gegen eine Veröffentlichung aus, erkannte auch in den beiden Gedichten „gute Ingredienzen zu einem Dichter", aber sie allein, meinte er, machten noch keinen Dichter, und schlug vor, der Autor solle „einmal ein ganz einfaches idyllisches Faktum" wählen und darstellen, „so könnte man eher sehen, wie es ihm mit der Menschenmalerei gelänge, worauf doch am Ende alles ankommt" (28. 6. 1797). Auch als er wußte, daß die Verse von Hölderlin stammten, sah er in ihnen immer noch viel ‚Schillersches' (1. 7. 1797), und Schiller selbst ging es nicht anders. Daß sich im Gedicht *An den Äther* schon der genuine Hölderlin mit seinem Hymnenton und dem Wunschbild einer allumspannenden Harmonie äußerte, blieb beiden verborgen. Es mußte den Besucher in Frankfurt treffen und verstören, als ihm der bewunderte Mann aus Weimar riet, „kleine Gedichte zu machen und sich zu jedem einen menschlich interessanten Gegenstand zu wählen"(Goethe an Schiller, 23. 8. 1797). Hölderlin dachte schon in anderen Weiten. Für seine Feier der ‚Götter' und ihrer Gaben und die Trauer über ihre Abwesenheit in dürftiger Zeit konnte der Vorschlag zu „Menschenmalerei" und „kleinen Gedichten" nur eine Zumutung sein. In seinen Briefen erschien seitdem der Name Goethes nur noch zweimal, als 1803/04 von der Übersendung der Sophokles-Übertragungen die Rede war. Soviel wir wissen, hat Goethe nie einen Brief an Hölderlin geschrieben. Was er vom *Empedokles,* der Eindeutschung des Sophokles, den Hymnen gehalten hat, ist unbekannt. Ob er sie überhaupt kennenlernte? Viele sind erst lange nach seinem Tod veröffentlicht worden.

Im August 1797 soll Goethe auch eine summarische Selbstcharakteristik formuliert haben (JA 25,338). Zwar kommt in der kurzen Prosaskizze sein Name nicht vor, aber alles spricht dafür, daß er bei der psychologischen Studie, die er seinem Schreiber Geist diktierte, an niemand anders als sich selbst dachte. Skeptischen Realismus hatte sich der Reisende verordnet. Entsprechend fiel auch die „Selbstschilderung" aus (JA 25,277 f.); sie wurde eine kritische Diagnose der inneren Grundverfassung. „Poetischer Bildungstrieb" schien ihm das bestimmende Movens zu sein; ein Gestaltenwollen, das auf dem produktiven Austausch von Ich und Welt beruhte und sich deshalb vielerlei zuwandte.

> Immer tätiger, nach innen und außen fortwirkender poetischer Bildungstrieb macht den Mittelpunkt und die Base seiner Existenz. Hat man den gefaßt, so lösen sich alle übrigen anscheinenden Widersprüche. Da dieser Trieb rastlos ist, so muß er, um sich nicht stofflos selbst zu verzehren, sich nach außen wenden, und da er nicht beschauend, sondern nur praktisch ist, nach außen gerichtet entgegen wirken: daher die vielen falschen Tendenzen zur bildenden Kunst, zu der er kein Organ, zum tätigen Leben, wozu er keine Biegsamkeit, zu den Wissenschaften, wozu er nicht genug Beharrlichkeit hat. Da er sich aber gegen alle drei bildend verhält, auf Realität des Stoffs und Gehalts und auf Einheit und Schicklichkeit der Form überall dringen muß, so sind selbst diese falschen Richtungen des Strebens nicht unfruchtbar nach außen und innen.

Jetzt erschien dem Selbstdiagnostiker der im engeren Sinn „poetische Bildungstrieb", das dichterische Gestalten, als die Tätigkeit, die ihm eigentlich gemäß sei, während er das Engagement im „tätigen Leben" und in den „Wissenschaften", dem er so viel Zeit opferte, merkwürdig niedrig einstufte. Aber im Sommer 1797, nach Abschluß der *Lehrjahre*, im Jahr des Epos und der Balladen, mochte er gerade im Dichterischen die ihm vor allem zusagende produktive Kraft erblicken. Der die Schlußsätze der „Selbstschilderung" diktierte, wußte freilich, daß ihn Ruhelosigkeit begleiten würde:

> Eine Besonderheit, die ihn sowohl als Künstler als auch als Menschen immer bestimmt, ist die Reizbarkeit und Beweglichkeit, welche sogleich die Stimmung von dem gegenwärtigen Gegenstand empfängt und ihn also entweder fliehen oder sich mit ihm vereinigen muß. So ist es mit Büchern, mit Menschen und Gesellschaften: er darf nicht lesen, ohne durch das Buch gestimmt zu werden; er ist nicht gestimmt, ohne daß er, die Richtung sei ihm so wenig eigen als möglich, tätig dagegen zu wirken und etwas Ähnliches hervorzubringen strebt.

„Skeptischer Realism" als Beobachtungsmaxime wirkte sich auf alle Schilderungen von dieser Reise des Jahres 1797 aus. Ruhige, besonnene Betrachtung war gewünscht, genaues Erfassen der Gegenstände. In manchen ausformulierten Partien, etwa der Schilderung von Heidelberg und Heilbronn, entstand eine meisterhafte Prosa diagnostizierender Beschreibung. So vermag nur darzustellen, wer sich Zeit zum Schauen läßt

– und die Kunst der Sprache beherrscht. Goethe konnte auch gar nicht eilen; mehr als durchschnittlich zehn Kilometer pro Stunde schaffte die Kutsche nicht, eine bescheidene Miet-Chaise mit zwei Plätzen. Zahlreiche Übernachtungen waren nötig und eingeplant. „Heilbronn den 27. Aug. 97: Abends um 6 Uhr angekommen. In der Sonne abgestiegen. Ein schöner Gasthof und bequem, wenn er fertig sein wird." Selbstverständlich nahm man sich Zeit für eine Besichtigung. „28. August: Wenn man sich einen günstigen Begriff von Heilbronn machen will, so muß man um die Stadt gehen." (Es war sein Geburtstagsspaziergang, aber davon sprach er nicht.) Heilbronn beeindruckte ihn sehr. Dort harmonierten Altes und Neues; alles war überschaubar, klar geordnet, der „Wohlstand der Bürger" gleichmäßig verteilt, und eine „gute Administration" verwaltete das Gemeinwesen. „Ich hätte gewünscht diesen kleinen Kreis näher kennen zu lernen" (an Carl August, 11. 9. 1797).

Die Fahrt ging weiter über Stuttgart und Tübingen. Begegnungen mit Künstlern und Wissenschaftlern, mit dem Bildhauer v. Dannecker, bei dem er den Originalguß der Büste Schillers bewunderte, mit dem Baumeister Thouret, der 1798 die Leitung des Schloßbaus in Weimar übernahm. Nebenbei diktierte Goethe *Einiges über Glasmalerei*, mit speziellen Bemerkungen über einzelne Farben. In Tübingen wohnte er beim Verleger Johann Friedrich Cotta, hatte ein „heiteres Zimmer, und, zwischen der alten Kirche und dem akademischen Gebäude, einen freundlichen, obgleich schmalen Ausblick ins Neckartal" (A 12, 162). Beide trafen sich hier zum erstenmal, nachdem Schiller die Verbindung geknüpft hatte. Dieser blieb auch weiterhin, als Cotta den Verlag von Goethes Werken bis hin zur „Ausgabe letzter Hand" übernommen hatte, der Mittelsmann, dessen Rat und Intervention bisweilen nötig und nützlich waren. Denn einen Interessenausgleich zwischen dem agilen Verleger und dem peniblen und ebenfalls geschäftstüchtigen Autor zu finden war manchmal schwierig. In den Tübinger Tagen begann eine Beziehung, die lebenslang dauern sollte, viel Erfreuliches für beide Partner brachte, Spannungen überstand und die die Schlußformel, die Goethe unter einen seiner letzten Briefe an Cotta setzte, wohl genau charakterisiert: „Hochachtungs wie vertrauensvoll" (16. 6. 1831). Die jetzt geschlossen vorliegende Korrespondenz ist ein unschätzbares Dokument. Über den persönlichen Gedankenaustausch hinaus bietet sie viele Einblicke in die ökonomischen Zusammenhänge des literarischen Lebens der Zeit, in Herstellung und Vertrieb von Druckerzeugnissen, Korrekturabläufe und Berechnung von Honoraren und vieles andere mehr (GCB).

Bei Schaffhausen besuchte Goethe wiederum den Rheinfall, der damals als ein Naturwunder galt, an dem man nicht vorbeifuhr. 1775, auf der ersten Rückreise aus der Schweiz, drängte sich noch mächtig das subjektive Empfinden des Erlebenden vor, als er von „dem Schaum stürmenden Sturze des gewaltigen Rheins“ schwärmte *(Dritte Wallfahrt nach Erwins Grabe im Juli 1775)*. 1779 hatte sich bereits die Betrachtungsweise des ruhigen Beobachters durchgesetzt, beim Rheinfall wie auf der ganzen zweiten Schweizer Reise. Undenkbar, daß sich im Tagebuch des dritten Aufenthalts eine spontan-emphatische Bemerkung einfände wie 1775: „Müd und munter vom Berg ab springen voll Dursts und lachens. Gejauchtzt bis Zwölf.“ Die Schilderung des Rheinfalls leitete er 1797 sogar mit einem kleinen Essay über Sinn und Nutzen des Beschreibens ein (in einer Zeit, als noch nicht fotografiert werden konnte). Auf Genauigkeit und Vollständigkeit des Erfassens kam es dem Betrachter an, der einen ganzen Tag aufwandte. Allerdings schlichen sich hier denn doch ein paar Äußerungen ein, die die Ergriffenheit des Schauenden erkennen ließen: „Gedanke an Ossian. Liebe zum Nebel bei heftigen innern Empfindungen“ (A 12,174). Und „Erregte Ideen“ lautet die Überschrift zum eigentlichen Beschreibungskapitel.

Merkwürdig spärlich die Aufzeichnungen aus Zürich. Bei den früheren Aufenthalten dort hatte er aufgesucht, was Rang und Namen besaß in der Stadt, über deren Vielzahl von Autoren man gern spottete. Diesmal in den beiden Tagen (19. und 20. September) ein einziger Besuch: bei Barbara Schultheß. Was trieb ihn, gerade sie zu besuchen, die er seit der ersten Schweizer Reise 1775 kannte, mit der er auf der Rückreise von Italien 1788 ein paar Tage in Konstanz verbracht, einige Briefe gewechselt, der er die *Theatralische Sendung* geschickt hatte, die sie abschrieb? Hoffte er bei ihr, mit der ihn das seltene Du verband und die ihn mit ihrer Lebenszuversicht und Heiterkeit an seine Mutter erinnern mochte (Lavater nannte sie die „Immergleiche“), gute Erinnerungen zu erneuern und sich vertraulich aussprechen zu können? Wir wissen nichts vom Gespräch mit der vier Jahre älteren Bekannten am 19. September 1797. „Zu Frau Schultheß“, das ist alles. Aber es scheinen keine guten Stunden gewesen zu sein. Sie war eng mit Lavater befreundet, aber mit ihm hatte Goethe längst gebrochen. Die ständigen Bekehrungsversuche des einstigen Freundes waren ihm zuwider. In den *Venetianischen Epigrammen* hatte er gehöhnt: „Jeglichen Schwärmer schlagt mir ans Kreuz im dreißigsten Jahre; / Kennt er nur einmal die Welt, wird der Betrogne der Schelm.“ Und dann störte Bäbe wohl auch das ‚Verhältnis‘ mit Christiane Vulpius, von dem genug geredet wurde. In ihren Briefen (JbG 13) schimmert durch, daß bei ihr mehr im Spiel war als nur die Bewunderung für den berühmten Mann in Weimar. Am Abend des 19. September schickte sie ihm ein Blatt ins Gasthaus zum Schwert: „Lieber – Soll ich dir nicht gestehen, daß eine gewisse Mißstimmtheit die ich kaum bey deinem daseyn bemerkte erst da du fort warest tiefer

fühlte, mich sehr betrübt [...] und in der Stimmung dich wieder weiter gehen lassen willt du das auf mich legen? – und nicht noch eine Stunde den Morgen kommen – dass wir mit andern Gefühlen uns Lebe wohl sagen?" (JbG 13,17) Goethe kam nicht. Er machte einen Spaziergang durch Zürich, aber kehrte bei Bäbe nicht ein. Und Lavater, dessen Gang dem eines Kranichs ähnelte, ließ er vorbeigehen: „Auf dem Rückweg begegnete ich den Kranich." Nachmittags traf Heinrich Meyer ein, und am nächsten Tag fuhren beide in dessen Heimatort Stäfa am Zürichsee. Nun beherrschten Gespräche über Kunstfragen und „die vorhabende rhetorische Reisebeschreibung" (24. 9.) die Tage. Wieder wie auf den früheren Reisen wurde der Gotthard bestiegen, ohne daß die Begeisterung des Jahres 1775 wach werden konnte. Beobachtung und Wiedererkennen der bekannten Szenerie: „Ganz heiterer Himmel. Wir nahten uns nun nach und nach dem Gipfel. Moor, Glimmersand, Schnee. Alles quillt um einen herum. Seen" (3. 10. 1797). Schiller schrieb er über den Ausflug ins Gebirge: „Ich war ein anderer Mensch geworden, und also mußten mir die Gegenstände auch anders erscheinen" (14. 10. 1797).
Seit dem 8. Oktober wieder in Stäfa, ging die Beschäftigung mit den Materialien, die Meyer zusammengetragen, den Tagebuchaufzeichnungen und anderer Literatur weiter. „Von dem unfruchtbaren Gipfel des Gotthards bis zu den herrlichen Kunstwerken, welche Meyer mitgebracht hat, führt uns ein labyrinthischer Spazierweg durch eine verwikkelte Reihe von interessanten Gegenständen, welche dieses sonderbare Land enthält" (an Schiller, 14. 10. 1797). Das *Chronicon Helveticum* des Aegidius Tschudi wurde studiert (im 16. Jahrhundert geschrieben, 1736 gedruckt). Dort war die Geschichte Tells aufgezeichnet, und Goethe meinte, die „Fabel von Tell" könne er gut „episch behandeln" (14. 10.) Eckermann hat er später ausführlich davon erzählt; „ich summte dazu schon gelegentlich meine Hexameter" (E 6. 5. 1827). Dann überließ er Schiller den Stoff für sein Schauspiel.

Ende Oktober war Goethe zum letzten Mal für wenige Tage in Zürich und traf auch noch einmal Barbara Schultheß, deren bittende Briefe in Stäfa angekommen waren, nachdem er ihr von dort geschrieben hatte: „Alles ist mir bisher über meine Wünsche geglückt, außer das, was ich so lebhaft wünschte: mich mit dir gleich, und unmittelbar auf dem alten Flecke wieder zu finden" (27. 9. 1797). Doch die Verständigung mißlang. Sie schickte ihm noch einige Blätter nach, als er auf der Rückreise war. „Sey freundlich und sage mir bald wieder ein Wort" (1. 11.). Aber es kam keine Antwort mehr. – Jetzt doch ein paar Besuche in Zürich, bei Chorherrn Hottinger, einem scharfen Gegner Lavaters, bei Dr. Lavater, Johann Caspars jüngerem Bruder, bei Antistes Hess, der 1775 die Fahrt auf dem Zürichsee mitgemacht hatte und dem verhaßten Lavater

treu ergeben war. Der aber blieb ausgespart. Merkwürdiges Umherstreichen im Umkreis des „Kranichs".
Die Heimfahrt ab 26. Oktober verlief zügig. Zu Fuß mit Meyer erneut zum Rheinfall. Über Tuttlingen, Balingen, Tübingen, Gmünd, Ellwangen, Dinkelsbühl („alt aber reinlich") nach Nürnberg, wo man Knebel traf und einige Tage verbrachte, ohne jedoch etwas über die Bauten der alten Reichsstadt im Diktat festzuhalten; sie konnte mit jener Kunst, die die Reisenden verehrten und als Vorbild ansahen, nicht aufwarten. Dafür füllten das Tagebuch die Namen von Kaufleuten und Gesandten, die dort residierten und Gesprächspartner waren. Am 20. November trafen die verhinderten Italienreisenden in Weimar ein. Die unsichere, als gefährlich geltende politische Lage hatte die Fahrt über die Alpen verhindert, wiewohl Goethe schon in Frankfurt die Lust zur großen, langen Reise verloren hatte. Von ernsthaften Klagen über das Scheitern der Unternehmung war jedenfalls nichts zu hören. Drei Monate war er außerhalb der vertrauten Thüringer Welt gewesen – Gelegenheit zum Nachdenken aus der Distanz. *Amyntas,* die Müllerin-Balladen, Verse für die *Euphrosyne*-Elegie blieben freilich weiterhin ins schillernde Thema Erotik verstrickt, doch stabilisierten die Eindrücke der Natur und die Gespräche mit Meyer über Kunst und Pläne für die Zukunft die eigene Existenz. Wenigstens deuteten das beiläufige Bemerkungen an. „Ich habe", schrieb er Carl August nach den Tagen in den Bergen, „viel Freude gehabt diese Gegenstände wieder zu sehen und mich in mehr als Einem Sinne an ihnen zu prüfen" (17. 10. 1797).

Hohe Zeit der Weimarer Klassik

Ein Programm für bildende Künste. Die Propyläen

Das große enzyklopädische Werk über Italien kam nicht zustande. Aber was sich seit etwa 1795 an Materialien, Skizzen und Entwürfen angesammelt hatte, sollte nicht ungenutzt bleiben. Sie betrafen vor allem die bildende Kunst. Heinrich Meyer hatte bei seinem Studienaufenthalt in Italien ja gerade auf diesem Gebiet geforscht, sich Notizen bei der Betrachtung der Kunstwerke gemacht, in Zeichnungen eingefangen, was er sah. Goethe war, wenn er sich mit bildender Kunst beschäftigte, immer noch dabei, die in den italienischen Jahren von 1786 bis 1788 gewonnenen Kenntnisse in Erkenntnisse des Wesens der Kunst und ihrer Gesetze zu überführen. Was mit den Aufsätzen im *Teutschen Merkur,* etwa der Abhandlung *Einfache Nachahmung der Natur, Manier, Stil,* begonnen hatte, wartete auf Fortsetzung. Schon aus Stäfa informierte er Böttiger in Weimar, er habe, seitdem er wieder mit Meyer zusammen sei, „theoretisiert und praktisiert" und sie beabsichtigten, „ein paar allgemein lesbare Oktavbände zusammenzustellen" (25. 10. 1797). Im Frühjahr 1798 reifte der Plan weiter. Schiller wies Cotta auf das Projekt hin (28. 3. 1798), und als dessen Bedenken wegen des zahlenmäßig zu kleinen „Kunstpublikums" (Cotta an Schiller, 11. 4. 1798) der Verlockung erlagen, eine Zeitschrift und dann vielleicht auch Werke Goethes verlegen zu können, skizzierte dieser die Absicht der Initiatoren:

> Das Werk, welches wir heraus zu geben gedenken, enthält Betrachtungen harmonirender Freunde über *Natur* und *Kunst.*
> Was aus *Naturgeschichte* und *Naturlehre* ausgehoben wird soll, dem Gegenstand und der Behandlung nach, vorzüglich von der Art seyn daß es für den bildenden Künstler brauchbar und zu seinen Zwecken, wenigstens in der Folge, anwendbar werde, unter *Kunst* wird für die erste Zeit vorzüglich die bildende verstanden, über deren Theorie, Ausübung und Geschichte manches vorräthig liegt; doch wird man die Kunst im allgemeinen jederzeit im Auge haben, daß, wenn nach unserm Wunsche, sich auch Freunde der Dichtkunst und Musik anschliessen, sie, was die Grundlagen betrifft, genugsame Vorarbeit finden sollen (an Cotta, 27. 5. 1798).

Es folgten noch genaue Vorschläge zur Einrichtung und Erscheinungsweise der einzelnen Hefte, und in einer Beilage waren Arbeiten aufgeführt, „die theils fertig, theils, mehr oder weniger, in kurzer Zeit zu redigiren und auszuarbeiten sind" (GCB 1, 23). Obwohl Schillers mit so großem Optimismus begonnene *Horen* gerade einschliefen, wagte

Cotta die neue Publikation. Verlegerisch sollte er an ihr nicht viel Freude haben; denn die *Propyläen*, wie die „periodische Schrift" genannt wurde (für die Schiller zunächst den Titel „Die Künstler" vorgeschlagen hatte), lebten auch nicht länger als zwei Jahre. Ende 1798 erschien das erste Heft, das letzte im November 1800, insgesamt drei Bände mit je zwei „Stücken" (Nachdruck 1965). Cotta klagte Schiller schon am 16. Juni 1799, er setze bei einer Auflage von 1 300 kaum 450 Exemplare ab. Es half auch nicht, daß Goethe „Verminderung der Auflage, Nachlaß am Honorar, Zaudern mit den nächsten Stücken" empfahl (an Schiller, 10. 7. 1799); die *Annalen* zu 1800 konnten nur noch resümieren: Die *Propyläen* wurden „bei erschwerter Fortsetzung aufgegeben".
Mit den harmonierenden Freunden, die jener ausführliche Erläuterungsbrief Goethes erwähnte, waren im engeren Sinn Heinrich Meyer, Schiller und Goethe gemeint, dann auch Wilhelm v. Humboldt und seine Frau Caroline, die mit drei Beiträgen im dritten Band vertreten waren. Ein anderer Terminus festigte sich bald: Am 1. Januar 1802 unterzeichnete Goethe seinen Artikel *Weimarische Kunstausstellung vom Jahre 1801 und Preisaufgaben für das Jahr 1802* in der Jenaer *Allgemeinen Literatur-Zeitung* „im Namen der vereinigten Kunstfreunde" (A 13, 354). Gemeint waren die „Weimarischen Kunstfreunde", die seit 1799 die Preisausschreiben für Zeichnungen nach vorgegebenen Themen und die zugehörigen Kunstausstellungen ausrichteten und sich für ihre Veröffentlichungen mehrfach mit dem Kürzel „W. K. F." begnügten. Man wußte, wer so signierte: die Kunstbeflissenen mit Goethe und Meyer als leitenden Autoritäten. Seit 1804 gehörte auch Carl Ludwig Fernow zu ihrem Kreis.
„Propyläen" ist der Name der Toranlage der Akropolis von Athen, durch die man zu den Tempeln und Heiligtümern gelangt. Nicht nur darauf spielte der Titel an, sondern auch auf die zur Bescheidenheit mahnende Erfahrung, daß man sich trotz langen Studiums der Kunst „noch immer in den Vorhöfen befinde". Die *Propyläen* nun wollten Betrachtungen, „Gespräche, Unterhaltungen" bieten, „die vielleicht nicht unwürdig jenes Platzes gewesen wären" (*Einleitung;* 12, 38). Ihre Absicht war im erwähnten Brief an Cotta knapp und präzise bezeichnet. Natur und Kunst galten als übergreifende Themen der periodischen Schrift. Was aus der Naturforschung behandelt werden sollte, war jedoch allein dazu bestimmt, den bildenden Künstler in seiner Praxis zu fördern, sollte „brauchbar" und „anwendbar" sein. Der Künstler muß, hieß es anderwärts bei Vorschlägen für die Ausbildung eines jungen Malers, „den Menschen kennen lernen, um ihn dereinst in interessanten Augenblicken darzustellen" (A 13, 129). Also war Kenntnis der Anatomie, der Morphologie unerläßlich. Für die Anwendung der Farben galt

ches. Doch wurden diese vorgesehenen Themen in den *Propyläen* nicht weiter ausgeführt. Nur im zweiten Kapitel von *Diderots Versuch über die Malerei* wurde einiges gestreift, etwa im Abschnitt „Fundament der Harmonie", wo Goethe der Ansicht widersprach, der Regenbogen sei in der Malerei, was der Grundbaß in der Musik sei (A 13, 241 f.). In der *Farbenlehre* (1810), wie am Schluß der Diderot-Arbeit versprochen, und den Heften *Zur Naturwissenschaft überhaupt, besonders zur Morphologie* (1817–1824) kam er später auf die angekündigten Probleme zurück.

Kunst hieß für die *Propyläen* fast ausschließlich bildende Kunst; der praktischen Arbeit der Künstler sollten die Beiträge dienen. Theoretische und geschichtliche Betrachtungen waren dazu nützlich, aber nie waren Theorie um der Theorie willen, geschichtliche Erkundung um der Geschichtskenntnis willen beabsichtigt. Sie hatten Hilfsmittel für die schöpferische Produktion zu sein, freilich höchst wichtige. Doch was für die bildende Kunst erkannt wurde, sollte auch auf „die Kunst im allgemeinen" übertragen werden können. Es ging um „Grundlagen" für eine Kunst, die sich gültiger, theoretisch abgesicherter Prinzipien vergewissert hatte und in klarer Bewußtheit des Geltungsanspruchs dieser Maßstäbe ihre Werke hervorbrachte. Natürlich war an alle Freunde der Kunst als erwünschte Adressaten gedacht; ein „lesbares, cultivirten Personen willkommenes Werk" war beabsichtigt, „das vorbereiten, wirken und nützen soll" (an Cotta, 27. 5. 1798).

An Plänen, Entwürfen, Skizzen, auch an weitgehend ausgearbeiteten Manuskripten mangelte es nicht. Die Liste *Zu bearbeitende Materie* war lang (A 13, 156 ff.). Manches ist Plan geblieben, anderes erst aus dem Nachlaß in die Goethe-Ausgaben übernommen worden. Heinrich Meyer und Goethe bestritten mit ihren Aufsätzen fast allein die kurzlebige Zeitschrift. Das Werben um Schillers Mitarbeit war vergeblich; er konnte sich für Fragen der bildenden Kunst in der Tat nicht als zuständig betrachten. Nur eine Stellungnahme *An den Herausgeber der Propyläen,* die die Preisaufgaben betraf, und die kurzen Formulierungen der *Dramatischen Preisaufgabe* im letzten Heft stammten von ihm. Allein Wilhelm v. Humboldt mit einem Bericht aus Paris über das französische Theater und einer knappen Bildbetrachtung sowie seine Frau Caroline mit einer Gemäldebeschreibung (alles im dritten Band) waren noch als Autoren vertreten.

Die zahlreichen Abhandlungen des kenntnisreichen, gestrengen ‚Kunstmeyer' konturierten, ganz in Übereinstimmung mit Goethe, deutlich die Forderungen, für die die *Propyläen* stritten. In dem mehrteiligen Aufsatz *Über Lehranstalten, zu Gunsten der bildenden Künste* fragte er, was die Ursache für die Blüte der Künste zu verschiedenen Zeiten und bei verschiedenen Völkern gewesen sei und wie man „die Aufnahme derselben befördern und ihren Verfall hindern könne". Bei den Griechen habe ein öffentliches Bedürfnis an Kunst bestanden; „Tempel, Plätze, Hallen mit Statuen und Gemälden" bewiesen es (Nachdruck 546). Die Künstler hätten genug zu tun gehabt, und so sei ein „Wetteifer unter ihnen" entstanden, „ein Streben ins Höhere, ins Vollendete". Zuletzt aber konnte, aus welchen Gründen immer, nichts „Besseres" mehr, sondern allenfalls „nur etwas Neues" erfunden werden; man mußte dem Geschmack der Menge nachgeben, und „so war der Fall bereitet". Nicht anders sei es nach der Blüte der Kunst aus „christlich-religiösem Antrieb" gewesen. (Ausdrücklich bescheinigte Meyer, daß ohne die christliche Religion die Künste wahrscheinlich gar nicht wieder „erstanden" seien.) Nur noch der Hang zu gefallen habe geherrscht, „den Launen und Bedürfnissen" derer habe sich die Kunst anbequemt, „welche sie beherbergten". Jetzt sei es so:

> Unsere Zeit bedarf, im Verhältniß gegen die vergangene, wenig beträchtliche Kunstwerke und darum werden auch wenige hervorgebracht. Wir haben unsere Existenz aus dem großen öffentlichen Leben meistens in beschränkte, häusliche Verhältnisse zurückgezogen, alles um uns her ist mehr zum Privateigenthum, ist enger, kleiner, getheilter, unbedeutender geworden. Es mag wohl seyn, daß wir deswegen eben nichts desto unglücklicher sind; aber der bürgerliche Gemeinsinn, die Ehre der Zeit und der Nationen haben wenig dabey gewonnen. *Sollen die Künste steigen und blühen; so muß eine allgemeine Liebhaberey herrschen, die sich zum Großen neigt.* Die Künstler müssen in bedeutenden weitläufigen Werken, würdig und mannigfaltig beschäftigt werden (Nachdruck 551).

In diesen kunstgeschichtsphilosophischen Überlegungen (in denen die Blütezeiten der Kunst natürlich die waren, in denen die vom Kritiker favorisierte Kunst entstand) spiegelte sich die Situation der ‚bürgerlichen' Künstler wider, die zwar weitgehend die Unabhängigkeit von Kirche, Hof und deren Auftraggebern erreicht hatten, sich aber nun einem privaten Markt verschwommener Erwartungen und Ansprüche ausgesetzt sahen. Wo waren da Maßstäbe zu finden, zu begründen, und wie war es mit Aufträgen, Arbeitsmöglichkeiten bestellt? Ein eklatanter, nicht aufhebbarer Widerspruch wurde in Meyers Argumentation sichtbar:

> Man hat darauf gedrungen, daß die Künstler mehr geehrt und besser belohnt werden sollten! Dies wäre als Folge einer schon erreichten höhern Kunststufe natürlich, billig und schön; aber man erlaube uns hier zu behaupten: kein ächtes, lobenswürdiges Kunstwerk entsteht, oder kann anders entstehen, als um seiner selbst willen.

Wenn dem so war, daß die Unabhängigkeit der Kunst und die Eigengesetzlichkeit des Kunstwerks bewahrt werden sollte, trotz der Liebhabereien ohne leitendes Regulativ, dann mußte die Konsequenz lauten, für die Kunst „richtige Grundsätze fest zu stellen", sie „unter den Künstlern zu verbreiten", diesen durch Aufträge, öffentliche Ausstellung ihrer Werke und allgemeines Interesse Anreize zu geben und so „die Nacheiferung ins Höhere, Bessere" zu erwecken. Publikum und mögliche Auftraggeber mußten zudem zur Ausbildung ihres Geschmacks gleichermaßen über die „richtigen Grundsätze" aufgeklärt werden. In diesen Zusammenhängen haben „Lehranstalten" für bildende Künstler ihren Platz.

In Goethes Abgesang der *Propyläen,* den er bei der Begründung der *Preiserteilung 1800* anstimmte, war Enttäuschung die Grundmelodie. Denn „weder über das, was geleistet werden soll, noch über das Schätzenswerte am Geleisteten" in der Kunst war Übereinstimmung zu erreichen (A 13, 321). Eigentlich war das zu erwarten gewesen. Das Kunstprogramm der *Propyläen* war nicht deshalb unzeitgemäß, weil seine Verfechter die Kunst der Griechen und der Renaissance als großes Vorbild bewunderten, sondern weil sie im Blick auf sie allgemeinverbindliche und alleingültige Grundsätze kodifizieren wollten. Es ist erstaunlich, daß Goethe, durch die Schule Herders gegangen und auch von Möser auf die Fruchtbarkeit geschichtlicher Vielfalt hingewiesen, eine Zeitlang glauben konnte, die bildende Kunst müsse sich an unverbrüchlichen Normen orientieren, auch wenn diese Grundprinzipien einen erheblichen Spielraum ließen. Die Entwicklung der Kunst ist denn auch darüber hinweggegangen. Die *Propyläen* und die Preisaufgaben samt zugehöriger Kunstausstellungen von 1799–1805, die die „Weimarischen Kunstfreunde" veranstalteten, erregten zwar einiges Aufsehen mit Pro und Contra, haben aber der Kunst um die Jahrhundertwende keine entscheidenden, nachwirkenden Impulse gegeben. Das schließt nicht aus, daß in den einschlägigen Schriften Goethes wichtige und triftige Einsichten vorgetragen wurden. Überdies wird in zeitgeschichtlicher und biographischer Sicht manches verständlicher. Sowohl in der *Einleitung* als auch in der „Anzeige der Propyläen", die er ein halbes Jahr nach Erscheinen des ersten Heftes in die Jenaer *Allgemeine Literatur-Zeitung* einrückte (29. 4. 1799), kam Goethe auf die geschichtliche Lage zu sprechen, in der die Zeitschrift eine besondere Aufgabe zu erfüllen habe. „Man hat vielleicht jetzo mehr Ursache als jemals, Italien als einen großen Kunstkörper zu betrachten, wie er vor kurzem noch bestand" (*Einleitung;* 12, 55). Im Friedensvertrag von Tolentino, den Napoleon 1797 mit dem Papst schloß, hatte der Korse durchgesetzt, daß eine große Zahl wertvoller Kunstwerke nach Paris geschafft wurde, zur Ausstattung des geplanten Nationalmuseums. Der „Kunstkörper" Italien begann zerstückelt zu werden. Jetzt war Erinnerung und Besinnung an der Zeit, damit deutlich wurde, „was die Welt in diesem Augenblicke verliert, da so viele Teile von diesem großen und alten Ganzen abgerissen wurden". In der „Anzeige" wies Goethe darauf hin, daß jenes geplante zusammenhängende Werk über Italien und seine Kunst entstanden wäre, „wenn nicht am Ende des Jahrhunderts der alles bewegende Genius seine zerstörende Lust besonders auch an Kunst und Kunstverhältnissen ausgeübt hätte" (A 13, 190). Immerhin beachtenswert, wie der Selbstrezensent den Kunsträuber Napoleon als „alles bewegenden Genius" apostrophierte und schon hier seine geheime Bewunderung für den „dämonischen", in die Geschichte mächtig eingreifenden Täter durchschimmern ließ. In „diesen Zeiten der allgemeinen Auflösung" sollte das in den *Propyläen* offerierte Kunstprogramm die Erinnerung an Vorbildliches wachhalten und Künstler und Kunstfreunde an sichere Grundsätze binden, denen irgendwelche Auflösung nichts anhaben konnte.

Auch für das eigene Leben und seine Schwierigkeiten versprach die Besinnung auf die dauernden Werte und Gesetze der Kunst ein Angebot an Gültigem und damit Sicherem. Die Eigenwelt der Kunst als das stabile Widerlager gegen die nicht zu besänftigenden Unruhen, mit denen er zu kämpfen hatte, ohne sie ausführlich bereden zu können, weder mit Christiane (mit ihr am wenigsten, weil sie in vielfachem, prekärem Sinne mitbetroffen war) noch mit Schiller (wo Krankheiten schon das Privateste waren, auf das sie sich einließen), noch mit anderen, mit denen über Sachfragen korrespondiert und diskutiert wurde. Am ehesten hätte noch, so seltsam es klingen mag, Carl August der vertraute Gesprächsfreund sein können, mit dem er in enger Verbundenheit das Auf und Ab der Jahre seit 1775 gelebt hatte. Manche der frühen Briefe zwischen ihnen trugen die Züge freier männlicher Freundschaft. Jetzt aber schüttelte der Herzog den Kopf: „Goethe schreibt mir Relationen, die man in jedes Journal könnte rücken lassen. Es ist possierlich, wie der Mensch feierlich wird" (an Knebel, 23. 9. 1797). Wahrung der Distanz, um sich abzuschirmen, Pflege des ‚objektiven' Berichts, um die eigenen Irritationen mit sich selbst abzumachen? „Die *Propyläen* sind für mich eine wahre Wohltat, indem sie mich endlich nötigen, die Ideen und Erfahrungen, die ich mit mir so lange herumschleppe, auszusprechen", hörte Schiller unter dem 31. Oktober 1798.

Goethes eigene Beiträge, die in den *Propyläen* erschienen, sind Essays unterschiedlicher Art. Die *Einleitung* skizziert in referierend festschreibendem Duktus den gedachten Grundriß des Ganzen, das dann ein Torso blieb. *Über Laokoon* (I 1) ist als Muster der Beschreibung eines

Kunstwerks angelegt, die nach den leitenden Prinzipien erfolgt. *Über Wahrheit und Wahrscheinlichkeit der Kunstwerke* (I 1) erläutert in der Weise des sokratischen Dialogs die Grundüberzeugung von der Eigengesetzlichkeit, der Autonomie des Kunstwerks. *Diderots Versuch über die Malerei* (I 2, II 1) bietet eine Übersetzung mit laufend eingeschobenen kritischen Kommentaren, in denen sich Goethe mit dem verstorbenen französischen Autor unterhält und polemisch auseinandersetzt, um die eigene Kunstauffassung zu konturieren. *Der Sammler und die Seinigen* (II 2) wählt die lockere Form einer Kunstnovelle, in der sich briefeschreibende Kunstfreunde über Liebhaber, Kenner und Künstler äußern. Im letzten Heft der Zeitschrift (III 2) wagte der Herausgeber im Zusammenhang mit den Preisaufgaben von 1800 und 1801 noch eine *Flüchtige Übersicht über die Kunst in Deutschland.* Im Nachlaß gebliebenen sind die mehr oder minder ausgearbeiteten Aufsätze *Über die Gegenstände der bildenden Kunst, Kunst und Handwerk, Über strenge Urteile* und zwei Gutachten über die Ausbildung junger Maler. Selbstverständlich gehören auch alle Ausführungen zu dem Projekt der Preisausschreiben und Kunstausstellungen von 1799 bis 1805 hierher, angefangen bei der von Goethe und Meyer verfaßten *Nachricht an Künstler und Preisaufgabe* von 1799 (II 1) bis zu den Berichten, die nach dem Ende der *Propyläen* in der *Allgemeinen Literatur-Zeitung* gedruckt wurden.

Goethes (und auch Meyers) Aufsätze kreisen um einige miteinander verbundene Kernfragen: Worin liegt das Eigentümliche der Kunst gegenüber der Natur? Was sind die Kennzeichen eines vollkommenen Kunstwerks? Welche Kriterien gelten bei der Einschätzung eines Kunstwerks? Was zeichnet den nach Vollkommenheit strebenden Künstler aus? Welche Gegenstände eignen sich für die Kunst? Wie haben sich Kunstkenner zu verhalten?

Antworten auf diesen Fragenkomplex suchte und fand Goethe bei der als vorbildlich geltenden antikischen Kunst. „Welche neuere Nation verdankt nicht den Griechen ihre Kunstbildung?" (*Einleitung;* 12, 38) Aber sklavische Nachahmung ihrer Werke war keineswegs das Ziel. Vielmehr ging es darum, die Grundsätze aufzuspüren, nach denen die alten Meister verfahren waren, sie bewußt zu machen und in gleichem Sinn produktiv zu werden. Nicht Imitatio also, sondern Anverwandlung des Beispielhaften und Umsetzung in den eigenen Schaffensvorgang. Theorie daher, um es nochmals zu betonen, nur als Hebamme für neue Gestaltung.

Unermüdlich betonte Goethe seit seiner römischen Zeit den Unterschied zwischen Natur und Kunst. Freilich bleibe es immer „die vornehmste Forderung" an den Künstler, „daß er sich an die Natur halten, sie studieren, sie nachbilden, etwas, das ihren Erscheinungen ähnlich ist, hervorbringen solle" (*Einleitung;* 12,42). Aber sogleich folgt die dezidierte Behauptung: „Die Natur ist von der Kunst durch eine ungeheure Kluft getrennt, welche das Genie selbst, ohne äußere Hilfsmittel, zu überschreiten nicht vermag." Die Rede vom Genie hörte sich in der Jugend anders an. Da war es gerade dadurch ausgezeichnet, daß es auf Regeln nicht zu achten brauchte; im schöpferischen Akt verwirklichte es das Werk und gab ihm „ohne äußere Hilfsmittel" die ihm gemäße innere Form. Dieses Schöpfergefühl war vergangen, hatte sich in den Erfahrungen der Weimarer Jahre nicht durchhalten lassen. Der Prometheus der frühen Hymne war in weite Ferne gerückt. Immer noch wurde jedoch die Natur beschworen, zu der der Künstler als schöpferische Kraft gehörte und auf die er verwiesen blieb als auf das Reservoir der Erscheinungen, von denen sich seine Werke nicht entfernen durften. Aber Kunst hatte, so sehr sie mit der Natur wetteiferte, mehr zu sein als Natur. Der Künstler sollte „etwas Geistig-Organisches" hervorbringen „und seinem Kunstwerk einen solchen Gehalt, eine solche Form" geben, „wodurch es natürlich zugleich und übernatürlich erscheint". Voraussetzung dazu war – wie schon der *Merkur*-Aufsatz über den Stil postuliert hatte –, daß der Künstler sowohl das „Wesen" des gewählten „Gegenstands" ganz erfaßt hat als auch „in die Tiefe seines eignen Gemüts" gedrungen ist. Ein verwickelter Vorgang: Der „Gehalt" ist aus dem „Gegenstand" herauszuläutern (doch nicht jeder Gegenstand eignet sich dazu), und noch ist dem Werk die „Form" zu geben, ohne die das „Geistig-Organische" nicht in sinnenfällige Erscheinung tritt.

Wie sehr sich der Künstler an die Natur zu halten habe, verkündete eine andere Maxime: „Der Mensch ist der höchste, ja der eigentliche Gegenstand bildender Kunst" (*Einleitung;* 12,43), deshalb, weil er die Krone der natürlichen Schöpfung bildet, – und freilich auch, weil sich der Blick des so Formulierenden vornehmlich auf die Skulpturen der bildenden Kunst richtete, in denen für ihn die menschliche Gestalt den Gipfel der Möglichkeiten ihres schönen Ausdrucks erreicht hatte. Auch hier galt, daß der Künstler sich nicht bei der Betrachtung der Oberfläche des Menschenkörpers beruhigen dürfe, sondern sich „das Fundament der Erscheinung" einprägen müsse. „So liegt eigentlich in der Kenntnis die Vollendung des Anschauens."

Mit besonderer Entschiedenheit verfocht Goethe seine Auffassung von der Kunst als einer zweiten Natur im fiktiven Gespräch mit Denis Diderot, dem „Freund und Gegner", der für eine getreue Nachahmung der Natur plädiert und sich damit in guter aufklärerischer Absicht gegen Prunk und Ziererei höfischer Provenienz gewandt hatte. Ihm warf der Übersetzer und kritische Kommentator vor, er vermische Natur und Kunst, wo es doch „unsere Sorge" sein müsse, „beide in ihren Wirkungen getrennt darzustellen" (*Diderots Versuch über die Malerei;* A 13,206). Goethes Widerspruch war auch wohl deshalb so heftig, weil das Natürlichkeitspostulat des Franzosen zu dringlich auf die konkrete Wirklichkeit verwies, der er so ungeschützt nicht ausgeliefert sein mochte, seitdem er seine Weimarer Enttäuschungen bei der Bewältigung der Realität hatte sammeln müssen. In Sätzen von eindrucksvoller – man möchte sagen: poetischer, nicht theoretischer – Dichte formulierte Goethe in immer neuen Wendungen sein Kunstbekenntnis dieser Zeit.

> Die Natur organisiert ein lebendiges gleichgültiges Wesen, der Künstler ein totes, aber bedeutendes, die Natur ein wirkliches, der Künstler ein scheinbares. Zu den Werken der Natur muß der Beschauer erst Bedeutsamkeit, Gefühl, Gedanken, Effekt, Wirkung auf das Gemüt selbst hinbringen, im Kunstwerke will und muß er das alles schon finden.

So sehr die besondere Kunstwahrheit von der Naturwirklichkeit abgehoben wurde, so war doch die Verbindung der Kunst zur Natur nicht gelöst. Der Künstler blieb verpflichtet, sich an die Natur, an ihre natürlichen Erscheinungen zu halten, und er muß „die Art, wie sie bei Bildung ihrer Werke verfährt, ihr wenigstens einigermaßen abgelernt haben" (*Einleitung;* 12,44). Für Goethe gehörten Natur und Kunst insofern zusammen, als „die höchste und einzige Operation" beider „die Gestaltung sei". Dies schrieb er am 30. Oktober 1808 an Zelter, als er seine Kritik an jüngeren „poetischen Talenten" begründete, bei denen alles „durchaus ins Form- und Charakterlose" gehe (und er erwähnte dabei auch Achim v. Arnim und Brentano).

Der Kunst ist ein entscheidendes Mehr vorbehalten, das sie von der Natur abhebt. Was in dieser, die im unablässigen Werden und Vergehen um ihrer selbst willen schafft und gleichgültig Schönes wie Häßliches hervorbringt, an Möglichkeiten schöner Vollendung beschlossen ist und nur gelegentlich erscheint, hält die Kunst gestaltet fest. Vollendete Kunst ergreife „die Natur auf dem würdigsten Punkte ihrer Erscheinung", lerne ihr „die Schönheit der Proportionen" ab, „um sie ihr selbst wieder vorzuschreiben".

> Die Kunst übernimmt nicht mit der Natur, in ihrer Breite und Tiefe, zu wetteifern, sie hält sich an die Oberfläche der natürlichen Erscheinungen; aber sie hat ihre eigne Tiefe, ihre eigne Gewalt; sie fixiert die höchsten Momente dieser oberflächlichen Erscheinungen, indem sie das Gesetzliche darin anerkennt, die Vollkommenheit der zweckmäßigen Proportion, den Gipfel der Schönheit, die Würde der Bedeutung, die Höhe der Leidenschaft (*Diderots Versuch über die Malerei;* A 13,210).

Der Künstler fügt der Natur hinzu, was ihr, der geist-losen, nicht zu eigen ist. Was dessen schöpferischer Geist im Werk zur Erscheinung bringt, bezeichnet Goethe mit Begriffen, die ausführliche Interpretationen erforderten: Bedeutung und Würde (*Über Wahrheit und Wahrscheinlichkeit der Kunstwerke;* 12, 72), Form und Proportion, „das lebendige Ganze, das zu allen unsern geistigen und sinnlichen Kräften spricht, unser Verlangen reizt, unsern Geist erhebt, dessen Besitz uns glücklich macht, das Lebenvolle, Kräftige, Ausgebildete, Schöne" (*Diderots Versuch;* A 13,206).
Auch Goethes Überlegungen gehören zu jenem jahrhundertelangen Nachdenken über die Kunst als Mimesis, als Nachahmung. Aristoteles sah in der Mimesis das Wesen künstlerischer Produktion begriffen: Im Künstler verwirklicht sich exemplarisch der Wunsch des Menschen, etwas nachzubilden, nachzuschaffen. Später galt es als selbstverständlich, daß Mimesis Nachahmung der Natur bedeute, und es war nur konsequent, daß entsprechend den unterschiedlichen Auffassungen von der Natur und den sie bestimmenden Gesetzen verschiedene Forderungen an die künstlerische Mimesis gestellt wurden. Wenn ein Gottsched und andere in der Natur nichts anderes als etwas vernünftig Geordnetes und rational zu Erfassendes sahen, wo nichts Widersprüchliches geschieht, alles seinen zureichenden Grund hat und im Rahmen der Wahrscheinlichkeit bleibt, dann mußte auch in Kunst und Dichtung alles „bei der Vernunft die Probe aushalten" und durfte nichts Unwahrscheinliches vorkommen. Deshalb mußte die Oper verworfen werden, weil sie einer Fülle von ungereimten und unwahrscheinlichen Sachen bedenkenlos Einlaß gewährt (*Versuch einer Critischen Dichtkunst,* 1730). Über sechzig Jahre später meditierte Goethe in seinem Dialog *Über Wahrheit und Wahrscheinlichkeit der Kunstwerke* gerade am Beispiel der Oper und ihrer Dekorationen über das Unwahrscheinliche, das dem Zuschauer im Theater zugemutet wird. Er jedoch demonstrierte nun, freundlich überredend und überzeugend, „die innere Wahrheit, die aus der Konsequenz eines Kunstwerks entspringt", und grenzte das vom Künstler zu Erwartende und zu Leistende vom bloß „Naturwahren" ab.
Auch die regelsprengende Schöpferfreude zur Jugendzeit Goethes verstand sich durchaus als Mimesis, aber nun als Nachahmung der unablässig Gestalten hervorbringenden Kraft der Natur selbst. Das war kein Bilden *nach* der Natur, sondern ein Schaffen *wie* die Natur. Wo sich das Subjektive frei ausdrücken wollte, wurden allgemein geltende Vorschriften und Muster belanglos. Jetzt aber, in der hohen Zeit der Weimarer Klassik, wurde vollendete Kunst auf Schönheit vereidigt, wie sie die Antike geboren hatte.

Vom Schönen und von der Wahl des Gegenstands

Auch der Disput ums Schöne war und ist eine unendliche Geschichte mit wechselnden Auffassungen und geradezu verzweifelten und doch vergeblichen Versuchen, dauernd gültige Bestimmungen zu finden. Schillers Anstrengungen sind nur ein Beispiel, und Kant glaubte nicht, daß es einen objektiven Begriff der Schönheit gebe. Winckelmann, der am eindringlichsten von der Unübertrefflichkeit und absoluten Vorbildhaftigkeit der griechischen Kunstwerke gepredigt hatte, schaute die Idee des Schönen wie ein platonisches Urbild, von dem in den antiken Meisterwerken einiges in Erscheinung trat, und er wußte von der „Schwierigkeit einer allgemeinen und deutlichen Erklärung" der Schönheit. Denn unsere Kenntnisse seien „Vergleichungsbegriffe", während „die Schönheit aber mit nichts Höherem kann verglichen werden". Das Ideal-Schöne existiere in göttlicher, zeitloser Sphäre, wo Vollkommenheit herrsche und alles Vereinzelte in harmonischer Einheit verbunden sei. „Die höchste Schönheit ist in Gott, und der Begriff der menschlichen Schönheit wird vollkommen, je gemäßer und übereinstimmender derselbe mit dem höchsten Wesen kann gedacht werden, welches uns der Begriff der Einheit und der Unteilbarkeit von der Materie unterscheidet" (*Geschichte der Kunst des Altertums,* 1764, 4. Kapitel). So war das Schöne bei Winckelmann auf ein geahntes Urbild ausgerichtet. Merkmale, die er erkannte, behielten auch für Goethe ihre Gültigkeit: Einheit, Übereinstimmung der mannigfaltigen Teile in einem Ganzen, Klarheit und vollkommene Proportion. Aber Goethe band, was für ihn Schönheit war, enger an die Ordnung, die er in der Natur angelegt wußte. Schon in der *Merkur*-Besprechung von Karl Philipp Moritz' *Über die bildende Nachahmung des Schönen* zitierte er 1789: „Jedes schöne Ganze der Kunst ist im Kleinen ein Abdruck des höchsten Schönen im Ganzen der Natur" (JA 33,61). Diese Ansicht festigte sich im Alter mehr und mehr, lockerte dann allerdings auch folgerichtig die Bindung an die Kriterien der *Propyläen*-Zeit. Zwei Sprüche in den *Maximen und Reflexionen* lauten: „Das Schöne ist eine Manifestation geheimer Naturgesetze, die uns ohne dessen Erscheinung ewig wären verborgen geblieben." – „Wem die Natur ihr offenbares Geheimnis zu enthüllen anfängt, der empfindet eine unwiderstehliche Sehnsucht nach ihrer würdigsten Auslegerin, der Kunst" (12,467). Wenn diesen Erkenntnissen entsprochen werden soll, dann helfen die erwähnten Prinzipien der Schönheit weniger als die Überlegung, auf welche symbolische Weise die „geheimen Naturgesetze" anschaulich gemacht werden könnten. Die Schönheitsauffassung der „Weimarischen Kunstfreunde" meinte nicht tünchende Verschönerung und Aussparung des Nicht-Schönen.

Schiller mokierte sich am 7. Juli 1797 darüber, daß „die neuern Analytiker durch ihre Bemühungen, den Begriff des Schönen [...] in einer gewissen Reinheit aufzustellen, ihn beinah ausgehöhlt und in einen leeren Schall verwandelt" hätten. Er verwies darauf, wie man sich auch in der Dichtungsbetrachtung unsinnigerweise quäle, „die derbe, oft niedrige und häßliche Natur im Homer und in den Tragikern bei den Begriffen durchzubringen, die man sich von dem griechischen Schönen gebildet" habe. Er sähe es sogar gern, wenn man „den Begriff und selbst das Wort Schönheit" außer Kurs setzte. Dennoch: der Primat der schönen Gestaltung galt und wirkte sich aus. Im *Laokoon*-Aufsatz legte Goethe leitende Gesichtspunkte fest, unter denen „die höchsten Kunstwerke" zu betrachten und zu erfassen seien. Diese zeigen „lebendige, hochorganisierte Naturen", „Charaktere", der dargestellte Gegenstand ist „in Ruhe oder Bewegung". Unter dem Stichwort „Ideal" forderte er vom Künstler, „den höchsten darzustellenden Moment zu finden, und ihn also aus einer beschränkten Wirklichkeit herauszuheben und ihm in einer idealen Welt Maß, Grenze, Realität und Würde zu geben" (12.57). Das weitere Leitwort „Anmut" bezog sich auf die „sinnlichen Kunstgesetze" („Ordnung, Faßlichkeit, Symmetrie, Gegenstellung etc."), wodurch der Gegenstand „für das Auge schön, das heißt anmutig wird". Zuletzt fiel der Begriff „Schönheit", der das „Gesetz der geistigen Schönheit" meinte. Sie entstehe durch „das Maß", dem der Künstler „alles, sogar die Extreme zu unterwerfen weiß". Also sollten auch das Häßliche und Schreckliche, Derbe und Brutale durch „das Maß" gebändigt und dem Schönen anverwandelt werden.

An der Laokoongruppe exemplifizierte Goethe, wie dort gelungen, was er theoretisch skizziert hatte, und wie der für die Verwirklichung der Schönheit günstigste Moment im Kampf des trojanischen Poseidonpriesters und seiner Kinder mit den Schlangen gewählt sei. Unter den eben erwähnten Stichworten praktizierte er in seinem Essay die Analyse und Interpretation eines „höchsten Kunstwerks" nach den nun gewonnenen Grundsätzen. Unter diesem Gesichtspunkt bleibt der Aufsatz für den Goethe-Liebhaber beachtenswert. Detaillierte kunstgeschichtliche Betrachtungsweise könnte zeigen, wie *Über Laokoon,* ohne es zu proklamieren, differenziert auf eine Abhandlung von Aloys Hirt (in den *Horen* 1797) antwortete, die gegen Winckelmann und Lessing den Beweis zu führen suchten, daß sich nicht „edle Einfalt und eine stille Größe" und nicht Schönheit in der Laokoongruppe manifestierten, sondern eine individuelle Charakteristik geboten werde. Goethe und Hirt, der befreundete Berliner Kunsthistoriker, schalteten sich damit in eine lange währende Debatte über diese Skulptur ein, die etwa 50 v. Chr. von Künstlern aus Rhodos geschaffen und 1506 in den römischen Thermen des Titus gefunden worden war. Winckelmanns berühmte Sätze, die nicht einer leidenschaftsfernen „stillen Größe“ das Wort redeten, eröffneten seine Betrachtung gerade dieses Werks:

> Das allgemeine vorzügliche Kennzeichen der griechischen Meisterstücke ist endlich eine edle Einfalt und eine stille Größe, sowohl in der Stellung als im Ausdrucke. So wie die Tiefe des Meers allezeit ruhig bleibt, die Oberfläche mag noch so wüten, ebenso zeigt der Ausdruck in den Figuren der Griechen bei allen Leidenschaften eine große und gesetzte Seele. Diese Seele schildert sich in dem Gesichte des Laokoon, und nicht in dem Gesichte allein, bei dem heftigsten Leiden *(Gedanken über die Nachahmung der griechischen Werke in der Malerei und Bildhauerkunst,* 1755).

Er erhebe „kein schreckliches Geschrei, wie Virgil von seinem Laokoon singt“. Dagegen verteidigte Lessing 1767 den römischen Dichter, indem er am Beispiel der Darstellung des leidenden Laokoon die prinzipiell unterschiedlichen Gestaltungsweisen in Poesie und bildender Kunst entwickelte. Bei Aloys Hirt war indes zu lesen, daß der Gequälte deshalb nicht schreie, weil er in seinem Todeskampf gar nicht mehr schreien könne. Goethe hatte schon 1769 im Mannheimer Antikensaal einen Abguß gesehen und sich sogleich über „die berühmte Frage, warum er nicht schreie“, Klarheit verschafft: „er könne nicht schreien“ (*DuW* 11. B.; 9, 502). Im *Propyläen*-Essay wies er dann nach, ohne auf die Frage eigens einzugehen, daß in dem aufs beste gewählten Moment, wohlweislich nicht dem des Todeskampfs, in der Figur „eine Zusammenwirkung von Streben und Fliehen, von Wirken und Leiden, von Anstrengen und Nachgeben“ gestaltet sei, in der Schreien unmöglich war.

An der Laokoon-Skulptur führte Goethe bis ins einzelne vor, wie passend der Gegenstand und wie glücklich der Moment waren, die die Künstler zur Gestaltung gewählt hatten. Intensiv beschäftigte ihn wie Schiller und Heinrich Meyer die Frage, welche Gegenstände sich denn besonders für den Künstler eigneten. Das war ein höchst verwickeltes Problem. Am 15. September 1797 schrieb Schiller nach Stäfa, wo die beiden andern über Kunstfragen nachdachten: „Es wäre vortrefflich, wenn Sie mit Meyern Ihre Gedanken über die Wahl der Stoffe für poetische und bildende Darstellung entwickelten“. In *Hermann und Dorothea* sahen beide einen Glücksfall. Aber wie war es möglich, Fehlgriffe zu vermeiden und günstige Zugriffe zu erreichen? Die Frage war für Goethe nicht neu, und Schillers Suche nach geeigneten Gegenständen und die Prüfung des gewählten, etwa des *Wallenstein,* auf seine Eignung beschäftigten manches Gespräch und manchen Brief. Im frühen Aufsatz

Nach Falconet und über Falconet in der Sammlung *Aus Goethes Brieftasche* (1775) schien es noch so, als sei dem Künstler nichts verwehrt: „Er mag die Werkstätte eines Schusters betreten oder einen Stall, er mag das Gesicht seiner Geliebten, seine Stiefel oder die Antike ansehn, überall sieht er die heiligen Schwingungen und leisen Töne, womit die Natur alle Gegenstände verbindet" (12, 24). Aber am Schluß doch schon die Frage: „Wieviel Gegenstände bist du imstande so zu fassen, daß sie aus dir wieder neu hervorgeschaffen werden mögen?" Die Fehlschläge bei den wiederholten Versuchen, als Maler und Zeichner zu reüssieren, trugen gewiß dazu bei, daß sich für Goethe die Frage verschärfte, welche Gegenstände für welche Kunstgattung und welchen Künstler geeignet seien (und umgekehrt). Und wie es zu gehen pflegt, gab er, ohne schon mit sich selbst ganz im reinen zu sein, dem Maler Friedrich Müller bereits am 21. Juni 1781 in einem langen Brief Ratschläge für dessen künstlerisches Verfahren und die Wahl der Gegenstände: „Beschränkte, aber menschlich-reiche, wo wenig Figuren in einer mannichfaltigen Verknüpfung stehen". (Hölderlin bekam in Frankfurt etwas Ähnliches zu hören.)

Vollends in und seit Italien, wo er bemerkte, wie sich die Alten an einen begrenzten Kreis von Gegenständen gehalten hatten, wurde die Wahl des Gegenstands zu einem beunruhigenden Problem – wenigstens in der Theorie und vornehmlich im Blick auf die bildende Kunst. Auch das Material mit seinen speziellen Anforderungen und Möglichkeiten war zu prüfen und einzukalkulieren, wie er in Miszellen des *Merkur* 1788–89 darlegte *(Baukunst; Material der bildenden Kunst).* Was die Dichtung betraf, so wies Schiller, an das Beispiel von *Hermann und Dorothea* erinnernd, am 15. September 1797 darauf hin, „daß die Bestimmung des Gegenstandes jedesmal durch die Mittel geschehen muß, welche einer Kunstgattung eigen sind". Es war also ebenfalls erforderlich, sich Klarheit über die dichterischen Gattungen zu verschaffen. Ein riesiges Aufgabenfeld zeichnete sich ab; doch eine ausgearbeitete Poetik hat weder Goethe noch Schiller vorgelegt. *Über epische und dramatische Dichtung,* jener Extrakt gemeinsamer Überlegungen, war nicht mehr als eine – wenn auch das Wesentliche komprimierende – Skizze, und die Reflexionen über die Tragödie waren gewichtige Werkstattgespräche, aber keine Vorarbeiten, die in eine bündige Lehre von der Dichtung hätten münden können. Im Grunde waren ohnehin Bemühungen, Gattungs*gesetze* zu finden und festzuschreiben, längst unzeitgemäß. Seitdem eine normative, regelgebende Poetik um 1770 vor den Prinzipien einer historischen Betrachtungsweise, die den geschichtlichen Ausprägungen ihr Eigenrecht zuerkannte, kapitulieren mußte, waren Versuche, zeitlose Kunst- und Gattungsgesetze zu begründen und deren Anerkennung zu fordern, zum Scheitern verurteilt. Sie waren Zeichen der Unsicherheit in eigener Lage, aber natürlich auch Bemühungen, dem Fließenden und Vergehenden Beständiges entgegenzusetzen. Wenn Goethe klagte, daß „wir Modernen alle" an der „Wahl des Gegenstands" leiden, dann wurde darin etwas von der Not sichtbar, nicht mehr von einem Kosmos gültiger Werte umgeben zu sein, der in sinnfälligen mythologischen Vorgängen und Bildern anschaulich zu werden vermochte. Die christlichen Mythologeme waren für ihn kein Ersatz (höchstens für gelegentliche sinnbildliche Verwendung), weil er die in ihnen verkündeten Offenbarungswahrheiten nicht annehmen konnte.

Was in Stäfa *Über die Gegenstände der bildenden Kunst* zu Papier kam (A 13, 122–125), arbeitete Goethe später nicht mehr aus. Heinrich Meyer jedoch steuerte für das erste Heft der *Propyläen* einen Aufsatz zum gleichen Thema bei, ziemlich schematisch klassifizierend und grob unterscheidend zwischen vorteilhaften, gleichgültigen und widerstrebenden Gegenständen. Goethe hat die Frage nach der Eignung von „Gegenständen" nicht losgelassen. Wenn er, bis ins hohe Alter, Dichter und Künstler kritisierte oder beriet, lief es oft darauf hinaus, daß er die Wahl des Gegenstands monierte oder einen andern empfahl. Die Sache war kompliziert, auch deshalb, weil Bezeichnungen wie ‚Gegenstand' und ‚Stoff' (auch uns geläufige wie ‚Sujet', ‚Thema', ‚Motiv') eine gewisse Vagheit behalten, sich zudem der Gegenstand eines künstlerischen Werks immer erst im Werk selbst manifestiert und der Gestaltungsprozeß nie bis ins letzte aufgehellt werden kann. Dabei wußte Goethe gut genug: „Solange ein Kunstwerk nicht da ist, hat niemand einen Begriff von seiner Möglichkeit" (an Schiller, 6. 1. 1798). Dennoch, den schöpferischen Vorgang aus der Distanz betrachtend, ging er davon aus, daß der Künstler aus der Fülle der bereitliegenden Stoffe einen Gegenstand zur Grundlage seines Werks wähle und es dazu besser oder schlechter geeignete Gegenstände gebe. Der Gegenstand bringe schon Bedeutung mit, und würdige und bedeutende Gegenstände seien zu wählen, damit dann dem Werk ein bedeutender Gehalt zuteil wird. Ihn zu gestalten ist Aufgabe des Künstlers und sein Anteil am Werk. Mochte Goethe auch gelegentlich äußern, ein wirklicher Künstler müsse jeden Gegenstand zu behandeln wissen, so betonte er doch immer wieder das fruchtbare Wechselverhältnis zwischen Gegenstand und Künstler. Wenn der Künstler irgendeinen Gegenstand der Natur ergreife, so erläuterte es die *Einleitung* in die *Propyläen* (12, 46), dann gehöre er schon nicht mehr der Natur an, sondern der Künstler habe ihn in diesem Augenblick zum potentiellen Kunstwerk gemacht, „indem er ihm das Bedeutende, Charakteristische, Interessante abgewinnt oder vielmehr erst den höhern

Wert hineinlegt". Die beiden Wörter „abgewinnen" und „hineinlegen" umschreiben die Wechselbeziehung zwischen Gegenstand und Künstler genau, soviel Fragen auch offen bleiben. Nach der glücklichen Wahl des Gegenstands kann die „Behandlung" einsetzen: die „geistige", die den Gegenstand „in seinem innern Zusammenhange" ausarbeitet, die „sinnliche", durch die das Werk „den Sinnen faßlich, angenehm, erfreulich" wird, die „mechanische", die der Arbeit im entsprechenden Material „ihre Wirklichkeit verschafft". Das alles scheint einleuchtender, als es tatsächlich ist. Schiller hatte Anlaß zur Skepsis, obwohl er selbst die Frage der „Wahl der Stoffe für poetische und bildende Darstellung" zu einer höchst wichtigen erklärt hatte. Am Ende bleibe doch, meinte er schon in jenem Brief vom 15. September 1797 nach Stäfa, alles „mehr Sache des Gefühls und des Ahndungsvermögens". Es klingt plausibel, wenn Goethe noch am 3. November 1823 Eckermann einschärfte: „Alles Talent ist verschwendet, wenn der Gegenstand nichts taugt", und Nees v. Esenbeck schrieb, auch die sorgfältigste Behandlung könne einen unglücklichen Stoff nicht retten (17. 12. 1824). Aber ist die Entscheidung darüber nicht von Voraussetzungen, Vorentscheidungen, Erwartungen der Betrachter abhängig, die im Lauf der Zeit, ja zur gleichen historischen Stunde sehr unterschiedlich sein können? Goethes eigene abfällige Urteile über Künstler und Autoren, die seit langem anerkannt und geschätzt sind, beweisen es. Bemerkenswert bleibt, wie groß seine Zuversicht war, Bedeutsamkeit brächten bereits die Gegenstände zur Kunst mit. Nur auf der Basis eines unerschütterlichen Vertrauens in die Natur (im weitesten Sinn) konnte sich diese Überzeugung halten. Im Nachlaß zur *Geschichte seiner botanischen Studien* findet sich ein Satz, der sie und den Wunsch nach Vergewisserung am Objekt bekräftigt: „Gewohnt als Poet den Ausdruck mit am Gegenstand zu machen" (WA II 13, 40).

Kunsterziehung durch Preisausschreiben

Angeregt durch die Überlegungen im *Propyläen*-Umkreis und gebannt von den Kunstwerken der Antike, verfielen Goethe und Meyer auf die Idee, Preisausschreiben für bildende Künstler zu veranstalten. Sie wollten gewiß keine öde Nachahmung züchten, sondern praktische Kunsterziehung treiben. Sie schrieben ein Thema, vornehmlich aus der antiken Mythologie, vor, das ihnen bedeutungshaltig schien, und erwarteten Gestaltung aus dem Geist produktiv angeeigneter antikischer Kunst. Auf diese Weise sollte der Künstler in der sorgfältigen Wahl des günstigen Gegenstands eingeübt und zu einer an Vorbildern sich orientierenden Gestaltung erzogen werden. Die Ankündigung erschien im Mai 1799 in den *Propyläen*, von Heinrich Meyer formuliert, von Goethe und Schiller durchgesprochen. Sie bezog sich ausdrücklich auf Meyers Abhandlung *Über die Gegenstände der bildenden Kunst*. Man wolle nun einem jeden, der Lust dazu habe, Gelegenheit geben, „jene aufgestellten Maximen praktisch zu prüfen".

> Wir schlagen in dieser Absicht zur Konkurrenz für alle Künstler einen für die Darstellung nach unserer Überzeugung tauglichen Gegenstand vor und sagen demjenigen, der solchen in einer Zeichnung am besten behandelt, eine Prämie von zwanzig, und dem, der sich zunächst anschließt, eine Prämie von zehn Dukaten zu (SGS 57, 26).

Aus Homers Epen hätten Künstler von jeher „Stoff zu Kunstwerken geschöpft". Vieles sei bei ihm „schon so lebendig, so einfach und wahr dargestellt, daß der bildende Künstler bereits halbgetane Arbeit findet". Diesmal wurde als „Gegenstand" die Szene am Ende des dritten Buchs der *Ilias* vorgeschlagen, wo Venus dem Paris die Helena zuführt. Den Malern und Bildhauern (die sich mit Zeichnungen begnügen konnten) wurden für Größe, Format, Anordnung, Gruppierung keine Vorschriften gemacht, allerdings dringend „die größte Einfachheit und Ökonomie in der Darstellung" empfohlen. Alle eingereichten Werke sollten ausgestellt und die „motivierten Urteile" über die preisgekrönten Zeichnungen veröffentlicht werden. Die Kriterien der Beurteilung wurden genannt. Obenan stand die Kritik der „Erfindung" (ob alles sorgfältig „motiviert", „schön gedacht und innig empfunden" sei); danach werde „hauptsächlich der Ausdruck, das ist das Lebendige, Geistreiche der Darstellung, in Betracht gezogen. Alsdann erst die Zeichnung und die Anordnung [...]". Wie angekündigt, so geschah es auch. Zwar trafen 1799 nur neun Einsendungen ein, und Goethe war enttäuscht, aber bis 1805 setzte er die Wettbewerbe noch fort. Es kamen dann auch mehr Arbeiten, darunter etliche zu selbstgewählten Themen. Die weiteren Preisaufgaben lauteten: Hektors Abschied; Tod des Rhesus (1800); Achill auf Skyros; Achill und die Flußgötter (1801); Perseus befreit Andromeda (1802); Odysseus und Polyphem; Landschaft mit Küste der Kyklopen (1803); Die Menschen, vom Element des Wassers bedroht (1804); Taten des Herkules (1805). Meyer verfaßte die Rezensionen, brav und redlich, kenntnisreich und sorgfältig, bisweilen in ermüdender Pedanterie. Auch Goethe schaltete sich gelegentlich ein, der überall als Initiator und Schirmherr des Unternehmens galt. Eine umfangreiche Korrespondenz mit den Einsendern entwickelte sich, und Ärger gab es auch. Denn ob die guten Absichten der „Weimarischen Kunstfreunde" wirklich für die Kunst um 1800 förderlich waren und die richterlich zensierenden Gutachten, die auf den Kunstmaximen der *Propyläen* fußten, den Weg für gegenwärtige und zukünftige Kunst vorzeichnen konnten, war schon damals umstritten. Wenn man Goethes und Meyers Stellungnahmen und Abhandlungen zu den Preisaufgaben von 1799–1805 durchsieht (SGS 57, 1958), bleibt der Eindruck eines zwar hochgebildeten, aber musealen Akademismus nicht aus. Im Grunde dilettierte der Geheime Rat, der seine eigenen Ambitionen zur bildenden Kunst als falsche Tendenzen erkannt hatte („Selbstschilderung" 1797), lief Gefahr, sich zu zersplittern, wie Schiller befürchtete (an Cotta, 10. 12. 1801), tat gerade das, was er in der nur skizzierten Arbeit *Über den Dilettantismus,* wohl auch selbstdiagnostisch, beklagte und beargwöhnte. Die Preisausschreiben blieben Episode, erregten einiges Aufsehen, wirkten aber nicht nach, kosteten viel Zeit und Mühe, aber die Zukunft gehörte Malern wie Philipp Otto Runge, Caspar David Friedrich, Künstlern der Romantik.

Goethe hatte auch gehofft, durch die Einsendungen einen Überblick über deutsche Kunst zu bekommen. Er war mutig genug, schon 1800 eine *Flüchtige Übersicht über die Kunst in Deutschland* in die *Propyläen* einzurücken, mit teilweise riskanten Bewertungen. Ein kritischer Ausfall verdient hervorgehoben zu werden. Aus Berlin hatte Friedrich Bury, mit Goethe seit der Zeit in Rom befreundet, über die dortige Kunst berichtet, auch über die Ausstellung der Akademie, wo so viele „Nationalgemälde" hingen, daß man vor Lachen bersten müsse. Wie der Katalog der Ausstellung von 1800 auswies, wimmelte es in ihr von vaterländisch-historischen Gemälden mit obligater Verherrlichung der preußischen Könige. (Friedrich Wilhelm III. in Lebensgröße auf einem Pferd von – so der Katalog – „preußischer Raçe"). Goethe wurde in seiner *Übersicht* deutlich: In Berlin scheine sich „der prosaische Zeitgeist am meisten zu offenbaren". Das allgemein Menschliche werde durchs Vaterländische verdrängt. Dann die vielzitierten Sätze, die den Deutschen nicht immer geschmeckt haben:

> Vielleicht überzeugt man sich bald, daß es keine patriotische Kunst und patriotische Wissenschaft gebe. Beide gehören wie alles Gute der ganzen Welt an [...] (A 13, 329).

Gottfried Schadow, der Berliner Bildhauer, meldete sich zu Wort. Zwar verkannte er, daß sich Goethe nicht gegen nationelle Eigenart, sondern – wie wir sagen würden – borniert Nationalistisches gewandt hatte, brachte aber in seinem Aufsatz in der Zeitschrift *Eunomia* 1801 wichtige Gründe gegen die Weimarer Kunstdogmatik vor. Er wollte die

Kunst dieser Zeit nicht auf ein antikisches Ideal festlegen lassen und spielte Goethes eigene, von ihm bewunderte vielgestaltige Dichtung gegen klassizistische Einseitigkeit aus. „Homeride sein zu wollen, wenn man Goethe ist! hätte ich doch die Macht, diese unverzeihliche Bescheidenheit zu verbieten!" (*Über einige in den Propyläen abgedruckte Sätze Goethes, die Ausübung der Kunst in Berlin betreffend;* SGS 57, 141).

Als nach 1805 die Preisausschreiben aufgegeben wurden, meinte Goethe die Hauptschuldigen ausmachen zu können: die Künstler, die den Weimarer Kunstprinzipien nicht folgen wollten, jene Maler, die wie Philipp Otto Runge wußten: „Wir sind keine Griechen mehr, können das Ganze schon nicht mehr so fühlen, wenn wir ihre vollendeten Kunstwerke sehen, viel weniger selbst solche hervorbringen" (Februar 1802 an den Vater). Aus der Rückschau nach 1812 urteilte der enttäuschte Goethe bitter, „eine durch Frömmelei ihr unverantwortliches Rückstreben beschönigende Kunst" habe überhand genommen, und er wurde spruchhaft (allzu) allgemein: „Gemüt wird über Geist gesetzt, Naturell über Kunst, und so ist der Fähige wie der Unfähige gewonnen. Gemüt hat jedermann, Naturell mehrere; der Geist ist selten, die Kunst ist schwer" (A 13, 456). Aber schon 1805 lieferte er sich und Meyer in der Besprechung einer Arbeit der zum Katholizismus konvertierten Gebrüder Riepenhausen Stichworte, unter denen sie fortan ihren Kampf gegen Tendenzen der Romantik führten, die ihnen verderblich schienen: „neukatholische Sentimentalität", „das klosterbrudrisierende, sternbaldisierende Unwesen" (A 13, 451). Wackenroders *Herzensergießungen eines kunstliebenden Klosterbruders* (1797) und Ludwig Tiecks *Franz Sternbalds Wanderungen* mußten für das Etikett herhalten. Was Tieck 1798 am Ende des ersten Teils seines *Sternbald*-Romans im Andenken an den frühverstorbenen Freund Wackenroder schrieb, konnten die „W. K. F." unmöglich billigen. Er sei besonders „gegen die zergliedernde Kritik" gewesen, „die dem verehrenden Enthusiasmus entgegensteht", und er habe die „Maske eines religiösen Geistlichen" gewählt, „um sein frommes Gemüt, seine andächtige Liebe zur Kunst freier ausdrücken zu können". Ein Kernsatz der *Herzensergießungen* lautete: „Ich vergleiche den Genuß der edleren Kunstwerke dem Gebet". Andacht und Erleuchtung, Ergriffenheit und Verehrung waren gewünscht. In Nuancen der Unterschied: Verehrung und Ergriffensein natürlich auch bei Goethe, aber das Zuviel an „Gemüt", das über „Geist" gesetzt wird, konnte er nicht gutheißen.

Auch daß er beim letzten Preisausschreiben Caspar David Friedrich, der zwei Sepia-Zeichnungen außer Konkurrenz eingereicht hatte *(Wallfahrt bei Sonnenuntergang; Herbstabend am See)*, den halben Preis zuerkannte, war kein Versprechen auf die Zukunft. Zwar schätzte er noch in den nächsten Jahren dessen „wunderbare Landschaften", wie es im Tagebuch (18. 9. 1810) nach dem Besuch bei Friedrich in Dresden hieß, aber „in einem strengern Kunstsinne" seien sie doch „nicht durchgängig zu billigen" (*Annalen* zu 1808). Und Boisserée hörte im September 1815 angeblich gar den törichten Satz: „Die Bilder von Maler Friedrich können ebensogut auf dem Kopf gesehen werden" (G 2, 337). Es blieb nicht aus, daß Goethe sich vereinsamt vorkommen mußte, als er mit seinen Erziehungsversuchen in Sachen bildender Kunst keinen Erfolg hatte und die nur begrenzte Gültigkeit der richterlichen Urteilssprüche, die er und Meyer ausfertigten, nicht erkannte. Andererseits darf nicht übersehen werden, daß seine Abneigung aus der Sorge herrührte, Wunderglaube und Frömmelei könnten den Blick auf die Ordnungen der Natur und des Menschen vernebeln und einen Obskurantismus nähren, der wie einst den Boden für Leute vom Schlage eines Cagliostro bereitete. Erkenntnis war ihm wichtiger als Gebete, kritisches Sondieren angebrachter als gemütvolle Andacht.

Klassik und klassisch. Bedenkliche Begriffe

Was Goethe und die „Weimarischen Kunstfreunde" in jenem Jahrzehnt von etwa 1795–1805 an Ideen einbrachten, an künstlerischen Grundsätzen vertraten, an Maßstäben aufrichteten und erzieherisch zu vermitteln suchten, wird gern als ‚Hochklassik' verbucht. Damit ist zweifellos etwas Zutreffendes erfaßt, wenn unter ‚Klassik', gleich wann und wo sie verwirklicht wird, die willentliche Ausrichtung an ‚klassischer' antiker Kunst verstanden wird. Besser spräche man dann freilich von ‚Klassizismus'. Die Problematik all dieser Nomenklaturen ist zu offenkundig, als daß sie breit dargelegt werden müßte. Bei den Begriffen ‚Klassik' und ‚klassisch' handelt es sich um Formeln, die in mehrfachem Sinn gebraucht werden. Es ist geläufig, daß ‚klassisch' als überzeitliche *Wert-* und überzeitliche *Stil*bezeichnung dient. Mit höchstem Wert besetzt, tritt das Wort ‚klassisch' auf, wenn es die beispielhafte, mustergültige Verwirklichung von etwas zu Gestaltendem bezeichnen soll. Zu verschiedenen Zeiten so gültig gelungene Werke können ‚klassisch' genannt werden. Doch melden sich sofort Schwierigkeiten. Denn was der eine so bewertet, muß ein anderer nicht ebenso einschätzen. Und was jemand als mustergültige Ausformung ansieht, ist von Vor-Urteilen darüber abhängig, was er aufgrund seiner Erfahrungen und Erwartungen, seiner Sozialisation in Sachen Kunst und Literatur erfüllt sehen will. Das gilt gerade auch für die schöpferischen Künstler selbst. Wer Goethes *Meister* oder Theodor Fontanes Romane als klassische Verwirklichungen des Romans preist und vorstellt, hat es schwer, zu Joyce, Proust und anderen unbefangen Zugänge zu finden und zu öffnen. Wer Gedichte des jungen Goethe oder romantische Verse als die ‚klassische' Verwirklichung von Lyrik ansieht: wie will er Brecht oder Heißenbüttel, Ernst Jandl oder Peter Rühmkorf begreifen und gerecht werden? Am Erwartungshorizont sollten Schilder mit der wertenden Markierung ‚klassisch' besser nicht aufgestellt werden, auch deshalb nicht, weil die Erhebung in den Stand des ‚Klassischen' beim breiteren Publikum die Verurteilung zur Wirkungslosigkeit, zum Zitiert-, aber Nichtgelesenwerden zur Folge hat.

Wir können jedoch nicht leugnen, daß sich ein Kanon ‚klassischer' Werke gebildet hat. Die Etikettierung ‚klassisch' ist ja das Zulassungszeugnis zur Sammlung der Meisterwerke. Viel haben damals in den neunziger Jahren die Brüder Schlegel für die Etablierung eines weltliterarischen Kanons beigetragen. Es besteht kein Grund, deren Bewertungen der antiken Dichter, Dantes, Cervantes', Shakespeares, Goethes und anderer einfach zu kassieren. Wichtiger als die Aneignung ihrer Urteile ist jedoch, den Voraussetzungen und Absichten nachzugehen, die die Schlegels und andere Kanonbildner zu ihren Einschätzungen kommen ließen. (Ganz davon abgesehen, daß der konvertierte Friedrich Schlegel anders richtete als der junge.)

Der *Stil*begriff ‚klassisch' ist harmloser. Wenn man sich auf Merkmale ‚klassischen' Stils einigt, lassen sich ‚klassische' Formungen im Mittelalter wie im 20. Jahrhundert und zu anderen Zeiten besichtigen. Dabei ist immer die antike Kunst als Muster im Blick. Maß und Ordnung, Klarheit und strenge Linienführung sind dann mit der Bezeichnung ‚klassisch' gemeint. Aus Arbeiten Winckelmanns, den *Propyläen* und Schriften in ihrem Umkreis ist abzulesen, was den Stilbegriff ‚klassisch' bestimmt, auch Heinrich Wölfflins *Kunstgeschichtliche Grundbegriffe* (1915) bieten plausible Kriterien. Fazit: Um zu vermeiden, daß andere Stilprinzipien abgewertet werden, sollte das Eigenschaftswort ‚klassisch' nur als wert*freier* beschreibender Stilbegriff benutzt werden.

Das Substantiv ‚Klassik' beansprucht herkömmlicherweise seinen Platz als Bezeichnung für den Lebensabschnitt eines Künstlers und eine Epoche insgesamt. Unstreitig hat Goethe eine Phase durchlebt, die seine ‚Klassik' bedeutete: Versuch und Wille zur Nachfolge jener Prinzipien, die er in der Kunst der Alten und ihrer Schüler als vorbildliche und nacheifernswerte erkannte. Bedenklich aber sind geläufige Ansichten wie: Er *überwinde* in der Begegnung mit der Antike die rein subjektive, alle Formen sprengende Dichtung des ‚Sturm und Drang' und wende sich der Kunst der ‚Klassik' zu, die Form und Gehalt zu einer Einheit verbinde. Begriffe wie Gestalt und Gesetz seien Ausdruck einer neuen Haltung. Ganz abgesehen von der Tatsache, daß auch im ‚Sturm und Drang' Form und Gehalt eine Einheit bildeten, drängt sich dem nüchternen Beobachter die Frage auf: Wieso bedeutet die Wende zum ‚Klassischen', wie oft zu lesen ist, eine Überwindung des Früheren, wobei ‚Überwindung' unüberhörbar positiv akzentuiert wird? Das ist ein gängiges Muster: Jugendliches Stürmen und Drängen finde endlich zur Ruhe und Abgeklärtheit. In diesem Musterangebot wird ein Erziehungsprogramm offeriert: Da Goethe diesen Weg genommen hat, ist er nachahmenswert, mehr noch: Goethes Entwicklung vom ‚Sturm und Drang' zur ‚Klassik' führt vorbildlich den Weg vor, den der Mensch zu gehen hat. In der Selbststilisierung aus der Sicht des Alters, im Wunsch, das eigene Leben als eine folgerichtige Entwicklung zu deuten, hat er selbst seinen ‚Sturm und Drang' kritisiert, ungerecht gegen sich und die Gefährten der frühen Jahre. Das brauchen wir nicht nachzusprechen. Goethes ‚Klassik' ist eine Lebensperiode, nicht mehr und nicht weniger; an ihr müssen die anderen nicht ausgerichtet werden.

Beim *Epochen*begriff ‚Klassik' stellen sich dieselben Ungereimtheiten wie bei allen Epochenbezeichnungen ein. Um falschen Vorstellungen von geschichtlichen Entwicklungen und Phasen zu entgehen, sollte man sich der Überredungskraft vertrauter Epochennamen entziehen. Doch gehört es wohl zum geistigen Orientierungsbedürfnis des Menschen, zumal des Wissenschaftlers, ungeordnete Vielheit zu ordnen und lange zeitliche Abläufe zu gliedern. Anders ist die Mühe nicht zu begreifen, die auf die Konstitution von Epochen verwendet wird. Obgleich jeder noch so sorgfältig ausgeführten Konzeption einer Epoche mit triftigen Argumenten widersprochen werden kann, lassen wir von dem geistvoll-nutzlosen Spiel nicht ab. Als vor Jahrzehnten dem Epochenbegriff ‚Barock' der Prozeß gemacht wurde, suchte der Romanist Erich Auerbach einen Vergleich zu erreichen. Mit diesem Begriff verhalte es sich wie mit allen Epochen- und allgemeinen Stilbegriffen: Wir haben sie nötig, um uns verständlich zu machen, und wissen zugleich, daß sie nie ganz passen.

Epochenbezeichnungen können der tatsächlichen Vielgestaltigkeit des betreffenden Zeitraums nicht gerecht werden. Immer herrscht Gleichzeitigkeit des Verschiedenen, der ein Epochenname nicht entspricht. ‚Aufklärung', ‚Sturm und Drang', ‚Klassik', ‚Romantik': die Begriffe erwecken die Illusion, es gäbe wirklich jene Epochen, zudem noch im Gänsemarsch des Nacheinander. Ein flüchtiger Blick auf die neunziger Jahres des 18. Jahrhunderts belehrt uns, daß kein Epochenname das Disparate umgreifen kann. Was ist da nicht alles aufeinandergeschichtet!

Sulzers ästhetische Vorstellungen durchaus noch wirksam; Gottfried August Bürger noch dabei (wo soll *er* eigentlich untergebracht werden?); was ‚Spätaufklärung' genannt wird, in schönster, durchaus vielfarbiger Blüte (und gar kein Grund, es von anderer Warte aus hochmütig zu verachten); Jakobiner und Liberale schreibend am Werk; Goethe und Schiller mit ihren angestrengten Bemühungen, sehr begrenzt in ihrer damaligen Wirkung; die Brüder Schlegel, Novalis, Tieck, Wackenroder, Bonaventura, August Vulpius (*der* mit seinem *Rinaldo Rinaldini* wurde gelesen), Kotzebue (*der* mit seinen Reißern wurde gespielt): alles gleichzeitig beieinander. Und an Zeitschriften gab es nicht nur die *Neue Thalia*, die *Horen*, die *Propyläen*, das *Athenäum*, sondern viele andere mit mindestens gleicher Resonanz. Und daß wir die ‚großen Drei' (Jean Paul, Hölderlin, Heinrich v. Kleist) unter keinem Epochendach unterbringen können, demonstriert seit langem jede Literaturgeschichte. Weder können der gesamte Lebenslauf und alles Denken und Schaffen Goethes und Schillers, *der* ‚Klassiker', mit der Chiffre ‚Klassik' markiert noch der Titel ‚Deutsche Klassik' dem ganzen Zeitabschnitt von etwa 1786–1805 gerecht werden. Wie die ‚klassische' Phase Goethes nur einen Teil seinen Lebens umfaßt, so ist die ‚Deutsche Klassik' nur *eine* Strömung neben anderen zur gleichen Zeit, ist nur *eine* Theorie und Praxis von Kunst und Literatur neben anderen. Sich dessen bewußt zu sein hilft, offen zu bleiben für die unvoreingenommene Aufnahme und Einschätzung von Phänomenen, die nicht der ‚Klassik' zugeordnet werden können, ja ihr direkt und bewußt widerstreiten. In den neunziger Jahren des 18. und den ersten Jahren des 19. Jahrhunderts erschienen zugleich mit den Arbeiten der ‚Klassiker' Romane Jean Pauls, Dichtungen Hölderlins, Schriften der Frühromantiker, zahllose Bände der ‚Unterhaltungsliteratur', auch Zeitschriften, Flugblätter, Gedichte und andere Werke jener Autoren, die unmittelbar auf eine radikal-demokratische Veränderung der politisch-gesellschaftlichen Zustände hinwirken wollten und die die Funktion von Literatur ganz anders bestimmten, als es Goethe und Schiller taten.

Gegen Ende des 18. Jahrhunderts gebrauchte man das Wort ‚klassisch' zur Hervorhebung von Werken, die als vorbildlich galten, und als Gesamtbezeichnung der Kunst und Literatur der Antike. Für Goethe war, nach dem Erlebnis seiner großen Reise, auch der Boden des südlichen Landes ‚klassisch'. Er hatte „die Gegenwart des klassischen Bodens erfahren" und meinte damit im spät verfaßten *Zweiten Römischen Aufenthalt* „die sinnlich geistige Überzeugung, daß hier das Große war, ist und sein wird" (*IR* 11, 456). „Froh empfind ich mich nun auf klassischem Boden begeistert", begann eine der *Römischen Elegien*, und die *Propyläen* mahnten, sich „so wenig als möglich vom klassischen Boden" zu entfernen (12, 39). August Wilhelm und Friedrich Schlegel nannten zunächst alles, was nach der Antike entstanden war, summarisch ‚romantisch', im Unterschied zum ‚klassischen' Altertum, bis Friedrich, den Entwurf seiner „romantischen Poesie" als der zu entwickelnden Gegenwartsdichtung konsolidierend, dieses Wort in auszeichnendem Sinn für all jene Poesie benutzte, die seinen Ideen entsprach. So konnte er sogar in der Antike ‚klassisch romantische' Werke entdecken. Schillers Ausdruck „Klassizität" als Titel für das dichterisch Vollkommene wurde früher schon erwähnt, und daß in der Antike die Maßstäbe zu suchen und zu finden seien, war für ihn sicherer Glaube. Im Aufsatz *Literarischer Sansculottismus* war Goethe zu Recht überzeugt, „daß kein deutscher Autor sich selbst für klassisch hält" (12, 240), und an diese einleuchtende Regel hielten sich ‚unsere Klassiker'. Sie gebrauchten das Wort ‚Klassik', auf die eigene Zeit und Leistung bezogen, noch nicht. Aber ‚klassisch' blieb der Titel, den Goethe den Meisterwerken verlieh, in denen er, auch wenn es sich um einen Gegenwärtigen wie Alessandro Manzoni handelte, etwas von dem verwirklicht sah, was er im Umgang mit antiker Kunst begriffen hatte.

Klassizistisches Credo

Es sind wiederkehrende Wörter und Umschreibungen, in denen der bewußte Klassizist der Phase der *Propyläen* und Preisaufgaben seine Grundansichten sammelte, die Forderungen an den Künstler erhoben und dem Betrachter Kriterien vermitteln sollten. In der Analyse und Interpretation der Laokoongruppe nannte er viele und wandte sie an: Maß, Ordnung, Faßlichkeit, Symmetrie, Proportion, kalkulierte Zuordnung der Figuren, damit eine anmutige Gruppierung entstehe, klarer Umriß der Gestalten, Mannigfaltigkeit von Ruhe und Bewegung – was alles erst realisiert werden kann, wenn der Künstler das Wesen des Gegenstands, den er gewählt, ganz erfaßt hat. Dann wird auch der richtige Moment, der „prägnante Moment", um Schiller zu zitieren (15. 9. 1797), richtig gesehen und dargestellt. Nicht subjektives Empfinden sollte sich überströmend ausdrücken, sondern erst in der ausgewogenen Kombination von „Tiefe des Gemüts" und „Tiefe des Gegenstands" entsteht „etwas Geistig-Organisches" (*Einleitung* in die *Propyläen;* 12, 42). Zum ‚Klassischen' solcher Art gehört Distanz, aus der das Objekt überschaut und in seinen Ordnungen und Maßen herausgearbeitet wird. In diese Haltung zwang sich in jenen Jahren der immerfort von innerer Unrast getriebene Dichter der *Amyntas-* und *Euphrosyne*-Elegien. Wenn er später von Ovid meinte: „Ovid blieb auch klassisch im

Exil: er sucht sein Unglück nicht in sich, sondern in seiner Entfernung von der Hauptstadt der Welt" (M; 12, 487), dann war das auch die Maxime einer Wunschhaltung, die er sich selbst zusprach. Im objektiv Erfaßten sollte nie nur das je Besondere anschaulich werden, sondern im einzelnen Allgemeineres aufscheinen. Der Laokoon der Skulptur ist nach Goethe nicht mehr der trojanische Priester, sondern „es ist ein Vater mit zwei Söhnen, in Gefahr, zwei gefährlichen Tieren unterzuliegen" (12, 59).

Goethes Prinzipien hoben die Kunstwahrheit von der Naturwahrheit ab. Aber das künstlerisch Gestaltete mußte naturgemäß bleiben, durfte nicht wider die Schönheit sein, die die Natur in ihren Oberflächenerscheinungen so oft bewies. Wie wenig allerdings diese Auffassung für einen zeitlos gültigen Grundsatz taugt, mag folgende Stelle aus *Diderots Versuch über die Malerei* illustrieren. Man braucht nur an Gemälde eines Pablo Picasso zu erinnern, um die spezielle Bedingtheit der nicht verallgemeinerungsfähigen Postulate Goethes wahrzunehmen:

> Jedes wohlgebildete Gesicht wird entstellt, wenn man die Nase auf die Seite biegt, und warum? weil die Symmetrie gestört wird, auf welcher die gute Bildung des Menschen beruht. Von einem Gesichte, das im ganzen verschoben ist, dergestalt, daß man gar keine Forderung einer symmetrischen Stellung der Teile an dasselbe macht, sollte gar nicht die Rede sein, wenn man auch von Kunst nur zum Scherz spräche (A 13, 209).

Wie ein markanter Abschluß der Phase strenger Besinnung auf antikische Maßstäbe präsentierte sich 1805 Goethes Beitrag zu dem von ihm bei Cotta herausgegebenen Sammelband *Winckelmann und sein Jahrhundert. In Briefen und Aufsätzen.* Briefe Winckelmanns an den Jugendfreund Berendis, der später Kriegsrat in Weimar gewesen und 1782 gestorben war, befanden sich im Besitz der Herzoginmutter Anna Amalia, und Goethe wollte sie, die ihm für die Kenntnis des Menschen Winckelmann wichtig schienen, herausgeben. Was mochte er denken, wenige Jahre nach der Verbrennung der an ihn gerichteten Schreiben, als er jetzt anmerkte: „Briefe gehören unter die wichtigsten Denkmäler, die der einzelne Mensch hinterlassen kann"? Er reicherte die Sammlung mit Arbeiten von Heinrich Meyer, Carl Ludwig Fernow und dem Hallenser Altphilologen Friedrich Wolf an. Sein eigener Aufsatz war der Versuch einer Wesensdeutung des bewunderten Erforschers der griechischen Kunst, der Entwurf einer Biographie, in dessen einzelnen knappen Kapiteln die Stationen des persönlichen Lebens, Einflüsse und Umwelt, Werke und Grundansichten beleuchtet wurden. Kurz zuvor, 1803, war die Buchausgabe des *Cellini* erschienen, und Goethe hatte seiner Übersetzung der abenteuerlichen Vita des Künstlers aus dem 16. Jahrhundert einen Anhang beigegeben, in dem er Materialien für eine eindringlichere Beschäftigung mit Zeit und Umständen, „welche die Ausbildung einer so merkwürdigen und sonderbaren Person bewirken konnten“ (JA 32, 221), bereitstellte. Auch hier blieb die Ausführung „skizzenhaft, aphoristisch und fragmentarisch“, aber es zeichneten sich Leitlinien ab, nach denen eine Biographie gearbeitet werden müßte. Zeitliche Umstände, Einwirkungen anderer, der Weg der Bildung wären ebenso aufzudecken und nachzuzeichnen wie die persönlichen Lebensverhältnisse und die Charakteristika der Werke. Was Goethe im Anhang zum *Benvenuto Cellini* und im *Winckelmann*-Aufsatz methodisch entwarf und im Ansatz erprobte, kam später voll zur Geltung, als er sein eigenes Leben darstellte.

Bewunderung und Verehrung prägten die Essayskizze des *Winckelmann* von 1805. Hier war Gelegenheit, noch einmal das Credo der klassizistischen Jahre zu intonieren. „Antikes“ war ein Abschnitt überschrieben, und in ihm erstand wieder das Idealbild der Alten, das der Gegenwart entgegengehalten wurde, das Bild vom vermeintlich ‚unentfremdeten‘ Menschen, der mit sich selbst in schöner Übereinstimmung lebte. Die Griechen waren, so der euphorische Glaube, „wahrhaft ganze Menschen“ (12, 101), denen es noch vergönnt war, „die sämtlichen Eigenschaften gleichmäßig“ in sich zu vereinigen (12, 98). Glück zu genießen und Unglück zu ertragen waren sie in gleicher Weise fähig. Eine „solche antike Natur“ sei in Winckelmann wieder erschienen. Nochmals umriß Goethe die Bedeutung der Kunstschönheit im Unterschied zur Natur, und er fand Sätze, in denen die ganze humanistische Würde seiner und seiner Freunde Bemühungen aufleuchtete, gesehen im Aufblick zu dem, der den Weg gezeigt hatte und dem er hier ein Denkmal setzen wollte. „Das letzte Produkt der sich immer steigernden Natur ist der schöne Mensch.“ Aber die Natur kann ihn unter dem Zwang ihrer Bedingungen nur selten hervorbringen und ihm keine Dauer verleihen. „Denn genau genommen kann man sagen, es sei nur ein Augenblick, in welchem der schöne Mensch schön sei.“ Hier tritt nun die Kunst auf den Plan.

> Denn indem der Mensch auf den Gipfel der Natur gestellt ist, so sieht er sich wieder als eine ganze Natur an, die in sich abermals einen Gipfel hervorzubringen hat. Dazu steigert er sich, indem er sich mit allen Vollkommenheiten und Tugenden durchdringt, Wahl, Ordnung, Harmonie und Bedeutung aufruft und sich endlich bis zur Produktion des Kunstwerkes erhebt, das neben seinen übrigen Taten und Werken einen glänzenden Platz einnimmt. Ist es einmal hervorgebracht, steht es in seiner idealen Wirklichkeit vor der Welt, so bringt es eine dauernde Wirkung, es bringt die höchste hervor: denn indem es aus den gesamten Kräften

> sich geistig entwickelt, so nimmt es alles Herrliche, Verehrungs- und Liebenswürdige in sich auf und erhebt, indem es die menschliche Gestalt beseelt, den Menschen über sich selbst, schließt seinen Lebens- und Tatenkreis ab und vergöttert ihn für die Gegenwart, in der das Vergangene und Künftige begriffen ist (12, 103).

Der *Winckelmann*-Essay war nicht nur eine Huldigung, er war auch eine Streitschrift. Denn gegen die Grundsätze, die in den *Propyläen* als die gültigen aufgestellt und in den Weimarer Preisausschreiben angewandt waren, war nachdrücklich Einspruch erhoben worden. Friedrich Schlegel, inzwischen über das frühe Stadium seiner Griechenbegeisterung und die intellektuellen Arabesken seiner frühromantischen Theorie hinaus und schon halbwegs zur katholischen Kirche konvertiert, verkündete in den Gemäldebeschreibungen, die er in seiner Zeitschrift *Europa* (1803–1805) veröffentlichte, ganz andere Prinzipien und rühmte andere Vorbilder: christliche Kunst samt Madonnen und Märtyrern, Heiligen und Passionsdarstellungen. Im Louvre in Paris hatte er 1802/1803 christliche Gemälde gesehen, war dann mit den Brüdern Sulpiz und Melchior Boisserée seit 1804 in Köln, am Rhein und in den Niederlanden von altdeutscher Kunst zutiefst beeindruckt worden und wurde nun ihr beredter Fürsprecher. Ob sein neuer Glaube ihn besonders für diese Malerei, die immer wieder christliche Themen gestaltete, aufgeschlossen machte oder ob diese Kunst ihn ganz bekehrte, wird niemand säuberlich scheiden können. Die Kunst, schrieb er, dürfe „von der ursprünglichen Bestimmung, die sie in alten Zeiten überall hatte", nicht abweichen, nämlich „die Religion zu verherrlichen, und die Geheimnisse derselben noch schöner und deutlicher zu offenbaren, als es durch Worte geschehen kann" (KA 4, 79). Die *Gemäldebeschreibungen aus Paris und den Niederlanden* enthielten eine fortlaufende Polemik gegen die Ansichten der „Weimarischen Kunstfreunde". Hier provozierte den Herausgeber der *Propyläen* Seite für Seite jenes „klosterbrudrisierende, sternbaldisierende Unwesen", das ihm zuwider war. (Später hat ihn Sulpiz Boisserée dann wenigstens eine Strecke weit der altdeutschen Kunst näherbringen können.) Deshalb bekräftigte Goethe 1805 sein nichtchristliches Kunstbekenntnis, überschrieb ein Kapitel „Heidnisches", in dem er eine „unverwüstliche Gesundheit" wahrnahm, und bewertete Winckelmanns, des „gründlich geborenen Heiden", Eintritt in die katholische Kirche als Anpassung, die die Verhältnisse von ihm forderten: Er mußte sich „das Maskenkleid" umhängen, wenn er auf seinem Gebiet weiterkommen wollte. Das Kapitel „Katholizismus" war eine unmißverständliche Antwort auf die Konversionen, die damals schon vollzogen waren oder sich abzeichneten: Fritz Stolberg war 1800 übergetreten, die Brüder Riepenhausen 1804, Friedrich Schlegel folgte 1808. Es war eine Flucht in den Schoß der allein seligmachenden Kirche, weil man den Entwürfen, die das Subjekt in freier Selbstbestimmung gewagt hatte (etwa in den Aphorismen des jungen Schlegel), nicht mehr traute.

Goethes Anstrengungen, die bildende Kunst seiner Zeit auf eine klassizistische Gestaltung einzuschwören, blieben, wie gesagt, ohne Erfolg. Daß auch die in ihnen wirksamen humanistischen Impulse nichts bewirkt haben, daß sie zwar zu erbaulichen Formeln gerannen, die bei wechselnden Gelegenheiten zitiert werden konnten, aber in der geschichtlich-gesellschaftlichen Realität nichts bewirkten, nichts auslösten, nichts förderten (außer unablässig fabrizierten Aufsätzen und Büchern), kann ihm nicht angerechnet werden, wenigstens nicht in pauschaler Zuweisung. Allerdings hatten er und Schiller den Tribut dafür zu zollen, daß alles, was sie über Kunst und ästhetische Erziehung vordachten, von der Realität streng geschieden bleiben sollte. Gestaltung allgemein menschlichen Verhaltens, Empfindens, Gelingens und Scheiterns, schöne Formung des wahrhaften Menschen: das war beabsichtigt, aber nicht das Eingehen auf das „Gebiet der wirklichen Welt", auf Probleme der Zeit und ihrer Gesellschaft. Im Brief an Herder vom 4. November 1795 wußte Schiller „für den poetischen Genius kein Heil, als daß er sich aus dem Gebiet der wirklichen Welt zurückzieht und anstatt jener Coalition, die ihm gefährlich seyn würde, auf die strengste Separation sein Bestreben richtet". „Unser bürgerliches, politisches, religiöses, wissenschaftliches Leben und Wirken" sei wie die Prosa der Poesie entgegengesetzt.

Bei all diesen Überlegungen, heute wie damals, ist die – ohnehin beweiskräftig nicht zu beantwortende – Frage ausgespart, ob Kunst und Literatur denn überhaupt so auf die „wirkliche Welt" bezogen sein können, daß eingreifende Wirkungen von ihnen ausgehen, und ob nicht, wenn schon Wirkungen angenommen werden, sie auf eine Weise vermittelt geschehen, daß ihre Spuren unkenntlich werden. Noch in der Resignation des Schlusses von Schillers *Ästhetischen Briefen* (daß der „ästhetische Staat" wohl nur „in einigen auserlesenen Zirkeln" Wirklichkeit werden könne) schwang jedoch die Hoffnung mit, daß auch die Bemühungen in den ästhetischen Bezirken irgendwann und irgendwie die „wirkliche Welt" erreichen. Ob Künstler und Autoren je ganz ohne diese Hoffnung schaffen und schreiben?

Was Goethe für die bildende Kunst wünschte, wobei er sich vornehmlich an der Skulptur orientierte, war nicht leicht auf Dichtung zu übertragen. Seine eigenen Werke beweisen es. Zwar zeigen schon die Jambenfassung der *Iphigenie* und der *Torquato Tasso* klare Linienführung, berechnete Gruppierung und Bewegung der Gestalten, einen Dialog, der auf thematische Genauigkeit und Konzentration gerichtet ist, genau gefügte Redeteile, die manchmal zu spruchhafter Prägnanz gestrafft werden. Aber der winckelmannisch ausdeutenden Beschreibung, die Goethe dem *Laokoon* widmete, würden die früheren Dramen nicht genügen können. Weder Orest noch Tasso in ihren ausbrechenden und nicht gezügelten Emotionen, weder Thoas noch Antonio in ihrer unverdeckten Leidenschaftlichkeit fügten sich klassizistischer Bändigung, wo die Oberfläche in gesammelter Ruhe bleibt, mag auch die Tiefe wüten. *Hermann und Dorothea* hatte, von der Strenge und Weite des Hexameters gehalten, das schöne Gleichmaß, das keineswegs spannungslos ist, und wurde deshalb im Briefwechsel der Weimaraner, als sie über die antikischen Grundsätze und die Bestimmung der Gattung nachdachten, stets als das gelungene Werk erwähnt. Ihm gegenüber konnte der *Wilhelm Meister* nicht zählen, weil schon seiner äußeren Form das Klassizistische fehlt, und Schiller mochte ihn, noch im Bann der herkömmlichen Verachtung der prosaischen Romangattung, trotz aller Bewunderung zur wirklichen Dichtung nicht recht zählen. Die Elegien des zweiten Buchs, nach dem Vorspiel der *Erotica Romana,* verwiesen da schon mit ihren antiken Versmaßen auf ihre Vorbilder, deren Nachfolge sie sich zuordneten. Aber daß *Nausikaa* und *Achilleis* Fragment blieben, bewies die Schwierigkeit, ja Unmöglichkeit, nach dem Glücksfall von *Hermann und Dorothea* weiterhin Homeride in neuer Zeit zu sein. Auch die Dramen, in denen Goethe noch einmal alle Kunst und Virtuosität in Versgestaltung und sprachlicher Versfüllung aufbot, um bestimmte Grundthemen von allgemeinem Gehalt zu modellieren und, so scheint es, geradezu exemplarisch Kriterien des *Laokoon*-Aufsatzes (wie Ruhe und Bewegung, Ideal, Anmut, Schönheit) zu entsprechen, blieben Fragment oder wirkten kaum: *Die natürliche Tochter, Paläophron und Neoterpe, Pandora* – falls es überhaupt angemessen ist, sie aus dem Blickwinkel einer klassizistischen Theorie der bildenden Künste zu betrachten.

Summa summarum: die Richtlinien für bildende Künstler waren nie und schon gar nicht auf Dauer Direktiven für die eigene dichterische Arbeit. Goethe mochte sich an sie erinnern, aber sie banden ihn nicht. Die Lizenz sprach er offen aus, wenn auch mit bedauerndem Unterton: „Leider wissen wir aus der Erfahrung, daß dem Dichter niemand seine Gegenstände suchen kann, ja daß er sich selbst manchmal vergreift“ (an Schiller, 16. 12. 1797). Überhaupt ist beachtlich, wie er während der *Propyläen*-Zeit auch zum Lob von literarischen Werken bereit war, die fernab von antikischen Grundsätzen lagen. So rezensierte er 1798 in der *Allgemeinen Zeitung*, die Cotta herausgab, *Grübels Gedichte in Nürnberger Mundart* und sparte nicht mit Anerkennung. „Jedem Freunde teutscher Art und Kunst“ müßten diese Dialektgedichte willkommen sein; in allen zeige sich „ein Mann von fröhlichem Gemüt und heiterer Laune, der die Welt mit einem glücklichen gesunden Auge sieht und sich an einer einfachen naiven Darstellung des Angeschauten freut“ (A 14, 428 f.). Die Reminiszenz an Herders frühe Sammlung *Von Deutscher Art und Kunst* (1773) bestätigte, warum Goethe diese Gedichte empfahl: Hier sprudelte eine Quelle der Volksdichtung, die zu achten war. (Der fragwürdige Beifall am Schluß: die Gedichte hätten „die Grenzen niemals überschritten, die einem wohldenkenden und ruhigen deutschen Bürger ziemen“, gingen auf das Konto des eingefleischten Gegners politischer Unruhe und Veränderung.) 1805 kam er nochmals auf Grübels Gedichte zurück, die verdienten, „wohl neben den Hebelschen gegenwärtig genannt zu werden“ (A 14, 433). Ohne Reflexion wisse der Nürnberger Klempnermeister „die Sache selbst zu geben“. Goethes Erinnerung an die Volkspoesie, ihre Kraft und Qualitäten war nicht verblaßt, wie noch andere Besprechungen bewiesen: etwa die der *Alemannische Gedichte* Johann Peter Hebels, der *Wunderhorn*-Sammlung Arnims und Brentanos, der Gedichte und Selbstbiographie Gottlieb Hillers, der Volksdichtungen fremder Völker. Die Vorstellung eines „Naturdichters“ bildete sich heraus, und je mehr Goethe in kritische Distanz zur deutschen Literatur seiner Zeit geriet, die er als Produkte „forcierter Talente“ disqualifizierte, um so anziehender wurde für ihn als deren Gegenpol die Poesie der „Naturdichter“ *(Deutscher Naturdichter* [Anton Fürnstein], A 14, 504).

Wie heikel die Lehre vom antikischen Kunstideal in neuer Zeit war, blieb Goethe nicht verborgen. In den Überlegungen *Über den Dilettantismus,* die ihn und Schiller beschäftigten und sich in einem umfangreichen, aber nicht mehr ausgeführten Schema niederschlugen (jetzt als Beilage in NA 21), verbarg sich bei aller entschiedenen Zeitkritik viel an Selbstreflexion. Denn was Goethe beim Dilettanten anprangerte: daß er sich nicht an feste Grundsätze halte und sie streng anwende, war oft genug auch sein eigenes Problem. Und er wußte ebenfalls, daß zum gesamten kulturellen Leben einer Zeit Künstler wie Dilettanten gehören. Der Bezirk der nach durchdachten und anerkannten Grundsätzen schaffenden Künstler ist nicht alles. Zwar bleibt der Dilettant auf einer Vorstufe stehen („Dilettantism kann nur als Eintritt in die Kunst und nie für sich selbst nutzen“), aber ein „Liebhaber der Künste“ ist er allemal. Er will nicht allein betrachten und genießen, sondern auch selbst etwas schaffen. Aber: „Die Kunst giebt sich selbst Gesetze und gebietet der Zeit: der Dilettantism folgt der Neigung der Zeit“ (NA 21, 60). Im Schema wurden in besonderen Spalten „Nutzen“ und „Schaden“ in einzelnen Kunstsparten bestimmt und gesondert. Der Kern der Kritik am

Dilettantismus war der in allen Schemata durchscheinende Vorwurf, der Dilettant dringe nicht zum Wesen der Dinge vor, wie es Goethe vom „Stil“ forderte, sondern bleibe im Subjektiven befangen und vermöge jenes „Geistig-Organische“ eines in sich geschlossenen Kunstwerks nicht hervorzubringen. Scharf wurde die Abrechnung im Schema „Lyrische Poesie“. In der Rubrik „Schaden“ wurde dekretiert: „Dilettantism kann doppelter Art seyn. Entweder vernachläßigt er das (unerlaßliche) Mechanische und glaubt genug gethan zu haben, wenn er Geist und Gefühl zeigt. Oder er sucht die Poesie bloß im Mechanischen, worinn er sich eine handwerksmäßige Fertigkeit erwerben kann, und ist ohne Geist und Gehalt. Beide sind schädlich, doch schadet jener mehr der Kunst, dieser mehr dem Subjekt selbst.“ Solcher Existenz wurde „völlige Nullität“ bescheinigt. Was in der entsprechenden Sparte an neuerer deutscher Literatur verbucht wurde, war stattlich: Musenalmanache, Journale, Geßners poetische Prosa, „Bürgers Einfluß auf das Geleyer“, „Klopstockisches Odenwesen“, Claudius, „Wielands Laxität“. Und die Folgerungen: Der neueste Dilettantismus greife auf eine reiche, kultivierte Dichtersprache zurück und wuchere mit den äußerlichen Fertigkeiten. Hier zeichnete sich in Umrissen ein Grundmuster ab, nach dem Goethe dann die deutsche Literatur seiner Zeit, zu der er keinen Zugang fand, be- und aburteilte. Im *Dilettantismus*-Entwurf steckte noch Potential der aggressiven Zeitkritik, die die *Xenien* hervorgetrieben hatte, und auch die verdeckte Sorge (oder Gewißheit?), die Kunstprinzipien der „W. K. F.“ könnten an der Wirklichkeit des künstlerisch-kulturellen Lebens zuschanden werden. Goethe selbst praktizierte weiterhin unbefangen vergnüglichen Dilettantismus. Viele Gelegenheitsgedichte zeigen es, nicht nur die für das ‚Mittwochskränzchen‘ 1801/1802 gereimten Verse, die er in die Gruppe der „Geselligen Lieder“ aufnahm. Was dem Kunstwerk als einmaliger, unverwechselbarer Schöpfung drohte, erkannte Goethe hellsichtig in dem (Handschrift gebliebenen) kurzen Aufsatz *Kunst und Handwerk*, der Bedenken des alten Goethe antizipierte und schon auf Walter Benjamins Analyse des Kunstwerks „im Zeitalter seiner technischen Reproduzierbarkeit“ vorauswies. Was der „bloß mechanische Künstler“ hervorbringt, kann tausendfach hergestellt werden, und „das Maschinen- und Fabrikwesen“ der neueren Zeiten macht sich solche Fertigungsmöglichkeiten zunutze. Der „hochgetriebene Mechanismus, das verfeinerte Handwerk und Fabrikenwesen der Kunst“ drohen der „wahren Kunst“ und dem „wahr erregten Kunstgefühl“ den Garaus zu machen.

Kommt nun gar noch die große Gemäldefabrik zustande, wodurch sie, wie sie behaupten, jedes Gemälde durch ganz mechanische Operationen, wobei jedes Kind gebraucht werden kann, geschwind und wohlfeil und zur Täuschung nachahmen wollen, so werden sie freilich nur die Augen der Menge damit täuschen, aber doch immer eben dadurch den Künstlern manche Unterstützung und manche Gelegenheit sich emporzubringen rauben (A 13, 129).

Landschaftliche Grille Oberroßla

Wir kommen wieder auf den Lebensweg Goethes zurück.
Die dritte Fahrt in die Schweiz ist die letzte größere Reise gewesen, die er unternommen hat. Gern und lang hielt er sich freilich in den böhmischen Bädern auf, manchmal Jahr für Jahr, aber das war mehr ein eingeübter Ortswechsel, den er sich gefallen ließ, keine strapaziöse Reise in ferne Gegenden, auf der immer Neues zu verarbeiten war, und die Projekte, die ihn gerade beschäftigten, konnte er während der Kuren, zwischen den erwünschten Abwechslungen, zumeist gut weiter fördern. Andere Ausflüge hielten sich in bemessenen Grenzen: nach Göttingen und Pyrmont, nach Lauchstädt, zum zweiten Spielort des Weimarer Theaters, ins Mitteldeutsche nach Halle und Magdeburg, mal nach Leipzig und Dresden. Und der Besuch der Rhein- und Maingegenden 1814/1815 war Wiederkehr in vertraute Landschaft und Umgebung. Goethe trieb nichts mehr in unbekannte Ferne. Der Neid, den er in seinen – halbironisch „beschränkt" genannten – Weimarer Verhältnissen äußerte, als sich Wilhelm v. Humboldt in der Weltstadt Paris aufhielt, kann nicht groß gewesen sein: „Indem wir nun in unserm beschränkten Zustande so fort leben, genießen Sie alles was das ungeheure Paris Ihnen täglich und stündlich anbietet, und sind deshalb nicht wenig zu beneiden" (7. 2. 1798). Nichts hinderte ihn, sich auch einen längeren Aufenthalt in Paris zu leisten. Aber Knebel hatte er schon zu Jahresbeginn geschrieben: „Man ist in einem gewissen Alter an einen gewissen Ideengang gewöhnt, das Neue was man sieht ist nicht neu und erinnert mehr an unangenehme als angenehme Verhältnisse, und ganz vorzügliche Gegenstände begegnen einem doch selten" (2. 1. 1798). Dabei wußte er genau, als er Humboldt zu einer Reise nach Spanien zuredete: „Wer einmal fremde Literaturen genießen, sich von der bewohnten Welt einen Begriff machen, über Nationen, ihren Ursprung und ihre Verhältnisse denken will, der tut wohl, manche Länder zu bereisen, um sich ein Anschauen zu verschaffen, das durch keine Lektur erregt werden kann" (26. 5. 1799). Hier bleiben Rätsel über die Seßhaftigkeit des knapp Fünfzigjährigen, die auch nicht dadurch gelöst werden, daß ‚die Welt' ihn ja in Weimar aufsuchte und er mit seiner reiseunlustigen Mut-

ter hätte sagen können: „Bei mich kommen sie Alle ins Haus, das war ungleich bequemer, – ja, ja, wems Gott gönnt, giebt ers im Schlaf" (23. 12. 1784).

Nach der fast viermonatigen Abwesenheit mußte er sich, seit dem 20. November 1797 zu Haus, in Weimar und Jena erst wieder einrichten. Im Mai glaubte er endlich anzufangen, sich zu finden, so habe ihn die vorjährige Reise „ganz aus dem Geschicke gebracht" (an Christiane, 25. 5. 1798). Im Frühjahr konnte er sich einen seit geraumer Zeit gehegten Wunsch erfüllen: Er erwarb ein Gut in Oberroßla, einem Dorf nordöstlich von Weimar, in der Nähe Apoldas. Erst nach einem komplizierten Verfahren erhielt der von ihm Beauftragte am 8. März 1798 den Zuschlag für das Lehnsgut, das bereits im Sommer 1796 „an den Meistbiethenden öffentlich feil gebothen worden" war (JbG 1919, 195). Es handelte sich um ein einfaches Wohnhaus, das mitten im Dorf lag, mit Scheunen und Ställen, die einen Hof von drei Seiten umschlossen. Die zugehörigen Äcker und Wiesen waren in zerstückelten Einzelteilen über die Dorfflur verteilt. Natürlich konnte Goethe die Bewirtschaftung nicht selbst übernehmen. So bestellte er einen Pächter, sicherte sich aber eine Unterkunftsmöglichkeit in den Gebäuden. Am 22. Juni wurde dem Geheimen Rat, Schriftsteller und Naturforscher das Gut übergeben, den bei seinem Erwerb auch motivierte, Christiane „eine unabhängige Existenz zu verschaffen" (5. 8. 1798). Deshalb der im Jahr darauf gestellte Antrag an den Herzog, das Gut zu einem freien Erblehen zu machen, was Carl August sogleich bewilligte, und Goethe leistete in aller Form den vorgeschriebenen Erbhuldigungs- und Lehnseid.

Zu Anfang war die Freude am neuen Besitz groß. In den Briefen zwischen Christiane und ihrem Mann wurde viel über Roßla gesprochen. „Eine unwiderstehliche Lust nach dem Land- und Gartenleben hatte damals die Menschen ergriffen", hielten die *Annalen* zu 1797 fest. „Schiller kaufte einen Garten bei Jena und zog hinaus; Wieland hatte sich in Oßmannstedt angesiedelt", das nur etwa 3 km von Oberroßla entfernt war. Herzoginmutter Anna Amalia „rustizierte" bekanntlich seit langem in Tiefurt. Der Einstand im Juni 1798 wurde zünftig gefeiert, ein kleines Dorffest organisiert und ein Festessen für 20 Personen ausgerichtet, dessen Gänge Christiane zusammengestellt hatte: „1. eine Sago-Suppe, 2. Rindfleisch mit Senf, 3. Grüne Erbsen mit jungen Hühnern, 4. Forellen oder Backfische, 5. Wildprets-Braten und Gänse, 6. Torte und Rührkuchen" (an Goethe, 18. 6. 1798). Reizvoll waren während der folgenden Zeit manche Zusammenkünfte in der ländlichen Abgeschiedenheit, mit Wieland („dem lieben Herrn Bruder in Apoll und Genossen in Ceres", 22. 6. 1798), mit Schiller, Heinrich Meyer, Kammerrat Kirms, auch Tage mit und für Christiane und Sohn August.

Doch die „landschaftliche Grille" *(Annalen* zu 1798), der Goethe nachgegeben hatte und die ihn mit dörflichen Verhältnissen vertrauter als bisher machte, erwies sich auf die Dauer als eine Belastung, die nicht zu tragen war. Die Bewirtschaftung des Guts war schwierig; ein neuer Pächter mußte wegen der Unzuverlässigkeit des alten gefunden werden, und Oberroßla war zu abgelegen, als daß sich öftere Aufenthalte dort mit den übrigen Pflichten und Tätigkeiten leicht verbinden ließen. Zudem war der Ertrag gering, und da Goethe nicht bar bezahlt hatte, wurden die Kredite lästig. Nach fünf Jahren verkaufte er 1803 sein Gut und konnte dabei noch einen kleinen Gewinn einstreichen. Wer weiß, daß sich Goethe zeitweilig jener „Lust nach dem Land- und Gartenleben" hingab und in Roßla gelegentlich zu „rustizieren" versuchte, betrachtet Naturmotive in einigen Gedichten, die damals entstanden (*Der Musensohn; Die glücklichen Gatten*, 1802), mit anderen Augen und wundert sich nicht, im Frühjahr 1801 ganz leichte, spielerische Verse im Gedicht *Frühzeitiger Frühling* zu finden („Tage der Wonne, / Kommt ihr so bald? / Schenkt mir die Sonne, / Hügel und Wald? // Reichlicher fließen / Bächlein zumal. / Sind es die Wiesen, / Ist es das Tal? [. . .]"). Die erste Strophe von *Dauer im Wechsel* (1803) läßt sich auch wie ein Abschiedsgruß an den Traum von Oberroßla lesen:

Hielte diesen frühen Segen,
Ach, nur *eine* Stunde fest!
Aber voller Blütenregen
Schüttelt schon der laue West.
Soll ich mich des Grünen freuen,
Dem ich Schatten erst verdankt?
Bald wird Sturm auch das zerstreuen,
Wenn es falb im Herbst geschwankt.

Im August 1798 meinte Goethe, er sei fleißig, ohne viel aufweisen zu können (an Knebel, 23. 8. 1798). Wie eh und je trieb er vieles gleichzeitig nebeneinander, so daß es nicht nur Schiller vorkam, er verzettele sich. Manches brauchte lange Zeit, bis es abgeschlossen war, und so hatte er das Gefühl, nichts aufweisen zu können. Das galt besonders für die naturwissenschaftlichen Studien, denen er unentwegt nachging, jahrelang, jahrzehntelang. Ins Tagebuch trug er Stichworte wie „Farbenlehre", „Geschichte der Farbenlehre" ein oder: „Die Materialien zur Farbenlehre nach den verschiedenen Rubriken geordnet" (9. 1. 1798). Erst 1810 erschienen die beiden großen Bände *Zur Farbenlehre* mit insgesamt fast 1500 Seiten, über die später zusammenhängend zu berichten ist.

Weiterhin im öffentlichen Dienst

Die privaten Arbeiten und Liebhabereien hätten seine Zeit ganz ausfüllen können. Doch auch öffentliche Aufgaben ließen ihn nicht los. Die Leitung des Theaters lag weiterhin in seinen Händen, der Baukommission gehörte er an, er war nach wie vor Mitglied des Geheimen Consiliums, des herzoglichen Kabinetts, und erhielt sein reguläres Gehalt, wenn er auch an den Sitzungen nicht teilnahm und von den alltäglichen Geschäften entbunden war. Immer noch war er als Berater in speziellen Fragen willkommen; Geheimrat Voigt und der Herzog holten fast stets seinen Rat ein, wenn im Land etwas in Sachen Wissenschaft und Kunst zu überlegen und zu entscheiden war. Die Sammlung der „Amtlichen Schriften" gibt wünschenswert detaillierte Auskunft (AS). Zudem übernahm Goethe verbindliche Sonderaufgaben, wie er es seit seinem Amtsantritt in Weimar gewohnt war. Alles, was in Jena an wissenschaftlichen Einrichtungen zu betreuen oder neu zu errichten war, gehörte ganz selbstverständlich in seinen Kompetenzbereich. Schon seit Jahren baute er dort ein Naturalienkabinett auf; die Bibliothek des 1782 von Göttingen berufenen Natur- und Sprachforschers Christian Wilhelm Büttner, eines Originals mit Sammelleidenschaft, versuchte er für Jena zu erwerben, und nach Büttners Tod 1801 sichtete und ordnete er dessen Nachlaß. „Von einer solchen Gerümpel-Wirthschaft hat man gar keinen Begriff, so sind z. B. ein halb Dutzend Dreh-Orgeln und Hackebretter, die auch durch Walzen bewegt werden, unter dem Zeuge" (an Christiane, 22. 1. 1802). „Antike Kleinigkeiten, physikalische Spielereien" gehörten ebenfalls dazu. Im Briefwechsel zwischen Goethe und Voigt ist zu verfolgen, mit welcher Mühe diese Bücherliebhaber die Ordnung und den Aufbau der Jenaer Bibliotheksbestände förderten. Zusammen mit Voigt betreute Goethe ferner das Botanische Institut, und beide waren seit Ende 1797 für Bibliothek und Münzkabinett in Weimar und die herzogliche Bibliothek in Jena offiziell verantwortlich. 1803 kam die Oberaufsicht über das Museum in Jena hinzu, dessen medizinisch-naturwissenschaftliche Sammlungen sich laufend vermehrten. Sie befanden sich im Schloß, und Johann Georg Lenz, der Vorsitzende der „Mineralogischen Sozietät", zu deren Ehrenmitglied Goethe 1798 ernannt wurde, war ihr Kustos. 1809 wurden die einzelnen Institutionen verwaltungstechnisch besser koordiniert und gehörten seit 1815 zur „Oberaufsicht über die unmittelbaren Anstalten für Wissenschaft und Kunst in Weimar und Jena", jenem neu geschaffenen Ressort, das auf die Kompetenzen Goethes zugeschnitten war. Christian Gottlob Voigt und Goethe übernahmen weiter 1812 die Gesamtinspektion der neuen Sternwarte und der 1816 gegründeten Tierarzneischule.

Dem Geheimen Consilium gehörten zu Anfang der neunziger Jahre immer noch dieselben Mitglieder wie vor Goethes italienischer Reise an. Vorsitzender war der Wirkliche Geheime Rat Jacob Friedrich Freiherr v. Fritsch mit dem Titel Exzellenz. Die zweite Stelle besetzte Christian Friedrich Schnauß, die dritte Goethe, und an vierter rangierte Johann Christoph Schmidt. Die Arbeitsweise änderte sich nicht entscheidend, außer daß der Herzog sich vorbehielt, einzelne Räte unabhängig von ihren Geschäftsbereichen im Conseil zu speziellen Fachreferaten zu sich zu beordern, so daß – entgegen früherer Gepflogenheit – manche Räte erst nachträglich von den Entscheidungen, die der Souverän fällte, Kenntnis erhielten. Damit blieb dem Consilium oft nur die Erledigung der laufenden Geschäfte. Den älteren Mitgliedern (wie Fritsch und Schnauß) mißfiel diese Verfahrensweise durchaus, aber Carl August hatte wohl Gründe, den Vortrag eines seiner Minister „extra ordinarie" zu bevorzugen. Er konnte auf diese Weise straffer regieren (was bei seiner häufigen Abwesenheit von Weimar bisweilen Komplikationen mit sich brachte), und vielleicht wirkte er so auch dem Mangel an Verschwiegenheit entgegen, der in dem kleinen Land, wo alle Beamten sich kannten und oft freundschaftlich oder gar verwandtschaftlich verbunden waren, schwer einzudämmen war. Daß Goethe so früh und schnell seine Sonderstellung erhielt, hing auch damit zusammen, daß er mit niemandem und nichts im Herzogtum verbunden und verfilzt war.
In die Rolle des entscheidenden Ratgebers und maßgeblichen Ministers wuchs in den neunziger Jahren mehr und mehr Christian Gottlob Voigt hinein. Er war lange im weimarischen Staatsdienst gewesen, als Amtmann in Allstedt, dann als Regierungsrat in der Weimarer Regierung, war 1783 Geheimer Archivar geworden, und Goethe lernte ihn als einen besonders kenntnisreichen und engagierten Mann kennen, den er als Mitarbeiter an sich zog. Seit 1783 arbeiteten sie zusammen in der Bergwerks-, seit 1785 in der Ilmenauer Steuerkommission. Es war ein glückliches Ereignis für beide, daß sie zu gemeinsamer Tätigkeit zusammenfanden. Eine lebenslange Beziehung entstand, für die die Bezeichnung Freundschaft oder Kollegialität nicht passen will; denn es war weniger als das eine und mehr als das andere. Distanzierter Respekt, vor allem von seiten Voigts, blieb immer gewahrt, und sich später mit „Ew. Exzellenz" zu titulieren war beiden geläufig. Aber in Tagen und Stunden der Not und schwieriger Überlegungen bewährte sich eine Verbundenheit, die sich in der gemeinsamen Hingabe an sachliche Aufgaben gebildet und gefestigt hatte und in der sich persönliche Vertrautheit helfend und stärkend entfaltete. Nicht zwei Künstler verkehrten hier miteinander, sondern zwei Männer, die verantwortliches öffentliches Wirken als ihre Pflicht ansahen und sich dabei in politischen Grundanschauungen

nahe wußten; sonst wären sie auf ihren Plätzen in Weimar nicht geblieben. So sehr Goethe seit Italien der eigentümlichen Wahrheit der Kunst nachspürte, verlor er doch nie die Beziehung zur Region praktischer Tätigkeit, ja künstlerisches Wirkenwollen war für ihn, wie die *Propyläen* und dann die Zeitschrift *Über Kunst und Altertum* (1816–1827) zeigten, öffentliche Praxis mit anderen Mitteln. Der Briefwechsel zwischen Goethe und Voigt, in vier umfangreichen Bänden gesammelt und hervorragend kommentiert (GVB), reicht von 1784 bis 1819. Noch auf dem Totenlager schrieb Voigt mit zittriger Hand auf ein Blatt: „Grausamer Gedanke ein letztes Wort an Göthe Ach lieber Göthe, wir wollen doch innig zusammenleben" (21. 3. 1819). Und der Betroffene antwortete: „Daß Sie in diesen heiligen Augenblicken von dem Freunde Ihres Lebens Abschied nehmen ist edel und unschätzbar. Ich aber kann Sie nicht loslassen!" (21. 3. 1819).

1791 wurde Christian Gottlob Voigt Mitglied des Conseils und 1794 zum Geheimen Rat ernannt. Er war für Goethe der Ansprechpartner im Kabinett, über den er immer Einfluß zu nehmen vermochte, und Voigt wußte, mit wem er sich, oft ganz kurzfristig, beraten konnte. Die Arbeitslast, die er auf sich nahm, als andere Mitglieder des Consiliums krank oder verhindert waren, war groß, und sie verstärkte sich noch, als im Dezember 1797 Schnauß starb und Freiherr v. Fritsch zum 1. April 1800 in den Ruhestand versetzt wurde. Manche dachten damals, Goethe würde, nun ältester und einziger adliger Geheimer Rat, Fritschs Nachfolger im Vorsitz werden, doch er unterzog sich der Routinearbeit des Gremiums nicht mehr. Repräsentationspflichten aber kam er nach, so beim Ausschußtag der Stände in Weimar. Im Tagebuch notierte er zwischen dem 17. Mai und 27. Juni die Termine, die er wahrnahm. Er war öfter offiziell „bei Hof" und hatte am 23. Mai „mittags die Landstände zu Tische". Ende 1801 wurde Freiherr v. Wolzogen, der die Verhandlungen wegen der Heirat des Erbprinzen Carl Friedrich mit der russischen Großfürstin Maria Pawlowna in Petersburg geführt hatte, ins Conseil beordert und 1803 auch Geheimer Rat; keine wirkliche Hilfe für den überlasteten Voigt, da Wolzogen sich viel um Angelegenheiten des jungen Paars kümmerte. Am 13. September 1804 wurden, um auch dies zu vermerken, alle Geheimen Räte zu Wirklichen Geheimen Räten befördert und erhielten das Prädikat Exzellenz, das seitdem auch die Schreiben an Goethe zierte. Eine Zeitlang, von 1802–1806, war zur Unterstützung noch der Geheime Assistenzrat Christian August Thon, ein nicht ganz gesunder Mann, dem Consilium zugeordnet, aber Voigt war im Grunde für alles verantwortlich, zumal Rat Schmidt an Altersschwäche litt und seit Mai 1805 zu den Sitzungen nicht mehr erschien. So klagte Voigt am 6. Juni 1806 dem gothaischen Kollegen v. Franckenberg: „Ich bin doch recht unglücklich mit meiner Collegenschaft. Thon hypochondrisirt noch bis 1. Julius, Schmidt ist worden wie der Kinder eines, um ins Himmelreich zu kommen – Göthe schwingt sich über das Terrestrische und braucht seinen perpetuirlichen Urlaub zu Arbeiten und Unterhaltung seines eignen Geistes“ (AS II 99 f.). Mit Napoleons Sieg über die Preußen in der Schlacht bei Jena und Auerstedt am 14. Oktober 1806, die den Krieg auch nach Weimar hineintrug und deren Folgen das Herzogtum des preußischen Generals Carl August aufs äußerste bedrohten, ging die zehnjährige Friedenszeit des ‚klassischen‘ Weimar zu Ende, während der Christian Gottlob Voigt in der Tat der wichtigste Staatsmann unter seinem herzoglichen Souverän gewesen ist.

Goethe gab seine Stellungnahmen zu offiziellen und halboffiziellen Fragen, um die er gebeten wurde oder zu denen er sich äußern wollte, in förmlichen Berichten oder Briefen ab, wobei auch einzelne Passagen in Schreiben an Voigt und Carl August als Voten zu betrachten sind, und eine Vielzahl entsprechender Gespräche ist im Tagebuch vermerkt. Von besonderem Interesse dürfte ein Gutachten sein, das Goethe im April 1799 verfaßte. Professor Fichte in Jena war am 1. April vom Herzog entlassen worden. Eine unliebsame Publikation, in der man atheistische Gedanken zu erkennen meinte, hatte Aufsehen erregt und die finanziellen Mitträger der Universität, wie den Herzog von Gotha, aufgebracht. Am 15. April formulierte Goethe, „gleichsam aus dem Stegreife“, eine Expertise über Probleme der Zensur. Sie begann:

> Der Conflict zwischen den Autoren, welche eine unbedingte Freyheit der Presse fordern und den Staatsverwesern, die solche nur mehr oder weniger zugestehen können, dauert seit Erfindung der Buchdruckerkunst und kann niemals aufhören.
> Da sich voraussehen läßt daß in der nächsten Zeit die Schriftsteller ihr angemastes Recht immer weiter auszudehnen, die Gouvernements aber dasselbe immer mehr einzuschränken suchen werden, woraus denn nothwendig heftige Collisionen entstehen müssen; so ist es wohl Pflicht darüber nachzudenken: ob nicht in dem Kreise in welchem man lebt und wirkt dem Uebel vorgebeugt werden könnte (AS II 612).

Für den Gegner von Unruhe und Umsturz war es logisch, dem „Gouvernement“ zu geben, was es zur Aufrechterhaltung von Ordnung und Ruhe dachte fordern zu müssen. Aber dem Schriftsteller Goethe lag auch daran, dem freien Forschen und Publizieren einen möglichst großen Freiraum zu sichern. So suchte er einen Mittelweg und schlug für Weimar, „wo bisher keine Censur eingeführt war“, vor, die Druckereien sollten kein Manuskript übernehmen, „das nicht von drey in fürstl

Diensten stehenden Personen unterzeichnet sey". Diesem Dreierkollegium sollte auch der Autor selbst, wenn er ein einheimischer Gelehrter war, angehören dürfen, so daß gemeinsam überlegt werden könne, ob ein Manuskript „denn auch öffentlich erscheinen kann und soll". Goethe erwartete, daß auf diese Weise „ein allgemeines Censorat" entstehen könnte. Als Norm der Beurteilung hätte zu gelten: „daß nichts gedruckt werden solle was den bestehenden Gesetzen und Ordnungen zuwider sey". Über Dichtungen, die vielleicht unter speziellen Gesichtspunkten zu betrachten und denen besondere Lizenzen einzuräumen wären, sprach das Gutachten nicht. Der Schlußsatz aber wies auf den mittleren Weg, den der Geheime Rat eingeschlagen sehen wollte. Er wünschte, „daß wir, die wir bisher in den Ruf der größten Liberalität gestanden, auch diese Liberalität in einer nöthigen Einschränkung zeigen mögen" (AS II 615). Daß Goethe überhaupt den Gedanken einer Zensur erwog, war wohl auch in der Grundüberzeugung vom Verhältnis von Toleranz und Intoleranz mitbegründet, die er beiläufig fünf Jahre später (in der Besprechung der *Lyrischen Gedichte* von Johann Heinrich Voß) erwähnte. „Sollte man zu jener scheinbar gerechten, aber parteisüchtig grundfalschen Maxime stimmen, welche, dreist genug, fordert, wahre Toleranz müsse auch gegen Intoleranz tolerant sein? Keineswegs! Intoleranz ist immer handelnd und wirkend, ihr kann auch nur durch intolerantes Handeln und Wirken gesteuert werden" (A 14, 201). Jeder Leser heute weiß, wie aktuell dieses Problem geblieben ist und bleiben wird. Goethes Zensurgutachten hat keine Folgen gehabt; es ist ein Aktenstück geblieben. Erst später, als nach 1815 Journalisten die Pressefreiheit im Großherzogtum Weimar voll auszunutzen suchten, wurde die Frage wieder akut, wie und ob man eingreifen könne und solle.

Sorgen um Jena

Viele Male hatte sich Goethe seit den neunziger Jahren um die Universität Jena zu bemühen und zu sorgen. Eigentlich geschah das aus eigenem Antrieb; denn er war nicht offiziell für Hochschulfragen zuständig, sofern er nicht zusammen mit Voigt die Oberaufsicht über die vorhin genannten Einrichtungen innehatte. Erst seit 1815 unterstanden alle Anstalten seinem speziellen Ressort. Aber seine Autorität und Kompetenz in kulturellen Dingen verschafften ihm großen Einfluß, zumal er zu dem seit 1797 für alle Hochschulfragen zuständigen Minister Voigt engen Kontakt hielt. Früher schon hatte er bei Berufungen ein wichtiges Wort mitgesprochen, und die Reihe bekannter Persönlichkeiten ist lang.

die damals für kürzer oder länger an der 1558 gegründeten Akademie wirkten, oft unter miserablen materiellen Bedingungen. Für manche war „Saal Athen“, wie die Studenten ihre Stadt im Saaletal feierten (AS II 262), nur eine Durchgangsstation in jungen Jahren, der Ruhm kam später. Schiller, Fichte, Schelling, die Schlegels, Hegel, Heinrich Eberhard Paulus, Christian Gottfried Schütz, Heinrich Carl Eichstädt, Heinrich Luden haben dort als Philosophen, Philologen, Theologen und Historiker doziert, Justus Christian Loder, August Johann Batsch, Christoph Wilhelm Hufeland, Johann Wolfgang Döbereiner, Lorenz Oken als Naturwissenschaftler und Mediziner geforscht, und Goethe hat sich von ihnen belehren lassen. Was immer in Weimar über die Jenaer Universität beschlossen wurde, mußte mit den anderen Unterhaltsträgern („Nutritores“) abgesprochen werden, mit Sachsen-Gotha-Altenburg, Sachsen-Meiningen und Sachsen-Coburg-Saalfeld, ein oft schwieriges Verfahren, weil die Weimarer Liberalität beargwöhnt wurde.

Überhaupt brachten Goethe die Jenaer Angelegenheiten nicht nur Freude. Die studentischen Sitten waren von Unsitten durchwuchert; Trinkfestigkeit galt oft mehr als Studierfähigkeit, und Duelle und Prügeleien der in Orden zusammengeschlossenen Studenten gehörten zum akademischen Umgang. Die „Amtlichen Schriften“ zeigen, daß Goethe einige Male mit einschlägigen Vorkommnissen zu tun hatte. „Philosophische Köpfe“, wie sie Schiller in seiner berühmten Antrittsvorlesung im Unterschied zum „Brotgelehrten“ wünschte, waren rar. Als Anfang der neunziger Jahre die Studenten selbst Reformversuche in die Wege leiteten, indem sie eigenverantwortlich durch Ehrengesetze und in Ehrengerichten das studentische Verhalten beeinflussen und kontrollieren wollten, wünschten sie Goethes Beteiligung an der Reformarbeit. Denn sie wußten, wie er sich 1790 dafür eingesetzt hatte, daß nach Zusammenstößen zwischen Studenten und militärischen Ordnungshütern Recht gesprochen und das Militär wegen Übergriffen zur Rechenschaft gezogen wurde. „Reell“, meinte der gutachtende Minister Goethe am 12. März 1790, „wird die Satisfaction seyn müßen die man ihnen [den Studenten] giebt“ (AS II 178). Anfang 1792 gab er also das erforderliche Votum ab, das sehr wohl die Eigenverantwortlichkeit der Studenten bejahte, aber ebenfalls die Situation nach der Französischen Revolution ins Kalkül zog, deren Ideen auch nach Jena herüberwehten. Reformen sollten auch zur Beruhigung von wirklichen oder vermeintlichen Hitzköpfen beitragen. Dennoch ist der Reformwille Goethes in seinem Gutachten (AS II 204 ff.) nicht zu übersehen: „Man gebe vernünftigen jungen Leuten einen schicklichen Antheil an der Beurtheilung einzelner Fälle, und man wird von diesem Punct aus ein neues Licht über die ganze Akademie sich verbreiten sehen." Doch wurde aus allen Vorschlägen nichts, obwohl sie obrigkeitsstaatlich ausgerichtet waren. In Frankreich die Revolution und in Jena begrenzte Mitbestimmung der Studenten in ihren Angelegenheiten: das ging dem Herzog offensichtlich zu weit. Es kam im Sommer 1792 zu neuen Unruhen in Jena, etwa 500 Studenten ‚emigrierten' sogar und wollten sich in Erfurt, das zu Kurmainz gehörte, immatrikulieren. Das war bedenklich für eine Universität, die auf die Gelder der Studierenden angewiesen war. Wieder hatte Goethe erheblichen Anteil daran, daß der Konflikt beigelegt wurde und die Ausgewanderten, nun triumphierend, nach Jena zurückkehrten.

Es war gewiß weniger die Absicht, reformerische, gar unruhestiftende Ideen nach Jena zu verpflanzen, als vielmehr der Wunsch, vielversprechende attraktive Gelehrte an die Akademie zu holen, daß Goethe für die Berufung Johann Gottlieb Fichtes eintrat. Risiken waren bei solcher Berufungspolitik hinzunehmen. Als „Kühnheit, ja Verwegenheit" möchte es dem *Annalen*-Schreiber später nach allem, was sich ereignet hatte, erscheinen, den entschieden fortschrittlich denkenden Verfasser der *Zurückforderung der Denkfreiheit von den Fürsten Europas* und des *Beitrags zur Berichtigung der Urteile des Publikums über die Französische Revolution* (1793) als Nachfolger des nach Kiel wechselnden Kantianers Reinhold geholt zu haben (1794). Fichte hatte Zulauf, seine Vorlesungen faszinierten die Hörer, und Strenge und Konsequenz seines Denkens wirkten studentischer Lässigkeit entgegen. Mit Goethe bahnte sich guter Kontakt an; gemeinsam gingen sie noch im Frühjahr 1797 abends stückweise „eine neue Darstellung seiner Wissenschaftslehre" durch (an H. Meyer, 18. 3. 1797), deren steilen Höhenflug von den „Tathandlungen" des Ich (des Inbegriffs von Geist und Wille), das sich selbst und ein Nicht-Ich setzt, sicherlich nicht nachvollziehen konnte, wer im Juli 1797 in sein Tagebuch schrieb: „Die Erfahrung nötigt uns gewisse Ideen ab. Wir finden uns genötigt der Erfahrung gewisse Ideen aufzudringen." Spöttisch-witzelnde Bemerkungen konnte Goethe, der an Fichte, dem „wunderlichen Kauz", die Fähigkeit zu „Gespräch und Mitteilung" schätzte (an F. H. Jacobi, 2. 2. 1795), denn auch nicht unterdrücken, als Studenten dem Philosophen nach alter schlechter Sitte einmal die Fensterscheiben eingeworfen hatten: „Sie haben also das *absolute Ich* in großer Verlegenheit gesehen, und freilich ist es von den Nicht-Ichs, die man doch *gesetzt* hat, sehr unhöflich, durch die Scheiben zu *fliegen*" (an C. G. Voigt, 10. 4. 1795).

Über Verdächtigungen, die auf Fichtes angeblichen Jakobinismus zielten und schon bald nach seiner Berufung laut wurden, gingen Voigt und Goethe souverän hinweg. Ihnen genügte es, daß der neue Professor die

Beschuldigungen zurückwies. Auch dessen Wunsch, an Sonntagen außerhalb der Kirchzeiten Vorlesungen zu halten, wurde vom Herzog erfüllt, nachdem Bedenken, die gottesdienstliche Ordnung würde gestört, ausgeräumt waren. An Angriffen auf Fichte fehlte es auch in den folgenden Jahren nicht. Schwierig wurde die Lage im Herbst 1798. Im Jenaer *Philosophischen Journal*, das er mit Niethammer herausgab, erschienen der Aufsatz eines seiner Schüler über die *Entwicklung des Begriffs der Religion* und sein eigener komplementärer Beitrag *Über den Grund unseres Glaubens an eine göttliche Weltregierung*. Obwohl Fichte Religion im Glauben an eine übersinnliche moralische Weltordnung begründet sah, zog er sich den Vorwurf des Atheismus zu, den nur erheben konnte, für den Religion mit dem Glauben an einen persönlichen Gott dogmatisch verbunden war. Der ‚Atheismusstreit' eskalierte. Kursachsen wurde vorstellig und forderte von den Trägern der Universität Jena geeignete Maßnahmen gegen die ‚atheistischen' Umtriebe, andernfalls dürften Landeskinder die Jenaer Akademie nicht mehr besuchen. In den Weihnachtstagen 1798 berieten sich Voigt und Goethe mehrfach. Der Herzog war über die neuerlichen Querelen tief verstimmt und machte seinem Unmut in zwei Schreiben an Voigt vom 26. Dezember Luft (JbG 1926, 24 f.), von denen eines seine Verärgerung über Goethe in vollen Registern intonierte. Goethe sei „ordentlich kindisch über das alberne critische Wesen" der Philosophie und finde einen solchen Geschmack daran, daß er „den seinigen sehr darüber verdorben" habe. Doch der nahm den Zorn seines Herrn gelassen hin und plädierte dafür, „der ruhigen Gerechtigkeit gemäß zu verfahren" (an Voigt, 26. 12. 1798), was bedeutete, die Verteidigung des attackierten Fichte abzuwarten. Möglicherweise hätte sich alles noch einmal regeln lassen, wenn dieser nicht am 22. März 1799 einen ungeschickten und ganz und gar undiplomatischen Brief an Geheimrat Voigt geschrieben hätte. In ihm verwies er zum einen auf Herder, „dessen publizierte Philosopheme über Gott dem Atheismus so ähnlich" sähen wie ein Ei dem anderen; der aber würde nicht zur Verantwortung gezogen. Dann annoncierte er seine Kündigung, falls er einen Verweis erhalten sollte, und schließlich prophezeite er den Weggang gleichgesinnter Freunde, die in der Verletzung seiner Lehrfreiheit auch die ihre als mitverletzt betrachten würden. Jetzt spitzte sich die Lage zu. Voigt und Goethe gingen zu Fichte auf Distanz, weil sie den anmaßenden Brief als eine Nötigung betrachteten, berieten weiterhin und suchten Formulierungen für den Erlaß an die Universität, die sowohl die Kritiker Fichtes zufriedenstellten als auch Schärfe vermieden und negative Weiterungen für die Lehrfreiheit ausschlossen. Niethammer und Fichte sollte ihre „Unbedachtsamkeit" vorgehalten werden, und von allen akademischen Lehrern

wurde erwartet, „daß sie sich solcher Lehrsätze, welche der allgemeinen Gottesverehrung widerstreiten, in ihren Vorträgen enthalten" (in: J. G. Fichte, *Briefwechsel*, 1925, II 116). Der Herzog war indessen nicht mehr davon abzubringen, den aufmüpfigen Professor zu entlassen. Es hatte noch einen Versuch Fichtes gegeben, seinen harschen Brief zu entkräften, aber es war nichts mehr einzurenken.
Fraglos bedeutete das Vorgehen gegen Fichte, das wegen der ungerechtfertigterweise als atheistisch verrufenen Publikation erfolgte, einen Eingriff in die Lehrfreiheit, und beim Herzog schlug der Haß auf alle, die mit der Revolution sympathisiert hatten, durch, als er in jenem Brief an Voigt darauf verwies, er habe „das saubere Buch", „das ihn dazumal berühmt machte" (1793), leider nicht gekannt, mit dem sich Fichte als „Revolutionist" demaskiert habe. Dann: „Menschen, die nicht wissen, was sie der allgemeinen Schicklichkeit zuliebe verschweigen oder wenigstens nicht öffentlich sagen sollen, sind höchst unbrauchbar und schädlich" (JbG 1926, 24 f.). „Schicklichkeit" war und ist immer das, was die Herrschenden dafür ausgeben und gewahrt wissen wollen, damit ihre Macht keinen Schaden nehme. Zweifelsfrei ist aber auch, daß Goethe, ständig mit Voigt die unerquickliche Angelegenheit beratend, zu retten versuchte, was zu retten war, bis dann Fichte seinen auftrumpfenden Brief schrieb, der zwar verständlich, aber, wie die Dinge nun einmal lagen, auch höchst ungeschickt war. – Später erkundigte sich Goethe bei Zelter gelegentlich nach Fichte, der 1811 der erste gewählte Rektor der Berliner Universität wurde. Als sich beide im Sommer 1810 in Teplitz begegneten, war der alte Ärger längst verraucht. „Nachher bei Fichte Abschied", verzeichnet das Tagebuch am 11. August. Dessen *Reden an die deutsche Nation*, 1807/1808 in der Berliner Akademie gehalten, düften ihm, falls er sie kannte, allerdings gründlich mißfallen haben mit ihrem Wahn von den Deutschen als einem „Urvolk", ihrer vergiftenden Überheblichkeit, daß nur der Deutsche „wahrhaft ein Volk" habe und „nur er der eigentlichen und vernunftgemäßen Liebe zu seiner Nation fähig" sei, mit ihrem Raunen von der „ewigen Ordnung der Dinge", die „Einmischung und Verderbung durch irgendein Fremdes" untersage (8. Rede), mit ihrer Diffamierung, „daß der Deutsche eine bis zu ihrem ersten Ausströmen aus der Naturkraft lebendige Sprache redet, die übrigen germanischen Stämme eine nur auf der Oberfläche sich regende, in der Wurzel aber tote Sprache" (4. Rede). Wie hätte der Liebhaber der Weltliteratur solchem Ungeist, der kaum durch die Notlage der deutschen Nation unter französischer Herrschaft zu entschuldigen war, zustimmen können? In Goethes *Annalen* erschien der Name Fichte seit 1803 nicht mehr.
Kurz nach der Jahrhundertwende geriet die Universität Jena in eine

schwere Krise, und Goethe wurde mit Sorgen überhäuft. Viele Professoren verließen die Akademie und nahmen Angebote an, die sie von andern Hochschulen erreichten, wo die Konditionen besser waren. Wieweit die Maßregelung Fichtes (dem entgegen seiner Prophezeiung keine Kollegen gefolgt waren) bei der Abwanderung noch nachwirkte, ist schwer abzuschätzen. Gravierender dürften die unablässigen Streitereien unter den Professoren gewesen sein, bei denen sich ein ganzes Syndrom von Neid, Rangsucht, Konkurrenzdenken und Minderwertigkeitskomplexen auswirkte. Bei der teilweise sehr schlechten Besoldung war es allerdings verständlich, daß Rufe auf besser dotierte Stellen eine große Verlockung bedeuteten. Der Aderlaß war besorgniserregend; Jena drohte an Ansehen erheblich einzubüßen. Der Mediziner Christian Wilhelm Hufeland war gegangen (*Annalen* zu 1803), der Jurist Hufeland zog fort, ebenso Loder (der zudem noch, entgegen einer Absprache, alle seine Sammlungen mitnahm), der Altphilologe Schütz, der Theologe Paulus, auch Schelling, der im Spätsommer 1803 Würzburg wählte. Der bedeutende Botaniker Batsch war bereits 1802 gestorben. Am schlimmsten war, daß Schütz, der Herausgeber der *Allgemeinen Literatur-Zeitung*, die seit 1785 bestand, als fast täglich erscheinendes Rezensionsorgan internationale Geltung besaß und Jenas Ruhm verbreitete, sein Journal mit nach Halle nahm. Goethe begann eine fieberhafte Tätigkeit, um den Schaden geringzuhalten. Ohne eine ALZ hätte die Jenaer Akademie ihre Reputation vollends eingebüßt. Tatsächlich gelang es ihm, eine neue Zeitschrift für Besprechungen aus allen wissenschaftlichen Gebieten ins Leben zu rufen und profilierte Mitarbeiter zu gewinnen. Seit 1804 erschien sie unter dem Namen *Jenaische Allgemeine Literatur-Zeitung*. Der tüchtige Redakteur Heinrich Carl Abraham Eichstädt, zunächst Schützens Mitarbeiter, dann Nachfolger auf dessen Lehrstuhl, arbeitete unter Goethes langjähriger intensiver Einflußnahme vorzüglich, und das angesehene Blatt hielt sich bis 1841. Es wurde verständlicherweise auch das Organ, in das Goethe eine Reihe wichtiger Rezensionen einrückte, um seine Auffassungen publik zu machen. Geldgeber war anfangs übrigens ein gewisser Kommissionsrat Carl Gottlob Samuel Heun, der unter dem Pseudonym Heinrich Clauren Unterhaltungsliteratur auf den Markt brachte und mit seinem Roman *Mimili* (1816) die Herzen seiner Leserinnen und Leser zu rühren wußte.

Weimarer Bildungstheater

Der Theaterdirektor Goethe säumte in all diesen Jahren nicht. Zwar gab es Phasen, in denen er die Zügel etwas schleifen ließ, weil ihn anderes mehr interessierte oder stärker beanspruchte. Aber er trug die Verantwortung, und es ist beeindruckend zu sehen, mit welchem Gespür für ausgewogene Abwechslung er ein Programm aufstellte, das unterhaltsam leichten Stücken und gewichtigen musikalischen und dramatischen Werken Raum ließ. Mozarts Opern hatten auf der Weimarer Bühne einen festen Platz. *Die Entführung aus dem Serail* wurde am 13. Oktober 1791 zum erstenmal gegeben, und es war dieses Werk von 1782, das Goethe zunächst nicht beeindruckte, vor dem ihm seine eigenen Versuche im Singspiel mit den Kompositionen Kaysers und Reichardts belanglos wurden; die *Entführung* „schlug alles nieder" (*IR* 11, 437). Zur Inszenierung des *Don Giovanni* (Premiere in Weimar am 30. Januar 1792) liegen von Goethe unterzeichnete detaillierte Regieanweisungen vor. *Die Hochzeit des Figaro* ging zuerst am 24. Oktober 1793, *Die Zauberflöte* am 1. Februar 1794, *Cosi fan tutte* am 10. Januar 1797 über die Bühne. *Titus* folgte 1799. Ein wahrhaft imponierender Mozart-Zyklus noch zu Lebzeiten des Komponisten und kurz nach seinem Tode! *Die Zauberflöte* ist bis 1817 in Weimar 82mal wiederholt worden. Christiane, die Theaterliebhaberin, sah und hörte sich die Oper am 6. April 1799 zum dreißigsten Mal an.

1795 begann Goethe sogar, eine Fortsetzung zu dichten: *Der Zauberflöte zweiter Teil* (JA 8, 291 ff.), von der jedoch in den nächsten Jahren nur etwas mehr als der erste Akt vollendet wurde. Dennoch brachte er das Fragment in Wilmans' Taschenbuch auf das Jahr 1802 zum Druck; eine Huldigung an Mozart. Aber vielleicht hatte er auch schon erkannt, daß das Symbolspiel des Zauberflötengeschehens nicht mehr weiterzuführen war; vielleicht sammelten sich bereits in seiner dichtenden Phantasie die bedeutenden Sinnbildkomplexe des *Faust II* und ließen die *Zauberflöte* hinter sich. Als er dem Wiener Komponisten Paul Wranitzky ein Libretto für die Fortsetzung ankündigte, umriß er seine Absicht: „Ich habe gesucht, für den Komponisten das weiteste Feld zu eröffnen, und von der höchsten Empfindung bis zum leichtesten Scherz mich durch alle Dichtungsarten durchzuwinden" (24. 1. 1796). Man könne „ohne Übertreibung, da man das erste Stück schon vor sich hat, die Situationen und Verhältnisse steigern". Das gibt auch das Fragment zu erkennen: Vielfalt der Textformen; lockere Heiterkeit in der Papageno/Papagena-Handlung, die mit wörtlichen Anklängen, fast parodierend, auf Schikaneders Mozart-Libretto anspielt; schwerer Ernst bei Tamino und Pamina, die um ihr Kind bangen; finsterer Haß und Rachegelüste bei Monostatos und der Königin der Nacht; ruhige Würde im Reich Sarastros. Goethes Wunsch, die Situationen und Verhältnisse zu „steigern", hieß, die in der *Zauberflöte* angelegten Konstellationen nachdrücklich zu konturieren, die Symbolbedeutungen voll auszuschöpfen und das Geschehen der Mozart-Oper in einem reflektierenden Nachspiel zu spiegeln; hieß gewiß auch, dem Text Schikaneders, der nur mit der Musik bestehen konnte, einen konkurrierenden besseren hinzuzufügen. Die neue Handlung knüpfte an den gescheiterten Racheversuch in der Oper an. Gut und Böse stehen sich scharf gegenüber. Das Kind Paminas und Taminos haben Monostatos und seine Helfer geraubt; es ist in einem Sarg verschlossen. Papageno und Papagena indes, mißgelaunt zunächst wegen des ausbleibenden Kindersegens, bekommen in einem für die Zuschauer lustigen märchenhaften Spiel endlich ihren Nachwuchs, auf die Weise der Vögel, wie es sich bei den Vogelmenschen gehört. Überhaupt ist alles noch märchenhafter, tiefsinniger in den sprachlichen Formulierungen als in der Oper, und am Schluß steigt aus dem Kasten, zu dem der Sarg geworden ist, „ein Genius" hervor: „Hier bin ich, ihr Lieben! / Und bin ich nicht schön? / Wer wird sich betrüben, / Sein Söhnchen zu sehn? / In Nächten geboren, / Im herrlichen Haus, / Und wieder verloren / In Nächten und Graus. / Es drohen die Speere, / Die grimmigen Rachen – / Und drohten mir Heere / Und drohten mir Drachen, / Sie haben doch alle / Dem Knaben nichts an" (JA 8, 324). Wie ein Vorklang der Euphorion-Szene im *Faust II* mutet dieser Schluß an. Mag sein, daß es die Poesie ist, die der Genius versinnbildlichen soll, das Kind von Tamino und Pamina, die alle Prüfungen bestanden. Gefährdet von Anfang an, erhebt sie sich dann doch versöhnend über alle Gegensätze. Und es ist möglich, daß ein vollständiger *Der Zauberflöte zweiter Teil* hatte gestalten sollen, was ein Paralipomenon spruchhaft formulierte: „Und Menschenlieb und Menschenkräfte / Sind mehr als alle Zauberey" (WA I 12, 388).

Noch in den *Annalen* zu 1796 rühmte Goethe die Gastspiele, die August Wilhelm Iffland, der berühmte Schauspieler, in Weimar gab, und erinnerte an die „belehrenden, hinreißenden, unschätzbaren Beispiele" seiner Auftritte. Im *Journal des Luxus und der Moden* lobte man die „Mannigfaltigkeit" und „Innigkeit" seines Spiels, die „psychologische und dramatische Wahrheit", die „sanfteste Grazie" und ebenso sein „feierliches Gebärdenspiel". Die höchste Kunst werde in ihm „durch und durch die lebendigste Natur" (Mai 1796). Sich nicht von der Natur zu entfernen, sie aber in der Kunst zu durchdringen und aufzuheben: das leitete auch die *Propyläen*-Ambitionen, freilich im Bann antikischer Vorbilder. „Kunstwahrheit" in den Aufführungen bedeutender Stücke zu gestalten war das Ziel des Regisseurs Goethe, dem Schiller seit 1796 tatkräftig zur Seite stand. Der eigentümliche Bewegungsstil der Weimarer Bühne entwickelte sich, dessen stilisierende Tendenzen nicht nur Beifall gefunden haben. Und daß die Gefahr bestand, aus dem ‚Weimarer Stil' könnte bloßes ‚Bildungstheater' werden, war schwerlich zu leugnen. Aber die großen Inszenierungen während der Kooperation zwischen Goethe und Schiller haben Theatergeschichte gemacht. Der geistige Zusammenhang mit den geschilderten Bestrebungen der „Weimarischen Kunstfreunde" im Umkreis der *Propyläen* war eng. Jene leitenden Gesichtspunkte, die Goethe in seinem *Laokoon*-Aufsatz nannte („Lebendige, hochorganisierte Naturen; Charaktere; In Ruhe oder Bewegung; Ideal; Anmut; Schönheit") wirkten sich auch in der Regiearbeit aus und sollten in Aufführungen zur Geltung kommen, in denen sich Sprechen und Agieren der Schauspieler, Kostüme, Dekorationen und Bühnenbild zu einem Bühnen-Gesamtkunstwerk verbanden. Was Goethe im Vorwort zu dem Festspiel *Paläophron und Neoterpe* (1800) anmerkte, war teilweise auch auf andere Inszenierungen im Weimarer Bühnenstil zu übertragen: Der Verfasser hatte „die Absicht, an alte bildende Kunst zu erinnern und gleichsam ein bewegliches, belebtes, plastisches Werk den Zuschauern vor Augen zu stellen" (5, 300). Heftige emotionale Ausbrüche waren ebenso verpönt wie unruhiges, unkontrolliertes Umhergehen auf der Bühne. Sorgfältig stimmte Goethe alle Bewegungen und Gruppenarrangements ab. „Höchst störend war es ihm", berichtet der Schauspieler Genast in seinem *Tagebuch eines alten Schauspielers* (1862–1866), „wenn zwei Personen oder gar drei und vier, ohne daß es die Handlung nötig machte, dicht beieinander auf einer oder der anderen Seite, oder in der Mitte vor dem Souffleurkasten standen und dadurch leere Räume im Bilde entstehen ließen."

Es bedurfte systematischer Erziehung, damit die Schauspieler imstande waren, Verse zu sprechen und die Bedeutung der Worte durch berechnete, gemessene Gesten zu unterstreichen. Erst am 14. Mai 1800 wagte man in Weimar zum erstenmal ein Shakespeare-Drama in Versen zu bieten, den *Macbeth*. ‚Natürliches' Sprechen war lange Zeit bevorzugt worden. Konrad Ekhofs Stil der Natürlichkeit hätte die Versrede nicht entsprochen. So behalf man sich auch in Weimar zunächst mit einer Prosafassung des *Don Carlos*, die sein Dichter selbst geschrieben hatte. In dieser Lage sammelten sich *Regeln für Schauspieler*, die zwei junge Darsteller 1803 gemäß den Anweisungen Goethes aufzeichneten und Eckermann später herausgab (A 14, 72 ff.). Sie sind der Kodex, aus dem die Eigentümlichkeiten des Weimarer Stils zu rekonstruieren sind. Der Regisseur war nicht darauf erpicht, ein Stück als Vehikel seiner eigenen Erfindungen und Einsichten zu benutzen und sich als möglichst einfallsreicher Interpret zu profilieren, sondern er wollte zum Wesen des

Werks (im Sinne des Goetheschen Stilbegriffs) durchdringen und es anschaulich machen, also Werktreue üben.

Besondere Ereignisse waren die Uraufführungen der Dramen Friedrich Schillers. Ende 1799 zog er von Jena nach Weimar um, wohnte bis April 1802 in der Windischengasse beim Perückenmacher Müller und konnte dann ein Haus an der Esplanade kaufen, das uns als Schillerhaus vertraut ist und damals noch im Grünen lag. Im November verlieh Carl August auch ihm den Adelstitel, und so waren er und seine Frau Charlotte, geborene v. Lengefeld, endlich ‚hoffähig' und standen der Schwester Caroline und dem Schwager Wilhelm v. Wolzogen im gesellschaftlichen Rang nicht länger nach.

Im Jahr 1798 war der Innenraum des Hoftheaters durch den Architekten Thouret, der ebenfalls den Schloßbau leitete, umgebaut, vergrößert und modernen Ansprüchen angepaßt worden. Zur Eröffnung am 12. Oktober wurde *Wallensteins Lager* aufgeführt (zusammen mit Kotzebues Schauspiel *Die Korsen*). Im „Prolog" zur Feier des Tages aber sprach Schiller das künstlerische Glaubensbekenntnis jener Jahre aus. Die Muse spielt zwar Wirklichkeiten hinüber „in das heitre Reich der Kunst". Aber die Täuschung, daß das alles nur Kunst sei, darf nicht bestehen bleiben; zu weit hätte sich dann Kunst von der ‚Natur' entfernt. „Kunstwahrheit" meinte immer auch, daß die Wahrheit der Natur ent-deckt wird. Im berühmten Schluß des „Prologs" hatte der Dramatiker guten Grund, wie wir wissen, zunächst noch um Verständnis für die ungewohnte Verssprache zu werben:

Und wenn die Muse heut',
Des Tanzes freie Göttin und Gesangs,
Ihr altes deutsches Recht, des Reimes Spiel,
Bescheiden wieder fordert – tadelt's nicht!
Ja danket ihr's, daß sie das düstre Bild
Der Wahrheit in das heitre Reich der Kunst
Hinüberspielt, die Täuschung, die sie schafft,
Aufrichtig selbst zerstört und ihren Schein
Der Wahrheit nicht betrüglich unterschiebt;
Ernst ist das Leben, heiter ist die Kunst.

Mit dem Abschluß der *Piccolomini* geriet Schiller in zeitliche Bedrängnis. Namens einer „Melpomenischen zum Wallensteinschen Unwesen gnädigst verordneten Kommission" rückten Goethe und Kirms dem Dramatiker am 27. 12. 1798 mit einem humorvollen Brief zu Leibe, als ein „Detachement Husaren", das „Ordre hat, sich der Piccolominis, Vater und Sohn, wie es gehen will zu bemächtigen und wenn es derselben nicht ganz habhaft werden kann, sie wenigstens stückweise einzuliefern". Schiller schaffte es dann doch, und am 30. Januar 1799 wurde dieser zweite Teil und am 20. April mit *Wallensteins Tod* der dritte Teil der Trilogie uraufgeführt. Noch drei weitere Schiller-Dramen wurden in Weimar aus der Taufe gehoben: *Maria Stuart* (14. 6. 1800), *Die Braut von Messina* (19. 3. 1803), *Wilhelm Tell* (17. 3. 1804). Ganz ohne Schwierigkeiten liefen die Schiller-Premieren nicht ab. Der Herzog mischte sich ein. Wenn die Ratschläge anderer Personen Diskussionsbeiträge waren, so hatten Bedenken eines Souveräns fast die Kraft eines Befehls. An *Maria Stuart* störte ihn, daß „eine förmliche Communion oder Abendmahl auf den Theater paßiren würde" (an Goethe, 10. 6. 1800). Schiller änderte denn auch einiges (V 7), und als Herder immer noch Anstoß nahm, strich er weiter etwas für die zweite Aufführung. Als das Publikum die *Braut von Messina* lebhaft feierte und ein Jenaer Akademiker vom Balkon aus Schiller hochleben ließ, galt das als unziemlich, und Goethe mußte dem Kommandanten der Universitätsstadt offiziell mitteilen, er solle „gedachten Doctor Schütz" vernehmen, wieso er „sich eine solche Unregelmäßigkeit habe erlauben können". Schließlich sei bekannt, „welcher anständigen Ruhe wir uns in dem weimarischen Schauspielhause erfreuen" (21. 3. 1803). Ein Bürgerlicher hatte eben im Hoftheater kein Vivat auf einen Dichter auszubringen; wenn schon, dann hatte es dem Landesherrn zu gelten. Eine Uraufführung der *Jungfrau von Orleans* wußte der Herzog rechtzeitig zu unterbinden. Er fürchtete, die Jeanne d'Arc würde womöglich in ihrer „Jungfrauschaft unter dem Panzer" (an Caroline v. Wolzogen, April 1801) so lächerlich erscheinen wie in der *Pucelle* des Voltaire, einem im 18. Jahrhundert bekannten Stück. Und sollte vielleicht Caroline Jagemann in solch fragwürdiger Rolle auf seiner Bühne auftreten und Gelächter und Spott ernten?

Sie, Tochter des Bibliothekars der Herzoginmutter Anna Amalia, war der Star des Weimarer Theaters, seit sie 1797 als Zwanzigjährige, vorzüglich ausgebildet, dort in der Oper *Oberon* von Wranitzky und als Konstanze in Mozarts *Entführung* ihre Karriere begonnen hatte. In der Premiere der *Maria Stuart* spielte sie die Elisabeth, wie zuvor die Thekla im *Wallenstein*. Goethe schätzte sie als bedeutendes Mitglied des Ensembles; beim Herzog wurde mehr als Bewunderung daraus, er wollte sie zur Geliebten, freilich auf Dauer. Lange zögernd, dann nachgebend, willigte sie ein, wohl auch den Nutzen kalkulierend, den diese herzogliche Gunst ihr bringen würde. Seit 1802 war sie förmliche Nebenfrau Carl Augusts, und Herzogin Luise willigte ein, weil sie wußte, daß anders die Verhältnisse nur unerfreulicher geworden wären. Sie konnte ihrem Mann nicht das geben, was er sexuell suchte und wünschte. Caroline Jagemann aber hatte darauf bestanden, daß Luise der Liaison zu-

stimmte, sonst hätte sie die prekäre Rolle an der Seite des Herzogs nicht übernommen. Drei Kinder (1806, 1810, 1812) gingen aus der Verbindung hervor, lebten im Deutschritterhaus, wo die Jagemann ihre Wohnung besaß; Carl Augusts zweite Familie, die er mit derselben Aufmerksamkeit bedachte wie seine erste. 1809 adelte er, seine souveräne Macht nutzend, Caroline zur Frau v. Heygendorf und verlieh ihr das gleichnamige Gut in der Nähe von Allstedt. Als er 1828 gestorben war, verließ die zur adligen Gutsherrin aufgestiegene Primadonna des Weimarer Theaters fluchtartig die Residenzstadt.
So schwer alles für Herzogin Luise sein mochte: das Verhältnis zu ihrem Mann, mit dem sie sexuelle Beziehungen wohl schon seit langem nicht mehr verbanden, wurde nach der Duldung des „Etablissements" eine gelassene, von Achtung und Vertrauen getragene Koalition, die standhielt und sich in den schlimmen Tagen und Wochen nach Jena und Auerstedt bewährte. Als sehr junges Mädchen war sie, ins Kalkül fürstlicher Dynastien einbezogen, dem Weimarer Prinzen verlobt worden, und dann waren ihr seine Leidenschaft und seine Ausschweifungen immer zur Last gewesen. Auch Carl August selbst fand nun, bei Caroline Jagemann, zu größerer Ruhe und Ausgeglichenheit. Eine seiner Eskapaden hatte zuvor noch unerwünschte Folgen gehabt. Vierzehnjährig war Luise v. Rudorf mit ihrer Mutter, einer preußischen Offizierswitwe, nach Weimar gekommen und wenige Jahre später bei Anna Amalia Kammersängerin geworden, die nur in Gesellschaften und Konzerten auftrat. Sie ging Carl August, dem Frauenhelden, ins Garn, und 1796 wurde ein Junge geboren. Doch es fand sich Carl Ludwig v. Knebel, der „Urfreund" Goethes, nun schon über Fünfzig, der die junge Mutter heiratete und den Sohn Carl Wilhelm adoptierte. Und es wurde eine ganz passable Ehe daraus. Für Goethe brachte der Aufstieg Caroline Jagemanns am Theater und in der Gunst des Herzogs oft genug Probleme. Denn geltungsbedürftig, wie die Diva war, redete sie in Bühnenangelegenheiten hinein und wußte ja, daß sie, wenn es hart auf hart kommen sollte, auf Unterstützung an allerhöchster Stelle rechnen konnte. Eine schwere Krise, die beinahe zum Rücktritt Goethes geführt hätte, konnte 1808 noch beigelegt werden. Beim Abschied vom Amt des Intendanten 1817 war wieder eine Kapriole der Jagemann das auslösende Moment: Sie setzte es mit ihrem Herzog gegen Goethe durch, daß ein dressierter Pudel auftreten durfte.

Es ist nur aus dem Wunsch Goethes verständlich, formstrenge Dramen einzuüben und vorzustellen, daß er 1802 *Ion* von August Wilhelm Schlegel und *Alarcos* von Friedrich Schlegel aufführte. Beide Premieren brachten Komplikationen, an die kurz zu erinnern ist. Der *Ion* war nach dem Euripides gearbeitet, spielte ein mythologisches Geschehen um Kreusa und ihren aus einer Umarmung Apollons stammenden Sohn Ion durch und schloß in iphigenienhafter Verzeihung und Versöhnung. Goethe schätzte das Stück, weil er in ihm etwas vom Geist der Alten verspürte; am 2. Januar 1802 war die Uraufführung. Aber seine Meinung teilten nicht alle. Böttiger, für Theaterfragen in Bertuchs *Journal des Luxus und der Moden* zuständig, schrieb sogleich eine den Autor und die Intendanz ironisch kritisierende Rezension, von der Goethe erfuhr, noch ehe sie gedruckt war. Er erhob Einspruch und brachte in rücksichtsloser Manier alles in Bewegung, um die Veröffentlichung zu verhindern. Er sah seine Theaterarbeit verunglimpft. Herausgeber Bertuch setzte er unter massiven Druck, indem er mit dem Einschreiten des Herzogs drohte, das er nötigenfalls zu erwirken wisse. „Denn ich will entweder von den Geschäften sogleich entbunden oder für die Zukunft von solchen Infamien gesichert sein" (an F. J. Bertuch, 12. 1. 1802). Auch Wieland warnte er, Böttigers „Unreinigkeiten" in seinen *Merkur* aufzunehmen (13. 1. 1802). Bertuch blieb nichts anderes übrig, als nachzugeben; Böttiger schrieb im *Journal* nicht mehr übers Theater. Und nun besprach ein anderer das umstrittene Stück: – Goethe selbst. Er äußerte sich bewußt nüchtern. Was er zum Lob des Werks anführte, erklärte sich aus den Intentionen des Theaterleiters und aus der Lage der Sprechbühne. Das Stück biete eine gute Exposition, schreite lebhaft fort, und der interessant geschürzte Knoten werde „teils durch Vernunft und Überredung, teils durch die wundervolle Erscheinung zuletzt gelöst". Für den „weniger gebildeten Teil" der Zuschauer erwerbe es sich „das pädagogische Verdienst, daß es ihn veranlaßt, zu Hause wieder einmal ein mythologisches Lexikon zur Hand zu nehmen". Der Artikel vom 15. Februar 1802, in dem Goethe über *Ion* referierte, weitete sich zu einer grundsätzlichen Erklärung der Absichten der Intendanz, war betitelt *Weimarisches Hoftheater* und bezeichnenderweise von der „Direktion" unterzeichnet (A 14, 62 ff.). Er verwies nachdrücklich auf die Bemühungen, die vernachlässigte, ja fast verbannte „rhythmische Deklamation" wieder aufzunehmen und einzustudieren. In diesen Zusammenhang wollte Goethe auch seine Übertragungen des Voltaireschen *Mahomet* und *Tancred* (1800) eingeordnet sehen, Stücke, die der kulturell frankophile Carl August besonders schätzte. Der Artikel *Weimarisches Hoftheater* zog ein Resümee nach dem ersten Jahrzehnt des Bestehens und verdeutlichte, auf ein so problematisches Werk wie den *Ion* näher eingehend, knapp die kulturpädagogischen Ziele, die seinen Intendanten leiteten. Wenn „ein Repertorium" geschaffen werden solle, „das man der Nachwelt überliefern könnte", dann müßte die Denkweise des Publikums zur Vielseitigkeit gebildet werden.

> Diese besteht hauptsächlich darin, daß der Zuschauer einsehen lerne, nicht eben jedes Stück sei wie ein Rock anzusehen, der dem Zuschauer völlig nach seinen gegenwärtigen Bedürfnissen auf den Leib gepaßt werden müsse. Man sollte nicht gerade immer sich und sein nächstes Geistes-, Herzens- und Sinnesbedürfnis auf dem Theater zu befriedigen gedenken; man könnte sich vielmehr öfters wie einen Reisenden betrachten, der in fremden Orten und Gegenden, die er zu seiner Belehrung und Ergötzung besucht, nicht alle Bequemlichkeit findet, die er zu Hause seiner Individualität anzupassen Gelegenheit hatte (A 14, 69).

Bei der Uraufführung des *Alarcos* von Friedrich Schlegel kam es zu einem handfesten Theaterskandal. Kotzebue und seinen Anhängern, die das Bildungstheater des Geheimen Rats allenfalls ironisch betrachteten und ihre Freude an Mißerfolgen hatten, war er höchst willkommen, vielleicht sogar von ihnen mitinszeniert. Das Drama, wegen der Vielzahl seiner Versgebilde nach dem Vorbild Calderons wiederum zur Einübung der „rhythmischen Deklamation" bestens geeignet, entnahm seinen Stoff einer spanischen Romanze des 16. Jahrhunderts und versuchte Konflikte zu gestalten, die sich aus dem Zusammenstoß von spanischem Ehrenkodex und katholischem Glauben ergaben. Aber es steckte voller Ungereimtheiten, der Sinn mancher Dialogpartien war nur zu erraten, der stets gelobte Titelheld kompromittierte in seinen Auftritten ständig seine gepriesenen Eigenschaften, und je weiter „das Stück vorwärts schritt, desto unruhiger ward es auf der Galerie und im Parterre", berichtet Henriette v. Egloffstein.

> Ich weiß nicht, ob dem fein gebildeten Geschmack des Weimarischen Publikums der barbarische Inhalt der alten spanischen Tragödie nicht behagte, oder ob Kotzebues Bemühungen doch nicht ganz fruchtlos geblieben – kurz, in der Szene wo gemeldet wird, daß der alte König, den die auf seinen Befehl ermordete Gattin des Alarcos vor Gottes Richterstuhl zitierte, „aus Furcht zu sterben, endlich gar gestorben" sei – da brach die Menge in ein tobendes Gelächter aus, [...] während Kotzebue wie ein Besessener unaufhörlich applaudierte.
> Aber nur einen Moment. Im Nu sprang Goethe auf, rief mit donnernder Stimme und drohender Bewegung: „Stille, stille!" – und das wirkte wie eine Zauberformel auf die Empörer (JbG 1885, 73).

Der Schauspieler Genast überliefert in seinen Erinnerungen übrigens einen andern Ausruf Goethes bei diesem Eklat, nämlich: „Man lache nicht!" Gleichviel, in Weimar ist *Alarcos* nicht mehr aufgeführt worden. In Lauchstädt dagegen, wo das Ensemble sommers spielte, wurde das Stück noch mehrmals gegeben und beifällig aufgenommen. Jüngere Kritiker und Autoren wie Collin, Fouqué, Loeben sparten sogar nicht mit

Lob. Friedrich Ast, Schüler Schlegels, feierte es geradezu als geglückte Synthese des „phantastischen Geists des Romantischen" mit der „vollendeten Bildung der antiken Poesie" (*System der Kunstlehre*, 1805, S. 301).

Zu Gast in Lauchstädt

Die Gastspiele in Lauchstädt bedeuteten bekanntlich für die Weimarer Bühne eine willkommene Nebeneinnahme. Wann Goethe zum erstenmal das kleine Bad in der Nähe von Merseburg besucht hat, ist nicht bekannt. Aber als das Theater dort im Jahr 1802 unter seiner Regie umgebaut wurde, weil der alte Bau nicht einmal mehr dem Regen widerstand, mußte er häufiger den Weg dorthin nehmen. Wenn er morgens um 4 Uhr in Weimar abfuhr, kam er nachmittags um 17 Uhr an (Tagebuch, 19. 5. 1802). Sein einstiger Diener Paul Götze, seit 1794 in Jena bei der Wegebaukommission tätig, leitete die Bauarbeiten. Goethes architektonische Idee: Keine „Hüttenform, die das Ganze unter *ein* Dach begreift. Eine mäßige Vorhalle für Kasse und Treppen sollte angelegt werden, dahinter der höhere Raum für die Zuschauer emporsteigen, und ganz dahinter der höchste fürs Theater" (*Annalen* zu 1802). Drei Monate lang beanspruchte die „Tatlust" Planende und Bauende und brachte „Mühe, Sorge, Verdruß". Lauchstädt war damals ein renommiertes Bad. Seit 1775 nahm hier der kursächsische Hof seine Sommerresidenz, und damit war für einigen Aufschwung gesorgt. Erst 1710 war die Mineralquelle eingefaßt worden, jetzt wurden die Anlagen neugestaltet, das Kursaalgebäude 1780 eingeweiht. Es dauerte einige Zeit, bis neben dem Adel und in dessen Diensten stehenden Besuchern auch Bürgerliche sich im kleinen Badeort einfanden und wohlfühlten. Das Theater, durchaus zur Unterhaltung der Kurgäste bestimmt, konnte indes ein gelegentlicher Treffpunkt aller Kreise sein, und von Halle kamen Studenten gern herüber. Es war sogar so, daß es außerhalb der Theaterspielzeit an Kurgästen mangelte. Am 26. Juni 1802 wurde das mit knapper Not fertiggewordene Haus mit Mozarts *Titus* und Goethes Vorspiel *Was wir bringen* eingeweiht. „Von Leipzig, Halle, aus der ganzen Umgebung strömte man herbei, um dieser Vorstellung beizuwohnen. Leider konnte das Haus die große Zahl der Zuschauer nicht fassen und die Türen nach den Korridors mußten geöffnet werden, so stark war der Andrang", erinnerte sich Eduard Genast (*Aus dem Tagebuche eines alten Schauspielers*, 1862, S. 77).

Was wir bringen ist ein komplettes kleines Schauspiel mit 23 Auftritten und gehört zu den zahlreichen Texten, die Goethe aus ähnlichem Anlaß geschrieben hat. Manche Ausgaben sammeln Prologe und Epiloge unter der Rubrik „Theaterreden“ (JA 9). Für Lauchstädt entstand ein Stück voller Anspielungen auf den Theaterumbau und mit allegorisch aufzufassenden Gestalten, die einzelne Arten des Theaterspiels versinnbildlichen sollten, und der „Glanz der Kunstnatur“, die im Theater zu Hause sein soll, wurde auch zitiert (18. Auftr.). Etwas Zauberei bot man ebenfalls bühnengerecht, bei der ein Wandbehang im baufälligen Haus der alten Leute (die den Musen – natürlich! – wie Philemon und Baucis vorkamen) zum fliegenden Teppich wurde und in den schönen neuen Saal entführte. Damit jeder Zuschauer verstand, was gemeint war, erläuterte Merkur noch im einzelnen, was Vater Märten und Mutter Marthe, die Nymphe, Phone und Pathos bedeuten sollten. So stellte Goethe in seiner Gelegenheitsarbeit, die in wenigen Tagen entstand, dar, „was in der letzten Zeit auf dem deutschen Theater überhaupt, besonders auf dem weimarischen geschehen war. Das Possenspiel, das Familiendrama, die Oper, die Tragödie, das naive sowie das Masken-Spiel produzierten sich nach und nach in ihren Eigenheiten, spielten und erklärten sich selbst oder wurden erklärt“ (*Annalen* zu 1802). Das Vorspiel fand so großen Anklang, daß man es gedruckt haben wollte. Aber in dieser Form, ohne die Atmosphäre der festlichen Aufführung, verlor es viel von seinem Charme, und die etwas aufdringliche Schlichtheit der Allegorik kam zum Vorschein. Schiller hatte recht, als er Körner schrieb: „Es hat treffliche Stellen, die aber auf einen platten Dialog wie Sterne auf einem Bettlermantel gestickt sind“ (15. 11. 1802).

Christiane erlebte die Eröffnung zusammen mit Goethe in der Loge und genoß die Hochrufe auf ihn, die die Studenten nach dem Vorspiel ausbrachten. „Er hatte sich ganz hinten hingesetzt; aber ich stand auf, und er mußte vor und sich bedanken. Nach der Komödie war Illumination und dem Geheimen Rat sein Bild illuminiert und sein Name brennt“ (an N. Meyer; Bo II 225). Sie war in den nächsten Jahren viel in Lauchstädt. Dort konnte sie sich, unbeschwerter als in Weimar, vergnügen, ihrer Leidenschaft fürs Theater und den Tanz frönen, und dem Geheimrat berichtete sie ausführlich über Stücke und Schauspieler. Manche Briefe wurden eine kleine Lauchstädter Dramaturgie aus der Sicht einer naiven Enthusiastin.

Ein Dramenfragment der Klassik. Die natürliche Tochter

Während er Schillers Dramen und die Schauspiele der Schlegels zur Uraufführung brachte, beschäftigten ihn selbst Gedanken an ein eigenes Trauerspiel. Schiller hatte ihn im November 1799 auf die Autobiographie einer Frau hingewiesen, die im Jahr zuvor erschienen war, die *Mémoires historiques de Stéphanie-Louise de Bourbon-Conti, écrits par elle-même*. Stéphanie-Louise behauptete, aus bourbonischem Geschlecht zu stammen, wurde aber als nur natürliche Tochter eines französischen Prinzen von ihrem Halbbruder, dem echtbürtigen Adligen, drangsaliert, weil er ihre Anerkennung nicht wollte. Sie heiratete einen Bürgerlichen, erlebte die bewegten Jahre der Revolution in Paris und hatte, als sie ihre beeindruckenden, aber nicht immer glaubwürdigen Erinnerungen vorlegte, die Legitimierung als Fürstentochter noch nicht erreicht. Schon Anfang Dezember 1799 arbeitete Goethe insgeheim ein Schema für eine Dramen-Trilogie aus. Es war ein großer Plan, der nie ausgeführt wurde. Einige Jahre hören wir nichts von diesem Projekt, dann aber konnte er Anfang 1803 wenigstens ein fünfaktiges Drama abschließen, den ersten Teil der beabsichtigten Trilogie. Da waren bereits die *Propyläen* gescheitert, die Preisausschreiben für bildende Künstler liefen noch, ohne daß sich die erhoffte Wirkung abzeichnete, die Aufführungen der Schlegelschen Dramen hatten Ärger gebracht, und über das Publikum insgesamt war er, wenn er auch in Lauchstädt Ovationen genießen konnte, seit langem tief verstimmt; denn es verhielt sich, gelinde gesagt, reserviert gegenüber fast allem, was er seit der Rückkehr aus Italien begonnen. Auch der Erfolg von *Hermann und Dorothea* hatte sich durchaus in Grenzen gehalten. Jetzt wollte er noch einmal mit einem eigenen Drama beweisen, wie Bühnenkunst auszusehen habe und daß er sie zu schaffen imstande sei. Niemand weihte er ein, zog sich ganz zurück, konzentrierte sich auf die schöpferische Arbeit am Stück. Er sei ordentlich zu einem Mönch geworden, teilte Schiller Wilhelm v. Humboldt am 17. Februar 1803 mit, und lebe in einer bloßen Beschaulichkeit. „Seit einem Vierteljahr hat er, ohne krank zu sein, das Haus, ja nicht einmal die Stube verlassen." Wenn Goethe noch an die Möglichkeit von etwas Gutem glaubte und „eine Konsequenz in seinem Tun hätte", woran Schiller in dieser Zeit zweifelte, „so könnte hier in Weimar noch manches realisiert werden, in der Kunst überhaupt und besonders im Dramatischen". Eben darum kämpfte Goethe in seiner Klause und war von düsteren, bedrückten Phasen nicht frei. Gerüchtweise verlautete, er wolle Weimar ganz verlassen. Dann, am 2. April 1803, wurde zur Überraschung der Beobachter *Die natürliche Toch-*

ter uraufgeführt. Es war bis zuletzt „ein Geheimnis"; auch Schiller habe nicht gewußt, daß Goethe an dieser Arbeit gesessen habe (Charlotte v. Schiller an F. v. Stein, 31. 3. 1803). Aber auch die Premiere, die Reaktionen der Bewunderung wie der Befremdung auslöste, hellte seine Grundstimmung nicht auf. Ende des Monats klagte Christiane, sie lebe sehr in Sorge wegen des Geheimen Rats. „Er ist manchmal ganz hypochonder, und ich stehe viel aus. Weil es aber Krankheit, so tue ich alles gerne. Habe aber so gar niemanden, dem ich mich vertrauen kann und mag" (an N. Meyer, 21. 4. 1803).

Goethe wollte viel mit seinem Trauerspiel. Über zwei Jahrzehnte später schrieb er in die *Annalen* zu 1799: „Die Memoiren der Stephanie von Bourbon Conti erregen in mir die Konzeption der *natürlichen Tochter*. In dem Plane bereitete ich mir ein Gefäß, worin ich alles, was ich so manches Jahr über die französische Revolution und deren Folgen geschrieben und gedacht, mit geziemendem Ernste niederzulegen hoffte." Er hoffte es, hieß es aus der Rückschau, mehr nicht. Auch in dem schon mehrfach genannten Aufsatz *Bedeutende Fördernis durch ein geistreiches Wort* (1823), wo er seine „grenzenlose Bemühung" erwähnte, die Französische Revolution in ihren „Ursachen und Folgen dichterisch zu gewältigen", zitierte er *Die natürliche Tochter* als Beispiel. Immer noch denke er an eine Fortsetzung, ohne jedoch den Mut zu haben, sich „im einzelnen der Ausführung zu widmen" (13, 39). Mehr als Hoffnung hatte er also nicht, und zuletzt fehlte ihm der Mut dazu. Da nur der erste Teil der geplanten Trilogie vorliegt, ist nicht auszumachen, ob die dichterische ‚Gewältigung' der Revolution gelungen wäre. Zwar existiert ein Szenarium für Teile des zweiten Dramas, aber für das dritte besitzen wir nicht einmal Entwürfe. So sei im folgenden auf alle Vermutungen über eine weitere Gestaltung der Trilogie verzichtet.

Die ‚Handlung' des fünfaktigen Trauerspiels *Die natürliche Tochter* ist rasch skizziert. Nach dem Tod der soeben verstorbenen Fürstin eröffnet der Herzog dem König ein Geheimnis: Die gerade mündig werdende Eugenie ist sein und der Fürstin illegitimes Kind und wünscht nun volle Anerkennung. Als sie nach einem Sturz auf der Jagd ohnmächtig herbeigetragen wird, entspricht der König dem Verlangen und akzeptiert sie als Verwandte. Eugenie freut sich auf den Tag, an dem sie in ihren Rang erhoben werden soll; neugierig öffnet sie den Kasten, der den Schmuck enthält, und legt ihn sich an, obwohl sie damit warten sollte (was für den weiteren ‚Handlungsablauf' keine Konsequenzen hat). Längst aber befindet sie sich in höchster Gefahr. Ihr Stiefbruder, der legitime Sohn des Herzogs (der selbst nicht auftritt), sucht mit allen Mitteln zu hintertreiben, daß sie den gleichen Rang erhält wie er; seine Ansprüche will er nicht schmälern lassen. Der Sekretär und die Hofmeisterin, Eugenies Erzieherin, sind willfährige Werkzeuge bösen Handelns. Eugenie wird entführt, soll auf die Fieberinseln verbannt werden und gilt dem Herzog als gestorben. Doch die Hofmeisterin kann noch erreichen, daß ein bürgerlicher Gerichtsrat ihr die Ehe anbietet. Eugenie geht darauf ein, jedoch unter der Bedingung, daß die Ehe nicht vollzogen wird. Sie will abwarten: „Auch solch ein Tag wird kommen, uns, vielleicht, / Mit ernsten Banden, enger, zu verbinden" (V.2917 f.).

Schon diese Skizze läßt erkennen, daß die Französische Revolution und ihre Folgen weder dargestellt werden noch zur Sprache kommen. An der Gestaltung bestimmter historischer Ereignisse, der Charakterisierung aus der Geschichte bekannter Täter und Leidender war Goethe hier offensichtlich nicht gelegen. Bereits das Personenverzeichnis deutet an, daß es ihm um Allgemeineres ging: Nur Eugenie trägt einen Namen (die ‚Wohlgeborene'), alle anderen kennzeichnet ihre Funktion, sogar ohne bestimmten Artikel: König, Herzog, Graf, Hofmeisterin, Sekretär, Weltgeistlicher, Gerichtsrat, Gouverneur, Äbtissin, Mönch. Über die Zeit, in der das Geschehen spielt, ist nicht mehr zu sagen, als daß sie vor einem möglicherweise drohenden Umsturz liegt und nur insofern näher zu bestimmen ist, als es ein absolutistisches Königtum samt Adel gibt, von bürgerlichem Handel und der „Menge gewerksam Tätiger" (V.2792 f.) gesprochen wird. Das deutet auf eine vorrevolutionäre Zeit im 18. Jahrhundert hin, und was vor sich geht, ereignet sich im Bereich des Adels. Zweifellos handelt es sich um Menschen des *Ancien régime*. Nur der Gerichtsrat äußert sich aus bürgerlicher Perspektive. Eins ist sicher: Wenn Goethe in seiner Trilogie die Französische Revolution „dichterisch gewältigen" wollte, dann hat er beim abgeschlossenen Drama *Die natürliche Tochter* nicht den die historische Revolution tragenden dritten Stand im Blick gehabt. Insofern bleibt von vornherein fraglich, ob bei dieser Aussparung bestimmender geschichtlicher Kräfte das revolutionäre Geschehen überhaupt angemessen erfaßt werden konnte. Allerdings stand es für Goethe ja fest, daß Revolutionen ihren Grund in Versäumnissen und im Fehlverhalten der Regierenden haben, und deshalb ist es verständlich, eine Dramenfolge mit einem Stück zu beginnen, das sich darauf konzentrierte.

Die Schwierigkeiten, die das Stück jedem Leser und Interpreten bietet, hängen vor allem damit zusammen, daß statt von bestimmten Interessen des Adels und des Bürgertums – vom Volk wird nur beiläufig gesprochen – allein in unbestimmter Weise von „Neid" (V.1091), „Mißgunst" (V.2181), „Verleumdung" (V.2181) die Rede ist, Art und Bedeutung der Opposition unklar bleiben, die Handlungsführung oft nicht oder brüchig begründet wird und Goethe, statt kausal zu motivieren, mit symbolischen Entsprechungen und Sentenzen arbeitet.

Ein historisches Drama war nicht beabsichtigt. Goethe wollte, seine Sicht und Erfahrungen der Revolution verarbeitend, in dichterischen Vorgängen und Sinnbildern typische Grundbewegungen, Antriebe, Konflikte anschaulich machen, die er in jener angedeuteten Zeit als wirksam erkannte. Das entsprach dem, was er am *Laokoon* exemplarisch interpretiert hatte: Nicht mehr der trojanische Priester erschien im vollendeten Kunstwerk, sondern ein Vater mit seinen Kindern in höchster Not. Das hatte zur Folge: Zum einen gewann, was in einer ganz aufs Wesentliche zielenden, ausgefeilten und bildhaft eindrucksmächtigen Sprache vorgetragen wurde, die Möglichkeit zur Verallgemeinerung auf Vorgänge und Situationen, die nicht an das eine Geschehen der Französischen Revolution gebunden waren. Zum andern verlor das Gedichtete und Gesagte an der erforderlichen analytischen Genauigkeit, mit deren Hilfe allein einem Verständnis historischer Phänomene näherzukommen ist, – was sich Goethe nach eigenem Bekunden vorgenommen hatte. Die in Interpretationen bisweilen bemühte Rede von der ‚Grundsituation des Menschen', auf die das Dichterische zurückweise, hilft dann dem nicht weiter, der überzeugt ist, daß es immer konkret historische Situationen sind, in denen der Mensch lebt und deren verschlungenes Geflecht an spezifischen Bedingungen freizulegen ist, wenn man Auskünfte über den Menschen in der Geschichte erhalten will, der jenseits ihrer nicht existiert.

Die adlige Welt, wie sie in der *Natürlichen Tochter* erscheint, ist instabil, von Intrigen zerfurcht, von Machtkämpfen zerrissen. Ein schwacher, fast ohnmächtiger König, auf dessen institutionalisierte Verkörperung von Souveränität und staatlicher Ordnung Eugenie unbeirrt vertraut, ist umgeben von Menschen, die nichts anderes im Sinn haben, als ihr Verlangen nach Macht und Reichtum zu stillen. „Mißtrauen atmet man in dieser Luft, / Der Neid verhetzt ein fieberhaftes Blut" (V.468 f.); „Und was uns nützt, ist unser höchstes Recht" (V.861). Über solcher Selbstsucht werden die Aufgaben, die dem Adelsstand eigentlich zukommen, vergessen. In einem Gespräch zwischen Eugenie und dem Herzog, in dem Zeile für Zeile kontrastierende Aussagen einander folgen: die hoffnungsvoll gläubigen der jungen Frau und die resignierten ihres Vaters, wird das Dilemma dieser Monarchie deutlich:

> *Eugenie.* Er scheint nicht glücklich. Ach! und ist so gut.
> *Herzog.* Die Güte selbst erregt oft Widerstand.
> *Eugenie.* Wer ist so hart, sich ihm zu widersetzen?
> *Herzog.* Der Heil des Ganzen von der Strenge hofft (V.429 ff.).

Nicht Güte wäre angezeigt, sondern die strenge Hand des Ordnungsgaranten, des Königs, wenn der intrigierende, opponierende Adel dem

Dienst am Ganzen unterworfen werden soll. Daß eine Opposition am Werk ist, der sich der Herzog fernzuhalten sucht, ist offenkundig. Aber wie sie formiert ist, welche Ziele sie im einzelnen anvisiert, wer ihre führenden Köpfe sind, das bleibt hinter einem Grauschleier andeutender Bemerkungen verborgen. Es genügte Goethe, das Wirken von ordnungstörenden Gegenkräften und deren allgemeine Motive kenntlich zu machen. So tief ist die Zerrüttung, daß selbst die Werte, die sonst natürliche Bindungen der Familienmitglieder untereinander sichern, zerstört werden.

In diese Welt stürzt Eugenie aus abgesondertem Behütetsein, das zugleich ein Ausgeschlossensein aus der adligen Welt bedeutete, zu der sie gehören soll und will. So versinnbildlichen es der Sturz auf der Jagd und die Ohnmacht, aus der sie erwacht, um dann endlich vom König anerkannt zu werden. Sie wähnt, den traditionellen Maximen der Monarchie überzeugt verbunden und dem König vertrauend, die adlige Gesellschaft sei noch intakt und es könne nur eins ihre Aufgabe sein: die ihr zufallenden Pflichten zu erfüllen. So ist sie in mehrfachem Sinn Eugenie, die Wohlgeborene: die (wenn auch nicht legitim) adlig Geborene und diejenige, die solcher Geburt in ihrem tätigen Leben entsprechen will und nicht in das anonyme Gespinst der Intrigen und Kämpfe um den eigenen Vorteil verstrickt ist. Für den Tag ihrer öffentlichen Anerkennung schickt ihr der Herzog eine Truhe mit Schmuck und Kleidern, die sie jedoch vorher nicht öffnen soll. Doch Eugenie vermag ihrer Neugier nicht zu widerstehen und schließt den Kasten vorzeitig auf. Goethe wollte diese Szene „mit Anstand und Würde" gespielt sehen (an Kirms, 27. 6. 1803). Etwas Feierliches solle sich dem Auge darstellen. So zeugt diese Episode neben der natürlichen Ungeduld des jungen Mädchens auch von Eugenies sicherem Bewußtsein von der Bedeutung des Schmucks, des Scheins, der ihrem Wesen angemessen ist:

> Der Schein, was ist er, dem das Wesen fehlt?
> Das Wesen wär' es, wenn es nicht erschiene? (V.1066 f.)

Die Episode weist aber auch spiegelbildlich auf den Schluß des Stücks. Dort hat Eugenie, die die Verfolgung erfahren mußte, gelernt, auf das Abwarten zu vertrauen, damit ihr vielleicht später, unter anderen Auspizien, sinnvolles Wirken möglich wird. Zur Entsagung Bereite sind nicht mehr voreilig.

Man beschließt, die vor der vollen Legitimierung stehende Eugenie zu entführen und in die Verbannung zu deportieren, und das ‚man' ist wörtlich zu nehmen. Gewiß ist der um seine Erbschaftsansprüche besorgte Sohn, der nie in persona erscheint, eine treibende Kraft, gewiß unterzeichnet der König das Verbannungsurteil, doch nie wird deutlich, was in dem verderbenbringenden Schriftstück wirklich geschrieben steht und wer es mit welcher detaillierten Begründung erwirkt hat. „Das Mächtige“ (V.706) wird apostrophiert, auch „ein Herrschendes“ (V.853) oder „das Waltende“ (V.715). Es ist, als ob sich die Macht des Bösen und Niedrigen verselbständigt habe, zu einer abstrakten Größe geworden sei und alle Ausführenden nur mehr als Agenten des Unheils funktionierten. Eine ungeheuerliche Verkehrung vernünftigen menschlichen Tuns findet statt: Alle Handelnden durchschauen in klarer Rationalität das Negative ihrer Handlungen und vollbringen sie dennoch; denn sie haben sich der Rationalität von Einzelargumenten unterworfen, ohne auf deren Sicherung durch einen übergreifenden Sinn- und Wertezusammenhang achtzugeben. Im Bild des „kalten Herzens“ faßt die Hofmeisterin, die sich selbst ein Rätsel ist (V.720) und gegen ihr besseres Wissen, obgleich auch sie eigennützig, dem Befehl folgt, diese Denaturierung des Menschlichen:

> Warum? o! schuf dich die Natur, von außen,
> Gefällig, liebenswert, unwiderstehlich,
> Wenn sie ein kaltes Herz in deinen Busen,
> Ein glückzerstörendes, zu pflanzen dachte (V.723 ff.).

Der Sekretär und der Weltgeistliche sind Handlanger von der Art, mit denen Zwangs- und Vernichtungslager gebaut und geführt werden können, zu allen Zeiten:

> Doch wenn das Mächtige, das uns regiert,
> Ein großes Opfer heischt, wir bringen's doch,
> Mit blutendem Gefühl, der Not zuletzt (V.706 ff.).

Es ist uns unbenommen, in dieser Welt, in der ein anonym „Herrschendes“ regiert und alle Vernunft der Menschen zu seinen Zwecken instrumentalisiert, auch ein genial vorentworfenes Sinnbild moderner Gesellschaften mit ihren undurchsichtigen Zwängen zu sehen.

Die beiden letzten Akte spielen auf einem „Platz am Hafen“. Dort erhält die zur Verbannung verdammte Eugenie noch eine Chance, ihr Los zu wenden: Eine Ehe mit dem bürgerlichen Gerichtsrat würde sie dem Kampf der Parteien entziehen und ins Verborgene entkommen lassen. Gerade in Partien der Schlußakte zeigt sich, wie Goethe das, was er vom geschichtlichen Prozeß erkannte oder ahnte, der bilderreichen Rede seiner Gestalten anvertraute, die darin ihren gesellschaftlichen Status und das Bewußtsein ihrer Lage zu erkennen geben. Erst wenn man diese Schicht des Sprechens freilegt, werden noch weitere Aspekte des

‚politischen Gehalts' der *Natürlichen Tochter* sichtbar. Hier einige Hinweise: Der Gerichtsrat äußert sich mehrfach zu seiner politischen Funktion in der Öffentlichkeit, mit der er schon durch seinen Beruf besonders verbunden ist. Eugenie fragt ihn, den Vertreter des Rechts, nach dem Verhältnis des bürgerlichen Anspruchs auf Rechtssicherheit zur feudalabsolutistischen Willkür:

> Wer seid denn ihr? die ihr, mit leerem Stolz,
> Durch's Recht Gewalt zu bänd'gen euch berühmt (V.2007 f.).

Die Antwort des Gerichtsrats beleuchtet sein politisches Selbstverständnis:

> In abgeschloßnen Kreisen lenken wir,
> Gesetzlich streng, das in der Mittelhöhe
> Des Lebens wiederkehrend Schwebende.
> Was droben sich in ungemeßnen Räumen,
> Gewaltig seltsam, hin und her bewegt,
> Belebt und tötet, ohne Rat und Urteil,
> Das wird nach anderm Maß, nach andrer Zahl
> Vielleicht berechnet; bleibt uns rätselhaft (V.2009 ff.).

Unüberhörbar schwankt der Gerichtsrat in seiner Haltung zur Willkürgewalt. Der Tenor wechselt zwischen einer eher verhüllt ausgesprochenen moralischen Verurteilung und einer politischen Selbstbescheidung auf das, was allein vermeintlich Sache des Bürgers ist. Gleich beim ersten Auftritt des Gerichtsrats wird diese auf Abgrenzung des eigenen Bereichs bedachte Position deutlich. Die Hofmeisterin charakterisiert ihn als einen Mann, „der allen edel, zuverlässig gilt" (V.1733) und den „so lange / Man im Gericht, wo viel Gerechte wirken, / Erst pries als Beistand, nun als Richter preist" (V.1738 ff.). Angesprochen als Mensch und Richter, reagiert der Rat auf das Verbannungsschreiben privat und beruflich „mit Schauder" (V.1746):

> Nicht ist von Recht, noch von Gericht die Rede:
> Hier ist Gewalt! entsetzliche Gewalt (V.1747 f.).

Doch als Jurist eröffnet er anschließend der Hofmeisterin, er sei „angewiesen, dich zu schützen, sie [Eugenie] / Nach deines Worts Gesetzen zu behandeln" (V.1753 f.). Ganz im Sinn seiner späteren Selbstcharakterisierung rechtfertigt er diesen Gehorsam gegenüber feudaler Willkür, die er genau erkennt, nicht mit dem Hinweis auf eine eigene Zwangslage, sondern mit einer Selbstbescheidung, die zur Apologie des Unrechts wird:

Ich schelte nicht das Werkzeug, rechte kaum
Mit jenen Mächten, die sich solche Handlung
Erlauben können. Leider sind auch sie
Gebunden und gedrängt. Sie wirken selten
Aus freier Überzeugung. Sorge, Furcht
Vor größerm Übel nötiget Regenten
Die nützlich ungerechten Taten ab (V.1794 ff.).

Als ungerecht und nützlich zugleich qualifiziert er die bösen Taten. Dieser Bürger ist an einer Erweiterung bürgerlicher Rechtsauffassung und ihrer Wirkung nicht interessiert. Das Recht fungiert hier als Ausdruck und Mittel der Abgrenzung des Bürgerstandes vom Adel. Doch dieses Wunschbild vom Bürger, der durch den Verzicht auf gesellschaftliche Macht unberührt von ihr in seiner „Enge reingezognem Kreis" (V.1802) leben kann, ist ein Modell, das so nicht zu verwirklichen ist, weil es vom Wohlwollen der Mächtigen abhängt. Eugenie, deren Auftritt die scheinbar so säuberliche Trennung von Privatheit und Öffentlichkeit zerstört, erscheint dem Gerichtsrat denn auch als

Unselige! die mir aus deinen Höhen,
Ein Meteor, verderblich niederstreifst
Und meiner Bahn Gesetz berührend störst! (V.1970 ff.)

Der zentrale soziale Ort des vom Gerichtsrat repräsentierten Typus des Bürgers ist die Familie, auch und vor allem als Gegenbereich zu den Bezirken des Adels und der Plebs, von denen Gewalt droht. Auf das Eheangebot, das ihr der Richter macht, reagiert Eugenie mit der Frage nach den Machtverhältnissen:

Betrügst du dich nicht selbst? und wagst du, dich
Mit jener Macht, die mich bedroht, zu messen? (V.2174 f.)

Mit einer Emphase, die in einem eigentümlichen Kontrast zu seiner Ohnmacht als Jurist steht, antwortet der Bürger als Gatte und also als ‚Mensch':

Mit jener nicht allein! – Dem Ungetüm
Des rohen Drangs der Menge zu entgehn,
Hat uns ein Gott den schönsten Port bezeichnet.
Im Hause, wo der Gatte sicher waltet,
Da wohnt allein der Friede, den vergebens
Im Weiten du, da draußen, suchen magst (V.2176 ff.).

Die Ehe wird als humane Idylle gezeichnet, als das „Glück [...], das im

Kreise / Des Bürgerstandes hold genügsam weilt" (V.1806 f.), und abgesetzt von der moralisierend disqualifizierten Welt der Politik:

> Unruh'ge Mißgunst, grimmige Verleumdung,
> Verhallendes, parteiisches Bestreben,
> Nicht wirken sie auf diesen heil'gen Kreis! (V.2181 ff.)

Diesen vermeintlich herrschaftsfreien Raum kann der Rat der verbannten Eugenie als Rettung garantieren, weil dessen Qualität ausschließlich von der privaten und persönlichen Initiative des Bürgers bestimmt wird. Der bürgerliche Mann dünkt sich in seinem „Hause Fürst" (V. 2184). So kann der Gerichtsrat versprechen, es werde Eugenie nie „an Rat und Trost, an Schutz und Hilfe fehlen" (V.2124). Die Macht des bürgerlichen Hausvaters feiernd, spricht der Richter die patriarchalischen Züge dieser Idylle unverhüllt aus. „Fürst" im Hause sei

> der gute wie der Böse.
> Reicht eine Macht denn wohl in jenes Haus?
> Wo der Tyrann die holde Gattin kränkt,
> Wenn er, nach eignem Sinn, verworren handelt;
> Durch Launen, Worte, Taten, jede Lust,
> Mit Schadenfreude, sinnreich untergräbt.
> Wer trocknet ihre Tränen? Welch Gesetz,
> Welch Tribunal erreicht den Schuldigen?
> Er triumphiert und schweigende Geduld
> Senkt, nach und nach, verweifelnd, sie in's Grab.
> Notwendigkeit, Gesetz, Gewohnheit gaben
> Dem Mann so große Rechte; sie vertrauten
> Auf seine Kraft, auf seinen Biedersinn (V.2190 ff.).

Selten hat Goethe die patriarchalischen Züge der bürgerlichen Ehe so schonungslos als Gefahr beschrieben. Hier ist ein Gegenbild zur *Amyntas*-Elegie gezeichnet, wo der Liebende von den Ansprüchen der Geliebten schier erdrückt zu werden drohte. Als Lösung des Problems bietet sich allein der „Biedersinn" des Mannes an. Politisch, in der Sphäre des Rechts, und privat, in der Ehe, will der Gerichtsrat Konflikte durch humanes Verhalten, durch persönliche Integrität lösen. Als Citoyen gegenüber dem Adel ohnmächtig, dünkt sich der Bürger als Privatmann allmächtig: „Als Gatte kann ich mit dem König rechten" (V.2209).

Vor dem Hintergrund dieses bürgerlichen Ehekonzepts wird klarer, was die ‚Entsagungsehe' bedeutet, zu der sich Eugenie zuletzt entschließt. Ihre anfängliche Ablehnung begründet sie mit dem auf Privatheit beschränkten Lebenskreis der bürgerlichen Gattin und der zusätzlichen Abhängigkeit vom Mann (V.2295 ff.). Sie kann sich nicht bereitfinden, auf die ihr durch Geburt zustehende Ranghöhe und die politische, auf Öffentlichkeit bezogene feudale Repräsentation zu verzichten und ausschließlich „ins Häusliche den liebevollen Blick“ zu wenden (V.1812). Diese grundsätzlich negative Einschätzung des Glücks, „das im Kreis / Des Bürgerstandes hold genügsam weilt“ (V.1806 f.), gibt Eugenie nicht auf. Noch zum Mönch spricht sie von einem „Ehebündnis [. . .], das / Zu niedren Sphären mich herunterzieht“ (V.2722 f.). Sie muß aber letztlich die Erniedrigung in Kauf nehmen, um sich zu retten und für Zukünftiges zu bewahren.

Immer noch bleibt die Frage, welche politische Perspektive das Drama eröffnet, das von seinem Dichter als ein Antwortversuch auf die Herausforderung durch die Französische Revolution konzipiert war. Da die Trilogie nicht vollendet wurde, bleiben nur Andeutungen möglich. Eugenie erkennt gerade in den Schlußszenen die ihr als Vertreterin des Adels zukommende Verpflichtung, sich für das „Vaterland“ (V.2817) einzusetzen, also für das, was aus der Sicht des (Reform-) Adels für das „Heil des Ganzen“ (V.432) gehalten wird. Der Gerichtsrat und die von ihm angebotene Ehe dienen dabei als Mittel zum Zweck: „Im Verborgenen / Verwahr’ er mich, als reinen Talisman“ (V.2852 f.). Die von den eigenen Standesgenossen verfolgte Adlige sucht unter den Bedingungen der Königsschwäche und des Adelszwistes in der bürgerlichen Ehe zu überwintern, damit die „Erhaltne“ (V.2862) einst, nach der Wiederherstellung der ständestaatlichen Ordnung, das dem König in Wort (V.357) und Schrift (im Sonett, V.947 ff.) gegebene Loyalitätsversprechen einlösen kann.

Daß in dieser politischen Ordnung für den Bürger nur ein bescheidener, von der Toleranz des Adels mit abhängiger Platz vorgesehen ist, spiegelt sich im abschließenden Gespräch zwischen Eugenie und dem Gerichtsrat. Der Bürger spricht die Sprache des ‚Herzens‘, von der Liebesheirat:

Dich zu sehen,
Dir nah zu sein, für dich zu leben, wäre
Mein einzig höchstes Glück. Und so bedinge
Dein Herz allein das Bündnis, das wir schließen (V.2895 ff.).

Aus Eugenies Sicht aber kann eine bürgerliche Ehe, zu deren Idee es gehört, daß sie sich auf das Gefühl der Liebenden gründe, nicht in Frage kommen. Sie fordert Entsagung und verbietet sich vorerst sogar jeden Besuch des Gatten. So kann von einem gleichberechtigten Bündnis zwischen Adel und Bürgertum, das sich am Ende abzeichne, nicht die Rede sein. Der Erhalt einer feudalen Ständeordnung mit einem allerdings geläuterten, reformbereiten Adel, der das Heil des Ganzen als Verpflichtung anerkennt, steht außer Zweifel. Von einer Erweiterung der Macht und Befugnisse des dritten Standes ist nichts zu erkennen; aktiv eingreifendes Bürgertum erscheint nicht auf der Bildfläche. Als politisches Subjekt spielt der Bürger keine Rolle. Fast wie ein deus ex machina tritt der Gerichtsrat auf, um dem Teil des Geburtsadels, der zugleich den erwünschten Adel der Gesinnung besitzt, das persönliche und politische Überleben in schwieriger Zeit zu ermöglichen. Selbst auf die Humanität des Bürgers fällt fahles Licht: Nur im abgesonderten Bereich des Privaten kann sie sich auf widersprüchliche Weise auswirken. Diese dem Bürger in der *Natürlichen Tochter* zugemessene Bedeutung deckt sich recht genau mit einer Äußerung Goethes, die Eckermann unter dem 18. Januar 1827 aufzeichnete:

> Es ist mit der Freiheit ein wunderlich Ding, und jeder hat leicht genug, wenn er sich nur zu begnügen und zu finden weiß. Und was hilft uns ein Überfluß von Freiheit, die wir nicht gebrauchen können! [...]
> Hat nur einer soviel Freiheit, um gesund zu leben und sein Gewerbe zu treiben, so hat er genug, und so viel hat leicht ein jeder. Und dann sind wir alle nur frei unter gewissen Bedingungen, die wir erfüllen müssen. Der Bürger ist so frei wie der Adelige, sobald er sich in den Grenzen hält, die ihm von Gott durch seinen Stand, worin er geboren, angewiesen. [...] Nicht das macht frei, daß wir nichts über uns anerkennen wollen, sondern eben, daß wir etwas verehren, das über uns ist. Denn indem wir es verehren, heben wir uns zu ihm hinauf und legen durch unsere Anerkennung an den Tag, daß wir selber das Höhere in uns tragen und wert sind, seinesgleichen zu sein.

Allerdings sind dem Drama an einer eindrucksvollen Stelle auch noch Reflexe einer sich erst anbahnenden Entwicklung eingezeichnet. In der Bildlichkeit der Untergangsvision des Mönchs sammelt sich hellsichtige Ahnung des Dichters von zukünftigen gesellschaftlichen Prozessen. Zurückgekehrt von den „wilden Stämmen" (V.2767), charakterisiert der Mönch die Gesellschaft Eugenies und des Gerichtsrats als „Wildnis frechen Städtelebens", „Wust verfeinerter Verbrechen" und „Pfuhl der Selbstigkeit" (V.2772 ff.). Dann entwirft er ein grandioses Bild, das zunächst das Erfreuliche tätigen Lebens schildert und danach unvermittelt in die Vision eines alles mit sich reißenden Verderbens umschlägt.

> Wenn ich, beim Sonnenschein, durch diese Straßen,
> Bewundernd wandle, der Gebäude Pracht,
> Die, felsengleich, getürmten Massen schaue,
> Der Plätze Kreis, der Kirchen edlen Bau,
> Des Hafens masterfüllten Raum betrachte;

Das scheint mir alles für die Ewigkeit
Gegründet und geordnet, diese Menge
Gewerksam Tätiger, die, hin und her,
In diesen Räumen wogt, auch die verspricht
Sich, unvertilgbar, ewig herzustellen.
Allein wenn dieses große Bild, bei Nacht,
In meines Geistes Tiefen, sich erneut,
Da stürmt ein Brausen durch die düstre Luft,
Der feste Boden wankt, die Türme schwanken,
Gefugte Steine lösen sich herab
Und so zerfällt in ungeformten Schutt
Die Prachterscheinung. Wenig Lebendes
Durchklimmt, bekümmert, neuentstandne Hügel
Und jede Trümmer deutet auf ein Grab.
Das Element zu bändigen, vermag
Ein tiefgebeugt, vermindert Volk nicht mehr,
Und, rastlos wiederkehrend, füllt die Flut,
Mit Sand und Schlamm, des Hafens Becken aus (V.2786 ff.).

Es ist, als ob sich Goethe, während er dem Mönch die Worte schrieb, an jenes furchtbare Erdbeben von Lissabon 1755 erinnert habe, das ihm zeitlebens als Menetekel im Gedächtnis geblieben ist. So könnte die Vision des Mönchs auf viele Untergänge übertragen werden, bis hin zum Fiasko eines Atomkriegs. Zweifellos zielt die negative Prophetie in ihrer Totalität sowohl auf die Welt jenes pflichtvergessenen Adels als auch auf die Bezirke, in denen der bürgerliche Geheimrat lebt und wirkt. Doch kann und darf der Leser sie in entscheidenden Elementen sozialgeschichtlich näher bestimmen. Eine Kritik bürgerlicher Ökonomie kommt in ihr zum Vorschein.

Der wandernde Blick des Betrachtenden (und des Lesers) findet sein Ziel im Hafen, dem Zentrum bürgerlichen Handels, in „des Hafens masterfülltem Raum". Dann konzentriert sich die Beschreibung auf die „Menge gewerksam Tätiger". Als das bewegende Prinzip dieser Gesellschaft erfaßt der Mönch die rastlose und endlose Selbstreproduktion: „sich unvertilgbar ewig herzustellen". Angesichts dessen, was der Sprechende tatsächlich vor Augen hat, darf seine Äußerung auf den Kreislauf der Waren bezogen werden. Nachdem damit der Betrachter, der als Fremdling in der eigenen Zivilisation gekennzeichnet ist, das Wesen der erst entstehenden bürgerlichen Gesellschaft mit ihrem Drang nach freiem Wirtschaften benannt hat, schließt sich unvermittelt die nächtige Vision des Untergangs an. Fiel auf die endlose Reproduktion zuerst das helle Licht des Lobes bürgerlicher Regsamkeit, so steht sie jetzt im trüben Schein einer Eigengesetzlichkeit, die vor der Zerstörung derer, die sie in Gang setzten, nicht Halt macht. Das läßt sich zwanglos als (zumindest) Ahnung der Ambivalenz des sich ausbreitenden Warenverkehrs deuten: Die Erzeugung gesellschaftlichen Reichtums verkehrt sich unter dem Primat der Ökonomie, des Tauschwerts gegenüber dem Gebrauchswert, in die verselbständigte rastlose Wiederkehr des Immergleichen. Diese Ambivalenz sichten auch andere spätere Dramen Goethes, in der Gestaltung des Prometheus in *Pandora*, im Schicksal von Philemon und Baucis im *Faust II.* Dann unterscheidet sich die Maxime des Sekretärs „Was uns nützt, ist unser höchstes Recht" im Kern nicht von der Logik des Warentauschs, wie sie sich in der Vision des Mönchs ankündigt. Von ihr ist der Gerichtsrat allein geschieden durch seine private Humanität, die eine resignative Humanität eines Bürgers ist, der sich mit den Machtverhältnissen abgefunden hat.

So durchzieht das Trauerspiel *Die natürliche Tochter* die Sorge über erkannte und vorausgeahnte Schäden in einer Gesellschaft, aus der eine Eugenie ausgestoßen wird und für die der Dichter kein anderes Heil weiß als die Wiederherstellung herkömmlicher Ordnungen mit neuem, geläutertem Geist, in der Hoffnungen und Forderungen der ‚Wohlgeborenen' sich verwirklichen ließen; vielleicht mit Hilfe des „Volks", des nicht kompromittierten, auf das Eugenie einmal, zaghaft mit dem Gedanken spielend, ihre vage Hoffnung setzt:

> Dort unten hoff' ich Leben, aus dem Leben,
> Dort wo die Masse, tätig strömend, wogt,
> Wo jedes Herz, mit wenigem befriedigt,
> Für holdes Mitleid gern sich öffnen mag (V.2358 ff.).

In literarischen Konstellationen

Zwischen antikem Vorbild und modernen Entwürfen

Wenn man in Goethes Tagebüchern liest, wird man überwältigt von der Fülle der Namen, die er verzeichnet. Schwer vorstellbar, daß dieser Mann sich isoliert gefühlt haben soll. Die Kette der Besuche und Begegnungen, der Gespräche und des Gedankenaustauschs riß nicht ab, es sei denn, er zog sich willentlich zurück, um ungestört arbeiten zu können. Dann wünschte er nur Kontakte, die ihn inspirierten. Christiane litt unter den häufigen Abwesenheiten; doch in diesem Punkt war Goethe rücksichtslos, wenn er noch eine Zeitlang in Jena, in den wenig komfortablen Zimmern des Schlosses, bleiben oder eine Reise verlängern wollte. Vergeblich wünschte sie ihn zum Weihnachtsfest 1800 zurück; er kam erst am 26. Dezember, und niemand weiß, warum er so spät heimkehrte. Wir bleiben ratlos, wenn wir demgegenüber hören: „Ich freue mich herzlich, Dich wiederzusehen und Dir zu sagen: daß zu Hause, bei seinem Liebchen, das Beste in der Welt ist, denn am Ende wers nicht hat, sucht ein Zuhause und ein Liebchen" (an Christiane, 29. 7. 1795). Als Goethe Ende Juli 1799 für viele Wochen in sein Gartenhaus am Stern gezogen war, um vor allem die Gedichte für den 7. Band der *Neuen Schriften* bei Unger zusammenzustellen, gestand er Schiller: „Denn dabei bleibt es nun einmal: daß ich ohne absolute Einsamkeit nicht das Mindeste hervorbringen kann. Die Stille des Gartens ist mir auch daher vorzüglich schätzbar" (7. 8. 1799). Diese Lust und Last rangierten immer obenan: sich mit dem intensiv und extensiv zu beschäftigen, was er sich selbst vorgenommen hatte und die Forderungen des Tages an ihn herantrugen.

Das Tagebuch mit den vielen Namen hielt meist nur die äußeren Daten fest. Wie es innerlich um ihn bestellt war, blieb verborgen; in Briefen, in Dichtungen gruben sich dann und wann Spuren von Melancholie, vom Gefühl des Alleinseins, der Sinnlosigkeit vieler Bemühungen ein, wogegen er mit nichts als rastloser Tätigkeit Widerstand leistete, – und im hohen Alter, als er ständig bilanzierte, was das Leben gebracht habe, mußte er doch dem vertrauten Freund Zelter bei passender Gelegenheit die vieldeutigen Sätze schreiben: „Das Studium der Witterungslehre geht, wie so manches andere, nur auf Verzweiflung hinaus. Die ersten Zeilen des Faust lassen sich auch hier vollkommen anwenden. Doch muß ich zur Steuer der Wahrheit hinzufügen: daß derjenige, der nicht mehr verlangt, als dem Menschen gegönnt ist, auch hier für angewandte Mühe gar schön belohnt werde. Sich zu bescheiden ist aber nicht jedermanns Sache" (4. 3. 1829). Am 3. Mai 1799 beteuerte Goethe dem Mitbewohner am Weimarer Frauenplan, Heinrich Meyer, daß er „fast von aller Welt abgesondert lebe" und ihn deshalb gern weiterhin bei sich

haben würde. Mag auch die Bemerkung gewählt sein, weil er den kenntnisreichen Kunstfreund und Vertrauten an sich binden wollte, so ist die Behauptung doch gewiß nicht frei erfunden. Die Verbindung mit Schiller war unschätzbar, aber in erster Linie eine Arbeitsgemeinschaft unter literatur- und kulturpolitischen Vorzeichen. Nie äußerte sich Goethe zu ihm so aufgeschlossen wie zu Carl Friedrich Zelter, dem Freund des Alters, dem dann auch das Du zukam. Manchmal sprach Schiller zu anderen über Goethe wie aus der Perspektive des abschätzenden, distanzierten Beobachters, wohlmeinend zwar, dennoch fern jener inneren Verbundenheit mit einem Menschen, die es erlaubte, einander zu suchen, wenn es drinnen ganz finster war.
Auch in diesen Jahren schwankte das Urteil aufmerksamer Beobachter über Goethe. Bewunderung, Wohlwollen, Respekt, Kritik und Feindschaft: alle Positionen waren vertreten. Als Varnhagen 1823 eine Dokumentensammlung über ihn ediert hatte, machte er den Vorschlag: „Man hat einen Oktavband herausgegeben: ‚Goethe in den wohlwollenden Zeugnissen der Mitlebenden'. Nun würde ich raten, ein Gegenstück zu bringen: ‚Goethe in den mißwollenden Zeugnissen der Mitlebenden'" (A 14, 333), und dasselbe riet er auch seinem Großneffen Nicolovius (2. 10. 1827). Der spitzzüngige Böttiger hielt im April 1798 als „Ifflands Urteil über Goethe" in seinem Tagebuch fest:

> Es ist etwas Unstetes und Mißtrauisches in seinem ganzen Wesen, wobei sich niemand in seiner Gegenwart wohl befinden kann. Es ist mir, als wenn ich auf keinem seiner Stühle ruhig sitzen könnte. Er ist der glücklichste Mensch von außen. Er hat Geist, Ehre, Bequemlichkeit, Genuß der Künste. Und doch möchte ich nicht dreitausend Taler Einnahme haben und an seiner Stelle sein! (Bo II 125)

Karl v. Stein zeichnete seinem Bruder Fritz ein wenig schmeichelhaftes Porträt des Fünfzigjährigen:

> Wen sie [die Zeit] aber von seiten des Körpers unkenntlich gemacht hat, ist Goethe. Sein Gang ist überaus langsam, sein Bauch nach unten zu hervorstehend wie der einer hochschwangeren Frau, sein Kinn ganz an den Hals herangezogen, von einer Wassersuppe dichte umgeben; seine Backen dick, sein Mund in halber Mondsform; seine Augen allein noch gen Himmel gerichtet; [. . .] sein ganzer Ausdruck eine Art von selbstzufriedener Gleichgiltigkeit, ohne eigentlich froh auszusehen. Er dauert mich, der schöne Mann, der so edel in dem Ausdruck seines Körpers war (11. 6. 1799; Bo II 146).

Johann Friedrich Abegg, für den Goethe freilich auch der „Mann des Himmels und der Erde" war, schrieb in seinem *Reisetagebuch von 1798*

(Frankfurt 1976) freundlichere Eindrücke auf: „Göthe ist einer der schönsten Männer, die ich je gesehen habe. Fast einen halben Kopf größer als ich, sehr gut gewachsen, angenehm dick, und sein Auge ist in der Wirklichkeit nicht so grell als in dem Kupferstich [von J. H. Lips]. Ruhe, Selbständigkeit und eine gewisse vornehme Behaglichkeit wird durch sein ganzes Betragen ausgedrückt. [...] Überhaupt behauptet er Nüchternheit und Erhabenheit, die nur dem vollendetsten Hofmanne möglich sind. Dieser scheint er aber neben seinen anderen unerreichbaren Vorzügen auch zu seyn" (S. 61 ff.).

Wenn Goethe die Dramen der Brüder Schlegel ins Programm nahm, war das auch ein Zeichen des Danks, den er ihnen abstattete. Denn sie waren es, die ihn als erste in die Galerie der weltliterarischen Koryphäen aufnahmen. Im Aufsatz „Epochen der Dichtkunst" im *Gespräch über die Poesie*, das 1799 im *Athenäum* erschien, folgte nach den Großen der Antike, nach Dante, Petrarca, Boccaccio, Cervantes und Shakespeare der Name Goethes, und Friedrich Schlegel riet den Deutschen, jenem Vorbild nachzueifern. Schon in der Abhandlung *Über das Studium der griechischen Poesie* hatte er verkündet (1795/1796): „Goethens Poesie ist die Morgenröte echter Kunst und reiner Schönheit" (KA 1, 260). Der bereits erwähnte große Essay *Über Goethes Meister* spürte auf subtile Art den poetischen Besonderheiten dieses Romans nach, nicht ohne sehr eigene Ansichten von wahrer Poesie einzumischen. Goethe fungierte in der literaturgeschichtsphilosophischen Sicht Schlegels, der mit dem Studium der griechischen die Analyse der modernen Literatur verband, als möglicher Mittler zwischen der Antike, der unvergleichlich schöne Objektivität gelungen sei, und der Moderne mit ihrer problematischen Subjektivität, die sich in immer Neues und sich übersteigerndes Interessantes zu verlieren drohe. Von Goethe jedoch könne eine neue Kunst ausgehen, die nicht hinter den an der Antike gewonnenen Ansprüchen zurückbleibe. August Wilhelm, der ältere Bruder, stand Friedrich im Lob des Meisters nicht nach. Als er die *Horen* besprach, rühmte er die *Römischen Elegien* als eine in der neueren Poesie einzigartige Erscheinung, und *Hermann und Dorothea* bedachte er mit höchster Auszeichnung. Die wesentlichen Merkmale des Epos könne man an dieser Dichtung ebensogut entwickeln wie an Homers Gesängen: die Ruhe der Darstellung, „die volle lebendige Entfaltung hauptsächlich durch Reden", „den unwandelbaren verweilend fortschreitenden Rhythmus" (2,702). Jedoch war Friedrich Schlegels Einschätzung der Goetheschen Werke von Anfang an differenziert; immer wieder machte er Vorbehalte geltend. Er dachte an die frühen Dichtungen und noch an den *Meister*. „Der Werther, Götz, Faust, Iphigenie und einige lyrische Stücke sind der Anfang eines großen Mannes –

es ist aber bald ein Höfling draus geworden", schrieb er seinem Bruder Anfang November 1792. In privaten Äußerungen und Aufzeichnungen schlug immer wieder Kritisches durch. Bald schon vermißte er „Religion", ein Vorwurf, der nach seiner Konversion zum Ostinato seiner Betrachtungsweise Goethes wurde, dessen poetische Qualitäten er gleichwohl nie bestritt.

August Wilhelm wohnte seit 1796 in Jena, war von Schiller zur Mitarbeit an den *Horen* eingeladen worden und wurde 1798 Jenaer Professor. Mit Goethe bahnten sich gute Beziehungen an. Dabei half als Verehrerin Goethes und versierte Gastgeberin Caroline Schlegel, verwitwete Böhmer und spätere Frau Schellings, eine der geistvollsten Frauen jener Zeit, die in Mainz gelebt hatte, mit Georg Forster befreundet gewesen und nach Flucht und Internierung als verdächtige Jakobinerin 1796 August Wilhelms Frau geworden war. In Versfragen war Schlegel für Goethe mehrmals ein willkommener Berater. Friedrichs Situation hingegen, der ebenfalls seit 1796 für ein Jahr in Jena lebte, war stets schwierig wegen seines komplizierten Verhältnisses zu Schiller. Es war ein spannungsvolles Auf und Ab, und auch August Wilhelm geriet in die hier nicht zu besprechenden Zwistigkeiten. Rivalitätskämpfe spielten sich da ab, in denen auch Goethe auf die Dauer nicht vermitteln konnte. So hübsch für manche die Epigramme gegen Schiller und Parodien auf seine Gedichte sind, die im Schlegel-Kreis fabriziert (aber erst später publiziert) wurden, wie etwa auf sein in der Tat parodiewürdiges *Lied von der Glocke*: sie waren Symptom eines tiefen Zerwürfnisses. Der Bruch mit Schiller bedeutete für beide Schlegels, daß sie sich um eine Zeitschrift in eigener Regie bemühten. Von 1798–1800 erschienen die drei Jahrgänge des *Athenäum* (Nachdruck 1960), jener Zeitschrift, die als repräsentatives Organ der ‚Frühromantik' gilt. Goethe nahm die Hefte, die zur gleichen Zeit und ebenso kurz wie die *Propyläen* existierten, recht freundlich auf, hatte auch Grund, sich zu freuen, da die Verfasser ihn und seine Arbeiten „mit einer so entschiedenen Neigung begrüßten" (an A. W. Schlegel, 18. 6. 1798). Daß das *Athenäum* mit den funkelnden, geistreichen und spekulationsfreudigen Aphorismen Friedrich Schlegels, den berühmten *Athenäums*-Fragmenten (die zusammen mit dem Essay über den *Meister* im gleichen Heft erschienen), eine neue Dichtung anvisierte, war noch nicht voll zu erkennen. Mit der ins Universalistische strebenden, alles Gedachte und Geträumte umspannenden „romantischen Poesie" als einer „progressiven Universalpoesie" (*Athenäums*-Fragment 116) konnte Goethe unmöglich übereinstimmen. Die Bestimmung der „progressiven Universalpoesie" sei nicht bloß, postulierte Friedrichs Fragment,

> alle getrennte Gattungen der Poesie wieder zu vereinigen, und die Poesie mit der Philosophie und Rhetorik in Berührung zu setzen. Sie will, und soll auch Poesie und Prosa, Genialität und Kritik, Kunstpoesie und Naturpoesie bald mischen, bald verschmelzen, die Poesie lebendig und gesellig, und das Leben und die Gesellschaft poetisch machen, den Witz poetisieren, und die Formen der Kunst mit gediegnem Bildungsstoff jeder Art anfüllen und sättigen, und durch die Schwingungen des Humors beseelen. Sie umfaßt alles, was nur poetisch ist, vom größten wieder mehre Systeme in sich enthaltenden Systeme der Kunst, bis zu dem Seufzer, dem Kuß, den das dichtende Kind aushaucht in kunstlosen Gesang (KA 2, 182).

Und alles sollte im Roman als der dafür geeignetsten Gattung sich sammeln. Diese Wünsche konnte Goethe in der Phase der *Propyläen* gewiß nicht gutheißen. War bei Schlegel die Vermischung der Gattungen gewünscht, so drangen die „Weimarischen Kunstfreunde" auf klare Bestimmung der einzelnen Genres, und über „Kunstpoesie und Naturpoesie" hätte sich Goethe in dieser Weise nicht geäußert, für den Kunst und Natur zwar verwandt waren, aber streng geschieden blieben.
Die Schlegels der neunziger Jahre bilden zusammen mit Wackenroder, Tieck und Friedrich v. Hardenberg, der sich Novalis nannte, die Generation der ‚Frühromantiker'. So weiß es die ordnende Literaturgeschichte. Aber so gewiß die Tendenzen des *Athenäums* andere waren als die der *Propyläen*, so ist nicht zu übersehen, daß die Schlegels in ihren frühen Jahren ebensolche Griechenbegeisterte waren wie Winckelmann und Goethe und die Vorbildlichkeit der Antike auch für sie außer Frage stand. Dann allerdings richtete sich das Nachdenken besonders Friedrich Schlegels und Hardenbergs auf die Möglichkeiten einer neuen Gegenwartspoesie, die nicht länger mehr eine Nachfolge der Alten bedeutete. Immerhin aber waren um die Jahrhundertwende die Gräben zwischen den ‚Klassikern' und den ‚Frühromantikern', bei denen wiederum ein Wackenroder von dem intellektuellen Spiel und den philosophischen Aperçus eines Schlegel und Novalis weit entfernt war, viel weniger tief als zwischen jenen und anderen Gruppierungen, etwa um Kotzebue, der 1799 in seinem Pamphlet *Der hyperboreische Esel oder Die heutige Bildung* Friedrich Schlegels ‚Frühromantik' lächerlich machte, indem er Zitatsalven aus dessen hochspekulativen, schwer verständlichen Sätzen zusammenbastelte. Gewohnte Grenzziehungen in den neunziger Jahren sind für eine Nachprüfung längst reif. Wie Fronten verliefen, illustriert eine Bemerkung Schillers von 1803, der bekanntlich seit langem mit den Schlegels zerstritten war: „Die *Schlegel-* und *Tieckische* Schule erscheint immer hohler und fratzenhafter, während daß sich ihre Antipoden immer platter und erbärmlicher zeigen, und zwischen

diesen beiden Formen schwankt nun das Publikum" (an W. v. Humboldt, 17. 2. 1803), – und jenseits davon wußten sich die ‚Klassiker'. Zu Anfang des neuen Jahrhunderts verschärften sich freilich auch die Gegensätze zwischen den ‚Frühromantikern' und Goethe. Deren Wendung zur christkatholischen Kunst gab den Ausschlag. Die *Winckelmann*-Schrift von 1805 artikulierte Goethes Widerspruch in aller Deutlichkeit. Nur wenige Briefe gingen nach 1808 noch an August Schlegel, während überhaupt nur ein einziges Schreiben an Friedrich Schlegel vorhanden ist. Die Abrechnung des unverbesserlichen Heiden fiel 1831 vernichtend, gewiß auch einseitig aus: Die „Gebrüder Schlegel" hätten „in Kunst und Literatur viel Unheil angerichtet", und Friedrich sei „am Wiederkäuen sittlicher und religioser Absurditäten" erstickt (an Zelter, 20. 10. 1831).
Um es pointiert (und natürlich vereinfacht) zu sagen: Was bei der jungen Generation durchgängig bestimmend wurde, war eine ungebundene Radikalität. Sie wirkte sich freilich nicht im politischen Handeln aus; sondern in der nachrevolutionären Phase in einem Land, das entschiedener gesellschaftlicher Veränderungen zwar bedurfte, in dem sie aber nicht vollzogen werden konnten, schien diese Generation mit bewußter Radikalität die Möglichkeiten und Fähigkeiten des Subjekts Mensch in seinem Denken, Fühlen, Erleben bis zu ihrer Verselbständigung um ihrer selbst willen vorantreiben und ausprobieren zu wollen, so, als sei dieses Selbstgründen im Ich die einzig mögliche Verwirklichung angesichts des Gärungsprozesses der Zeit. Einer entdeckte dem andern nur immer mehr die Möglichkeiten des selbstherrlich-freien Menschen, oft im Blick auf den möglichen Staat. Es war wie ein Eroberung der Welt fürs frei schaltende Subjekt Mensch. Das verwirklichte sich auf verschiedene Weisen: bei Friedrich Schlegel, bei Tieck und noch bei Wakkenroder in seinem hemmungslosen Kunstgenießenwollen. Und sogleich stellte sich auch die Problematik solchen Beginnens mit ein, die Bodenlosigkeit und Haltlosigkeit des Ich: im *William Lovell* Tiecks, im *Berglinger* Wackenroders, und sie wurde deutlich im weiteren Lebenslauf Friedrich Schlegels selbst. Radikales Auf-sich-gestellt-Sein des Menschen trug notwendig auch zerstörerische Kräfte in sich; William Lovell bewies es, der Roquairol des Jean Paul nicht minder, und vor solchen Konsequenzen führte der Weg hin oder zurück zu Bindungen überpersönlicher Art, zu kirchlichen oder anderen Gemeinschaften.

Seit 1796 hielt sich wiederholt Jean Paul für längere Zeit in Weimar auf. Bekannt war er bereits seit dem *Hesperus* (1795), der ihn früh berühmt machte. *Die unsichtbare Loge* (1793) und *Hesperus, oder Fünfundvierzig Hundsposttage* hatte er dem von ihm bewunderten Goethe zugesandt (am 27. 3. 1794 und 4. 6. 1795), doch vergeblich auf eine Antwort warten müssen. Schiller reihte den *Hesperus* ins „Tragelaphen-Geschlecht" ein (12. 6. 1795), und Goethe machte sich die Anspielung auf den Bockhirsch, ein Fabelwesen des Altertums, zu eigen (18. 6. 1795). Beide fanden an dem „wunderlichen Werk" (Goethe) manches zu bewundern, die „Imagination und Laune", die tollen Einfälle (Schiller), und manches zu bemängeln. Goethe wünschte eine „Reinigung des Geschmacks" (an Schiller, 18. 6. 1795), was nichts anderes bedeutete als mehr Klarheit, Übersichtlichkeit und Ordnung im überbordend fabulierenden Erzählen des Romanschreibers. Die *Xenien*-Dichter spotteten bissig über den *Chinesen in Rom* („Einen Chinesen sah ich in Rom; die gesamten Gebäude / Alter und neuerer Zeit schienen ihm lästig und schwer. [...]"). Das war die Quittung für abfällige Äußerungen Jean Pauls über die Kälte und Strenge der beiden Großen in Weimar. Aber die abschätzigen Bemerkungen über den eigenwilligen Romancier hielten nicht an. Für Jean Paul war sein Besuch bei Goethe am 17. Juni 1796 ein prägendes Schlüsselerlebnis. Nach Weimar gekommen, war er in eine spannungsvolle Konstellation geraten. Seit langem hatte er die persönliche Bekanntschaft Herders herbeigesehnt und mußte nun erleben, welche Verwerfungen es im gelobten Weimar gab. Bei Herder hörte er wenig Gutes über Goethe; das Verhältnis zwischen den Freunden früherer Jahre war abgekühlt. Als er dann das Haus am Frauenplan betrat, hatten sich Erwartungen und Vorurteile gebildet, die nun bestätigt oder widerlegt werden konnten. Dreierlei bestimmte seine vorgängige Perspektive: die Bewunderung für das Werk Goethes, die Beeinflussung durch die Beanstandungen der Familie Herder am kalten, sich abkapselnden, egozentrischen Geheimrat und das in den eigenen Romanen entworfene Menschenbild, bei dem in einem dualistischen Figurationsschema die „hohen Menschen" voll Mitmenschlichkeit und „All-Liebe" gefühllosen, auf veräußerlichtes Ästhetentum gerichteten Egozentrikern gegenüberstanden. In einem großen Brief an den Freund Christian Otto berichtete Jean Paul am Tag nach dem Essen bei Goethe über seine Eindrücke (18. 6. 1796). Zu Anfang die Ernüchterung über das Weimar, wie es wirklich war:

> Schon am zweiten Tage warf ich hier mein dummes Vorurtheil für gross Autores ab als wärens andere Leute; hier weis jeder, daß sie wie die Erde sind, die von weitem im Himmel als ein leuchtender Mond dahinzieht und die, wenn man die Ferse auf ihr hat, aus *boue de Paris* besteht und einigem Grün ohne Juwelennimbus. Ein Urtheil, das ein Herder, Wieland, Göthe etc. fält, wird so bestritten wie jedes andere, das noch abgerechnet daß die 3 Thurmspizen unserer Litteratur einander – meiden. Kurz ich bin nicht mehr dum. Auch werd' ich mich jezt vor keinem

> grossen Man mehr ängstlich bücken, blos vor dem Tugendhaftesten. Gleichwol kam ich mit Scheu zu Göthe. Die Ostheim und jeder malte ihn ganz kalt für alle Menschen und Sachen auf der Erde – Ostheim sagte, er bewundert nichts mehr, nicht einmal sich – jedes Wort sei Eis, zumal gegen Fremde, die er selten vorlasse – er habe etwas steifes reichstädtisches Stolzes – blos Kunstsachen wärmen noch seine Herznerven an [...]. Ich gieng, ohne Wärme, blos aus Neugierde. Sein Haus (Pallast) frappiert, es ist das einzige in Weimar in italienischem Geschmak, mit solchen Treppen, ein Pantheon vol Bilder und Statuen, eine Kühle der Angst presset die Brust – endlich trit der Gott her, kalt, einsylbig, ohne Akzent. Sagt Knebel z. B., die Franzosen ziehen in Rom ein. „Hm!" sagt der Gott. Seine Gestalt ist markig und feurig, sein Auge ein Licht (aber ohne eine angenehme Farbe) Aber endlich schürete ihn nicht blos der Champagner sondern die Gespräche über die Kunst, Publikum etc. sofort an, und – man war bei Göthe. Er spricht nicht so blühend und strömend wie Herder, aber scharf-bestimt und ruhig. Zulezt las er uns [...] ein ungedruktes herliches Gedicht vor, wodurch sein Herz durch die Eiskruste die Flammen trieb, so daß er dem enthusiastischen *Jean Paul* [...] die Hand drükte. Beim Abschied that ers wieder und hies mich wiederkommen. Er hält seine dichterische Laufbahn für beschlossen. Beim Himmel wir wollen uns doch lieben. [...] Auch frisset er entsezlich. Er ist mit dem feinsten Geschmak gekleidet – – (JPW III/2, 211 f.).

In diesem Brief spiegelt sich die ganze Einschätzung Goethes durch Jean Paul: respektvolle und doch mit Vorbehalt durchsetzte Bewunderung. Wo sich Goethe als Mensch und Künstler nach Richters Meinung der Entfaltung phantasievoller Subjektivität und moralischer Wirksamkeit enthielt, warf Jean Paul dem ‚Klassiker' vor, abstrakten ästhetischen Formalismus zu pflegen. Er parodierte klassizistische Ästhetik, als er in der *Geschichte meiner Vorrede zur zweiten Auflage des Quintus Fixlein* ein Gespräch zwischen sich und dem Kunstrat Fraischdörfer erfand, das auf dem Weg von Hof nach Bayreuth geführt wurde.

In geradezu überschäumender Weise ließ Friedrich Richter der Subjektivität des Erzählens freien Raum, der das Verschiedenste aufzugreifen, auszusprechen und zu vermischen gestattet wurde. Blieb der ‚klassische' Bildungsroman auf die „innere Geschichte" (Friedrich von Blanckenburg) des Helden streng bezogen und ordnete sich seine erzählerischen Mittel und Teile diesem thematischen Gegenstand in funktionaler Bindung zu, so war für Jean Paul der Roman bestimmt „durch die Weite seiner Form, in welcher fast alle Formen liegen und klappern können". „Warum", fragt er in der *Vorschule der Ästhetik* (1803 f.), „soll es nicht eine poetische Enzyklopädie, eine poetische Freiheit aller poetischen Freiheiten geben?" Das ging sogar einem Friedrich Schlegel trotz seiner eigenen Theorie des romantischen Romans zu weit, so daß er zu dem wuchernden Erzählen Jean Pauls notierte, ihm zerflössen „immer noch zu Zeiten gute Massen in das allgemeine Chaos“ (KA 2, 247). Der späte Goethe, selbst schon auf dem Wege zu den *Wanderjahren*, versuchte eine verständnisvolle Ortsbestimmung in den *Noten und Abhandlungen zum West-Östlichen Divan*, wobei er die eigenartige Erzählweise Richters bezeichnenderweise mit einem Hinweis auf die gärenden Zeitverhältnisse begründete: „Gestehen wir also unserm so geschätzten als fruchtbaren Schriftsteller zu, daß er, [...] um in seiner Epoche geistreich zu sein, auf einen durch Kunst, Wissenschaft, Technik, Politik, Kriegs- und Friedensverkehr und Verderb so unendlich verklausulierten, zersplitterten Zustand mannigfaltigst anspielen müsse, so glauben wir ihm die zugesprochene Orientalität genugsam bestätigt zu haben“ (2, 185). An einer verborgenen Stelle, in den Vorarbeiten zur unvollendet gebliebenen Autobiographie, der *Selberlebensbeschreibung*, die Jean Paul in vieler Hinsicht als Gegenentwurf zu *Dichtung und Wahrheit* konzipierte, deutet sich in wenigen Formulierungen an, was er im Lebensrückblick als das spezifisch Trennende auf kunstästhetischer Ebene empfand:

> Göthe fäßt auf Reisen alles bestimmt auf; ich gar nicht; bei mir alles romantisch zerflossen. Das Individuelle in Fixlein p. ist nur Kunstwerk – Reis(et) durch Städte, ohne (etwas darin) gesehen zu haben. Blos schöne Gegenden, die eben dem Romantischen zusagen; aber eine rechte Musik; oder einen Menschen – oder ein Buch. – Er weiß (und sieht) zwar alle Individualitäten des Lebens (z. B. bei Fahren), aber er fragt nichts darnach und vergißt sie (JPW II/4, 376).

Mit Herders, besonders mit Caroline, war es 1795 zu einem heftigen Konflikt gekommen. Der Herzog hatte es übernommen, zur Ausbildung der Kinder seines Generalsuperintendenten Zuschüsse zu leisten. Nun forderte Caroline eine namhafte Summe auf einmal, nachdem sie ohne vorherige Information die Kinder auswärts untergebracht hatte. Goethe mußte sich einschalten, und er wurde im Brief vom 30. Oktober 1795 sehr deutlich. Carolines Ansprüche schienen in diesem Fall tatsächlich nicht gerechtfertigt zu sein. Die harte Replik auf die in vorwurfsvollem Ton angemeldeten Ansprüche schloß der Verärgerte mit reservierter, aber gewiß ehrlich gemeinter Freundlichkeit: „Ich weiß wohl daß man dem das Mögliche nicht dankt von dem man das Unmögliche gefordert hat; aber das soll mich nicht abhalten für Sie und die Ihren zu tun was ich tun kann“. Die Freundschaft mit Herder war längst brüchtig geworden. In den *Annalen* zu 1795 notierte Goethe: „Herder fühlt sich von einiger Entfernung, die sich nach und nach hervortut, betroffen, ohne daß dem daraus entstehenden Mißgefühl wäre zu helfen gewesen. Seine Abneigung gegen die Kantische Philosophie und daher auch gegen die Akademie Jena hatte sich immer gesteigert, während ich mit beiden durch das Verhältnis zu Schiller immer mehr zusammenwuchs. Daher war jeder Versuch, das alte Verhältnis herzustellen, fruchtlos." Zwischen Schiller und Herder bestand keine Harmonie mehr. In den *Horen* von 1796 erschien zwar Herders Gespräch *Iduna*, in dem über die Bedeutung der nordischen Mythologie für die Dichtung diskutiert wird („was diese Mythologie sey? woher sie sey? wiefern sie uns angehe? worin sie uns dienen könne?"), in deutlicher Wendung gegen die erklärte Vorbildhaftigkeit der griechischen Antike und die vornehmliche Nutzung des dort vorhandenen mythologischen Arsenals, und auch der Fingerzeig aufs Heimische und Gegenwärtige war klar: „Ich will mir nichts zugestanden wissen, als was jedem Dichter und Mährchenerzähler aus einem fremden, fernen oder verlebten Volk zusteht, nämlich daß er den Reichthum, den ihm dies Volk und dessen Zeitalter gewährt, brauchen dörfe" (SW 18, 484, 502). Aber Schiller wies Herders Voraussetzung, „daß die Poesie aus dem Leben, aus der Zeit, aus dem Wirklichen hervorgehen" müsse, schon im Brief vom 4. November 1795 zurück und beharrte im Gegenzug entschieden darauf, daß der poetische Genius „sich aus dem Gebiet der wirklichen Welt" zurückziehen müsse. Herders Verweis auf Heimisches als wichtigen Boden der Dichtung wurde nicht erhört und konnte vor der Verehrung der klassischen Antike nicht bestehen. Er hat offenbar lebhafter als die Theoretiker und Praktiker der idealistischen Kunst- und Schönheitslehre auch in Erinnerung behalten, was er im *Briefwechsel über Ossian* 1773, um Verständnis werbend, als unverächtliches Charakteristikum der „Gedichte der alten und wilden Völker" erkannt hatte: daß sie „so sehr aus unmittelbarer Gegenwart, aus unmittelbarer Begeisterung der Sinne und der Einbildung entstehen und doch so viel Würfe, so viel Sprünge haben". Wie ohnmächtiges Aufbegehren mutet dann Herders – bei aller Hochachtung vor dem Philosophen – gegen Kant und auch gegen Schiller gerichtete *Kalligone* von 1800 an, wo er umständlich und verquält ebenso gegen Kants Bestimmung der Schönheit als interesselosen Wohlgefallens zu Felde zog wie gegen Schillers Spiel-Begriff in der Ästhetik.

Die letzten Jahre mit Herder, der am 18. Dezember 1803 starb, müssen wenig erfreulich gewesen sein. Kanzler Müller berichtet, Goethe habe ihm erzählt, drei Jahre lang hätten sich beide in der letzten Zeit nicht gesehen. „In Jena trafen sie sich dann einmal wieder, Göthe besuchte Herdern zuerst, sie sprachen lange und doch – sezte er hinzu – getraue ich mir den Ausgang dieses Gesprächs nicht zu offenbaren" (KM 8. 6.

1821). Er muß tief verletzend gewesen sein. Der Vergrämte hat Goethe wohl mit der ihm eigenen beißenden Ironie im Innersten verwundet, vielleicht gar geäußert, was eine Quelle überliefert: Einmal habe Goethe seine *Natürliche Tochter* im Kreise Jenaer Professoren vorgelesen. Herder sei am Schluß stumm geblieben. „Nun, Alter, habe ihn Goethe angeredet, Du sagst gar nichts, gefällt dir das Stück gar nicht? O doch! antwortete Herder, am Ende ist mir aber doch dein natürlicher Sohn lieber als deine Natürliche Tochter" (G 1, 333). Bitter war Herder in all den Jahren im Haus hinter dem hohen Dach der Kirche geworden, litt unter seinem Mangel an schöpferischer Produktivität, stieß sich an den Schranken der höfischen Welt, in die sich Goethe äußerlich so sicher integriert hatte, und mäkelte gern, von seiner Frau und Knebel unterstützt, an den neueren Werken des einstigen Straßburger ‚Schülers' herum. Zu seiner Beerdigung kam Goethe nicht von Jena herüber. „Ich habe mich wohl in acht genommen, weder Herder, Schiller, noch die verwitwete Herzogin Amalia im Sarge zu sehen. Der Tod ist ein sehr mittelmäßiger Porträtmaler. [...] Die Paraden im Tode sind nicht das, was ich liebe", hat J. D. Falk als Worte Goethes aufgezeichnet (G 2, 168).

Wilhelm v. Humboldt blieb Goethe in allen Jahren treu verbunden, auch wenn die Beziehungen, schon wegen der weiten räumlichen Entfernung und der unterschiedlichen Arbeitsgebiete, nicht immer gleich eng waren. Zum Dichter war Humboldt nicht geboren, aber mit seinem hochentwickelten Sensorium für dichterische Werke, ästhetische Probleme, Völker, Sprachen und Kulturen war er ein Deuter und Vermittler ungewöhnlichen Formats. Während er als Freund Schillers von 1794 bis 1797, mit Unterbrechungen durch Aufenthalte in Tegel und Norddeutschland, in Jena lebte und die *Horen* mitherausgab, fand er zwanglos in den sich formierenden Kreis der „Weimarischen Kunstfreunde". Seiner Frau schrieb er damals, Goethe hätte nach eigener Aussage noch nie jemanden gehabt, außer vielleicht Merck und Moritz, mit dem er sich „über ästhetische Gegenstände" so gut verständigen konnte wie mit ihm (7. 4. 1797). Seit 1797 lange in Frankreich und Spanien, von 1802 bis 1808 Vertreter Preußens beim Vatikan in Rom, schrieb er Goethe ausführliche Briefe und war so etwas wie ein ausländischer Korrespondent für den in Weimar Gebliebenen, der sich zu großen Reisen nicht mehr entschließen konnte. Manche Briefe wuchsen sich zu respektablen Essays aus, wie der über den Montserrat bei Barcelona im August 1800 (HW 5, 59–93), und die Gemäldebeschreibung in den *Propyläen* war der Auszug aus einem Pariser Brief. Die Erörterungen, die Goethes eigene Werke betrafen, erweiterten fast immer die Besprechung des einzelnen zu grundsätzlichen ästhetischen Reflexionen. Weit über 200 Seiten schrieb er *Ueber Göthes Herrmann und Dorothea* (HW 2, 125–356), die als selbständige Publikation 1799 erschienen. Darin suchte er sowohl eine umfassende Deutung des Epos als geglückter Vereinigung antiken und modernen Geistes zu geben als auch eine Charakteristik Goetheschen Dichtens insgesamt; ein Dokument ‚klassischer' Dichtungsauffassung. Wie sehr Humboldt mit den Anschauungen seiner Kunstfreunde übereinstimmte, können schon wenige Formulierungen belegen. In *Hermann und Dorothea* erweckten, so meinte er, „die schlichte Einfachheit des geschilderten Gegenstandes und die Größe und Tiefe der dadurch hervorgebrachten Wirkung" die Bewunderung des Lesers am stärksten und unwillkürlichsten. Die Gestalten seien „so wahr und individuell, als nur die Natur und lebendige Gegenwart sie zu geben, und zugleich so rein und idealisch, als die Wirklichkeit sie niemals darzustellen vermag" (2,703). Und Goethes Bedeutung als Dichter wurde damit begründet, daß er sich als Individualität ganz ausgebildet hatte, „mit dem classischen Geist der Alten vertraut und von dem besten der Neueren durchdrungen" war und „die Resultate seiner Erfahrungen über Menschenleben und Menschenglück in eine dichterische Idee" zusammenfaßte und diese Idee vollkommen ausführte (HW 2, 246 f.): die dichterische Individualität Goethe als Repräsentant der Menschheit. Humboldt schrieb später noch eine weitere größere Abhandlung über ein Goethesches Werk, den *Zweiten römischen Aufenthalt*, die 1830 erschien (HW 2, 395–417).

Immer war es für Goethe förderlich, von dem weitgereisten Mann, der dann in Tegel lebte und noch einige Male bei Goethe zu Gast war, Nachrichten und Interpretationen zu erhalten, über Kunst und Literatur in Frankreich, Sitten fremder Völker, über kulturpolitische Aufgaben, denen sich Humboldt in Preußen verschrieb, über Erkenntnisse der vergleichenden Sprachforschung, die ein Spezialgebiet des Gelehrten, Schriftstellers, Diplomaten und Politikers war. Prinzipien der Betrachtung, die Humboldt etwa bei dem Versuch anwandte, eine „eigentlich neue Wissenschaft", nämlich die „vergleichende Anthropologie", zu begründen, harmonierten mit Goethes eigener Verfahrensweise: sich um eine Kenntnis des Menschen im einzelnen zu bemühen, „die empirisch genug ist, um vollkommen wahr zu sein, und philosophisch genug, um für mehr als den jeweiligen Augenblick zu gelten" (an Goethe, Anfang April 1798 aus Paris). Trotz allem äußerte sich Wilhelm v. Humboldt in Briefen an seine Frau gelegentlich unverhüllt kritisch über den fast zwanzig Jahre Älteren. Etwas Trauriges sei seine Art, sich nach und nach einzuspinnen. „Er will nicht nach Wien, nicht einmal nach Prag; von Italien hat er auf ewig Abschied genommen. Also Weimar und Jena und Karlsbad! Immer und alljährlich!" (15. 6. 1812) Er verknöchere, sei entsetzlich intolerant und manieriert im Gespräch (17. 6. 1812). Doch waren dies nur Zeichen besorgter Anteilnahme während einer über dreißigjährigen Verbindung, deren Ende der große Brief Goethes vom 17. März 1832 schmückt, der letzte, den er überhaupt geschrieben und in dem er Anschauungen summierte, die Humboldt vertraut waren: Jedes Talent benötige etwas „Angeborenes", das es sicher leitet, auch wenn es sich „ziel- und zwecklos" bewege. Der Mensch müsse freilich früh lernen, eine „geregelte Steigerung seiner natürlichen Anlagen" zu bewirken. „Das beste Genie" nehme alles in sich auf und verarbeite es, ohne daß seinem eigentümlichen Charakter geschadet werde. Dabei träten nun allerdings „die mannigfaltigen Bezüge ein zwischen dem Bewußten und Unbewußten". Mit einem Bild aus der Technik des Webens verdeutlichte er: „Bewußtsein und Bewußtlosigkeit werden sich verhalten wie Zettel und Einschlag, ein Gleichnis das ich so gerne brauche." Noch hoffte der Greis, fünf Tage vor seinem Tod, aber es wurde die Summe, die er für sich aus seinem Leben ziehen durfte: „Ich habe nichts angelegentlicher zu tun als dasjenige was an mir ist und geblieben ist wo möglich zu steigern und meine Eigentümlichkeiten zu kohobieren [abzuklären], wie Sie es, würdiger Freund, auf Ihrer Burg [im Schloß Tegel] ja auch bewerkstelligen."

Was der junge Schelling philosophisch entwickelte, harmonierte um die Jahrhundertwende so sehr mit den Grundsätzen von Goethes Naturanschauung, daß dieser dem jungen Professor in Jena zurief, er habe selten zu einer bestimmten Art der Naturforschung einen Zug gespürt, jedoch: „Zu Ihrer Lehre ist er entschieden. Ich wünsche eine völlige Vereinigung, die ich durch das Studium Ihrer Schriften [...] zu bewirken hoffe" (27. 9. 1800). Goethe, der in Schelling einen der wenigen verständnisvollen Gesprächspartner für seine Farbenlehre fand, hatte sich für dessen Berufung nach Jena eingesetzt und traf oft mit ihm zusammen. Schellings Überlegungen griffen auf, was Naturwissenschaftler damals entdeckt hatten, und suchten in einer Identitätsphilosophie die Einheit des ganzen Universums zu bezeugen. Elektrizität und Magnetismus waren als weit wirksame Kräfte erkannt worden und erhärteten den Glauben an einheitliche Grundprinzipien aller Naturphänomene. In seinem Buch *Von der Weltseele* (1798) sah Schelling in Magnetismus und Elektrizität dieselben polaren Prinzipien am Werk und in der Chemie darüberhinaus eine Synthese sich vollziehen. Das Universum, so entwickelte er es in vielen Schriften, sei ein einziger Organismus, zu dem das organisierende Prinzip des Geistes gehöre. Alles im Universum sei beseelt, und alle Dinge seien in Gott enthalten. Natur und Geist seien nichts Getrenntes, sondern Natur sei sichtbarer Geist und der Geist unsichtbare Natur. Die von Kant und Fichte erörterten Fragen, was die Natur außer uns sei und wie sie erkannt werden könne, forderten Schellings Antwort heraus, daß „in der absoluten Identität des Geistes in uns und der Natur außer uns" sich das Problem auflösen müsse, „wie eine Natur außer uns möglich sei" (*Ideen zu einer Philosophie der Natur,* 1797). Aber die Natur sei nichts Statisches, sondern ein immerdar Werdendes, in das der menschliche Geist einbezogen sei. In solchen Grundanschauungen konnten sich Goethe und Schelling leicht treffen, unabhängig davon, ob jener allen Spuren der hochspekulativen Gedankengänge des Philosophen folgte. 1803 erschien Goethes Gedicht *Weltschöpfung*, das später den Titel *Weltseele* erhielt, Verse, die sowohl unter den „Geselligen Liedern" als auch in der Abteilung „Gott und Welt" ihren Platz fanden.

> Verteilet euch nach allen Regionen
> Von diesem heil'gen Schmaus!
> Begeistert reißt euch durch die nächsten Zonen
> Ins All und füllt es aus!
>
> Schon schwebet ihr in ungemeßnen Fernen
> Den sel'gen Göttertraum,
> Und leuchtet neu, gesellig, unter Sternen
> Im lichtbesäten Raum [...].

Es war ein euphorisches Gedicht vom glücklichen Einbezogensein des Menschen in das als beseelt gewußte dynamische All. Später betrachtete der Dichter mit leichter Ironie und unverkennbarer Distanz den Überschwang von einst, als er am 20. Mai 1826 Zelter daran erinnerte, das Lied sei „seine guten dreißig Jahr alt und schreibt sich aus der Zeit her, wo ein reicher jugendlicher Mut sich noch mit dem Universum identifizierte, es auszufüllen, ja es in seinen Teilen wieder hervorzubringen glaubte". Bis 1827 stand Goethe mit Schelling, der Jena 1803 verließ, in lockerem Briefkontakt und behielt seinen Weg und seine Wandlungen im Blick. Wie reserviert der auf sinnliche Anschauung bedachte Weimarer Naturbeobachter allzu schweifenden und nebulösen Spekulationen gegenüber blieb, zeigte sich 1816, als er den Plan, Schelling erneut nach Jena zu holen, bedenklich fand und widerriet. Er beargwöhnte mystisch-religiöse, katholisierende Tendenzen bei ihm, und es kam ihm komisch vor, „wenn wir zur dritten Säkularfeier unseres protestantisch wahrhaft großen Gewinnes das alte überwundene Zeug nun wieder unter einer erneuten mystisch-pantheistischen, abstrus-philosophischen, obgleich im stillen keineswegs zu verachtenden Form wieder eingeführt sehen sollten" (an C. G. Voigt, 27. 2. 1816). „Im stillen" mochte das hingehen, aber vom Katheder aus könnte sich Unruhe ausbreiten, und der Abratende erinnerte an die Querelen mit Fichte.

Erst am 26. Dezember 1800 war Goethe aus Jena nach Hause zurückgekehrt. Ein Katarrh, den er mitbrachte, verschlimmerte sich rasch, und Anfang des neuen Jahres warf ihn eine schwere Krankheit nieder. Eine Wundrose zog vom linken Auge über Nase und Nasenschleimhaut bis zum Rachen. Ein Ödem des Kehlkopfs und die Anschwellung der Mandeln riefen böse Erstickungsanfälle hervor; damals sprach man von Krampfhusten. „Er kann in kein Bett und muß in einer stehenden Stellung erhalten werden, sonst muß er ersticken", meldete Frau v. Stein ihrem Sohn Fritz am 3. Januar 1801. Eine Hirnhautentzündung verschlechterte seinen Zustand, mehrere Tage war er nicht bei Bewußtsein, phantasierte stark und scheint Stellen aus seinem ganz frühen Gedicht *Poetische Gedanken über die Höllenfahrt Jesu Christi* vor sich hin deklamiert zu haben. Man fürchtete um sein Leben. Nach etwa drei Wochen war die Krise überwunden, und am 1. Februar sprach er von seinem „Wiedereintritt in das Leben" (an die Mutter). Es war die erste ernste Krankheit in seinen Mannesjahren. Seit der Teilnahme am Feldzug 1792 litt er gelegentlich an rheumatischen Beschwerden, die wohl auch durch den schlechten Zustand der Zähne, ein Übel der damaligen Zeit, verursacht wurden. Über Zahnbeschwerden hatte er häufiger zu klagen. Später machten ihm Nierenkoliken schwer zu schaffen, auch die Galle mag angegriffen gewesen sein. Im Frühjahr 1805, in den Monaten vor Schillers Tod, quälten ihn diese Beschwerden besonders heftig. In den folgenden Jahren traten die Koliken wiederkehrend auf, behinderten ihn aber, wie üblich, nur in den Phasen der Schmerzattacken. Linderung und Erholung brachten die Kuren in den Bädern. Vielleicht halfen auch schon die langen Fahrten in der rüttelnden Kutsche nach Böhmen, wenngleich über den Abgang von Nierensteinen nichts berichtet wird. Ein geduldiger Patient war Goethe nicht. Schiller, der ständig Geplagte, meinte einmal bei einem nicht weiter besorgniserregenden Katarrh: „In solchen Umständen wünschte ich Ihnen *meine* Fertigkeit im Übelbefinden, so würde Ihnen dieser Zustand weniger unerträglich sein" (27. 2. 1797).

Das Frühjahr 1801 sah den Genesenen häufiger auf seinem Gut in Oberroßla, wo er im März und April mehr als einen Monat verbrachte. Aber eine Kur war dennoch angezeigt, und so suchte er für mehrere Wochen Bad Pyrmont auf, von Sohn August und Schreiber Geist begleitet. Goethe nutzte die Reise, die er am 5. Juni antrat, um auf der Hin- und Rückfahrt in Göttingen Station zu machen, auf dem Heimweg von Pyrmont für ganze vier Wochen von Mitte Juli bis Mitte August. Dort bot sich Gelegenheit zu wissenschaftlichen Gesprächen mit Gelehrten der Universitätsstadt, und die reichhaltige Bibliothek erleichterte die weitere Ausarbeitung der Geschichte der Farbenlehre. Auch in Pyrmont, wo die Tage mit Trinken und Baden begonnen wurden, galten manche Stunden der naturwissenschaftlichen Arbeit und dem Diktat. Und an interessanten Gesteinen war dort ebenfalls einiges zu beobachten, was auch den bald zwölfjährigen August unterhielt. „Heute ist es nun schon 4 Wochen, daß Du weg bist; mir ist es aber, als wär es ein Vierteljahr“, schrieb Christiane am 3. Juli. Bis Kassel kam sie dann mit Heinrich Meyer den Rückkehrenden entgegen, und dort feierten sie am 15. August ihr Wiedersehen im Posthaus am Königsplatz. „Fünf, meist regnigte und unangenehme Wochen in Pyrmont; dagegen fünf sehr lehrreiche und zufriedene in Göttingen“ seien es gewesen, erfuhr Fritz Jacobi (23. 11. 1801).

Ein Mittwochszirkel und gesellige Lieder

Mit wieviel Menschen Goethe auch zusammenkam und brieflichen Kontakt hielt: das Gefühl, im Innersten einsam zu sein, hat ihn begleitet und oft heimgesucht. Humboldt meinte in späteren Jahren über Goethe freilich auch zu wissen, er habe eigentlich kein Gleichgewicht in sich, sei schwach in der Wirklichkeit und „das Idealische“ gelte nur für Augenblicke der Begeisterung, helfe aber im bloßen äußeren Leben nicht. „Da er sich nicht anschließt, können es auch andere nicht, und so nötigt ihn gerade die Unfähigkeit, recht allein zu stehen, allein zu bleiben“ (W. v. Humboldt an seine Frau, 31. 7. 1813). Vielleicht war das immer wiederkehrende Gefühl der Einsamkeit der eigentliche Grund, daß Goethe im Oktober 1801 einen geselligen Zirkel gründete, der sich alle vierzehn Tage nach dem Theater bei ihm versammeln sollte. In heiter-fröhlicher Geselligkeit war zu hoffen, für Stunden alle trüben und bedrückenden Gedanken zu verscheuchen. Und es war Gelegenheit, gesellige Formen zu pflegen, an denen es offenkundig im engen Weimar mangelte. Eine Beteiligte hat aufgezeichnet, wie diese Mittwochsgesellschaft entstand. Bei einem jener ‚Freundschaftstage‘, die Louise v. Göchhausen in ihrer Mansarde im Wittumspalais hielt, sei Goethe lebhaft auf das zu sprechen gekommen, was er das Elend der jetzigen gesellschaftlichen Zustände genannt habe. Überall treffe man auf Geistesleere und Gemütlosigkeit. Und er schlug vor, „nach der wohlbekannten Minnesängersitte eine *cour d'amour*“ ins Leben zu rufen, wo sich für die Dauer der Geselligkeit Paare bildeten und zu liebenswürdiger Unterhaltung zusammenfänden. So geschah es. Henriette v. Egloffstein, von der der Bericht stammt (JbG 1885), wurde Partnerin Goethes, und sechs weitere Paare kamen hinzu, darunter Caroline v. Wolzogen und Schiller, Luise v. Göchhausen und Heinrich Meyer, Lotte Schiller und Wilhelm v. Wolzogen. Auch der Herzog und der Erbprinz fanden sich gelegentlich ein. Von Christiane Vulpius keine Spur. Wirklich ungezwungen sind die geselligen Abende dann doch wohl nicht gewesen. Jedenfalls klagte Frau v. Egloffstein über Goethes Pedanterie: „Ohne seine Erlaubnis durften wir weder essen noch trinken, noch aufstehen oder uns niedersetzen, geschweige denn eine Conversation führen, die ihm nicht behagte." Aber Schiller berichtete Körner auch, im Kränzchen gehe es „recht vergnügt" zu und es werde „fleissig gesungen und poculiert" (16. 11. 1801). Was dort gesungen wurde, hatte mit den gleichzeitigen ästhetischen Grundsatzüberlegungen in den *Propyläen* und ihrem Umfeld ganz und gar nichts zu tun. Eine erstaunliche Gleichzeitigkeit des Verschiedenen, die Goethe keinerlei Schwierigkeiten bereitete. Sie war aber nicht verwunderlich; denn er pflegte mit seinen Gedichten, die er für diese Zwecke schrieb, nur eine Tradition, die ihm seit je vertraut war: die des gesungenen Liedes, das für den geselligen Kreis gleichgestimmter Menschen gedacht ist. Von früh an verfaßte er Gedichte, die zur Vertonung bestimmt oder auf bereits bestehende Weisen zugeschnitten waren. Immerhin enthielt die erste gedruckte Sammlung Goethescher Gedichte *Neue Lieder, in Melodien gesetzt* von Bernhard Theodor Breitkopf (1770). Bei den Liedern, die er dichtete, griff Goethe, altem Brauch folgend, auch auf schon bekannte Texte zurück, änderte sie um und verfertigte also Kontrafakturen. In der „Ausgabe letzter Hand" eröffnet die Sammlung der Gedichte die Gruppe der achtzig „Lieder", von denen nicht weniger als 16 oder 17 auf Vorlagen zurückgehen. Daß Gedichte gesungen werden sollten, war für Goethe eine Selbstverständlichkeit; sie waren für den Gebrauch von Dilettanten in geselligem Kreis oder am Klavier gedacht. Seine Kritik am Dilettantismus, in der *Propyläen*-Zeit skizziert, war nur theoretisch von grundsätzlicher Strenge. Auf die Gruppe der „Lieder" folgt noch eine besondere Abteilung „Gesellige Lieder", der als Motto vorangestellt ist: „Was wir in Gesellschaft singen, / Wird von Herz zu Herzen dringen." Sogar bei manchen Gedichten des *West-Östlichen Divan* verdeckt die eingewobene Reflexion nicht den Charakter des singbaren Liedes. „Hans Adam war ein Erdenkloß" (mit der vexierenden philosophischen Überschrift *Erschaffen und Beleben* versehen) ist für eine pokulierende Runde geeignet, die zuvor das *Ergo bibamus!* anstimmen könnte („Hier sind wir versammelt zu löblichem Tun, / Drum, Brüderchen! *Ergo bibamus*"), und das *Divan*-Doppelgedicht *Dem Kellner. Dem Schenken*

(„Setze mir nicht, du Grobian, / Mir den Krug so derb vor die Nase") fand als „Türkisches Schenkenlied" sogar den Weg ins Kommersbuch, wo aus dem „zierlichen Knaben" allerdings ein „zierliches Mädchen" werden mußte, damit die heterosexuelle Ordnung schön gewahrt blieb.

Über die Geselligkeitslyrik Goethes, die zu Unrecht leicht übersehene, könnte das vielstrophige Gedicht *Offne Tafel* von 1813 als Devise gesetzt werden:

Viele Gäste wünsch ich heut
Mir zu meinem Tische!
Speisen sind genug bereit,
Vögel, Wild und Fische.
Eingeladen sind sie ja,
Haben's angenommen.
Hänschen, geh und sieh dich um!
Sieh mir, ob sie kommen!

Für die Mittwochsgesellschaft entstand eine Reihe von Gedichten aus gegebenem Anlaß, so das *Stiftungslied*, *Zum neuen Jahr* („Zwischen dem Alten, / Zwischen dem Neuen, / Hier uns zu freuen / Schenkt uns das Glück"), das nicht nur lautspielerische *Frühlingsorakel* (mit Anklängen an die *Zauberflöte* wie im *Stiftungslied*), die *Generalbeichte* („Lasset heut im edlen Kreis / Meine Warnung gelten"), bei der die Erinnerung an „Gaudeamus igitur" einkalkuliert ist, das *Tischlied* („Mich ergreift, ich weiß nicht wie, / Himmlisches Behagen"), das umgearbeitete *Bundeslied* von 1775, das die Kultur geselligen Gesangs gleich zu Anfang thematisiert: „In allen guten Stunden, / Erhöht von Lieb und Wein, / Soll dieses Lied verbunden / Von uns gesungen sein!" Auch Schiller steuerte Verse bei, wie *An die Freunde*, *Die vier Weltalter*, *Die Gunst des Augenblicks*. Die Abteilung der „Geselligen Lieder" beschließt das heitere *Die Lustigen von Weimar* von 1813 („Donnerstag nach Belvedere, / Freitags geht's nach Jena fort"), ein Gedicht auf die Vergnügungen in und um Weimar, dem schon ein Brief Christianes vom 27. März 1799 präludierte, in dem sie munter aufzählte, was sie Tag für Tag während der Abwesenheit des Hausherrn getan hatte.

Goethe hat sich mehrfach positiv über „Gelegenheitsdichtung" geäußert, wobei jedoch zu beachten ist, daß er mit dem Wort Gelegenheit oft alles meint, was eine Dichtung veranlaßt hat, also auch ganz persönliche Betroffenheit im Rahmen individueller Erfahrung. Damit wollte er betonen, daß seine Gedichte, wie auch immer, durch die Wirklichkeit angeregt, nicht leere Phantasien und bloß artistische Spielereien seien. Aber gerade auch die ganz an äußere Anlässe gebundenen und für bestimmte Personen zubereiteten Werke erkannte er grundsätzlich als vollgültige Dichtung an. In der *Anzeige von Goethes sämtlichen Werken*, der „Ausgabe letzter Hand", merkte er zu der Gruppe der „Festgedichte" ausdrücklich an: „Da man den hohen Wert der Gelegenheitsgedichte nach und nach einsehen lernt und jeder Talentreiche sich's zur Freude macht, geliebten und geehrten Personen zur festlichen Stunde irgend etwas Freundlich-Poetisches zu erweisen, so kann es diesen kleinen Einzelnheiten auch nicht an Interesse fehlen" (JA 38, 42). Als er in den Jahren 1810–1812 anläßlich des Besuchs der österreichischen Kaiserin Maria Ludovica in Karlsbad und der Visite von Kaiser Franz I. und anderer kaiserlicher Hoheiten sieben Gedichte, davon sechs auf Bestellung, geschrieben hatte, reihte er diese Karlsbader Gedichte sogleich in die neue Ausgabe seiner Werke ein. Er schätzte sie sehr, und doch könnten ihre Titel (wie *Der Kaiserin Ankunft*, *Der Kaiserin Becher*, *Der Kaiserin Abschied*, *Ihro des Kaisers von Österreich Majestät*), etwas ausgeweitet, ebensogut Casualcarmina, Gelegenheitsgedichte, im 17. Jahrhundert geziert haben. Die Aufwertung der Gelegenheitsdichtung insgesamt, an der es Goethe gelegen war, sollte gewiß auch dazu beitragen, ihn von möglichen Vorwürfen zu entlasten, nachdem er sich so selbstverständlich am Weimarer Hof eingerichtet und geholfen hatte, dessen Festlichkeiten dichterisch zu verschönen. Wenn alle seine Gedichte, wie er meinte, durch irgendwelche ‚Gelegenheiten' angeregt worden sind, wenn „jedes Besondere irgend eines Zustandes" ihn „unwiderstehlich" zu einem „Gelegenheitsgedicht" aufforderte (*Bedeutende Fördernis durch ein einziges geistreiches Wort*; 13,39), dann konnte auch an der Gelegenheitsdichtung im engeren Sinn der Casualpoesie kein Makel haften.

Die Mittwochsgesellschaft hielt sich nicht lange. So leicht ließ sich erwünschte Geselligkeit auf Dauer nicht arrangieren. Schon im Frühjahr 1802 war es mit der *cour d'amour* zu Ende. Auseinandersetzungen über eine Beteiligung August v. Kotzebues, des erfolgreichen Bühnenautors, kamen hinzu, der in die angesehenen Kreise aufgenommen werden wollte. Als es hier nicht gelang, suchte er auf andere Weise Aufsehen zu erregen. Zum 5. März 1802, dem Namenstag Schillers, plante er eine große Festveranstaltung im neuen Saal des Stadthauses. Doch der Raum wurde ihm schließlich verweigert; er sei gerade renoviert worden, und niemand könne garantieren, daß nichts verdorben würde. Auch die einzige Originalbüste Schillers wurde ihm aus der herzoglichen Bibliothek nicht ausgeliehen, aus dem ganz natürlichen Grund, wie Goethe in den *Annalen* zu 1802 ironisch meinte, „weil man noch nie eine Gipsbüste unbeschädigt von einem Feste zurückerhalten habe". Goethe hielt noch später die ganze Angelegenheit für so wichtig, daß er sich mehrere Seiten lang in den *Annalen* darüber ausließ. Er sah im Vorhaben Kotzebues den Versuch, Schiller zu sich herüberzuziehen und mit einem eigenen Bekanntenkreis ein Gegengewicht gegen ihn und seine Leitung des Theaters zu schaffen. Da manche in der „weimarischen Sozietät" der Festlichkeit für Schiller wohlgesonnen waren und die Widrigkeiten, die sie zunichte machten, fälschlicherweise Goethe als geheimem Initiator anlasteten, griffen unerquickliche Spannungen auch auf die Mittwochsgesellschaft über.

Obgleich Goethe Kotzebue nicht schätzte und seine Stücke als reine Unterhaltungsware betrachtete, wurden sie regelmäßig auf dem Weimarer Theater gegeben. Auf den Spielplan, der Leichtes und Schweres mischte, hatten sich persönliche Antipathien nicht auszuwirken. August Kotzebue war Weimarer Kind, dort als Sohn eines Legationsrats 1761 geboren, studierte Jura und ging schon 1781 als Sekretär nach Petersburg, wo er eine erstaunliche Karriere machte. 1785 wurde er, mit einer estländischen Adligen verheiratet, Präsident des Gouvernement-Magistrats der Provinz Estland in Reval und von Kaiserin Katharina geadelt. Dort begann er, Theaterstücke zu schreiben, von denen ihn die beiden Dramen von 1788, *Menschenhaß und Reue* und *Die Indianer in England* rasch berühmt machten. Er führte ein unruhiges Leben. 1795 gab er seinen Posten auf, reiste viel, nahm 1799 wieder seinen Wohnsitz in Weimar. Gegen die ‚Frühromantiker' richtete er jenes Pamphlet *Der hyperboreische Esel*, und den Großen Goethe und Schiller wollte er an öffentlichem Ansehen gleichkommen. 1800 wieder nach Rußland zurück, wurde er als vermeintlicher Jakobiner verhaftet und nach Sibirien verbannt. Doch nach vier Monaten kam er wieder frei, nachdem Zar Paul I. von einem Stück über Peter III. beeindruckt worden war, wurde Direktor des Deutschen Hoftheaters in Petersburg, nahm aber schon 1801 seinen Abschied. Jetzt lebte er in Weimar, Jena, Berlin, reiste nach Paris, wurde scharfer Gegner Napoleons, und seine Zeitschrift *Der Freimütige* nutzte er als Publikationsorgan gegen das, was ihm mißfiel: ‚Klassiker', ‚Romantiker', Frankreich. Nach Napoleons Niederlage 1813 russischer Staatsrat, schrieb er seit 1817 von Weimar aus Berichte für den Zaren und geriet in den falschen Ruf, Spion zu sein. Seine reaktionären politischen Ansichten brachten ihn bei den Studenten in Verruf; beim Wartburgfest 1817 flogen auch Schriften von ihm ins Feuer. Am 23. März 1819 ermordete ihn Karl Ludwig Sand, einer der Wartburg-Studenten, in seiner Wohnung in Mannheim, wo er mit seiner dritten Frau und zahlreichen Kindern seit einiger Zeit lebte.

Schier unerschöpflich war Kotzebues literarische Produktivität. Weit über 200 Theaterstücke hat er geschrieben; er war damals der meistgespielte deutsche Bühnenautor. Allein an 638 Abenden stand er während

Goethes Weimarer Intendanz auf dem Programm. Es ist leicht, seine Stücke, die auf Rührung und Lachen zielten, unbekümmerte Unterhaltung boten und auf frivole Scherze nicht verzichteten, als handwerklich zwar perfekt gearbeitetes, aber gewichtloses Machwerk abzutun. Indes konnte kein Theater auf ihn verzichten; denn das Publikum, Bürgerliche und Adlige, merkten, wie in diesen Stücken ihre eigenen Gefühle an- und ausgesprochen, mit ihren Wunschphantasien gespielt und Konflikte schmerzfrei illusionär gelöst wurden. Da durfte er kleinbürgerlicher Enge zuzeiten auch den Spiegel vorhalten, wie im Lustspiel *Die deutschen Kleinstädter*, deren Ortsbezeichnung „Krähwinkel" uns immer noch als Spottname geläufig ist. Kotzebue wollte nicht mehr bieten als gefälligen Zeitvertreib mit gelegentlichen Seitenhieben und lästerte nicht ohne Grund über die hohen Kunstrichter. Er wisse, daß ihm nur ein untergeordneter Rang gebühre, schrieb er im Vorbericht zu *Der Graf von Burgund*, aber: „Die Wirkung meiner Stücke ist hauptsächlich für die Bühne berechnet; diesen Zweck erreichen sie, und aus diesem Gesichtspunkt sollte man sie beurteilen; aber das will man nicht." Doch Goethe vermochte das sehr wohl. In der Skizze *Kotzebue* (in den „Biographischen Einzelheiten") unterstrich er verständlicherweise, daß jener ständig versucht habe, „auf jede Art und Weise meinem Talent, meiner Tätigkeit, meinem Glück entgegenzutreten", fällte auch ein negatives Gesamturteil („Kotzebue hatte bei seinem ausgezeichneten Talent in seinem Wesen eine gewisse Nullität [...], die ihn quälte und nötigte, das Treffliche herunter zu setzen damit er selber trefflich scheinen möchte"), und doch hielt er es für angebracht, ihn „gegen überhinfahrende Tadler und Verwerfer in Schutz zu nehmen" (A 12, 643 f.). Der Theaterpraktiker Goethe wußte zu gut, daß das Theater nicht nur eine „moralische Anstalt" (Schiller) und ein Bildungstempel sein konnte und durfte.

Ein Fremder in der Nähe

Während Goethe noch Gutsherr in Oberroßla war, wenige Kilometer von Oßmannstedt entfernt, war dort bei Wieland in den Wintermonaten von Januar bis Anfang März 1803 ein fünfundzwanzigjähriger deutscher Autor zu Gast, der schon seit Oktober vergangenen Jahres in Weimar gelebt hatte: Heinrich v. Kleist. Den preußischen Offiziersdienst hatte er quittiert, zu schreiben begonnen und um einen sinnvollen Lebensplan gerungen, war 1801 durch seine persönliche Erfahrung der Kantischen Philosophie zutiefst verunsichert worden, daß wir die

Wirklichkeit an sich gar nicht erkennen, nicht begreifen können, hatte den Vorsatz aufgegeben, sich in der Schweiz anzusiedeln, „ein Feld mit eignen Händen zu bebauen" (an Ulrike v. Kleist, 12. 1. 1802), und irrte nun umher, auf der Suche nach einem Platz in der Gesellschaft, wo er tätig sein und sich als Schriftsteller verwirklichen könne, – und blieb doch für immer heimatlos, ein Dichter ohne Gesellschaft, und mußte in seinem Abschiedsbrief, ehe am 21. November 1811 die Schüsse am Wannsee fielen, eingestehen: „Die Wahrheit ist, daß mir auf Erden nicht zu helfen war." Noch waren es fast neun Jahre bis dahin. Ein Drama hatte er abgeschlossen: *Die Familie Schroffenstein*, ein Stück vom Mißtrauen der Menschen untereinander, das sie ins Chaos treibt, und jetzt mühte er sich um *Robert Guiskard*. Als Freund von Wielands Sohn Ludwig, mit dem er sich in der Schweiz angefreundet hatte, fand er Zugang zum Herrenhaus auf dem Oßmannstedter Gut. Es war eine hoffnungsvolle Zeit. „Der Anfang meines Gedichtes [...] erregte die Bewunderung aller Menschen, denen ich es mitteilte. O Jesus! Wenn ich es doch vollenden könnte! Diesen einzigen Wunsch soll mir der Himmel erfüllen; und dann, mag er tun, was er will" (an Ulrike v. Kleist, 9. 12. 1802). Ob Goethe den jungen Kleist gesehen, gesprochen, von ihm gehört hat: wahrscheinlich ist es, aber wir wissen es nicht. Der alte Wieland jedoch war betroffen, als der Dramatiker ihm „einige der wesentlichsten Szenen" aus dem Gedächtnis vortrug, und schrieb ahnungsvoll an Wedekind in Mainz:

> Ich gestehe Ihnen, daß ich erstaunt war, und ich glaube nicht zu viel zu sagen, wenn ich Sie versichere: Wenn die Geister des Äschylus, Sophokles und Shakespeare sich vereinigten, eine Tragödie zu schaffen, so würde das sein, was Kleists *Tod Guiscards des Normanns*, sofern das Ganze demjenigen entspräche, was er mich damals hören ließ. Von diesem Augenblicke an war es bei mir entschieden, Kleist sei dazu geboren, die große Lücke in unserer dermaligen Literatur auszufüllen, die (nach meiner Meinung wenigstens) selbst von Goethe und Schiller noch nicht ausgefüllt worden ist (10. 4. 1804).

Im März 1803 verschwand der Ruhelose, der sich selbst einen „unaussprechlichen Menschen" nannte (an Ulrike v. Kleist, 13. 3. 1803), aus Oßmannstedt; wahrscheinlich hätte die Liebe zu einer Tochter Wielands unlösbare Komplikationen gebracht. Vielleicht wäre damals auch Goethe beeindruckt gewesen, wenn er die Szenen aus dem *Robert Guiskard* gehört hätte, der nicht aus einem „so wunderbaren Geschlecht" war und sich nicht in einer „so fremden Region" bewegte wie die *Penthesilea* (Goethe an Kleist, 1. 2. 1808); vielleicht wäre die Zeit für einen verstehenden Kontakt günstiger gewesen als später, vielleicht hätte ein

Zufall helfen können, daß sich in einem Gespräch der Fremdling verständlich machte, vielleicht. Denn daß der Theaterintendant später den *Zerbrochnen Krug* aufführte, bewies, daß das „aufrichtige Wohlwollen", das er im Brief vom 1. Februar 1808 zusicherte, keine leere Floskel war.

Neues in Weimar

Im November 1802 zog übrigens Heinrich Meyer aus Goethes Haus am Frauenplan aus, um eine eigene Wohnung einzurichten; denn Anfang 1803 heiratete er Luise v. Koppenfels und gründete einen eigenen Hausstand. Das änderte aber nichts an der engen Verbindung, die ungelokkert bestehen blieb. Im September 1803 gab es eine folgenreiche Neuerung. Der Philologe Friedrich Wilhelm Riemer, vordem Hauslehrer bei Wilhelm v. Humboldt, übernahm die Ausbildung des jungen August v. Goethe, bis dieser zur Universität ging. Herder hatte ihn im Juni 1802 konfirmiert, nachdem Goethe den „alten Freund" mit bezeichnenden Worten gebeten hatte, er möchte seinen Sohn „auf eine liberalere Weise als das Herkommen vorschreibt" in die „christliche Versammlung" einführen. Riemer sollte sich bei seiner Lehrtätigkeit besonders um die Kenntnisse der alten Sprachen kümmern, mit denen es bei August nicht zum besten stand. Über die Erziehungsarbeit hinaus wurde er einer der wichtigsten Mitarbeiter Goethes und erhielt bei der Vorbereitung der Texte für die Ausgaben weitreichende Vollmachten. Nachdem er bis 1812 in Goethes Haus gewohnt hatte, wurde er Professor am Weimarer Gymnasium und Bibliothekar. Er und Eckermann sollten auf Goethes Wunsch später den umfangreichen Nachlaß betreuen. Als exzellenter klassischer Philologe brachte Riemer für diese Aufgaben die besten Voraussetzungen mit. Nach Goethes Tod edierte er dessen Briefwechsel mit Zelter und gemeinsam mit Eckermann die „Nachgelassenen Werke". Seine *Mitteilungen über Goethe* sind seit ihrem Erscheinen 1841 aus der Literatur über Goethe nicht wegzudenken. Sie sind keine reine Dokumentensammlung, sondern versuchen im ersten Band in einer Folge thematisch bestimmter Kapitel ein Gesamtporträt aus der Sicht des langjährigen Mitarbeiters und Beobachters zu zeichnen. Riemer scheute sich nicht, um der Wahrhaftigkeit willen nach Kapiteln wie „Charakter", „Tätigkeit", „Totalität", „Eigenheiten" auch einen Abschnitt unter der Überschrift „Fehler" einzurücken: „*Unvollkommen* war er ohne Zweifel, und wußte das besser als die, welche von seinen Fehlern viel zu erzählen hatten" (*Mitteilungen* I 289). Früh merkte Riemer, wie sehr sich Goethes Verhalten, an dem manche Anstoß nahmen,

nach den Umständen richtete, unter denen er aufzutreten hatte. Er urteile „ein wenig anders im Schlafrock, als wenn er in Gesellschaft urteilen soll“, teilte er Frommann am 4. Februar 1804 mit. „Weil man ihn auspumpen will, so gibt er eben nur das, was ihm beliebt und womit er zwischen den Parteien so eben durchkommt.“
So ähnlich dürfte er sich auch verhalten haben, als Ende 1803 Madame de Staël, die Tochter des mit wechselnder Fortune unter Ludwig XVI. operierenden französischen Finanzministers Necker, mit ihrem Begleiter Benjamin Constant in Weimar eintraf. Sie war von Napoleon wegen ihrer Aktivitäten gegen ihn verbannt worden, war durch ihre Schriften schon eine europäische Berühmtheit und reiste nun durch Deutschland, um ihre bisher dürftigen Kenntnisse vom Nachbarland aufzubessern. Sie kamen dem 1810 erschienenen Werk *De l'Allemagne* zugute. Weimar stand selbstverständlich auf ihrem Reiseplan. Für Goethe war die französische Schriftstellerin keine Unbekannte. Ihren *Essai sur les fictions*, in dem sie den *Werther* rühmte, hatte er als *Versuch über die Dichtung* für die *Horen* übertragen; ihre Arbeit *De la littérature*, in der sie im 17. Kapitel auch Werke Goethes und Schillers ihren französischen Lesern erläuterte, hatte sie ihm zugeschickt, und Wilhelm v. Humboldt konnte ihm aus Paris Näheres über sie berichten. Goethe indes war Ende 1803 vollauf mit den Jenaer Schwierigkeiten beschäftigt; die Vorbereitungen für die neue *Literatur-Zeitung* waren ihm wichtiger, als zur Begrüßung des ebenso geistvollen wie strapaziösen Gastes nach Weimar zu eilen. Schillers Charakterisierung der Mme. de Staël in seinem Brief vom 21. Dezember 1803 war treffend und bereitete den Adressaten auf die Gespräche vor: „Klarheit, Entschiedenheit und geistreiche Lebhaftigkeit ihrer Natur“ könnten nur wohltätig wirken; das einzige Lästige sei „die ganz ungewöhnliche Fertigkeit ihrer Zunge“; man müsse sich ganz in ein Gehörorgan verwandeln, um ihr folgen zu können. Am 24. Dezember endlich trafen sich Goethe und die kluge Französin in seinem Haus: „Früh von Jena ab. Mittag Fr. v. Staël, Hr. und Fr. Hofr. v. Schiller und Hr. Hofr. Stark zu Tische, wozu *Serenissimus* kamen“, meldet etikettegerecht das Tagebuch. Goethe traf sich mit den ausländischen Gästen noch mehrfach vor ihrer Abreise im März 1804. Die *Annalen* zu diesem Jahr berichten über die gemischten Eindrücke, die die Staël erweckte. Sie beharrte auf eigenen Ansichten, widersprach, wann immer es ihr paßte, und war ein unbequemer Gesprächspartner. Sie hatte „immer die Art, auf Hauptstellen positiv zu verharren und eigentlich nicht genau zu hören, was der andere sagte.“ Goethe seinerseits genoß es, sie herauszufordern und durch Widerrede „oft zur Verzweiflung“ zu bringen. Auch August Wilhelm Schlegel lernte sie kennen; sie bewunderte ihn wegen seiner literarischen Kennt-

henden Autorin. Als sie wegen des Todes ihres Vaters die Reise abbrach, schloß er sich spontan ihrem Kreis an und blieb bis zu ihrem Tod 1817 unentwegt ihr Begleiter und Berater.
Der zweite Teil ihres Buch *De l'Allemagne* war der Literatur und den Künsten gewidmet. Die Leitfrage „Warum lassen die Franzosen der deutschen Literatur nicht Gerechtigkeit widerfahren?" verdeutlichte ihre Absicht: Dolmetscherin zwischen den Kulturen zu sein. Einzelne Kapitel beschäftigten sich ausführlich mit Werken Schillers und Goethes, auch mit Lessing, Zacharias Werner und anderen. Es waren keine Lobreden, die sie verfaßte, sondern kritisch sondierende Betrachtungen. „Goethe hat nicht mehr jene hinreißende Glut, die ihm sein *Werther* eingab, aber die Wärme seiner Gedanken genügt noch immer, um allem Leben zu verleihen", hieß es im Kapitel „Goethe", über den sie an Friedrich Heinrich Jacobi reserviert geurteilt hatte, er sei ein „Mann von erstaunlichem Geist. Sein Charakter und seine Ansichten sind mir nicht sympathisch. Aber für seine Fähigkeiten hege ich eine tiefe Bewunderung" (11. 3. 1804). Der Aufenthalt in kleinen Städten behagte ihr, die Paris kannte, nicht; doch in Weimar störte sie die Enge wenig. Im Kapitel „Weimar" berichtete sie ihren Landsleuten:

> Weimar war nicht eine kleine Stadt, sondern ein großes Schloß. Ein ausgewählter Kreis unterhielt sich dort mit regem Interesse über jedes neue Erzeugnis der Kunst. Frauen, liebenswürdige Schülerinnen einiger hochbegabter Männer, beschäftigten sich unaufhörlich mit den Werken der Literatur wie mit politischen Ereignissen von höchster Wichtigkeit. Durch Lektüre und Studium nannte man das Weltall sein eigen und entschlüpfte durch die Weite des Denkens den engen Grenzen der bestehenden Verhältnisse.

Herbst und Spätherbst des Jahres 1804 brachten der Residenzstadt große Festlichkeiten. Im August konnte das neue Schloß bezogen werden, ein imposanter Bau im Verhältnis zum kleinen Ort, der inzwischen 7500 Einwohner zählte. Der Berliner Architekt Heinrich Gentz, auf Vorschlag Goethes für wesentliche Teile des Innenausbaus verantwortlich, hatte es mit einem ausladenden Treppenhaus im Ostflügel und einem repräsentativen Festsaal, dem „Weißen Saal", ausgestattet, zwei meisterlichen Schöpfungen des Klassizismus. Der hufeisenförmige Gebäudekomplex war zum Park an der Ilm hin offen, und in den Gartenanlagen konnte sich jeder ohne Ansehen des Standes aufhalten. „Der Park wird in der Tat von dem Geringsten in Weimar geschätzt und häufig genossen", schrieb Joseph Rückert in dem kritischen Journal *Der Genius der Zeit* im Mai 1800. Der „immerfeiernde und immerfrierende Adel, der hier wie überall der Langeweile und Kälte seiner Lebensart zu

entlaufen sucht", sei ebenso anzutreffen wie Handwerker und Bürger. In der schönen Jahreszeit sei sonntags „im Park ein republikanischer Festtag für ganz Weimar".
Politisch bedeutsam war die Heirat des Erbprinzen Carl Friedrich mit der russischen Großfürstin und Zarentochter und -schwester Maria Pawlowna, die im August 1804 in Petersburg geschlossen wurde. Der Einzug des Paars in Weimar wurde feierlich gestaltet, wie es dieser Verbindung zukam, die das kleine Herzogtum nun durch familiäre Bande mit der Großmacht Rußland verknüpfte. Schiller wartete mit dem Festspiel *Die Huldigung der Künste* auf.

Nach Schillers Tod

Tod und Verklärung

Alles überschattete für Goethe der Tod Schillers am 9. Mai 1805. Seit Anfang des Jahres plagten ihn selbst heftige Nierenkoliken; wieder wie 1801 war sein Zustand bisweilen kritisch, und als er Schiller am 20. April den Abschluß des *Winckelmann*-Buchs meldete, erinnerte er an die Worte irgendeines Malers: „in doloribus pinxit" [unter Schmerzen hat er es gemalt]. Niemand wagte, dem noch Kränkelnden die Todesnachricht zu sagen. Man wußte, wie sie ihn treffen würde, der, „um aufrecht zu bleiben, aller eigenen Kraft" bedurfte (*Annalen* zu 1805). Erst am nächsten Morgen erfuhr er, der abends Verwirrung in seiner Umgebung bemerkt hatte, von Christiane die schreckliche Wahrheit. Er fragte sie:

> „Nicht wahr, Schiller war gestern *sehr* krank?" Der Nachdruck, den er auf das „sehr" legt, wirkt so heftig auf jene, daß sie sich nicht länger halten kann. Statt ihm zu antworten, fängt sie laut an zu schluchzen. „Er ist tot?" fragt Goethe mit Festigkeit. „Sie haben es selbst ausgesprochen!" antwortet sie. „Er ist tot", wiederholt Goethe noch einmal, wendet sich seitwärts, bedeckt sich die Augen mit den Händen und weint, ohne eine Silbe zu sagen.

So berichtet es Heinrich Voß, der Sohn des alten Johann Heinrich, der seit dem vorigen Jahr viel bei Goethe war. Riemer wußte nur, daß Goethe sich mit seinem Schmerz eingeschlossen und niemanden zu sich gelassen habe. „Zeugen desselben waren keine" (*Mitteilungen über Goethe* II 509). Goethe überlegte, wie des Toten auf würdige Weise öffentlich gedacht werden könnte. Er trug sich mit dem Gedanken, den *Demetrius* zu vollenden; denn dieses Stück „auf allen Theatern zugleich gespielt zu sehen, wäre die herrlichste Totenfeier gewesen, die er selbst sich und den Freunden bereitet hätte" (*Annalen* zu 1805). Der Plan scheiterte ebenso wie das Vorhaben einer chorisch-dramatischen Dichtung, die die laufende Theaterspielzeit in Weimar hätte abschließen können. Aber in Lauchstädt fand am 10. August 1805 ein feierlicher Gedenkabend statt, an dem zunächst die drei letzten Akte der *Maria Stuart*, dann das *Lied von der Glocke* szenisch aufgeführt wurden, woran sich unmittelbar Goethes zehnstrophiger *Epilog zu Schillers Glocke* anschloß, ein versifizierter Rückblick auf Persönlichkeit und Werk des großen Verstorbenen.

> Denn er war unser! Mag das stolze Wort
> Den lauten Schmerz gewaltig übertönen!
> Er mochte sich bei uns, im sichern Port,
> Nach wildem Sturm zum Dauernden gewöhnen.

Indessen schritt sein Geist gewaltig fort
Ins Ewige des Wahren, Guten, Schönen,
Und hinter ihm, in wesenlosem Scheine,
Lag, was uns alle bändigt, das Gemeine.

Doch *das* Erinnerungsgedicht an Schiller entstand viel später. Man hatte ihn auf dem alten St. Jakobsfriedhof im Kassengewölbe, der von der Landschaftskasse verwalteten Grabstätte, beigesetzt, einer Gruft unter einem kleinen viereckigen Gebäude, in der Angehörige angesehener Familien, die keine Familiengruft besaßen, bestattet wurden. Die Särge wurden dort aufeinander geschichtet, und von Zeit zu Zeit mußte das Gewölbe ausgeräumt werden. 1826 wurde die Beisetzungsstätte aufgehoben. Mühselig suchte man, sich an Bildern und der Totenmaske Schillers orientierend, im Durcheinander von Sargresten und Skeletten nach dem Schädel des Toten, um ihn zu bewahren. Als man ihn meinte gefunden zu haben, wurde er am 17. September 1826 im Sockel der Schillerbüste von Dannecker in der Bibliothek aufbewahrt. Doch Goethe wollte auch die Gebeine retten. Sie wurden nach dem Schädel bestimmt, der sich deshalb seit dem 24. September eine Zeitlang in Goethes Haus befand. In diesen Tagen entstand das Terzinengedicht „Im ernsten Beinhaus war's, wo ich beschaute, / Wie Schädel Schädeln angeordnet paßten", mit dem Goetheschen Bekenntnis am Schluß:

Was kann der Mensch im Leben mehr gewinnen,
Als daß sich Gott-Natur ihm offenbare?
Wie sie das Feste läßt zu Geist verrinnen,
Wie sie das Geisterzeugte fest bewahre.

Was sich in der „Gott-Natur", im großen Kosmos und in der einzelnen Gestalt, offenbart, offenbaren soll und kann, ist die Idee des Ganzen, die sich im Geist versammelt und von ihm ausstrahlt und die im Gestalteten sich manifestiert. So stellen sich Trost und Beglückung noch beim Anblick des Totenschädels dessen ein, dessen Leben und Werk die Macht des Geistigen bewiesen. Sogar der letzte körperliche Rest zeugt von der Fülle des Lebens der Gott-Natur, in der das Prinzip der Steigerung unablässig wirkt:

Wie mich geheimnisvoll die Form entzückte!
Die gottgedachte Spur, die sich erhalten!
Ein Blick, der mich an jenes Meer entrückte,
Das flutend strömt gesteigerte Gestalten.
Geheim Gefäß! Orakelsprüche spendend,
Wie bin ich wert, dich in der Hand zu halten,

Dich höchsten Schatz aus Moder fromm entwendend
Und in die freie Luft zu freiem Sinnen,
Zum Sonnenlicht andächtig hin mich wendend.

Unter den *Maximen und Reflexionen* finden sich zwei, die ebenfalls die Gedanken dieser Verse umspielen: „Höchst merkwürdig ist, daß von dem menschlichen Wesen das Entgegengesetzte übrigbleibt: Gehäus und Gerüst, worin und womit sich der Geist hienieden genügte, sodann aber die idealen Wirkungen, die in Wort und Tat von ihm ausgingen." – „Wenn ich an meinen Tod denke, darf ich, kann ich nicht denken, welche Organisation zerstört wird" (12,514). – Schillers Gebeine wurden im folgenden Jahr in der Fürstengruft beigesetzt.

Zelter, Freund der Altersjahre

Es waren späte tröstliche Gedanken, die Goethe in das Terzinengedicht von 1826 faßte. Zwei Jahrzehnte vorher hatte es lange gedauert, bis er sich fing. Wieder verschlechterte sich im Mai 1805 sein Gesundheitszustand. „Seine Kräfte gehen sehr darauf", wußte August Vulpius – und nahm zugleich verwundert den Lauf der Welt zur Kenntnis: „Die Menschen hier sind gar sonderbar! Es ist schon, als wenn gar kein Schiller unter ihnen gelebt hätte, so wie's bei Herdern auch war" (an N. Meyer, 20. 5. 1805). Die Zäsur, die Schillers Tod in Goethes Leben schnitt, war tief. In der Einsamkeit, in der er sich so oft verloren vorkam, hatte ihn der nahe und freundschaftliche Umgang mit dem Partner in literarischen und ästhetischen Fragen ein Jahrzehnt lang gestärkt und im eigenen Schaffen gefördert. Jetzt beherrschte ihn zunächst nichts als das Gefühl der Leere, und er wagte nicht weit in die Zukunft zu denken. Was blieb und weitertrug, war die so oft berufene Forderung des Tages. „Ich dachte mich selbst zu verlieren, und verliere nun einen Freund und in demselben die Hälfte meines Daseins. Eigentlich sollte ich eine neue Lebensweise anfangen; aber dazu ist in meinen Jahren auch kein Weg mehr. Ich sehe also jetzt nur jeden Tag unmittelbar vor mich hin, und tue das Nächste, ohne an eine weitre Folge zu denken." So schrieb er am 1. Juni 1805 an Carl Friedrich Zelter nach Berlin.

Es war glückliche Lebensfügung, daß sich zu diesem Mann eine nähere Verbindung angebahnt hatte. Die Frau des Berliner Verlegers Unger schickte Goethe im Mai 1796 auf Wunsch Zelters dessen *Zwölf Lieder am Klavier zu singen*, worunter sich Vertonungen einiger Gedichte aus dem *Wilhelm Meister* befanden. Goethe sprachen die Melodien an, wenngleich er meinte, Musik mangels Fachkenntnis nicht recht beurteilen zu können. Er wünschte, Zelter „persönlich zu kennen, um mich mit ihm über manches zu unterhalten" (an F. H. Unger, 13. 6. 1796). Vor allem die Weise des Liedes „Ich denke dein" hatte es ihm so angetan, daß er jene schon bekannte Kontrafaktur auf das Lied der Friederike Brun dichtete.

Carl Friedrich Zelter, am 11. Dezember 1758 als Sohn eines Bauhandwerkers geboren, hatte den Maurerberuf erlernt, 1783 den Meistergrad erlangt und einen großen Teil des väterlichen Geschäfts übernommen. Für seine Leidenschaft zur Musik blieb wenig Zeit. Als aber 1786 seine Trauerkantate auf den Tod Friedrichs II. von Preußen aufgeführt war, gewann seine Neigung zur Komposition und Musikpraxis die Oberhand. 1800 konnte er Nachfolger seines Lehrers Karl Fasch in der Leitung der 1790 gegründeten „Singakademie" werden, einer Gesangsvereinigung aus Liebhabern, und war seitdem eine zentrale Figur im Berliner Musikleben. Wie Goethe entzog auch er sich nicht öffentlichen administrativen Aufgaben. So wurde er im schwierigen Jahr 1806, als Napoleon Preußen geschlagen und Berlin besetzt hatte, Mitglied der Stadtverwaltung. Er selbst befand sich in drückender Lage, als seine zweite Frau 1806 gestorben war und er für viele Kinder sorgen mußte. 1807 nahm die Singakademie ihre Arbeit wieder auf, veranstaltete auch ein Benefizkonzert zugunsten ihres Direktors, und Zelter intensivierte seine musikpädagogische Tätigkeit, gründete ein Orchester aus Musikern und Dilettanten, konzertierte mit der Singakademie, die inzwischen über 170 Mitglieder zählte, und richtete 1808 die „Liedertafel" zur Pflege des mehrstimmigen Männergesangs ein. 1809 wurde er, nun endlich fest besoldet, Professor für Musik an der Berliner Akademie, bis 1812 aber immer noch an seinem angestammten Handwerksbetrieb beteiligt.

Es waren nicht zuletzt die solide Tüchtigkeit und weltzugewandte Vitalität Zelters, die Goethes Zuneigung weckten und die Freundschaft bis zum Ende des Lebens sicherten. In dem Berliner Handwerksmeister, Komponisten und Musikprofessor fand er den Freund der Altersjahre, mit dem er sich über alles aussprach, was ihn bewegte, von Grundfragen menschlichen Daseins bis zum unterhaltsamen Klatsch; denn „Du hast wohl recht, mein würdigster Freund, daß es eigentlich keine ununterbrochene Korrespondenz gibt, wenn man nicht klatscht" (an Zelter, 11. 3. 1816). Kunst- und Musikprobleme waren natürlich fortdauernder Gesprächsstoff, und das Verhältnis zur Gegenwart und jungen Generation zu erörtern, bot sich laufend Gelegenheit. Vergleicht man den umfangreichen Briefwechsel, von dessen über 850 Schreiben fast zwei Drittel Zelter geschickt hat, mit der Goethe-Schiller-Korrespondenz, dann beeindruckt die viel größere Zahl von Themen, die er berührt. In ihm dominiert nicht der Bereich der Kunst; er ist in vielem lockerer, weiträumiger, ungezwungener. Im Briefgespräch mit Schiller mußte Goethe stets auf theoretische Strenge und philosophische Deduktionen gefaßt sein, bei Zelter fehlten ebenfalls nicht Reflexionen über Fragen der Musik und ihrer Praxis, über Theater und Publikum, Zeitsituation und Weltsicht, aber immer waren die Seiten auch gefüllt mit anschaulichen Schilderungen des eigenen Lebens und der beobachteten Umwelt, die von manchmal epischer Gelassenheit getragen waren. So konnten diese Briefe auch bekenntnishafte Äußerungen aus der Sicht des Alters beiläufig und zwanglos aufnehmen, ohne daß eine systematische Ordnung sie zusammenbände. Es war die gegenseitige vertrauensvolle Offenheit, die den Briefen ihre anspielungsreiche Weite und ungezwungene Lokkerheit gab. Für Zelter bedeutete die Freundschaft mit Goethe etwas unvergleichlich Bereicherndes in seinem Leben, und er scheute sich nicht, sie schwärmerisch zu feiern: „Mein süßer Freund und Meister! mein Geliebter, mein Bruder! Wie soll ich den nennen, dessen Name immer auf meiner Zunge liegt, dessen Bild sich auf alles abspiegelt was ich liebe und verehre!" (24. 12. 1812) Als Zelter dem Verehrten in Weimar vom Selbstmord seines Stiefsohns berichtete, in den er große Hoffnungen gesetzt hatte, wählte Goethe in seinem Antwortbrief ohne Umstände das „Du" und besiegelte damit die freundschaftliche Verbundenheit (3. 12. 1812). Zelter hat Goethe keine zwei Monate überlebt, er verschied am 15. Mai 1832.

Produktive Regeneration

Die tiefe Zäsur, die Schillers Tod grub, hatte zur Folge, daß Goethe alles, was ihn danach neu belebte und produktiv werden ließ, wie eine Überraschung erscheinen mußte. Aber auch die dichtungs- und kunsttheoretischen Bemühungen von einer bisweilen dogmatischen Starre unter dem Gesetz klassizistischer Grundsätze verloren an Bedeutung. Es war, als könne Goethe nun, da der Tod des Freundes in seinem Bewußtsein das Ende eines Lebensabschnitts markierte, freier zu neuen Wandlungen, Metamorphosen sein – falls denn solche noch geschehen sollten. Optimismus beflügelte ihn seit langem nicht mehr. Schon 1798 hatte er gemeint: „Die Summa Summarum des Alters ist eigentlich niemals erquicklich" (an F. v. Stein, 21. 12. 1798), und 1805 war er überzeugt, seine poetische Laufbahn sei zu Ende. Die *Annalen* zu diesem Jahr schlossen mit einem Bericht über eine Augustreise nach Magdeburg, Helmstedt und in den Harz, wo er zum drittenmal das Bodetal hinaufwanderte. Dort sei ihm wieder bewußt geworden, „daß wir durch nichts so sehr veranlaßt werden, über uns selbst zu denken, als wenn wir höchst bedeutende Gegenstände, besonders entschiedene, charakteristische Naturszenen, nach langen Zwischenräumen endlich wiedersehen und den zurückgebliebenen Eindruck mit der gegenwärtigen Einwirkung vergleichen". Das Objekt trete immer mehr hervor und fordere als solches genaue Beobachtung, während man in früheren Jahren sich selbst an den Gegenständen empfunden und „Freud' und Leid, Heiterkeit und Verwirrung" auf sie übertragen habe. Bei „gebändigter Selbstigkeit" aber erkenne man nun ihre Eigenheiten und Eigenschaften, „sofern wir sie durchdringen", und schätze sie in einem höheren Grade. „Jene Art des Anschauens gewährt der künstlerische Blick, diese eignet sich dem Naturforscher, und ich mußte mich, zwar anfangs nicht ohne Schmerzen, zuletzt doch glücklich preisen, daß, indem jener Sinn mich nach und nach zu verlassen drohte, dieser sich in Aug' und Geist desto kräftiger entwickelte." Und das konnte zur inneren Stabilisierung dessen beitragen, der als Dichter meinte abgeschlossen zu haben, den Krankheit bedrückt und der Tod des Weggenossen des letzten Jahrzehnts zutiefst erschüttert hatten. Jedoch, die Selbstdiagnose wurde, wie wir wissen, von der Zukunft überholt, und der von Friedrich Schlegel im Studiumsaufsatz wegen der „Vielseitigkeit des darstellenden Vermögens" als Proteus, der wandlungsreiche Meergott, gerühmt worden war (KA 1, 260), hatte noch Metamorphosen vor sich. Zwar trieb er nun die Arbeiten an der *Farbenlehre* besonders energisch voran, aber auch den ersten Teil des *Faust* konnte er im April 1806 abschließen – gewiß, nur die Beendigung eines alten dichterischen Vorhabens, doch immerhin schöpferisches Wirken im poetischen Feld, das er brachliegend wähnte.

Es war ein besonders günstiger Lebensaugenblick für die Aufnahme einer Sammlung „alter deutscher Lieder", deren erster Band im Herbst 1805 erschien, von Achim v. Arnim und Clemens Brentano herausgegeben. Schon im Januar 1806 besprach Goethe ausführlich *Des Knaben Wunderhorn* in der *Jenaischen Allgemeinen Literatur-Zeitung*, in einer jener ‚vorstellenden' Rezensionen, in der er dem Leser zeigte, was das Buch enthielt, und seinem Inhalt knappe charakterisierende und den Wert abschätzende Bemerkungen widmete. In diesem Fall versah er die einzelnen Lieder der *Wunderhorn*-Sammlung mit kurzen Notizen, um dann zu einer allgemeinen Betrachtung dieser Art von Poesie auszuholen. „Volkslieder" waren es, die nicht etwa wegen ihrer Autorschaft so hießen, sondern „weil sie so etwas Stämmiges, Tüchtiges in sich haben und begreifen, daß der kern- und stammhafte Teil der Nationen dergleichen Dinge faßt, behält, sich zueignet und mitunter fortpflanzt" (A 14,

457). Auch in diesen Dichtungen, schlicht und kunstlos wie sie sein mögen, lebe der Geist der wahren Poesie; denn sie besäßen „die höhere innere Form, der doch am Ende alles zu Gebote steht".

> Von Rechts wegen sollte dieses Büchlein in jedem Hause, wo frische Menschen wohnen, am Fenster, unterm Spiegel, oder wo sonst Gesang- und Kochbücher zu liegen pflegen, zu finden sein, um aufgeschlagen zu werden in jedem Augenblick der Stimmung oder Unstimmung, wo man denn immer etwas Gleichtönendes oder Anregendes fände, wenn man auch allenfalls das Blatt ein paarmal umschlagen müßte (A 14, 444).

Die *Wunderhorn*-Rezension gehört in die Reihe jener Fürsprachen für „Naturdichter", von denen Goethe eine notwendige Anreicherung der Nationalliteratur erhoffte, damit sie sich nicht in artistischer Selbstgenügsamkeit erschöpfte und nur von den intellektuellen Oberschichten aufgenommen wurde. Dieses Werben für die Volkspoesie war zwar mit seiner theoretischen Künstlerpädagogik unter klassizistischen Vorzeichen schwer zu vereinen, bedeutete dennoch keinen Widerspruch zu ihr. Beides zusammen wollte er für den kulturellen Haushalt zubereitet wissen. In die Zange nahm er damit eine Literatur (deren Autoren er meist nicht nannte), die er von beidem entfernt sah. So besprach er freundlich Hebels *Alemannische Gedichte*, Grübels *Gedichte in Nürnberger Mundart* und fand Gefallen auch an einigen Autoren, deren Namen uns nur durch die Rezensionen Goethes bekannt sind: Gottlieb Hiller (*Gedichte und Selbstbiographie*), Anton Fürnstein (*Deutscher Naturdichter*), August Hagen (*Olfried und Lisena*), Johann Georg Daniel Arnold (*Der Pfingstmontag*). Immer war es „das lebhafte poetische Anschauen eines beschränkten Zustandes" (A 14, 458), das er guthieß. Von einer unbewußt schaffenden Volksseele, wie sie Romantiker annahmen und verehrten, war bei ihm jedoch nichts zu finden; diesen Vorstellungen mit der Gefahr der Mystifikation dichterischer Vorgänge gab er sich nicht hin. Und er wünschte sogleich von den Sammlern der *Wunderhorn*-Lieder, denen er so lebhaft applaudierte, sie möchten auch Lieder anderer Völker zusammentragen.

Faust.
Der Tragödie erster Teil

Am 13. April 1806 protokollierte Goethe im Tagebuch: „Schluß von Fausts 1. Teil". Damit erfüllte er noch einen Wunsch Schillers. Denn unablässig hatte dieser gedrängt, das fragmentarische Werk wieder aufzugreifen und zu vollenden. „Goethe hat an seinem ‚Faust' noch viel

Arbeit, eh' er fertig wird. Ich bin oft hinter ihm her, ihn zu beendigen", erfuhr Cotta (16. 12. 1798). Für die erste Gesamtausgabe seiner Werke, die Goethe selbst besorgte (bei Göschen, 1787–1790), hatte er die Faustdichtung nicht abschließen können. Dennoch gab er in den siebten Band, der 1790 erschien, *Faust, ein Fragment*, womit zum erstenmal Szenen dieses Dramas gedruckt wurden, das ihn seit Anfang der siebziger Jahre beschäftigte. Uns liegen inzwischen auch Textstücke aus jener früheren Zeit vor. Goethe hatte sie mitgebracht, als er 1775 nach Weimar kam, las gelegentlich aus ihnen vor, und das Hoffräulein v. Göchhausen schrieb sich das Manuskript ab, das der Dichter später während der Weiterarbeit vernichtet haben muß. Im Nachlaß Louise v. Göchhausens fand der Germanist Erich Schmidt die Abschrift, die keinen Titel trug, und seit 1887 können Goethe-Ausgaben auch den *Urfaust*, wie er genannt wird, präsentieren. 1808 nun erschien (zugleich im Band 8 der neuen Werkausgabe bei Cotta, 1806–1808) *Faust. Eine Tragödie*, der zu Ende gebrachte erste Teil des Faustdramas in der vom Autor für den Druck sanktionierten und seither gültigen Fassung.

Erst zwei Jahrzehnte später, zwischen 1825 und 1831, vollendete Goethe den zweiten Teil des *Faust*, nachdem er schon um 1800 Teile des Helena-Aktes geschrieben hatte. Aber er mochte das Ganze zu seinen Lebzeiten nicht mehr der Öffentlichkeit übergeben, siegelte es wie ein Vermächtnis ein und überantwortete es den Nachlaßverwaltern. So edierten Eckermann und Riemer *Faust II* 1832 als Band 1 der „Nachgelassenen Werke".

Goethe muß seit spätestens 1772/1773 an einer Dichtung über den legendären Faust, den Zauberer und angeblichen Gelehrten des 15./16. Jahrhunderts gearbeitet haben. Bekannte berichteten darüber, wie Heinrich Christian Boie in seinem Tagebuch am 15. Oktober 1774: Er habe einen Tag ungestört mit Goethe verbracht, und der habe manches vorgelesen, „ganz und Fragment, und in allem ist der originale Ton, eigne Kraft [...]. Sein ‚Doktor Faust' ist fast fertig und scheint mir das Größte und Eigentümlichste von allem" (3, 421). Die Geschichte und Sage von Faust kannten viele. Der wirkliche Faust, wohl Georg genannt, ist um 1480 im württembergischen Knittlingen geboren und zwischen 1536 und 1539 in Staufen im Breisgau gestorben. Früh machte er durch magische Kunststücke von sich reden, quacksalberte, war Schulmeister, stellte das Horoskop, führte ein unstetes Leben, wurde in Nürnberg und Ingolstadt ausgewiesen und spukte wie ein Irrlicht durch die Zeit Luthers, Huttens und des Paracelsus. Während er noch lebte, rankten sich bereits Legenden um die merkwürdige Gestalt im Halbdunkel der Geschichte, und manche glaubten ihn mit dem Teufel im Bunde. Die Sage von Dr. Johann Faust, wie er dann hieß, konnte sich leicht mit älteren Zaubergeschichten anreichern. Im zweiten Drittel des 16. Jahrhunderts schrieb man Fausts Leben und Taten auf; eindrucksvoll war das ‚Spiessche Faustbuch', die *Historia von D. Johann Fausten dem weitbeschreyten Zauberer und Schwartzkünstler*, die 1587 beim Frankfurter Buchhändler Spies herauskam. Da war nun viel mit dem Namen Faust zusammengebracht, Tatsachen und Erfundenes, Schwankgeschichten und Zauberkunststücke, Spekulationen über Himmel und Hölle und strenge Ermahnungen. Faust schließt einen Bund mit dem Teufel, weil er anders sein Ziel nicht erreichen kann, nämlich „alle Grund am Himmel [zu] erforschen" (Kap. 2). Ausführlich disputiert er mit Mephostophiles, weil er wissen will, was die Welt bewegt und zusammenhält. Am Hof des Kaisers zaubert er antike Gestalten hervor, und Studenten zeigt er die griechische Helena, mit der er später selbst zusammenlebt. Reue lastet am Ende des Lebens auf ihm. Aber wie es den Lesern zur Warnung vor schrankenlosem Wissenwollen und Grenzüberschreitungen vorgeführt werden muß, geschieht es: Der Teufel holt ihn. Der Erzähler, ein strenger Lutheraner, will seinem Publikum einschärfen: Nicht zu weit gehen mit seinen Wünschen, nicht alles begreifen wollen (was Gott vorbehalten ist), sich mit den Wahrheiten des Evangeliums zufriedengeben! „Seyt Gott underthänig / widerstehet dem Teuffel / so fleuhet er von euch", lautet das mahnende Motto unter dem Titel des Buches.

Doch damit war die Problematik, die in der Faustsage beschlossen war, nicht gelöst. Denn um nichts anderes spielten die Erzählungen, Zaubereien und Schwänke als um die Frage, an welche Grenzen sich die menschliche Wißbegier zu halten habe. Sich der Magie zu verschreiben, sich mit dem Teufel zu verbinden, das mußte dem Verbot unterliegen. Aber wenn man die unwirklichen Vorgänge samt ihren Zaubereien als Sinnbild für das Grenzen verrückende Erkenntnisstreben des Menschen ansieht, dann enthüllt der Faustestoff seine für den neuzeitlichen Menschen bis heute und fernerhin ungeschwächte Aktualität: Wieweit darf sich der Erkenntnisdrang vorwagen und welcher Mittel sich bedienen, wenn er nicht umschlagen will in Inhumanität?

Die Bücher vom Faust, den der Teufel holt, wurden viel gelesen; verschiedene Fassungen entstanden, von denen die anonyme eines „Christlich Meynenden" (1725) bis zum Jahrhundertende mehrfach aufgelegt wurde. Hier wurde auch, wie vorher schon im Buch des Nürnberger Arztes Nikolaus Pfitzer (1674), von der Liebe Fausts zu einer „schönen, doch armen Magd" berichtet. In England hatte bereits um 1590 Christopher Marlowe die Spiessche *Historia von D. Johann Fausten* dramatisiert, mit einem langen Anfangsmonolog, in dem Faust die verschiedenen Wissenschaften überblickt und verwirft, um sich der Magie zuzuwenden. Es ist ein begieriger Faust, der hier gestaltet ist, begierig im Wissenwollen und im Erraffen des Lebensglücks. Das Stück wurde in Deutschland von den Wanderbühnen gespielt, bereichert um die Rolle des Hanswurst als Kontrastfigur zum Faust. Nach der Gottschedschen Theaterreform, die solche Figuren nicht mehr zuließ, wurde das Faustdrama zum beliebten Stoff der Puppenspiele und, wie in den Volksbüchern, mannigfach zubereitet und ‚zerspielt'. Goethe wußte sich in *Dichtung und Wahrheit* noch zu erinnern: „Die bedeutende Puppenspielfabel [...] klang und summte gar vieltönig in mir wider (10. B.; 9,413). Andere Kenntnisse kamen hinzu. Am 14. Januar 1772 wurde in Frankfurt Susanna Margaretha Brandt, 24 Jahre alt, ledig, als Kindsmörderin mit dem Schwert hingerichtet. Sie war Dienstmagd und hatte sich, schwanger geworden, nicht anders zu helfen gewußt, als das Neugeborene zu töten. Das war kein Einzelfall. Junge Frauen, die in den Augen der Gesellschaft ‚entehrt' waren und nicht wußten, wie sie ihr uneheliches Kind durchbringen sollten, sahen oft keinen anderen Ausweg, immer in der Hoffnung, alles geheimhalten zu können. Ihre Not wurde zum Thema von Schauspielen der jungen Generation des ‚Sturm und Drang'. Die Geliebten eines Carl August gerieten nicht in solche tödlichen Schwierigkeiten. Goethe kannte Protokolle des Frankfurter Prozesses, hat vielleicht selbst den Verhandlungen zugehört, als er als Lizentiat der Rechte aus Straßburg zurückgekehrt war. Material für die Gretchentragödie im *Faust* lag damit bereit.

Der Torso des *Urfaust* besteht aus einzelnen Szenen, die das spätere Gesamtdrama noch nicht erkennen lassen. Vorhanden ist bereits Fausts großer Anfangsmonolog „Habe nun ach die Philosophey / Medizin und Juristerey, / Und leider auch die Theologie / Durchaus studirt mit heisser Müh", der hinleitet zu den scheiternden Versuchen, im Anblick des Makrokosmos-Zeichens und durch die Anrufung des Erdgeists aus der Beengtheit, an der Faust leidet, hinauszugelangen. Auch das anschließende Gespräch mit Wagner ist bereits gedichtet, mit Fausts abschließenden spöttischen Versen über den Typ des banausischen Gelehrten: „Wie nur dem Kopf nicht alle Hoffnung schwindet, / Der immer fort an schaalen Zeuge klebt, / Mit gierger Hand nach Schätzen gräbt, / Und froh ist wenn er Regenwürmer findet." Beißende Satire auf das Studentendasein und die Universität liefert die Unterhaltung zwischen Mephistopheles und dem Schüler, an den sich die großenteils in Prosa gehaltene übermütige Szene „Auerbachs Keller in Leipzig" anschließt. Die Gretchentragödie, unvermittelt einsetzend mit Fausts Angebot auf der Straße: „Mein schönes Fräulein darf ichs wagen / Mein Arm und Geleit ihr anzutragen", ist schon weitgehend ausgestaltet, bis hin zum Ende der Verführten im Kerker, aber noch ohne die „Stimme von oben: Ist gerettet". Die Skizzen des *Urfaust*, hingeworfen in der auf Regeln und strenge Zusammenhänge nicht achtenden Manier des jungen ‚Stürmers und Drängers', konnten wohl für sich bestehen und beeindrucken, aber noch war nicht zu sehen, was sie zu *einem* Schauspiel verbinden könnte. Groß zeichnete sich bereits das Drama des Gelehrten ab, der an seinen Erkenntnisgrenzen verzweifelt und den Erdgeist beschwört, um selbst Teilhabe am schöpferischen Weltprozeß zu erlangen. Mephisto ist als Mit- und Gegenspieler einfach da, ohne besonders eingeführt und in seiner Funktion bestimmt zu werden.

Faust, ein Fragment, die Fassung von 1790, fügt, von einzelnen Änderungen abgesehen, drei Szenen neu hinzu. Die erste beginnt mit Worten Fausts mitten in einem Gespräch mit Mephisto, nachdem der Dialog Faust-Wagner mit den zitierten ironischen Bemerkungen geendet hatte.

– –

Und was der ganzen Menschheit zugetheilt ist,
Will ich in meinen innern Selbst genießen,
Mit meinem Geist das Höchst' und Tiefste greifen,
Ihr Wohl und Weh auf meinen Busen häufen,
Und so mein eigen Selbst zu Ihrem Selbst erweitern,
Und, wie sie selbst, am End' auch ich zerscheitern.

Aus dem Sonderling mit seinen grenzensprengenden Ansprüchen wird mit diesen Worten ein Repräsentant der ganzen Menschheit. Das entspricht Goethes Bemühen seit der italienischen Zeit, im Besonderen Allgemeineres, im einzelnen Typisches sichtbar zu machen. Zugleich motivieren die Verse Fausts Fahrt durch die Welt und seine Auf- und Abschwünge. Aber der Unersättliche weiß auch bereits, daß seinem Begehren das Scheitern zugewiesen ist, und damit ist die grundsätzliche Frage aufgeworfen, wie Fausts Streben einzuschätzen sein wird. Die einkalkulierte Bereitschaft zum Scheitern kann, trotz aller Faszination des Faustschen Drängens, unmöglich nur zustimmend betrachtet werden. – In der zweiten neuen Szene des *Fragments*, „Hexenküche", wird Faust in einem spukhaften Geschehen zum Liebhaber verjüngt, damit er das „Wohl und Weh" der Liebeslust voll auskosten kann, und schon erblickt er in einem Spiegel „das schönste Bild von einem Weibe", Helena. – „Wald und Höhle", die dritte neue (genauer: vervollständigte) Partie, unmittelbar vor Gretchens Monolog im Zwinger(„Ach neige, / Du Schmerzenreiche, / Dein Antlitz gnädig meiner Noth!"), bringt Faust zu einer monologisierenden Selbstreflexion („So tauml' ich von Begierde zu Genuß, / Und im Genuß verschmacht' ich nach Begierde") und in der Erkenntnis seiner Ruhelosigkeit zu einer Phase beruhigter

Übereinstimmung von Mensch und Natur in ihren Grenzen. Doch Mephisto treibt ihn weiter, wieder zu Gretchen, bringt „die Begier zu ihrem süßen Leib" erneut „vor die halb verrückten Sinnen".

Der abgeschlossene erste Teil des *Faust* von 1808 verbindet dann die Einzelszenen zu einem geschlossenen Spiel, ohne daß allerdings alle Teile sorgfältig aufeinander abgestimmt und alles, was sich ereignet und gesprochen wird, eindeutig plausibel motiviert wäre – eine immerwährende Herausforderung zu neuen Analysen und Interpretationsversuchen. Warum aber darf ein künstlerisches Werk nicht angereichert sein mit Teilen, die nur für sich, ohne Rücksicht auf ein postuliertes Ganzes, leben und partielle Aufmerksamkeit beanspruchen? Warum ist es die Lust der Interpreten, in oft aufwendiger Beweisführung und unter erheblichen Schwierigkeiten die Einheit eines Werks nachzuweisen? Warum kann nicht der Zufälligkeit schöpferischer Produktivität facettenreiche Freiheit zugestanden werden? Es ist eher erheiternd zu sehen, wie sehr man sich im Bann der Idee von der Einheit des Kunstwerks gemüht hat, die Vielheit etwa in Goethes Roman von *Wilhelm Meisters Wanderjahren* zur – und sei es (nur) geistigen – Einheit zu präparieren, weil ihm sonst das Prädikat der Vollendung, ja nicht einmal eines gestalteten Romans zuerkannt werden könne. Offensichtlich hatte der Dichter selbst aber anderes im Sinn, als einer Einheitsidee zu genügen. Ähnliches gilt für das riesige Gesamtwerk des *Faust*. So sehr Goethe in der Tat den bildenden Künstlern im Lehrprogramm der *Propyläen* und Preisausschreiben geschlossene Ganzheit anerziehen wollte, so wenig hat er sich in eigenen Dichtungen daran gehalten. Der Verweis auf die ‚innere Form' bleibt, genau besehen, ein Hilfsargument, da mit ihm alles lizensiert wird, was das genuine Schöpferische des Künstlers zum je einzelnen Werk zusammenfügt. Solche Gestaltung schließt den Überschuß an eigenwilligen Einzelheiten ein, die nicht in einen stringenten Zusammenhang des Werks eingebunden sind, sondern sich allenfalls auf eine komplexe Gesamtidee des Künstlers und seines Werks beziehen, die sich an ‚Stimmigkeit' des Gestalteten nicht gebunden fühlen muß. „Mit solchem Büchlein aber [wie den *Wanderjahren*] ist es wie mit dem Leben selbst: es findet sich in dem Komplex des Ganzen Notwendiges und Zufälliges, Vorgesetztes und Angeschlossenes, bald gelungen, bald vereitelt, wodurch es eine Art von Unendlichkeit erhält, die sich in verständige und vernünftige Worte nicht durchaus fassen noch einschließen läßt", meinte Goethe 1829 (an J. F. Rochlitz, 23. 11. 1829), und die Bemerkungen treffen nicht nur auf die *Wanderjahre* zu.

Der Dichter hob 1797 selbst hervor, daß die Arbeit am *Faust*, die er in seinem „unruhigen Zustande" (vor der dritten Schweizer Reise) wiederaufgenommen hatte, „subjektiv" sei und mit den anderen Bemühungen um verbindliche Grundsätze in der Kunst, die ihn damals fesselten, wenig zu tun habe. Das Balladenstudium habe ihn „wieder auf diesen Dunst- und Nebelweg gebracht“ (an Schiller, 22. 6. 1797). Schiller, der das Fragmentarische der vorliegenden Szenen als Problem genau erkannte, machte geltend, daß die Anforderungen an das Stück „zugleich philosophisch und poetisch“ seien und sich die Einbildungskraft „zum Dienst einer Vernunftidee bequemen“ müsse (23. 6. 1797). Um einen leitenden Ideenkomplex zu verdeutlichen, dem Fausts Streben und Begehren und das Treiben Mephistos zugeordnet werden können, erfand Goethe einen „Prolog im Himmel“, in dem „Der Herr“ und Mephistopheles über das Spiel um und mit Faust und den darin möglicherweise beschlossenen Sinn disputieren. Damit vollzieht sich alles folgende, was Faust tut und was mit ihm geschieht, wie auf einer Bühne vor den Augen des „Herrn“. Das Drama erhält Züge eines Mysterienspiels und weitet sich zum Welttheater. Der von höchster Warte aus Zuschauende und Beurteilende ist, auch wenn später davon im dramatischen Geschehen kaum etwas sichtbar bleibt, ständig zugegen. Ein menschliches Schicksal rollt ab und wartet darauf, vom höchsten Richter begutachtet zu werden. Insofern ist auch noch *Faust. Eine Tragödie* von 1808 ein Fragment, da sich erst am Ende des zweiten Teils des *Faust* der Rahmen schließt, den der „Prolog im Himmel“ eröffnet. Am Schluß des ersten Teils ist freilich schon eine „Stimme von oben“ zu hören, doch ihr „Ist gerettet!“ gilt allein der unglücklichen Margarete, während Faust, der Verführer und Mörder, in tiefer Schuld gelassen wird: „Heinrich! Mir graut's vor dir.“

Goethe hat sich mit dem „Prolog im Himmel“ als Einleitung nicht begnügt. Das Gedicht „Zueignung“ und ein „Vorspiel auf dem Theater“ gehen dem „Prolog“ noch voran. Ein persönlicher Rückblick auf die lange Zeit der Beschäftigung mit dem Drama füllt die feierlich schreitenden Stanzen-Strophen des Gedichts: „Ihr naht euch wieder, schwankende Gestalten! / Die früh sich einst dem trüben Blick gezeigt.“ Leicht und locker dann das „Vorspiel auf dem Theater“, in dem der Direktor, der Theaterdichter und die Lustige Person sich, sehr zeitbezogen, über Situation, Aufgaben und Möglichkeiten der Bühne coram publico unterhalten. Der Ironie läßt Goethe freien Lauf, stimmt die Aussagen des Dichters allerdings auf einen fast bekenntnishaften Ernst. Die Spannung zwischen Theaterleiter und Autor, die er selbst auszuhalten hatte, objektiviert er hier in einem munteren Dialog. Mit dem „Vorspiel“ wird alles, was sich im folgenden auf der Bühne ereignen wird, als ‚bloßes' Theaterspiel desillusioniert, und „Der Tragödie Erster Teil“, das Faustdrama selbst, rückt nach „Vorspiel“ und „Prolog“ in eine weite Distanz, ist in doppeltem Sinn Spiel im Spiel, so als sollte sich der

Zuschauer nur recht genau seiner Beobachtungsposition bewußt und seine voreilige Identifikation mit Gestalten der Tragödie verhindert werden. Gespielt wird freilich, den Maximen des „Vorspiels" gemäß, nach Herzenslust. Das farbige Beieinander ernster und lustiger Szenen im *Urfaust* hat sich erhalten. Elemente der Tragödie und Komödie mischen sich, das Rüpelspiel in Auerbachs Keller findet ebenso Platz wie die großen Faust-Monologe und die ergreifenden Gretchen-Szenen.

Das Arrangement des doppelten Spiels im Spiel unterstreicht, wie sehr es sich beim Faustdrama um ein Schauspiel handelt, in dem Gestalten in und durch Experimentierkonstellationen geführt werden, vom „Herrn" dazu freigegeben und von ihm und den Zuschauern, die die doppelte Rahmenfügung überschauen, beobachtet. Schon früher, etwa beim *Wilhelm Meister*-Roman, konnte diese Art des Dichtens bemerkt werden, die Gestalten in Probezusammenhänge stellt und durchlaufen läßt, ohne daß eindeutig bewertende Perspektiven eingerichtet wären. So sind auch Faust mit seinem ‚faustischen Streben' und Gretchen mit ihrer jugendlich unbekümmerten Liebe nicht als fraglose Vorbilder menschlichen Daseins anzusehen. Weder ist Faust *der* Repräsentant menschlicher Selbstverwirklichung noch das Faustdrama insgesamt *die* Gestaltung Goethescher Anschauung von Welt und Mensch. Auch die *Meister*-Romane, die *Wahlverwandtschaften*, der *Divan* und anderes mehr versuchen Probe-Antworten auf die Fragen nach dem Stand des Menschen in Welt und Gesellschaft und den ihm gegebenen Möglichkeiten. Und es werden Antworten durchgespielt, die nicht sämtlich auf einen Nenner zu bringen sind. Das Proteushafte Goethescher Gestaltung und Antwortversuche, früh an den Werken bis in sein Mannesalter erkannt, bleibt bestehen.

„Der Herr" überläßt im „Prolog" den Doktor Faust, seinen „Knecht", dem Mephistopheles zur Verfügung und Verführung während seines irdischen Lebensweges. Mephisto bietet eine Wette an, daß „der Herr" jenen verlieren wird, wenn er ihm, dem Teufel, die Erlaubnis gibt, „ihn meine Straße sacht zu führen" (V. 314). Gelassen gewährt es „der Herr", ohne auf die Wette direkt einzugehen; nur Beschämung ist der Preis, den Mephisto wird zahlen müssen, wenn er am Ende zu bekennen hat: „Ein guter Mensch, in seinem dunkeln Drange, / Ist sich des rechten Weges wohl bewußt" (V. 328 f.). Kurz vorher hatte „der Herr" freilich auch gewußt: „Es irrt der Mensch so lang er strebt." Mephisto fungiert, dem Wunsch des „Herrn" gemäß, geradezu als willkommener Anstifter zu immer neuer Tätigkeit; denn sie kann allzuleicht erschlaffen. „Drum geb' ich gern ihm [dem Menschen] den Gesellen zu, / Der reizt und wirkt, und muß, als Teufel, schaffen" (V. 342 f.). Damit sind die Bedingungen für ein Probespiel gegeben, in dem von Anfang an

Widersprüchliches einkalkuliert ist: Irren, das jedes Streben in Kauf nehmen muß, und das Vertrauen auf den guten Menschen, der sich des rechten Weges bewußt bleibt. Es wäre leichtfertig, dieser Sentenz eine pauschale Rechtfertigung aller Taten Fausts aufzubürden. Sie gehört noch in den Disput über die Bedingungen des Experimentierspiels, in das auch „der Herr" seine Hoffnungen einbringt. Erst am Ende des zweiten Teils, der ebenfalls „Tragödie" überschrieben ist, wird in der „Bergschluchten"-Szene über Fausts Erdenweg entschieden, und da wird er nicht gerechtfertigt, sondern Erlösung für möglich gehalten, in jenem merkwürdigen Potentialis, der auf den „Prolog" zurückverweist und im Manuskript durch Anführungszeichen eigens hervorgehoben war: „Wer immer strebend sich bemüht, / Den können wir erlösen" (V. 11936 f.). Und Liebe, die „von oben teilgenommen" hat, ist gleichfalls erforderlich. Faust ist der Erlösung bedürftig und ihrer würdig, weil er seine Taten und Untaten immer noch als „Knecht" des „Herrn" verübt hat, dem Irren zugestanden war und den die Liebe „von oben" nicht hat fallenlassen. Nur weil Erlösung als möglich und nötig angekündigt wird, ist die „Bergschluchten"-Szene mit jener Fülle christlich-katholischer Mythologeme ausstaffiert, die überrascht. Sie dient allein dazu, in bildlichen Vorgängen und Äußerungen Sinn über alle Verworrenheiten hinaus aufscheinen zu lassen und die Möglichkeit der Erlösung zu veranschaulichen. Weder „der Herr" noch Mephisto sind ‚Sieger'. Der Teufel hat die Wette, die er mit Faust schloß (V. 1692 ff.) nicht gewonnen: Faust hat sich nicht beruhigt „auf ein Faulbett" gelegt und „schmeichelnd" sich selbst belogen, hat nicht zum Augenblick gesagt: „Verweile doch! du bist so schön!" Aber er ist sich auch „des rechten Weges" nicht immer bewußt gewesen. Da hat „der Herr" zuviel erhofft. Allein Gnade bleibt noch möglich.

Es ist ein einziger Tag aus dem Leben Fausts, der vom nächtlichen Anfangsmonolog bis zum Aufbruch zur wunderbaren Weltfahrt mit Mephisto verstreicht. Die Gelehrtentragödie ist inszeniert. An allen Wissenschaften ist Faust verzweifelt, mit ihren Grenzen will er sich nicht zufriedengeben. Er hat viel gelernt, aber „was die Welt im Innersten zusammenhält" (V. 382 f.), sieht er noch verschlossen. Drei sehr unterschiedliche Versuche unternimmt er, um die Begrenzungen, unter denen er leidet, aufzusprengen. Er hat sich der „Magie" ergeben, wie der Faust der Tradition. Das war in der damaligen Zeit nicht so ungewöhnlich, wie es zunächst scheint. Alchimistisch-magische Experimente hatte bekanntlich auch der junge Goethe, vom hermetischen Denken fasziniert, in Frankfurt angestellt, weil man so den Wirkkräften des Ganzen, dem Totalzusammenhang der Welt auf die Spur zu kommen meinte. Wenn auch die orthodoxen christlichen Konfessionen diese Magie verwarfen, so ließ man von ihr doch in gewissen Zirkeln nicht ab, die an den spekulativen Gedanken von einer Emanation des Göttlichen durch alles Seiende hindurch, von einer allesverbindenden Kette der Materie und der Geister festhielten. Im Zeichen des Makrokosmos, also des großen Ganzen, das er in einem jener magisch spekulierenden Bücher erblickt, glaubt Faust für Augenblicke zu schauen, „wie alles sich zum Ganzen webt, / Eins in dem andern wirkt und lebt" (V. 447 f.). Doch sogleich wird ihm deutlich, daß es nur ein spekulatives Zeichen ist, er selbst aber keineswegs in die „unendliche Natur" mitaufgenommen ist. So ruft er den „Erdgeist" an, eine Goethesche Erfindung, Verkörperung von „Lebensfluten" und „Tatensturm". Aber auch hier ein eklatanter Mißerfolg: Faust wird zurückgestoßen, er ist nichts als „ein furchtsam weggekrümmter Wurm" (V. 498); so leicht kann er nicht Teil der großen schaffenden Natur und ihrer Lebenskräfte sein. Nichts bleibt ihm nun, wie er meint, als dieses Dasein aufzugeben, das Leben wegzuwerfen und im Selbstmord die Schranken zum All zu überwinden, mit dem er ganz verbunden sein will. Im letzten Moment hält ihn der Klang der Osterglocken zurück, das Gift zu trinken, und er findet, sich an Jugendzeiten und „der Frühlingsfeier freies Glück" (V. 780) erinnernd, in diese Welt mit ihren bescheideneren Hoffnungen zurück: „Die Träne quillt, die Erde hat mich wieder" (V. 784).

Aber der Osterspaziergang bleibt ein Intermezzo mit dem Zufriedenheit nur vorgaukelnden Monologschluß: „Hier bin ich Mensch, hier darf ich's sein" (V. 940). Schnell stellt sich das Gefühl des Unbefriedigtseins wieder ein; Faust ist vorbereitet, den Pudel, in dem sich Mephisto verbirgt, an sich zu ziehen und mit Zaubersprüchen zu bannen, und Mephisto hat den Doktor gefunden, den ihm „der Herr" für irdische Versuchungen überlassen hat. Jetzt überantwortet sich Faust der Leitung des Teufels, jetzt läßt er sich, nach den scheiternden Versuchen der Entgrenzung, auf Teufelsmagie ein. War die Weiße Magie noch ein Verfahren, das viele ehrenwerte Forscher praktizierten, so ist die Schwarze Magie wortwörtlich des Teufels. Wieweit sie ihn treiben wird, das steht im Experiment Faust nun zur Probe an.

Als hin und her schwankender Mensch hat sich Faust bisher vorgestellt. Nirgends findet er Ruhe, bescheidet sich, bindet sich an Mögliches, sondern schwankt zwischen Extremen; mal fühlt er sich dem Wurm gleich, erniedrigt und zerknirscht, mal glaubt er mehr als Cherub zu sein. Immer noch steht über seinem Treiben das absichernde Wort des „Herrn" vom guten Menschen, der sich in seinem dunklen Drange des rechten Weges bewußt sei. Doch sein Auf und Ab kann unmöglich Zustimmung finden. Wieder zeigt sich, wie schon bei *Wilhelm Meisters Lehrjahren*, daß wirklich sinnvolle Lebensverwirklichung nicht das Experiment selbst vorführt, sondern daß sie etwas Aufgegebenes bleibt; denn die Extreme zeigen sie nicht, sparen sie vielmehr aus. Ganz spät, als es zu spät ist, am Schluß des zweiten Teils, ahnt Faust etwas davon:

> Könnt' ich Magie von meinem Pfad entfernen,
> Die Zaubersprüche ganz und gar verlernen,
> Stünd' ich, Natur, vor dir ein Mann allein,
> Da wär's der Mühe wert, ein Mensch zu sein (V. 11404 ff.).

Daß es zu spät ist, zeigt aber auch, daß nichts von dem zu korrigieren ist, was Faust, der unersättlich Strebende und Begehrende, mit Hilfe des Teufels gewollt und getan hat. Wie solches Verlangen in richtige Bahnen zu lenken sei, bleibt die offene, aufgegebene Frage. Denn die mögliche Erlösung am Schluß ist nichts als Gnade, die Geschehenes nicht ungeschehen macht, nicht den Tod Gretchens, der Mutter, Valentins und des alten Paars Philemon und Baucis, sondern höchstens im göttlichen Verzeihen- und Vergessenkönnen aufhebt.

Faust läßt sich auf das führende Geleit des Teufels ein, liefert sich den mephistophelischen Versuchungen aus, weil er sich Erfüllung der Begierden davon verspricht. Es ist eine zwielichtige Selbstcharakteristik, die Mephisto formuliert: Er sei „ein Teil von jener Kraft, / Die stets das Böse will und stets das Gute schafft" (V. 1335 f.). Die Stellung des Teufels ist in jener früher schon erläuterten Kosmogonie (Bd. I 90 ff.), die Goethe am Ende des 8. Buchs von *Dichtung und Wahrheit* rekapitulierte, hinreichend lokalisiert: Die unteilbare Dreieinigkeit, die sich „von Ewigkeit her selbst produziert", brachte „ein Viertes" hervor, „das aber schon in sich einen Widerspruch hegte, indem es, wie sie, unbedingt und doch zugleich in ihnen enthalten und durch sie begrenzt sein sollte. Dieses war nun Luzifer, welchem von nun an die ganze Schöpfungskraft übertragen war, und von dem alles übrige Sein ausgehen sollte", und damit war alles gemeint, „was wir unter der Gestalt der Materie gewahr werden, was wir uns als schwer, fest und finster vorstellen" (9, 351). In diesem System sind der Teufel und seine Gehilfen immer noch der Gottheit untertan, auch wenn Luzifer einen großen Wirkungskreis erhält: die Materie zu schaffen und in der Welt zu herrschen. Freilich vergaß er seinen göttlichen Ursprung und glaubte, ihn in sich selbst zu finden. Dieser Entwurf einer Kosmogonie enthielt einen Dualismus, der jedoch wegen der Oberhoheit der Gottheit, die gewahrt blieb, ein gemäßigter war. „Der Herr" im „Prolog" behauptet seine dominierende Position. Das schloß nicht aus, daß Satan, der ja den Ursprung in sich selbst zu finden wähnte, darauf aus war, seinen Machtbezirk zu stabilisieren und ihm Anerkennung zu verschaffen. Mephisto ist einer der Teufel aus Satans Reich, von Goethe aber reichlich mit Witz, satirischem Scharfblick und ätzender Spottlust ausgestattet, damit das theatralische Spiel unterhaltsam-geistreich ablaufen kann. Zweifellos will er das Böse mehren, und das Drama beweist ganz und gar nicht, daß er „stets das Gute schafft". Wenn es tatsächlich so ist (und nicht nur gleißnerische Selbstüberhebung), dann kann es allein in dialektischem Umschlag geschehen: daß nämlich das Böse das Gute herausfordert und auf den Plan ruft, – was wiederum jenseits der tatsächlichen Tragödie läge.

Die Wette, die Faust mit Mephisto eingeht, unterscheidet sich vom Teufelspakt der Faust-Tradition. Denn so sehr vertraut dieser Goethesche Faust seinem ruhelosen Vorwärtsdrang, daß er sich Mephisto nur für einen bestimmten Fall verschreibt: Wenn er in Selbstzufriedenheit zur Ruhe kommen, im Genuß verharren sollte, den Augenblick einer Erfüllung festhalten möchte, dann soll es für ihn „der letzte Tag" sein, und der Teufel darf ihn holen. Diese Wette gilt nun für das ganze weitere dramatische Geschehen, wenn auch von ihr nicht mehr die Rede sein wird. Vor den Augen des „Herrn" und der Zuschauer mag sich das Wettspiel entfalten.

Mit Erkenntnisstreben will sich Faust vorerst nicht weiter plagen. „Des Denkens Faden ist zerrissen, / Mir ekelt lange vor allem Wissen. / Laß in den Tiefen der Sinnlichkeit / Uns glühende Leidenschaften stillen" (V. 1748 ff.). Jedes Wunder fordert er, damit „Schmerz und Genuß, Gelingen und Verdruß" miteinander abwechseln können. So bezieht sich die Wette zunächst nur auf den Bereich des Sinnlichen, und erst im zweiten Teil, wenn die eigentliche Wette weit zurückliegt, wird Faust mit Mephistos Hilfe auch in ganz anderen Bezirken Erfahrungen und Erkenntnisse sammeln, die ihm in der Enge seiner Gelehrtenklause versagt waren.

Der in der „Hexenküche" für die Liebeslust verjüngte Faust ist für die Begegnung mit Margarete vorbereitet; Mephisto spielt den Kavalier, Kuppler und ständigen Antreiber. Die Gretchentragödie ist ein in sich geschlossenes Drama, in dem sich Todernstes und komödiantisch Burleskes in den vom Teufel angezettelten Situationen vereinen. Gewiß ist die Liebe, der sich Gretchen überläßt, als eine unschuldig-natürliche, den ganzen Menschen erfassende und beseligende Zuneigung gestaltet, deren Charme und Gefühlsstärke bestrickend sind; gewiß hat der Dichter ihr in den Phasen ihres Glücks und ihrer Verzweiflung eine Sprache verliehen, deren ausdrucksstarke Schlichtheit dem Fühlen der Liebenden und Leidenden genau entspricht, und die Naivität der jungen Frau ermöglicht ihr erst, so bedingungslos ihren Empfindungen zu leben.

Unweigerlich gerät sie durch ihre selbstvergessene Liebe mit der Ordnung der kleinen Welt, in der sie lebt, in Konflikt und bezeugt doch durch ihr bloßes Sosein die größere Wahrheit gegenüber den engen Moralvorstellungen der kleinbürgerlichen Gesellschaft. Zur Reflexion kaum fähig, weil dazu nicht erzogen, kann sie den Konflikt nicht durchhalten, sondern tötet ihr Kind und sinkt, alleingelassen und verstoßen, in die Umnachtung auswegloser Verzweiflung. Die Welt, in der sie lebte und meinte lieben zu dürfen und in der sie doch nur Objekt der verführenden Herren war, wird zum Zerrbild. Nur die „Stimme von oben" kann, was ihr nicht mehr hilft, das „Ist gerettet!" verkünden. Aber auch Trübes ist der Gretchengestalt des *Faust* beigemischt. Zwar ist der Kindesmord Folge der Verhältnisse, die ihr ausweglos erscheinen müssen, aber Schuld bleibt allemal bestehen, auch wenn die wirklich Schuldigen Faust und Mephisto heißen. Zwar ist Gretchens Naivität von einer beeindruckenden Natürlichkeit und frei von zerstörerischer Reflexion, aber sie erreicht auch einen Grad von Tumbheit, der das einfältige Mädchen auf gefährliche Weise verführbar macht und auf den Schein des Schmucks hereinfallen läßt. Wenn man sich an Verse erinnert, die zur „Walpurgisnacht"-Szene gehören, von Goethe jedoch zum Druck nicht freigegeben wurden, werden Gretchens Worte beim Anblick des von den Verführern heimlich deponierten Schmucks in bleiches Licht getaucht: „Was hilft euch Schönheit, junges Blut? / Das ist wohl alles schön und gut, / Allein man läßt's auch alles sein; / Man lobt euch halb mit Erbarmen. / Nach Golde drängt, / Am Golde hängt / Doch alles. Ach wir Armen!" (V. 2798 ff.) Auf dem Blocksberg sollte Satan in der Walpurgisnacht auch diese Zeilen zu den „Ziegen" sprechen: „Für euch sind zwei Dinge / Von köstlichem Glanz: / Das leuchtende Gold / Und ein glänzender Schwanz. / Drum wißt euch, ihr Weiber, / Am Gold zu ergötzen / Und mehr als das Gold / Noch die Schwänze zu schätzen" (A 5, 553).

Als Faust die verurteilte Unglückliche aus dem Kerker befreien will, spricht zu ihm eine Frau, die ihre Identität verloren hat und weiß, daß dieser Verlust nicht ohne ihr Zutun geschehen ist. Als ein fragwürdig abgründiges Wesen kommt sie sich vor:

> Wie kommt es, daß du dich vor mir nicht scheust? –
> Und weißt du denn, mein Freund, wen du befreist?
> [...]
> Meine Mutter hab' ich umgebracht,
> Mein Kind hab' ich ertränkt.
> War es nicht dir und mir geschenkt? (V. 4504 ff.)

Der Dichter, der ihr die Fragen schrieb, wußte, daß die Frankfurter

Kindsmörderin Brandt zu Protokoll gegeben hatte, der Satan hätte ihr eingeflüstert, das Kind heimlich zu gebären und umzubringen. Zur Hexe fühlte sie sich denaturiert. Mag sein, daß Goethe die Verwirrte auch solches assoziieren lassen wollte, als sie Faust fragte, ob er wisse, *wen* er befreie.

Soviel Zauberei auch geschieht, Faust lebt und tummelt sich in irdischem Gewühle. Nie lenken die irrealen Vorgänge davon ab, daß es um das menschliche Leben, sein Wagen, Suchen und Irren geht. „Der Herr" im „Prolog" gab das Spiel frei; seine dominierende Position war deutlich und bleibt es die Tragödie hindurch, ohne daß darauf noch weiter verwiesen würde. Die gespenstisch-irreale „Walpurgisnacht", in das Gretchendrama eingeschoben, hätte die Möglichkeit geboten, der Seite des Teuflischen als Gegenpol zum Reich des „Herrn" volles Gewicht zu geben. Offenbar hatte das Goethe auch beabsichtigt, wie umfangreiche Paralipomena, beiseitegelassene Textteile, bezeugen (A 5, 548 ff.). Albrecht Schöne konnte vor kurzem in einer scharfsinnigen philologischen und historischen Untersuchung (in: *Götterzeichen, Liebeszauber, Satanskult*, 1982) plausibel machen (wenn auch, wie er selbst weiß, eine zweifelsfreie Beweisführung nicht mehr möglich ist), daß Goethe konzipiert hatte, in gewaltigen Szenen der „Walpurgisnacht" ein Fest Satans zu inszenieren, das den Machtanspruch des Bösen veranschaulichte. Aus den erhaltenen, aber 1808 nicht zum Druck gegebenen Textsequenzen läßt sich rekonstruieren, wie das satanische Fest auf dem Blocksberg arrangiert sein sollte. Es entsprach genau dem Schema des Rituals der Schwarzen Magie, wie es in der Ketzer- und Hexenliteratur vorgezeichnet war, die Goethe nachweislich nach der Wiederaufnahme der Arbeit am *Faust* intensiv studierte. Auf dem Berg thront der Satan, nimmt mit dem obszönen Kuß auf oder in seinen Hintern (A 5, 555) die Huldigung der Sabbatgemeinde entgegen und präsentiert sich in der Ketzermesse als Herr der widergöttlichen Welt. Satanspredigt, Tanz und Sexualorgie runden die Feier des Bösen ab. All das hätte sich vor Faust abgespielt, wie es Schöne in einer beeindruckenden Textfassung vorschlägt, die er mit Hilfe der Paralipomena rekonstruiert hat.

Goethe konnte sich nicht entschließen, die Szene des Satansfests für den Druck auszuarbeiten. Er übte, von Riemer beraten, Selbstzensur, weil er auf das Publikum meinte Rücksicht nehmen zu müssen, widerwillig gewiß; denn was *er* auszusprechen und zu Papier zu bringen wagte, war für seine Leser etwas Unaussprechliches, wenigstens öffentlich. An einigen Stellen ließ er sogar verschämte Auslassungsstriche setzen, wo doch die Handschrift das derbe Wort nicht scheute. V. 3961: „Es f–t (farzt [furzt]) die Hexe, es stinkt der Bock"; V. 4140 f. spricht die Alte zu Mephisto: „Ich biete meinen besten Gruß / Dem Ritter mit dem Pferdefuß! / Halt' Er einen — (rechten Propf) bereit, / Wenn er — (das große Loch) nicht scheut." Goethe hatte wohl Grund, seinen eigenen Text zu reinigen; denn noch die gedruckte Fassung reichte aus, daß man sich darüber aufregte. Warum allerdings noch heute Editoren und Kommentatoren die Schamstriche beibehalten und nicht erläutern, bleibt unerfindlich (oder spricht für sich). In der Gesamtstruktur der Tragödie hätte die erschlossene Konzeption vollends anschaulich werden lassen, wie Fausts und auch Gretchens Leben, zwischen die vom „Herrn" und Satan besetzten Pole gespannt, auf den trüben Bereich zwischen Licht und Finsternis, Hellem und Dunklem verwiesen ist: auf die Menschenwelt, in der der Kampf zwischen den Polen auszutragen ist, mit Siegen und Niederlagen, Glück und Leid, Auf- und Abschwüngen. Diese Polaritätsvorstellung bestimmte Goethes naturwissenschaftliche Überlegungen und beanspruchte Geltung weit darüber hinaus, in vielen Jahren. In einem Dialog aus dem Jahre 1800 (*Die guten Weiber*) hieß es: „Licht und Finsterniß, Gutes und Böses, Hohes und Tiefes, Edles und Niedriges und noch so viel' andere Gegensätze scheinen, nur in veränderten Portionen, die Ingredienzien der menschlichen Natur zu sein, und wie kann ich einem Mahler verdenken, wenn er einen Engel weiß, licht und schön gemahlt hat, daß ihm einfällt einen Teufel schwarz, finster und häßlich zu mahlen?" (WA I 18, 282). Und 1823 in naturwissenschaftlichen Notizen: „Unsere Zustände schreiben wir bald Gott, bald dem Teufel zu, und fehlen ein- wie das anderemal: in uns selbst liegt das Räthsel, die wir Ausgeburt zweier Welten sind" (WA II 11, 146). Dem „Trüben", das sich zwischen dem Licht, dem Hellen und der Finsternis, dem Dunklen bildet, wie es die *Farbenlehre* darlegt, ist der irdische Weltlauf zugeordnet, in dem das Irren zwar menschlich und dem Streben beigegeben ist, aber von Schuld nicht befreit.

Faust steht am Ende des ersten Teils zerrüttet da, als er das Opfer seiner Begierden nicht mehr retten kann. Er leidet mit, will helfen, aber es ist zu spät. Er hätte auch früher nicht helfen können, weil er als dieser Faust sich nie an Gretchen gebunden hätte, deren Liebe auf Dauer gerichtet war und nicht auf flüchtigen Genuß, von dem neue Begierde wieder hinwegtreibt. „O wär' ich nie geboren!" (V. 4596): Das alte Wort drängt sich ihm auf, das schon das Buch Hiob und Sophokles kannten. Leichen säumen seinen Weg, auf den er bewußt sich hat hinreißen lassen. Wer das Unbedingte rücksichtslos erstrebt, scheitert schon am Bedingten. Faust bedarf eines langen Schlafs, ehe er am Beginn der „Tragödie zweiter Teil" sprechen kann:

> Des Lebens Pulse schlagen frisch lebendig,
> Ätherische Dämmerung milde zu begrüßen;

Du, Erde, warst auch diese Nacht beständig
Und atmest neu erquickt zu meinen Füßen,
Beginnest schon, mit Lust mich zu umgeben,
Du regst und rührst ein kräftiges Beschließen,
Zum höchsten Dasein immerfort zu streben (V. 4679 ff.).

Napoleonische Jahre

Kriegsnot 1806.
Heirat mit Christiane

Sieben Wochen erholte sich Goethe im Juli und August 1806 in Karlsbad. 1795 hatte er dort zum letztenmal gekurt. Jetzt lag das Jahrzehnt mit Schiller hinter ihm, der *Faust I* war druckfertig, die Aufregungen um die Universität waren einigermaßen überstanden, die neue *Jenaische Allgemeine Literatur-Zeitung* lebte und erschien täglich, was sich kein vergleichbares Blatt (das es ohnehin nicht gibt) heute leisten könnte, der *Cellini,* das *Winckelmann*-Buch waren erschienen, die *Propyläen*-Phase mit ihrer klassizistischen Künstlerpädagogik war Vergangenheit, wenn auch ihre Grundanschauungen an Gültigkeit nichts einbüßten. Philipp Otto Runge merkte etwas davon, nachdem er Goethe im April 1806 die vier Blätter seiner *Tageszeiten* zugesandt hatte. Nun fiel das Urteil zwar freundlicher aus als bei der Zeichnung *Achilleus im Kampfe mit Skamandros,* die Runge 1801 zu den Preisaufgaben eingereicht hatte und die als „unrichtig und manieriert" deklassiert worden war (SGS 51, 234). Aber Goethe, den Runge 1803 bei einem Besuch in Weimar beeindruckt hatte, blieb bei aller Anerkennung der *Tageszeiten*-Blätter, in deren „geheimnisvolle anmutige Welt" er sich gern und oft vertiefte, bei dem Wunsch, „die Kunst im ganzen" solle den Weg, den jener, „ein talentvolles Individuum", eingeschlagen, besser nicht verfolgen (an Ph. O. Runge, 2. 6. 1806). Diese Differenzierung wahrte Goethe auch fernerhin bei der Einschätzung ‚romantischer' Kunst: freundliches Geltenlassen manches einzelnen, doch prinzipielle Ablehnung der Gesamttendenz. Mit Runge korrespondierte er weiter, da dessen farbentheoretische Studien sich mit seinen eigenen Interessen trafen. Runges früher Tod 1810 setzte dem schmalen Briefwechsel ein zeitiges Ende.
Viele Seiten diktierte Goethe in den Karlsbader Wochen von 1806 in sein Tagebuch. „Mineralogische Gegenstände" (19. 7. 1806) lockten ihn immer wieder; er zeichnete viel, machte Ausflüge, genoß die Gesellschaften, erfuhr Neuigkeiten aus anderen Gegenden, etwa von des Baron Voght „ökonomischer Einrichtung in Lottbek und von den Armenanstalten in Hamburg" (16. 7. 1806), hielt Anekdotisches fest:

> Wie Fürst Putiatin versicherte, wenn er Gott wäre und er hätte voraussehen können, daß ein Stück wie Schillers Räuber sollte geschrieben werden, so würde er die Welt nicht erschaffen haben (5. 7. 1806).

Christiane hörte: „Man steht um 5 Uhr auf, geht bei jedem Wetter an den Brunnen, spaziert, steigt Berge, zieht sich an, macht Aufwartung, geht zu Gaste und sonst in Gesellschaft. Man hütet sich weder vor Nässe, noch Wind, noch Zug und befindet sich ganz wohl dabei. Ich habe manche alte Bekannte angetroffen und ihrer schon viele neue gemacht" (7. 7. 1806). Auch Amalie v. Levetzow traf ein, neunzehnjährig, „reizender und angenehmer als jemals" (28. 7.), redselig und gesellig. Ihre Tochter Ulrike war erst zwei; siebzehn Jahre später sollte sie die letzte große Leidenschaft des Greises in Böhmen entfachen.

Oft genug war über Politisches zu reden; denn die Lage hatte sich verdüstert. Napoleon drang weiter nach Osten vor; Weimar, dessen Herzog als preußischer General Dienst tat, war bedroht. „Fichtes Lehre in Napoleons Taten und Verfahren wiedergefunden", lautete eine Notiz auf der Rückreise (Tagebuch, 8. 8. 1806); das große Ich, das herrscherlich über alles verfügt, konnte die Philosophie illustrieren. Von der Abdankung des Kaisers Franz II. erfuhr Goethe unterwegs. Doch der Untergang des alten Deutschen Reichs, das nur ein Sammelsurium kleiner, ehrgeiziger Staatsgebilde war, regte ihn nicht weiter auf. Ein Streit zwischen Kutscher und Diener war es, der die Reisenden „mehr in Leidenschaft versetzte als die Spaltung des römischen Reichs" (Tagebuch, 7. 8. 1806). Aber man spürte, wie der Friede gefährdet war. Als Goethe in Jena wieder seinen Geschäften nachging, beruhigte Geheimrat Voigt zwar noch, „daß vor der Hand eine französische Invasion nicht zu fürchten" sei; sie werde vielleicht stattfinden, „wenn es wirklich zu einem Kriege zwischen Frankreich und Preußen kommen sollte" (23. 8. 1806). Und Goethe antwortete in erzwungener Gelassenheit am gleichen Tag: „Wir legen zurecht und schachteln ein wie für die Ewigkeit [womit er die Katalogisierung der Museumsbestände meinte], indes die lebendige Natur in der Zeit sich sehr wild und ungestüm anläßt."

Die Kriegserklärung Preußens wegen der Besetzung seiner Gebiete Ansbach und Bayreuth erfolgte bald. Aber schon am 14. Oktober 1806 besiegelte die Schlacht bei Jena und Auerstedt, auf dem Territorium des weimarischen Herzogtums, die Niederlage; am 27. Oktober zog der Korse in Berlin ein. Weimar war aufs schlimmste in Mitleidenschaft gezogen. Die lakonischen Stichworte in Goethes Tagebuch lassen die Unruhe und Verwirrung jener Tage und Wochen ahnen. 10. Oktober: „Starker Truppenmarsch durch die Stadt und die Gegend." 14. 10.: „Früh Kanonade bei Jena, darauf Schlacht bei Kötschau. Deroute [Rückzug] der Preußen. Abends um 5 Uhr flogen die Kanonenkugeln durch die Dächer. Um ½ 6 Einzug der Chasseurs. 7 Uhr Brand, Plünderung, schreckliche Nacht. Erhaltung unseres Hauses durch Standhaftigkeit und Glück." Zeitgenössische Berichte schildern das Ausmaß des Elends und der Not in der Residenzstadt. Im Haus der Charlotte v. Stein verbarg man den zu Tode verwundeten preußischen General v. Schmettau, der seinen Verletzungen kurz darauf erlag. Es wurde ge-

plündert, manche Einwohner verloren ihre Habe, wie Melchior Kraus, der Direktor des Zeicheninstituts, der auch mißhandelt wurde und am 5. November starb.
Charlotte v. Stein wurde alles geraubt; Heinrich Meyer erging es nicht anders, dem Goethe einen Zettel schickte: „Sagen Sie mir mein Werter womit ich dienen kann. Rock, Weste, Hemd pp. soll gerne folgen. Vielleicht bedürfen Sie einiger Viktualien?" (15. 10. 1806). In der Nähe des Schlosses brannte es fast drei Tage lang; weil aber Windstille herrschte, wurden nur sechs oder sieben Häuser zerstört. Die Stadt war voll von Gefangenen und Verwundeten. Sie „liegen in dem neuen Gasthofe Alexanders Hof genannt am Schweinmarkte; es werden deren täglich hunderte weiter transportirt nach Erfurth, wo das Hauptlazareth ist, aber täglich kommen wieder so viele neue an deren Stelle", berichtete Fernow (JbG 1918, 224). Bei Goethe quartierte sich zunächst Marschall Lannes, dann Marschall Augereau ein, und zwischendurch herrschte „die größte Sorge" (Tagebuch, 16. 10. 1806); denn solange keine Schutzwachen zu bestimmten Häusern befohlen waren, drohten Übergriffe umherstreifender Trupps.
Was sich in der Nacht nach der Schlacht in Goethes Wohnung abgespielt hat, ist nicht genau zu ermitteln; die Beteiligten haben geschwiegen. Offensichtlich drangen randalierende französische Soldaten ein, verschafften sich auch Zutritt zu den privatesten Zimmern, und es scheint besonders Christianes „Standhaftigkeit" zu verdanken gewesen sein, daß alles glimpflich zu Ende ging. Als das Haus eine Sauvegarde erhielt, war die Sicherheit gewährleistet. Zwei Tage nach der schlimmen Kriegsnacht, am 17. Oktober, empfing Hofprediger Günther ein Schreiben mit der Bitte, dem Boten gleich Antwort mitzugeben:

> Dieser Tage und Nächte ist ein alter Vorsatz bei mir zur Reife gekommen; ich will meine kleine Freundin, die so viel an mir getan und auch diese Stunden der Prüfung mit mir durchlebte völlig und bürgerlich anerkennen, als die Meine. [...] Goethe

In den Notzeiten sollte Christiane nicht länger mehr nur seine „kleine Freundin" bleiben. Achtzehn Jahre lebten sie nun zusammen, der Sohn war erwachsen, die ‚feine' Gesellschaft hatte gelästert, gespottet und Christiane gekränkt, wo sich eine Gelegenheit bot. Warum Goethe das bei den damals herrschenden Verhältnissen geduldet und ihr angetan hat, bleibt für immer rätselhaft, jedenfalls ein Zeichen seines entschiedenen Egoismus, so sehr er auch frühzeitig die Familie abzusichern suchte. Es war wohl nicht nur die jetzt bewiesene „Standhaftigkeit" seiner Frau, die ihn den angeblich „alten Vorsatz" verwirklichen ließ, sondern auch die Sorge um den Sohn. Noch im Frühjahr war eine Reise Augusts zu Zelter gescheitert, weil jener – wie zu Recht vermutet wird – in Berlin nicht gut unter dem Namen Goethe auftreten konnte, wenngleich Goethe ihn vor einigen Jahren hatte legitimieren lassen. Dem Herzog gegenüber betonte Goethe jedenfalls, er habe dem Sohn, „wie er es lange verdient hatte", nun endlich „durch ein gesetzliches Band" Vater und Mutter gegeben (25. 12. 1806). Am 19. Oktober, als die Stadt sich noch um anderes zu kümmern hatte als um eine merkwürdige Eheschließung, fand die Trauung in der Sakristei der Stadtkirche statt, „in der Stille", wie das Traubuch vermerkt; der Sohn und Riemer waren Trauzeugen. Knebel erfuhr: „Unsre Trauringe werden vom 14. Oktober datiert" (21. 10. 1806). Die Mutter aus Frankfurt schrieb einen herzlichen, rührenden Glückwunschbrief. Aber die Häme hörte nicht auf. Über Christianes Vergnügungssucht und Trinkfreude wurde weiter geredet, und Fernow mokierte sich, die Demoiselle Vulpius sei jetzt „Frau Geheimeräthin. Sie ist also wahrscheinlich die einzige, die in dieser allgemeinen Noth ihren Schnitt gemacht hat" (an Böttiger, 26. 10. 1806; JbG 1918, 225). Die *Allgemeine Zeitung* brachte am 24. November eine Notiz ähnlicher Tonlage, so daß Böttiger als Korrespondent zu vermuten war. Als noch mehrere gehässige Nachrichten über Weimarer Vorgänge im selben Blatt publiziert wurden, diktierte Goethe am 24. Dezember ein langes geharnischtes Schreiben an Cotta, den Verleger der Zeitung (GCB 3/1, 225 ff.), das er aber nicht abschickte. Er begnügte sich mit wenigen Zeilen, die schlossen: „Machen Sie diesen unwürdigen Redereyen ein Ende, die sehr bald ein wechselseitiges Vertrauen zerstören müßten. Nicht weiter!" (25. 12. 1806) „Ist es ein Gegenstand einer Zeitung" fragte er in dem unterdrückten Protestbrief, „wie Individuen das sie betreffende Unglück aufnehmen?" Solche Ärgernisse waren es, daß Goethe in späteren Jahren bei der „Preßfreiheit" stets auch die Gefahr der „Preßfrechheit" witterte, nicht ohne Grund, wie auch Freunden des Journalismus fast täglich vor Augen geführt wird.

Die Weimarer Gesellschaft gewöhnte sich allmählich daran, daß „die Vulpius" nun Frau v. Goethe war; von standesgemäßen Einladungen konnte man sie nicht länger ausschließen. Wie prekär das alles war, beweist eine Äußerung Johanna Schopenhauers, die seit kurzem in Weimar wohnte und deren Haus rasch ein geselliger Treffpunkt wurde. Ihre Tagebücher und Briefe (Berlin Ost 1978) schildern anschaulich die Zusammenkünfte bei ihr, die ihren Beruf „hinterm Teetisch" sah (an Riemer, 14. 11. 1810), und auch die schweren Oktobertage des Jahres 1806. Zu ihr ging gleich am Tag nach der Trauung Goethe mit seiner Frau, um sie einzuführen. „Ich empfing sie", schrieb Johanna Schopenhauer ihrem Sohn Arthur am 24. Oktober, „als ob ich nicht wüßte, wer sie

vorher gewesen wäre, ich denke wenn Goethe ihr seinen Namen gibt, können wir ihr wohl eine Tasse Tee geben."
Als die Franzosen Weimar besetzten, befand sich Carl August bei seiner Truppe auf seiten der Preußen. Anna Amalia war geflohen, nur Herzogin Luise harrte aus, gefaßt darauf, dem Imperator gegenübertreten zu müssen. Napoleon nahm Quartier im Schloß, siegesbewußt, voll Zorn über den Weimarer Herzog, von dem er wußte, daß er sein Gegner war. Es bedurfte einer einzigen Anordnung, und Sachsen-Weimar-Eisenach wäre ausgelöscht gewesen. Doch die Herzogin beeindruckte ihn. Sie argumentierte entschlossen und geschickt: Ihr Mann täte nichts als seine Pflicht, sei ein Verwandter des preußischen Königs und dem Lande ein guter Souverän. Was Weimar mittlerweile in Europa bedeutete, wußte der Kaiser wohl. Auch das Geheime Consilium, nun „Conseil administratif", wurde von Napoleon am 16. Oktober zu einer Audienz vorgelassen, zu der jedoch nur die Geheimräte Voigt und Wolzogen erschienen. Goethe blieb fern und entschuldigte sich für sein „Außenbleiben" auf einem flüchtigen Billett mit seinem angegriffenen Gesundheitszustand (an Voigt, 16. 10. 1806). Mochte er Napoleon nicht als ein Anwalt Weimars begegnen, weil er in ihm nicht nur den Eroberer, sondern auch eine ordnungsstiftende Macht sah? Fühlte er sich der umgestaltenden geschichtlichen Kraft noch nicht gewachsen? Versagte er sich, weil er in dem Fremden einen neuen Täter-Prometheus erkannte, der ihn an frühe poetische Visionen erinnerte, die er längst hinter sich gelassen hatte?
Die Forderungen des Siegers waren eindeutig: Wenn die Dynastie erhalten bleiben sollte, hatte Carl August umgehend aus dem preußischen Militärdienst auszuscheiden, und die Kriegssteuer, die dem Land auferlegt wurde, war hoch (220 000 Franken). Der Herzog konnte in jenen turbulenten Tagen gar nicht gefragt werden; denn niemand wußte, wo er sich aufhielt. Erst Ende Oktober erfuhr man, daß er sich in das unbesetzte Mecklenburg zurückgezogen hatte. Der preußische König und er selbst sahen schnell ein, daß es unumgänglich war, den Dienst unter preußischer Fahne zu quittieren. Im Kalkül Napoleons, der auch die Beziehungen Weimars zum Zarenhof zu beachten hatte, war das Herzogtum ein weiterer Staat, der sich dem Rheinbund anschließen konnte und mußte. Am 15. Dezember kam es in Posen zum Friedensschluß zwischen Frankreich und den sächsischen Staaten und zum Beitritt Weimars zum Rheinbund. Bevollmächtigter des Herzogs war dabei übrigens der Geheime Regierungsrat Friedrich Müller, aus Repräsentationsgründen frisch geadelt, der später als Kanzler v. Müller und durch seine *Unterhaltungen mit Goethe* bekannt wurde.
Die Dynastie war gerettet und die Souveränität des Landes wiederhergestellt, das nun zu den Verbündeten Napoleons zählte und ein Kontin-

gent von 800 Soldaten für das Regiment „Herzöge von Sachsen" bereitstellen und unterhalten mußte. Wie es um die wirkliche politische Meinung Carl Augusts bestellt war, der um die Jahreswende in die Residenz zurückkehrte, spielte bei den herrschenden Machtkonstellationen keine Rolle. Daß er nur widerwillig Rheinbundfürst war, wußten auch die Franzosen, deren Beauftragte während der Dauer der napoleonischen Vorherrschaft Paris laufend mit Nachrichten aus dem Herzogtum versorgten.

Goethes Fernbleiben von der Audienz bei Napoleon besagte nicht, daß er sich von öffentlichen Aufgaben zurückzog. Er entfaltete im Gegenteil eine lebhafte Aktivität, um Schaden von den wissenschaftlichen Anstalten in Jena und den dort tätigen Lehrkräften abzuwenden. Die „Amtlichen Schriften" (II 726 ff.) dokumentieren, wieviel zu besorgen und zu beachten war. Für einen statistischen Bericht an den französischen Intendanten von Obersachsen arbeitete Goethe die Kunst und Wissenschaft betreffende Stellungnahme aus und eröffnete sie mit dem selbstbewußten Satz (22. 11. 1806): „Man kann sich auf das Zeugniß des deutschen und auswärtigen Publicums berufen, wenn man versichert, daß seit mehr als dreyßig Jahren Wissenschaften und Künste in den Weimarschen Landen auf eine vorzügliche Weise cultivirt worden" (AS II 742). Schon zum Wintersemester 1806/1807 konnte der Lehrbetrieb in Jena wiederaufgenommen werden. Sogar beachtliche Berufungen gelangen in den folgenden Jahren; der Naturforscher Lorenz Oken, der Chemiker Johann Wolfgang Döbereiner, der Historiker Heinrich Luden konnten gewonnen werden.

Das Faszinosum Napoleon

Napoleon blieb für Goethe zeitlebens ein Faszinosum, auf das er häufig zu sprechen kam. Schon Anfang 1807 war für ihn der ebenso furchtbare wie großartige Täter „die höchste Erscheinung, die in der Geschichte möglich war" (an Knebel, 3. 1. 1807). Im hohen Alter lautete es ähnlich. „Er sah wohl nach etwas aus?" fragte Eckermann. „‚Er war es', antwortete Goethe, ‚und man sah ihm an, daß er es war; das war alles'" (16. 2. 1826). Er verkörperte ihm auf exemplarische Weise jenes Dämonische, von dem schon die Rede war (Bd. I 482 ff.), das über alle Vernunft ist, aber in einzelnen Personen wirkt und mit moralischen Maßstäben nicht zu messen ist. Es ist „dasjenige, was durch Verstand und Vernunft nicht aufzulösen ist. In meiner Natur liegt es nicht, aber ich bin ihm unterworfen" (E 2. 3. 1831). „So kann ich mich des Gedankens nicht erwehren, daß die Dämonen, um die Menschheit zu necken und zum besten zu haben, mitunter einzelne Figuren hinstellen, die so anlockend sind, daß jeder nach ihnen strebt, und so groß, daß niemand sie erreicht." Er nannte Raffael, Mozart, Shakespeare und meinte „das große Angeborene der Natur". „So steht Napoleon unerreichbar dar" (E 6. 12. 1829). Napoleons Sturz hat dieser Einschätzung Goethes nie etwas anhaben können. Er legte den Orden der Ehrenlegion, den ihm der Kaiser 1808 verliehen hatte, auch nicht ab, als die Verbündeten den Eroberer geschlagen und vertrieben hatten.

Politische Überlegungen und metaphysische Betrachtungen griffen bei dem Bild, das sich Goethe von Napoleon machte, ineinander. Nach der Unruhe der Revolutionsjahre stiftete der Imperator neue Ordnungen, und wo eine Macht sich durchsetzte, die vulkanisches Brodeln zurückdämmte und festen Boden schuf, konnte Goethe sinnvolles Geschehen erkennen, weil damit ruhige, gesicherte Entwicklung möglich zu werden schien. Lieber mochte er Napoleons staatenübergreifende Konzeption gutheißen, als daß Weimar sich den Vormachtkämpfen einzelner Staaten wie Preußen, Österreich, Rußland taktierend und lavierend anpassen mußte. Aber in Napoleon repräsentierte sich ihm auch die faktische Macht der Geschichte selbst. Der Dämon war das Vollzugsorgan des Schicksals; er war hinzunehmen und zu bestaunen, auch wohl zu fürchten, aber immer mit dem Schauder der Bewunderung. Prometheus war in Tätergestalt erschienen. Den jugendlichen Entwurf vom trotzigen, menschenschaffenden Titanen, dem gegen Jupiter aufbegehrenden, hatte der Dichter längst verabschiedet, der in langen Weimarer Jahren zur Entsagung gelangt war und sich auf die realen Forderungen des Tages willentlich eingelassen hatte. Napoleon war für Goethe eine Herausforderung. Seine Größe war nicht nur unvergleichlich; es war auch die Frage, wie ihr zu begegnen, standzuhalten sei. An ihm mußte sich messen, wer geschichtliche Bedeutung beanspruchte. Und die war dem Dichter schon vor einem Jahrzehnt von den Brüdern Schlegel öffentlich attestiert worden. Mochte er das Aufbegehren des Prometheus revidiert haben, mochte er sich selbst das „Dämonische" nicht zuerkennen, so konnte er sich doch, wie manches Gespräch mit Eckermann später zeigte, den Vergleich mit der Ausnahmenatur nicht versagen. Das geschah meist verdeckt oder indirekt.

Die Begegnung mit Napoleon auf dem Fürstentag zu Erfurt 1808 wirkte nach. Dort versammelte der Kaiser vom 27. September bis 14. Oktober zu seinem Treffen mit Zar Alexander I. fast alle Rheinbundfürsten, die Könige von Bayern, Sachsen, Württemberg, Westfalen und den Bruder des Preußenkönigs als prächtige Kulisse um sich. Noch einmal wurde das französisch-russische Bündnis besiegelt, so daß Frankreich bei der Unterwerfung Spaniens gedeckt war. Carl August, der sein Herzogtum angemessen repräsentiert sehen wollte, wünschte auch Goethes Anwesenheit im nahen Erfurt. Am 2. Oktober empfing Napoleon den Gast zur Audienz, deren Ablauf und Gespräch nicht eindeutig zu rekonstruieren sind; die vorliegenden Berichte verschiedener Verfasser stimmen nicht in allen Details überein. Goethe schwärmte gegenüber Cotta:

> Ich will gerne gestehen, daß mir in meinem Leben nichts Höheres und Erfreulicheres begegnen konnte, als vor dem französischen Kaiser, und zwar auf eine solche Weise zu stehen. Ohne mich auf das Detail der Unterredung einzulassen, so kann ich sagen, daß mich noch niemals ein Höherer dergestalt aufgenommen, indem er mit besonderem Zutrauen, mich, wenn ich mich des Ausdrucks bedienen darf, gleichsam gelten ließ, und nicht undeutlich ausdrückte, daß mein Wesen ihm gemäß sey (2. 12. 1808).

Goethe hatte die Begegnung mit dem dämonischen Mann bestanden. Was im Brief wie devote Haltung zu einem „Höheren" klingt, war in Wahrheit Ausdruck des Sich-Messens an einem, der für ihn höchste Personifizierung geschichtlicher Macht war. Erst spät hat er, von Kanzler Müller 1824 dazu gedrängt, seine „Unterredung mit Napoleon" aufgezeichnet (10, 543 ff.), und Kanzler Müller schilderte sie, mit anderen Einzelheiten, in seinen *Erinnerungen aus den Kriegsjahren 1806 bis 1813* (1852, S. 237 ff.). Während der Audienz, bei der Talleyrand und Generäle zugegen waren, erledigte der Kaiser laufende Regierungsgeschäfte und führte beiläufig ein Gespräch mit Goethe, in dem die *Anfangs*worte „Vous êtes un homme!" (in Goethes Bericht) nicht mehr besagten als etwa „Sie sind eine stattliche Erscheinung". (Kanzler Müller krönte seinen Bericht damit, daß er Napoleon *zum Schluß* ausrufen ließ: „Voilà un homme!") Der Kaiser kam auf Literatur zu sprechen und bemängelte eine Stelle im *Werther*, die „nicht naturgemäß" sei. Goethe hat sie nie verifiziert, so daß man trefflich spekulieren kann, um welche Passage es sich gehandelt haben mag. Napoleon erwähnte auch „die Schicksalsstücke, die er mißbilligte. [...] ‚Was', sagte er, 'will man jetzt mit dem Schicksal, die Politik ist das Schicksal'" (10, 546), ein Ausspruch, dem der Zuhörende gewiß nicht applaudierte, der den Dichter der *Natürlichen Tochter* aber nicht mehr überraschen konnte. Müller überliefert, der Kaiser habe im Schlußteil des Gesprächs den dringlichen Wunsch geäußert, Goethe solle nach Paris kommen, dort werde er „überreichen Stoff" für seine Dichtungen finden.

Wenn Goethe das Phänomen Napoleon bedachte und sich insgeheim mit ihm verglich, um nach der Preisgabe des einstigen Prometheischen ein Defizit auszugleichen, parallelisierte er behutsam, aber deutlich genug. Noch jene Bemerkung zu Eckermann (16. 2. 1826), man habe Napoleon angesehen, daß er etwas war, liest sich wie eine Aneignung des „Vous êtes un homme!“ mit gewechseltem Adressaten, von gleich zu gleich. Und als er meinte (E 11. 3. 1828), Napoleon sei „ein Kerl“ gewesen, der sich „in dem Zustand einer fortwährenden Erleuchtung befunden habe“, Eckermann aber einschränkte, das treffe wohl nur auf die Jahre des Aufstiegs zu, kam Goethe prompt auf sich selbst zu sprechen: „Was wollt Ihr! Ich habe auch meine Liebeslieder und meinen ‚Werther‘ nicht zum zweitenmal gemacht.“ Genie und Produktivität: das waren im weiteren Gespräch die Faktoren, über die der halb verhüllte Vergleich laufen konnte. Ein andermal glückte auch eine historische Parallelisierung. Um Epoche in der Welt zu machen, müsse man „ein guter Kopf“ sein und eine große Erbschaft tun. „Napoleon erbte die Französische Revolution, Friedrich der Große den Schlesischen Krieg, Luther die Finsternis der Pfaffen, und *mir* ist der Irrtum der Newtonischen Lehre zuteil geworden“ (2. 5. 1824).

Goethes Bewunderung Napoleons hing auch mit einer anderen Bewertung der gesamtpolitischen Situation zusammen, als sie manche ‚patriotischen‘ Zeitgenossen liebten. Es ist kein Zufall, daß er im gleichen Brief, in dem er 1807 aus Karlsbad von der erfreulichen Bekanntschaft mit dem zeitlebens in französischen Diensten stehenden Grafen Reinhard berichtete, ein vernichtendes Urteil über diejenigen fällte, die nun dem untergegangenen alten Reich nachtrauerten. Er müsse seine Ungeduld verbergen, um nicht unhöflich zu werden, wenn er das Lamentieren über etwas höre, „das denn doch in Deutschland kein Mensch sein Lebtag gesehen, noch viel weniger sich darum bekümmert hat“ (an Zelter, 27. 7. 1807). Im Widerspiel zwischen napoleonischer Großraumpolitik mit Ordnungstendenzen, die freilich ihre Herrschaftsansprüche nicht verleugneten, und patriotisch-nationalem Selbstbehauptungswillen, der im französischen Kaiser nur den tyrannischen Eroberer sah, optierte Goethe für die geniale Produktivität der „höchsten Erscheinung, die in der Geschichte möglich war“, zumal für ihn die freiheitskämpferische Deutschtümelei peinliche Züge des Provinziellen trug, die seinem völkerübergreifenden Denken zuwider sein mußten. Er erwies dann freilich den Befreiungskriegern von 1813 seine Reverenz, verstand auch, daß sie gegen einen Eindringling zu Felde zogen, und mischte in sein Festspiel *Des Epimenides Erwachen,* das am 30. März 1815 in Berlin zum Jahrestag des Einzugs in Paris aufgeführt wurde, selbstkritische Reflexionen, weil er beiseite gestanden hatte.

Ein Mann wie Carl Friedrich Graf v. Reinhard war ihm lieber als patriotische Heißsporne. Da fiel es nicht ins Gewicht, daß jener, 1761 als schwäbischer Pfarrerssohn geboren, ein begeisterter Anhänger der

Revolution gewesen war und seit 1792 den Revolutionsregierungen als Diplomat gedient hatte. Er blieb auch späterhin im französischen Dienst, war Gesandter bei König Jérôme in Kassel, beim Bundestag in Frankfurt und an den sächsischen Höfen. Er war ein gebildeter Weltmann mit ausgreifenden literarischen und wissenschaftlichen Interessen, zudem ein Verehrer Goethes – genau der richtige Partner für einen regen brieflichen Gedankenaustausch der Altersjahre, besonders der späten Zeit, als die französische Literatur in Goethes weltliterarischer Perspektive einen wichtigen Raum einnahm.

Scheue Anerkennung amoralischer und geschichtlicher Produktivität, die Goethe in Napoleon wirksam sah, schloß Bedenklichkeiten nicht aus. Wie hätte er die Augen davor verschließen können, daß die politische Naturgewalt buchstäblich über Leichen schritt und bedenkenlos alles dem Machtkalkül unterwarf! Wenn Goethe in dem ohne äußeren Auftrag geschriebenen Festspiel *Pandora*, das 1807/1808 in unfestlicher Zeit entstand, dem Prometheus den „sorgenvollen, schwerbedenklichen" (V. 314) Bruder Epimetheus zuordnete, dann wurde das Handeln des Täters entschieden relativiert. Für diesen Prometheus hat nichts als nützliche Arbeit einen Sinn, zu der er sein „arbeitstreues Volk" (V. 163) unablässig anspornt. Werkzeuge für die Hirten, aber auch Waffen für die Krieger werden produziert, und das Lied der Schmiede erschallt so gut wie der Gesang der Krieger. Eroberung und Raub belasten Prometheus und seine Gesellen mit keinerlei Skrupel. Fern ist ihnen die Erinnerung an Pandora, die einst mit „geheimnisvoller Mitgift" (V. 92) als göttliche Schöne auf die Erde kam und auf deren Wiederkunft Epimetheus wartet. Er verzehrt sich im Angedenken an sie und in der Hoffnung auf ihr Wiedererscheinen. Für ihn ist die Welt verarmt, seit Pandora verschwunden ist. Wie des Prometheus Worte das Nützliche und die immerzu nötige Produktion und Reproduktion loben, so versinkt Epimetheus in träumerische Gedanken und sinnt der guten Vergangenheit mit Pandora nach. „Wer von der Schönen zu scheiden verdammt ist, / Fliehe mit abegewendetem Blick!" (V. 778 f.) Beide verfehlen in ihrer Vereinseitigung den Sinn zu lebenden Lebens. Wieder ist ein gelungenes ‚Dritte' in der Dichtung ausgespart, die erneut Fragment blieb: Pandorens Wiederkunft ist nicht mehr gestaltet worden.

Pandora erschwert dem Leser wie kaum ein anderes Drama Goethes den Zugang. Es ist mit einer Sinnbildlichkeit befrachtet, die nur eine langwierige und mühselige Interpretation auflichten könnte, für die hier kein Raum ist. Urphänomenale Bewegungen des Lebens sollen in der Bilderwelt der Dichtung ansichtig werden. Auch das Geschehen um die Kinder der Brüder, Phileros und Epimeleia, ist darauf angelegt, den Satz zu veranschaulichen: „Das Geeinte zu entzweien, das Entzweite zu einigen, ist das Leben der Natur" (13, 488). Goethe selbst sprach von einem „etwas abstrusen Werkchen" (an S. v. Grotthuß, 17. 4. 1811), in dem „alles wie in einander gekeilt" sei (E 21. 10. 1823). Vielleicht aber hat er in diesem Stück den Gipfel seiner sprachlichen Kunst erreicht, wo die Sprache in äußerster Künstlichkeit ausgeformt wird, damit, wie es Wilhelm v. Humboldt spürte, „alle Urtöne der Leidenschaften, der Gefühle, alle Elemente der menschlichen Gesellschaft" (an seine Frau, 28. 12. 1808) aufklingen und erfaßt werden. Ganze Bilderfluten strömen vorbei, und nur noch im *Faust II* ist so variantenreich die Vielfalt der Silbenmaße ausgenutzt worden.

Ach warum, ihr Götter, ist unendlich
Alles, alles, endlich unser Glück nur!
Sternenglanz, ein liebereich Beteuern,
Mondenschimmer, liebevoll Vertrauen,
Schattentiefe, Sehnsucht wahrer Liebe
Sind unendlich, endlich unser Glück nur (V. 522 ff.)

Ein Strom entrauscht umwölktem Felsensaale. Sonette

Nicht nur der Schatten Napoleons streifte die *Pandora*. In den letzten Tagen des Karlsbader Aufenthalts 1806 geriet die Notiz ins Tagebuch: „Frau v. Brösigke und Frau von Levetzow (Pandora). Spazieren, mit Fürst Reuß Politica" (27. 7. 1806). Die junge Amalie v. Levetzow, der Umgang mit ihr, die gelöste Atmosphäre des Bades, die vielen gemischten Geselligkeiten weckten Erinnerungen, ließen Gedanken schweifen und die Gestalt der Pandora umkreisen, die für Goethe Schönheit repräsentierte und freundliche Gaben schenkte. Weitere Begegnungen kamen hinzu, so als wollte junges Leben ihn für die Zeit der Niedergeschlagenheit nach Schillers Tod entschädigen. In Weimar suchte ihn im Frühjahr, dann wieder im November 1807 Bettina Brentano auf, quirlig und ungestüm, begrüßte ihn überschwenglich, flog ihm an den Hals und spielte (oder war) das verliebte junge Mädchen. Sie kannte die Jugendbriefe Goethes an ihre Mutter, die Maxe Brentano, und seine Mutter hatte ihr von seiner Kindheit erzählt (was der Autobiograph wenig später für *Dichtung und Wahrheit* nutzte). In Jena verstrickte sich der auf die Sechzig Zugehende im Winter 1807/1808 in eine gewagte Zuneigung zu Minchen Herzlieb, der Pflegetochter im Hause des Verlegers Frommann, in dem er verkehrte. Das Mädchen war gerade achtzehn Jahre alt. Wir wissen nicht viel über diese Leidenschaft, wenn es denn eine war. Goethe hielt alles verborgen, wenn wirklich etwas zu verbergen war. Für die *Annalen* formulierte er andeutende Sätze, die er aber nicht drucken ließ. Zacharias Werner sei im Dezember nach Jena gekommen, habe Sonette eindrucksvoll vorgetragen, auch im Bekanntenkreis habe man sich an dieser Gedichtform versucht und er selbst eine „kleine Sammlung" gedichtet.

> Es war das erste Mal seit Schillers Tod, daß ich ruhig gesellige Freuden in Jena genoß; die Freundlichkeit der Gegenwärtigen erregte die Sehnsucht nach dem Abgeschiedenen und der auf's neue empfundene Verlust forderte Ersatz. Gewohnheit, Neigung, Freundschaft steigerten sich zu Liebe und Leidenschaft, die, wie alles Absolute, was in die bedingte Welt tritt, vielen verderblich zu werden drohte. In solchen Epochen jedoch erscheint die Dichtkunst erhöhend und mildernd, die Forderung des Herzens erhöhend, gewaltsame Befriedigung mildernd. Und so war dießmal die von Schlegel früher meisterhaft geübte, von Werner in's Tragische gesteigerte Sonettenform willkommen (WA I 36, 391 f.).

Einige Sonette hielte er noch zurück, „weil sie die nächsten Zustände nur allzudeutlich bezeichneten". Aus dieser Wendung kann man viel herauslesen, aber es bleibt bei Vermutungen über die Liebe zu Minna Herzlieb. Sechs Sonette schickte er Zelter im Juni 1808. Sie schilderten recht unverhüllt die Geschichte einer Leidenschaft, vom unvermuteten Ausbruch bis zur „Entsagung", wie das später *Reisezehrung* betitelte Gedicht zunächst überschrieben war. Der Sonettzyklus, der dann 1815 in der Werkausgabe erschien, umfaßte fünfzehn Sonette, und sie boten nicht mehr nur die Geschichte einer leidenschaftlichen Begegnung. Die beiden zurückgehaltenen, die in den Ausgaben jetzt als Nr. 16 und 17 dem Zyklus angefügt werden, sprachen offen von Liebe und Neigung und hätten in der Tat für die Goethe sattsam bekannten Verunglimpfungen, für Nachrede und Mißdeutung weiten Raum gelassen.

Als Goethe die erweiterte Reihe der fünfzehn Sonette vollendete, waren neue Eindrücke und Erlebnisse hinzugekommen, und wieder war die Zuneigung zu einer sehr jungen Frau im Spiel, über die wir etwas genauer unterrichtet sind als über die möglichen Verwirrungen, die Minna Herzlieb stiftete. Auf Gut Drakendorf im Saaletal nahe Jena, dem Besitz des Freiherrn von Ziegesar, der in Gothaischen Diensten tätig war, hatte sich Goethe schon häufiger aufgehalten. Zur jüngsten Tochter des Hauses, Sylvie, der 1785 geborenen, entwickelte sich im Karlsbader Sommer von 1808 eine Beziehung, für die Freundschaft eine zu zaghafte Bezeichnung ist. Wieviel mehr es war, blieb wiederum verschleiert. Nur einzelne Wendungen in Briefen und Gedichten sprachen eine undeutlich deutliche Sprache. Das Tagebuch vermerkte unverfänglich, wie oft er mit Ziegesars zusammen war und „mit Sylvien eine große Tour" (19. 6. 1808) unternahm. Zum gemeinsam gefeierten 23. Geburtstag Sylviens verfertigte er ein langes Geburtstagsgedicht („Nicht am Susquehanna, der durch Wüsten fließt, / [...] Nein! am Tepelstrande, von der großen Bruck, / [...] Zu dem weißen Hirschen, der beständig rennt, / [...] Eile dieses Blättchen, munter und geschwind, / Wo im kurzen Bettchen ruht das längste Kind") – ein Gelegenheitspoem mit gereimten Belanglosigkeiten, wie deren unzählige, nur etwas unbeholfener, zu familiären Festen fabriziert werden; und am Schluß: „Trotz dem Wetterbübchen, geh's dir jungem Blut, / Tochter, Freundin, Liebchen, wie du's wert bist, gut!" Der Gratulant sprach im Namen der Glückwünschenden, für die sie Tochter oder Freundin war; aber für ihn war sie, ebenso wenig- wie vielsagend, „Liebchen". Doch mehr wohl; für ihn war sie alles zusammen, wie alle jungen Frauen, die den um vieles Älteren anrührten und verwirrten, Stellvertreterinnen für alles Weibliche sein mußten, was ihn je bewegt hatte: Schwester, Freundin, Tochter und Geliebte. Die Gefühle waren nicht zu entwirren, und weil sie es nicht waren, konnten gerade sehr viel jüngere Frauen ihn reizen, da sie seinen Wunschphantasien Möglichkeiten ließen.

Als Ziegesars nach Franzensbad umzogen, hielt es ihn nicht in Karlsbad, er reiste ihr nach. In jenen Tagen die Eintragung im Tagebuch: „Schema der Wahlverwandtschaften" (10. 7. 1808). Nach dem Abschied dann wiederum aus Karlsbad ein Brief: „Ich war in Gedancken bey Ihnen geblieben und merckte nicht daß es fortging", mit der Schlußformel: „Tausendmal Adieu! Liebe, liebe Silvie" (22. 7. 1808). Im Herbst mehrfache Fahrten nach Drakendorf; Wiedersehen dort und in Jena. Luise Seidler schrieb der Freundin Pauline Gotter, wie sich Sylvie bei einer unvermuteten Anwesenheit Goethes verhielt: Sie flog „in die Stube und an seinen Hals, daß ich glaubte, die beiden Arme könnten ihn erdrosseln. Ich konnte nicht hinsehen; alles war in peinlicher Verlegenheit" (4. 6. 1809). Die Beziehung beruhigte sich. Ob ‚Vernunft' die Oberhand gewann, Rücksicht auf die realen Gegebenheiten sich durchsetzte oder das Vergehen der Zeit seine Spuren zeichnete: wer will das entscheiden? Freundschaft blieb. Aber „Ewig Ihre Sylvie" stand noch unter einem Brief vom 26. Dezember 1813. Im Mai 1814 heiratete sie – und der Zufall trieb quälende Namensspielerei – den Theologen Friedrich August Koethe. Bei der Geburt des ersten Kindes trugen sie Goethe die Patenschaft an.

Niemand vermag nachzuweisen, was und wieviel von den Begegnungen der Zeit in die Dichtungen eingegangen ist, in den Zyklus der Sonette, in die *Wahlverwandtschaften*. Zurechnungsversuche wären törichter Biographismus. Der Sonettzyklus, wie er 1815 erschien, bietet mehr als die Geschichte einer Liebe. Das Mädchen kommt selbst mit leichten, scherzenden Bemerkungen zu Wort. Auch Motive aus Briefen der Bettina stellen sich ein. Geistvolles Spiel der Andeutungen weist voraus auf den *Divan*. Wie in der Elegiendichtung bequemte sich Goethe in den Sonetten einer vorgegebenen Gedichtform an. Die Sonettversuche der Schlegels waren ihm gut bekannt, die diese vorzüglich romanische Kunst zu erneuern suchten. (Das deutsche 17. Jahrhundert mit Gryphius und Hoffmanswaldau hatte noch nicht recht wirken können.) Indes tat er sich mit der strengen Form des Sonetts nicht leicht. Auf August Wilhelm Schlegels *Sonett* von 1800 schrieb er eine freundlich-kritische Absage mit dem abschließenden Terzett:

> Nur weiß ich hier mich nicht bequem zu betten,
> Ich schneide sonst so gern aus ganzem Holze,
> Und müßte nun doch auch mitunter leimen *(Das Sonett)*.

Wenig später widerrief er seine Bedenken.

> Natur und Kunst, sie scheinen sich zu fliehen
> Und haben sich, eh' man es denkt, gefunden;
> Der Widerwille ist auch mir verschwunden,
> Und beide scheinen gleich mich anzuziehen.
> [...]

Wiederum ist die Sonettform das Thema des Gedichts, aber jetzt erscheint sie als Sinnbild menschlicher Bildung, die sich nur im Einklang von Natur und Kunst, Freiheit und Gesetz erfüllen kann. Im Vorspiel *Was wir bringen* in Lauchstädt vorgetragen, beleuchtete dieses Sonett auch Aufgabe und Sinn des Theaterspiels.
Im unterdrückten Passus der *Annalen* zu 1807 erzählte Goethe weniger von sich als vom geselligen Kreis in Jena, wo sich „Gewohnheit, Neigung, Freundschaft steigerten [...] zu Liebe und Leidenschaft". Es ist gut möglich, daß das den Sonetten zugrundeliegende ‚Erlebnis' ein literarisch ausgeformtes war, belebt durch die Gegenwart Minchen Herzliebs, eine literarische Attitüde, in der Goethe um die Tiefen wußte, die sich auftun konnten, als auch über die geistige Souveränität verfügte, die ein Spiel zwischen Ernst und Heiterkeit ermöglichte. Man muß auch erwägen, ob Goethe die Sonette Nr. 16 und 17 nicht deshalb zurückgehalten hat, weil er einem falschen Rückschluß von der Dichtung aufs Leben vorbeugen wollte. In den *Noten und Abhandlungen* zum *Divan* schrieb er später über Hafis, „daß der Dichter nicht geradezu alles denken und leben müsse, was er ausspricht" (2, 159).

Im Eröffnungssonett *Mächtiges Überraschen* ist eindrucksstark das unverhoffte Ereignis eines „neuen Lebens“ festgehalten.

Ein Strom entrauscht umwölktem Felsensaale,
Dem Ozean sich eilig zu verbinden;
Was auch sich spiegeln mag von Grund zu Gründen,
Er wandelt unaufhaltsam fort zu Tale.

Dämonisch aber stürzt mit einem Male –
Ihr folgen Berg und Wald in Wirbelwinden –
Sich Oreas, Behagen dort zu finden,
Und hemmt den Lauf, begrenzt die weite Schale.

Die Welle sprüht und staunt zurück und weichet
Und schwillt bergan, sich immer selbst zu trinken;
Gehemmt ist nun zum Vater hin das Streben.

Sie schwankt und ruht, zum See zurückgedeichet;
Gestirne, spiegelnd sich, beschaun das Blinken
Des Wellenschlags am Fels, ein neues Leben.

Mehrfach wählte Goethe das Wasser zum Sinnbild des menschlichen Daseins. Das Sonett erinnert an die frühe *Mahomet*-Hymne. Aber dort ist es eine überschäumende, fortdrängende Bewegung, der sich die freimetrischen Verse überlassen; hier ist alles eingefügt in strenge, klare Gesetzmäßigkeit. „Entrauscht“ und „wandelt“ sind in dem Eingangsbild von mythischer Mächtigkeit Ausdrücke einer gebändigten Bewegung; nur „eilig“ hebt leicht das Vorwärtsdrängen hervor. Das erste Quartett gehört ganz dem „Strom“; mit dem zweiten meldet sich eine Gegenkraft, die den Lauf überraschend anhält. Gewichtig steht das Wort „dämonisch“ am Beginn: Es geschieht etwas, das sich letztlich dem Begreifen entzieht, und es kann steigern oder zerstörerisch sein. Die sprachliche Fügung der Strophe ist kalkuliert kunstvoll; sehr gedrängt, kompakt ein einziger Satz: Oreas ist die Bergnymphe, und insofern sie Nymphe ist, wird mit ihr der Liebesbereich angesprochen. Der Dichter rafft: Am Schluß des Quartetts ist der See schon da, und Berg und Wald begrenzen „die weite Schale“. Das erste Terzett gilt diesem neuen Zustand. Nur an zwei Stellen kommt das „mächtige Überraschen“ zum Ausdruck: einmal im Wort „dämonisch“, zum andern in dem großartig gewählten „staunt zurück“. Die Ausdruckskunst des Alters zeichnet sich ab: mit verhaltenen, unscheinbaren Mitteln zu arbeiten und weite Anspielungen zu ermöglichen. Nur in der „und“-Folge dieser Strophe zittert noch etwas von der Bewegung und Erregung nach. Das Schlußterzett erst spricht dem Ganzen die Bedeutung des

Ereignisses zu: Das „mächtige Überraschen“ war kein sinnloser Stau des (Lebens-)Stroms, sondern unvorhergesehene Erfüllung: „ein neues Leben“.
Ernst, Höhenlage und Bündigkeit des ersten Sonetts kennzeichnen nicht den ganzen Zyklus. Ernst und Spiel verweben sich, und niemand kann sondieren, was „Sonettenwut“, was „Raserei der Liebe“ *(Nemesis)* ist. Stimmen und Stimmungen sind reizvoll verwirrt. Das Spiel ist nicht Leichtfertigkeit, sondern geistbewußtes Spiel, das alles in seinen Ausmaßen abschätzen kann und auf Ironie nicht verzichtet. Es ist etwas darin vom *Christgeschenk* des zwölften Sonettes: „Dir möcht' ich dann mit süßem Redewenden / Poetisch Zuckerbrot zum Fest bereiten.“

Fremde Welt Kleistscher Dramatik

Von 1806 bis 1823 war Goethe, von einigen Ausnahmen abgesehen, jährlich in den böhmischen Bädern. Dort ruhte die Arbeit nie, im Gegenteil. Bisweilen stellten sich besonders schöpferische Phasen ein. So schrieb er 1807 fünf Novellen, die später in den *Wanderjahren* ihren Platz fanden. Auch die *Wahlverwandtschaften*, deren „Schema“ das Karlsbader Tagebuch am 10. Juli 1808 erwähnte, waren ursprünglich für den großen Roman geplant. Und immer bleibt es erstaunlich, welche Mengen an Literatur er daneben täglich bis ins hohe Alter rezipierte. Zur Lektüre des Sommers 1807 gehörten auch Heinrich v. Kleists *Amphitryon* und *Der zerbrochne Krug*, die er von Adam Müller erhalten hatte. Er nahm die Stücke reserviert, aber keineswegs unfreundlich auf. Im *Amphitryon* schieden sich, wie er meinte, Antikes und Modernes mehr, als daß sie sich vereinigten (an A. Müller, 28. 8. 1807); im Tagebuch (13. 7. 1807) präzisierte er für sich und traf Wesentliches: „Der antike Sinn in Behandlung des Amphitryons ging auf Verwirrung der Sinne, auf den Zwiespalt der Sinne mit der Überzeugung. [...] Der gegenwärtige, Kleist, geht bei den Hauptpersonen auf die Verwirrung des Gefühls hinaus.“ Er vermutete auch – und in diesem Punkt war er bekanntlich sehr empfindlich – der „neue mystische Amphitryon“ (Tagebuch, 15. 7.) deute die Fabel ins Christliche um, „in die Überschattung der Maria vom Heiligen Geist“ (G 1, 503).
Immerhin erlebte der *Krug* schon am 2. März 1808 in Weimar die Uraufführung, leider in drei Akte zerstückt. Es wurde ein eklatanter Mißerfolg; der dramatische Nerv des Einakters war zerschnitten. Schon den Vermittler Adam Müller hatte Goethe gewarnt: das Stück gehöre leider „wieder einem unsichtbaren Theater“ an. Ihn störte die „stationäre Pro-

zeßform", und ihr wollte er durch die Gliederung in Akte abhelfen, was jedoch die Aufmerksamkeit der Zuschauer gerade unterbrach und erlahmen ließ.
Am 24. Januar 1808 schickte Kleist selbst das erste Heft seiner Zeitschrift *Phöbus* mit acht Szenen der *Penthesilea:* „Es ist auf den ‚Knien meines Herzens' daß ich damit vor Ihnen erscheine." (Er konnte nicht wissen, daß auch der junge Goethe einmal die als Zitat markierte biblische Wendung in einem Brief an Herder um den 12. Mai 1775 herum benutzt hatte.) Das Schreiben, das er – als überhaupt einziges – daraufhin von Goethe erhielt, war für ihn vernichtend. „Mit der Penthesilea kann ich mich noch nicht befreunden. Sie ist aus einem so wunderbaren Geschlecht und bewegt sich in einer so fremden Region daß ich mir Zeit nehmen muß mich in beide zu finden" (1. 2. 1808). Er sei stets betrübt, wenn er „junge Männer von Geist und Talent sehe, die auf ein Theater warten, welches da kommen soll". In ihrer Exzentrik und tragischen Ausweglosigkeit mußte gerade die *Penthesilea* Goethe befremden. Es war alles andere als ein leichtfertiges Urteil, das er ausfertigte. Was ihn an Kleist schreckte, waren Züge jenes Wesens, daß er unter schweren Mühen selbst überwunden hatte, zu hoch Gesteigertes, Unausgeglichenes, aufgewühltes Gefühl, ‚Wertherisches'. Die späte Quintessenz verdeutlichte es: Dieser Dichter habe bei ihm immer „Schauder und Abscheu" erregt, „wie ein von der Natur schön intentionierter Körper, der von einer unheilbaren Krankheit ergriffen wäre" (*Ludwig Tiecks Dramaturgische Blätter*, 1826; JA 38,20 f.). Goethe schob von sich fort, was er als eigene Gefährdung kennengelernt hatte, und ihm mißfiel, was ihm jetzt als Zerrissenheit und zielloses Suchen vorkommen mußte. Dabei war auch Kleists langes Ringen um einen Lebensplan, von dem der Ältere freilich nichts wußte, Wilhelm Meisterschem Streben nach Bildung verwandt, dem das Irren zugestanden wurde. Wären Kleist und Goethe zusammen jung gewesen, sie hätten zueinander finden können. Nach dem Absagebrief zur *Penthesilea* wandelte sich Kleists Goetheverehrung in Haß und Verachtung. Er hatte zu ihm aufgeblickt und auf sein Verständnis gehofft. Mit dem einzigen Brief, den er je von ihm erhielt, war alles erloschen, auch wenn dort „aufrichtiges Wohlwollen" zitiert war. *Herr von Goethe* war nun die höhnende Überschrift eines Epigramms aus verschmähter Zuneigung, das die Farbenstudien verspottete:

> Siehe, das nenn ich doch würdig, fürwahr, sich im Alter beschäftigen!
> Er zerlegt jetzt den Strahl, den seine Jugend sonst warf.

Auf eigene Tätigkeit vertrauend

Wie es Goethes Art war, verschrieb er sich dem Tätigsein, um Widrigkeiten nicht zu unterliegen. Dann war es fast gleichgültig, was er tat. Gewiß traf die Bemerkung in *Dichtung und Wahrheit* zu, daß er in einem dichterischen Werk zu verarbeiten trachte, was ihn bedränge, um so darüber mit sich abzuschließen. Doch war das nur eine Teilwahrheit; sie galt für die poetische Behandlung bestimmter Probleme. Aber um äußere Übel und Störungen zu meistern, half jegliches Tätigsein, das einen Sinn versprach. Bisweilen war es irrlichternd, was er als die ihm gemäßen Beschäftigungen ansah; meinte er doch einmal, er sei im Grunde der Jurisprudenz näher verwandt als der Farbenlehre, um dann anzuschließen: „Wenn man es genau besieht, so ist es ganz einerlei, an welchen Gegenständen man seine Tätigkeit üben, an welchen man seinen Scharfsinn versuchen mag" (an Zelter, 26. 9. 1809). Durch „innere Tätigkeit" mühte er sich nach den Kriegsturbulenzen 1806 „Ruhe und Heiterkeit" zu erlangen und rückte, wie er schrieb, täglich an seiner Farbenlehre ein wenig zurecht (an Knebel, 5. 11. 1806). „Wer muß sich nicht resignieren? und wo muß man es nicht?" fragte er im Herbst 1807 (an Eichstädt, 31. 10. 1807). Gelegentlich verfiel er sogar in die Stimmung, „bald gar nichts mehr zu tun" (an Reinhard, 22. 6. 1808). Es blieben ihm einige Freunde und Bekannte des Alters, zu denen er dann und wann freimütig von seiner inneren Verfassung sprach, besonders Zelter, Reinhard, Knebel. Das Geständnis, er habe mancherlei zu heben und zu schleppen (an Zelter, 26. 3. 1806), galt nicht nur für die schwierige Phase nach 1805/1806, sondern berührte eine Grundbefindlichkeit: Immer spürte er Lasten, die ihn drückten. Er kam von dem Schicksal des zu beständiger Reflexion verdammten, von Unruhe zu Unruhe getriebenen Menschen nicht frei. Trotz aller Begegnungen, an denen ja kein Mangel war, fühlte er sich in einer „tiefen Einsamkeit und Stille" (an Ch. v. Stein, 19. 11. 1807), vor allem auch, weil er zu der jüngeren Generation der deutschen Künstler und Autoren und ihren Arbeiten keinen Kontakt fand. Er sah sich nach dem Scheitern der *Propyläen*-Anstrengungen allein. Scharf – und von seiner Position aus verständlich rigoros – verurteilte er die Konversionen von Personen, die er geschätzt hatte. Friedrich Schlegels Übertritt zur „alleinseligmachenden katholischen Kirche" war ihm ein böses „Zeichen der Zeit", und er wartete darauf, daß jener nun in einer Rezension seiner Werke „die ästhetische Kultur, den Polytheismus und Pantheismus verdächtig" machen würde (an Reinhard, 22. 6. 1808). Mit Zacharias Werner kam es zum Bruch, als dessen ekstatisch-schwärmerische Religiosität in der Tat merkwürdige Blüten trieb und auch er 1811 zur katholischen Kirche übertrat.

Was ihn bei dem „halb Dutzend jungen poetischen Talenten" abstieß, brachte er auf die Formel: „Alles geht durchaus ins Form- und Charakterlose" (an Zelter, 30. 10. 1808). Entschieden setzte er sich in diesem Brief vom ‚Romantischen' als einer allgemeinen Zeitströmung ab, was ihn – wie die Zukunft wiederholt bewies – nicht hinderte, einzelnes und einzelne gelassen zu betrachten und auch zu würdigen. Kein Mensch wolle begreifen, polemisierte er hier, „daß die höchste und einzige Operation der Natur und Kunst die Gestaltung sei, und in der Gestalt die Spezifikation, damit jedes ein besonderes Bedeutendes werde, sei und bleibe". Damit schloß er an dieser Stelle wieder einmal seine künstlerischen und naturwissenschaftlichen Intentionen zusammen: im Besonderen Grundgesetzlichkeiten zu erkennen und sichtbar werden zu lassen, und zwar – was im Brief nicht ausgeführt wurde – als Gestaltetes im Prozeß der dauernden Umgestaltung. Kurz zuvor hatte er in einem Gespräch mit Riemer ebenso scharf die Grenze zum ‚Romantischen', wie er es mißbilligte, gezogen, und die Argumentationen ergänzen sich: „Das Romantische ist kein Natürliches, Ursprüngliches, sondern ein Gemachtes, ein Gesuchtes, Gesteigertes, Übertriebenes, Bizarres, bis ins Fratzenhafte und Karikaturartige" (28. 8. 1808). Wer solche Grenzziehungen vornahm, hatte schon begonnen, sich abzuschließen. Von hier aus gesehen, waren *Die Wahlverwandtschaften*, die 1809 erschienen, in ihrer genau bemessenen Konstellation und der Unerbittlichkeit der Konsequenz, mit der die Wahlverwandtschaft unter Menschen durchgespielt wurde, ein Kunstwerk kalkuliert anderer Art, nämlich von bewußtester Gestaltung, das auch gerade da, wo es ‚Romantisches' (wie am Schluß des Romans) aufnahm, vorführte, wie dieses in die zwingende Fügung des Ganzen eingebunden blieb.

Experimentelles Probespiel. Die Wahlverwandtschaften

Wohl kein Werk Goethes außer dem *Märchen* und *Faust II* bietet in der Strenge und Dichte seiner Gestaltung solchen Reichtum an Mehrdeutigkeit, irritierend sich widersprechenden Aussagen, sinnbildlichen Bildern und Vorgängen wie *Die Wahlverwandtschaften*. Entsprechend bunt ist die Palette der Deutungen. Der Erzähler, der sich schon im ersten Satz meldet („Eduard – so nennen *wir* einen reichen Baron im besten Mannesalter"), pflegt eine Sprache von äußerster Präzision und Klarheit, die durch souveräne Überschau und Weltkenntnis gesichert zu sein scheint. Er berichtet aus einer Distanz, der die Verwirrung und Abgründigkeit des Geschehens nichts anhaben können. So referierend sachlich er den äußeren Ablauf nachzeichnet und mit verallgemeinernden Kommentaren versieht, so nüchtern deckt er, wie ein auf Erkenntnis bedachter Analytiker, die inneren Prozesse der Beteiligten auf, nicht ohne Anteilnahme, doch den diagnostizierenden Blick sich nicht verwirren lassend.

Zunächst sollte es nur eine Novelle für den Komplex der *Wanderjahre* werden, aber dann weitete sich 1808/1809 die Geschichte zum Roman. Offensichtlich bot die Arbeit an diesem Werk seinem Autor die Möglichkeit, vieles in Dichtung umzusetzen, was er erlebt und erfahren hatte. Endlich war er 1806 die Ehe eingegangen, in jener Zeit, als Preußen zusammenbrach und auch seine eigene äußere Existenz in dem von der Auflösung bedrohten Herzogtum Weimar unsicher war. Nach der Phase der Bedrückung seit Schillers Tod hatte er im Sonett *Mächtiges Überraschen* „ein neues Leben" zitieren können, war in den Bädern und daheim aufgelockert und in bewegende Begegnungen mit Minna Herzlieb und Sylvie v. Ziegesar verstrickt worden, die sich zu ruhiger Freundschaft abklärten. Und immer noch waren die Französische Revolution und ihre Auswirkungen geistig zu „gewältigen"; das hielt sich bis ins hohe Alter durch, in den Gesprächen mit Eckermann, mit Kanzler v. Müller, in den *Wanderjahren.* In den *Wahlverwandtschaften* wird von alldem nicht direkt gesprochen; so lassen sich Zusammenhänge mit dem, was das Leben des Autors beeinflußt hat, höchstens ahnen und behutsam freilegen.

Goethe erfand mit den *Wahlverwandtschaften* eine Geschehniskonstellation und einen Handlungsablauf von zwingender Konsequenz. Wie zu einem Experiment führte er vier Hauptpersonen zusammen, um mit ihnen das Spiel der Wahlverwandtschaft durchzuprobieren, das in bestimmten naturwissenschaftlichen Bereichen sich durchsetzt. Der schwedische Chemiker und Naturforscher Tobern Bergman hatte 1775 seine Arbeit *De attractionibus electivis* veröffentlicht; dieser Terminus wurde 1792 durch Hein Tabor mit „Wahlverwandtschaften" übersetzt. Ein chemischer Vorgang war damit gemeint, der die Wirkung von zwei Verbindungen a b und c d aufeinander beschrieb. Entweder findet beim Zusammentreffen keine Veränderung statt, oder es geschieht eine Trennung, und eine neue Vereinigung a c und b d kommt zustande. Besonders Alkalien und Säuren, die zueinander in Gegensatz stehen, streben eine neue Verbindung an. Die Gleichnisrede von der Wahlverwandtschaft meint also das eigentümliche Verlangen von Körpern, sich zu vereinigen, obwohl sie bereits mit anderen verbunden sind. Der Vergleich hat seine Tücken, weil das Wort Wahl die freie Entscheidung des Wählens suggeriert, wo es sich doch bei den chemischen Vorgängen, auf die die Bezeichnung gemünzt ist, gerade nicht um freie Wahl, sondern naturnotwendigen Zwang handelt. Da wirken verborgene Kräfte. Für die Naturforscher, die in der Natur und im Menschen gleiche oder ähnliche Mächte vermuteten, mußte es verführerisch sein, auch in seelischen Beziehungen das Wirken von Naturkräften anzunehmen. Wie der Welt in der Ganzheit ihrer Zusammenhänge eine ‚Seele' zugesprochen wurde – *Von der Weltseele* hieß Schellings Buch von 1798 –, so beherbergte vermeintlich auch die Seele des Menschen Kräfte der Allnatur. Freilich hatte Goethe in jenem Aufsatz, der Knebelsche Spekulationen zurechtrückte *(Naturlehre;* vgl. Bd. I 515 ff.) darauf beharrt, daß zwischen dem Unbelebten und Belebten sorgfältig zu unterscheiden sei, aber das große Ganze der Natur, zu dem der Mensch gehörte, wurde damit selbstverständlich nicht bestritten. Als Goethe am 4. September 1809 im *Morgenblatt für gebildete Stände* seinen Roman anzeigte, spielte er auf die komplizierten Zusammenhänge an:

> Es scheint, daß den Verfasser seine fortgesetzten physikalischen Arbeiten zu diesem seltsamen Titel veranlaßten. Er mochte bemerkt haben, daß man in der Naturlehre sich sehr oft ethischer Gleichnisse bedient, um etwas von dem Kreise menschlichen Wissens weit Entferntes näher heranzubringen, und so hat er auch wohl in einem sittlichen Falle eine chemische Gleichnisrede zu ihrem geistigen Ursprunge zurückführen mögen, um so mehr, als doch überall nur eine Natur ist und auch durch das Reich der heitern Vernunftfreiheit die Spuren trüber, leidenschaftlicher Notwendigkeit sich unaufhaltsam hindurchziehen, die nur durch eine höhere Hand und vielleicht auch nicht in diesem Leben völlig auszulöschen sind (6, 621).

Hier wurde nicht etwa die „heitere Vernunftfreiheit" aufgekündigt und einer unerbittlich sich vollziehenden „leidenschaftlichen Notwendigkeit" unterworfen, sondern das Widerspiel thematisiert; hier wurde nicht ein ‚Dämonisches' inthronisiert, dem die Menschen unentrinnbar unterliegen, sondern die Bedingungen des Probeverfahrens wurden benannt, in das die Gestalten der *Wahlverwandtschaften* hineingeführt werden. Wie würden sie sich, denen als menschlichen Wesen Vernunftfreiheit geschenkt ist, verhalten, wenn leidenschaftliche Notwendigkeit anbrandet und sie vor Entscheidungen stellt? Schon bei früheren Werken Goethes zeigte sich, wie er seine Gestalten nicht zu Vorbildfiguren ausstaffierte, die sich musterhaft aufführen und gültige Lebensbotschaften proklamieren, sondern sie in experimentellen Konstellationen und Abläufen auf die Probe stellte, wo der Beobachter, durch die perspektivenreiche, ironisch mehrdeutige oder in der Schwebe gehaltene Darstellung und Erzählweise angeregt, zum Abwägen und konstruktiven Weiterdenken aufgefordert wurde.

Die *Wahlverwandtschaften* sind in ihrer gedichteten inneren Folgerichtigkeit geradezu ein Exempel experimentellen Probespiels, was durch die „chemische Gleichnisrede" noch unterstrichen wird. Eduard und Charlotte hatten schon konventionelle Ehen hinter sich, ehe sie, Geliebte aus der Jugendzeit, endlich heiraten konnten. Auf dem Landgut Eduards wollen sie ganz das „früh so sehnlich gewünschte, endlich spät erlangte Glück ungestört genießen". Gemeinsam gestalten sie die Parkanlagen neu, kultivieren die Natur nach ihren Wünschen. Eduard möchte gern seinen alten Freund, den Hauptmann, der in Not geraten ist, bei sich haben; Charlotte hält nichts davon; sie fürchtet Störungen ihres endlich erreichten Zusammenseins. Doch Eduard besteht auf seinem Wunsch, und im Gegenzug will nun Charlotte ihre Nichte und Pflegetochter Ottilie, die in einem Pensionat lebt, zu sich nehmen. Die Konstellation für das Wirken der Wahlverwandtschaft ist damit geschaffen. Die Reaktionen der einzelnen Personen sind unterschiedlich. Charlotte und der Hauptmann geben nur zögernd ihrer Neigung nach; Eduard dagegen überläßt sich ganz seiner Liebe zu Ottilie, die in einem Zustand fast trancehafter Anziehung auf Eduard hin lebt und sich ihm in vielem anpaßt. So weit verstärkt sich bei Charlotte und Eduard die innerliche Verbindung mit den neuen Partnern, daß beide während eines Liebesakts Ehebruch in der Phantasie begehen: „Eduard hielt nur Ottilien in seinen Armen, Charlotten schwebte der Hauptmann näher oder ferner vor der Seele, und so verwebten, wundersam genug, sich Abwesendes und Gegenwärtiges reizend und wonnevoll durcheinander" (6, 321). Merkwürdig begegnen sie am Morgen danach den anderen: „Gleichsam beschämt und reuig." Wenig später gestehen sich beide Paare ihre Liebe. Charlotte zwingt sich zur Entsagung und erwartet dasselbe von ihrem Ehepartner Eduard. Doch der ist dazu nicht bereit. Nach der Abreise des Hauptmanns verläßt er ebenfalls das Schloß, verzichtet aber nicht auf Ottilie. Er zieht sogar in den Krieg, nachdem er erfahren hat, daß Charlotte nach jener Nacht des ‚Ehebruchs' schwanger geworden ist. Ottilie befindet sich am Ende des ersten Teils des Romans in einem hoffnungslosen Zustand.

Im zweiten Teil herrscht nicht mehr ein so zügiges Voranschreiten des Geschehens. Charlotte und Ottilie, die Zurückgebliebenen, kümmern sich intensiv um die Neugestaltung des Friedhofs und die Restaurierung der Kapelle, ausführliche Gespräche mit dem Architekten sind nötig. Ottilie erscheint mehr und mehr in ihrer Rätselhaftigkeit, wie einem „verschwundenen goldenen Zeitalter" angehörig. Sie leidet unter der Trennung von Eduard, und ihre Gedanken kreisen um Tod und Ewigkeit. Ganz im Kontrast dazu genießt Charlottes Tochter Luciane, die zu Besuch auf dem Schloß ist, die Zerstreuungen geselligen Lebens. Die

Geburt des Kindes, das Charlotte und Eduard gezeugt, enthüllt schlechthin Paradoxes (und nur in der Dichtung Mögliches): Der Sohn zeigt Ähnlichkeiten mit Ottilie und dem Hauptmann. Eduard kehrt heil aus dem Krieg zurück und betreibt nun energisch die Heirat mit Ottilie, der diese zustimmt, falls Charlotte mit einer Scheidung einverstanden ist. Eduard und Ottilie „wähnten, sie glaubten einander anzugehören". Da aber führt die Unachtsamkeit der Ottilie den Tod des Kindes herbei, das aus dem Kahn stürzt und ertrinkt. Eduard wie Charlotte legen den Tod ihres Sohnes als eine Fügung aus; auch Charlotte willigt in die Scheidung ein. Doch jetzt, vom tödlichen Unglück aufgeschreckt, begreift sich Ottilie als Schuldige, entsagt der erwünschten Verbindung, will in Nächstenliebe für ihr Vergehen büßen, verstummt, verweigert die Speise und sucht in völliger Askese ihr Ende. Nach ihrem Tod wird sie wie eine Heilige verehrt; Eduard stirbt wenig später; beide werden in der Kapelle bestattet. „Friede schwebt über ihrer Stätte, heitere, verwandte Engelsbilder schauen vom Gewölbe auf sie herab, und welch ein freundlicher Augenblick wird es sein, wenn sie dereinst wieder zusammen erwachen" (6, 490).

Es stecke in den *Wahlverwandtschaften* mehr, „als irgend jemand bei einmaligem Lesen aufzunehmen im Stande wäre", meinte Goethe im Gespräch mit Eckermann (9. 2. 1829). Das scheinbar klare, transparente Erzählen hat einen Tiefgang, den nur eine Interpretation ausloten könnte, die sich Kapitel für Kapitel und zuweilen Seite für Seite bemühte, das Erzählte, Gesagte und Mitgemeinte aufzuschließen. Denn die volle Bedeutung dessen, was geschieht oder wovon gesprochen wird, enthüllt sich erst, wenn man seine Stelle im Geflecht des Verweisungszusammenhangs erkennt, der sich durch das Buch erstreckt, und kommentierende Bemerkungen des Erzählers erweisen sich oft nur als partikulare Wahrheiten, die durch Äußerungen an anderem Platz wieder relativiert, wenn nicht gar widerrufen werden. Was die Gestalten des Romans selbst zu erkennen meinen, enthüllt sich in vielen Fällen als Täuschung und Verkennung der wirklichen Zusammenhänge. Nicht zuletzt eignet manchen Gegebenheiten und Vorgängen eine symbolische Bedeutung, die sich erst im Kontext eröffnet, aber den erzählten Phänomenen ihre Eindeutigkeit nimmt. Gegenstände, Motive, Gebärden sagen mit der in ihnen verdichteten Sinnbildhaftigkeit oft mehr aus als das diskursive Sprechen, und die Sinnbildhaftigkeit ist für den Leser zubereitet, während die handelnden und leidenden Gestalten sie in vielen Fällen nicht wahrnehmen oder falsche Schlüsse ziehen.

Bereits mit den ersten Sätzen des Romans beginnt das mehrschichtige Erzählen. Wie eine Figur, die es in ihrem Gehabe und Tun im Versuchsspiel zu beobachten gilt, führt der Erzähler eine Hauptgestalt ein:

„Eduard – so nennen wir einen reichen Baron im besten Mannesalter [. . .].“ Ein Name ist nur zur besseren Verständigung gewählt; später erfährt der Leser denn auch, daß der Name gar nicht der richtige, sondern nur ein angenommener ist. (So unsicher, schwankend ist dieser ‚Eduard‘, daß er sich nicht einmal seines wirklichen Namens Otto bedient?) Andere Gestalten des Romans bleiben überhaupt namenlos. Im Arrangement des Experiments reichen bloße Kennzeichnungen aus: der Gärtner, der Hauptmann, der Architekt, der Graf, die Baronesse, der Lord, der Gehilfe. Und der, der tatsächlich Mittler heißt, erweist sich gerade als störend, wo Vermittlung nötig wäre.

> Eduard – so nennen wir einen reichen Baron im besten Mannesalter – Eduard hatte in seiner Baumschule die schönste Stunde eines Aprilnachmittags zugebracht, um frisch erhaltene Pfropfreiser auf junge Stämme zu bringen. Sein Geschäft war eben vollendet; er legte die Gerätschaften in das Futteral zusammen und betrachtete seine Arbeit mit Vergnügen, als der Gärtner hinzutrat und sich an dem teilnehmenden Fleiße des Herrn ergetzte (6, 242).

Von der gärtnerischen Tätigkeit des Pfropfens, von Veredelung, der Aufgabe aller Kultur, berichtet der Erzähler. Eben das aber wird zu einem Problem des Romans, der folgt: ob denn durch Hinzunehmen von Neuem eine gute Entwicklung gefördert werden kann. Als dann im siebzehnten Kapitel „Ottilie sich freute, daß die Pfropfreiser dieses Frühjahrs alle so gar schön gekommen, erwiderte der Gärtner bedenklich: ‚Ich wünsche nur, daß der gute Herr viel Freude daran erleben möge‘“ und äußerte sich reserviert über die „jetzigen Herren Obstgärtner“. „‚Man pfropft und erzieht und endlich, wenn sie Früchte tragen, so ist es nicht der Mühe wert, daß solche Bäume im Garten stehen‘“ (6, 350). Im *Dilettantismus*-Konzept hatte Goethe gerade die Gartenliebhaberei höchst kritisch eingeschätzt. Da sie in der Idee unbestimmt sei, laufe sie auf etwas Endloses hinaus und verkleinere das Erhabene der Natur. Diese Liebhaberei sei der herrschenden Geistesart gemäß, die willkürlich phantasiere und sich nicht disziplinieren wolle. Eduard, der es sich als reicher Baron leisten kann, Müßiggänger zu sein, ist ein solcher dilettierender Gartenfreund par excellence. So ist schon in den ersten Sätzen jene Erzählweise des ‚Mitgemeinten‘ wirksam, die die *Wahlverwandtschaften* auf weite Strecken bestimmt. Der Leser darf sich fragen, ob nicht die Bemerkung, daß der Gärtner „sich an dem teilnehmenden Fleiße des Herrn ergetzte“, schon von der wissenden Ironie des Erzählers durchtränkt ist.

Kurz darauf treffen sich Charlotte und Eduard in der neuen Mooshütte. Und wieder übt das Erzählen seine ironische Mehrdeutigkeit: Eduard, in der Mooshütte sitzend und die Gegend überblickend, „freute sich daran in Hoffnung, daß der Frühling bald alles noch reichlicher beleben würde". Den Ehepartnern kommt die Hütte so geräumig vor, daß noch „für einen Dritten" und „auch für ein Viertes" Platz ist. Der Frühling wird alles bringen, aber das Resultat wird anders sein als erhofft. Als Eduard den Vorschlag macht, den Hauptmann aufzunehmen, meldet Charlotte Bedenken an, weil die Anwesenheit eines Dritten die Pläne der noch nicht lange Verheirateten stören könnte. Der Erzähler hat Gelegenheit, die Eheleute zurückblicken und über den hindernisreichen Weg zu ihrer Eheschließung sprechen zu lassen. In das Gespräch sind Bemerkungen eingeflochten, die von einer geradezu tragischen Ironie überschattet sind: „Nur daß wir nichts Hinderndes, Fremdes hereinbringen!" (6, 247)

> „Nichts ist bedeutender in jedem Zustande als die Dazwischenkunft eines Dritten. Ich habe Freunde gesehen, Geschwister, Liebende, Gatten, deren Verhältnis durch den zufälligen oder gewählten Hinzutritt einer neuen Person ganz und gar verändert, deren Lage völlig umgekehrt wurde".
> „Das kann wohl geschehen", versetzte Eduard, „bei Menschen, die nur dunkel vor sich hinleben, nicht bei solchen, die schon durch Erfahrung aufgeklärt, sich mehr bewußt sind".
> „Das Bewußtsein, mein Liebster", entgegnete Charlotte, „ist keine hinlängliche Waffe, ja manchmal eine gefährliche für den, der sie führt" (6, 248).

Alles, was geschehen wird, meldet sich, den Gesprächspartnern noch nicht bewußt, bereits an. Die Spannung zwischen „leidenschaftlicher Notwendigkeit" und „heiterer Vernunftfreiheit", die Goethe in seiner Selbstanzeige erwähnte, zeichnet sich ab. Es ist ein ruhiges, abwägendes Gespräch, das Eduard und Charlotte führen, aber Untergründiges, Bedenkliches, Drohendes ist mitanwesend. Und als Charlotte der Einladung an den Hauptmann eine Nachschrift beifügt, verunstaltete sie das Papier „zuletzt mit einem Tintenfleck, der sie ärgerlich machte und nur größer wurde, indem sie ihn wegwischen wollte" (6, 257). Zeichenhafte Bedeutungssprache durchzieht den Roman. Aber die Zeichen oder zeichenhaften Vorgänge werden von den Personen, auf die sie verweisen, nicht erkannt oder in falscher Weise ausgelegt. Der wissende Erzähler läßt den Leser indes aufmerken und die Vieldeutigkeit des Geschehens, die problematische Verfassung der redenden und handelnden Gestalten bedenken. Die Mooshütte, für vier Personen bequem eingerichtet, bietet eine trügerische Idyllik; nur „mit künstlichen Blumen und Wintergrün" (6, 258) ist sie ausgeschmückt. Die Pappel- und Platanengruppe kann zu mancherlei Deutungen auffordern. „Der Tag, das Jahr jener Baumpflanzung ist zugleich der Tag, das Jahr von Ottiliens Geburt" (6, 334). Eduard ist erstaunt, erfreut über dieses „wunderbarste Zusammentreffen". Aber der kundige Leser weiß, daß jener kaum Grund hat zu seinem Erstaunen, seiner Freude. Platanen und Pappeln zieren nicht nur bei Goethe den Ort zum Andenken an Verstorbene. Es mag insgeheim auch darauf verwiesen werden sollen, daß Eduard so, wie er einst die Bäume pflanzte, Ottilie behutsam zu hegen hat, was in der richtigen Weise zu tun der dilettierende adlige Gartenliebhaber gerade nicht versteht – vieldeutige Anspielungen in einem Motiv, deren es noch mehr gibt. Sogar dies ist des Nachdenkens wert: ob nicht der Ironiker Goethe mit der Sinnbildhaftigkeit gelegentlich nur spielt, indem die Baumgruppe bloße Staffage sein kann, nichts als das Kennzeichen eines Ortes, an dem etwas geschieht, was nicht unwichtig ist, jede ausdeutende Interpretation aber falschen Tiefsinn produzieren würde. – Das Glas mit den Initialen E und O, das wunderbarerweise beim Richtfest nicht zerschellt, sondern aufgefangen wird: Eduard sah „diesen Zufall als ein glückliches Zeichen" für sich an – aber das spätere Geschehen dementierte es. Das Bauen der Dämme, die Gartenarbeiten, die sich angleichende Handschrift Ottilies, das Motiv des gemeinsamen Musizierens, die Ausschmückung der Kapelle – poetische Sinnbildspache, die auf innere Vorgänge verweist, sie spiegelt oder irritierend konterkariert. Ein See wird angelegt, und auf ihm wird das Kind ertrinken. In der eingefügten Novelle von den „wunderlichen Nachbarskindern" steht der Satz, der das glückliche aktive Eingreifen des jungen Mannes, seinen mutigen Sprung in den Fluß bekräftigt: „Das Wasser ist ein freundliches Element für den, der damit bekannt ist und es zu behandeln weiß" (6, 439 f.). Doch für die Menschen der *Wahlverwandtschaften* ist das Wasser ein „treuloses, unzugängliches Element" (6, 457), mit dem sie nur scheinbar richtig umzugehen wissen. Genug der knappen Hinweise auf die sinnbildliche Bedeutungstiefe dieses Erzählens und das Verweisungsgeflecht, das die Dichtung durchzieht!

Zügig strebt das Geschehen auf das vierte Kapitel zu, in dem Charlotte, Eduard und der Hauptmann die chemische Gleichnisrede von der Wahlverwandtschaft erörtern. Danach ist auch Charlotte zur Einladung Ottilies bereit. Im Gespräch wird fortwährend vom Naturvorgang, in dem die sogenannte Wahlverwandtschaft sich auswirkt, auf den menschlichen Bereich hinübergespielt. Beziehungsreich sind die Formulierungen, in denen von Fliehen und Suchen, von Fahrenlassen und Ergreifen, von Wollen und Wählen, von Willkür, Freiheit und Notwendigkeit die Rede ist und in den beschriebenen Vorgängen eine höhere Bestimmung angenommen wird. Eindeutig ist da nichts mehr, wenn die naturgesetzlichen chemischen Vorgänge mit Begriffen aus der menschlichen Welt und umgekehrt Entwicklungen unter Menschen mit Bezeichnungen versehen werden, die auch auf chemische Prozesse zu passen scheinen. Damit ist ein Naturvorgang in einem anthropomorphischen Vergleich beschrieben, nicht ‚erklärt', und ein wahlverwandtschaftlicher Ablauf unter Menschen ist damit noch nicht auf einen zwangsweise sich vollziehenden, aber nur metaphorisch benannten Naturprozeß reduziert. Vielmehr ist die Fragestellung des Experiments aufgezeichnet: Wo ist Zwang, dem nicht zu entkommen ist, wo wirkt freies Entscheiden, wenn Menschen wie in einer chemischen Konstellation zusammenfinden?

Es wäre einseitig, die Menschen der *Wahlverwandtschaften* nur im Bann eines dämonischen Geschicks zu sehen, das über sie verhängt ist. Gewiß, die Beteiligten des Gesprächs prognostizieren schicksalhafte Komplikationen, die eine Vierergemeinschaft bringen könnte, und sind eigentümlich blind dafür, daß sie selbst die Betroffenen sein könnten. Wie sie hier zu kurz blicken, so verkennen sie anderwärts manche Zeichen und Vorbedeutungen, legen sie falsch aus, ja unterschieben ihnen abergläubisch einen positiven Sinn, wie Eduard beim heil gebliebenen Initialenglas. Aber was dann, als die vier beisammen sind, wie mit unerbittlicher naturhafter Notwendigkeit abrollt, ist stets nur zu einem Teil auferlegtes Geschick, dem nicht zu widerstehen ist. Daß die unerhörte Anziehung wirkt, ist in der Tat nicht weiter zu erklären, ist ‚dämonische' Zuweisung. Da zieht sich die Spur „trüber, leidenschaftlicher Notwendigkeit" durchs Leben, die „heitere Vernunftfreiheit" nicht zu lenken vermag. Und auch die Prädispositionen der einzelnen, die die Anziehung unter den bestimmten Personen begünstigen, mögen noch zu den unentrinnbaren Zwängen gehören, denen nicht zu befehlen ist. Doch weit, sehr weit bleibt der Spielraum, der den Beteiligten zu ihren freien Entscheidungen gelassen ist. Das Geschick bricht über die vier nicht herein, weil sie keinerlei Möglichkeiten hätten, ihm auszuweichen, sondern weil sie sich auf eine durchdringende Analyse ihrer Situation nicht einlassen und es ihnen an der Fähigkeit mangelt, ihren komplizierten Verhältnissen in gegenseitiger Verständigung, die vor Schwierigkeiten nicht ausweicht, auf den Grund zu gehen. Es ist nicht zu bestreiten, daß sich immer wieder Ungeplantes durchsetzt, aber ebenso gilt, daß das Planen in seiner Fragwürdigkeit und Unzulänglichkeit erscheint.

Die Wahlverwandtschaften sind ein Buch scheiternder Konfliktbewältigung. Laut Riemers Tagebuch soll Goethe am 28. August 1808 geäußert haben, seine Idee bei dem neuen Roman sei, „sociale Verhältnisse und die Conflicte derselben symbolisch gefaßt darzustellen". Sogleich ist anzumerken, daß der Roman keine ‚Lösung' anbietet, wie denn nun gelungene „sociale Verhältnisse“ in der Gruppe der vier beschaffen sein könnten. Weder die Beibehaltung der Ehe zwischen Charlotte und Eduard noch eine Scheidung mit der Möglichkeit zur Verbindung mit neuen Partnern wird als ein ohne weiteres tragfähiges Konzept angeboten, soviel auch darüber gesprochen wird. Die Problematisierung der Beziehungen bestimmt das Experimentiermodell, und jedes einhellige Ergebnis, das dem Roman abgelesen wird, würde ein vereinseitigendes Resultat bedeuten. Auf dem Versuchsfeld, das Goethe errichtet und bevölkert, ist mit richtig und falsch, Recht und Unrecht, Schuld und sittlicher Norm nicht mehr zu urteilen. Das Irritierende (und eminent ‚Moderne‘) des Romans liegt darin, daß er den Leser mit dem Geschehen und allen Ambivalenzen allein läßt. Die kühle, distanzierte Beobachtungsweise eines Flaubert ist hier vorweggenommen. Die Novellen der *Wanderjahre* sind nah verwandt, in denen es um die Spannung zwischen Leidenschaft und gesellschaftlicher Ordnung geht. „Der Mann von fünfzig Jahren“ hat mit diesen Problemen zu tun.

Es ist kurzschlüssig, die Ehe im *Wahlverwandtschaften*-Roman als die sittliche Ordnung anzusehen, die gegenüber den aufbrechenden Leidenschaften in ihrem Recht und ihrer Würde bestätigt werden sollte. Zwar betonte Goethe in einem Brief an Zauper: „Der sehr einfache Text dieses weitläufigen Büchleins sind die Worte Christi: Wer ein Weib ansieht, ihrer zu begehren pp. Ich weiß nicht, ob irgend jemand sie in dieser Paraphrase wieder erkannt hat“ (7. 9. 1821). So äußerte er sich zu einem Theologen, um den Roman vom Ruch des Unsittlichen freizuhalten, das man ihm oft genug vorgeworfen hatte, und betonte im Grunde nur, daß das Buch in der Tat von einem so wichtigen Problem handle. Aber nirgends zeigt sich, was man eine erfüllte Ehe nennen könnte. Die Partnerschaft zwischen Eduard und Charlotte genügt zwar den konventionellen Geboten der Schicklichkeit, hält jedoch offensichtlich nicht, was sie erwarteten, als sie sie endlich schließen konnten. Ihr Gespräch spart an entscheidenden Stellen vieles aus, umgeht scheu, was insistierenden Nachfragens bedürfte, und stößt oft nicht zum Kern der Dinge vor. Die eigene Problematik, in der sie miteinander leben, bleibt wie zugedeckt. Es ist, als ob in der Abgeschiedenheit des Schlosses mit seinem gesicherten Müßiggang keine Nötigung bestünde, mit dem Leben ganz ernst zu machen. Um so heftiger können die Leidenschaften eindringen und wuchern. Der Ehebruch im Ehebett mit seinen paradoxen Folgen ist beredtestes Zeugnis dafür. Allerdings vermag Charlotte frühzeitig ihrer Neigung zum Hauptmann Einhalt zu gebieten, weil sie sich der ehelichen Bindung verpflichtet fühlt. Aber es ist ein Akt der Verdrängung aus Schicklichkeit, auch aus Furcht vor weiteren Verwicklungen; denn Charlotte möchte stets gern im „Gleichgewicht“ bleiben, sich zu nichts zu sehr hinreißen lassen. So schildert sie der Erzähler nach ihrem Entschluß zu entsagen: „Immer gewohnt, sich ihrer selbst bewußt zu sein, sich selbst zu gebieten, ward es ihr auch jetzt nicht schwer, durch ernste Betrachtung sich dem erwünschten Gleichgewichte zu nähern" (6, 326). Als sie später nach dem Tod des Kindes dann doch einer Scheidung zustimmt, um Ottilie in ihrer Not und Verwirrung zu helfen, beweist dies, daß die Institution der Ehe für sie keineswegs unantastbar ist. Wenn Ottilie die Hände der Ehegatten faßt und sie zusammendrückt, so ist das eine Geste, die den Ehebund erneuern soll. Aber sie selbst hätte eine Scheidung akzeptiert, wenn nur auch Charlotte einverstanden gewesen wäre. In dem Gefühl der Schuld, das Ottilie ausfüllt, obwohl der abwägende Leser sie nicht schuldig sprechen kann, mag sie am Ende Eduards Frau nicht werden, weil sie den Tod des Kindes als einen Wink der Vorsehung deutet und mit ihrer vermeintlichen Schuld allein ins reine kommen will. Eine Seligsprechung der Ehe ist daraus nicht abzuleiten; der Verbindung zwischen Eduard und Charlotte ist auch nicht mehr zu helfen.

Was in dem Roman entfaltet wird, ist zwar die Problematik der Ehe, neben der andere Kräfte aufbrechen können, nicht aber ihre Rechtfertigung und Erhöhung zur unantastbaren sittlichen Ordnung. Die Dichtung von der Wahlverwandtschaft verkündet keine Lehren und Empfehlungen, sondern führt ausschließlich Probleme vor. Wer aus ihr Lebensrichtlinien gewinnen möchte, gerät in Verwirrung; wer Ratschläge erwartet, wie „leidenschaftliche Notwendigkeit" im Leben bewältigt werden könne, sucht vergebens. Nicht einmal aus dem Verhalten Ottiliens, die nur noch schweigend wegzusterben vermag, lassen sich übertragbare Erkenntnisse ableiten. Gewiß enthält auch dieser Roman griffige Aussprüche, die sich wie Leitsätze geben, aber im vieldeutigen Verweisungszusammenhang des Ganzen büßen sie ihre Gültigkeit ein, die sie isoliert zu beanspruchen scheinen (auch – für uns – so törichte Sprüche des Gehilfen wie: „Männer sollten von Jugend auf Uniform tragen, weil sie sich gewöhnen müssen, zusammen zu handeln, sich unter ihresgleichen zu verlieren, in Masse zu gehorchen und ins Ganze zu arbeiten." – „Man erziehe die Knaben zu Dienern und die Mädchen zu Müttern, so wird es überall wohlstehn"; 6, 409 f.). Der merkwürdige Mittler hat den Glaubenssatz parat: „Die Ehe ist der Anfang und Gipfel aller Kultur. [. . .] Unauflöslich muß sie sein; denn sie bringt so vieles Glück, daß alles einzelne Unglück dagegen gar nicht zu rechnen ist" (6, 306). Wer ihn spricht, trägt – entgegen seinem Namen – zur Besänftigung der Konflikte nicht bei. Der Graf und die Baronesse, die zu Besuch erscheinen, leben in einer amourösen Beziehung und loben ihre Art des Zusammenseins. Während sie zu guter Letzt heiraten, ist die Ehe Charlottes und Eduards zerbrochen. Nein, die *Wahlverwandtschaften* schreiben nicht das Hohelied der Ehe. Nur zu einseitiger Verteidigung des Romans, der für Jacobi am Ende die „Himmelfahrt der bösen Lust" zelebrierte (Bo II 453), kann fälschlicherweise das Ehegebot bemüht werden, das im Buch ex contrario sanktioniert werde. Was Goethe selbst ein Problem war und blieb, die Ehe, ist in den *Wahlverwandtschaften* im Status des Problems belassen, wie es einer Dichtung gestattet ist, auch wenn irritierte zeitgenössische Leser bereits fragten, was das neue Werk eigentlich an ‚Positivem' zu bieten habe.

Goethes langes Zögern vor seiner eigenen Eheschließung war auch darin begründet, daß er sich nicht sicher war, wie Bindung auf Dauer durchzuhalten sei. In seinen Dichtungen fehlen geglückte Ehen. (Nur das – nicht weiter ausgestaltete – Zusammenleben von Götz und Elisabeth macht eine Ausnahme.) Ein grundsätzlicher Widerspruch scheint für den Dichter der *Wahlverwandtschaften* unlösbar geblieben zu sein. Kanzler v. Müller berichtete aus einem Gespräch am 7. April 1830 den Ausspruch Goethes: „Was die *Cultur* der Natur abgewonnen habe, dürfe man nicht wieder fahren lassen, um keinen Preiß aufgeben. So sey auch der Begrif der Heiligkeit der Ehe eine solche Cultur-Errungenschaft des Christenthums und von unschäzbarem Werth, obgleich die Ehe eigentlich unnatürlich sey." Wenn alles Leben im Wandel ist, wenn Metamorphose Gestaltung und Umgestaltung bedeutet, dann kann eine Festlegung für immer nicht natürlich sein. Gleichwohl darf die „Kultur" auf institutionalisierte Ordnungen und die Eindämmung erotischer Leidenschaften nicht verzichten, auch zum Wohle der Kinder.

Soviel Charlotte und Eduard auch über ihr Zusammenleben und manche Schwierigkeiten sprechen und sich dabei bemühen, stets in den Bahnen der Schicklichkeit zu bleiben, so gelingt es ihnen doch nicht, der Probleme Herr zu werden. Liegt das nur an der Macht der Anziehungskraft, die sich in der Wahlverwandtschaft auswirkt? Sicherlich zieht der Roman „die Spuren trüber, leidenschaftlicher Notwendigkeit" besonders deutlich nach und läßt an vielen Stellen das Geschehen wie ein verhängtes Geschick erscheinen. Doch erweisen sich Charlotte und Eduard auch als eigentümlich unfähig, alle Konsequenzen auszuloten und Vorbedeutungen umsichtig einzuschätzen. Charlotte sucht gern den Ausgleich, obwohl sie selbst in den Bann der Wahlverwandtschaft geraten ist. Wenn sie sich zur Ordnung ruft und entsagt, gibt sie notwendigerweise auch etwas von ihrer Identität preis, ohne zu wissen, welchen Sinn ihre Entsagung für ein weiteres eheliches Leben haben könnte. Als sie dann spät eine Trennung befürwortet, trifft sie den Entschluß nicht mehr ihretwegen, sondern aus Rücksicht auf Ottilie. Im Grunde sind Charlotte und Eduard, in einer ohnehin problematischen Ehe verbunden, hilflos gegenüber dem, wovor die chemische Gleichnisrede warnte und was dennoch über sie hereingebrochen ist. Wie freilich in den „socialen Verhältnissen" die aufgebrochenen Konflikte gelöst werden und die Personen unbeschädigt und produktiv verarbeitend die elementaren Kräfte der Wahlverwandtschaft in ihr eigenes und das gesellschaftliche Leben integrieren könnten, das läßt der Roman offen. Weder das lehrhafte Plädoyer Mittlers für die Ehe noch die läßliche Unbekümmertheit des die freie Liebe mit der Baronesse genießenden Grafen bieten zulängliche Antworten. Und Ottilies selbstverzehrende Buße bis zum Tod, die sie meint vollziehen zu müssen, weil sie aus ihrer Bahn geschritten sei, ist kein Lösungsangebot, das dem Leben helfen könnte.

Zwei Äußerungen Goethes über Eduard scheinen sich zu widersprechen. Er schätze ihn, „da er unbedingt liebt" (an Reinhard 21. 2. 1810). Aber zu Eckermann: „Ich mag ihn selber nicht leiden, aber ich mußte ihn so machen, um das Faktum hervorzubringen" (E 21. 1. 1827). Er gehört noch zu den Menschen von der Art eines Werther, hingabefähig, leidenschaftlich, aber auch selbstbezogen und unfähig, sein Leben zu ordnen. Seine Liebe zu Ottilie ist ebenso unbedingt und leidenschaftlich wie eigensüchtig und rücksichtslos. Was an Zeichenhaftem geschieht, legt er zu seinen Gunsten aus, und es ist sein unkontrolliertes Temperament, das an entscheidenden Stellen folgenschwere Verwirrung heraufbeschwört: Ungestüm bedrängt er Ottilie, so daß sie in ihrer Erregung das Kind im schwankenden Kahn nicht halten kann und es ertrinkt. Kein Verhängnis herrscht hier, sondern menschliche Unbedachtsamkeit zeitigt schreckliche Folgen. Liebenswert und unleidlich zugleich ist Eduard, dem der Erzähler den tröstlichen Satz am Schluß widmet: „Und so lag denn auch dieses vor kurzem zu unendlicher Bewegung aufgeregte Herz in unstörbarer Ruhe" (6, 490).

Wie aus anderen Zonen scheint Ottilie zu stammen. Sie ist, so zeigen es die magnetischen Erscheinungen, auf eine besonders enge, bewußtlose Weise den Naturkräften verbunden und unterliegt folgerecht am stärksten dem Zwang der Wahlverwandtschaft. Wie sie für das Elementare empfänglich und von ihm abhängig ist, so ist sie freilich auch von einer bemerkenswerten Ichschwäche. Das ist rührend in der Anhänglichkeit und Uneigennützigkeit, in der Fähigkeit, sich anzupassen und zuhören zu können. Sie begreift nicht eigentlich, sondern ahnt und vernimmt. Im unerbittlichen Spiel der Anziehungen gerät sie in eine ausweglose Situation. Erstaunlich, wie widerstandslos sie zunächst ihrem Gefühl für Eduard ausgeliefert ist, als vollziehe sich nur, was ihrer Natur bisher unbekannt gewesen. Sie löst sich aus ihrer Vaterbindung, gibt das Medaillon mit dem Bild des Vaters und das Kettchen hin, tauscht es ein gegen die Bindung an den Geliebten, der ihr Vater sein könnte. Mehr und mehr erfährt sie die Schärfe des Konflikts, den ihre Anwesenheit hervorgerufen hat. Aber die Liebe läßt sie nicht los, wenn ihr auch nach der Taufe des Kindes auf einmal klar wurde, „daß ihre Liebe, um sich zu vollenden, völlig uneigennützig werden müsse" (6, 425); wenn sie nur den Geliebten glücklich wisse, wolle sie sogar auf ihn verzichten. Aber noch kann Eduard, der die merkwürdige Ähnlichkeit des Kindes mit Ottilie und dem Hauptmann als Bestätigung seiner Wünsche deutet, ihre Zusage gewinnen, unter der Bedingung freilich, daß auch Charlotte einer Scheidung zustimmt. Der Tod des Kindes ändert alles. Ottilie lastet sich die Schuld an dem Unglück an und glaubt, nun erkennen zu müssen, sie sei aus ihrer Bahn geschritten. „Eduards werd ich nie!" (6, 463) Sie will für ihr „Verbrechen" büßen. Keineswegs aber legitimiert der Kontext des ganzen Romans solche Selbstverurteilung; unmöglich, daß das, was die den natürlichen Kräften geheimnisvoll verbundene Ottilie gefühlt, gedacht, getan hat, mit dem Wort „Verbrechen" gebrandmarkt werden dürfte. In ihrer Lage mag das freilich so scheinen, wo Verständigung und Klärung nicht zureichen. Bezeichnend genug, mit welchem Satz der Erzähler das auf die Selbstbezichtung des „Vergehens", „Verbrechens" folgende Kapitel (II 15) eröffnet:

> Wenn sich in einem glücklichen, friedlichen Zusammenleben Verwandte, Freunde, Hausgenossen, mehr als nötig und billig ist, von dem unterhalten, was geschieht oder geschehen soll, wenn sie sich einander ihre Vorsätze, Unternehmungen, Beschäftigungen wiederholt mitteilen und, ohne gerade wechselseitigen Rat anzunehmen, doch immer das ganze Leben gleichsam ratschlagend behandeln, so findet man dagegen in wichtigen Momenten, eben da, wo es scheinen sollte, der Mensch bedürfe fremden Beistandes, fremder Bestätigung am allermeisten, daß sich die einzelnen auf sich selbst zurückziehen, jedes für sich zu handeln, jedes auf seine Weise zu wirken strebt und, indem man sich einander die einzelnen Mittel verbirgt, nur erst der Ausgang, die Zwecke, das Erreichte wieder zum Gemeingut werden. (6, 463)

Jetzt aber sinkt Ottilie weiter ins Schweigen. Was der Erzähler angemahnt hat, kann nichts mehr fruchten. Grell hebt sich das lockere gesellschaftliche Getriebe, das nach Lucianes Ankunft im Haus inszeniert wurde, von dem Weg nach innen ab, den Ottilie meint gehen zu müssen. Als gar Eduard sie gegen ihren Willen im Gasthaus überrascht, sagt sie sich von allem los, verweigert die Nahrung und stirbt einen stillen Tod. Wie eine ‚Heiligung' Ottilies ist der Schluß gestaltet, wie eine Gestalt der Legende erscheint sie. Wer so wie sie eine entschiedene und ungewöhnliche Konsequenz zieht und durchhält, den umgibt eine

Aura des Wunderbaren. Aber Goethe, dem alles Katholisieren der Romantiker mißfiel, wollte hier nichts dergleichen offerieren. Die Strenge der Konsequenz, die Ottilie bewies, konnte nur mit ungewöhnlichen Mitteln verdeutlicht werden. In der Welt, in der sie lebte, fand sie keinen Platz mehr. Sie hatte dem vielen Sprechen, das vorangegangen war und nicht hatte helfen können, nichts mehr hinzuzufügen als ihr Schweigen und Verstummen. Nur im Tod blieb sie mit Eduard, der ihr nachstarb, vereinigt, in einem offenen Rätsel, für das es keine Lösung gegeben hatte.

Wie eine helle Kontrafaktur gegen die Düsternis der wahlverwandtschaftlichen Komplikationen ohne gutes Ende wirkt die Novelle „Die wunderlichen Nachbarskinder", die in den Roman eingefügt ist. Dort gelingt einem Paar, das jugendliche Spannungen auseinandergehalten hatte, die glückliche Vereinigung. Die junge Frau wagt die Entscheidung herbeizuführen, und der Mann traut sich den Sprung in das Wasser, das Elementare, zu und unterliegt nicht. Der Erzähler der Novelle wußte ja, daß das Wasser ein freundliches Element für den sei, der damit bekannt ist und es zu behandeln weiß.

Niemand kann bündig nachweisen, was im einzelnen Goethe aus dem eigenen Leben in die Dichtung der *Wahlverwandtschaften* überführt hat. Minna Herzlieb, Sylvie v. Ziegesar: manche ihrer Züge mögen sich in der Gestalt der Ottilie wiederfinden, und seine Zuneigung zu ihnen mag phasenweise so heftig gewesen sein, daß er die Stärke einer wahlverwandtschaftlichen Anziehungskraft gespürt hat.

Es fehlt dem Roman nicht an deutlich sichtbaren gesellschaftskritischen Elementen, ohne daß allerdings der Erzähler ausführliche bewertende Erläuterungen beisteuerte. Der dilettierende Eigensinn Eduards, eines wohlversorgten Müßiggängers, ist offenkundig. Mit den wirklichen Kräften der Natur eigentlich nicht vertraut, lassen sich die Menschen, die es sich leisten können, auf Eingriffe nach ihrem Geschmack ein und müssen erleben, wie der Damm nicht hält und später im See das Kind ertrinkt. Mittler hantiert mit Formeln und Phrasen, ohne Hilfreiches bewirken zu können. Der Architekt ist nicht wirklich schöpferisch, sondern restauriert, ahmt nach. Geradezu entfesselt treibt Luciane, Charlottes Tochter aus erster Ehe, ihre geselligen Vergnügungen. Auch der Graf und die Baronesse sind Gestalten einer Gesellschaft, die in sich unsicher ist. Vielleicht darf man in den *Wahlverwandtschaften* insgesamt einen Reflex auf zeitgeschichtliche Erfahrungen von der Französischen Revolution bis zur Kriegszeit von 1806 sehen, der allerdings in Einzelheiten nicht nachgewiesen werden kann; denn historische Ereignisse schildert der Roman nicht. „Sociale Verhältnisse", in denen sich ein Mangel an konsequentem Durchdringen vielschichtiger Probleme zeigt, die das Ganze und die einzelnen betreffen, und in denen Konflikte nicht bewältigt, sondern zwar gesichtet, aber in ihren vollen Konsequenzen verkannt werden, bergen Keime des Zerfalls in sich und sind dem Ansturm außergewöhnlicher Kräfte hilflos ausgeliefert.

Wie eine pikante Zugabe zu den *Wahlverwandtschaften* nimmt sich das große, bedeutende Gedicht *Das Tagebuch* aus, 24 weiträumige Stanzen von dichter erzählerischer Fülle und Genauigkeit, lange verkannt und scheu umgangen wegen seiner freimütigen Darstellung des Sexualverhaltens. Der Geist der *Römischen Elegien* ist nah, die Goethe dichtete, als er sich endlich, nach Überwindung eigener sexueller Schwierigkeiten, heiter und glücklich der sinnlichen Lust überlassen konnte. Vom Ton einiger *Venetianischer Epigramme* ist ebenfalls etwas zu hören, der Affront gegen christliche Sinnenfeindschaft, den auch *Die Braut von Korinth* aussprach. Im Roman brach die Problematik der Ehe auf; Charlotte und Eduard vollzogen gemeinsam einen Ehebruch in Gedanken, und wie es um die Verbindung von Liebe und Ehe bestellt sei, davon handelte manches Gespräch. Aber wenn auch die erotischen Anziehungskräfte das Geschehen bestimmten, so beließ doch die Sprache eigentlich Sexuelles in einer Zone der Verschwiegenheit, weil sie den seelischen Vorgängen nachspürte und Ottilie auf den Weg einer selbstverleugnenden Entsagung getrieben wurde. Anders *Das Tagebuch.* In nächster Nähe zum Roman entstanden, schildert es eine Episode, in der sich ein tatsächlicher Ehebruch anbahnt, aber nicht geschieht, weil der Partner im erwünschten Moment zum Liebesakt nicht fähig ist. Dann jedoch, als das Mädchen – so schön wie selbstverständlich in seiner spontanen Natürlichkeit – schon eingeschlafen ist und die Erinnerung des mit sich verständlicherweise Unzufriedenen zu den Freuden zurückschweift, die er mit seiner Ehefrau genossen, regt sich „Meister Iste“ wieder: „Auf einmal ist er da, und ganz im stillen / Erhebt er sich zu allen seinen Prachten.“ Die feste innere Verbundenheit mit der Gattin zu Hause läßt ihn bei der zufälligen Bekanntschaft versagen und bestätigt sich in Augenblicken der ‚Gefahr‘ auf unvermutete, doch zur Besinnung reizende Weise: „Die Krankheit erst bewähret den Gesunden.“ Für die Freundin der Nacht bleibt nur ein freundliches Gedenken. – In Prosa geschrieben, ließe sich die Geschichte als eine eingefügte Erzählung in den *Wahlverwandtschaften* wie in den *Wanderjahren* denken, mit ihren burlesken und tiefernsten Zügen durchaus geeignet, das Spiel der wiederholten Verweisungen zu bereichern. Aber wohl nur die hochkünstlerische Verssprache erlaubte es, dem delikaten Ereignis das direkt benennende Wort zuzugestehen.

Taten und Leiden des Lichts. Die Farbenlehre

Es hat jahrzehntelanger Arbeit bedurft, bis 1810 zwei umfangreiche Bände *Zur Farbenlehre. von Goethe* erscheinen konnten. Das Werk war sorgfältig ausgeführt und sollte schon durch seinen klaren Aufbau wissenschaftliche Strenge dokumentieren. Der erste Band enthielt den „Didaktischen Teil" (mit 920 Paragraphen samt einem Vorwort und einer Einleitung) und den „Polemischen Teil" (mit 680 Paragraphen). Den zweiten Band füllten die *Materialien zur Geschichte der Farbenlehre.* Beigegeben war ein Heft mit 16 Kupfertafeln, auf denen verschiedene Farbenerscheinungen dargestellt und erläutert waren. Goethes Interesse an Farbphänomenen reichte weit zurück. Im Elternhaus sah er den Künstlern zu, die für den Grafen Thoranc Bilder malten. Wir wissen, wie intensiv er sich selbst dem Zeichnen und der Malerei widmete und lange schwankte, ob er nicht eigentlich zum bildenden Künstler bestimmt sei. In seiner ersten gedruckten Arbeit zur Farbenlehre, den *Beiträgen zur Optik* von 1791, erinnerte er daran: „Durch den Umgang mit Künstlern von Jugend auf und durch eigene Bemühungen wurde ich auf den wichtigen Teil der Malerkunst, auf die *Farbengebung*, aufmerksam gemacht [...]" (LA I 3, 12). Im „Didaktischen Teil" (§ 75) erwähnte er seine frühe Beobachtung auf der Harzreise im Winter 1777, wie er beim Abstieg vom Brocken in der von Schnee bedeckten Gegend farbige Schatten bemerkte. Vollends in und seit Italien fesselten ihn das Spiel der Farben in der Natur und das Problem des Kolorits in der Malerei. Immer wieder weckte die südliche Landschaft die Frage nach Wesen, Entstehung und Wirkung der Farben. 1791 berichtete er über den sinnlich-ästhetischen Eindruck, der sich ihm eingeprägt hatte:

> Eben so wird es uns, wenn wir eine Zeitlang in dem schönen Italien gelebt, ein Märchen, wenn wir uns erinnern, wie harmonisch dort der Himmel sich mit der Erde verbindet und seinen lebhaften Glanz über sie verbreitet. Er zeigt uns meist ein reines tiefes Blau; die auf- und untergehende Sonne gibt uns einen Begriff vom höchsten Rot bis zum lichtesten Gelb; leichte hin und wider ziehende Wolken färben sich mannigfaltig, und die Farben des himmlischen Gewölbes teilen sich auf die angenehmste Art dem Boden mit, auf dem wir stehen. Eine blaue Ferne zeigt uns den lieblichsten Übergang des Himmels zur Erde, und durch einen verbreiteten reinen Duft schwebt ein lebhafter Glanz in tausendfachen Spiegelungen über der Gegend. [...] Alles, was unser Auge übersieht, ist so harmonisch gefärbt, so klar, so deutlich, und wir vergessen fast, daß auch Licht und Schatten in diesem Bilde sei (LA I 3, 7).

Das ist nicht die Sprache eines auf Analyse des Objekts erpichten Wissenschaftlers, sondern eines Menschen, der die beobachteten Phänomene im Lebenszusammenhang erfassen und aus ihm nicht herauslösen möchte. Das blieb auch fernerhin Prinzip seiner Beobachtungen, auch wenn sie sich den Einzelheiten zuwandten. In der „Konfession des Verfassers", mit der er die „Geschichte der Farbenlehre" beschloß, skizzierte er seinen Weg zu diesem Forschungsgebiet (14, 251 ff.). Von einem einzigen Punkt habe er sich in Italien im Umgang mit der Kunst und den praktizierenden Malern „nicht die mindeste Rechenschaft zu geben" gewußt: „es war das Kolorit". Man habe von technischen Kunstgriffen gesprochen, aber von Grundsätzen sei nichts zu erkennen gewesen. In den Norden zurückgekehrt, machte er sich in den folgenden Jahren energisch an die Arbeit, um sich über Wesen und Wirkung der Farben klarzuwerden. Er wußte wie jedermann, der sich mit Fragen des Lichts und der Farben befaßte, daß nach Newton „die sämtlichen Farben im Licht enthalten seien" (14, 256). Ein Zufall ließ ihn jedoch alsbald etwas ganz anderes für wahr halten. Von Hofrat Büttner in Jena hatte er sich Prismen ausgeliehen, weil er die „Versuche nach der Vorschrift, nach der bisherigen Methode" nachvollziehen wollte. Andere Arbeiten hielten ihn auf, einige Zeit verstrich, und Büttner erbat die Rückgabe seiner Geräte.

> Schon hatte ich den Kasten hervorgenommen, um ihn dem Boten zu übergeben, als mir einfiel, ich wolle doch noch geschwind durch ein Prisma sehen, was ich seit meiner frühsten Jugend nicht getan hatte. [...] Eben befand ich mich in einem völlig geweißten Zimmer; ich erwartete, als ich das Prisma vor die Augen nahm, eingedenk der Newtonischen Theorie, die ganze weiße Wand nach verschiedenen Stufen gefärbt, das von da ins Auge zurückkehrende Licht in so viel farbige Lichter zersplittert zu sehen.
>
> Aber wie verwundert war ich, als die durchs Prisma angeschaute weiße Wand nach wie vor weiß blieb, daß nur da, wo ein Dunkles dran stieß, sich eine mehr oder weniger entschiedene Farbe zeigte, daß zuletzt die Fensterstäbe am allerlebhaftesten farbig erschienen, indessen am lichtgrauen Himmel draußen keine Spur von Färbung zu sehen war. Es bedurfte keiner langen Überlegung, so erkannte ich, daß eine Grenze notwendig sei, um Farben hervorzubringen, und ich sprach wie durch einen Instinkt sogleich vor mich laut aus, daß die Newtonische Lehre falsch sei (14, 258 f.).

Das muß im Frühjahr 1790 gewesen sein; denn bereits in den *Epigrammen* aus Venedig polemisierte er: „Weiß hat Newton gemacht aus allen Farben! Gar manches / Hat er euch weis gemacht, das ihr ein Säkulum

glaubt." Büttners Prismen durfte er noch länger behalten, so daß er „in Zimmern und im Freien" seine Versuche fortsetzen konnte.
Goethe nahm an, daß seine Entdeckung die Farbenlehre Newtons widerlegte, und in diesem Irrtum blieb er zeitlebens befangen. Er hatte den Grundversuch Newtons gar nicht wiederholt, der einen einfarbigen Lichtstrahl durch ein schmales Loch im Fensterladen in einen abgedunkelten Raum einfallen ließ, durch eine Konvexlinse auffing und ihn dann mit Hilfe eines Prismas brach. Dabei zerlegte sich das Licht in seine Spektralfarben, und die Öffnung im Fensterladen wurde in mehreren Abbildungen in den unterschiedlichen Farben an der Wand sichtbar. Es zeigte sich, daß das weiße Licht aus Lichtern der verschiedenen Farben zusammengesetzt ist, die durch äußere Einwirkungen ausgesondert werden können. Die Newtonsche Lehre bot die Grundlage der physikalischen Optik und ermöglichte es, die Ausbreitung und den Weg des Lichts zu messen, in mathematische Formeln zu fassen, Wellenlängen festzustellen. Quantitative Bestimmungen wurden möglich, exakte Wissenschaft vom Licht und den Farben konnte sich ausbilden, die darauf gerichtet war, die Lichterscheinungen in ihrer objektiven Gesetzmäßigkeit zu bestimmen. Die genaue, durch Experimente abgesicherte Kenntnis ihres Funktionierens erlaubte dann auch die Anwendung zu praktischen Zwecken.
Goethe dagegen hielt starr an seiner Annahme fest, daß das Licht eine unteilbare Einheit sei und die Farben aus dem Zusammenwirken von Hellem und Dunklem, Licht und Finsternis entstünden, und zwar durch die Vermittlung eines „trüben" Mediums. In dieser Annahme fühlte er sich laufend bestärkt durch seine sinnenhafte Erfahrung in der ihn umgebenden Natur. Die Sonne, die tagsüber weiß strahlt, wird gelb und rot, wenn sich eine trübe Dunstschicht vor ihr ausbreitet und sie abdunkelt. Umgekehrt wird dunkler Rauch aus einem Schornstein im hellen Sonnenlicht bläulich. Als trübes Medium kann auch Glas fungieren, wodurch die dioptrischen Farben entstehen. So gelangte Goethe zu Resultaten, die ihn befriedigten. Liegt Trübes vor dem Hellen, ergibt sich die Farbe Gelb, liegt es vor dem Dunklen, die Farbe Blau; werden die beiden Farben direkt gemischt, entsteht Grün. Gelb kann sich steigern zu Gelbrot, Blau zu Blaurot, und aus einer Vereinigung dieser beiden Farben kommt Purpur zustande. Auch das Prisma, ein trübes Medium, ruft das Zusammenwirken von Hellem und Dunklem hervor. Dadurch wird beispielsweise das Bild eines kleinen weißen Kreises auf einer schwarzen Unterlage verschoben; das derart verschobene Bild ist ein getrübtes Nebenbild. Goethe resümiert nach einer Folge erläuternder Paragraphen: „Und so lassen sich die Farben bei Gelegenheit der Refraktion aus der Lehre von den trüben Mitteln gar bequem ableiten.

Denn wo der voreilende Saum des trüben Nebenbildes sich vom Dunklen über das Helle zieht, erscheint das Gelbe; umgekehrt, wo eine helle Grenze über die dunkle Umgebung hinaustritt, erscheint das Blaue" (§ 239).

Licht, Finsternis und das trübe Mittel waren nach Goethes Überzeugung die Grundbedingungen für das Erscheinen der Farbe. Im § 175 erhob er ihr Zusammenwirken zum „Urphänomen". So nannte er Erscheinungen, die sich zwar dem Anschauen noch offenbaren, aber ‚letzte' Phänomene sind, „weil nichts in der Erscheinung über ihnen liegt, sie aber dagegen völlig geeignet sind, daß man stufenweise [...] von ihnen herab bis zu dem gemeinsten Falle der täglichen Erfahrung niedersteigen kann". Ein solches „Urphänomen" glaubte er hier erkannt zu haben: „Wir sehen auf der einen Seite das Licht, das Helle, auf der andern die Finsternis, das Dunkle; wir bringen die Trübe zwischen beide, und aus diesen Gegensätzen, mit Hülfe gedachter Vermittlung, entwickeln sich, gleichfalls in einem Gegensatz, die Farben, deuten aber alsbald, durch einen Wechselbezug, unmittelbar auf ein Gemeinsames wieder zurück."

Stimmte schon Goethes Elementarversuch nicht mit dem Newtons überein, so blieben bei seinen Untersuchungen ständig eigene Grundüberzeugungen in Kraft und wirkten sich aus. Wenn er die Phänomene in ihrem Recht und im menschlichen Lebenszusammenhang belassen wollte – und das hielt er für unerläßlich –, schien es ihm nicht erlaubt, Naturerscheinungen den Zwängen von Apparaten auszusetzen, die sich zwischen den Menschen und die Beobachtungsgegenstände schoben und das Objekt in abstrakten Verhältnissen erfaßten, die von der dem Menschen gegebenen sinnenhaften Anschauung weit abgerückt waren. Im § 242 des „Didaktischen Teils" bekräftigte er:

> Hier werden nicht willkürliche Zeichen, Buchstaben, und was man sonst belieben möchte, statt der Erscheinungen hingestellt; hier werden nicht Redensarten überliefert, die man hundertmal wiederholen kann, ohne etwas dabei zu denken noch jemanden etwas dadurch denken zu machen, sondern es ist von Erscheinungen die Rede, die man vor den Augen des Leibes und des Geistes gegenwärtig haben muß, um ihre Abkunft, ihre Herleitung sich und andern mit Klarheit entwickeln zu können.

Und unter den *Maximen und Reflexionen* steht der Satz:

> Der Mensch an sich selbst, insofern er sich seiner gesunden Sinne bedient, ist der größte und genaueste physikalische Apparat, den es geben kann, und das ist eben das größte Unheil der neuern Physik, daß man die Experimente gleichsam vom Menschen abgesondert hat und bloß in dem,

> was künstliche Instrumente zeigen, die Natur erkennen, ja, was sie leisten kann, dadurch beschränken und beweisen will (12, 458).

Goethe verachtete Experimente keineswegs; er führte sie selbst in reicher Zahl durch. Aber er wollte den sinnlich-gegenständlichen Charakter auch des Experiments gewahrt wissen. Deshalb das in den *Zahmen Xenien* wieder einmal gegen Newton und seine Anhänger gerichtete Gedicht:

Freunde, flieht die dunkle Kammer,
Wo man euch das Licht verzwickt
Und mit kümmerlichstem Jammer
Sich verschrobnen Bildern bückt.
Abergläubische Verehrer
Gab's die Jahre her genug,
In den Köpfen eurer Lehrer
Laßt Gespenst und Wahn und Trug.

Wenn der Blick an heitern Tagen
Sich zur Himmelsbläue lenkt,
Beim Sirok der Sonnenwagen
Purpurrot sich niedersenkt:
Da gebt der Natur die Ehre,
Froh, an Aug' und Herz gesund,
Und erkennt der Farbenlehre
Allgemeinen, ewigen Grund.

Es ging Goethe nicht um die Möglichkeiten quantitativer Berechnungen und damit möglicher Beherrschung der Farbphänomene, sondern um qualitatives Erfassen des Wesens der Erscheinungen im Kontext einer Gesamtanschauung der Natur und des Menschen in ihr. So wagte er, an das Zusammenwirken von Licht und Finsternis glaubend, im § 739 des „Didaktischen Teils" bekenntnishaft zu schreiben: „Das Geeinte zu entzweien, das Entzweite zu einigen, ist das Leben der Natur; dies ist die ewige Systole und Diastole, die ewige Synkrisis und Diakrisis, das Ein- und Ausatmen der Welt, in der wir leben, weben und sind." Seine Grundüberzeugungen von Polarität und Steigerung, die bis in die frühe Zeit der hermetischen Spekulationen zurückreichen, gab Goethe auch in der Farbenlehre nicht preis. Im § 746 wünschte er, „das schöne Kapitel der Farbenlehre aus seiner atomistischen Beschränktheit und Abgesondertheit, in die es bisher verwiesen, dem allgemeinen dynamischen Flusse des Lebens und Wirkens wiederzugeben".

Ganz anders der Anfang von Newtons *Optics, or a Treatise of the Reflections, Refractions, Inflections and Colours of Light* von 1704: „My

Design in this Book is not to explain the Properties of Light by Hypothesis, but to propose and prove them by Reason and Experiments" [Meine Absicht in diesem Buch ist nicht, die Eigenschaften des Lichts durch Hypothesen zu erklären, sondern sie mittels logischer Argumentation und durch Experimente vorzustellen und zu beweisen]. Goethe hingegen sprach im „Vorwort" zum „Didaktischen Teil" metaphorisch: „Die Farben sind Taten des Lichts, Taten und Leiden." Licht und Farbe müsse man sich beide „als der ganzen Natur angehörig denken: denn sie ist es ganz, die sich dadurch dem Sinne des Auges besonders offenbaren will".

So war die Intention des Naturwissenschaftlers Goethe keine, die der klassisch-modernen exakten Naturwissenschaft entsprach. Inzwischen haben allerdings atomphysikalische Erkenntnisse gezeigt, daß Ergebnisse der Forschung vom Status der Beobachtung abhängig sind und der Begriff der Objektivität auch in Bereichen moderner Naturwissenschaft zum Problem geworden ist. Davon konnte Goethe ebensowenig ahnen wie von Maxwells Entdeckung des Lichts als elektromagnetischer Erscheinung und den unsichtbaren ultraroten und ultravioletten Strahlen. Aber angesichts modernster naturwissenschaftlicher Entwicklungen, deren Ergebnisse sich notwendigerweise in äußerster Abstraktheit bewegen und die die quälende Frage nicht zur Ruhe kommen lassen, ob und wie sie den humanen Bedürfnissen der Menschheit dienen können, wird eine Goethesche Betrachtungsweise, die die Phänomene stets auch im Zusammenhang mit der menschlichen Lebenswelt sieht, auf mehr Verständnis rechnen können als früher. Die Akten über seinen erbitterten Kampf gegen Newton sind allerdings insoweit geschlossen, als über richtig und falsch nicht gestritten werden muß: Newtons Theorie war zutreffend und bildete die unanfechtbare Grundlage der physikalischen Optik. Schon zu Goethes Zeit erkannte man, daß auch die Ergebnisse der von Goethe geschilderten Versuche mit der Theorie des englischen Naturforschers zu erklären sind.

Es kann und muß hier nicht im einzelnen aufgelistet werden, welche Beobachtungen Goethes fehlerhaft waren oder zu falschen Schlüssen geführt haben. Für die exakte Naturwissenschaft im strengen Sinn nicht brauchbar, hat seine Farbenlehre doch manche für die Sinnesphysiologie damals neuen Erkenntnisse erbracht, für die Ästhetik, die Malerei (von der seine Untersuchungen ja ihren Ausgang genommen hatten). Sein Interesse war auf den physikalischen Aspekt der Farbenerscheinungen nicht konzentriert. Gerade die Aufmerksamkeit, die er dem Ganzen des Licht- und Farbgeschehens im Lebenszusammenhang widmete und damit dem Anteil des menschlichen Auges, führte dazu, daß er die *Farbenlehre* mit der Erörterung der „Physiologischen Farben" eröffnete, also denen, bei deren Entstehung das Auge entscheidend beteiligt ist, jenes hochgelobte Organ, das er in der „Einleitung" als so anerkannt voraussetzte wie das Licht. „Das Auge hat sein Dasein dem Licht zu danken. Aus gleichgültigen tierischen Hülfsorganen ruft sich das Licht ein Organ hervor, das seinesgleichen werde, und so bildet sich das Auge am Lichte fürs Licht, damit das innere Licht dem äußeren entgegentrete" (13, 323). Wenige Zeilen später fügte er einen Spruch ein, in dem er, auf Plotin anspielend, den neuplatonischen Gedanken aufnahm, daß das, was im Menschen nach Göttlichem strebt, selbst etwas Göttliches ist:

Wär nicht das Auge sonnenhaft,
Wie könnten wir das Licht erblicken?
Lebt nicht in uns des Gottes eigne Kraft,
Wie könnt uns Göttliches entzücken?

Auch bei der Erklärung der „Physiologischen Farben" war die Annahme der Polarität ausschlaggebend. Zum Dunklen fordert das Auge das Helle und umgekehrt, und zu den einzelnen Farben begehrt es die Komplementärfarbe, die es für flüchtige Momente hervorbringt.
In Cottas *Morgenblatt* publizierte Goethe am 6. Juni 1810 eine *Anzeige und Übersicht des Goethischen Werkes zur Farbenlehre* (13, 524 ff.). Sie kann auch dem heutigen Leser noch zur Information dienen, und darum sei hier aus den Hinweisen auf den „Didaktischen Teil" auszugsweise zitiert.

> Daß die Farben auf mancherlei Art und unter ganz verschiedenen Bedingungen erscheinen, ist jedermann auffallend und bekannt. Wir haben die Erfahrungsfälle zu sichten uns bemüht, sie, insofern es möglich war, zu Versuchen erhoben und unter drei Hauptrubriken geordnet. Wir betrachten demnach die Farben, unter mehreren Abteilungen, von der physiologischen, physischen und chemischen Seite.
> Die erste Abteilung umfaßt die physiologischen, welche dem Organ des Auges vorzüglich angehören und durch dessen Wirkung und Gegenwirkung hervorgebracht werden. Man kann sie daher auch die subjektiven nennen. Sie sind unaufhaltsam flüchtig, schnell verschwindend. [...] Hier kommt zuerst das Verhältnis des großen Gegensatzes von Licht und Finsternis zum Auge in Betrachtung; sodann die Wirkung heller und dunkler Bilder aufs Auge. Dabei zeigt sich denn das erste, den Alten schon bekannte Grundgesetz, durch das Finstere werde das Auge gesammlet, zusammengezogen, durch das Helle hingegen entbunden, ausgedehnt. Das farbige Abklingen blendender farbloser Bilder wird sodann mit seinem Gegensatze vorgetragen; hierauf die Wirkung farbiger Bilder, welche gleichfalls ihren Gegensatz hervorrufen, gezeigt, und dabei die Har-

> monie und Totalität der Farbenerscheinung, als der Angel, auf dem die ganze Lehre sich bewegt, ein für allemal ausgesprochen. Die farbigen Schatten, als merkwürdige Fälle einer solchen wechselseitigen Forderung, schließen sich an. [...]
> Die zweite Abteilung macht uns nunmehr mit den physischen Farben bekannt. Wir nannten diejenigen so, zu deren Hervorbringung gewisse materielle aber farblose Mittel nötig sind, die sowohl durchsichtig und durchscheinend als undurchsichtig sein können. Diese Farben zeigen sich nun schon objektiv wie subjektiv, indem wir sie sowohl außer uns hervorbringen und für Gegenstände ansprechen, als auch dem Auge zugehörig und in demselben hervorgebracht annehmen. Sie müssen als vorübergehend, nicht festzuhaltend angesehen werden [...]. Sie schließen sich unmittelbar an die physiologischen an und scheinen nur um einen geringen Grad mehr Realität zu haben.
> [...]
> So gelangen wir zu der dritten Abteilung, welche die chemischen Farben enthält. [...] Auf die Entstehung des Weißen und Schwarzen wird hingedeutet; dann von Erregung der Farbe, Steigerung und Kulmination derselben, dann von ihrem Hin- und Widerschwanken, nicht weniger von dem Durchwandern des ganzen Farbenkreises gesprochen [...].
> Die chemischen Farben können wir uns nun objektiv als den Gegenständen angehörig denken. [...]
> In einer vierten Abteilung haben wir, was bis dahin von den Farben unter mannigfaltigen besondern Bedingungen bemerkt worden, im allgemeinen ausgesprochen und dadurch eigentlich den Abriß einer künftigen Farbenlehre entworfen.
> In der fünften Abteilung werden die nachbarlichen Verhältnisse dargestellt, in welchen unsere Farbenlehre mit dem übrigen Wissen, Tun und Treiben zu stehen wünschte. [...] Die sechste Abteilung ist der sinnlich-sittlichen Wirkung der Farbe gewidmet, woraus zuletzt die ästhetische hervorgeht. Hier treffen wir auf den Maler, dem zuliebe eigentlich wir uns in dieses Feld gewagt [...].

Besonders in den Ergebnissen des Abschnitts über die physiologischen Farben hat man wichtige Erkenntnisse für die zwischen dem Auge und dem Licht bestehenden Beziehungen gesehen, die für die Sinnesphysiologie des 19. Jahrhunderts wichtig wurden. Die Wahrnehmung der Farbe und des Farbtons, so zeigte sich, ist physiologisch bedingt, individuell verschieden und nicht direkt als physikalische Eigenschaft zu bestimmen. Unter künstlerischen, ästhetischen Gesichtspunkten sind Goethes Interpretationen der „sinnlich-sittlichen Wirkung" der Farben nach wie vor bemerkenswert und von Farbpsychologen respektiert. Sie spüren der „entschiedenen und bedeutenden Wirkung" nach, die die jeweilige Farbe „auf den Sinn des Auges [...] und durch dessen Vermittlung auf das Gemüt" ausübt (§ 758). Die einzelnen Farbeindrücke, so erläutert

§ 761, können nicht verwechselt werden, wirken spezifisch und bringen „entschieden spezifische Zustände in dem lebendigen Organ" hervor. Entsprechend ist unter den Paragraphen über das Blau (§§ 778–785) zu lesen: „Das Blaue gibt uns ein Gefühl von Kälte, so wie es uns auch an Schatten erinnert." – „Zimmer, die rein blau austapeziert sind, erscheinen gewissermaßen weit, aber eigentlich leer und kalt." Eindringlich zeichnet Goethe unter der Überschrift „Totalität und Harmonie" (§§ 803–815) auf, wie sich Farben gegenseitig fordern, einander entsprechen und wie „charakteristische Zusammenstellungen" (Gelb und Blau ist die einfachste von diesen, § 819) und „charakterlose Zusammenstellungen" (§§ 816–829) aussehen. Die Abschnitte über das „charakteristische" und „harmonische Kolorit" (§§ 880–888) entwerfen Prinzipien einer Farbkombinatorik und führen ganz in die Praxis der Malerei.
Zugrunde liegt alldem der Farbenkreis Goethes, den er aus den Kantenspektren konstruiert und im Kommentar zu einer seiner Tafeln erläutert: „Das einfache, aber doch zur Erklärung des allgemeinen Farbenwesens völlig hinreichende Schema. Gelb, Blau und Rot sind als Trias gegen einander über gestellt; eben so die intermediären, gemischten oder abgeleiteten" (LA I 7, 43). Damit ergibt sich eine Ordnung von sechs Grundfarben, die Goethe auf einem in sechs Teile gegliederten Kreis zusammenstellte, und zwar in der Reihenfolge rot, blaurot, blau, grün, gelb, gelbrot. Auf diesem Kreis liegt jede Farbe der Komplementärfarbe gegenüber, etwa dem Gelben das Blaurot, dem Grünen das Rot.
Im „Historischen Teil" seiner *Farbenlehre,* der den gesamten zweiten Band beanspruchte, stellte Goethe in einem souveränen, mühevoll erarbeiteten Überblick die Bemühungen von der Antike bis zu seiner Gegenwart dar, die man unternommen hatte, um das Phänomen Farbe zu beschreiben und zu erklären. Als er 1798 Schiller seinen Entwurf gezeigt hatte, lobte dieser, daß die projektierte Geschichte der Farbenlehre „viele bedeutende Grundzüge einer allgemeinen Geschichte der Wissenschaft und des menschlichen Denkens" enthalte (23. 1. 1798), ein Urteil, das bis heute nicht überholt ist. Für seine Attacken gegen Isaac Newton reservierte er sich eigens den „Polemischen Teil" im ersten Band. Unerbittlich zog er gegen den Forscher, der sich nicht mehr wehren konnte, zu Felde und sparte nicht mit abschätzigen Bemerkungen über dessen Arbeiten, ohne freilich seine Persönlichkeit zu diskreditieren. Später wünschte er allerdings, daß in den Ausgaben nach seinem Tod allzu drastische Formulierungen getilgt würden.
Selbstverständlich widmete sich Goethe auch nach Erscheinen der *Farbenlehre* diesem Gebiet und gab einzelne Arbeiten zu speziellen Problemen in seine Zeitschrift *Zur Naturwissenschaft allgemein* (LA I 8), aber die *Farbenlehre* blieb das repräsentative Werk. Die ersehnte öffentliche

Anerkennung wurde ihm versagt; die Naturwissenschaftler betrachteten es eher als eine wunderliche Marotte des berühmten Mannes. Seine Bekannten nahmen es verständnisvoller auf, und bildende Künstler nutzten es für ihre Arbeit. Die spärliche Resonanz in der Fachwissenschaft hat nicht wenig zur weiteren inneren Isolierung Goethes beigetragen, der sich längst an der Schwelle des Alters fühlte und in der *Farbenlehre* die Ernte angestrengter Bemühungen eingebracht hatte. So war es für ihn eine besondere Freude, als in den zwanziger Jahren Leopold v. Henning an der Berliner Universität Vorlesungen über seine Farbenlehre hielt und sich mit ihm beriet. Das veranlaßte ihn sogar zu Überlegungen, die *Farbenlehre* zu redigieren und in kürzerer Fassung neu herauszugeben. Noch am letzten Tag seines Lebens soll er sich frühmorgens mit Farbversuchen beschäftigt haben.
Goethe selbst maß seiner *Farbenlehre* außerordentliche Bedeutung zu. Nach einem langen Gespräch, in dem er ausführlich sein Vorgehen erläuterte, notierte Eckermann am 19. Februar 1829: „‚Auf alles, was ich als Poet geleistet habe', pflegte er wiederholt zu sagen, ‚bilde ich mir gar nichts ein.'" Aber daß er in seinem Jahrhundert in der Farbenlehre der einzige sei, „der das Rechte weiß", darauf tue er sich etwas zugute. Ohnehin konnte er in seinem Verständnis von Wissenschaft seine naturwissenschaftlichen Arbeiten nicht von den dichterischen separieren, sie höher oder niedriger, wichtiger oder unwichtiger schätzen. Ohne daß er die Bereiche vermischen wollte, hielt er es doch für unerläßlich, daß in beiden Bezirken ähnliche geistige Vermögen tätig waren. Er hat das einige Male umschrieben, und immer wurde dabei deutlich, wie sehr er einem Mangel der Naturwissenschaften, wie er ihn sah und beklagte, entgegenwirken wollte. Bei ihren Verfahren gerate das Objekt so sehr in eine vom Menschen gelöste Isoliertheit und werde so abstrakt erfaßt, daß der Gesamtzusammenhang von Natur und Mensch und allen ihren Phänomenen zerbreche und das Bewußtsein vom Ganzen verlorengehe. In einer späten Rezension forderte er, daß man „alle Manifestationen des menschlichen Wesens, *Sinnlichkeit* und *Vernunft, Einbildungskraft* und *Verstand,* zu einer entschiedenen Einheit ausbilden müsse", und er plädierte für eine „exakte sinnliche Phantasie, ohne welche doch eigentlich keine Kunst denkbar ist" *(Ernst Stiedenroth, Psychologie zur Erklärung der Seelenerscheinungen,* 1824; 13, 42). So konnte er in der *Geschichte der Farbenlehre* das Prinzip vertreten, daß „wir uns die Wissenschaft notwendig als Kunst denken [müssen], wenn wir von ihr irgendeine Art von Ganzheit erwarten" (14, 41). In solchen Zusammenhängen erhalten die Begriffe „Bewußtsein", „Selbstkenntnis", „Freiheit" und „Ironie" ihren Sinn, die er in den methodologischen Überlegungen im „Vorwort" zum naturwissenschaftlichen Werk der *Farbenlehre* berief:

> Jedes Ansehen geht über in ein Betrachten, jedes Betrachten in ein Sinnen, jedes Sinnen in ein Verknüpfen, und so kann man sagen, daß wir schon bei jedem aufmerksamen Blick in die Welt theoretisieren. Dieses aber mit Bewußtsein, mit Selbstkenntnis, mit Freiheit und, um uns eines gewagten Wortes zu bedienen, mit Ironie zu tun und vorzunehmen, eine solche Gewandtheit ist nötig, wenn die Abstraktion, vor der wir uns fürchten, unschädlich und das Erfahrungsresultat, das wir hoffen, recht lebendig und nützlich werden soll (13, 317).

Jedoch, moderne Naturwissenschaft, deren legitime Intention es ist, die Grenzen des Wißbaren immer weiter hinauszuschieben, kann auf Abstraktionen gar nicht verzichten und läßt sich nicht darauf einschwören, ein recht lebendiges Erfahrungsresultat zu erzielen. Die Frage nach dem Zusammenhang ihres Forschens und ihrer Ergebnisse mit einer ‚menschlichen' Lebenswelt stellt sich weder im Bezirk der Methodik und Praxis naturwissenschaftlicher Forschung noch kann sie dort entschieden werden. Sie ist auf einer anderen Ebene angesiedelt, auf der über den Sinn der Wissenschaft innerhalb der menschlichen Gesellschaft verhandelt wird. Goethe dagegen wollte noch in der Methodik das Menschliche (im weiten Sinn) gewahrt wissen.

Auf neuen und alten Wegen

Bekanntschaft mit Boisserée. Aufmerksamkeit für Mittelalterliches

Mit dem Erscheinen der *Farbenlehre* im Mai 1810 fühlte Goethe eine Last von sich genommen. Den 16. Mai betrachtete er, wie die *Annalen* besonders vermerkten, „als glücklichen Befreiungstag [...], an welchem ich mich in den Wagen setzte, um nach Böhmen zu fahren". Im Jahr zuvor hatte der Kuraufenthalt ausfallen müssen; die politische Lage war zu unsicher. Napoleon dehnte seine Herrschaft aus, schlug die Österreicher, die sich erhoben und bei Aspern gesiegt hatten, am 5. Juli bei Wagram, diktierte den Wiener Frieden vom 14. Oktober, und Österreichs Politik wurde seitdem für lange Zeit vom neuen Minister Metternich bestimmt. Es waren Jahre mit ungewissen Perspektiven, seit sich der französische Herrscher aufgemacht hatte, Europa zu erobern. Wer sich nicht in Widerstandszirkeln sammelte und für die Befreiung von der französischen Oberherrschaft arbeitete, versuchte im Windschatten der großen Politik sein Leben zu führen. Goethe verfolgte die Vorgänge aufmerksam, immer mit geheimem Respekt vor dem dämonischen Täter prometheischen Zuschnitts: „Sein Leben war das Schreiten eines Halbgotts von Schlacht zu Schlacht und von Sieg zu Sieg" (E 11. 3. 1828), und er begann doch auch zu ahnen, wie gefährlich es sei, „alles der Ausführung einer Idee zu opfern" (E 10. 2. 1830). Aber er verharrte im Kreise seiner Aufgaben und Beschäftigungen und war skeptisch, ob jemand dem Imperator würde Widerpart bieten können.
In den böhmischen Wochen von Mitte Mai bis Mitte September 1810 reifte weiter der Plan zu einer Selbstbiographie, die Wahrheit und Dichtung seines Lebens aufnehmen sollte. Der Sechzigjährige begann, sich selbst historisch zu werden und die Summe seines Lebens zu ziehen. Bis zum Tod füllten sich seine Briefe an die Freunde mit bilanzierenden Passagen, geschrieben im Bewußtsein, im Innersten einsam zu sein und fremd gegenüber Tendenzen der jüngeren Generation. Doch immer noch warteten unvermutete Aufbrüche auf ihn, Begegnungen und Erlebnisse von jugendlichem Schwung.

Im Sommer 1810 muß ihn die österreichische Kaiserin Maria Ludovica, erst dreiundzwanzig Jahre alt und dritte Frau des mehr als zwei Jahrzehnte älteren Kaisers Franz, zutiefst beeindruckt haben. Zum 6. Juni, zu ihrem Einzug in Karlsbad, trug man ihr ein Gedicht vor, das Goethe auf Bitte des Kreishauptmanns geschrieben hatte, drei weitere folgten in der nächsten Zeit, und alle vier hielt ihr Dichter für so wichtig, daß er sie in 300 Exemplaren auf eigene Kosten drucken ließ (vgl. oben S. 293). Als die junge Kaiserin im Sommer 1812 in Teplitz weilte, kam es zu zahlreichen Begegnungen; fast täglich sahen sie sich, Goethe las ihr vor, in zwanglosem Rahmen, und manche schriftliche Mitteilung erreichte sie über ihre Hofdame Gräfin O'Donell. Sie selbst hütete sich, ein Wort zu schreiben, weil sie wohl keinen Anlaß zu Gerede geben wollte. Wiederum kann niemand entschlüsseln, welchen Part in dieser merkwürdigen Konstellation erotische Anziehung und Verzauberung gespielt haben, auf beiden Seiten. „Man kann sich kaum einen Begriff von ihren Vorzügen machen", schrieb er Christiane am 19. Juli 1812. „Ihr werdet über gewisse Dinge, die ich zu erzählen habe, erstaunen, beinahe erschrecken." In Weimar und anderwärts tuschelte man bald genug über die Teplitzer Episode, die Goethe nie vergaß. Drei Tage nach der Abreise der Kaiserin schrieb er am 13. August 1812 an Reinhard: „Eine solche Erscheinung gegen das Ende seiner Tage zu erleben, gibt die angenehme Empfindung, als wenn man bei Sonnenaufgang stürbe und sich noch recht mit inneren und äußeren Sinnen überzeugte, daß die Natur ewig produktiv, bis ins Innerste göttlich, lebendig, ihren Typen treu und keinem Alter unterworfen ist." Er sah Maria Ludovica, die schon 1816 starb, nicht wieder. In die *Annalen* zu diesem Jahr gab er den Satz: „Der Tod der Kaiserin versetzte mich in einen Zustand, dessen Nachgefühl mich niemals wieder verließ." Noch 1821 bekannte er, „den Tod der hochseligen Kaiserin noch nicht verwunden" zu haben (an Reinhard, 25. 5. 1821). Es müssen für den, der dies schrieb, erhöhte Stunden gewesen sein, die er in ihrer Gegenwart verbrachte. Vielleicht sah er in der jugendlichen Kaiserin eine leibhaftige Eugenie, wie er sie in der *Natürlichen Tochter* gedichtet hatte, und war beglückt, daß „die Natur ewig produktiv" solche Gestalten wirklich hervorbrachte.

Noch vor dem Aufbruch nach Karlsbad 1810 bahnte sich eine Bekanntschaft an, die Goethe in den nächsten Jahren um neue Kunsterfahrungen bereichern sollte. Im April fühlte Graf Reinhard bei ihm vor, ob ein gewisser Sulpiz Boisserée ihn aufsuchen dürfe, um sich vorzustellen und Zeichnungen vom Kölner Dom vorzulegen. Er sei „halb Mäzen, halb Schüler und Jünger von Friedrich Schlegel", lebe seit kurzem in Heidelberg und besitze eine „sehr merkwürdige Sammlung altdeutscher Gemälde" (Reinhard an Goethe, 16. 4. 1810). Goethe antwortete freundlich aufgeschlossen, aber ausweichend; an einer Begegnung mit einem Anhänger des Konvertiten Schlegel, des Predigers von der Vorbildlichkeit christlicher Kunst, war er wenig interessiert. So verwies er auf die Turbulenz in den Wochen vor Reisebeginn und bat, jetzt von einem Besuch abzusehen. Buchhändler Zimmer brachte Anfang Mai die Ansichten und Aufrisse vom Dom zu Köln, der seit Jahrhunderten als Torso am Rhein verkümmerte, und Boisserée erläuterte in einem langen

Schreiben vom 8. Mai seine Pläne. Die Zeichnungen seien gedacht „als Grundlage zu einem Werk welches dem Entwurf nach den Schluß einer Sammlung Denkmäler christlicher Bauart in Köln vom 7ten bis zum 13ten Jahrhundert ausmachen soll". Goethe bedankte sich sogleich und sprach eine Einladung aus (15. 5. 1810). Zu Reinhard äußerte er sich ausführlicher: Er lobte die Zeichnungen, schränkte aber ein, der Gegenstand könne nur an seiner Stelle schätzenswert sein, „als ein Dokument einer Stufe menschlicher Kultur" (22. 7. 1810). Er erinnerte sich auch daran, daß er ja selbst in Jugendzeiten vom gotischen Straßburger Münster begeistert gewesen war, und so nahm er „die ganze Rücktendenz nach dem Mittelalter und überhaupt nach dem Veralteten" gelassen hin; man solle ihm damit „nur nicht glorios zu Leibe rücken" (7. 10. 1810).

Sulpiz Boisserée, 1783 geboren, stammte aus wohlhabendem Kölner Kaufmannshaus. Nach dem frühen Tod der Eltern konnten sich er und sein jüngerer Bruder Melchior, finanziell unabhängig, ganz ihren Neigungen für Kunst und Literatur widmen. Johann Baptist Bertram gesellte sich hinzu, ein Freund der neuen romantischen Ansichten und Bestrebungen. 1802 reisten die drei nach Paris, um die im Musée Napoléon aus Europa zusammengerafften Kunstwerke zu besichtigen. Aus dem Besuch wurde ein langer Winteraufenthalt, ein ständiger Gedankenaustausch mit Friedrich und Dorothea Schlegel, bei denen sie wohnten. Gebürtige und überzeugte Katholiken, waren die Boisserées und Bertram für sakrale Kunst besonders empfänglich. Auf der Rückreise von Paris, der sich Schlegel anschloß, beeindruckte sie die niederrheinisch-niederländische Kunst, auf deren Bedeutung Friedrich Schlegel in Beiträgen für seine Zeitschrift *Europa* so nachdrücklich aufmerksam machte. Die Brüder Boisserée begannen zu sammeln und nutzten die Gunst der Stunde. Nach der Säkularisation waren Kunstwerke, die zum Kirchengut gehört hatten, leicht zu bekommen; achtlos ging man mit ihnen um. Ein mittelalterliches Kreuzigungsbild, ihre erste Erwerbung, entdeckten sie, als es auf einem Handkarren über den Kölner Neumarkt gefahren wurde. In Köln, im Rheinland, im belgisch-niederländischen Raum konnten die sammelnden Kunstfreunde viel entdecken und aufkaufen. So entstand in wenigen Jahren eine imponierende Sammlung von Gemälden der niederrheinischen und niederländischen Schulen des 14. bis 16. Jahrhunderts. Je größer der Bestand wurde, desto mehr bemühten sich die Sammler auch um eine kunsthistorische Erfassung der Werke. Dabei unterliefen ihnen zwar viele Irrtümer bei der Identifizierung der Künstler, aber es gelang ihnen, das Material stilistisch und chronologisch zu ordnen. Die Sammlertätigkeit ging viele Jahre weiter, so daß die Kunstwelt erst durch die Sammlung Boisserée (heute größ-

tenteils in München) auf bedeutende Werke alter Meister wie Dirck Bouts, Hans Memling, Jan Gossaert, Joos von Cleve, Bernart von Orley, Roger van der Weyden und auf eine Fülle von Bildern anonymer Meister aufmerksam wurde, die nach ihren Hauptwerken oder den Herkunftsstätten bezeichnet werden (wie Meister des Marienlebens, Meister von Liesborn, Meister von St. Severin).
1810 zogen die Boisserées mit ihrer Sammlung nach Heidelberg, mieteten Räume in einem stattlichen Gebäude am Karlsplatz, und kein Kunstenthusiast ließ es sich entgehen, die Galerie zu besuchen, in der die Bilder nicht alle an den Wänden hängen konnten, sondern den Besuchern Stück für Stück auf eine Staffelei gestellt wurden. 1814 und 1815 sollte Goethe sie bei seinen Reisen in die Rheingegend besichtigen und zutiefst von ihr beeindruckt werden.
Vom 3. bis 12. Mai 1811 konnte Sulpiz Boisserée endlich Goethe in Weimar besuchen. Ebenso ausführlich wie humorvoll berichtete er in Briefen und im Tagebuch über die Begegnungen und Gespräche, die von den Domzeichnungen, den *Faust*-Bildern des Peter Cornelius und der Gemäldesammlung bestimmt waren (G 2, 120 ff.). „Steif und kalt" der Empfang durch den „alten Herrn", der „mit gepudertem Kopf, seine Ordensbänder am Rock", erschien und zunächst auf Grüße und Berichte des Gasts mit „Ja, ja! schön! hem, hem!" reagierte. „Erst als wir von der alten Malerei sprachen, taute er etwas auf." Aber schon am nächsten Tag meldete der Besucher, der sich in gemessener Selbstsicherheit verhielt und eindrucksvoll für seine Ansichten zu plädieren wußte: „Mit dem alten Herrn geht mir's vortrefflich, bekam ich auch den ersten Tag nur einen Finger, den andern hatte ich schon den ganzen Arm." Nach Tisch spielte ein Baron Oliva auf dem Flügel, im Musiksaal hingen Runges Darstellungen von Morgen, Mittag, Abend und Nacht. Goethe fragte seinen jungen Gast:

> Was, kennen Sie das noch nicht? Da sehen Sie einmal, was das für Zeug ist! Zum Rasendwerden, schön und toll zugleich. Ich antwortete: Ja, ganz wie die Beethovensche Musik, die der da spielt, wie unsere ganze Zeit. Freilich, sagte er, das will alles umfassen und verliert sich darüber immer ins Elementarische, doch noch mit unendlichen Schönheiten im einzelnen. Da sehen Sie nur, was für Teufelszeug, und hier wieder, was der Kerl für Anmut und Herrlichkeit hervorgebracht, aber der arme Teufel hat's auch nicht ausgehalten, er ist schon hin, es ist nicht anders möglich, wer so auf der Kippe steht, muß sterben oder verrückt werden, da ist keine Gnade (G 2, 122 f.).

Kurz vorher, am 12. April, hatte Beethoven einen verehrungsvollen Brief geschrieben und seine Musik zu *Egmont* angekündigt. Bettina war schwärmerisch beredte Fürsprecherin des Komponisten, von dem Goethe, wie sein Dankbrief zeigt (25. 6. 1811), Klavierwerke kannte. Baron Oliva, Beethovens Freund, wird Sonaten und Liedkompositionen gespielt haben. Was Goethe noch befremdete, war das Eruptive, emotional Gesteigerte, das mit einem Musikverständnis, das an der klaren Linienführung und dem durchschaubaren Maß der Musik Bachs, Händels, Mozarts und insgesamt kunstvoll-einfachen Kompositionen Reichardts und Zelters geschult war, nicht mehr ganz zu erfassen war. Aber „Anmut und Herrlichkeit", zwar an Runges Bildern gerühmt, begeisterten den Zuhörer auch in dieser Musik. Im Teplitzer Sommer von 1812, über dem für Goethe der Stern der Kaiserin Maria Ludovica leuchtete, waren Goethe und Beethoven mehrfach zusammen. Zu einem unerfreulichen Zusammenstoß, wie es die Anekdote wissen will, ist es dabei gewiß nicht gekommen. „Abends mit Beethoven nach Bilin zu gefahren." – „Abends bei Beethoven. Er spielte köstlich", steht im Tagebuch (20. und 21. 7. 1812). Freilich schrieb Beethoven am 9. August seinen Verlegern Breitkopf und Härtel: „Goethe behagt die Hofluft zu sehr, mehr als einem Dichter geziemt." Aber das mochte ein Reflex jenes höfischen Umgangs sein, an dem der Dichter der Kaiserin-Gedichte in jenen Wochen keinen Mangel hatte, gewiß auch ein Ausdruck des Drangs nach Ungebundenheit, des republikanischen Geistes, den er beim Weimarer Geheimrat vermissen mußte. Goethe wiederum schrieb Zelter: Beethovens „Talent hat mich in Erstaunen gesetzt; allein er ist leider eine ganz ungebändigte Persönlichkeit, die zwar gar nicht unrecht hat, wenn sie die Welt detestabel findet, aber sie freilich dadurch weder für sich noch für andere genußreicher macht" (2. 9. 1812). Die gegenseitige Hochachtung und Bewunderung lädierten diese Einschätzungen zweier ungleicher Temperamente nicht.

Bei den Begegnungen mit den Jüngeren war Goethe aufgewühlt von neuen Eindrücken, fürchtete aber Maßloses, Ungebändigtes, alles, was sich nicht seinen Grundsätzen einpaßte, die er sich in angespannter Beschäftigung mit den antiken Meistern und ihren Nachfolgern angeeignet hatte. Doch war er nun erstaunlich aufgeschlossen für bisher wenig Beachtetes, wenn es ihm in kundiger und unaufdringlicher Weise nahegebracht wurde. Sulpiz Boisserée war offensichtlich ein Meister solcher Vermittlung. Er traf Goethe allerdings auch in einer günstigen Phase der Aufnahmebereitschaft. Denn sein Sinn für die Vielfalt und Unterschiedlichkeit historischer Phänomene war offener geworden, seitdem er die Materialien zu seiner Geschichte der Farbenlehre studiert hatte und auch in der autobiographischen Arbeit Reminiszenzen an eigene Wagnisse und Entwürfe der Jugend geweckt wurden. Als ob er Herdersche Gedanken aufgriff, sprach er dem Individuellen und den historischen Einzelheiten ihr Recht zu. Damit verlor ein klassizistischer Dogmatismus, der sich ohnehin nur im Theoretischen verhärtet hatte, an Geltung. Er erkannte, „daß man aus dem moralischen Standpunkt keine Weltgeschichte schreiben kann. Wo der sittliche Maßstab paßt, wird man befriedigt, wo er nicht mehr hinreicht, bleibt das Werk [des Historikers] unzulänglich und man weiß nicht was der Verfasser will" (an Reinhard, 22. 7. 1810). So erschien gerade auch das Mittelalter, die „sogenannten dunklen Jahrhunderte" (an F. Jacobi, 7. 3. 1808), in einem freundlicheren Licht. Jedoch konnte bei Goethe immer wieder eine Geschichtsbetrachtung durchschlagen, die sich nicht damit zufrieden gab, das Vergangene zu verstehen und gelten zu lassen, sondern entschieden wertete und nach den als verbindlich erachteten Maßstäben aburteilte; ganz zu schweigen von seiner Skepsis gegenüber einer ‚objektiven' Geschichtsdarstellung. Seine Ansichten zu diesen Fragen wechselten, durchkreuzten sich sogar und waren oft von der Situation abhängig, in der sie geäußert wurden. Ähnlich kontrastreich waren seine Meinungen vom Allgemeinen und Individuellen. Mehrfach betonte er in den späteren Jahren, es gehe ihm eigentlich nur noch um das Allgemeine, das Generische, das Grundgesetzlichkeiten in sich birgt und erkennen läßt. Aber auch den Wert des Individuellen betonte er gelegentlich mit Nachdruck. So sah er bei Philipp Otto Runge, „wie ein talentvolles Individuum sich in seiner Eigenheit dergestalt ausbilden kann, daß es zu einer Vollendung gelangt, die man bewundern muß" (an Ph. O. Runge, 2. 6. 1806), und konnte doch die Gesamttendenz, der dieses Individuum folgte, nicht gutheißen.

Sulpiz Boisserée täuschte sich, wenn er im Mai 1811 nach seinen langen Gesprächen mit Goethe, die immer freundschaftlicher wurden, glaubte, er hätte „die Vorurteile eines der geistreichsten Menschen" überwunden und ihn zur christlich-altdeutschen Kunst bekehrt. Goethe hatte nur das ihm Nahegebrachte freundlich gelten lassen, ohne sich deshalb der Schar der fürs christliche Mittelalter Begeisterten anzuschließen. Und er hatte an der Persönlichkeit des jungen Boisserée Gefallen gefunden. Die Verbindung mit ihm blieb bis zu Goethes Tod lebendig; Toleranz auf beiden Seiten ermöglichte einen kontinuierlichen Briefwechsel. Ihm kam zugute, daß sich Goethe bereitwillig dem großen Eindruck, den die spätmittelalterlichen Bilder auf ihn machten, überließ, ohne doch an seinem antikischen Credo irrezuwerden, und daß Boisserée die von ihm geschätzten Werke nicht als das Non plus ultra aller Kunst propagierte.

Während Goethe früher in die Zeit vor dem 16. Jahrhundert mit Luther, Gottfried von Berlichingen und Hans Sachs nicht vorgedrungen war, las er in diesen Jahren nun auch deutsche Literatur des Mittelalters

(*Annalen* zu 1809), aber seine Kenntnis blieb bruchstückhaft, und die Ferne zu den alten Texten war nicht leicht zu überwinden; denn es „hatte sich eine alles verwandelnde Zeit dazwischen gelegt“ (*Annalen* zu 1811). Und in seiner Überzeugung wurde er nicht wankend: „Ich habe an der Homerischen, wie an der Nibelungischen Tafel geschmaust, mir aber für meine Person nichts gemäßer gefunden, als die breite und tiefe immer lebendige Natur, die Werke der griechischen Dichter und Bildner“, schrieb er, immerhin nach dem Besuch der Boisseréeschen Sammlung in Heidelberg, an seinen Freund Knebel (9. 11. 1814). Das Nibelungenlied vor allem war es, das auch ihn wie viele Zeitgenossen in Bann schlug. Nach Ausweis der *Annalen* seit spätestens 1806 mit dieser Dichtung bekannt, begann er sie ausgiebig zu studieren, nachdem ihm Friedrich Heinrich von der Hagen seine modernisierende Bearbeitung *Der Nibelungen Lied* geschickt hatte. Aus dem Schema für eine Besprechung der Übersetzung des Lieds durch Karl Simrock (1827) erkennt man, daß er es als „grundheidnische“ Dichtung auffaßte, in der „keine Spur von einer waltenden Gottheit“ zu finden sei (12, 348). Auch deshalb war ihm dieses Epos lieb, weil es von der katholisierenden „Rücktendenz nach dem Mittelalter“ nicht vereinnahmt werden konnte, wenngleich August Wilhelm Schlegel in ihm christlichen Geist zu spüren meinte. „Die Kenntnis dieses Gedichts gehört zu einer Bildungsstufe der Nation“, notierte Goethe in seinem Rezensionsschema (12, 349) und erlebte in den napoleonischen Jahren, wie es „patriotische Tätigkeit“ war, die die Gebildeten mit besonderer Teilnahme zu den Werken des deutschen Altertums greifen ließ (*Annalen* zu 1807). Die Erschließung alter Quellen der eigenen Vergangenheit sollte das Nationalbewußtsein sowohl gegenüber der Fremdherrschaft als auch der Zerstükkelung der Nation in Kleinstaaterei stärken helfen.

Die *Nibelungen* las er bei seinen Mittwochsbeiträgen vor und übersetzte sie Zeile für Zeile. Seit Ende 1805 hielt er nämlich mittwochs in den Vormittagsstunden in seinem Haus private Vorlesungen, zu denen Damen des Hofs und der Weimarer Gesellschaft eingeladen waren. Er schuf sich damit ein Forum, um besonders von seinen naturwissenschaftlichen Arbeiten zu berichten. Auch eine Hausmusik richtete er seit Herbst 1807 ein, zu der sich donnerstags Sänger des Hoftheaters einfanden. Es war eine kleine Singakademie, die geistliche und ernste weltliche Vokalmusik pflegte und 1810 sogar vor geladenen Gästen im Theater auftrat. Zelter war mit Notenmaterial behilflich. Mittwochsvorträge und Hausmusik, die bis 1814 nachgewiesen ist, waren Versuche gebildeter Geselligkeit, die das eigene Dasein stabilisieren halfen und in unruhiger Zeit Inseln privater Gemeinschaft bildeten, ohne daß den Teilnehmern geheimste Bekenntnisse abverlangt wurden. Johanna Schopenhauers Salon, in dem Goethe oft einkehrte, entsprach aufs angenehmste dem zwanglos kultivierten Beisammensein, wo ständische Abgrenzungen nebensächlich wurden und ein wohltemperierter Umgang miteinander entspannende Konversation ermöglichte.

Wenn die Weltereignisse bedrängend wurden, wandte sich Goethe gern zu dem, was ihm am nächsten lag oder ihn in Gedanken in die Ferne trug. Da kam ihm auch eine Nebenarbeit zustatten. Der Maler Philipp Hackert war 1807 gestorben und hatte bestimmt, die Edition seiner Lebensbeschreibung und seiner Aufzeichnungen möge Goethe besorgen, mit dem er seit dessen italienischer Zeit vertrauten Kontakt hatte. Hakkert war durch seine Landschaftsbilder bekannt geworden, die er ‚nach der Natur' malte. Diese Gemälde strebten topographische Genauigkeit an (behielten gleichwohl Züge der ‚Ideallandschaft') und waren bei denen beliebt, die die unverkünstelte Natur suchten oder auch zur Erinnerung an eigene Reisen Darstellungen des von ihnen in Italien Gesehenen wünschten. Nach damals vorherrschenden Ansichten galt allerdings immer noch die in freier Komposition gemalte ‚ideale Landschaft' als höherwertig. Ihnen hätte auch Goethe zustimmen müssen, der bekanntlich in der „einfachen Nachahmung der Natur" nicht das Ziel der Kunst sah. Dennoch schätzte er Hackerts Bilder, den er als „berühmten Landschaftsmaler" im Februar 1787 in Neapel aufsuchte (11, 186). Wer wie Goethe die Natur genau beobachtete und ihre Verhältnisse erkennen wollte, wurde von Hackerts ‚Landschaften nach der Natur' angesprochen, auch wenn an ihrer Ausführung, etwa beim Kolorit, einiges auszusetzen sein mochte. Während des Zweiten römischen Aufenthalts waren sie oft zusammen, und Goethe, immer noch selbst in Zeichnung und Malerei sich übend, bewunderte den Künstler, „der eine unglaubliche Meisterschaft hat, die Natur abzuschreiben und der Zeichnung gleich eine Gestalt zu geben" (11, 351). Goethe erfüllte den Wunsch des Verstorbenen und gab 1811 die größtenteils sorgfältig überarbeiteten und mit eigenen Zusätzen bereicherten Aufzeichnungen bei Cotta heraus: *Philipp Hackert. Biographische Skizze, meist nach dessen eigenen Aufsätzen entworfen von Goethe.*

Autobiographische Arbeit

Einkehr bei sich selbst bedeutete die jahrelange Arbeit an der Autobiographie *Dichtung und Wahrheit*. Am 1. Oktober 1809, so das Tagebuch, entwarf er das „Schema einer Biographie", aber erst seit Januar 1811 widmete er sich fortlaufend dem Diktat seiner Lebensgeschichte, nachdem er Bettina Brentano, der seine Mutter viel erzählt hatte, um Material gebeten, sich in das 18. Jahrhundert vertieft und mancherlei Stoff zusammengetragen hatte. Aus der Bibliothek entlieh er sich einschlägige Literatur, um sein Leben und seine dichterischen Versuche in die Geschichte der Zeit einordnen zu können. Im Herbst 1811 war der erste Teil bereits gedruckt. Die Arbeit ging zügig weiter. Während Europa den Atem anhielt und Napoleons Vormarsch in Rußland verfolgte, während Moskau brannte und die französischen Heere zurückfluteten, während Schlachten geschlagen und im Oktober 1813 bei Leipzig den Verbündeten der Sieg über den Eroberer gelang, brachte Goethe seine Biographie voran. Der zweite Teil (Buch 6–10) lag 1812 vor, der dritte Teil (Buch 11–15) folgte 1814 – und die Zeit der Lili-Liebe des Jahres 1775 war noch gar nicht geschildert. Dann stockte die Arbeit. Anderes drängte vor, die gegenwärtigen Erlebnisse der Reisen an Main, Rhein und Neckar 1814 und 1815, der unverhoffte Reichtum der *Divan*-Lyrik. Und als er wieder ans Biographische ging, wagte er sich an das letzte Frankfurter Jahr mit seinen Wirren um Lili nicht heran (vielleicht auch, weil die Braut von einst noch lebte), sondern komponierte 1813–1817 aus alten Briefen und Aufzeichnungen die *Italienische Reise*, der sich 1822 der Bericht über die *Campagne in Frankreich* und die *Belagerung von Mainz* anschloß. Erst seit 1824 nahm er die Fortsetzung der früheren Bücher von *Dichtung und Wahrheit* wieder auf, beendete sie im Oktober 1831 – und war doch nur bis zum Aufbruch nach Weimar im Herbst 1775 gelangt. Nach seinem Tod konnte dieser vierte Teil (Buch 16–20) endlich erscheinen.

Dem ersten Band schickte Goethe eine Einleitung voran, in der er auf den „Brief eines Freundes“ verwies, den die Vielfalt der dichterischen Werke irritierte, die in einer Gesamtausgabe vereinigt waren. „Man möchte sich daraus gern ein Bild des Autors und seines Talents entwerfen“ (9, 7). Den Wunsch nach einer chronologischen Ordnung und Erläuterung seiner Werke hatte Goethe öfters gehört. Ihn hinreichend erfüllen konnte nur eine Darstellung, die weit ausgriff und dem zu entsprechen trachtete, was er als „ein kaum Erreichbares“ in dem Leitsatz formulierte: „Denn dies scheint die Hauptaufgabe der Biographie zu sein, den Menschen in seinen Zeitverhältnissen darzustellen, und zu zeigen, inwiefern ihm das Ganze widerstrebt, inwiefern es ihn begünstigt, wie er sich eine Welt- und Menschenansicht daraus gebildet, und wie er sie, wenn er Künstler, Dichter, Schriftsteller ist, wieder nach außen abgespiegelt“ (9,9). Diesem Prinzip folgte *Dichtung und Wahrheit*, und damit entstand eine (Teil-)Biographie mit einem methodischen Bewußtsein, die damals ihresgleichen suchte. Jenes Wider- und Zusammenspiel von Zeit und produktiver Persönlichkeit, die Auseinandersetzung von

Ich und Welt, in der Bildung geschieht und schöpferische Kräfte freigesetzt werden, die Entwicklung aus dämmernder Unbewußtheit der Kindheit zum wagenden Tun des jungen Mannes, das Geflecht von Glücksmomenten und Enttäuschungen, der Gewinn und Verlust von Freundschaften, die Verarbeitung von Einwirkungen und persönlichen Erfahrungen: das alles blieb Thema der Selbstbiographie. Eine ‚objektive' Darstellung darf freilich niemand erwarten. Der Autobiograph wollte im Rückblick auf das eigene Leben und Schaffen „das eigentlich Grundwahre", das bestimmend geworden war, freilegen. Das sei aber nicht möglich, erläuterte er König Ludwig I. von Bayern, „ohne die Rückerinnerung und also die Einbildungskraft wirken zu lassen", und so sei es unumgänglich, „gewissermaßen das dichterische Vermögen auszuüben". Deshalb habe er im Titel das Wort „Dichtung" gewählt, „um mich des Wahren, dessen ich mir bewußt war, zu meinem Zweck bedienen zu können" (11. 1. 1830).
Als er 1813 den dritten Teil abgeschlossen hatte, entwarf er ein (dann nicht gedrucktes) Vorwort, in dem er erklärte, wie er das Ganze nach jenen Gesetzen zu gestalten begonnen habe, „wovon uns die Metamorphose der Pflanzen belehrt" (JA 24, 267). So lag dem alten Autobiographen daran, sein eigenes Leben als stetiges Wachsen, als allmählichen Reifeprozeß, als Metamorphose erscheinen zu lassen, als Beispiel für eine geprägte Form, die lebend sich entwickelt. Es ist eindrucksvoll und hat manche literaturgeschichtliche Darstellung (nicht immer zu ihrem Vorteil) bestimmt, wie er im siebten Buch den Entwicklungsprozeß der Literatur des 18. Jahrhunderts zeichnet, um seinen historischen Ort zu charakterisieren und die besondere Art seines poetischen Schaffens hervortreten zu lassen: kraft eigener dichterischer Einbildungskraft, die Erlebnisse und Erfahrungen zu verarbeiten vermag, Leben und Welt zu deuten, weil überlieferte Interpretationsmuster nicht mehr ausreichten. Die Biographie ist angefüllt mit Berichten über die Vaterstadt, das Elternhaus, mit Episoden aus der Kindheit und Jugendzeit, mit Erzählungen von wichtigen Begegnungen in Leipzig und Straßburg, und manches, was sich früh anbahnt, erweist sich als sinnvolles Vorspiel. Für jeden, der sich mit Goethe beschäftigt, bleibt seine Selbstdarstellung ein unschätzbares Dokument, das freilich als kunstvolle Verbindung von Wahrheit und Dichtung gelesen sein will. Der Biograph durchsetzt das Erzählte mit allgemeinen Reflexionen, die am Einzelfall des geschilderten Lebens Exemplarisches menschlicher Entwicklung überhaupt hervorheben. Doch sind Geschichte und Resultate des hier erzählten Lebens nicht übertragbar. Zu einzigartig waren die Konstellationen, in denen sich dieses Ausnahmeindividuum mit seinen produktiven Fähigkeiten entfalten konnte. Und die rückschauende Deutung unter den Auspi-

zien stetiger Metamorphose mußte mit Umdeutungen erkauft werden. So verfiel, was sich in der jugendlichen Sturm und Drang-Phase sehr wohl auch als Aufbegehren gegen fragwürdige Herrschaft und soziale Zwänge verstanden hatte, nun der Uminterpretation, weil Brüche und Inkonsequenzen im Lebenslauf und in der Werkgeschichte im Konzept des Ganzen nicht unterzubringen waren. Und die Furcht vor allem Revolutionären saß tief. Ohne Ungerechtigkeiten gegen sich selbst und andere Weggenossen von damals war die Richtlinie der späten Lebensdeutung nicht einzuhalten.

Dichtung und Wahrheit ist eine Apotheose des künstlerisch schöpferischen Einzelnen, die eine Einheit des Lebens und Werks suggeriert, wie sie in Wirklichkeit nicht bestanden hatte. Und weil sie dies war, mußte der Biograph in ein unlösbares Dilemma geraten, wenn er das erste Jahrzehnt in Weimar nach dem gleichen Muster erfassen wollte. Deshalb klafft die Lücke von 1776–1786 in den autobiographischen Schriften, als ihrem Autor anderes wichtiger war als die Pflege künstlerischer Produktivität und Subjektivität.

Besonnenheit statt Begeisterung. Während der Befreiungskriege

Als Napoleon in Moskau eingezogen war und die Russen keinen anderen Rat wußten, als ihre Stadt anzuzünden, um den Aggressor zu vertreiben (15.–20. 9.1812), meinte Goethe lakonisch: „Daß Moskau verbrannt ist, tut mir gar nichts. Die Weltgeschichte will künftig auch was zu erzählen haben" (an Reinhard, 14. 11. 1812). Was der Rückzug aus Moskau historisch bedeutete: den Beginn von Napoleons Niedergang, konnte er damals noch nicht ermessen. Die sarkastische Lakonie war der Versuch, Distanz zum Weltgeschehen zu wahren, ein Ereignis wegzuspotten, dessen Ungeheuerlichkeit er wohl erkannte, wie ein zugehöriger Briefentwurf zeigt. Im Grunde zeugte die Distanzierung von einer tiefen Skepsis gegenüber den geschichtlichen Vorgängen, von denen er sich seit der Französischen Revolution wie übermannt fühlte, zudem sich in seine Bewunderung für Napoleon auch beklemmende Ratlosigkeit vor der dämonischen Macht des herrscherlichen Täters mischte. Noch 1828 soll er Kanzler Müller erklärt haben, die Weltgeschichte sei das Absurdeste, was es gibt. „Ob dieser oder jener stirbt, dieses oder jenes Volk untergeht, ist mir einerley, ich wäre ein Thor, mich darum zu kümmern" (KM 6. 3. 1828).

In kühler Distanz blieb er zu den patriotischen Aufwallungen, die das Volk ergriffen, als sich Preußen zu erheben und alle Kräfte gegen die

Franzosen zu mobilisieren begann. Kaum bemerkt, war Napoleon in einer primitiven Kutsche auf der Flucht nach Paris am 15. Dezember 1812 durchs nächtliche Weimar gefahren und hatte seinem Gesandten Baron de Saint-Aignan in Erfurt noch eigens Grüße an Goethe aufgetragen. Mit dem kultivierten französischen Baron, der die kulturelle Bedeutung Weimars ebenso anerkannte wie die Napoleonfeindlichkeit des Rheinbundfürsten beargwöhnte, unterhielt Goethe angenehme Kontakte. Der Herzog ironisierte gleich am nächsten Tag: „Weißt du denn schon, daß St. Aignan beauftragt ist, dir vom Kayser der Nacht schöne Grüße zu bringen? So wirst du von Himmel und Hölle beliebäugelt" (16. 12. 1812), womit er auf Maria Ludovica anspielte, die eine entschiedene Gegnerin des Korsen war. Während der Herzog dem Bankrott Napoleons entgegenfieberte, an den er im Rheinbund noch gekettet war, hielt sich sein alter Freund zurück. Goethe konnte den Untergang Napoleons nicht bejubeln, weil er ihn als dominierende Geschichtsmacht respektierte und nach seinem Ausscheiden nur neue Unordnung, die verhaßte, befürchtete. Und dem plötzlich lebendig gewordenen vaterländischen Gemeinschaftsgefühl traute er nicht. Da war ihm zuviel Ungegorenes im Spiel. Er habe die Deutschen „noch nie verbunden gesehen als im Haß gegen Napoleon. Ich will nur sehen, was sie anfangen werden, wenn dieser über den Rhein gebannt ist" (an Knebel, 24. 11. 1813). Er konnte auch nicht übersehen, daß das Volk, das sich zum Befreiungskrieg gegen die Fremdherrschaft zusammenfand, über Wortführer verfügte, die den Kampf gegen den äußeren Feind auch zum Freiheitskrieg für die Erlangung einer gewissen bürgerlich-demokratischen Ordnung im Innern stempelten, und die Fürsten hatten in der Notlage bereits einige Zusicherungen geben müssen. Für Goethe braute sich da etwas zusammen, das das etablierte Gefüge ins Wanken bringen könnte, und daran war ihm nicht gelegen.

Preußen hatte sich endlich mit Rußland zusammengeschlossen und Frankreich am 27. März 1813 den Krieg erklärt. Noch wehrte sich Napoleon, der nach dem Desaster in Rußland eine neue Armee aus dem Boden gestampft hatte, in erbitterten Kämpfen und konnte einige Schlachten für sich entscheiden. Aber der Sieg der Verbündeten, zu denen auch Österreich gehörte, in der dreitägigen Völkerschlacht bei Leipzig (16.–19. 19. 1813) besiegelte sein Schicksal. Weimar hatte turbulente Monate hinter sich. Sah es Mitte April so aus, als könnte eine preußische Truppe, die eingerückt war, sich halten, kehrten am 18. April die Franzosen zurück – und Carl August, obwohl Rheinbundfürst, hatte schon mit dem preußischen Kommandeur getafelt. Noch einmal kam Napoleon selbst in die Residenzstadt und suchte den Herzog im Schloß auf. Der mußte in jenen Monaten politisch lavieren, war

diesmal aber von der Persönlichkeit des unerbittlich kämpfenden Kaisers stark beeindruckt.
Goethe setzte sich für lange Zeit von Weimar ab. Schon am 17. April brach er nach Böhmen auf, diesmal nach Teplitz, und nahm den Weg über Leipzig und Dresden. Da im Land Truppen umherschweiften, reiste er verkleidet. Aber bei Meißen erkannten ihn Freikorpskämpfer, und er ließ sich herbei, auf ihren Wunsch ihre Waffen zu segnen; denn für sie war er ein Idol deutschen Geistes. In Dresden „bei Körners, wo wir Herrn Arndt fanden" (Tagebuch, 21. 4. 1813). Ernst Moritz Arndt hat darüber berichtet:

> Auch Göthe kam, und besuchte mehrmals das ihm befreundete Körnersche Haus. Ich hatte ihn in zwanzig Jahren nicht gesehen; er erschien immer noch in seiner stattlichen Schöne, aber der große Mann machte keinen erfreulichen Eindruck. Ihm war's beklommen und er hatte weder Hoffnung noch Freude an den neuen Dingen. Der junge Körner war da, freiwilliger Jäger bei den Lützowern; der Vater sprach sich begeistert und hoffnungsreich aus, da erwiderte Göthe ihm gleichsam erzürnt: „Schüttelt nur an Euren Ketten, der Mann ist Euch zu groß, Ihr werdet sie nicht zerbrechen" (*Erinnerungen aus dem äußeren Leben*, 1840, S. 195 f.).

„Weder Hoffnung noch Freude": die Bemerkung Arndts traf genau die skeptische Haltung Goethes, der sich bis Mitte August in Böhmen aufhielt. Von einem „traurigen und schreckensvollen Jahre" sprach er im Neujahrsbrief 1814 an Carl August, wo doch in der Silvesternacht Blüchers Truppen über den Rhein gingen, um Napoleon nach Frankreich zu verfolgen. Nach der Schlacht bei Leipzig war der Rheinbund zusammengebrochen, der Weimarer Herzog schloß sich der antinapoleonischen Koalition an, und man übertrug ihm den Oberbefehl über ein deutsches Armeekorps. Im Januar 1814 zog er ins Feld und hatte die Aufgabe, die belgischen Teile der Niederlande zu erobern. Als der Auftrag erledigt war, reiste er Ende April 1814 nach Paris, das am 30. März von den Verbündeten besetzt worden war und wo der Kaiser am 11. April abgedankt hatte. Verständlich, daß Carl August mit gemischten Gefühlen den Bemühungen Goethes nachgab, den Sohn August vom Kriegseinsatz zu verschonen, der seinerseits dadurch bei Freunden und Bekannten in ein schiefes Licht geriet. Auch er, der seit 1811 als Assessor im weimarischen Staatsdienst angestellt war, hatte sich freiwillig gemeldet, wurde nun aber als Ordonnanz dem in der Heimat residierenden Erbprinzen zugeordnet, „in so ferne es den Jünglinge beliebe hier zu bleiben", wie der Herzog anzüglich hinzufügte (an Goethe, 2. 2. 1814).
Im Dezember 1813 führte der junge Historiker Heinrich Luden ein lan-

ges Gespräch mit Goethe, das er wohl nicht in allen Formulierungen authentisch wiedergegeben hat (G 2, 210 ff.). Er suchte um Protektion für seine Zeitschrift *Nemesis* nach. Als „öffentlicher Beamter" konnte Goethe gegen die Herausgabe nichts einwenden, aber privatim riet er ab. Luden solle bei seinen gelehrten Arbeiten bleiben und die Welt ihren Gang gehen lassen. Mit seinem politischen Journal werde er sich nur Ärger einhandeln: „Sie werden alles gegen sich haben, was groß und vornehm in der Welt ist; denn Sie werden die Hütten vertreten gegen die Paläste [...]". Goethes Konservatismus im Sinne der Bewahrung des Bestehenden und allenfalls möglicher Verbesserungen in ihm war fest gegründet. Und dann kam er, so Ludens Bericht, auf die gegenwärtigen politischen Ereignisse zu sprechen. Er sei nicht gleichgültig „gegen die großen Ideen Freiheit, Volk, Vaterland", ihm liege Deutschland durchaus am Herzen und das deutsche Volk, „so achtbar im einzelnen und so miserabel im ganzen", habe noch eine Zukunft vor sich. Aber was die Gegenwart angehe: Sei denn das Volk wirklich erwacht, wisse es, was es wolle? Und was sei denn errungen worden? Gewiß, die Franzosen seien vertrieben, doch dafür sehe er nun Truppen anderer Völker in deutschen Landen. „Wir haben uns seit einer langen Zeit gewöhnt, unsern Blick nur nach Westen zu richten und alle Gefahr nur von dorther zu erwarten, aber die Erde dehnt sich auch noch weithin nach Morgen aus." Goethe befürchtete, es gebe vielleicht allein einen Wechsel in der Vorherrschaft. Luden war beeindruckt. So stimmte es also doch nicht, wie allerorts zu hören war, Goethe „habe keine Vaterlandsliebe gehabt, keine deutsche Gesinnung, keinen Glauben an unser Volk, kein Gefühl für Deutschlands Ehre oder Schande, Glück oder Unglück". Luden gebrauchte hier Formeln, von denen einige, deren fragwürdige Folgen wir kennen, Goethe wohl suspekt gewesen wären. Bezeichnend genug, daß dieser in jenem Gespräch betonte, vor Wissenschaft und Kunst, die der Welt angehörten, verschwänden „die Schranken der Nationalität". Er ahnte, daß mit der patriotischen Welle ein bornierter Nationalismus aufgeschwemmt werden könnte, in den Fremdenfeindlichkeit als selbstverständliches Ingredienz eingelassen sei. Auch deshalb blieb er reserviert gegenüber dem vaterländischen Enthusiasmus der Befreiungsjahre. Nie hätte er sich an der Glut des Hasses von Kleists *Hermannsschlacht* erwärmen können.

Indes wollte er nicht als unbeteiligter Außenseiter abseits bleiben, und er wußte dann doch auch, wie briefliche Äußerungen beweisen, die Befreiung von der Fremdherrschaft zu schätzen „und mit welchem Dank man das Fest jener Schlacht zu feiern hat" (an C. G. Voigt, 11. 7. 1815), als Napoleon nach der Rückkehr von Elba und seiner Herrschaft der hundert Tage am 18. Juni 1815 bei Waterloo endgültig geschlagen war.

Als Iffland im Frühjahr 1814 Goethe bat, für Berlin ein Festspiel zum Wiedereinzug des Königs zu schreiben, sagte er nach einigem Bedenken zu. *Des Epimenides Erwachen*, das aber erst am 30. März 1815, zum Jahrestag des Einmarschs in Paris auf die Bühne kam, wurde ein symbolträchtiges, schwer zu entschlüsselndes Stück, in dem Mythologisches und Gegenwärtiges auf komplizierte Weise miteinander verflochten sind. Goethe nahm die Gelegenheit wahr, „der Nation auszusprechen, wie ich Leid und Freud mit ihr empfunden habe und empfinde" (an Iffland, 15. 6. 1814), und kritisierte in Worten des Epimenides deutlich genug sein eigenes Verhalten:

Doch schäm' ich mich der Ruhestunden,
Mit euch zu leiden war Gewinn:
Denn für den Schmerz den ihr empfunden,
Seid ihr auch größer als ich bin.

Aber sogleich rechtfertigte der Priester den reuigen Epimenides:

Tadle nicht der Götter Willen
Wenn du manches Jahr gewannst:
Sie bewahrten dich im stillen,
Daß du rein empfinden kannst (V. 859 ff.).

Einen ähnlichen Gedanken hatte Goethe schon im November 1813 brieflich geäußert: Während viele hoffnungsvolle junge Menschen aufgeopfert würden, hätten die in ihrer Werkstatt Verharrenden die Pflicht, „das heilige Feuer der Wissenschaft und Kunst" sorgfältig zu bewahren (an F. J. John, 27. 11. 1813).

Im stillen Berka schrieb Goethe den *Epimenides*, einem Ort nahe bei Weimar, der seit 1812 zu einem kleinen Schwefelbad eingerichtet wurde, woran Goethe mit Gutachten und Ratschlägen mitwirkte (*Kurze Darstellung einer möglichen Bade-Anstalt zu Berka an der Ilm*, 22. 1. 1812). Sechs Wochen verbrachte er im Mai und Juni 1814 mit Christiane und ihrer Hausfreundin Caroline Ulrich in der Berkaer Zurückgezogenheit. „Hier ist es so still und friedlich, als wenn [...] hundert Meilen weit kein Kriegsgetümmel existierte" (an H. Meyer, 18. 5. 1814). Der Badeinspektor und Organist des Städtchens, Johann Heinrich Friedrich Schütz, spielte ihm in vielen Stunden Bach und Mozart auf dem Klavier vor, kam dann öfter auch nach Weimar, um am Frauenplan für den Hausherrn zu musizieren. Als Goethe im Spätherbst 1818 wieder drei Wochen in Berka war, veranstaltete der versierte Inspektor, der noch beim Bachschüler Kittel in Erfurt studiert hatte, für den Gast in täglich drei- bis vierstündigem Spiel einen regelrechten Privatkurs in Klaviermusik, „und zwar, auf mein Ersuchen, nach historischer Reihe: von Sebastian Bach bis zu Beethoven, durch Philipp Emanuel, Händel, Mozart, Haydn durch, aus Dussek und dergleichen mehr" (an Zelter, 4. 1. 1819).

In den Frühsommerwochen von 1814 aber nahm ihn auch ganz Fernes gefangen, das ihn fortzog aus der ungewissen Gegenwart. Geistige Flucht war ihm möglich, getreu seiner Devise: „Wie sich in der politischen Welt irgend ein ungeheures Bedrohliches hervortat, so warf ich mich eigensinnig auf das Entfernteste" (*Annalen* zu 1813). Er las die Gedichte des persischen Dichters Hafis in der Übersetzung von Josef v. Hammer-Purgstall, ferne östliche Lyrik, in der Sinnliches und Geistiges betörend verwoben waren und ein Zauber beziehungsreicher Andeutungen spielte. Hatte er vordem einzelnen Gedichten dieses Poeten nichts abgewinnen können, so fesselte ihn nun die Gesamtausgabe. Er konnte nicht wissen, zu welch erstaunlicher eigener dichterischer Produktivität sie ihn anregen sollte.

Zwiesprache mit Hafis und Reise in die Rheingegenden

Es war ein schöpferisches Ereignis, daß Goethe im siebten Lebensjahrzehnt eine solche Fülle von Lyrik gelang, wie sie seit 1819 im *West-östlichen Divan* erstmals gesammelt wurde, Gedichte zumal, die nicht an Früheres anknüpften, sondern eine neue Lyriksprache ausbildeten. Hafis, der persische Dichter des 14. Jahrhunderts, regte ihn zu eigenem Dichten an, weil dessen Poesie mit ihrer Ausdrucksweise und Thematik ihm gerade in dieser Phase seines Lebens ein Instrumentarium anbot, das den Ausdruck des eigenen Denkens und Fühlens stimulierte. Da war sinnliche Genauigkeit und zartes Hinüberspielen ins Geistige, vitale Direktheit und spirituelle Transparenz auf größere Zusammenhänge hin, kräftig Irdisches und geahntes, geglaubtes Göttliches, und was auch an Vorgängen und Dingen benannt wurde, immer machte sich die ernste oder heitere Reflexion des Dichters bemerkbar. Und in der fremden Welt war der westliche Leser und zur eigenen Produktion verlockte Autor fern vom Gegenwärtigen, aber nicht ins Nirgendwo entrückt, weil der Geist, der jene fremde Poesie hielt und lenkte, ein Schauen und Reflektieren vermittelte, das sich auch der eigenen Welt und dem Dasein in ihr zuwenden konnte, in Betroffenheit wie in gelassenem Darüberstehen, „wie denn überhaupt diese Dichtart [...] durchaus eine skeptische Beweglichkeit behalten muß" (2, 159). Goethe selbst hat in umfangreichen *Noten und Abhandlungen* das bessere Verständnis des

Divan (was persisch Liedersammlung heißen kann) zu fördern versucht, dort und in einigen Briefstellen das Wesen jener Dichtkunst genau umschrieben und verdeutlicht, wie sehr sie ihm gemäß schien: „Indessen sammeln sich neue Gedichte zum ‚Divan' ", erfuhr Zelter (11. 5. 1820). „Diese mohammedanische Religion, Mythologie, Sitte geben Raum einer Poesie, wie sie meinen Jahren ziemt. Unbedingtes Ergeben in den unergründlichen Willen Gottes, heiterer Überblick des beweglichen, immer kreis- und spiralartig wiederkehrenden Erdetreibens, Liebe, Neigung, zwischen zwei Welten schwebend, alles Reale geläutert, sich symbolisch auflösend." – „Der höchste Charakter orientalischer Dichtkunst ist, was wir Deutsche *Geist* nennen, das Vorwaltende des oberen Leitenden. [...] Der Geist gehört vorzüglich dem Alter oder einer alternden Weltepoche. Übersicht des Weltwesens, Ironie, freien Gebrauch der Talente finden wir in allen Dichtern des Orients" (*Noten und Abhandlungen*; 2, 165).
Goethe übersetzte nicht, sondern ließ sich von der Gesamtart der Hafisischen Dichtung anregen und nutzte einzelne Themen und Motive; er ahmte auch nicht die extrem künstliche Form der Ghaselen nach, sondern schrieb seine Verse in reicher Formenvielfalt, vom Spruch bis zum großen Gedicht, vom kurzen Vers bis zur ausladenden Zeile. *Hegire* betitelte er das Eröffnungsgedicht seines *Divan*, in dem schon viele Motive der Gedichtsammlung anklangen. Hegire war der Ritt Mohammeds von Mekka nach Medina im Jahre 622 gewesen, und damit begann die neue mohammedanische Zeitrechnung. So liest sich die erste Strophe wie ein Motto, Flucht nach Osten und Beginn eines Neuen:

Nord und West und Süd zersplittern,
Throne bersten, Reiche zittern,
Flüchte du, im reinen Osten
Patriarchenluft zu kosten,
Unter Lieben, Trinken, Singen
Soll dich Chisers Quell verjüngen.

Am 25. Juli 1814 brach Goethe nach Wiesbaden auf. Siebzehn Jahre lang war er nicht in der heimatlichen Main-Rhein-Gegend gewesen. Jetzt waren die Kriegsunruhen vorbei; er hatte mit dem *Epimenides* seine ‚Schuld' beglichen; in den Jahren seit Schillers Tod hatten sich Strenge und Anspruch der Kunstanschauung gelockert, andere Eindrücke ihn berührt; der dritte Teil von *Dichtung und Wahrheit* war zu Ende gebracht und hatte die Gedanken in die Jugendzeit zurückgelenkt; Hafis inspirierte zu neuer Schau und dichtender Reflexion. Waren schon in Berka erste Verse entstanden, so folgte nun auf der Fahrt in den Westen Gedicht auf Gedicht. Er war entspannt, aufnahmebereit und konnte spielerisch-ironisch Vorahnungen des alten Mannes inszenieren, noch am Morgen des ersten Reisetags:

Phänomen

Wenn zu der Regenwand
Phöbus sich gattet,
Gleich steht ein Bogenrand
Farbig beschattet.
Im Nebel gleichen Kreis
Seh' ich gezogen,
Zwar ist der Bogen weiß,
Doch Himmelsbogen.
So sollst du, muntrer Greis,
Dich nicht betrüben:
Sind gleich die Haare weiß,
Doch wirst du lieben.

Ein erinnertes und ein jetzt am frühen Morgen gesehenes Phänomen der Natur folgen aufeinander, ohne jeglichen Aufwand gedanklicher Verknüpfung. Alles bleibt bloßes Bild, leicht ins poetische Sprechen überführt: Phöbus gattet sich mit der Regenwand, ein Regenbogen entsteht. Dann, durch das „so" noch besonders markiert, die geistige Ausdeutung, unangestrengt, heiter-ironischer Selbstzuspruch mit bekräftigender Zusicherung: „Doch wirst du lieben." Immerhin, der Vergleich zum Naturphänomen ist kühn, aber solches wagte die orientalische Lyrik. Den Regenbogen symbolisch zu sehen war dem Autor der *Farbenlehre* geläufig. Zwar enthält er nicht die „Farbentotalität"; denn es fehlt ihm „die Hauptfarbe, das reine Rot, der Purpur" (§ 814), aber er hat schon Reichtum der Farben. Die Griechen verwandelten ihn in ihrem „poetischen Symbolisieren" in ein liebliches Mädchen, eine Tochter des Erstaunens (*Geschichte der Farbenlehre*; 14, 11). Er ist wie ein Vorschein glücklicher Zukunft. Auch der im Nebel nur weiße Kreis ist immerhin ein „Himmelsbogen" und von der Sonne geschaffen, der Quelle des Lichts. Sparsame Andeutungen und geistiges Ausdeuten, knapp gefaßtes Bild und Verweis auf Allgemeineres: das gehört zum Stil der Lyrik des späten Goethe (der bei mancherlei Gelegenheiten immer auch noch anders, sozusagen diskursiver, zu dichten wußte).

Am 28. Juli kam Goethe in Frankfurt an. Er schlenderte durch die abendliche Stadt. „Zuletzt ging ich an unserm alten Hause vorbei. Die Haus-Uhr schlug drinne. Es war ein sehr bekannter Ton" (an Christiane, 29. 7. 1814). In den Kurwochen in Wiesbaden viele Besucher und Besuche, Bekanntschaften und gelegentliche Ausflüge. Zelter war anwesend, Jugendfreund Riese fand sich ein, auch Geheimrat v. Willemer

und Demoiselle Jung (Tagebuch, 4. 8. 1814). Am 16. August war das Sankt Rochus-Fest zu Bingen ein so großes Erlebnis landschaftlichen Brauchtums, daß es Goethe 1816 zu einer ungemein lebendigen Beschreibung ermunterte (A 12, 469 ff.). Anfang September einige Tage bei Franz Brentano in Winkel am Rhein; Erinnerungen an Caroline v. Günderode, die hier den Tod gesucht hatte. Ab 12. September für fast zwei Wochen zur Zeit der Herbstmesse in Frankfurt, wohin auch Boisserée von Heidelberg herüberkam. Drei Tage später war Goethe zum erstenmal auf der Gerbermühle und besuchte Willemer, der vor vierzehn Jahren Marianne Jung in sein Haus genommen hatte. Noch war es für den Gast eine der vielen Bekanntschaften, nicht mehr.
Und immerzu waren Verse entstanden. Schon Ende August benachrichtigte er Riemer: „Die Gedichte an Hafis sind auf 30 angewachsen" (29. 8. 1814). „31. Juli" ist auf der Handschrift der Strophen vermerkt, die später *Selige Sehnsucht* überschrieben wurden:

Sagt es niemand, nur den Weisen,
Weil die Menge gleich verhöhnet,
Das Lebend'ge will ich preisen,
Das nach Flammentod sich sehnet.

In der Liebesnächte Kühlung,
Die dich zeugte, wo du zeugtest,
Überfällt dich fremde Fühlung,
Wenn die stille Kerze leuchtet.

Nicht mehr bleibest du umfangen
In der Finsternis Beschattung,
Und dich reißet neu Verlangen
Auf zu höherer Begattung.

Keine Ferne macht dich schwierig,
Kommst geflogen und gebannt,
Und zuletzt, des Lichts begierig,
Bist du, Schmetterling, verbrannt.

Und so lang du das nicht hast,
Dieses: Stirb und werde!
Bist du nur ein trüber Gast
Auf der dunklen Erde.

Die älteste Reinschrift dieses Gedichts trug die Überschrift „Buch Sad, Gasele 1", dann hieß es „Selbstopfer", weiter „Vollendung" und endlich 1819 *Selige Sehnsucht*. Die Vorlage, kein originales Werk des Hafis, gilt als ein typisches Gedicht persischer Poesie von mittlerer Qualität. Allbekannte, hundertfach verwendete Motive der Liebeslyrik sind aneinandergereiht. Der Dichter spricht von Verwandlung, Entselbstung, die aus der Selbstaufgabe in der Liebe folgt. Einiges prägt sich aus dem persischen Gedicht ein: das Bild von der Kerze, die zur Flamme wird; das Gleichnis vom Schmetterling, der sich verbrennt; die Läuterung unedler Materie zu Gold; die Verachtung der Uneingeweihten. Philologen können herausarbeiten, wie der Dichter des ‚westlichen' Gedichts in Wiesbaden einiges übernahm und zu ganz Neuem formte. Aus anderer östlicher Dichtung war Goethe längst das Motiv von der Mücke bekannt, die sich aus Liebesverlangen in die brennende Kerze stürzt. „Ich habe nun wieder auf der ganzen Redoute nur deine Augen gesehen", schrieb er Charlotte v. Stein, „und da ist mir die Mücke ums Licht eingefallen" (23. 2. 1776).

In seiner vollkommenen Schlichtheit und Durchsichtigkeit ist Goethes Gedicht zugleich eines seiner schwierigsten und tiefsinnigsten. Auf sublime Weise ist hier das gleichnishafte Schauen und Dichten des Alters am Werk, das sich auf einen anschaulichen Vorgang des persischen Ghasels konzentriert: das Verbrennen des Schmetterlings in der Kerzenflamme. Goethe beobachtet einen Naturvorgang, der jedermann bekannt ist, und sieht ihn symbolisch für die Hinaufbewegung des Lebens durch Verwandlungen hindurch, die nötig sind, wenn der Mensch zu Höherem gelangen will. In vierzeiligen Strophen mit trochäischen Versen wird ruhig-gelassen die Weisheit des Stirb und Werde ausgesprochen. Es ist die Strophenform, die im *Divan* am häufigsten vorkommt und der besonders im „Buch Suleika" wichtige Äußerungen anvertraut werden. Die Schlußstrophe setzt sich mit anderen Versschlüssen und zwei verkürzten Zeilen allerdings deutlich ab: Spruchhaft wird das Symbolische des Vorgangs in einer Maxime ausgesprochen, die den „Weisen" zugedacht ist. Jene gegen die Menge abschirmenden Verse des Beginns berühren sowohl ein Motiv des persischen Gedichts als auch Horazens „Odi profanum volgus et arceo" [Ich hasse die gemeine Menge und halte sie mir fern] und das Christuswort von den Perlen, die man nicht vor die Säue werfen soll (Matth. 7,6). Bei Goethe aber liegt der Nachdruck auf dem Wunsch des Verbergens. Weil die Aussage des Gedichts Geheimstes und Bedeutendes enthält, geht sie nur die Verständigen an. Mehrfach hat er, wenn es um persönlichste Wahrheiten ging, Schweigen um sich gebreitet.

So dicht ist das symbolische Sprechen, daß das Du der Verse ununterscheidbar den Schmetterling und den Menschen meint. Im Gleichnis des Falters, der in der Kerzenflamme verbrennt, wird der den „Weisen" einsichtige, scheinbar paradoxe Grundsatz versinnbildlicht, daß das

wahrhaft Lebendige sich nach einem Tod sehnen muß, der steigernde Verwandlung bedeutet. „Das Lebend'ge" ist jene Lebenskraft, die nicht verharrt, sondern vorwärtsstrebt, und es ist das Wesen selbst, in dem sie wirkt und das zu jener verwandelnden Hingabe bereit ist. Denn es vollzieht sich eine Vereinigung, „höhere Begattung". Das ist etwas anderes als der bloß biologische Zeugungsakt „in der Liebesnächte Kühlung", in dem das Leben weitergegeben wird. Die stille Helligkeit der leuchtenden Kerze weckt ein unbekanntes Sehnen, jene selige Sehnsucht, die der Titel mit religiösem Anklang nennt. Finsternis und Licht: die Polarität, aus der *Farbenlehre* bekannt, durchzieht das Gedicht und erhält symbolische Bedeutung; so auch das Trübe, das das Licht nur halb durchläßt. „Trüber Gast auf der dunklen Erde": Wer sich nicht aus dem Begrenzten hinaus zum Licht als dem Übersinnlichen, Geistigen, Sinngebenden sehnt und nicht den ‚Tod' einer Verwandlung wagt, zu dem Hingabe gehört, bleibt der Finsternis verhaftet. So ist im Sinnbild des sich verbrennenden Schmetterlings die Vorstellung eines Sterbens *und* Werdens als des Verlassens einer niedrigeren Stufe und Aufsteigens zu einer neuen, höheren beschlossen.
Der dieses Gedicht in Wiesbaden schrieb, spürte etwas von solcher Verwandlung, die mit ihm vorging und immer schon geschehen war, als er sein unruhiges Leben zu bewältigen suchte. Insofern ist *Selige Sehnsucht* auch ein Legitimationsgedicht der eigenen Existenz, in dem die Brüche und Komplikationen des Lebenswegs in einen sinnvollen Verwandlungsprozeß aufgehoben werden. Daß die Konzentration auf das eigene Ich, die Ausbildung der „Persönlichkeit" nicht ausreicht, sondern die partnerschaftliche Ergänzung in der Liebe hinzukommen muß, sprach dann jenes oft falsch zitierte Gedicht aus, in dem zunächst Suleika die gängige Ansicht vorträgt: „Volk und Knecht und Überwinder, / Sie gestehn, zu jeder Zeit, / Höchstes Glück der Erdenkinder / Sei nur die Persönlichkeit." Hatem aber erwidert: „Kann wohl sein! so wird gemeinet; / Doch ich bin auf andrer Spur: / Alles Erdenglück vereinet / Find' ich in Suleika nur."

Ein Höhepunkt der Reise in den Westen 1814 war der Besuch in Heidelberg vom 24. September bis 8. Oktober, der ganz vom Betrachten und Bewundern der alten Meisterwerke der Boisseréeschen Gemäldesammlung ausgefüllt war. „Da muß man bekennen, daß sie wohl eine Wallfahrt wert sind", erfuhr Christiane (25. 9.), die ausführlich informiert wurde. Aber als er nach Weimar zurückgekehrt und im vertrauten Kreis war, hielt er wieder abwägende Distanz. Nicht daß er die niederländischen Kunstschätze, die ihm imponierten, je geringgeachtet hätte, aber im Brief an Boisserée war dann doch die Anspielung deutlich: daß er bei der Sichtung seiner Papiere für die *Italienische Reise* glücklicherweise „wenig Falsches bedauern, nur manches Einseitige zu belächeln habe“ (19. 11. 1814).

Hatem und Suleika

Im folgenden Jahr zog es ihn wieder an Rhein, Main und Neckar. Erneut traf er Marianne Jung, die im letzten Herbst Frau v. Willemer geworden war. Ihre Begegnung nahm beide gefangen; es war innerstes Betroffensein, enthusiastische Zuneigung. Niemand wird je ganz aufhellen können, was sie bewegte. Es war zugleich auch Partnerschaft in einer literarischen Konstellation: im dichterischen Spiel der Hafis-Welt. Im Winter und Frühjahr 1815 hatte Goethe am *Divan* weitergedichtet, war tiefer in die Welt des Orients eingedrungen und mit mehr persischen Dichtern vertraut geworden. „Deutscher Divan“ sollte die Sammlung der inzwischen hundert Gedichte nun heißen, die er am 30. Mai 1815 in Wiesbaden registrierte (‚Wiesbadener Register‘). Wäre sie so erschienen, es hätte Wesentliches der endgültigen Fassung gefehlt. Noch war das Ganze nicht in Bücher abgeteilt, noch war erst nur etwa ein Sechstel des späteren „Buch Suleika“ geschrieben, jenes unerhörten Buchs mit den Liebesgesprächen zwischen Hatem und Suleika. Aber am ersten Tag der neuen Reise in den Westen, am 24. Mai 1815, entstanden in Eisenach jene Verse, in denen die Geliebten „benamst“ wurden; die Ouvertüre für das dichterische Rollenspiel war intoniert, das nicht nur ein dichterisches blieb:

[...]
Aber daß du, die so lange mir erharrt war,
Feurige Jugendblicke mir schickst,
Jetzt mich liebst, mich später beglückst,
Das sollen meine Lieder preisen,
Sollst mir ewig Suleika heißen.

Da du nun Suleika heißest,
Sollt' ich auch benamset sein.
Wenn du deinen Geliebten preisest,
Hatem! das soll der Name sein. [...]

Jetzt konnte sich, was er erlebte und ihn beglücken sollte, in die poetische Konstellation einfügen und mit ihr eins werden: Hatem-Goethe und Suleika-Marianne, so wie in einem der Gedichte im Herbst das ‚richtige‘ Reimwort ausgespart und „Hatem“ gesetzt wurde:

Locken, haltet mich gefangen
In dem Kreise des Gesichts!
Euch geliebten braunen Schlangen
Zu erwidern hab' ich nichts.

Nur dies Herz, es ist von Dauer,
Schwillt in jugendlichstem Flor;
Unter Schnee und Nebelschauer
Rast ein Ätna dir hervor.

Du beschämst wie Morgenröte
Jener Gipfel ernste Wand,
Und noch einmal fühlet Hatem
Frühlingshauch und Sommerbrand.

Schenke her! Noch eine Flasche!
Diesen Becher bring' ich ihr!
Findet sie ein Häufchen Asche,
Sagt sie: „Der verbrannte mir."

Aber aus der Dichtung des „Buchs Suleika" kann nicht ein biographischer Liebesroman dechiffriert werden. Was sich zwischen Marianne v. Willemer und Goethe im Sommer und Herbst 1815 ereignete, bleibt persönliches Geheimnis, das freilich in der Dichtung des *Divan* aufbewahrt und von ihr geschmückt ist. Marianne vermochte mit eigenen Gedichten zu antworten, und sie fand so genau den Hafis-Suleika-Ton, daß ihre Verse bruchlos in den *Divan* integriert wurden. In den privaten Briefen, die in den ersten Jahren nach 1815 spärlich waren, wagten sich nur Andeutungen vor, allerdings deutliche, und der von beiden Willemers mehrfach ausgesprochenen Einladung ist Goethe nie gefolgt. Wollte er, der die Verse vom Ätna schrieb, eine Wiederholung des Suleika-Erlebnisses von 1815 vermeiden, weil er nicht wußte, wie er sie hätte bewältigen sollen? Einen Brief vom 1. August 1816 schloß Marianne „mit der Beteuerung, daß ich warm und innig sowohl erfreuliche als schmerzliche Begegnisse mit Ihnen teile, wenn ich schon nicht fähig bin, es auszusprechen. unverändert Marianne". Und als Goethe enttäuscht war, daß sie nicht mit Jacob v. Willemer nach Weimar gekommen war, gestand er: „Da fühlt ich recht, daß ich ihr [der „geliebten Freundin"] noch immer angehöre. [...] Und so fort und für ewig G" (26. 3. 1819).

Marianne Jung, 1784 in Österreich geboren, war 1798 mit einer Theatertruppe in Frankfurt aufgetaucht. Nicht nur Clemens Brentano war von der jungen Tänzerin, Schauspielerin und Sängerin bezaubert, der er dann Gedichte in seinen *Romanzen vom Rosenkranz* widmete. Johann Jacob v. Willemer, Bankier, Theaterfreund und vielseitiger popularisierender Schriftsteller, nahm 1800, bereits zweimal verwitwet, die Sechzehnjährige in sein Haus, wobei nicht nur sein Mäzenatentum für Theater und Künstler eine Rolle gespielt haben dürfte. Goethe korrespondierte gelegentlich mit ihm, und als er 1814 in Wiesbaden weilte, lernte er auch Marianne kennen; Besuche auf der Gerbermühle, Willemers Wohnsitz bei Frankfurt, schlossen sich an. Gerade damals, am 27. September 1814, heiratete Willemer, fast überstürzt, die langjährige Hausgenossin, die ein Vierteljahrhundert jünger war. Am 18. Oktober sah das Paar gemeinsam mit seinem Gast von Willemers Weinberghäuschen auf dem Mühlberg die Freudenfeuer zum Jahrestag der Leipziger Schlacht; bis ins Alter war für Goethe und Marianne dieser Tag ein Datum gemeinsamer Erinnerung.

Vielleicht hatte sich schon im Winter 1814/1815 freundliche Reminiszenz an die ersten Begegnungen mit Marianne vorgetastet, die in ein Stammbuch, das Goethe mit Eintragungen der Familie Willemer im Dezember zurückerhielt, ein launiges Gedicht geschrieben hatte, das begann: „Zu den Kleinen zähl ich mich, / Liebe Kleine nennst du mich. / Willst du immer so mich heißen, / Werd ich stets mich glücklich preisen [. . .].“ In den August- und Septemberwochen 1815 brach Leidenschaft durch, und beide wußten, als Hatem-Goethe von Mitte August bis Mitte September auf der Gerbermühle wohnte, daß sie zum Verzicht gezwungen sein würden. Für den Fünfundsechzigjährigen war es eine „temporäre Verjüngung“, eine „wiederholte Pubertät“, wie sie der Greis im Gespräch mit Eckermann (11. 3. 1828) erläuterte: daß sie sich „bei vorzüglich begabten Menschen auch während ihres Alters immer noch“ ereignen könne, „während andere Leute nur einmal jung sind“. Als er dann vom 20. September bis zum 7. Oktober in Heidelberg war, um wiederum die Gemälde bei den Boisserées zu studieren, und sich Willemers vom 23. bis 26. September ebenfalls dort aufhielten, entstanden etwa fünfzehn Gedichte, Kernstücke des „Buchs Suleika“, unzweifelhaft erfüllt vom Liebesglück und -schmerz dieser einmaligen Wochen im Zeichen begeisternder und vergeistigter „temporärer Verjüngung“. Und wiederum: es war Gedichtsprache innerhalb der Hafis-Welt. Hatem und Suleika ordneten sich den Musterpaaren zu, die das „Buch der Liebe“ vorstellte, und die dichtende Einbildungskraft blieb auf sie bezogen, so daß in aller Leidenschaftlichkeit des besonderen Verhältnisses die Reflexion auf das Allgemeinere der Liebe nicht unterging.

Der Aufbruch aus Heidelberg am 7. Oktober ähnelte einer Flucht. „Nun nimmt mich's beim Schopf und führt mich, über Würzburg [und nicht über Frankfurt] nach Hause“, schrieb er tags zuvor Rosine Städel, geb. Willemer, und meinte doch Marianne und deutete Jacob Willemer seine Lage an, „in der sich ein Zwiespalt nicht verleugnet, den ich auch nicht aufrege, sondern lieber schließe", und richtete seine Worte „an die zwei", „die man beneidenswert glücklich verbunden sieht" (6. 10. 1815). Ein einziges Mal redete er später im Brief seine Suleika mit Du an, nach vier Jahren: „So höre doppelt und dreifach die Versicherung, daß ich jedes deiner Gefühle herzlich und unablässig erwidre. [...] Wäre ich Hudhud, ich liefe dir nicht über den Weg, sondern schnurstracks auf dich zu" (26. 7. 1819). Gelegentlich schrieben sie sich Gedichte, beziehungsreiche, auch solche, die im Familienkreis wie Grüße aus der Hafis-Welt kursieren konnten, darunter als eines der letzten:

Dem aufgehenden Vollmonde!
Dornburg d. 25. August. 1828

Willst du mich sogleich verlassen!
Warst im Augenblick so nah.
Dich umfinstern Wolkenmassen,
Und nun bist du gar nicht da.

Doch du fühlst wie ich betrübt bin,
Blickt dein Rand herauf als Stern,
Zeugest mir daß ich geliebt bin,
Sei das Liebchen noch so fern.

So hinan denn! Hell und heller,
Reiner Bahn, in voller Pracht!
Schlägt mein Herz auch schneller, schneller,
Überselig ist die Nacht.

G

1816 wollte er wieder in den Westen reisen, zusammen mit seinem Kunstexperten Heinrich Meyer. Aber bald nach der Abfahrt stürzte der Wagen um, und der Begleiter wurde verletzt. Goethe nahm es als ein Omen, gab die Fahrt auf und begnügte sich mit einem Aufenthalt in dem kleinen Bad Tennstedt. Er ist nie mehr in Frankfurt, am Main, Rhein und Neckar gewesen.

Ein Abstecher nach Nassau und Köln

Die Monate von Ende Mai bis Anfang Oktober 1815, die er in Wiesbaden und Umgebung verlebte, brachten nicht nur das erlittene und dichterisch erhöhte Marianne-Suleika-Erlebnis. Sulpiz Boisserée war zwei Monate seit Anfang August in seiner Nähe; das Tagebuch verzeichnet Tag für Tag Begegnungen mit Bekannten, Wissenschaftlern und Kunstfreunden, Besuche am Hof zu Biebrich, Abstecher nach Mainz und

Frankfurt, nennt die umfängliche laufende Korrespondenz, notiert am 1. August: „zum Nachtisch den Orden", die Verleihung des österreichischen Sankt-Leopold-Ordens durch Freiherrn v. Hügel im Wiesbadener Kursaal. Und am 15. Juni schloß er den Vertrag mit Cotta über eine neue Gesamtausgabe, die von 1815 bis 1819 erschien, mit 16 000 Talern honoriert.

Im Juli lud ihn der Freiherr vom Stein, der die Kriegsverwaltung der Verbündeten in den wiedereroberten Gebieten diesseits und jenseits des Rheins leitete, auf seinen alten Familiensitz in Nassau ein, nachdem gerade die „hundert schicksalsschwangeren Tage" der neuerlichen Herrschaft Napoleons vorüber waren: „Die Schlacht von Waterloo, in Wiesbaden zu großem Schrecken als verloren gemeldet, sodann zu überraschender, ja betäubender Freude als gewonnen angekündigt" (*Annalen* zu 1815). Zweifellos haben Stein und Goethe in jenen Tagen auch politische Gespräche geführt; es fehlte dem Gast ja nicht an staatsmännischer Erfahrung; der jahrelange Diskussionspartner des Weimarer Herzogs war auf dem laufenden. Und wie die Kulturgüter in den Rheinprovinzen gepflegt werden könnten, war ein Thema, zu dem Goethe sogleich im nächsten Jahr in seiner Zeitschrift *Ueber Kunst und Alterthum in den Rhein und Mayn Gegenden* wichtige Beiträge lieferte. Daß der preußische Reformer und der streng konservative Minister aus Thüringen in der Beurteilung mancher politischer Fragen nicht übereinstimmten, deutet die Notiz im Tagebuch an: „In Nassau. [...] Gesprochen und kontradiziert" (30. 7. 1814). Gemeinsam reisten beide in den letzten Julitagen nach Köln. Wieder beeindruckte „altertümliche Malerei" beim Kölner Sammler Wallraf, und jetzt konnte Goethe den Dom, von dem ihm Boisserée so viel berichtet hatte, selbst besichtigen, sah „mit vorbereitetem Erstaunen das schmerzensvolle Denkmal der Unvollendung und konnte doch mit Augen das Maß fassen von dem, was es hätte werden sollen" (*Annalen* zu 1815).

West-östlicher Divan

Bis ins Jahr 1819 dauerte es, daß der *West-östliche* Divan erscheinen konnte, und auch später noch kamen Gedichte hinzu, die in der „Ausgabe letzter Hand" eingefügt wurden. Dem *Divan* gab sein Dichter die *Noten und Abhandlungen* bei, den Lesern zur Information, „die mit dem Osten wenig oder nicht bekannt sind". Sie führen in Geschichte, Literatur und Religion des Orients ein und dokumentieren Goethes seit langem lebendiges Interesse an der jüdischen und mohammedanischen Kultur des Vorderen Orients. Seine Gedichte gruppierte er in zwölf

Bücher, die er jeweils mit einer geheimnisvoll orientalischen Überschrift (wie „Moganni Nameh") und einer deutschen („Buch des Sängers") versah. Auf symmetrische Ausmaße war er nicht bedacht; das „Buch des Parsen" blieb ebenso fragmentarisch wie das „Buch Timur" mit seinen zwei Gedichten, in dem er wohl sein Napoleonerlebnis ins dichterische Bild verwandeln wollte. Dennoch ist alles im *West-östlichen Divan* dicht miteinander verwoben. In Hafis begegnete der alternde Goethe einem Verwandten. Er sah ihn als einen Dichter-Weisen in einer Welt sinnlicher Freuden und Leiden, menschlicher Schwächen und Aufschwünge, der doch geistbewußt-heiter alles überschaute. Aus den persönlichen Erfahrungen und der Adaption östlichen Geistes wuchs die *Divan*-Dichtung zusammen. Vier Themenkreise zeichnen sich, wiewohl ineinandergreifend, ab: die neue, zu ungeahnter eigener Produktivität stimulierende Dichtungsart des Hafis, die nun selbst ‚bedichtet' wird; die Liebe, die in dem „Duodrama" Hatem-Suleika kulminiert („Auch hier dringt sich manchmal eine geistige Bedeutung auf, und der Schleier irdischer Liebe scheint höhere Verhältnisse zu verhüllen"; Ankündigung des *Divan* im *Morgenblatt* 1816; 2, 269); die irdische und spirituelle Trunkenheit des „Schenkenbuchs"; die gesammelten Weisheiten der Spruchverse. In ihnen, die auch außerhalb des „Buchs der Sprüche" Platz fanden, konzentrierte der westliche Dichter in der Aneignung von Motiven aus der fernen Kultur und Religion die eigene Anschauung von Gott und Welt.

In keinem anderen Werk Goethes begegnet so oft das Wort Gott wie in den Sprüchen und Gedichten des *West-östlichen Divan*. Aber mit ihm wird nicht ein persönlicher jenseitiger Gott benannt. Es ist eine als Person angeredete Macht, die das Wesen aller Dinge und den Inbegriff aller natürlichen und sittlichen Wahrheit ausmacht. In den *Talismanen*, gleich zu Anfang des *Divan*, nimmt der Dichter das Thema auf und verliert es in der ganzen Folge der Gedichte nicht. In der 2. Sure des Koran ruft der Engel Gabriel dem Mohammed zu: „Sag: Gottes ist der Orient und Gottes ist der Okzident, er leitet, wen er will, den wahren Pfad." So dann Goethe: „Gottes ist der Orient! / Gottes ist der Okzident! / Nord- und südliches Gelände / Ruht im Frieden seiner Hände." Es ist weder christliche noch islamische Religion, die den *Divan* einseitig bestimmt, sondern ein west-östlicher Gottesglaube aus der Freiheit des Schauens und Wählens. Im nächsten der *Talismane* ist von den hundert Namen Allahs die Rede: In unzähligen Verwandlungen und Erscheinungsformen ist Gott in seiner Schöpfung zu begreifen und zu preisen. Er ist Fülle, Schönheit und Wahrheit des Lebens. Hier fand Goethe den Gott, dem er seit seiner Jugend anhing. Immer ist Gott noch der Alliebende, wenn auch nun an erster Stelle, strenger, der gerechte Gott gelobt wird: „Er, der einzige Gerechte, / Will für jedermann das Rechte. / Sei, von seinen hundert Namen, / Dieser hoch gelobet! Amen." Wesentlich ist, daß sich die Vorstellung Allahs kräftiger mit einer unbefangenen Lebensfreude verbinden ließ, als es Goethe beim Gott des Christentums möglich schien. Paradiesesfreuden erwarten den Glaubenskämpfer, Lebensgenuß wird bestätigt und von den Huris, den Gespielinnen der Seligen, verschönt. Doch das Islamische des *Divan* trägt auch unverkennbar westliche Züge. Kein Fatalismus im Sinne der Mohammedaner breitet sich aus, sondern Entsagung, die aus Reflexion über den Sinn menschlichen Tuns herrührt. Das ist das Eigentümliche der Goetheschen west-östlichen Dichtung: Die Begegnung mit der Patriarchenluft des Ostens, mit Diesseitsfreude Hafisischen Dichtens, Liebe und begeistendem Rausch des Weins vollzieht sich in einer geistbewußten Haltung des Betroffenseins und Darüberstehens, des Sich-Hingebens und Entsagens. Es scheint, als würden hier Christentum und Antike weit zurückgelassen und als vollzöge sich die volle Hinwendung zu einer fernen, fremden Welt. Aber Christliches und Antikes bleiben Elemente unter anderen, wenn auch das Östliche dominiert. Der Dichter des *West-östlichen Divan* nimmt Weisheit und Erkenntnisse an, wo sie sich ihm bieten. In den Betrachtungen, Parabeln und Sprüchen fließt das Verschiedene am deutlichsten zusammen. West-östliche Gemeinschaft wird als eine Lebensanschauung aus dem Geist des alten Goethe gestiftet. Aneignung dessen, was sich ihm als gemäß erwies, war nicht nur hier seine Maxime. So stehen die Religion der Parsen und der Islam der Mohammedaner unverbunden nebeneinander. Ergebung in einen höheren Willen war die eine Folgerung, die sich aus der Anschauung der Natur und des Menschenlebens ergab, sittliche Aktivität die andere. Sie fand Goethe in der Religion der alten Perser wieder, über die er in den *Noten und Abhandlungen* im Abschnitt „Ältere Perser" berichtet. Er nennt ihre lebendige, sich immer in praktischem Handeln auswirkende Gottesverehrung eine „zarte Religion, gegründet auf die Allgegenwart Gottes in seinen Werken der Sinnenwelt". Goethesche Frömmigkeit fühlte sich hier wohl: Anschauen und Verehren Gottes in den unzähligen Verwandlungen und Erscheinungen seiner Schöpfung; gern bereite Annahme des Verehrungswürdigen, wo es sich bietet; Religiosität, aber weit gespannt, nicht begrenzt von den Linien einer bestimmten Konfession.

Im späten Brief an Boisserée vom 23. März 1831 zog Goethe eine Summe seiner Religiosität:

> Die letzte Seite bin ich nun veranlaßt, in Ernst und Scherz mit etwas Wunderlichem zu schließen.

Des religiösen Gefühls wird sich kein Mensch erwehren, dabei aber ist es ihm unmöglich, solches in sich allein zu verarbeiten, deswegen sucht er oder macht sich Proselyten.
Das letztere ist meine Art nicht, das erstere aber hab ich treulich durchgeführt und, von Erschaffung der Welt an, keine Konfession gefunden, zu der ich mich völlig hätte bekennen mögen. Nun erfahr ich aber in meinen alten Tagen von einer Sekte der *Hypsistarier*, welche, zwischen Heiden, Juden und Christen geklemmt, sich erklärten, das Beste, Vollkommenste, was zu ihrer Kenntnis käme, zu schätzen, zu bewundern, zu verehren und, insofern es also mit der Gottheit im nahen Verhältnis stehen müsse, anzubeten. Da ward mir auf einmal aus einem dunklen Zeitalter her ein frohes Licht, denn ich fühlte, daß ich zeitlebens getrachtet hatte, mich zum Hypsistarier zu qualifizieren; das ist aber keine kleine Bemühung: denn wie kommt man in der Beschränkung seiner Individualität wohl dahin, das Vortrefflichste gewahr zu werden?
In der Freundschaft wenigstens [das mußte er dem überzeugten Katholiken versöhnlich hinzusetzen] wollen wir uns nicht übertreffen lassen.

Über symbolisches Sprechen

Mit und seit den Gedichten des *Divan*, die als Beginn seiner Alterslyrik gelten, bildete Goethe eine dichterische Kunst aus, die in besonderem Maße symbolisches Sprechen war. (Davon blieben naturgemäß viele Gelegenheitsgedichte, die er in reicher Zahl weiterhin auf Personen und zu bestimmten Anlässen verfertigte, unberührt.) Seine dichterische Sicht wurde ein geistiges Schauen, dem die Phänomene zu etwas Gleichnishaftem wurden, das über sich hinauswies. Der aufs Symbolische gerichtete Blick nahm im einzelnen Phänomen Zusammenhänge einer weiten geistigen Welt wahr, konnte das einzelne als Teil des großen Lebensganzen und als Abbild dessen auffassen, was das Göttliche heißen durfte. In der ‚klassizistischen Phase' suchte Goethe im bedeutenden Gegenstand die darin beschlossene allgemeine Gesetzlichkeit der Natur und Kunst zu ergreifen und anschaulich zu machen, damit dieser das Typische, Urbildliche *seines* Bereichs repräsentiere, also in der Pflanze die Urpflanze mit ansichtig werde, im Abschied die Grundkonstellation des Abschieds überhaupt, im Laokoon ein Vater mit zwei Söhnen in höchster Gefahr. Jetzt ging diese Sicht aufs Typische, Allgemeine nicht verloren, aber nun konnte die ganze Vielfalt der Phänomene zeichenhafte Bedeutsamkeit gewinnen, noch die einfachste Erscheinung symbolischen Gehalt tragen und transparent werden für geistig bedeutsame Beziehungen. Das ermöglichte ein zartes Spiel der Andeutungen, in dem es nicht auf eine Darlegung in gedankenlogischer Folge ankam, sondern symbolisch bedeutsame Bilder und Motive locker und äußerlich unverknüpft zusammenrücken konnten. Vor allem im Anschauen von Naturphänomenen erreichte das symbolische Sprechen des Alters besondere Intensität, wo nur das gesehene Naturbild geboten und übergangslos, ohne daß ein Vergleich eigens erläutert würde, die geistige Bedeutung ausgesprochen wurde. Das war bereits im Gedicht *Selige Sehnsucht* zu erkennen. Im Gedichtszyklus *Chinesisch-deutsche Jahres- und Tageszeiten* (1827) finden sich die Verse

Ziehn die Schafe von der Wiese,
Liegt sie da, ein reines Grün;
Aber bald zum Paradiese
Wird sie bunt geblümt erblühn.

Hoffnung breitet lichte Schleier
Nebelhaft vor unsern Blick:
Wunscherfüllung, Sonnenfeier,
Wolkenteilung bring' uns Glück!

Schlicht und knapp wird ein Vorgang in der Natur geschildert: Die Schafe verlassen die Wiese, und nun ist nichts da als eine dominierende Farbe, ein reines Grün. Aber schon bald wird die Wiese bunt sein. Unmittelbar transponiert die zweite Strophe das Gesehene und Geahnte in den seelischen Bereich des Menschen. Im Bild der Natur war symbolisch bereits auf Hoffnung und Erfüllung angespielt, wovon die beiden Schlußzeilen sprechen. Aber die Sinnbildhaftigkeit ist noch dichter und bedeutungshaltiger. Wer die *Farbenlehre* kennt, erinnert sich, daß nach Goethe unser Auge in der Farbe Grün „eine reale Befriedigung findet" (§ 802); Blau und Gelb halten sich in dieser Farbe genau das Gleichgewicht. Doch das Grün birgt auch Hoffnung und Erwartung. Schon in den *Beiträgen zur Optik* war 1791 zu lesen (§ 2): „Reizender als dieses allgemeine grüne Gewand, in welches sich die ganze vegetabilische Natur gewöhnlich kleidet, sind jene entschiedenern Farben, womit sie sich in den Stunden ihrer Hochzeitsfeier schmückt" (LA I 3,6). So mag, biographisch gesehen, in diesen Versen auch noch die Erinnerung an das im Sommer 1823 erhoffte, aber nicht zu erreichende hochzeitliche Glück mit Ulrike v. Levetzow mitschwingen. – Die nebelhaften Schleier der Hoffnung sind schon „licht"; doch damit das Licht ganz erscheint, muß der Nebel sich verziehen. Öfter in Goethes Gedichten taucht aus dem Nebel endlich das Gewünschte und Bedeutende hervor. Lichtsymbolik durchzieht die Verse. Unverbunden stehen dann die Komposita „Wunscherfüllung, Sonnenfeier, Wolkenteilung" zusammen und lassen Raum zu weiten Assoziationen im Sinnbezirk des Glücks.

Goethe hat häufig und in vielfältigem Sinn von Symbolik, vom Symbol und Symbolischen gesprochen. Ohne die dichtungsphilosophischen Dimensionen anzudeuten, in denen seine Bemerkungen auszuloten wären, sollen im folgenden wenigstens einige Streiflichter das weite Feld beleuchten. „Ich habe all mein Wirken und Leisten immer nur symbolisch angesehen", soll er zu Eckermann gesagt haben (2. 5. 1824), „und es ist mir im Grunde ziemlich gleichgültig gewesen, ob ich Töpfe machte oder Schüsseln." Seine eigene Aktivität auf allen Gebieten, nicht nur den künstlerischen, als Beispiel für das dem Menschen aufgegebene Tätigsein zu sehen war ihm lieb; denn so war sie von der conditio humana legitimiert und zugleich ‚nur' ein Beitrag zu den der Menschheit zugeteilten Möglichkeiten. In ähnlicher Perspektive konnte Goethe alles auf Erden als symbolisch betrachten, das einzelne als Gleichnis für das große Ganze, und Anmaßung und Bescheidenheit waren in dieser Sicht, wie im Satz zu Eckermann, verbunden: „Alles, was geschieht, ist Symbol, und indem es vollkommen sich selbst darstellt, deutet es auf das übrige. In dieser Betrachtung scheint mir die höchste Anmaßung und die höchste Bescheidenheit zu liegen" (an K. E. Schubarth, 2. 4. 1818). Ihre tiefste Begründung findet Goethes symbolische Weltschau in der von Platos Geist genährten Überzeugung, daß wir das Absolute, das Göttliche, die Urbilder, das eigentliche Wahre direkt nicht zu erkennen vermögen. Nur symbolisch können einzelne Erscheinungen darauf verweisen, und es ist die Aufgabe der Kunst, dies zu ermöglichen. Im weitesten Sinn hat Poesie – wie alle Kunst, deren Wesen es ist, sinnfällig zu gestalten – symbolischen Charakter. „Poesie deutet auf die Geheimnisse der Natur und sucht sie durchs Bild zu lösen" (M; 12, 493).

Schon von der Reise in die Schweiz berichtete Goethe, ihm sei aufgegangen, wie bestimmte Gegenstände „eigentlich symbolisch" seien; es handle sich um „eminente Fälle", die „als Repräsentanten von vielen andern dastehen, eine gewisse Totalität in sich schließen, eine gewisse Reihe fordern, Ähnliches und Fremdes in meinem Geiste aufregen und so von außen wie von innen an eine gewisse Einheit und Allheit Anspruch machen" (an Schiller, 16. 8. 1797). Goethe war glücklich über diese Erfahrung, weil er im einzelnen Gegenstand allgemein Bedeutsames erkannte, also auch seinem Schauen die Idee sich erschloß, ohne daß er wie Schiller von der Allgemeinheit der Idee ausgehen müßte, um entsprechend bedeutungshaltige einzelne Phänomene zu finden. Schiller dämpfte indes die hohen Erwartungen, indem er daran erinnerte, daß es zuletzt auf „das Gemüt" ankomme, ob ihm ein Gegenstand etwas bedeute, „und so däucht mir das Leere und Gehaltreiche mehr im Subjekt als im Objekt zu liegen" (7. 9. 1797). Damit wies er frühzeitig darauf hin, daß Goethes symbolisches Schauen eine *Deutung* ist, die der Be-

trachter den Gegenständen gibt. Diese Tatsache wurde durch spätere markante Formulierungen Goethes verdeckt.
In den *Maximen und Reflexionen* steht:

> Das ist die wahre Symbolik, wo das Besondere das Allgemeinere repräsentiert, nicht als Traum und Schatten, sondern als lebendig-augenblickliche Offenbarung des Unerforschlichen (12, 471).

Hier wurde der Kraft des Schauens außerordentliche Deutungsfähigkeit zugesprochen, die im Besonderen noch das Unerforschliche, den All-Zusammenhang aufscheinen läßt. Damit war das Faszinierende (und für viele frühere Leser Befremdliche) des symbolischen Sprechens, wie es dem alten Goethe gelang, auf eine gewichtige Formel gebracht: Das Verweisen reicht ganz weit; was das Bezeichnende bezeichnet, ist nicht in einen Begriff zu fassen, aber es hat aufschließende Kraft. Wiederum jedoch: es ist Deutung dessen, der symbolisch sieht.
Entschieden wollte Goethe zwischen Allegorie und Symbol unterscheiden.

> Die Allegorie verwandelt die Erscheinung in einen Begriff, den Begriff in ein Bild, doch so, daß der Begriff im Bilde immer noch begrenzt und vollständig zu halten und zu haben und an demselben auszusprechen sei (M; 12, 471).

Wird etwa die Gerechtigkeit im Bild der Justitia mit verbundenen Augen und einer Waage in ihren Händen dargestellt, dann ist der Begriff der Gerechtigkeit in der allegorischen Gestalt eindeutig repräsentiert; der Verstand kann den allegorischen Vergleich in seinen genau begrenzten Einzelheiten mit begrifflicher Klarheit nachzeichnen, wie er ja auch auf diese Weise zustandegekommen ist. Anders sei es, meinte Goethe, beim Symbol:

> Die Symbolik verwandelt die Erscheinung in Idee, die Idee in ein Bild, und so, daß die Idee im Bild immer unendlich wirksam und unerreichbar bleibt und, selbst in allen Sprachen ausgesprochen, doch unaussprechlich bliebe (M; 12, 470).

Goethe legte die Betonung auf das Begriffslose des Symbols, seine Offenheit, die Deutungsweite und damit Vielsinnigkeit. Erneut war diese Maxime eine Erklärung des eigenen symbolischen Schau-Vorgangs und erläuterte mit suggestiven Wendungen die Bedeutung, die ihr Autor seinem symbolischen Sprechen beimaß. Die unverkennbar abschätzige Bewertung der Allegorie hatte viel mit Goethes Kritik an der zeitgenössischen Literatur der „forcierten Talente“ zu tun. Von Ideen und Begriffen ginge man dort aus; „daher konnte der Verstand sich in die Erfindung mischen und, wenn er den Gegenstand klug entwickelte, sich dünken, er dichte wirklich“ (A 14, 246 f.).

Wenn auch die erwähnten theoretischen Äußerungen Goethes die Intentionen seines poetisch-symbolischen Schauens illustrieren können, so bleibt zu fragen, ob für den dichterischen Text selbst zutrifft, was verkündet wurde. Immer steht das Symbol, das im Besonderen Allgemeineres repräsentieren will, als ein Teil für etwas Umfassenderes; und daß sich ein Zusammenhang zwischen Besonderem und Allgemeinerem ergeben kann, muß durch eine mögliche Analogie gesichert sein. So wird die Grundstruktur des Symbols von einer Pars-pro-toto-Relation und dem Prinzip der Analogie bestimmt. Das ist aber bei der Allegorie nicht anders. Die Differenz liegt nur darin, daß das Symbol keine eindeutigen, in klare Verstandesbegriffe zu übersetzenden Entsprechungen zwischen Zeichen und Bezeichnetem bietet. Erst in der Dichtung selbst entfaltet sich sein Sinn, im Bedeutungs- und Verweisungszusammenhang des Einzel- oder Gesamtwerks des Dichters. Und gemäß der alten hermeneutischen Grundregel, daß etwas überhaupt nur als Teil von etwas verstanden werden kann, wenn man das Ganze kennt oder zumindest erahnt, muß – wie bei der Allegorie – der Symboliker nach Goethes Art zwangsläufig schon eine Vorstellung von jenem „Allgemeineren“ besitzen, ehe er Symbolik (mit Pars-pro-toto-Relation und Analogieprinzip) praktizieren kann. In einem Brief an Zelter berichtete Goethe, „die vollkommensten Symbole“ ereigneten sich vor seinen Augen, wenn er die Flößerei auf der Saale bei Jena beobachte. Da führen die tüchtigen Holzflöße „mit Besonnenheit durch und glücklich hinab“, während die Scheite Brennholz hinterdrein dilettantisierten, „einige kommen auch hinab wo Gott will, andere werden in Wirbel umgetrieben“ (19. 3. 1818). Daß der Briefschreiber in der „Scheitholzflöß-Anarchie“ das Widerspiel von Ordnung und Durcheinander des menschlichen Lebens erblicken kann, setzt voraus, daß er eine Vorstellung von diesem Widerspiel bereits besitzt. Sie geht ihm nicht erst beim Anschauen der Flößerei auf. Die Reichweite positiver oder negativer Symbolisierung bleibt notwendigerweise an Goethes Welt- und Lebensanschauung gebunden, und insofern bietet seine Symbolkunst beeindruckende, betörende Interpretationen, nicht zeitlose Wahrsprüche. Damit erweist sich sein Plädoyer für das Symbol, das er zu *Maximen* straffte, als nachhaltige Fürsprache seiner Dichtart, die einiges aus verständlichem Eigeninteresse aussparte oder besonders akzentuierte.

Es bleibt Idee und Liebe. Die Jahre von 1815 bis 1823

Staatsminister im Großherzogtum Sachsen-Weimar-Eisenach

Die produktive Antwort auf die Dichtung des Hafis und den östlichen Geist, wie sie Goethe seit dem Frühsommer 1814 vielstimmig gab, offenbarte, daß die Bedrückungen, die ihn nach Schillers Tod und seiner eigenen schweren Krankheit, nach der Kriegsnot von 1806 und in den politisch ungewissen Jahren danach belastet hatten, endgültig überwunden waren. Was er später als „temporäre Verjüngung" bei bedeutenden Menschen diagnostizierte, erfuhr er an sich selbst. Auch die Bereitschaft, sich im Verein mit Boisserée intensiv auf die „altertümliche Malerei" einzulassen, war ein Symptom dafür, wenngleich er seinen Glauben an die zeitlose Geltung des antikischen Kunstideals nicht aufkündigte. Eine Auflockerung seines geistigen Habitus war unverkennbar. Sie ermöglichte erst die Entfaltung einer neuen dichterischen Sprache, mit der die *Divan*-Gedichte überraschten. Wagte der ehemalige Herausgeber der *Propyläen* doch jetzt zu schreiben:

Mag der Grieche seinen Ton
Zu Gestalten drücken,
An der eignen Hände Sohn
Steigern sein Entzücken;

Aber uns ist wonnereich
In den Euphrat greifen,
Und im flüss'gen Element
Hin und wider schweifen.

Löscht' ich so der Seele Brand,
Lied, es wird erschallen;
Schöpft des Dichters reine Hand,
Wasser wird sich ballen *(Lied und Gebilde)*.

Die gefeierte plastische Gestaltung der Griechen, einst als verbindliche Norm angeboten und maßgebliches Kriterium bei den Preisausschreiben der „Weimarischen Kunstfreunde": hier wurde sie relativiert. Ihre Strenge, ihre klar umrissenen Konturen schienen nun zu starr und zu begrenzend, als daß sie „der Seele Brand" Ausdruck gewähren könnten. Größere Offenheit wurde gewünscht, ein Sicheinlassen auf die bunte Vielfalt, die die persische Welt den Sinnen und dem Geist anbot. Wenn der Dichter in der richtigen Haltung ruhigen Schauens und Denkens verführe, würde sich die passende Form ergeben. In diesen Versen wurde der klassizistischen Kunst keine generelle Absage erteilt, es war vielmehr eine Rechtfertigung der Entspannung, der sich der Dichter überlassen hatte, und eine Beglaubigung der neuen Lyriksprache, die das Vielerlei des Lebens berühren durfte und auf den bedeutenden Gegenstand nicht mehr eingeschworen war.

Sicherlich trug die Klärung der gesamtpolitischen Lage zur weiteren Erleichterung bei, mochte immerhin Napoleon der Verlierer sein. Goethe war betroffen, als er in den westlichen Gebieten die Folgen der Kriegsjahre wahrnahm, für die der korsische Erbe der Französischen Revolution mitverantwortlich zeichnete. „Diese herrliche Gegend ist so untergraben, daß der gegenwärtigen Generation wenig Freude übrig bleibt" (an August v. Goethe, 1. 8. 1815). Kollege Voigt bekam vom Bewunderer Napoleons sogar zu hören: „Denn was für Übel den Franzosen begegnen mag, so gönnt man es ihnen von Grund des Herzens, wenn man die Übel vor Augen sieht, mit welchen sie seit zwanzig Jahren diese Gegend quälten und verderbten, ja auf ewig entstellten und zerrütteten" (1. 8. 1815). Um so mehr war er bereit, der Absurdität der Geschichte mit seinem Einsatz für die Pflege von Kunst und Wissenschaften zu begegnen, in den Rheinprovinzen und im heimatlichen Weimar-Jena.

Auf dem Wiener Kongreß 1814/1815 wurde Europa nach den Revolutionsjahren und der napoleonischen Zeit neu geordnet. Von den territorialen Änderungen abgesehen, war das Neue innerstaatlich das sanktionierte Alte aus der vorrevolutionären Zeit. Das monarchische Prinzip wurde nicht angetastet, im Gegenteil; nachdem Kaisertum und Reich untergegangen waren, wurde die Macht der einzelnen Fürsten eher stärker. Die Hoffnungen derer, für die die Befreiungskriege auch Freiheitskriege sein und eine größere nationale Einheit und endlich Verfassungen bringen sollten, erfüllten sich nicht oder nur in kümmerlichen Ansätzen. Zwar enthielt die Bundesakte, die für die seit 1815 im Deutschen Bund zusammengeschlossenen 41 souveränen deutschen Fürsten und freien Städte gültig war, den Artikel 13: „In allen Bundesstaaten wird eine landständische Verfassung stattfinden." Aber das war ein Wechsel auf die Zukunft, und nur wenige Staaten lösten ihn ein – und dann noch zu begrenztem Wert. Sachsen-Weimar gehörte allerdings zu ihnen.

Durch die Wiener Beschlüsse war es Großherzogtum geworden, sein Gebiet vergrößerte sich etwas, so daß nun etwa 180 000 Menschen in ihm lebten, und der Herzog führte den Titel Königliche Hoheit. Goethe gratulierte am 22. April 1815 in einem zeremoniellen Schreiben, „daß Höchstdenenselben, für so vielfaches, redliches inneres Bemühen, auch von außen ein gebührendes Beywort ertheilt wird". Carl August modernisierte die Staatsführung und wandelte das bisherige Geheime Consilium in ein „Großherzogliches Staatsministerium" um, in dem neben Christian Gottlob v. Voigt als Präsidenten Carl Wilhelm Freiherr

v. Fritsch, Freiherr v. Gersdorff und Graf Edling an der Spitze weiterer Ministerien („Departements") standen. Aus dem Beratungsgremium des Conseils wurden Ministerien mit eigenen Kompetenzen, deren Leiter sich natürlich vor dem Souverän und in manchen Fällen auch vor den Landständen zu verantworten hatten. Goethe gehörte diesem Staatsministerium nicht mehr an. Aber er wurde am 12. Dezember 1815 „in Betracht seiner ausgezeichneten Verdienste um die Beförderung der Künste und Wissenschaften und der denselben gewidmeten Anstalten" ebenfalls zum Staatsminister ernannt. Für ihn schuf man, ganz nach seinen Wünschen, ein eigenes Ressort, die „Oberaufsicht über die unmittelbaren Anstalten für Wissenschaft und Kunst in Weimar und Jena", zu dessen Bereich Ende 1817 elf Institute zählten. Es besaß nicht den Umfang eines Ministeriums (für Kirche und Schule war das Departement v. Gersdorffs, für die Universität das des Präsidenten v. Voigt zuständig), sondern eine kleine Behörde, die den Interessen ihres Chefs genau entsprach. Goethe hat sie bis zu seinem Lebensende geleitet, im Bewußtsein ihrer für das Ansehen des kleinen Landes in der Tat wichtigen Bedeutung, auch befriedigt über seine offizielle Stellung als Staatsminister. Als er am 19. Dezember 1815, erst seit zwei Monaten aus den Rheingegenden zurück, seine Bitten um eine angemessene Ausstattung seines Amts vortrug, seinen Sohn als Mitarbeiter, Kräuter als Sekretär und John als Schreiber wünschte, wurde sein Memorandum zu einer bemerkenswerten Dokumentation der in die Welt wirkenden Ausstrahlung Weimars und seiner Person:

> Weimar hat den Ruhm einer wissenschaftlichen und kunstreichen Bildung über Deutschland, ja über Europa verbreitet; dadurch ward herkömmlich, sich in zweifelhaften literarischen und artistischen Fällen hier guten Rats zu erholen. Wieland, Herder, Schiller und andere haben soviel Zutrauen erweckt, daß bei ihnen dieser Art Anfragen öfters anlangten, welche die gedachten Männer oft mit Unstatten erwiderten oder wenigstens freundlich ablehnten. Mir Überbliebenen, ob ich gleich an solchen Anforderungen und Aufträgen selbst schon hinreichend fortlitt, ist ein großer Teil jener nicht einträglichen Erbschaften zugefallen.

Und er erwähnte einzelne Fälle, in denen er tätig geworden war. So werde er sich „mit der Ehre zu begnügen haben, gegen das liebe deutsche Vaterland als Fakultät und Ordinarius um Gotteswillen" einzuwirken. In solchen Verhältnissen dürfe er sich wohl nicht mit Unrecht „als öffentliche Person" ansehen.

Goethes amtliche Befugnisse waren durch die „Oberaufsicht" geregelt, aber seine Wirksamkeit nicht darauf begrenzt. Nach wie vor hatte er engen Kontakt mit dem Universitätsminister Voigt, der auf den Rat des verehrten Kollegen, dem er freundschaftlich verbunden war, nicht verzichtete, und die Verbindung zu Carl August blieb eng. Nur so war es ihm möglich, die über sein Ressort hinausgreifende, viel Zeit und Energie kostende Neuordnung der Jenaer Universitätsbibliothek durchzuführen und einen alphabetischen Gesamtkatalog einrichten zu lassen, der 1824 abgeschlossen werden konnte. Immer wieder erstaunt es den Betrachter zu sehen, mit welcher Selbstverständlichkeit und Intensität er sich für öffentliche Aufgaben einsetzte. Sich als „öffentliche Person" zu bezeichnen war ihm keine Floskel. Es ist, als ob er, seit er den Wetzlarer und Frankfurter Wirren der Jugend entkommen, mit Bedacht Dämme gegen den Sog ins Solipsistische, Nur-Subjektive errichtet habe. Damit konnte sich ein gelegentliches starres Abschirmen gegen störend empfundene Zumutungen durch andere sehr wohl verbinden.

Noch war Goethe auch Theaterintendant. Aber im Frühjahr 1817 ging diese Epoche seiner öffentlichen Tätigkeit ziemlich abrupt zu Ende. Die Arbeit an „vielerlei Theatralia", die das Tagebuch im März 1817 verzeichnete und die eine gründliche Umarbeitung der Theaterverfassung betraf, ließ nicht erwarten, daß einen Monat später die Ära Goethe aufhörte. 1808 hatte die Krise noch beigelegt werden können, als Carl August auf Betreiben Caroline Jagemanns einen Sänger arretierte, ohne Goethe zu fragen, und dieser daraufhin demissionieren wollte. Diesmal setzte Frau v. Heygendorf gegen den Willen des Intendanten durch, daß im Schauspiel *Der Hund des Aubri de Montdidier* ein dressierter Pudel die Hauptrolle spielte. Dem Herzog kam hierauf, wie er selbst schrieb, zu Ohren, Goethe möchte jetzt „von denen Verdrießlichkeiten der Theater Intendanz entbunden" werden, und er zögerte nicht, von sich aus umgehend die Entlassung auszusprechen, „danckend für das viele Gute, was du bey diesen sehr verworrenen und ermüdenden Geschäften geleistet hast" (an Goethe, 13. 4. 1817). Vielleicht war es gut so; denn Goethe hatte schon zu Anfang des Jahres dieses Amt aufgeben wollen, und nun konnte das Verhältnis zwischen ihm und Carl August durch leidige Theaterangelegenheiten nicht mehr gestört werden.

Kunst und Altertum in den Rhein- und Maingegenden

Schon im Sommer 1814, bei seinem ersten Besuch der Boisserées in Heidelberg, hatte Goethe den Plan gefaßt, der Öffentlichkeit in einer besonderen Schrift die bedeutende Gemäldegalerie vorzustellen. Nichts war den Sammlern willkommener als solche Fürsprache. Nach den Begegnungen mit dem Freiherrn v. Stein im Jahr darauf erweiterte sich das Vorhaben: Ein ausführliches Gutachten „über Erhaltung und Ordnen der Kunstschätze am Rhein" konnte für die neue Verwaltung nützlich sein, die nach der Säkularisation und der Zeit französischer Herrschaft die Verhältnisse regeln mußte. „Es ist der Mühe wert, die besten Dinge stehn am Rande des Verderbens und der gute Wille der neuen Behörden ist groß" (an August v. Goethe, 1. 8. 1815). Bereits in den nächsten Wochen – es war auch die Hatem-Suleika-Zeit – arbeitete er mit Sulpiz Boisserée an dem Projekt, und im folgenden Winter schloß er ein umfängliches Manuskript ab. Es erschien im Juni 1816 als stattliches Heft von fast zweihundert Seiten unter dem Titel *Ueber Kunst und Alterthum in den Rhein und Mayn Gegenden.* Damit war eine Zeitschrift geboren, die Goethe bis 1828 fortsetzte. Sie brachte es auf sechs Bände zu je drei Heften, von denen das letzte 1832 von den „W. K. F." aus dem Nachlaß herausgegeben werden mußte. Seit dem zweiten Band (1818) hieß sie nurmehr *Ueber Kunst und Alterthum;* denn ihr Themenkreis hatte sich ausgedehnt. Sie wurde *das* Publikationsorgan des alten Goethe für alle kulturellen Belange, keine eigentliche Zeitschrift, da die Hefte in unregelmäßiger Folge herauskamen und allein das Sprachrohr des Herausgebers waren, von einigen Ausnahmen abgesehen. Er führte hier ein öffentliches Selbstgespräch, hoffte wohl, daß Impulse aufgenommen würden, und konnte sich doch nicht verhehlen, daß er nur geringes Echo fand. Noch 1909 waren sechzehn Hefte bei Cotta zu haben. *Über Kunst und Altertum* war – im Unterschied zu ihrem Titel – eine Publikation für Kultur im weiten Sinn. Hier äußerte sich Goethe zur Literatur und Kunst, zu Altertümern und Geschichtswerken; hier sammelten sich seine Beiträge zur Weltliteratur, allgemeine Reflexionen zur Poesie, Überlegungen zur Literaturkritik und auch Gedichte; hier druckte er manches, was er noch liegen hatte; hier veröffentlichte er *Über epische und dramatische Dichtkunst, von Schiller und Goethe* und gab Proben aus dem Briefwechsel mit Schiller. Was später als *Maximen und Reflexionen* bekannt wurde, war in den Heften verstreut, ebenso *Zahme Xenien,* und als er für sich eine Nacherzählung der *Ilias* angefertigt hatte, um das repräsentative Epos der Weltliteratur stets präsent zu haben, füllte er damit viele Seiten seiner Zeitschrift (III 2, 1821; III 3, 1822). Die Hefte nahmen auch die zahlreichen Rezensionen auf, die er in den Altersjahren verfaßte, in denen er jedoch die deutsche Gegenwartsliteratur so gut wie ignorierte. Alles Politische blieb fern. Er brauchte auf Pressefreiheit, die damals umkämpfte, keinen Anspruch zu erheben, weil seine Texte politisch nicht aufregen wollten und keinem Herrschenden zu nahe traten.

Das erste Heft von 1816 enthielt nur jenes Gutachten über die Kunstschätze an Rhein, Main und Neckar, das in der Art eines Reiseberichts geschrieben war. Nach Städten geordnet (Köln, Bonn, Neuwied, Koblenz, Mainz, Biebrich, Wiesbaden, Frankfurt, Offenbach, Hanau, Aschaffenburg, Darmstadt, Heidelberg), bot die ruhig darlegende und fortschreitende Erzählung eine Übersicht über die wichtigen Bestände, Sammler und Institutionen, gab kurze geschichtliche Durchblicke und beschränkte sich nicht auf Kunstgegenstände. Auch kulturelle und wissenschaftliche Einrichtungen, wie sie dem Leiter der Weimarer „Oberaufsicht“ auffielen, wurden erwähnt. Gleich im ersten Kapitel über Köln plädierte er dafür, daß die staatlichen Stellen sich sorgfältig des von Privatleuten Gesammelten annähmen, damit es öffentlich zugänglich würde. Vielleicht fände sich der Wohlhabende geschmeichelt, „daß er patriotisch aufgeregt, wo nicht schenkend, doch zu mäßigen Bedingungen sein Besitztum einer öffentlichen Anstalt überläßt und einverleibt“. Die leitende Intention der ganzen Schrift war, die Verantwortlichen und Interessierten zu ermuntern, „die kostbaren Gegenstände mit Genauigkeit zu übernehmen, zu ordnen, genießbar und nutzbar zu machen“ (A 12, 514 f.). Nichts sollte verloren gehen oder im Verborgenen bleiben, sondern jedermann zugänglich gemacht werden. So empfahl er für Frankfurt, wo die Kunstwerke in vielen Häusern zerstreut waren, einen Gesamtkatalog anzufertigen, und die ständig wachsende Stadt Wiesbaden sollte „durch Sammlungen und wissenschaftliche Anstalten“ noch bedeutender gemacht werden. Im Abschnitt über Köln vergaß er natürlich nicht, die Aufmerksamkeit auf den unfertigen Dom zu lenken, „dieses leider nur beabsichtigten Weltwunders Unvollendung“, und gab, die Aktivitäten der Boisserées rühmend und unterstützend, zu bedenken, „ob nicht jetzt der günstige Zeitpunkt sei, an den Fortbau eines solchen Werks zu denken“.

Den Höhepunkt der Schrift bildete das lange Kapitel über Heidelberg und die Boisseréesche Gemäldesammlung. Er skizzierte ihre Entstehung und holte dann weit aus, um den Weg der Kunst vom Ende der Römerzeit bis zu den Werken der alten niederrheinischen Malerei nachzuzeichnen. Gedanken Friedrich Schlegels über die Bedeutung der christlichen Kunst des Mittelalters klangen an, als auch Goethe der Kirche das Verdienst zusprach, die Kunst nach dem Untergang des Römerreichs erhalten zu haben, „und wär' es auch nur als Funken unter der Asche“ (A 12, 572). Wenn auch von der byzantinischen Schule nicht viel Gutes zu sagen sei, so hätte sie doch immerhin noch etwas an „kunstgerechter Komposition“ bewahrt und die „Mannigfaltigkeit der Gegenstände alt- und neutestamentlicher Überlieferungen“ weitergegeben. Die frühen Italiener hätten dann im 13. Jahrhundert, als „das Gefühl an Wahrheit und Lieblichkeit der Natur wieder aufwachte“, im Anschluß an die Byzantiner die symmetrische Komposition und die unterschiedliche Gestaltung der Charaktere gepflegt, auch den Sinn für

Farbe besessen, so daß die Niederländer in dieser Traditionslinie zu verstehen seien. Bei ihnen „erheitere" sich die byzantinische „düstere Trockenheit", eine „behagliche Augenlust" habe sich der sinnlichen Welt zugewandt und liebenswürdige Gestalten geschaffen. Beschreibungen einiger Werke der Heidelberger Sammlung schloß Goethe an, ohne jedoch die Töne der Begeisterung zu wiederholen, zu denen er seinerzeit beim Anschauen der Bilder selbst hingerissen worden war.

Wie sehr er an seinen von antiker Kunst bestimmten Grundanschauungen festhielt, sollte ein Aufsatz zeigen, mit dem er das zweite Heft von *Kunst und Altertum* 1817 eröffnete. Heinrich Meyer hatte ihn verfaßt, aber in Abstimmung mit Goethe, und das Signum „W. K. F." am Ende der Abhandlung bekräftigte, daß hier gemeinsame Anschauungen der „Weimarischen Kunstfreunde" vorgetragen wurden. *Neu-deutsche religios-patriotische Kunst* war eine scharfe Abrechnung mit den christlich-katholisierenden Strömungen der Gegenwart. Nach der Toleranz, die Goethe im Umgang mit den Boisserées bewiesen hatte, packte ihn die Kampflust, wie es in den späten Jahren nur selten vorkam. „Ich habe nicht viel Zeit mehr aufrichtig zu sein, wir wollen sie benutzen", begründete er Zelter seine Attacke (29. 5. 1817). Alle Welt sei „dieser Kinderpäpstelei satt", spornte er Meyer an (7. 6. 1817); „rein wollen wir uns erhalten, und es hängt von uns ab, immer derber heraus zu gehen." Wackenroders *Herzensergießungen,* schon vor einem Jahrzehnt Zielscheibe heftiger Kritik der „W. K. F.", wurden erneut mitverantwortlich gemacht für den „altertümelnden christkatholischen Kunstgeschmack" (A 13, 715). Es habe schlimme Folgen für die Kunstpraxis und -auffassung gehabt, daß die alten Maler, die zu Recht geschätzt und gesammelt würden, als „die besten, einzigen Muster für echte Geschmacksbildung empfohlen" worden seien. Darum ging es: um die Rangordnung in der Kunst; die christlich-mittelalterliche durfte die antike Kunst nicht als Vorbild ablösen. Wohin dieser Wechsel der Paradigmen führte, war nach Meinung Goethes und der „W. K. F." an den Nazarenern und verwandten Geistern zu studieren. Philipp Otto Runges allegorische Tageszeiten-Blätter seien ein „wahres Labyrinth dunkler Beziehungen, dem Beschauer, durch das fast Unergründliche ihres Sinnes, gleichsam Schwindel erregend" (A 13, 722). (Ließe sich die Bemerkung nicht mühelos auch auf *Faust II* beziehen?) Der Aufsatz hatte durchaus Verständnis dafür, daß der Hang zum Altertümlichen der eigenen Vergangenheit vom patriotischen Geist der Zeit befördert wurde, begrüßte auch ausdrücklich die Sammlung und Erhaltung alter Werke, aber er kritisierte: „Groß, ja übertrieben wurden die Äußerlichkeiten einer besser geglaubten Vorzeit wertgeschätzt, man wollte recht mit Gewalt zur alten Deutschheit zurückkehren." Und: „Die alte deutsche

Kunst erhält überschwengliche Lobsprüche, so, daß kühlere Kunstrichter nicht wohl einstimmen könnten, wie aufrichtig vaterländisch auch sonst ihre Gesinnungen sein möchten" (A 13, 716 f.). So richtete sich Meyer-Goethes Kritik gegen die christlich-katholisierenden und übersteigert nationalen Tendenzen in Kunst und Kunstauffassung der Gegenwart. Die Weimarer machten Front gegen gläubigen Tiefsinn, unklare Linienführung, rätselhafte Dunkelheiten, „Christlich-Mystisches" – und wurden damit den Bildern der Runge, Overbeck, Cornelius und den „mystisch-allegorischen Landschaften" eines Caspar David Friedrich gewiß nicht gerecht. Sie wußten verbindlich Rat: „daß es in bezug auf die Kunst am sichersten und vernünftigsten ist, sich ausschließlich mit dem Studium der alten griechischen Kunst, und was in neuerer Zeit sich an dieselbe anschloß, zu befassen" (A 13, 724). Hier stand ein Anspruch gegen den andern, und es war nicht einzusehen, warum die „ausschließliche" Anerkennung der antiken Kunst als alleingültigen Musters zeitgerechter sein sollte als die Aneignung und Fortentwicklung anderer Kunstweisen. So hatte es Sulpiz Boisserée, von Goethe vorgewarnt, leicht, der Polemik zu entgegnen. Jedes Volk und jede Zeit, replizierte er, müsse sich an das halten, „was ihnen, um mit den lieben Heiden zu reden, die Götter und das Schicksal zugeteilt haben" (an Goethe, 23. 6. 1817). Die Plausibilität seines Gegenarguments war und ist nicht zu entkräften: „Wie sehr aber sind alle unsere Verhältnisse, ist unsere ganze Umgebung von dem griechischen Wesen verschieden! – Wo und wann sehen wir dann das Nackte in freiem Leben und Bewegung?"

Ein Volksfest am Rhein

Am anderen Aufsatz im zweiten Heft von *Kunst und Altertum*, der zur polemischen Standortbestimmung des ersten merkwürdig kontrastierte, konnte sich Boisserée um so mehr erfreuen. *Sankt Rochus-Fest zu Bingen* schilderte ein katholisches Volksfest mit sichtlichem Behagen und Humor, aber auch mit leicht ironischen Zusammenrückungen. Da war die in altertümlichem Stil naiv erzählte Legende vom heiligen Rochus, der Kranke heilte und Leiden für andere auf sich nahm, umrankt von Gesprächen über den Wein und alte Bauernregeln, von der Geschichte eines Geistlichen, der sogar in einer Fastenpredigt seine unglaubliche Trinkfestigkeit zu rühmen verstand, von der Episode mit dem just am „schonungsreichsten Feste" getöteten unschuldigen Dachs und von Streiflichtern auf den unbekümmerten Lebensgenuß der hier gläubig Feiernden. Es war ein „politisch-religiöses Fest", das Goethe am 16. August 1814 beobachtet hatte, „welches für ein Symbol gelten sollte des wiedergewonnenen linken Rheinufers sowie der Glaubensfreiheit an Wunder und Zeichen" (10, 413). 1788 hatte Goethe schon einmal ein Volksfest ausführlich beschrieben, *Das Römische Carneval,* in dem er am Schluß seine prinzipielle Absage an die Revolution vorformuliert hatte: „daß Freiheit und Gleichheit nur in dem Taumel des Wahnsinns genossen werden können" (11, 515), also Ausnahmezustand seien, nicht aber täglich mögliche Wirklichkeit des gesellschaftlich verfaßten Menschen, wie er ihn sah.

Zitierte *Das Römische Carneval* die Parolen der Revolution an ihrem Vorabend, um sie zurückzuweisen, so konnte das *Rochus-Fest* das Ende der Revolutionsepoche besiegeln und die Wiedereinsetzung des vertrauten Alten feiern. Beide Feste, Ausdruck des Volkscharakters und als solcher vom Beobachter erfaßt, haben ihren festen Platz im Rhythmus des Jahres, gehören zur Daseinsordnung einer Bevölkerung, die sich in ihnen wiedererkennt und sich immer neu, aber auf gesichert-herkömmliche Weise ihrer Identität versichert. Zu dieser Selbstidentifikation einer Gesellschaft taugen Feste mit ihren bestimmten Ritualen, bei denen den Teilnehmern wie im Theaterspiel ihre Rollen zukommen. Es waren katholische Feste, die Goethe beschrieb; doch wer wie er das Exemplarische dieses Geschehens sah, den störten die Glaubensinhalte nicht. So vermochte er in *Dichtung und Wahrheit* auch die katholischen Sakramente frei von ihrem speziellen konfessionellen Gehalt zu würdigen. Solche Auffassung des Festes macht es verständlich, daß Goethe selbst bis ins Alter hinein an der Gestaltung von Festlichkeiten in Weimar mitwirkte und große Sorgfalt auf die vielen Maskenzüge verwandte, die er inszenierte.

Preßfreiheit oder Preßfrechheit?

Die schon kurz erwähnte Verfassung des Großherzogtums trat im Mai 1816 in Kraft. Die Tatsache allein erregte in deutschen Landen weit und breit Aufsehen: Weimar erhielt als einer der ersten Staaten die vorgesehene Verfassung! Das „Grundgesetz über die Landständische Verfassung des Großherzogtums Sachsen-Weimar-Eisenach" kam nach ausführlicher Erörterung in der Ständischen Beratungsversammlung zustande, die eigens zu diesem Zweck einberufen wurde und für die hohe Beamte in Absprache mit dem Herzog Vorlagen erarbeitet hatten. Das war immerhin beachtlich: Die Verfassung wurde nicht einfach oktroyiert. Allerdings war sie kein Vertrag zwischen dem Fürsten und den Delegierten der Stände, sondern wurde vom Souverän in gnädiger Huld gewährt, der sich sein monarchisches Recht nicht schmälern ließ. Sie brachte weder eine Gewaltenteilung in modernem Sinn, noch enthielt sie einen Katalog bürgerlicher Grundrechte, für den sich Minister v. Gersdorff eingesetzt hatte. Doch sollten im Landtag jetzt auch zehn Abgeordnete der Bauern vertreten sein, neben zehn ritterschaftlichen, zehn bürgerlichen und einem Deputierten der Universität Jena. Unbestritten war, daß dem Landtag das Recht auf Steuerbewilligung zustand und er bei der Gesetzgebung mitzuwirken hatte. Auch ein Beschwerderecht beim Monarchen war ihm eingeräumt. Fast sensationell jedoch war, daß im „Grundgesetz" das Recht auf Freiheit der Presse verbrieft wurde. Zum erstenmal 1776 in der Verfassung von Virginia, dann in der französischen Erklärung der Menschenrechte von 1789 deklariert, gehörte es zu den zentralen Forderungen des liberalen Bürgertums. Daß es nun in Weimar tatsächlich Verfassungsrang erhielt, begeisterte viele progressive Köpfe für dieses kleine Land und seinen Souverän.

Goethe nahm, soweit man es überblicken kann, an diesen Wandlungen zu einer frühkonstitutionellen Monarchie wenig Anteil. Das hing damit zusammen, daß er schon bisher in dem Herzogtum, das ihm Heimat geworden war, die Rechte der Menschen nicht gefährdet sah und überhaupt in der Verfassungsfrage nicht engagiert war. In der Revolutionszeit vor über zwanzig Jahren hatte er sich spöttisch über „Konstitutionen" geäußert. Ein patriarchalisch geordnetes Gemeinwesen mit einer Führungsschicht, die sich ihrer Verantwortung gegenüber dem Ganzen bewußt war, schien ihm auszureichen. Was die Pressefreiheit betraf, so sollte er in ihre Probleme sehr bald verwickelt werden. Denn jetzt suchten Publizisten von ihr auch nachhaltig Gebrauch zu machen; Jena wurde zu einem Zentrum liberaler und nationaler Blätter. Wo sonst konnte man sich auf eine Garantie der Pressefreiheit berufen? Ludens Zeitschrift *Nemesis,* für die sich der Herausgeber in jenem Gespräch von 1813 Goethes Protektion erwirken wollte, schlug kräftige Töne an, stritt für die Einheit der Nation und mahnte die Staaten, endlich Verfassungen zu schaffen. 1815 war in Jena die Burschenschaft gegründet worden, gegen studentische Unsitten und die Zersplitterung in Landsmannschaften gerichtet, mehr und mehr aber auch reformerische nationalpolitische Ziele verfolgend. Die *Nemesis* wurde ihr Verbündeter. Lorenz Okens *Isis,* eine naturwissenschaftliche Publikation von hohem Rang, begann seit Sommer 1816 zu erscheinen, begnügte sich aber nicht mit Fachfragen, sondern brachte auch politische Artikel, und sie waren es, die das Blatt in der Öffentlichkeit profilierten. Sogar das Weimarer Grundgesetz wurde kritisiert; denn man vermißte die Erklärung individueller Menschenrechte und beklagte, daß es zu mehr als einer landständischen Verfassung nicht gelangt habe. Der Ton der *Isis* war scharf und angriffslustig; die Autoren wußten, daß sie für eine gute Sache stritten. Noch weitere Journale nutzten die Weimarer Pressefreiheit, keineswegs alle auf politische Attacken spezialisiert. Um Okens *Isis* entspannen sich jedoch lebhafte Auseinandersetzungen. Auf die Pressefreiheit pochend, brachte der streitbare Herausgeber auch Buchrezensionen, die nach einem alten Privileg aus der Zeit vor dem „Grundgesetz“ der *Allgemeinen Literatur-Zeitung* vorbehalten waren. Es kam zu einem Prozeß, in dem Oken aber obsiegte. Der Herzog, über die *Isis* verärgert, hätte gern ein anderes Urteil gesehen, aber er respektierte den Spruch des Gerichts, der die Pressefreiheit sicherte.

Die Lage blieb weiterhin schwierig, da die *Isis* nicht nur weimarische, sondern fortgesetzt auch Verhältnisse in anderen Staaten heftig und bissig kritisierte. Die oberste Polizeibehörde meinte einschreiten zu müssen. Carl August, erstaunlich zurückhaltend trotz seines persönlichen Ärgers, holte die Meinung seiner Minister ein, und in diesem Fall bat er auch Goethe um eine Stellungnahme. Wie in früheren Zeiten, da er als Consiliumsmitglied seine Voten zu liefern hatte, verfaßte dieser ein umfangreiches Gutachten mit Datum vom 5. Oktober 1816 (AS II 961 ff.). Es sei eine Polizei-Sache, meinte er, die an Ort und Stelle beurteilt und abgeurteilt werden könne. Er verwarf alle Vorschläge, die auf eine Verwarnung oder die Androhung einer Strafe für zukünftige Fälle hinausliefen, bestritt auch, daß es eine Sache für die Gerichte sei, da der Souverän allein entscheiden dürfe, fragte und antwortete lapidar: „Was soll denn nun aber geschehen? – die anfangs versäumte Maßregel muß ergriffen und das Blatt sogleich verboten werden.“ Daß Oken immer noch verdiene, „in der Wissenschaft eine glänzende Rolle fortzuspielen“, betonte er an späterer Stelle seines Votums ausdrücklich. Den Wissenschaftler ließ Goethe gelten, dem politisierenden Professor wollte er energisch Einhalt geboten sehen. Überhaupt war er skeptisch gegenüber einer vollen Pressefreiheit, weil er Auswüchse befürchtete, und traf sich in dieser Meinung mit seinem Kollegen Voigt, der so sehr am Hergebrachten hing, daß er sich nicht einmal zur Mitarbeit an der neuen Verfassung bereitgefunden hatte. Beiden war das Wort „Preßfrechheit“ geläufig, und Goethe tröstete sich, „daß bei soviel Preßfreiheit uns doch auch die Nicht-Lesefreiheit bleiben müsse“ (an C. G. Voigt, Nov./Dez. 1816). Jedoch folgte der Herzog dem Rat Goethes nicht, sondern hielt sich an die Zusage des „Grundgesetzes“ und bewies, daß er es mit der Pressefreiheit in seinem Land ernst meinte. Allerdings warnte er die Verantwortlichen und drohte mit polizeilichen Eingriffen bei allzu forschen Eskapaden.

Komplikationen ließen nicht auf sich warten. Obwohl es Bedenken gab, stellte Carl August für eine große Zusammenkunft der Studenten, die

1817 den dreihundertsten Jahrestag der Reformation und die vierte Wiederkehr des Tages der Schlacht bei Leipzig feiern wollten, die Wartburg zur Verfügung. Die eigentliche Veranstaltung verlief zwar ohne Zwischenfälle, aber einige Redner, Professoren wie Studenten, sprachen pointiert für die deutsche Einheit und gegen den reaktionären Obrigkeitsstaat. Am Schluß verbrannte man symbolisch etliche verhaßte Schriften (wobei Papierpäckchen mit den Buchtiteln versehen wurden) und einige Gegenstände, die das unbeliebte System repräsentierten. Das Echo auf diese Vorgänge war größer als ihre Bedeutung, und wieder tat sich die *Isis* mit publizistischer Nachbereitung hervor. Goethe, der den Studenten durchaus wohlgesonnen war, aber bedenkliche Rückwirkungen der Presse-Aktivitäten befürchtete, beschlich schon im Dezember 1817 eine „Vorahndung noch üblerer Ereignisse wegen der Preßfreyheit“ (KM 10. 12. 1817). Zelter schrieb er am 16. Dezember, er gehe in Weimar und Jena seinen Geschäften nach, halte sich im stillen „und lasse den garstigen Wartburger Feuerstank verdunsten, den ganz Deutschland übel empfindet, indes er bei uns schon verraucht wäre, wenn es nicht bei Nord-Ost-Wind wieder zurückschlüge und uns zum zweitenmal beizte“. Preußen, Österreich, Rußland waren längst aufmerksam geworden. Es hagelte Proteste auswärtiger Staaten, die das Großherzogtum Weimar als Hort aufrührerischer Umtriebe beargwöhnten. Umsichtig erläuterte und verteidigte die Weimarer Staatsführung das Wartburgfest und konnte die Wogen ausländischer Erregung einigermaßen glätten. Doch ruhig wurde es nicht. Als dann Luden im Januar 1818 in seiner *Nemesis* einen durch Indiskretion erlangten Geheimbericht über deutsche Zustände, den Kotzebue für den russischen Zaren verfaßt hatte, publizierte, stand die Pressefreiheit wieder auf der Tagesordnung. Es zeigte sich, daß ein einzelner kleiner Staat unweigerlich in Schwierigkeiten geriet, wenn der Deutsche Bund insgesamt nicht zur gleichen Liberalität in Pressefragen bereit war. So kam Carl August letztlich nicht um eine besondere Verordnung gegen den Pressemißbrauch herum, die er mit Zustimmung des Landtags 1818 erließ. Zensurfreiheit blieb zwar erhalten, aber staatliche „Fiskale“ wurden bestellt, die bei Gesetzwidrigkeiten in Druckschriften und vor allem bei Beschwerden auswärtiger Regierungen eingreifen sollten. Heinrich Luden gab seine *Nemesis* auf, auch Ludwig Wieland stellte den *Volksfreund* ein.

Als wenig später der Jenaer Theologiestudent Karl Ludwig Sand am 23. März 1819 Kotzebue in Karlsruhe ermordet hatte, war diese sinnlose Bluttat für Metternich und seine Gesinnungsfreunde ein willkommener Anlaß, mit den Karlsbader Beschlüssen gegen „demagogische Umtriebe“, die im September 1819 Bundesgesetz wurden, alle freiheitlichen

Bestrebungen, die am Status quo etwas ändern wollten, zu bedrohen und der Pressefreiheit den Garaus zu machen: Den Universitäten als Hort politischer Unruhe wurden staatliche Bevollmächtigte (Kuratoren) verordnet, die Burschenschaften unterdrückt, und für alle Schriften unter zwanzig Druckbogen wurde eine Vorzensur eingeführt. Eine Bundeszentralbehörde wurde in Mainz installiert, die „revolutionäre Umtriebe“ zu untersuchen hatte und bis 1828 arbeitete. Da eine Bundesexekution vorgesehen war, blieb den Einzelstaaten kein Spielraum mehr. Bis 1848 sind die Beschlüsse, die alle liberalen und nationalen Tendenzen zähmen sollten und die Restauration absicherten, in Kraft geblieben. Goethe war in den letzten Augusttagen 1819 noch Zeuge der diplomatischen Geschäftigkeit in Karlsbad (AS II 1010 f.), begegnete Metternich und anderen maßgeblichen Persönlichkeiten und schien mit dem, was er von den Beratungen erfuhr, gar nicht unzufrieden zu sein. Seinem Herzog teilte er jedenfalls mit: „Ew Königliche Hoheit sind die Resultate dieser Verhandlungen gewiß bald bekannt und ich wünsche nur daß der Erfolg meinem Vorgefühl völlig entsprechen möge“ (3. 9. 1819). Die Kuratorstelle in Jena, auf der ihn Universitätskreise und Carl August gern gesehen hätten, nahm der Siebzigjährige nicht mehr an; er fühlte sich zu alt, um noch „eine so wichtige und die ununterbrochenste Tätigkeit fordernde Stelle zu übernehmen“ (AS II 1015).

Das liberale Experiment mit der grundgesetzlich gesicherten Pressefreiheit in Weimar blieb vorerst Episode. Daß Goethe nicht zu ihren Fürsprechern zählte, lag in seiner Auffassung von Politik begründet. Da hatte nicht jeder, der meinte sich äußern zu müssen, mitzusprechen; politisierende Wissenschaftler wie Luden und Oken verfehlten, wie er meinte, ihre eigentliche Aufgabe, und wenn Journalisten zudem noch für entschiedene Veränderungen des Bestehenden kämpften, brachten sie unerwünschte Unruhe ins zeitungslesende Publikum.

Christianes Tod. Neues Leben im Haus am Frauenplan

Es bleibt aus der mehr privaten Lebensgeschichte dieser Jahre seit 1815 noch einiges nachzutragen. Der Krieg war vorbei, 1816 zog der erste Frühling ins Land, „den man seit langer Zeit ohne Grauen und Schrekken herankommen sieht“ (an Zelter, 14. 4. 1816). Doch um Christiane mußte sich Goethe seit längerem ernstlich sorgen. Wiederholt litt sie an heftigen, krampfartigen Schmerzen im Unterleib, deren wahre Ursache damals niemand diagnostizieren konnte. Wochen in Karlsbad, wohin sie 1815 zur Kur gereist war, als ihr Mann sich in Wiesbaden und der

Rheingegend aufhielt, brachten etwas Linderung, aber im Winter 1815/1816 verschlimmerte sich ihr Zustand. Das Frühjahr ließ hoffen, sie konnte wieder in Haus und Garten arbeiten und freute sich auf die warme Jahreszeit. *Frühling übers Jahr* hieß ein Gedicht, dessen eigenhändige Reinschrift das Datum „15. März 1816" trägt und das sich wie eine späte Huldigung auf die Lebensgefährtin liest. Spielerisch leichte Verse, im lockeren Stil mancher Altersgedichte, mit Wendungen wie aus der Rokokolyrik und doch von heiterem Ernst, ein sehr altes Motiv der Dichtung übernehmend und ins Persönliche wendend: die Geliebte übertrifft sogar, was die Natur an Schönem zu bieten hat; denn sie ist dem Sprechenden „immerfort" Frühling, das ganze Jahr hindurch („übers Jahr"):

Das Beet schon lockert
Sich's in die Höh',
Da wanken Glöckchen
So weiß wie Schnee;
Safran entfaltet
Gewalt'ge Glut,
Smaragden keimt es
Und keimt wie Blut.
Primeln stolzieren
So naseweis,
Schalkhafte Veilchen
Versteckt mit Fleiß;
Was auch noch alles
Da regt und webt,
Genug, der Frühling
Er wirkt und lebt.
Doch was im Garten
Am reichsten blüht,
Das ist des Liebchens
Lieblich Gemüt.
Da glühen Blicke
Mir immerfort,
Erregend Liedchen,
Erheiternd Wort.
Ein immer offen,
Ein Blütenherz,
Im Ernste freundlich
Und rein im Scherz.
Wenn Ros' und Lilie
Der Sommer bringt,
Er doch vergebens
Mit Liebchen ringt.

Ende Mai verschlechterte sich das Befinden Christianes, Goethe war in größter Sorge. Tag für Tag mußte er in seinem Tagebuch die „äußerste Gefahr“ notieren, in der seine Frau schwebte. Sie litt entsetzlich, der Todeskampf dauerte lange und war so grausam, daß sich oft niemand in ihrem Zimmer aufhalten mochte. Am 6. Juni: „Nahes Ende meiner Frau. Letzter fürchterlicher Kampf ihrer Natur. Sie verschied gegen Mittag. Leere und Totenstille in und außer mir.“ Als Todesursache gilt heute Urämie, Blutvergiftung infolge Versagens der Nieren. Johanna Schopenhauer gab einen trostlosen Bericht:

> Der Tod der armen Goethe ist der furchtbarste, den ich je nennen hörte. Allein, unter den Händen fühlloser Krankenwärterinnen, ist sie, fast ohne Pflege, gestorben; keine freundliche Hand hat ihr die Augen zugedrückt, ihr eigner Sohn ist nicht zu bewegen gewesen, zu ihr zu gehn, auch Goethe selbst wagte es nicht. [...] Niemand wagte, sich ihr zu nähern, man überließ sie fremden Weibern, reden konnte sie nicht, sie hatte sich die Zunge durchgebissen, ich mag das Schreckensbild nicht weiter ausmalen [...] (an E. von der Recke, 25. 6. 1816).

Goethe schrieb am Todestag in tiefer Erschütterung den Vierzeiler: „Du versuchst, o Sonne, vergebens, / Durch die düstren Wolken zu scheinen! / Der ganze Gewinn meines Lebens / Ist, ihren Verlust zu beweinen.“ Wer mit ihm in diesen Wochen zusammenkam, bemerkte Verstörung und Ratlosigkeit und konnte bestätigen, daß es keine leeren Worte waren, die im Brief an Boisserée standen: „Leugnen will ich Ihnen nicht, und warum sollte man großtun, daß mein Zustand an die Verzweiflung grenzt“ (24. 6. 1816). Es war das Jahr, in dem Goethe auch am *Divan* weiterdichtete und seine Gedanken bei Marianne v. Willemer waren. Aber das war Partnerschaft auf einer anderen Ebene. Gewiß nie traf er sich mit einer Frau in einer solchen geistig-seelischen Harmonie wie mit Marianne, die ihm dichterisch zu antworten vermochte. Christiane dagegen hielt ihn mit ihrer Vitalität und Natürlichkeit; bei ihr fühlte er sich, auch wenn er oft lange Phasen der örtlichen Distanz einlegte, in sinnlichem Behagen wohl. Nur so ist zu verstehen, daß er achtundzwanzig Jahre mit ihr zusammengelebt hat. Die Briefe ihrer Ehe führen eine beredte Sprache.

Im Haus am Frauenplan war es nun ruhig und leer geworden. Im letzten Jahrzehnt war Caroline Ulrich, die 1790 geborene Tochter eines beruflich später unglücklichen Justizamtmanns, so etwas wie eine Gesellschafterin Christianes gewesen. Caroline war als junges Mädchen mit Goethes Familie in Berührung gekommen. Lebendig, aufgeschlossen, auch literarisch offenbar interessiert, wurde sie häufiger Gast, und als Christiane 1806 die Hilfe ihrer Schwester und Tante verloren hatte, wurde sie vertraute Hausfreundin, reiste mit der Geheimrätin, schrieb für sie, die damit ihre liebe Not hatte, manchen Brief nach Diktat und lebte seit 1809 ganz bei ihr im Haus. Als Goethe von Jena aus den ersten Band der *Wahlverwandtschaften* herüberschickte, rechnete er damit, daß Caroline Ulrich ihn vorlesen würde; in seinen Briefen vergaß er nicht, sie zu erwähnen, und manches bezog sich auf sie. Auch für ihn schrieb sie einiges; Uli allein sei übrig geblieben, da seine ganze Kanzlei das Schwert ergriffen habe (an T. J. Seebeck, 3. 4. 1814). Die Frühsommertage 1814 verbrachte sie mit Goethes in Berka, fertigte die ersten Niederschriften von Szenen des *Epimenides* an, erfuhr auch wohl einiges aus der Hafis-Welt, und vielleicht übernahm in den Gedankenspielen des Dichters auch die junge Caroline einen kleinen Part. 1814 heiratete sie Riemer, der schon 1812, als er Professor am Gymnasium geworden war, die Wohnung im Goethehaus aufgegeben hatte. So war es still geworden, und in manchen Stunden in der Abgeschiedenheit des Arbeitszimmers lastete auf dem, der sich nur durch Tätigkeit wiederaufrichten konnte, das Gefühl der Einsamkeit und Verlassenheit.

Ein ungewöhnlicher Besuch im Herbst des Jahres 1816 versprach ein bewegendes Wiedersehen und blieb doch im Förmlichen, in pflichtschuldiger Gastlichkeit stecken. Charlotte Buff, seit langem verwitwete Frau Kestner, die Wetzlarer Lotte, hielt sich mehrere Wochen bei Schwester und Schwager Ridel in Weimar auf. Zum 25. September war sie mit Tochter und Verwandten zum Essen ins Goethehaus eingeladen, aber die einstige Vertrautheit aus der frühen Wertherzeit stellte sich nicht mehr ein; der Hausherr schirmte sich dagegen ab. „Ich statuire keine Erinnerung in eurem Sinne [. . .]. Es giebt kein Vergangenes, das man zurücksehnen dürfte“, erklärte er einmal Kanzler v. Müller (KM 4. 11. 1823). Wie er den Tod scheu umging, der ihn aus dem Gleichgewicht bringen konnte, so wehrte er Reminiszenzen an Vergangenes ab, das er mühevoll überwunden hatte. Er ließ es versunken sein, wollte wenigstens, daß es so sei, aber es gelang nicht immer. Wie oft zogen ihn seine Gedanken in die Zeit mit Lili Schönemann zurück, als er in der Main- und Rheingegend war, wie lange setzte sich das *Divan*-Gespräch zwischen Hatem und Suleika fort! Doch waren das punktuelle Erinnerungen ohne die Anwesenheit der beteiligten Person, und sie waren Anlaß zu produktivem Neuen, „das sich aus den erweiterten Elementen des Vergangenen gestaltet“ (KM 4. 11. 1823). Nur wenn Erinnerung „ewig bildend“ in uns fortlebe und schaffe, habe sie einen Sinn. Lottes Tochter Clara berichtete: „Alles hatte eine so wunderbare Teinture [Anstrich] von höfischem Wesen, so gar nichts Herzliches, daß es doch mein Innerstes oft beleidigte“ (an ihren Bruder August, 29. 9.

1816; Bo II 661). Charlotte wurde in ihrer Skepsis bestätigt: „Ich habe eine neue Bekanntschaft mit einem alten Mann gemacht, welcher, wenn ich nicht wüßte, daß er Goethe wäre, und auch dennoch, hat er keinen angenehmen Eindruck auf mich gemacht. Du weißt, wie wenig ich mir von diesem Wiedersehen oder vielmehr dieser neuen Bekanntschaft versprach. [...] Auch tat er nach seiner steifen Art alles mögliche, um verbindlich gegen mich zu sein" (an ihren Sohn August, 4. 10. 1816; Bo II 662). Thomas Mann hat erfindungsreich und mit ironischem Spürsinn die Tage der *Lotte in Weimar* nachgedichtet.

Bald kam neues Leben in das geräumige Goethehaus. Sohn August verheiratete sich im Juli 1817 mit Ottilie v. Pogwisch, der ältesten Tochter der geschiedenen Frau eines preußischen Majors, die als Hofdame der Großherzogin ein bescheidenes Leben führte. Ottilie hatte schon 1812 Augusts Aufmerksamkeit auf sich gezogen, ohne daß er sie recht beeindrucken konnte. Der etwas behäbig-phlegmatische, aber unausgeglichene Goethesohn und die kapriziöse, eigenwillige Ottilie waren ungleiche Naturen. Als ein preußischer Freiwilliger 1813 einige Zeit in Weimar blieb, verliebte sich die Sechzehnjährige in ihn, die, Preußin von Geburt, auch mißbilligte, daß August v. Goethe so wenig Begeisterung für den Befreiungskampf aufbrachte und sich vom Vater in der Heimat halten ließ. Oft dachte sie später an die unerfüllbare Liebe zum bereits verlobten Leutnant Ferdinand Heinke zurück. 1816 hatte Augusts neuerliches Werben Erfolg, gewiß auch deshalb, weil er der Sohn des berühmten Vaters und es für Ottilie ein verführerischer Gedanke war, am Frauenplan als Schwiegertochter und Frau des Hauses residieren zu können. Dem wenig erfreulichen Dienst einer Hofdame, den sie zur Sicherung ihrer Existenz wohl hätte antreten müssen, konnte sie so entkommen. Im Dachgeschoß richtete Goethe dem jungen Paar eine angenehme Wohnung ein, war sehr zufrieden, daß der Sohn eine Familie gründete und nun eine anhängliche Schwiegertochter bei ihm lebte, die geistig rege und musisch begabt war.
Doch in der Ehe begann es früh zu kriseln. Zwar kamen drei vom Großvater geliebte und umhegte Enkelkinder zur Welt: Walther 1818, Wolfgang 1820 und Alma 1827, aber die Ehe der Eltern wurde turbulent. Sehr bald gingen die Partner eigene Wege, Streit und Versöhnung wechselten ab, die Zerrüttung war nicht aufzuhalten. Wenn Goethe meinte: „Sie paßten zusammen und wenn sie sich auch nicht liebten" (an C. L. F. Schultz, 8. 6. 1818), war das eine verquere Hoffnung, die sich nicht verwirklichen konnte. Ottilie war quirlig, unstet, fühlte sich unerfüllt, verstrickte sich in träumerische Liebeleien, über die die kleine Stadt genug zu reden hatte, und schrieb für sich selbst einmal den tref-

fenden Grabspruch: „Von Quellen umgeben, verdurstete sie, denn keine bot ihr einen frischen Trunk." Zum alten Goethe blickte sie auf und verehrte ihn, der sich vor dem Gezänk im oberen Haus manches Mal in seinen Arbeitsräumen verschloß und immer wünschte, daß sich Eintracht einstelle. Wenn Ottilie ihren Mann am Vater maß, mußte er unterliegen. Er trug die Last des Erben und zerbrach unter ihr; er war stets nur der Sohn eines genialen Menschen, aus dessen Schatten herauszutreten auch für andere schwer oder unmöglich gewesen wäre. Es mußte ihn bedrücken, dem Namen Goethe nicht gerecht werden zu können, und es war fatal, daß der übermächtige Vater ihn für sein ganzes Leben an sich band und es, so gut er es mit ihm meinen mochte, verhinderte, daß er sich befreite. Nach juristischen Studien in Heidelberg und Jena, die der Vater mit patriarchalischen Ermahnungen begleitete, war er Assessor bei der Weimarer Kammer geworden, dann 1815 Kammerrat, war im Hofdienst, in der Baudirektion tätig und unterstützte Goethe bei den administrativen Arbeiten der „Oberaufsicht". Später führte er für den Vater mit Geschick manche geschäftliche Verhandlung, aber er war immer nur der Sohn, gesichert und gedrosselt in einer mittelmäßigen Beamtenposition, die er redlich versah. Wie gelähmt von der väterlichen Übergröße, entwickelte er nie die Aktivitäten, die ihn (vielleicht) zur Entfaltung der eigenen Persönlichkeit hätten bringen können. Daß er gern und viel trank, war auch ein Symptom seiner problematischen Existenz, wenngleich im Hause Goethe sowieso große Mengen Wein konsumiert wurden. Karl v. Holtei, ein Freund der letzten Jahre, urteilte in seinen Erinnerungen *Vierzig Jahre* (1843–1850): „August Goethe war kein gewöhnlicher Mensch. Auch in seinen Ausschweifungen lag etwas Energisches: Wenn er sich ihnen hingab, schien es weniger aus Schwäche, als vielmehr aus Trotz gegen die ihn umgebenden Formen zu geschehen." Kurz vor seinem Ende begehrte er auf, poetisch nur, in Ottilies Zeitschrift *Chaos*: „Ich will nicht mehr am Gängelbande / Wie sonst geleitet seyn / Und lieber an des Abgrunds Rande / Von jeder Fessel mich befreien. [...] Ich geh' entgegen bess'ren Tagen, / Gelöst ist hier nun jedes Band." Im Mai 1830 sollte eine Italienreise Erholung und Aufhellung des trüben Daseins bringen. Es wurden Monate voller abwechslungsreicher Eindrücke, aber in der Nacht auf den 27. Oktober raffte ihn in Rom ein plötzlicher Tod hinweg. Kanzler v. Müller überbrachte dem Vater „solche Schreckens Kunde". „Doch er empfing sie mit großer Fassung und Ergebung, ‚non ignoravi me mortalem genuisse' [ich weiß wohl, daß ich einen Sterblichen gezeugt habe] rief er aus, als seine Augen sich mit Thränen füllten" (KM, S. 361). Noch die Inschrift auf dem Grabstein in der Nähe der Cestius-Pyramide, den Goethe errichten ließ, besiegelte die lebenslange so schö-

ne wie beengende Bindung an den Vater: „Patri antevertens“ [dem Vater vorangehend].
Der jähe Tod Augusts stürzte Ottilie nicht in Verzweiflung, aber es plagten sie doch Gedanken, warum ihre Ehe scheitern mußte. „Auch ich beklage mehr die Art unseres Zusammenlebens wie seinen Tod“, schrieb sie ihrer Freundin Adele Schopenhauer (11. 12. 1830). „Wir waren gewiß beide grenzenlos unglücklich; und was mir eine entsetzliche Empfindung gibt, ist der Gedanke, daß er gleichsam für uns, oder für mich, gestorben ist, oder vielmehr das Gefühl gehabt, daß es das Beste für unser Glück sei“ (SGS 28, 290). Sie suchte immerfort grenzenlose Liebe, war bereit, sie zu geben, und glaubte Glück in nichts anderem erlangen zu können, „als worin ich es mein ganzes Leben gesucht: in inniger, aufopfernder Liebe“. „Vater, der Du alles hast, / Gib mir Liebe“, begann und schloß sie ein *Gebet* in Versen. Ihre Briefe, ihre Gedichte tragen die Spuren eines schwierigen und letztlich nicht gelingenden Selbstfindungsprozesses, in dem wechselnde Bekanntschaften (‚Affären‘ aus der Sicht der Kritiker) nur partielles Glück, aber neue Qualen bescherten. In die Rolle einer sorgfältig wirtschaftenden Hausfrau konnte sie sich nicht fügen, doch im intellektuellen Zirkel des Salons lebte sie auf und wußte ihre Rolle zu spielen. Von 1829 an gab sie für ein paar Jahre die private literarische Zeitschrift *Chaos* heraus, die mit ihren knapp dreißig Exemplaren nur ein Forum für den Bekanntenkreis war, ein Versuch eigener geistiger Produktivität. An Goethe hing sie mit Verehrung und fürsorglicher Liebe, und er ließ sie gewähren, auch wenn er sich nach Augusts Tod selbst um die Wirtschaftsführung des Hauses kümmern mußte, damit das Chaos nicht zu groß wurde.

Abwehr von Irritationen

Unter dem Datum des 28. Juli 1817 erhielt Goethe noch einmal einen Brief von Bettina v. Arnim, geb. Brentano. Sie schrieb wie einst mit der Du-Anrede des Kindes und versuchte anzuknüpfen, wo vor sechs Jahren die Verbindung zerbrochen war: als sie 1811, gerade Achim v. Arnims Frau geworden, in Weimar bei einem Besuch der Kunstausstellung in der Zeichenakademie in einen heftigen Streit mit Christiane geriet, der so beleidigende Formen annahm, daß Goethe sie aus dem Haus wies. „Dicke Blutwurst“, so die Fama, soll Bettina die Frau ihres umschwärmten Idols geschmäht haben. Kein Beteiligter hat je genaue Auskunft über den Vorfall gegeben. „Nicht geahndet hab ich es, daß ich je wieder so viel Herz fassen würde, an Dich zu schreiben. bist Du es denn?" begann sie nun ihren Brief. „Ich fühl es jezt wohl, daß es nicht leicht war, mich in meiner Leidenschaftlichkeit zu ertragen, ja ich ertrage mich selbst nicht [. . .]." Aber Goethe antwortete nicht mehr, für ihn war das Kapitel Bettina abgeschlossen. Ihre Berichte über seine Kinderjahre, die sie von seiner Mutter erhielt, hatte er für *Dichtung und Wahrheit* genutzt, nun mochte er sich nicht erneut dem drängenden Anschmiegen der Frau preisgeben, die wieder in die Attitüde des Kindes verfiel, als sie von einem Traum berichtete, in dem sie aus einem ruhigen Schlaf erwachte, „auf Deinen Knieen sitzend an einer langen gedeckten Tafel". Die ältere Bettina mit ihrem bewundernswürdigen Engagement für die Armen und Unterprivilegierten hat Goethe nicht mehr erlebt (*Dies Buch gehört dem König*, 1843/1852).

Er tat Bettinas Annäherungsversuch mit Schweigen ab. An Auseinandersetzungen war ihm nichts mehr gelegen oder doch nur von Fall zu Fall. Er schwankte durchaus, wie er sich zu dem, was er in seiner Zeit beobachtete, verhalten sollte. „Man muß jetzt auch Partei machen, das Vernünftige zu erhalten, da die Unvernunft zu kräftig zu Werke geht", verteidigte er den polemischen Aufsatz über die *Neu-deutsche religios-patriotische Kunst*; gegen den „Zeitwahnsinn verrückter Söhne", auf die falschen Maximen müsse man „derb und unerbittlich losgehen" (an Rochlitz, 1. 6. 1817). Wenig später lautete es anders. Er wisse, auf welcher Seite er stehe und welche Denkweise ihm angemessen sei. „Diese such ich in mir auszubilden, es sei an Natur oder Kunst, andere mögen anders verfahren, streiten werd ich niemals mehr" (an S. Boisserée, 17. 10. 1817). Diese Gelassenheit überwog im Alter mehr und mehr. Er wollte nicht den richterlichen Praezeptor spielen. Was ihm mißfiel, attackierte er öffentlich kaum, er schwieg lieber darüber; daher der fast völlige Ausfall von Erwähnungen der deutschen Gegenwartsliteratur. Was er besprach, diente der Vermittlung dessen, was ihm wichtig erschien, und zwar der Vermittlung in weltliterarischen Zusammenhängen. Was er dachte und was sich ihm als sein ‚Weltbild' aufgebaut hatte, darüber sprach und korrespondierte er mit seinen Bekannten und vertraute es seinen Schriften und Dichtungen an. Unverändert polemisch blieb er, wenn es um Newton und seine Anhänger ging.

Das Gefühl, im Grunde allein zu sein, verließ ihn nie. Wie ein Ostinato durchzogen sein Briefe die Hinweise auf seine Einsamkeit, in der er lebe. Wenige Freundschaften, vor allem die mit Zelter, hellten sie auf. Schon im Oktober 1817 schrieb er den Satz, den er dann öfter wiederholte: „*Leben* heißt doch eigentlich nicht viel mehr als viele *überleben*" (an S. Boisserée, 17. 10. 1817). Die Reihe der Toten, an die er zurückdachte, war bereits lang: Herder, Schiller, Anna Amalia, Melchior Kraus, Wieland, Christiane. Aber auch hier konnte wie für alle Einschränkungen und Verluste des Alters eine Gewißheit helfen, die ein *Divan*-Gedicht aussprach:

„Die Jahre nahmen dir, du sagst, so vieles:
Die eigentliche Lust des Sinnenspieles,
Erinnerung des allerliebsten Tandes
Von gestern, weit- und breiten Landes
Durchschweifen frommt nicht mehr; selbst nicht von oben
Der Ehren anerkannte Zier, das Loben,
Erfreulich sonst. Aus eignem Tun Behagen
Quillt nicht mehr auf, dir fehlt ein dreistes Wagen!
Nun wüßt' ich nicht, was dir Besondres bliebe?"

Mir bleibt genug! Es bleibt Idee und Liebe!

Es blieb die Zuversicht in eine sinnhafte Ordnung des Ganzen und die Einsicht in sie, soweit sie Menschen gestattet ist. „Wir können bei Betrachtung des Weltgebäudes, in seiner weitesten Ausdehnung, in seiner letzten Teilbarkeit, uns der Vorstellung nicht erwehren, daß dem Ganzen eine Idee zum Grund liege, wornach Gott in der Natur, die Natur in Gott, von Ewigkeit zu Ewigkeit, schaffen und wirken möge. Anschauung, Betrachtung, Nachdenken führen uns näher an jene Geheimnisse" (*Bedenken und Ergebung*; 13, 31). Und es blieb immer neu möglich die Liebe, in der eine Aufhebung der Beschränkungen geschieht und auch eine Teilhabe an jener Idee des Ganzen gefühlt werden kann. „Zinne 19. Febr. 1818" ist auf der Handschrift dieses Gedichts eingetragen. Wohnte Goethe, wenn er in Jena war, zumeist im Schloß, so logierte er seit 1817 zeitweilig in zwei bescheidenen Zimmern im Gartenhaus des Botanischen Gartens. Aber jetzt hatte er auch ein Zimmer im Gasthof zur Tanne an der Camsdorfer Brücke genommen, um in einer „nahezu absoluten Einsamkeit" zu sein und vom Süderker aus schon früh im Jahr den Gang der Sonne beobachten zu können. Er habe „eine Zinne (vulgo Erker) in Besitz genommen", berichtete er Zelter (16. 2. 1818).

Hier verweile ich nun die schönsten Stunden des Tages, den Fluß, die Brücke, Kies, Anger und Gärten und sodann das liebe närrische Nest, dahinter Hügel und Berge und die famosesten Schluchten und Schlachthöhen vor mir. Sehe bei heiterm Himmel die Sonne täglich etwas später und weiter nordwärts untergehen, wornach meine Rückkehr zur Stadt reguliert wird.

Der letzte Festzug

Im Dezember 1818 besuchte die Zarin-Mutter Maria Feodorowna, eine geborene württembergische Prinzessin, für mehrere Wochen ihre Tochter, die Erbgroßherzogin Maria Pawlowna, in Weimar, Anlaß für festliche Ereignisse. Goethe wurde gebeten, einen Maskenzug zu gestalten, und zwar so, „daß dabei einheimische Erzeugnisse der Einbildungskraft und des Nachdenkens vorgeführt und auf die vieljährig und mannigfaltig gelungenen Arbeiten beispielsweise hingedeutet werden“ sollte (JA 9, 334). Um die Aufgabe auszuführen, zog er sich ins stille Berka zurück und opferte wieder einmal Zeit für die Vorbereitung einer höfischen Festlichkeit. Umständlich lautete der endgültige Titel *Festzug, dichterische Landeserzeugnisse, darauf aber Künste und Wissenschaften vorführend*. Es war das letzte Mal, daß er einen jener Maskenzüge komponierte, die unter seinen Werken wenig beachtet werden. Immerhin sind vierzehn in den Ausgaben überliefert, und Goethe selbst nahm sie seit der ersten Cottaschen Gesamtausgabe 1806/1810 in eigene Editionen auf, mußte aber damals schon beklagen, daß manche verloren seien (WA I 16, 187). Vor seiner Zeit in Weimar wurde auf den Redouten, den Tanzabenden und Maskenbällen, gelegentlich eine pantomimische Einlage geboten; er suchte dann „die Maskenbälle, welche gar bald in ein wildes, geistloses Wesen ausarten, durch dichterische Darstellungen zu veredeln“ (an W. Gerhard, 27. 2. 1815).

Meist war der Geburtstag der Herzogin, der 30. Januar, der gegebene Anlaß für diese Aufzüge, bei denen die Festteilnehmer mitspielten. Die Texte, die Goethe dafür schrieb, machen nur den verbalen Teil des Maskenzuges aus, der ein Gesamtkunstwerk war, zu dessen Realisation Pantomime und Kostümierung, Musik und Ballett gehörten. Wenn auch der Hof an den Redouten maßgeblich beteiligt war, so wirkten doch viele Bürgerliche mit, und die Maskeraden waren kein höfisches Festspiel, in dem der Preis der Fürstin und des Fürsten alles bestimmte und Lobhudelei das billige große Wort führte. In der gemeinsam praktizierten und erlebten Vorstellung sollten geistreiche Unterhaltung und unterhaltsame Bildung möglich werden, wie es im Maskenzug von 1798 ausgesprochen wurde: „Doch jeder blickt behende nach den Seinen, / Und teilt mit Freunden freudiges Gefühl; / Man eilet, sich harmonisch zu vereinen“ (JA 9, 321). Der Inszenator nahm auch die Gelegenheit wahr, in mythologischen und allegorischen Figuren und Szenen seine Kunstanschauung sichtbar werden zu lassen. Als Goethe den römischen Karneval gesehen hatte, wurden die nachitalienischen Maskeraden wirklich füllige Aufzüge, wie sich ebenfalls erst damals der Terminus Maskenzug festigte. Sie gewannen an Aktualität; der Aufzug von 1810 hieß

Die romantische Poesie und präsentierte Gestalten aus der mittelalterlichen Dichtung, die damals so viel Resonanz fand. Doch wurden sie, ganz der Auffassung Goethes entsprechend, am Schluß in historische Distanz gerückt: „Wir aber lassen sie in Frieden ziehn. / Ihr saht vor euch ein liebevoll Gedränge, / Gestalten vor'ger Zeit, vorüber fliehn" (JA 9, 330). Der *Festzug* von 1818, die Revue „dichterischer Landeserzeugnisse", war ein Bekenntnis zum weimarischen, nicht-romantischen Geist. „Die alte Ehre Weimars gerettet": das betrachtete Goethe als seinen Lohn für die „sechs Wochen ununterbrochener Arbeit" (an Knebel, 26. 12. 1818). Gestalten aus Werken Wielands, Herders, Schillers, Goethes traten auf, manche Verse formulierten prägnante Charakteristika: „Horcht in die Welt" (Herder), „Der Sinnende, der alles durchgeprobt" (Schiller), und der kommentierenden Ilme legte der Dichter ein kleines Selbstbekenntnis in den Mund:

Weltverwirrung zu betrachten,
Herzensirrung zu beachten,
Dazu war der Freund berufen,
Schaute von den vielen Stufen
Unsres Pyramidenlebens
Viel umher, und nicht vergebens:
Denn von außen und von innen
Ist gar manches zu gewinnen (JA 9, 353 f.).

Mit einem Stoßseufzer verabschiedete sich Goethe von seinen Maskenzügen für öffentliche Festlichkeiten: „Ich aber, will's Gott! [habe] von solchen Eitelkeiten hiedurch für immer Abschied genommen" (an Knebel, 26. 12. 1818). Schon im voritalienischen Jahrzehnt hatte er über die „Narrenrolle" gespottet, die er spiele (an Ch. v. Stein, 6. 2. 1782), von „Aufzügen der Torheit" gesprochen (an Lavater, 19. 2. 1781) und über das „Vertrödeln der Zeit" mit Maskenzügen geklagt. Aber er wußte auch, daß man damit „Gelegenheit gewinnt, das Gute zu tun, indem man zu scherzen scheint" (an Ch. v. Stein, 14. 1. 1782). Den dichterischen Höhepunkt seiner Maskenzugdichtung sollte erst noch der große Mummenschanz im *Faust II* bringen.

Gott und Natur. Weltanschauliche Gedichte

In etlichen Gedichten dieser frühen Altersjahre sprach Goethe Grundansichten über Gott, Welt und Mensch aus, denen auch später noch Verse ähnlicher Bedeutung folgten. Man kann sie weltanschauliche Gedichte nennen, wenn man darüber nicht vergißt, daß auch andere Lyrik, die nicht diesen gewichtigen Titel erhält, Goethesche ‚Weltanschauung' bezeugt, nicht nur die großen Hymnen der frühen und mittleren Zeit, sondern auch ein Gedicht wie *Auf dem See* und andere Naturgedichte, Balladen, Elegien und natürlich der *West-östliche Divan*. Überall äußert sich ‚Weltanschauliches', wie es sich dem Dichter zur jeweiligen Zeit ergab. Unbestreitbar aber sammelte sich in besonders einprägsamen Gedichten eine Summe von Grundüberzeugungen, die alle Einzelerkenntnisse überstieg. Es waren letzte Maximen der Weltansicht, die dem forschenden Eindringen in die Natur zugrundelagen, wie umgekehrt jede neugewonnene Einsicht die Grundmaximen immer wieder bestätigte. Die Schau des Ganzen und das Anschauen des einzelnen waren miteinander verbunden, eins war nicht ohne das andere. Insofern war der Naturwissenschaftler Goethe von den Prinzipien einer voraussetzungslosen experimentellen Naturwissenschaft weit entfernt, die ihre Ergebnisse in quantifizierenden und Funktionen festschreibenden mathematischen Gesetzesformeln niederlegt, die jedermann mit gleichem Resultat anwenden kann, der sich an die entsprechende Versuchsanordnung hält. Eine übergreifende Sinndeutung ist dabei jedenfalls nicht vorgesehen, zumindest nicht eine solche, die noch auf den einzelnen Forschungs- und Experimentiervorgang zurückwirkt. Auch die naturwissenschaftlichen Versuche, die Goethe angestellt hat, können nachvollzogen werden. Aber er ließ ihre Ergebnisse nie in quantifizierende Formeln gerinnen, sondern durchsetzte sie mit Deutungen, die sich seinen Grundmaximen verdankten, oder hielt den Ausblick auf sie frei, deutete ihn an. Der Zusammenhang mit dem großen Ganzen, in dem Natur und Mensch verbunden bleiben sollten, wurde ausdrücklich gewahrt: eine Naturanschauung, die – unabhängig von ihren falschen oder richtigen Ergebnissen im einzelnen – eine beständige Herausforderung an eine Naturwissenschaft und Technik bedeutet, die die Perfektion des Funktionierens als höchsten Wert setzt, bedenkenlose Eingriffe in die Natur und die Plünderung der Erde mitzuverantworten hat. Das Resultat der Provokation kann freilich nicht sein, die Verfahrensweise der modernen Naturwissenschaften aufzugeben, sondern ihre Konsequenzen für den Menschen zu reflektieren und sie als menschliche Tätigkeiten in einem Gesamtzusammenhang von Welt, Gesellschaft und Mensch zu bestimmen, dessen Sinn sich auf Richtigkeit, Zuverlässigkeit und Erfolg naturwissenschaftlicher Methoden weder reduzieren läßt noch daraus ergibt.

Daß das einzelne Phänomen bei Goethe symbolisch auf das Ganze zu verweisen vermag, hat zur Voraussetzung, daß jener Konnex von Gesamtschau und Einsicht ins einzelne besteht. Jene Grundüberzeugungen, die die weltanschaulichen Gedichte verkünden, enthalten die Essenz Goethescher Weltsicht. Sie bieten also *seine* Deutung und dürfen daher auch nicht wie unverrückbare Naturgesetze gelesen werden. Sie sind Zeugnisse seines Glaubens, seiner besonderen Religiosität, aus vielen Quellen gespeist, beeindruckend in ihrer Zuversicht und Weltzugewandtheit, und markieren Leitpunkte, an denen sich Denken und Tun in Goetheschem Sinn ausrichten können. Insofern sind sie auch Selbstzuspruch dessen, der die Unruhe kannte und unter ihr litt, dem Verzweiflung nicht fremd war und der wußte, daß lange leben viele überleben heißt.

Im Namen dessen der sich selbst erschuf!
Von Ewigkeit in schaffendem Beruf;
In seinem Namen der den Glauben schafft,
Vertrauen, Liebe, Tätigkeit und Kraft,
In jenes Namen, der, so oft genannt,
Dem Wesen nach blieb immer unbekannt.

So weit das Ohr, so weit das Auge reicht
Du findest nur Bekanntes das ihm gleicht
Und deines Geistes höchster Feuerflug
Hat schon am Gleichnis, hat am Bild genug;
Es zieht dich an, es reißt dich heiter fort,
Und wo du wandelst schmückt sich Weg und Ort.
Du zählst nicht mehr, berechnest keine Zeit
Und jeder Schritt ist Unermeßlichkeit (LA I 8,4).

Mit diesen Versen eröffnete Goethe 1817 seine Schriftenreihe *Zur Naturwissenschaft überhaupt*, und als *Prooemion* setzte er sie an den Anfang der Gruppe „Gott und Welt", die er in der Gedichtsammlung der „Ausgabe letzter Hand" einrichtete und in die er Gedichte vornehmlich religiöser und naturwissenschaftlicher Thematik aufnahm, also auf den Bezirk verwies, in dem seine weltanschaulichen Grundüberzeugungen der Mannes- und Altersjahre wurzelten.
Feierlich beginnt der Sprecher mit dem Anklang an die bekannte Formel „Im Namen des Vaters, des Sohnes und des Heiligen Geistes", leitet aber sogleich eine eigene Aussage ein; denn schon die beiden Anfangszeilen verkünden, was die zweite Strophe entfaltet: Die ganze Natur stellt nur Variationen des Einen, Göttlichen dar. Die Schöpfung ist nicht von Gott getrennt, sondern er verwirklicht sich in ihr, und diese Selbstverwirklichung währt immer fort. Als der Inbegriff der sinnhaften Ordnung des Ganzen ist er der Urheber jener Grundhaltungen, die dem menschlichen Leben Sinn geben: Glauben, Vertrauen, Liebe, Tätigkeit.

Wiederholt erinnerte der alte Goethe an sie. ‚Gott' wird indessen gar nicht beim Namen genannt. Es ist eine Grundanschauung Goethes, daß ein höchstes Wesen, ein Absolutes, ein Unendliches zwar angenommen, aber nicht personalisiert und direkt erkannt oder benannt werden können. Doch bleibt es dem Menschen möglich, in allem, was ist, Göttliches wahrzunehmen, Natur als Gott-Natur zu begreifen, im einzelnen ein Gleichnis des großen Ganzen zu sehen, am Abglanz des Unendlichen sich zu erfreuen und damit zufrieden zu sein. „Das Wahre, mit dem Göttlichen identisch, läßt sich niemals von uns direkt erkennen, wir schauen es nur im Abglanz, im Beispiel, Symbol, in einzelnen und verwandten Erscheinungen; wir werden es gewahr als unbegreifliches Leben und können dem Wunsch nicht entsagen, es dennoch zu begreifen" (*Versuch einer Witterungslehre*; 13, 305). Wenn der Mensch rein zu schauen versteht, hat er am Gleichnis, am Bild genug, spürt die Berührung mit dem Unendlichen, das keine Zeit ermißt. Ihm wird das Vergehen der Zeit gleichgültig, weil er weiß, daß in allem Wechsel das Eine, der Eine dauert und gegenwärtig bleibt.
Im lebendigen Wirken der Natur ist der tätige Gott anwesend. Er ist kein jenseitiges Wesen, das die Natur einmal geschaffen und sich selbst überlassen hat, sondern realisiert sich selbst beständig in ihr.

Was wär' ein Gott, der nur von außen stieße,
Im Kreis das All am Finger laufen ließe!
Ihm ziemt's, die Welt im Innern zu bewegen,
Natur in Sich, Sich in Natur zu hegen,
So daß, was in Ihm lebt und webt und ist,
Nie Seine Kraft, nie Seinen Geist vermißt (1, 357).

Am 31. Januar 1812 distanzierte sich Goethe mit bezeichnender Wendung von Fritz Jacobis Vorstellung eines übernatürlichen Gottes: Dessen Gott müsse sich immer mehr von der Welt absondern, „da der meinige sich immer mehr in sie verschlingt" (an A. H. F. v. Schlichtegroll). So betont diese Strophe die Einheit von Natur und Gott, während die zweite die sittliche Welt beruft, die im Innern des Menschen lebt:

Im Innern ist ein Universum auch;
Daher der Völker löblicher Gebrauch,
Daß jeglicher das Beste, was er kennt,
Er Gott, ja seinen Gott benennt,
Ihm Himmel und Erden übergibt,
Ihn fürchtet und wo möglich liebt.

Der Göttlichkeit des Alls entspricht ein inneres Universum, und da

auch in ihm Göttliches wirkt, ist es sinnvoll, daß die Völker dem Besten dieses Universums den Namen Gott verleihen, ja jeder einzelne darf so verfahren. Ein Pluralismus der Toleranz zeichnet sich ab, wo jeder das verehren und göttlich nennen darf, was ihm wertvoll erscheint. Wiederum, wie im früheren Gedicht *Das Göttliche*, ist Gott an das ethische Verhalten des Menschen gebunden. Würde es dieses nicht geben, wäre Gott in der Natur allein und könnte als solcher gar nicht begriffen werden: Der Mensch konstitutiert Gott durch sein ethisches Verhalten; Gott ist nicht wirklich ohne den Humanismus des Menschen – ein hochgemuter, verpflichtender Glaubenssatz einer innerweltlichen Religiosität, der nur eingelöst werden kann in konkreter Tätigkeit. Goethe wußte sich ihm verpflichtet und auch in seinen politischen Reaktionen dadurch legitimiert. Für Zeitgenossen und Nachlebende blieb und bleibt indes die Frage, ob sein beharrliches Festhalten am Bestehenden wirklich in allen Teilen diese Rechtfertigung erträgt.
Der Gedanke der Strophe „Im Innern ist ein Universum auch" erscheint ähnlich in dem späten Gedicht *Vermächtnis* von 1829, wo Goethe ebenfalls zunächst von der Natur spricht. Das edelste Sinnbild ihrer Ordnung und Schönheit ist das Sonnensystem; aber auch im Menschen ist eine verwandte Ordnung und ein Mittelpunkt, das sittliche Gesetz:

Sofort nun wende dich nach innen,
Das Zentrum findest du da drinnen,
Woran kein Edler zweifeln mag.
Wirst keine Regel da vermissen,
Denn das selbständige Gewissen
Ist Sonne deinem Sittentag.

Dieses Gesetz, das der Mensch in sich trägt, ist Ausstrahlung, Abglanz, Gleichnis eines höchsten göttlichen Gesetzes. Der Wilhelm Meister der *Wanderjahre* weiß es ebenso. Als er vom Turm einer Sternwarte aus den Sternenhimmel über sich ausgebreitet sieht, fragt er rhetorisch: „Darfst du dich in der Mitte dieser ewig lebendigen Ordnung auch nur denken, sobald sich nicht gleichfalls in dir ein beharrlich Bewegtes, um einen reinen Mittelpunkt kreisend, hervortut?" (8, 119) Kants Worte vom bestirnten Himmel über uns und dem moralischen Gesetz in uns klingen an.

Am 8. Oktober 1817 wurden laut Tagebuch „fünf Stanzen ins Reine geschrieben". Es waren die *Urworte. Orphisch*, ein bekenntnishafter Zyklus über Grundmächte, die das menschliche Leben bestimmen. Verstehend und ordnend durchforscht der Sprecher, was im Menschenleben stets ineinandergeschlungen da ist, und bezieht es auf bestimmende

Grundwirkungen: Daimon, Tyche, Eros, Ananke, Elpis. Diesen fünf Mächten sind zugleich auch, ohne daß es besonders ausgesprochen würde, fünf Lebensepochen des Menschen zugeordnet. Der Dämon regiert vor allem bei der Geburt, die Tyche in der Jugend, Eros bringt die Lebenswende, Ananke herrscht über die Jahre der Arbeit und des mittleren Alters, die Hoffnung bleibt dem Greis und hilft den Lebensabschied überstehen. So handelt das Gedicht von den fünf Gewalten, wie sie jeweils gleichzeitig und in der Folge des Lebensablaufs am Werk sind. Dem entspricht die äußere Gestaltung: Streng gebaut die einzelnen Stanzen, durch die schließenden gereimten Verse voneinander abgesetzt. Zugleich aber weist die einzelne Strophe über sich hinaus zur nächsten, am deutlichsten beim Übergang von der Tyche- zur Eros-Strophe.

Urworte. Orphisch

ΔΑΙΜΩΝ, Dämon

Wie an dem Tag, der dich der Welt verliehen,
Die Sonne stand zum Gruße der Planeten,
Bist alsobald und fort und fort gediehen
Nach dem Gesetz, wonach du angetreten.
So mußt du sein, dir kannst du nicht entfliehen,
So sagten schon Sibyllen, so Propheten;
Und keine Zeit und keine Macht zerstückelt
Geprägte Form, die lebend sich entwickelt.

ΤΥΧΗ, Das Zufällige

Die strenge Grenze doch umgeht gefällig
Ein Wandelndes, das mit und um uns wandelt;
Nicht einsam bleibst du, bildest dich gesellig
Und handelst wohl so, wie ein andrer handelt:
Im Leben ist's bald hin-, bald widerfällig,
Es ist ein Tand und wird so durchgetandelt.
Schon hat sich still der Jahre Kreis gegründet,
Die Lampe harrt der Flamme, die entzündet.

ΕΡΩΣ, Liebe

Die bleibt nicht aus! – Er stürzt vom Himmel nieder,
Wohin er sich aus alter Öde schwang,
Er schwebt heran auf luftigem Gefieder

Um Stirn und Brust den Frühlingstag entlang,
Scheint jetzt zu fliehn, vom Fliehen kehrt er wieder,
Da wird ein Wohl im Weh, so süß und bang.
Gar manches Herz verschwebt im Allgemeinen,
Doch widmet sich das edelste dem Einen.

ΑΝΑΓΚΗ, Nötigung

Da ist's denn wieder, wie die Sterne wollten:
Bedingung und Gesetz; und aller Wille
Ist nur ein Wollen, weil wir eben sollten,
Und vor dem Willen schweigt die Willkür stille;
Das Liebste wird vom Herzen weggescholten,
Dem harten Muß bequemt sich Will' und Grille.
So sind wir scheinfrei denn nach manchen Jahren
Nur enger dran, als wir am Anfang waren.

ΕΛΠΙΣ, Hoffnung

Doch solcher Grenze, solcher eh'rnen Mauer
Höchst widerwärt'ge Pforte wird entriegelt,
Sie stehe nur mit alter Felsendauer!
Ein Wesen regt sich leicht und ungezügelt:
Aus Wolkendecke, Nebel, Regenschauer
Erhebt sie uns, mit ihr, durch sie beflügelt;
Ihr kennt sie wohl, sie schwärmt durch alle Zonen;
Ein Flügelschlag – und hinter uns Äonen.

Angeregt wurden die *Urworte. Orphisch* durch die Bemühungen damaliger Philologen und Altertumsforscher um die ganz frühen, noch hinter Homer zurückreichenden mythisch-religiösen Vorstellungen der Griechen, wie sie in orphischer Dichtung auftauchten. Da stieß man auf Aussprüche und Symbole, in denen ältestes Gedankengut aus altgriechischen, ägyptischen und orientalischen Quellen zusammengeflossen war. Religiöse Geheimnisse waren in ihnen aufbewahrt. Was dem sagenhaften Sänger Orpheus und der an ihn anknüpfenden Tradition der Orphik zugeschrieben wurde, waren heilige Sprüche. Dichter und Priester waren noch eins. Darauf anspielend, bildete Goethe seinen Ausdruck „Urworte". In Abhandlungen des dänischen Altertumsforschers Georg Zoega fand er Hinweise auf dunkle alte Lehren, daß Götter wie die in den Strophenüberschriften griechisch genannten bei der Geburt eines Menschen anwesend seien. Die *Urworte. Orphisch* waren eine dichterisch-produktive Antwort auf die Forschungen der Philologen und Mythologen. Goethe beabsichtigte nicht, einen weiteren Beitrag über frühantike Kosmogonie und orphische Aussprüche zu liefern. Vielmehr legte er gewisse uralte Worte, in denen Schicksalsmächte charakterisiert wurden, von seiner Lebenserfahrung und seinen Grundüberzeugungen her aus. In dem heiter-gelösten Stil des Alters, wie er ihn mitunter pflegte, äußerte er sich über seine Art, sich die Überlieferung anzueignen: „Wenn man das diffuse Altertum wieder quintessenziiert, so gibt es alsobald einen herzerquickenden Becher, und wenn man die abgestorbenen Redensarten aus eigener Erfahrungs-Lebendigkeit wieder anfrischt, so geht es wie mit jenem getrockneten Fisch, den die jungen Leute in den Quell der Verjüngung tauchten und als er aufquoll, zappelte und davonschwamm, sich höchlich erfreuten das wahre Wasser gefunden zu haben“ (an S. Boisserée, 16. 7. 1818). Aneignung, Anverwandlung des Alten fürs Gegenwärtige, so daß im Gegenwärtigen Vergangenes aufleuchtet, das immerdar wirksam ist: das geschah wie im *West-östlichen Divan* so auch in den *Urworten*. Es war Erneuerung des „alten Wahren“ durch gegenwärtige Dichtung.

Als Goethe die Stanzen 1820 in der Schriftenreihe *Zur Morphologie* veröffentlicht hatte, druckte er sie nochmals in *Kunst und Altertum* (II 3, 1820) und versah die Strophen mit Erläuterungen (1, 403 ff.). Sein Kommentar ist keiner in unserm Sinn. Nie sagt er das ganz aufhellende Wort; es bleibt weithin ein andeutendes Sprechen. Das Leitthema aber, das die Anmerkungen verbindet, ist der Nachweis einer steten polaren Wechselwirkung zwischen Freiheit und Zwang. Die Abfolge der Strophen macht sie schon deutlich: Wenn die eine vorwiegend von Zwang spricht, so folgt ihr eine, die eher Freiheit veranschaulicht. In der Mitte aber hat die doppeldeutige Macht des Eros ihren Platz. Und jede Stanze selbst schildert eine Gewalt, die beide Seiten in sich enthält: die eine offenkundig, die andere als geheimen Widerspruch.

Zum „Dämon“ der ersten Stanze merkt Goethe an, er bedeute hier „die notwendige, bei der Geburt unmittelbar ausgesprochene, begrenzte Individualität der Person“ – also nicht jene zweideutige, von außen den Menschen bedrängende Macht, das Dämonische, worüber der alte Goethe oft nachsann: das nicht göttlich ist, weil es unvernünftig scheint, nicht menschlich, weil es keinen Verstand beweist, nicht teuflisch, weil es wohltätig sein kann. Dämon ist hier der eingeborene Zwang, so und nicht anders sein zu müssen und zu können. Der Sternenstand der Geburtsstunde und die Ankündigung durch Sibyllen und Propheten, die wie auf Michelangelos Deckengemälde in der Sixtinischen Kapelle vereint sind, erscheinen als Garanten der unvertauschbaren Individualität. Auch *Dichtung und Wahrheit* begann mit der Beschreibung der Konstellation am Himmel des 28. August 1749, wenn dort auch die „guten Aspekten“ ein wenig manipuliert wurden, damit das Leben unter vielversprechende Vorzeichen gerückt war. Der „Dämon" der *Urworte* ist aber nicht blinder, sinnfreier Zwang. Er ist begriffen als Monade, als Entelechie, als die innere Kraft, die die Entwicklung vorantreibt und zur Vollendung der Anlagen drängt: „Geprägte Form, die lebend sich entwickelt". Das ist ein zuversichtlicher Satz eher des Sollens, des Wunsches als der Selbstverständlichkeit. Denn die entelechische Entwicklung kann gestört, gar verhindert werden, und die Strophe der „Nötigung" weiß davon zu berichten, fast unwillig, widerstrebend, aber das Unausweichliche beim Namen nennend; denn es gibt niemanden, „der sich nicht peinlich gezwängt fühlte, wenn er nur erinnerungsweise sich solche Zustände hervorruft" (Kommentar). „Das Zufällige" scheint den Zwang der Individualität, die Begrenzung auf sie zu modifizieren. Das Ich gerät in die Vielfalt der Lebensbeziehungen hinein, antwortet auf sie, muß sich anpassen, kann sich vertändeln. „Der Dämon freilich hält sich durch alles durch, und dieses ist denn die eigentliche Natur, der alte Adam, und wie man es nennen mag, der, so oft auch ausgetrieben, immer wieder unbezwinglich zurückkehrt." Unter der Macht des „Eros" finden Zwang und Wollen zusammen, Hingabe an das Eine ist wie ein Geschick und geschieht doch mit Lust. Dieses „Eine" in der letzten Zeile der Strophe meint nicht nur den Partner in der Liebe, sondern auch einen „durchs Geschick ihm der Individualität zugeführten Gegenstand", dem sich der Mensch ganz widmen möchte. So wird der Übergang zur „Ananke"-Strophe verständlich. Das Ergreifen des Einen bedeutet Bindung, und damit treten Beschränkungen, Notwendigkeiten ein und setzen ihre Ansprüche durch. Die Reminiszenz an den Gedichtanfang verweist auf den Zwang, dem alles menschliche Leben unterliegt; „Ananke" ist die von außen andrängende Nötigung, das unerbittliche Sollen, das den Freiheitsspielraum einengt und zu resignieren lehrt, daß wir nur „scheinfrei" sind. Aber auch die Hoffnung ist dem Menschen gegeben, die ihn immer wieder über die Bedrückung durch Zwänge und Zumutungen hinauszuheben vermag. So pulsiert menschliches Leben unaufhörlich zwischen Nötigung und Freiheitsgenuß, verwirklicht sich in Diastole und Systole, und beides ist anzuerkennen als das dem Menschen Mögliche und Zugewiesene.

Und es durchziehen die *Urworte* Spuren von einer höheren als der nur irdischen Existenz des Menschen. Der Kern der Individualität gilt als unzerstörbar, nicht nur während der kurzen Spanne der Lebenszeit, sondern weit darüber hinaus. Er kann „nicht zersplittert und zerstükkelt werden, sogar durch Generationen hindurch" (Kommentar). Goethe mochte sich mit der Beschränkung auf die eine vergängliche Existenz nicht abfinden. Er tastete ahnend, hoffend, vertrauensvoll vor in die Bezirke des Unendlichen. Wie eine feste Substanz lag dort der Kern

der Individualität in potentia bereit, als Möglichkeit, um in die Existenz zu treten und mit ihr nicht unterzugehen. Die letzte Zeile „Ein Flügelschlag – und hinter uns Äonen!" öffnete die Perspektive des Lebens zur Unsterblichkeit hin. Auf dem Glauben an sie beharrte der alte Goethe inständig; er postulierte ihn, auch wenn er keine wirklichen Beweise dafür vorbringen konnte und auf die christlichen Verheißungen verzichtete. Er wollte nicht hinnehmen, daß in der ewig lebenden und wirkenden Natur der Mensch in die Grenzen seiner irdischen Existenz gesperrt bleibe. Er wußte, daß er hier an Dinge rührte, für die die Vernunft nicht hinreichte und „wo man doch die Unvernunft nicht wollte walten lassen" (an Zelter, 19. 3. 1827). Mit der „ewigen Seligkeit" wisse er nichts anzufangen, hörte Kanzler v. Müller (23. 9. 1827), und ein andermal sprach Goethe über seine „Ansichten der geistigen Fortdauer" (KM 19. 2. 1823). Geradezu trotzig und um von der Tatsache der physischen Vergänglichkeit nicht erdrückt zu werden, postulierte er geistige Fortdauer. Er habe die feste Überzeugung, „daß unser Geist ein Wesen ist ganz unzerstörbarer Natur; es ist ein fortwirkendes von Ewigkeit zu Ewigkeit" (E 2. 5. 1824). „Die entelechische Monade muß sich nur in rastloser Tätigkeit erhalten; wird ihr diese zur andern Natur, so kann es ihr in Ewigkeit nicht an Beschäftigung fehlen" (an Zelter, 19. 3. 1827). Einem denkenden Wesen sei es durchaus unmöglich, „sich ein Nichtseyen, ein Aufhören des Denkens und Lebens zu denken; in so ferne trage Jeder den Beweiß der Unsterblichkeit in sich, selbst und ganz unwillkürlich" (KM 19. 10. 1823). Er mußte sich bei diesen Spekulationen an eine „Überzeugung" klammern, da nichts zu beweisen oder zu erproben war, und wagte es sogar, der Natur eine entsprechende Forderung zu präsentieren: „Die Überzeugung unserer Fortdauer entspringt mir aus dem Beriff der Tätigkeit; denn wenn ich bis an mein Ende rastlos wirke, so ist die Natur verpflichtet, mir eine andere Form des Daseins anzuweisen, wenn die jetzige meinem Geist nicht ferner auszuhalten vermag" (E 4. 2. 1829).
„Hoffnung" in den *Urworten. Orphisch* öffnet den Blick in zwei Richtungen: aus dem Lebensgefühl von Wollen und Sollen ins Freie, Unbedingte und aus dem Vergänglichen in die geforderte geistige Fortdauer. An beidem, so glaubte es der Dichter der neu-alten Urworte, hat der Mensch teil, und diese Überzeugung gibt den gemessen schreitenden Stanzen ihre ruhige Sicherheit.

Goethe hatte, besonders im Alter, seine Freude an Sprüchen. Er formulierte selbst gern in knapper, pointierender Form, und Gelegenheiten dazu boten sich immerfort: bei Besuchen, bei täglicher Lebensbetrachtung, nach der Lektüre. Er griff auch auf alte Sprichwortsammlungen zurück und machte kein Hehl daraus: „Diese Worte sind nicht alle in Sachsen / Noch auf meinem eignen Mist gewachsen; / Doch, was für Samen die Fremde bringt, / Erzog ich im Lande gut gedüngt" (JA 4, 32). In der Werkausgabe von 1815 richtete er für die Sprüche, die sich angesammelt hatten, die Gruppen *Sprichwörtlich*; *Gott, Gemüt und Welt* und *Epigrammatisch* ein. Was danach entstand, faßte er, um den Unterschied zu den scharfen *Xenien* aus der Zeit mit Schiller zu markieren, als *Zahme Xenien* zusammen, von denen ein Teil zuerst in der Zeitschrift *Über Kunst und Altertum* 1820 (II 3) erschien. So viel wie die Prosa-Sprüche der *Maximen und Reflexionen* umgreifen auch die Verssprüche: Glauben und Lebenspraxis, Kunst und Wissenschaft, Politisches und Selbstbeobachtung. In den Sprüchen schrieb er sich und seinen Lesern ein Lebensbrevier, bot ‚Weltanschauliches' in farbiger Fülle. „Willst du ins Unendliche schreiten, / Geh nur im Endlichen nach allen Seiten." – „Willst du dich am Ganzen erquicken, / So mußt du das Ganze im Kleinsten erblicken" (JA 4, 4).

> Ich wandle auf weiter, bunter Flur
> Ursprünglicher Natur;
> Ein holder Born, in welchem ich bade,
> Ist Überlieferung, ist Gnade (JA 4, 3).

Heiter und gelassen, selbstironisch und gelegentlich bissig, weise und aperçuhaft äußerte er sich, wie die Gelegenheit es ergab. Zu knappem Ausdruck schliff er Einsichten, die er für wichtig hielt, und beschied sich bisweilen mit anspielungsreicher Andeutung, wie er es im Alter liebte. Dabei stellten sich freilich auch Allerweltsweisheiten ein, und die Vers*kunst* blieb manches Mal auf der Strecke: „Läßt mich das Alter im Stich? / Bin ich wieder ein Kind? / Ich weiß nicht, ob ich / Oder die andern verrückt sind" (JA 4, 52). – „Von Jahren zu Jahren / Muß man viel Fremdes erfahren; / Du trachte, wie du lebst und leibst, / Daß du nur immer derselbe bleibst" (JA 4, 50). Goethe selbst ist jedenfalls nicht „immer derselbe" geblieben, und von Herrn Keuner, dem Denkenden, wußte Bertolt Brecht zu erzählen: „Ein Mann, der Herrn K. lange nicht gesehen hatte, begrüßte ihn mit den Worten: ‚Sie haben sich gar nicht verändert.' – ‚Oh!' sagte Herr K. und erbleichte." Goethes Glaube an die „geprägte Form", die sich in allen von ihm doch bejahten Metamorphosen durchhielt, war in seinem Spruch zu Albumversen verkürzt und verkümmert.

Naturkundliches gesammelt

In ‚weltanschaulichen Gedichten' wie den erwähnten waren Überzeugungen ausgesprochen, die aller Naturforschung Goethes zugrundelagen. Unermüdlich setzte er die Jahre hindurch seine Beobachtungen der Natur fort, die sich auf viele Gebiete erstreckten, auf Geologie und Mineralogie, Botanik und vergleichende Anatomie, Farbenlehre und Meteorologie. Es ist schon berichtet worden, wie ihn die Verpflichtungen, die er seit 1776 in Weimar übernahm, mit Boden und Pflanzenwelt in vielfältige Berührung brachten, als er sich dem Bergbauwesen in Ilmenau widmen mußte, für Wasser- und Wegebau zuständig war, die Parkanlagen mitkonzipierte, den eigenen Garten am Stern anlegte und Anregungen durch die Jenaer naturwissenschaftlichen Institute erhielt. Praktische Aufgaben bestimmten zunächst den Umgang mit der Natur: „Ich war vom augenfälligsten Allgemeinsten auf das Nutzbare, Anwendbare, vom Bedarf zur Kenntnis gelangt", resümierte er beim Rückblick auf die *Geschichte seiner botanischen Studien* (13, 151). Er gab sich damit nicht zufrieden, sondern begann selbst zu forschen, um Einsichten in die Zusammenhänge der Natur zu erhalten, um etwas von der Ordnung zu erkennen, nach der die Gestaltenfülle sich organisiert. Er war beglückt, als er 1784 den Zwischenkieferknochen auch beim Menschen entdeckte, weil er damit ein Beweisstück für die Einheit des Bauplans der Säugetiere gefunden hatte. Er war vergnügt, als er die Identität aller Pflanzenorgane im Blatt und in dem mit ihm verbundenen Stengelglied erkannt zu haben glaubte und so die *Metamorphose der Pflanzen* (1790) beschreiben konnte, bei der sich die höhere Pflanze von Stufe zu Stufe immer wieder zu einem Blatt mit wechselnden Funktionen entwickele.

Viele naturkundliche Entwürfe, Skizzen, Abhandlungen sammelten sich. Aber mit Veröffentlichungen war er zurückhaltend; denn auf Beifall zu seinen Entdeckungen mußte er vergeblich warten. Den Aufsatz *Über den Zwischenkiefer des Menschen und der Tiere* gab er gar nicht erst zum Druck, als Fachleute das Manuskript skeptisch betrachtet hatten. Die *Beiträge zur Optik* (1791/1892) stagnierten mit dem zweiten Stück, aber die jahrzehntelangen Arbeiten auf diesem Feld gingen in die beiden imposanten Bände der *Farbenlehre* von 1810 ein, die das umfangreichste naturwissenschaftliche Werk Goethes blieb. Seit seinem Erscheinen trat die Naturforschung etwas zurück, ohne vergessen zu werden. So hatte sich im Lauf der Zeit manches Unveröffentlichte angehäuft, und auch weiterhin gedachte er sich zu naturwissenschaftlichen Komplexen zu äußern. 1817 schuf er sich deshalb ein eigenes Publikationsorgan, eine Schriftenreihe, deren einzelne Lieferungen in unregelmäßiger Folge bis 1824 erschienen: *Zur Naturwissenschaft überhaupt, besonders zur Morphologie. Erfahrung, Betrachtung, Folgerung durch Lebensereignisse verbunden.* Es waren zwei parallel laufende Serien (*Zur Naturwissenschaft überhaupt* und *Zur Morphologie*), die insgesamt je sechs Hefte umfaßten, von denen je vier in einem Ersten Band (1817–1822) und je zwei in dem Zweiten Band (1822–1824) zusammengefaßt wurden. Die „Leopoldina-Ausgabe" bietet jetzt beide Reihen in ihrer ursprünglichen Anordnung in zwei Bänden (I 8 und I 9). Die Hefte *Zur Morphologie* (LA I 9) nahmen etliches bereits Veröffentlichte und früher Geschriebene auf: *Die Metamorphose der Pflanzen* erschien erneut, samt der gleichnamigen Elegie; der Aufsatz über den Zwischenkiefer wurde nun gedruckt; Entwürfe und Abhandlungen zur vergleichenden Osteologie (Knochenlehre), kleinere Arbeiten zur Botanik und Zoologie wurden aufgenommen, und Goethe lag daran, wie der merkwürdige Untertitel der Schriftenreihe andeutete, biographische Auskünfte über seine Naturstudien zu geben. Alle Beiträge sollten „als Zeugnisse einer stillen, beharrlichen, folgerechten Tätigkeit gelten" (LA I 9, 14). Gleich an den Anfang setzte er eine Kurzfassung der *Geschichte meines botanischen Studiums*, berichtete über Entstehung und Wirkung seiner Metamorphosenschrift, erinnerte unter der Überschrift *Glückliches Ereignis* an seine Begegnung mit Schiller und ihr erstes Gespräch über die Metamorphose, als dieser den Kopf schüttelte und sagte: „Das ist keine Erfahrung, das ist eine Idee." Die Reihe *Zur Naturwissenschaft überhaupt* enthielt weit mehr neue Schriften. Nachträge zur Farbenlehre (besonders über die entoptischen Farben) sammelten sich hier; viele Seiten galten der Geologie und Mineralogie Böhmens, wo er während der Kuraufenthalte eifrig geforscht hatte, und die Ergebnisse seiner meteorologischen Studien, denen er sich intensiv seit der *Farbenlehre* gewidmet hatte, teilte er an dieser Stelle mit. Aber auch der frühe theoretische Aufsatz von 1793 *Der Versuch als Vermittler von Objekt und Subjekt* erhielt seinen Platz, und unter dem Titel *Älteres, beinahe Veraltetes* streute er Aphoristisches ein. Gelegentlich kamen überdies, wie in den Heften *Zur Morphologie*, jüngere Naturwissenschaftler mit eigenen Artikeln zu Wort. Es würde viel zu weit führen, hier alle Abhandlungen der Schriftenreihe von 1817–1824 zu nennen oder einige ausführlich zu besprechen; umfangreiche Erläuterungen spezieller Fragen wären unvermeidlich – und für einen Laien riskant. Sinnvoller ist es zu versuchen, Besonderheiten der Goetheschen Naturforschung zu skizzieren und dabei einzelnes hervorzuheben.

Nicht nur mit biographischen Einschüben reicherte Goethe die Schriftenreihe an, die kein geschlossenes Werk mit einer klaren thematischen Durchgliederung darstellt, sondern auch mit Gedichten. Deutlicher konnte er nicht zu erkennen geben, daß seine Naturbetrachtung nicht in Einzeluntersuchungen aufging, vielmehr ständig auf eine Gesamtschau bezogen war, die sich nur dichterisch aussprechen ließ und in ‚weltanschaulichen' Versen komprimierte. Denn um Gedichte, die – wie die Elegien über die Metamorphose der Pflanzen und der Tiere – naturwissenschaftliche Speziallehren vermitteln wollten, handelte es sich bei den eingestreuten Sprüchen und Strophen nicht. Die schon erwähnten Zeilen „Im Namen dessen der sich selbst erschuf!" schmückten den Anfang des ersten Hefts *Zur Naturwissenschaft überhaupt*, und das tiefsinnige *Eins und alles* („Im Grenzenlosen sich zu finden / Wird gern der Einzelne verschwinden") beschloß das fünfte Heft, ein Hymnus auf die ewig schaffende, beseelte Allnatur („Weltseele komm uns zu durchdringen!"), die das Geschaffene wieder umschafft und auch das Vergehende noch in sich aufnimmt und bewahrt: „Das Ewige regt sich fort in allen! / Denn Alles muß in Nichts zerfallen, / Wenn es im Sein beharren will." Auch die *Urworte. Orphisch* wurden hier als Ouvertüre des zweiten Hefts *Zur Morphologie* zuerst gedruckt, denen der dichtende Naturbetrachter zwei Sprüche nachschickte, in denen er zwei Grundprinzipien ausdrückte: Zergliedernde Analyse dürfe nicht alles sein, sondern das Ganze eines Phänomens müsse in seiner Einheit von innen und außen erfaßt werden, und die in der Forschung angewandte Reduktion auf kleinste Einheiten dürfe nicht dazu führen, daß die Vielheit der lebendigen Gestalt aus dem Blick entschwindet:

Müsset im Naturbetrachten
Immer eins wie alles achten.
Nichts ist drinne, nichts ist draußen:
Denn was innen das ist außen.
So ergreifet, ohne Säumnis,
Heilig öffentlich Geheimnis.

Freuet euch des wahren Scheins,
Euch des ernsten Spieles.
Kein Lebendges ist ein Eins,
Immer ist's ein Vieles.

Als Goethe zu Anfang des ersten Hefts *Zur Morphologie* kurz seinen Begriff der Gestalt erläuterte (*Die Absicht eingeleitet*; 13, 54 ff.), sprach er sich gegen die Zerlegung bis in die „Similarteile" aus, weil daraus das Lebendige nicht wieder zusammengebracht werden könne. „Jedes Lebendige ist kein Einzelnes, sondern eine Mehrheit; selbst insofern es uns als Individuum erscheint, bleibt es doch eine Versammlung von lebendigen selbständigen Wesen, die der Idee, der Anlage nach, gleich sind, in der Erscheinung aber gleich oder ähnlich, ungleich oder unähnlich werden können." So wandte er sich auch in seiner Farbenlehre gegen die Isolierung des einen Lichtstrahls, wie es Newton bei seinen Versuchen praktiziert hatte. Goethes Blick suchte das Leben in etwas größeren Einheiten, und schon darin unterschied er sich von moderner Naturwissenschaft, die zu immer kleineren Einheiten vorgestoßen ist. Die eine Reihe der Hefte von 1817 – 1824 sollte dazu dienen, „eine Lehre zu gründen und auszubilden, welche wir die Morphologie nennen möchten" (*Die Absicht eingeleitet*; 13, 55). Schon um 1795 hatte Goethe formuliert: „Die Morphologie soll die Lehre von der Gestalt, der Bildung und Umbildung der organischen Körper enthalten" (*Vorarbeiten zu einer Physiologie der Pflanzen*; A 17, 115). Sie könne als eine Lehre für sich und als eine Hilfswissenschaft der Physiologie angesehen werden, wolle nur darstellen und nicht erklären, also nicht etwa entwicklungsgeschichtliche Probleme behandeln. Die Aufmerksamkeit richtete sich auf die bestehende Gestaltenwelt und die Vorgänge in ihr. In der Einleitung der Hefte *Zur Morphologie* erläuterte Goethe:

> Der Deutsche hat für den Komplex des Daseins eines wirklichen Wesens das Wort Gestalt. Er abstrahiert bei diesem Ausdruck von dem Beweglichen, er nimmt an, daß ein Zusammengehöriges festgestellt, abgeschlossen und in seinem Charakter fixiert sei.
> Betrachten wir aber alle Gestalten, besonders die organischen, so finden wir, daß nirgends ein Bestehendes, nirgend ein Ruhendes, ein Abgeschlossenes vorkommt, sondern daß vielmehr alles in einer steten Bewegung schwanke. Daher unsere Sprache das Wort Bildung sowohl von dem Hervorgebrachten, als von dem Hervorgebrachtwerdenden gehörig genug zu brauchen pflegt.
> Wollen wir also eine Morphologie einleiten, so dürfen wir nicht von Gestalt sprechen; sondern, wenn wir das Wort brauchen, uns allenfalls dabei nur die Idee, den Begriff oder ein in der Erfahrung nur für den Augenblick Festgehaltenes denken.
> Das Gebildete wird sogleich wieder umgebildet, und wir haben uns, wenn wir einigermaßen zum lebendigen Anschaun der Natur gelangen wollen, selbst so beweglich und bildsam zu erhalten, nach dem Beispiele mit dem sie uns vorgeht (13, 55 f.).

Die Lebensorganisation der Gestalt, die wie alles Lebendige „kein Einzelnes, sondern eine Mehrheit" sei, sollte erfaßt werden, und zwar nicht, wie das früher zumeist geschehen, vornehmlich im Blick auf die Funktion der Organe, sondern auf den Organismus als eine sinnvolle Einheit, die ihren Zweck in sich trägt: „Zweck sein selbst ist jegliches Tier, vollkommen entspringt es / Aus dem Schoß der Natur und zeugt vollkommene Kinder" (*Die Metamorphose der Tiere*).

Seit Goethe vom hermetischen Spekulieren und alchimistischen Probieren zur konkreten Naturbetrachtung in Weimar gekommen war, hielten sich leitende Fragestellungen durch: Nach welchen verborgenen Gesetzen läßt die Natur die Fülle ihrer Erscheinungen hervortreten? Was sind die wesentlichen, gestaltgebenden Formen in ihren verschiedenen Bereichen? Welche Grundeinheiten kann der forschend beobachtende Blick ausmachen, auf die die Vielheit der Phänomene zurückzuführen und aus denen sie abzuleiten ist? Was hält sich in allem Wechsel der Gestaltung-Umgestaltung als Identisches durch? Sätze in einem Brief an Charlotte v. Stein vom 10. Juli 1786 lasen sich wie Richtlinien für ein Lebensprogramm: Jetzt verfolge ihn geradezu das Pflanzenwesen; „das ungeheure Reich simplificirt sich mir in der Seele", und es sei kein Traum, keine Phantasie; „es ist ein Gewahrwerden der wesentlichen Form, mit der die Natur gleichsam nur immer spielt und spielend das manigfaltige Leben hervorbringt. Hätt ich Zeit in dem kurzen Lebensraum; so getraut ich mich es auf alle Reiche der Natur – auf ihr ganzes Reich – auszudehnen."
Eine Grundüberzeugung lag allerdings allen Fragen, die er an die Natur stellte, zugrunde und verband ihn noch mit den All-Spekulationen der Hermetik: Alles, was ist, bildet eine große psycho-physische Einheit. In solcher Auffassung konnte er sich mit einem Philosophen wie Schelling berühren, auch mit anderer spekulativer Naturphilosophie der Zeit; er hob sich jedoch deutlich von ihr ab, indem er fortgesetzt auf Strenge und Treue des Beobachtens pochte. Er war ferner gewiß, „daß die Natur nach Ideen verfahre", wollte ihnen auf die Spur kommen und wußte „ingleichen, daß der Mensch in allem, was er beginnt, eine Idee verfolge" (JA 39, 102). Diese Voraussetzungen, die er einbrachte und an denen er festhielt, verstrickten ihn in ein fundamentales Problem: Wie war es zu erreichen, daß die Sinnhaftigkeit der All-Ordnung, die Ideen, nach denen die Natur verfuhr, und die Ideen, die der Mensch an sie herantrug, mit den in der Beobachtung der Natur gewonnenen Erfahrungstatsachen korrespondierten? Modifizierte das eine das andere? Mußten sich gegebenenfalls die Ideen der Erfahrung beugen oder die Erfahrung den Ideen angepaßt werden?
Bedenken und Ergebung hieß eine Miszelle im zweiten Heft *Zur Morphologie*, in der sich der von seinen Grundannahmen belastete und beglückte Naturforscher Goethe dem Problem stellte:

> Wir können bei Betrachtung des Weltgebäudes, in seiner weitesten Ausdehnung, in seiner letzten Teilbarkeit, uns der Vorstellung nicht erwehren, daß dem Ganzen eine Idee zum Grund liege, wornach Gott in der Natur, die Natur in Gott, von Ewigkeit zu Ewigkeit, schaffen und wir-

> ken möge. Anschauung, Betrachtung, Nachdenken führen uns näher an jene Geheimnisse. Wir erdreisten uns und wagen auch Ideen, wir bescheiden uns und bilden Begriffe, die analog jenen Uranfängen sein möchten.
> Hier treffen wir nun auf die eigene Schwierigkeit, die nicht immer klar ins Bewußtsein tritt, daß zwischen Idee und Erfahrung eine gewisse Kluft befestigt scheint, die zu überschreiten unsere ganze Kraft sich vergeblich bemüht. Demohngeachtet bleibt unser ewiges Bestreben diesen Hiatus [Kluft] mit Vernunft, Verstand, Einbildungskraft, Glauben, Gefühl, Wahn und, wenn wir sonst nichts vermögen, mit Albernheit zu überwinden.

Das ist ein Gemenge von Begriffen, das von einer strengen Naturwissenschaft, die nachprüfbare und im Experiment zu falsifizierende Ergebnisse erzielen will, weit wegführt. Aus Unbehagen oder Scherz rief der Verfasser gar die „Albernheit“ zu Hilfe.

> Die Schwierigkeit Idee und Erfahrung miteinander zu verbinden erscheint sehr hinderlich bei aller Naturforschung: die Idee ist unabhängig von Raum und Zeit, die Naturforschung ist in Raum und Zeit beschränkt, daher ist in der Idee Simultanes und Sukzessives innigst verbunden, auf dem Standpunkt der Erfahrung hingegen immer getrennt, und eine Naturwirkung, die wir der Idee gemäß als simultan und sukzessiv zugleich denken sollen, scheint uns in eine Art Wahnsinn zu versetzen. Der Verstand kann nicht vereinigt denken, was die Sinnlichkeit ihm gesondert überlieferte, und so bleibt der Widerstreit zwischen Aufgefaßtem und Ideiertem immerfort unaufgelöst (13, 31 f.).

Goethe wußte sich anders keinen Rat, als sich zum Abschluß seiner dilemmatischen Überlegungen ins Dichterische abzusetzen, womit das Problem ganz und gar nicht erledigt war: „Deshalb wir uns denn billig zu einiger Befriedigung in die Sphäre der Dichtkunst flüchten und ein altes Liedchen mit einiger Abwechselung erneuern: ‚So schauet mit bescheidnem Blick / Der ewigen Weberin Meisterstück‘ [. . .].“
Noch an einer weiteren Voraussetzung hielt Goethe fest. Er vertraute auf die Wahrnehmung seiner Sinne und lehnte es ab, der Natur mit künstlichen Apparaturen Erkenntnisse abzuzwingen. „Die Natur verstummt auf der Folter“ (M; 12, 434), dekretierte er; denn das sei eben „das größte Unheil der neuern Physik, daß man die Experimente gleichsam vom Menschen abgesondert hat und bloß in dem, was künstliche Instrumente zeigen, die Natur erkennen, ja, was sie leisten kann, dadurch beschränken und beweisen will“ (M; 12, 458). So mußte er sich auf Größenordnungen beschränken, die der Sinneswahrnehmung noch zugänglich waren. Wenn er letzte Grundeinheiten in der Ordnung der

Natur ausfindig machen wollte, hatten es solche zu bleiben, die sich sinnlicher Anschaulichkeit nicht entzogen. Von dieser Prämisse aus war ihm der Weg der Naturwissenschaften, die zu immer kleineren Einheiten vorstießen, prinzipiell verschlossen, und die Welt der Elementarteilchen wäre ihm wie unmenschlicher Spuk vorgekommen.

Auf der Basis dieser Voraussetzungen unternahm er seine naturkundlichen Untersuchungen. Er beobachtete gern, viel und sorgfältig, aber beim Analysieren wollte er nicht stehenbleiben. Um in dem Beobachteten allgemeine Gesetzmäßigkeiten zu erkennen, wurde sein Vorwegwissen, das ihm seine Grundüberzeugungen lieferten, regulierend tätig. Um der Ideen, nach denen die Natur verfährt, ansichtig zu werden, bedurfte es eigener Ideen, die das sinnvolle Verknüpfen des einzelnen besorgten; denn zwischen den Ideen der Natur und den Ideen des beobachtenden Forschers bestand, so meinte er getrost, eine Relation. „Wär nicht das Auge sonnenhaft, / Wie könnten wir das Licht erblicken; / Lebt nicht in uns des Gottes eigne Kraft, / Wie könnt uns Göttliches entzücken?“ bekannte er in der Einleitung zur *Farbenlehre* (13, 324) und verlangte tatsächlich, das Licht und das Auge „als eins und dasselbe zu denken“. Zwar legte er, um seine *Beiträge zur Optik* methodologisch abzusichern, im Aufsatz *Der Versuch als Vermittler von Objekt und Subjekt* (1792/1793) dar, wie er eine Reihe von Experimenten durchgeführt habe und strikt empirisch verfahren sei; man müsse nur die von der Natur vorgegebene Verbindung der Einzelfakten auffinden, um zu „Erfahrungen der höheren Art“ zu gelangen (13, 18). Aber wenige Jahre später trat in seiner Erörterung an Schiller, die die Goethe-Editoren *Erfahrung und Wissenschaft* betitelt haben, zutage, was *Der Versuch* kaschierte: wie sehr er sich als Naturforscher die eingreifende Aktivität von Ideen zusprach:

> Der Naturforscher sucht das Bestimmte der Erscheinungen zu fassen und festzuhalten, er ist in einzelnen Fällen aufmerksam nicht allein, wie die Phänomene erscheinen, sondern auch, wie sie erscheinen sollten. Es gibt, wie ich besonders in dem Fache das ich bearbeite oft bemerken kann, viele empirische Brüche, die man wegwerfen muß um ein reines konstantes Phänomen zu erhalten; allein sobald ich mir das erlaube, so stelle ich schon eine Art von Ideal auf.

Zuletzt stehe „das reine Phänomen“ als Resultat aller Erfahrungen und Versuche da. „Um es darzustellen bestimmt der menschliche Geist das empirisch Wankende, schließt das Zufällige aus, sondert das Unreine, entwickelt das Verworrene, ja entdeckt das Unbekannte“ (13, 23 ff.). Wieviel Goethe der Ideenkraft des Forschers beimaß, zeigt seine Einteilung derer, die mit der Natur umgehen, in vier Arten: 1. „Die Nutzenden, Nutzen-Suchenden, -Fordernden." 2. „Die Wißbegierigen." 3. „Die Anschauenden", die schon die „produktive Einbildungskraft zu Hilfe rufen" müssen. Erstaunlich dann, was der vierten Gruppe zuerkannt wird: „Die Umfassenden, die man in einem stolzern Sinne die Erschaffenden nennen könnte, verhalten sich im höchsten Grade produktiv; indem sie nämlich von Ideen ausgehen, sprechen sie die Einheit des Ganzen schon aus, und es ist gewissermaßen nachher die Sache der Natur, sich in diese Idee zu fügen" (A 17, 120 f.).

Was sich aufgrund dieser Methodologie ergab, gemäß der sich der Naturbeobachter das Recht nahm, „empirische Brüche" kraft eigener besserer Einsicht zu heilen, kann unmöglich den Rang gesicherter, allgemeingültiger und im experimentellen Prüfverfahren nachweisbarer Naturerkenntnis beanspruchen. Es war Interpretation, Deutung im Rahmen der erwähnten Goetheschen Grundannahmen. Das schließt nicht aus, daß er bei seiner Naturbeobachtung auch zu Ergebnissen gelangte, die fortdauernde Bedeutung hatten. Über ihre Reichweite gehen die Meinungen der Fachgelehrten auseinander. Seine Entdeckungen beim farbigen Sehen waren für die Sinnespsychologie wichtig, der Nachweis des Zwischenkieferknochens beim Menschen behielt Geltung, seinen Platz als Mitbegründer der Morphologie erkennen Goethe viele zu. Seine Erläuterungen der „sinnlich-sittlichen Wirkung der Farbe" können für Künstler anregend sein, aber ein Physiker kann mit der Behauptung einer Hauptfarbe, des reinen Rot, nichts anfangen, und das „Urphänomen" der Farbe, ihr Erscheinen zwischen Licht und Finsternis durch die Vermittlung des Trüben, war keine ‚kleinste Einheit' auf diesem Gebiet. Weder kann das Blatt als Urorgan der Pflanzen gelten, noch vollzieht sich ihre Metamorphose so, wie es sich Goethe vorgestellt hat. Im hohen Alter meinte er, sie sei ein Bildungsgesetz, „von dem in der Erscheinung nur Ausnahmen aufzuweisen sind" (an J. Müller, 24. 11. 1829). Auf Ausnahmen in der Erscheinung lassen sich aber keine Naturgesetze begründen.

So zeugen seine naturwissenschaftlichen Studien mehr von seiner besonderen Art und Absicht der Naturschau, als daß sie dauerhafte Ergebnisse gebracht hätten, auf die die Wissenschaft nicht verzichten kann. Er wünschte im Gestaltenreichtum der Natur in ihren verschiedenen Bereichen die „wesentlichen Formen" zu erkennen, Grunderscheinungen, letzte einfachste Einheiten, in denen die Grundgesetzlichkeit ausgeprägt war, die der Gestaltung zugrundelag. Aber diese Grundphänomene mußten noch von der Sinneswahrnehmung aufgefaßt werden können. Im Botanischen ahnte er eine „Urpflanze", hatte sie in der Idee schon erfaßt: „Die Urpflanze wird das wunderlichste Geschöpf von der

Welt über welches mich die Natur selbst beneiden soll. Mit diesem Modell und dem Schlüssel dazu, kann man alsdann noch Pflanzen ins Unendliche erfinden, die konsequent sein müssen, das heißt: die, wenn sie auch nicht existieren, doch existieren könnten und [...] eine innerliche Wahrheit und Notwendigkeit haben" (an Ch. v. Stein, 8. 6. 1787). Doch er fand in Italien nicht die erwünschte sinnliche Entsprechung für seine Idee. Vom geheimen Identischen aller Pflanzen richtete sich sein Blick auf das Identische der einen Pflanze, und er konstituierte als ihr Urorgan das Blatt, um den Gedanken der Metamorphose zu entwikkeln. Es war konsequent, daß er auch im Tierreich nach dem Ausschau hielt, was den identischen Bauplan bildete. Beim Vergleichen verschiedener Knochengerüste habe er bald die Notwendigkeit gefühlt, „einen Typus aufzustellen, an welchem alle Säugetiere nach Übereinstimmung und Verschiedenheit zu prüfen wären, und wie ich früher die Urpflanze aufgesucht, so trachtete ich nunmehr das Urtier zu finden, das heißt denn doch zuletzt: den Begriff, die Idee des Tiers" (*Der Inhalt bevorwortet*; 13, 63). Ausgiebig betrieb er anatomische Studien, um der Gestaltidee des Tierkörpers näherzukommen. Er suchte den „Typus", der zwar in keiner einzelnen Gestalt verwirklicht ist, aber als gestaltende Idee den gleichartig gebauten Tieren, etwa den Säugetieren, zugrunde liegt. Im Gedicht *Die Metamorphose der Tiere* heißt es: „Alle Glieder bilden sich aus nach ew'gen Gesetzen / Und die seltenste Form bewahrt im geheimen das Urbild."

Der „Typus" enthält der Möglichkeit nach alle Tiere einer Klasse. Auf ihn hin richtet sich die Betrachtung der vergleichenden Osteologie, und die Vergleichung liefert Grunddaten für die Konstitution der im „Typus" aufbewahrten Gestaltidee. Er umgreift die Gestaltungs-, Umgestaltungsmöglichkeiten während der Lebensdauer eines Individuums wie auch die Unterschiede der Individuen untereinander. Er ist ein morphologischer Begriff, der die lebende Gestaltenvielfalt strukturiert, aber bei Goethe nicht die Entwicklung im Laufe der Evolution zu erklären sucht. Im gleichartigen Aufbau des Knochengerüsts sah er das Gesetzmäßige des „Typus" der Säugetiere und widmete in den Heften *Zur Morphologie* einige Beiträge der Erläuterung seiner Vorstellung vom „Typus". Aus dem Jahr 1795 stammte bereits der *Erste Entwurf einer allgemeinen Einleitung in die vergleichende Anatomie, ausgehend von der Osteologie* (LA I 9, 119 ff.), dem 1796 *Vorträge, über die drei ersten Kapitel des Entwurfs* folgten (LA I 9, 193 ff.).

> Dies also hätten wir gewonnen, ungescheuet behaupten zu dürfen: daß alle vollkommnern organischen Naturen, worunter wir Fische, Amphibien, Vögel, Säugetiere und an der Spitze der letzten den Menschen

sehen, alle nach einem Urbilde geformt seien, das nur in seinen sehr beständigen Teilen mehr oder weniger hin und her weicht und sich noch täglich durch Fortpflanzung aus- und umbildet (LA I 9, 198).

Das „abgeschlossene Tier" erscheint als „eine kleine Welt, die um ihrer selbst willen und durch sich selbst da ist"; es wird in der Wechselwirkung mit der Umwelt zu dem, was es ist, „wird durch Umstände zu Umständen gebildet; daher seine innere Vollkommenheit und seine Zweckmäßigkeit nach außen" (LA I 9, 125 f.).
Man darf pauschal sagen: Goethes Ideenblick in die Natur suchte ‚Urphänomenales' zu erkennen, letzte einfachste Einheiten, die ihm allgemeine Gesetzlichkeiten repräsentierten. Zwischen „Typus" und „Urphänomen" besteht allerdings ein Unterschied. Der „Typus" ist sinnlich nicht faßbar, ist etwas Gedachtes, das vielerlei Formen umgreift. Das „Urphänomen", wie es Goethe in der Farbenlehre (§§ 174–177) einführte, wird im Anschauen tatsächlich wahrgenommen, es bleibt als Erscheinung konstant. Ein „Urphänomen" in Goethes Sinn kann nicht von anderen Phänomenen abgeleitet werden, wogegen die Erscheinungen im betreffenden Bereich auf jenes zurückgeführt werden können. In den *Maximen und Reflexionen* faßte es Goethe in die Formel:

Urphänomen:
ideal als das letzte Erkennbare,
real als erkannt,
symbolisch, weil es alle Fälle begreift,
identisch mit allen Fällen (12, 366).

Goethe war vom Anschauen des ‚Urphänomenalen' unbestreitbar fasziniert. Es versteht sich von daher, daß er auch in seiner Dichtung, vornehmlich in der Lyrik, große, gleichsam letztgültige Sinnbilder ausprägte. Sie waren aufs engste mit seiner Naturschau und ihren Ergebnissen verknüpft. So konnten das Licht als ein oberstes Sinnbild, die unter- und aufgehende Sonne als Symbol des Lebens erscheinen, das sich fortwährend umgestaltet und erneuert, Farben in bestimmten Wertungen und Deutungen, wie sie die *Farbenlehre* entwickelt hatte, eingesetzt werden. Das ist für Freunde der Poesie nach wie vor beeindruckende Dichtkunst, gerade in der komprimierten Symbolik der Altersgedichte. Doch verfiele Goetheverehrung in einen kardinalen Fehler, wenn sie naturwissenschaftliche Erkenntnisse in seiner Dichtung bewahrt sähe. Denn so wenig Goethes Schau des ‚Urphänomenalen' die tatsächlich letzten Einheiten erfaßte, so wenig sind hier Dichtung und naturwissenschaftliche Resultate verschwistert, die empirischer Nachprüfung müssen standhalten können. Insgesamt sind es Interpretationen, Deutungs-

angebote, die an die Goetheschen Grundannahmen und -überzeugungen gebunden bleiben. Noch wo er irrte, dachte er folgerichtig, kann man hören. Das trifft gewiß zu; nur vermag Folgerichtigkeit in den Bahnen des Irrtums nicht mit Erkenntnissen aufzuwarten, sondern allein mit persönlichen Meinungen, schönen dichterischen Deutungen, über die nachzusinnen und an denen sich zu erfreuen uns verwehrt ist.
Jenseits der „Urphänomene", jenseits des mit den Sinnen Wahrzunehmenden gab es für Goethe nichts Wißbares und Wissenswertes mehr. „Die Wissenschaft wird dadurch sehr zurückgehalten, daß man sich abgibt mit dem, was nicht wissenswert, und mit dem, was nicht wißbar ist" (M; 12, 425). Mit der Behauptung des Nicht-Wißbaren zog er der Wissenschaft Grenzen, die sie nicht anerkennen konnte und Tag für Tag erweitert. Was wissenswert ist und nicht, bleibt in allen Disziplinen eine wunde Frage; mehr noch, ob das, was die Naturwissenschaften wissen und vermögen, auch in Praxis umgesetzt werden soll und darf. Und in einer Sache wie der des Atomphysikers Robert Oppenheimer hatte Goethe noch gar nicht zu befinden.

Obwohl es sich bei „Polarität" und „Steigerung" um Grundkategorien Goethescher Weltauffassung handelt, muß es hier bei einigen Hinweisen bleiben. Schon früh war Goethe die Vorstellung von der Polarität als einem bestimmenden Welt- und Lebensprinzip vertraut. Bereits Aristoteles meinte, in der Natur entstehe alles aus Gegensätzen oder sei polar angeordnet. In Stoa und Mystik, Alchimie und Naturphilosophie waren Gedanken dieser Art lebendig, wurden diskutiert und geglaubt. Für Schelling war die „ursprüngliche Entzweiung in der Natur" ein Grundgesetz der Welt. Abgesichert fühlte sich Goethe in seinem Polaritätsdenken besonders durch Kant, der in den *Metaphysischen Anfangsgründen der Naturwissenschaft* darlegte, daß in der Materie zwei bewegende Kräfte gemeinsam wirksam seien. Goethe erinnerte sich: „Ich hatte mir aus Kants Naturwissenschaft nicht entgehen lassen, daß Anziehungs- und Zurückstoßungskraft zum Wesen der Materie gehören und keine von der andern im Begriff der Materie getrennt werden könne; daraus ging mir die Urpolarität aller Wesen hervor, welche die unendliche Mannigfalt der Erscheinungen durchdringt und belebt" (*Campagne in Frankreich*; 10, 314). In der Metamorphose nahm er „bei der fortschreitenden Veränderung der Pflanzenteile" die Wirkung einer Kraft an, „die ich nur uneigentlich Ausdehnung und Zusammenziehung nennen darf" (A 17, 137). Er erläuterte in Gegensatzpaaren: „Sie zieht zusammen, dehnt aus, bildet aus, bildet um, verbindet, sondert, färbt, entfärbt, verbreitet, verlängt [...]." Dann erklärte er in der *Farbenlehre*

die Entstehung der Farben aus dem Gegensatz von Licht und Dunkel, und es war gerade das konsequente Festhalten am Grundprinzip der Polarität, das ihn in scharfen Kontrast zu Newton brachte. Wegen der Anschaulichkeit der polaren Wirkungen erblickte er im Magnetismus „ein Urphänomen, das unmittelbar an der Idee steht und nichts Irdisches über sich erkennt", und in der Elektrizität eine „Erscheinung", auf die „wir die Formeln der Polarität, des Plus und Minus, als Nord und Süd, als Glas und Harz schicklich und naturgemäß anwenden" (*Farbenlehre* §§ 741, 742). Polarität bedeutete keine unüberbrückbaren Gegensätze, sondern ein sich ergänzendes Aufeinanderbezogensein. Es galt als Lebensprinzip, „die ewige Systole und Diastole, die ewige Synkrisis und Diakrisis, das Ein- und Ausatmen der Welt, in der wir leben, weben und sind" (§ 739). Das ganze Dasein sei „ein ewiges Trennen und Verbinden" (A 17, 716).
Aber das konnte nicht alles sein; in der Metamorphose geschah auch, so erkannte es Goethe, Steigerung, qualitative Veränderung. Und die Natur im großen zeige, wie Steigerung von primitiven Formen zu den höchst entwickelten stattfinde. „Das letzte Produkt der sich immer steigernden Natur ist der schöne Mensch" (12, 102), und dem Menschen selbst ist Steigerung möglich, in der Lebensaktivität, im Sittlichen, in der Sphäre des Geistes. „Der Geist will aufwärts, wo er ewig bleibt" (*Howards Ehrengedächtnis*). Solche Überlegungen siedelten auch in der Natur Geistiges an. Materie und Geist, selbst eine Polarität, waren aufeinander bezogen. Als Goethe 1828 ein aphoristischer Aufsatz über die Natur von 1782/1783 gezeigt wurde (der Georg Christoph Tobler zugeschrieben wird; 13, 45), schrieb er korrigierend:

> Die Erfüllung aber, die ihm fehlt, ist die Anschauung der zwei großen Triebräder aller Natur: der Begriff von *Polarität* und von *Steigerung*, jene der Materie, insofern wir sie materiell, diese ihr dagegen, insofern wir sie geistig denken, angehörig; jene ist in immerwährendem Anziehen und Abstoßen, diese in immerstrebendem Aufsteigen. Weil aber die Materie nie ohne Geist, der Geist nie ohne Materie existiert und wirksam sein kann, so vermag auch die Materie sich zu steigern, so wie sichs der Geist nicht nehmen läßt, anzuziehen und abzustoßen [...] (13, 48).

Wenn Polarität Geltung als Lebensprinzip besitzt, dann ist der Widerstreit von Gegensätzen geschlichtet, wenigstens der Idee nach; dann gehören Licht und Finsternis, Wärme und Kälte, Negatives und Positives zusammen. Schon der junge Goethe behauptete in der Rede *Zum Shakespeares-Tag* 1771: „Was wir bös nennen, ist nur die andre Seite vom Guten", und in der Sulzer-Rezension von 1772: „Gehört denn, was unangenehme Eindrücke auf uns macht, nicht so gut in den Plan der Natur als ihr Lieblichstes?“ (12, 227, 17). So wird auch verständlich, daß sich in Goethes Dichtung Tragik, die „auf einem unausgleichbaren Gegensatz“ beruht (KM 6. 6. 1824), nie voll auswirkt. Zwar treten Gegensatzpaare auf, wie Egmont und Alba, Iphigenie und Thoas, Tasso und Antonio, Faust und Mephistopheles, aber am Ende wird der dramatische Konflikt gelindert und in einem höheren Ausgleich aufgehoben. Nicht einmal *Die Wahlverwandtschaften* verzichten auf versöhnende Schlußpassagen. Die Tragödie müsse, so interpretierte der alte Goethe eine berühmte Stelle der Tragödiendefinition des Aristoteles, „mit Ausgleichung, mit Versöhnung“ der erregten Leidenschaften Mitleid und Furcht „zuletzt auf dem Theater ihre Arbeit abschließen“, wie überhaupt „diese aussöhnende Abrundung“ von allen poetischen Werken gefordert werde (*Nachlese zu Aristoteles' Poetik*, 1827; 12, 343).

1784 hatte Goethe seinen Aufsatz *Über den Granit* geschrieben, eine Hymne auf das vermeintlich älteste, festeste Gestein der Erde. Es dauerte dreißig Jahre, bis er auch zum systematischen Studium des Leichtesten unter den Naturgestaltungen angeregt wurde: der Wolkenformen. Auf witterungskundliche Fragen war er bei seinen Naturbeobachtungen wiederholt gestoßen; atmosphärische Erscheinungen hatte er notiert und beschrieben, merkwürdige Wolkenbildungen gern gezeichnet. Jetzt, 1815, machte ihn Carl August auf einen Aufsatz in den *Annalen der Physik und Chemie* aufmerksam, in dem der Physiker Ludwig Wilhelm Gilbert über den 1803 erschienenen Essay des Engländers Luke Howard *On the Modifications of Clouds, and on the Principles of their Production, Suspension and Destruction* referierte. Dort waren die verschiedenen Wolkenformen auch begrifflich fixiert worden. Der Herzog hatte mit seinem Hinweis auf diese Arbeit durchaus Praktisches im Sinn: Genauere Einsicht in die Bildung der Wolken konnte zu besserer Kenntnis und Voraussage des Wettergeschehens beitragen. So ließ er unter Goethes Oberaufsicht eine wetterkundliche Beobachtungsstation auf dem Ettersberg installieren, und etwa ab 1821 wurden, über das Herzogtum verteilt, mehrere solcher Stationen aufgebaut, allerdings bald nach Goethes Tod aus finanziellen Gründen wieder geschlossen.
Goethe, dessen Gedichte von früh an Wolkenmotive durchzogen, war über Howards Lehre und Terminologie erfreut und verfaßte bald, vom 16./17. Dezember 1817 datiert, eine knappe Darstellung der Howardschen Lehre, der er, wiederum Poetisches in seine Naturbetrachtung einmischend, die Überschrift *Camarupa* gab (LA I 11,194): „Der Name einer indischen Gottheit, die an *Gestaltsveränderungen Freude hat:* Diese Benennung wird auch aufs Wolkenspiel bezogen und steht billig diesem kleinen Aufsatz voran.“ Howard hatte den verschiedenen Wol-

kenformen Namen gegeben, die bis heute gebräuchlich geblieben sind: Cirrus (Federwolke), Cumulus (Haufenwolke), Stratus (Schichtwolke), Nimbus (Regenwolke). Gilberts Referat zeichnete nach dem englischen Original ein klassifizierendes Schema:

einfache Modificationen:	1. Cirrus
	2. Cumulus
	3. Stratus
Zwischen-Modificationen:	4. Cirro-cumulus
	5. Cirro-stratus
zusammengesetzte Modificationen:	6. Cumulo-stratus
	7. Nimbus.

Diese Betrachtungsweise, die Gesetzmäßigkeiten der Wolkengestaltung erfassen wollte, entsprach Goethes morphologischer Sicht. „Ich ergriff die Howardische Terminologie mit Freuden", schrieb er 1820, „weil sie mir einen Faden darreichte den ich bisher vermißt hatte."

> Den ganzen Komplex der Witterungskunde, wie er tabellarisch durch Zahlen und Zeichen aufgestellt wird, zu erfassen oder daran auf irgend eine Weise Teil zu nehmen war meiner Natur unmöglich; ich freute mich daher einen integrierenden Teil derselben meiner Neigung und Lebensweise angemessen zu finden, und weil in diesem unendlichen All alles in ewiger, sicherer Beziehung steht, eins das andere hervorbringt oder wechselsweise hervorgebracht wird, so schärfte ich meinen Blick auf das dem Sinne der Augen Erfaßliche [...] (LA I 8,74).

Der *Camarupa*-Aufsatz hielt sich aber nicht genau an das System in Gilberts Bericht, sondern nahm bezeichnende Verschiebungen vor. Der zitierten indischen Gottheit gemäß, die „an Gestaltsveränderungen Freude hat", entwarf Goethe so etwas wie eine Metamorphosenlehre der Wolkenbildung: Von der Stratus-Wolke ausgehend, trat in aufsteigender Bewegung eine immer neue „Umwandlung" bis zur Cirrus-Wolke hervor, so daß ihm nichts anderes übrig blieb, als Bemerkungen über die Strato-cirrus- und Nimbus-Wolken einfach nachzuholen. Er wartete auch mit einem eigenen Vorschlag für einen neuen Terminus auf. „Paries, die Wand", wollte er die Erscheinung benannt sehen, wenn „ganz am Ende des Horizontes Schichtstreifen so gedrängt über einander liegen, daß kein Zwischenraum sich bemerken läßt". Dann schließen sie den Horizont in einer gewissen Höhe und lassen den oberen Himmel frei (LA I 11,197). Die Bezeichnung ist jedoch von der Meteorologie nicht akzeptiert worden.

In seiner Zeitschrift *Zur Naturwissenschaft überhaupt* widmete Goethe *Howard's Ehrengedächtnis* einen kleinen Gedichtzyklus. „So fließt zuletzt was unten leicht entstand / Dem Vater oben still in Schoß und Hand", lautet die poetische Deutung der Cirrus-Wolke, und auch bei der drückenden Regenwolke gibt sich der Dichter nicht mit dem „tätig-leidenden Geschick" der Erde zufrieden, sondern lenkt am Schluß den Blick in die Höhe:

Nimbus
Nun laßt auch niederwärts, durch Erdgewalt
Herabgezogen was sich hoch geballt,
In Donnerwettern wütend sich ergehn,
Heerscharen gleich entrollen und verwehn! –
Der Erde tätig-leidendes Geschick! –
Doch mit dem Bilde hebet euren Blick:
Die Rede geht herab, denn sie beschreibt,
Der Geist will aufwärts, wo er ewig bleibt (LA I 8,236).

Wolken konnten zum Sinnbild der Steigerung, des „immerstrebenden Aufsteigens" (13,48) werden.

War in der *Camarupa*-Skizze die Verwandlung der Wolken himmelwärts ein leitender Gesichtspunkt, so bestimmten den Aufsatz *Wolkengestalt nach Howard* (1820) andere Vorstellungen. Nicht mehr die wie selbständig geschehende Aufwärtsbewegung der Wolken erfaßte nun der Beobachter, sondern sowohl das „aufsteigende Spiel" als auch das „niedersteigende" (LA I 8,80), und er nahm einen „Konflikt der obern und untern Luftregion" an. Am Barometer ließ sich das Geschehen ablesen. Aber je mehr sich Goethe mit meteorologischen Problemen befaßte, desto zwingender ergab sich für ihn (und zwar aus falschen Schlüssen, die er aus dem gleichzeitigen ähnlichen Barometerstand an verschiedenen weit auseinander liegenden Orten zog), daß nicht „Konflikte" in den Luftregionen maßgeblich waren, sondern das Pulsieren der Erde, und „wir wagen auszusprechen: daß hier keine kosmische, keine atmosphärische sondern eine tellurische Ursache obwalte" (*Versuch einer Witterungslehre*, 1825; LA I 11,247). In dieser Arbeit, die er zu seinen Lebzeiten nicht veröffentlichte, unterstellte Goethe, die Erdschwerkraft vollziehe pulsierende Bewegungen, die für die Wetterbildung entscheidend wären. Systole und Diastole, Ein- und Ausatmen auch hier. Bei dieser Hypothese unterlag er einem Systemzwang seines Denkens, und für die Naturwissenschaft kann die *Witterungslehre* ebenso auf sich beruhen bleiben wie die anderen ausdeutenden Spekulationen, denen sich der Freund des Wolkenspiels überließ. Reizvoll indes, auf Spuren zu treffen, die seine Wolkenbeobachtungen in seinen Aufzeichnungen und im dichterischen Werk hinterließen. Seit 1815 verzeichnete er systematisch Daten über Witterungserscheinungen; manche Partien weiteten sich zu dichterisch anmutenden Schilderungen, in denen symbolischer Gehalt miterfaßt war, wie ihn schon die Verse in *Howard's Ehrengedächtnis* umspielten. Und die „Bergschluchten"-Szene des *Faust II* durchwirkte der Dichter mit Wolkensymbolik.

Drei Sommer in Marienbad

Es war der Reiz des Neuen, der Goethe 1821 nach Marienbad zog. Im Jahr zuvor hatte er den Ort, der ein Bad werden wollte, kurz besucht und war sogleich von ihm angetan. „Mir war es übrigens, als wäre ich in den nordamerikanischen Einsamkeiten, wo man Wälder aushaut, um in drey Jahren eine Stadt zu bauen", berichtete er Carl August (27. 5. 1820) und anderen. Gärtner strengten sich an, das Gelände möglichst rasch zu Kuranlagen herzurichten, und ein wahrer Bauboom griff um sich. „Diese Eile jedoch und der Zudrang von Baulustigen [...] wird eigentlich dadurch belebt, daß ein Haus, sobald es fertig ist, im nächsten Sommer zehn Procent trägt." Mancher Fremde würde vermutlich angelockt, um sein unsicheres Papiergeld anzulegen. Jedenfalls wurde Marienbad unter der Initiative des Abts vom nahen Kloster Tepl in kurzer Zeit ein beliebter Kurort. 1823 suchten laut Kurliste schon 794 Parteien dort Erholung und Unterhaltung. Goethe verzichtete 1821 auf Karlsbad und entschied sich für das aufstrebende neue Bad, wo er sich vom 29. Juli bis 25. August aufhielt.
In den vielen Wochen und Monaten, die er seit 1785 in Böhmen verbrachte, ruhte seine schriftstellerische und naturkundliche Arbeit nie, ohne daß die erwünschte Zerstreuung zu kurz kam. Für mineralogische, geologische und botanische Studien bot sich dort reichlich Gelegenheit, und es fanden sich Bekannte, die seine Interessen teilten oder denen er sie nahebrachte. Elfmal durchforschte er den Kammerberg bei Eger und widmete ihm einige Studien. Es war die Frage, ob es sich bei ihm um eine vulkanische Erhebung handelte oder nur („pseudovulkanische") oberflächliche „Flözbrände" ihn hervorgetrieben hatten. Goethe schwankte bis zuletzt, nachdem er schon einmal für die vulkanistische Erklärung plädiert hatte. Die Sache mußte ihn herausfordern, weil er ja als ‚Neptunist' nur ungern vulkanische Kräfte bei der Bildung der Erdoberfläche am Werk sah (vgl. Bd. I 421 f.). 1821 diagnostizierte Goethe auch die Marienbader Gegend und schrieb den Aufsatz *Marienbad überhaupt und besonders in Rücksicht auf Geologie* (LA I 8,247 ff.). Doch beschäftigte den munteren Gast in den drei Marienbader Sommern von 1821, 1822 und 1823 anderes weit mehr. Seine letzte große Leidenschaft nahm ihn gefangen. Sie entwickelte sich allmählich, stei-

gerte sich bis zum kühnen Wagnis eines Heiratsantrags, aber im Frühherbst 1823 mußte sich der Vierundsiebzigjährige mit einem Verzicht abfinden, der ihn tief verstörte.

Als er am 29. Juli 1821 in Marienbad eintraf, nahm er Quartier im stattlichen neuen Haus des Grafen v. Klebelsberg-Thumburg, wo auch die Familie v. Brösigke/v. Levetzow wohnte: Frau Amalie v. Levetzow, jetzt vierunddreißig, mit ihren Eltern Brösigke und ihren drei Töchtern, der siebzehnjährigen Ulrike, Amalia und Bertha, fünfzehn und dreizehn Jahre alt. Goethe kannte die Familie seit langem. Die junge Mutter der drei Töchter, die jetzt, nachdem sie zweimal mit einem Levetzow verheiratet gewesen war, als Witwe in enger Beziehung zum Grafen Klebelsberg lebte, hatte er schon früher in seinem Tagebuch genannt. Heitere Geselligkeit in der unbeschwerten Ferienatmosphäre des Kurorts bahnte sich ungezwungen an; man speiste oft gemeinsam, trank Tee zusammen, machte Spaziergänge, vertrieb sich die Zeit mit Gesellschaftsspielen, Tanzabende gehörten zum Programm, und bei allem beanspruchten Goethe seine eigenen Arbeiten und Liebhabereien. „Ich blieb für mich, las Calderons Tochter der Luft. Ball im Traiteurhause" (Tagebuch, 12. 8. 1821). Die junge Ulrike, älteste der Töchter des Hauses, nahm sich des berühmten Weimarer Gastes an, und er wiederum ließ es an Aufmerksamkeiten für das Mädchen, das ihn zu interessieren begann, nicht fehlen. Ulrike, vor kurzem noch in einem Straßburger Pensionat, kannte nichts von seinen Dichtungen und Schriften und war in Literatur und Kunst kaum bewandert. Er schenkte ihr die erste Fassung der *Wanderjahre*, die gerade erschienen war, und da sie die *Lehrjahre* nicht gelesen hatte, erzählte er ihr den Inhalt der Geschichten um Wilhelm Meister. Bald war auf seiten des alten Herrn mehr im Spiel als freundliche Zuneigung zu einer zufälligen Bekannten der Urlaubszeit. Wieder einmal ereignete sich, was er „temporäre Verjüngung" nannte, und er überließ sich ihr. „Mir ist es sehr wohl gegangen; es war in unserm Hause keineswegs so einförmig, wie sie [Ottilie] sich es denken mag [...]. Von der neuen Ulrike ward mit einigem Bedauern geschieden; ich hoffe, daß mich die erste desto zärtlicher empfangen soll" (an August v. Goethe, 27. 8. 1821), und er meinte die Schwester seiner Schwiegertochter, Ulrike v. Pogwisch; beziehungsreiches Spiel mit Namen, wie er es später noch einige Male übte.

1822 erneut in Marienbad; Ankunft schon am 19. Juni, Wohnung wieder im Klebelsbergschen Hause, und Levetzows waren ebenfalls zugegen. Nun ständig der Umgang mit Ulrike; die Tagebücher verhüllten, so gut es ging. Oder lesen wir jetzt zuviel heraus, wenn dort laufend angegeben ist „bei der Gesellschaft" und wir vermuten, eigentlich sei Ulrike gemeint? Aufbruch nach Eger schon am 24. Juli. Dort war er fast fünf Wochen mit dem Magistrats- und Kriminalrat der Stadt, Joseph Sebastian Grüner, zusammen, den er vor zwei Jahren kennengelernt und für mineralogische Studien begeistert hatte. Die Freundschaft mit ihm hielt lebenslang an; Grüner kam auch zu Besuch nach Weimar und erlebte im September 1825 das fünfzigjährige Regierungsjubiläum Carl Augusts mit. Jetzt, im Juli/August 1822, viele gemeinsame Ausflüge in die Umgebung von Eger, die Goethe durchforschen wollte. Aber wie war seine innere Verfassung? Trauerte er dem Abschied von Ulrike nach, oder war es nur gefällige Liebeslyrik, die er im Abschiedsgedicht *Äolsharfen* hatte aufklingen lassen, einem Zwiegespräch, in dem „Er" klagt: „Der Tag ist mir zum Überdruß, / Langweilig ist's, wenn Nächte sich befeuern; / Mir bleibt der einzige Genuß, / Dein holdes Bild mir ewig zu erneuern, / Und fühltest du den Wunsch nach diesem Segen, / Du kämest mir auf halbem Weg entgegen"? Wenn wir nicht wüßten, daß es Verse des alten Goethe in einer besonderen Situation sind, würden wir ihnen, von denen die zitierten noch die eindrucksvollsten sind, kaum Beachtung schenken, wo sich „Herz" auf „Schmerz" reimt und Sehnsucht in Formeln und Floskeln ausspricht. „Jetzt kann ich ihn nicht entbehren. / Und da muß ich weinen", trauert „Sie", – und so hätte Ulrike selbst sich damals nicht geäußert. Es waren Wunschverse einer heiklen „temporären Verjüngung" im Schwarm für eine Achtzehnjährige. Immerhin konnte er damals in den Wochen der Nähe zu Ulrike „mit der größten Gemütsruhe" Johanna Schopenhauers Roman *Gabriele* lesen. Oder war sie der Beunruhigung abgetrotzt? (In der Rezension formulierte er übrigens aufs schönste, welche ‚Stimmung' die Lektüre eines Buchs eigentlich erfordert: „Ich las die drei Bände dieses mir längst vorteilhaft genannten Romans, mit der größten Gemütsruhe, zwischen den hohen Fichtenwäldern von Marienbad, unter dem blausten Himmel, in reinster leichtester Luft, daher auch mit aller Empfänglichkeit, die man zum Genuß eines jeden dichterischen Erzeugnisses mitbringen sollte" [A 14,319].)

Im Februar/März 1823 hatte Goethe eine gefährliche Herzbeutelentzündung zu überstehen. Familie und Freunde bangten um ihn. „Erstes Zeugnis / erneuten Lebens und Liebens / dankbar anhänglich / J. W. v. Goethe" stand auf einem Blatt, das als Genesungsnachricht an Zelter ging (23. 3. 1823). Und Graf Reinhard hörte Sätze, in denen wir erneut anderes mithören: „Es ist wirklich Zeit, daß ich von der Außenwelt wieder angeregt werde. Daß die Heilquellen unsere Hoffnungen und Zutrauen wenigstens bis auf einen gewissen Grad erhalten, ist sehr schön" (11. 6. 1823). Er war noch vor den Levetzows in Marienbad, wohnte diesmal in der „Goldenen Traube" gegenüber dem Klebelsbergschen Hause, in dem Carl August Goethes vorjährige Zimmer bezogen hatte. Am 11. Juli „war Frau von Levetzow und Töchter angekommen. Abends bei der Gesellschaft" (Tagebuch). Nun beherrschte Ulrike sein Dasein. Täglich traf er sie, erfreute sie mit kleinen Geschenken, erzählte ihr, machte Spaziergänge mit ihr und den Schwestern, war bei den Bällen mit ihr zusammen. Nebenher lief die Arbeit an den *Annalen* weiter, Wind, Wolken und Wetter beobachtete er sorgfältig; „denn leider hat mich auch dieses Luftgetümmelwesen gewaltig ergriffen" (an C. L. F. Schultz, 8. 7. 1823), und an Begegnungen mit interessanten Gästen war wie eh und je kein Mangel. Einem Brief an Zelter vom 24. Juli lagen die Verse mit der verhüllenden Überschrift bei

An Lili
Du hattest gleich mirs angetan,
Doch nun gewahr ich neues Leben;
Ein süßer Mund blickt uns gar freundlich an,
Wenn er uns einen Kuß gegeben.

Ottilie in Weimar erhielt ebenfalls „einige Fallsterne, wie sie in schöner klarer Nacht vorüberstreifen" (14. 8. 1823), darunter

Du Schüler Howards, wunderlich
Siehst morgens um und über dich,
Ob Nebel fallen, ob sie steigen,
Und was sich für Gewölke zeigen.

Auf Berges Ferne ballt sich auf
Ein Alpenheer, beeist zu Hauf,
Und oben drüber flüchtig schweifen
Gefiedert weiße luftige Streifen;
Doch unten senkt sich grau und grauer
Aus Wolkenschicht ein Regenschauer.

Und wenn bei stillem Dämmerlicht
Ein allerliebstes Treugesicht
Auf holder Schwelle dir begegnet,
Weißt du, ob's heitert? ob es regnet?

Nie ist der Brief wieder aufgetaucht, in dem Goethe seinen Heiratsantrag vortrug und Frau v. Levetzow mit seinem Wunsch irritierte. Der Großherzog machte, so ernst war es seinem Freund und Staatsminister mit seiner späten Heiratsabsicht, in aller Form den Brautwerber, versprach der Mutter eine Position bei Hof und sagte der Familie eine Pension zu. Die Situation trug komische Züge: Der Mann von über siebzig freite um eine Achtzehnjährige, und von einer leidenschaftlichen Liebe der jungen Frau finden sich keine Spuren. Ein letztes Mal wollte er die Jugend zurückerobern, das Alter abwehren. Es war eine Episode; die Wirklichkeit fügte sich nicht der Altersphantasie. Was blieb, waren Gedichte, die die Forschung dem Ulriken-Erlebnis zugeschrieben hat (1,376 ff.; 686 ff.), und der erschütternde Abgesang der *Elegie* („Was soll ich nun vom Wiedersehen hoffen"). Im hohen Alter erst schrieb Ulrike v. Levetzow, die unverheiratet bis 1899 lebte, Erinnerungen an die Marienbader Zeit nieder, „um all das Fabelhafte, was darüber gedruckt, zu widerlegen". Ihr Gedächtnis behielt nicht alles, aber an ihren Schlußworten ist Zweifel kaum erlaubt: „Keine Liebschaft war es nicht" (August Sauer, *Probleme und Gestalten*, 1933, 32).

Frau v. Levetzow schien es ratsam, mit ihrer Familie Marienbad zu verlassen und am 17. August nach Karlsbad zu wechseln. Goethes Äußerungen in Briefen an die Schwiegertochter wurden nun anspielungsreich deutlicher. „Denke nun zwischendurch vieles Würdige, das man erst erkennt, wenn es vorüber ist, so begreifst Du das Bittersüße des Kelchs, den ich bis auf die Neige getrunken und ausgeschlürft habe." – „So geh ich nun von Marienbad weg, das ich eigentlich ganz leer lasse. [...] Alles andere, was mich leben machte, ist geschieden, die Hoffnung eines nahen Wiedersehens zweifelhaft" (18./19. 8. 1823). Er reiste zu Grüner nach Eger, aber es hielt ihn dort nicht; Karlsbad lockte zu sehr, und er ließ sich nicht halten. So folgten seit dem 25. August wieder Tage des Zusammenseins, und Hoffnung auf Erfüllung des Traums glomm noch immer. Goethes Geburtstag verbrachte „die Gesellschaft" gemeinsam und tat so, als wüßte man nicht, daß es dieser Tag war. Nach dem Frühstück fuhr Goethe mit den Levetzows nach Elbogen, zeigte ihnen Sehenswertes der Gegend, und dann wurde „im Weißen Roß eingekehrt, wo Stadelmann [der Diener] alles gestern bestellt hatte" (Tagebuch). Frau v. Levetzow hatte ihrerseits insgeheim einen besonders schönen Kuchen und alten Rheinwein mitgebracht. Den Tisch auf der Terrasse schmückte ein böhmisches Glas, in das die Namen Ulrike, Amalie, Bertha eingraviert waren. Ulrike erinnerte sich später:

> Zu Ende der Mahlzeit brachte sein Kammerdiener ihm einen ganzen Pack Briefe und Schriften, welche er zum Teil las, dabei öfters sagte: „Die lieben Menschen sind sehr freundlich und lieb", wohl erwartend, daß wir fragen würden, was aber nicht geschah. So fuhren wir in heiterer Laune nach Carlsbad zurück; schon von weitem sahen wir vor dem Haus auf der Wiese viele Menschen und daß Musik uns erwartet. Gleich als wir ausstiegen, wurde Goethe umringt. Mutter winkte uns, sagte Goethe gute Nacht und ging mit uns hinauf. Da es schon spät, sahen wir Goethe erst am andern Morgen wieder, wo seine erste Frage war: „Nicht wahr, Sie wußten, daß gestern mein Geburtstag?" Mutter sagte: „Wie sollte ich

> nicht? Da hätten Sie es nicht drucken lassen müssen!" Lachend schlug er sich vor den Kopf und meinte: „So wollen wir es den Tag des öffentlichen Geheimnisses nennen", und so erwähnte er es auch später in den Briefen.

Derart schon am 10. September 1823, fünf Tage nach dem „etwas tumultuarischen Abschied" aus Karlsbad (Tagebuch), als er ihr von Eger auch die Verse *Aus der Ferne* schickte: „Am heißen Quell verbringst Du Deine Tage / Das regt mich auf zu innerm Zwist; / Denn wie ich Dich so ganz im Herzen trage / Begreif ich nicht, wie Du woanders bist."

In Weimar hatte sich längst herumgesprochen, daß es nicht nur eine Ferienromanze war, die sich in Marienbad abspielte. Sohn und Schwiegertochter waren beunruhigt. Wie sah die Zukunft aus, wenn wirklich die junge Ulrike als Hausherrin an den Frauenplan kommen würde? Es waren ja auch Fragen des Erbes und des Nachlasses berührt. Doch als Goethe am 13. September in Jena eintraf, hatte er schon zu jenem Heilmittel gegriffen, das ihm in seinem Leben so oft gemäß gewesen war: in Dichtung zu verarbeiten, zu objektivieren, was ihn bedrängte. Seit der Abreise aus Karlsbad und auf der Rückfahrt nach Weimar formte sich Strophe um Strophe eines großen Stanzen-Gedichts, dem gegenüber sich manche Zeilen der Liebeslyrik um Ulrike als beiläufige Gelegenheitsverse ausnehmen. *Elegie* überschrieb der Verstörte das Requiem seiner Marienbader Leidenschaft, hier damit nicht das Versmaß (wie bei den *Römischen Elegien*) bezeichnend, sondern das Elegische des Gehalts, und in der Dichtung erst offenbarte sich, wie tief er getroffen und verwundet war. Es wurde eine geradezu mythische Erhöhung des Geschehens, das nur ihn so erschüttert hatte. Das Empfinden der Trostlosigkeit in der Gegenwart und beseligende Erinnerungen vermischen sich; es spricht ein Einsamer in seiner Verzweiflung, der die Worte aus dem *Tasso* als Motto zitiert: „Und wenn der Mensch in seiner Qual verstummt / Gab mir ein Gott zu sagen, was ich leide." Er variiert leicht: Nicht *wie* er als Dichter leidet (*Tasso* V.3433), will er allgemein beklagen, sondern er kann genau benennen, *was* er leidet. Es ist die Klage um die Vertreibung aus dem „Paradies" (V.7), als das er die gewesene und nun verlorene Gemeinsamkeit mit der Geliebten verklärend empfand und jetzt dichterisch vertiefend auslotet. „Wenn Liebe je den Liebenden begeistet, / Ward es an mir aufs lieblichste geleistet" (V.65 f.). Nirgends sonst hat dieser Dichter so volltönend Liebe als Möglichkeit des religiösen Kontakts zum Absoluten gefeiert:

> In unsers Busens Reine wogt ein Streben,
> Sich einem Höhern, Reinern, Unbekannten
> Aus Dankbarkeit freiwillig hinzugeben,

Enträtselnd sich den ewig Ungenannten;
Wir heißen's: fromm sein! – Solcher seligen Höhe
Fühl' ich mich teilhaft, wenn ich vor ihr stehe.

Dem Einsamen jedoch bleibt nur Verzweiflung: „Mir ist das All, ich bin mir selbst verloren", beginnt die schließende Stanze. Und doch: In geformter Sprache, in dichterischer Bildlichkeit von der Qual sprechen und sie damit in die Überschaubarkeit eines gestalteten Gegenüber transponieren zu können lindert Schmerz und Verstörung, und die eingeflochtene Frage-Strophe provoziert trotz allem kein auswegloses Nein:

Ist denn die Welt nicht übrig? Felsenwände,
Sind sie nicht mehr gekrönt von heiligen Schatten?
Die Ernte, reift sie nicht? Ein grün Gelände,
Zieht sich's nicht hin am Fluß durch Busch und Matten?
Und wölbt sich nicht das überweltlich Große,
Gestaltenreiche, bald Gestaltenlose?

Er behandelte die *Elegie* wie eine Kostbarkeit. Sorgfältig schrieb er sie ins reine, verwahrte die Handschrift in einer Mappe von rotem Maroquinpapier und ließ für sie später einen Einband mit dem Aufdruck „Elegie. Marienbad 1823" anfertigen. Nur nächste Freunde bekamen sie zu sehen. Als Zelter im November in Weimar war, las dieser dem Freund, von dessen innerem Zustand er wußte, das Gedicht mehrfach vor, und Goethe erinnerte noch im Januar 1824 daran, wie es doch eigentümlich und etwas Besonderes gewesen sei, „daß Du lesen und wieder lesen mochtest, mir durch Dein gefühlvolles sanftes Organ mehrmals vernehmen ließest was mir in einem Grade lieb ist den ich mir selbst nicht gestehen mag" (an Zelter, 9. 1. 1824).
Bereits in Marienbad war der vergeblich Hoffende durch Musik getröstet worden. Anna Milder-Hauptmann hatte gesungen und die polnische Pianistin Maria Szymanowska, geb. Wolowska, offenbar hinreißend gespielt. In Briefen und im Tagebuch erwähnte Goethe wiederholt die segensreiche Wirkung, die die Musik auf den in jenen Wochen besonders Aufnahmebereiten ausübte, unübertrefflich in jenem Vergleich im Brief an Zelter: „Die Stimme der Milder, das Klangreiche der Szymanowska, ja sogar die öffentlichen Exhibitionen des hiesigen Jägerkorps falten mich auseinander, wie man eine geballte Faust freundlich flach läßt" (24. 8. 1823). *Aussöhnung* hieß das Gedicht, das er für Maria Szymanowska schrieb, das „das Doppelglück der Töne wie der Liebe" pries und noch den „Götterwert der Töne wie der Tränen" zusammenband, Sehnsucht und Trost miteinander vereinend. Als dann 1824 der

Leipziger Verlag Weygand, bei dem vor fünfzig Jahren der *Werther* erschienen war, eine Jubiläumsausgabe dieses weltweit bekannt gewordenen Buchs herausbringen wollte und seinen Autor um ein Vorwort bat, nahm dieser das Jugendwerk wieder zur Hand, jenes „Geschöpf, das ich gleich dem Pelikan mit dem Blute meines eigenen Herzens gefüttert habe" (E 2. 1. 1824). Er hatte es die Jahre hindurch nicht gewagt, in ihm zu lesen und sich seinen Verwirrungen und seiner Not erneut auszusetzen. Jetzt, nach den Marienbader Erschütterungen, berührte ihn das Werther-Schicksal als Verwandtes und immer Mögliches, und so wurde in ihm alle Verstörung wieder wach, die ihn im Vorjahr gequält hatte. *An Werther* richtete er seine Verse, die als Vorwort zum Scheiternden von einst hinübergrüßten. „Zum Bleiben ich, zum Scheiden du erkoren, / Gingst du voran – und hast nicht viel verloren." Dunkler hat Goethe nirgends in seiner Dichtung den Lebensweg des Menschen getönt als in diesen Erinnerungszeilen an seinen Werther, in denen kein Trost aufscheint. Resignation und Verzweiflung, die in seinen Briefen und Gesprächen oftmals laut wurden, drängten unbesänftigt in dieses Gedicht des Alters. Aber es blieb nicht sein letztes Wort. – Als die drei Gedichte *An Werther, Elegie, Aussöhnung* vorlagen, fügte er sie zur *Trilogie der Leidenschaft* zusammen, konträr zur zeitlichen Abfolge ihres Entstehens; denn so ergab sich ein Zyklus, der von fahler Desillusionierung über elegische Klage zur beschwichtigenden Aussöhnung reichte.

Über das, was er erlebt hatte und mit sich abmachen mußte, ließ sich kaum mit anderen Menschen sprechen. Am 13. September nach Jena zurückgekehrt, stürzte er sich in betäubende Geschäftigkeit und wußte zu verhindern, daß irgend jemand ihn auf das Geschehene ansprach, das kein Geheimnis mehr war. Unverzüglich visitierte er, „ohne auszuruhen, alle Museen, Bibliothek, Sternwarte, bis in die sinkende Nacht, war 5 Uhr morgens schon wieder auf den Beinen, revidierte die Tierarzneischule, den Botanischen Garten, die Sammlungen jeder Art, speiste sehr fröhlich bei Obrist Lyncker mit Knebel, besuchte dann Frommanns und setzte so jedermann in Atem, ohne doch zu irgendeiner neugierigen Frage, die Knebel sehr oft auf der Zunge gehabt haben soll, Zeit zu gönnen" (Kanzler v. Müller an J. v. Egloffstein, 19. 9. 1823; Bo III 155). Auch Sohn August konnte seiner Frau nur schreiben: „Der bewußte *Name*, das Wort *Familie* ist noch nicht genannt worden, und ich fange an zu hoffen, daß alles gut gehen und sich die ganze Geschichte wie ein Traumbild auflösen werde" (14. 9. 1823). Sie mußte sich auflösen, weil es die unerfüllbare Wunschphantasie eines alten Mannes gewesen war, der noch einmal die Jugend hatte zurückholen wollen. Kanzler v. Müller merkte, „daß er nicht sehr heiter gestimmt ist, ungern sich wieder in die hießige Lebensweise resignirt". Es erschütterte ihn tief, „die Öde in G. Gemüth allenthalben bemerkt zu finden" (KM 20./21. 9. 1823). Er hörte ihn klagen: „Drey Monate lang habe ich mich glücklich gefühlt, von einem Intereße zum andern, von einem Magnet zum andern gezogen, fast wie ein Ball hin und her geschaukelt, aber nun – ruht der Ball wieder in der Ecke, und ich muß mich den Winter durch in meine Dachshöhle vergraben und zusehn, wie ich mich durchflicke!" (KM 23. 9. 1823) Dem Kanzler machte er dann doch „vertraulichste Mittheilung seiner Verhältnisse" zu den Levetzows, und daß er mit Selbstironie aufwartete, zeigte nur, wie sehr er betroffen war: „Es ist eben ein *‚Hang'* der mir noch viel zu schaffen machen wird, aber ich werde darüber hinauskommen. Iffland könnte ein charmantes Stück daraus fertigen, ein alter Oncle der seine junge Nichte allzuheftig liebt" (KM 2. 10. 1823).

Während seine Gedanken noch um Marienbad kreisten und er sich wieder daheim zurechtzufinden suchte, während Berichte oder Gerüchte über die böhmische Episode wohl auch nach Frankfurt dringen konnten, wo Marianne v. Willemer mit ihren Reminiszenzen an Hatem und Suleika lebte, übermittelte er ihr zum gemeinsamen Erinnerungstag des 18. Oktober eine Sendung, die Eckermanns gerade erschienene *Beiträge zur Poesie* enthielt und den handschriftlichen Vierzeiler zum mitgeschickten und mit einem Band zusammengehaltenen Myrtenreis und Lorbeerzweig: „Myrt und Lorbeer hatten sich verbunden; / Mögen sie vielleicht getrennt erscheinen, / Wollen sie, gedenkend seliger Stunden, / Hoffnungsvoll sich abermal vereinen." Auf dem Blatt war auch vermerkt: „zu Seite 279". Dort konnte die Empfängerin in Eckermanns Buch ihr eigenes Gedicht finden („Ach, um deine feuchten Schwingen, / West, wie sehr ich dich beneide"), das, in den *Divan* aufgenommen, von Eckermann als Muster *Goethescher* Kunst besprochen war.

Beängstigend und beseligend nah waren die Marienbader Tage wieder, als sich Maria Szymanowska, die polnische Pianistin, mit ihrer Schwester vom 24. Oktober bis 5. November in Weimar aufhielt, beide täglich bei Goethe zu Tisch waren und er erneut die „Aussöhnung" spürte, die Musik bewirken konnte. „So gefällig als trefflich auf dem Flügel gespielt", stand schon am 24. Oktober im Tagebuch. Eckermann fand ihn wenige Tage später abends „sehr frischen aufgeweckten Geistes, seine Augen funkelten im Widerschein des Lichtes, sein ganzer Ausdruck war Heiterkeit, Kraft und Jugend" (E 29. 10. 1823). Kanzler v. Müller mochte recht haben, wenn er vermutete, nicht von der Leidenschaft für Ulrike v. Levetzow allein sei Goethe ergriffen worden, „sondern das gesteigerte Bedürfnis seiner Seele überhaupt nach Mitteilung und Mitgefühl habe seinen jetzigen Gemütszustand herbeigeführt" (an J. v. Egloffstein, 25. 9. 1823). So wurde es ein bewegender Abschied, als die jungen Polinnen Weimar verließen. Goethe versuchte zu scherzen, „aber alle Anstrengung des Humors half nicht aus, die hervorbrechenden Thränen zurückzuhalten, sprachlos schloß er sie und ihre Schwester in seine Arme und sein seegnender Blick begleitete sie noch lange, als sie durch die ofne lange Reihe der Gemächer entschwanden“ (KM, S. 92). Dann aber übermannte ihn körperliche Schwäche, er erkrankte und mußte manche Nacht sitzend im Sessel zubringen, weil er wegen des Krampfhustens nicht liegen konnte. So gut es ging, versuchte er zu lesen, zu diktieren, weiterzuarbeiten und sich mit den wenigen Besuchern, die man vorließ, zu unterhalten. Zelters Anwesenheit vom 24. November an brachte erwünschteste Stunden mit dem nächsten Freund, vertrauliche Gespräche, Aufmunterung, Zuversicht. Und das Tagebuch hielt fest (30. 11. 1823): „Die Elegie gelesen und wieder gelesen. [. . .] Sodann mit Zelter die Elegie nochmals gelesen.“ Der Gast aus Berlin hatte die Freude zu erleben, wie der Kranke sich zusehends erholte, und Mitte Dezember verließ er einen Genesenen.

Noch keimte Hoffnung auf ein Wiedersehen mit Ulrike. Doch aus der geplanten Reise nach Böhmen 1824 wurde nichts mehr, und bei einer Durchreise der Levetzows durch Weimar traf man sich im Herbst nicht. Gelegentlich gingen noch Briefe an die Mutter Amalie, immer mit Anspielungen auf die einst gemeinsam verlebte Zeit. Das böhmische Glas mit den eingravierten Namen hütete er als wertvolles Erinnerungsstück. Als er seinen letzten Geburtstag in Ilmenau verbrachte, hatte er es bei sich und schrieb von dort aus: „Heute, verehrte Freundin, auf dem Lande, freundlich veranstalteten Festlichkeiten ausweichend, stelle ich jenes Glas vor mich, das auf so manche Jahre zurückdeutet, und mir die schönsten Stunden vergegenwärtigt.“ Er schloß mit der Versicherung, „daß meine Gesinnungen unwandelbar bleiben. treu angehörig J. W. v. Goethe“ (an Amalie v. Levetzow, 28. 8. 1831).

Perspektiven des Alters

Der Zirkel der Vertrauten

Was ihn so tief getroffen und die Klagen der *Elegie* hatte anstimmen lassen, war die bittere Einsicht, daß die Zeiten für Phasen der Verjüngung, für Aufschwünge in jugendlich verklärte Begegnungen mit hochgespannten Hoffnungen und erotischen Erwartungen vorbei waren. Jetzt mußte er anerkennen, daß der Gang des Lebens seinen Tribut forderte und Entsagung auch hier vorschrieb. Das war eine schmerzhafte Erfahrung, die durch das Wissen nicht gelindert wurde, daß sich nichts anderes vollzog als das unaufhaltsame Fortschreiten der Zeit. Er war ganz auf sich zurückgeworfen; helfen konnte nur die Konzentration auf die Bereiche seiner Tätigkeit und die Forderungen des Tages, die die „Oberaufsicht" an ihn herantrug und die er selbst sich auferlegte. Es blieb das gewohnte Mühen, „das ewige Wälzen eines Steines, der immer von neuem gehoben sein wollte", wie er es sein Leben lang empfunden hatte (E 27. 1. 1824). Öfter schon war ihm bewußt geworden, daß er sein Haus zu bestellen habe, weil das Leben weit fortgerückt war. Am 19. April 1822 hatte er Cotta gemeldet, er sei damit beschäftigt, seine „sämtlichen poetischen, literarischen und wissenschaftlichen Arbeiten, sowohl gedruckte als ungedruckte, übersichtlich aufzustellen", und er wolle das Ganze seinem Sohn und gelehrten Freunden übertragen, damit der umfangreiche Nachlaß „ins klare komme". Der Gedanke an eine „Ausgabe letzter Hand" tauchte auf, und nun, im Winter 1823, bezeichnete er als „das Hauptgeschäft", das ihm in hohen Jahren obliege, „meinen literarischen Nachlaß zu sichern und eine vollständige Ausgabe meiner Werke wenigstens einzuleiten" (an S. Boisserée, 13. 12. 1823). Es waren intensive, hartnäckige Verhandlungen, bis ein Vertrag mit Cotta zustande kam, und Sulpiz Boisséree schaltete sich als guter Makler ein; auch August v. Goethe besorgte manche Korrespondenz in dieser Angelegenheit. Gemeinsam mit seinem Vater konnte er den Kontrakt endlich am 3. März 1826 unterzeichnen, der ein Honorar von 60 000 Talern verbriefte. Von 1827 bis 1831 erschienen vierzig Bände (die von 1832 bis 1842 noch um zwanzig Nachlaßbände vermehrt wurden). Goethe war beruhigt, daß er, von Mitarbeitern tatkräftig unterstützt, „das Hauptgeschäft" hatte bewältigen können. Aber seiner auch im höchsten Alter nicht erlahmenden Schaffenskraft gelang noch mehr: die Vollendung der *Wanderjahre* und des *Faust II*, und die anstrengende Arbeit an diesen beiden Werken bezeichnete er in den späten Jahren je nach Lage der Dinge ebenfalls als sein „Hauptgeschäft".

Den engeren Bezirk von Weimar und Jena verließ er nicht mehr. Verbindungen unterhielt er weithin, und sein Haus sah viele Besucher. Wollte er sich öffentlich äußern und seine Ansichten zu kulturellen und literarischen Fragen mitteilen, stand ihm sein Journal zur Verfügung: *Kunst und Altertum.* Doch in Dispute der Zeit wirklich eingreifen wollte er nicht; von Auseinandersetzungen versprach er sich nichts mehr. Ihm war es genug, von Zeit zu Zeit seine Anschauungen bekanntzugeben und Erwartungen auszusprechen, vor allem anläßlich der Rezension von Werken, die ihn in weltliterarischen Zusammenhängen zum Nachdenken über das literarische Leben anregten. Weder suchte er ein bestimmtes Programm durchzusetzen noch eine Schule zu bilden. Was er publik machte, waren Bruchstücke eines Monologs, an dem teilzuhaben Wohlmeinende vielleicht interessiert sein könnten. Er fertigte keine Erlasse eines Lehrmeisters aus und verfaßte keine Schriften eines systematisierenden Theoretikers, sondern gab Miszellen aus seiner Werkstatt, in der er unablässig arbeitete. Im Grunde waren es nichts als mal beiläufige, mal gewichtigere Zeugnisse seiner ununterbrochenen geistigen Tätigkeit, die ihn aufrechthielt. „Fuhr in meinem Geschäft fort und endigte so das Jahr", notierte der Achtzigjährige am Silvestertag 1829, und übergangslos schloß er am Neujahrstag an: „Poetisches redigiert und mundiert" [ins reine gebracht]. Wie aktiv er nach wie vor sein Leben zubrachte, skizzierte er einmal dem um vieles jüngeren Boisserée:

> Verzeihen Sie, mein Bester, wenn ich Ihnen exaltiert scheine; aber da mich Gott und seine Natur so viele Jahre mir selbst gelassen haben, so weiß ich nichts Besseres zu tun, als meine dankbare Anerkennung durch jugendliche Tätigkeit auszudrücken. Ich will des mir gegönnten Glücks, solange es mir auch gewährt sein mag, mich würdig erzeigen und ich verwende Tag und Nacht auf Denken und Tun, wie und damit es möglich sei.
> Tag und Nacht ist keine Phrase, denn gar manche nächtliche Stunden, die dem Schicksale meines Alters gemäß ich schlaflos zubringe, widme ich nicht vagen und allgemeinen Gedanken, sondern ich betrachte genau, was den nächsten Tag zu tun? das ich denn auch redlich am Morgen beginne und soweit es möglich durchführe. Und so tu ich vielleicht mehr und vollende sinnig in zugemessenen Tagen, was man zu einer Zeit versäumt, wo man das Recht hat, zu glauben oder zu wähnen, es gebe noch Wiedermorgen und Immermorgen (22. 10. 1826).

In seinem „Denken und Tun" fühlte er sich auf einsamer Warte. So vertraute er, was ihn bewegte und beschäftigte, gern den Briefen an, die an Adressaten gingen, denen er sich besonders verbunden wußte. Anders als in dienstlicher oder speziell fachlicher Korrespondenz, die er in nüchterner, sachbezogener Diktion führte, ohne die jeweils gebräuchlichen Formeln zu vergessen, schrieb er seine mehr privaten Altersbriefe in einem lockeren, nuancenreichen Stil voller Anspielungen, die den Raum zu weiterem Nachsinnen öffneten. Ein Brief, oft in weitgeschwungenen, verästelten Perioden formuliert, nahm vielfache Thematik auf, reihte zwanglos Verschiedenes aneinander, hatte an Kontrasten Gefallen, scheute sich nicht vor Gedankensprüngen und fand fast immer zur Attitüde gelassener Überschau aus der Sicht des Alters. Gern straffte der Schreiber eine Erörterung zu maximenhafter Summierung und komprimierte seine Überlegungen zur Sentenz. Im Besonderen und Persönlichen sollte möglichst auch Allgemeineres sichtbar werden; er wußte ja, daß auch seine privaten Episteln über kurz oder lang den Weg in die Öffentlichkeit finden würden.

Wenn sich Goethe auch in seinem „Denken und Tun" auf einsamem Posten vorkam, so lebte er keineswegs ungesellig oder zurückgezogen. Was aufs Papier kam, was die Briefe aufnahmen, was für die Publikationen diktiert wurde, das entstand in seiner Arbeitsklause, in den schlicht eingerichteten rückwärtigen Räumen des Hauses, wo der Sekretär oder Schreiber am Tisch saß und das Diktat aufnahm, während der Meister, die Hände auf dem Rücken, im Zimmer umherging. Die Gesellschaftsräume aber empfingen wieder und wieder Gäste, und bisweilen führte der Staatsminister ein ‚großes Haus'. Kanzler v. Müller schlug er einmal, gerade nach den Marienbader Verwicklungen des Jahres 1823, vor: „Sollte es nicht möglich seyn, daß eine ein für allemal gebetene Gesellschaft sich täglich, bald in größerer, bald in kleinerer Zahl, in meinem Hauße zusammen fände? Jeder käme und bliebe nach Belieben, könnte nach Herzenslust Gäste mitbringen. Die Zimmer sollten von Sieben Uhr an immer geöfnet und erleuchtet, Thee und Zubehör reichlich bereit seyn. Man triebe Musick, spielte, läße vor, schwazte, alles nach Neigung und Gutfinden. Ich selbst erschiene und verschwände wieder, wie der Geist es mir eingäbe. [...] So wäre denn ein *ewiger Thee* organisirt, wie die ewige Lampe in gewissen Kapellen brennt" (KM 2. 10. 1823).

Goethes Konzentrationsfähigkeit bei der Arbeit war übrigens noch im hohen Alter über alle Maßen staunenswert. Aus dem Bericht Johann Christian Schuchardts, der seit 1825 Privatsekretär war, sei hier ausführlicher zitiert. Goethe diktierte ihm für die „Ausgabe letzter Hand" etliches Neue und Umgearbeitete, auch die *Wanderjahre.*

> Er tat dies so sicher, fließend, wie es mancher nur aus einem gedruckten Buche zu tun imstande sein würde.
> Wäre das ruhig und ohne äußere Störung und Unterbrechung geschehen, so würde ich kaum aufmerksam geworden sein. Dazwischen aber kam der Barbier, der Friseur (Goethe ließ sich alle zwei Tage das Haar brennen, täglich frisieren), der Bibliotheksdiener, [...] Bibliothekar Rat Kräu-

> ter, der Kanzlist, welche alle die Erlaubnis hatten, unangemeldet einzutreten. Der Kammerdiener meldete einen Fremden an, mit welchem sich Goethe, falls der Annahme, längere oder kürzere Zeit unterhielt; dazwischen trat auch wohl jemand aus der Familie ein. Der Barbier und Friseur erzählten, was in der Stadt passiert sei, der Bibliotheksdiener berichtete von der Bibliothek usw. Wie beim Anklopfen das kräftige Herein! ertönte, beendigte ich den letzten Satz und wartete, bis der Anwesende sich wieder entfernte. Da wiederholte ich so viel, als mir für den Zusammenhang nötig schien, und das Diktieren ging bis zur nächsten Störung fort, als wäre nichts vorgefallen. Das war mir doch zu arg, und ich sah mich überall im Zimmer um, ob nicht irgendwo ein Buch, ein Konzept oder Brouillon läge, in das Goethe im Vorübergehen schaute (während des Diktierens wandelte derselbe nämlich ununterbrochen um den Tisch und den Schreibenden herum), aber niemals habe ich das geringste entdecken können (G 3,518).

Nach dieser Art ‚freien' Diktierens verfuhr Goethe wohl vornehmlich bei gewissen Partien seiner Dichtungen und sicherlich nicht immer. Denn wie Tagebücher und Hinterlassenschaft beweisen, arbeitete er gern nach Konzepten und detaillierten Dispositionen, die er Schemata nannte. Was er am Tag oder Abend zuvor konzipiert hatte, konnte am folgenden Morgen Grundlage des Diktats sein.
Sein Tageslauf hatte, wie verschiedenen Berichten zu entnehmen ist, einen bestimmten Rhythmus. Selten stand er später als sechs Uhr auf, frühstückte und überlegte, was am Tag zu tun sei. Gegen acht kam ein Schreiber, dem er Briefe und Geschäftliches diktierte. Bis in die Mittagsstunden widmete er sich seinen Studien. Das Essen, gegen 14 Uhr, nahm er gern in Gesellschaft von Freunden und geladenen Gästen ein. Nach Tisch hatte er Zeit für seine zahlreichen Sammlungen, für die Zeichnungen, Kupferstiche, Münzen, Mineralien und Autographen. Der Nachmittag stand wieder zur produktiven Arbeit zur Verfügung. Den Abend verbrachte er mit Familienangehörigen, mit nahen Bekannten; man unterhielt sich, es wurde vorgelesen, aber die Tagebücher verzeichnen auch: „Abends für mich" oder gar: „Nachts Napoleon von Walter Scott" (23. 12. 1827). Noch 1830 „versicherte er, im Durchschnitt wenigstens einen Octav Band täglich zu lesen" (KM 11. 1. 1830). Selbstverständlich kannte der Tageslauf Variationen. Gelegentlich blieb Zeit für Spaziergänge und Spazierfahrten. Besucher trafen ein, und sie kamen gelegen, wenn ihre Gegenwart anregend war; denn sie waren ihm Grüße aus der Welt, in die er nicht mehr hinausreiste, und sie kamen ungelegen, wenn die Visite ihn nur störte. Einmal in der Woche erschien das Fürstenpaar bei ihm; zumeist am späten Donnerstagmorgen erwartete er Maria Pawlowna, die zuweilen auch ihr Mann begleite-

te. Die Abgeschiedenheit brauchte er, um produktiv sein zu können. Riemer bemerkte: „Diese Zurückhaltung, Verschlossenheit, Ruhe, die man Kälte nennt, unterstützten und förderten sein Dichtertalent. Beobachtung, Auffassung, Darstellung – wie wollen sie gelingen ohne Ruhe, ohne Absonderung von allem Störenden, ohne Einkehr und Wohnen in sich?" (I 296) Und Zelter hörte: „Ich bin seit vier Wochen und länger nicht aus dem Hause, fast nicht aus der Stube gekommen; meine *Wandernden* [...] wollen ausgestattet sein" (2. 1. 1829). Tag für Tag registrieren die Tagebücher, meist kommentarlos, was sich ereignete und was getan wurde; es ist eine überbordende Fülle von Einzelheiten, die er verzeichnete. Mitunter hat man den Eindruck, er habe sich an ihnen festgeklammert, damit sich niemals Leere ausbreitete. Daß das Leben nur in unentwegter Tätigkeit zu meistern sei, hat er oft ausgesprochen; es war ein Glaubensbekenntnis, an das er sich strikt hielt. Kanzler v. Müller gegenüber entwarf er nach dessen Zeugnis „eine förmliche Theorie der *Unzufriedenheit*" (KM 3. 2. 1823). Es gebe ein Organ des Mißwollens, der Unzufriedenheit, wie es eines der Opposition, der Zweifelsucht gebe. Ihm dürfe man keine Nahrung zuführen; denn es verwandle sich in ein Geschwür. Man werde ungerecht gegen andere und sich selbst, und die Freude am fremden und eigenen Gelingen gehe verloren. Zuletzt suche man den Grund alles Übels außer sich, statt es in der eigenen Verkehrtheit zu finden. „Man nehme doch jeden Menschen, jedes Ereigniß in *seinem* eigenthümlichen Sinne, gehe aus sich heraus, um desto freyer wieder bey sich einzukehren." Hingebungsvoll pflegte er seine kostspieligen Liebhabereien, die Sammlungen. So sehr fesselten ihn handschriftliche Dokumente aus allen Zeiten, daß er sich eine große Kollektion von Autographen zulegte und Bekannte bat, ihm Handschriften zu verschaffen. Der seit 1961 vorliegende Katalog führt nicht weniger als 1 900 Einzelstücke auf.

Aber auch an Goethe ging die Zeit nicht spurlos vorüber. Während Wilhelm v. Humboldt 1827 in ihm „das Bild eines schönen und rüstigen Greises" erkannte (Bo III 233), lautete der Bericht des Freiherrn v. Stackelberg aus dem August 1829 anders. Er war aufs freundlichste aufgenommen worden und schwärmte, er könne nicht aufhören, von ihm zu erzählen, so sei er bezaubert worden. Doch „Goethes Gesicht ist, den festen ernsten Charakterzug abgerechnet, nicht mehr schön zu nennen; die Nase ist sehr stark geworden, denn die Haut hat sich hüglig erhoben, die Augen stehen schräg, denn die äußeren Augenwinkel haben sich stark gesenkt, auch die Augensterne sind kleiner geworden, weil sich durch eine starartige Verbindung ein weißer Rand umhergegossen hat. Er geht mit den Füßen schurrend auf dem Boden, aber dennoch über die Treppen herunter, ohne sich aufzustützen oder den Arm eines Begleiters zu brauchen" (G 4,141). In den letzten Jahren bezeugten Besucher das Nachlassen seiner Erinnerungsfähigkeit; Frédéric Soret beobachtete einige Male, daß er während oder nach dem Essen „ab und zu einige Minuten einnickte" (18. 1. 1830); das Gehör wurde schwächer, und die Augen suchte er durch einen grünen Schirm gegen Sonnen- und Lampenlicht zu schützen. Aber so lauteten noch die Eintragungen ins eigene Tagebuch am 12. und 13. März 1832:

> 12. Fortsetzung jener Lektüre *[Souvenir de Mirabeau par Duval]*, ingleichen des Diktierens verschiedener Briefe. Hofrat Vogel, interessante Unterhaltung über die Kritik einiger Gutachten der Physiker. Sonstige Verhältnisse. Fräulein Seidler um 1 Uhr, vorzeigend einige hübsche Entwürfe zu Bildern, die sie zu unternehmen gedenkt. Mittag Herr Oberbaudirektor Coudray, die neapolitanische Sendung nochmals durchmusternd. Von Arnim. Eckermann. Nach Tische für mich, den ersten Band der *Memoires* des Dumont ausgelesen. Herr Kanzler von Müller. Ich fuhr Obiges zu lesen fort. Später Ottilie. Graf Vaudreuils Abreise. Äußerungen der Frau Großherzogin.
> 13. Fortsetzung des Briefdiktierens. Maler Starke die Zeichnung des Pflanzenabdrucks von Ilmenau für Graf Sternberg fertigend. Um 12 Uhr mit Ottilien spazieren gefahren. Mittags Herr von Arnim. Später die französische Lektüre fortgesetzt. Um 6 Uhr Hofrat Riemer. Mancherlei Konzepte mit ihm durchgegangen.

Mit einigen Vertrauten, Bekannten und Mitarbeitern, pflegte er ständigen Kontakt; sie bildeten in seinen Altersjahren den engeren Zirkel. Heinrich Meyer kam oft und selbstverständlich; beide kannten sich zu lange und zu gut, als daß es immer des Gesprächs bedurft hätte; oft saßen sie schweigend zusammen, und das bloße Beieinandersein war genug. Kanzler v. Müller war ein temperamentvoller Diskussionspartner, und in den *Unterhaltungen*, die er seit 1812 aufzeichnete, präsentierte sich ein Goethe, der direkt und drastisch zur Sache sprach, sarkastisch wie selten sonst, gelegentlich „mit epigrammatischer Schärfe und schneidender Kritick" (KM 6. 6. 1830), mal mit heiterem Überblick, mal ganz in Resignation versunken. Friedrich Wilhelm Riemer, der Philologe und kundige Mitarbeiter bei den schriftstellerischen Unternehmungen, gehörte ebenfalls zum engeren Kreis. Goethe überließ bei der endgültigen Formulierung seiner Werke viel dem versierten Fachmann in sprachlichen und stilistischen Dingen, der korrigieren und kürzen, Abschnitte umstellen und Wiederholungen tilgen durfte, was zu Eingriffen führte, die heutigen Philologen bei der Suche nach dem authentischen Goethetext schwierige Aufgaben stellen. Alles, was Riemer am Manuskript vornehme, billige er im voraus, ließ Goethe, der sich ungern mit (scheinbar) belanglosen Textfragen befaßte, einmal Christiane wissen (11. 8. 1813). Zu Frédéric Soret (1795–1865), der, naturwissenschaftlich ausgebildet, 1822 als Erzieher des Prinzen Carl Alexander nach Weimar kam, stellte sich eine herzliche Beziehung her. Der französischsprechende Schweizer aus Genf war gern gesehener Gast, übersetzte die *Metamorphose der Pflanzen* ins Französische und hielt in seinem Tagebuch viel von seinen Begegnungen mit Goethe fest. Manches davon ist in Eckermanns *Gespräche* eingeflossen, aber seine *Conversations avec Goethe* (von H. H. Houben unter dem Titel *Zehn Jahre bei Goethe* um Briefe und Aufzeichnungen aus dem Nachlaß vermehrt; 1929) bieten nüchternere Perspektiven als Eckermanns Darstellung, die ein Denkmal des ‚Olympiers' aufrichtete. Auch der seit 1816 als Oberbaudirektor im Weimarer Herzogtum tätige Clemens Wenzeslaus Coudray zählte zu den bevorzugten Gesprächspartnern der späten Jahre. Vorher als Hofarchitekt und Professor in Fulda tätig, entfaltete er eine vielseitige Aktivität auf allen Gebieten des Bauwesens und war vom Chausseebau bis zur Stadtplanung für alles verantwortlich. Stadt und Land hatten ihm viele Bauten zu danken. Seinen Vorschlag, zur Ausbildung der Bauhandwerker eine besondere Schule zu gründen, unterstützte Goethe mit einer ausführlichen Denkschrift vom 18. Mai 1829. Die Anstalt müsse alles einschließen, was zum Bauwesen von den Handwerkern verlangt werde, und selbstverständlich müsse Coudray ihr Leiter sein. Im Oktober 1829 konnte die „Großherzogliche Freie Gewerkschule", die keine Gebühren forderte, ihre Arbeit aufnehmen, ein Vorläufer des „Bauhauses". Nach dem Brand des Theaters 1825 entwarf Coudray in Absprache mit Goethe Pläne für einen Neubau (die dann aus Kostengründen nicht verwirklicht wurden), und Eckermann überliefert Goethes Bemerkung vom 24. März 1825: „Ich will euch nur verraten, daß ich die langen Abendstunden des Winters mich mit Coudray beschäftigt habe, den Riß eines für Weimar passenden neuen sehr schönen Theaters zu machen."

Alte Freunschaften lebten weiter, mit Zelter in Berlin, mit Knebel, dem zuweilen grantigen Skeptiker, der in Jena wohnte und dessen Übersetzung des Lukrez Goethe jahrelang interessiert begleitete, um sie dann 1822 in *Kunst und Altertum* (12,306 ff.) zu besprechen. Das Verhältnis zu Charlotte v. Stein hatte sich längst entspannt. Zwei alte Menschen verkehrten gelassen miteinander, und an das Frühere wurde nicht mehr gerührt. Als die Vierundachtzigjährige am 6. Januar 1827 gestorben war, führte der Leichenzug auf ihren ausdrücklichen Wunsch hin nicht an Goethes Haus vorbei. Sie wußte, daß er die Paraden des Todes nicht mochte.

Im Juni 1823 war Johann Peter Eckermann nach Weimar gekommen, und der Besuch bei Goethe entschied über sein ferneres Leben. 1792 in ärmlichsten Verhältnissen in Winsen an der Luhe geboren, „und zwar in einer Hütte, die man wohl ein Häuschen nennen kann, das nur einen heizbaren Aufenthalt und keine Treppe hatte, sondern wo man auf einer gleich an der Haustür stehenden Leiter unmittelbar auf den Heuboden stieg" (Einleitung zu den *Gesprächen*), hatte sich der Hütejunge mühselig, meist autodidaktisch, vorangebracht, war Schreiber gewesen, Freiwilliger im Befreiungskrieg, dann Registrator bei der Militärverwaltung in Hannover und hatte nebenbei seit dem Winter 1816/1817 das Gymnasium besucht. 1821/1822 quittierte er den Dienst, bekam das halbe Gehalt noch für zwei Jahre und studierte Jura in Göttingen. Aber die Literatur zog ihn mehr an; er schrieb Gedichte (die er Goethe zu schicken wagte), ein Drama, bemühte sich um Dichtungstheorie. Im September 1821 führte ihn eine Studienreise nach Thüringen und Sachsen auch durch Weimar, wo er aber nur Riemer und Kräuter traf. Nach drei Semestern gab er sein Studium auf und verfaßte im Winter 1822/1823 seine *Beiträge zur Poesie, mit besonderer Hinweisung auf Goethe.* Auch sie schickte er dem bewunderten Dichter, der sie Cotta empfahl, in dessen Verlag sie im Oktober 1823 erschienen. Als Goethe das Manuskript weiterreichte, deutete er sein besonderes Interesse an dem jungen Verehrer an. Er sehe sich, schrieb er Cotta, nach jungen Männern um, „denen man Redaktion von Papieren übertragen könnte, welche selbst zu leisten man wohl die Hoffnung aufgeben muß" (11. 6. 1823). Er beobachte „längst einen jungen Eckermann von Hannover", der ihm viel Vertrauen einflöße. Klarheit und Feinheit der Handschrift bestächen, und der Inhalt müsse ihm angenehm sein, weil der junge Mann sich an ihm herangebildet habe. Eckermann mußte sich geschmeichelt fühlen, so anerkannt und freundlich aufgenommen zu werden. Er blieb in Weimar, stellte seine Arbeitskraft dem Verehrten zur Verfügung und verzichtete auf dessen Drängen hin immer wieder darauf, den Aufbau einer eigenen Karriere einzuleiten. Freilich kann niemand sagen, ob er ihm überhaupt gelungen wäre und ob ihm nicht gerade jene Tätigkeit als jahrelanger einfühlsamer Assistent, bei der er bewundern und mitdenken durfte, gemäß war. Ohne Zweifel handelte Goethe durchaus eigennützig, als er ihn, der sich als williger und fähiger Mitarbeiter entpuppte, in Weimar hielt und an sich band. War Eckermann ein Opfer des Goetheschen Egoismus? Er hatte sich in die Hilfsdienste verstrickt und kam nicht mehr frei, war fasziniert von der Nähe des Großen, zu dem er Zugang hatte wie wenig andere, gab seine Jahre für ihn hin und konnte sich vor sich selbst nur rechtfertigen, indem er sich das Exzeptionelle seiner Stellung vor Augen führte und über die

Misere seiner äußeren Existenz hinwegsah. Er sei nie der Sekretär Goethes gewesen, betonte er rückschauend, das sei zu seiner Zeit stets John gewesen. „Mein Verhältnis zu Goethe war eigentümlicher Art und sehr zarter Natur. Es war das des Schülers zum Meister, das des Sohnes zum Vater, das des Bildungs-Bedürftigen zum Bildungs-Reichen. Ich sah ihn oft nur alle acht Tage, wo ich ihn in den Abendstunden besuchte, oft auch jeden Tag, wo ich mittags mit ihm, bald in größerer Gesellschaft, bald tête-à-tête zu Tisch zu sein das Glück hatte. Doch fehlte es unserem Verhältnis auch nicht an einem praktischen Mittelpunkt. Ich nahm mich der Redaktion seiner älteren Papiere an“, schrieb er am 5. März 1844 an Heinrich Laube. Dies Zeugnis muß gelten, auch wenn ihm Selbstbetrügerisches beigemischt sein sollte. Für die Gestaltung des privaten Daseins blieb nicht viel. Sein Einkommen war unregelmäßig; er schlug sich mit dem Honorar für Unterricht durch, den er den Engländern in Weimar gab, und war auf das angewiesen, was der Meister ihm zukommen ließ. In seiner Wohnung hielt er sich zeitweise vierzig Vögel in Käfigen und konnte sich selbst kaum rühren, der Hütejunge von einst. Ausgiebig dann das ‚Vogelgespräch' mit Goethe, das er in die *Gespräche* aufnahm (8. 7. 1827). Seit 1819 war er mit Johanna Bertram verlobt, die im fernen Hannover lebte. Erst 1831 war ihm eine Heirat möglich oder konnte er sich zu ihr durchringen, und schon 1834 starb Johanna an den Folgen der Geburt ihres Sohnes Karl. Wahrscheinlich wüßte niemand mehr etwas von Eckermann, wenn sein Name nicht mit jenem Buch verbunden wäre, das ihn berühmt machte: *Gespräche mit Goethe in den letzten Jahren seines Lebens*, die zuerst 1836 erschienen, keine in jedem Fall authentischen Berichte, aber ein Werk, das überliefert, worum die Unterhaltungen kreisten; Aufzeichnungen aus der Sicht eines Empfänglichen, der mit Goethes Welt vertraut war und ihm ein Monument errichten wollte. „Was bleibt eigentlich von der deutschen Prosaliteratur übrig, das es verdiente, wieder und wieder gelesen zu werden?“ fragte Friedrich Nietzsche und verwies neben Goethes Schriften, Lichtenbergs Aphorismen, Jung-Stillings Lebensgeschichte, Stifters *Nachsommer* und Gottfried Kellers *Leuten von Seldwyla* auf Eckermanns *Gespräche*, die er – sehr hoch greifend – „das beste deutsche Buch“ nannte, das es gebe (*Menschliches, Allzumenschliches* II 2, § 109). Goethe wußte, was er an Eckermann hatte, der zuhören konnte, sich in seine Gedankenwelt hineinzufinden wußte und anzuregen vermochte. „Eckermann versteht am besten, literarische Productionen mir zu extorquieren durch den sensuellen Antheil, den er an dem bereits Geleisteten, bereits Begonnenen nimmt“ (KM 8. 6. 1830).

Goethe hätte vieles nicht verwirklichen können, wenn ihn nicht zeit seines Lebens immer Gehilfen unterstützt hätten. Im Haus wirtschafteten Köchinnen und Hilfspersonal; der Kutscher hielt die Equipage in Ordnung, die sich der Geheime Rat zur Freude der Seinen 1799 zugelegt hatte. Seidel, Sutor und Götze waren die Diener in früher Zeit; 1795 trat Geist seinen Dienst an, den er bis 1804 versah; für ein Jahrzehnt war, nach einer Übergangszeit mit wechselnden Bediensteten, Carl Stadelmann seit 1814 Goethes Diener und Begleiter auf allen wichtigen Reisen, dem Gottlieb Friedrich Krause für die Jahre von 1824 bis zum Lebensende folgte. Stadelmann, den man als ‚klassischen Kammerdiener' bezeichnet hat, war als Buchdrucker ausgebildet, hatte Interesse an Geologie, Mineralogie, Botanik, führte auf den Reisen eigene Tagebücher, und ihn hätte Goethe gern auch für Sekretariatsarbeiten angestellt, wenn er als Schreiber geeignet gewesen wäre. So übernahm diese Dienste seit 1814 Johann August Friedrich John, der die meisten Manuskripte des alten Goethe angefertigt hat. In Jena stand seit 1814 ebenfalls Museumsschreiber Michael Färber zur Verfügung. Als Sekretäre fungierten überdies Friedrich Theodor Kräuter und Johann Christian Schuchardt, eingeweiht in die Interna der umfangreichen Akten und Manuskripte Goethes, der somit eine ganze Kanzlei unterhielt. Den Dienern war es zu verdanken, daß Goethe täglich, auch auf den Reisen, umsorgt wurde und von den banal alltäglichen Erledigungen entlastet war. Ihre Treue dankte er ihnen, indem er manche in Stellen bei staatlichen Behörden vermittelte. Erfreulich, daß die Forschung inzwischen *Goethes Diener* (Walter Schleif, Weimar 1965) und ihre Arbeit gebührend gewürdigt hat.

Eine Summe von Einsichten

Goethe hat keine zusammenhängende Darstellung seiner Welt-, Lebens- und Zeitanschauung aus der Sicht des Alters vorgelegt. Deutlich zeichnen sich jedoch in Aufsätzen, Gesprächen und Briefen auf verschiedenen Gebieten gewisse Konstanten ab, die von früher gewonnenen und in langen Jahren angeeigneten Erkenntnissen gestützt wurden. Die Grundüberzeugungen, die seine ‚weltanschaulichen Gedichte' aussprachen und die die Basis seiner Naturforschung bildeten, behielten selbstverständlich ihre Gültigkeit.

Die Fülle des Daseins in der Vielfalt der Erscheinungen war ihm ein lebendiges Ganzes, dessen Formen von geheimen Gesetzen hervorgebracht werden, die zu erkennen der Mensch bestrebt ist. Es war eine Grundannahme Goethes, daß die einzelnen Phänomene Repräsentanten geheimer Baupläne seien, deren der Beobachter in den verschiedenen Bereichen noch im Urphänomen und Typus ansichtig werden kann. Weiter vermag der schauende Blick des Betrachters, der von der sinnvollen Ordnung des Ganzen überzeugt ist, nicht vorzudringen. Aber Ahnung und glaubende Zuversicht sichern die Überzeugung, daß Urphänomen und Typus in einer übergreifenden Idee aufgehoben sind. Die ewig schaffende Natur bringt ihre Gestaltungen gemäß der Idee hervor, die allem zugrundeliegt, und alles einzelne manifestiert auf seine besondere Art das Allgemeine, ewig Eine, Unbedingte. „Die Idee ist ewig und einzig; daß wir auch den Plural brauchen, ist nicht wohlgetan. Alles, was wir gewahr werden und wovon wir reden können, sind nur Manifestationen der Idee" (M; 12,366). Daß gleichwohl auch von Ideen im Plural gesprochen wird, die in der einen Idee beschlossen sind, bleibe hier unerörtert. Vielheit und Einheit sind dort verschmolzen, was den Unterschied zur Sinnenwelt ausmacht, die allein in der Mannigfaltigkeit erscheint. Es sind Überlegungen, die die Philosophen seit je beschäftigt haben.

Im Aufsatz *Bedenken und Ergebung*, der in seinen Konsequenzen für Goethes Naturforschung schon besprochen worden ist (S. 448 f.), formulierte er eine Grundannahme: „Wir können bei Betrachung des Weltgebäudes, in seiner weitesten Ausdehnung, in seiner letzten Teilbarkeit, uns der Vorstellung nicht erwehren, daß dem Ganzen eine Idee zum Grund liege, wornach Gott in der Natur, die Natur in Gott, von Ewigkeit zu Ewigkeit, schaffen und wirken möge" (13,31). Gleich anschließend war in der Mehrzahl von „Geheimnissen", „Uranfängen" die Rede, denen näherzukommen sich der Forschende bemühe, der seine Ideen *wagt:* „Anschauung, Betrachtung, Nachdenken führen uns näher an jene Geheimnisse. Wir erdreisten uns und wagen auch Ideen, wir bescheiden uns und bilden Begriffe, die analog jenen Uranfängen sein möchten." Unverkennbar nahm der von der großen Ordnung des Universums Überzeugte eine Entsprechung, man möchte sagen: prästabilierte Harmonie, zwischen den Ideen des Betrachters und der Idee an, die dem Ganzen zugrunde liege. So wie das Auge das Licht nur erblikken könne, weil es selbst „sonnenhaft" sei, so seien die Ideen des Anschauenden, Betrachtenden, Nachdenkenden auf die Idee des Ganzen ausgerichtet, so daß sich Begriffe bilden lassen, „die analog jenen Uranfängen sein möchten". Der hoffende Potentialis ist nicht zu überhören. Jene Idee, die Goethe einmal „das *eine* Urbedingende" nannte (M; 12,446), ist das „Gesetz aller Erscheinungen": „Was man Idee nennt: das, was immer zur Erscheinung kommt und daher als Gesetz aller Erscheinungen uns entgegentritt" (M; 12,366). Doch ist das In-Erscheinung-Treten der Idee nicht einfach wahrzunehmen; denn „das belebende und ordnende Prinzip [ist] in der Erscheinung dergestalt bedrängt, daß es sich kaum zu retten weiß" (M; 12,491). In einem Gespräch mit Kanzler v. Müller (Mai 1830) resümierte Goethe, wobei er die Bescheidung, die dem Beobachtenden und Nachdenkenden aufgezwungen ist, deutlich aussprach. Er sei längst „auf jenen einfachen Urtypus" verfallen, aber: „Kein organisches Wesen ist ganz der Idee, die zu Grunde liegt, entsprechend; hinter jedem steckt die höhere Idee; das ist mein Gott, das ist der Gott, den wir alle ewig suchen und zu erschauen hoffen, aber wir können ihn nur ahnen, nicht schauen."

Hier erhielt die angenommene Idee, die dem Weltganzen zugrunde liegt, den Namen Gott, welche Bezeichnung dem Allumfassenden, dem Urprinzip, zukommen mag. Es bleibt etwas Unerhörtes, eigentlich Unmögliches, das der glaubend-denkende Geist des in die Erscheinungswelt gebannten Betrachters zu vollziehen hat: noch in den Phänomenen die ihnen nicht verfallene Idee wahrzunehmen. Das Paradoxe entspricht der Grundschwierigkeit christlicher Glaubenslehre, daß der unendliche Gott in einer historischen Gestalt Mensch geworden sei und daß dies gerade wegen der Unmöglichkeit wahr und glaubenswert sei. (Die ‚Denkform' kehrt im *Faust* wieder: „Unmöglich ist's, drum eben glaubenswert", V. 6420.) So scheint uns denn, wie *Bedenken und Ergebung* gestand, die Schwierigkeit, Idee und Erfahrung miteinander zu verbinden, „in eine Art Wahnsinn zu versetzen" (13,32).

Es war geboten, sich zu bescheiden, ohne den Glauben an die Anwesenheit der Idee in der sinnlichen Erscheinungswelt preiszugeben. Die Andeutung des Symbols blieb, die begreifende Sehweise, die in den einzelnen Phänomenen Repräsentationen des ewig Einen, des Unbedingten, der Idee, des Göttlichen wahrnahm. Im Gleichnis des Symbols sollte etwas vom geahnten geistigen Zusammenhang des Ganzen aufscheinen. „Alles was geschieht ist Symbol, und, indem es vollkommen sich selbst darstellt, deutet es auf das übrige. In dieser Betrachtung scheint mir die höchste Anmaßung und die höchste Bescheidenheit zu liegen" (an C. E. Schubarth, 2. 4. 1818). Solche symbolische Sicht war an die unlösliche Verbindung der Idee vom Ganzen mit den Ideen des betrachtend Nachdenkenden geknüpft, die er heranzutragen wagte – und war also Goethesche Deutung, wie schon betont wurde (S. 405 ff.). „Es ist etwas unbekanntes Gesetzliches im Objekt, welches dem unbekannten Gesetzlichen im Subjekt entspricht" (M; 12,436). In der Natur und im Subjekt sind jeweils ein ‚Mehr', das der Idee des Weltganzen und den Ideen des Anschauenden zugehört. Alles zusammen könnte nur Gott erfassen; denn in ihm ist alles aufgehoben. Als sein „allgemeines Glaubensbekenntnis" hat es Goethe im Brief an C. H. Schlosser (5. 5. 1815) formelhaft notiert:

a. In der Natur ist alles was im Subjekt ist.
y. und etwas drüber.
b. Im Subjekt ist alles was in der Natur ist.
z. und etwas drüber.
b kann a erkennen, aber y nur durch z geahndet werden. Hieraus entsteht das Gleichgewicht der Welt und unser Lebenskreis in den wir gewiesen sind. Das Wesen, das in höchster Klarheit alle viere zusammenfaßte, haben alle Völker von jeher *Gott* genannt.

Wenn Goethe wiederholt meinte, im Alter gehe man aufs „Generische" aus und blicke aufs Allgemeine, um nicht an der Zufälligkeit der Erscheinungen haften zu bleiben, dann war damit die Bemühung gemeint, das „Gesetz aller Erscheinungen" noch im Geringsten wahrzunehmen. „Je älter man wird, desto mehr verallgemeint sich alles" (an Schelling, 16. 1. 1815). Einmal hat er die Weltauffassungen skizziert, die den verschiedenen Lebensaltern entsprächen:

> Das Kind erscheint als Realist; denn es findet sich so überzeugt von dem Dasein der Birnen und Äpfel als von dem seinigen. Der Jüngling, von innern Leidenschaften bestürmt, muß auch sich selbst merken, sich vorfühlen: er wird zum Idealisten umgewandelt. Dagegen ein Skeptiker zu werden hat der Mann alle Ursache; er tut wohl zu zweifeln, ob das Mittel, das er zum Zwecke gewählt hat, auch das rechte sei. [. . .] Der Greis jedoch wird sich immer zum Mystizismus bekennen. Er sieht, daß so vieles vom Zufall abzuhängen scheint: das Unvernünftige gelingt, das Vernünftige schlägt fehl, Glück und Unglück stellen sich unerwartet ins gleiche; so ist es, so war es, und das hohe Alter beruhigt sich in dem, der da ist, der da war, und der da sein wird (M; 12,540 f.).

Was dem Greis hier zugeschrieben wurde, war nichts anderes als jene symbolische Weltsicht, deren Koordinaten angedeutet worden sind. So hatte sich seit dem *Divan* Goethes charakteristische Sehweise ausgebildet, die er Zelter beschrieb und mit einer jener bezeichnenden Wendungen des Alters abschloß, wo auf Bedeutendes übergangslos Schlicht-Alltägliches folgen durfte: „Unbedingtes Ergeben in den unergründlichen Willen Gottes, heiterer Überblick des beweglichen, immer kreis- und spiralartig wiederkehrenden Erdetreibens, Liebe, Neigung zwischen zwei Welten schwebend, alles Reale geläutert, sich symbolisch auflösend. Was will der Großpapa weiter?" (11. 5. 1820) Freilich enthielt seine Dichtung auch in früheren Lebensphasen ‚symbolischen' Gehalt, etwa in den Jugendhymnen *Ganymed, Mahomets Gesang*, im Gedicht *Auf dem See,* aber da verknüpfte sich Symbolisches mit bedeutenden Gestalten und Situationen, und in der ‚klassischen' Periode formte Dichtung das Typische und als gesetzlich Angesehene in bestimmten

Bereichen aus. Aus der Sicht des Alters aber konnte nun sehr viel mehr als vordem symbolische Bedeutung erhalten; denn *alles* Vergängliche ist ein Gleichnis, aber alles ist auch *nur* ein Gleichnis.

Zwischen Idee und Erfahrung, die in der Mannigfaltigkeit der empirischen Sinnenwelt gewonnen wird, sei, so hieß es in *Bedenken und Ergebung*, „eine gewisse Kluft befestigt, die zu überschreiten unsere ganze Kraft sich vergeblich bemüht" (13,31). Doch gibt es eine Annäherungsmöglichkeit. Die neuplatonische Anschauung aufnehmend, sprach Goethe von dem „Einen [...], woher alles entspringt und worauf alles wieder zurückzuführen" sei. Über Plotin hinausgehend, betonte er aber auch, daß das Gezeugte nicht geringer sei als das Zeugende, „ja es ist der Vorteil lebendiger Zeugung, daß das Gezeugte vortrefflicher sein kann als das Zeugende" (M; 12,491). Solche „lebendige Zeugung" kann sich im Leben verwirklichen: in der Tat und in der Kunst. „Bleibt es doch unsere Pflicht", heißt es an anderer Stelle, „selbst die Idee, insofern es möglich ist, zu verwirklichen" (JA 38,51). In der Kunst wird etwas von ihr ansichtig, und in der Tat treten ihre Spuren in die Wirklichkeit. „Idee und Erfahrung werden in der Mitte nie zusammentreffen, zu vereinigen sind sie nur durch Kunst und Tat" (an A. Schopenhauer, 28. 1. 1816).

Für Goethes ganzheitliches Denken war das All eine gestufte Ordnung. Gesteine und Gestirne, Pflanzen, Tier- und Menschenwelt haben darin ihren zugewiesenen Platz gemäß der „Idee", die als dem Weltganzen zugrunde liegend angenommen wird. Was das Ganze bewirkt und durchwirkt, was den Grund alles Seienden ausmacht, darf Gott oder das Göttliche genannt werden. So ist in allem, was ist, Göttliches anwesend, und der Mensch kann es wahrnehmen und erkennen, soweit es ihm möglich ist. Denn es bleibt Unerforschliches, und die Zonen, in die hinein das Göttliche sich erstrecken mag, sind nicht einmal zu ahnen. „Das schönste Glück des denkenden Menschen ist, das Erforschliche erforscht zu haben und das Unerforschliche ruhig zu verehren" (M; 12,467). Die Grenzen des Wißbaren zog Goethe, wie erwähnt (S. 454), relativ eng, weil auch das letzte Erkennbare noch der Anschauungsfähigkeit des Menschen zugänglich bleiben müßte. Auf diese Ordnung des Alls sind Religion, Kunst und Wissenschaft in unterschiedlicher Weise bezogen. Als Carl Ernst Schubarth 1819 in einem Brief die Wissenschaft als allein auf die empirische Wirklichkeit gerichtetes Vermögen von Theologie und Poesie abgegrenzt hatte, antwortete Goethe mit einem spekulativen Schema, das ganz zu ergründen er freilich dem Leser überließ. Jedenfalls begriff er Wissenschaft als Religion und Kunst gleichberechtigt (21. 4. 1819):

Auf
Glaube Liebe Hoffnung
ruht des Gottbegünstigten Menschen
Religion Kunst Wissenschaft
diese nähren und befriedigen
das Bedürfnis
anzubeten hervorzubringen zu schauen
alle drei sind eins
von Anfang und am Ende
wenngleich in der Mitte getrennt.

Die schwer verstehbare letzte Zeile brachte wohl ähnliches zum Ausdruck wie jener vorhin zitierte Satz: „Idee und Erfahrung werden in der Mitte nie zusammentreffen." Deutlich ist jedoch die den Menschen leitende Ideen-Trias „Glaube Liebe Hoffnung" mit der ‚großen' Idee des Weltganzen verbunden, der der Mensch sich anbetend, hervorbringend und schauend in der Wirklichkeit, in der er zu leben hat, nähern möchte.

Dem gelassen verehrenden, künstlerisch produktiven, forschenden Goethe waren bei aller Mühe, die er spürte, bei allem lebenslangen Wälzen des Steins ein Gefühl, ein Zutrauen, ein Wissen zu eigen, das Seinsgeborgenheit genannt werden darf. Bestätigungen seines Seinsglaubens hatte er bei vielen früheren Denkern gefunden, ohne daß er selbst ein bündiges System aufzeichnete. Viele Spezialuntersuchungen haben dem nachgespürt, was er sich angeeignet hat. In der neuplatonischen Überlieferung fand er die ihm zusagende Anschauung, daß sich das Eine in die unendliche Vielheit der Welt ergossen hat, daß im Vielen das Eine erscheint und umgekehrt, daß das Gezeugte wieder zum Erzeugenden zurückstrebt. Aber er war überzeugt, daß die Verkörperungen in der Erscheinungswelt nicht minderen Werts seien als das Eine, dem sie entstammen. Auch Plotins Lehre vom Schönen sagte ihm zu, nach der die Natur und der Geist des Künstlers eine Schönheit zu bilden suchen, die über alle Sinne erhaben ist; in ihr scheint etwas vom Göttlichen auf, das das innere Auge schaut. Von Giordano Bruno ließ er sich früh belehren, daß Gott und Welt, Geist und Materie nicht getrennt seien. Spinoza bekräftigte ihm die Zusammengehörigkeit von Gott und Natur, indem jener Philosoph Wert und Würde der Einzeldinge dadurch absicherte, daß er ihr Sein an die göttliche Substanz zurückband, und Goethe, der an den differenzierten Ableitungen des einzelnen von der Substanz weniger interessiert war, sprach noch energischer den Einzeldingen den Rang zu, durch sich selbst zu existieren (vgl. Bd. I 418). Wie Leibniz nahm auch Goethe in der überall lebendigen Natur unzählige selbständige Einzelwesen an, die kraft ihrer Entelechie, zusammengebunden als

Glieder einer universellen Harmonie, dem in ihnen angelegten Lebensziel entgegenstreben; auch im Mikrokosmos wirken die Gesetze, die im Makrokosmos herrschen.
Alles Sein, so war es Goethe gewiß, ist in beständiger Verwandlung begriffen, von Polarität und Steigerung bestimmt, den beiden „großen Triebrädern aller Natur" (13,48), und alles Werden, alle Verwandlung beharren im Sein.

> [...]
> Und umzuschaffen das Geschaffne,
> Damit sich's nicht zum Starren waffne,
> Wirkt ewiges lebendiges Tun.
> Und was nicht war, nun will es werden,
> Zu reinen Sonnen, farbigen Erden,
> In keinem Falle darf es ruhn.
>
> Es soll sich regen, schaffend handeln,
> Erst sich gestalten, dann verwandeln;
> Nur scheinbar steht's Momente still.
> Das Ewige regt sich fort in allen,
> Denn alles muß in Nichts zerfallen,
> Wenn es im Sein beharren will.

So schließt das Gedicht *Eins und alles.* Aber die ewige Verwandlung, die Entstehen und Vergehen einschließt, birgt das in Nichts Zerfallene im beständigen Sein. Deshalb beginnt das Gedicht *Vermächtnis:*

> Kein Wesen kann zu Nichts zerfallen!
> Das Ew'ge regt sich fort in allen,
> Am Sein erhalte dich beglückt!
> Das Sein ist ewig; denn Gesetze
> Bewahren die lebend'gen Schätze,
> Aus welchen sich das All geschmückt.

Das ist kein Widerruf, sondern die Bekräftigung des scheinbar Paradoxen, das in Wahrheit in der Unvergänglichkeit und Allgegenwart des Seins bewahrt ist.
Wer in solcher Gewißheit des ‚ewigen Seins' und seiner ständigen Gegenwärtigkeit lebte, dem konnten Unterscheidungen von Vergangenheit, Gegenwart und Zukunft wesenlos werden. Das gehörte zu jenem „Mystizismus" des Alters. Von dieser Erfahrung der Simultaneität hat Goethe mehrfach gesprochen. Nur solches Wissen von der Ewigkeit und ununterbrochenen Anwesenheit des Seins machte die Gestaltung des Helena-Akts in *Faust II* möglich, in dem Antike, Mittelalter und

Gegenwart in Gleichzeitigkeit überführt wurden. „Verwundersam ist mir jetzt mehr als je das Gewebe dieses Urteppichs", gestand Goethe Wilhelm v. Humboldt am 1. September 1816: „Vergangenheit, Gegenwart und Zukunft sind so glücklich in eins geschlungen, daß man selber zum Seher, das heißt: Gott ähnlich wird. Und das ist doch am Ende der Triumph aller Poesie im Größten und im Kleinsten."

In der Überzeugung, daß die dauernd wirkende Lebenskraft ‚göttlich' sei und die ‚Gottheit' direkt nicht erkannt werden könne, ist zweifellos christliches Gedankengut verborgen. Aber Christ im genauen Sinn des Wortes ist Goethe nicht gewesen. Denn gerade jenen Glauben konnte er nicht aufbringen, der einen Menschen erst zum Christen macht: den Glauben an die einmalige historische Selbstoffenbarung Gottes in Jesu, an dessen Wiederauferstehung und Himmelfahrt. Der kirchlichen Doktrin, die darauf als der unverbrüchlichen und unbedingt zu glaubenden Wahrheit aufbaute, war er abgeneigt, und die erbitterten, die Jahrhunderte durchziehenden Streitereien der etablierten Kirchen um die richtige Auslegung der Glaubenswahrheiten und die aus ihnen resultierenden Konsequenzen verachtete er. Kanzler v. Müller zufolge entwarf er einmal eine „geniale Charakteristick der Kirchengeschichte als Product des Irrthums und der Gewalt" (KM 19. 10. 1823). Was er früh im *Brief des Pastors* erklärt hatte, blieb sein Bekenntnis: „Die Wahrheit sei uns lieb, wo wir sie finden" (12,237). „In unsers Vaters Apotheke sind viele Rezepte", entgegnete er dem eifernden Lavater (4. 10. 1782). Noch 1826 publizierte er in *Kunst und Altertum* die früher geschriebene Polemik gegen den Grafen Stolberg, der seinerzeit (1795) Plato christlich zu deuten gewagt hatte, und verwies auf „Gottes große Welt" und „die Erkenntnis seiner allgemeinen, ununterbrochenen und nicht zu unterbrechenden Wirkungen", die ihm behagte (*Plato als Mitgenosse einer christlichen Offenbarung;* 12,245). An die Wunder zu glauben, die mit Jesus und Maria verbunden waren, hielt er für eine Zumutung. Sie waren ihm „Lästerungen gegen den großen Gott und seine Offenbarung in der Natur" (an Lavater, 9. 8. 1782). Das Kruzifix war ihm verhaßt. Hatte er darüber in den *Venetianischen Epigrammen* gespottet, so nannte er es noch 1831 „das leidige Marterholz, das Widerwärtigste unter der Sonne", das „kein vernünftiger Mensch auszugraben und aufzupflanzen bemüht sein" sollte (an Zelter, 9. 6. 1831). Er verachtete Jesus keineswegs, im Gegenteil; er war für ihn eine der großen Prophetengestalten, wie sie auch andere Religionen kennen. Der Grund seiner Abneigung gegen die Verehrung des Gekreuzigten wurde in den *Wanderjahren* deutlich, als er in der „Pädagogischen Provinz" die Erzieher erklären ließ, daß Jesus in seinem Leben „für den edlen Teil der Menschheit noch belehrender und fruchtbarer [sei] als sein Tod" (8,163). Da sei er

ein „Weiser im höchsten Sinne“ gewesen: „Er steht auf seinem Punkte fest; er wandelt seine Straße unverrückt, und indem er das Niedere zu sich heraufzieht, indem er die Unwissenden, die Armen, die Kranken seiner Weisheit, seines Reichtums, seiner Kraft teilhaftig werden läßt und sich deshalb ihnen gleichzustellen scheint, so verleugnet er nicht von der andern Seite seinen göttlichen Ursprung; er wagt, sich Gott gleichzustellen, ja sich für Gott zu erklären.“ Aber über seine Leiden bleibe besser ein Schleier gebreitet, „eben weil wir sie so hoch verehren“. „Wir halten es für eine verdammungswürdige Frechheit, jenes Martergerüst und den daran leidenden Heiligen dem Anblick der Sonne auszusetzen [...]“ (8,164). Das „Martergerüst“ lenkt den Menschen vom Leben ab, das in Glaube, Liebe, Hoffnung im Hier und Jetzt zu bestehen ist.
Stets hat Goethe die ethische Qualität des Lebens Jesu und des Christentums respektiert. Der Glaube an die Erlösungstat des Heilands war dazu nicht vonnöten, die ja auch die geliebten Heiden der Antike im Stand der Sünde allein ließ. Er beuge sich vor Jesus, bekannte er einmal zu Eckermann, „als der göttlichen Offenbarung des höchsten Prinzips der Sittlichkeit“ (E 11. 3. 1832). Aber sogleich schloß er an, daß er auch die Sonne verehre: „Denn sie ist gleichfalls eine Offenbarung des Höchsten, und zwar die mächtigste, die uns Erdenkindern wahrzunehmen vergönnt ist.“ Die christliche Religion war für ihn eine unter anderen, der freilich besondere Anerkennung gebührte, weil sie „auch Niedrigkeit und Armut, Spott und Verachtung, Schmach und Elend, Leben und Tod als göttlich“ anerkannte, „ja Sünde selbst und Verbrechen nicht als Hindernisse, sondern als Fördernisse des Heiligen zu verehren und liebzugewinnen“ vermochte (8,157). So rangierte sie unter den drei Religionen, die in der „Pädagogischen Provinz“ vorgestellt wurden, an oberster Stelle. Die „ethnische Religion“ beruhe, so die Lehre der Erzieher, auf der „Ehrfurcht vor dem, was über uns ist“; die heidnischen Religionen seien von dieser Art gewesen. Die „philosophische Religion“ gründe auf der Ehrfurcht, „die wir vor dem haben, was uns gleich ist“; die dritte aber, die christliche, basiere auf der „Ehrfurcht vor dem, was unter uns ist“. Doch die Erzieher bekannten sich nicht zu ihr allein, sondern zu allen dreien; „denn sie zusammen bringen eigentlich die wahre Religion hervor“. Aus den drei Ehrfurchten entspringe als oberste die „Ehrfurcht vor sich selbst“. Der Gipfel humanistischer Zuversicht war erreicht: Der Mensch darf sich für das Höchste halten, „was Gott und Natur hervorgebracht haben“. In seinem Lebensvollzug, der die drei Ehrfurchten zu beachten hat, soll sich verwirklichen, was Göttliches repräsentieren kann. Dem Menschen, der mit seinen Ideen nach dem großen Einen langt, aus dem alles entstammt und das alles umfaßt,

ist die Gewißheit rechten Denkens und Tuns eingesenkt. Wie die Sonne Quelle allen Lichts ist, so das Gewissen das Regulativ der menschlichen Existenz:

> [...]
> Sofort nun wende dich nach innen,
> Das Zentrum findest du da drinnen,
> Woran kein Edler zweifeln mag.
> Wirst keine Regel da vermissen,
> Denn das selbständige Gewissen
> Ist Sonne deinem Sittentag *(Vermächtnis).*

Goethes Distanz zu bestimmten christlichen Glaubenswahrheiten schloß nicht aus, daß er, besonders nachdem ihn Boisserée an altdeutsch-religiöse Kunst herangeführt hatte, zuzeiten einfühlsames Verständnis für kirchliche Riten aufbrachte. Wo immer er Verehrung des im Grunde Unerforschlichen wahrnahm, war auf sein Verständnis zu rechnen, wenn nur das Rituelle sich nicht zur Eigenrepräsentation verselbständigte, was ihn in Italien abgestoßen hatte. So vermochte er in *Dichtung und Wahrheit* behutsam über die Sakramente zu urteilen, als „das Höchste der Religion, das sinnliche Symbol einer außerordentlichen göttlichen Gunst und Gnade" (9,289). Und die Bibel war für ihn selbstverständlich ein großes Buch der Weisheit, so voller Gehalt, „daß sie mehr als jedes andere Buch Stoff zum Nachdenken und Gelegenheit zu Betrachtungen über die menschlichen Dinge darbietet" (*DuW;* 9,274).

Goethe geriet mit seiner Vorstellung von der großen geordneten Gott-Natur, in der alles von einer in der Idee des Ganzen verbürgten Gesetzlichkeit durchwaltet ist und sinnloser Zufall und Willkür keinen Platz haben, in Schwierigkeiten, wenn er unter diesen Prämissen auch die reale politische Geschichte erfassen wollte. Eigentlich mußte er ihre Erscheinungen ebenfalls in seiner Gesamtdeutung unterbringen, aber das konnte nicht gelingen. In der Gott-Natur geahnte und erkannte Ordnungen ließen sich im Feld konkreter Geschichte so leicht nicht wiederfinden. Geschichtlich-gesellschaftliche Prozesse laufen offenkundig nicht nach Ideen ab, die in Naturschau und Naturforschung gesichtet werden. Schon während des ersten Weimarer Jahrzehnts ließen sich die in der Regierungsarbeit hinzunehmenden Einsichten mit der in der naturkundlichen Forschung sich sammelnden Erkenntnis nicht verbinden. Die Flucht nach Italien war ein Ausbruchsversuch auch aus dieser Diskrepanz. Goethe war in ein Dilemma geraten, das gleichfalls mit seinem gesellschaftlichen Status zu tun hatte. Als Bürger hatte er die höchste ihm mögliche Stufe erreicht, und er war stolz darauf. Als politisch Handelnder wirklich eingreifen konnte er dennoch nicht. Er hatte sich, wollte er nicht für Umwälzungen aktiv werden, in die überkommenen Strukturen einzufügen, übte Anpassung in der Hoffnung, daß in ruhiger Entwicklung passable Zustände auszubauen seien. Was ihm freilich blieb, war freies Auskundschaften und schöpferische Tätigkeit in den Bereichen von Kunst und Wissenschaft. Darauf und auf die administrative Sorge für deren Institutionen konzentrierte er sich nach der Rückkehr aus dem Süden, als er im Einvernehmen mit seinem Herzog die Entscheidung für Weimar erneuerte. Als gar die Französische Revolution unvermutet und drastisch bewies, daß Geschichte sehr wohl unerwartete Sprünge, vulkanische Eruptionen kannte, daß dort Kräfte am Werk waren, die in den Kategorien, die er in der Betrachtung von Natur und Kunst gewann, nicht unterzubringen waren, wurde ihm Geschichte vollends zu einem unheimlichen Raum des Inkalkulablen. Eigentlich könne niemand aus der Geschichte etwas lernen; „denn sie enthält ja nur eine Masse von Thorheiten und Schlechtigkeiten" (KM 17. 12. 1824). Die einfache Wahrheit der Geschichte sei, „daß es zu allen Zeiten und in allen Ländern miserabel gewesen ist" (G 1,434). In dieser Ratlosigkeit gegenüber realgeschichtlichen Prozessen schlichen sich zuweilen Naturmetaphern ein, die das große Geschehen verdeutlichen sollten. Aber im Blick auf Nahes war Goethe auch hellsichtig genug, um die gesellschaftliche Situation und die in ihr angelegten Komplikationen zu diagnostizieren und in dichterischen Bildern und Konstellationen zu bedenken. *Die natürliche Tochter*, die *Wilhelm Meister*-Romane bieten Beispiele dafür. Andererseits war das Defizit nicht zu beseitigen, das darin bestand, daß andere als in der Naturbetrachtung gewonnene Perspektiven nicht zur Verfügung standen. Ein dämonischer Täter wie Napoleon mochte als mächtige Geschichtskraft bestaunt werden, aber damit war über den Geschichtsprozeß, in dem er auftrat, noch keine Klarheit erreicht.

Goethe konnte die Hoffnung auf ein Fortschreiten der Geschichte zu immer Vollkommenerem hin nicht teilen, wie sie manche Denker des 18. und 19. Jahrhunderts beflügelte. Als er in dem Aufsatz *Geistesepochen* (1817) vier Phasen skizzierte, ergab sich ein Kreislauf vom keimenden Anfang über Blüte und Reife zum Verfall. Am Ende „ist das Tohu wa Bohu wieder da: aber nicht das erste, befruchtete, gebärende, sondern ein absterbendes, in Verwesung übergehendes, aus dem der Geist Gottes kaum selbst eine ihm würdige Welt abermals erschaffen könnte" (12,300). Zeichnete sich hier auch das Muster einer natürlichen Lebensentwicklung von Befruchtung bis zum Tod ab, so war doch vom Glauben „Kein Wesen kann zu Nichts zerfallen! / Das Ew'ge regt sich fort in allen" wenig zu spüren.

Es lassen sich – hier nur zu erwähnende – Ansätze bei Goethe erkennen, gelegentlich auch in geschichtlichen Abläufen Kräfte wirksam zu sehen, die der in der Natur erkannten Polarität entsprechen, so wenn er in der Geschichte der Wissenschaften vermutete, es entwickle „sich wirklich alles aus den vor- und rückschreitenden Eigenschaften des menschlichen Geistes, aus der strebenden und sich selbst wieder retardierenden Natur". Auf dem Boden dieser Erkenntnis lasse sich womöglich sogar „eine Geschichte *a priori*" schreiben (an Schiller, 24. 1. 1798). Aber zum einen blieben solche Überlegungen auf die Geschichte von Wissenschaft und Kunst bezogen, und zum andern war das zweite große Triebrad aller Natur, anderwärts so emphatisch betont (13,48), die Steigerung, nicht auszumachen.
Skepsis gegenüber dem Inkalkulablen der Geschichte hinderte Goethe natürlich nicht, über die Lage der Gesellschaft seiner Zeit nachzudenken und in dichterischen Entwürfen kardinale Probleme aufzugreifen, um mögliche Lösungen anzuvisieren. Es geschah im Spielfeld der Poesie, wo der arrivierte Bürger, der es zum geadelten Staatsminister gebracht hatte, Lebens- und Tätigkeitsformen erprobte, die Adlige und Bürger vielleicht zusammenführen und ihnen Zukunftsperspektiven eröffnen konnten.

Distanzierter Beobachter von Zeittendenzen

Viele Male beteuerte Goethe in seinen Briefen, er lebe ganz für sich, „in absoluter Einsamkeit", diktiere fleißig, so daß seine „ganze Existenz wie auf dem Papiere" stehe (an Zelter, 5. 2. 1822). Äußerungen dieser Art bezogen sich auf seine innere Verfassung, nicht auf sein äußeres Dasein, das an Begegnungen und Gesprächen reich war. Wenn er auf sein Leben zurückblickte, schlichen sich mißmutige Töne ein. Mit dem vielerlei, das er angefangen und von dem er manches nicht zu Ende gebracht hatte, war er nicht zufrieden. Er habe „viel zu viel gedämmert" (an S. Boisserée, 18. 6. 1817); nun habe er lernen müssen, daß man sich einst fälschlicherweise einbildete, „eine unbeschränkte und unbedingte Jugend erreichen zu können" (an S. Boisserée, 1. 5. 1818). Jetzt hatte er sich in den Bedingtheiten des Lebens eingerichtet und hingenommen, entsagen zu müssen. Aber diese Entsagung bedeutete keine hilflose Resignation, sondern Anerkennung des Unumgänglichen, um tun zu können, was möglich blieb, und das war Tag für Tag das neue Beginnen, in der Arbeit fortzufahren. „Deshalb denn, manchmal zurückschauend, in diesem Gänsespiel getrost *vorwärts*!" rief er noch am 14. Dezember 1830 Zelter in Berlin zu. An einigen Stellen resümierte er im Blick auf seine Existenz und formulierte zugleich Lebensmaximen seines Alters. Zwei seien hier zitiert:

> Auch mir in einem langen Leben sind Ereignisse begegnet, die, aus glänzenden Zuständen, eine Reihe von Unglück mir in andern entwickelten; ja es gibt so grausame Augenblicke, in welchen man die Kürze des Lebens für die höchste Wohltat halten möchte, um eine unerträgliche Qual nicht übermäßig lange zu empfinden.
> Viele Leidende sind vor mir hingegangen, mir aber war die Pflicht auferlegt, auszudauern und eine Folge von Freude und Schmerz zu ertragen, wovon das Einzelne wohl schon hätte tödlich sein können.
> In solchen Fällen blieb mir nichts weiter übrig als alles, was mir jedesmal von Tätigkeit übrigblieb, abermals auf das regsamste hervorzurufen und, gleich einem, der in einen verderblichen Krieg verwickelt ist, den Kampf so im Nachteil als im Vorteil kräftig fortzusetzen (an C. D. Rauch, 21. 10. 1827).

> Betrachten wir uns in jeder Lage des Lebens, so finden wir, daß wir äußerlich bedingt sind, vom ersten Atemzug bis zum letzten; daß uns aber jedoch die höchste Freiheit übriggeblieben ist, uns innerhalb unsrer selbst dergestalt auszubilden, daß wir uns mit der sittlichen Weltordnung in Einklang setzen und, was auch für Hindernisse sich hervortun, dadurch mit uns selbst zum Frieden gelangen können.
> Dies ist bald gesagt und geschrieben, steht aber auch nur als Aufgabe vor uns, deren Auflösung wir unsre Tage durchaus zu widmen haben. Jeder Morgen ruft zu: das Gehörige zu tun und das Mögliche zu erwarten (an C. F. M. v. Brühl, 23. 10. 1828).

Goethes Selbsteinschätzung, eine einsame Position in seiner Zeit zu besetzen, hatte vielfache Gründe. Weder Schillers *Horen* noch seine eigenen *Propyläen* waren erfolgreich gewesen. Beide hatten sich viel davon versprochen: eine Läuterung des allgemeinen Geschmacks in kulturellen Dingen, eine Hebung des Niveaus, eine Kunsterziehung, die an vermeintlich zeitlos gültigen Maßstäben ausgerichtet war. Doch mehr als Aufmerksamkeit in kleinen Zirkeln hatten sie nicht gefunden. Die Entwicklung der Kunst ging andere Wege und ließ sich auf antike Vorbilder, die als wenig zeitgerecht angesehen wurden, nicht einschwören. Auch die Enttäuschung über die geringe Resonanz, die seine naturwissenschaftlichen Studien fanden, saß tief. Es half wenig, daß er sich selbst als Sieger über Newton und seine Anhänger fühlte. Vom Publikum insgesamt hielt er nach den ernüchternden Erfahrungen der Jahre nicht viel; es reagierte verdächtig ähnlich wie die suspekte Menge, leicht zu betören und mit vordergründig Interessantem zu befriedigen. Was Goethe in seiner Gegenwart auf den Gebieten der Kunst und Literatur an neuen Schöpfungen wahrnahm, stimmte ihn mißmutig. Seit Italien hielt er an bestimmten Grundsätzen fest, denen ein Werk genügen sollte. Im Begriff des „Stils", wie er ihn im Aufsatz *Einfache Nachahmung der Natur, Manier, Stil* erläutert hatte, sammelte sich das Maßgebliche: Er hat auf den „tiefsten Grundfesten der Erkenntnis" zu ruhen, „auf dem Wesen der Dinge, insofern uns erlaubt ist, es in sichtbaren und greiflichen Gestalten zu erkennen" (12,32). Damit beharrte der ‚Realist' Goethe auf der Bindung der Kunst an die gestalthaften Wirklichkeiten der menschlichen Lebenswelt, die nicht phantastisch überspielt oder verzerrt werden durfte. Was immer im verwandelnden Schaffensprozeß der Einbildungskraft hervorgebracht wurde, es sollte sich vom „Wesen der Dinge" nicht ablösen, sondern tief darin eindringen, um es zur Anschauung zu bringen. Dazu bedurfte es, so war Goethe überzeugt, konzentrierter Ausbildung an Mustern, in denen „Stil" verwirklicht war. Bei den Meistern der Antike war immerdar zu studieren, wie gemäß diesem Grundprinzip zu bilden war, damit nicht „Mißgestalten" und „Ungestalten" entstanden. So schirmte er sich einmal gegen gewisse Erscheinungen im indischen Nationalepos *Ramajana* ab, indem er gestand, „daß wir andern, die wir den Homer als Brevier lesen, die wir uns der griechischen Plastik, als der dem Menschen gemäßesten Verkörperung der Gottheit, mit Leib und Seele, hingegeben, daß wir, sag ich, nur mit einer Art von Bangigkeit in jene grenzenlosen Räume treten, wo sich uns Mißgestalten aufdringen und Ungestalten entschweben und verschwinden" (an C. J. H. Windischmann, 20. 4. 1815). Ähnlich lauteten seine Einwände gegen die romantischen Tendenzen. Er verwarf nicht alles in Bausch und Bogen, wußte einzelnes durchaus anzuerkennen, aber hielt unbeirrt an scharfer Kritik gegen bestimmte Züge fest. Da für ihn die Idee in der Erscheinung des Wirklichen aufgehoben war, beargwöhnte er ein Transzendieren, das sich in wirklichkeitsfernen Zonen und Phantastereien verlor. Er beklagte, daß sich „eine höhere ideelle Behandlung immer mehr von dem Wirklichen getrennt" habe, und zwar „durch ein Transzendieren und Mystizisieren, wo das Hohle vom Gehaltvollen nicht mehr zu unterscheiden" sei. Da müsse dann „jedes Urbild, das Gott der menschlichen Seele verliehen hat, sich in Traum und Nebel verschweben" (an C. H. Schlosser, 23. 11. 1814). Subjektivität sei die „allgemeine Krankheit der jetzigen Zeit". Der wahre Dichter habe „zum Objektiven" durchzubrechen, dann sei er geborgen. „Solange er bloß seine wenigen subjektiven Empfindungen ausspricht, ist er noch keiner zu nennen; aber sobald er die Welt sich anzueignen und auszusprechen weiß, ist er ein Poet." Eben das hätten die Meister der Antike geleistet. „Man spricht immer vom Studium der Alten; allein was will das anderes sagen, als: richte dich auf die wirkliche Welt und suche sie auszusprechen; denn das taten die Alten auch, da sie lebten" (E 29. 1. 1826). Hinzu kam bei seiner Aversion gegen Zeittendenzen die Abneigung gegen Frömmelei und einen schwärmerischen Patriotismus, der den Blick verengte und bei manchen Deutschbewußten auch zu wunderlichen Ausgeburten der Sprachreinigung von ausländischen Elementen führte. „Teutschland soll rein sich isolieren, / Einen Pest-Kordon um die Grenze führen, / Daß nicht einschleiche fort und fort / Kopf, Körper und Schwanz von fremdem Wort" (*Die Sprachreiniger*). Das Credo der *Winckelmann*-Schrift und die kritische Ortsbestimmung der Polemik *Neu-deutsche religios-patriotische Kunst* behielten ihre Geltung. Noch 1831 bekräftigte Goethe, die Verirrung der neukatholischen Sentimentalität sei von einzelnen Personen ausgegangen und habe sich „als eine geistige Ansteckung" verbreitet. Sie wirke nun schon seit vierzig Jahren fort. „Die Lehre war: der Künstler brauche vorzüglich Frömmigkeit und Genie, um es den Besten gleichzutun. Eine solche Lehre war sehr einschmeichelnd, und man ergriff sie mit beiden Händen. Denn um fromm zu sein, brauchte man nichts zu lernen, und das eigene Genie brachte jeder schon von seiner Frau Mutter" (E 22. 3. 1831). Vom „Zeitwahnsinn verrückter Söhne" sprach Goethe (an F. Rochlitz, 1. 6. 1817), er spottete über die Originalitätssucht junger Talente und sah einen Subjektivismus sich ausbreiten, dem Maß und Richtung abhanden kamen. Das „willkürliche Subjekt" stieß ihn ab, „das sich gegen Objekt und Gesetz wehrt und sich einbildet, dadurch etwas zu werden und wohin zu gelangen" (an A. F. C. Streckfuß, 14. 8. 1827). Das bohrende Versenken in die Tiefen und Untiefen des eigenen Ich kam ihm, dem alles Wertherische zuwider geworden war, gefährlich vor; denn es laufe „nur auf Selbstqual und Selbstvernichtung" hinaus, „ohne daß auch nur der mindeste praktische Lebensvorteil daraus" hervorgehe (an Hegel, 17. 8. 1827). Wer wünschte, daß „die gesunde Natur des Menschen als ein Ganzes wirkt" (*Winckelmann*; 12,98), wer in der menschlichen Gestalt, wie sie die griechische Plastik vorstellte, das Beispiel der Schönheit erblickte, der mußte ‚romantischen' Hang zum Unendlichen, zum Transzendieren, zum Phantastischen, zu den Nachtseiten der Existenz bis hin zum Grotesken und zur quälerischen, das Individuum zerfasernden Selbstanalyse als etwas Krankhaftes betrachten. Nur in diesen Zusammenhängen wird der Ausspruch zu Eckermann verständlich: „Das Klassische nenne ich das Gesunde, und das Romantische das Kranke" (E 2. 4. 1829). Dies alles nahm er nicht nur in Deutschland wahr. Victor Hugos *Notre Dame de Paris* qualifizierte er als „eine Literatur der Verzweiflung". „Das Häßliche, das Abscheuliche, das Grausame, das Nichtswürdige, mit der ganzen Sippschaft des Verworfenen, ins Unmögliche übertrieben, ist ihr satanisches Geschäft" (an Zelter, 18. 6. 1831). „Lazarettpoesie“ nannte er die Dichtung jener Poeten, die alle schrieben, „als wären sie krank und die ganze Welt ein Lazarett“ (E 24. 9. 1827). Dabei sei die Poesie uns doch dazu gegeben, den Menschen zu kräftigen und „die kleinen Zwiste des Lebens auszugleichen“. In die „gemeinste Pfuscherei“ ließen sich die schönsten Talente hineinschleppen (an Zelter, 28. 6. 1818), an ruhiger, sorgfältiger Ausbildung sei ihnen nichts gelegen; was dabei an den Tag komme, seien „lauter Velleitäten“.

Goethe erkannte aber auch im gesamten kulturellen Leben der Deutschen ein Gebrechen, das den einzelnen in die Isolation trieb. Während den Franzosen „ein geselliges Bestreben“ aufs schönste fördere, sei dies bei den Deutschen nicht zu erwarten (an E. J. d'Alton, 6. 9. 1827). Eine „unbezwingliche Selbstigkeitslust“ halte sie gefangen (an S. Boisserée, 25. 9. 1827); eine sinnvolle Zusammenarbeit gelinge ihnen nicht. Die deutsche Welt sei zwar mit „vielen guten, trefflichen Geistern geschmückt“, aber uneinig, unzusammenhängend in Kunst und Wissenschaft, verirre und verwirre sie sich auf historischem, theoretischem und praktischem Wege immer mehr (M; 12, 387). Jeder glaube sich berechtigt, „ohne irgend ein Fundament bejahen und verneinen zu können, wodurch denn ein Geist des Widerspruchs und ein Krieg aller gegen alle erregt“ werde (an S. Boisserée, 27. 9. 1816).

Von seiner Warte aus bot sich ihm ein deprimierendes Bild. Eifrige Geschäftigkeit war am Werk, Sucht nach Neuem, Frappierendem grassierte, einer suchte den anderen an Aufsehenerregendem zu überbieten, schneller Wechsel der Moden regierte, aber auf sicheren Fundamenten schien wenig gegründet zu sein. Die sich ausbildende Massengesellschaft des frühen 19. Jahrhunderts zeigte ihre Schattenseiten. Zwar ermöglichten neue Verkehrs- und Kommunikationsmittel raschen Austausch von Gütern und Gedanken, was Goethe, auf weltliterarische Vermittlung bedacht, begrüßte, aber sie förderten auch diffuse, unausgereifte, für den Tag und schnellen Konsum berechnete Produktionen. Aus den Abhängigkeiten von Hof und Kirche hatten sich bürgerliche Kunst und Literatur weitgehend befreit, nun mußten sich die Künstler auf dem Markt der vielen zu behaupten suchen und unterschiedliche, keineswegs an gesicherten und verbindlichen Maßstäben orientierte Erwartungen bedienen. So kam sich Goethe, an den bekannten Grundprinzipien und damit am Anspruch des „Höchsten“ festhaltend, mit wenigen Vertrauten als Repräsentant einer Epoche vor, „die sobald nicht wiederkehrt“. In einem Brief an Zelter summierte er, alles sei jetzt „*ultra*, alles transzendiert unaufhaltsam, im Denken wie im Tun“.

Niemand kennt sich mehr, niemand begreift das Element worin er schwebt und wirkt, niemand den Stoff den er bearbeitet. Von reiner Einfalt kann die Rede nicht sein; einfältiges Zeug gibt es genug.
Junge Leute werden viel zu früh aufgeregt und dann im Zeitstrudel fortgerissen; Reichtum und Schnelligkeit ist was die Welt bewundert und wornach jeder strebt; Eisenbahnen, Schnellposten, Dampfschiffe und alle mögliche Fazilitäten der Kommunikation sind es worauf die gebildete Welt ausgeht, sich zu überbieten, zu überbilden und dadurch in der Mittelmäßigkeit zu verharren. Und das ist ja auch das Resultat der Allgemeinheit, daß eine mittlere Kultur gemein werde [...].
Eigentlich ist es das Jahrhundert für die fähigen Köpfe, für leichtfassende praktische Menschen, die, mit einer gewissen Gewandtheit ausgestattet, ihre Superiorität über die Menge fühlen, wenn sie gleich selbst nicht zum Höchsten begabt sind. Laß uns soviel als möglich an der Gesinnung halten in der wir herankamen, wir werden, mit vielleicht noch wenigen, die Letzten sein einer Epoche die sobald nicht wiederkehrt (6. 6. 1825).

Mehrfach versicherte er seinen Briefpartnern, er wolle sich in der Verworrenheit der Zeit, wie sie ihm erschien, öffentlich nicht mehr äußern; ihm sei das Widersprechen fremd (an Zelter, 24. 7. 1823). So erklärt sich, daß er zur deutschen Gegenwartsliteratur fast völlig schwieg. Vergeblich suchen wir ausführliche Besprechungen des Novalis oder Brentanos, der *Nachtwachen* des Bonaventura oder Kleists, Arnims oder Fouqués, E. T. A. Hoffmanns oder Eichendorffs, dessen Roman *Ahnung und Gegenwart* schon 1815 erschien, Grillparzers oder Platens. Zustimmend referierte er in einem aus dem Nachlaß publizierten Aufsatz (*The Foreign Quarterly Review*) die scharf ablehnende Kritik, die jene Zeitschrift an der Dichtung Hoffmanns übte. Es seien „fieberhafte Träume eines leichtbeweglichen kranken Gehirns, denen wir, wenn sie uns gleich durch ihr Wunderliches manchmal aufregen oder durch ihr Seltsames überraschen, niemals mehr als eine augenblickliche Aufmerksamkeit widmen können". Bedauernd fügte Goethe noch hinzu, besonders schlimm sei, daß solche „Art von wunderlicher Komposition" gar viele mit mehr oder weniger Talent begabte Zeitgenossen nach sich reiße (A 14,927 ff.). In einer knappen, freundlichen Anzeige von Friedrich Rückerts Gedichten (*Östliche Rosen*; A 14,316 f.) erwähnte er auch die Gaselen des Grafen Platen mit wohlwollenden, aber eher beiläufigen allgemeinen Bemerkungen; es seien „wohlgefühlte, geistreiche, dem Orient vollkommen gemäße, sinnige Gedichte". Ein einziges Mal schrieb er ihm einige Zeilen als Antwort auf die Zusendung eines Dramenmanuskripts (27. 3. 1824); weitere Briefe des jungen Dichters ließ er unbeantwortet. Nach Eckermanns Auskunft glichen ihm Platens Stükke, wenngleich von Calderon beeinflußt, „dem Kork, der, auf dem

Wasser schwimmend, keinen Eindruck macht, sondern von der Oberfläche sehr leicht getragen wird" (E 30. 3. 1824). Zu Ludwig Tieck, dessen *Sternbald*-Roman einst für das Etikett „Sternbaldisieren" herhalten mußte, stellte sich eine angenehme Beziehung her, als jener seine ‚romantische' Phase hinter sich gelassen hatte. Aber auch hier ging Goethe über einige liebenswürdige Briefe und eine kurze Anzeige der Novelle *Die Verlobung* in *Kunst und Altertum* 1824 nicht hinaus.

Uns Heutige überrascht, wie angelegentlich er Werke lobte, die weder antikem Vorbild nacheiferten noch zur ‚hohen Literatur' zu zählen waren. Uns sind von manchen nicht einmal mehr die Namen geläufig. Den „deutschen Naturdichter" Anton Fürnstein, den Nürnberger Mundartdichter Grübel, das Lustspiel *Der Pfingstmontag* von Arnold respektierte er, weil er sich bei ihnen wie bei den Liedern aus *Des Knaben Wunderhorn* über „das lebhafte poetische Anschauen eines beschränkten Zustandes" (A 14,458) freute. Der Widerspruch zur Vorbildfunktion der antiken Meister und zur Verpflichtung auf das „Höchste" war nur scheinbar. Denn wenn er unermüdlich auf die Kunst der Alten verwies, wollte er (lassen wir die Phase der Preisausschreiben für bildende Künstler beiseite) nicht zu äußerer Nachahmung aufrufen, sondern an deren auf Erschließung der Wirklichkeit gerichtete, „zum Objektiven" vorstoßende Gestaltungskraft erinnern. Sie fand er, wenigstens partiell, gerade auch bei den „Naturdichtern" und in der Volkspoesie vieler Völker und Zeiten lebendig. Hier waren Gegenkräfte gegen jene Tendenzen übersteigerter Subjektivität, gegen „fieberhafte Träume" und wirklichkeitsflüchtiges Transzendieren. Die Attribute, die er den ‚klassischen Alten' gab, erkannte er auch dieser Literatur zu: „stark, frisch, froh und gesund" (E 2. 4. 1829).

Ganz spät noch schrieb Goethe einige Ratschläge für junge Dichter auf (12,358 ff.). Die deutsche Sprache habe einen so hohen Stand der Ausbildung erreicht, auch unter seiner Mithilfe, daß jeder Befähigte sich angemessen ausdrücken und seinem Thema gerecht werden könne. Aber er warnte vor solipsistischem Versinken ins Subjektivistische und in den Zustand eines „misanthropischen Eremiten". Bedenkenloses Sichüberlassen an den Selbstgenuß in der Poesie war ihm verdächtig; nur auf der Basis eines gemeisterten Lebens, in der Verarbeitung eines Erlebten, das so oder so lebensförderlich gewesen ist, erhielt Dichtung ihren Sinn. Wenn er einschärfte, „daß die Muse das Leben zwar gern begleitet, aber es keineswegs zu leiten versteht", erkannte er das poetische Vermögen des Menschen als eins unter anderen an, wies jedoch die Verabsolutierung des Ästhetischen nachdrücklich zurück. Hier sprach der Erfahrene, der sich in seinem langen Leben niemals nur der Dichtung hingegeben hatte.

Der Wunsch nach Weltliteratur

Am 31. Januar 1827 äußerte Goethe zu Eckermann: „Nationalliteratur will jetzt nicht viel sagen, die Epoche der Weltliteratur ist an der Zeit, und jeder muß jetzt dazu wirken, diese Epoche zu beschleunigen." Der Ausspruch fiel in einem Argumentationszusammenhang, der Grundansichten Goethes verdeutlichte. Die Poesie sei „ein Gemeingut der Menschheit"; überall und zu allen Zeiten trete sie in vielen Menschen hervor. Wenn man nicht in eigenem Dünkel verharren wolle, müsse man bei fremden Nationen Umschau halten. Freilich dürfe man dort nicht etwas Besonderes als schlechthin musterhaft ansehen. „Wir müssen nicht denken, das Chinesische wäre es, oder das Serbische, oder Calderon, oder die Nibelungen; sondern im Bedürfnis von etwas Musterhaftem müssen wir immer zu den alten Griechen zurückgehen, in deren Werken stets der schöne Mensch dargestellt ist." Auch beim alten Goethe wankte der Maßstab des schlechthin Vorbildlichen nicht. Als er 1827 den Begriff Weltliteratur prägte und im Gespräch, in Briefen und Aufsätzen benutzte, meinte er damit weder die selbstverständliche Lektüre und Aneignung fremder Literatur noch den Auf- und Ausbau eines weltliterarischen Kanons von Meisterwerken. Vielmehr schwebte ihm ein globaler Kommunikationsverbund vor, in dem Schriftsteller und Literaturen der Völker in einem beständigen Austausch des Gebens und Nehmens lebten. Die Beschränkung aufs Eigene und Begrenzte sollte hinfällig werden, ohne daß das je Eigentümliche eingeebnet würde oder gar verloren ginge. Durch mancherlei Erfahrungen und Impulse wurde er zu seinem – nirgends bündig definierten – Konzept angeregt. Von früh an hatte er andere Literaturen studiert, Herder in ihm einen aufnahmebereiten Schüler gefunden; die Literatur der Welt war ihm nichts Fremdes. Aus der Begegnung mit Hafis entfaltete sich an der Schwelle des Alters reiche dichterische Produktivität in zeit- und raumüberspannenden Zusammenhängen. Eine aufs Deutsche beschränkte Nationalbildung konnte in ihm keinen Fürsprecher finden. Das wurde schon deutlich, als ihn 1808 Friedrich I. Niethammer, ehemals Jenaer Theologie- und Philosophieprofessor, nun leitender Beamter in der bayrischen Schulabteilung, im Auftrag seiner Regierung fragte, ob er bereit sei, ein „Nationalbuch als Grundlage der allgemeinen Bildung der Nation" herauszugeben (an Goethe, 22. 6. 1808). Gedacht war an eine Anthologie deutscher Lyrik, die „eine sorgfältig gepflanzte und gepflegte vertraute Bekanntschaft mit den klassischen Geisteswerken unsrer Nation" vermitteln sollte. Goethe erwog das Vorhaben und übersandte im August 1808 den Plan eines lyrischen Volksbuchs (12,284 ff.), jedoch mit bezeichnenden Änderungswünschen: Mit dem „rein Eigenen" müßte auch

Angeeignetes übernommen werden; „ja man müßte ausdrücklich auf Verdienste fremder Nationen hinüberweisen, weil man das Buch ja auch für Kinder bestimmt, die man besonders jetzt früh genug auf die Verdienste fremder Nationen aufmerksam zu machen hat". In einem Entwurf notierte er in der Rubrik „Deutsches Fremdes": „Alles Bedeutende ist übersetzt oder zu übersetzen. [...] Was aus allen Zeiten und Orten für Menschen aller Zeiten und Arten wichtig war" (A 14,466). Was entstehen sollte (und nicht verwirklicht worden ist), war ein weltliterarisches Volksbuch für die Deutschen.

Wie er unter den Deutschen die individuelle Mannigfaltigkeit schätzte und zugleich beklagte, daß es an Kooperation, an geselliger Bildung mangelte, so stellte es sich ihm im Verbund der Weltliteratur dar. An abgelegener Stelle, im Schlußsatz der Besprechung des Straßburger Lustspiels *Der Pfingstmontag* (1820/1821), findet sich formuliert, was nachher die Essenz seines Konzepts der Weltliteratur ausmachte: „Lassen wir also gesondert, was die Natur gesondert hat, verknüpfen aber dasjenige, was in großen Fernen auf dem Erdboden auseinandersteht, ohne den Charakter des Einzelnen zu schwächen, in Geist und Liebe" (A 14,490). Das Besondere und Eigentümliche anerkennen und würdigen, aber sich nicht darin einspinnen und darauf beschränkt bleiben, sondern zu befruchtender Kommunikation in größeren Zusammenhängen gelangen: das galt im Rahmen der Nationalliteratur und im weiten Bezirk der Weltliteratur. Und den Deutschen war dringend zu wünschen, daß sie aus ihrer mitunter starren Enge und Selbstbezogenheit hinausgeführt würden. Wie oft mokierte sich der alte Herr bei Eckermann über Attitüden junger Landsleute! Aber er zögerte auch nicht hervorzuheben, daß die Deutschen schon seit langer Zeit bei der Vermittlung des „wahrhaft Verdienstlichen" an die ganze Menschheit beigetragen hätten (*German Romance*; 12,362).

Erheblich dürfte Goethes Nachdenken über diesen Komplex auch dadurch stimuliert worden sein, daß er selbst inzwischen als repräsentative Gestalt in weltliterarische Dimensionen aufgenommen worden war. Seine Werke wurden übersetzt, lesend und korrespondierend nahm er teil am internationalen geistigen Austausch, auf sein Urteil legte man Wert, auch wenn es oft nur kurze Äußerungen waren. Das änderte nichts daran, daß er sich zuzeiten mit seinen Ansichten, Plänen und Hoffnungen wie auf einer einsamen Warte vorkam. So waren die Gedanken zur Weltliteratur auch eine Entlastung des Gefühls, mit wenigen allein zu sein und zu den letzten einer Epoche zu gehören, wie er Zelter geschrieben hatte. Wie sehr ebenfalls die durch die moderne Technik ermöglichten oder sich abzeichnenden Verkehrsverbindungen die Ideen eines weltliterarischen Kommunikationsverbundes förderten, zeigt die Tatsache, daß er gerade in jener Zeit, als sich ihm die Vorstellung einer Weltliteratur festigte, geradezu enthusiastisch von den Plänen des Panama-Kanals, des Suez-Kanals und eines Rhein-Donau-Kanals sprach: „Diese drei großen Dinge möchte ich erleben, und es wäre wohl der Mühe wert, ihnen zuliebe es noch einige fünfzig Jahre auszuhalten" (E 21. 2. 1827). Verbindungen in die Weltweite, Entwicklung einer Weltkultur, Überwindung eines provinziellen Subjektivismus wollte der alte Goethe voranbringen. „Daraus nur kann endlich die allgemeine Weltliteratur entspringen, daß die Nationen die Verhältnisse aller gegen alle kennen lernen, und so wird es nicht fehlen, daß jede in der andern etwas Annehmliches und etwas Widerwärtiges, etwas Nachahmenswertes und etwas zu Meidendes antreffen wird" (*Thomas Carlyle, Leben Schillers*, Entwurf; 12,364).

In jenen Jahren, bei der Arbeit an der endgültigen Fassung der *Wanderjahre*, gebrauchte Goethe auch das Wort „Weltfrömmigkeit", nicht im Sinn einer aufs Weltliche gerichteten Religiosität, sondern um eine Tätigkeit zu bezeichnen, die sich ebenfalls in die Weite der Welt richtet und aufs Enge und Heimische nicht beschränkt bleibt. „Wir müssen den Begriff einer Weltfrömmigkeit fassen", ließ er den Abbé an Wilhelm Meister schreiben, „unsre redlich menschlichen Gesinnungen in einen praktischen Bezug ins Weite setzen und nicht nur unsre Nächsten fördern, sondern zugleich die ganze Menschheit mitnehmen" (8,243).

Aufmerksam las Goethe im hohen Alter europäische Zeitschriften, die Vermittlungsinstanzen der Weltliteratur waren, etwa die italienische *L'Eco*, die französischen *La Revue Française*, *Le Temps* und *Le Globe*. „Le Globe, La Revue française und seit drei Wochen Le Temps führen mich in einen Kreis den man in Deutschland vergebens suchen würde" (an Zelter, 9. 11. 1829). Viel mehr als deutsche Schriftsteller interessierten ihn europäische Autoren, und im größeren weltliterarischen Kontext relativierten sich manche Konflikte, die in den Grenzen der Nationalliteratur gewichtig zu sein schienen. Was er Weltliteratur nenne, meinte er zu Boisserée (12. 10. 1827), werde vorzüglich dadurch entstehen, „wenn die Differenzen, die innerhalb der einen Nation obwalten, durch Ansicht und Urteil der übrigen ausgeglichen werden." Schon 1820 hatte er, den Streit zwischen „Klassikern" und „Romantikern" in Italien beobachtend, viel Verständnis für beide Seiten aufgebracht und sich gegen leichtfertig vereinfachende Etikettierungen gewandt, hatte zu bedenken gegeben, daß starrsinniges, pedantisches Festhalten am Alten die Lust an Neuem provoziere, das von Zeitgenossen geschätzt werde, hatte erkennen lassen, daß die Spannungen zwischen „klassisch" und „romantisch" an Bedeutung verlieren, wenn man die Werke selbst betrachtet und ihre Qualitäten überprüft (*Klassiker und Romantiker in*

Italien, sich heftig bekämpfend (A 14,800 ff.). Alessandro Manzoni, in Italien als „praktischer Romantiker" gerühmt, erhielt freundliches Lob; seine *Heiligen Hymnen* (*Inni sacri*) beeindruckten mit ihrem „naiven Sinn" und einer „gewissen Kühnheit des Geistes". Und 1828 rief Goethe aus: „Was will all der Lärm über klassisch und romantisch! Es kommt darauf an, daß ein Werk durch und durch gut und tüchtig sei, und es wird auch wohl klassisch sein" (E 17. 10. 1828). Diesen Ausspruch ermöglichten allein weltliterarische Perspektiven; die Vorbehalte gegen romantische Tendenzen in Deutschland, wie Goethe sie seit seinen Attacken auf frömmelnde, ins Gestaltlose phantasierende Kunst charakterisiert und disqualifiziert hatte, blieben in Kraft. Tatsächlich zeichnete er ein Werk Manzonis, der in Italien geradezu als repräsentativer Überwinder des Klassizismus angesehen wurde, mit dem Ehrentitel „klassisch" aus und half in Besprechungen, die 1827 als Einleitung zu einer Werkausgabe des Italieners gesammelt wurden, dessen Weltruhm begründen. (Über den bekannten Roman *Die Verlobten*, *I promessi sposi*, hat er sich öffentlich nicht mehr geäußert, aber Boisserée mitgeteilt, daß er bei ihm „wirklich Epoche" mache; 11. 11. 1827). Keinem anderen europäischen ‚Romantiker' hat er das Beiwort „klassisch" zuerteilt. Als er das Schauspiel *Il Conte de Carmagnola* ausführlich vorstellte und besprach (1820/1821), rühmte er, „weder ein Wort zuviel gefunden noch irgendeins vermißt" zu haben. „Männlicher Ernst und Klarheit walten stets zusammen, und wir mögen daher seine Arbeit gerne klassisch nennen" (A 14,826). Die eindringliche Würdigung des italienischen Autors wurde ihm gewiß auch dadurch ermöglicht, daß in jener Literatur die Verbindung zum klassischen Altertum nie ganz abzureißen drohte und auch der Katholizismus lebendige, gewachsene Tradition und nicht sentimentalisches Schwärmen wie bei deutschen Konvertiten war. So schätzte der deutsche Rezensent die *Inni sacri* als Dichtung eines „Christen ohne Schwärmerei, als römisch-katholisch ohne Bigotterie" (A 14,814). Es ist bezeichnend, daß Goethe, aufmerksam aufs einzelne Werk und sich nicht an vorgängige Klassifizierungen bindend, gerade in seiner Rezension des *Il Conte de Carmagnola* Grundsätze der Kritik formulierte. Gleich zweimal kam er auf sie zu sprechen, deren Beachtung Manzoni selbst in der Vorrede zu seinem Stück gewünscht hatte (A 14,814,830). Es waren Prinzipien, die nichts an Geltung eingebüßt haben:

> Es gibt eine zerstörende Kritik und eine produktive. Jene ist sehr leicht, denn man darf sich nur irgendeinen Maßstab, irgendein Musterbild, so borniert sie auch seien, in Gedanken aufstellen, sodann aber kühnlich versichern: vorliegendes Kunstwerk passe nicht dazu, tauge deswegen

> nichts, die Sache sei abgetan, und man dürfe ohne weiteres seine Forderung als unbefriedigt erklären; und so befreit man sich von aller Dankbarkeit gegen den Künstler.
> Die produktive Kritik ist um ein gutes Teil schwerer, sie fragt: Was hat sich der Autor vorgesetzt? Ist dieser Vorsatz vernünftig und verständig? Und inwiefern ist es gelungen, ihn auszuführen? Werden diese Fragen einsichtig und liebevoll beantwortet, so helfen wir dem Verfasser nach, welcher bei seinen ersten Arbeiten gewiß schon Vorschritte getan und sich unserer Kritik entgegen gehoben hat (A 14,830 f.).

Gerade die mittlere der drei Fragen bringt das zu besprechende Werk auf den Prüfstand einer Nachfrage, die sich mit einfühlsamer Betrachtung, vielleicht gar mit einer vor lauter Verehrung blinden Hinnahme des Gebotenen nicht begnügt, sondern auszuloten sucht, in welchen – freilich jeweils zu explizierenden – Sinnzusammenhängen menschlichen Lebens und seiner gesellschaftlichen Verfaßtheit das Unternommene „vernünftig und verständig" ist oder nicht.
Auf verblüffende Weise war Goethe von Dichtung und Person des englischen Romantikers Lord Byron fasziniert. Obwohl ihm doch längst jede Exzentrik und Exaltierheit fragwürdig geworden waren, obwohl er die Lust an Weltschmerz und Pessimismus nicht teilen konnte (von Phasen eigener Verzweiflung abgesehen), obwohl ihm das selbstgenießerische Dahinstürmen durch die Welt und poetisch-politischer Aktivismus fremd sein mußten: in Byron erkannte und anerkannte er die Verkörperung des Dämonischen. Der Brite, unabhängig in jeder Beziehung, scherte sich nicht um die Meinung seiner Landsleute und deren moralische Empfindlichkeiten, war besessen in seinem Ergründenwollen der eigenen Individualität, seinem Erkenntnisdrang, der ihn immer wieder der Grenzen bewußt werden ließ; rauschhafte Zustände beseligten und Abstürze in Verzweiflung quälten ihn, Faust in seinem Streben und in seinem Zurückgeworfensein war ihm vertraut, Menschen- und Weltverachtung gärten immerfort. Schranken, die den Menschen gesetzt waren, wollte er überwinden, und als er sich dem Freiheitskampf der Griechen gegen die Türken anschloß, war es der Wunsch, die Poesie mit der den Einsatz des Lebens fordernden Tat zu verbinden. Aber schon am 19. April 1824 starb er in Missolunghi an einer Gehirnhautentzündung einen frühen Tod.
Goethe verfolgte das ruhelose Leben des Dandys und tatendurstigen Poeten mit staunender Bewunderung, zeigte seine Werke an und sah in dessen *Manfred* (1817) Faustisches verwandelt wiederkehren. „Dieser seltsame geistreiche Dichter hat meinen Faust in sich aufgenommen und, hypochondrisch, die seltsamste Nahrung daraus gesogen. Er hat die seinen Zwecken zusagenden Motive auf eigne Weise benutzt, so daß

keins mehr dasselbige ist, und gerade deshalb kann ich seinen Geist nicht genugsam bewundern." Freilich könne er nicht leugnen, „daß uns die düstere Glut einer grenzenlosen reichen Verzweiflung am Ende lästig wird. Doch ist der Verdruß, den man empfindet, immer mit Bewunderung und Hochachtung verknüpft" (A 14,785). „Mein Selbstzerstörer war ich und will ferner / Mein eigen sein", hieß es in der Schlußszene des *Manfred*. Mit Besprechungen und kleineren Übersetzungen übte Goethe seine weltliterarische Vermittlerfunktion aus. Byron, der fast vierzig Jahre Jüngere, war beglückt und drückte seinerseits seine Bewunderung des Weimarer Großen in Briefen und Widmungen aus. Den nach Griechenland Aufgebrochenen erreichte noch im Juli 1823 in Livorno das Gedicht *An Lord Byron* mit jener Mittelstrophe: „Wie soll ich dem, den ich so lang begleitet, / Nun etwas Traulich's in die Ferne sagen? / Ihm, der sich selbst im Innersten bestreitet, / Stark angewohnt, das tiefste Weh zu tragen." Gleich im folgenden Todesjahr steuerte Goethe Thomas Medwins Erinnerungsbuch seinen *Beitrag zum Andenken Lord Byrons* bei (12,324 ff.), mit dem Eingeständnis, etwas im Grunde Unfaßbares bestaunt zu haben: „Was soll man von einem Erdgebornen sagen, dessen Verdienste durch Betrachtung und Wort nicht zu erschöpfen sind?" Die eigentliche Totenfeier inszenierte er im zweiten Teil des *Faust* in der Gestaltung des Euphorion und den Klagen um sein Ende.

Es war Faszination durch das dämonisch Außergewöhnliche, die Goethe bei Byron gefangennahm. Nichts verband die Byronsche Dichtung des Auftrumpfens, des Überdrusses und der Verneinung mit den Maximen und Reflexionen des Goetheschen Alters. Und doch war er hingerissen. Hier traf ihn erneut und noch einmal in „düsterer Glut" Zeugenschaft seines eigenen frühen Geistes. Vielleicht ahnte er, daß es Spuren seines *Götz*, seines *Werther*, des ersten *Faust* sein würden, die sich vor allem in die europäischen Literaturen des 19. Jahrhunderts einzeichneten, und wollte es nicht verleugnen, sondern in der Bewunderung Byrons noch als eigene Erbschaft anerkennen. Seine fördernde Teilnahme war überdies auch der Versuch, sich tätig in die gewünschte weltliterarische Kommunikation einzuschalten, in der persönliche Normvorstellungen keinen absoluten Rang beanspruchen konnten, wenn man es mit der Vermittlung ernst nahm. Goethe übersah keineswegs die für ihn tief problematischen Seiten des Byronschen Naturells und Dichtens, beklagte auch, daß dessen „revolutionärer Sinn und die damit verbundene beständige Agitation des Gemüts" sein Talent nicht habe zur gehörigen Entwicklung kommen lassen (E 24. 2. 1825), und meinte, nicht ein freiwilliger Entschluß, sondern „sein Mißverhältnis mit der Welt" habe ihn in den griechischen Freiheitskampf getrieben. Aber dem Erscheinen ei-

nes produktiven Menschen, in dem „das Dämonische in hohem Grade wirksam gewesen sein" mag (E 8. 3. 1831), war Goethes Staunen und Bewunderung gewiß.
Unter ganz anderen Auspizien stand die Verbindung zu Thomas Carlyle, um nur ihn noch zu erwähnen. Dieser war in seiner Jugend ganz in den Sog des ‚Byronismus' geraten und hatte Verzweiflung bis an den Rand des Selbstmords durchlebt. Goethes *Meister* endlich half zu einer Lebenswende; dort fand er Angebote, wie Existenzprobleme zu bewältigen seien, und des Dichters eigenen Weg vom *Werther* bis zu den *Wanderjahren* nahm er als Beispiel einer Lebensverwirklichung, die aus den Zweifeln und der Verstrickung in innere Verwirrung hinausführte. So wurde er zum eifrigen Vermittler eines neuen Goethebilds in England, das bisher vom Jugendwerk gefärbt gewesen war. Eine andere Einseitigkeit löste die vorherige ab: Jetzt erschien Goethe als der sicher gefestigte Mensch, der mit seinen Maximen gültige Antworten auf Fragen des individuellen und gesellschaftlichen Lebens bereithielt. Die englische Übersetzung von *Wilhelm Meisters Lehrjahren*, die Carlyle 1824 nach Weimar schickte, beachtete Goethe zunächst kaum und ließ es bei einem förmlich unverbindlichen Dankschreiben bewenden (30. 10. 1824). Seit 1827 indes verfolgte er mit wachsender Aufmerksamkeit die lebhafte Vermittlertätigkeit für die deutsche Literatur, die der gebildete Schotte leistete. In *Kunst und Altertum* besprach er dessen *Life of Friedrich Schiller*, die Anthologie deutscher romantischer Dichtungen *German Romance* und stattete 1830 die Übersetzung der Schiller-Biographie mit einer Vorrede aus. Im großen Brief vom 20. Juli 1827 würdigte Goethe gerade auch das Übersetzen als wichtige Vermittlung des „allgemein geistigen Handels" und ging wiederum den geliebten weltliterarischen Überlegungen nach: Schon seit geraumer Zeit sei das Bestreben der besten Dichter aller Nationen „auf das allgemein Menschliche" gerichtet. „Was nun in den Dichtungen aller Nationen hierauf hindeutet und hinwirkt, dies ist es was die übrigen sich anzueignen haben. Die Besonderheiten einer jeden muß man kennen lernen, um sie ihr zu lassen, um gerade dadurch mit ihr zu verkehren; denn die Eigenheiten einer Nation sind wie ihre Sprache und ihre Münzsorten, sie erleichtern den Verkehr, ja sie machen ihn erst vollkommen möglich." Der Literaturkritiker Carlyle nahm diese Gedanken auf: Der moderne Verkehr vereine alle Nationen zu einer einzigen; kein Autor schreibe folglich nur mehr in der Isolation seines Landes. Goethes Wunsch nach Weltliteratur hatte Gehör gefunden.

Ein halbes Jahrhundert in Weimar

Noch im Frühjahr 1824 spielte Goethe mit dem Gedanken, im Sommer oder Herbst wieder in die böhmischen Bäder zu reisen, und die Hoffnung auf ein Wiedersehen mit Ulrike v. Levetzow und ihrer Familie war noch nicht ganz erloschen. „Sagen Sie mir indessen, teuerste Freundin, mit mehr Entschiedenheit, wenn es möglich ist, Ihre Aussichten, Plane, Vorsätze für die nächste Zeit; dadurch gewänne man, im ungewissen Falle, doch einen Anhalt auf den man lossteuerte" (an Amalie v. Levetzow, 13. 4. 1824). Aber er blieb in Weimar, und die Marienbader Sommer waren endgültig Vergangenheit.

Im Herbst des nächsten Jahres, am 3. September 1825, blickte Großherzog Carl August auf eine fünfzigjährige Regentschaft zurück. Aufwendige Feierlichkeiten hatte er sich verbeten, aber ohne Gratulationscour ging es natürlich nicht ab, zumal der Tag der Regierungsübernahme auch sein Geburtstag war. Carl August hatte draußen im Römischen Haus geschlafen, wo er die Sommerwochen gern verbrachte. Ganz früh, gegen sieben Uhr, erschien Goethe mit Kanzler v. Müller, um als erster gratulieren zu können, „beredt in stummer Rührung" (KM S. 283).

Carl August ehrte seinen Freund und Minister kurz darauf in besonderer Weise. Am 7. November vor fünfzig Jahren war Goethe in Weimar eingetroffen, als Gast zunächst, und erst am 11. Juni 1776 hatte er die Aufgaben im Geheimen Consilium übernommen. Doch jetzt erklärte der Herzog den Tag der Ankunft zum Datum des fünfzigjährigen Dienstjubiläums. Insgeheim wurden die Festlichkeiten vorbereitet, der Jubilar erfuhr erst spät davon. Das Überraschendste werde, so wiederum Kanzler v. Müller, der an allem maßgeblich beteiligt war, ganz im stillen in Berlin präpariert: eine Medaille mit den Brustbildern des herzoglichen Paars auf der einen und dem Goethes auf der andern Seite und der Aufschrift „Carl August und Louise/Goethen". „So hat wohl noch kein Fürst seinen Diener gefeyert" (KM, S. 322). Mit allem Recht, betonte Carl August in seinem förmlichen Glückwunschschreiben, betrachte er den Tag der Ankunft in Weimar als den Tag des wirklichen Eintritts in seinen Dienst,

> da Sie von jenem Zeitpunkte an nicht aufgehört haben, Mir die erfreulichsten Beweise der treuesten Anhänglichkeit und Freundschaft durch Widmung Ihrer seltenen Talente zu geben. Die fünfzigste Wiederkehr dieses Tages erkenne ich sonach mit dem lebhaftesten Vergnügen als das Dienstjubelfest Meines ersten Staatsdieners, des Jugendfreundes, der mit unveränderter Treue, Neigung und Beständigkeit Mich bisher in allen Wechselfällen des Lebens begleitet hat, dessen umsichtigem Rath, dessen lebendiger Theilnahme und stets wohlgefälligen Dienstleistungen Ich den

glücklichen Erfolg der wichtigsten Unternehmungen verdanke und den für immer gewonnen zu haben, Ich als eine der höchsten Zierden Meiner Regierung achte (7. 11. 1825).

Hier ein zeitgenössischer Bericht Heinrich Carl Friedrich Peucers, der seit 1815 Direktor des Oberkonsistoriums war:

> Gestern hat Weimar den denkwürdigen 7. November gefeiert, wo im Jahre 1775 Goethe zuerst in unsere Mauern trat. Er wurde ganz früh vor dem Erwachen durch einen sanften Choralgesang unter dem Gartenfenster seines Schlafzimmers überrascht. Um 9 Uhr versammelten sich alle singende Damen und Freundinnen des Goetheschen Hauses, wohl vierzig an der Zahl, in dem größern Visitenzimmer und empfingen den Eintretenden mit einer Morgenkantate, Text von Riemer, Musik von Karl Eberwein. Alle Minister und höheren Staatsdiener, auch jenaische Professoren, Fremde usw. waren hierauf in den anstoßenden Zimmern seines Eintritts gewärtig. Der Staatsminister von Fritsch überreichte ihm ein Großherzogliches Handschreiben mit einer auf diesen 7. November geprägten Medaille [...]. Der Stadtrat überreichte ein Bürgerrechtsdiplom für die beiden Enkel Walther und Wolf von Goethe. Die Loge gratulierte, mehrere Landescollegia, die Bibliothek, die Akademie. [...] In dem einen Zimmer war eine vollständige Ausstellung von allerlei Industrie- und Kunstarbeiten der hiesigen Damen, von welchen jede etwas für ihn diesem Tage zu Ehren mit eigner Hand gearbeitet hatte. Um 10 Uhr kam der Hof, die ganze großfürstliche und erbgroßherzogliche Familie. Um 11 Uhr war große Zeremonie auf der Bibliothek, wohin eine ziemliche Menge Karten an Herren und Damen ausgeteilt waren. [...] Abermals Gesang, komponiert von Hummel, und Rede vom Kanzler von Müller, Gegenrede von Riemer.
>
> Um 2 Uhr zweihundert Gedecke im großen Saale des Stadthauses mit Rezitation, Gesängen und Toasts. [...] Abends „Iphigenie" von Goethe im Theater, bei stürmischem Applaus; der Abgang beklatscht; die ganze Darstellung meisterhaft, der schönsten Zeiten unsers Theaters würdig. Goethe war zugegen bis in den dritten Akt. Er wurde vor Anfang des Stücks beklatscht und mit Bravorufen empfangen. Abends nach dem Theater Abendmusik in Goethes Hause durch die Kapelle, von Hummel komponiert. Dem Vernehmen nach hat er alle diese Herren nach beendigter Musik bei sich zum Abendessen behalten. Eckermann übergab ein Gedicht. So endete dieser Tag (an K. A. Böttiger, 8. 11. 1825; Bo III 205 f.).

Die Universität Jena feierte ihren Förderer, indem die Medizinische Fakultät ihn zu ihrem Ehrendoktor wählte und die drei übrigen Fakultäten, die Theologische, Juristische und Philosophische, Ehrendiplome überreichten. Zudem konnte der Jubilar seinen getreuen Riemer und Eckermann in Anerkennung ihrer Arbeit für sein Werk die Ernennungsurkunden zu philosophischen Ehrendoktoren aushändigen. „Nach und nach erhol ich mich vom siebenten November", schrieb er Zelter am 26. November.

Eine unerhörte Begebenheit

Ende September 1826 schrieb Goethe, im Anblick des Totenschädels des verehrten Freundes, das Terzinengedicht auf Schillers Reliquien, und die alten Zeiten waren wieder nah. Wenige Tage später notierte er im Tagebuch: „Papiere durchgesucht" (2. 10. 1826); „Ältere Aufsätze und Schemata gesucht" (3. 10.); „Erneuertes Schema der Wunderbaren Jagd" (4. 10.). Ein früherer Plan tauchte wieder auf, der ihn schon nach *Hermann und Dorothea* beschäftigt hatte. Damals waren bei Schiller und Humboldt Bedenken laut geworden, ob das Sujet wirklich in epischer Form oder als Ballade gestaltet werden könnte, und Goethe hatte auf die Ausführung verzichtet. „Jetzt, beim Untersuchen alter Papiere, finde ich den Plan wieder und enthalte mich nicht, ihn prosaisch auszuführen, da es denn für eine Novelle gelten mag, eine Rubrik unter welcher gar vieles wunderliche Zeug kursiert" (an W. v. Humboldt, 22. 10. 1826). Im Januar 1827 war die Jagdgeschichte vollendet, aber ein endgültiger Titel noch nicht gefunden. „,Wissen Sie was', sagte Goethe, ,wir wollen es die ,Novelle' nennen; denn was ist eine Novelle anders als eine sich ereignete, unerhörte Begebenheit'" (E 25. 1. 1827). Im März 1828 bestimmte er dann als endgültigen Titel *Novelle*, ohne jeglichen Zusatz, und betonte damit die Repräsentanz dieser Prosa genauester Kalkulation für jene Gattung, die sich bekanntlich eindeutig nicht definieren läßt.

Die Handlung führt, was zu Anfang nicht zu vermuten ist, zu einer wirklich ,wunderbaren Jagd', bei der keine Gewaltanwendung mehr nötig ist, sondern ein Kind den entlaufenen Löwen mit Flötenspiel und Lied besänftigt und jede Gefahr, die drohen könnte, abwendet. Der Fürst war zur Jagd aufgebrochen, während Fürstin und Oheim, von Junker Honorio begleitet, auf einem Ausflug bis zur verfallenen Stammburg zwischen wilden Felsen gelangen. Da bemerken sie, wie in der Stadt, die sie eben noch durchritten und wo sie auch die Jahrmarktsbuden mit den zur Schau gestellten wilden Tieren gesehen haben, ein Brand ausbricht. Die Besorgnis wird groß; denn der Oheim hat mehrfach von einem Jahrmarktsbrand erzählt, und die Fürstin malt sich Schreckliches aus. Der Oheim eilt zur Stadt zurück; doch Fürstin und Honorio gelangen nicht weit, als sie im Gebüsch den Tiger bemerken, den man in der Feuersnot freilassen mußte. Scheinbar droht Gefahr,

Honorio zaudert nicht und streckt das Tier mit zwei Schüssen nieder. Bald erscheint die Schaustellerfamilie, wie Boten aus ferner morgenländischer Welt. Jammernd beklagt die Frau den unnötigen Tod des Tigers, der doch zahm gewesen sei. Noch verschärft sich die Lage, als bekannt wird, daß auch der Löwe losgekommen ist und sich oben im Hof der alten Burg niedergelegt hat. Es bedarf beschwörender Überredung des fremden Mannes, daß jener nicht gejagt wird, sondern dem Kind erlaubt wird, sich flötend und singend dem König der Tiere zu nähern. Das Wunderbare geschieht: Der Löwe folgt dem Knaben, ja sie setzen sich nieder, und das Tier legt dem Kind die rechte Vordertatze auf den Schoß, damit es den Dorn entfernen kann, der den Entflohenen verletzt hat.

Das alles spielt sich in heimischer Gegend ab. Das Älteste ist in den Felsen und der verfallenden Stammburg ebenso anwesend wie das ganz Gegenwärtige im Treiben der Stadt und in der sorgfältig gepflegten und angebauten Landschaft. Ausführlich berichtet der Oheim von der Burg, zu der man wieder Zugang geschaffen hat. Dort im Steingeröll haben sich Pflanzen und Bäume eingenistet und behaupten sich mit ihrer Lebenskraft. Natur durchdringt das Menschenwerk, und es zeigt sich „ein zufällig einziges Lokal, wo die alten Spuren längst verschwundener Menschenkraft mit der ewig lebenden und fortwirkenden Natur sich in dem ernstesten Streit erblicken lassen“ (6,493 f.). Was das geschäftige Treiben in der Stadt und die in sorgsamer Pflege kultivierte Landschaft vor Augen führen, ist das Ergebnis jenes „erstesten Streits“, den der Mensch mit der Natur zu bestehen hat. Hier, auf dem Gesamtschauplatz der *Novelle* vom Flachland bis zum Gebirge, in der Emsigkeit der Bewohner der Stadt und des bestellten Landes scheint die Beherrschung des zu Bewältigenden, der Ausgleich zwischen dem Widerstreitenden erreicht zu sein. So stellt es breit der Anfang der Erzählung dar. Auch der gesellschaftliche Ausgleich ist erreicht. „Des Fürsten Vater hatte noch den Zeitpunkt erlebt und genutzt, wo es deutlich wurde, daß alle Staatsglieder in gleicher Betriebsamkeit ihre Tage zubringen, in gleichem Wirken und Schaffen jeder nach seiner Art erst gewinnen und dann genießen sollte“ (6,491). Was in der Französischen Revolution angestrebt wurde, hat der Fürst zu realisieren verstanden und so vernünftig und weise allem Revolutionären den Boden entzogen. Freundlich, verehrungsvoll wird die Fürstin begrüßt, als sie durch die Stadt reitet und dem Volk begegnet. Die geordnete Welt: sie kann ruhig überschaut werden, so wie der Oheim der Fürstin ausführlich über die Burg und ihr Mann ihr über das Treiben in der Stadt erzählt hat.

Aber es ist auch nicht zu verkennen, daß der Mensch herrisch in die Natur eingreift. Die fürstliche Jagd will „die friedlichen Bewohner der dortigen Wälder durch einen unerwarteten Kriegszug" beunruhigen (8,492); die verfallende Burg, in der die Natur wieder ihre Kraft zeigt, will der Oheim „mit Geist und Geschmack" zu einem „Zauberschlosse" umgestalten, und Bilder von ihr sollen im Gartensaal aufgehängt werden; Honorio will über das Fell des Tigers nach Belieben verfügen. Der Mensch hat die Natur domestiziert, ist ihr Herr, genießt sie und verfährt mit ihr notwendig zivilisatorisch-kultivierend.

Bemerkenswert nachdrücklich weiß der Oheim auch von Zerstörerischem zu berichten; das Erlebnis des „ungeheuren Unglücks" eines Brandes hat sich ihm eingeprägt. Immer wieder kann Elementares aufbrechen, als Leidenschaft in einzelnen Menschen und als Andrang von außen. In Honorio, auch in der Fürstin schwelt Leidenschaft; doch sie überwinden sie, nicht in quälender Willensanstrengung, im erzwungenen Muß einer Pflicht, sondern in einer ruhigen, fast unmerklich sich auswirkenden Einsicht in die gegebenen und anzuerkennenden Lebenszusammenhänge. Eine intime Novelle im kleinen spielt sich hier ab.

Aber wie ist dem Elementaren zu begegnen, wenn es unvermutet ausbricht und in die Bezirke des Wohlgeordneten, Kultivierten, Zivilisierten einzubrechen droht? Der legendenhafte Schlußteil der *Novelle* gibt eine sinnbildliche Antwort. Wie aus archaischer Zeit herkommend, tritt die morgenländisch anmutende Schaustellerfamilie, in höchster Trauer und Sorge um den getöteten Tiger und den entsprungenen Löwen, der aristokratischen Gesellschaft gegenüber. Was der Mann beschwörend spricht, klingt wie eine Predigt über die Ordnung des Ganzen, der er und seine Familie sich zugehörig wissen. Auch im natürlich-ursprünglichen Zusammenhang herrscht Gewalt, wo das Pferd auseinanderscharrt, was die Ameisen mühsam erbaut haben. Aber beides geschieht nach Gottes Willen, so wie auch dem Löwen nichts widersteht. „Doch der Mensch weiß ihn zu zähmen, und das grausamste der Geschöpfe hat Ehrfurcht vor dem Ebenbilde Gottes, wornach auch die Engel gemacht sind, die dem Herrn dienen und seinen Dienern. Denn in der Löwengrube scheute sich Daniel nicht; er blieb fest und getrost, und das wilde Brüllen unterbrach nicht seinen frommen Gesang" (6,508). Allerdings geschieht die Zähmung auf eine geheimnisvolle Weise, wie Kind und Vater es vorführen: mit eigenartigem Flötenspiel und zauberhaft vielsinnigen Versen. Ohne Gewalt überwindet das Kind den König der Tiere. Es lebt noch, nur so ist das Außergewöhnliche zu verstehen, in einer unschuldig-unbewußten Übereinstimmung mit allen Elementen der Welt; märchenhaftes Beispiel für das, was real zu sein glückliche Wirklichkeit bedeuten würde. Nur mit Anklängen an christliche Verheißungsworte läßt sich das Unerhörte aussprechen, wie es die Familie gemeinsam singt:

Denn der Ewge herrscht auf Erden,
Über Meere herrscht sein Blick;
Löwen sollen Lämmer werden,
Und die Welle schwankt zurück.
Blankes Schwert erstarrt im Hiebe,
Glaub und Hoffnung sind erfüllt;
Wundertätig ist die Liebe,
Die sich im Gebet enthüllt (6,509).

Nichts weiter geschieht mehr in der Erzählung, als daß „das Kind flötete und sang so weiter, nach seiner Art die Zeilen verschränkend und neue hinzufügend“ (6,512): Eckermann kam es vor, als wäre „der Ausgang zu einsam, zu ideal, zu lyrisch“ und als hätten wenigstens einige der übrigen Figuren nochmals erscheinen müssen, um dem Ende mehr Breite zu geben. Doch Goethe belehrte ihn, daß er nach der pathetischen Rede des Mannes, die schon poetische Prosa sei, zur lyrischen Poesie, ja zum Liede selbst übergehen mußte (E 18. 1. 1827).
In der *Novelle* scheint eine Utopie der sanften, aber bezwingenden Macht des Gewaltlosen auf, der die Wirklichkeit sich nie anbequemen wird, obgleich diese wenigstens der Erinnerung an sie stets dringlich bedürfte. „Zu zeigen, wie das Unbändige, Unüberwindliche oft besser durch Liebe und Frömmigkeit als durch Gewalt bezwungen werde, war die Aufgabe dieser Novelle, und dieses schöne Ziel, welches sich im Kinde und Löwen darstellt, reizte mich zur Ausführung. Dies ist das Ideelle, dies die Blume. Und das grüne Blätterwerk der durchaus realen Exposition ist nur dieserwegen da und nur dieserwegen etwas wert“ (E 18. 1. 1827). Freilich, wer die Utopie der Legende kurzschlüssig als mögliche Realität erklärte, zu der nur jenes urtümliche Vertrauen der morgenländischen Familie, das Gefühl der Einheit mit einem göttlich geordneten Ganzen und seinen Mächten, vonnöten wäre, würde rechtens vom Spott eines Gottfried Benn mitgetroffen, der sich im *Weinhaus Wolf* (1937) über das „berühmte Alterswerk“ mokierte: „Eine Menagerie fängt Feuer, die Buden brennen ab, die Tiger brechen aus, die Löwen sind los – und alles verläuft harmonisch. Nein, diese Epoche war vorbei, diese Erde abgebrannt, von Blitzen enthäutet, wund, heute bissen die Tiger.“ Aber der alte Goethe selbst wußte gut genug, daß man Fiktion und Wirklichkeit ebensowenig leichtfertig verwechseln darf wie Ideal und Realität. Als Lord Byron bei seinem griechischen Unternehmen gestorben war, räsonnierte er, es sei ein Unglück, daß so ideenreiche Geister ihr Ideal durchaus ins Leben einführen wollten. „Das geht nun einmal nicht, das Ideal und die gemeine Wirklichkeit müssen streng geschieden bleiben“ (KM 13. 6. 1824).

Zwei große Spätwerke

Wilhelm Meisters Wanderjahre oder Die Entsagenden

Wilhelm Meister war am Ende der *Lehrjahre* gerade erst vorbereitet, eine Existenz zu verwirklichen, in die Erkenntnisse und Erfahrungen einzubringen waren, die er hatte sammeln müssen. Er und mit ihm die Leser hatten mannigfache Lebensformen kennengelernt und wenigstens *eine* Gewißheit gewonnen: daß der Weg ins tätige Leben führen mußte und der Wunsch nach allseitiger Bildung des Individuums, jener Totalitätsanspruch des Subjekts, eine Illusion war, da nur alle Menschen zusammen die Menschheit ausmachen und dem einzelnen Beschränkung abgenötigt wird. Noch war nicht abzusehen, wie die weitere Entwicklung Wilhelm Meisters erfolgen würde. Der Schluß der *Lehrjahre*, ohnehin vom Erzähler virtuos rasch und ohne Rücksicht auf zwingende Motivierung herbeigeführt, blieb ‚offen': Meister war zur Reise bereit, die die Gesellschaft der Türmer wünschte und auf der er zusammen mit Sohn Felix den Marchese, den Bruder des Harfners, nach Italien, in die Heimat Mignons, begleiten sollte. Der Roman forderte geradezu eine Fortsetzung.

Schon im Juli 1796 hatten Goethe und Schiller darüber gesprochen. „Lehrjahre" seien ein Verhältnisbegriff, meinte Schiller damals, sie beanspruchten ein Korrelat, die „Meisterschaft" (an Goethe, 8. 7. 1796), und Goethe hatte zu einer Fortsetzung „denn auch wohl Idee und Lust" (12. 7. 1796). Aber was in den Jahrzehnten bis zur Vollendung daraus wurde, war keine Geschichte von der Meisterschaft Wilhelms, sondern weitete sich aus zu einer großen Anthologie erzählender, reflektierender und einiger versgebundener Texte, die ein Panorama zwischenmenschlicher Verhaltensweisen und sozialer Strukturen boten. Der Handlungsfaden des eigentlichen Wilhelm-Meister-Stranges blieb dünn; er sicherte nur ein fortlaufendes Geschehen. Aber er verband auch die Bezirke der ‚Rahmenhandlung', um deren Präsentation es Goethe ging und die sich so verselbständigen konnten, daß die Titelgestalt des Buchs zeitweise aus dem Blick geriet. Wilhelm befindet sich, so die lockere Anknüpfung an die *Lehrjahre*, mit seinem Sohn auf der Wanderschaft, und gemäß einem Gebot der Gesellschaft der Entsagenden darf er nicht länger als drei Tage an einem Ort verweilen. Er soll möglichst viel kennenlernen. So begegnet er verschiedenen Lebensformen, Berufen und gesellschaftlichen Gliederungen, übernimmt Aufträge, die ihn zu immer neuen Bezirken weiterleiten. Früh von Jarno, der nun als Bergfachmann Montan heißt, über die Notwendigkeit spezialisierter Ausbildung belehrt, entschließt er sich endlich, Wundarzt zu werden, nachdem er von jenem Gelübde des immer kurzfristigen Aufenthalts befreit ist. Er will ein tätiges Glied in der Gemeinschaft der

Entsagenden werden, schließt sich dem Bund der Auswanderer an, und seiner ärztlichen Kunst ist es am Schluß vergönnt, den eigenen Sohn Felix zu retten.

Doch Wilhelms persönliche Geschichte ist, wie gesagt, nur ein schmaler Bestandteil der ‚Rahmenhandlung', das erzählerische Grundgerüst, nicht mehr. Die Stationen, die er erreicht, sind immer Anlaß für ausführliche Gespräche, Vorträge, Reden und Reflexionen über mannigfache Themen, und die Bezirke, in die er gerät, verselbständigen sich zu Bereichen eigener Bedeutung. Eingefügt sind zahlreiche Erzählungen, deren Gestalten manchmal ihren Part im ‚Hauptgeschehen' weiterspielen.

Seit 1807 begann Goethe Geschichten für die Fortsetzung seines *Meister*-Romans zu schreiben, und im Laufe der Zeit formte sich das Gesamtkonzept weiter aus. Auch *Die Wahlverwandschaften* waren ursprünglich für dieses Werk bestimmt, wuchsen dann aber zum eigenständigen Roman. 1821 erschien eine erste Fassung der *Wanderjahre;* doch seit 1825 arbeitete Goethe das Werk um und erweiterte es. Als er es 1829 unter dem Titel *Wilhelm Meisters Wanderjahre oder Die Entsagenden* veröffentlichte, ließ er wohlweislich die Bezeichnung „Ein Roman" fort, die noch der ersten Fassung beigefügt war. (Die Unterschiede der beiden Fassungen müssen hier auf sich beruhen bleiben.)

Es war bereits für die Zeitgenossen ein merkwürdiges, schwer durchschaubares Werk, ein Konglomerat des Verschiedenen. In der Fassung von 1821 fand sich sogar eine „Zwischenrede" (WA I 25/2,108 f.), die das Uneinheitliche zu entschuldigen suchte und in der es hieß: „Wenn wir also nicht, wie schon oft seit vielen Jahren, in diesem Geschäft abermals stocken wollen, so bleibt uns nichts übrig, als zu überliefern, was wir besitzen, mitzuteilen, was sich erhalten hat. Und so geben wir daher einige Kapitel, deren Ausführung wohl wünschenswert gewesen, nur in vorübereilender Gestalt, damit der Leser nicht nur fühle, daß hier etwas ermangelt, sondern daß er von dem Mangelnden näher unterrichtet sei und sich dasjenige selbst ausbilde, was teils der Natur des Gegenstandes nach, teils den eintretenden Umständen gemäß nicht vollkommen ausgebildet oder mit allen Belegen gekräftiget ihm entgegentreten kann." In der endgültigen Fassung hat sich in dieser Hinsicht nichts geändert. So blieb für Spätere oft genug schon die Form dieser Dichtung ein Rätsel. Zudem unterliefen bei der Überarbeitung einige Irrtümer, die der Dichter entweder nicht bemerkte oder für belanglos hielt. Auch wenn man die *Wanderjahre* der Tradition des additiv strukturierten Episodenromans zuordnete, blieb stets die Frage, worin denn die Einheit dieses Buchs bestünde, das auf so bunte, variantenreiche Weise scheinbar isoliert bleibende Erzählungen, Briefe, Tagebuchaufzeichnungen, Sprüche,

Erzählteile der ‚Rahmenhandlung', Kommentare eines Redakteurs vereinigte, ohne daß der Zusammenhang expliziert würde. In der Tat war und ist es schwer, sich von gewohnten Vorstellungen künstlerischer Einheit freizumachen. Dann glaubte man schließlich, ein Goethewort adaptierend, die Lösung darin zu finden, das Werk sei trotz aller formalen Ungereimtheiten doch aus einem Sinn, und ein kunstvolles, freilich nur in eindringlicher Interpretation freizulegendes Geflecht von Verweisungen und Spiegelungen halte es zusammen. Gewiß läßt sich unter dieser Prämisse vieles aufhellen, in seiner Bedeutung öffnen und in plausiblen Konnex bringen. Aber immer bleibt ein Rest. Vielleicht signalisiert Goethes Verzicht auf die Bezeichnung „Roman", daß er sein großes Alterswerk in Prosa in völlige Freiheit entließ und sich eine Gestaltung gestattete, die ihm, unbeengt von Zwängen zu Geschlossenheit, für alles Raum ließ, was er einbringen wollte. Da durfte sich das Erzählen Sprünge erlauben, und die Konsistenz eines Erzählzusammenhangs wurde nebensächlich. Die Interpreten sollten die Fahndung nach einer – wie auch immer konstituierten – ‚Einheit' aufgeben, ohne dem Werk gestalterische Schwächen anzulasten. Die Suche nach einer ‚Einheit' beruht ihrerseits ja auf dem Axiom, ein Kunstwerk müsse sie verwirklichen, wenn es denn ein solches sein wolle. Doch darf der Geltungsanspruch dieses Axioms durchaus in Frage gestellt werden. Goethe hatte offenkundig anderes im Sinn, als irgendwelchen Ansprüchen auf Einheit und Geschlossenheit eines Werks zu genügen. Er trug hier zusammen, was er als Beobachter der Zeit und menschlichen Verhaltens ausgekundschaftet hatte, übergab der dichterischen Erprobung, welche Antworten wohl auf Herausforderungen der gesellschaftlichen Lage möglich sein könnten, nahm dieses umfangreiche Prosabuch als ein Reservoir, das Geschichten und Gedanken, ausgeführte Entwürfe und bloße Anregungen in sich faßte, und legte es dem Leser zum Nachdenken (auch zur unterhaltsamen Lektüre) vor, von dem er stets hoffte, er würde einiges „supplieren" (an Riemer, 29. 12. 1827), also mit eigenen Gedanken das Dargebotene ergänzen und ausfüllen.

Dem entsprach die dem Buch zugrundegelegte Erzählkonstellation, die erst spät einsichtig wird und dem Autor jene Freiheiten gab, die er ausnutzen wollte. Alles, was vorgelegt wird, von der ersten bis zur letzten Seite, sind nämlich Textstücke aus einem fiktiven Archiv. Der Erzähler ist ein (fiktiver) Redakteur, der aus dem ihm vorliegenden Quellenmaterial auswählt und die Texte im Blick auf einen fiktiven Leser arrangiert. Dieser Redakteur ist nicht Goethe selbst; denn das würde bedeuten, daß Goethe tatsächlich das Archivmaterial vorgelegen hätte. Gleichwohl gehören zu den Quellen ‚reale' Bestände, also Textmaterial, das auch außerhalb des fiktiven Archivs existiert und zu Goethes Papieren zählte, etwa die Beschreibungen der Schweizer Baumwollindustrie von Heinrich Meyers Hand, die von Eckermann besorgten Exzerpte für die Aphorismensammlungen, die Umarbeitung des Melusinenmärchens, die Übertragung „Die pilgernde Törin". Der Autor Goethe, der natürlich über alles verfügt, treibt ein raffiniertes Spiel. Er setzt den fiktiven Redakteur ein, den er das Ganze arrangieren läßt. Dieser sieht sich als „treuer Referent" (8,436), als „Sammler und Ordner dieser Papiere" (8,408). Im fiktiven Archiv befindet sich ganz unterschiedliches Material; alles legt der Redakteur nicht vor, sondern wählt aus, ordnet, kommentiert, ja unterbricht einen Vorlesenden, indem er sich selbst zur Ordnung ruft: „Unsere Freunde haben einen Roman in die Hand genommen, und wenn dieser hier und da schon mehr als billig didaktisch geworden, so finden wir doch geraten, die Geduld unserer Wohlwollenden nicht noch weiter auf die Probe zu stellen. Die Papiere, die uns vorliegen, gedenken wir an einem anderen Orte abdrucken zu lassen und fahren diesmal im Geschichtlichen ohne weiteres fort, da wir selbst ungeduldig sind, das obwaltende Rätsel endlich aufgeklärt zu sehen" (8,118). Der Redakteur bedenkt also bei seiner Editionsweise immerhin die Erwartungen eines Romanlesers, und sein Darbietungsprinzip entspricht dem, was Lenardo von seinem Tagebuch sagt: „Ich will nicht behaupten, daß es gerade angenehm zu lesen sei; mir schien es immer unterhaltend und gewissermaßen unterrichtend" (8,338). Genaue Beobachtung der *Wanderjahre* zeigt, daß sich auch die als ‚Er-Erzählung' gebotene ‚Wilhelm-Meister-Handlung' in die Archiv-Fiktion fügt. Es muß ein Reisetagebuch Wilhelms an Natalie als wichtiger Bestandteil des Archivs angenommen werden, das der Redakteur bearbeitet.

Der erzähltechnische Kunstgriff legitimiert die Disparatheit und Unabgeschlossenheit der *Wanderjahre*, hält das Berichtete im Zustand des Unvollständigen, das das nach- und weiterdenkende Supplieren des Lesers anregt. Goethe läßt seinen Redakteur das Material gewissermaßen daraufhin durchforsten, was es an Unterhaltendem und Unterrichtendem hergibt. Das Buch ist so in einem Aggregatzustand des Experimentierens gehalten, wie ihn der Autor wünschte, der wieder einmal im Versuchsspiel der Dichtung menschliche und gesellschaftliche Möglichkeiten probeweise erkundete. „Eine Arbeit wie diese", schrieb Goethe an Rochlitz, „die sich selbst als kollektiv ankündiget, indem sie gewissermaßen nur zum Verband der disparatesten Einzelheiten unternommen zu sein scheint, erlaubt, ja fordert mehr als eine andere daß jeder sich zueigne was ihm gemäß ist, was in seiner Lage zur Beherzigung aufrief und sich harmonisch wohltätig erweisen mochte" (28. 7. 1829). In einem anderen Brief an denselben Adressaten: „Mit solchem Büchlein aber ist es wie mit dem Leben selbst: es findet sich in dem Komplex des Ganzen Notwendiges und Zufälliges, Vorgesetztes und Angeschlossenes, bald gelungen, bald vereitelt, wodurch es eine Art von Unendlichkeit erhält, die sich in verständige und vernünftige Worte nicht durchaus fassen noch einschließen läßt" (23. 11. 1829). Die verschiedenen, „sich voneinander absondernden Einzelnheiten" machten den Wert des Buchs aus. Als dennoch Rochlitz lieber auf das Ganze der *Wanderjahre* eingehen wollte, äußerte Goethe etwas unwirsch zum Kanzler v. Müller, jener habe „die alberne Idee gefaßt, das Ganze systematisch construiren und analysiren zu wollen. Das sey rein unmöglich, das Buch gebe sich nur für ein Aggregat aus" (KM 18. 2. 1830). 1821 hatte er sich gefreut, daß Zauper seine Ungeduld beim Wiederlesen der *Wanderjahre* gezügelt habe. „Zusammenhang, Ziel und Zweck liegt innerhalb des Büchleins selbst; ist es nicht aus Einem Stück, so ist es doch aus Einem Sinn" (7. 9. 1821). Damit konnte schwerlich anderes gemeint sein als die dominierende Beziehung aller Teile auf die zu erlangende Entsagung und die aus diesem Geist unter den Wandernden zu etablierende Arbeits- und Sozialordnung.

Mit Erzählungen hatte Goethe die Fortsetzungsarbeit am Wilhelm-Meister-Roman begonnen; manche Ideen dazu bewegten ihn schon in den ersten Jahren nach 1800. Die Novellen handeln von Verwirrung und Leidenschaft, Treue und Untreue, Voreiligkeit und falscher Wahl der Partner, von Konflikten, deren Lösung großenteils Entsagung fordert. Somit sind sie auf ein wesentliches Thema des ganzen Romans bezogen (der weiterhin Roman heißen darf bei Respektierung seiner besonderen, vorhin skizzierten Struktur). Detaillierte Einzelinterpretation kann einsichtig machen, wie die in den Kontext der *Wanderjahre* eingefügten Erzählungen einander zugeordnet sind, wie deren Motive sich ergänzen, fortgeführt werden und einander spiegeln. Beweist in der einen Geschichte jemand zuviel Ehrfurcht vor dem, was neben ihm ist, so in der antwortenden ein anderer zu wenig; verstricken sich Menschen einmal auf eine unglückliche, heillose Weise, so wird ein andermal solche Verwicklung gerade noch verhindert. In den Novellen wird von individuellen Schicksalen erzählt, in deren einander ähnlichen Konfliktsituationen die Menschen sich unterschiedlich verhalten und unterschiedliche Folgen zu tragen haben. Manchen der Betroffenen gelingt es, eine Haltung des Entsagens zu erreichen, und sie können dann zur Gemeinschaft derer finden, die in der ‚Rahmenhandlung' ihr Leben unter das Prinzip der Tätigkeit gestellt haben, die Entsagung fordert. Keine Instanz richtet über die Vorgänge; der Leser mag sich selbst sein Urteil bilden und vielleicht an den Folgen das Richtige oder Falsche des Tuns bemessen. Freilich wird ihm nahegelegt, den zur Entsagung Bereiten seine besondere Sympathie zu schenken. Weder bei der Schilderung der Einzelschicksale in den Novellen noch in der Darbietung des reichhaltigen anderen Materials der *Wanderjahre* wollte Goethe direkt didaktisch sein; das Belehrende, das er gleichwohl aller Poesie zuerkannte, sollte sich anders auswirken: Das dichterisch Verlebendigte, das sich der Einbildungskraft und Wirklichkeitsverarbeitung des Dichters verdankt und die nämlichen Vermögen beim Rezipienten beansprucht, vermittelt dem Leser ein Angebot zur Reflexion und zu eigenen Lernprozessen. „Alle Poesie soll belehrend sein, aber unmerklich", konstatierte Goethe 1827 im Aufsatz *Über das Lehrgedicht,* in dem er eine besondere didaktische Dichtart ablehnte (A 14,370 ff.); „sie soll den Menschen aufmerksam machen, wovon sich zu belehren wert wäre; er muß die Lehre selbst daraus ziehen wie aus dem Leben." Wie für die Geschehnisse in den Novellen gilt dies für die verschiedenen Daseins- und Sozialformen, die die ‚Rahmenhandlung' in den Blick rückt. Gerade die erläuterte eigentümliche Form der *Wanderjahre,* die „disparate Elemente zu vereinigen" sucht (an S. Boisserée, 2. 9. 1829), begünstigt die vermittelnd belehrende Absicht.

Dichterisches Lehrmaterial in solchem Sinn ist es gewiß, das Goethe in diesem Alterswerk bereitstellt. Es ist deutlich zwei miteinander verbundenen Themenkreisen zugeordnet: Wie kann und muß der einzelne Mensch sein Leben gestalten, das er nie als isoliertes Individuum, sondern als Glied der Allgemeinheit führt? Wie können und müssen gesellschaftliche Lebens- und Arbeitsformen geordnet sein, die den Herausforderungen der Zeit entsprechen?

Wilhelms Illusionen von einer allseitigen Bildung des einzelnen hatten bereits die *Lehrjahre* desavouiert. Den Türmern, die seinen Weg geheimnisvoll beeinflußten, waren hochgreifende Konzepte dieser Art suspekt gewesen, und es war ihnen gelungen, Wilhelm vom Primat des tätigen Lebens zu überzeugen. Aber noch hatte er mit der Forderung nach praktischer Tätigkeit nicht ganz ernst gemacht, noch hatte er keinen bestimmten Beruf ergriffen. Am Anfang der *Wanderjahre* ist er durchaus weiterhin ein Unfertiger, der in der Welt herumtastet und dem es an Kenntnissen mangelt. Jene Szene demonstriert es, als er seinem Felix weder Stein noch Pflanze zu erklären vermag. „Ich weiß nicht", ist der erste Satz, den Wilhelm spricht. Jarno, nun Montan und Spezialist im Bergwesen geworden, hat die für ihn bindende Erkenntnis parat:

> Ja, es ist jetzo die Zeit der Einseitigkeiten; wohl dem der es begreift, für sich und andere in diesem Sinne wirkt. Bei gewissen Dingen versteht sich's durchaus und sogleich. Übe dich zum tüchtigen Violinisten und sei

> versichert, der Kapellmeister wird dir deinen Platz im Orchester mit Gunst anweisen. Mache ein Organ aus dir und erwarte, was für eine Stelle dir die Menschheit im allgemeinen Leben wohlmeinend zugestehen werde. [...] Sich auf *ein* Handwerk zu beschränken, ist das Beste. Für den geringsten Kopf wird es immer ein Handwerk, für den besseren eine Kunst, und der beste, wenn er *eins* tut, tut er alles, oder, um weniger paradox zu sein, in dem *einen,* was er recht tut, sieht er das Gleichnis von allem, was recht getan wird (8,37).

Diese Maxime wird im Buch vielstimmig intoniert. „Allem Leben, allem Tun, aller Kunst muß das Handwerk vorausgehen, welches nur in der Beschränkung erworben wird. Eines recht wissen und ausüben gibt höhere Bildung als Halbheit im Hundertfältigen" (8,148). In nicht überbietbarer Schärfe postuliert Jarno-Montan später nochmals: „Narrenpossen sind eure allgemeine Bildung und alle Anstalten dazu" (8,282). Wilhelms Entscheidung, sich zum Wundarzt ausbilden zu lassen, ist die Konsequenz der Einsicht in diese Notwendigkeit, und es gibt im ganzen Roman keine Phase, in der er an der Richtigkeit seines Entschlusses zweifelt, ja das Ende, die Rettung seines Sohns, besiegelt sie nachdrücklich.

Bildung ist reduziert auf spezialisierte Fachausbildung. Aber auch in dieser Einseitigkeit ist noch die Idee der Teilhabe an der vom Menschen gewünschten Totalität der ihm möglichen Bildung aufgehoben, nämlich in jener schon in den *Lehrjahren* ausgesprochenen Überzeugung, daß nur alle Menschen zusammen die Menschheit ausmachen. Diese Perspektive bleibt dem einzelnen in seiner Spezialisierung. Er weiß sich eingefügt in die Allgemeinheit und ist sich bewußt, daß jene ohne seine besondere Tätigkeit nicht als ganze Menschheit im Sinn der Summe aller menschlichen Möglichkeiten wirklich werden könnte. Das Problematische der gepriesenen Einseitigkeit und spezialisierten Tätigkeit, das uns seit der Perfektionierung der arbeitsteiligen Gesellschaft mit ihrer entfremdenden Funktionalisierung des einzelnen längst vertraut ist, taucht deshalb bei Goethe nicht auf, weil seinem Konzept der Glaube an ein harmonisches Zusammenstimmen aller Tätigen zugrundeliegt, und der einzelne ist bereit, sich einzufügen, weil er vom Sinn des Miteinanderwirkens aller überzeugt ist. Es ist die humanistische Utopie einer Gemeinschaft der Tätigen. In ihr findet jeder an seinem Ort Erfüllung, weil er seine Arbeit als Beitrag zum Leben der Allgemeinheit begreift, in der die freie Tätigkeit der Tüchtigen das Gemeinwohl wie von selbst gewährleistet. Sie ist vom Konkurrenzkampf nicht zerrissen und von den negativen Auswirkungen der Trennung von Kapital und Arbeit noch verschont.

Wer die Unangemessenheit der „allgemeinen Bildung" angesichts der

Forderungen der Zeit einsieht, wer bereit ist, sich auf eine spezielle Tätigkeit zu beschränken, muß Entsagung lernen. *Die Entsagenden* nennt schon der Titel des Romans. Die in der Forschung umstrittene Frage, wer von den Personen der *Wanderjahre* Entsagender ist und wer nicht, mag hier außer acht bleiben. Gewiß kommt allen in der ‚Rahmenhandlung' Auftretenden dieses Prädikat zu. Entsagung bedeutet aber nicht nur, Bildungsansprüche zu reduzieren und sich mit Ausbildung und Ausübung einer bestimmten Fertigkeit zufrieden zu geben, sondern resultiert bei Goethe aus seiner Kenntnis der conditio humana und der Hinnahme der aus ihr folgenden Bedingtheit. Entsagung zu akzeptieren macht erst frei zu den Möglichkeiten, die den Menschen gegeben sind. Gegenüber sich selbst, der Natur und der Gesellschaft ist der Mensch zur Entsagung gezwungen, wenn er mit seinem Leben zurechtkommen will. Gewiß bedeutet das Resignation, aber keine, die lähmt und deprimiert, weil sie auf jener Einsicht beruht. „*Handle besonnen,* ist die praktische Seite von: *Erkenne dich selbst*", erläuterte Goethe in jenem Brief an Rochlitz (23. 11. 1829). „Die Menschen würden verständiger und glücklicher sein wenn sie zwischen dem unendlichen Ziel und dem bedingten Zweck den Unterschied zu finden wüßten und sich nach und nach ablauerten, wie weit ihre Mittel denn eigentlich reichen." Goethe erhob, auf der Basis seiner früher erwähnten Überzeugungen, die resignative Besonnenheit bei seiner Naturforschung zum Regulativ, und in einem Spruch der „Betrachtungen im Sinne der Wanderer", der einen zentralen Begriff Goetheschen Erkenntnisinteresses aufnimmt, ist die Notwendigkeit zur Begrenzung auf die Konstitution des Menschseins selbst zurückgeführt, ohne daß deshalb der einzelne seine zufällige Beschränktheit als Maß nehmen und sich mit ihr vorschnell zufriedengeben dürfte:

> Wenn ich mich beim Urphänomen zuletzt beruhige, so ist es doch auch nur Resignation: aber es bleibt ein großer Unterschied, ob ich mich an den Grenzen der Menschheit resigniere oder innerhalb einer hypothetischen Beschränktheit meines bornierten Individuums (8,304).

„Handle besonnen" heißt, die Bedingungen anzuerkennen und einzukalkulieren, unter denen Tätigkeit sinnvoll bleibt: „Unbedingte Tätigkeit, von welcher Art sie sei, macht zuletzt bankerott" (8,286).
Was hier variationsreich gelehrt wird, bedeutet sozusagen die Zurückholung des Prometheischen in die erkannten und hingenommenen Grenzen des Möglichen. Ohne Ernüchterung, ohne Bedauern, ohne Schmerz vollzieht sich die geforderte Bescheidung natürlich nicht. Besonders in der Liebe ist, wie manche Novellen berichten, der Weg zur

Entsagung bitter. Aber alles Resignierende im negativen Sinn ist in der willentlich akzeptierten Entsagung gemildert durch das Bewußtsein, einem Gebot zu entsprechen, das dem Menschen als Individuum und gesellschaftlichem Wesen in der Ordnung des Ganzen auferlegt ist. So legitimiert die Philosophie der Entsagung das Postulat nach Einseitigkeit und macht den einzelnen erst fähig zum tätigen Glied einer Gemeinschaft. Sie vermittelt zwischen dem schönen, aber illusionären Wunsch nach der Entfaltung aller angeborenen Anlagen in individueller Totalität und der Einbindung des einzelnen als brauchbares Glied in ein soziales Ordnungsgefüge. Konsequenterweise ist Tätigkeit im Sinn der Gemeinschaft der Entsagenden nicht Tätigsein um seiner selbst willen, sondern reflektiertes Tun, das sich der Begrenzung zustimmend bewußt ist und sich beständig über den Sinn der jeweiligen Tätigkeit klarzuwerden trachtet. In der Prägnanz einer Maxime: „Denken und Tun, Tun und Denken, das ist die Summe aller Weisheit, von jeher anerkannt, von jeher geübt, nicht eingesehen von einem jeden. Beides muß wie Aus- und Einatmen sich im Leben ewig fort hin und wider bewegen; wie Frage und Antwort sollte eins ohne das andere nicht stattfinden" (8,263). Auch das Schöne ist aus dieser Welt reflektiert entsagender Tätigkeit nicht ausgeschlossen, wenngleich es nicht das Zentrum der Überlegungen beansprucht. Vom Nützlichen durch das Wahre zum Schönen soll der richtige Weg gefunden werden.
Das Konzept der Entsagung ist unschwer auch als Quintessenz einer Summe von Erfahrungen, die Goethe in seinem Leben gesammelt hat, zu erkennen, als beschwichtigende Rationalisierung der Trauer über Nichterreichtes, vergeblich Versuchtes, über manches Begonnene und nicht zu Ende Gebrachte. Wo andere nur bewundern können, was er vermochte und was ihm gelang, beschwerte ihn, wie die Briefe zu erkennen geben, immer wieder das Gefühl des Ungenügens, und Entsagung in der Liebe wurde von ihm nicht nur nach dem Marienbader Sommer von 1823 gefordert.

Wilhelm kommt auf seiner Wanderschaft mit verschiedenen Lebens- und Tätigkeitsformen in Berührung und lernt bestimmte bestehende oder projektierte soziale Ordnungen kennen, manches aus eigener Anschauung, manches nur aus Berichten oder in Entwürfen. Und der Leser sieht das von Wilhelm selbst Erlebte wiederum nur aus dessen Sicht: insgesamt Multiperspektivität des Archivmaterials, das der arrangierende Redakteur bereitstellt. Gleich am Anfang trifft Wilhelm Meister im Gebirge auf jene merkwürdige Gruppe, die wie die heilige Familie auf der Flucht nach Ägypten daherzieht. Er bestaunt den Bezirk, in dem „Sankt Joseph der Zweite" heimisch geworden ist: in der Kapelle mit den Gemälden der Geschichte des heiligen Joseph. Ihm sucht dieser fromme Mensch in der Abgeschiedenheit des Gebirges nachzuleben, inspiriert durch die Bilder von Stationen aus dem Leben des Heiligen. Eine Idylle im Blick auf ein hohes Vorbild hat sich hier ausgebildet, so scheint es. Urtümliche Daseinsform wird rekapituliert, friedliche, in beschränkter Tätigkeit sich genügende Geborgenheit. Doch bei näherem Zusehen verflüchtigt sich der Schein der Idealität. Nur aus der Perspektive Wilhelms, der Jarnos Lehrsätze erst noch hören wird, zeigt sich die wunderlich-wunderbare Welt Josephs des Zweiten, und von jenem Zusammenspiel von Denken und Tun, Tun und Denken ist in dessen Leben nichts zu erkennen. War schon der biblische Joseph für Goethe durch fragwürdige Passivität gekennzeichnet, so ist sein Nachfolger ein zweifelhafter Nachahmer von Gemälden, die durchaus dilettantisch sind und zudem noch die Züge spätmittelalterlicher Verklärung tragen. Als Goethe diese Geschichte von Sankt Joseph schrieb – 1807 wurde sie schon im Tagebuch erwähnt –, war es bekanntlich die Zeit seiner scharfen Attacken auf die von manchen hochgelobte und gegen die Antike ausgespielte christliche Kunst, auf die „neukatholische Sentimentalität", das „klosterbrudrisierende, sternbaldisierende Unwesen" (A 13,451). Nur mit Ironie kann er die Idylle vom Leben eines Menschen, der in der Nachahmung dieser Art aufgeht, gestaltet haben. Die Funktion eines Leitbildes nimmt sie nicht ein; vielmehr kontrastiert sie zu den Bezirken, in denen weltzugewandte, in die Weite dringende Tätigkeit bestimmend ist.

Drei Tage lang lernen Wilhelm und Felix den Bezirk des „Oheims" kennen, eines Gutsbesitzers, der aus Amerika zurückgekommen ist und sein Gemeinwesen in der Art eines absolutistisch aufgeklärten Patriarchen verwaltet. Hier beginnt die Reihe sozialer Modelle, die Goethe in den *Wanderjahren* entwirft und vorstellt, manches dabei nur skizzierend, wie er es den Redakteur der Archivpapiere jeweils einrichten läßt. Im Rahmen der Dichtung trieb er eine erstaunliche Zeitanalyse, die das, was er von gesellschaftlich und wirtschaftlich bewegenden Kräften erkannte, ins Kalkül nahm. Das Gerede vom ‚unpolitischen Goethe' müßte vor dem Ernst dieser Beschäftigung mit Sozialstrukturen eigentlich verstummen. Gewiß, in die praktische Politik schaltete er sich nicht ein, seit er Kunst und Wissenschaft als die ihm zukommenden und anvertrauten Gebiete anerkannt hatte. Aber produktive, Modellentwürfe wagende Zeitdiagnose im Experimentierfeld der Dichtung versagte er sich nicht. Dabei versuchte er keine geschichtsanalytischen Herleitungen und strebte keine wissenschaftlich stringente allseitige Erfassung der Faktoren an, die die sozialen Strukturen bestimmten und die Veränderungsprozesse in ihnen bewirkten, sondern er überführte Einsichten,

Vermutungen und Erwartungen in die Gestaltenwelt der Dichtung, die sich mit Ausschnitten, fragmentarischen Konstellationen und andeutenden Verweisen begnügen darf.

Im Bezirk des Oheims ist alles nach klaren Prinzipien geregelt, die den Nutzen des einzelnen und der Gemeinschaft fördern sollen. Besitz und Mehrung des Besitzes sind erwünscht, aber er muß zum Nutzen der Allgemeinheit beitragen und darf die Nachbarn nicht schädigen. Obst und Gemüse, das der Oheim anbaut, hilft die Ernährung der Bergbauern sichern, und aus seinen Baumschulen gibt er den Landleuten Pflänzlinge ab. Ein Muster landwirtschaftlicher Produktion ist entworfen, bei der das Eigeninteresse des Besitzenden mit den Bedürfnissen der Gemeinschaft harmoniert. Das Privateigentum hat seine Berechtigung, da und sofern es den Interessen aller dient. Anders als im Feudalismus wird Grundeigentum hier als Ware angesehen, die unter dem Aspekt des Gewinns zu behandeln ist, wovon alle profitieren. Adliges Repräsentationsgebaren ist verschwunden, nutzbringende Tätigkeit regiert, wie am Beispiel der auf reine Zweckmäßigkeit eingeschränkten Mahlzeiten sinnfällig wird. Alle in diesem Bezirk Lebenden fügen sich ohne Schwierigkeiten in die Arbeitsabläufe ein. Hilfsmaßnahmen gegen Unfälle sind organisiert und funktionieren; die Polizei achtet auf Ordnung, hat aber nur Bagatellfälle zu ahnden. Für den Oheim, den philanthropische Ideen beflügeln, nicht aber wirkliche Sozialreformen, die an Besitzverhältnissen etwas änderten, scheint der Eigennutz mit dem Gemeinnutz eine schöne Übereinstimmung eingehen zu können, und die europäische Kultur, der er sich verbunden fühlt, ist ihm eine Quelle des Ansporns, humanitär tätig zu sein (und nicht in passiver Nachahmung zu verharren wie jener zweite Joseph).

Eine Utopie, zweifellos, und als solche im Text markiert; denn die Inschriften, die der Oheim überall angebracht hat, um jederzeit alle an seine Prinzipien zu erinnern, regen zu ironisch-kritischer Nachfrage an. „Ich aber finde", meint Hersilie, „daß man sie alle umkehren kann und daß sie alsdann ebenso wahr sind, und vielleicht noch mehr." Und Wilhelm Meister zielt beim Spruch „Besitz und Gemeingut" ins Zentrum, als er fragt: „Heben sich diese beiden Begriffe nicht auf?" (8, 68) Die Erklärungen, die folgen, um den Sinn des Bonmots zu erweisen, bringen Bedenkenswertes und können doch die grundsätzliche Antinomie, die in der behaupteten Identifikation von Eigennutz und Gemeinnutz steckt und im weiteren Gang der gesellschaftlichen Entwicklung aufbrechen mußte, nicht aufheben.

> Jede Art von Besitz soll der Mensch festhalten, er soll sich zum Mittelpunkt machen, von dem das Gemeingut ausgehen kann; er muß Egoist

> sein, um nicht Egoist zu werden, zusammenhalten, damit er spenden könne. Was soll es heißen, Besitz und Gut an die Armen zu geben? Löblicher ist, sich für sie als Verwalter betragen. Dies ist der Sinn der Worte „Besitz und Gemeingut"; das Kapital soll niemand angreifen, die Interessen werden ohnehin im Weltlaufe schon jedermann angehören (8,69).

So ist im Oheim-Bezirk eine Utopie gestaltet, in der kapitalistische Wirtschaftsweise durch die Fürsorge des Eigentümers für die Nichtbesitzenden gerechtfertigt und das Zusammenpassen von Eigennutz und Gemeinnutz als reale Möglichkeit angenommen wird. Goethes Hoffnungen sind in sie eingegangen, der das Besitzstreben des unter Nützlichkeitsgesichtspunkten wirtschaftenden Bürgers als gesellschaftliche Notwendigkeit einschätzte und einen harmonischen Ausgleich der Interessen aller für möglich ansah; ein Konzept, in dem der Gedanke an revolutionären Umsturz nur eine Verhöhnung geglückter Ordnung sein könnte.

Der „Pädagogischen Provinz" überläßt Wilhelm seinen Sohn Felix zur weiteren Erziehung. Ausführlich wird er beim Eintritt in den Bezirk und dann nach einigen Jahren, als er dahin zurückkehrt, über die Grundsätze, die dort herrschen, informiert. „Für eine Art von Utopien" hält Lenardo nach allem, was er davon gehört hat, diese Einrichtung (8,141). In der Tat erscheint die „Provinz" als ein utopischer Modellentwurf. Auf landwirtschaftlicher Grundlage organisiert, trägt sie sich selbst und ist als eigener Bezirk streng von der Außenwelt abgesondert. Jungen werden hier, vom Elternhaus getrennt, nach genauem Plan erzogen. Ziel und Grundsätze der Erziehung gründen in der Überzeugung, daß eine intensive spezialisierte Ausbildung nötig ist, die auf der Basis einer Frömmigkeit ruht, deren Ehrfurchtslehre dem Menschen die rechte Haltung für das tätige Leben in der Gemeinschaft anerzieht. So wird dem unkundigen Wilhelm zunächst eingehend jene Religiosität erläutert, die sich in den Formen der Ehrfurchten äußert, zu denen die Zöglinge angehalten werden, und die bereits an früherer Stelle (oben S. 488) zu besprechen waren. Die praktische Ausbildung steht ganz im Dienst der Formung des einzelnen zu einem „nützlichen, einem nötigen Glied der Gesellschaft" (8,283), „zum notwendigsten Glied unserer Kette" (8,243). Was Jarno-Montan über die Notwendigkeit verkündete, sich auf *ein* Handwerk zu beschränken, was später auch für den Auswandererbund gefordert wird, soll in der „Pädagogischen Provinz" erzieherisch praktiziert werden. In der gesellschaftlichen Entwicklung ist die Arbeitsteilung, wie Goethe hier durchblicken läßt, unausweichlich, aber die damit verbundenen Defizite werden, so der Optimismus des Entwurfs, durch die den einzelnen befriedigende Aufnahme in die mit seinen Bedürfnissen und Interessen übereinstimmende Gesellschaft aufgehoben. Anders als in den *Lehrjahren* ist das suchende Irren des Individuums nicht mehr ein im ganzen doch fruchtbares Sammeln von Erfahrungen, sondern ein Abweg, der verhindert werden muß. Zwar soll auch in der „Provinz" jeder selbst finden, wozu seine Fähigkeiten taugen, aber dann haben die Lehrer deren sorgfältige Ausbildung zu lenken und zu überwachen. Bezeichnend genug, daß gerade die traditionelle Schauspielkunst aus der „Pädagogischen Provinz" verbannt ist. Für solche „Gaukeleien" (8,257) ist kein Platz, und einer untätigen Menge von Zuschauern, die an der gebotenen Kunst selbst gar nicht beteiligt sind, etwas vorzuführen widerspricht den Ausbildungsprinzipien zu eigener Wirksamkeit. Die anderen Künste werden durchaus gelehrt, stets in strengem Fortschreiten vom Handwerklichen der jeweiligen Kunst zur weiteren Kunstfertigkeit (wie Goethe selbst es seit langem unermüdlich den Künstlern anriet), aber immer bleibt der Zusammenhang mit dem Leben der Gemeinschaft, der Nutzen für sie im Blick. Kunst und Gesellschaft sollen nicht voneinander getrennt sein, sondern jene soll im täglichen Leben beheimatet sein. Subjektive Selbstverwirklichung in der Einsamkeit künstlerischen Schöpfertums wird nicht angestrebt, sondern sinnvolles Zusammenspiel von Kunst und Gesellschaft. Arbeit und Spiel werden im Erziehungsprogramm miteinander verbunden; denn die praktischen und geistigen Fähigkeiten sind, jedem einzelnen gemäß, zu entfalten. Dem entspricht auch, daß die Zöglinge keine Uniform tragen. „Der Uniform sind wir durchaus abgeneigt, sie verdeckt den Charakter und entzieht die Eigenheiten der Kinder, mehr als jede andere Verstellung, dem Blicke der Vorgesetzten" (8,166). Der Satz widerspricht genau jenem in den *Wahlverwandtschaften* formulierten Ausspruch (oben S. 355), ein Beispiel dafür, wie perspektivgebunden manche maximenhaft klingenden Äußerungen in Goethes Schriften sind.

Die „Pädagogische Provinz" der *Wanderjahre* mutet wie eine erfindungsreiche Konstruktion an, die sich die Fiktion leisten darf. Doch Goethe phantasierte nicht; er nahm Anregungen auf, die die Wirklichkeit ihm bot. Philipp Emanuel Fellenberg unterhielt in Hofwyl bei Bern ein Erziehungsinstitut, dessen Ordnung und Verfahrensweisen die Konzeption der „Provinz" in mancher Hinsicht beeinflußt haben. Auch dort wurden spezielle Fertigkeiten ausgebildet, Neuankömmlinge auf ihre besonderen Fähigkeiten geprüft, und die Lage der über mehrere Dörfer verstreuten Lehranstalten ähnelte der „Provinz". Allerdings waren bei Fellenberg die Kinder der verschiedenen sozialen Schichten voneinander getrennt und wurden auch unterschiedlich ausgebildet, wogegen in den *Wanderjahren* jedem die Chance gleicher Ausbildung zukommt. Und während Goethe an der „Pädagogischen Provinz" schrieb, die schon zur ersten Fassung des Romans gehörte, beschäftigten ihn und Heinrich Meyer auch „Vorschläge zur Einrichtung von Kunstakademien“, die sie für interessierte Stellen der Berliner Verwaltung entwarfen. Umgekehrt zeigte er 1822 in *Kunst und Altertum* sogleich die „Vorbilder für Fabrikanten und Handwerker“ an, die ihm vom Berliner Minister für Handel und Gewerbe übersandt worden waren. Die Utopie der „Pädagogischen Provinz“ entpuppt sich also als ein Entwurf, in dem durchaus zeitgenössische Wirklichkeit verarbeitet ist.

Es vergeht lange Zeit, bis Wilhelm zum Bund der Auswanderer stößt. Wir können seinen Reisen zu den Spinnern und Webern im Gebirge, in die Heimat Mignons und wieder zurück zur „Pädagogischen Provinz“ hier nicht folgen. Die Gesellschaft, zu der er endlich findet, ist ein Bund von Handwerkern, der auf eigene Weise Reformpläne entwickelt, um Probleme der materiellen Produktion und des gesellschaftlichen Zusammenlebens und -wirkens unter den Entwicklungsbedingungen der Zeit zu lösen. Nach und nach stellen sich viele der alten Bekannten aus den *Lehrjahren* ein. Sie haben inzwischen fast alle ein Handwerk erlernt, und im Kreis der zur Wanderschaft Bereiten lebt der Geist, wie er schon im Bezirk des Oheims wirkte und in der Erziehung der „Pädagogischen Provinz“ vermittelt wurde. Wie dort die Zöglinge, von Musik ausgehend und von ihr begleitet, sich Fähigkeiten im handwerklichen, landwirtschaftlichen oder künstlerischen Sektor aneignen, so gehört Musik auch hier als akkompagnierendes und belebendes Element zu den Zusammenkünften hinzu. Entsagung im schon bekannten Sinn ist die selbstverständliche Voraussetzung für die Konzepte, die im Bund erörtert werden. Die den Distrikt des Oheims regelnden Prinzipien bleiben gültig. Bei seiner großen Rede geht Lenardo vom Lob des Grundbesitzes aus: „Da überzeugen wir uns denn von dem hohen Wert des Grundbesitzes und sind genötigt, ihn als das Erste, das Beste anzusehen, was dem Menschen werden könne“ (8,384). Aber nachdem er ihn als die „Grundfeste alles Daseins“ gefeiert hat, akzentuiert er einen neuen, wichtigen Gedanken:

> Und doch darf man sagen: Wenn das, was der Mensch besitzt, von großem Wert ist, so muß man demjenigen, was er tut und leistet, noch einen größern zuschreiben. Wir mögen daher bei völligem Überschauen den Grundbesitz als einen kleineren Teil der uns verliehenen Güter betrachten. Die meisten und höchsten derselben bestehen aber eigentlich im Beweglichen und in demjenigen, was durchs bewegte Leben gewonnen wird (8,385).

Das Leistungsprinzip wird inthronisiert, und wie schon im Bezirk des Oheims der Grundbesitz in Warenfunktion überführt wurde, so wird hier der Wert der „beweglichen" Güter als Wesentliches hervorgehoben. Damit ist bürgerliches Wirtschaften und Erwerbsstreben anvisiert, während gerade der feste, nicht als Ware abgelöste Grundbesitz die Existenzweise des Adels charakterisierte. Die Adligen, die zur Gemeinschaft der Entsagenden gestoßen sind, wissen sich der ökonomischen Entwicklung anzupassen und versuchen, sie aus wohlverstandenem Eigeninteresse voranzutreiben.

Schon in den *Lehrjahren* war die Idee der Auswanderung aufgetaucht (Buch 8, Kap. 7). In den hiesigen Gegenden schienen „die Besitztümer beinahe nirgends mehr recht sicher" zu sein (7,563). Die Mitglieder des Turms wollten eine „Sozietät" bilden, „die sich in alle Teile der Welt ausbreiten, in die man aus jedem Teile der Welt eintreten kann". So vermöge man sich für alle Notfälle einer Revolution untereinander die Existenz zu „assekurieren". In den *Wanderjahren* wird nun, wenn auch in vielem nur skizziert, ein Siedlungsplan für einen ganzen Auswandererbund entworfen, der jedem in seinem Beruf Tüchtigen ökonomischen Nutzen bietet, alle in der Gesinnung fürs Gemeinwohl zusammenhält und den Respekt vor der Ordnung der gesellschaftlichen Organisation fordert. Es zeichnet sich eine ideale Gemeinschaft ab, in der der einzelne für sich tätig ist und damit zugleich das Wohl des Ganzen befördert und in der das Kollektiv sich der Unvollkommenheiten seiner Glieder annimmt. In dieses Konzept spielt die Theorie eines Adam Smith und anderer hinein, nach der das Erfolgsstreben des einzelnen, sofern es nicht rücksichtslos auf Kosten der anderen vorangetrieben wird, in einem geradezu prästabilierten harmonischen freien Zusammenspiel der Kräfte das Glück der Gesamtheit hervorbringe. „Trachte jeder, überall sich und andern zu nutzen!" ruft Lenardo in seiner programmatischen Rede aus (8,386), und später wird der Obrigkeit die Aufsicht über die Spielregel übertragen: „Niemand soll dem andern unbequem sein; wer sich unbequem erweist, wird beseitigt, bis er begreift, wie man sich anstellt, um geduldet zu werden" (8,406). Noch 1830 wies Goethe schroff die staatssozialistischen Ideen der Saint-Simonisten zurück, die die Produktionsmittel in Gemeineigentum verwandeln wollten, und bestand darauf: „Wenn jeder nur als einzelner seine Pflicht tut und jeder nur in dem Kreise seines nächsten Berufes brav und tüchtig ist, so wird es um das Wohl des Ganzen gut stehen" (E 20. 10. 1830).

Die Organisation des Auswandererbundes strebt offensichtlich einen Ausgleich zwischen individuellen und gesellschaftlichen Wünschen und Ansprüchen an, eine soziale Integration der Tätigen, die sich die Lehre der Entsagung und die Erziehungsziele der „Provinz" zu eigen gemacht haben. Ohne strikte staatliche Ordnung ist das Funktionieren des Gemeinwesens allerdings nicht gewährleistet. Was der Redakteur über ihre

Einrichtung aus den Unterlagen wissen läßt, sind fast nur Andeutungen; es ist noch nicht ausgegoren, und die Anordnungen zirkulieren „unter der Gesellschaft selbst noch als Probleme" (8,408). Der Leser gewinnt den Eindruck, als solle ein nichtfeudalistisches System errichtet werden, in dem jedoch eine strenge ständische Gruppierung erhalten bleibt und Befehl und Gehorsam respektiert sein wollen. Eine „mutige Obrigkeit" wird gewünscht (8,406); wer sie legitimiert, bleibt unklar. Polizeidirektoren amtieren; wenn es nötig ist, rufen sie „mehr oder weniger Geschworene" zusammen; nach welchen Prinzipien, bleibt ebenfalls offen. Religiöser Kultus wird gefordert, und zwar auf christlicher Grundlage; Juden sind nicht geduldet (8,405), wohl auch wegen ihrer Geschäftstüchtigkeit nicht (8,387). Von der Religionsausübung wird die Sittenlehre „ganz abgesondert" und in wenigen Geboten erfaßt: „Mäßigung im Willkürlichen, Emsigkeit im Notwendigen" (8,405). Es sind tastende Versuche, „die Vorteile der Kultur mit hinüberzunehmen und die Nachteile zurückzulassen" (8,408). Eine freie Selbstorganisation, die unter Mitwirkung aller zustandekommt, zeichnet sich noch keineswegs ab; denn das Mißtrauen gegen die „Majorität" und ihre Entscheidungsfähigkeit ist groß, dies übrigens in Übereinstimmung mit Goethes oft bekundeter Meinung: „Nichts ist widerwärtiger als die Majorität; denn sie besteht aus wenigen kräftigen Vorgängern, aus Schelmen, die sich akkomodieren, aus Schwachen, die sich assimilieren, und der Masse, die nachtrollt, ohne nur im mindesten zu wissen, was sie will" (12,382).

Was Amerika, das Ziel des Auswandererbundes, so anziehend machte, war die Chance, neu anfangen zu können. „In der alten Welt ist alles Schlendrian, wo man das Neue immer auf die alte, das Wachsende nach starrer Weise behandeln will" (8,332). War in der ersten Fassung der *Wanderjahre* das Wandern noch nicht als Auswandern konzipiert, sondern als Umherziehen um einen europäischen Mittelpunkt, so trug die Zunahme der Kenntnis, die Goethe im letzten Lebensjahrzehnt von der Neuen Welt gewann, dazu bei, die Wanderer zu Auswanderern werden zu lassen. Auch das Reisetagebuch, das Prinz Bernhard, der zweite Sohn Carl Augusts, auf seiner Nordamerikareise 1825 geführt hatte und Goethe mit dem Historiker Luden 1828 zum Druck brachte, vermittelte neue Einsichten. „Drüben über dem Meere, wo gewisse menschenwürdige Gesinnungen sich immerfort steigern" (8,330), schienen freiere Möglichkeiten gegeben zu sein, Projekte ohne den Ballast europäischer Traditionen in Angriff zu nehmen und Entwicklungen voranzubringen, die auch hier die Zukunft bestimmen würden. Aber nicht nur Auswanderung nach Amerika wird im Bund der zu gemeinsamer Tätigkeit Entschlossenen erwogen, auch eine europäische Binnensiedlung zeichnet sich ab, deren führender Kopf Odoard ist, der nach schweren persönlichen Liebesverwicklungen zur Entsagung gefunden hat. In einer abgelegenen Provinz ermöglicht ein deutscher Fürst die Inangriffnahme eines modernen Projekts, das dem amerikanischen verwandt ist, wenn auch wegen der bestehenden feudalen Traditionen mit größeren Schwierigkeiten zu kämpfen hat.

Im Erprobungsraum der *Wanderjahre* bedenkt Goethe (sich mit der Archivfiktion die Freiheit zu Skizzen und Andeutungen einräumend) mögliche gesellschaftliche und ökonomische Veränderungen der Zeit. Das heraufziehende Industriezeitalter kündigt sich besonders in jenen Partien an, in denen er (in Lenardos Tagebuch) breit über die Baumwollspinnerei berichten läßt. (Heinrich Meyers authentische Aufzeichnungen dienten als Quellenmaterial.) Bis in Einzelheiten hinein wird beschrieben, wie sie in den Gebirgsdörfern als Heimindustrie betrieben wird; ein literarisches Denkmal eines zum Absterben verurteilten Handwerks. Susanne, die „Schöne-Gute", erkennt die Entwicklung, die nicht aufzuhalten ist. „Das überhandnehmende Maschinenwesen quält und ängstigt mich, es wälzt sich heran wie ein Gewitter, langsam, langsam; aber es hat seine Richtung genommen, es wird kommen und treffen" (8,429). Nur einen doppelten Weg sieht die Besorgte, „einer so traurig wie der andere: entweder selbst das Neue zu ergreifen und das Verderben zu beschleunigen, oder aufzubrechen, die Besten und Würdigsten mit sich fort zu ziehen und ein günstigeres Schicksal jenseits der Meere zu suchen" (8,430). Im Bund mit den Entsagenden eröffnet sich eine Lösung: Susanne wird bei Makarie leben, bis sie sich imstande fühlt, den Weg nach drüben anzutreten. Sie übergibt ihr Besitztum, und so wird „die vollkommene Einrichtung einer neuen Fabrikation durch Lokal und Zusammenwirkung möglich, und die Bewohner des arbeitslustigen Tales werden auf eine andere, lebhaftere Weise beschäftigt" (8,446 f.). Der Plan der Industrialisierung wird auch von Lenardo gebilligt, und noch deutet nichts darauf hin, welche Probleme das Zusammenspiel und der Konflikt zwischen Arbeit und Kapital im Zuge der industriellen Entwicklung heraufbeschwören wird. Noch trägt der Glaube, daß es nur der Gutwilligkeit aller bedürfe, und die von der Zeit der Einseitigkeiten erzwungene Beschränkung auf spezielle Fertigkeiten bleibt versöhnt mit der Idee der harmonischen Integration des einzelnen in das Ganze der Menschheit.

Schon früh auf seiner Wanderung wird Wilhelm Meister zur eigenartigsten Gestalt des Romans geleitet, zu Makarie, der Seligen, wie ihr griechischer Name sagt. Gebrechlich, körperlich leidend, nimmt sie doch an allem teil, vermittelt ratend und helfend, vermag die wahren Verhältnisse der Menschen zu durchschauen, die anderen verborgen bleiben.

Nichts nimmt sie nur für sich in Anspruch, sieht von sich selbst ab, weiß sich auf eine realitätsüberhobene Weise dem All verbunden, ja es wird von ihr gesagt, im Geist, der Seele, der Einbildungskraft hege und schaue sie nicht nur das Sonnensystem, „sondern sie macht gleichsam einen Teil desselben" und sieht sich in jenen himmlischen Kreisen mit fortgezogen, wandelt seit ihrer Kindheit um die Sonne, in einer Spirale, „sich immer mehr vom Mittelpunkt entfernend und nach den äußeren Regionen hinkreisend" (8,449). Der Redakteur berichtet mit geziemender Reserve, mit leichter Ironie von „dieser ätherischen Dichtung" (8,452). Über Plato hatte Goethe geschrieben: „Alles, was er äußert, bezieht sich auf ein ewig Ganzes, Gutes, Wahres, Schönes, dessen Forderung er in jedem Busen aufzuregen strebt" (14,54). Der Satz könnte auch für Makarie gelten. Sie ist die vollkommenste Entsagende, und als solche wird sie im Bund der Wandernden verehrt. Während Wilhelms ersten Besuchs bei ihr wird er auf die Sternwarte geführt, die sich auf ihrem Besitz befindet, wird vom Astronomen belehrt und sich im Anschauen des Sternenhimmels und in der Ahnung des Unendlichen seines Auftrags als Mensch bewußt: „Darfst du dich in der Mitte dieser ewig lebendigen Ordnung auch nur denken, sobald sich nicht gleichfalls in dir ein beharrlich Bewegtes, um einen reinen Mittelpunkt kreisend, hervortut?" (8,119) So wie hier in Makariens Nähe die geahnte Beziehung zum Absoluten sich herstellt, so zeugt jene vergeistigte, dem Übersinnlichen verbundene ‚selige' Frau sinnbildlich in der Gemeinschaft der Entsagenden davon, daß in der Begrenzung die Beziehung zu einem Höchsten, Geistigsten nicht abgerissen ist. Der Mikrokosmos des Menschen ist aus dem Makrokosmos nicht entlassen, sondern steht mit ihm in Übereinstimmung. Das hat Goethe viele Male zu veranschaulichen versucht. Bezeichnend, wie im späten Gespräch über Makarie das Eindringen in die tiefsten Klüfte der Erde und das Entfernen in die Höhe zueinander in Beziehung gesetzt werden. „An und in dem Boden findet man für die höchsten irdischen Bedürfnisse das Material, eine Welt des Stoffes, den höchsten Fähigkeiten des Menschen zur Bearbeitung übergeben; aber auf jenem geistigen Wege werden immer Teilnahme, Liebe, geregelte freie Wirksamkeit gefunden. Diese beiden Welten gegeneinander zu bewegen, ihre beiderseitigen Eigenschaften in der vorübergehenden Lebenserscheinung zu manifestieren, das ist die höchste Gestalt, wozu sich der Mensch auszubilden hat" (8,444 f.).

Nimmt man die Aphorismen der „Betrachtungen im Sinne der Wanderer" und „Aus Makariens Archiv" hinzu, in denen spruchhaft über Aspekte von Kunst und Literatur, Geschichte und Gesellschaft, Philosophie und Physik und anderes mehr reflektiert wird und in die entsprechend der Weisheit „Alles Gescheite ist schon gedacht worden, man muß nur versuchen, es noch einmal zu denken“ (8,283), manche alten Gedanken aufgenommen sind, dann erweisen sich die *Wanderjahre* in ihrem aggregathaften Zustand als ein großes Kompendium des alten Goethe, in dem er, Entsagung und selbstsicher im Begrenzten sich erfüllende Tätigkeit als conditio humana der Zeit anerkennend, Möglichkeiten individuellen Daseins und sozialer Gemeinschaften nachspürt und, in offener und verdeckter Beziehung darauf und in wechselseitiger Spiegelung, in den unterhaltsamen Novellen unerhörte oder auch nur irritierende Begebenheiten dem Nachsinnen der Leser anbietet. Am Ende wagen die Auswanderer den Aufbruch ins ferne Amerika. Ob ihr optimistischer Entwurf und der Plan der Binnensiedler um Odoard in Erfüllung gehen oder an den Realitäten zerschellen werden, davon erfahren wir nichts mehr. „Bleiben, Gehen, Gehen, Bleiben / Sei fortan dem Tücht'gen gleich, / Wo wir Nützliches betreiben, / Ist der werteste Bereich“ (8,413).

Faust.
Der Tragödie zweiter Teil

1806 hatte Goethe, die Fragmente endlich zu *einem* Stück verbindend, ein Faust-Drama abschließen können; 1808 war *Faust. Eine Tragödie* erschienen. Aber was der „Prolog im Himmel“ als Spielentwurf vorgegeben hatte, in dem „der Herr“ Mephisto gestattete, Faust auf die Probe zu stellen, war keineswegs zu Ende gebracht. Gretchen zerrüttet und zu Grunde gerichtet, Faust verzweifelt: das konnte nicht der Schluß eines unter so großer Perspektive eröffneten Dramas bleiben, das konnte nicht alles sein, wozu Faust aufgebrochen war, wohin er sich hatte treiben lassen, was er – und sei's mit Hilfe der schwarzen Magie – erkunden wollte, und so ohne jedes Urteil der höchsten Instanz wäre der „Prolog“ nichts als schmückendes Beiwerk geblieben. Ein zweiter Teil muß von früh an zum Konzept des Goetheschen-Faust-Dramas gehört haben. Schon zur Zeit der Gespräche mit Schiller dürfte ein Schema skizziert worden sein, das Stichworte auch für die Fortsetzung enthielt: „Lebens-Genuß der Person von außen gesehen 1. Teil in der Dumpfheit der Leidenschaft. / Taten-Genuß nach außen 2. Teil. und Genuß mit Bewußtsein. Schönheit. / Schöpfungs-Genuß von innen“ (3,427). Hier ist bereits angedeutet, wie sehr im zweiten Teil der bloße „Lebens-Genuß“ des auf sich selbst bezogenen Faust zurücktreten wird gegenüber dem tätigen Zugriff auf die Welt, und die Abbreviaturen weisen hin auf die Reflexionsprozesse um die in Helena konzentrierte Schönheit und die Schwierigkeiten, solchen Genuß zu erreichen. Die Begegnung mit Helena hatte der Dichter wohl stets vorgesehen; auch die Faust-Sage wußte ja davon. Und in der Zeit der intensiven Beschäftigung mit der Antike um die Jahrhundertwende widmete er sich zwischendurch gerade Szenen um diese Gestalt der griechischen Sage, so daß 1800 der Helena-Akt in wichtigen Teilen gestaltet war. Aber mit dem ersten Teil des 1808 erscheinenden *Faust* konnte er noch nicht verbunden werden, auch wenn vermutlich schon weitere Partien des zweiten Teils genauer konzipiert oder gar ausgeführt waren. Die Gedanken an die Vollendung des Dramas ruhten gewiß nie, doch zu einer kontinuierlichen Weiterarbeit kam es nicht. Fast scheint es, Goethe hätte vor den Schwierigkeiten kapitulieren wollen. Denn 1816, als er an *Dichtung und Wahrheit* diktierte, wo er über den Beginn seiner Faust-Dichtung berichten wollte, verfaßte er eine ausführliche Inhaltsangabe des zweiten Teils, um wenigstens vom Geplanten Bericht zu erstatten (3,431 ff.). Aber dann brauchte sie doch nicht in den Druck aufgenommen zu werden: Nach langer Pause, ständig von Eckermann gerade unter Hinweis auf jenen Überblick gedrängt, hatte sich Goethe wieder dem unvollendeten Werk zugewandt. Jahre waren vergangen, andere Aufgaben ihm näher gewesen. Aber seit 1825 füllte sich das Tagebuch mit laufenden Hinweisen, daß *Faust* ihn beanspruchte.

Zunächst begann er den ersten Akt auszuführen, die Szenen am Kaiserhof, den Mummenschanz, dann griff er vor auf den letzten Akt. 1827 nahm der vierte Band der „Ausgabe letzter Hand" den späteren dritten Akt auf: „Helena. Klassisch-romantische Phantasmagorie. Zwischenspiel zu Faust". Aber noch waren die „Antezedenzien", in denen Faust zu Helena geführt wird, auszugestalten: 1828 bis 1830 formte sich die „Klassische Walpurgisnacht". Mit der ihm bis ins höchste Alter geschenkten schier unglaublichen Erfindungsgabe und Gestaltungskraft gelang es ihm noch 1831, den vierten Akt auszuführen, den Kampf des Kaisers mit dem Gegenkaiser und die Übertragung des Küstengebiets an Faust, worauf dieser seine Herrschaft ausbauen will. Endlich war im August 1831 das Werk vollbracht, das ihn sechzig Jahre seines Lebens begleitete. „Und es war in der Hälfte des Augusts, daß ich nichts mehr daran zu tun wußte, das Manuskript einsiegelte, damit es mir aus den Augen und aus allem Anteil sich entfernte" (an C. F. v. Reinhard). Die Nachwelt mochte darüber befinden. Und doch ließ ihn die Dichtung nicht los. Im Januar 1832 nahm er sie wieder vor, las mit seiner Schwiegertochter Ottilie in ihr, und noch am 24. Januar diktierte er ins Tagebuch: „Neue Aufregung zu Faust in Rücksicht größerer Ausführung der Hauptmotive, die ich, um fertig zu werden, allzu lakonisch behandelt hatte."

Bei diesem Werk mit seinen 12 111 Versen drängt sich die Rede von der

Unerschöpflichkeit einer Dichtung auf, und es dürfte sich wohl kein Interpret finden, der sich anmaßte, ihm gerecht werden oder es sich in allen seinen Teilen verstehend aneignen zu können. Immer bleiben es Annäherungsversuche, und die Verkürzungen, zu denen der Verfasser einer Gesamtdarstellung von Goethes Leben und Werk gezwungen ist, reduzieren Erläuterungen auf spärliche Hinweise.

„Fast ganz subjektiv" sei der erste Teil, ließ Eckermann Goethe am 17. Februar 1831 bemerken. Das Zitat, ob authentisch oder eine Eckermannsche Interpretation, zielt auf den grundsätzlichen Unterschied zwischen *Faust I* und *Faust II*. Dominiert im ersten Teil die Ausprägung des Individuellen, des charakteristisch Besonderen bei den das Drama bewegenden Gestalten, so ist nun das Subjektive auf weite Strecken hin zurückgenommen und ein Spiel sinnbildlicher Vorgänge inszeniert, in dem Figuren und Geschehnisabläufe zu Funktionen einer bedeutungshaltigen Repräsentation werden, die Grundphänomene wesentlicher Bereiche des Lebens allgemein zur Erscheinung bringt. Aber nicht diskursiv, in darlegend erläuternder Sprache wird über die Genese von Natur und Kunst, über Gesellschaft, Dichtertum und Schönheit, mythologische Geschichtserfahrung und visionären Ausgriff in die Zukunft verhandelt, sondern in ebenso anschaulichen wie schwer zu durchschauenden Vorgängen, in denen unverkennbar sinnbildliche Bedeutung beschlossen ist, entfaltet sich ein Spiel von welttheatralischen Dimensionen. Symbolik und Allegorik werden genutzt, offensichtliche und verdeckte Verweisungszusammenhänge durchziehen das Stück, Bestandteile aus Mythen werden übernommen und neue mythische Konstellationen erfunden. Es ist, als wolle Goethe Bewußtsein und Imagination von wesentlichen Mächten des Lebens überhaupt und seiner Zeit im besonderen in der vielsinnigen Poesie des *Faust II* auffangen. Da wirkt vieles zusammen: das sichere Verfügen über den Fundus der Weltliteratur, die Reflexion über das Bild des Menschen von der idealisierten Antike bis zu den Erfahrungen in der Moderne, die naturkundlichen Einsichten, die er sich in jahrzehntelangen Bemühungen gewonnen hatte. Von allem wurde die Verwandlung in die poetische Metaphernwelt befruchtet.

Souverän verfügt Goethe im zweiten *Faust* über Räume und Zeiten, läßt Kaiser und Gegenkaiser kämpfen, verknüpft Mittelmeerisches und Nordisches, schickt Faust in die Unterwelt und schenkt Helena und ihm einen Sohn, veranstaltet ein Fest der Elemente an den Gestaden des Ägäischen Meers, verwandelt Mephisto in häßliche Kontrastfiguren und erhöht den Schluß zu einem Oratorium metaphysischer Verklärung. Der Reichtum an Bildern ist unübersehar, und mag der Dichter ein genaues Geflecht von Verweisungen geknüpft haben, so ist es zwar aufzudecken, verliert aber nicht seine Bedeutungsvielfalt. „Da sich gar manches unserer Erfahrungen nicht rund aussprechen und direkt mitteilen läßt, so habe ich seit langem das Mittel gewählt, durch einander abspiegelnde Gebilde den geheimeren Sinn dem Aufmerkenden zu offenbaren" (an C. J. L. Iken, 27. 9. 1827). Die Schwierigkeit, *Faust II* zu rezipieren (und etwa in Aufführungen zu realisieren), liegt darin, sowohl die Metaphorik im einzelnen zu entschlüsseln als auch den Sinnbildzusammenhang, der das Ganze durchzieht, in seiner Bedeutung transparent zu machen. Dabei ist Eindeutigkeit nirgends gesichert, und Goethes eigene Äußerungen halten sich in der Dämmerung wohlmeinender Ironie und verunsichernder Andeutung. Das Werk sei seinem Inhalt nach „rätselhaft genug" (an Riemer, 29. 12. 1827), ein „seltsames Gebäu" (an W. v. Humboldt, 17. 3. 1832), und wiederholt sprach er von „diesen ernst gemeinten Scherzen" (an S. Boisserée, 24. 11. 1831; an W. v. Humboldt, 17. 3. 1832). Für die Auslegungssucht hatte er bisweilen nur Spott übrig. Die Deutschen seien wunderliche Leute. „Sie machen sich durch ihre tiefen Gedanken und Ideen, die sie überall suchen und hineinlegen, das Leben schwerer als billig. Ei, so habt doch endlich einmal die Courage, euch den Eindrücken hinzugeben, euch ergötzen zu lassen, euch rühren zu lassen, euch erheben zu lassen. [...] Da kommen sie und fragen, welche Idee ich in meinem *Faust* zu verkörpern gesucht. Als ob ich das selber wüßte und aussprechen könnte!" (E 6. 5. 1827) ‚Unerschöpflichkeit' des *Faust* schließt daher die Lizenz zu mehrfachen Lesarten ein. Die ebenso schweifende wie geregelte Phantasie seines Dichters lädt den Leser zu nicht minder ausgreifendem wie kontrolliertem Nachvollzug ein.

Wie ein traditionelles Drama ist *Faust II* in fünf Akte (sehr unterschiedlichen Umfangs) gegliedert. Aber kein dramatisches Vorwärtsdrängen, in dem sich eine Szene aus der anderen folgerichtig entwickelte und den Kausalnexus des Geschehens einsichtig werden ließe, beherrscht die Aufeinanderfolge. Ganze Komplexe verselbständigen sich zu eigenwertigen Schauspielen in nuce, die Szene am Kaiserhof, der Mummenschanz, die „Klassische Walpurgisnacht", zu schweigen vom dritten Akt, der Begegnung Fausts mit Helena, und dem fünften Akt mit Fausts Herrschaftsausübung, Grablegung und gnadenhafter Erlösung. Ein Handlungsverlauf ist allerdings sehr wohl vorhanden und bindet die Teile des Dramas zusammen, aber er ist von geringer Bedeutung, dient vor allem dazu, die einzelnen großen Episoden zu lokalisieren und die Geschichte um Faust weiterzutreiben; denn nach wie vor wird seine Sache verhandelt, und es ist seine Weltfahrt durch Zonen des Wirklichen und Unwirklichen, auf der er erfahren und ergründen will, was immer die Magie ermöglicht, der er sich überantwortet hat. Noch gilt ja

die Wette, wenn auch von ihr nicht mehr die Rede ist, noch ist Mephisto die drängende Kraft, auch wenn er im Szenarium des mythischen Gestaltenspiels zu Nebenrollen degradiert zu sein scheint. Aber er ist es, der Faust an den Kaiserhof bringt und die Idee zu den „Müttern" weist, der den Ohnmächtigen in seine alte Studierstube befördert und auf dem Zaubermantel nach Griechenland geleitet.
Die ‚Handlung' läuft in einigen großen Phasen ab. Faust kommt an den Hof eines Kaisers, beseitigt dessen finanzielle Schwierigkeiten mit Hilfe des Papiergelds und soll auf dem großen Maskenfest die Schatten von Helena und Paris erscheinen lassen. Um das zu ermöglichen, muß er zu den „Müttern" hinabsteigen. Als er das legendäre Paar wunschgemäß heraufbeschworen hat, ergreift ihn selbst unstillbare Leidenschaft zum Inbild aller Schönheit, er will Helena wirklich besitzen. Nach Griechenland gebracht, durch die „Klassische Walpurgisnacht" ziehend, wird er in den Hades geschickt und bittet bei Persephone die Ersehnte frei (was im Drama nicht vorgeführt wird). Er lebt mit ihr in Griechenland in einer mittelalterlichen Burg zusammen, Euphorion ist beider Sohn, und er verliert ihn und Helena wieder. Dann will er mächtiger Herrscher und Täter werden. Er verhilft – mit Mephistos Täuschungskunst – dem Kaiser zum Sieg über den Gegenkaiser, wird zum Dank mit Küstengebiet belehnt und sucht nun, unbarmherzig sein Vorhaben durchsetzend, dem Meer neues Land abzugewinnen. Er scheint die Höhe der Macht schon zu erreichen, als ihn die Sorge erblinden läßt und den Hundertjährigen der Tod ereilt. Noch glaubt er die Spaten seiner Arbeiter klappern zu hören, aber in Wahrheit verrichten die Totengräber ihr Werk. Ihn erlöst die helfende Gnade; Mephisto aber geht leer aus.

Am Ende des ersten Teils war Faust in Schuld und tiefer Verzweiflung in Gretchens Kerker zurückgeblieben. „O wär' ich nie geboren!" hatte er ausgerufen (V. 4596). Nun liegt er, in „Anmutige Gegend" entführt, „auf blumigen Rasen gebettet, ermüdet, unruhig, schlafsuchend". Verwandlung ist nötig, Vergessen des Geschehenen, Wiedergeburt zu neuem Leben, wenn die Weltfahrt fortgesetzt werden soll. In nachgelassenen Papieren Eckermanns ist Goethes Bemerkung aufgezeichnet: „Wenn man bedenkt, welche Greuel [...] auf Gretchen einstürmten und rückwirkend Fausts ganze Seele erschüttern mußten, so konnt' ich mir nicht anders helfen, als den Helden, wie ich's getan, völlig zu paralysieren und als vernichtet zu betrachten, und aus solchem scheinbaren Tode ein neues Leben anzuzünden. Ich mußte hierbei eine Zuflucht zu wohltätigen mächtigen Geistern nehmen, wie sie uns in der Gestalt und im Wesen von Elfen überliefert sind. Es ist alles Mitleid und das tiefste Erbarmen." Gericht wird nicht gehalten, und ob Faust die Erneuerung verdient, nicht geprüft. Nichts anderes bedeutet die Hilfe der Elfen, „als ihn durch einen kräftigen tiefen Schlummer die Greuel der erlebten Vergangenheit vergessen zu machen". Von der Abenddämmerung bis zum Aufgang der Sonne reicht die Szene, in der Faust, wie von gütigen Kräften der Natur aufgenommen, Vergessenheit geschenkt wird, während der Wechselgesang des Elfenchors, ein Höhepunkt Goethescher Lyrik, die heilenden Phasen der Nacht bis zum Morgen feiert. Und ein genesener Faust erwacht: „Des Lebens Pulse schlagen frisch lebendig, / Ätherische Dämmerung milde zu begrüßen" (V. 4679 f.). Ein großer Monolog folgt, in dem er neu gestärkt sich zum Wunsch bekennt, „zum höchsten Dasein immerfort zu streben" (V. 4685). Aber ein gesammelter Faust spricht hier, nicht der, der sich aus Verzweiflung über die Erkenntnisgrenzen der Magie verschrieb, statt auf geduldiges Anschauen der Natur und forschendes Eindringen in sie zu vertrauen. Dieser Beginn des zweiten Teils thematisiert, daß in der Folge die Fülle der Welt mit ihren konkreten Erscheinungen und Metamorphosen Faust begegnen wird. Er scheint bereit zu sein, Welt aufzunehmen, sich ihr zu öffnen, sich ihr auszusetzen. Betroffen wird er freilich von dem „Flammenübermaß" der Sonne (V. 4708), er muß sich abwenden; denn das Höchste unmittelbar zu schauen ist dem Menschen nicht vergönnt. Aber der Anblick des Regenbogens tröstet: „Ihm sinne nach, und du begreifst genauer: / Am farbigen Abglanz haben wir das Leben" (V. 4726 f.). Eine Goethesche (platonische) Grundweisheit wird von Faust hier begriffen: „Das Wahre, mit dem Göttlichen identisch, läßt sich niemals von uns direkt erkennen, wir schauen es nur im Abglanz, im Beispiel, Symbol, in einzelnen und verwandten Erscheinungen" (*Versuch einer Witterungslehre;* 13,305). Dem Zugriff des Menschen ist das Absolute entzogen; er ist im Zwischenbereich des Trüben und Farbigen angesiedelt, wofür der Regenbogen das Gleichnis bildet. Faust begreift es hier – und vergißt es dann doch wieder. Die Besonnenheit seines Monologs bleibt ihm nicht erhalten. Erneut werden ihn auf dem Weg durch die Welt, die ihn nach dem Schlaf des Vergessens als das Gegründete und Beglückende aufnahm („Ein Paradies wird um mich her die Runde", V. 4694), seine Maßlosigkeit hinreißen, seine ungeduldige Begierde übermannen, des Absoluten habhaft zu werden. Als es zu spät ist, als sich die Sorge anschickt, ihn erblinden zu lassen, weiß er zu wünschen: „Stünd' ich, Natur, vor dir ein Mann allein, / Da wär's der Mühe wert, ein Mensch zu sein" (V. 11406 f.). Der Vorbehalt gegen das ‚Faustische', vom Dichter in den so ganz ‚goethisch' gehaltenen Anfangsmonolog eingelassen: am Ende wird er wiederholt und antwortet dem Beginn.

Ohnehin scheint der wohltätige Schlaf des Vergessens für den Faust des zweiten Teils von erheblicher Konsequenz zu sein. Nimmt ihm nicht das Bad „im Tau aus Lethes Flut“ (V. 4629) seine Geschichte und seine Individualität? Zeigt *Faust II* den Helden nicht nur noch als Rollenspieler, dessen wechselnde Funktionen durch keine Identität der Person mehr zusammengehalten werden, und macht ihn die durchgängige Differenz zwischen Rolle und Person nicht zu einer allegorischen Figur? Das sind Beobachtungen neuerer *Faust*-Forschung, auf die zurückzukommen ist.

Das gewichtige Wort vom „farbigen Abglanz“ läßt sich im Zusammenhang dieser Dichtung noch in einem weiteren Sinn verstehen, nämlich als Legitimation der symbolischen und allegorischen Vorgänge und Gestalten, des Sinnbildcharakters der dargestellten Bereiche und ihres Geschehens. Das Gegenständliche gibt sich als Sinnbildhaftes zu erkennen und eröffnet mit der Vielfarbigkeit und -gestaltigkeit des „Abglanzes“ einen weiten Spielraum der Verweisungen auf Bewußtes und Geahntes, Erkanntes und versuchend Imaginiertes, „da sich gar manches unserer Erfahrungen nicht rund aussprechen und direkt mitteilen läßt“.

Übergangslos schließen sich im ersten Akt die Szenen am Kaiserhof an. Die Sphäre von Herrschaft und Politik stellt sich dar, aber das Reich ist zerrüttet, die Kassen sind leer, Gesetze werden mißachtet, Aufruhr droht, und der Hof frönt dem Luxus. „Das Land ist ohne Recht und Gerechtigkeit, der Richter selber mitschuldig und auf der Seite der Verbrecher, die unerhörtesten Frevel geschehen ungehindert und ungestraft“ (E 1. 10. 1827). Mephisto, die Rolle des erkrankten Hofnarren übernehmend, hat einen Vorschlag parat: Auf die in der Erde verborgenen Schätze soll man Anweisungen drucken und als Papiergeld ausgeben. „Der Satan legt euch goldgewirkte Schlingen“ (V. 4941), warnt der Kanzler vergeblich. Ein wichtiges ökonomisches Thema ist angeschlagen: das des Geldes. Aber zunächst treten die Sorgen des Reichs in den Hintergrund; denn ein Maskenfest soll gefeiert werden. Zahlreiche Gruppen allegorischer Gestalten ziehen auf, in denen sich Mächte des gesellschaftlichen und politischen Lebens darstellen und in bunter Vielfalt Erscheinungen tätigen Schaffens erkannt werden können. Auch Mephisto in der Maske des Geizes und Faust in der Rolle des Plutus, als Gott des Reichtums, mischen sich in den Mummenschanz. Vierspännig fährt Plutus daher, und auf seinem Wagen sitzt der Knabe Lenker, Verkörperung der Poesie: „Bin die Verschwendung, bin die Poesie; / Bin der Poet, der sich vollendet, / Wenn er sein eigenst Gut verschwendet“ (V. 5573 ff.). Wohltätig erscheinen beide, der Gott des Reichtums und der Genius der Poesie. Aber die Menge weiß mit den Gaben nichts anzufangen; sie hat ebenso wie die Mächtigen den Sinn für Maß und Ordnung verloren, und nur einzelne berührt die schöpferische Kraft der

Poesie. Der Knabe Lenker streut aus geheimnisvoller Kiste Gold unters Volk, aber in seiner Gier wird es davon verbrannt, und das „Flämmchen“ der Inspiration hält sich nur an wenigen. „Gar selten aber flammt's empor, / Und leuchtet rasch in kurzem Flor; / Doch vielen, eh' man's noch erkannt, / Verlischt es, traurig ausgebrannt“ (V. 5636 ff.). Das ist keine Welt für den Reichtum und die Wunder der Poesie. So weist Plutus-Faust den Knaben Lenker, der nach Goethes eigenem Wort mit der Gestalt des Euphorion im dritten Akt identisch sei (E 20. 12. 1829), aus dem Trubel „fratzenhafter Gebilde“ in die ihm angemessene Abgeschiedenheit schöpferischer Konzentration: „Nur wo du klar ins holde Klare schaust, / Dir angehörst und dir allein vertraust, / Dorthin, wo Schönes, Gutes nur gefällt, / Zur Einsamkeit! – Da schaffe deine Welt“ (V. 5693 ff.).
Als großer Pan verkleidet hat der Kaiser seinen Maskenauftritt. Macht- und Genußgier scheinen es zu sein, die ihn tief in die Truhe des Plutus blicken lassen; doch er wird von Flammen umzüngelt, die Maske verbrennt, und würde nicht Plutus das Feuer löschen, geriete alles in Brand. Aber in jenem „Flammengaukelspiel“ (V. 5987) hat der Kaiser sich als mächtigen Herrscher erblickt, und wenn Mephistos Worte zuträfen, könnte er wirkliche Majestät erlangen, würde er sich nur mit dem anderen Element, dem Wasser, verbinden. Doch alles ist Phantasterei, Gaukelspiel; Mephisto hat nur Geschichten wie Scheherazade aus *Tausendundeiner Nacht* inszeniert. Der Kaiser bleibt Teil seiner verworrenen Gesellschaft, für die nun freilich mit der Ausgabe des Papiergelds – der Kaiser hat, er weiß es kaum, während der Maskerade den Erlaß unterzeichnet – fragwürdige Hilfe geschaffen ist. So ist der Mummenschanz ein phantastisches Spiel von Scheinhaftem und Realitätselementen, von leichtfertigem Amüsement der Menge und an sie vergeudeter Poesie, von vorgegaukelter Majestät und täuschender Rettung: Weltwirrnis, in der Fausts Wunsch, „zum höchsten Dasein immerfort zu streben“, sich nicht erfüllen kann. „Ich hoffe Lust und Mut zu neuen Taten“ (V. 6151), verkündet der Kaiser in illusionärer Euphorie, und sein Wunsch ist, Helena und Paris hervorgezaubert zu sehen. Diese Bitte bringt sogar Mephisto in Verlegenheit; im antiken Bereich besitzt er keine Macht. Faust selbst muß hinabsteigen zu den „Müttern“; diesen Rat weiß Mephisto ihm zu geben. Ein umrätselter Bezirk, den auch die Dichtung ganz im Ungewissen hält. „Ich kann Ihnen weiter nichts verraten“, sagte Goethe zu Eckermann, „als daß ich beim Plutarch gefunden, daß im griechischen Altertume von *Müttern* als Gottheiten die Rede gewesen. Dies ist alles, was ich der Überlieferung verdanke, das übrige ist meine eigene Erfindung“ (E 10. 1. 1830). Es ist, so darf vermutet werden, ein Bereich außerhalb von Raum und Zeit, in dem die

Substanzen aller potentiellen Phänomene aufbewahrt sind, die Formen und Urbilder von allem, was einst war und sein wird; es ist der Geheimnisbezirk der schaffenden Natur und der gespeicherten Erinnerung. Eckermann deutete: „Die ewige Metamorphose des irdischen Daseins, des Entstehens und Wachsens, des Zerstörens und Wiederbildens, ist also der Mütter nie aufhörende Beschäftigung." Und: „Der Magier muß also in ihr Reich gehen, wenn er durch die Macht seiner Kunst über die Form eines Wesens Gewalt haben und ein früheres Geschöpf zu einem Scheinleben hervorrufen will" (E 10. 1. 1830). „Großartig" spricht Faust die Verse:

In eurem Namen, Mütter, die ihr thront
Im Grenzenlosen, ewig einsam wohnt,
Und doch gesellig. Euer Haupt umschweben
Des Lebens Bilder, regsam, ohne Leben.
Was einmal war, in allem Glanz und Schein,
Es regt sich dort; denn es will ewig sein.
Und ihr verteilt es, allgewaltige Mächte,
Zum Zelt des Tages, zum Gewölb der Nächte.
Die einen faßt des Lebens holder Lauf,
Die andern sucht der kühne Magier auf;
In reicher Spende läßt er, voll Vertrauen,
Was jeder wünscht, das Wunderwürdige schauen (V. 6427 ff.).

„Des Lebens Bilder" können wirklich werden im unaufhörlichen Werdevorgang der Natur (im „holden Lauf" des Lebens) und in der produktiven Phantasie des „Magiers", der in der ursprünglichen Fassung noch der „kühne Dichter" hieß.

Faust bringt das Exempelpaar der jugendlichen Schönheit in der Erscheinung herauf, vor einer Gesellschaft, die mit oberflächlich tölpelhaften Bemerkungen über die Gestalten nicht geizt, die Männer über Paris, die Frauen über Helena. Faust aber, hingerissen von dem, was doch nur Fiktion, magische Versinnlichung des Scheins, erinnerte Urbildlichkeit des Schönen ist, will das Idol des Vollkommenen direkt ergreifen, will fassen, was der Idee angehört, und scheitert erneut. Gewaltsam ist die höchste Form der Schönheit nicht in die Gegenwart zu zwingen. Eine Explosion wirft ihn zu Boden, die Erscheinungen verflüchtigen sich. Aber nun bleibt in Faust die Sehnsucht ungestillt, das Urbild der Schönheit, Helena, zu besitzen. „Wer sie erkannt, der darf sie nicht entbehren" (V. 6559).

Doch bis im dritten Akt die Vereinigung vollzogen werden kann, laufen, in einer Überfülle von Gestalten und Erscheinungen versinnbildlicht, in der „Klassischen Walpurgisnacht" Prozesse der Gestaltung/

Umgestaltung ab, drängt Geist zum Leben (Homunculus), feiert sich das Werden, bis am Ende in einem nächtigen Meeresfest der Höhepunkt im Preis der vier Elemente und des alles durchwirkenden Eros erreicht wird. Der einstige Famulus Fausts, Wagner, inzwischen zu akademischen Ehren gelangt, hat im Laboratorium in einer Phiole ein chemisches Menschlein erzeugt, Homunculus, nach einer Nachlaßbemerkung Riemers (30. 3. 1833) gedacht als „reine Entelechie", als „Geist, wie er vor aller Erfahrung ins Leben tritt." „Ihm fehlt es nicht an geistigen Eigenschaften, / Doch gar zu sehr am greiflich Tüchtighaften" (V. 8249 f.). Sich zu „verkörperlichen" (V. 8252) ist sein Begehren. Er, noch reiner Geist, durchschaut, was Faust in seinem Traum bewegt: die Sehnsucht nach dem Urbild der Schönheit, und er weist den Weg, in der Phiole Mephisto und Faust vorausschwebend, nach Griechenland, zur thessalischen Ebene und zu den Buchten des Ägäischen Meers, wo Gestalten der griechischen Mythologie und Philosophie zum Fest zusammenkommen, eine Unzahl von Wesen des Entstehens, Werdens und Vergehens in Natur und Geschichte, deren Anspielungsreichtum unausschöpflich ist. Die Wege der drei Besucher trennen sich: Mephisto, fremd auf klassischem Boden, verwandelt sich in das genaue Gegenteil der Helena-Schönheit, ins Grundhäßliche der Phorkyas; Homunculus überläßt sich dem Meer als der Quelle des Lebens, zerschellt an Galateas Wagen und ist in die Wandlungen des Lebens aufgenommen: „Bald lodert es mächtig, bald lieblich, bald süße, / Als wär' es von Pulsen der Liebe gerührt" (V. 8467 f.). Faust aber wird in die Unterwelt geführt, um Helena freizubitten. Wie Homunculus, die geistige Entelechie, in das ewige Verwandlungsgeschehen des Stirb und Werde eintaucht, so muß Faust in die Tiefe des Vergangenen hinabsteigen, in der die Metamorphosen dessen, was war, und zeitlose Erinnerungsbilder aller Erscheinungen, auch der geistigen, zu denen Helena zählt, aufbewahrt sind. Denn nie ist Helena anderes gewesen als gedachtes, imaginiertes Urbild des Schönen. Aber dieser erinnerten Kunstschönheit liegen die gleichen Gesetze zugrunde, die im gestaltenreichen Werdefest der Natur am Ägäischen Meer wirkten.

So setzt unvermittelt nach dem Schöpfungszauber der „Walpurgisnacht" der Helena-Akt ein. Als habe sie Galatee herangeleitet, kommt sie vom Strande, „noch immer trunken von des Gewoges regsamem / Geschaukel" (V. 8490 f.). Im Stil der antiken Tragödie, ihre Versmaße nachbildend, tönt die weit schwingende Sprache. Helena ist anwesend wie eine Figur der dramatischen Wirklichkeit. Aber schon mit ihren ersten Worten, der chiastischen Antithese „Bewundert viel und viel gescholten, Helena", stellt sie sich selbst als bloße Gestalt vieltausendjähriger Rezeption vor, als Größe reiner Vorstellung. Lebendig war sie immer nur im Urteil der Menschen, von Anfang an Objekt sowohl der Begierde als auch der Ablehnung. Jetzt ist sie mit gefangenen Trojanerinnen nach Sparta zurückgekehrt, in Furcht vor Menelaos' Rache. Mephisto in der häßlichen Gestalt der Hausverwalterin rät zur Flucht, und auf einer mittelalterlichen Burg begegnen sich Faust, der als Heerführer Sparta besetzt hat, und Helena. Die normalen Ordnungen von Raum und Zeit sind aufgehoben; Nordisch-Mittelalterliches und Antikes sind vereint. Was in Gedanken je gewünscht wurde, hier scheint es Ereignis geworden zu sein. Die Sprache beider, das Zusammenfinden verdeutlichend, paßt sich einander an, Helena schwingt in den Tonfall des deutschen Reimverses ein:

> *Helena.* Ich fühle mich so fern und doch so nah,
> Und sage nur zu gern: Da bin ich! da!
> *Faust.* Ich atme kaum, mir zittert, stockt das Wort;
> Es ist ein Traum, verschwunden Tag und Ort.
> *Helena.* Ich scheine mir verlebt und doch so neu,
> In dich verwebt, dem Unbekannten treu.
> *Faust.* Durchgrüble nicht das einzigste Geschick!
> Dasein ist Pflicht, und wär's ein Augenblick (V. 9411 ff.).

Ein Augenblick höchsten Daseins scheint erreicht, der glückliche Dauer werden müßte. In begeisterten Versen schmücken Fausts Worte, die Äußerungen sentimentalischer Sehnsucht des Nordländers bleiben müssen, die ideale Landschaft des Südens aus (V. 9506 ff.). Als arkadisches Idyll kann die Antike genossen werden, ist aber in jedem Fall Rekonstruktion aus der Perspektive der Moderne. So ist ja auch Helena Gegenstand der Reflexion und Betrachtung, nicht aber heimzuholende Gestalt der Wirklichkeit. Faust indes scheint zur Ruhe gekommen. Und doch ist Dauer nicht zu erreichen, weil die Antike nicht mehr bleibend in die gegenwärtige Realität überführt werden kann. Faust kann in seinem Zustand des (illusionären) endlichen Gewinns vollendeter Schönheit nicht bewahrt werden. Der Tod Euphorions, des Sohns von Helena und Faust, ist Zeichen dafür, daß die Vereinigung scheitern muß. Euphorion, der auffliegen möchte zum Unbedingten, stürzt ab, Glanz und Vermessenheit des dichterischen Genius bezeugend, der vergißt, daß nur im farbigen Abglanz das Leben zu haben und auch die Vermählung des Nordischen mit dem Mittelmeerischen, des Modernen mit dem Antiken direkt nicht zu verwirklichen ist. Wie dicht das Verweisungsgeflecht der Bedeutungen ist, ist hier beispielhaft zu sehen: Euphorion könnte wie der Knabe Lenker ausrufen: „Bin die Verschwendung, bin die Poesie; / Bin der Poet, der sich vollendet" (V. 5573 f.), aber er ist auch Sinnbild Faustischen Scheiterns; und an Byrons Dichtertum ist ebenfalls mitgedacht, dem die Verse des Chores (V. 9907 ff.) als ergreifender Trauergesang gewidmet sind. Auch Helena entschwindet. „Ein altes Wort bewährt sich leider auch an mir: / Daß Glück und Schönheit dauerhaft sich nicht vereint. / Zerrissen ist des Lebens wie der Liebe Band“ (V. 9939 ff.). Noch bleiben dem Enttäuschten die Räume von Herrschaft und Tat.

Der unvergleichlichen Vielschichtigkeit der *Faust*-Dichtung mit ihrem Angebot differenzierter Lesarten hat jüngere Forschung neue Perspektiven abgewonnen. Davon soll hier wenigstens etwas sichtbar werden, ohne daß die zugehörigen ebenso umfangreichen wie diffizilen methodologischen Grundlagenerörterungen besprochen, geschweige denn erwogen werden könnten. So hat beispielsweise Heinz Schlaffer (*Faust Zweiter Teil,* Stuttgart 1981) den Versuch unternommen, *Faust II* mit konkreten wirtschaftsgeschichtlichen Vorgängen und der Bewußtseinslage seiner Entstehungszeit in Verbindung zu bringen. Dem liegt die Annahme zugrunde, Goethe habe tatsächlich die bürgerlichen Wirtschafts- und Lebensformen zu seinem bestimmenden Thema gewählt. Er selbst hat ja wiederholt betont, seine poetischen Bilder entstünden aus lebendiger Anschauung und ließen sich deshalb auf die Welt der Erfahrung beziehen. Geht man davon aus, daß diese um 1830 von fortschreitender Industrialisierung bestimmt wird und die Geltung des Tauschwerts die gesellschaftlichen Verhältnisse prägt, dann kann ihre poetische Wiedergabe nur dann angemessen sein, wenn sie sich in der Form einer dichterischen Sprache vollzieht, die ebenfalls auf dem Tausch beruht. Das ist seit altersher die Allegorie, für die charakteristisch ist, daß Elementen einer Bildebene genaue Entsprechungen in einem anderen Sinnbereich zugewiesen werden. Auf der Basis dieser Überlegungen läßt sich etwa der Mummenschanz, der das Fest der Masken ist, hinter deren vordergründiger Erscheinung sich die eigentlichen Personen verbergen, als der Markt selbst deuten, die Institution des Tausches. Marktszenen sind arrangiert, und die allegorische Interpretation legt der Text selbst nahe, wenn der Knabe Lenker den Herold auffordert, „uns zu schildern, uns zu nennen; / Denn wir sind Allegorien, / Und so solltest du uns kennen“ (V. 5530 ff.). Manche Allegorien deuten sich selbst, so der „Olivenzweig mit Früchten“: „Bin ich doch das Mark der Lande / Und, zum sichern Unterpfande, / Friedenszeichen jeder Flur“ (V. 5123 ff.). Aufgabe einer allegorischen Textauslegung wäre, das in der Verkleidung Gemeinte zu erklären. In der Spätantike hat man auf diese Weise Homer verstanden, im Mittelalter die Bibel in einem mehrfachen Schriftsinn gelesen. Aber eine *Faust II*-Exegese dieser Art bietet nicht Aspekte moralischer Haltungen oder Sätze einer Heilslehre. Vielmehr erkennt sie hinter den theatralischen Gestalten reale Vorgänge und sieht in der szenischen Anordnung eine bestimmte historische Konstellation abgebildet. Freilich, beim Mummenschanz ist die allegorische Gestaltung nicht schwer zu durchschauen, aber kompliziert wird die Deutung dort, wo die Gestalten des Dramas, durch den Mythos genau definiert, konkreter, die hinter ihnen verborgenen Sachverhalte jedoch abstrakter und zugleich vieldeutig werden. Überhaupt bereitet das Miteinander von Symbolischem, Allegorischem und unmittelbar Gesagtem im *Faust II* schwierigste Deutungsprobleme, und oft ist Zeile für Zeile, Ausdruck für Ausdruck mit erst mühsam zu entschlüsselndem Sinn angefüllt, der punktuelle Einzelanalyse forderte.

Allegorische Künstlichkeit entspricht dem Charakter des Mummenschanzes. Er bildet ja nicht ursprüngliches Leben ab, sondern spielt künstliches Spiel nach, den römischen Karneval und die florentinischen Trionfi. Dieser Rahmen ermöglicht eine spezifische Leistung. Die Maskenträger können ein Wissen über ihre Rolle aussprechen, das sie erst aufgrund der Distanz besitzen, etwa wenn die Holzfäller erkennen: „Denn wirkten Grobe / Nicht auch im Lande, / Wie kämen Feine / Für sich zustande, / So sehr sie witzten“ (V. 5207 ff.). Der Mummenschanz lebt vom Putz, und stets ist es Putz zu Zwecken der Verkaufsförderung, wozu auch das Arrangement der Waren dient. Die Verhältnisse haben sich umgekehrt: Die Waren scheinen nicht mehr Erzeugnisse der Gärtnerinnen zu sein, sondern diese präsentieren sich als Attribute der Waren. Der Verdinglichung von Menschen entspricht die Vermenschlichung von Dingen. Die sprechenden Kunstprodukte unterwerfen sich denselben Prinzipien wie die Gärtnerinnen. Der Ährenkranz dient dem Nutzen (V. 5130 f.), der Phantasiekranz bekennt seine Unnatur (V. 5134 f.). Künstlich, unnatürlich ist auch der Schein von Natur, den die Waren auf dem Markt erhalten. Sie werden so hergerichtet, „daß in Laub und Gängen / Sich ein Garten offenbare“ (V. 5112 f.). Wie sehr das Interesse am Warentausch die Figuren bestimmt und deformiert, wird kraß an der Mutter deutlich, die diesen Markt als letzte Gelegenheit sieht, ihre Tochter wie eine Ware billig loszuschlagen: „Heute sind die Narren los, / Liebchen, öffne deinen Schoß, / Bleibt wohl einer hangen“ (V. 5196 ff.). Putz und Arrangement erzeugen einen Schein, der den Tauschwert der Waren erhöhen soll. Ihr Gebrauchswert tritt dahinter zurück, und es wird immer fraglicher, ob er überhaupt noch vorhanden ist und nicht die auf das Gold von Plutus-Faust gemünzte Warnung des Herolds für die ganze Szene gilt: „Ihr Täppischen! ein artiger Schein / Soll gleich die plumpe Wahrheit sein“ (V. 5733 f.).

Wie die natürliche Verfassung der zu Waren gewordenen Gegenstände verliert auch der Bereich der Produktion jede Anschaulichkeit. Körperliche Arbeit ist bei den Gärtnern noch sichtbar und wird von den Holzfällern zumindest noch zitiert (V. 5199 ff.). Als die abstrakte Veranschaulichung körperlicher Arbeit erscheint der Elephant, den die „Klugheit", Allegorie der geistigen Arbeit, leitet. Hierarchisch verknüpfte geistige und körperliche Arbeit produzieren gemeinsam (der Elephant „wandelt unverdrossen / Schritt vor Schritt" (V. 5447 f.), doch ihre Zwecke setzen nicht sie selbst, sondern die Allegorie der Viktoria:

> Jene Göttin, mit behenden
> Breiten Flügeln, zum Gewinne
> Allerseits sich hinzuwenden.
> Rings umgibt sie Glanz und Glorie,
> Leuchtend fern nach allen Seiten;
> Und sie nennet sich Viktorie,
> Göttin aller Tätigkeiten (V. 5450 ff.).

Viktoria ist zur Allegorie des ökonomischen „Gewinns" geworden. Wie die bürgerliche Ökonomie sich nach ihrer Durchsetzung zunächst vorbürgerlicher Herrschaftsformen zu ihrer Absicherung bediente, so erkennt der spottende Zoilo-Thersites an der Allegorie die Zeichen von (neuem) Geld und (alter) Macht:

> Sie dünkt sich wohl, sie sei ein Aar,
> Und wo sie sich nur hingewandt,
> Gehör' ihr alles Volk und Land (V. 5462 ff.).

Als diese Verbindung von alter und neuer Welt kann der Zusammenhang zwischen den Szenen „Kaiserliche Pfalz. Saal des Thrones" und dem Mummenschanz verstanden werden. Die alte, feudale Welt ist in eine Krise geraten, deren Symptom der Geldmangel des Hofes ist, deren Gründe aber tiefer liegen, in der zunehmenden Herrschaft von Privateigentum und Privatinteresse:

> An wen ist der Besitz geraten?
> Wohin man kommt, da hält ein Neuer Haus,
> Und unabhängig will er leben,
> Zusehen muß man, wie er's treibt;
> [...]
> Ein jeder kratzt und scharrt und sammelt,
> Und unsre Kassen bleiben leer (V. 4835 ff.).

Wurde die Produktion zunächst zur Abstraktion von Tätigkeit, Tätigkeit dann in „Gewinn" umgesetzt, so vollzieht sich auf einer letzten Stufe die vollständige Verwandlung und Auslöschung konkreter Arbeit in Gold und Geld. Diesen Höhepunkt zu repräsentieren, so darf man in der hier skizzierten Lesart annehmen, ist die Funktion von Plutus-Faust, „des Reichtums Gott genannt" (V. 5569), der wie Viktoria seine ökonomische Macht mit feudalem „Prunk" (V. 5570) verbindet. Unter solcher Perspektive legt die Umdeutung der mythologischen Göttergestalten Viktoria und Plutus zu Allegorien bürgerlicher Ökonomie die Figuren auf eine bestimmte Bedeutung fest, die sich auf die Durchsetzung der Abstraktion des Geldes, die sie repräsentieren, bezieht. In der Erscheinungsform des Geldes wird dieser Sieg der Abstraktion ebenfalls deutlich. Am Kaiserhof bestehen die verborgenen Schätze noch aus „goldnen Humpen, Schüsseln, Tellern" (V. 5019), Dingen also, die neben ihrem Tauschwert auch noch einen Gebrauchswert haben. Das von Plutus der Menge vorgeworfene Gold dagegen erweist sich als bloßer Schein, der im Papiergeld, dem „Papiergespenst der Gulden" (V. 6198), dann offensichtlich wird. Die Macht des Geldes, die sich dem bürgerlichen Warenverkehr verdankt, untergräbt die Macht des Feudalstaats, die auf Grundbesitz und persönlichen Abhängigkeitsverhältnissen beruht. Am Ende des Mummenschanzes verbrennt der Kaiser in der Maske des Pan an der Geldquelle Plutus': „Ein Aschenhaufen einer Nacht / Liegt morgen reiche Kaiserpracht" (V. 5968 f.). So können Kapital, Ware, Arbeit und Geld als zentrale Themen des Mummenschanzes betrachtet werden. Aber die Parzen erinnern auch an den Tod, die Furien an individuelles Leid, das der Warentausch mit sich bringt: „Hier kein Markten, hier kein Handeln – / Wie er es beging', er büßt es" (V. 5387 f.). Gegen Viktoria, die Repräsentantin des Gewinns, tritt Klotho mit ihrer Schere auf: „Hoffnung herrlichster Gewinste / Schleppt sie schneidend zu der Gruft" (V. 5323 f.). Das sind Hinweise auf Grenzen und innere Widersprüche der neuen Welt, die sich abzeichnet und als Resultat einer unumkehrbaren geschichtlichen Entwicklung erscheint.

Wie sehr auch Helena aus der Bewußtseinslage der Moderne gesehen wird, zeigt sie, wie angedeutet wurde, in ihrer Erscheinung als rein imaginäre Existenz. Zu ihrer mythischen Ursprünglichkeit führt kein Weg zurück; denn alle Antike ist von der Moderne derart durchdrungen, daß sie nur noch als erinnerte Zeit wiederhergestellt werden kann. Bezeichnenderweise fällt Helena Faust dadurch anheim, daß er als Führer eines besser ausgerüsteten Heers die Armee des alten Europa bezwungen hat; den klassischen Boden läßt Seismos, Allegorie der Französischen Revolution, in seinen Grundfesten erbeben. Indem so die Antike realpolitisch zerstört und die Wirkung ihrer Traditionen erschüttert ist, kann sie als arkadisches Idyll ausgekostet oder als Utopie historisch rekonstruiert werden. Jedenfalls wird sie zum Projektionsraum der Subjekte,

die sich ihrer bemächtigen: Das Altertum ersteht, ob mit poetischen oder wissenschaftlichen Mitteln, unter den Zeichen der Gegenwart. Von einer Moderne, die ihre Mängel spürt und teilweise an ihnen leidet, wird die Antike und das Urbild ihrer Schönheit, Helena, herbeigeholt. Es ist zeichenhaft, daß sie nicht „in das alte, das neu geschmückte / Vaterhaus" (V. 8632 f.) zurückkehren kann, sondern im „inneren Burghof" ihren Platz findet: als Gegenstand der Reflexion und Betrachtung. Sie stellt jetzt, eingeschlossen in Fausts Museum, nurmehr einen Verweis auf die Schönheit dar, ist abgesunken zur Allegorie allegorischen Denkens. Sie vermag so auch als Versinnbildlichung einer Kunst gesehen werden, welche an die Verhältnisse der vom abstrakten Tauschwert beherrschten Welt gebunden ist und im Sinnlich-Sichtbaren das Unsinnlich-Begriffliche darzustellen unternimmt. Nur Kleid und Schleier behält Faust zuletzt von ihr zurück, Attribute eben, wie sie einer Allegorie beigegeben zu werden pflegen.
Diese Hinweise lassen beiläufig auch erkennen, welch großen Problemen eine Inszenierung und Aufführung dieses gewaltigen Dramas ausgesetzt sind, die auf Kürzungen kaum verzichten können. Es müßte der Reichtum der Bedeutungen in seiner gestaltenreichen Fülle und in seinen prägnanten Vereinzelungen sinnfällig bleiben und zugleich ein Ideenkonnex sich abzeichnen, in dem jeweils gegenwärtiges Bewußtsein die Vielheit des damals dichterisch Widergespiegelten zusammenbindet und seinerseits der Reflexion anbietet. Ausgefeilte Sprechkunst wäre überdies gefordert, die der schier unglaublichen Fülle metrischer Formen gerecht wird, in die die Sprache dieser Dichtung, jeder Gestalt und jeder Szene wohlbedacht zugemessen, eingelassen ist, etwa den antiken Trimetern und barocken Alexandrinern, den Stanzen und Terzinen, den Madrigalzeilen und gereimten Kurzversen.

„Helenens Gewande lösen sich in Wolken auf, umgeben Faust, heben ihn in die Höhe und ziehen mit ihm vorüber" (nach V. 9954). Auf einem Hochgebirge senkt sich die Wolke nieder. Noch einmal erahnt Faust in den Wolkenbildungen „ein göttergleiches Fraungebild" (V. 10049), und auch „des tiefsten Herzens frühste Schätze quellen auf" (V. 10060): Die Erinnerung an Gretchen holt ihn ein „und zieht das Beste meines Innern mit sich fort" (V. 10066). Mephisto, längst ohne Maske der Phorkyas, präsentiert sich wieder als Arrangeur verlockender Angebote. Faust aber drängt es jetzt nur noch „zu großen Taten". „Ich fühle Kraft zu kühnem Fleiß. [...] Herrschaft gewinn' ich, Eigentum! / Die Tat ist alles, nichts der Ruhm" (V. 10182 ff.). Er will neues Land dem Meer abgewinnen: „Das ist mein Wunsch, den wage zu befördern!" (V. 10233) Noch einmal breitet der vierte Akt, ganz spät gedichtet, die Welt des Staatlich-Politischen aus, die schon den ersten Akt bestimmte. Da ist viel von Goethes Kenntnis und Kritik der Macht und Machtausübung hineingenommen, eindringlicher Einzelbetrachtung wert. Faust hilft dem Kaiser, der unverkennbar gereift ist, den Gegenkaiser zu besiegen, mit Hilfe Mephistos und seiner draufgängerischen Raufbolde, und bei der Neuorganisation des Reichs wird er, wie gewünscht, mit einem Küstenstreifen belehnt. Nun kann er Tat und Herrschaft verwirklichen, wie er es auf dem Hochgebirge wünschte.

Jahrzehnte sind zwischen dem vierten und fünften Akt vergangen. Faust lebt „im höchsten Alter"; er soll „gerade hundert Jahre alt sein" (E 6. 6. 1831). Er hat Macht erreicht, Land kolonisiert, wohnt herrschaftlich in einem Palast. Aber auch noch den bescheidenen Besitz von Philemon und Baucis, dem alten Paar, das in der literarischen Tradition als Muster anspruchslosen und selbstgenügsamen Lebens gilt, will er sich einverleiben, maßlos in seinem Streben nach Gewinn. Sie sind ihm im Weg, ihre Hütte wird niedergebrannt, sie kommen um, Mephistos Helfershelfer besorgen die Untat, doch Faust ist verantwortlich für sie. Jetzt scheint er auf einer Höhe des tätigen Daseins unter den modernen Bedingungen angelangt zu sein. Indes, voller Widersprüche sind sein Tun und seine Existenz. Von der Magie hat er sich noch nicht freigekämpft; Illusionen halten ihn beim Ausblick in die Zukunft befangen, und unter der Perspektive, in seiner Aktivität versinnbildliche sich etwas vom Entwicklungsgang neuzeitlicher Arbeitsweise, zeigt sich tiefe Fragwürdigkeit. Seine ‚Selbstverwirklichung' auf dem Neuland ist begleitet von Verbrechen am Alten, und Mephisto weiß: „Auf Vernichtung läuft's hinaus" (V. 11550). Unheimlich erscheint den Bewohnern der alten Welt Fausts Arbeit. Es „ging nicht mit rechten Dingen zu" (V. 11114), urteilt Baucis und berichtet von den Opfern und der unersättlichen Gier des neuen Nachbarn:

> Wo die Flämmchen nächtig schwärmten,
> Stand ein Damm den andern Tag.
> Menschenopfer mußten bluten,
> Nachts erscholl des Jammers Qual;
> Meerab flossen Feuergluten,
> Morgens war es ein Kanal.
> Gottlos ist er, ihn gelüstet
> Unsre Hütte, unser Hain (V. 11125 ff.).

Gespenstisch erscheint die ungeheure Konzentration der Kräfte in den Helfern Fausts; unschwer, in ihr die Allegorie industrieller Arbeit wahrzunehmen:

Des Herren Wort, es gibt allein Gewicht.
Vom Lager auf, ihr Knechte! Mann für Mann!
Laßt glücklich schauen, was ich kühn ersann.
Ergreift das Werkzeug, Schaufel rührt und Spaten!
Das Abgesteckte muß sogleich geraten.
Auf strenges Ordnen, raschen Fleiß
Erfolgt der allerschönste Preis;
Daß sich das größte Werk vollende,
Genügt *ein* Geist für tausend Hände (V. 11502 ff.).

Diese Aufforderung Fausts entwirft ein Bild der Arbeit, das an die Allegorie der Viktoria im Mummenschanz erinnert. Dort hatte sich die geistige Arbeit in Gestalt der „Klugheit" zur Herrin über die körperliche in Gestalt des Elephanten gemacht, und beide standen wiederum im Dienst der „Göttin aller Tätigkeiten", der Viktoria, die bereit ist, „zum Gewinne / Allerseits sich hinzuwenden" (V. 5451 f.).
Als „Knechte" gerufen, erscheinen die Lemuren. „Aus Bändern, Sehnen und Gebein / Geflickte Halbnaturen" (V. 11513 f.), sind sie reduziert auf die zur Verrichtung der Arbeit notwendige Mechanik, auf pure Geschicklichkeit: „Warum an uns der Ruf geschah, / Das haben wir vergessen" (V. 11521 f.). Ihre Gesichtslosigkeit und fehlende Individualität, die Geschwindigkeit und Intensität ihrer Arbeit und ihr Auftreten als Masse verdeutlichen Züge industrieller, fabrikmäßiger Arbeitsorganisation. Faust, der die Pläne entwirft und ihre Ausführung durchsetzt, erhält dabei die Rolle eines Ingenieurs und Unternehmers:

Arbeiter schaffe Meng' auf Menge,
Ermuntere durch Genuß und Strenge,
Bezahle, locke, presse bei!
Mit jedem Tage will ich Nachricht haben,
Wie sich verlängt der unternommene Graben (V. 11552 ff.).

Faust kolonisiert das Land auf seine Weise. Er zerstört die Natur, die Linden auf dem Damm, und die alte Kultur, das Kapellchen und die Hütte von Philemon und Baucis. Deren Tod bedauert er zwar und schilt Mephisto: „Tausch wollt' ich, wollte keinen Raub" (V. 11371). Doch der Gang der Handlung demonstriert, daß beides eins ist. Am Ende scheint Faust Natur und Geschichte ausgelöscht zu haben: „Was sich sonst dem Blick empfohlen, / Mit Jahrhunderten ist hin" (V. 11336 f.).
Die Durchsetzung dieser Form der Arbeit und ihre Opfer lassen sich so als ein zentrales Thema in *Faust II* erkennen. Und nur an einer einzigen Stelle, in der „Klassischen Walpurgisnacht", scheint die Möglichkeit ei-

ner Änderung des geschichtlichen Verlaufs auf. Nach der Auseinandersetzung zwischen der Aristokratie der Reiher und der Bourgeoisie der Pygmäen (V. 7647 ff.) müssen die „Imsen und Daktyle“ (Ameisen und Finger) für die reichen Pygmäen Gold und Erze aus dem Bergwerk hervorschaffen. Da setzen wenige Verse dem scheinbar Unabänderlichen eine vage historische Hoffnung entgegen: „Wer wird uns retten! / Wir schaffen 's Eisen, / Sie schmieden Ketten. / Uns loszureißen, / Ist noch nicht zeitig, / Drum seid geschmeidig“ (V. 7654 ff.). Diese Hoffnung ist mit dem Wirken Fausts nicht zu vereinen. Seine Schlußutopie, „auf freiem Grund mit freiem Volk“ (V. 11580) zu stehen, ohnehin im Zustand der Blindheit gesprochen, erscheint auch von daher als Illusion.
Es lassen sich, um dies wenigstens anzudeuten, zarte Gegenbilder gegen die Denaturierung der Natur unter dem abstrakten Kalkül der heraufziehenden Moderne erkennen. Im Mummenschanz reihen sich in den Reigen der Produkte auch Rosenknospen ein. Sie als einzige sind nicht den Prinzipien des Nutzens und der Künstlichkeit untergeordnet. „Wer mag solches Glück entbehren? / Das Versprechen, das Gewähren, / Das beherrscht in Florens Reich / Blick und Sinn und Herz zugleich“ (V. 5154 ff.). Die Rosenknospen sind nutzlos und natürlich. Sie lösen das in ihnen enthaltene Versprechen ein und beziehen sich dabei auf die ganze menschliche Natur, „Blick und Sinn und Herz zugleich“. Das Drama enthält eine Reihe analoger Entgegensetzungen: Kann man in Plutus den Kreislauf der Waren repräsentiert sehen, so in Proteus den des Lebens; Homunculus entsteht zweimal, zunächst künstlich, dann natürlich; das Meer, das ihm zum Leben verhilft, kontrastiert dem Meer, das Faust später zurückdrängt und als Handelsweg nutzt. Aber die Natur hält der von der Abstraktheit der Tauschwelt beherrschten Moderne nicht stand: Auch die Rosenknospen gehören zum Warenangebot der Gärtnerinnen, die „Meerwunder“ und „Nereiden“ des Ägäischen Fests, in dem doch die Wiederkehr der Natur gefeiert werden soll, sind Täuschungen Mephistos für den Kaiser, und schließlich sind alle Bilder der Natur wieder Allegorien. Natur erscheint also allenfalls noch, um ihre Schwäche, ihr Entschwinden erfahrbar zu machen. Es mag sein, daß in den Epiphanien des Weiblichen noch die Möglichkeit aufleuchten soll, Natürlichem nahezukommen, in Galatee, in dem wolkenhaften „göttergleichen Fraungebild“ in der Vision Fausts (V. 10039 ff.) bis hin zu den letzten Versen des „Chorus mysticus“: „Das Ewig-Weibliche / Zieht uns hinan“ (V. 12110 f.).

Faust steht im Schlußakt im Zwielicht tragischer Ironie. „Vier graue Weiber“ treten auf, der Mangel, die Schuld, die Not und die Sorge, die sich als einzige von ihnen einschleichen kann. Sie ist es, die er im ersten

Teil als Symptom quälender Beschränktheit verflucht hatte, die ihn nun zur Rechenschaft zwingt, sein Leben, das egoistisch durchgestürmte, in fahlem Schein sehen läßt („Könnt' ich Magie von meinem Pfad entfernen", V. 11404) und ihn doch von seiner Rastlosigkeit nicht abbringen kann: „Im Weiterschreiten find' er Qual und Glück, / Er, unbefriedigt jeden Augenblick!" (V. 11451 f.) Sie macht ihn erblinden; aber um so begieriger wird sein Drang, das Begonnene weiterzutreiben, und unmittelbar vor seinem Tod spricht er die große illusionäre Vision aus:

> Solch ein Gewimmel möcht' ich sehn,
> Auf freiem Grund mit freiem Volke stehn.
> Zum Augenblicke dürft' ich sagen:
> Verweile doch, du bist so schön!
> Es kann die Spur von meinen Erdetagen
> Nicht in Äonen untergehn. –
> Im Vorgefühl von solchem hohen Glück
> Genieß' ich jetzt den höchsten Augenblick (V. 11579 ff.).

Das ist nicht mehr der Faust des Herrschenwollens, der unbedenklich Magie und Gewalt einsetzte; aber er ist erblindet, blind für die geschaffenen und so einfach nicht zu revidierenden Realitäten. Ein Vision im Optativ. Um sie in den Indikativ der Tat zu überführen, müßte er ein neues, anderes Leben beginnen können. Doch nur sterbend kann er vom Genuß des höchsten Augenblicks sprechen, in illusionärer Zukunftsvision. Hier ist zwar das Wort der Wette gefallen, und Mephisto wähnt sich als Sieger. Es ist ein bescheidener Sieg. „Mephistopheles darf seine Wette nur halb gewinnen, und wenn die halbe Schuld an Faust ruhen bleibt, so tritt das Begnadigungs-Recht des alten Herrn sogleich herein, zum heitersten Schluß des Ganzen" (an F. Rochlitz, 3. 11. 1820). Nicht einmal ein halber Sieg ist dem Teufel wirklich vergönnt, wie seine ins Burleske abgleitenden Mühen um die „Grablegung" vorführen. Er hat aus mehrfachen Gründen verloren. Nicht er hat mit seinen Versuchungen Faust zum Wunsch an den Augenblick verführen können: „Verweile doch, du bist so schön!", sondern der im illusionären Zu-spät ein anderes, magiefreies, aber immerfort tätiges Dasein imaginierende Faust wählt das verfängliche Zitat. Hier ist nicht mehr von der fast im gesamten Drama vorgeführten rastlosen, zerstörerischen Produktivität die Rede, sondern von einer sinnvollen, in der die Menschen in Freiheit und in Versöhnung mit der Natur leben können. Eine Wette für eine Illusion war jedoch nicht geschlossen worden. Wichtiger aber: „Der Herr" des „Prologs im Himmel" läßt seinen „Knecht" (V. 299) nicht fallen. Mag er mit Schuld beladen sein, mag er Verbrecherisches getan und sich des rechten Weges durchaus nicht stets bewußt gewesen sein, er war der trüben Sphäre des Menschlichen ausgeliefert, aus der die Gnade erretten kann, wenn nur erkennbar bleibt, daß strebendes Bemühen als Motivation des Tuns und Fehlens am Werk war. Vergeblich daher Mephistos Kampf um Fausts Seele, vergeblich seine Inszenierung der „Grablegung". Ihm wird Fausts „Unsterbliches" entrissen.

Goethe hat lange überlegt, wie er den Schluß, der dies zu versinnbildlichen hatte, gestalten sollte; viele Entwürfe sind skizziert. Schließlich erfand er die „Bergschluchten"-Szene, in der „Faustens Unsterbliches" (nach V. 11824) – „Faustens Entelechie" heißt es in einer Handschrift – in stufenweiser Steigerung bis an die Grenzen des Irdischen emporgetragen wird und der Ausblick in die „höhern Sphären" sich öffnet (V. 12094). „Die entelechische Monade muß sich nur in rastloser Tätigkeit erhalten; wird ihr diese zur andern Natur, so kann es ihr in Ewigkeit nicht an Beschäftigung fehlen", äußerte Goethe einmal zu Zelter (19. 3. 1827), als er das Thema Unsterblichkeit berührte, das nur Ahnungen zugänglich ist. Gestalten der christlichen Mythologie nimmt Goethe zu Hilfe, um Fausts ‚Rettung' zu versinnbildlichen, die der Liebe und der Gnade bedarf. Nicht „der Herr" und die Erzengel des „Prologs" treten wieder auf, sondern Büßerinnen, unter denen auch Gretchen ist, sind bittende Helferinnen für Fausts „Unsterbliches", und die „Mater gloriosa" erscheint.

Der Schluß des *Faust* stellt Fragen über Fragen, – und die Dichtung läßt sie offen. Eine einseitige Antwort würde sie verfehlen. Gewiß ist nur: „Gerettet ist das edle Glied / Der Geisterwelt vom Bösen" (V. 11934) und: „Das Ewig-Weibliche / Zieht uns hinan" (V. 12110 f.). Aber welche Perspektiven sich von diesem Epilog auf Fausts Schlußutopie und das Ganze des Werks ergeben, kann bloß fragend angedeutet werden. Wird dem Weiblichen die Erlösungsmöglichkeit anheimgegeben, weil in ihm noch Unverzerrtes, Heilendes und Geheiltes geborgen ist? Wird mit seiner Überhöhung nur auf subtile Weise das traditionelle Bild, das die Frau in ihrer anbetungswürdigen Reinheit und Mütterlichkeit zeigt, bestätigt, insofern sie ins Metaphysisch-Sakrale gehoben und der Wirklichkeit entrückt wird? Oder ist die Erlösung des Menschen erst zu erwarten, wenn sich die Geschlechter gegenseitig zu ihrer humanen Bestimmung verhelfen, im Hinaufstreben und Hinanziehen ihre prinzipiellen Möglichkeiten vereinend? Und unter den Aspekten der im Drama thematisierten Geschichtsentwicklung bleibt zu überlegen: Deutet sich in der Tatsache, daß das Geschehen des Schlusses der „Liebe von oben", der Gnade anvertraut wird, Goethes Unsicherheit angesichts der Entwicklung der Geschichte an? Ist es Zeichen der bewußten Zurücknahme der Erwartungen Fausts in die Sphäre des schönen Scheins? Oder ist es vielleicht sinnbildlicher Ausdruck der Hoffnung, auch im

Lauf der wirklichen Welt könne sich Versöhnung vollziehen? Wie an vielen Stellen im Stück hat der Leser auch hier Grund, sich an Goethes Bemerkung zu erinnern, das Ganze des *Faust* sei so angelegt, „damit alles zusammen ein offenbares Rätsel bleibe, die Menschen fort und fort ergetze und ihnen zu schaffen mache“ (an Zelter, 1. 6. 1831).

Letzte Jahre

Einsiedler im unteren Garten und in Dornburg

Nur eine freundliche Stunde an altvertrauter Stätte sollte es werden, als Goethe am 12. Mai 1827 in seinen unteren Garten am Stern fuhr. Aber „die Frühlingsumgebung war so unvergleichlich, daß ich blieb ohne bleiben zu wollen" (an Zelter, 24. 5. 1827), und es wurden vier Wochen daraus. Leben an dem Ort, der das Andenken an frühere Jahre wieder aufleben ließ. Er würde gern öfter dort verweilen, hatte er 1824 nach einem gelegentlichen Besuch des Gartens geäußert, doch griffe es ihn zu sehr an: „Die alten, selbstgepflanzten Bäume, die alten Erinnerungen machen mir aber ganz unheimliche Eindrücke oft" (KM 16. 3. 1824). Im stillen Tal der Ilm begannen Gedichte besonderer Art zu entstehen, wieder wie beim *Divan* in intimer, verwandelnder Aneignung ferner Literatur, diesmal der chinesischen. Gern beschäftigte sich Goethe damals mit Werken aus jenem Bereich; in *Kunst und Altertum* gab er einen Beitrag *Chinesisches* mit einigen Nachdichtungen chinesischer Verse (A 14,722 ff.). So wuchs in den Monaten Mai bis Juli ein Zyklus von vierzehn Gedichten heran, betitelt *Chinesisch-deutsche Jahres- und Tageszeiten* und damit zum *West-östlichen Divan* hinübergrüßend.
Ein Höhepunkt der Alterslyrik: Symbolisches Sprechen, dem die eigene Ausdeutung von Leben und Welt zugrunde liegt und in das aufgenommen ist, was er über die „sinnlich-sittliche Wirkung" der Farben erkannt hat, verbindet sich mit der Aneignung und Nachempfindung der fernöstlichen Dichtung. Manches scheint sich der unmittelbaren Anschauung der Gartenlandschaft zu verdanken und ist doch durchsetzt mit Motiven alter chinesischer Lyrik, in der Blumen und ihre Farben ebenfalls sinnbildliche Bedeutung besaßen.

Weiß wie Lilien, reine Kerzen,
Sternen gleich, bescheidner Beugung,
Leuchtet aus dem Mittelherzen,
Rot gesäumt, die Glut der Neigung.

So frühzeitige Narzissen
Blühen reihenweis im Garten.
Mögen wohl die guten wissen,
Wen sie so spaliert erwarten.

Locker anspielungsreich bleibt offen, wen die Narzissen erwarten, wie überhaupt in diesen chinesisch-deutschen Gedichten der Reiz zarter Andeutungen wirkt. Gewiß erwarten die Blumen wohl ihren Freund

und Kenner, aber auch auf erhofften Segen in zukünftiger Zeit, des Sommers und des Lebens, ist in den Versen des Greises hingedeutet. Wie eine in Lyrik übersetzte chinesische Tuschzeichnung mutet eines der zauberhaftesten Gedichte des Zyklus an. Was mit den Motiven des Nebels, des widerspiegelnden Sees (wie schon am Schluß des *Auf dem See* von 1775) und des Mondes ganz ‚goethisch' erscheint, ist doch auch in alter chinesischer Poesie zu finden. Er habe gerade einen chinesischen Roman gelesen, erzählte er Eckermann am 31. Januar 1827; er sei nicht so fremdartig, wie man glauben sollte. „Die Menschen denken, handeln und empfinden fast ebenso wie wir, und man fühlt sich sehr bald als ihresgleichen." Vom Mond sei viel die Rede, allein er verändere die Landschaft nicht, sein Schein sei so hell gedacht wie der Tag selber. Wenn nun in Goethes Gedicht noch „Luna" zitiert wird, dann stellt sich überdies die Reminiszenz an die Rokokolyrik ein, in der der Mond als Luna so oft leuchtete; Verse des Alters, in denen Eigenes und Weltliterarisches verschwistert sind und in die spielerisch etwas aus einer früheren Lyrikart aufgenommen ist, in der der Autor einst selbst gedichtet hat.

Dämmrung senkte sich von oben,
Schon ist alle Nähe fern;
Doch zuerst emporgehoben
Holden Lichts der Abendstern!
Alles schwankt ins Ungewisse,
Nebel schleichen in die Höh';
Schwarzvertiefte Finsternisse
Widerspiegelnd ruht der See.

Nun im östlichen Bereiche
Ahn' ich Mondenglanz und -glut,
Schlanker Weiden Haargezweige
Scherzen auf der nächsten Flut.
Durch bewegter Schatten Spiele
Zittert Lunas Zauberschein,
Und durchs Auge schleicht die Kühle
Sänftigend ins Herz hinein.

Im Sommer 1829 verbrachte Goethe nochmals über einen Monat im Gartenhaus; vielleicht wollte er eine Zeitlang Abstand gewinnen von den dauernden Zwistigkeiten zwischen Sohn und Schwiegertochter im eigenen Haus, die ihn belasteten und die er doch nicht schlichten konnte. Ruhig lebte er im Garten, aber nicht abgetrennt von seiner gewohnten Lebenswelt. Auch hier erledigte er sein Arbeitspensum; Bekannte suchten ihn auf, und einige Gäste ließ er vor. Der Engländer Robinson hielt in seinem Tagebuch (18. 8. 1829) fest, Goethes Gartenhäuschen sei wirklich „nur ein Häuschen. Er wohnt dort in kleinen und fast unmöblierten Zimmern, seine Gäste empfängt er in bestimmten Stunden. Fremde stellen sich seiner Schwiegertochter vor, und so entgeht er unangenehmen Überraschungen“ (Bo III 281). Mehr als ein paar Wochen konnte er sich jedoch aus seinem alltäglichen Arbeitskreis nicht entfernen. Das war schon 1827 so gewesen, als er nach einem Monat wieder in die „literarisch-artistische Umgebung“ seines Hauses am Frauenplan heraufzog. Es sei wirklich komisch zu sehen gewesen, wieviel und was alles in den vier Wochen des Aufenthalts im Garten hinabgeschleppt worden sei (an Zelter, 17. 7. 1827). Aber das kleine Haus im Park hatte er wieder liebgewonnen. Noch 1830 ließ er die allen heutigen Besuchern bekannte weiße Gartentür installieren, die von Coudray entworfen war, und den Platz vor dem Eingang nach Art eines pompejanischen Mosaiks auslegen. Zum letzten Mal verzeichnet sein Tagebuch am 20. Februar 1832: „In den untern Garten gefahren. Einige Stunden daselbst geblieben.“

Unvermutet starb am 14. Juni 1828 Carl August auf der Rückreise von Berlin in Schloß Graditz bei Torgau. Goethe hatte zunächst mancherlei bei den aufwendigen Vorbereitungen der höfischen Trauerfeierlichkeiten zu erledigen, zutiefst erschüttert über den Verlust jenes Mannes, mit dem er noch bei den Jubiläen des Jahres 1825 voll Dank und Rührung auf die gemeinsam durchlebten Jahrzehnte zurückgeblickt hatte, alle gelegentlichen Spannungen vergessend, die auch hier nicht ausgeblieben waren. Am 9. Juli wurde der Großherzog in der Fürstengruft beigesetzt, aber so lange hatte es den alten Freund nicht mehr in der trauernden Residenzstadt gehalten. Er wollte für sich sein. Schon am 7. Juli zog er sich nach Dornburg zurück, auf die Höhen über dem Saaletal bei Jena, „um jenen düstern Funktionen zu entgehen, wodurch man, wie billig und schicklich, der Menge symbolisch darstellt was sie im Augenblick verloren hat und was sie diesmal gewiß auch in jedem Sinne mitempfindet“ (an Zelter, 10. 7. 1828). Im südlichen der drei Schlösser, im Renaissancebau, den Carl August erst vor einigen Jahren erworben hatte, nahm er Quartier. Von den Fenstern der bescheiden eingerichteten Bergstube aus schweifte der Blick weit nach Südosten und Südwesten; der Anblick der Natur und ihres beständigen Zeitlaufs gewährte ihm Trost und Beruhigung. „Früh in der Morgendämmerung das Tal und dessen aufsteigende Nebel gesehen. Bei Sonnenaufgang aufgestanden. Ganz reiner Himmel, schon zeitig steigende Wärme“, begann er den Eintrag ins Tagebuch am ersten Tag seines Aufenthalts. Boisserée hatte

er kurz vorher geschrieben: „Und so muß sich das fortschreitende Leben zwischen das scheidende einschlingen, um das Gewebe des wechselnden Weltwebens der ewigen Notwendigkeit gemäß fortzuwirken" (6. 7. 1828). Wie ein Motto für diese Wochen nahm er die alte Inschrift über der Tür des Schlößchens in sein Heft auf „Gaudeat ingrediens laetetur et aede recedens / His qui praetereunt det bona cuncta Deus. 1608" und übersetzte sie im Brief: „Freudig trete herein und froh entferne dich wieder! / Ziehst du als Wandrer vorbei, segne die Pfade dir Gott" (an F. A. v. Beulwitz, 18. 7. 1828). In diesem langen Brief an Kammerherrn v. Beulwitz, der für das junge großherzogliche Paar bestimmt war, in dessen Namen Beulwitz nach dem Tode Carl Augusts kondolierend an Goethe geschrieben hatte, bot er eine (der dichterischen Gestaltung in der *Novelle* ebenbürtige) Darstellung der so eindrucksvollen wie anmutigen Gegend, und dieser „Monolog des wunderlich nachsinnenden Einsiedlers", eine geheime Rechtfertigung seiner Abwesenheit von Weimar, wurde zu einem eigentümlichen Gedenken an den Verstorbenen: Indem der nachsinnend Betrachtende die geordnete, pfleglich bebaute, von Generationen kultivierte Landschaft wahrnahm und beschrieb, wurde sie ihm zum Gleichnis von Carl Augusts Tun und zugleich zum Mahnbild für die Nachfolger. „Dieses mußte mir also zu einer eigenen Tröstung gereichen, welche nicht aus Belehrung und Gründen hervorging; hier sprach vielmehr der Gegenstand das alles aus was ein bekümmertes Gemüt so gern vernehmen mag: die vernünftige Welt sei von Geschlecht zu Geschlecht auf ein folgereiches Tun entschieden angewiesen" (18. 7. 1828).
Bis zum 11. September blieb er in Dornburg, beobachtete sorgfältig alle Witterungserscheinungen und notierte sie, widmete seine Aufmerksamkeit den Zier- und Nutzpflanzen in den Gartenanlagen, war „mit näherer Betrachtung des Weinstocks", mit einem „Schema der Weinstockslehre beschäftigt" (Tagebuch, 4., 8. 8. 1828), schrieb einen kleinen Aufsatz über die Bignonia radicans, eine rankende Glockenblume (13,127 ff.), las naturwissenschaftliche Werke und historische Darstellungen, diktierte Briefe, die sich zu breiten, anschaulichen Berichten ausweiteten. Das bewußte Leben mit den Tageszeiten und den Wandlungen des Wetters, botanische Studien und unentwegte geistige Tätigkeit brachten ihn wieder ins Gleichgewicht, ja schenkten ihm Wohlbehagen. Er genieße in Dornburg eines lange nicht gekannten körperlichen Wohlseins, und auch der Geist dürfe wieder auf eine freiere Tätigkeit hoffen, benachrichtigte er Soret (13. 8. 1828). Zwischendurch kamen Besucher, Familienmitglieder, Riemer, Eckermann aus Weimar, Bekannte aus Jena und auch einige Reisende von fern her. Vor jedem „An- und Überlauf" sei er glücklicherweise sicher, die jenaischen

Freunde haben „aber bei sehr gutem Weg nur ein Stündchen hierher" (an Zelter, 27. 7. 1828).
In zwei Gedichten ist die Stimmung jener Dornburger Monate unvergleichlich eingefangen. Es sind die Verse *Dem aufgehenden Vollmonde* (oben S. 399) und diese:

Früh, wenn Tal, Gebirg und Garten
Nebelschleiern sich enthüllen,
Und dem sehnlichsten Erwarten
Blumenkelche bunt sich füllen,

Wenn der Äther, Wolken tragend,
Mit dem klaren Tage streitet,
Und ein Ostwind, sie verjagend,
Blaue Sonnenbahn bereitet,

Dankst du dann, am Blick dich weidend,
Reiner Brust der Großen, Holden,
Wird die Sonne, rötlich scheidend,
Rings den Horizont vergolden.

Wieder eines jener anschauend-bedenkenden Gedichte, in das genau Beobachtetes aufgenommen ist, wie es in den meteorologischen Aufzeichnungen nüchtern registrierend festgehalten wurde, und in dem die Schlußstrophe in kaum merklicher Wendung das rechte menschliche Verhalten als Bedingung und Garanten für ein gutes Ende des Tages beruft. Der Sonne, Quelle des Lichts und des Lebens, gebührt Dank: sie ist Zeichen der sinnhaften Ordnung des Ganzen, an die der Dichter dieser Verse unverbrüchlich glaubte, wiewohl er Verzweifeln gelernt hatte. Ein Tageszeiten- und ein Lebensgedicht, das in einem einzigen Satz Hoffnung und Erfüllung umspannt, die sich freilich nur dann einstellt, wenn der Mensch sich „rein" der Fülle des Lebens öffnet und sie auf- und hinzunehmen bereit ist. Hier waren jene trostlosen Verse *An Werther* widerrufen: „Zum Bleiben ich, zum Scheiden du erkoren, / Gingst du voran – und hast nicht viel verloren."

Ein später naturwissenschaftlicher Diskussionsbeitrag

Es waren nicht die Dornburger Umgebung und das Leben in Garten und Weinberg allein, die Goethes naturwissenschaftliche Studien im Sommer 1828 wiederbelebten. Schon am 10. Juli meldete er, daß er „seit einiger Zeit vom Auslande her die Naturwissenschaften wiederaufzunehmen angeregt“ sei (an Zelter). Er hatte ein neues Buch des Botanikers de Candolle kennengelernt, das grundsätzliche methodische Fragen aufwarf. Im Kern ging es um Berechtigung und Tragweite analytischen und synthetischen Vorgehens. In der Einleitung ordnete der Genfer Forscher Goethe jener Richtung zu, die die Natur a priori begreifen wolle, während er selbst es für richtiger hielt, bei der Beobachtung des einzelnen anzusetzen. Goethe, der seit längerem mit Frédéric Soret eine französische Ausgabe der *Metamorphose der Pflanzen* plante, dachte nun daran, die deutsch-französische Edition mit Beigaben anzureichern, in denen er die eigene Position erläuterte; denn einer einseitig verfahrenden Betrachtungsweise hing er gerade nicht an. „Es ist das alte, sich immer erneuernde, mit einander streitende, sich unbewußt immer helfende, in Theorie und Praxis unentbehrliche *analytische* und *synthetische Wechselwirken;* dessen vollkommenes Gleichgewicht immer gefordert und nicht erreicht wird“ (an F. Soret, 2. 7. 1828). So arbeitete er in Dornburg an dem längeren autobiographischen Aufsatz *Der Verfasser teilt die Geschichte seiner botanischen Studien mit*, der das eigene Tun erklären sollte und dann der Soretschen Übersetzung, die endlich 1831 erscheinen konnte, als Nachtrag beigegeben wurde. (Eine kürzere Fassung, *Geschichte meines botanischen Studiums,* war schon 1817 in den morphologischen Heften publiziert worden.) Wieder in Weimar, trat die naturwissenschaftliche Beschäftigung, die in der Dornburger Zeit methodologische Überlegungen und empirische Einzelbeobachtungen vereint hatte, vor anderen Aufgaben in den Hintergrund. *Wanderjahre* und *Faust* wollten vollendet werden. Nur sporadisch arbeitete er an den Materialien, die der deutsch-französischen Ausgabe der Metamorphoseschrift hinzugefügt werden sollten und in denen er die *Wirkung dieser Schrift und weitere Entfaltung der darin vorgetragenen Idee* (LA I 10,297 ff.) dokumentierte. Immerhin ging es bei dem unter den Forschern geführten Disput über die verschiedenen Anschauungs- und Vorgehensweisen gerade auch um die Geltung der Idee des Typus, die Goethe so sehr am Herzen lag. Der Kampf sei noch nicht geendigt, schrieb er Johannes Müller am 24. November 1829: „Ein Typus sollte anerkannt werden, ein Gesetz, von dem in der Erscheinung nur Ausnahmen aufzuweisen sind: eben dies geheime und unbezwingliche Vorbild, in welchem sich alles Leben bewegen muß.“

Im Sommer 1830 ließ sich Goethe noch einmal in die grundsätzlichen Auseinandersetzungen hineinziehen. In der Pariser Akademie der Wissenschaften war ein Streit zwischen Étienne Geoffroy de Saint-Hilaire und Georges Cuvier über die Entstehung der Arten ausgebrochen, der hohe Wellen schlug, zumal ihn Geoffroy mit einer Publikation in die Öffentlichkeit trug. Prinzipielle methodische Fragen lagen dem Disput zugrunde, und an ihnen war Goethe vornehmlich interessiert. Aus französischen Zeitungen war er bereits informiert, las dann aber auch sehr bald Geoffroys Schrift. „*Principes de Philosophie Zoologique par Mr. Geoffroy de St. Hilaire.* Streit zwischen den beiden Klassen der Naturforscher, der analysierenden und synthesierenden. [...] Obgemeldetes französisches Werk zu lesen fortgefahren und das was vor so viel Jahren in Deutschland deshalb geschehen wieder ins Andenken gebracht" (Tagebuch, 22. 7. 1830). Ihn reizte es, seine Ansichten zum Akademiestreit der Öffentlichkeit vorzulegen und sich in ihn einzuschalten. Sogleich schrieb er eine Rezension der Geoffroyschen Arbeit, deren erster Teil schon im September in den Berliner *Jahrbüchern für wissenschaftliche Kritik* erschien und in der er unverhohlen mit Geoffroys „synthesierendem" Verfahren sympathisierte. Bot dieses Kapitel der Besprechung eine Charakteristik der „zwei verschiedenen Denkweisen" (13,220) und ein Referat der Auseinandersetzungen samt skizzenhaften Biographien der Streitenden, so wurde der zweite Teil, den die Zeitschrift im März 1832 brachte, wiederum – wie in der Beilage zur französischen *Metamorphose der Pflanzen* – autobiographisch, indem der Rezensent von der Geschichte seiner eigenen anatomischen Studien aus auf die Grundfragen reflektierte. Goethe verfaßte keine Kampfschrift, keine einseitige Stellungnahme für Geoffroy, dem er viel näher stand als Cuvier, sondern suchte zwischen dem „Unterscheidenden" und demjenigen, „der von der Idee ausgeht", zu vermitteln; denn beide Verfahrensweisen hatte er in seinen Studien zu verbinden getrachtet, so problematisch auch die theoretische Grundlegung, wie sich zeigte, geblieben war, etwa im Aufsatz *Bedenken und Ergebung* (oben S. 448 f.). „Cuvier arbeitet unermüdlich als Unterscheidender, das Vorliegende genau Beschreibender und gewinnt sich eine Herrschaft über eine unermeßliche Breite. Geoffroy de Saint-Hilaire hingegen ist im stillen um die Analogien der Geschöpfe und ihre geheimnisvollen Verwandtschaften bemüht; jener geht aus dem Einzelnen in ein Ganzes, welches zwar vorausgesetzt, aber als nie erkennbar betrachtet wird; dieser hegt das Ganze im innern Sinne und lebt in der Überzeugung fort: das Einzelne könne daraus nach und nach entwickelt werden" (13,220). Deutlich wurde in einer knappen Aussage des zweiten Teils der Besprechung, wie sehr Goethe ein Zusammenwirken der verschiedenen Forschungsweisen für fruchtbar hielt: „Möge doch jeder von uns bei dieser Gelegenheit sagen, daß *Sondern* und *Verknüpfen* zwei unzertrennliche Lebensakte sind. Vielleicht ist es besser gesagt: daß es unerläßlich ist, man möge wollen oder nicht, aus dem Ganzen ins Einzelne, aus dem Einzelnen ins Ganze zu gehen, und je lebendiger diese Funktionen des Geistes, wie Aus- und Einatmen, sich zusammen verhalten, desto besser wird für die Wissenschaften und ihre Freunde gesorgt sein" (13,232 f.).

Was er mit Schiller einst über Idee und Erfahrung verhandelt hatte, was in seinen wissenschaftsgeschichtlichen Betrachtungen als Unterschied zwischen Synthesierenden und Analysierenden, Universalisten und Individualisten markiert war, griff er ein letztes Mal auf und suchte das Verfahren der „zwei verschiedenen Denkweisen" als „unzertrennliche Lebensakte" zu begreifen, auch hier Polarität nicht als unüberbrückbaren Gegensatz, sondern als sinnvolles Zusammenspiel behauptend. Noch in der bekenntnishaft summierenden Passage eines Briefs im Monat vor seinem Tod wurde deutlich, warum für ihn beides verbunden sein mußte. Sulpiz Boisserée bekannte er am 25. Februar 1832: „Ich habe immer gesucht, das möglichst Erkennbare, Wißbare, Anwendbare zu begreifen, und habe es zu eigener Zufriedenheit, ja auch zu Billigung anderer darin weit gebracht. Hierdurch bin ich für mich an die Grenze gelangt, dergestalt daß ich da anfange zu glauben wo andere verzweifeln, und zwar diejenigen, die vom Erkennen zuviel verlangen und, wenn sie nur ein gewisses, dem Menschen Beschiedenes erreichen können, die größten Schätze der Menschheit für nichts achten. So wird man aus dem Ganzen ins Einzelne und aus dem Einzelnen ins Ganze getrieben, man mag wollen oder nicht." Wer daran glaubte, „daß dem Ganzen eine Idee zum Grund liege" (13,31), auf die hin die Ideen der „Synthesierer" bezogen waren, dem konnte die Einzelforschung der Analytiker, so wichtig sie war, nicht alles sein; ja sie mußte ihm wie „ein Bemühen der Danaiden" vorkommen (*Analyse und Synthese;* 13,52), da ihnen alle Beobachtungen immer nur hinderlich würden, je mehr sich ihre Zahl vermehrte.

Prüfungen erwarte bis zuletzt

Dunkle Schatten warfen manche Ereignisse des Jahres 1830. Am 14. Februar starb die Großherzogin-Mutter Luise im Alter von dreiundsiebzig Jahren. Solange Goethe in Weimar war, hatte respektvolle Verbundenheit zwischen ihm und der Gattin Carl Augusts bestanden. Er hatte bewundert, wie sie die Eskapaden ihres Mannes ertrug, sich als Herzogin dem Land verpflichtet fühlte und in jenen bedrohlichen Tagen nach der Schlacht bei Jena 1806 dem Usurpator Napoleon trotzte. Erst zwei Wochen nach dem Tod Carl Augusts war er imstande gewesen, ihr einige Zeilen zu schreiben; denn wo „sollte der Ausdruck zu finden sein, die vielfachen Schmerzen zu bezeichnen die mich beängstigen?“ (28. 6. 1828) Als er aus der Dornburger Abgeschiedenheit zurückgekehrt war, hatte sie ihn sogleich besucht. „Welch eine Frau, welch eine Frau!“ hörte Ottilie ihn murmeln, als sie gegangen war. Und sie ihrerseits sagte zu Julie v. Egloffstein: „Goethe und ich verstehen uns nun vollkommen, nur daß er noch den Mut hat, zu leben, und ich nicht“ (G 4,19). Wenige Tage nach ihrem Ableben war Soret bei Goethe und erlebte einen verstörten Greis, der ausrief: „Oh, das Alter! das Alter!“, sich nicht beruhigen konnte, wieder aufstand und, gegen das Fenster gewandt, unverständliche Worte flüsterte. Diener Krause hielt das nur für eine der üblichen Reaktionen auf eine Unpäßlichkeit, doch Soret beschlich ein Gefühl der Traurigkeit, als er „Goethe so schmerzliche Klagen über sein Alter ausstoßen hörte“ (Bo III 298).

Goethe war schon mit den *Principes de Philosophie Zoologique* und dem Pariser Akademiestreit beschäftigt, als die Nachrichten von der Julirevolution in Frankreich herüberdrangen. Zwar schien es so, als wolle er davon nicht belästigt werden. Als Soret in einem berühmt gewordenen Gespräch am 2. August von dem „großen Ereignis“ sprach und vom Vulkan, der ausgebrochen sei, bezog jener diese Bemerkungen kurzerhand auf den „großen Streit zwischen Cuvier und Geoffroy“. Doch in Wahrheit bedrückten ihn die politischen Ereignisse sehr. Das Gespenst des Umsturzes war wieder aufgetaucht und erneut zu befürchten, daß „das in Frankreich entzündete Feuer [...] verderblich überspringt“ (an E. C. A. v. Gersdorff, 9. 9. 1830). Kanzler v. Müller wußte zu berichten, daß der Eindruck, den die blitzschnelle Revolution auch in Weimar gemacht habe, unbeschreiblich sei. „Goethe spricht, er könne sich nur dadurch darüber beruhigen, daß er sie für die größte Denkübung ansehe, die ihm am Schlusse seines Lebens habe werden können“ (Bo III 309). Nachdem in Jena kleine Unruhen ausgebrochen waren, fand ihn Soret „sehr besorgt über diese Wendung der Dinge“; er klage über den Lärm und die Unordnung, die sich daraus ergeben müßten, und nehme die Sache „höchst tragisch“. Goethe sei, meinte Soret, liberal in der Theorie; in der Praxis huldige er entgegengesetzten Anschauungen (19. 9. 1830; Bo III 130). Alle Klugheit der noch Bestehenden müsse nun darin liegen, schrieb er Zelter nach Berlin, wo ebenfalls Nachwirkungen des „Pariser Erdbebens“ zu verspüren waren, „daß sie die einzelnen Paroxysmen unschädlich machen, und das beschäftigt uns denn auch an allen Orten und Enden“ (5. 10. 1830). Öffentlich äußerte er sich freilich nicht. Es hätten auch nur neue Variationen über seine früheren Ansichten zum Revolutionären sein können. Sein Votum für die ruhige Entwicklung innerhalb des Bestehenden behielt Geltung, ohne daß er versäumte, wie die großen Spätwerke der *Wanderjahre* und des *Faust II* bewiesen, über die Tendenzen, die im sozialen Gefüge wirksam waren oder werden konnten, im Spiel und Versuchsfeld der Dichtung zu reflektieren. Auf öffentliche Auseinandersetzungen außerhalb der Felder von Kunst und Wissenschaft ließ er sich nicht ein. Daß er es vielen nicht recht machte, wußte er wohl, und er übte Gelassenheit gegenüber Vorwürfen der verschiedenen Seiten, die ihn gleichwohl, wie in den Gesprächen mit Eckermann nachzulesen, kränkten und bisweilen erbitterten. „In meinen hohen Jahren muß die unverbrüchliche Maxime sein: durchaus und unter jeder Bedingung im Frieden zu leben [...]. Was sollte aus den schönen, mir noch gegönnten Lebenstagen werden, wenn ich Notiz nehmen wollte von allem was in dem lieben Vaterlande gegen mich und meine Nächsten geschieht" (an F. v. Müller, 21. 5. 1830). Für manche Schriftsteller der jungen Generation, die zur gesellschaftlichen Aktion drängten, war er ein tatmüder Aristokrat, ein Fürstenknecht, der das Prometheische verraten hatte und dem man vorhielt, was er denn wirklich unternommen habe, die Not und Schmerzen der Beladenen zu lindern. Den Nationalgesinnten war er nicht patriotisch genug und den überzeugten Christen nicht fromm genug. Eckermann will gehört haben: „Bald soll ich stolz sein, bald egoistisch, bald voller Neid gegen junge Talente, bald in Sinnenlust versunken, bald ohne Christentum, und nun endlich gar ohne Liebe zu meinem Vaterlande und meinen lieben Deutschen." Doch verkannt und befehdet zu werden sei das Los aller Schriftsteller; traurig jedoch, wenn sie sich auch noch untereinander verfolgten (wie etwa Platen und Heine), „da doch zu einem friedlichen Hinleben und Hinwirken die Welt groß und weit genug ist, und jeder schon an seinem eigenen Talent einen Feind hat, der ihm hinlänglich zu schaffen macht" (E 14. 3. 1830).

Im Herbst kam die Nachricht vom unerwarteten Tod seines Sohns August am 27. Oktober 1830 in Rom. Äußerlich blieb er standhaft, aber er war im Tiefsten getroffen. Der einzige Sohn ging vor dem Vater dahin. Das Tagebuch bezeugt unentwegtes Weiterarbeiten am vierten Teil von *Dichtung und Wahrheit;* es war nichts als ein Versuch, die Verzweiflung zu bezwingen. „Nemo ante obitum beatus [Niemand ist vor dem Hinscheiden glücklich] ist ein Wort, das in der Weltgeschichte figuriert, aber eigentlich nichts sagen will. Sollte es mit einiger Gründlichkeit ausgesprochen werden, so müßte es heißen: ‚Prüfungen erwarte bis zuletzt' " (an Zelter, 21. 11. 1830). Doch der Körper wankte unter der Last der Trauer. In der Nacht vom 25. zum 26. November warf ihn ein „Blutsturz“ nieder. Medizinhistorische Forschung hat aufgrund aller Symptome diagonstiziert, daß es sich um eine Blutung aus den Venen der Speiseröhre handelte. Sie erweitern sich bei der durch Herzmuskelschwäche hervorgerufenen Leberstauung, um den Blutkreislauf zu ermöglichen. Hypertonie kam hinzu. Es bestand höchste Gefahr, daß die Blutung zum Tod führte. Goethe selbst zweifelte nicht, „daß der unterdrückte Schmerz und eine so gewaltsame Geistesanstrengung jene Explosion, wozu sich der Körper disponiert finden mochte, dürften verursacht haben“ (an Zelter, 10. 12. 1830). Der Patient erholte sich indes überraschend schnell. Schon am 2. Dezember meldet das Tagebuch: „Nachts an Faust gedacht und einiges gefördert.“ Wenige Wochen später setzte er, „geleitet von dem Wunsche, für meinen Nachlaß – bei der Minderjährigkeit meiner Enkel – die möglichste Fürsorge zu treffen“, ein umfängliches Testament auf, von Kanzler v. Müller beraten und ihn zum Testamentsvollstrecker bestimmend (A 12,769 ff.). Er sorgte darin für seine „geliebte Schwiegertochter Ottilie“ und die Kinder und regelte genau, wie mit seinen Sammlungen, Werken und Papieren nach seinem Tod zu verfahren sei. Auch für die Publikation des Briefwechsels mit Zelter waren im Testament bereits Anordnungen getroffen worden; Riemer gab die von Goethe vorbereitete Korrespondenz schon 1833/1834 heraus.

Zelters Besuche waren stets besonders willkommen. Der Berliner Freund, dem es nie gelang, den Weimaraner in die preußische Großstadt zu locken, war nach den wiederholten früheren Aufenthalten erneut 1826, dann seit 1827 alle zwei Jahre für einige Tage zu Gast, zuletzt im Juli 1831. Sie hatten sich oft genug Trost und Mut zusprechen müssen. Von neun eigenen und drei Stiefkindern Zelters lebten nur noch zwei Töchter. Zu keinem sonst sprach Goethe so freimütig wie zu ihm, und da er wußte, daß die Briefe später würden gedruckt werden, vertraute er ihnen viele kritische Gedanken über die Gegenwart an, die er öffentlich zu seinen Lebzeiten so nicht äußern mochte. Natürlich kreisten die Unterhaltungen zwischen beiden immer wieder auch um Musikfragen, und Goethe wünschte ausführliche Berichte über das Berliner Musikleben, in dem der Freund eine maßgebliche Rolle spielte. Allerdings fiel ihnen der Zugang zur damals neuen Musik schwer. Franz Schubert etwa, der Goethe 1825 Liedkompositionen geschickt hatte und dessen *Erlkönig* Frau Schröder-Devrient am 24. April 1830 vortrug, wurde im Briefwechsel nicht einmal erwähnt. Goethe hielt an seiner Vorliebe für das Strophenlied gegenüber der durchkomponierten Gestaltung fest, ein Thema, das noch Gegenstand eines langen Ge-

sprächs bei Felix Mendelssohn-Bartholdys letztem Besuch in Weimar war (Ende Mai/Anfang Juni 1830).
Zu ihm war ein geradezu väterlich liebevolles Verhältnis entstanden, seit Zelter im November 1821 den zwölfjährigen genialen Lieblingsschüler in Weimar eingeführt hatte. Jetzt mußte ihm der junge Komponist und Pianist wieder ausgiebig vorspielen. Für Goethe waren es musikhistorische Lektionen, wie sie ihm seinerzeit auch der Organist von Berka erteilt hatte. „An den Beethoven wollte er gar nicht heran", berichtete Mendelssohn am 25. Mai 1830. „Ich sagte ihm aber, ich könne ihm nicht helfen, und spielte ihm nun das erste Stück der c-moll-Symphonie vor. Das bewegte ihn ganz seltsam. Er sagte erst: ‚Das bewegt aber gar nichts; das macht nur staunen; das ist grandios'! Und dann brummte er so weiter und fing nach langer Zeit wieder an: ‚Das ist sehr groß, ganz toll, man möchte sich fürchten, das Haus fiele ein. Und wenn das nun alle die Menschen zusammenspielen!'" (G 4,274). Immerhin waren bereits über zwei Jahrzehnte seit der Uraufführung von Beethovens Fünfter Symphonie in Wien vergangen! Mendelssohn bot Stücke „von allen verschiedenen großen Komponisten, nach der Zeitfolge," und erläuterte, „wie sie die Sache weitergebracht hätten". Das entsprach einer Seite des Goetheschen Interesses an Musik: zu erfahren, wie sich jene Kunstart entwickelt hatte. Er hat sich viel mit ihr befaßt, bis hin zum Versuch einer eigenen Komposition, von der aber keine Aufzeichnung vorhanden ist (an Zelter, 23. 2. 1814); vielleicht bestand sie nur aus einem rhythmischen Schema. Ganz in die praktischen Fragen des Zusammenhangs von Libretto und Tonkunst hatten seinerzeit die Erörterungen mit Ph. Chr. Kayser und J. F. Reichardt geführt. Seine Äußerungen während und nach der Marienbader Zeit bezeugen, wie sehr ihn „die ungeheure Gewalt der Musik" ergreifen und wie er sich ihr überlassen konnte. Sie vermochte ein „Genuß" zu sein, der „den Menschen aus und über sich selbst, zugleich auch aus der Welt und über sie hinaus hebt" (an Zelter, 24. 8. 1823). Sie konnte, nicht beschwert von den oft beklagten Unzulänglichkeiten des Worts, mit der geahnten, geglaubten Idee des Ganzen auf besondere Weise vermitteln. So kam es ihm bei Johann Sebastian Bachs Musik vor, „als wenn die ewige Harmonie sich mit sich selbst unterhielte, wie sich's etwa in Gottes Busen, kurz vor der Weltschöpfung, möchte zugetragen haben" (an Zelter, 21. 6. 1827). Sogar an den Entwurf einer *Tonlehre* wagte sich Goethe heran (LA I 11,134 ff.), in der er das Phänomen der Musik in der Verbindung von Naturvorgang und menschlichem Vermögen zu erfassen suchte. Über ein Schema ist das Vorhaben nicht hinausgekommen, aber die Tabelle hängte er in sein Zimmer, als er sie 1827 von Zelter zurückerhalten hatte, und beließ sie dort.

Beim letzten Besuch Alexander v. Humboldts, des berühmten Entdekkungsreisenden und Naturforschers, dürfte Ende Januar 1831 noch einmal die alte Diskussion über Vulkanismus und Neptunismus aufgeflammt sein. Seit den neunziger Jahren kannte Goethe den jüngeren Bruder Wilhelm v. Humboldts persönlich und stand in Briefwechsel mit ihm. Humboldt schickte seine botanischen Arbeiten, die der Empfänger mit großem Interesse und viel Zustimmung aufnahm. In diesen Bezirken konnte man sich treffen, und die pflanzengeographischen Untersuchungen des Weitgereisten boten dem in Weimar Forschenden willkommene Belehrung. Aber in der Frage nach den Wirkkräften, die für den Aufbau der Erdrinde verantwortlich waren, trennten sich mit der Zeit die Wege. Anfangs hatte auch Alexander v. Humboldt, Schüler des Freiberger Geologen Werner, der Anschauung der Neptunisten zugestimmt, sich dann jedoch von der Lehre des Vulkanismus überzeugen lassen. Dieser Wandel verstimmte Goethe zeitweilig, obwohl es auch bei ihm Phasen gab (wie die Auslassungen über den Kammerberg bei Eger zeigten), in denen er sich der vulkanistischen Erklärungsweise nicht ganz verschloß. Aber so sehr hing für ihn dieses strittige geologische Problem, wie erwähnt, mit weltanschaulichen Grundüberzeugungen zusammen, daß er sich letztlich nicht bereitfinden konnte, „beim Bilden der Erdoberfläche dem Feuer“ soviel Einfluß zuzugestehen, „als gegenwärtig von der ganzen naturforschenden Welt geschieht“ (an Nees v. Esenbeck, 13. 6. 1823). So schrieb er, als er Humboldts Schrift *Über den Bau und die Wirkungsart der Vulkane* in seiner Zeitschrift *Zur Naturwissenschaft* anzeigte (LA I 8,354). Er blieb bei seiner Anschauung von der allmählichen Ausbildung der Erdrinde unter dem beharrlichen Einfluß des Wassers und gestand dem Bruder nach Alexanders letztem Besuch, dessen Ansicht der geologischen Gegenstände aufzunehmen und danach zu operieren sei seinem Zerebralsystem ganz unmöglich (an W. v. Humboldt, 1. 12. 1831). Wie er den großen Forscher aber schätzte und bewunderte, erfuhr Eckermann nach einem früheren Besuch, als Goethe sich nicht genug über die Gelehrsamkeit seines Gastes verwundern konnte. „Wohin man rührt, er ist überall zu Hause und überschüttet uns mit geistigen Schätzen. [...] Er wird einige Tage hier bleiben und ich fühle schon, es wird mir sein, als hätte ich Jahre verlebt“ (E 11. 12. 1826).

Im Juli 1831 war endlich der *Faust* bewältigt, und Goethe konnte erleichtert ins Tagebuch setzen: „Das Hauptgeschäft zustande gebracht. Letztes Mundum. Alles Rein-Geschriebene eingeheftet“ (22. 7. 1831). Sein ferneres Leben könne er nunmehr als ein reines Geschenk ansehen, „und es ist jetzt im Grunde ganz einerlei, ob und was ich noch etwa tue“ (E 6. 6. 1831). Den Gratulationen zum zweiundachtzigsten Geburtstag, der sein letzter werden sollte, entzog er sich und reiste, nur die beiden Enkel und den Diener bei sich, ins wohlbekannte Ilmenau. Sehr lange war er nicht mehr dort gewesen. Wie oft hatte er in den frühen Weimarer Jahren den Weg in die reizvolle Gegend zurückgelegt, wie sehr hatte er sich um die Bergwerksangelegenheiten gemüht und doch erleben müssen, daß alle Anstrengungen umsonst waren, wie befriedigt war er gewesen, als er die leidige Steuersache hatte ordnen können! Und am 6. September 1780 hatte er hier „Über allen Gipfeln / Ist Ruh‘ “ an die Wand der Jagdhütte auf dem Kickelhahn geschrieben, vor über einem halben Jahrhundert. Erinnerungen über Erinnerungen. Jetzt, am 27. August 1831, fuhr er noch einmal auf die Höhe, allein mit dem Berginspektor Mahr, der darüber berichtet hat (G 4,389 ff.), genoß den Blick über die Berge des Thüringer Waldes, die er damals mit den aus den Tälern dampfenden Nebeln gezeichnet hatte, wanderte zur Hütte und „rekognoszierte“ die Inschrift. Was einst gewesen, bedrängte nicht mehr. „Nach so vielen Jahren war denn zu übersehen: das Dauernde, das Verschwundene. Das Gelungene trat vor und erheiterte, das Mißlungene war vergessen und verschmerzt“ (an Zelter, 4. 9. 1831). Er freute sich mitzuerleben, wie die Enkel in der Gegend ihre Entdeckungen machten und „ohne poetisches Vehikel in die ersten unmittelbarsten Zustände der Natur“ eindrangen, wie sie an Ort und Stelle die Handwerker beobachteten und eine Ahnung von der schweren Arbeit der Glasbläser, Holzhauer und Kohlenbrenner bekamen, „die das ganze Jahr weder Butter noch Bier zu sehen kriegen und nur von Erdäpfeln und Ziegenmilch leben“. Und dennoch, gestand der Zweiundachtzigjährige, seien alle jene Geplagten „heiterer als unsereiner, dessen Kahn sich so voll gepackt hat, daß er jeden Augenblick fürchten muß, mit der ganzen Ladung unterzugehen“ (an C. F. Reinhard, 7. 9. 1831).

Seit 1826 war Hofrat Dr. Carl Vogel, Leibarzt des Großherzogs, auch Goethes Hausarzt geworden, assistierte ihm zudem in der „Oberaufsicht“ und zählte bald zu jenem Zirkel der näheren Freunde des Alters. Seinen Bulletins verdanken wir die Kenntnis von Goethes Gesundheitszustand in den letzten Monaten, Wochen und Tagen. Im Winter 1831/1832 befand sich der alte Herr in guter Verfassung; rastlos konnte er tätig sein. Nur übliche Altersbeschwerden machten sich bemerkbar, die Glieder wurden steif, das Gedächtnis für die nächste Vergangenheit ließ nach, Konzentrationsschwächen und stärkere Schwerhörigkeit stellten sich ein. Am 15. März 1832 scheint er sich bei einer Spazierfahrt erkältet zu haben. „Den ganzen Tag wegen Unwohlseins im Bette zugebracht“, lautet die letzte Eintragung am 16. März, die seine Tagebücher aufnahmen. Mancherlei Beschwerden traten auf, auch heftige Schmerzen in der Brust; er war unruhig und fühlte sich matt und zerschlagen. Phasen der Besserung ließen hoffen; am 19. März aß und trank er wieder mit Genuß, blieb fast den ganzen Tag über auf und dachte schon wieder an das, was er künftig erledigen wollte. In der Nacht auf den 20. März verschlechterte sich sein Befinden rapide. Zum starken Kältegefühl, das ihn überkam, trat bald, so Vogels Bericht, ein herumziehender, reißender Schmerz hinzu, der, „in den Gliedmaßen seinen Anfang nehmend, binnen kurzer Zeit die äußeren Teile der Brust gleichfalls ergriff und Beklemmung des Atems, sowie große Angst und Unruhe herbeiführte". Dem Arzt bot sich am folgenden Morgen „ein jammervoller Anblick": „Fürchterliche Angst und Unruhe trieben den seit lange nur in gemessenster Haltung zu bewegen gewohnten Greis mit jagender Hast ins Bett, wo er durch jeden Augenblick veränderte Lage Linderung zu erlangen vergeblich suchte, bald auf den neben dem Bette stehenden Lehnstuhl. Die Zähne klapperten ihm vor Frost. Der Schmerz, welcher sich mehr und mehr auf der Brust festsetzte, preßte dem Gefolterten bald Stöhnen, bald lautes Geschrei aus. Die Gesichtszüge waren verzerrt, das Antlitz aschgrau, die Augen tief in ihre lividen Höhlen gesunken, matt, trübe; der Blick drückte die gräßlichste Todesangst aus." Man nimmt heute an, daß ein Herzinfarkt, verbunden mit dem Katarrh der oberen Luftwege, eingetreten war, der dann zu einer Herzmuskelschwäche des schon geschädigten Organs führte. Nach der Attacke wurde der Patient ruhiger, aber gegen Mittag des 21. März verschlimmerte sich der Zustand wieder. Vom Abend an scheint er nur noch selten bei vollem Bewußtsein gewesen zu sein. Er saß in seinem Armstuhl und dämmerte in einem Halbschlaf. Manche wollen wissen, er habe noch einiges Merkwürdige gesprochen, habe nach dem Datum gefragt und geäußert: „Also hat der Frühling begonnen und wir können uns dann um so eher erholen", habe die Fensterläden öffnen lassen, damit Licht ins Zimmer fiele. Wahrscheinlicher ist, daß ihm in den letzten Stunden die Sprache weitgehend versagte. Aber von den Todesängsten war er befreit. Mit dem Zeigefinger malte er Zeichen in die Luft, dann mit erschlaffter Hand auf die Decke über seinem Schoß. „Nicht die geringste Todes-Ahnung war in ihm", berichtete Kanzler v. Müller. „Er scherzte um 9 Uhr, wo der Arzt ihn längst aufgegeben, noch mit Ottilie, wenn schon sehr matt. Sein Sterben war nur ein Ausbleiben des Athems ohne alles Zucken, noch Kampf" (KM, S. 364 f.). Es war Donnerstag, der 22. März 1832, halb zwölf Uhr.

Hinweise zum ersten und zweiten Band

Für die Leser, die sich, vielleicht durch Einzelheiten dieses Buchs angeregt, noch eingehender mit Goethes Leben und Werken beschäftigen wollen, möchte ich im folgenden einige praktische Hinweise geben. Sie können weder vollständig sein, noch wollen sie einen Forschungsbericht ersetzen, wie ihn die germanistische Fachwissenschaft kennt. Es sind Informationen über Publikationen, die leicht zugänglich und großenteils im Buchhandel erhältlich sind.

Wie sehr Anlaß besteht, weiterführende Literatur heranzuziehen, wird an vielen Stellen meines Buchs überdeutlich. Ich will das an einigen Beispielen illustrieren. In dem Versuch einer Gesamtdarstellung von Goethes Leben *und* Werk auf begrenztem Raum lassen sich umfassende Interpretationen einzelner Dichtungen nicht unterbringen. Grundlinien können gezogen, Hauptprobleme erörtert und Anstöße zu weiterem Eindringen in die Vielschichtigkeit eines Werks gegeben, aber sogar manche wichtigen Gedichte nicht einmal erwähnt werden.

Welch aufwendige Analysen das genaue Verstehen eines Gedichts erfordert und wie dabei immer noch neue Erkenntnisse über einen vertrauten Text zu gewinnen sind, können exemplarisch Albrecht Schönes Interpretation der *Harzreise im Winter* (JbG 1979; auch in: A. S., *Götterzeichen, Liebeszauber, Satanskult. Neue Einblicke in alte Goethetexte,* München 1982) und Wulf Segebrechts Arbeit über die bekannten Verse „Über allen Gipfeln ist Ruh' " (Reihe Hanser 158, München 1978) demonstrieren. – In meinem Kapitel „Frankfurter Intermezzo" mußte ich mich mit knappen Ausführungen über das riesige Gebiet der „Hermetik" begnügen, so daß der Leser, der mehr und Genaueres erfahren will, zu Rolf Christian Zimmermanns zweibändiger gelehrter Untersuchung greifen muß: *Das Weltbild des jungen Goethe. Studien zur hermetischen Tradition des deutschen 18. Jahrhunderts,* München 1969, 1980. – Die biblischen Anspielungen im *Werther,* der Unterschied der beiden Fassungen, die Rezeption des berühmten Romans: Wer Auskunft über diese und ähnliche Komplexe wünscht, sieht sich auf Spezialliteratur verwiesen. – Welche Ausmaße eine ins einzelne gehende Interpretation etwa des *Torquato Tasso* annehmen kann, zeigen sowohl Wolfdietrich Raschs Buch (*Goethes ‚Torquato Tasso'. Die Tragödie des Dichters,* Stuttgart 1954) als auch der Aufsatz von Walter Hinderer (in: *Goethes Dramen. Neue Interpretationen,* Stuttgart 1980). – Einiges aus der Fülle der Betrachtungen, die die *Wilhelm Meister*-Romane herausgefordert haben, präsentiert die von Klaus F. Gille besorgte Anthologie: *Goethes Wilhelm Meister. Zur Rezeptionsgeschichte der Lehr- und Wanderjahre, Königstein 1979.* Und die Forschung geht seitdem unentwegt weiter. – Neuere Bemühungen um die *Wahlverwandtschaften* vereinigt der Band: *Goethes Wahlverwandtschaften. Kritische Modelle und Diskursanalysen zum Mythos Literatur,* hrsg. v. Norbert W. Bolz, Hildesheim 1981. Eine ausgiebige Auseinandersetzung mit der *Wahlverwandtschaften*-Forschung führt Werner Schwan, *Goethes ‚Wahlverwandtschaften'. Das nicht erreichte Soziale,* München 1983 (mit ausführlichem Literaturverzeichnis). – Von der Vielfalt der Bemühungen um die unausschöpfliche *Faust II*-Dichtung kann das entsprechende Kapitel meines Buchs nichts ahnen lassen. Darum seien hier einige wichtige, unterschiedlich verfahrende Arbeiten

besonders genannt: Wilhelm Emrich, *Die Symbolik von Faust II*, Königstein 1981 (5. Aufl.); Dorothea Lohmeyer, *Faust und die Welt. Der zweite Teil der Dichtung*, München 1975; Kurt May, *Faust II. Teil. In der Sprachform gedeutet*, München 1962; Heinz Schlaffer, *Faust Zweiter Teil. Die Allegorie des 19. Jahrhunderts*, Stuttgart 1981; Erich Trunz, Kommentar im 3. Band der „Hamburger Ausgabe".
Einblicke in die Forschung zu bekannten Werken Goethes geben die Sammelbände der Reihe „Wege der Forschung" (WdF) in der Wissenschaftlichen Buchgesellschaft Darmstadt: *Goethes ‚Werther'. Kritik und Forschung*, hrsg. v. Hans Joachim Schrimpf u. Paul Gerhard Klussmann (WdF 607); *Goethes Roman ‚Die Wahlverwandtschaften'*, hrsg. v. Ewald Rösch (WdF 113); *Aufsätze zu Goethes ‚Faust I'*, hrsg. v. Werner Keller (WdF 145); *Studien zum West-östlichen Divan Goethes*, hrsg. v. Edgar Lohner (WdF 287); *Interpretationen zum West-östlichen Divan Goethes*, hrsg. v. Edgar Lohner (WdF 288); *Aufsätze zu Goethes ‚Faust II'*, hrsg. v. Werner Keller (WdF 445).
Neuere Betrachtungen der Schauspiele von der *Laune des Verliebten* bis zum *Faust II* enthält das Sammelwerk *Goethes Dramen. Neue Interpretationen*, hrsg. v. Walter Hinderer, Stuttgart 1980. Den Schluß des Bandes bildet eine Spezialbibliographie zu Goethes dramatischem Werk. Einen Überblick über *Das Drama Goethes* bietet Werner Keller im *Handbuch des deutschen Dramas* (hrsg. v. Walter Hinck), Düsseldorf 1980.

Dem Leser, der Literatur über Goethe allgemein, seine Werke und spezielle Probleme sucht, steht eine Bibliographie zur Verfügung, die Jahr für Jahr fortgeführt wird. Sie erscheint als Beigabe im *Goethe Jahrbuch*, das von der Goethe-Gesellschaft herausgegeben wird.
Eine Auswahlbibliographie von den Anfängen der Goetheforschung bis 1964 ist in zwei Bänden zusammengefaßt: *Goethe-Bibliographie*, begr. v. Hans Pyritz, fortgef. v. Heinz Nicolai u. Gerhard Burkhardt, Heidelberg 1965–1968.
Eine sorgfältig gegliederte Auswahlbibliographie enthält Band 14 der „Hamburger Ausgabe" von Goethes Werken. Dort sind noch weitere Bibliographien genannt, ebenfalls die Werkausgaben (teilweise mit detailliertem Inhaltsverzeichnis), die seit der ersten Sammelausgabe der *Schriften* bei Göschen (1787–1790) erschienen sind.
Knappe Literaturhinweise sind dem Rowohlt-Taschenbuch beigegeben: *J. W. v. Goethe in Selbstzeugnissen und Bilddokumenten*, dargest. v. Peter Boerner, Reinbek 1964.
Goethes eigene Äußerungen zu seinen Dichtungen hat Hans Gerhard Gräf zusammengetragen: *Goethe über seine Dichtungen. Versuch einer Sammlung aller Äußerungen des Dichters über seine poetischen Werke*, 9 Bände, Frankfurt 1901 (Nachdruck Darmstadt 1968).

Wie im „Vorwort" erwähnt, habe ich in meiner Darstellung möglichst nach der „Hamburger Ausgabe" zitiert. Diese Ausgabe: *Goethes Werke*. Hamburger Ausgabe in 14 Bänden, hrsg. v. Erich Trunz (so genannt nach ihrem ursprünglichen Verlagsort), hat seit Beginn ihres Erscheinens 1948 lebhaften Zuspruch als

Lese- und Studienausgabe gefunden. Sie bietet eine Auswahl und bringt zu allen Dichtungen und Schriften, die sie aufgenommen hat, eingehende Sach- und Texterläuterungen sowie interpretierende Abhandlungen. Die einzelnen Bände haben unterschiedliche Auflagen erreicht. (Folgende Auflagen liegen den Zitaten zugrunde: Bd. 1 u. 2, 11. Aufl. 1978; Bd. 3, 10. Aufl. 1976; Bd. 4, 9. Aufl. 1978; Bd. 5, 8. Aufl. 1977; Bd. 6 bis 8, 9. Aufl. 1977; Bd. 9, 8. Aufl. 1978; Bd. 10, 6. Aufl. 1976; Bd. 11, 9. Aufl. 1978; Bd. 12, 8. Aufl. 1978; Bd. 13, 7. Aufl. 1975; Bd. 14, 5. Aufl. 1976.)

Verbreitet und leicht zugänglich ist auch die „Artemis-Ausgabe“: *Goethe. Gedenkausgabe der Werke, Briefe und Gespräche,* hrsg. v. Ernst Beutler, Zürich 1948 ff. Sie enthält in 24 Bänden und Ergänzungsbänden (Briefe aus dem Elternhaus; Tagebücher) naturgemäß viel mehr Goethetexte als die „Hamburger Ausgabe“. Die Bände sind mit ausführlichen Nachworten ausgestattet und teilweise kommentiert.

Da die „Akademie-Ausgabe“ der *Werke Goethes* (Berlin Ost) im Ergänzungsband 3 (1958) einen Paralleldruck von *Urfaust, Faust. Ein Fragment* und *Faust. Der Tragödie erster Theil* bietet, habe ich im *Faust*-Kapitel danach zitiert.

Eine vollständige Ausgabe der Tagebücher (in moderner Schreibweise) edierte Gerhart Baumann: *J. W. Goethe, Tagebücher*, 3 Bände, Phaidon Verlag [ohne Ort und Jahr].

Eine besondere Ausgabe ist den Jugendschriften und -werken Goethes (bis 1775) gewidmet: *Der junge Goethe,* hrsg. v. Hanna Fischer-Lamberg, 5 Bände und 1 Registerband, Berlin (West) 1963 ff.

Die naturwissenschaftlichen Schriften sammelt die mit besonderen Kommentarbänden versehene „Leopoldina-Ausgabe“: *Goethe. Die Schriften zur Naturwissenschaft,* hrsg. im Auftrage der Deutschen Akademie der Naturforscher (Leopoldina) v. Dorothea Kuhn u. a., Weimar 1947 ff. Als Beihefte zu dieser Ausgabe erscheinen seit 1954 *Neue Hefte zur Morphologie* mit Forschungen zu Goethes Naturwissenschaft.

Den besten Einblick in die amtliche Tätigkeit Goethes gewährt mit ihren Einleitungen die mehrbändige Edition: *Goethes Amtliche Schriften.* Veröffentlichung des Staatsarchivs Weimar, Weimar 1950 ff.

Handlich sind einzelne Ausgaben und Textsammlungen als „insel taschenbuch“, u. a.: *Goethes Gedichte in zeitlicher Folge,* 2 Bände, it 350. – *Tagebuch der ersten Schweizer Reise 1775,* it 300. – *Tagebuch der italienischen Reise 1786,* it 176. – *Goethes letzte Schweizer Reise,* it 375. – *Goethe über die Deutschen,* it 325.

Eine kommentierte Ausgabe der Gedichte (wohl die vollständigste) hat Emil Staiger in der „Manesse-Bibliothek der Weltliteratur“ besorgt, Zürich 1949. Dort finden sich auch die ‚unterdrückten‘ Elegien der *Erotica Romana* und die nicht veröffentlichten Stücke aus den *Venetianischen Epigrammen.*

Goethes Briefe sind in 50 Bänden der Abteilung Briefe der „Weimarer Ausgabe“ zusammengefaßt (*Goethes Werke,* hrsg. im Auftrag der Großherzogin Sophie v. Sachsen-Weimar, Weimar 1887 ff.). – Eine stattliche Auswahl enthalten die Briefbände der genannten „Artemis-Ausgabe“. – In der „Hamburger Ausgabe“ sind zusätzlich zu den 14 Bänden der *Werke* 4 Briefbände erschienen, hrsg.

u. kommentiert v. Karl Robert Mandelkow u. Bodo Morawe, 1962 ff. Vornehmlich aus den beiden zuletzt genannten Briefeditionen stammen die Zitate in meiner Darstellung. Die Schreibweise vor allem der frühen Briefe ist in jenen Editionen in der altertümlichen Form belassen, während die der späteren mit Ausnahme der Zeichensetzung weitgehend der modernen angeglichen ist. – Eine mit verbindendem Text versehene Auswahl von Briefen hat Friedhelm Kemp vorgelegt: *Goethe. Leben und Welt in Briefen*, München 1978 (dtv 2087).
Eine Auswahl von Briefen *an* Goethe ist in zwei Ergänzungsbänden der „Hamburger Ausgabe" zusammengestellt und mit Anmerkungen versehen worden von Karl Robert Mandelkow, Hamburg 1965 ff.
Die „Nationalen Forschungs- und Gedenkstätten der klassischen deutschen Literatur" in Weimar haben damit begonnen, die Briefe an Goethe zu registrieren, kurze Inhaltsangaben der einzelnen Schreiben zu verfassen und so eine „Gesamtausgabe in Regestform" herauszubringen: *Briefe an Goethe,* hrsg. v. Karl-Heinz Hahn, Weimar 1980 ff. (21 500 Briefe an Goethe von rund 3 500 Absendern sind ermittelt worden; etwa 19 000 dieser Briefe sind überliefert.)
Es gibt eine ganze Anzahl von Briefwechseln Goethes, die gesondert ediert worden sind, z. B. die Briefwechsel mit Schiller, Charlotte v. Stein, Zelter, Carl August, Christian Gottlob Voigt, Marianne und Johann Jakob Willemer.

Nützliche Informationen liefert nach wie vor das (natürlich revisionsbedürftige) *Goethe-Handbuch* in 3 Bänden, hrsg. v. Julius Zeitler, Stuttgart 1916 ff. – Das von Alfred Zastrau begonnene neue *Goethe-Handbuch* (Stuttgart 1961) ist über das Stichwort „Farbenlehre" nicht hinausgekommen.
Vor kurzem wiedergedruckt worden ist die umfangreiche Dokumentensammlung, die eine Fülle von Äußerungen über Goethe bequem zugänglich macht: *Goethe in vertraulichen Briefen seiner Zeitgenossen,* zusammengestellt v. Wilhelm Bode, neu hrsg. v. Regine Otto u. Paul-Gerhard Wenzlaff, 3 Bände, Berlin (Ost) u. Weimar 1979 (auch München 1982).
Über Goethe aus medizinhistorischer Sicht handelt das Buch von Richard Kühn: *Goethe. Eine medizinische Biographie,* Stuttgart 1949.
Eine *Zeittafel zu Goethes Leben und Werk* (von Heinz Nicolai) enthält Band 14 der „Hamburger Ausgabe". – Auf 7 Bände berechnet ist eine minuziöse Chronik, für die Robert Steiger verantwortlich zeichnet: *Goethes Leben von Tag zu Tag,* Zürich 1982 ff.
Zwei repräsentative Bücher veranschaulichen Goethes Leben und Umwelt (mit Erläuterungen): *Goethes Leben in Bilddokumenten,* hrsg. v. Jörn Göres, München 1981. – *Goethe – Sein Leben in Bildern und Texten,* hrsg. v. Christoph Michel, Frankfurt 1982.
Auch aus Goethes zeichnerischem Werk liegt jetzt eine Auswahl von 202 Zeichnungen vor, mit erläuterndem Text versehen: Wolfgang Hecht, *Goethe als Zeichner,* Leipzig 1982 (auch München 1982).

Das Leben Carl Augusts und die politischen Vorgänge zu jener Zeit hat Hans Tümmler dargestellt: *Carl August von Weimar, Goethes Freund,* Stuttgart 1978.

Im Anhang dieses Buches finden sich ausführliche Literaturangaben zur Geschichte des Herzogtums Sachsen-Weimar-Eisenach; auch Tümmlers zahlreiche andere Arbeiten zu Goethe und seinem Umkreis sind dort verzeichnet.

In mehreren Bänden hat Karl Robert Mandelkow „Dokumente zur Wirkungsgeschichte Goethes in Deutschland“ herausgegeben und kommentiert: *Goethe im Urteil seiner Kritiker,* München 1975 ff. Als eigene Darstellung der „Rezeptionsgeschichte eines Klassikers“ hat Mandelkow vorgelegt: *Goethe in Deutschland,* München 1980 (Bd. I: 1773–1918), nachdem früher schon Wolfgang Leppmann ein Buch über den „Nachruhm eines Dichters“ geschrieben hatte: *Goethe und die Deutschen,* Stuttgart 1962 (Neuauflage 1982).

Zum Schluß soll der Hinweis auf eine ebenso amüsante wie informative Anthologie nicht fehlen: *Unser Goethe. Ein Lesebuch,* hrsg. v. Eckhard Henscheid u. F. W. Bernstein, Zürich 1982. Es vereinigt vornehmlich Texte über Goethe: Essayistisches und Anekdotisches, Satiren und Parodien, ‚Goethe-Hochlobendes‘ und ‚Goethe-Entlarvendes‘.

Register der Werke Goethes

Gedichte

Übrige Werke und Schriften

(Gelegentlich stammen Titel, besonders kleinerer Arbeiten, nicht von Goethe selbst, sondern von Herausgebern)

Personenregister

Abkürzungen

[...] Eckige Klammern mit Punkten kennzeichnen Auslassungen im Originaltext.

[ ] Eckige Klammern schließen Zusätze des Verfassers innerhalb von Originaltexten ein.

(1,50) Ziffern ohne weitere Kennzeichnung verweisen auf Band und Seite der Ausgabe: *Goethes Werke.* Hamburger Ausgabe in 14 Bänden, hrsg. v. E. Trunz. (Vgl. die Erläuterungen unter den „Hinweisen"!)

A *Goethe. Gedenkausgabe der Werke, Briefe und Gespräche,* hrsg. v. E. Beutler, Zürich 1948 ff. („Artemis-Ausgabe")

AS *Goethes Amtliche Schriften.* Veröffentlichung des Staatsarchivs Weimar, Weimar 1950 ff.

B Buch

BA *Goethe.* Berliner Ausgabe, Berlin (Ost) u. Weimar 1965 ff.

Bo *Goethe in vertraulichen Briefen seiner Zeitgenossen,* zusammengest. v. W. Bode, neu hrsg. v. R. Otto u. P.-G. Wenzlaff, 3 Bde., Berlin (Ost) u. Weimar 1979 (auch München 1982)

DjG *Der junge Goethe,* hrsg. v. H. Fischer-Lamberg, 6 Bde., Berlin (West) 1963 ff.

DuW *Dichtung und Wahrheit* (Band 9 u. 10 der „Hamburger Ausgabe")

E *Goethes Gespräche mit Eckermann,* Insel-Verlag [ohne Ort] 1949 (jeweils mit Datum genannt)

G *Goethes Gespräche,* hrsg. v. F. Frhr. v. Biedermann, 5 Bde., Leipzig 1909 ff.

GCB *Goethe und Cotta. Briefwechsel 1797–1832.* Textkritische u. kommentierte Ausgabe in drei Bänden, hrsg. v. D. Kuhn, Stuttgart 1979 ff.

GM J. W. Goethe, *Gedichte.* Mit Erläuterungen v. E. Staiger, 3 Bde., Zürich 1949

GVB *Goethes Briefwechsel mit Christian Gottlob Voigt,* hrsg. v. H. Tümmler, 4 Bde., Weimar 1949 ff.

HA *Goethes Werke.* Hamburger Ausgabe in 14 Bänden, hrsg. v. E. Trunz, Hamburg 1948 ff. (jetzt München)

HAB *Goethes Briefe.* Hamburger Ausgabe in vier Bänden, hrsg. v. K. R. Mandelkow u. B. Morawe, Hamburg 1962 ff.

HW Wilhelm v. Humboldt, *Werke in fünf Bänden,* hrsg v. A. Flitner u. K. Giel, Darmstadt 1960 ff.

IR *Italienische Reise* (Band 11 der „Hamburger Ausgabe")

JA *Goethes Sämtliche Werke.* Jubiläums-Ausgabe, hrsg. v. E. v. d. Hellen, Stuttgart u. Berlin [1902 ff.]

JbG Jahrbuch der Goethe-Gesellschaft (Es gibt mehrere Folgen von Goethe-Jahrbüchern mit etwas unterschiedlichen Titeln. Hier wird einheitlich die Abkürzung JbG mit Jahreszahl gebraucht.)

JPW *Jean Pauls Sämtliche Werke.* Historisch-kritische Ausgabe, hrsg. v. E. Berend, Weimar 1927 ff.

KA	*Kritische Friedrich-Schlegel-Ausgabe,* hrsg. v. E. Behler, Paderborn 1958 ff.
KM	Kanzler v. Müller, *Unterhaltungen mit Goethe,* hrsg. v. E. Grumach, Weimar 1956
LA	*Goethe. Die Schriften zur Naturwissenschaft,* hrsg. im Auftrage der Deutschen Akademie der Naturforscher (Leopoldina) v. D. Kuhn u. a., Weimar 1947 ff.
M	*Maximen und Reflexionen* (Band 12 der „Hamburger Ausgabe")
NA	*Schillers Werke.* Nationalausgabe, begr. v. J. Petersen, Weimar 1943 ff.
NS	Novalis, *Schriften,* hrsg. v. P. Kluckhohn u. R. Samuel, Stuttgart 1960 ff.
RM	Friedrich Wilhelm Riemer, *Mitteilungen über Goethe,* 2 Bde., Berlin 1841
RT	*Tagebuch der italienischen Reise für Frau v. Stein* (it 176), Frankfurt 1976
SA	*Schillers Sämtliche Werke.* Säkular-Ausgabe, hrsg. v. E. v. d. Hellen, Stuttgart u. Berlin [1904/1905]
SGS	Schriften der Goethe-Gesellschaft, Weimar 1885 ff.
SK	*Schiller und sein Kreis in der Kritik ihrer Zeit,* hrsg. v. O. Fambach, Berlin (Ost) 1957
St	*Sturm und Drang. Kritische Schriften,* Auswahl v. E. Loewenthal, Heidelberg 1949 (auch: Wiss. Buchges. Darmstadt)
SW	Johann Gottfried Herder, *Sämtliche Werke,* hrsg. v. B. Suphan, Berlin 1877 ff.
V	Vers
WA	*Goethes Werke,* hrsg. i. Auftrag der Großherzogin Sophie v. Sachsen-Weimar, Weimar 1887 ff. („Weimarer Ausgabe")